Fjodor Dostojewski
Die Brüder Karamasow

Fjodor Dostojewski

Die Brüder Karamasow

Roman in vier Teilen und einem Epilog

Aus dem Russischen von
Hermann Röhl

Anaconda

Titel der russischen Originalausgabe:
Bratja Karamasowy (Petersburg 1879/80).
Die Übersetzung von Hermann Röhl
erschien zuerst 1924 in zwei Bänden
bei Reclam jun. in Leipzig.
Sie wurde für diese Ausgabe behutsam überarbeitet und modernisiert.

MIX
Papier | Fördert
gute Waldnutzung
FSC® C014496
FSC
www.fsc.org

Penguin Random House Verlagsgruppe FSC® N001967

Die Deutsche Nationalbibliothek verzeichnet diese Publikation
in der Deutschen Nationalbibliographie; detaillierte bibliographische Daten
sind im Internet unter http://dnb.d-nb.de abrufbar.

Umschlagmotiv: Adobe Stock / Vardan (Kirchensymbol). –
Adobe Stock / Jorge Ferreiro (Isaakskathedrale). –
Shutterstock / Ksenia B (Strahlenornament)
Umschlaggestaltung: www.katjaholst.de
Satz und Layout: Silvia Langhoff, Köln
Druck und Bindung: GGP Media GmbH, Pößneck
Printed in Germany
ISBN 978-3-86647-477-2
www.anacondaverlag.de

Anna Grigorjewna Dostojewskaja zugeeignet

Inhalt

Zweiter Teil

Viertes Buch
Überspanntheiten

Fünftes Buch
Pro und Kontra

Sechstes Buch
Ein russischer Mönch

Dritter Teil

Siebtes Buch
Aljoscha

Achtes Buch
Mitja

Neuntes Buch
Die Voruntersuchung

Zwölftes Buch
Ein Justizirrtum

Epilog

Wahrlich, wahrlich, ich sage euch: Wenn das Weizenkorn, in die Erde gefallen, nicht erstirbt, so bleibt es allein; wenn es aber erstirbt, trägt es Frucht.

Joh 12,24

Vorwort des Verfassers

Indem ich die Lebensbeschreibung meines Helden Alexej Fjodorowitsch Karamasow beginne, bin ich in einer gewissen Verlegenheit. Obgleich ich nämlich Alexej Fjodorowitsch als meinen Helden bezeichne, weiß ich doch selbst, daß er keineswegs ein großer Mann ist; daher sehe ich unweigerlich Fragen voraus wie etwa: Wodurch zeichnet sich Ihr Alexej Fjodorowitsch denn aus, daß Sie ihn zu Ihrem Helden erwählt haben? Was hat er schon geleistet? Wem ist er bekannt und wodurch? Warum soll ich, der Leser, meine Zeit mit dem Studium von Ereignissen aus seinem Leben vergeuden?

Die letzte Frage ist die heikelste; denn ich kann auf sie nur antworten: »Vielleicht entnehmen Sie das dem Roman.« Wenn nun jemand den Roman liest und es nicht entnimmt und meinen Alexej Fjodorowitsch nicht als bemerkenswert anerkennt? Ich sage das, weil ich es zu meinem Leidwesen voraussehe. Für mich ist er ein bemerkenswerter Mensch; aber ich zweifle stark, ob es mir gelingen wird, dies dem Leser zu beweisen. Das liegt daran, daß er zwar handelt, aber eben unsicher, ohne Klarheit. Allerdings wäre es seltsam, in einer Zeit wie unserer von jemandem Klarheit zu fordern. Eines steht aber wohl ziemlich fest: Er ist ein seltsamer Mensch, ja sogar ein Sonderling. Aber Seltsamkeit und Wunderlichkeit schaden eher, als daß sie ein Recht auf Beachtung geben, namentlich da alle bemüht sind, die Einzelerscheinungen zusammenzufassen und wenigstens darin irgendeinen gemeinsamen Sinn in der allgemeinen Sinnlosigkeit zu finden. Ein Sonderling aber ist in der Mehrzahl der Fälle etwas Vereinzeltes, Isoliertes. Ist es nicht so?

Wenn Sie nun aber mit dieser letzten These nicht einverstanden sind und antworten: Es ist nicht so! oder: Es ist nicht immer so! – dann würde ich hinsichtlich der Bedeutung meines Helden Alexej Fjodorowitsch doch wieder Mut fassen. Abgesehen davon, daß ein Sonderling »nicht immer« etwas Vereinzeltes und Isoliertes ist – es kommt sogar vor, daß gerade er den Kern des Ganzen in sich trägt, daß alle übrigen Menschen seiner Epoche aus irgendeinem Grund, durch irgendeinen andrängenden Wind zeitweilig von diesem Ganzen losgerissen sind …

Am liebsten hätte ich mich auf diese sehr uninteressanten und unklaren Darlegungen gar nicht eingelassen, sondern mein Werk ganz einfach ohne Vorwort begonnen: wem's gefällt, der wird es sowieso lesen. Aber das Unglück besteht darin, daß ich zwar nur eine Lebensbeschreibung habe, dafür aber zwei Romane. Der Hauptroman ist der zweite; er enthält die Tätigkeit meines Helden in unserer Zeit, gerade in diesem jetzigen Augenblick. Der erste Roman jedoch hat sich schon vor dreizehn Jahren zugetragen; eigentlich ist er kaum ein Roman, eher ein Moment aus der frühen Jugend meines Helden. Diesen ersten Roman wegzulassen ist für mich unmöglich, vieles in dem zweiten wäre dann unverständlich. Aber auf diese Weise vergrößert sich für mich noch die ursprüngliche Schwierigkeit: Wenn schon ich, der Biograph selber, finde, ein einziger Roman ist für einen so bescheidenen und undeutlichen Helden vielleicht schon zuviel – wie soll ich da mit zwei Romanen auf den Plan treten, und womit soll ich eine solche Anmaßung entschuldigen?

Da mir die Beantwortung dieser Fragen schwerfällt, entschließe ich mich, sie überhaupt nicht zu beantworten. Selbstverständlich hat der scharfsinnige Leser längst bemerkt, daß ich von Anfang an dazu neigte, und nun ist er bloß ärgerlich auf mich, weil ich unnütze Worte und kostbare Zeit zwecklos vergeude. Darauf gebe ich eine klare Antwort: Ich habe unnütze Worte und kostbare Zeit erstens aus Höflichkeit und zweitens aus Schlauheit vergeudet. Immerhin könnte ich nachher sagen: Ich habe im voraus gewarnt! Übrigens freue ich mich sogar darüber, daß sich mein Roman von selbst in zwei Erzählungen gegliedert hat, »bei wesentlicher Einheitlichkeit des Ganzen«; wenn sich der Leser mit der ersten Erzählung bekannt gemacht hat, kann er selbst entscheiden, ob es lohnend für ihn ist, sich mit der zweiten zu befassen. Natürlich ist niemand zu etwas verpflichtet, jeder kann das Buch schon nach zwei Seiten der ersten Erzählung weglegen, um es nie wieder aufzuschlagen. Aber es gibt ja zartfühlende Leser, die durchaus bis zu Ende lesen wollen, um zu einem irrtumsfreien, unparteiischen Urteil zu gelangen; dazu gehören zum Beispiel alle russischen Kritiker. Gerade ihnen gegenüber fühle ich mich jetzt erleichtert: trotz aller Genauigkeit und Gewissenhaftigkeit haben sie einen durchaus gesetzlichen Vorwand, die Erzählung bei der ersten Episode des Romans beiseite zu legen.

Nun das wäre mein ganzes Vorwort. Zugegeben, es ist überflüssig; aber da es einmal hingeschrieben ist, mag es stehenbleiben.

Doch nun zur Sache.

Erster Teil

Erstes Buch

Die Geschichte einer Familie

1. Fjodor Pawlowitsch Karamasow

Alexej Fjodorowitsch Karamasow war der dritte Sohn des in unserem Kreis ansässigen Gutsbesitzers Fjodor Pawlowitsch Karamasow, der seinerzeit sehr bekannt war (und bis heute noch nicht vergessen ist) wegen seines dunklen, tragischen Endes, das vor genau dreizehn Jahren eintrat; ich werde, wenn es sich anbietet, darauf zurückkommen. Jetzt aber will ich von diesem »Gutsbesitzer«, wie er bei uns genannt wurde, obwohl er sein ganzes Leben fast nie auf seinem Gut lebte, nur so viel sagen, daß er ein sonderbarer, aber ziemlich häufig vorkommender Typ war: nicht nur ein gemeiner und ausschweifender, sondern auch unverständiger Mensch, allerdings einer von denen, die es vorzüglich verstehen, ihre Geldgeschäftchen zu betreiben – sonst aber, wie es scheint auch nichts. Fjodor Pawlowitsch zum Beispiel hatte beinahe mit nichts begonnen; er war ein ganz kleiner Gutsbesitzer gewesen, war zu fremden Tischen gelaufen, um da sein Mittagsbrot zu finden, hatte sich als Kostgänger durchschmarotzt, und dennoch fanden sich bei ihm nach seinem Tod an die hunderttausend Rubel bares Geld. Dabei war er sein Leben lang einer der unverständigsten Narren in unserem ganzen Kreis. Ich wiederhole, ich meine nicht Dummheit – die meisten dieser Narren sind recht klug und schlau –, sondern Unverstand, und zwar eine besondere, nationale Art von Unverstand.

Er war zweimal verheiratet und hatte drei Söhne: den ältesten, Dmitri Fjodorowitsch, von der ersten Frau; die beiden anderen, Iwan und Alexej, von der zweiten. Seine erste Frau stammte aus dem ziemlich reichen, vornehmen Adelsgeschlecht der Miussows, ebenfalls Gutsbesitzer in unserem Kreis. Wie es gekommen war, daß ein Mädchen mit Mitgift und noch dazu in schönes Mädchen, eines jener frischen, klugen Mädchen, die in unserer jetzigen Generation so zahlreich sind, aber auch schon in der vorigen vorkamen, wie ein solches Mädchen einen solchen »Jammerlappen«, wie ihn die Leute damals nannten, heiraten konnte, das will ich nicht lange erörtern. Kannte ich doch selbst noch ein Mädchen aus der vorvorigen, der »romantischen« Generation, das sich nach mehreren Jahren einer rätselhaften Liebe zu einem Mann, den sie jeden Augenblick ganz bequem hätte heiraten können, selbst unüberwindliche Hindernisse ausdachte und sich in einer stürmischen Nacht von einem felsigen Steilufer in einen ziemlich tiefen, reißenden Fluß stürzte und darin umkam, einzig und allein, um Shakespeares Ophelia zu gleichen. Und wäre der lange ins Auge gefaßte, ja liebgewonnene Felsen nicht malerisch gewesen, wäre an seiner Stelle prosaisches flaches Ufer gewesen, der Selbstmord hätte vielleicht überhaupt nicht stattgefunden. Das ist eine Tatsache, und man darf annehmen, daß in unserem russischen Leben der zwei oder drei letzten Generationen nicht wenige Taten dieser oder ähnlicher Art vorkamen. Dementsprechend war denn auch der Schritt Adelaida Iwanowna Miussowas ohne Zweifel auf fremde Einflüsse und auf ihre vom Affekt gefesselten Gedanken zurückzuführen. Vielleicht wollte sie weibliche Selbständigkeit an den Tag legen, sich gegen die gesellschaftlichen Zustände, gegen den Despotismus ihrer Verwandtschaft und ihrer Familie auflehnen, und ihre willige Phantasie überzeugte sie, wenn auch vielleicht nur für den Augenblick, in Fjodor Pawlowitsch trotz seiner Schmarotzerstellung einen der kühnsten, spottlustigsten Männer jener auf alles orientierten Übergangsepoche zu sehen, während er in Wirklichkeit nichts als ein übler Possenreißer war. Das Pikante bestand auch darin, daß die Sache mittels einer Entführung vor sich ging, was für Adelaida Iwanowna einen besonderen Reiz hatte. Und Fjodor Pawlowitsch war damals schon wegen seiner sozialen Stellung zu allen derartigen Streichen bereit; er wünschte leidenschaftlich, Karriere zu machen, ganz gleich mit welchen Mitteln; und sich in eine gute Familie zu drängen und eine Mitgift einzustreichen, das hatte etwas sehr Verlockendes. Gegenseitige Liebe war, wie es scheint, nicht vorhanden, weder auf seiten der Braut noch auf seiner Seite, sogar trotz Adelaida Iwanownas Schönheit. So stand dieser Fall vielleicht einzig da im Leben Fjodor Pawlowitschs, dieses überaus sinnlichen Menschen, der jeden Augenblick bereit war, sich an jeden erstbesten Weiberrock zu hängen, wo immer ihn einer lockte. Trotzdem weckte nur diese eine Frau seine Leidenschaft nicht im geringsten.

Adelaida Iwanowna hatte gleich nach der Entführung erkannt, daß sie für ihren Mann nichts anderes als Verachtung empfinden konnte. So traten die Folgen dieser Heirat außerordentlich rasch zutage. Obwohl sich die Familie ziemlich bald mit dem Geschehenen aussöhnte und der Entflohenen ihre Mitgift auszahlte, begannen die Ehegatten ein ungeordnetes Leben mit ewigen Szenen. Man erzählte sich, die junge Frau habe unvergleichlich mehr Edelmut und Hochherzigkeit bekundet als Fjodor Pawlowitsch, der ihr, wie jetzt bekannt ist, ihr ganzes Geld, etwa fünfundzwanzigtausend Rubel, abnahm, sobald sie es bekommen hatte, so daß die Tausende für sie gleich ins Wasser gefallen waren. Lange Zeit bemühte er sich mit aller Kraft, ein kleines Gut und ein ziemlich gutes Stadthaus, die sie ebenfalls mitbekommen hatte, durch eine entsprechende Urkunde auf seinen Namen übertragen zu lassen. Wahrscheinlich hätte er es auch erreicht, und zwar allein dank der Verachtung und dem Ekel, die seine schamlosen Erpressungen und Betteleien bei seiner Gattin hervorriefen, dank ihrer seelischen Ermüdung und ihrem Wunsch, ihn loszuwerden; zum Glück jedoch schritt die Familie Adelaida Iwanownas ein und setzte der Räuberei eine Grenze. Es war zuverlässig bekannt, daß sich die Eheleute nicht selten schlugen, doch wollte man wissen, daß der aktive Teil nicht Fjodor Pawlowitsch war, sondern Adelaida Iwanowna, eine heißblütige, mutige, ungeduldige, brünette Frau mit bemerkenswerter Kraft. Schließlich verließ sie das Haus und floh mit einem bettelarmen Seminaristen, dem Lehrer Fjodor Pawlowitschs; den dreijährigen Mitja ließ sie zurück.

Fjodor Pawlowitsch richtete im Haus sofort einen ganzen Harem ein und ergab sich zügellos der Trunksucht; zwischendurch fuhr er im Gouvernement umher, beklagte sich weinend bei allen und jedem, Adelaida Iwanowna habe ihn verlassen, und erzählte dabei Einzelheiten aus seinem Eheleben, deren er sich als Ehemann eigentlich hätte schämen müssen. Besonders gefiel und schmeichelte es ihm, allen Leuten die lächerliche Rolle des gekränkten Ehemannes vorzuspielen und sogar die Einzelheiten der ihm angetanen Kränkung ausführlich zu schildern. »Man sollte meinen, Ihnen wäre eine Rangerhöhung zuteil geworden, Fjodor Pawlowitsch, so zufrieden sind Sie trotz Ihres Kummers«, sagten Spötter zu ihm. Viele fügten gar hinzu, er spiele gern wieder von neuem die Rolle des Possenreißers und tue, um noch mehr Gelächter zu erregen, absichtlich so, als merke er seine komische Lage gar nicht. Wer weiß, vielleicht war das bei ihm Naivität. Endlich gelang es ihm, die Spur seiner geflohenen Frau zu finden. Die Ärmste war mit ihrem Lehrer nach Petersburg gegangen, wo sie sich schrankenloser Emanzipation hingab. Fjodor Pawlowitsch entwickelte sofort eine geschäftige Tätigkeit und schickte sich an, nach Petersburg zu fahren; wozu, wußte er selbst nicht. Vielleicht wäre er auch wirklich gefahren; doch nachdem er den Entschluß gefaßt hatte, sah er es zunächst als sein gutes Recht an, zur Ermutigung vor der Reise erneut maßlos zu trinken. Und eben um diese Zeit erhielt die Familie seiner Gattin die Nachricht, daß sie in Petersburg ganz plötzlich gestorben war, in irgendeiner Dachkammer, dem einen Gerücht zufolge an Typhus, nach einem anderen einfach vor Hunger. Fjodor Pawlowitsch war betrunken, als er vom Tod seiner Gattin erfuhr; er soll auf die Straße gelaufen sein und mit zum Himmel erhobenen Armen voll Freude ausgerufen haben: »Nun läßt du mich in Frieden fahren.« Nach anderen Berichten soll er geweint und geschluchzt haben wie ein Kind, so daß man trotz allen Widerwillens angeblich sogar Mitleid für ihn empfand. Durchaus möglich, daß beides zutraf: daß er sich über seine Befreiung freute und dabei auch seine Befreierin beweinte – alles zugleich.

Meistens sind die Menschen, sogar die schlechten, viel naiver und offenherziger, als wir gemeinhin annehmen. Und wir selber auch.

2. Der erste Sohn wird aus dem Haus geschafft

Man kann sich natürlich vorstellen, was für ein Erzieher und Vater so ein Mensch sein mußte. Er tat denn auch als Vater, was zu erwarten war, das heißt, er vernachlässigte das Kind vollkommen, nicht aus Haß, auch nicht aus dem Gefühl gekränkten Gattenstolzes, sondern einfach, weil er den Kleinen vergessen hatte. Während er alle Leute mit seinen Tränen und Klagen belästigte und sein Haus in eine Lasterhöhle verwandelte, nahm ein treuer Diener des Hauses namens Grigori den dreijährigen Mitja in seine Obhut, und hätte er nicht für ihn gesorgt, es wäre vielleicht niemandem eingefallen, dem Kind auch nur einmal das Hemd zu wechseln. Außerdem hatte auch die Verwandtschaft mütterlicherseits das Kind in der ersten Zeit fast völlig vergessen. Sein Großvater, Herr Miussow selbst, Adelaida Iwanownas Vater, war damals nicht mehr am Leben; seine verwitwete Gattin, Mitjas Großmutter, war nach Moskau verzogen und sehr krank; Adelaida Iwanownas Schwestern hatten sich verheiratet; infolgedessen mußte Mitja fast ein ganzes Jahr bei dem Diener Grigori zubringen und bei ihm im Gesindehaus wohnen. Selbst wenn sich der Papa seiner erinnert hätte (seine Existenz konnte ihm ja nicht unbekannt sein), er hätte ihn wieder ins Gesindehaus geschickt, da ihn das Kind bei seinen Ausschweifungen störte. Aber da kehrte ein Vetter der verstorbenen Adelaida Iwanowna, Pjotr Alexandrowitsch Miussow, aus Paris zurück, er lebte später viele Jahre ununterbrochen im Ausland, damals aber war er noch sehr jung. Von den übrigen Miussows unterschied er sich erheblich: Er war aufgeklärt, ein Freund der Großstadt und des Auslandes, dazu zeit seines Lebens ein Anhänger westeuropäischer Ideen und gegen Ende seines Lebens ein Liberaler unserer vierziger und fünfziger Jahre. Während seiner Laufbahn stand er mit vielen Liberalen in Rußland und im

Ausland in Verbindung; er kannte Proudhon und Bakunin persönlich und erzählte am Ende seiner Wanderungen besonders gern von den drei Tagen der Pariser Februarrevolution von 1848, wobei er andeutete, daß er sich beinahe selbst auf den Barrikaden an ihr beteiligt habe. Das war für ihn eine der angenehmsten Erinnerungen aus seiner Jugendzeit. Er besaß ein beträchtliches eigenes Vermögen, nach der früheren Zählweise an die tausend Seelen. Sein schönes Gut lag nahe bei unserem Städtchen und grenzte an den Landbesitz unseres berühmten Klosters, mit dem Pjotr Alexandrowitsch schon in sehr jungen Jahren, gleich nachdem er sein Gut geerbt hatte, einen endlosen Prozeß begann, um das Recht irgendwelchen Fischfangs im Fluß oder irgendwelchen Holzeinschlags im Wald, genau weiß ich das nicht; einen Prozeß mit den »Klerikalen« hielt er sogar für seine Pflicht als Staatsbürger und aufgeklärter Mensch. Nachdem er alles über Adelaida Iwanowna gehört hatte, an die er sich noch erinnerte, weil sie ihm früher einmal aufgefallen war, und nachdem er erfahren hatte, daß Mitja zurückgeblieben war, nahm er sich trotz der jugendlichen Entrüstung und Verachtung, gegenüber Fjodor Pawlowitsch dieser Sache an. Bei diesem Anlaß lernte er Fjodor Pawlowitsch zum erstenmal kennen. Er erklärte ihm ohne Umschweife, er wünsche die Erziehung des Kindes zu übernehmen. Lange Zeit später erzählte er wiederholt folgende charakteristische Episode: Als er begonnen habe, mit Fjodor Pawlowitsch über Mitja zu sprechen, habe jener eine Weile so getan, als verstehe er schlechterdings nicht, von welchem Kind die Rede sei; er habe sogar gestaunt, daß er irgendwo im Haus einen kleinen Sohn besitzen sollte. Pjotr Alexandrowitschs Bericht mag vielleicht übertrieben gewesen sein, etwas Wahrheit enthielt er doch. Aber Fjodor Pawlowitsch verstellte sich in der Tat sein ganzes Leben lang gern, begann plötzlich vor jemand irgendeine unerwartete Rolle zu spielen, und zwar, was besonders hervorgehoben werden muß, manchmal ganz unnötig, sogar zu seinem eigenen Schaden, wie zum Beispiel im vorliegenden Fall. Dieser Charakterzug ist übrigens vielen Menschen eigen, sogar sehr klugen, nicht nur solchen wie Fjodor Pawlowitsch. Pjotr Alexandrowitsch betrieb die

Sache mit großem Eifer und wurde zusammen mit Fjodor Pawlowitsch zum Vormund des Kindes berufen, weil er von der Mutter etwas Vermögen geerbt hatte, nämlich das Haus und das Gut. Mitja siedelte denn auch wirklich zu diesem entfernten Onkel über. Eine eigene Familie besaß dieser nicht, und da er es eilig hatte, wieder für lange Zeit nach Paris zu reisen, übergab er das Kind einer entfernten Tante, einer Moskauer Dame, nachdem er die Zusendung von Geld geregelt hatte. So vergaß auch er das Kind, sobald er sich in Paris wieder eingelebt hatte, besonders als jene Februarrevolution ausbrach, die zeit seines Lebens seine Phantasie fesselte. Die Moskauer Dame jedoch starb, und Mitja wurde von einer ihrer verheirateten Töchter übernommen. Später scheint er nochmals, zum vierten Mal, sein Nest gewechselt zu haben, doch will ich mich darüber nicht weiter auslassen, zumal von diesem Erstgeborenen Fjodor Pawlowitschs noch viel zu erzählen sein wird. Ich beschränke mich jetzt auf die notwendigsten Nachrichten über ihn, ohne die ich diesen Roman nicht beginnen kann.

Erstens, dieser Dmitri Fjodorowitsch war von den drei Söhnen Fjodor Pawlowitschs der einzige, der in der Überzeugung aufwuchs, er besitze einiges Vermögen und werde nach erreichter Volljährigkeit unabhängig dastehen. Seine Knaben- und Jünglingsjahre verliefen ungeordnet; ohne das Gymnasium beendet zu haben, kam er auf eine Militärschule, wurde dann in den Kaukasus verschlagen, zum Offizier befördert, duellierte sich, wurde degradiert, diente sich wieder empor, führte ein lockeres Leben und verbrauchte verhältnismäßig viel Geld. Und da er von Fjodor Pawlowitsch vor seiner Mündigkeit keins bekam, machte er bis dahin Schulden. Seinen Vater lernte er erst kennen, als er sofort nach Erreichen der Mündigkeit in unsere Stadt kam, um sich mit ihm über sein Vermögen zu einigen. Sein Erzeuger schien ihm damals nicht sonderlich gefallen zu haben; er blieb nicht lange und reiste so bald wie möglich wieder ab, nachdem er etwas Geld erhalten und eine Art Vertrag über die weiteren Einkünfte aus dem Gut mit ihm geschlossen hatte; über dessen Rentabilität und Wert erhielt er jedoch von Fjodor Pawlowitsch keine Auskunft – eine bemerkenswerte Tatsache. Fjodor Pawlowitsch merkte damals sofort – auch das sei festgehalten –, daß Mitja sich von seinem Vermögen eine übertriebene, unrichtige Vorstellung machte. Fjodor Pawlowitsch war damit sehr zufrieden; er hatte seine Pläne. Er sah, daß der junge Mann leichtsinnig, hitzig, leidenschaftlich, ungeduldig und verschwenderisch war. ›Ich brauche ihm‹, sagte er sich, ›nur von Zeit zu Zeit etwas zukommen zu lassen, dann wird er sich sofort beruhigen, wenn auch selbstverständlich nur für eine Weile.‹ Diese Tatsache begann Fjodor Pawlowitsch auszunutzen: Er speiste ihn von Zeit zu Zeit mit kleinen Gaben ab, und das Ende vom Lied war, nach vier Jahren, als Mitja, ungeduldig geworden, zum zweitenmal im Städtchen erschien, um seine Angelegenheiten mit dem Vater nunmehr endgültig zu ordnen, erfuhr er plötzlich zu seinem größten Erstaunen, daß er bereits nichts mehr besaß, daß sogar eine ordentliche Abrechnung schwierig war, daß er durch die Geldzahlungen nach und nach den ganzen Wert seines Besitztums von Fjodor Pawlowitsch erhalten und womöglich gar schon Schulden gemacht hätte und daß er nach den und den Abmachungen, die dann und dann auf seinen eigenen Wunsch getroffen worden waren, zu keinen weiteren Forderungen berechtigt wäre, und so weiter. Der junge Mann war bestürzt; er vermutete Unrecht und Betrug, geriet außer sich und verlor beinahe den Verstand. Und eben dieser Umstand führte zu der Katastrophe, die der Gegenstand meines ersten, einleitenden Romans ist oder, richtiger, sein äußerer Rahmen. Bevor ich aber zu diesem Roman komme, muß ich noch von den anderen beiden Söhnen Fjodor Pawlowitschs, Mitjas Brüdern, berichten und etwas zu ihrer Herkunft sagen.

3. Die zweite Ehe und die Kinder daraus

Bald nachdem Fjodor Pawlowitsch den vierjährigen Mitja losgeworden war, heiratete er zum zweitenmal, und diese zweite Ehe dauerte ungefähr acht Jahre. Er holte sich seine zweite, ebenfalls sehr junge

Frau, Sofja Iwanowna, aus einem anderen Gouvernement, wohin er mit einem Juden wegen eines kleinen Liefergeschäfts gefahren war. Obgleich Fjodor Pawlowitsch ein Trinker und Wüstling war, beschäftigte er sich nämlich ununterbrochen mit der vorteilhaften Anlage seines Kapitals und brachte seine Geschäftchen immer glücklich, wenn auch fast immer auf betrügerische Weise, zu Ende. Sofja Iwanowna, Tochter eines Diakons, war seit ihrer Kindheit Waise; aufgewachsen war sie im Haus ihrer Wohltäterin, Erzieherin und Peinigerin, einer angesehenen reichen, alten Dame, der Witwe des Generals Worochow. Näheres weiß ich nicht; ich habe nur gehört, daß man die sanfte, gutmütige, fügsame Pflegetochter einmal aus einer Schlinge befreite, die sie an einem Nagel in der Rumpelkammer befestigt hatte – so schwer ertrug sie den Eigensinn und die ewigen Vorwürfe der boshaften Alten, die durch den Müßiggang ein so unausstehlicher Querkopf geworden war. Fjodor Pawlowitsch bewarb sich um die Hand des Mädchens, die alte Frau zog Erkundigungen ein und wies ihm die Tür; und wieder schlug er, wie bei seiner ersten Ehe, eine Entführung vor. Wahrscheinlich hätte sie ihn um keinen Preis geheiratet, wäre ihr rechtzeitig Näheres über ihn bekannt gewesen. Aber er stammte aus einem anderen Gouvernement, und der Verstand des sechzehnjährigen Mädchens reichte nur zu der Überlegung: Lieber in den Fluß gehen als länger bei der Wohltäterin bleiben. So vertauschte sie die Wohltäterin mit einem Wohltäter. Fjodor Pawlowitsch erhielt diesmal keine Kopeke; die Generalin war wütend, gab nichts und verfluchte die beiden. Er hatte auch nicht damit gerechnet, etwas zu bekommen; ihn reizte nur die auffallende Schönheit des Mädchens, vor allem ihr unschuldiger Gesichtsausdruck, der auf ihn, den immer nur lüsternen Liebhaber körperlicher weiblicher Reize, starken Eindruck machte. »Diese unschuldigen Äuglein strichen mir damals wie ein Rasiermesser übers Herz«, sagte er später mit seinem gemeinen häßlichen Kichern. Doch auch das konnte für einen so verdorbenen Menschen nichts anderes als ein sinnlicher Reiz sein. Da er von seiner Heirat keinerlei materiellen Vorteil hatte, machte Fjodor Pawlowitsch mit seiner Frau keine

Umstände; sie hatte ihm sozusagen »Schaden gebracht«, und er hatte sie gewissermaßen »aus der Schlinge genommen« – also trat er, ihre unglaubliche Demut und Fügsamkeit ausnutzend, die gewöhnlichsten ehelichen Anstandsregeln geradezu mit Füßen. In seinem Haus feierte er vor den Augen seiner Frau Orgien mit liederlichen Weibern. Als charakteristisch führe ich an, daß sich der Diener Grigori, ein finsterer, dummer, eigensinniger, rechthaberischer Mensch, der die frühere Hausfrau, Adelaida Iwanowna, gehaßt hatte, diesmal auf die Seite der Frau stellte und sich ihretwillen mit Fjodor Pawlowitsch für einen Diener fast unerlaubt heftig stritt. Einmal verhinderte er sogar eine Orgie und jagte alle Dirnen gewaltsam aus dem Haus. Später bekam die unglückliche, seit frühester Kindheit verschüchterte junge Frau eine Art nervöse Frauenkrankheit, die am häufigsten beim einfachen Volk, bei Bäuerinnen, vorkommt, die sogenannte »Schreikrankheit«. Infolge dieser mit hysterischen Anfällen verbundenen Krankheit verlor sie zeitweilig sogar den Verstand. Sie gebar jedoch ihrem Mann zwei Söhne, Iwan und Alexej, Iwan im ersten Jahr ihrer Ehe, Alexej drei Jahre später. Als sie starb, war der kleine Alexej noch keine vier Jahre alt, und wenn das auch seltsam ist, ich weiß zuverlässig, daß er sich später sein ganzes Leben an die Mutter erinnerte, natürlich nur wie im Traum. Nach ihrem Tod erging es den beiden Knaben fast ebenso wie dem ersten, Mitja: Der Vater vergaß sie und kümmerte sich nicht im geringsten um sie; sie kamen zu demselben Grigori ins Gesindehaus. Da fand sie auch die alte querköpfige Generalin, die Wohltäterin und Erzieherin ihrer Mutter. Sie war noch am Leben und hatte all die acht Jahre die ihr angetane Kränkung nicht vergessen. Über Sofjas Schicksal hatte sie ständig unterderhand die genauesten Nachrichten erhalten, und als sie hörte, wie krank sie war und unter welchen schlimmen Umständen sie lebte, hatte sie mehrmals zu ihren Kostgängerinnen gesagt: »Das geschieht, ihr recht; das hat ihr Gott zur Strafe für ihre Undankbarkeit geschickt.«

Genau drei Monate nach Sofja Iwanownas Tod erschien die Generalin plötzlich in unserer Stadt und fuhr geradewegs zu Fjodor

Pawlowitsch. Sie hielt sich zwar nur ungefähr eine halbe Stunde auf, richtete aber dennoch viel aus. Es war gegen Abend. Fjodor Pawlowitsch, den sie in den acht Jahren nicht gesehen hatte, empfing sie betrunken. Sie soll ihm sofort ohne alle Erklärungen zwei schallende Ohrfeigen versetzt und ihn dreimal an den Haaren fast bis zur Erde gezerrt haben. Dann ging sie, ohne ein Wort zu sagen, in das Gesindehaus zu den Knaben. Da sie auf den ersten Blick sah, daß sie ungewaschen waren und schmutzige Wäsche trugen, verabreichte sie unverzüglich auch noch dem Diener Grigori eine Ohrfeige und erklärte ihm, sie werde die Kinder zu sich nehmen. Darauf nahm sie die beiden, wie sie waren, wickelte sie in eine Decke, setzte sie in den Wagen und fuhr mit ihnen in die Stadt, wo sie wohnte. Grigori ertrug die Ohrfeige wie ein Sklave, wortlos; als er die alte Dame zum Wagen geleitete, verbeugte er sich tief und sagte eindringlich, Gott werde ihr lohnen, was sie an den Waisen tun wolle. »Ein Tölpel bist du trotzdem!« rief ihm die Generalin im Abfahren zu. Fjodor Pawlowitsch fand bei näherer Überlegung die Sache ganz in Ordnung und erhob später bei seinem formellen Einverständnis mit der Erziehung der Kinder durch die Generalin in keinem Punkt Einspruch. Von den Ohrfeigen jedoch erzählte er selbst in der ganzen Stadt.

Bald darauf starb auch die Generalin. In ihrem Testament hatte sie für jeden der Knaben tausend Rubel ausgesetzt; das Geld sollte unter allen Umständen für sie und nur für sie verausgabt werden, »zu ihrer Erziehung«, und zwar so, daß es bis zu ihrer Volljährigkeit reiche; für derartige Kinder reiche ein solches Geschenk vollauf; wenn jemand Lust habe, so möge er selbst seinen Beutel auftun und so weiter, und so weiter. Ich habe das Testament nicht gelesen, weiß aber, daß es wirklich solch eine sonderbare Bestimmung enthielt. Der Haupterbe der Alten, der Adelsmarschall jenes Gouvernements, Jefim Petrowitsch Poljonow, erwies sich allerdings als Ehrenmann. Nach einer langen Korrespondenz mit Fjodor Pawlowitsch mußte er einsehen, daß von ihm kein Geld zur Erziehung seiner Kinder zu bekommen war; der Vater weigerte sich zwar nie direkt, zog aber die Sache in die Länge und erging sich höchstens in sentimentalen

Redensarten. Also nahm er sich selbst der Kinder an und gewann vor allem Alexej, den jüngeren, lieb; dieser wurde sogar lange Zeit in seiner Familie erzogen. Dies bitte ich von vornherein zu beachten. Wenn die jungen Menschen jemandem für ihre Erziehung und Bildung zu Dank verpflichtet waren, so Jefim Petrowitsch, einem edeldenkenden, humanen Menschen, wie man ihn selten findet. Er ließ die von der Generalin hinterlassenen Summen von je tausend Rubeln unangetastet, so daß sie bei Volljährigkeit der Knaben mit den Zinsen auf je zweitausend angewachsen waren, erzog die Knaben auf seine eigenen Kosten und gab dabei natürlich weit über tausend Rubel für jeden aus. Auf eine ausführliche Schilderung ihrer Kinder- und Jugendzeit verzichte ich wiederum, ich führe nur das Wichtigste an. Iwan entwickelte sich zu einem finsteren, verschlossenen Knaben; er war nicht schüchtern, schien aber schon als Zehnjähriger zu spüren, daß sie in einer fremden Familie aufwuchsen und von fremder Barmherzigkeit lebten und daß sie einen Vater hatten, dessen man sich schämen mußte und so weiter, und so weiter. Dieser Knabe zeigte schon in früher Kindheit (wenigstens erzählte man das) ungewöhnliche, glänzende Fähigkeiten. Ich weiß nichts Genaues, jedenfalls verließ er wohl, kaum dreizehnjährig, die Familie Jefim Petrowitschs und kam auf ein Moskauer Gymnasium, wo ein erfahrener, angesehener Pädagoge, ein Jugendfreund Jefim Petrowitschs, ihn in Pension nahm. Iwan selbst erzählte später, all das sei eine Folge von Jefim Petrowitschs »feuriger Begeisterung für gute Taten« gewesen; er habe sich durch die Idee begeistern lassen, ein genial veranlagter Knabe müsse auch einen genialen Erzieher haben. Übrigens waren Jefim Petrowitsch wie auch der geniale Erzieher bereits tot, als der junge Mann nach dem Gymnasium die Universität bezog. Da Jefim Petrowitsch mangelhafte Anordnungen getroffen hatte und die Auszahlung des Geldes der Generalin sich infolge der unvermeidlichen Formalitäten verzögerte, ging es dem jungen Mann in den beiden ersten Universitätsjahren recht schlecht; er mußte selbst für seinen Unterhalt sorgen und gleichzeitig studieren. Es sei vermerkt, daß er nicht einmal versuchte, mit seinem Vater in Briefwechsel zu treten – vielleicht aus Stolz oder aus Verachtung, vielleicht auch in der kühlen, gesunden Erkenntnis, daß von seinem werten Papa doch keine ernsthafte Beihilfe zu erwarten war. Wie auch immer, jedenfalls verlor der junge Mann nicht den Kopf und verschaffte sich Arbeit. Zuerst gab er Privatstunden für zwanzig Kopeken, dann lieferte er bei den Zeitungsredaktionen zehnzeilige Artikel über Straßenvorfälle mit der Unterschrift »Ein Augenzeuge« ab. Die kleinen Notizen sollen immer so interessant und pikant abgefaßt gewesen sein, daß sie schnell Anklang fanden. Schon hierdurch zeigte der junge Mann seine praktische und geistige Überlegenheit gegenüber den vielen, immer notleidenden und unglücklichen studierenden Jugendlichen beiderlei Geschlechts, die in den Hauptstädten von früh bis spät in die Redaktionen der Zeitungen und Journale laufen und nichts Besseres wissen, als ständig zu betteln, man möge ihnen Übersetzungen aus dem Französischen oder die Anfertigung von Reinschriften übertragen. Einmal mit den Redaktionen bekannt geworden, brach Iwan Fjodorowitsch die Verbindungen nicht wieder ab und ließ in seinen letzten Universitätsjahren talentvolle Rezensionen von allerlei fachwissenschaftlichen Büchern drucken, so daß er sogar in literarischen Kreisen bekannt wurde. Jedoch zog er erst in der allerletzten Zeit, und zwar ganz plötzlich, die Aufmerksamkeit eines größeren Leserkreises auf sich. Ein ziemlich eigenartiger Zufall brachte es mit sich, daß ihn auf einmal viele beachteten und in Erinnerung behielten. Als Iwan Fjodorowitsch eigentlich schon von der Universität abgehen und für seine zweitausend Rubel ins Ausland reisen wollte, veröffentlichte er in einer der größten Zeitungen plötzlich einen sonderbaren Aufsatz, der ihm sogar beim nichtfachmännischen Publikum Beachtung verschaffte. Es war ein Aufsatz über ein Thema, das ihm anscheinend ganz fernlag, da er Naturwissenschaften studiert hatte: die kirchliche Gerichtsbarkeit. Nachdem er einige andere Meinungen geprüft hatte, trug er seine persönliche Ansicht vor. Besonderes Interesse erregten der Ton seiner Arbeit und ihre überraschenden Schlußfolgerungen. Viele Kirchliche hielten den Verfasser für einen ihrer Anhänger, bis ihm auf einmal nicht nur die Verfechter ziviler Gerichtsbarkeit, sondern auch die Atheisten Beifall spendeten. Schließlich erklärten einige besonders scharfsinnige Köpfe, der ganze Aufsatz sei nur eine dreiste Farce und eine Verhöhnung. Ich erwähne das alles, weil der Aufsatz seinerzeit auch in das berühmte Kloster nahe unserer Stadt gelangte und bei dessen Insassen, die sich lebhaft für die Frage der kirchlichen Gerichtsbarkeit interessierten, die größte Verwunderung hervorrief. Als sie dann den Namen des Verfassers erfuhren, erregte es ihr besonderes Interesse, daß er aus unserer Stadt stammte und ein Sohn »eben dieses Fjodor Pawlowitsch« war. Gerade zu dieser Zeit erschien übrigens auch der Verfasser selbst in unserer Stadt.

Warum kam Iwan Fjodorowitsch damals zu uns? Ich habe mir diese Frage, gleichsam beunruhigt schon damals gestellt. Diese verhängnisvolle Ankunft, die vielerlei Folgen hatte, blieb mir noch lange nachher, ja fast immer unklar. Es war schon an und für sich seltsam, daß ein derart gelehrter, stolzer und anscheinend vorsichtiger junger Mann in solch einem Haus erschien, bei einem Vater, der ihn zeit seines Lebens ignoriert hatte, der unter keinen Umständen Geld herausrücken würde, auch wenn er vom eigenen Sohn darum gebeten worden wäre, und der dennoch sein Leben lang fürchtete, seine Söhne Iwan und Alexej könnten einmal kommen und Geld von ihm verlangen. Und siehe da, der junge Mann läßt sich im Haus dieses Vaters nieder, bleibt einen und noch einen Monat bei ihm, und beide leben so gut miteinander, wie man es sich besser nicht vorstellen kann. Das letztere erstaunt mich besonders, und so wie mir ging es vielen. Pjotr Alexandrowitsch Miussow, der entfernte Verwandte Fjodor Pawlowitschs, von dem ich schon gesprochen habe, tauchte damals zufällig wieder bei uns, auf seinem nahe bei der Stadt gelegenen Gut, auf, er war aus Paris, wo er ständig wohnte, zu Besuch gekommen. Ich erinnere mich, daß gerade er sich am allermeisten wunderte, nachdem er den jungen Mann kennengelernt hatte; er interessierte ihn sehr, und nicht ohne innerlichen Schmerz maß er sich manchmal mit ihm im Wissen. »Er ist stolz«, sagte er damals zu uns, »er wird sich stets sein Geld verdienen, hat auch jetzt schon genug zu einer Auslandreise – was will er denn hier? Daß er nicht zu seinem Vater gekommen ist, um Geld zu erbitten, ist klar: Der Vater gibt ihm auf keinen Fall welches. Trinken und Ausschweifungen mag er nicht, und doch kann der Alte nicht mehr ohne ihn leben, so haben sie sich aneinander gewöhnt!« Das war die Wahrheit. Der junge Mann hatte sogar sichtlich Einfluß auf den Alten; ja, dieser begann beinahe schon, auf ihn zu hören, obwohl er mitunter ungewöhnlich und geradezu boshaft eigensinnig war. Bisweilen benahm er sich sogar etwas anständiger …

Erst später stellte sich heraus, daß Iwan Fjodorowitsch teils auf Bitten, teils in Angelegenheiten seines älteren Bruders Dmitri Fjodorowitsch gekommen war. Ihn sah er damals gleichfalls zum erstenmal, hatte mit ihm aber schon vor seiner Ankunft aus Moskau in einer wichtigen Sache, die mehr Dmitri Fjodorowitsch anging, in Briefwechsel gestanden. Was das für eine Sache war, wird der Leser später ausführlich erfahren. Trotzdem erschien mir, auch als ich diesen Umstand kannte, Iwan Fjodorowitsch noch immer rätselhaft, und sein Besuch blieb mir unerklärlich.

Ich füge noch hinzu, Iwan Fjodorowitsch schien damals zwischen dem Vater und seinem älteren Bruder Dmitri Fjodorowitsch vermitteln zu wollen, denn der letztere hatte sich mit dem Vater zerstritten und sogar einen formellen Prozeß gegen ihn angestrengt.

Ich wiederhole, diese kleine Familie war damals zum erstenmal im Leben vollzählig beisammen, einige von ihnen sahen sich überhaupt zum erstenmal. Nur der jüngste Sohn, Alexej Fjodorowitsch, lebte bereits ein Jahr bei uns; er war also früher als alle Brüder zu uns gekommen. Über ihn in der einleitenden Erzählung zu sprechen, bevor ich ihn im Roman auf die Bühne bringe, fällt mir besonders schwer. Ich muß aber auch über ihn eine Vorbemerkung machen und vorbereitend einen sonderbaren Punkt erklären; ich bin nämlich genötigt, meinen künftigen Helden gleich in der ersten Szene in der Kutte eines Novizen vorzustellen. Ein Jahr etwa hatte er damals schon in unserm Kloster verbracht, und er bereitete sich, wie es schien, ernstlich darauf vor, sich für das ganze Leben darin einzuschließen.

4. Der dritte Sohn Aljoscha

Er war damals erst zwanzig Jahre alt; sein Bruder Iwan war im vierundzwanzigsten, ihr ältester Bruder Dmitri im achtundzwanzigsten Lebensjahr. Zuallererst erkläre ich, dieser Aljoscha war ganz und gar kein Fanatiker und ebensowenig ein Mystiker, nach meiner Meinung wenigstens. Ich will von vornherein meine Ansicht rückhaltlos aussprechen. Er war einfach ein jugendlicher Menschenfreund, und wenn er ins Kloster ging, so nur, weil allein dieser Weg zu jener Zeit seine Bewunderung erregte und sich seiner aus der dunklen Schlechtigkeit der Welt zum Licht der Liebe strebenden Seele gewissermaßen als idealer Ausweg anbot. Ihm imponierte dieser Weg nur deswegen, weil er auf ihm einer – wie er meinte – ungewöhnlichen Persönlichkeit begegnet war, unserem berühmten Starez Sossima, an den er sich mit der ganzen unersättlichen Leidenschaft der ersten Liebe anschloß. Ich bestreite allerdings nicht, daß er auch damals schon ein sonderbarer Mensch war, eigentlich von der Wiege an. Ich habe bereits erwähnt, daß er sich sein Leben lang an seine Mutter erinnerte, an ihr Gesicht und an ihre Liebkosungen, »ganz als ob sie lebendig vor mir stünde« und das, obwohl sie gestorben war, als er noch nicht vier Jahre alt war. Solche Erinnerungen bleiben bekanntlich aus noch früherer Zeit, aus dem zweiten Lebensjahr sogar, haften, aber sie treten das ganze Leben hindurch nur wie helle Punkte aus dem Dunkel hervor, wie ein abgerißnes Eckchen von einem großen Gemälde, das ganz verblichen und verschwunden ist bis auf dieses Eckchen. Genauso war es bei ihm; er erinnerte sich an einen stillen Sommerabend, an ein geöffnetes Fenster, an die schrägen Strahlen der untergehenden Sonne (die schrägen Strahlen hatte er am deutlichsten im Gedächtnis), an das Heiligenbild, das brennende Lämpchen in der Ecke des Zimmers, davor seine Mutter, sie lag auf Knien und schrie, umschlang ihn mit beiden Armen und drückte ihn an sich, daß es ihm weh tat; dann betete sie für ihn zur Muttergottes, dabei streckte sie ihn mit beiden Händen dem Heiligenbild entgegen, als wollte sie ihn unter den Schutz der Muttergottes stellen, und dann kam plötzlich die Kinderfrau und riß ihn von der Mutter weg. Das war das Bild, das ihm vor Augen stand! Aljoscha wußte auch noch, wie das Gesicht der Mutter in jenem Augenblick ausgesehen hatte: verzückt, aber schön, soweit er sich erinnern könne. Aber nur selten vertraute er jemandem diese Erinnerung an. In seiner Kindheit und seinen Jugendjahren war er wenig mitteilsam, sogar wortkarg, aber nicht aus Schüchternheit und finsterer Menschenscheu, sondern aus einer Art innerer, rein persönlicher Sorge, die andere Menschen nichts anging, aber für ihn selbst so wichtig war, daß er um ihretwillen die anderen gewissermaßen vergaß. Er liebte die Menschen; er schien ihnen sein ganzes Leben hindurch zu vertrauen, und dabei hielt ihn nie jemand für beschränkt oder naiv. Etwas war in ihm, was nachdrücklich bekundete (auch in seinem ganzen späteren Leben), daß er nicht über die Menschen richten und sie um keinen Preis verdammen wolle. Da er unter keinen Umständen jemand verdammte, schien es sogar, als halte er alles für berechtigt, obgleich er oft tieftraurig war. Mehr noch: in diesem Sinn ging er so weit, daß ihn niemand erstaunen oder erschrecken konnte, und das schon seit seiner frühesten Jugend. Als er mit zwanzig Jahren zu seinem Vater kam und geradezu in eine schmutzige Lasterhöhle geriet, entfernte er sich immer nur schweigend, wenn er in seiner Reinheit etwas nicht mehr mit ansehen konnte, aber ohne das geringste Zeichen von Verachtung oder Verdammung für irgendwen. Sein Vater, der als ehemaliger Kostgänger ein feines Ohr für Beleidigungen besaß, war ihm gegenüber zwar anfangs mißtrauisch und mürrisch (»Der schweigt mir zuviel und denkt zuviel im stillen«), ließ das aber bald, schon nach etwa vierzehn Tagen, und begann ihn schrecklich oft zu umarmen und abzuküssen. Trotz aller Säufertränen und der Betrunkenenrührseligkeit sah man doch, daß er ihn so tief und aufrichtig liebgewonnen hatte, wie es wohl niemand von seinem Schlag gelingen würde.

Alle Menschen liebten diesen Aljoscha; das war so schon von seinen Kinderjahren an. Als er im Haus seines Wohltäters und Erziehers Jefim Petrowitsch Poljonow lebte, nahm er dessen gesamte Familie derart für sich ein, daß man ihn wie ein eigenes Kind behandelte. Und er war so jung in dieses Haus gekommen, daß man bei ihm weder berechnende Schlauheit und Intrigantentum erwarten konnte noch die Kunst, sich einzuschmeicheln und andere zu gewinnen. Die Gabe, sich besondere Zuneigung zu erwerben, war ungekünstelt, unmittelbar, sie machte gleichsam einen Teil seiner Natur aus. Ebenso erging es ihm in der Schule, eigentlich gehörte er doch gerade zu jenen Kindern, die bei ihren Kameraden Mißtrauen, manchmal Spottlust, wenn nicht gar Haß erwecken. Er war ein Grübler und sonderte sich oft von den anderen ab. Er zog sich von Kindheit an gern in einen Winkel zurück und las, und trotzdem schätzten ihn seine Kameraden derart, daß man ihn als Liebling aller bezeichnen konnte. Selten war er ausgelassen, selten auch nur lustig; aber alle sahen mit einem Blick, das zeugte durchaus nicht von Mißmut, sondern von Ausgeglichenheit und Ruhe. Er wollte sich unter seinen Altersgenossen nicht hervortun und fürchtete sich vielleicht gerade deshalb vor keinem. Die Knaben merkten indes sofort, daß er sich mit seiner Furchtlosigkeit nicht brüstete: Er schien sich seiner Kühnheit und Unerschrockenheit gar nicht bewußt zu sein. Beleidigungen vergaß er rasch. Es kam vor, daß er einem, der ihn gekränkt hatte, nach einer Stunde so vertrauensvoll und ruhig antwortete oder selbst ein Gespräch mit ihm anfing, als wäre überhaupt nichts zwischen ihnen vorgefallen. Nie hatte es in solchen Fällen den Anschein, er hätte die Beleidigung zufällig vergessen oder absichtlich verziehen; er hielt sie einfach nicht für eine Beleidigung, und das besonders entwaffnete die Kameraden und unterwarf sie ihm. Ein Charakterzug aber erregte von der untersten Klasse des Gymnasiums bis zur obersten die Necklust seiner Kameraden, nicht aus Bosheit, sondern weil es sie amüsierte. Das war seine ungekünstelte, fanatische Schamhaftigkeit. Er konnte gewisse Worte und Gespräche über Frauen nicht vertragen, und diese »gewissen« Worte und Gespräche sind in den Schulen leider unausrottbar. Knaben, unverdorben und fast noch Kinder, reden zuweilen in den Klassen ganz laut von Dingen, von denen nicht einmal Soldaten sprechen; ja, die Soldaten wissen und verstehen oft vieles nicht, was auf diesem Gebiet schon den jungen Kindern unserer gebildeten höchsten Gesellschaftskreise bekannt ist. Moralische

Verderbtheit braucht das nicht zu sein, auch nicht echter, im Innersten schamloser Zynismus; es ist ein äußerlicher Zynismus, der als interessant oder elegant, als forsch und nachahmenswert gilt. Als die Kameraden sahen, daß sich Aljoschka Karamasow die Ohren zuhielt, sobald sie von »solchen Dingen« zu reden begannen, stellten sie sich manchmal absichtlich dicht um ihn herum, rissen ihm die Hände von den Ohren und schrieen die Unanständigkeiten. Aljoscha machte sich frei, ließ sich zu Boden fallen, verbarg sich, ohne ein Wort zu sagen, ohne zu schimpfen: Er ertrug die Beleidigung schweigend. Erst gegen Ende der Schulzeit ließen sie ihn in Ruhe und hänselten »das Mädchen« nicht mehr; sie blickten eher mitleidig auf ihn herab. Übrigens war er, was das Lernen anlangte, einer der Besten, doch niemals ausdrücklich Erster.

Nach Jefim Petrowitschs Tod blieb Aljoscha noch zwei Jahre auf dem Gymnasium der Gouvernementsstadt. Jefim Petrowitschs Witwe begab sich mit der ganzen, nur aus weiblichen Personen bestehenden Familie für längere Zeit nach Italien, und Aljoscha kam in das Haus zweier Damen, entfernter Verwandter Jefim Petrowitschs, die er bis dahin nie gesehen hatte – unter welchen Abmachungen, das wußte er selbst nicht. Ein charakteristischer, sogar sehr charakteristischer Zug an ihm war, daß er sich nie darum kümmerte, auf wessen Kosten er lebte. In diesem Punkt war er das direkte Gegenteil seines älteren Bruders Iwan Fjodorowitsch, der sich die ersten beiden Universitätsjahre kümmerlich durch eigene Arbeit ernährte und es von Kindheit an als bitter empfand, aus der Tasche eines Wohltäters leben zu müssen. Man durfte jedoch diesen seltsamen Zug an Alexejs Charakter nicht allzu streng beurteilen; jeder, der ihn näher kennenlernte, konnte bei einem Gespräch über dieses Thema feststellen, daß Alexej so etwas wie ein »frommer Narr« war. Wäre ihm plötzlich ein Kapital zugefallen, er hätte es sicherlich unbedenklich auf die erste Bitte weggegeben, sei es zu einem guten Zweck, sei es, weil ein geschickter Schwindler ihn darum ersuchte. Überhaupt schien er den Wert des Geldes nicht zu kennen – selbstverständlich meine ich das nicht im buchstäblichen Sinn. Wenn er Taschengeld bekam (worum er niemals bat), so wußte er entweder wochenlang nichts damit anzufangen, oder er ging so erschreckend achtlos damit um, daß es im Nu verschwunden war. Pjotr Alexandrowitsch Miussow, der ein feines Gefühl für Geld und bürgerliche Ehrenhaftigkeit besaß, sagte später einmal über Alexej: »Er ist vielleicht der einzige Mensch auf der Welt, der, plötzlich allein und ohne Geld auf einen Platz in einer fremden Millionenstadt verschlagen, bestimmt nicht umkommen würde. Man würde ihm sofort Nahrung und Unterkunft gewähren; täten es die Leute nicht von allein, würde er sich selbst bei jemand unterbringen, was ihn nicht die geringste Überwindung kosten und keine Erniedrigung für ihn bedeuten würde. Und, die ihn aufnähmen, würden das nicht als Last, sondern im Gegenteil vielleicht als Vergnügen empfinden.«

Das Gymnasium beendete er nicht; es fehlte ihm noch ein ganzes Jahr, als er den Damen auf einmal erklärte, er wolle zu seinem Vater fahren: in einer Angelegenheit, die ihm eingefallen sei. Den Damen tat das leid, sie wollten ihn gar nicht weglassen. Die Fahrt kostete nur wenig, und die Damen erlaubten ihm nicht, seine Uhr, die ihm die Familie seines Wohltäters vor ihrer Abreise ins Ausland geschenkt hatte, zu versetzen. Sie statteten ihn reichlich mit Geld aus, versorgten ihn sogar mit neuen Kleidern und neuer Wäsche. Die Hälfte des Geldes gab er ihnen jedoch mit der Erklärung zurück, er wollte unbedingt dritter Klasse fahren. Nach der Ankunft in unserem Städtchen gab er seinem Vater auf die Frage, warum er eigentlich vor Abschluß des Gymnasiums gekommen sei, überhaupt keine Antwort; er war nur ungewöhnlich nachdenklich. Bald stellte sich heraus, daß er das Grab seiner Mutter suchte. Er gab damals sogar selber zu, nur deshalb gekommen zu sein. Aber das dürfte schwerlich der einzige Grund gewesen sein. Wahrscheinlich wußte er selbst nicht, was plötzlich in seiner Seele erwacht war und ihn unwiderstehlich auf einen neuen, unbekannten, aber schon unvermeidlichen Weg zog. Fjodor Pawlowitsch konnte ihm nicht zeigen, wo seine zweite Frau begraben lag; er war nicht wieder an ihrem Grab gewesen, seit man den Sarg zugeschüttet hatte, und während der vielen dazwischenliegenden Jahre hatte er völlig vergessen, wo sie beerdigt worden war.

Bei dieser Gelegenheit noch ein paar Worte über Fjodor Pawlowitsch. Er hatte vor Aljoschas Ankunft lange nicht in unserer Stadt gelebt. Drei oder vier Jahre nach dem Tod seiner zweiten Frau war er nach Südrußland gegangen, zuletzt nach Odessa, wo er mehrere Jahre verbrachte. Anfangs hatte er dort, wie er sich ausdrückte, »viele Juden und Jüdchen« kennengelernt, und zuletzt war er nicht nur »bei Juden, sondern auch bei den Hebräern ein und aus gegangen«. Es ist anzunehmen, daß er sich in dieser Periode seines Lebens die besondere Kunst zu eigen machte, Geld zusammenzuscharren, indem er es anderen Leuten abgaunerte. Erst drei Jahre vor Aljoschas Ankunft kehrte er für immer in unser Städtchen zurück. Seine früheren Bekannten fanden ihn sehr gealtert, obgleich er durchaus noch nicht alt war. Er benahm sich aber keineswegs anständiger, sondern noch schamloser als früher. So zeigte sich zum Beispiel bei dem früheren Possenreißer das Bedürfnis, sich andere als Possenreißer zu halten. Bei den Weibern verhielt er sich nicht wie früher nur schamlos, sondern geradezu widerwärtig. Binnen kurzem eröffnete er zahlreiche neue Schenken in unserem Kreis. Er mußte an die hunderttausend Rubel besitzen, jedenfalls nicht viel weniger. Viele Einwohner der Stadt und des Kreises wurden alsbald seine Schuldner, selbstverständlich nur gegen vollkommen sichere Pfänder. In der allerletzten Zeit bekam er ein aufgedunsenes Aussehen, er büßte seine Selbstsicherheit und Gleichförmigkeit ein und wurde irgendwie leichtfertig. So fing er das eine an, um bei etwas anderem zu enden, änderte unversehens seine Absichten und betrank sich immer häufiger. Hätte der Diener Grigori, der zu dieser Zeit ebenfalls schon ziemlich gealtert war, ihn nicht manchmal fast wie ein Erzieher beaufsichtigt, wäre Fjodor Pawlowitsch wohl in arge Unannehmlichkeiten geraten. Aljoschas Ankunft hatte auf ihn sogar eine moralische Wirkung, so als wäre in diesem früh vergreisten Menschen etwas erwacht, was lange betäubt in seiner Seele gelegen hatte. »Weißt du«, sagte er oft zu Aljoscha und starrte ihn dabei an, »daß du mit ihr, mit der Schreierin, große

Ähnlichkeit hast?« (So nannte er seine verstorbene Frau, Aljoschas Mutter.) Ihr Grab zeigte Aljoscha schließlich der Diener Grigori. Er führte ihn in einen abgelegenen Winkel des städtischen Friedhofs und zeigte ihm eine Platte aus Gußeisen, nicht kostbar, aber sauber gearbeitet, mit Namen und Stand, Alter und Todesjahr der Verstorbenen; darunter stand ein vierzeiliger Vers: altertümliche Kirchhofspoesie, wie sie auf Gräbern von Leuten des Mittelstandes üblich ist. Zu Aljoschas Verwunderung war diese Platte eine Stiftung Grigoris. Er hatte sie auf eigne Kosten auf dem Grab der armen »Schreierin« anbringen lassen, nachdem Fjodor Pawlowitsch, dem er mehrfach mit Vorhaltungen wegen des Grabes zugesetzt hatte, nach Odessa gereist war und mit anderen Erinnerungen an die Vergangenheit auch den Gedanken an die Gräber getilgt hatte. Aljoscha zeigte sich am Grab seiner Mutter nicht besonders empfindsam; er hörte sich Grigoris würdigen und gesetzten Bericht über das Anbringen der Platte an, stand ein Weilchen mit gesenktem Kopf und ging dann, ohne ein Wort gesagt zu haben. Seitdem war er vielleicht ein Jahr lang nicht mehr auf dem Friedhof gewesen. Auf Fjodor Pawlowitsch aber übte auch dieser kleine Vorfall seine Wirkung aus, und zwar eine sehr eigentümliche. Er nahm auf einmal tausend Rubel und brachte sie in unser Kloster: für Seelenmessen für seine Gattin – aber nicht für Aljoschas Mutter, die »Schreierin«, sondern für die erste, Adelaida Iwanowna, die ihn geprügelt hatte. Am Abend jenes Tages betrank er sich und schimpfte vor Aljoscha auf die Mönche. Er selbst war alles andere als ein religiöser Mensch; wahrscheinlich hatte er noch nie im Leben auch nur eine Fünfkopekenkerze vor einem Heiligenbild aufgestellt. Solche Typen haben eben mitunter sonderbare Gefühlsausbrüche und unvermittelte Einfälle.

Ich habe bereits gesagt, daß er sehr aufgedunsen war. Sein Gesicht war ein unbestechlicher Zeuge für die Art und den Inhalt seines bisherigen Lebens. Außer den langen, fleischigen Säckchen unter den ewig frechen, mißtrauischen und spöttischen kleinen Augen, außer den vielen und tiefen Runzeln auf seinem kleinen fetten Gesicht war da unter seinem spitzigen Kinn noch ein zweites, dick und lang wie ein Geldbeutel, was ihm ein widerliches, lüsternes Aussehen verlieh. Dazu kam noch der breite, sinnliche Mund mit den dicken Lippen, hinter denen die fast verfaulten Zähne als ganz kleine Stummel sichtbar wurden. Wenn er zu reden anfing, spritzte ihm der Speichel aus dem Mund. Übrigens machte er auch selbst gern Witze über sein Gesicht, obgleich er damit ganz zufrieden war, glaube ich. Besonders gern wies er auf seine Nase hin, die mittelgroß, sehr schmal und stark gekrümmt war. »Eine echte Römernase«, sagte er, »zusammen mit dem Doppelkinn das typische Abbild eines alten römischen Patriziers aus der Zeit des Verfalls.« Darauf war er offenbar stolz.

Kurz nachdem er das Grab seiner Mutter gefunden hatte, erklärte Aljoscha dem Vater, er wolle in das Kloster eintreten, und die Mönche seien bereit, ihn als Novizen aufzunehmen. Dies sei sein innigster Wunsch, und er bitte ihn als Vater um die förmliche Erlaubnis. Der Vater wußte bereits, daß der Starez Sossima, der zurückgezogen in der Einsiedelei des Klosters lebte, seinen »stillen Jungen« besonders beeindruckt hatte.

»Dieser Starez ist unter den hiesigen Mönchen allerdings der ehrenhafteste«, erwiderte er, nachdem er seinen Sohn schweigend und nachdenklich angehört hatte, ohne sich über dessen Bitte weiter zu wundern. »Hm. Da willst du also hingehen, mein stiller Junge!« Er war ziemlich betrunken und verzog auf einmal das Gesicht zu seinem breiten, halbtrunkenen Lächeln, in dem die Schlauheit und List des Säufers war. »Hm. Habe ich es doch geahnt, daß du schließlich dort enden würdest, kannst du dir das vorstellen? Dich zieht es ja geradezu dorthin. Na schön, meinetwegen. Du hast deine zweitausend Rubel, das ist deine Mitgift. Ich werde dich schon nicht im Stich lassen, mein Engel, und ich werde auch jetzt, wie sich's gehört, was für dich einzahlen, wenn sie es verlangen. Aber wenn sie es nicht verlangen – wozu dann aufdrängen, wie? Du brauchst ja nicht mehr Geld als ein Kanarienvogel, zwei Körnchen die Woche. Hm ... Weißt du, zu einem Kloster gehört eigentlich eine kleine Vorstadtkolonie, da wohnen, das ist allgemein bekannt, nur sogenannte ›Klosterweiber‹, so an die dreißig Frauenzimmer, glaube ich. Ich war mal da, weißt du, interessant in seiner Art, natürlich nur so als Abwechslung. Ekelhaft war nur, alles entsetzlich russisch, keine Französinnen, wo sie doch welche haben könnten, an Geld fehlt es nämlich nicht. Sobald die das erfahren, sind sie da. Na, aber hier ist nichts, hier gibt es keine Klosterweiber, hier gibt es nur an die zweihundert Mönche. Hier geht es anständig zu. Und gefastet wird auch, das muß man ihnen lassen ... Hm, also du willst zu den Mönchen gehen. Es tut mir leid um dich, Aljoscha, ich habe dich wirklich liebgewonnen, glaubst du es? Übrigens kommt mir die Sache auch gelegen; du kannst gleich für uns Sünder beten. Ich habe, so wahr ich hier sitze, viel zuviel gesündigt. Und dauernd habe ich gegrübelt: Wer wird einmal für mich beten? Gibt es einen solchen Menschen auf dieser Welt? Ich bin in dieser Hinsicht schrecklich dumm, du bist ein lieber Junge, du glaubst es wahrscheinlich gar nicht. Schrecklich dumm. Aber sieh mal, so dumm ich auch bin, ich denke immerzu daran, immerzu. Das heißt natürlich, ab und zu, nicht immerzu. Ausgeschlossen, denke ich dann, daß die Teufel mich vergessen und nicht mich mit ihrem Feuerhaken zu sich hinunterziehen, wenn ich sterbe. Na, und dann denke ich: Feuerhaken? Aber woher haben sie die? Und woraus sind die? Aus Eisen? Wo schmiedet man die denn? Sie haben wohl so eine Fabrik da bei sich? Die Mönche im Kloster glauben doch sicher, die Hölle habe zum Beispiel eine Art Zimmerdecke. Ich glaube aber nur an eine Hölle ohne Decke, das macht sich gleich viel feinsinniger und aufgeklärter, sozusagen lutherisch. Aber ist es im Grunde nicht ganz egal, ob die Hölle eine Decke hat oder nicht? Und doch liegt darin das ganze verdammte Problem. Wenn keine Decke da ist, so sind auch keine Feuerhaken da. Und wenn keine Feuerhaken da sind, dann stimmt das mit der ganzen Hölle nicht. Dann wird wieder alles unwahrscheinlich: Wer soll mich dann mit Feuerhaken hinunterziehen? Und wenn ich nicht hinuntergezogen werde, dann hört ja alles auf; wo bleibt da die Gerechtigkeit! Il faudrait les inventer,* diese Feuerhaken speziell für mich, für mich allein! Wenn du eine Ahnung hättest, Aljoscha, was ich für ein Deckskerl bin!«

* frz. Man müßte sie erfinden.

»Es gibt dort keine Feuerhaken«, sagte Aljoscha leise und ernst, dabei sah er seinen Vater unverwandt an.

»Richtig, richtig, nur Schatten von Feuerhaken. Ich weiß es, ich weiß. Wie hat doch ein Franzose die Hölle beschrieben: ›J'ai vu l'ombre d'un cocher qui avec l'ombre d'une brosse frottait l'ombre d'une carosse.‹* Woher weißt du denn, mein Bester, daß es dort keine Feuerhaken gibt? Wenn du ein Weilchen bei den Mönchen bist, wirst du anders singen. Aber geh nur hin; arbeite dich zur Wahrheit durch, und dann komm her und erzähle – es fällt einem doch leichter, ins Jenseits aufzubrechen, wenn man genau weiß, was da los ist. Und es wird auch besser für dich sein, du wohnst bei den Mönchen und nicht bei mir, bei einem alten Säufer mitsamt seinen Frauenzimmern ... obwohl dich Engel ja nichts anficht. Na, vielleicht wird dich auch dort nichts anfechten; deswegen gebe ich dir auch die Erlaubnis, eben weil ich darauf hoffe. Dir hat ja der Teufel den Geist nicht angefressen. Du wirst entflammen und wieder verlöschen, wirst dich auskurieren und wieder zurückkommen. Und ich werde auf dich warten, denn ich fühle, du bist der einzige Mensch auf der Erde, der mich nicht verdammt hat. Du bist mein lieber Junge, das fühle ich, wie sollte ich das nicht fühlen?«

Er fing sogar an zu schluchzen. Er war sentimental. Schlecht und sentimental.

5. Die Starzen

Mancher Leser mag vielleicht denken, mein Held war eine kränkliche, ekstatische, unterentwickelte Natur, ein blasser Träumer, ein blutarmes, sieches Menschlein. Im Gegenteil: Aljoscha war zu jener Zeit ein stattlicher junger Mann, rotbackig, neunzehnjährig, mit wachem Blick und strotzend von Gesundheit. Er war damals sogar sehr hübsch,

* frz. Ich habe den Schatten des Kutschers gesehen, welcher mit dem Schatten einer Bürste den Schatten einer Kutsche reibt.

gut gebaut, mittelgroß, dunkelblond, mit regelmäßigem, obzwar etwas länglichem, Gesicht, mit leuchtenden, dunkelgrauen, weit offenen Augen, sehr nachdenklich und scheinbar ganz ruhig. Man wird vielleicht sagen, rote Backen seien noch kein Beweis gegen Fanatismus oder Mystizismus; mir scheint jedoch, Aljoscha war mehr als jeder andere Realist. Gewiß, im Kloster glaubte er wirklich an Wunder; aber nach meiner Ansicht können Wunder einen Realisten nicht beirren. Nicht Wunder machen einen Realisten gläubig. Der echte Realist, sofern er nicht gläubig ist, wird immer die Kraft und die Fähigkeit finden, nicht an Wunder zu glauben. Und wenn ein Wunder unbestreitbar vor ihm steht, wird er eher seinen Sinnen mißtrauen als die Tatsache zugeben. Gibt er sie aber doch einmal zu, so höchstens als eine natürliche Tatsache, die ihm bisher nur unbekannt war. Bei einem Realisten erwächst nicht der Glaube aus dem Wunder, sondern das Wunder aus dem Glauben. Fängt der Realist einmal an zu glauben, muß er unbedingt auch das Wunder zugeben: gerade wegen seines Realismus. Der Apostel Thomas erklärte, er werde nicht glauben, bevor er sehe; und als er gesehen hatte, sagte er: »Mein Herr und Gott!« Hatte ihn etwa das Wunder zum Glauben gebracht? Doch wohl nicht. Er begann vielmehr nur deshalb zu glauben, weil er glauben wollte; und er glaubte wahrscheinlich bereits im Innersten seines Wesens ganz fest, als er sagte: »Ich werde nicht glauben, bevor ich sehe.«

Man wird vielleicht sagen, Aljoscha war stumpfsinnig und unentwickelt, er hat das Gymnasium nicht beendet – und so weiter, und so weiter. Daß er das Gymnasium nicht beendet hatte, war die Wahrheit; doch ihn stumpfsinnig oder dumm zu nennen, wäre höchst ungerecht. Ich wiederhole: er wählte diesen Weg allein deswegen, weil nur er ihn zu jener Zeit beeindruckte und seiner Seele auf einen Schlag das ideale Hilfsmittel bot, aus dem Dunkel zum Licht vorzudringen. Hinzu kommt, daß er ein wenig schon ein junger Mann unserer neueren Zeit war, das heißt: von Natur aus ehrlich, begierig nach Wahrheit, sie suchend und an sie glaubend und deshalb mit aller Kraft der Seele danach trachtend, ihrer sofort teilhaftig zu werden und baldigst etwas Großes zu tun, bereit, dafür alles zu opfern, notfalls sogar das Leben. Leider begreifen diese jungen Leute nicht, daß es in den meisten Fällen leichter sein mag, das Leben zu opfern, als von der schäumenden Jugend fünf, sechs Jahre auf ein schweres, mühsames wissenschaftliches Studium zu verwenden, sei es auch nur, um die eigenen Kräfte für den Dienst an jener Wahrheit, für jene große Tat zu mehren, der man sich einmal verschrieben hat. Doch ein solches Opfer übersteigt fast stets die Kräfte vieler junger Leute. Aljoscha hatte ganz einfach den entgegengesetzten Weg gewählt, allerdings mit der gleichen Ungeduld nach einer großen Tat. Kaum war er bei ernstem Nachdenken zur Überzeugung gelangt, daß es eine Unsterblichkeit und einen Gott gibt, sagte er sich wie selbstverständlich: »Ich will für die Unsterblichkeit leben; einen Kompromiß nehme ich nicht an.« Hätte er sich entschieden, es existiere keine Unsterblichkeit und kein Gott, wäre er ebenso schnell unter die Atheisten und Sozialisten gegangen. (Der Sozialismus ist nämlich nicht nur ein Problem, das den Arbeiter, den sogenannten vierten Stand berührt; er ist vor allem ein atheistisches Problem: Es geht um die moderne Verkörperung des Atheismus, um einen babylonischen Turm, der ausdrücklich ohne Gott gebaut wird, nicht um den Himmel von der Erde aus zu erreichen, sondern um den Himmel zur Erde herabzuholen.) Aljoscha schien es sogar seltsam und unmöglich, so weiterzuleben wie bisher. Es steht geschrieben: »Verteile alles, was du hast, und folge mir nach, wenn du vollkommen sein willst.« Und da sagte sich Aljoscha: »Ich kann nicht statt meines Besitzes nur zwei Rubel geben, statt ihm nachzufolgen nur zur Messe gehen.« Unter seinen Kindheitserinnerungen hatte sich vielleicht auch die eine oder andere an das vor der Stadt gelegene Kloster gehalten, in das ihn seine Mutter zur Messe mitgenommen haben mochte. Vielleicht wirkten auch die schrägen Strahlen der untergehenden Sonne vor dem Heiligenbild, zu dem ihn seine Mutter, die Schreierin, emporhielt, nach. Nachdenklich kam er damals zu uns, vielleicht nur um zu sehen: Gibt man hier alles oder nur zwei Rubel? Und begegnete im Kloster diesem Starez.

Es war, wie ich schon sagte, der Starez Sossima. Aber ich muß an dieser Stelle ein paar Worte darüber einfügen, was die Starzen in unseren Klöstern überhaupt darstellen. Leider bin ich auf diesem Gebiet nicht recht kompetent; trotzdem will ich es wenigstens knapp und oberflächlich zu erklären versuchen. Zunächst dies: Zuverlässige Fachleute versichern, in unseren russischen Klöstern sei die Institution der Starzen erst vor kurzem, vor nicht einmal hundert Jahren, aufgekommen, während sie im ganzen gläubigen Osten, besonders auf dem Sinai und dem Athos, schon über tausend Jahre bestehe. Zwar habe diese Institution in ältester Zeit auch in Rußland existiert – zumindest müsse man das als sicher annehmen –, doch sei sie über dem Unglück, das Rußland heimsuchte, über der Tatarenherrschaft und den Aufständen und infolge des Abbruchs der Beziehungen zum Orient nach der Eroberung Konstantinopels in Vergessenheit geraten und abgeschafft worden. Wieder eingeführt worden sei sie gegen Ende des vorigen Jahrhunderts durch Paissi Welitschkowski, einen der sogenannten großen Glaubenshelden, und seine Schüler; aber noch heute, fast hundert Jahre später, existiere sie nur in wenigen Klöstern und sei als eine für Rußland unerhörte Neuerung, mitunter sogar Verfolgungen ausgesetzt gewesen. In Blüte habe sie in der berühmten Einsiedelei von Koselks-Optina gestanden. Wann und von wem sie in unserem Kloster eingeführt worden ist, kann ich nicht sagen; jedenfalls waren in ihm bereits drei Starzen einander gefolgt: Sossima war der letzte von ihnen, doch auch er war bereits schwach und krank, und wer ihm nachfolgen sollte, wußte man nicht. Diese Frage war wichtig für unser Kloster, denn es war bisher durch nichts berühmt: weder durch Gebeine Heiliger noch durch plötzlich entdeckte wundertätige Ikonen, nicht einmal durch ruhmvolle geschichtliche Überlieferungen; ihm wurden keine historischen Großtaten, keine Verdienste um das Vaterland zugeschrieben. Seine Blüte und seine Berühmtheit in ganz Rußland verdankte es eben gerade seinen Starzen; sie zu sehen und zu hören, kamen die Pilger scharenweise tausend Werst weit her. Was also ist ein »Starez«? Einer, der Seele und Willen eines anderen in seine Seele und in seinen Willen aufnimmt. Wer sich einen Starez erwählt, verzichtet auf seinen eigenen Willen und ordnet sich ihm in voller Selbstverleugnung und vollem Gehorsam unter. Wer dieses Gelübde ablegt, nimmt eine schwere, lange Prüfung, eine furchtbare Lebensschule freiwillig auf sich: in der Hoffnung, schließlich sich selbst zu überwinden und sich so weit beherrschen zu lernen, daß er zuletzt durch lebenslänglichen Gehorsam die vollkommene Freiheit, das heißt, die Befreiung von sich selbst erlangt und dem Schicksal derer entgeht, die ihr ganzes Leben lang nicht zu sich selber finden. Die Institution des Starez war keine theoretische Erfindung, sondern hat sich im Osten aus einer nunmehr tausendjährigen Praxis entwickelt. Die Pflichten gegenüber dem Starez beschränken sich nicht auf gewöhnlichen Gehorsam, wie es ihn auch in unseren russischen Klöstern von jeher gegeben hat. Wer sich einem Starez unterordnet, verpflichtet sich, ihm lebenslänglich zu beichten, und die Bindung zwischen beiden ist unzerreißbar. Es wird zum Beispiel erzählt, in den ältesten Zeiten des Christentums habe einmal ein so Ergebener eine vom Starez auferlegte Buße nicht geleistet, habe das Kloster verlassen und sich in ein anderes Land begeben, aus Syrien nach Ägypten. Dort sei er nach langen Jahren voller großer Taten endlich gewürdigt worden, Martern zu erdulden und den Märtyrertod für den Glauben zu sterben. Als aber die Kirche, die ihn bereits für einen Heiligen hielt, seinen Leib bestatten wollte, habe sich bei dem Ausruf des Diakonus: »Die noch nicht in die Gemeinschaft der Christen Aufgenommenen mögen hinausgehen!« der Sarg mit dem Leib des Märtyrers plötzlich von der Stelle bewegt und die Kirche verlassen, und das dreimal. Schließlich habe man erfahren, daß dieser heilige Dulder das Gelübde des Gehorsams gebrochen hatte, daß er von seinem Starez weggegangen war und daher ohne dessen Zustimmung keine Verzeihung finden könne, trotz seiner großen Taten. Erst nachdem der herbeigerufene Starez ihn von der Pflicht des Gehorsams entbunden hätte, habe seine Bestattung erfolgen können. Das ist freilich nur eine uralte Legende; doch es gibt da auch einen weniger weit zurückliegenden Vorfall. Ein Mönch, der übrigens heute noch lebt, hatte in einem Kloster auf dem Berg Athos Zuflucht gefunden. Eines Tages befahl ihm plötzlich sein Starez, er solle den Athos, den er als Heiligtum und stillen Zufluchtsort aus tiefster Seele liebte, verlassen, nach Jerusalem gehen, um an den heiligen Stätten zu beten, und dann nach Rußland zurückkehren, und zwar in den Norden, nach Sibirien. »Dort ist dein Platz, nicht hier«, sagte der Starez. Zutiefst erschrocken und bekümmert begab sich der Mönch nach Konstantinopel zum Obersten Patriarchen und bat um die Freisprechung von dem Gebot; doch der Kirchenfürst antwortete, nicht nur er, der Oberste Patriarch, auch jegliche andere Macht auf Erden sei außerstande, ihn von einem Gebot zu entbinden, das ihm der Starez auferlegt habe – mit Ausnahme des Starez selbst. So ist die Institution des Starez mit einer Macht ausgestattet, die in gewissen Fällen unbegreiflich und schrankenlos ist. Das ist der Grund, weshalb in vielen Klöstern bei uns das Starzentum anfangs heftig befehdet wurde. Das Volk dagegen erwies den Starzen gleich von Anfang an große Hochachtung. Beispielsweise strömten einfache Leute und vornehme Persönlichkeiten scharenweise zu den Starzen unseres Klosters, um vor ihnen niederzuknien, ihre Zweifel, ihre Sünden und Leiden zu beichten und sich Rat und Belehrung zu holen. Als die Gegner der Institution das sahen, schrien sie neben anderen Beschuldigungen, hier würde das Sakrament der Beichte eigenmächtig und leichtsinnig verletzt – obgleich das ständige Beichten eines Untergebenen oder eines Laien vor dem Starez durchaus nicht in den Formen des Sakramentes vor sich geht. Die Sache endete damit, daß sich die Institution des Starez behauptete und nun allmählich in den russischen Klöstern durchsetzte. Allerdings kann dieses erprobte tausendjährige Werkzeug, geschaffen, den Menschen aus moralischer Knechtschaft zu Freiheit und sittlicher Vollkommenheit zu führen, wohl auch ein zweischneidiges Schwert werden, insofern es manchen statt zu Demut und Selbstüberwindung zum teuflichsten Stolz führt, das heißt in Ketten und nicht in die Freiheit.

Der fünfundsechzigjährige Starez Sossima entstammte einer Gutsbesitzerfamilie, er war in frühester Jugend beim Militär gewesen und hatte im Kaukasus als Oberleutnant gedient. Ohne Zweifel hatte er durch irgendeine besondere seelische Eigenschaft die Bewunderung Aljoschas erregt. Dieser wohnte mit in der Zelle des Starez, der ihn sehr liebgewonnen und zu sich genommen hatte. Er war aber zu der Zeit, da er im Kloster lebte, noch nicht gebunden, konnte ausgehen, wann er wollte, sogar ganze Tage, und wenn er eine Kutte trug, so tat er es freiwillig, um nicht vor den anderen Klosterinsassen aufzufallen.

Er fand aber auch selbst Gefallen daran. Vielleicht machten die geistige Kraft des Starez und der Ruhm, der ihn ständig umgab, auf Aljoschas jugendliche Phantasie einen starken Eindruck. Von dem Starez Sossima erzählten viele, er habe schon jahrelang alle zu sich gelassen, die in der Beichte ihr Herz ausschütten, seinen Rat einholen und seine Trostworte vernehmen wollten; so habe er viele Bekenntnisse, Geständnisse und Äußerungen der Reue zu hören bekommen und schließlich ein so feines Gefühl erlangt, daß er beim ersten Blick ins Gesicht eines Unbekannten errate, in welcher Absicht er gekommen war, was er brauchte und welche Qualen sein Gewissen peinigten; manchmal versetze er einen Ankömmling dadurch, daß er sein Geheimnis kenne, bevor noch ein Wort gesprochen war, in Staunen, Bestürzung, ja in Furcht. Dabei bemerkte Aljoscha fast immer, daß viele, ja beinahe alle, die sich zum erstenmal voll Angst und Unruhe bei dem Starez zu einem Gespräch unter vier Augen einfanden, später, wenn sie herauskamen, helle, freudige Mienen hatten; das finsterste Gesicht war dann in ein glückliches verwandelt. Auch erregte es Aljoschas Erstaunen, daß der Starez durchaus nicht ernst und streng war, sondern im Gegenteil stets geradezu heiter im Umgang. Die Mönche sagten, sein Herz gehöre in erster Linie den schlimmen Sündern; wer am meisten sündige, der sei ihm der liebste. Unter den Mönchen gab es sogar noch in seinen letzten Lebensjahren einige, die ihn beneideten und haßten; aber es waren nur wenige, und diese wenigen schwiegen, obgleich sich unter ihnen sehr angesehene und bedeutende Persönlichkeiten des Klosters befanden, zum Beispiel einer der ältesten Einsiedler, einer, der wenig redete und ungewöhnlich viel fastete. Die überwiegende Mehrzahl stand unzweifelhaft auf seiten des Starez Sossima, und viele von ihnen liebten ihn heiß und aufrichtig, von ganzem Herzen. Einige hingen ihm beinahe fanatisch an und sagten ohne Umschweife, wenn auch leise, er sei ein Heiliger, und da sie sein nahes Ende voraussahen, erwarteten sie unverzüglich Wunder von ihm und in der allernächsten Zukunft großen Ruhm für das Kloster. Auch Aljoscha glaubte widerspruchslos an die wundertätige Kraft des Starez wie an die Geschichte von dem Sarg, der aus der Kirche geflogen war. Er sah, daß viele, die mit kranken Kindern oder erwachsenen Verwandten kamen und den Starez baten, er möge seine Hände auf sie legen und ein Gebet über sie sprechen, sehr bald zurückkehrten, manche gleich am nächsten Tag, weinend vor ihm niedersanken und ihm für die Heilung der Kranken dankten. Ob es tatsächlich eine Heilung war oder nur eine natürliche Besserung im Krankheitsverlauf, das war für Aljoscha keine Frage; er glaubte fest an die geistige Kraft seines Lehrers, dessen Ruhm gewissermaßen sein eigener Triumph war. Besonders erbebte sein Herz und strahlte sein Gesicht, wenn der Starez zu der am Tor der Einsiedelei wartenden Menge von Pilgern aus dem einfachen Volk trat, die eigens zu dem Zweck aus ganz Rußland zusammengeströmt waren, den Starez zu sehen und sich von ihm segnen zu lassen. Sie knieten, in Tränen ausbrechend, vor ihm nieder, küßten seine Füße und die Erde, auf der er stand, und stießen Rufe der Bewunderung aus; Frauen hielten ihm ihre Kinder hin und führten ihm Schreikranke zu. Der Starez redete mit ihnen, sprach über sie ein kurzes Gebet, segnete sie und entließ sie. In der letzten Zeit war er infolge seiner Krankheitsanfälle manchmal so schwach, daß er die Zelle nicht verlassen kannte; dann warteten die Pilger mitunter tagelang auf sein Erscheinen.

Aljoscha hatte keinen Zweifel, warum sie ihn liebten, sich vor ihm niederwarfen und vor Rührung weinten, sobald sie sein Antlitz erblickten. Oh, er begriff sehr wohl, daß es für die gedemütigte, durch Arbeit und Kummer, durch stete Ungerechtigkeit und Sünde – eigene wie fremde – zermürbte und zermarterte Seele des einfachen Russen kein stärkeres Bedürfnis und keinen besseren Trost gibt, als ein Heiligtum oder einen Heiligen zu finden, vor ihm niederzufallen und sich vor ihm zu beugen: »Wenn bei uns auch Sünde, Unwahrheit und Versuchung herrschen so lebt doch hier und da auf Erden ein Heiliger, ein Höherer, der die Wahrheit besitzt und die Wahrheit kennt. Also stirbt sie nicht auf dieser Erde, sondern wird einmal auch zu uns kommen und auf der ganzen Erde herrschen, wie es verheißen ist.« Aljoscha wußte, so fühlt und urteilt das Volk; dafür hatte er Verständnis. Und daß gerade in den Augen dieses Volkes sein Starez ein solcher Heiliger und Bewahrer der göttlichen Wahrheit war, bezweifelte er selbst ebensowenig wie die weinenden Bauern und ihre kranken Frauen, die dem Starez ihre Kinder entgegenstreckten. Die Überzeugung, der Starez werde nach seinem Tod dem Kloster außerordentlichen Ruhm bringen, beherrschte Aljoscha wohl stärker als sonst irgendwen im Kloster. Überhaupt entbrannte in dieser letzten Zeit immer mehr eine tiefe, innere Begeisterung in seinem Herzen. Und es beirrte ihn dabei keineswegs, daß dieser Starez nur als ein einzelner vor ihm stand. Das ändert nichts, er ist ein Heiliger, in seinem Herzen ruht das Geheimnis der Erneuerung für alle, die Macht, die endlich die Wahrheit auf Erden errichten wird; und alle werden heilig sein und einander lieben, und weder Reiche noch Arme wird es mehr geben, weder Hohe noch Niedere, alle werden sie sein wie Kinder Gottes, und das wahre Reich Christi bricht an. Das war es, wovon Aljoscha im tiefsten Innern träumte.

Die Ankunft seiner beiden Brüder, die er bisher nicht gekannt hatte, schien starken Eindruck auf Aljoscha zu machen. Seinem Bruder Dmitri Fjodorowitsch schloß er sich schneller und enger an als dem anderen, seinem leiblichen Bruder Iwan, obgleich der erstere später eingetroffen war. Es reizte ihn sehr, seinen Bruder Iwan kennenzulernen; aber sie waren sich immer noch nicht nähergekommen, obschon Iwan bereits zwei Monate hier lebte und sie sich häufig sahen. Aljoscha selbst war schweigsam, er schien auf etwas zu warten und sich für etwas zu schämen, sein Bruder Iwan aber dachte bald offenbar gar nicht mehr an ihn, obwohl Aljoscha anfangs oft seine langen, prüfenden Blicke auf sich gespürt hatte. Das war für Aljoscha doch etwas befremdend. Er schrieb die Gleichgültigkeit des Bruders dem Alters- und Bildungsunterschied zu, doch er machte sich auch andere Gedanken. Daß Iwan für ihn so wenig Interesse zeigte, hatte vielleicht eine bestimmte Ursache, die ihm, Aljoscha, vollkommen unbekannt war. Es kam ihm irgendwie vor, als sei Iwan mit etwas Wichtigem, äußerlich nicht Sichtbarem, beschäftigt, als strebe er nach einem schwer erreichbaren Ziel, daß er für ihn keinen Gedanken übrig hatte, und als sei das der einzige Grund, warum er ihn so zerstreut ansah. Oder sollte eine gewisse Verachtung des gelehrten Atheisten für den dummen Novizen dahinterstecken? Er wußte, daß sein Bruder Atheist war. Wenn wirklich solche Verachtung vorlag, konnte er sich dadurch nicht gekränkt fühlen; dennoch wartete er in einer ihm selbst unverständlichen Aufregung auf den Zeitpunkt, wo sein Bruder ihm nähertreten würde. Dmitri Fjodorowitsch verehrte Iwan zutiefst und sprach immer mit großer Wärme von ihm. Er war es denn auch, der Aljoscha alle Einzelheiten jener wichtigen Angelegenheit erzählte, welche die beiden älteren Brüder in der letzten Zeit merkwürdig eng verband. Dmitris begeisterte Äußerungen über den Bruder erschienen Aljoscha um so bezeichnender, als Dmitri im Vergleich zu Iwan ungebildet war; ihre Persönlichkeiten und Charaktere waren so gegensätzlich, daß zwei verschiedenere Menschen kaum denkbar waren.

Zu dieser Zeit nun fand in der Zelle des Starez ein Wiedersehen oder richtiger ein Treffen aller Mitglieder dieser disharmonischen Familie statt, das Aljoscha außerordentlich beeindruckte. Der für die Zusammenkunft angegebene Grund war in Wirklichkeit unrichtig. Gerade damals waren die Streitigkeiten zwischen Dmitri Fjodorowitsch und seinem Vater um die Erbschaft und die Vermögensabrechnungen offensichtlich bis zum Äußersten gediehen. Die Beziehungen hatten sich bis zur Unerträglichkeit zugespitzt. Fjodor Pawlowitsch schien als erster, und zwar eher scherzhaft, angeregt zu haben, sie alle sollten in der Zelle des Starez zusammenkommen, selbst wenn sie dessen Vermittlung nicht direkt in Anspruch nähmen, würde ihr Gespräch doch anständiger verlaufen, weil die Würde und die Persönlichkeit des Starez etwas Ehrfurchtgebietendes, Versöhnendes haben könnten. Dmitri Fjodorowitsch, der Sossima noch nie gesehen hatte, glaubte allerdings, man wollte ihn durch den Starez gewissermaßen einschüchtern; aber da er sich im stillen selbst Vorwürfe machte wegen der vielen scharfen Angriffe gegen seinen Vater, besonders in letzter Zeit, nahm er die Aufforderung an. (Beiläufig sei bemerkt, daß er nicht wie Iwan Fjodorowitsch im Haus seines Vaters wohnte, sondern für sich, am anderen Ende der Stadt.) Es traf sich nun, daß Pjotr Alexandrowitsch Miussow, der damals bei uns wohnte, den Einfall Fjodor Pawlowitschs sehr glücklich fand. Liberaler der vierziger und fünfziger Jahre, Freidenker und Atheist, der er war, nahm er aus Langeweile, zum leichtfertigen Amüsement, an dieser Sache lebhaften Anteil. Er bekam auf einmal Lust, sich das Kloster und den »Heiligen« anzusehen. Und da sein alter Streit mit dem Kloster noch andauerte und der Prozeß über die Grenze ihrer Ländereien, über bestimmte Rechte des Holzschlagens im Wald und des Fischfangs im Fluß und so weiter sich immer noch hinzog, gab er vor, mit dem Vater Abt darüber sprechen zu wollen, ob sich die Streitigkeiten nicht gütlich beilegen ließen. Ein Besucher mit so edlen Absichten konnte im Kloster natürlich mit mehr Aufmerksamkeit und einem zuvorkommenderen Empfang rechnen als einfach ein Neugieriger. Aufgrund dieser Erwägungen war wohl im Kloster ein gewisser innerer Einfluß auf den kranken Starez, der in der letzten Zeit seine Zelle fast nicht mehr verlassen und wegen der Krankheit sogar die gewöhnlichen Besucher abgewiesen hatte, ausgeübt worden. Die Sache endete damit, daß der Starez einwilligte und ein Tag bestimmt wurde. »Wer hat mich zum Schiedsrichter berufen?« sagte er nur lächelnd zu Aljoscha.

Als Aljoscha von der beabsichtigten Zusammenkunft erfuhr, war er sehr bestürzt. Wenn einer der Streitenden und Prozessierenden das Treffen ernst nehmen konnte, so ohne Zweifel nur der Bruder Dmitri; alle anderen, so begriff Aljoscha, würden nur aus leichtfertigen und für den Starez vielleicht beleidigenden Beweggründen kommen: der Bruder Iwan und Miussow aus Neugier, möglicherweise aus recht plumper, sein Vater, um eine Possenreißerszene auszuführen. Zwar schwieg Aljoscha, doch er kannte seinen Vater längst zur Genüge. Dieser Jüngling war, wie ich schon sagte, durchaus nicht so einfältig wie man allgemein glaubte. Mit peinlichen Gefühlen erwartete er den festgesetzten Tag. Gewiß trug er in tiefstem Herzen die Sorge, ob sich alle Familienstreitigkeiten nicht auf irgendeine Weise beenden ließen. Dennoch galt dem Starez seine Hauptsorge; er zitterte um ihn und seinen Ruhm, fürchtete Beleidigungen für ihn, vor allem Miussows feine, höfliche Spötteleien und das hochmütige Schweigen des gelehrten Iwan: Zu deutlich stand ihm das alles vor Augen. Er wollte sogar wagen, den Starez zu warnen und auf die erwarteten Besucher vorzubereiten; aber er überlegte es sich und schwieg. Er ließ nur am Tag vor dem festgesetzten Termin seinem Bruder Dmitri durch einen Bekannten sagen, er liebe ihn sehr und erwarte von ihm die Erfüllung seines Versprechens. Dmitri überlegte lange, da er sich nicht erinnern konnte, was er versprochen haben sollte, und antwortete nur brieflich, er werde sich »gegenüber der Gemeinheit« mit aller Kraft zu beherrschen suchen; zwar achte er den Starez und seinen Bruder Iwan hoch, jedoch sei er überzeugt, ihm solle entweder eine Falle gestellt oder es solle eine unwürdige Komödie aufgeführt werden. »Trotzdem werde ich eher meine Zunge verschlucken als es an Respekt vor dem heiligen Mann fehlen lassen, den Du so verehrst«, schloß Dmitri seinen kurzen Brief. Aljoscha wurde durch ihn allerdings nicht sonderlich ermutigt.

Zweites Buch

Eine verfehlte Zusammenkunft

1. Ankunft im Kloster

Es war ein schöner, warmer, klarer Tag Ende August. Die Zusammenkunft mit dem Starez war gleich nach der Spätmesse verabredet, ungefähr halb zwölf. Die Besucher erschienen aber nicht zur Messe, sondern erst in dem Augenblick, als die Gläubigen die Kirche verließen. Man fuhr in zwei Wagen vor, im ersten, einer eleganten Kutsche mit zwei wertvollen Pferden, saß Pjotr Alexandrowitsch Miussow mit einem entfernten Verwandten, einem sehr jungen, erst zwanzigjährigen Menschen namens Pjotr Fomitsch Kalganow. Der junge Mann bereitete sich auf die Universität vor, aber Miussow, bei dem er vorläufig wohnte, redete ihm zu, mit ihm ins Ausland zu gehen, nach Zürich oder Jena, und dort sein Studium zu absolvieren. Der junge Mann hatte sich noch nicht entschieden. Er war nachdenklich und irgendwie zerstreut. Er hatte ein angenehmes Gesicht, war kräftig gebaut und ziemlich groß. In seinem Blick lag mitunter etwas seltsam Starres; wie alle zerstreuten Menschen schaute er jemand lange Zeit an, ohne ihn überhaupt zu sehen. Er war schweigsam und etwas linkisch, wurde aber bisweilen – übrigens vor allem unter vier Augen – unvermittelt gesprächig, impulsiv und lachlustig; Gott weiß, über was alles er manchmal lachte. Seine Lebhaftigkeit erlosch jedoch ebenso plötzlich, wie sie entstanden war. Gekleidet war er stets gut, sogar elegant; er besaß schon ein kleines eigenes Vermögen und hatte noch weit mehr zu erwarten. Mit Aljoscha war er befreundet.

In einer alten, klapprigen, aber geräumigen Droschke, die mit ihren zwei alten rötlich-grauen Gäulen weit hinter Miussows Kutsche zurückgeblieben war, kamen Fjodor Pawlowitsch und sein Sohn Iwan.

Dem ältesten Sohn Dmitri Fjodorowitsch hatte man den Termin tags zuvor genau mitgeteilt, doch er verspätete sich. Die Besucher ließen ihre Wagen vor der Klostermauer beim Gasthaus stehen und traten durch das Klostertor ein. Außer Fjodor Pawlowitsch hatte anscheinend noch keiner von ihnen ein Kloster gesehen, und Miussow war vielleicht seit dreißig Jahren in keiner Kirche gewesen. Er sah sich mit einiger Neugier um, die nicht frei war von einer gewissen gespielten Ungeniertheit. Aber seinem beobachtenden Auge boten sich außer den sehr alltäglichen Kirchen- und Wirtschaftsgebäuden keine weiteren Objekte. Die letzten Besucher, die gerade aus der Kirche kamen, nahmen die Mützen ab und bekreuzigten sich. Unter dem einfachen Volk waren auch einige Mitglieder der höheren Gesellschaft: zwei oder drei Damen und ein sehr alter General; alle waren in dem Gasthaus abgestiegen. Bettler umringten sofort die Ankömmlinge, aber keiner gab ihnen etwas. Nur Petruscha Kalganow entnahm seiner Geldbörse ein Zehnkopekenstück, reichte es eilig und aus irgendeinem Grund verlegen einer alten Frau und sagte dabei hastig: »Verteil das gleichmäßig.« Niemand aus seiner Begleitung sagte etwas darüber, so daß er eigentlich keinen Anlaß zur Verlegenheit hatte; doch, als er das selbst bemerkte, wurde er erst recht verlegen.

Es war sonderbar; eigentlich hätten die Klosterleute sie doch erwarten und womöglich mit gewissen Ehrenbezeigungen empfangen müssen; einer der Besucher hatte erst kürzlich tausend Rubel gespendet, und ein anderer war der reichste Gutsbesitzer und sozusagen der gebildetste Mensch weit und breit; hier hingen alle wegen des Fischfangs im Fluß zum Teil von ihm ab, falls der Prozeß eine solche Wendung nahm. Und trotzdem kam ihnen keine der offiziellen Persönlichkeiten entgegen. Miussow blickte zerstreut auf die Grabsteine neben der Kirche und wollte schon die Bemerkung fallenlassen, die Hinterbliebenen hätten für das Recht, ihre Toten an einem so »heiligen« Ort zu bestatten, gewiß gehörig zahlen müssen; aber er schwieg: die einfache Ironie des Liberalen hatte sich schon fast in Zorn verwandelt.

»Zum Teufel, bei wem können wir uns in diesem Durcheinander hier bloß erkundigen? Das müßten wir klären, sonst vergeht unnütz die Zeit«, murmelte er wie im Selbstgespräch.

Auf einmal trat ein ältlicher, kahlköpfiger Herr im bequemen Sommermantel, mit süßlichen kleinen Augen zu ihnen. Er lüftete den Hut und stellte sich mit honigsüßem Lispeln als Gutsbesitzer Maximow aus Tula vor. Sogleich ging er auf die Verlegenheit der Reisenden ein.

»Der Starez Sossima wohnt in der Einsiedelei, vollkommen abgeschlossen, vierhundert Schritte vom Kloster, durch das Wäldchen, durch das Wäldchen ...«

»Das weiß ich auch, daß wir durch ein Wäldchen müssen«, erwiderte Fjodor Pawlowitsch, »aber ich habe den Weg vergessen; ich bin lange nicht hier gewesen.«

»Durch dieses Tor und dann geradeaus durch das Wäldchen ... Durch das Wäldchen. Kommen Sie nur! Wenn es Ihnen recht ist. Ich muß selbst ... Ich selbst ... Bitte hier, hier ...«

Sie gingen durch das Tor und schlugen die Richtung nach dem Wäldchen ein. Der Gutsbesitzer Maximow, ein Mann von etwa sechzig Jahren ging oder, richtiger, lief neben ihnen her, wobei er alle mit einer krampfhaften, schier unglaublichen Neugier betrachtete. Seine Augen hatten etwas Glotzendes.

»Wissen Sie, wir wollen in einer persönlichen Angelegenheit zu diesem Starez«, sagte Miussow in strengem Ton. »Wir haben sozusagen eine Audienz bei dieser Persönlichkeit bewilligt erhalten. Und daher möchten wir Sie doch bitten, so dankbar wir Ihnen für die Führerschaft sind, nicht gleichzeitig mit uns hineinzugehen.«

»Ich war schon drin, ich war schon ... Un chevalier parfait!*« Der Gutsbesitzer schnippte mit den Fingern in der Luft.

»Wer ist so ein chevalier?« fragte Miussow.

»Der Starez, dieser prächtige Starez. Der Starez. Die Ehre und der Ruhm des Klosters. Sossima. Das ist ein Starez, der ...«

* frz. Ein perfekter Ritter.

Sein wirres Gerede wurde durch einen Mönch, der die Besucher einholte, unterbrochen; er trug eine Kapuze, war von kleiner Statur und sah blaß und abgezehrt aus. Fjodor Pawlowitsch und Miussow blieben stehen, und der Mönch sagte mit überaus höflicher, tiefer Verbeugung: »Der Vater Abt bittet Sie, meine Herren, gehorsamst, nach Ihrem Besuch in der Einsiedelei bei ihm speisen zu wollen. Bitte um ein Uhr bei ihm, nicht später. Und Sie ebenfalls«, wandte er sich an Maximow.

»Das werde ich unbedingt tun!« rief Fjodor Pawlowitsch, der sich über die Einladung gewaltig freute. »Unbedingt. Und wissen Sie, wir haben uns das Wort gegeben, uns anständig zu betragen. Und Sie, Pjotr Alexandrowitsch, kommen Sie auch mit?«

»Warum denn nicht? Wieso bin ich sonst hergefahren, wenn ich nicht alle Bräuche hier kennenlerne! Nur eines stimmt mich bedenklich, Fjodor Pawlowitsch, daß ich jetzt mit Ihnen ...«

»Ja, ja, Dmitri Fjodorowitsch ist noch nicht da.«

»Das beste wäre, er bliebe ganz weg. Glauben Sie vielleicht, Ihre Stümpereien machen mir Spaß, und dazu noch mit Ihnen? Also wir kommen zum Mittagessen; bestellen Sie dem Vater Abt unseren Dank!« wandte er sich an den Mönch.

»Es ist auch noch meine Pflicht, Sie zum Starez zu führen«, antwortete der Mönch.

»Ich aber will, wenn es so ist, zum Vater Abt. Ich werde inzwischen geradewegs zum Vater Abt gehen«, schnatterte der Gutsbesitzer Maximow.

»Der Vater Abt ist augenblicklich beschäftigt; aber wie es Ihnen beliebt ...«, sagte der Mönch unsicher.

»Ein aufdringlicher alter Kerl« meinte Miussow, als der Gutsbesitzer Maximow zum Kloster zurücklief.

»Er hat Ähnlichkeit mit von Sohn«, sagte plötzlich Fjodor Pawlowitsch.

»Weiter wissen Sie wohl auch nichts! Wieso hat er Ähnlichkeit mit von Sohn? Haben Sie vielleicht von Sohn gesehen?«

»Eine Photographie von ihm. Die Ähnlichkeit liegt nicht in den Gesichtszügen, sondern – das läßt sich nicht erklären. Das vollkommenste Ebenbild des Herrn von Sohn. Ich erkenne das immer schon an der Physiognomie.«

»Na meinetwegen, Sie sind ja Kenner in solchen Dingen. Nur noch eines, Fjodor Pawlowitsch: Sie haben eben selbst gesagt, wir hätten versprochen, uns anständig zu benehmen. Sie erinnern sich. Ich rate Ihnen, beherrschen Sie sich! Sollten Sie anfangen, den Possenreißer zu spielen – ich bin nicht gewillt, mich mit Ihnen auf eine Stufe stellen zu lassen … Sehen Sie, was das für ein Mensch ist!« wandte er sich an den Mönch. »Ich fürchte mich, mit ihm unter anständige Leute zu gehen.«

Auf den blassen, blutlosen Lippen des Mönchs erschien ein leises, diskretes Lächeln, in seiner Art nicht ohne Schlauheit, doch er erwiderte nichts, und man spürte deutlich: er schwieg im Bewußtsein der eigenen Würde. Miussows Gesicht wurde noch finsterer.

›Ach, hol sie alle der Teufel!‹ dachte er. Ein bißchen Fassade, die sie sich im Lauf der Jahrhunderte erarbeitet haben – aber im Grunde ist das Scharlatanerie und dummes Zeug!‹

»Da ist die Einsiedelei; wir sind am Ziel!« rief Fjodor Pawlowitsch. »Aber das Tor in der Mauer ist zu.« Und er begann vor den Heiligen, die über und neben dem Tor gemalt waren, große Kreuze zu schlagen.

»Wenn man in ein fremdes Kloster geht, darf man sein eigenes Reglement nicht mit hineinnehmen«, sagte er. »Insgesamt fünfundzwanzig Heilige leben hier in der Einsiedelei für ihr Seelenheil, beobachten sich gegenseitig und essen Kohl. Und keine einzige Frau lassen sie durch dieses Tor, das ist besonders interessant! Es soll tatsächlich so sein. Bloß ich habe auch gehört, daß der Starez Damen empfängt?« fragte er auf einmal den Mönch.

»Frauen aus dem Volk sind auch jetzt hier. Sehen Sie, dort an der Galerie warten welche. Für bessere Damen sind auf der Galerie, aber außerhalb der Mauer, zwei kleine Zimmer angebaut; das dort sind die Fenster. Der Starez kommt, wenn er gesund ist, von innen durch einen Gang zu ihnen heraus, doch, wie gesagt, immer nur außerhalb der Mauer. Auch jetzt ist eine Dame da, eine Frau Chochlakowa,

Gutsbesitzerin aus Charkow; sie wartet mit ihrer gelähmten Tochter. Wahrscheinlich hat er versprochen, zu ihnen herauszukommen, obgleich er in der letzten Zeit so schwach ist, daß er sich auch dem Volk kaum zeigt.«

»Es gibt also doch ein Schlupfloch aus der Einsiedelei zu den Damen! Glauben Sie nicht, daß ich etwas Böses denke, frommer Vater, ich meine nur so. Wissen Sie, auf dem Athos, von dem haben Sie doch schon gehört, sind nicht nur Weiberbesuche verboten, es sind überhaupt keine Weiber oder sonstige weibliche Wesen gestattet, keine Hennen, Puten, Kühe ...«

»Fjodor Pawlowitsch, ich kehre gleich um und lasse Sie allein! Man wird Sie, wenn ich nicht dabei bin, zur Tür hinausführen; das prophezeie ich Ihnen!«

»Was habe ich Ihnen denn getan, Pjotr Alexandrowitsch? Sehen Sie nur«, rief er plötzlich, als er hinter die Mauer der Einsiedelei getreten war, »sehen Sie nur, in was für einem Rosental die Leute hier leben!«

In der Tat wuchsen dort zwar keine Rosen mehr, aber doch zahlreiche seltene, schöne Herbstblumen, wo immer man nur welche anpflanzen konnte. Offenbar wurden sie von kundiger Hand gepflegt. Auf dem Kirchenplatz und zwischen den Gräbern waren Blumenbeete angelegt. Das einstöckige, vor dem Eingang mit einer Galerie versehene Holzhäuschen, in dem die Zelle des Starez lag, war ebenfalls von Blumen umgeben.

»War das auch schon bei dem früheren Starez so, bei Warsonofi? Man sagt, er habe nichts Schönes leiden können? Aufgesprungen soll er sein, um mit dem Stock nach Frauen zu schlagen«, bemerkte Fjodor Pawlowitsch, als er die Stufen zur Eingangstür hinaufstieg.

»Der Starez Warsonofi machte wirklich mitunter den Eindruck eines frommen Irren; aber vieles, was von ihm erzählt wird, ist dummes Zeug. Mit dem Stock hat er niemand geschlagen«, antwortete der Mönch. »Jetzt bitte ich einen Augenblick zu warten, meine Herren; ich werde Sie melden.«

»Zum letztenmal die Bedingung, Fjodor Pawlowitsch, hören Sie gut zu! Benehmen Sie sich anständig, oder ich zahle es Ihnen heim!« brummte Miussow noch einmal.

»Ich verstehe nicht, warum Sie so aufgeregt sind«, erwiderte Fjodor Pawlowitsch spöttisch. »Haben Sie Angst ihrer Sünden wegen? Es heißt, er sieht jedem an den Augen an, weshalb er kommt. Und wie hoch Sie die Meinung dieser Leute schätzen, Sie, ein Pariser und Vorkämpfer des Fortschritts! Ich muß über Sie geradezu staunen, tatsächlich!«

Miussow konnte auf diese sarkastischen Worte nicht mehr antworten; sie wurden hereingebeten. In ziemlich gereizter Stimmung trat er ein.

›Na, ich kenne mich: ich bin gereizt und fange Streit an. Ich werde mich aufregen – und mich und die Idee entwürdigen!‹ ging es ihm durch den Kopf.

2. Ein alter Possenreißer

Sie betraten das Zimmer fast gleichzeitig mit dem Starez, der bei ihrem Erscheinen aus seiner Schlafkammer herauskam. In der Zelle warteten bereits zwei Priestermönche aus der Einsiedelei auf den Starez, der Vater Bibliothekar und der Vater Paissi, ein kranker, noch nicht einmal alter Mann, der als sehr gelehrt galt. Außerdem wartete in einer Ecke, die er in der ganzen folgenden Zeit nicht verließ, ein etwa zweiundzwanzigjähriger junger Mann in ziviler Kleidung, ein Seminarist und künftiger Theologe, der aus irgendeinem Grund die Protektion des Klosters und der Brüderschaft genoß. Er war ziemlich groß und hatte ein frisches Gesicht, breite Backenknochen und kluge, aufmerksam blickende schmale braune Augen. Sein Gesicht drückte grenzenlose, dabei anständige, nicht buhlerische Ehrerbietung aus. Die eintretenden Gäste begrüßte er nicht einmal mit einer Verbeugung, als sei er nicht ihresgleichen, sondern untergeordnet und abhängig.

Der Starez Sossima trat in Begleitung Aljoschas und eines Novizen ein. Die Priestermönche erhoben sich und begrüßten ihn mit einer sehr tiefen Verbeugung, bei der sie mit den Fingern den Boden berührten; darauf empfingen sie den Segen und küßten ihm die Hand. Nach der Erteilung des Segens verbeugte sich auch der Starez tief vor jedem von ihnen, wobei er gleichfalls den Boden berührte, und erbat auch für sich von jedem den Segen. Die Zeremonie ging sehr ernsthaft vor sich, durchaus nicht wie ein alltäglicher Ritus, sogar mit einem gewissen Gefühl. Miussow schien es jedoch, als geschehe das mit der Absicht, Eindruck zu machen. Er stand vor den anderen, die mit ihm eingetreten waren; er hätte also, wie er es sich am Abend auch vorgenommen hatte, ohne Rücksicht auf irgendwelche Ideen, einfach aus Höflichkeit, vortreten und sich, da es hier nun einmal Brauch war, von dem Starez segnen lassen müssen – der Handkuß konnte ja unterbleiben. Als er jedoch die Verbeugungen und Handküsse der Priestermönche sah, änderte er sofort seinen Entschluß; würdevoll und ernst machte er eine ziemlich tiefe Verbeugung nach weltlicher Art und ging dann zu einem Stuhl. Genau so verhielt sich Fjodor Pawlowitsch, der wie ein Affe Miussow kopierte. Iwan Fjodorowitsch verbeugte sich würdevoll und höflich, behielt aber ebenfalls die Hände an der Hosennaht; Kalganow endlich war so verlegen, daß er sich gar nicht verbeugte. Der Starez ließ die schon zum Segnen bereite Hand wieder sinken, verbeugte sich zum zweitenmal vor ihnen und bat sie, Platz zu nehmen. Aljoscha brannte das Blut in den Wangen; er schämte sich. Seine schlimmen Ahnungen erfüllten sich.

Der Starez setzte sich auf ein kleines, lederbezogenes Mahagonisofa von altmodischer Bauart; die Gäste hatte er bis auf die beiden Priestermönche an der gegenüberliegenden Wand Platz nehmen lassen, in einer Reihe, auf vier Lehnstühlen, die mit stark abgewetztem schwarzem Leder ausgeschlagen waren. Die Priestermönche setzten sich etwas abseits, der eine an die Tür, der andere ans Fenster. Der Seminarist, Aljoscha und der Novize blieben stehen. Die Zelle bot nicht allzu viel Raum und sah gewissermaßen verfallen aus. Die Möbel waren schlicht und ärmlich, es war nur das Nötigste vorhanden.

Auf dem Fensterbrett standen zwei Blumentöpfe, in der einen Ecke befanden sich viele Ikonen; eine davon, eine Darstellung der Muttergottes, war sehr groß, sie war offenbar lange vor der Kirchenspaltung gemalt worden. Vor diesem Bild brannte ein Lämpchen. Daneben hingen zwei andere Heiligenbilder in glänzenden Rahmen, und außerdem gab es zwei holzgeschnitzte Cherubim, Ostereier aus Porzellan, ein Kruzifix mit der Mater dolorosa und aus Elfenbein einige ausländische Stiche nach berühmten italienischen Meistern früherer Jahrhunderte. Neben diesen schönen und kostbaren Stichen prangten ein paar vulgäre russische Lithographien von Heiligen, Märtyrern, Metropoliten und so weiter, wie sie für wenige Kopeken auf den Jahrmärkten verkauft werden. Auch einige lithographierte Porträts zeitgenössischer und früherer russischer Bischöfe waren vorhanden, allerdings an den anderen Wänden. Miussow ließ seine Augen flüchtig über »den ganzen Kram« hingleiten und blickte dann unverwandt auf den Starez. Er hatte von seinem eigenen Blick eine hohe Meinung, eine verzeihliche Schwäche, wenn man bedenkt, daß er schon fünfzig war – ein Alter, in dem kluge und in gesicherter Stellung lebende Leute von Welt sich selbst mehr und mehr zu verehren pflegen, manchmal ganz unwillkürlich.

Im ersten Augenblick mißfiel ihm der Starez wirklich. In seinem Gesicht lag etwas, was Miussow und vielen anderen mißfallen mußte. Er war ein kleiner, gebeugter Mann auf sehr schwachen Beinen, zwar erst fünfundsechzig Jahre alt, doch infolge seiner Kränklichkeit mindestens zehn Jahre älter wirkend. Sein mageres Gesicht war übersät mit kleinen Runzeln, besonders um die Augen. Die Augen waren nicht groß, aber hell, sehr beweglich und glänzend wie leuchtende Punkte. Das graue Haar hatte sich nur an den Schläfen erhalten; das spitze Bärtchen war klein und dünn, die Lippen, die öfters zu lächeln pflegten, waren schmal wie zwei Schnürchen. Die Nase war nicht sehr lang, dafür spitz wie der Schnabel eines Vogels.

›Allen Anzeichen nach ist das ein boshaftes und kleinlich anmaßendes Seelchen‹, schoß es Miussow durch den Kopf. Und überhaupt war er mit sich sehr unzufrieden.

Das Schlagen einer Uhr half, das Gespräch in Gang zu bringen. Eine kleine billige Wanduhr mit Gewichten schlug in schnellen Schlägen zwölf.

»Genau die festgesetzte Stunde«, rief Fjodor Pawlowitsch, »aber mein Sohn Dmitri Fjodorowitsch ist noch nicht da. Ich bitte für ihn um Entschuldigung, heiliger Starez!« (Bei dem Ausdruck »heiliger Starez« zuckte Aljoscha zusammen.) »Ich selbst bin immer pünktlich, auf die Minute, denn Pünktlichkeit ist die Höflichkeit der Könige.«

»Sie sind aber doch kein König«, brummte Miussow, der sich von vornherein nicht beherrschen konnte.

»Ja, das ist richtig, ich bin kein König. Denken Sie nur, Pjotr Alexandrowitsch, ich wußte das selbst, bei Gott! Sehen Sie, ich rede immerzu unpassende Dinge! Euer Ehrwürden«, rief er mit plötzlichem Pathos, »Sie sehen einen echten Possenreißer vor sich! So empfehle ich mich denn auch. Eine alte Angewohnheit von mir, ach ja! Daß ich aber manchmal am unrechten Ort Unsinn schwatze, liegt sogar in meiner Absicht; ich will die Leute erheitern und mich beliebt bei ihnen machen. Man muß sich doch etwas beliebt machen, wie? Kam ich da vor sieben Jahren in ein Städtchen, wo ich so meine Geschäfte hatte; ich wollte mit irgendwelchen Kaufleuten ein Kompaniegeschäft gründen. Wir gehen also zum Isprawnik, zum Bezirkshauptmann, denn wir mußten ihn um dies und jenes bitten und ihn zum Essen einladen. Der Bezirkshauptmann tritt in das Zimmer, in dem wir warten: ein großer, dicker, blonder, finsterer Mensch – in solchen Fällen die gefährlichsten Typen, denen läuft leicht eine Laus über die Leber. Ich sprach ihn ohne weiteres an, mit weltmännischer Ungeniertheit! ›Wissen Sie was, Herr Isprawnik, seien Sie sozusagen unser Naprawnik!‹ ›Was für ein Naprawnik?‹ fragte er. Ich sah augenblicks, daß mein Witz nicht gewirkt hatte; er stand ernst da und sah mich starr an. ›Ich wollte‹, sagte ich, ›zur allgemeinen Erheiterung einen kleinen Scherz machen, da Herr Naprawnik ein berühmter russischer Kapellmeister ist und wir, damit sich unser Unternehmen harmonisch gestalte, gleichfalls so was wie einen Kapellmeister nötig haben.‹ Ein ganz vernünftiger Vergleich und eine ganz vernünftige

Erklärung, nicht wahr? ›Entschuldigen Sie‹, sagte er, ›ich bin Isprawnik und erlaube niemand, mit meinem Amtstitel Späße zu treiben!‹ Damit drehte er sich um und ging weg. Ich lief hinter ihm her und rief: ›Ja, ja, Sie sind Isprawnik und nicht Naprawnik!‹ – ›Nein‹, sagte er, ›wenn Sie es nun einmal gesagt haben, bin ich eben Naprawnik!‹ Und denken Sie, unsere Sache ging wirklich in die Brüche! So mache ich es immer. Immer! Ich schade mir unweigerlich durch meine eigene Liebenswürdigkeit! Einmal, vor vielen Jahren, sagte ich zu einer einflußreichen Persönlichkeit: ›Ihre Frau Gemahlin ist eine sehr kitzlige Dame!‹ Ich meinte das in bezug auf Ehre, im geistigen Sinn; er aber erwiderte sofort: ›Haben Sie sie denn gekitzelt?‹ Ich konnte mich nicht beherrschen. ›Nur zu!‹ dachte ich. ›Ich will mal liebenswürdig sein‹ ›Ja‹, sage ich, ›ich habe sie gekitzelt.‹ Na, da hat er mich auch ein bißchen gekitzelt. Aber das ist schon lange, lange her, so daß ich mich deswegen nicht mehr zu schämen brauche. Mein Leben lang schade ich mir selbst.«

»Das tun Sie, auch jetzt«, brummte Miussow voll Widerwillen. Der Starez sah schweigend von einem zum anderen.

»Na, so was! Denken Sie nur, Pjotr Alexandrowitsch, das habe ich gewußt. Mehr noch: ich habe sogar geahnt, daß Sie der erste sein würden, der es mir sagt. In dem Augenblick, Ehrwürden, wo ich sehe, daß eines meiner Späßchen nicht einschlägt, beginnen meine beiden Backen am unteren Zahnfleisch festzutrocknen, und ich bekomme fast eine Art Krampf. Das habe ich schon seit meiner Jugend, als ich Kostgänger bei Adligen war und mich auf diese Art ernährte. Ich bin von Kindesbeinen an ein Possenreißer, und das ist beinahe dasselbe, Ehrwürden, wie Wahnsinn. Möglich, daß wirklich ein unreiner Geist in mit wohnt, wenn auch nur einer von kleinem Kaliber. Ein großer hätte sich eine andere Wohnung gesucht, nur nicht die Ihrige, Pjotr Alexandrowitsch, denn Sie sind ebenfalls keine großartige Wohnung. Dafür bin ich aber gläubig; ich glaube an Gott. Nur in der letzten Zeit habe ich manchmal gezweifelt, aber deshalb sitze ich nun auch hier und warte auf große Aussprüche. Es geht mir wie dem Philosophen Diderot, Ehrwürden. Kennen Sie, heiligster Vater, die Geschichte, wie Diderot zur Zeit der Zarin Katharina zum Metropoliten Platon kam? Er kam herein und sagte geradezu: ›Es gibt keinen Gott!‹ Worauf der große Kirchenfürst den Finger erhob und antwortete: ›Nur ein Tor spricht, in seinem Herzen sei kein Gott!‹ Da warf sich Diderot, wie er ging und stand, auf die Knie und rief: ›Ich glaube und will mich taufen lassen!‹ Und er wurde auf der Stelle getauft. Die Fürstin Daschkowa war seine Patin, Potjomkin sein Pate …«

»Fjodor Pawlowitsch, das ist nicht zu ertragen! Sie wissen selbst, daß Sie Unsinn schwatzen und daß diese dumme Anekdote nicht wahr ist; weshalb schauspielern Sie also?« sagte Miussow mit bebender Stimme und fast schon außer sich.

»Mein ganzes Leben lang habe ich geahnt, daß sie nicht wahr ist!« rief Fjodor Pawlowitsch begeistert. »Ich will Ihnen, meine Herren, dafür auch die ganze Wahrheit sagen. Großer Starez! Verzeihen Sie mir, ich habe das letzte, das von Diderots Taufe, soeben selbst hinzuerfunden, erst diesen Augenblick, als ich das Geschichtchen erzählte; früher ist mir das nie in den Kopf gekommen. Der Pikanterie halber habe ich es hinzuerfunden. Das ist auch der Grund, Pjotr Alexandrowitsch, weswegen ich schauspielere: Ich will mich beliebt machen. Ich weiß übrigens manchmal selber nicht, weshalb ich es tue. Was aber Diderot anlangt, so habe ich dieses ›Nur ein Tor spricht‹ in jungen Jahren an die zwanzigmal von den Gutsbesitzern gehört, bei denen ich lebte; unter anderem hörte ich es von Ihrer Tante Mawra Fominitschna, Pjotr Alexandrowitsch. Sie alle sind heute noch überzeugt, daß Diderot, der Gottesleugner, zum Metropoliten Platon kam, um mit ihm über die Existenz Gottes zu streiten …«

Miussow stand auf, weil er die Geduld verloren hatte und die Kontrolle über sich verloren zu haben schien. Er war wütend und war sich dabei bewußt, daß er infolgedessen eine lächerliche Figur abgab. In der Tat – etwas Unerhörtes ging vor in der Zelle. Seit vierzig oder fünfzig Jahren, seit der Zeit der früheren Starzen, pflegten sich Besucher hier zu versammeln, aber niemals geschah es anders als in tiefster Ehrfurcht. Fast alle Zugelassenen begriffen beim Betreten der Zelle, daß ihnen eine große Gnade widerfuhr. Viele sanken auf die

Knie und standen während des gesamten Besuches nicht auf. Viele hochstehende Persönlichkeiten und hochgelehrte Männer, ja selbst Freidenker, die aus Neugier oder einem anderen Grund gekommen waren, empfanden Respekt und taktvolles Benehmen als erste Pflicht, wenn sie in Begleitung oder zu einem Gespräch unter vier Augen die Zelle betraten, zumal es hier nicht um Geld ging: Auf der einen Seite war nur Liebe und Gnade und auf der anderen Reue und der sehnliche Wunsch, eine schwere seelische Frage zu entscheiden oder dem eigenen Herzen über einen schweren Moment hinwegzuhelfen. Fjodor Pawlowitschs Possenreißerei, die großen Mangel an Respekt vor dem Ort bekundete, rief deshalb bei den Zeugen, zumindest bei manchen, größtes Befremden und Erstaunen hervor. Die Priestermönche, die übrigens ihren Gesichtsausdruck nicht veränderten, warteten mit gespannter Aufmerksamkeit auf die Worte des Starez, machten sich aber anscheinend schon bereit, wie Miussow aufzustehen. Aljoscha, der mit gesenktem Kopf dastand, war nahe daran, in Tränen auszubrechen. Am sonderbarsten erschien ihm, daß sein Bruder Iwan Fjodorowitsch, der einzige, auf den er gehofft hatte, weil er allein genügend Einfluß auf den Vater hatte, ihn zurückzuhalten, jetzt regungslos, mit niedergeschlagenem Blick auf dem Stuhl saß und offenbar halb interessiert, halb neugierig abwartete, wie alles enden würde, so als wäre er selbst ganz unbeteiligt. Den Seminaristen Rakitin, mit dem er sehr gut bekannt war, mochte Aljoscha erst gar nicht ansehen: er kannte seine Gedanken, und zwar als einziger im ganzen Kloster.

»Verzeihen Sie mir«, wandte sich Miussow an den Starez, »wenn ich Ihnen gleichfalls an den unwürdigen Späßen beteiligt scheine. Ich bin nur insofern schuldig, als ich geglaubt habe, sogar ein Mensch wie Fjodor Pawlowitsch würde seine Pflicht begreifen, wenn er bei einer so geachteten Persönlichkeit zu Besuch ist. Ich ahnte nicht, daß ich mich allein, weil ich mit ihm hergekommen bin, würde entschuldigen müssen.«

Pjotr Alexandrowitsch sprach nicht zu Ende; er geriet völlig in Verwirrung und schickte sich an, das Zimmer zu verlassen.

»Beunruhigen Sie sich nicht, ich bitte Sie!« sagte auf einmal der Starez, erhob sich auf seine schwachen Beine, nahm beide Hände Pjotr Alexandrowitschs und nötigte ihn, sich wieder in den Lehnstuhl zu setzen. »Beruhigen Sie sich. Ich bitte Sie ganz, besonders, mein Gast zu sein.« Er machte eine Verbeugung, wandte sich um und setzte sich wieder auf das kleine Sofa.

»Großer Starez, sagen Sie offen: Kränke ich Sie durch meine Lebhaftigkeit?« rief plötzlich Fjodor Pawlowitsch und umfaßte mit beiden Händen die Seitenlehnen des Sessels, bereit, aufzuspringen, je nachdem, wie die Antwort ausfallen würde.

»Ich bitte auch Sie inständig, sich nicht zu beunruhigen und sich keinen Zwang anzutun«, sagte der Starez in eindringlichem Ton. »Tun Sie sich keinen Zwang an, fühlen Sie sich wie zu Hause! Und was die Hauptsache ist, schämen Sie sich nicht so sehr vor sich selbst; denn davon kommt alles.«

»Ganz wie zu Hause? Das heißt in meiner ganzen Natürlichkeit? Oh, das ist viel, allzuviel; trotzdem, ich bin gerührt und nehme an! Aber wissen Sie, gesegneter Vater, rufen Sie nicht nach meiner ganzen Natürlichkeit, riskieren Sie das nicht; so weit möchte selbst ich nicht gehen. Ich warne Sie in Ihrem eigenen Interesse. Na, und alles übrige liegt noch im Dunkel des Unbekannten, obgleich gewisse Leute gern eine genaue Schilderung von mir geben möchten. Das geht an Ihre Adresse, Pjotr Alexandrowitsch. Ihnen aber, heiligstes Wesen, sage ich nur das eine: Ich fließe über vor Entzücken!« Er stand auf und sagte mit erhobenen Händen: »Selig der Leib, der dich trug, und die Brüste, die dich tränkten. Besonders die Brüste! Sie haben soeben durch Ihre Bemerkung: ›Schämen Sie sich nicht so sehr vor sich selbst; denn davon kommt alles das!‹ bewiesen, daß Sie mich durchschaut haben. Wenn ich nämlich irgendwo unter Leuten bin, will es mir immer scheinen, als sei ich gemeiner als sie, als hielten mich alle für einen Possenreißer. Und dann sage ich mir: Also gut, spiele ich eben den Possenreißer; ich fürchte mich nicht vor eurem Urteil, ihr seid doch allesamt gemeiner als ich! Darum bin ich dann ein Possenreißer: aus Scham, großer Starez, aus Scham. Und einzig und allein aus Mißtrauen schlage ich Krakeel. Könnte ich überzeugt sein, daß mich alle für den liebenswürdigsten und klügsten Menschen halten – Herrgott, was wäre ich für ein guter Mensch! Meister!« rief er plötzlich und fiel auf die Knie: »Was muß ich tun, damit ich das ewige Leben erhalte?«

Auch jetzt war schwer zu entscheiden, ob er Possen trieb oder wirklich gerührt war.

Der Starez richtete seine Augen auf ihn und antwortete lächelnd: »Sie wissen längst selbst, was Sie tun müssen. Sie haben genug Verstand. Geben Sie sich nicht der Trunksucht hin, zügeln Sie Ihre Zunge, frönen Sie nicht der Sinnenlust, vergöttern Sie nicht das Geld und schließen Sie Ihre Branntweinschenken. Sofern Sie nicht alle schließen können, wenigstens zwei oder drei. Die Hauptsache aber, das Allerwichtigste: Lügen Sie nicht!«

»Sie meinen das von Diderot, nicht wahr?«

»Nein, nicht nur das von Diderot. Vor allen Dingen: belügen Sie nicht sich selbst! Wer sich selbst belügt und an seine eigene Lüge glaubt, der kann zuletzt keine Wahrheit mehr unterscheiden, weder in sich noch um sich herum; er achtet schließlich weder sich selbst noch andere. Wer aber niemand achtet, hört auch auf zu lieben und ergibt sich den Leidenschaften und rohen Genüssen, um sich auch ohne Liebe zu beschäftigen und zu zerstreuen. Er sinkt unweigerlich auf die Stufe des Viehs hinab, und all das, weil er sich und die Menschen unaufhörlich belogen hat. Wer sich selbst belügt, ist auch leichter beleidigt als andere. Sich beleidigt fühlen, ist manchmal sehr angenehm, nicht wahr? Ein solcher Mensch weiß genau, daß ihn niemand beleidigte, daß er sich die Beleidigung vielmehr selber ausdachte und mit Lügen ausschmückte und so aus der Mücke einen Elefanten machte. Er weiß das selbst und ist doch der erste, der sich beleidigt fühlt, beleidigt in einem Maß, daß er Vergnügen und Lust dabei empfindet. Und von da ist es dann nicht weit bis zu wirklicher Feindschaft ... Aber bitte, erheben Sie sich doch und setzen Sie sich; das sind doch auch nur verlogene Gesten!«

»Gottgefälliger Mensch! Lassen Sie mich Ihre Hand küssen!« rief Fjodor Pawlowitsch, sprang auf und drückte dem Starez schnell einen schmatzenden Kuß auf die magere Hand. »Ja, ja, so ist es, genauso; es ist angenehm, sich beleidigt zu fühlen, Sie haben das so schön gesagt, wie ich es noch nie gehört habe. Ganz so, genauso habe ich mich mein Leben lang beleidigt gefühlt, bis ich Genuß empfand. Auch aus ästhetischen Gründen, denn es ist manchmal auch schön, beleidigt zu sein. Das haben Sie noch vergessen, großer Starez: schön! Das werde ich mir ins Notizbuch schreiben! Und gelogen habe ich mein Leben lang, täglich und stündlich. Wahrlich, ich bin die Lüge selbst, ich bin der Vater der Lüge! Nein, nicht der Vater der Lüge, da habe ich mich im Ausdruck vergriffen, vielleicht eher der Sohn der Lüge, das reicht ja auch schon. Nur wissen Sie, mein Schutzengel: So etwas wie das über Diderot darf man doch manchmal sagen? So etwas kann doch keinen Schaden anrichten? Wohl aber sagt man manches andere, und das schadet dann. Apropos, großer Starez, das hätte ich fast vergessen – schon seit drei Jahren habe ich mir vorgenommen, mich hier zu erkundigen, herzufahren und dringend um Auskunft zu bitten. Verbieten Sie bloß diesem Pjotr Alexandrowitsch, mich zu unterbrechen. Wonach ich fragen möchte, ist dies: Ist es wahr, großer Vater, was irgendwo in den ›Lebensbeschreibungen der Heiligen‹ über einen heiligen Wundertäter berichtet wird? Er soll wegen des Glaubens gemartert worden sein, und als man ihm den Kopf abgeschlagen hatte, soll er aufgestanden sein, seinen Kopf aufgehoben und ihn ›liebevoll geküßt‹ haben. Er soll lange so mit dem Kopf umhergegangen sein; ihn ›liebevoll küssend‹. Ist das nun wahr oder nicht, meine ehrenwerten Väter?«

»Nein, das ist nicht wahr«, sagte der Starez.

»Es steht nichts Derartiges in den ›Lebensbeschreibungen der Heiligen‹. Von welchen Heiligen soll denn das geschrieben stehen?« fragte einer der Priestermönche, der Vater Bibliothekar.

»Das weiß ich selbst nicht, weiß ich wirklich nicht. Ich bin getäuscht worden; man hat es mir erzählt. Ich habe es gehört, und wissen Sie, wer es erzählt hat? Hier, Pjotr Alexandrowitsch Miussow, der sich soeben über Diderot ereifert hat, der hat's erzählt.«

»Ich habe Ihnen das nie erzählt; ich rede überhaupt nicht mit Ihnen.«

»Das ist richtig, mir haben Sie es nicht erzählt, wohl aber in einer Gesellschaft, in der ich anwesend war, vor drei oder vier Jahren. Ich erwähne das, weil Sie durch diese lächerliche Geschichte meinen Glauben erschüttert haben, Pjotr Alexandrowitsch. Sie wußten es nicht; aber ich bin mit erschüttertem Glauben nach Hause zurückgekehrt, und seitdem ist mein Glauben immer mehr wankend geworden. Ja, Pjotr Alexandrowitsch, Sie waren die Ursache eines verhängnisvollen Falles. Das ist denn doch was anderes als das Geschichtchen über Diderot!«

Fjodor Pawlowitsch hatte sich in ein hitziges Pathos hineingesteigert; doch war es allen klar, daß er sich wieder nur verstellte. Trotzdem fühlte sich Miussow tief verletzt.

»Was ist das für Unsinn; das ist alles lauter Unsinn!« brummte er. »Ich habe es vielleicht wirklich einmal erzählt, aber nicht Ihnen. Es ist mir selbst erzählt worden. Ich hörte es in Paris von einem Franzosen; er sagte, es stehe in unseren ›Lebensbeschreibungen der Heiligen‹ und werde bei der Messe vorgelesen … Es war ein sehr gelehrter Mann, der sich besonders mit dem Studium der Statistik Rußlands beschäftigte und lange in Rußland gelebt hatte … Ich selbst habe die ›Lebensbeschreibungen der Heiligen‹ nicht gelesen und werde sie auch nicht lesen. Was plaudert man nicht alles bei Tisch. Wir speisten damals gerade …«

»Ja, Sie speisten damals gerade, und ich verlor meinen Glauben!« reizte ihn Fjodor Pawlowitsch.

»Was schert mich Ihr Glaube!« schrie Miussow, gewann dann aber schnell die Selbstbeherrschung zurück und fuhr voll Verachtung fort: »Sie besudeln buchstäblich alles, womit Sie in Berührung kommen.«

Der Starez erhob sich auf einmal von seinem Platz.

»Verzeihen Sie, meine Herren, daß ich Sie für ein Weilchen verlasse, nur auf ein paar Minuten«, wandte er sich an die Besucher. »Es warten Leute auf mich, die schon vor Ihnen da waren. Sie aber bitte ich, nicht zu lügen«, fügte er, zu Fjodor Pawlowitsch gewandt, mit heiterer Miene hinzu.

Er verließ die Zelle; Aljoscha und der Novize sprangen hinzu, um ihn die Stufen vor der Tür hinunterzuführen. Aljoscha atmete nur mühsam; er war froh hinauszukommen, aber er freute sich auch, daß der Starez sich nicht gekränkt fühlte, sondern heiter war.

Der Starez wollte sich zur Galerie begeben, um die Wartenden zu segnen. Aber Fjodor Pawlowitsch hielt ihn doch noch an der Tür der Zelle fest.

»Gottgefälligster Mensch!« rief er gefühlvoll. »Erlauben Sie mir, Ihnen noch einmal die Hand zu küssen! Mit Ihnen kann man noch reden, mit Ihnen kann man leben! Sie glauben wohl, daß ich immer so dumm bin und den Possenreißer spiele? So sollen Sie wissen, daß ich mich die ganze Zeit absichtlich verstellte, um Sie auszuforschen. Ich habe die ganze Zeit an Ihnen herumgetastet, ob man wohl mit Ihnen leben könnte, ob mein bescheidenes Persönchen neben Ihrer stolzen Person einen Platz fände. Ich stelle Ihnen ein Belobigungszeugnis aus: Man kann mit Ihnen leben. Und jetzt werde ich schweigen; die ganze Zeit werde ich schweigen. Ich werde auf dem Lehnstuhl sitzen und schweigen. Jetzt, Pjotr Alexandrowitsch, ist es an Ihnen, zu reden; jetzt sind Sie die Hauptperson – für zehn Minuten.«

3. Gläubige Weiber

Unten an der kleinen hölzernen Galerie, die an die Außenseite der Ringmauer angebaut war, hatten sich diesmal nur Weiber aus dem einfachen Volk versammelt, etwa zwanzig. Man hatte sie benachrichtigt, daß der Starez endlich herauskommen werde, und so drängten sie sich erwartungsvoll. Die Gutsbesitzerin Frau Chochlakowa und ihre Tochter, die auch auf den Starez warteten, waren auf die Galerie herausgekommen, befanden sich aber in jenem Teil, der für vornehmere Besucher bestimmt war. Frau Chochlakowa, eine reiche, stets geschmackvoll gekleidete junge Dame, war eine sehr angenehme

Erscheinung, ein wenig blaß, mit sehr lebhaften, fast ganz schwarzen Augen. Sie war erst dreiunddreißig Jahre alt und schon seit fünf Jahren Witwe. Ihre vierzehnjährige Tochter litt an einer Lähmung der Beine. Das arme Mädchen konnte seit einem halben Jahr nicht gehen und mußte auf einem bequemen Rollstuhl gefahren werden. Sie hatte ein entzückendes Gesichtchen, das zwar infolge der Krankheit etwas schmal, aber trotzdem sehr lustig war. In ihren großen dunklen Augen mit den langen Wimpern lag etwas Schelmisches. Die Mutter hatte schon seit dem Frühjahr die Absicht, sie ins Ausland zu bringen, doch hatte die Verwaltung des Gutes sie aufgehalten. Etwa eine Woche hielten sie sich schon in unserer Stadt auf, mehr in geschäftlichen Angelegenheiten als zu einer Pilgerfahrt, und schon einmal, vor drei Tagen, hatten sie den Starez besucht. Jetzt waren sie plötzlich wiedergekommen, obgleich sie wußten, daß der Starez kaum noch jemand empfangen konnte, hatten sie inständig das Glück erfleht, »den großen Heilbringer sehen zu dürfen«. Während sie auf den Starez warteten, saß die Mama neben dem Rollstuhl der Tochter, und zwei Schritte entfernt stand ein alter Mönch, der aus einem fernen, wenig bekannten Kloster im Norden gekommen war. Er wollte sich gleichfalls vom Starez segnen lassen.

Als der Starez auf der Galerie erschien, schritt er an allen eben erwähnten Personen vorbei und ging zunächst zum einfachen Volk. Die Menge drängte zu den drei Stufen, die auf die niedrig gelegene Galerie führten. Der Starez trat auf die oberste Stufe, legte das Schultertuch um und segnete die herandrängenden Frauen. Auch eine Schreikranke wurde an beiden Armen zu ihm hingezogen. Kaum hatte sie den Starez erblickt, begann sie unbändig zu winseln und zu schluchzen und zuckte wie bei einem epileptischen Anfall am ganzen Körper. Der Starez legte ihr das Schultertuch auf den Kopf und sprach ein kurzes Gebet über sie, worauf sie gleich verstummte und sich beruhigte. Ich weiß nicht, wie es jetzt damit steht, aber in meiner Kindheit hatte ich oft Gelegenheit, diese Schreikranken auf dem Land und in Klöstern zu sehen und zu hören. Man führte sie zur Messe, und sie kreischten oder bellten wie Hunde, so daß es durch die ganze Kirche schallte; brachte man sie aber zum Sakrament, hörte die »Besessenheit« sofort auf, und die Kranken beruhigten sich für einige Zeit. Das machte auf mich als Kind einen außerordentlichen Eindruck und erfüllte mich mit großem Erstaunen. Aber damals hörte ich auf meine Fragen von einigen Gutsbesitzern und besonders von meinen Lehrern in der Stadt, das alles sei nur Verstellung, Arbeitsscheu, und lasse sich jederzeit durch Strenge beseitigen, zur Bekräftigung wurden allerlei Geschichtchen erzählt. Später hörte ich zu meiner Verwunderung von Fachärzten, daß es sich hierbei ganz und gar nicht um Verstellung handle, sondern um eine schreckliche Frauenkrankheit, die vor allem bei uns in Rußland auftritt und von dem schweren Los unserer Dorfbewohnerinnen zeugt! Ursache der Krankheit sei, daß nach schweren Entbindungen, die nicht ordnungsgemäß und ohne ärztlichen Beistand vorgenommen werden, zu früh wieder anstrengende Arbeit aufgenommen werde; hinzu kämen ausweglose Sorgen, Schläge und so weiter, was manche Frauennaturen nicht wie so viele andere ertragen könnten. Die seltsame augenblickliche Heilung »besessener« und um sich schlagender Frauen angesichts des Sakraments – eine Heilung, die man mir als von den Pfaffen inszenierten Hokuspokus erklärt hatte – erfolge wahrscheinlich ebenfalls auf natürliche Weise. Die Frauen, die die Kranken zum Sakrament brachten, und vor allem die Kranken selbst seien fest überzeugt, daß der unreine Geist es niemals erträgt, wenn sie zum Sakrament geführt werden und vor ihm ihre Knie beugen. Aus diesem Grund vollziehe sich in den nervösen und natürlich geisteskranken Frauen im Augenblick des Kniefalls vor dem Sakrament eine unvermeidliche Erschütterung des gesamten Organismus, hervorgerufen durch den festen Glauben an das Wunder der Heilung. Und so trete sie denn auch ein, wenngleich nur für sehr kurze Zeit.

Und sie trat auch jetzt ein, sobald der Starez die Kranke mit dem Schultertuch bedeckt hatte.

Viele der ihn umdrängenden Frauen waren vom Eindruck des Augenblicks überwältigt und brachen in Tränen der Rührung und des Entzückens aus. Andere wollten wenigstens den Saum seines Gewandes küssen. Manche sprachen Gebete. Der Starez erteilte allen den Segen und ließ sich mit einigen in ein Gespräch ein. Die Schreikranke kannte er schon; sie war nicht zum erstenmal und nicht von weit her, sondern aus einem nur sechs Werst entfernten Dorf zu ihm gebracht worden.

»Aber da ist eine, die kam von weit her!« sagte er und zeigte auf eine noch gar nicht alte, aber sehr magere, abgezehrte Frau, deren Gesicht von der Sonne verbrannt, ja geradezu schwarz war. Sie lag auf den Knien und sah den Starez starr an. In ihrem Blick lag etwas wie Verzückung.

»Ja, von weit her, Väterchen, von weit her, dreihundert Werst von hier. Von weit her, Väterchen, von weit her«, erwiderte sie in singendem Tonfall und wiegte den Kopf gleichmäßig von einer Seite zur anderen; eine Wange stützte sie dabei mit der Hand. Ihre Worte klangen wie Klagegesang.

Es gibt beim einfachen Volk einen schweigenden und geduldigen Kummer; er tritt in sich zurück und bleibt stumm. Aber es gibt auch einen hervorbrechenden Kummer; der macht sich einmal in Tränen Luft und geht dann über in Klagegesang. Das ist besonders bei Frauen der Fall. Aber er ist nicht leichter als der schweigende Kummer. Der Klagegesang wirkt nur insofern lindernd, als er das Herz noch mehr zerreißt. Ein solcher Kummer verlangt nicht nach Trost; er nährt sich von dem Gefühl seiner Untröstbarkeit. Der Klagegesang entspringt dem Bedürfnis, die Wunde immer von neuem zu reizen.

»Du gehörst gewiß zum Kleinbürgerstand?« fuhr der Starez fort und sah die Frau teilnahmsvoll an.

»Wir sind aus der Stadt, Vater, aus der Stadt; wir stammen vom Land, aber wir sind jetzt Städter, wohnen in der Stadt. Um dich zu sehen, bin ich gekommen, Vater. Wir haben von dir gehört, Vater, wir haben von dir gehört. Mein kleines Söhnchen habe ich begraben, und da bin ich gegangen, zu Gott zu beten. In drei Klöstern bin ich gewesen, und nun haben mir die Leute geraten: Geh auch noch dorthin, Nastasjuschka! Das heißt, zu Ihnen, Täubchen, zu Ihnen. Da bin ich also hergekommen. Gestern war ich im Nachtgottesdienst, und heute bin ich zu Ihnen gekommen.«

»Worüber weinst du denn?«

»Um mein Söhnchen gräme ich mich, Väterchen. Beinahe drei Jahre war es alt, es fehlten nur drei Monate. Um mein Söhnchen quäle ich mich, Vater, um mein Söhnchen. Er war der letzte Sohn, der mir geblieben war. Vier hatten wir, Nikituschka und ich. Aber die Kinderchen bleiben nicht bei uns. Teuerster, sie bleiben nicht. Die drei ersten habe ich begraben und mich nicht allzusehr gegrämt, den letzten aber kann ich nicht vergessen. Er steht immer vor mir und weicht nicht. Er hat mir die Seele ausgesogen. Ich sehe seine Wäsche an, seine Hemdchen oder seine Stiefelchen und heule. Ich lege alles vor mich hin, was von ihm übriggeblieben ist; jedes Stück, das ihm gehört hat, sehe ich an und heule. Ich habe zu Nikituschka, meinem Mann, gesagt: ›Laß mich fort, lieber Mann, laß mich wallfahrten gehen!‹ Er ist Droschkenkutscher, wir sind nicht arm, wir betreiben das Fuhrgeschäft selbständig, alles gehört uns, die Pferde und der Wagen. Aber was haben wir jetzt von unserem Hab und Gut? Er hat in meiner Abwesenheit sicher angefangen zu trinken, mein Nikituschka, ganz sicher, das war auch früher schon so, kaum wandte ich den Rücken, wurde er schwach. Aber jetzt denke ich gar nicht an ihn. Jetzt bin ich schon drei Monate von Hause fort. Ich habe alles vergessen, alles vergessen und mag mich nicht erinnern; was sollte ich jetzt auch bei ihm? Ich habe mit ihm abgeschlossen, ganz und gar abgeschlossen, mit allen Menschen habe ich abgeschlossen. Und ich möchte jetzt mein Haus und mein Hab und Gut nicht sehen, am liebsten möchte ich jetzt überhaupt nichts sehen!«

»Hör zu, Mutter!« sagte der Starez. »In alten Zeiten sah einmal ein großer Heiliger im Gotteshaus so eine Mutter wie dich, die weinte auch um ihr einziges Kind, das Gott zu sich gerufen hatte. ›Weißt du denn nicht‹, sagte der Heilige ›wie keck diese Kindlein vor Gottes Thron sind? Niemand ist kecker als sie im Himmelreich. Du hast uns das Leben geschenkt, Herr, sagen sie zu Gott, aber kaum hatten wir es erschaut, hast du es uns schon wieder genommen! Und dann bitten und flehen sie so keck, daß ihnen der Herr ohne Verzug den Rang von Engeln verleiht. Und darum‹, sagte der Heilige, ›freue auch du dich, Weib, und weine nicht; denn auch dein Kindlein ist jetzt beim Herrn in der Schar der Engel.‹ So sprach in alten Zeiten der Heilige zu der weinenden Frau. Er war ein großer Heiliger und konnte unmöglich die Unwahrheit sagen. Daher wisse auch du, Mutter, daß dein Kindlein jetzt froh und heiter vor Gottes Thron steht und für dich betet. Und darum weine nicht, sondern freue dich!«

Das Weib hörte ihn an mit gesenktem Kopf, die eine Wange in die Hand gestützt. Sie seufzte tief:

»Genauso hat mich Nikituschka getröstet; Wort für Wort wie du hat er gesagt: ›Du Unvernünftige, was weinst du? Unser Söhnchen singt jetzt bei Gott dem Herrn zusammen mit den Engeln.‹ Das sagte er zu mir, aber er selbst weint, das sehe ich, er weint genauso wie ich. ›Das weiß ich‹, sage ich, ›Nikituschka. Wo sollte er denn auch anders sein als bei Gott dem Herrn? Nur hier, hier bei uns ist er jetzt nicht, Nikituschka, hier neben uns, wo er früher saß!‹ Ach, wenn ich ihn doch nur ein einziges Mal, nur einen einzigen Augenblick wieder sehen könnte! Ich würde nicht zu ihm hingehen, würde kein Wort sagen, in einer Ecke würde ich mich verstecken. Nur ein einziges Augenblickchen möchte ich ihn sehen und hören, wie er auf dem Hof spielt und wie er dann gelaufen kommt und mit seinem kleinen Stimmchen ruft: ›Mütterchen, wo bist du?‹ Wenn ich nur ein einziges Mal hören könnte, wie er mit seinen Füßen tapp tapp durchs Zimmer läuft, nur ein einziges Mal! So schnell, so schnell kam er manchmal zu mir gelaufen und schrie und lachte! Wenn ich doch nur seine Füßchen hören könnte, ich würde sie gleich erkennen! Aber er lebt nicht mehr, Väterchen, ich werde ihn nie wieder hören. Hier, das ist ein Gürtelchen, aber er selbst ist nicht mehr, ich werde ihn nie wieder sehen und hören!«

Sie zog aus ihrem Busen ein kleines gesticktes Gürtelchen, doch kaum hatte sie einen Blick darauf geworfen, begann sie krampfhaft zu schluchzen, sie bedeckte die Augen mit den Fingern und konnte die Tränen nicht halten.

»Das ist das alte Wort«, sagte der Starez, »Rahel beweint ihre Kinder und will sich nicht trösten lassen; denn es ist aus mit ihnen. Das ist nun einmal das Los, das euch Müttern auferlegt ist. Laß dich nicht trösten, du brauchst dich nicht trösten zu lassen. Laß dich nicht trösten und weine, nur erinnere dich jedesmal, wenn du weinst, daß dein Söhnchen einer der Engel Gottes ist und von dort auf dich herabschaut, dich sieht, sich deiner Tränen freut und sie Gott dem Herrn zeigt. Noch lange wird dir dieses große mütterliche Weinen beschieden sein; zuletzt aber wird es sich in eine stille Freude verwandeln, und deine bitteren Tränen werden nur noch Tränen stiller Rührung und der Läuterung des Herzens sein, die dich vor Sünden bewahrt. Deines Sohnes aber werde ich in meinem Gebet gedenken, ich will für die Ruhe seiner Seele beten. Wie hieß er denn?«

»Alexej, Väterchen.«

»Ein lieber Name. Nach Alexej, dem Gottesmann?«

»Ja, Väterchen, nach Alexej, dem Gottesmann.«

»Das ist ein großer Heiliger! Ich werde deines Sohnes in meinem Gebet gedenken, Mutter, und deiner Trauer werde ich gedenke, und deines Mannes, daß er gesund bleiben möge. Aber daß du ihn verläßt, ist eine Sünde. Geh zu deinem Mann und behüte ihn! Sonst wird dein Sohn von dort sehen, daß du seinen Vater verlassen hast, und er wird über euch weinen. Warum willst du seine Seligkeit stören? Er lebt ja, er lebt; denn die Seele lebt ewig. Wenn er auch leiblich nicht mehr im Haus weilt, ist er doch unsichtbar um euch. Aber wie wird er ins Haus kommen, wenn du sprichst, dir sei dein Haus verhaßt geworden? Zu wem wird er kommen, wenn er den Vater und die Mutter nicht zusammen findet? Sieh, jetzt träumst du von ihm und quälst dich im Traum; dann aber wird er dir sanfte Träume senden. Geh zurück zu deinem Mann, Mutter! Gleich heute geh zu ihm!«

»Ich werde zu ihm gehen, du mein Bester, auf dein Wort hin werde ich zu ihm gehen. Du hast mein Herz ergründet. Nikituschka, du mein Nikituschka, du wartest ja auf mich, du wartest auf mich!« redete die Frau vor sich hin; doch der Starez hatte sich schon zu einer alten Frau gewandt, die nicht wie eine Pilgerin, sondern eher städtisch gekleidet war. Man sah es ihr an den Augen an, daß sie ein Anliegen hatte und gekommen war, um eine Mitteilung zu machen. Sie war, wie sie angab, die Witwe eines Unteroffiziers aus unserer Stadt. Ihr Sohn Wassenka habe in einem Militärbüro gedient und sei nach Sibirien gekommen, nach Irkutsk. Zweimal habe er geschrieben, aber seit einem Jahr nicht mehr. Sie habe sich nach ihm erkundigen wollen, wisse aber in Wirklichkeit nicht, wie sie das anstellen solle.

»Da sagte mir neulich Stepanida Iljinitschna Bedrjagina, eine sehr reiche Kaufmannsfrau: ›Weißt du was, Prochorowna, schreibe den Namen deines Sohnes auf einen Zettel für das Verzeichnis der Verstorbenen‹, sagte sie, ›bring den Zettel in die Kirche und laß eine Messe für die Ruhe seiner Seele lesen. Dann‹, sagte sie, ›wird er sich in seiner Seele beunruhigt fühlen und dir einen Brief schreiben. Das ist ein zuverlässiges, ein vielfach erprobtes Mittel‹, sagte Stepanida Iljinitschna. Ich habe aber doch meine Zweifel … Du unser Licht, ist das wahr oder nicht? Und ist es recht, so was zu tun?«

»Wirf den Gedanken von dir! Du solltest dich schämen, danach überhaupt zu fragen. Wie ist es denn möglich, daß man für einen Lebenden eine Seelenmesse lesen läßt, und noch dazu als leibliche Mutter! Das ist eine ähnlich große Sünde wie Zauberei; nur wegen deiner Unwissenheit kann sie dir verziehen werden. Bete lieber zur Himmelskönigin, der willigen Beschützerin und Helferin, für seine Gesundheit und daß sie dir deinen unrechten Gedanken verzeihen möge. Und dann noch eines, Prochorowna: Entweder kommt dein Sohn bald selbst zurück, oder er schickt einen Brief. Das wisse! Geh und verhalte dich von nun an ruhig! Dein Sohn ist am Leben, sage ich dir.«

»Du unser Lieber, Gott belohne dich, du unser Wohltäter, der du für uns und unsere Sünden betest!«

Der Starez hatte in der Menge bereits die glühenden Augen einer abgezehrten, offenbar schwindsüchtigen jungen Bäuerin bemerkt. Schweigend sah sie ihn an, ihre Augen baten um etwas, aber sie schien sich zu fürchten, näher zu kommen.

»Was führt dich her, meine Liebe?«

»Erlöse meine Seele, Vater!« sagte sie leise und langsam, fiel auf die Knie und beugte sich bis zu seinen Füßen. »Ich habe gesündigt, Vater. Ich fürchte mich wegen der Sünde.«

Der Starez setzte sich auf die unterste Stufe, und die Frau näherte sich ihm, ohne sich von den Knien zu erheben.

»Ich bin das dritte Jahr Witwe«, begann sie fast flüsternd und schien dabei am ganzen Körper zu zittern. »Ich hatte es schwer in der Ehe, er war alt und schlug mich. Dann lag er krank, ich sah ihn an und dachte: Wenn er nun wieder gesund wird und aufsteht, was dann? Und da kam mir dieser Gedanke …«

»Warte!« sagte der Starez und brachte sein Ohr ganz dicht an ihre Lippen. Die Frau sprach flüsternd weiter, so daß die anderen kaum ein Wort auffangen konnten. Sie war bald fertig.

»Das dritte Jahr?« fragte der Starez.

»Ja, das dritte. In der ersten Zeit dachte ich nicht daran; doch dann wurde ich krank und kränker und verlor meine Ruhe.«

»Kommst du von weit her?«

»Fünfhundert Werst.«

»Hast du es in der Beichte gesagt?«

»Ja, ich habe es gesagt. Zweimal habe ich es gesagt.«

»Hat man dich zum Abendmahl zugelassen?«

»Ja, man hat mich zugelassen. Aber ich habe Angst. Ich fürchte mich vor dem Tod.«

»Fürchte dich vor nichts und fürchte dich niemals, beunruhige dich nicht! Wenn die Reue in deinem Herzen nicht schwächer wird, so wird Gott dir verzeihen. Auf der ganzen Erde ist keine Sünde, die Gott einem, der aufrichtig bereut, nicht vergibt. Der Mensch kann auch gar keine so große Sünde begehen, daß die unendliche Liebe Gottes durch sie erschöpft würde. Oder kann es eine so große Sünde geben, daß sie über Gottes Liebe hinausgeht? Sorge nur, daß du bereust, ohne Unterlaß. Und vertreibe die Furcht! Glaube, daß Gott dich unausdenkbar liebt, trotz deiner Sünde und in deiner Sünde. Steht doch schon in der Schrift, daß über einen Sünder, der Buße tut, im Himmel mehr Freude ist als über zehn Gerechte. Gehe hin und fürchte dich nicht mehr! Sei nicht erbittert wider die Menschen und zürne nicht wegen erlittener Kränkung! Vergib von ganzem Herzen dem Verstorbenen, was er dir Leides angetan hat, und versöhne dich mit ihm aufrichtig. Wenn du bereust, so liebst du auch. Liebst du aber, so gehörst du schon Gott. Durch Liebe wird alles gutgemacht, alles gerettet. Wenn ich, ein sündiger Mensch wie du, schon über dich gerührt bin und Mitleid empfinde, um wieviel mehr dann erst Gott? Die Liebe ist ein unermeßlicher Schatz, für den man die ganze Welt kaufen kann. Nicht nur seine eigenen, auch fremde Sünden kann man damit loskaufen. Gehe hin und fürchte dich nicht!«

Er schlug über ihr dreimal das Zeichen des Kreuzes, nahm ein kleines Heiligenbild von seinem Hals und hängte es ihr um. Sie verbeugte sich schweigend vor ihm bis zur Erde. Er erhob sich und schaute heiter eine kräftige Frau an, die einen Säugling auf dem Arm trug.

»Ich bin aus Wyschegorje, lieber Mann.«

»Immerhin sechs Werst von hier! Mit dem Kindchen wird dir der Weg nicht leicht geworden sein. Was wünschst du?«

»Ich bin nur gekommen, um dich zu sehen. Ich bin schon früher manchmal, hier gewesen; hast du's vergessen? Dann mußt du kein gutes Gedächtnis haben. Die Leute bei uns sagten, du wärst krank. ›Ach was‹, dachte ich, ›ich gehe hin, sehe ihn mir selber an.‹ Und da sehe ich dich nun; wie kann man nur sagen, du bist krank! Du lebst sicher noch zwanzig Jahre! Gott, ist mit dir! Und du hast ja so viele, die für dich beten – wie könntest du denn krank sein?«

»Ich danke dir für alles, meine Liebe.«

»Bei der Gelegenheit habe ich noch eine kleine Bitte. Hier sind sechzig Kopeken, lieber Mann. Gib sie einer Frau, die ärmer ist als ich. ›Das beste ist, ich lasse sie jemandem durch ihn zukommen‹, dachte ich auf dem Weg hierher, er wird schon wissen, wem er sie geben muß.‹«

»Ich danke dir, meine Liebe. Ich danke dir, meine Gute. Ich habe dich lieb. Ich werde deine Bitte ausführen. Ist das ein Mädchen auf deinem Arm?«

»Ein Mädchen, du unser Licht, und heißt Lisaweta.«

»Gott segne euch beide, dich und die kleine Lisaweta! Du hast mein Herz fröhlich gemacht, Mutter. Lebt wohl, meine Lieben! Lebt wohl, meine Teuren!«

Er erteilte allen den Segen und verbeugte sich tief vor ihnen.

4. Eine kleingläubige Dame

Die Gutsbesitzerin hatte aufmerksam verfolgt, wie der Starez mit den einfachen Frauen gesprochen und sie gesegnet hatte; sie vergoß stille Tränen und trocknete sie mit ihrem Taschentuch. Sie war eine mitfühlende Dame von Welt mit vielen aufrichtig guten Neigungen. Als der Starez zuletzt auch an sie herantrat, begrüßte sie ihn voll Begeisterung: »Der Anblick der ganzen rührenden Szene hat mich so tief, so tief ergriffen …« Sie konnte vor Erregung nicht weitersprechen. »Oh, ich verstehe, daß das Volk Sie liebt. Ich selbst liebe das Volk, wie sollte man auch das Volk, unser prächtiges, in seiner Größe so schlichtes russisches Volk nicht lieben!«

»Wie steht es um die Gesundheit Ihrer Tochter? Sie wünschten mich wieder zu sprechen?«

»Oh, ich habe inständig darum gebeten und gefleht: Ich war bereit, auf die Knie zu fallen und notfalls drei Tage lang vor Ihrem Fenster liegenzubleiben, bis Sie mich vorlassen würden. Wir sind gekommen, großer Heilspender, um Ihnen begeistert Dank zu sagen. Sie haben meine Lisa geheilt, völlig geheilt nur dadurch, daß Sie am Donnerstag über sie beteten und Ihre Hände auf sie legten. Wir sind gekommen, um diese Hände zu küssen und unseren Gefühlen und unserer Verehrung Ausdruck zu geben!«

»Wieso habe ich sie geheilt? Sie liegt ja immer noch im Rollstuhl?«

»Aber das nächtliche Fieber hat aufgehört, schon seit zwei Tagen, seit Donnerstag«, erwiderte die Dame in nervöser Hast. »Ja, noch mehr: ihre Beine haben sich gekräftigt. Heute früh stand sie gesund auf, nachdem sie die ganze Nacht geschlafen hatte. Sehen Sie nur ihre rote Gesichtsfarbe und ihre glänzenden Augen! Sonst weinte sie immer, jetzt aber lacht sie und ist vergnügt. Heute verlangte sie hartnäckig, auf die Füße gestellt zu werden, und stand eine ganze Minute allein da, ohne Stütze. Sie will mit mir wetten, daß sie in vierzehn Tagen eine Quadrille tanzen kann. Ich ließ unseren Doktor Herzenstube kommen; er zuckte die Achseln und sagte: ›Ich bin erstaunt, das verstehe ich nicht!‹ Und da wollen Sie, wir sollen Sie nicht weiter stören? Wir mußten einfach hereilen und Ihnen danken. So bedanke dich doch, Lisa, bedanke dich!«

Lisas liebes, lachendes Gesicht wurde auf einmal ernst; sie richtete sich nach besten Kräften im Rollstuhl auf, schaute den Starez an und faltete vor ihm die Hände. Sie konnte sich jedoch nicht beherrschen und brach unvermittelt in Lachen aus.

»Ich lache nur über ihn, über ihn!« sagte sie und deutete auf Aljoscha. Sie ärgerte sich wie ein Kind über sich selbst, weil sie sich nicht hatte beherrschen können. Wer Aljoscha beobachtete, der einen Schritt hinter dem Starez stand, konnte auf seinem Gesicht eine hektische Röte bemerken, die urplötzlich seine Wangen übergoß. Seine Augen leuchteten auf, und er senkte den Kopf.

»Sie hat einen Auftrag an Sie, Alexej Fjodorowitsch. Wie steht es mit Ihrer Gesundheit?« wandte die Mama sich plötzlich an Aljoscha und streckte ihm ihre kleine Hand mit dem eleganten Handschuh hin. Der Starez drehte sich um und sah Aljoscha aufmerksam an. Dieser näherte sich Lisa und reichte ihr mit seltsam ungeschicktem Lächeln die Hand. Lisa machte eine wichtige Miene.

»Katerina Iwanowna schickt Ihnen das durch mich«, sagte sie und übergab ihm ein kleines Briefchen. »Sie läßt Sie sehr bitten, so schnell wie möglich zu ihr zu kommen und ihre Erwartung nicht zu enttäuschen.«

»Sie läßt mich bitten, zu ihr zu kommen? Mich, zu ihr … Warum denn?« murmelte Aljoscha aufs höchste erstaunt. Sein Gesicht drückte auf einmal starke Beunruhigung aus.

»Oh, das ist alles wegen Dmitri Fjodorowitsch. Wegen all der letzten Ereignisse«, erklärte eilfertig die Mama. »Katerina Iwanowna ist zu einem festen Entschluß gelangt. Und daher muß sie unbedingt Sie sehen. Warum? Das weiß ich allerdings nicht; aber sie ließ bitten, Sie möchten so schnell wie möglich kommen. Und das werden Sie doch auch tun? Bestimmt werden Sie das tun, das gebietet schon die Christenpflicht.«

»Ich habe sie nur ein einziges Mal gesehen«, sagte Aljoscha, noch immer verständnislos.

»Oh, sie ist ein so hohes, unerreichbares Wesen! Schon in Anbetracht ihrer Leiden ... Stellen Sie sich nur vor, was sie schon ertragen hat und was sie jetzt erträgt! Und stellen Sie sich vor, was sie noch erwartet! Das ist alles schrecklich, schrecklich!«

»Nun gut, ich werde kommen«, sagte Aljoscha, nachdem er das kurze, rätselhafte Billett überflogen hatte; es enthielt nur die dringende Bitte zu kommen, aber keine Erklärungen.

»Ach, das wäre liebenswürdig von Ihnen, großartig!« rief Lisa, auf einmal ganz lebhaft. »Ich sagte noch zu Mama: ›Er wird bestimmt nicht kommen; er denkt nur an sein Seelenheil.‹ Was sind Sie für ein lieber Mensch! Ich habe schon immer gewußt daß Sie ein lieber Mensch sind, es ist mir angenehm, es Ihnen jetzt zu sagen.«

»Lisa!« rief die Mama vorwurfsvoll, lächelte aber gleich wieder. »Sie haben auch uns ganz vergessen, Alexej Fjodorowitsch! Sie wollen uns gar nicht mehr besuchen – und dabei hat Lisa mir zweimal gesagt, daß sie sich nur in Ihrer Gegenwart wohl fühlt.«

Aljoscha hob den Blick, errötete plötzlich und lächelte wieder, ohne zu wissen, warum. Der Starez beobachtete ihn aber nicht mehr. Er sprach mit dem fremden Mönch, der neben Lisas Rollstuhl auf sein Erscheinen gewartet hatte. Es war offenbar ein sehr einfacher Mönch, das heißt aus einfachem Stand, mit einer beschränkten, unerschütterlichen Weltanschauung, aber auf seine Weise gläubig und hartnäckig. Er sagte, er sei aus dem hohen Norden gekommen, aus Obdorsk, aus dem armen, von nur neun Mönchen bewohnten Kloster »Zum Heiligen Silvester«. Der Starez erteilte ihm den Segen und lud ihn, wenn es ihm gefällig sei, zu sich in seine Zelle.

»Wie machen Sie es nur möglich, solche Taten zu vollbringen?« fragte plötzlich der Mönch, wobei er nachdrucksvoll und feierlich auf Lisa wies. Er spielte auf ihre »Heilung« an.

»Es ist noch zu früh, davon zu reden. Eine leichte Besserung ist noch keine Heilung; sie kann auch andere Ursachen haben. Wenn aber wirklich etwas geschehen wäre, so nicht durch menschliche Kraft, sondern durch Gottes Ratschluß. Alles kommt von Gott. Besuchen Sie mich, Vater«, fügte er hinzu. »Doch kann ich nicht zu jeder Zeit Besuche empfangen; ich bin krank und weiß, daß meine Tage gezählt sind.«

»Nein, nein, Gott wird Sie nicht von uns nehmen! Sie werden noch lange, lange leben!« rief die Mama. »Was fehlt Ihnen denn auch? Sie sehen so gesund aus, so heiter und glücklich.«

»Ich fühle mich heute viel wohler. Aber ich weiß, das dauert nicht lange. Ich kenne jetzt meine Krankheit. Durch nichts aber konnten Sie mich so erfreuen wie durch die Bemerkung, ich käme Ihnen so glücklich vor. Die Menschen sind zum Glücklichsein geschaffen, und wer ganz glücklich ist, der darf sagen: Ich habe Gottes Gebot erfüllt. Alle Gerechten, alle Heiligen, alle heiligen Märtyrer waren glücklich.«

»Wie Sie das sagen! Was für kühne, erhabene Worte!« rief die Mama. »Es dringt einem mitten ins Herz, wenn Sie reden. Und doch, das Glück – wo ist das Glück? Wer kann von sich sagen, er sei ganz glücklich? Da Sie uns gütigst erlaubt haben, Sie heute noch einmal zu sehen, so hören Sie denn alles, was ich Ihnen das vorige Mal verschwiegen habe, weil ich nicht den Mut hatte, es Ihnen zu sagen: alles, worunter ich leide, schon lange, lange leide! Ich leide, verzeihen Sie mir, ich leide …« Ungestüm faltete sie ihre Hände vor ihm.

»Worin besteht Ihr Leiden?«

»Mein Leiden besteht im Unglauben …«

»Im Unglauben an Gott?«

»O nein, so etwas wage ich gar nicht zu denken! Aber das zukünftige Leben, das ist mir ein Rätsel! Und niemand kann es mir lösen, dieses Rätsel! Hören Sie, Sie Heilsspender, Sie Kenner der menschlichen Seele! Ich kann natürlich nicht verlangen, daß Sie mir völlig glauben, aber ich versichere Ihnen hoch und teuer, daß ich nicht leichtfertig zu Ihnen rede, daß mich vielmehr der Gedanke an ein Leben nach dem Tod aufregt bis zu tatsächlichem Leiden, ja bis zu Schrecken und Angst … Ich weiß nicht, an wen ich mich wenden soll. Ich hatte mein Leben lang nicht den Mut. Und jetzt, jetzt wage ich es, mich an Sie zu wenden … O Gott, wofür werden Sie mich halten!« Sie schlug die Hände zusammen.

»Sorgen Sie sich nicht um meine Meinung«, antwortete der Starez. »Ich glaube durchaus an die Aufrichtigkeit Ihres Kummers.«

»Oh, wie dankbar bin ich Ihnen! Sehen Sie, ich schließe oft die Augen und denke: Wie kommt es, daß alle Menschen glauben? Es wird vielfach gesagt, das habe seinen Ursprung in der Furcht vor schrecklichen Naturerscheinungen, weiter gar nichts. Und nun denke ich: Wenn ich mein ganzes Leben geglaubt habe und dann sterbe, und dann ist da nichts, und auf dem Grab wächst die Klette, wie ich bei einem Dichter las? Das wäre doch entsetzlich! Wodurch kann ich den Glauben wiedererlangen? Übrigens habe ich nur geglaubt, als ich noch klein war, mechanisch, ohne etwas dabei zu denken. Aber wie und wodurch läßt sich das beweisen? Ich bin gekommen, um vor Ihnen niederzufallen und Sie um Auskunft zu bitten. Denn wenn ich jetzt die Gelegenheit verstreichen lasse, wird mir mein Leben lang niemand mehr meine Frage beantworten. Wie läßt es sich beweisen, wie kann man zur Überzeugung gelangen? Oh, das ist mein Unglück! Ich stehe da und sehe, daß allen oder fast allen rings um mich her die ganze Sache gleichgültig ist und daß niemand sich darum Sorge macht – nur ich kann das nicht ertragen. Das richtet mich zugrunde, völlig zugrunde!«

»Ohne Zweifel richtet das einen Menschen zugrunde. Beweisen läßt sich hier allerdings nichts; doch zur Überzeugung zu gelangen, das ist möglich.«

»Wie das? Wodurch?«

»Durch die Erfahrung der tätigen Liebe. Bemühen Sie sich, Ihre Nächsten tätig und unermüdlich zu lieben! Je größere Fortschritte

Sie in der Liebe machen, desto mehr werden Sie sich überzeugen von dem Dasein Gottes und von der Unsterblichkeit Ihrer Seele. Und wenn Sie in Ihrer Nächstenliebe bei völliger Selbstverleugnung angelangt sind, dann werden Sie auch zuversichtlich glauben, und kein Zweifel wird mehr in Ihre Seele Eingang finden. Das ist erprobt, das ist sicher.«

»Tätige Liebe? Das ist auch wieder eine Frage, und zwar eine schwere, schwere Frage! Sehen Sie, ich liebe die Menschheit so sehr, daß ich – werden Sie mir das glauben? – manchmal daran denke, alles, was ich besitze, von mir zu werfen, Lisa zu verlassen und Barmherzige Schwester zu werden. Ich schließe die Augen, denke und träume; in solchen Augenblicken fühle ich eine unwiderstehliche Kraft in mir. Keine Wunde, kein eiterndes Geschwür könnte mich schrecken. Ich würde sie verbinden und mit meinen eigenen Händen waschen, ich würde die Wärterin dieser Leidenden sein, ich wäre bereit, diese Geschwüre zu küssen.«

»Es ist schon viel und gut, wenn Ihr Geist davon träumt und nicht von etwas anderem. Nein, nein, Sie, werden wirklich eine gute Tat tun, bevor Sie sich dessen versehen.«

»Aber könnte ich so ein Leben lange führen?« fuhr die Dame erregt, beinahe außer sich fort. »Das ist die Hauptfrage, das ist die Frage, die mich am meisten quält. Ich schließe die Augen und frage mich: Würdest du es lange auf diesem Weg aushalten? Und wenn der Kranke, dessen Geschwüre du wäschst, dies nicht sogleich durch Dankbarkeit vergilt, sondern dich im Gegenteil anschreit, ohne deine Menschenfreundlichkeit zu bemerken und zu würdigen; wenn er in grobem Ton dies und das verlangt und sich sogar bei den Vorgesetzten beschwert. Wie es bei Schwerkranken häufig vorkommt? Was dann? Wird deine Liebe fortdauern oder nicht? Und denken Sie, ich habe mir mit Zittern und Zagen bereits die Antwort auf diese Frage gegeben: Wenn irgend etwas meine tätige Liebe zur Menschheit sofort auslöschen kann, so ist es einzig und allein der Undank. Ich bin eben eine Lohnarbeiterin: ich fordere augenblicklich Bezahlung, Lob und Vergeltung meiner Liebe durch Gegenliebe. Anders kann ich niemanden lieben!«

Es war ein Anfall aufrichtigster Selbstanklage, und sie blickte, als sie geendet hatte, den Starez mit herausfordernder Entschlossenheit an.

»Genau dasselbe hat mir schon vor langer Zeit ein Arzt erzählt«, erwiderte der Starez. »Er war ein schon bejahrter Mann und unstreitig klug. Er sprach ebenso offen wie Sie, zwar scherzend, aber dabei traurig. ›Ich liebe die Menschheit‹, sagte er, ›aber ich wundere mich über mich selbst: je mehr ich die Menschen liebe, desto weniger liebe ich den einzelnen Menschen, das Individuum. Wenn ich mich so meinen Träumereien hingab‹, sagte er, ›hatte ich manchmal die seltsamsten Absichten, der Menschheit zu dienen. Ich würde mich vielleicht für die Menschen kreuzigen lassen, wenn das einmal irgendwie nötig wäre – und dabei bin ich außerstande, auch nur zwei Tage mit jemand dasselbe Zimmer zu teilen. Ich weiß das aus Erfahrung. Kaum kommt er mir nahe, verletzt seine Persönlichkeit schon meine Eigenliebe und beeinträchtigt meine Freiheit. Ein einziger Tag genügt schon, mich den besten Menschen hassen zu lehren: den einen, weil er mittags zu langsam ißt, den anderen, weil er Schnupfen hat und sich fortwährend schneuzt. Sobald die Menschen mit mir in Berührung kommen, werde ich ein Menschenfeind‹, sagte er. ›Und dabei wurde meine Liebe zur Menschheit bisher desto flammender, je mehr ich die einzelnen Menschen haßte.‹«

»Was aber soll man tun? Was soll man in solchen Fällen tun? Muß man da nicht verzweifeln?«

»Nein, es genügt schon, daß Sie sich darum sorgen. Tun Sie, was Sie können, und es wird Ihnen angerechnet werden. Sie haben schon viel dadurch getan, daß Sie sich selbst so tief und aufrichtig erkennen lernten! Sollten Sie aber jetzt nur deshalb so offen mit mir gesprochen haben, um wie jetzt ein Lob für Ihre Wahrheitsliebe zu empfangen, dann werden Sie es allerdings in den Großtaten der tätigen Liebe zu nichts bringen; dann wird das alles nur Träumerei für sie bleiben und Ihr ganzes Leben wird vorüberhuschen wie eine Vision. Dann werden Sie natürlich auch das künftige Leben vergessen und sich schließlich selbst auf irgendeine Weise beruhigen.«

»Sie haben mich zerschmettert! Erst jetzt, während Sie sprachen, erkannte ich, daß ich tatsächlich nur gehofft habe, Sie würden mich loben für meine Offenheit, mit der ich erzählte, daß ich Undank nicht ertragen kann. Sie haben mir gesagt, wie es in mir aussieht! Sie haben mich ertappt und mir mein innerstes Wesen erklärt!«

»Ist das die Wahrheit? Nun, nach einem solchen Bekenntnis glaube ich, daß Sie aufrichtig und von Herzen gut sind. Wenn Sie das Glück nicht erlangen sollten, so bleiben Sie dessen eingedenk, daß Sie auf gutem Weg sind, und hüten Sie sich, von ihm abzuweichen. Vor allem hüten Sie sich vor der Lüge, besonders vor sich selbst. Geben Sie acht auf Ihre Lüge, behalten Sie sie zu jeder Stunde, zu jeder Minute im Auge. Meiden Sie auch den Ekel vor anderen wie vor sich selbst. Was Ihnen an Ihrem Innern häßlich erscheint, wird allein schon dadurch, daß Sie es bemerkten, geläutert. Meiden Sie ferner die Furcht, obgleich sie nur eine Folge der Lüge ist. Erschrecken Sie, wenn Sie nach Liebe streben, nie über Ihren eigenen Kleinmut; erschrecken Sie nicht einmal allzusehr über die schlechten Handlungen, die Sie dabei begehen. Ich bedaure, daß ich Ihnen nichts Tröstlicheres sagen kann, denn die tätige Liebe ist im Vergleich zu der nur geträumten ein hartes, schreckliches Ding. Die träumerische Liebe dürstet nach einer Großtat, rasch ausgeführt und von allen gesehen. Es kommt so weit, daß man sogar sein Leben hingibt, nur wenn die Sache schnell erledigt wird und so, daß alle es sehen und loben – wie auf der Bühne. Die tätige Liebe dagegen ist Arbeit und Geduld; sie ist für manche Menschen gewissermaßen eine richtige Wissenschaft. Ich kann es Ihnen im voraus sagen: Sobald Sie mit Schrecken wahrnehmen, daß Sie all Ihrem Bemühen zum Trotz dem Ziel nicht nur nicht näher kamen, sondern sich scheinbar von ihm entfernten – in diesem selben Augenblick, das prophezeie ich Ihnen, werden Sie plötzlich das Ziel erreichen und deutlich Gottes wundertätige Kraft erkennen! Gott hat Sie die ganze Zeit geliebt, die ganze Zeit insgeheim geleitet. Verzeihen Sie, daß ich mich Ihnen nicht länger widmen kann; man erwartet mich. Auf Wiedersehen!«

Die Dame weinte. »Bitte, segnen Sie Lisa, segnen Sie Lisa!« rief sie und sprang auf.

»Die dürfte man eigentlich gar nicht liebhaben«, sagte der Starez scherzend. »Ich sah, wie sie die ganze Zeit dummes Zeug trieb. Warum haben Sie sich fortwährend über Alexej lustig gemacht?«

Lisa hatte wirklich die ganze Zeit mit irgendwelchen Streichen ausgefüllt. Sie hatte schon das vorige Mal bemerkt, daß Aljoscha vor ihr verlegen wurde und sich nicht traute, sie anzusehen; das amüsierte sie gewaltig. Sie wartete aufmerksam und fing seinen Blick auf; Aljoscha hielt es nicht aus und sah ab und zu unwillkürlich, von einer unwiderstehlichen Macht gezwungen, zu ihr hin, worauf sie ihm dann sofort triumphierend ins Gesicht lachte. So wurde Aljoscha immer verlegener und ärgerte sich noch mehr. Zuletzt wandte er sich ganz von ihr ab und verbarg sich hinter dem Starez. Kurze Zeit später machte er, abermals unwiderstehlich angezogen, eine kleine Wendung, als wollte er sehen, ob sie ihn noch anschaute. Da bemerkte er, wie Lisa sich fast ganz aus dem Rollstuhl herausbeugte, ihn von der Seite ansah und gespannt wartete, ob er zu ihr hinblicken würde. Und kaum hatte sie seinen Blick aufgefangen, lachte sie derart auf, daß sich sogar der Starez nicht enthalten konnte zu sagen: »Warum bringen Sie ihn so schamlos in Verwirrung?«

Lisa errötete ganz plötzlich, ihre Augen blitzten, ihr Gesicht wurde ernst, und sie sagte im Ton einer heftigen, unwilligen Klage nervös und hastig: »Warum hat er denn alles vergessen? Er hat mich als kleines Kind auf dem Arm getragen und mit mir zusammen gespielt. Später kam er zu uns, um mich lesen zu lehren; wissen Sie das? Vor zwei Jahren sagte er beim Abschied, er würde nie vergessen, daß wir lebenslänglich Freunde sind, lebenslänglich! Und jetzt auf einmal fürchtet er sich vor mir – will ich ihn etwa auffressen, wie? Warum will er nicht näher zu mir kommen, warum redet er nicht mit mir? Warum besucht er uns nicht? Ja, wenn Sie ihn nicht wegließen; aber wir wissen, er geht überall hin. Es schickt sich für mich nicht, ihn rufen zu lassen; er müßte zuerst daran denken, wenn er es nicht vergessen hat. Aber nein, er sorgt jetzt nur für sein Seelenheil! Sagen Sie mal, warum haben Sie ihm die lange Kutte angezogen? Er fällt ja hin, wenn er laufen will …«

Auf einmal konnte sie sich nicht mehr beherrschen, bedeckte das Gesicht mit der Hand und brach in ein langes, unaufhaltsames, nervöses, lautloses Lachen aus, das ihren ganzen Körper erschütterte. Der Starez hatte sie lächelnd angehört und erteilte ihr nun zärtlich seinen Segen. Als sie sich aber anschickte, seine Hand zu küssen, preßte sie diese auf einmal an ihre Augen und fing an zu weinen. »Seien Sie mir nicht böse, ich bin ein dummes Ding, das nichts taugt. Aljoscha hat vielleicht ganz recht, wenn er zu so einer lächerlichen Person nicht kommen will.«

»Ich werde ihn bestimmt zu Ihnen schicken«, sagte der Starez.

5. Amen, es soll also geschehen!

Der Starez war etwa fünfundzwanzig Minuten der Zelle ferngeblieben. Es war schon halb eins, aber Dmitri Fjodorowitsch, um dessentwillen sich alle versammelt hatten, war immer noch nicht zur Stelle; man schien ihn fast vergessen zu haben. Als der Starez wieder in die Zelle trat, fand er seine Gäste in einem lebhaften Gespräch, an dem sich vor allem Iwan Fjodorowitsch und die beiden Priestermönche beteiligten. Auch Miussow, der sehr erregt schien, mischte sich ein, aber er hatte wieder kein rechtes Glück; er befand sich offenbar im Hintertreffen, und da die anderen ihm kaum antworteten, steigerte sich noch die Gereiztheit in ihm. Er hatte auch früher schon mit Iwan Fjodorowitsch an Kenntnis rivalisiert und eine gewisse Geringschätzung, die dieser ihm entgegenbrachte, nicht gleichgültig ertragen können. ›Bisher stand ich in allem, was den europäischen Fortschritt anlangt, in der ersten Linie der Vorkämpfer, doch diese neue Generation ignoriert uns völlig!‹ dachte er. Fjodor Pawlowitsch, der von sich aus versprochen hatte, still auf seinem Stuhl sitzenzubleiben, hatte tatsächlich eine Zeitlang geschwiegen; er hatte aber seinen Nachbarn Pjotr Alexandrowitsch mit leisem, spöttischem Lächeln beobachtet und sich sichtlich an dessen Reizbarkeit erfreut. Er hatte ihm schon lange dies und jenes heimzahlen wollen und fand jetzt die Gelegenheit dazu. Schließlich konnte er sich nicht mehr beherrschen, neigte sich zu seinem Nachbarn und begann erneut halblaut zu sticheln: »Warum sind Sie vorhin nach der Küsserei nicht gegangen? Warum sind Sie in einer so unpassenden Gesellschaft geblieben? Weil Sie sich erniedrigt und beleidigt fühlten? Um zur Revanche Ihren Verstand leuchten zu lassen? Sie werden nicht gehen, bevor Sie das getan haben.«

»Fangen Sie schon wieder an? Ich werde sofort gehen.«

»Als letzter, als allerletzter werden Sie sich fortbegeben«, stichelte Fjodor Pawlowitsch noch einmal. Das war in demselben Augenblick, als der Starez zurückkehrte.

Die Diskussion verstummte für einen Moment; der Starez nahm seinen Platz wieder ein und sah alle der Reihe nach an, als ermuntere er sie, sich nicht stören zu lassen. Aljoscha, der jeden Ausdruck seines Gesichts kannte, sah, daß er müde war und sich Gewalt antat. In der letzten Zeit waren bei ihm Ohnmachtsanfälle aus Erschöpfung vorgekommen. Eine Art Ohnmachtsblässe lag auch jetzt auf seinem Gesicht, und seine Lippen waren weiß. Er wollte jedoch die Versammelten offenbar nicht wegschicken, er schien noch eine besondere Absicht zu haben aber welche? Aljoscha beobachtete ihn unverwandt.

»Wir sprechen über einen höchst interessanten Aufsatz dieses Herrn«, sagte der Priestermönch Jossif, der Bibliothekar, zu dem Starez und deutete auf Iwan Fjodorowitsch. »Er bringt darin viel Neues, aber es scheint, daß seine Idee ihre zwei Seiten hat. Er hat in einem Zeitschriftenaufsatz über kirchlich-weltliche Gerichtsbarkeit und die Ausdehnung dieses Rechts einem Geistlichen geantwortet, der über diese Frage ein großes Buch verfaßt hat.«

»Leider habe ich Ihren Aufsatz nicht gelesen, aber ich habe davon gehört«, antwortete der Starez, wobei er Iwan Fjodorowitsch aufmerksam ansah.

»Er steht auf einem interessanten Standpunkt«, fuhr der Vater Bibliothekar fort. »Er verwirft nämlich, wie es scheint, in der Frage der kirchlich-weltlichen Gerichtsbarkeit völlig die Trennung der Kirche vom Staat.«

»Das ist interessant, in welchem Sinne meinen Sie das?« fragte der Starez.

Iwan Fjodorowitsch antwortete ihm: nicht belehrend, von oben herab, wie Aljoscha es tags zuvor noch befürchtet hatte, sondern bescheiden und ruhig, mit sichtlicher Zuvorkommenheit und anscheinend ganz ohne Hintergedanken.

»Ich gehe von der These aus, daß die Vermischung zweier Elemente wie Kirche und Staat zwar unzulässig, doch sicher für alle Zeiten unabänderlich ist und daß man so nie einen normalen oder auch nur einigermaßen erträglichen Zustand herstellen kann, weil alledem eine Unwahrheit zugrunde liegt. Ein Kompromiß zwischen Staat und Kirche, beispielsweise in Fragen der Gerichtsbarkeit, ist meines Erachtens schon an sich unmöglich. Der Geistliche, gegen den ich polemisiere, behauptet, die Kirche nehme im Staat einen fest bestimmten Platz ein. Ich erwidere ihm, die Kirche müsse vielmehr selbst den Staat in sich einschließen, statt nur ein Eckchen in ihm einzunehmen. Und wenn das jetzt unmöglich wäre, so müsse es doch von Anfang an als direktes und wichtigstes Ziel jeder Weiterentwicklung der christlichen Gesellschaft hingestellt werden.«

»Durchaus richtig«, sagte Vater Paissi, der schweigsame, gelehrte Priestermönch, entschieden und nervös.

»Das ist ja der reinste Ultramontanismus!« rief Miussow und schlug vor Aufregung die Beine abwechselnd übereinander.

»Wir haben ja gar keine Berge bei uns!« rief Vater Jossif, dann fuhr er, zum Starez gewandt, fort: »Er antwortet unter anderem auf folgende ›fundamentale und essentielle‹ Thesen des Gegners – eines Geistlichen, wohlbemerkt! Erstens: keine gesellschaftliche Vereinigung kann und darf sich die Macht anmaßen, über die bürgerlichen und politischen Rechte ihrer Mitglieder zu verfügen. Zweitens: die kriminalgerichtliche und zivilgerichtliche Macht darf nicht der Kirche gehören; sie ist unvereinbar mit ihrem Wesen als göttliche Einrichtung und Vereinigung von Menschen zu religiösen Zwekken. Und drittens endlich: die Kirche ist kein Reich von dieser Welt ...«

»Ein Spiel mit Worten, das eines Geistlichen unwürdig ist!« unterbrach Vater Paissi, der sich nicht mehr beherrschen konnte, den Sprecher erneut. »Ich kenne das Buch, gegen das Sie polemisieren«, wandte er sich an Iwan Fjodorowitsch. »Ich war erstaunt über die Behauptung eines Geistlichen, die Kirche sei kein Reich von dieser Welt. Wenn sie kein Reich von dieser Welt ist, so darf sie überhaupt nicht existieren auf Erden. Im heiligen Evangelium haben die Worte ›nicht von dieser Welt‹ einen anderen Sinn, und mit solchen Worten zu spielen ist unzulässig. Unser Herr Jesus Christus ist zu dem Zweck in die Welt gekommen, die Kirche auf Erden zu begründen. Das Himmelreich ist nicht von dieser Welt, das ist klar; aber eingehen ins Himmelreich kann man nur durch die Kirche, die auf der Erde gegründet ist. In diesem Sinn sind weltliche Spiele mit Worten daher unzulässig und unwürdig. Die Kirche ist in der Tat ein Reich, und zwar ein Reich, das bestimmt ist, zu herrschen und sich zuletzt über die ganze Erde auszudehnen. Das unterliegt überhaupt keinem Zweifel, darüber gibt es eine Verheißung ...«

Er verstummte plötzlich, als hielte er sich mit Gewalt zurück, und Iwan Fjodorowitsch, der ihm respektvoll und aufmerksam zugehört hatte, fuhr, zum Starez gewandt, mit größter Ruhe und Schlichtheit fort: »Der in meinem Aufsatz ausgeführte Gedanke ist folgender: In seiner frühesten Zeit, das heißt in den ersten drei Jahrhunderten, erschien das Christentum auf der Erde nur in Gestalt der Kirche und war nur Kirche. Als nun der heidnische römische Staat christlich zu werden wünschte, nahm er beim Übergang zum Christentum notwendigerweise die Kirche in sich auf, obgleich er in sehr vielen Einrichtungen ein heidnischer Staat blieb. Es mußte im Grunde auch so sein. Es war noch viel heidnische Kultur und Weisheit im römischen Staat zurückgeblieben, ja, heidnisch waren sogar die Grundlagen und Ziele des Staates. Die christliche Kirche aber konnte bei ihrem Eintritt in den Staat von ihren Grundlagen, von dem Stein, auf dem sie stand, nichts aufgeben. Sie konnte nur ihre eigenen Ziele verfolgen, die ihr der Herr gesetzt und gewiesen hatte, und die waren unter anderen, die ganze Welt, und folglich auch den ganzen alten heidnischen Staat, zur Kirche zu machen. Nicht die Kirche muß sich also künftig wie ›jede gesellschaftliche Vereinigung‹ oder wie eine ›Vereinigung von Menschen zu religiösen Zwecken‹ (um mit dem Autor, dem ich widerspreche, zu reden) einen Platz im Staat suchen, vielmehr muß in der Folgezeit jeder irdische Staat zur Kirche werden und nichts als Kirche sein; auf Ziele, die nicht mit den kirchlichen vereinbar sind, muß er verzichten. Das alles erniedrigt ihn durchaus nicht; es nimmt ihm weder seine Ehre noch seinen Ruhm als großer Staat, noch den Ruhm seiner Herrscher; es weist ihm nur statt des unrechten heidnischen Weges den richtigen und wahren Weg, den einzigen Weg zu den ewigen Zielen. Der Verfasser des Buches hätte also richtig geurteilt, wenn er die von ihm dargelegten Grundlagen als vorübergehenden, für unsere sündige, unreife Zeit noch unentbehrlichen Kompromiß betrachtet hätte. Wenn er sich aber erkühnt zu behaupten, die Grundlagen, die er dargelegt hat und die Vater Jossif uns teilweise aufzählte, seien unerschütterlich, elementar und ewig, so wendet er sich direkt gegen die Kirche und ihre heilige, ewige, unerschütterliche Bestimmung. Das ist mein ganzer Aufsatz, und das ist sein gesamter Inhalt.«

»Mit anderen Worten«, sagte wieder Vater Paissi, jede Silbe betonend, »die Kirche soll sich nach Theorien, die in unserem neunzehnten Jahrhundert entstanden sind, in den Staat umwandeln, gleichsam aus einer niederen Gestalt in eine höhere, um dann im Staat aufzugehen; sie soll der Wissenschaft, dem Zeitgeist und der Kultur einfach weichen. Will sie das nicht und sträubt sie sich, wird ihr zur Strafe eine Art Ecke inmitten des Staates angewiesen, auch das natürlich nur unter Aufsicht, wie es gegenwärtig überall in den westeuropäischen Ländern der Fall ist. Nach der russischen Vorstellung und Zuversicht soll sich jedoch nicht die Kirche in den Staat umwandeln wie aus der niederen in eine höhere Form, vielmehr soll der Staat zuletzt vollkommen in der Kirche aufgehen. Amen, das heißt: es soll also geschehen!«

»Nun, ich muß gestehen, Sie haben mich wieder ein wenig ermutigt«, sagte Miussow lächelnd und legte die Beine wieder anders. »Soweit ich verstehe, handelt es sich um die Verwirklichung eines fernen Ideals, bei der Wiederkunft Christi. Halten Sie es damit, wie Sie wollen. Ein schöner utopischer Traum vom Ende der Kriege, Diplomaten, Banken und so weiter. Das hat sogar einige Ähnlichkeit mit dem Sozialismus. Ich glaubte schon, das wäre alles ernst gemeint, und die Kirche sollte zum Beispiel gleich jetzt über kriminelle Verbrechen richten und ihre Angeklagten zu Durchpeitschung und Zuchthaus, vielleicht gar zum Tod verurteilen.«

»Gäbe es eine kirchlich-weltliche Gerichtsbarkeit, würde auch jetzt die Kirche nicht zu Zuchthaus oder zum Tod verurteilen. Das Verbrechen und die Ansichten darüber würden sich zweifellos ändern müssen, allmählich zwar, nicht mit einemmal, jedoch ziemlich schnell«, sagte Iwan Fjodorowitsch ruhig und ohne mit einer Wimper zu zucken.

»Meinen Sie das im Ernst?« fragte Miussow und starrte ihn unverwandt an.

»Wäre alles Kirche geworden, würde die Kirche den Verbrecher einfach ausschließen, ihm aber nicht den Kopf abschlagen«, fuhr Iwan Fjodorowitsch fort. »Nun frage ich Sie, wohin sollte der Ausgeschlossene gehen? Er müßte nicht nur von den Menschen, er müßte auch von Christus weggehen. Er hätte sich ja mit seinem Verbrechen auch gegen die Kirche aufgelehnt. Im Grunde ist das auch jetzt der Fall, doch wird es nicht deutlich ausgesprochen. Der Verbrecher von heute beruhigt sein Gewissen häufig durch Erwägungen wie diese: ›Ich bin zwar ein Dieb, doch kein Dieb an der Kirche. Ich bin kein Feind Jesu Christi!‹ das sagt sich heute jeder Verbrecher. Sobald aber die Kirche an die Stelle des Staates getreten ist, dürfte es schwer sein, so zu sprechen; es müßte denn der Verbrecher die Kirche der ganzen Erde verneinen und schlechthin behaupten: ›Es irren alle; alle sind vom rechten Weg abgewichen und bilden eine falsche Kirche; nur ich, der Mörder und Dieb, bin die wahre christliche Kirche.‹ Sich das zu sagen, ist aber doch schwer und nur in besonderen seltenen Fällen möglich. Nun nehmen Sie auf der anderen Seite die kirchliche Auffassung vom Verbrechen: Muß sie nicht wesentlich anders sein als die jetzige, beinahe heidnische? Und muß nicht die mechanische Abstoßung des kranken Gliedes, wie sie heute zum Schutz der Gesellschaft üblich ist, allmählich ersetzt werden durch die Idee einer Wiedergeburt des Menschen, seiner Auferstehung und seiner Rettung?«

»Was soll denn das heißen? Ich verstehe wieder nichts mehr!« unterbrach ihn Miussow. »Das ist wieder so eine Träumerei! Etwas Formloses, das kein Mensch versteht! Was heißt denn das: Ausschließung? Welch eine Ausschließung meinen Sie? Ich fürchte, Sie machen sich über uns lustig, Iwan Fjodorowitsch.«

»Eigentlich findet ja jetzt dasselbe statt«, begann auf einmal der Starez, zu dem sich sofort alle wandten. »Denn gäbe es jetzt keine Kirche Christi, so gäbe es für den Verbrecher kein Einhalten, nicht einmal eine Strafe für seine Tat – das heißt keine wirkliche, denn die mechanische, wie Sie sie nannten, regt doch meistens nur das Herz auf. Die einzig wirksame, abschreckende und friedenbringende Strafe liegt im Bewußtsein des eigenen Gewissens.«

»Gestatten Sie die Frage: Wie meinen Sie das?« fragte Miussow lebhaft interessiert.

»Ich meine es folgendermaßen«, entgegnete der Starez. »Alle Verbannungen zur Zwangsarbeit, zu denen früher noch Körperstrafen kamen, bessern niemand und schrecken keinen Verbrecher ab; denn die Zahl der Verbrechen vermindert sich nicht, sondern wächst immer mehr. Das müssen Sie zugeben. Infolgedessen ist die Gesellschaft auf diese Weise gar nicht geschützt; man sondert wohl ein schädliches Mitglied ab und verbannt es weit weg, daß es niemand mehr zu sehen bekommt, aber an seiner Stelle erscheint sogleich ein anderer Verbrecher, womöglich gar zwei. Wenn irgend etwas sogar in unserer Zeit die Gesellschaft schützt und den Verbrecher bessert und in einen anderen Menschen verwandelt, so allein das Gesetz Christi, das sich im Bewußtsein des eigenen Gewissens kundtut. Nur wer sich seiner Schuld als Sohn der Gemeinschaft Christi, das heißt der Kirche, bewußt ist, wird die Schuld auch vor der Gemeinschaft, das heißt vor der Kirche, bekennen. Nur vor der Kirche vermag der heutige Verbrecher seine Schuld zu bekennen, nicht vor dem Staat. Läge also die Gerichtsbarkeit in den Händen einer Gemeinschaft wie der Kirche, würde diese Gemeinschaft wissen, wen sie aus der Verbannung zurückzurufen und wiederaufzunehmen hat. Solange aber die Kirche keine tatsächliche Gerichtsbarkeit ausübt, sondern nur die Möglichkeit einer moralischen Verurteilung besitzt, solange hält sie sich von jeder tatsächlichen Bestrafung des Verbrechers fern. Sie schließt ihn nicht aus ihrer Mitte aus, sie verweigert ihm nicht ihren mütterlichen Trost. Ja mehr noch, sie bemüht sich sogar, die christliche Gemeinschaft mit dem Verbrecher in vollem Umfang aufrechtzuerhalten; sie läßt ihn zum Gottesdienst und zum Abendmahl zu, gibt ihm Almosen und verkehrt mit ihm wie mit einem Verblendeten, nicht wie mit einem Schuldigen. O Gott, was würde aus dem Verbrecher, wenn ihn die christliche Gemeinschaft, das heißt die Kirche, ebenso verstoßen würde wie das bürgerliche Gesetz? Was würde geschehen, wenn ihn die Kirche nach jeder Bestrafung durch das bürgerliche Gesetz auch ihrerseits mit Ausschluß aus der Gemeinschaft bestrafen würde? Eine größere Strafe für den russischen Verbrecher wäre nicht denkbar, denn die russischen Verbrecher sind noch gläubig. Doch wer weiß, vielleicht würde dann etwas Furchtbares eintreten? Vielleicht würde das verzweifelte Herz des Verbrechers den Glauben verlieren – und was dann? Als zärtliche, liebende Mutter hält sich die Kirche von einer tatsächlichen Bestrafung fern, da der Schuldige ohnehin durch das staatliche Gericht schon schwer gestraft ist und einer ihn doch bemitleiden muß. Der Hauptgrund aber, weshalb sich die Kirche fernhält, ist, daß das Gericht der Kirche als einziges die Wahrheit in sich einschließt und es sich deshalb mit keinem anderen Gericht materiell und moralisch vereinbaren läßt, auch nicht vorübergehend. Auf Kompromisse kann man sich nicht einlassen. Der ausländische Verbrecher, sagt man, bereut nur selten, bestärken ihn doch gerade die modernen Lehren in der Anschauung, daß sein Verbrechen kein Verbrechen sei, sondern nur eine Auflehnung gegen die ihn zu Unrecht unterdrückende Macht. Die Gesellschaft sondert ihn kraft ihrer Macht mechanisch aus und begleitet den Ausschluß mit ihrem Haß (so berichtet man wenigstens in Westeuropa von sich selbst); man haßt diesen Bruder, bleibt seinem weiteren Schicksal gegenüber gleichgültig und vergißt ihn völlig. Alles geht ohne das geringste Mitleid der Kirche vonstatten, denn vielfach gibt es dort keine Kirchen mehr, nur noch ein Kirchenpersonal und prächtige kirchliche Gebäude; die Kirchen selbst aber suchen längst aus der niederen Form in die höhere überzugehen, das heißt in den Staat – zumindest in den lutherischen Ländern. In Rom wird schon seit tausend Jahren der Staat an Stelle der Kirche verkündet. Der Verbrecher fühlt sich daher nicht als Glied der Kirche, sondern als Ausgestoßener und verfällt der Verzweiflung. Und wenn er in die Gesellschaft zurückkehrt, geschieht es nicht selten mit solchem Haß, daß ihn die Gesellschaft von selber meidet. Wie das schließlich endet, können Sie sich selbst sagen. In vielen Fällen scheint es bei uns nicht anders zu sein, der Unterschied ist jedoch der, daß es außer den eingesetzten Gerichten bei uns noch eine Kirche gibt, die niemals die Verbindung mit dem Verbrecher als ihrem lieben, immer noch teuren Sohn aufgibt. Außerdem besteht und erhält sich noch theoretisch ein kirchliches Gericht; und wenn es jetzt auch nicht tätig ist, so lebt es doch jedenfalls für die Zukunft, und zweifellos erkennt es auch der Verbrecher selbst mit innerem Instinkt an. Es ist ganz richtig gesagt worden: Würde das Gericht der Kirche in seiner ganzen Kraft eingesetzt, das heißt, würde sich die ganze Gesellschaft in eine einzige Kirche verwandeln, so hätte nicht nur das Kirchengericht einen wesentlich stärkeren Einfluß auf die moralische Besserung des Verbrechers, auch die Zahl der Verbrechen würde sich wahrscheinlich ungeahnt vermindern. Die Kirche würde den künftigen Verbrecher in vielen Fällen zweifellos ganz anders beurteilen als jetzt; sie wäre fähig, den Ausgeschlossenen zurückzuholen, den Böses Planenden zu warnen und den Gefallenen aufzurichten. Allerdings …«, lächelte der Starez. »Vorläufig ist die christliche Gemeinschaft noch nicht fertig und beruht nur auf sieben Gerechten; da diese jedoch nicht abnehmen werden, wird sie unbeirrt fortbestehen, und ihre Umwandlung aus einer beinahe noch heidnischen Vereinigung in eine einzige, die Welt umspannende und beherrschende Kirche abzuwarten. Amen, es soll also geschehen, und sei es auch erst am Ende der Zeiten … es ist das einzige, dem eine Erfüllung vorherbestimmt ist! Die langen Zeiten brauchen uns nicht zu beirren; denn das Geheimnis der Zeiten ist in der Weisheit Gottes, in seiner Voraussicht und seiner Liebe eingeschlossen. Und was nach menschlicher Rechnung vielleicht noch sehr fern ist, das steht nach göttlicher Vorherbestimmung vielleicht schon vor der Tür. Amen, es soll also geschehen!«

»Amen, es soll also geschehen!« wiederholte andächtig, aber mit finsterer Miene, Paissi.

»Seltsam, höchst seltsam«, sagte Miussow nicht zornig, sondern eher seinen Unwillen verhehlend.

»Was scheint Ihnen denn so seltsam?« erkundigte sich vorsichtig Vater Jossif.

»Was soll das eigentlich alles bedeuten?« rief Miussow und schien plötzlich zu explodieren. »Der Staat wird auf der Erde beseitigt und die Kirche in den Rang des Staates erhoben! Das ist nicht mehr Ultramontanismus, das ist Erzultramontanismus! Soweit hat sich nicht einmal Papst Gregor der Siebte in seinen Zukunftsträumen verstiegen!«

»Wollen Sie das bitte genau umgekehrt verstehen!« sagte Vater Paissi streng. »Nicht die Kirche verwandelt sich in einen Staat, begreifen Sie doch! Das ist Rom und sein Zukunftstraum! Das ist die dritte Versuchung des Teufels! Im Gegenteil – der Staat wandelt sich in eine Kirche, erhebt sich zur Kirche, wird auf der ganzen Erde zur Kirche! Das ist das genaue Gegenteil von Ultramontanismus und Rom und Ihrer Auffassung; es ist die größte Vorbestimmung der rechtgläubigen Kirche auf Erden. Von Osten her wird diese Erde ihr Licht erhalten.«

Miussow schwieg vielsagend. Seine ganze Haltung drückte eine große persönliche Würde aus. Ein hochmütiges, herablassendes Lächeln spielte um seine Lippen. Aljoscha beobachtete alles mit klopfendem Herzen. Das Gespräch erregte ihn bis in die innersten Tiefen seiner Seele. Als er zufällig zu Rakitin schaute, stand dieser regungslos auf seinem früheren Platz an der Tür und hörte und sah aufmerksam zu, obwohl er den Blick gesenkt hatte. An der lebhaften Röte der Wangen merkte Aljoscha, daß auch Rakitin aufgeregt war, und offenbar nicht weniger als er. Aljoscha kannte den Grund seiner Aufregung.

»Erlauben Sie, daß ich Ihnen eine kleine Geschichte erzähle, meine Herren«, sagte Miussow plötzlich mit großem Nachdruck und auffallend würdevoll. »In Paris besuchte ich einmal, schon vor einigen Jahren, kurz nach dem Dezemberstaatsstreich, einen hochstehenden, zur Regierung gehörenden Herrn, mit dem ich gut bekannt war, und bei ihm traf ich zufällig mit einem sehr interessanten Menschen zusammen. Er war kein gewöhnlicher Detektiv, sondern so etwas wie der Chef eines ganzen Kommandos politischer Detektive – eine in ihrer Art recht bedeutsame Stellung. Ich ließ mich aus Neugier in ein Gespräch mit ihm ein. Und da er nicht als Bekannter empfangen wurde, sondern als untergebener Beamter, der eine Meldung zu überbringen hatte, und da er andererseits sah, wie liebenswürdig sein Chef mich empfing, würdigte er mich einer gewissen Offenheit – natürlich in bestimmten Grenzen. Eigentlich war er eher höflich als offen, die Franzosen verstehen ja, höflich zu sein, und er war um so höflicher, als er in mir einen Ausländer sah. Aber ich verstand ihn ganz gut. Unser Gespräch drehte sich um die sozialistischen Revolutionäre, die damals verfolgt wurden. Ohne auf den Hauptinhalt des Gespräches einzugehen, will ich nur eine interessante Bemerkung anführen, die ihm entschlüpfte. ›Wir fürchten‹, sagte er, ›alle diese Sozialisten, Anarchisten, Atheisten und Revolutionäre eigentlich recht wenig; wir beobachten sie, und ihr Tun und Treiben ist uns bekannt. Es gibt unter ihnen jedoch einige, nicht viele Menschen, von besonderer Art, die glauben an Gott und sind Christen, zugleich aber auch Sozialisten. Sehen Sie, die fürchten wir am meisten; die sind gefährlich! Der christliche Sozialist ist schrecklicher als der atheistische!‹ Diese Worte frappierten mich schon damals. Jetzt, meine Herren, sind sie mir plötzlich, ich weiß nicht wieso, wieder eingefallen …«

»Soll das heißen, daß Sie sie auf uns anwenden und in uns Sozialisten sehen?« fragte Vater Paissi geradezu.

Ehe ihm Pjotr Alexandrowitsch antworten konnte, öffnete sich die Tür, und Dmitri Fjodorowitsch trat ein. Man schien ihn nicht mehr erwartet zu haben; sein Erscheinen rief im ersten Augenblick sogar eine gewisse Verwunderung hervor.

6. Wozu lebt ein solcher Mensch?

Dmitri Fjodorowitsch, ein junger Mann von achtundzwanzig Jahren, mittelgroß, mit sympathischem Gesicht, sah wesentlich älter aus, als er war. Er hatte einen muskulösen Körper und besaß offenbar große Kräfte. Trotzdem wirkte sein Gesicht kränklich, die Backen waren eingefallen und zeigten eine ungesunde gelbliche Färbung. Seine Augen, ziemlich groß und dunkel und leicht vorstehend, hatten einen festen, dabei eigentümlich unbestimmten Blick. Selbst wenn er in lebhafter Erregung sprach, hatte man den Eindruck, als gehorche der Blick seiner Stimmung nicht, als drücke er etwas anderes, nicht zur Situation Passendes aus. »Schwer zu sagen, woran er eigentlich denkt«, sagten mitunter die Leute, die mit ihm gesprochen hatten. Manche, die in seinem Blick etwas Melancholisches, Düsteres sahen, waren überrascht, wenn er plötzlich auflachte; denn dieses Lachen, das von heiteren, lustigen Gedanken zeugte, erschien gerade, wenn er so düster aussah. Übrigens war ein gewisses krankhaftes Aussehen seines Gesichtes begreiflich; alle wußten oder hatten wenigstens davon reden hören, daß er in letzter Zeit ein überaus wildes, ausschweifendes Leben geführt hatte. Ebenso bekannt war die Heftigkeit, zu der er sich in dem Geldstreit mit seinem Vater hatte hinreißen lassen. In der Stadt waren darüber wilde Gerüchte im Umlauf. Allerdings war er schon von Natur reizbar, »ein impulsiver, nicht normaler Geist«, wie ihn unser Friedensrichter Semjon Iwanowitsch Katschalnikow in einer Gesellschaft treffend charakterisierte. Tadellos und elegant gekleidet trat er ein; im zugeknöpften Oberrock, mit schwarzen

Handschuhen, den Zylinder in der Hand. Als unlängst verabschiedeter Offizier trug er nur einen Schnurrbart. Sein kurzgeschnittenes dunkelblondes Haar war an den Schläfen nach vorn gekämmt. Sein Gang war fest, weit ausgreifend, wie beim Marschieren mit der Truppe. Einen Augenblick blieb er auf der Schwelle stehen, ließ den Blick über die Anwesenden gleiten und ging dann direkt auf den Starez zu, in dem er den Hausherrn erkannt hatte. Nachdem er sich tief verbeugt hatte, bat er um den Segen. Der Starez erhob sich und segnete ihn. Dmitri Fjodorowitsch küßte ihm respektvoll die Hand und sagte dann erregt, fast heftig: »Verzeihen Sie großmütig, daß ich so lange auf mich warten ließ. Der Diener Smerdjakow, den mein Vater zu mir schickte, antwortete auf meine Frage nach der Zeit zweimal auf das bestimmteste, die Zusammenkunft finde um ein Uhr statt. Jetzt höre ich auf einmal …«

»Beunruhigen Sie sich nicht!« unterbrach ihn der Starez. »Das macht nichts. Sie haben sich ein wenig verspätet, das ist kein Unglück …«

»Ich bin Ihnen außerordentlich dankbar und konnte auch von Ihrer Güte nichts anderes erwarten.«

Nach diesen kurz herausgestoßenen Worten verbeugte sich Dmitri Fjodorowitsch noch einmal vor dem Starez und wandte sich dann zum Vater, um auch vor ihm sich ebenso respektvoll und tief zu verbeugen. Es war klar, daß er diese Verbeugung von vornherein beabsichtigt und sie aufrichtig gemeint hatte; er hielt es einfach für seine Pflicht, auf diese Weise seinen Respekt und seine guten Absichten auszudrücken. Fjodor Pawlowitsch machte diese Überraschung verlegen, doch fand er sich sofort auf seine Art wieder zurecht: Er sprang von seinem Lehnstuhl auf und verbeugte sich ebenso tief vor seinem Sohn. Sein Gesicht wurde plötzlich vielsagend ernst, was außerordentlich böse wirkte. Darauf begrüßte Dmitri Fjodorowitsch alle anderen Anwesenden mit einer allgemeinen Verbeugung, ging mit seinen großen, festen Schritten zum Fenster und setzte sich dort auf den einzigen noch freigebliebenen Stuhl, nicht weit von Vater Paissi. Er saß mit vorgebeugtem Oberkörper, bereit, die Fortsetzung des durch ihn unterbrochenen Gesprächs mit anzuhören.

Die Störung hatte kaum zwei Minuten gewährt, und man konnte nicht umhin, das Gespräch wiederaufzunehmen. Doch Pjotr Alexandrowitsch hielt es jetzt nicht für nötig, auf Vater Paissis nachdrückliche, beinahe gereizte Frage zu antworten.

»Gestatten Sie mir, die weitere Erörterung dieses Themas abzulehnen«, sagte er mit einer gewissen weltmännischen Lässigkeit. »Das Thema ist ohnehin besonders schwierig. Sehen Sie, Iwan Fjodorowitsch lächelt. Offenbar hat er bei dieser Gelegenheit etwas Interessantes vorzubringen. Fragen Sie lieber ihn!«

»Ich habe nichts Besonders zu sagen«, antwortete Iwan Fjodorowitsch. »Ich wollte nur die kurze Bemerkung machen, daß der westeuropäische Liberalismus und sogar unser russischer liberaler Dilettantismus seit längerer Zeit die Endziele des Sozialismus des öfteren mit denen des Christentums verwechselt. Dieser Fehlschluß ist allerdings charakteristisch. Übrigens schienen nicht nur die Liberalen und die Dilettanten den Sozialismus mit dem Christentum zu verwechseln, sondern vielfach auch die Gendarmen, natürlich die ausländischen. Ihr Pariser Geschichtchen ist sehr bezeichnend, Pjotr Alexandrowitsch.«

»Ich bitte nochmals um die Erlaubnis, dieses Thema verlassen zu dürfen«, wiederholte Pjotr Alexandrowitsch. »Statt dessen will ich Ihnen ein anderes hochinteressantes und charakteristisches Geschichtchen über Iwan Fjodorowitsch selbst erzählen meine Herren. Vor fünf Tagen erklärte er bei einem Disput in einer hiesigen, vorwiegend aus Damen bestehenden Gesellschaft nachdrücklich, es gebe auf der ganzen Erde nichts, was die Menschen zwingen könne, ihresgleichen zu lieben. Ein Naturgesetz, das dem Menschen befehle, die Menschheit zu lieben, existiere überhaupt nicht. Wenn es auf Erden Liebe gebe oder gegeben habe, so sei das nicht die Folge eines Naturgesetzes, sondern lediglich des Umstandes, daß die Menschen an die Unsterblichkeit glauben. Iwan Fjodorowitsch fügte in Klammern hinzu, eben darin bestehe das ganze Naturgesetz, so daß die Menschheit, raubt man ihr den Glauben an die Unsterblichkeit, sofort die Liebe und jede lebendige Kraft zur Fortführung des irdischen Lebens verliere. Ja noch mehr, es gebe dann nichts Unsittliches mehr; alles sei dann erlaubt, sogar die Menschenfresserei. Aber auch das genügte ihm nicht; er schloß mit der Behauptung, für jede Privatperson, die weder an Gott noch an die Unsterblichkeit glaube, zum Beispiel für uns jetzt, verwandle sich das sittliche Naturgesetz sofort in das Gegenteil. Der Egoismus, gesteigert bis zum Verbrechen, müsse dem Menschen dann erlaubt und sogar als unvermeidlicher, vernünftigster und womöglich edelster Ausweg aus einer schwierigen Lage anerkannt werden. Aus einem solchen Paradoxon können Sie, meine Herren, auf das übrige schließen, was dieser exzentrische Freund von Paradoxen, unser lieber Iwan Fjodorowitsch, zu proklamieren beliebt.«

»Erlauben Sie«, rief plötzlich Dmitri Fjodorowitsch, »ich möchte doch feststellen, ob ich mich nicht verhört habe! ›Das Verbrechen muß erlaubt sein und für jeden Atheisten sogar als unvermeidlicher, vernünftigster Ausweg aus einer schwierigen Lage anerkannt werden.‹ War es nicht so?«

»Genauso«, sagte Vater Paissi.

»Das will ich mir merken.«

Nach diesen Worten verstummte Dmitri Fjodorowitsch ebenso plötzlich, wie er sich vorher ins Gespräch gemischt hatte. Alle blickten ihn neugierig an.

»Glauben Sie wirklich, daß dies die Folgen wären, wenn die Menschen den Glauben an die Unsterblichkeit ihrer Seelen verlieren würden?« fragte der Starez Iwan Fjodorowitsch.

»Ja, das behaupte ich. Es gibt keine Tugend, wenn es keine Unsterblichkeit gibt.«

»Gesegnet sind Sie, wenn Sie das glauben! Oder aber sehr unglücklich!«

»Warum unglücklich?« fragte Iwan Fjodorowitsch lächelnd.

»Weil Sie selbst wahrscheinlich ebensowenig an die Unsterblichkeit Ihrer Seele glauben wie an das, was Sie über die Kirche und die Kirchenfrage geschrieben haben.«

»Vielleicht haben Sie recht! Es war aber doch nicht nur Scherz von mir …«, gestand Iwan Fjodorowitsch dann merkwürdigerweise, dabei überzog eine flüchtige Röte sein Gesicht.

»Es war nicht nur Scherz, das ist richtig. Dieser Gedanke ist in Ihrem Herzen noch nicht zur Klarheit gelangt und quält das Herz. Aber auch der Gequälte treibt zuweilen gern mit seiner Verzweiflung Kurzweil, gewissermaßen wiederum aus Verzweiflung. Vorläufig treiben auch Sie aus Verzweiflung Kurzweil, wenn Sie für Monatsschriften Aufsätze verfassen und in weltlichen Gesellschaften disputieren, während Sie selber nicht an Ihre Dialektik glauben, ja sogar mit wehem Herzen heimlich darüber lächeln ... In Ihrem Innern ist diese Frage noch ungelöst, und darin besteht Ihr großer Kummer; denn sie verlangt gebieterisch eine Lösung ...«

»Aber kann sie denn in meinem Innern gelöst werden? Gelöst in bejahendem Sinne?« fragte Iwan Fjodorowitsch weiter, wobei er den Starez fortwährend mit einem unerklärlichen Lächeln anblickte.

»Kann sie nicht in bejahendem Sinne gelöst werden, so wird sie auch niemals verneinend gelöst! Diese Eigenheit Ihres Herzens kennen Sie selbst, und darin besteht seine ganze Qual. Aber danken Sie dem Schöpfer, daß er Ihnen ein edleres Herz gab, das nicht nur fähig ist, solche Qual zu ertragen, sondern auch über das, was droben ist, nachzudenken und nach dem, was droben ist, zu trachten; denn unser Leben ist im Himmel. Gebe Gott, daß Ihr Herz die Lösung dieser Frage noch auf Erden finde, und segne Gott Ihre Wege!«

Der Starez hob die Hand und schickte sich an, Iwan Fjodorowitsch von seinem Platz aus zu bekreuzen. Der jedoch stand plötzlich auf, trat zu ihm, empfing den Segen, küßte ihm die Hand und kehrte schweigend auf seinen Platz zurück. Sein Gesichtsausdruck war fest und ernst. Dieses Auftreten, und das vorhergehende Gespräch mit dem Starez, das man von Iwan Fjodorowitsch nie erwartet hätte, machte in seiner Rätselhaftigkeit und Feierlichkeit auf alle starken Eindruck; auf Aljoschas Gesicht lag etwas wie Schrecken. Dann zuckte Miussow plötzlich mit den Achseln, und Fjodor Pawlowitsch sprang im selben Augenblick von seinem Stuhl auf.

»Göttlicher, heiliger Starez!« rief er und zeigte auf Iwan Fjodorowitsch. »Das ist mein Sohn, Fleisch von meinem Fleisch, Fleisch, das mir lieb ist! Das ist mein respektvollster, ich möchte sagen, Karl

Moor! Der aber, mein Sohn Dmitri Fjodorowitsch, der eben hereinkam und gegen den ich bei Ihnen Recht suche, das ist ein ganz respektloser Franz Moor! Beides Personen aus Schillers ›Räubern‹, und ich selbst bin der regierende Graf Moor! Richten Sie, retten Sie! Wir brauchen nicht nur Ihre Gebete, sondern auch Ihr prophetisches Urteil!«

»Sprechen Sie nicht so wirr, und beginnen Sie nicht mit Beleidigungen Ihrer Angehörigen!« erwiderte der Starez schwach und matt. Seine Müdigkeit schien mit jeder Minute zuzunehmen; man sah förmlich, wie seine Kräfte schwanden.

»Eine unwürdige Komödie, die ich vorausgeahnt habe, als ich herkam!« rief Dmitri Fjodorowitsch unwillig und sprang ebenfalls von seinem Platz auf. »Verzeihen Sie, ehrwürdiger Vater«, wandte er sich an den Starez, »ich bin ein ungebildeter Mensch und weiß nicht einmal, wie man Sie anreden muß. Man hat Sie getäuscht! Es war allzu gütig von Ihnen, uns die Zusammenkunft bei Ihnen zu erlauben. Mein Väterchen hat es auf einen Skandal abgesehen – in welcher Absicht, wird er schon wissen. Er hat immer eine Absicht. Ich glaube, ich kenne sie auch jetzt ...«

»Alle beschuldigen mich, alle!« schrie Fjodor Pawlowitsch. »Auch Pjotr Alexandrowitsch. Sie haben mich beschuldigt, Pjotr Alexandrowitsch, Sie haben mich beschuldigt!« Er wandte sich plötzlich an Miussow, obgleich dieser nicht daran gedacht hatte, ihn zu unterbrechen. »Ich werde beschuldigt, das Geld meiner Kinder im Stiefel versteckt und sie dadurch benachteiligt zu haben. Aber erlauben Sie, gibt es denn keine Gerichte? Dmitri Fjodorowitsch, man wird Ihnen an Hand Ihrer eigenen Quittungen, Briefe und Verträge vorrechnen, wieviel Sie besaßen, wieviel Sie verbraucht haben und was dann noch bleibt! Warum versäumt es Pjotr Alexandrowitsch, ein Gerichtsurteil herbeizuführen? Dmitri Fjodorowitsch ist für ihn doch kein Fremder. Er vermeidet es nur, weil sie alle gegen mich sind. Das Schlußresultat der Rechnung ist, daß Dmitri Fjodorowitsch *mir* etwas schuldet, und zwar keine unbedeutende Summe, sondern mehrere tausend Rubel, ich habe dafür alle erforderlichen Beweise.

Die ganze Stadt spricht von seinen ausschweifenden Gelagen! Wo er früher beim Militär stand, da mußte er tausend und zweitausend Rubel Strafe wegen Verführung ehrbarer Mädchen bezahlen! Ich weiß das, Dmitri Fjodorowitsch, mit allen intimen Einzelheiten, und ich werde es beweisen! Können Sie das glauben, heiligster Vater? Er machte ein anständiges Mädchen in sich verliebt, ein vermögendes Mädchen aus gutem Haus, die Tochter seines früheren Chefs, eines tapferen, verdienten Obersten, der den Anna-Orden mit Schwertern besaß; er kompromittierte das Mädchen mit einem Heiratsantrag. Jetzt ist sie hier; jetzt ist sie eine Waise, seine Braut – er aber geht vor ihren Augen zu einer anderen, allerdings sehr verführerischen Frau! Obgleich diese Frau mit einem achtbaren Mann sozusagen in bürgerlicher Ehe lebte, besitzt sie doch einen selbständigen Charakter und ist für alle eine uneinnehmbare Festung wie eine legitime Ehefrau. Sie ist tugendhaft, fromme Väter, sie ist tugendhaft! Aber Dmitri Fjodorowitsch will diese Festung mit einem goldenen Schlüssel aufschließen und trumpft zu diesem Zweck gegen mich auf, um Geld aus mir herauszuquetschen. Einstweilen hat er schon Tausende für die Verführerin verschwendet; zu diesem Zweck borgt er fortwährend Geld, und bei wem unter anderem? Was meinen Sie? Soll ich es sagen, Mitja? Soll ich?«

»Schweigen Sie!« schrie Dmitri Fjodorowitsch. »Warten Sie, bis ich draußen bin! Wagen Sie nicht, in meiner Gegenwart dieses edelmütige Mädchen zu beschmutzen! Schon daß Sie es wagen, von ihr zu sprechen, ist eine Beschimpfung für sie! Ich lasse das nicht zu!« Er konnte kaum atmen.

»Mitja, Mitja!« rief Fjodor Pawlowitsch in kläglichem Ton und preßte sich Tränen aus der Augen. »Wozu gibt es einen väterlichen Segen? Wenn ich dich nun verfluche, was wird dann aus dir?«

»Schamloser Heuchler!« brüllte Dmitri Fjodorowitsch.

»So behandelt er seinen Vater, seinen Vater! Und wie geht er erst mit anderen Leuten um! Stellen Sie sich vor, meine Herren, hier lebt ein armer, aber achtenswerter Mann, ein Hauptmann a. D. Er hat Unglück gehabt, ist entlassen worden, aber nicht infolge eines öffentlichen Gerichtsverfahrens. Seine Ehre blieb unbefleckt, und er hat eine große Familie am Hals … Vor drei Wochen packte ihn Dmitri Fjodorowitsch in einem Restaurant am Bart, zog ihn auf die Straße und verprügelte ihn vor den Leuten – und alles nur, weil jener in einer geschäftlichen Angelegenheit mein heimlicher Bevollmächtigter war.«

»Lüge! Von außen Wahrheit, von innen Lüge!« rief Dmitri Fjodorowitsch, zornbebend. »Vater, ich will meine Handlungsweise nicht rechtfertigen. Ja, ich bekenne vor aller Ohren: Ich habe mich wie ein Tier benommen gegen diesen Hauptmann, ich bedaure das und verachte mich selber deswegen. Aber dieser Hauptmann, Ihr Herr Bevollmächtigter, war zu derselben Dame gegangen, die Sie soeben ›allerdings verführerisch‹ nannten. Er hatte ihr in Ihrem Auftrag vorgeschlagen, sie möchte meine in Ihrem Besitz befindlichen Wechsel einklagen, um mich dann einsperren zu lassen, sollte ich Ihnen bei der Abrechnung über mein Vermögen zu sehr zusetzen. Sie wollen mir jetzt den Vorwurf machen, ich hätte für diese Dame eine Schwäche; dabei haben Sie selbst ihr beigebracht, mich anzulocken! Das erzählt sie den Leuten ganz offen! Auch mir hat sie es erzählt und sich über Sie lustig gemacht! Einsperren wollen Sie mich nur, weil Sie auf mich eifersüchtig sind! Sie haben sich nämlich selbst an diese Dame herangemacht! Auch das ist mir bekannt, auch das hat sie mir wieder lachend, hören Sie, über Sie lachend, erzählt. Da haben Sie nun diesen Menschen, fromme Männer, diesen Vater, der seinem liederlichen Sohn Vorwürfe macht! Verzeihen Sie mir den Zorn, meine Herren Zeugen! Ich ahnte schon, daß dieser heimtükkische alte Mann Sie nur zusammenkommen ließ, um einen Skandal herbeizuführen. Ich kam mit der Absicht zu verzeihen, sobald er mir die Hand entgegenstreckt. Ich wollte verzeihen und um seine Verzeihung bitten! Aber da er soeben nicht nur mich, sondern auch ein höchst anständiges Mädchen beleidigt hat, dessen Namen ich aus Achtung vor ihr nicht ohne Grund auszusprechen wage, bin ich entschlossen, sein ganzes Spiel öffentlich aufzudecken, obgleich er mein Vater ist …«

Er war nicht imstande weiterzusprechen. Seine Augen funkelten, sein Atem ging schwer. Aber auch die anderen Anwesenden waren erregt. Alle außer dem Starez hatten sich unruhig von den Plätzen erhoben. Die Priestermönche machten finstere Gesichter und warteten auf eine Willensäußerung des Starez. Der aber saß da, schon völlig blaß, nicht etwa vor Aufregung, sondern vor Schwäche. Ein flehendes Lächeln zuckte um seine Lippen, und ab und zu erhob er die Hand, als wollte er die Streitenden zurückhalten. Freilich, eine einzige befehlende Geste hätte genügt, um dieser Szene ein Ende zu machen, aber er selbst schien etwas zu erwarten und beschränkte sich deshalb auf das aufmerksame Beobachten, als suchte er noch eine Erklärung, als wäre ihm irgendein Punkt noch nicht klar. Pjotr Alexandrowitsch Miussow fühlte sich schließlich im höchsten Grad erniedrigt und beschimpft.

»An diesem Skandal sind wir alle schuld!« sagte er heftig. »Als ich herkam, habe ich so etwas nicht geahnt, obwohl ich wußte, mit wem ich es zu tun hatte. Der Sache muß ein Ende gemacht werden. Glauben Sie mir, Ehrwürden, daß ich alle hier aufgedeckten Einzelheiten nicht näher kannte. Was ich vorher gehört hatte, mochte ich nicht glauben; und vieles erfahre ich heute zum erstenmal. Ein Vater ist auf seinen Sohn eifersüchtig wegen einer liederlichen Frauensperson. Er trifft mit diesem Geschöpf eine Verabredung, um seinen Sohn ins Gefängnis zu bringen ... In solcher Gesellschaft mußte ich also hier erscheinen! Ich bin getäuscht worden. Ich erkläre, daß ich nicht weniger getäuscht worden bin als alle anderen Leute ...«

»Dmitri Fjodorowitsch!« schrie plötzlich Fjodor Pawlowitsch mit fremd klingender Stimme. »Wären Sie nicht mein Sohn, ich würde Sie augenblicklich zum Duell fordern! Pistolen, drei Schritt Distanz, übers Tuch!« schloß er und stampfte mit beiden Beinen auf. Es gibt bei alten Lügnern, die ihr Leben lang geschauspielert haben, Minuten, da gehen sie so sehr in ihrer Rolle auf, daß sie wirklich vor Aufregung zittern und weinen, obwohl sie sich im gleichen Augenblick (oder eine Sekunde später) zuflüstern könnten: Du lügst ja, du schamloser alter Kerl! Du bist ja auch jetzt ein Komödiant, trotz deines »heiligen« Zorns in diesem »heiligen« Augenblick!

Dmitri Fjodorowitsch zog furchterregend die Brauen zusammen und blickte seinen Vater mit unendlicher Verachtung an.

»Ich glaubte«, sagte er leise und beherrscht, »ich würde mit dem Engel meiner Seele, mit meiner Braut, in die Heimat zurückkehren, um ihn im Alter zu pflegen – aber ich sehe nur einen liederlichen Wüstling und gemeinen Komödianten!«

»Zum Duell!« brüllte der Alte wieder. Er bekam kaum Luft, und bei jedem Wort spritzte der Speichel. »Und Sie, Pjotr Alexandrowitsch Miussow, sollen wissen, daß es vielleicht in Ihrer ganzen Verwandtschaft keine ehrenhaftere Frau gibt und je gegeben hat als dieses ›Geschöpf‹, wie Sie diese Dame zu nennen wagten! Und Sie, Dmitri Fjodorowitsch, haben für dieses ›Geschöpf‹ Ihre Braut hingegeben. Sie haben damit selbst eingestanden, daß Ihre Braut nicht wert ist, ihr die Schuhriemen zu lösen. Ja, so ein ›Geschöpf‹ ist das!«

»Es ist eine Schmach!« entfuhr es unwillkürlich dem Priestermönch Jossif.

»Eine Schmach und Schande!« rief mit jugendlicher, vor Aufregung zitternder Stimme Kalganow, der die ganze Zeit geschwiegen hatte; er war dunkelrot geworden.

»Wozu lebt ein solcher Mensch!« stieß Dmitri Fjodorowitsch dumpf und außer sich vor Wut hervor; dabei zog er die Schultern so sehr nach oben, daß er wie verkrüppelt aussah. »Soll man ihm noch erlauben, die Erde durch seine Person zu entehren?« Er deutete mit der Hand auf seinen Vater und ließ seinen Blick in die Runde geben. Er hatte langsam und gemessen gesprochen.

»Hören Sie diesen Vatermörder, Sie Mönche!« schrie Fjodor Pawlowitsch, auf Vater Jossif zustürzend. »Da haben Sie die Antwort auf Ihre Meinung: ›Es ist eine Schmach!‹ Was ist eine Schmach? Dieses ›Geschöpf‹ diese liederliche Frauensperson ist vielleicht heiliger als Sie selbst, meine Herren Priestermönche, die Sie hier Ihrem Seelenheil leben! Durch schlechten Umgang wurde sie vielleicht in der

Jugend verleitet; aber sie hat viel geliebt – und einer, die viel liebte, hat Christus vergeben.«

»Christus hat nicht solcher Liebe wegen vergeben!« rief der sanfte Vater Jossif ungeduldig und heftig.

»Doch! Um solcher Liebe, gerade um solcher Liebe willen, meine Herren Mönche! Sie suchen durch Kohlessen Ihre Seelen zu retten und halten sich für Gerechte! Sie essen Gründlinge, täglich einen, und glauben mit den Gründlingen Gottes Gnade zu gewinnen!«

»Das ist unerträglich!« rief es von allen Seiten der Zelle.

Die ungehörige Szene fand ein unerwartetes Ende. Auf einmal erhob sich der Starez. Aljoscha, der aus Angst um ihn und die anderen beinahe den Kopf verloren hatte, fand gerade noch Zeit, ihn am Arm zu stützen. Der Starez ging auf Dmitri Fjodorowitsch zu und ließ sich, als er ganz nahe vor ihm stand, auf die Knie nieder. Aljoscha glaubte, es geschähe aus Schwäche, aber das war nicht der Fall. Nachdem der Starez niedergekniet war, verbeugte er sich tief und mit voller Absicht vor Dmitri Fjodorowitsch, wobei seine Stirn sogar den Boden berührte. Aljoscha war so erstaunt, daß er nicht einmal rechtzeitig zugriff, als sich der Starez wieder erhob. Ein schwaches, kaum wahrnehmbares Lächeln schimmerte auf dessen Lippen.

»Verzeihen Sie! Verzeihen Sie alle!« sagte er und verbeugte sich vor allen Gästen.

Dmitri Fjodorowitsch stand einen Augenblick wie vom Donner gerührt, vor ihm eine tiefe Verbeugung, was sollte das heißen? Dann rief er: »O Gott!«, verbarg das Gesicht in den Händen und stützte aus dem Zimmer. Ihm nach drängten auch alle anderen Gäste, ohne sich in der Verwirrung vom Hausherrn zu verabschieden und sich vor ihm zu verbeugen. Nur die Priestermönche traten an ihn heran und ließen sich segnen.

»Was wollte er sagen mit dieser tiefen Verbeugung? Es war wohl eine symbolische Handlung?« Mit diesen Worten versuchte Fjodor Pawlowitsch, plötzlich merkwürdig friedlich, ein Gespräch anzuknüpfen, wagte aber nicht, sich direkt an jemand zu wenden. In diesem Augenblick hatten sie die Mauer erreicht und verließen die Einsiedelei.

»Ich verstehe mich nicht auf Irrenhäuser und Irre«, antwortete Miussow erbost. »Aber ich verzichte nunmehr auf Ihre Gesellschaft, Fjodor Pawlowitsch, und zwar für immer. Wo ist denn dieser Mönch von vorhin?«

»Dieser Mönch von vorhin«, derjenige, der sie zum Mittagessen beim Abt eingeladen hatte, ließ nicht auf sich warten. Als die Gäste aus der Haustür des Starez traten, empfing er sie, als hätte er sie die ganze Zeit erwartet.

»Haben Sie die Güte, geehrter Vater, dem Vater Abt meine größte Hochachtung auszusprechen und mich für meine Person, Miussow, bei Seiner Hochehrwürden zu entschuldigen. Ich kann wegen unvorhergesehener Umstände trotz meines aufrichtigsten Wunsches nicht die Ehre haben, an seinem Mittagsmahl teilzunehmen«, sagte Pjotr Alexandrowitsch gereizt zu dem Mönch. »Ich bin der unvorhergesehene Umstand!« unterbrach ihn Fjodor Pawlowitsch. »Hören Sie, Vater. Pjotr Alexandrowitsch möchte nur nicht mit mir zusammenbleiben, sonst würde er sofort hingehen. Aber Sie werden hingehen, Pjotr Alexandrowitsch. Gehen Sie ruhig zum Vater Abt, ich wünsche Ihnen guten Appetit! Ich lehne nämlich die Einladung ab, also brauchen Sie es nicht zu tun. Nach Hause, nach Hause! Zu Hause werde ich essen! Hier bin ich außerstande, mein liebenswürdiger Verwandter Pjotr Alexandrowitsch!«

»Ich bin nicht Ihr Verwandter! Bin es niemals gewesen. Sie sind ein gemeiner Mensch!«

»Ich habe das absichtlich gesagt, um Sie zu ärgern, weil Sie die Verwandtschaft ableugnen! Und Sie sind doch mein Verwandter, Sie können sich drehen und wenden, wie Sie wollen, ich werde es Ihnen aus den Kirchenregistern beweisen! Iwan Fjodorowitsch, ich werde dir rechtzeitig den Wagen schicken, bleib also ebenfalls, wenn du willst! Und Ihnen, Pjotr Alexandrowitsch, gebietet schon der Anstand, beim Vater Abt zu erscheinen. Einer muß doch um Entschuldigung bitten wegen der Dinge, die Sie und ich dort angestellt haben …«

»Ist es wahr, daß Sie wegfahren? Lügen Sie auch nicht?«

»Pjotr Alexandrowitsch, wie könnte ich mich dort zeigen – nach allem, was vorgefallen ist? Ich habe mich hinreißen lassen! Verzeihen Sie, meine Herren, ich habe mich hinreißen lassen! Und außerdem bin ich erschüttert. Und ich schäme mich. Meine Herren, der eine hat ein Herz wie Alexander der Große und der andere eins wie das Schoßhündchen Fidelka. Ich habe eins wie das Schoßhündchen Fidelka. Ich habe den Mut verloren! Wie könnte ich nach solchen Eskapaden zu einem Essen ins Kloster gehen? Ich schäme mich; ich kann nicht, entschuldigen Sie mich!«

›Der Teufel mag sich in dem auskennen! Wenn er mich nun betrügt?‹ dachte Miussow, blieb nachdenklich stehen und sah argwöhnisch zu, wie der Possenreißer sich entfernte. Dieser drehte sich noch einmal um, und als er bemerkte, daß Pjotr Alexandrowitsch ihm nachsah, warf er ihm eine Kußhand zu.

»Und Sie? Gehen Sie auch zum Abt?« fragte Miussow schroff Iwan Fjodorowitsch.

»Warum nicht? Ich bin ohnehin schon gestern vom Abt besonders eingeladen worden.«

»Leider fühle ich mich tatsächlich fast gezwungen, dieses verdammte Diner mitzumachen«, fuhr Miussow mit derselben erbitterten Gereiztheit fort, ohne sich um den zuhörenden Mönch zu kümmern. »Wir müssen uns wenigstens entschuldigen wegen der vorgefallenen Dinge und erklären, daß wir nicht schuld waren … Wie denken Sie darüber?«

»Ja, wir müssen allerdings erklären, daß uns keine Schuld trifft. Außerdem ist mein Vater nicht dabei«, bemerkte Iwan Fjodorowitsch.

»Das fehlte noch, daß Ihr Vater dabei wäre! Dieses verdammte Diner!«

Dennoch gingen alle hin. Der Mönch hörte schweigend zu. Auf dem Weg durch das Wäldchen ließ er die Bemerkung fallen, der Vater Abt warte schon lange, sie kämen über eine halbe Stunde zu spät. Er erhielt jedoch keine Antwort. Miussow blickte voll Haß auf Iwan Fjodorowitsch.

›Da geht er nun zum Essen, als wäre nicht das geringste geschehen!‹ dachte er. ›Eine eherne Stirn und ein Karamasowsches Gewissen!‹

7. Ein Seminarist und Karrierist

Aljoscha führte den Starez ins Schlafgemach und ließ ihn sich aufs Bett setzen. Das Schlafzimmer war sehr klein und besaß nur die notwendigsten Möbel; auf dem schmalen Eisenbett lag statt einer Matratze nur eine Filzdecke. In der Ecke, bei den Ikonen, stand ein Lesepult mit einem Kreuz und einem Evangelienbuch darauf. Der Starez ließ sich kraftlos aufs Bett sinken, seine Augen glänzten, er atmete nur mühsam. Als er sich gesetzt hatte, schaute er Aljoscha lange und nachdenklich an.

»Geh nur, mein Lieber, geh nur. Mir genügt auch Porfiri. Du beeile dich! Du wirst dort benötigt. Geh zum Vater Abt und warte beim Mittagsmahl auf!«

»Erlauben Sie mir hierzubleiben!« bat Aljoscha.

»Du wirst dort nötiger gebraucht. Dort ist kein Friede. Du wirst dort aufwarten und nützlich sein. Wenn sich die bösen Geister erheben, so sprich ein Gebet! Und wisse, lieber Sohn …« So nannte ihn der Starez gern. »Auch künftig ist hier nicht dein Platz. Vergiß das nicht, Jüngling! Sobald mich Gott gewürdigt haben wird, in die Ewigkeit hinüberzuwandeln, geh fort aus dem Kloster! Ganz fort!«

Aljoscha zuckte zusammen.

»Was hast du? Vorläufig ist dein Platz nicht hier. Ich segne dich für einen großen Dienst in der Welt. Du wirst noch viel wandern müssen. Auch heiraten wirst du müssen, das wird deine Pflicht sein. Viel wirst du ertragen müssen, bis du von neuem hier anlangst. Und viel zu tun wirst du haben. Aber ich zweifle nicht an dir, und darum sende ich dich aus. Christus sei mit dir! Bewahre Ihn, und Er wird dich bewahren. Du wirst großes Leid erfahren und wirst in diesem Leid glücklich sein. Höre mein Vermächtnis: Such das Glück im Leid! Arbeite, arbeite unermüdlich! Bewahre diese meine Worte in deinem

Gedächtnis! Zwar werde ich auch noch weiter mit dir reden, doch sind bereits meine Tage, ja sogar meine Stunden gezählt.«

Auf Aljoschas Gesicht zeigte sich wieder eine starke seelische Erregung. Seine Mundwinkel zuckten.

»Was hast du denn wieder?« fragte der Starez leise lächelnd. »Mögen die Weltlichen ihre Verstorbenen mit Tränen begleiten, wir hier freuen uns, wenn ein Vater von uns geht. Wir freuen uns und beten für ihn. So verlaß mich denn! Ich muß beten. Geh hin und beeile dich. Bleib deinen Brüdern nahe! Nicht einem, sondern allen beiden!«

Der Starez erhob die Hand zum Segen. Eine Entgegnung war unmöglich, obgleich Aljoscha nur zu gern geblieben wäre. Es drängte ihn auch zu fragen – und die Frage sprang ihm fast von der Zunge: Was hatte jene tiefe Verbeugung vor Dmitri zu bedeuten? Er wagte aber doch nicht zu fragen. Er wußte, der Starez würde es ihm auch erklären, wenn es möglich wäre. Es war also nicht sein Wille. Die Verbeugung hatte jedenfalls gewaltigen Eindruck auf Aljoscha gemacht; er glaubte fest, in ihr liege ein geheimer Sinn. Ein geheimer, vielleicht aber auch ein schrecklicher Sinn. Als er die Einsiedelei verließ, um rechtzeitig zum Mittagessen im Kloster zu sein – natürlich nur, um bei Tisch aufzuwarten –, zog sich ihm plötzlich das Herz zusammen, und er blieb stehen. Er glaubte erneut die Worte des Starez zu hören, der seinen nahen Tod verkündete. Was der Starez vorhersagte, und noch dazu mit solcher Bestimmtheit, das mußte unbedingt eintreten; daran glaubte Aljoscha fest. Was sollte aus ihm werden, wenn er allein blieb, den Starez nicht mehr sah, nicht mehr hörte? Wohin sollte er gehen? Der Starez hatte ihm befohlen, nicht zu weinen, das Kloster zu verlassen, o Gott! Seit langem schon hatte Aljoscha nicht solches Leid erfahren. Er lief so schnell wie möglich durch das Wäldchen, das die Einsiedelei vom Kloster trennte, und da er die niederdrückenden Gedanken nicht ertragen konnte, schaute er auf zu den alten Fichten an beiden Seiten des Waldweges. Der Weg war nicht lang, etwa fünfhundert Schritt, und es war um diese Tageszeit kaum anzunehmen, daß man hier jemandem begegnen würde. Dennoch erblickte er plötzlich an der ersten Wegbiegung Rakitin, der auf jemand wartete.

»Wartest du etwa auf mich?« fragte Aljoscha, als er herangekommen war.

»Allerdings«, erwiderte Rakitin lächelnd. »Du eilst zum Vater Abt. Ich weiß, bei dem ist heute Diner. Seit er den Bischof und den General Pachatow bewirtete, erinnerst du dich, hat es so ein Diner nicht mehr gegeben. Ich bin nicht dabei, aber du kannst ja hingehen und die Soßen reichen! Eins aber sag mir, Aljoscha: Was bedeutete das vorhin – oder war es ein Traum? Das war's, wonach ich dich fragen wollte.«

»Was war ein Traum?«

»Nun, jene tiefe Verbeugung vor deinem Bruder Dmitri. Er bumste sogar mit der Stirn auf die Diele!«

»Sprichst du von Vater Sossima?«

»Jawohl, von Vater Sossima.«

»Was hat er mit der Stirn getan?«

»Ich habe mich etwas respektlos ausgedrückt. Trotzdem – was hat diese Verbeugung zu bedeuten?«

»Ich weiß es nicht, Mischa!«

»Ich wußte doch, er würde es dir nicht erklären. Etwas Kluges steckt nicht dahinter. Es scheinen immer die gleichen heiligen Dummheiten zu sein. Aber der Hokuspokus war Absicht. Jetzt werden alle Frömmler in der Stadt davon reden und es im ganzen Gouvernement herumtragen: Was hat diese Verbeugung zu bedeuten? Nach meiner Ansicht besitzt der Alte wirklich eine prophetische Gabe. Er wittert ein Verbrechen. Es stinkt bei euch!«

»Was für ein Verbrechen?«

Rakitin hatte offenbar Lust, mehr zu sagen.

»In eurer Familie wird es geschehen, dieses Verbrechen. Zwischen deinen Brüdern und deinem reichen Vater. Und deshalb hat Vater Sossima für jeden künftigen Fall mit der Stirn auf die Diele gebumst. Mag sich später ereignen, was da will – man wird sagen: Der heilige Starez hat es vorhergesagt, hat es prophezeit! Im Grunde – was ist das schon für eine Prophezeiung, wenn er mit der Stirn auf die Diele bumst? Aber man wird es für eine symbolische, allegorische Handlung nehmen, der Teufel mag wissen, wofür! Man wird es ausposaunen und im Gedächtnis behalten. Er hat das Verbrechen geahnt und den Verbrecher bezeichnet, wird es heißen. Die religiösen Irren machen es immer so: Sie segnen die Schenke und bewerfen das Gotteshaus mit Steinen. Und ebenso macht es dein Starez: Den Gerechten vertreibt er mit dem Stock, und vor dem Mörder verbeugt er sich.«

»Von welchem Verbrechen sprichst du? Von welchem Mörder? Was meinst du eigentlich?« Aljoscha stand wie angewurzelt da, und auch Rakitin blieb stehen.

»Von welchem? Als ob du das nicht wüßtest! Ich möchte wetten, daß du schon selber daran gedacht hast. Apropos, das wäre interessant! Hör mal, Aljoscha, du sagst ja immer die Wahrheit, obgleich du dich immer zwischen zwei Stühle setzt – hast du daran gedacht oder nicht? Antworte!«

»Ja, ich habe daran gedacht«, antwortete Aljoscha leise. Sogar Rakitin bekam einen Schreck.

»Was? Auch du hast wirklich daran gedacht?« rief er.

»Ich … Ja, eigentlich habe ich nicht daran gedacht«, murmelte Aljoscha. »Aber als du eben so sonderbar davon sprachst, da war mir, als hätte ich wirklich daran gedacht.«

»Siehst du wohl, wie klar du das ausdrückst! Als du heute deinen Papa und deinen Bruder Mitenka ansahst, hast du an ein Verbrechen gedacht? Ich irre mich also nicht?«

»Warte mal, warte mal«, unterbrach ihn Aljoscha aufgeregt. »Woran siehst du das alles? Warum interessiert dich das so? Das ist die erste Frage.«

»Das sind zwei verschiedene, aber sehr natürliche Fragen. Ich werde dir auf jede besonders antworten. Woran ich das sehe? Ich hätte nichts gesehen, wenn ich deinen Bruder Dmitri heute nicht plötzlich durchschaut hätte, ganz und gar, mit einem Schlag, so wie er ist. Bei diesen ehrenhaften, aber sinnlichen Menschen gibt es eine Grenze, die nicht überschritten werden darf. Sonst … Sonst stößt er auch seinen Papa mit dem Messer nieder. Der Papa hingegen ist eine versoffene, hemmungslose Schlampe – die beiden werden sich nicht beherrschen und werden, plumps, im Graben landen!«

»Nein, Mischa, wenn du nur das meinst, bin ich beruhigt. Dazu wird es nicht kommen.«

»Warum zitterst du dann am ganzen Körper? Weißt du, wie so was vor sich geht? Wenn er auch ein ehrenhafter Mensch ist, dieser Mitenka, dumm, aber ehrenhaft – er ist doch ein Lüstling. Das ist meine Definition, damit ist sein ganzes Wesen gekennzeichnet. Diese gemeine Sinnlichkeit hat er von seinem Vater geerbt. Ich wundere mich nur über dich, Aljoscha. Wie kommt es, daß du so ein reiner Jüngling bist? Du bist doch auch ein Karamasow! In eurer Familie hat sich doch die Sinnlichkeit zu einer Art Krankheit entwickelt. Drei Lüstlinge beobachten sich nun gegenseitig, jeder mit dem Messer im Stiefel. Drei sind schon mit den Köpfen zusammengerannt, du wirst vielleicht der vierte sein.«

»Über diese Frau bist du im Irrtum. Dmitri verachtet sie«, sagte Aljoscha und schien dabei zu zittern.

»Wen, Gruschenka? Nein, Bruder, die verachtet er nicht. Wenn er ihretwegen schon seine Braut ganz offen verläßt, dann verachtet er sie sicher nicht. Da ist etwas ... Da ist etwas, Bruder, was du noch nicht verstehst. Wenn sich ein Mensch in eine schöne Frau, in einen weiblichen Körper oder auch nur in einen Körperteil verliebt – nur ein sinnlich Veranlagter wird das begreifen –, so gibt er für diese Frau seine eigenen Kinder hin und verkauft für sie seinen Vater und seine Mutter und sein russisches Vaterland! Wenn er noch so ehrenhaft war, er wird hingehen und stehlen! Wenn er einen noch so sanften Charakter besaß, er wird morden! Wenn er noch so treu war, er wird zum Verräter werden! Puschkin, der Sänger der Frauenfüßchen, hat diese in seinen Gedichten gefeiert; andere besingen die Füßchen zwar nicht, können sie aber nicht sehen, ohne in Krämpfe zu verfallen. Und es geht ja nicht nur um die Füßchen ... Da hilft keine Verachtung, Bruder, selbst wenn er Gruschenka verachten sollte. Wenn er sie auch verachtet, losreißen kann er sich doch nicht von ihr.«

»Das verstehe ich«, entfuhr es Aljoscha unwillkürlich.

»Wahrhaftig? Ja, ja, du mußt es wohl wirklich verstehen, wenn du so herausplatzt, daß du es verstehst«, erwiderte Rakitin schadenfroh. »Es ist dir ganz unwillkürlich herausgefahren. Um so wertvoller ist das Geständnis, daß dir dieses Thema bereits bekannt ist und daß du schon über die Sinnlichkeit nachgedacht hast. O du reiner Jüngling! Du bist so ein stiller Patron, Aljoschka, so ein Heiliger, das gebe ich zu. Aber du hast schon, weiß der Teufel worüber nachgedacht und weiß der Teufel, was dir alles schon bekannt ist. Ein reiner Jüngling, und doch schon in solche Tiefen vorgedrungen – ich beobachte dich schon lange! Du bist ein Karamasow, ein echter Karamasow, die Abstammung hat doch etwas zu bedeuten. Vom Vater hast du die Sinnlichkeit, von der Mutter die religiöse Verrücktheit. Warum zitterst du? Habe ich die Wahrheit getroffen? Weißt du, Gruschenka hat mich gebeten: ›Bring ihn zu mir, ich werde ihm schon die Kutte ausziehen.‹ Und wie dringend hat sie gebeten. ›Bring ihn her, auf alle Fälle bring ihn her!‹ Ich frage mich, wodurch magst du ihr eigentlich so interessant sein? Weißt du, sie ist nämlich auch eine ungewöhnliche Frau!«

»Bestell ihr meine Empfehlung und sage ihr, ich komme nicht«, sagte Aljoscha mit schiefem Lächeln. »Sprich bitte zu Ende, Michail, was du vorhin angefangen hast, ich sage dir dann auch meine Gedanken.«

»Was ist da zu Ende zu sprechen, es ist ja alles sonnenklar. Die alte Geschichte, Bruder. Wenn schon in dir ein Lüstling steckt, was soll man dann von deinem Bruder Iwan sagen, den dieselbe Mutter geboren hat? Auch er ist ein Karamasow. Da liegt Euer ganzes Karamasow-Problem! Sinnlichkeit, Habgier und religiöse Verrücktheit! Dein Bruder Iwan druckt einstweilen aus Spaß mit irgendeinem törichten, unverständlichen Hintergedanken theologische Aufsätze, obwohl er Atheist ist, und er gesteht diese Gemeinheit selber ein – dein Bruder Iwan! Nebenbei versucht er seinem Bruder Mitja die Braut abspenstig zu machen, und er scheint das auch zu erreichen. Und noch etwas: Er tut es mit Mitenkas Zustimmung! Mitenka selbst tritt ihm die Braut ab, um möglichst bald von ihr loszukommen und zu Gruschenka zu gehen. Und das trotz seiner selbstlosen, edlen Gesinnung, wohlgemerkt! Da sieht man es, gerade solche Leute sind die schlimmsten! Mag der Teufel klug werden aus solchem Benehmen! Er erkennt die Gemeinheit seines Benehmens, und trotzdem benimmt er sich so, nun erst recht! Höre weiter! Diesem Mitenka kommt jetzt der Alte in die Quere, der Vater, der plötzlich vor Begierde nach Gruschenka den Verstand verloren hat. Der Speichel läuft ihm aus dem Mund, sobald er sie ansieht. Nur ihretwegen hat er eben in der Zelle einen solchen Skandal gemacht, weil Miussow sie liederlich zu nennen wagte. Er ist schlimmer verliebt als ein Kater. Früher half sie ihm gegen Bezahlung bei allerlei lichtscheuen Geschäftchen, die seine Schenken betrafen. Jetzt ist ihm plötzlich eingefallen, sie näher anzusehen – schon ist er wie toll nach ihr und bedrängt sie mit Anträgen, selbstverständlich mit unanständigen. Auf diesem Weg werden sie wohl zusammenstoßen, der Papa und sein Sohn. Und Gruschenka schenkt ihre Gunst weder diesem noch jenem; vorläufig hält sie beide zum Narren: Sie überlegt, welcher besser ist. Aus dem Papa läßt sich zwar viel Geld herauspressen, dafür heiratet er sie nicht und macht vielleicht zu guter Letzt vor lauter Geiz sein Portemonnaie zu. In so einem Fall hat auch Mitenka seinen Wert: Geld hat er zwar nicht, aber er ist imstande, sie zu heiraten. Er ist imstande, seine reiche, adlige Braut Katerina Iwanowna, eine unvergleichliche Schönheit, eine Oberstentochter, aufzugeben und Gruschenka zu heiraten, die frühere Mätresse des liederlichen, ungebildeten alten Krämers Samsonow. Alles das kann zu einem Zusammenstoß führen, ja, zu einem Verbrechen. Und darauf wartet dein Bruder Iwan, denn erst dann hat er gewonnenes Spiel: Er bekommt Katerina Iwanowna, nach der er sich verzehrt, und er schluckt ihre sechzigtausend Rubel Mitgift – für einen armen Teufel wie ihn ein verlockender Anfang. Hinzu kommt, daß er Mitja nicht einmal kränkt, er verpflichtet ihn sich sogar zu lebenslänglichem Dank! Weiß ich doch zuverlässig, daß Mitenka erst vorige Woche, als er mit Zigeunerinnen betrunken in einem Wirtshaus saß, laut hinausgeschrien hat, er sei seiner Braut Katenka nicht würdig, sein Bruder Iwan dagegen, der sei ihrer würdig. Und Katerina Iwanowna wird selbstverständlich einen so entzückenden Menschen wie Iwan Fjodorowitsch nicht abweisen, sie schwankt jetzt schon zwischen beiden ... Wodurch euch dieser Iwan nur so bezaubert, daß ihr in Ehrfurcht vor ihm vergeht! Er selber lacht euch einfach aus! Er sagt sich: Ich sitze in den Himbeeren und schmause nach Herzenslust auf eure Kosten.«

»Woher weißt du das alles? Wie kannst du das mit solcher Bestimmtheit sagen?« fragte Aljoscha plötzlich in scharfem Ton und mit finsterer Miene.

»Warum fragst du jetzt danach? Warum hast du im voraus Angst vor meiner Antwort? Du gibst also zu, daß ich die Wahrheit gesagt habe.«

»Du kannst Iwan nicht leiden, Iwan läßt sich nicht durch Geld verführen.«

»Wirklich? Und Katerina Iwanownas Schönheit? Es geht nicht allein um Geld, obwohl auch sechzigtausend Rubel eine verführerische Sache sind.«

»Iwan richtet seinen Blick auf Höheres. Er läßt sich auch durch Tausende nicht verführen. Er sucht nicht Geld und sucht nicht Ruhe. Vielleicht sucht er Qualen.«

»Was ist das nun wieder für eine Träumerei? Ach, ihr ... Ihr Adligen!«

»Ach, Mischa, seine Seele hat etwas Stürmisches. Sein Geist liegt gefangen. In ihm lebt eine große, noch nicht ausgereifte Idee. Er ist einer von denen, die nicht nach Millionen gieren, sondern danach, eine Idee zur Reife zu bringen.«

»Das ist literarischer Diebstahl, Aljoschka. Mit diesen Phrasen hast du deinen Starez noch übertroffen. Dieser Iwan hat euch ja ein Rätsel aufgegeben!« rief Rakitin mit unverhohlener Bosheit. Selbst sein Gesicht hatte sich verändert, die Lippen waren schief gezogen. »Dabei ist das Rätsel dumm, es ist gar nichts dabei zu raten. Nimm dein Gehirn ein bißchen zusammen, dann hast du es sofort heraus. Sein Aufsatz ist lächerlich und dumm. Hast du vorhin seine törichte

Theorie gehört: Wenn es keine Unsterblichkeit der Seele gibt, so gibt es auch keine Tugend, also ist alles erlaubt? Und erinnerst du dich, wie dein Bruder Mitenka dabei ausrief: ›Das werde ich mir merken!‹? Eine verführerische Theorie für Schurken! Aber ich schimpfe, und das ist dumm. Sagen wir lieber nicht Schurken, sondern für knabenhafte Renommierer mit ›unergründlich tiefen Ideen‹. Ein Prahlhans ist er, und der ganze Kern seiner Theorie ist der: Einerseits muß man zugestehen, andererseits muß man bekennen! Seine ganze Theorie ist eine Gemeinheit! Die Menschheit wird in sich selbst die Kraft finden, für die Tugend zu leben, auch ohne den Glauben an die Unsterblichkeit der Seele! In der Liebe zu Freiheit, Gleichheit und Brüderlichkeit wird sie diese Kraft finden ...«

Rakitin hatte sich in Feuer geredet und konnte sich kaum noch beherrschen. Aber auf einmal schwieg er, als sei ihm etwas eingefallen.

»Na, genug nun!« sagte er mit einem noch schieferen Lächeln als vorher. »Warum lachst du? Meinst du, daß ich ein Schwätzer bin?«

»Nein, es ist mir nicht in den Sinn gekommen, das zu denken. Du bist klug; aber ... Laß gut sein, ich habe nur so aus Dummheit gelächelt. Ich weiß, warum du hitzig wirst, Mischa. An deinem Eifer merke ich, daß Katerina Iwanowna dir selber nicht ganz gleichgültig ist, Bruder. Ich habe das schon seit langem vermutet, und deshalb kannst du Iwan nicht leiden. Du bist wohl eifersüchtig auf ihn?«

»Und dann habe ich es wohl auch auf das Geld abgesehen? Das fügst du noch hinzu, wie?«

»Nein, von dem Geld sage ich nichts. Ich will dich nicht beleidigen.«

»Ich glaube es dir, weil du es sagst. Aber der Teufel mag wissen, warum ihr alle solch einen Narren an diesem Iwan gefressen habt! Keiner von euch begreift, daß man ihn auch ohne seine Beziehungen zu Katerina Iwanowna nicht lieben kann. Und wofür soll ich ihn auch lieben, hol ihn der Teufel! Er hält es ja für richtig, selbst auf mich zu schimpfen. Warum soll ich nicht berechtigt sein, auch auf ihn zu schimpfen?«

»Ich habe nie gehört, daß er irgend etwas über dich gesagt hätte, weder Gutes noch Schlechtes; er spricht überhaupt nicht von dir.«

»Ich aber habe gehört, daß er mich vorgestern bei Katerina Iwanowna aus Leibeskräften schlechtgemacht hat. Da sieht man, wie sehr er sich doch für meine Wenigkeit interessiert. Und ich weiß nicht, wer von uns beiden auf den anderen eifersüchtig ist. Er beliebte den Gedanken auszusprechen, wenn ich mich nicht in sehr naher Zukunft entschließe, die Laufbahn eines hohen Klostergeistlichen einzuschlagen und Mönch zu werden, so würde ich unbedingt nach Petersburg fahren und Mitarbeiter bei einer großen Monatsschrift werden, und zwar bestimmt in der Abteilung für Kritik; ich würde etwa zehn Jahre lang schreiben und zu guter Letzt die Monatsschrift selbst übernehmen. Dann würde ich sie selbst redigieren, und zwar ganz sicher in liberaler und atheistischer Richtung mit einem sozialistischen Schimmer, ja sogar mit ein bißchen sozialistischer Politur; aber ich würde dabei auf meiner Hut sein, es mit keiner Partei verderben und den Dummköpfen Sand in die Augen streuen. Das Ende meiner Karriere würde nach deines Bruders Meinung darin bestehen, daß der Schimmer von Sozialismus mich nicht hindern würde, mir von den Abonnementsgeldern ein laufendes Konto anzulegen und mit diesem Geld bei Gelegenheit unter Anleitung irgendeines Juden Geschäfte zu machen. Das würde ich so lange tun, bis ich mir in Petersburg ein großes Haus bauen könnte, um die Redaktion dorthin zu verlegen und die übrigen Etagen zu vermieten. Sogar den Platz für das Haus hat er bestimmt: an der Neuen Steinbrücke über die Newa, die angeblich in Petersburg projektiert wird, von der Litejnaja zur Wyborgskaja …«

»Ach, Mischa, vielleicht wird das alles genauso geschehen, bis aufs letzte Tüpfelchen!« rief Aljoscha plötzlich; er konnte sich nicht halten und lächelte vergnügt.

»Jetzt werden Sie auch noch sarkastisch, Alexej Fjodorowitsch!«

»Nein, nein, ich mache nur Spaß, nimm es mir nicht übel! Ich habe ganz andere Dinge im Kopf. Aber gestatte mir eine Frage: Wer konnte dir solche Einzelheiten mitteilen, von wem hast du sie gehört? Du konntest doch nicht selber bei Katerina Iwanowna gewesen sein, als er über dich sprach?«

»Ich selbst war nicht da, aber Dmitri Fjodorowitsch war da, und ich habe es mit eigenen Ohren von Dmitri Fjodorowitsch gehört, das heißt, genaugenommen hat er es mir nicht erzählt, sondern ich habe es mit angehört, natürlich unfreiwillig, ich saß nämlich in Gruschenkas Schlafzimmer und konnte nicht hinausgehen, solange Dmitri Fjodorowitsch im Nebenzimmer war.«

»Ach ja, ich hatte ganz vergessen, sie ist ja mit dir verwandt ...«

»Verwandt? Diese Gruschenka mit mir verwandt?« schrie Rakitin, der ganz rot geworden war. »Bist du verrückt geworden? Dein Gehirn ist wohl nicht in Ordnung?«

»Ist sie nicht mit dir verwandt? Ich habe es doch gehört ...«

»Wo kannst du das gehört haben? Nein, ihr Herren Karamasow spielt euch als vornehme alte Edelleute auf, und dabei lief dein Vater als Possenreißer herum, um sich an fremden Tischen zu sättigen, froh war er, wenn man ihn aus Barmherzigkeit in der Küche sitzen ließ. Ich bin zwar nur ein Popensohn und euch Edelleuten gegenüber ein Dreck; trotzdem dürft ihr mich nicht munter drauflos beleidigen. Auch ich habe meine Ehre, Alexej Fjodorowitsch! Ich kann nicht mit Gruschenka, einer öffentlichen Dirne, verwandt sein! Das bitte ich zu begreifen!« Rakitin war sehr aufgebracht.

»Um Gottes willen, sei mir nicht böse, ich konnte das doch nicht ahnen! Außerdem, warum nennst du sie eine öffentliche ...? Ist sie so eine?« Aljoscha wurde plötzlich rot. »Ich wiederhole, ich habe gehört, sie sei mit dir verwandt. Du gehst oft zu ihr und hast mir selbst gesagt, du hättest mit ihr kein Verhältnis ... Ich habe nie gedacht, daß du sie so verachtest. Verdient sie das wirklich?«

»Wenn ich sie besuche, kann ich dafür meine Gründe haben. Das mag dir genügen. Was die Verwandtschaft anlangt, so wird dein Bruder oder gar dein Vater selbst sie dir vielleicht bald als Verwandte an den Hals hängen, aber nicht mir. Na, da sind wir ja am Ziel. Geh lieber gleich in die Küche! Oho! Was gibt es denn da? Was geht hier vor? Sind wir zu spät gekommen? Sie können doch nicht schon mit dem Mittagessen fertig sein? Oder haben die Karamasows da wieder etwas angerichtet? Gewiß wird es so sein. Da kommt dein Vater, und hinter ihm Iwan Fjodorowitsch. Sie kommen aus der Zelle des Abtes gestürmt. Vater Isidor ruft ihnen von der Haustür etwas nach. Und auch dein Vater schreit und fuchtelt mit den Armen, offenbar schimpft er. Und da ist auch schon Miussow in seinem Wagen davongefahren! Siehst du, da fährt er. Und da läuft auch der Gutsbesitzer Maximow. Sicher hat es einen Skandal gegeben, und das Mittagessen hat gar nicht stattgefunden! Sie werden den Abt doch nicht verprügelt haben? Oder sind sie am Ende selbst verprügelt worden? Das könnte nichts schaden!«

Rakitins Ausrufe waren nicht unbegründet. Es hatte sich tatsächlich ein Skandal zugetragen, ein unerhörter, unerwarteter Skandal. Alles war »intuitiv« geschehen.

8. Der Skandal

Miussow und Iwan Fjodorowitsch hatten soeben das Haus des Abtes betreten, da vollzog sich in Pjotr Alexandrowitsch, einem grundanständigen, feinfühligen Menschen, ein eigenartiger, nobler Denkprozeß: er begann sich seines Zorns zu schämen. Er hätte, das fühlte er, diesen armseligen Fjodor Pawlowitsch im stillen eigentlich nur verachten sollen, anstatt in der Zelle des Starez seine Kaltblütigkeit zu verlieren und außer sich zu geraten. ›Wenigstens können die Mönche nichts dafür!‹ sagte er sich auf den Stufen vor der Haustür des Abtes. ›Und wenn ich hier anständigen Leuten begegne – Vater Nikolai, der Abt, ist wohl gleichfalls ein Adliger –, warum soll ich nicht nett, liebenswürdig und höflich zu ihnen sein. Streiten werde ich nicht; ich werde ihnen sogar nach dem Mund reden, sie durch Liebenswürdigkeit bezaubern – und ihnen schließlich beweisen, daß ich mit diesem alten Satyr, diesem Possenreißer und Clown nichts gemein habe und wie sie alle in diese Sache hineingeraten bin ...‹ Das umstrittene Recht des Holzschlagens im Wald und des Fischfangs beschloß er ihnen endgültig abzutreten, ein für allemal, gleich heute, zumal das alles sehr geringen Wert besaß. Was es mit diesen Rechten auf sich hatte und wo überhaupt sie auszuüben waren, wußte er ohnehin nicht. Und er beschloß ferner, alle gerichtlichen Klagen gegen das Kloster zurückzuziehen.

In diesen guten Absichten wurde er noch bestärkt, als sie das Speisezimmer des Vaters Abt betraten. Ein Speisezimmer hatte er eigentlich gar nicht, denn er bewohnte in Wirklichkeit nur zwei Zimmer des Gebäudes, allerdings geräumigere und bequemere als die des Starez. Aber die Einrichtung der Zimmer war ebenfalls nicht sonderlich komfortabel. Die Mahagonimöbel waren nach der Mode der zwanziger Jahre mit Leder bezogen, die Dielen sogar ungestrichen; dafür war alles blitzblank und sauber, und auf den Fensterbrettern standen viele kostbare Blumen. Den Hauptluxus bildete in diesem Augenblick natürlich der üppig ausgestattete Tisch (wobei auch dies nur relativ gemeint ist). Das Tischtuch war rein, das Geschirr glänzte, auf dem Tisch lagen drei verschiedene Sorten vorzüglich gebackenes Brot, außerdem standen dort zwei Flaschen Wein, zwei Flaschen prächtiger Klostermet und eine große gläserne Kanne Klosterkwaß, der in der ganzen Gegend berühmt war. Branntwein gab es nicht. Rakitin berichtete später, es sei diesmal ein Essen aus fünf Gängen zubereitet gewesen: Sterletsuppe mit Fischpastetchen, dann ein besonders vorzüglich angerichteter gekochter Fisch, dann Störkoteletts, Gefrorenes und Kompott und schließlich noch eine säuerliche Mehlspeise, ähnlich wie Blancmanger. Alles das hatte Rakitin herausspioniert, er hatte sich nicht enthalten können, eigens zu diesem Zweck einen Blick in die Küche des Abtes zu werfen, wo er ebenfalls seine Verbindungen hatte. Er hatte überall seine Verbindungen und war in der Lage, sich überall Auskunft zu verschaffen. Er hatte ein unruhiges, neidisches Herz. Seiner bedeutenden Fähigkeiten war er sich bewußt, und vor lauter Eigendünkel überschätzte er sie noch. Er wußte, daß er auf seine Weise einmal ein tüchtiger Mensch sein würde; Aljoscha jedoch, der sehr an ihm hing, quälte der Umstand, daß sein Freund Rakitin unehrlich und sich dessen allerdings gar nicht bewußt war. Im Gegenteil: da er von sich wußte, daß er kein Geld von einem Tisch stehlen würde, hielt er sich tatsächlich für höchst ehrlich. Daran konnte weder Aljoscha noch sonst jemand etwas ändern.

Rakitin, als untergeordnete Person, hatte nicht zu dem Essen eingeladen werden können; dafür waren Vater Jossif und Vater Paissi und noch ein Priestermönch geladen. Sie warteten bereits in dem Speisezimmer des Abtes, als Pjotr Alexandrowitsch, Kalganow und Iwan Fjodorowitsch eintraten. Etwas abseits wartete auch der Gutsbesitzer Maximow. Der Vater Abt trat in die Mitte des Zimmers, um die Gäste zu begrüßen. Er war ein hochgewachsener, hagerer, aber noch kräftiger alter Mann, mit schwarzem, schon stark mit Grau vermischtem Haar und einem langen, würdevollen, etwas wichtigtuerischen und förmlichen Gesicht. Er verbeugte sich schweigend vor den Gästen, die nun vortraten, um den Segen zu empfangen. Miussow wollte ihm schon die Hand küssen, doch der Abt zog sie zurück, und der Kuß kam nicht zustande. Dafür ließen sich Iwan Fjodorowitsch und Kalganow diesmal in aller Form segnen, das heißt mit einem treuherzigen, hörbaren Handkuß nach Art des einfachen Volkes.

»Wir müssen sehr um Entschuldigung bitten, Hochehrwürden«, begann Pjotr Alexandrowitsch mit einem liebenswürdigen Lächeln, aber in würdigem, respektvollem Ton, »daß wir allein erscheinen, ohne unseren ebenfalls geladenen Gefährten Fjodor Pawlowitsch. Er sah sich genötigt, Ihrem Tisch fernzubleiben, und das nicht ohne Grund. In seinem unseligen Hader mit seinem Sohn ließ er sich in der Zelle des ehrwürdigen Vaters Sossima zu einigen ganz unpassenden … kurz gesagt, zu ganz unanständigen Äußerungen hinreißen!« Und, mit Blick auf die Priestermönche: »Was Euer Hochehrwürden bereits bekannt sein dürfte … Von Schuldgefühl und aufrichtiger Reue erfüllt, schämte er sich. Und da er dieses Gefühl nicht überwinden konnte, bat er uns, mich und seinen Sohn Iwan Fjodorowitsch, Ihnen sein aufrichtiges Bedauern, seinen Kummer und seine Reue auszudrücken. Kurz, er hofft und beabsichtigt, später alles wiedergutzumachen; jetzt aber erfleht er Ihren Segen und bittet Sie, das Vorgefallene zu vergessen …«

Miussow schwieg. Bei den letzten Worten seiner Tirade angelangt, war er mit sich äußerst zufrieden, und zwar dermaßen, daß in seiner Seele von der früheren Gereiztheit auch nicht die Spur zurückgeblieben war. Er liebte die Menschen jetzt wieder aufrichtig.

Der Abt, der ihn würdevoll angehört hatte, neigte leicht den Kopf und erwiderte: »Ich bedauere sein Nichterscheinen von ganzem Herzen. Vielleicht hätte er uns beim gemeinsamen Mahl liebgewonnen, ebenso wie wir ihn. Haben Sie nun die Güte zu speisen, meine Herren!«

Er trat vor das Heiligenbild und begann laut ein Gebet zu sprechen. Alle neigten ehrfurchtsvoll die Köpfe, und der Gutsbesitzer Maximow trat besonders weit vor und legte aus besonderer Andacht die Hände mit den Innenflächen vor der Brust zusammen.

Und ausgerechnet in diesem Augenblick erlaubte sich Fjodor Pawlowitsch seinen letzten Streich. Es sei bemerkt, daß er tatsächlich wegfahren wollte und tatsächlich empfand, wie unmöglich es wäre, nach seinem schmählichen Benehmen in der Zelle des Starez nun zum Abt zum Essen zu gehen, als ob nichts geschehen wäre. Nicht daß er sich besonders geschämt und schuldig gefühlt hätte, vielleicht war sogar das Gegenteil der Fall; aber er spürte doch, daß es sich einfach nicht gehörte, jetzt an dem Mittagessen teilzunehmen. Kaum war jedoch sein klappernder Wagen vor der Tür des Gasthauses vorgefahren, als er, schon im Begriff einzusteigen, auf einmal innehielt. Ihm waren seine eigenen Worte vor dem Starez eingefallen: ›Wenn ich irgendwo unter Leuten bin, scheint es mir immer, als sei ich gemeiner als sie, als hielten mich alle für einen Possenreißer. Und dann sage ich mir: Also gut, spiele ich eben den Possenreißer, ich fürchte mich nicht vor eurem Urteil, ihr seid doch allesamt gemeiner als ich!‹ Er bekam Lust, sich an allen für seine eigene Niedertracht zu rächen. Er erinnerte sich bei dieser Gelegenheit, wie er einmal, schon vor langer Zeit gefragt worden war: ›Warum hassen Sie den und den so?‹ und wie er damals in einem Anfall seiner possenreißerischen Schamlosigkeit geantwortet hatte: ›Ich will Ihnen sagen, warum. Er hat mir zwar nichts getan, aber dafür habe ich eine gewissenlose Gemeinheit gegen ihn begangen, und kaum hatte ich die begangen, fing ich sofort an, ihn zu hassen.‹ Als ihm jetzt diese Erinnerung kam, lächelte er, kurz nachdenkend, leise und boshaft vor sich hin. Seine Augen funkelten, und seine Lippen zuckten. ›Wenn man eine Sache einmal angefangen hat, so muß man sie auch zu Ende führen‹, sagte er sich plötzlich. Sein geheimstes Gefühl in diesem Augenblick hätte man mit folgenden Worten ausdrücken können: ›Rehabilitieren kann ich mich jetzt doch nicht mehr – da will ich sie wenigstens schamlos verhöhnen; zeigen will ich ihnen: Ich schäme mich vor euch nicht! Weiter nichts!‹

Er befahl dem Kutscher zu warten; er selbst kehrte mit schnellen Schritten zum Kloster zurück und begab sich geradewegs zum Abt. Er wußte noch nicht recht, was er tun würde; aber er wußte, daß er sich nicht mehr in der Gewalt hatte, und daß er, sobald nur ein Anstoß erfolgte, augenblicklich bis zur äußersten Grenze der Gemeinheit gehen würde; daß er jedoch nur eine Gemeinheit begehen würde – und keineswegs ein Verbrechen oder sonst eine unzulässige Handlung, für die er gerichtlich bestraft werden könnte. In dieser Hinsicht wußte er sich immer zu beherrschen, darüber wunderte er sich manchmal selbst.

Er erschien in dem Speisezimmer des Abtes, als das Gebet gerade zu Ende war und sich alle zu Tisch begaben. Er blieb auf der Schwelle stehen, ließ seinen Blick über die Versammelten schweifen und brach in ein langes, boshaftes Lachen aus; dabei sah er allen dreist in die Augen.

»Und die dachten, ich wäre weggefahren! Aber da bin ich!« rief er, daß es durch den ganzen Saal schallte.

Einen Augenblick starrten ihn alle schweigend an. Man fühlte plötzlich, daß sofort etwas Widerwärtiges, Sinnloses geschehen, daß es zweifellos einen Skandal geben würde. Pjotr Alexandrowitsch verfiel aus seiner edelmütigen Stimmung augenblicklich in Wut. Alles, was in seinem Herzen schon erloschen und besänftigt war, wurde mit einem Schlag wieder lebendig und brach heraus.

»Nein, ich kann das nicht ertragen!« schrie er. »Das kann ich absolut nicht … Unter keinen Umständen!«

Das Blut war ihm in den Kopf geschossen. Er verwirrte sich sogar beim Sprechen, aber es war ihm jetzt nicht um den Stil zu tun. Er griff nach seinem Hut.

»Was kann er denn nicht?« rief Fjodor Pawlowitsch. »Was kann er denn absolut nicht und unter keinen Umständen? Darf ich eintreten, Ehrwürden, oder nicht? Nehmen Sie noch einen Tischgenossen an?«

»Ich bitte von ganzem Herzen darum«, antwortete der Abt. »Meine Herren!« fügte er hinzu. »Ich möchte Sie aus ganzer Seele bitten, Ihre zufälligen Zwistigkeiten beiseite zu lassen und sich im Gebet, in Liebe und in verwandtschaftlicher Eintracht bei unserem friedlichen Mahl zu vereinigen.«

»Nein, nein, das ist unmöglich!« schrie Pjotr Alexandrowitsch außer sich.

»Wenn es für Pjotr Alexandrowitsch unmöglich ist, dann ist es auch für mich unmöglich, und ich werde nicht bleiben. In dieser Absicht, bin ich hergekommen. Ich werde von jetzt an überall mit Pjotr Alexandrowitsch zusammen sein: Wenn Sie weggehen, Pjotr Alexandrowitsch, gehe auch ich weg. Wenn Sie bleiben, bleibe ich ebenfalls. Mit der verwandtschaftlichen Eintracht haben Sie ihm einen besonders empfindlichen Stich versetzt, Vater Abt! Er gibt nicht zu, mein Verwandter zu sein. Nicht wahr, Herr von Sohn? Ach, da steht ja Herr von Sohn. Guten Tag, Herr von Sohn!«

»Meinen Sie mich damit?« murmelte der Gutsbesitzer Maximow erstaunt.

»Natürlich meine ich dich«, schrie Fjodor Pawlowitsch. »Wen sonst? Der Vater Abt kann doch nicht Herr von Sohn sein.«

»Aber ich bin auch nicht Herr von Sohn! Ich heiße Maximow!«

»Nein, du bist Herr von Sohn. Wissen Sie, Ehrwürden, was es mit Herrn von Sohn für eine Bewandtnis hat? Es war einmal ein Kriminalprozeß: An einer Stätte der Unzucht – so werden diese Orte bei Ihnen genannt, glaube ich – war ein Herr von Sohn ermordet und beraubt und trotz seines ehrwürdigen Alters in eine Kiste verpackt worden, und diese Kiste hatte man dann zugenagelt und als Passagiergut im Gepäckwagen von Petersburg nach Moskau geschickt. Und während die Kiste zugenagelt wurde, sangen unzüchtige Tänzerinnen Lieder und spielten dazu auf der Laute, das heißt auf dem Klavier. Also dieser selbe Herr von Sohn ist er. Er ist von den Toten auferstanden, nicht wahr, Herr von Sohn?«

»Was soll denn das heißen?« riefen mehrere Priestermönche.

»Wir wollen gehen!« rief Pjotr Alexandrowitsch, an Kalganow gewandt.

»Nein, erlauben Sie!« unterbrach ihn Fjodor Pawlowitsch kreischend und trat dabei noch einen Schritt weiter ins Zimmer. »Erlauben Sie mir, zu Ende zu reden. Zum Schaden meines Rufes haben Sie erzählt, ich hätte mich dort in der Zelle respektlos benommen, vor allem mit dem, was ich über die Gründlinge gesagt habe. Pjotr Alexandrowitsch Miussow, mein Verwandter, hat in seiner Rede gern plus de noblesse que de sincérité. Bei mir ist es umgekehrt, ich habe in meiner Rede gern plus de sincérité que de noblesse,* und ich spucke auf die noblesse! Nicht wahr, Herr von Sohn? Erlauben Sie, Vater Abt, ich bin zwar ein Possenreißer und spiele den Possenreißer, aber ich bin doch ein Ritter mit Ehre im Leib und will mich aussprechen. Ja, ich bin ein Ritter mit Ehre im Leib, aber in Pjotr Alexandrowitsch steckt nur Eigenliebe, mit der ist er vollgestopft, mit weiter nichts. Ich bin vielleicht nur deswegen hierhergefahren, um mir alles anzusehen und mich auszusprechen. Ich habe hier einen Sohn, Alexej, der sucht seine Seele zu retten, ich bin der Vater, ich mache mir Sorgen um sein Schicksal, und es ist meine Pflicht, mir Sorgen darum zu machen. Ich habe alles mitangehört und meine Rolle gespielt und im stillen meine Beobachtungen angestellt, und jetzt will ich Ihnen auch den letzten Akt der Vorstellung vorführen. Wie geht es bei uns zu? Was fällt, das bleibt liegen. Was einmal gefallen ist, das liegt für alle Zeit da. Ja, so ist das! Ich will aber aufstehen. Fromme Väter, ich bin

* frz. mehr Adel als Aufrichtigkeit. – mehr Aufrichtigkeit als Adel.

über Sie empört. Die Beichte ist ein großes Sakrament, vor dem auch ich mich willig und ehrfürchtig beuge, aber dort in der Zelle fallen alle auf einmal in die Knie und beichten laut. Ist es etwa erlaubt, laut zu beichten? Von den heiligen Kirchenvätern ist die Ohrenbeichte eingeführt, nur dann wird die Beichte ein Sakrament sein, und so ist das von alten Zeiten her gewesen. So aber, wie soll ich ihm in Gegenwart aller sagen, daß ich zum Beispiel das und das … Na, das heißt, das und das, verstehen Sie? Manchmal ist es ja unanständig, es auch nur zu sagen. Das ist doch ein Skandal! Nein, Väter, wenn man sieht, wie es hier bei Ihnen zugeht, dann möchte man beinahe lieber in die Sekte der Geißler eintreten … Ich werde bei der ersten Gelegenheit an den Synod schreiben! Und meinen Sohn Alexej werde ich von hier fortnehmen!«

Hier mache ich eine Anmerkung. Fjodor Pawlowitsch hatte einmal so etwas läuten hören. Auch dem Bischof waren böse Redereien zu Ohren gekommen, nicht nur über unser Kloster, sondern auch über andere, in denen die Institution der Starzen bestand: Die Starzen würden ein zu großes Ansehen genießen, sogar zum Schaden der Stellung der Äbte; sie mißbrauchten unter anderem das Sakrament der Beichte, und so weiter, und so weiter. Alberne Beschuldigungen, die seinerzeit bei uns wie überall von selbst zusammengebrochen waren. Aber der dumme Teufel, der Fjodor Pawlowitsch gepackt hatte und an seinen eigenen Nerven immer tiefer in Schmach und Schande hineinzog, hatte ihm diese alte Beschuldigung zugeflüstert, die Fjodor Pawlowitsch nicht im geringsten begriff. Und er verstand auch nicht einmal, sie richtig vorzubringen; hinzu kam noch, daß in der Zelle des Starez diesmal niemand auf Knien gelegen und laut gebeichtet hatte, so daß Fjodor Pawlowitsch nichts Derartiges gesehen haben konnte und nur alte Gerüchte und Redereien wiederholte, an die er sich ungenau erinnerte. Doch kaum hatte er seine Dummheit ausgesprochen, fühlte er, daß er Unsinn geschwatzt hatte, und bekam plötzlich Lust, den Zuhörern und vor allem sich selbst auf der Stelle zu beweisen, daß er keinen Unsinn gesprochen habe. Und obgleich er wußte, daß er mit jedem weiteren Wort nur noch törichteres Zeug zu dem schon vorgebrachten Unsinn hinzufügte, konnte er sich nicht mehr halten und stürzte wie von einem Berg in die Tiefe.

»Was für eine Gemeinheit!« rief Pjotr Alexandrowitsch.

»Verzeihen Sie«, sagte auf einmal der Abt. »Es steht geschrieben: ›Und sie redeten gegen mich vielerlei, auch einige häßliche Dinge. Aber ich hörte alles an und sagte mir: diese Arznei hat mir Jesus gesandt, um meine eitle Seele zu heilen.‹ Und darum sprechen auch wir Ihnen unsern ergebensten Dank aus, werter Gast.« Und er verbeugte sich tief vor Fjodor Pawlowitsch.

»Papperlapapp! Scheinheiligkeit und alte Phrasen! Alte Phrasen und alte Gebärden! Die alte Lüge, die gewohnten komödienhaften Verbeugungen! Diese Verbeugungen kennen wir! ›Küsse auf die Lippen, den Dolch ins Herz!‹, wie es in Schillers ›Räubern‹ heißt. Ich liebe keine Falschheit, Väter; ich will Wahrheit! Aber die Wahrheit liegt nicht in den Gründlingen, das habe ich verkündet. Warum fastet ihr denn, ihr Mönche? Warum erwartet ihr dafür Belohnungen im Himmel? Für eine solche Belohnung würde auch ich anfangen zu fasten! Nein, du heiliger Mönch, sei im Leben tugendhaft, nutze der Gesellschaft, ohne daß du dich bei freier Kost im Kloster einschließt und eine Belohnung dort oben erwartest – das wird etwas schwerer sein! Ich kann ebenfalls klar und logisch reden, Vater Abt. Na, was haben wir denn vorbereitet?« sagte er und trat an den Tisch.

»Portwein old factory, Medoc, Abzug der Gebrüder Jelissejew. Ei, ei, meine Väter! Das hat ja wenig Ähnlichkeit mit Gründlingen! Sieh mal an, solche Fläschchen haben die Väter auf den Tisch gestellt, hehehe! Und wer hat das alles geliefert? Der russische Bauer, der Arbeitssklave, der bringt die paar Groschen, die er mit seinen schwieligen Händen erarbeitet, hierher und entzieht sie seiner Familie und den Bedürfnissen des Staates! Ja, sie saugen das Volk aus, heilige Väter!«

»Das ist ein ganz unwürdiges Gerede von Ihnen«, sagte Vater Jossif.

Vater Paissi schwieg hartnäckig. Miussow rannte aus dem Zimmer, Kalganow folgte.

»Nun, Väter, auch ich werde Pjotr Alexandrowitsch folgen. Ich werde nie wieder zu Ihnen kommen, und wenn Sie mich auf den Knien darum bitten, ich werde nicht kommen. Tausend Rubel habe ich Ihnen geschickt, nun spitzen Sie sich wohl auf mehr, hehehe! Nein, mehr werde ich Ihnen nicht geben! Ich werde mich für meine dahingegangene Jugend und meine ganze Demütigung rächen.« Er schlug in einem fingierten Gefühlsausbruch mit der Faust auf den Tisch. »Viel hat dieses Kloster in meinem Leben bedeutet! Viele bittere Tränen habe ich um seinetwillen vergossen! Meine Frau, die Schreikranke, haben Sie gegen mich aufgehetzt. Auf sieben Synoden haben Sie mich verflucht und mich in der ganzen Umgegend schlechtgemacht! Aber das hat nun ein Ende, Väter! Wir leben jetzt im Zeitalter des Fortschritts, im Zeitalter der Dampfschiffe und Eisenbahnen. Nicht tausend Rubel und nicht hundert Rubel und nicht hundert Kopeken – nichts werden Sie von mir kriegen!«

Noch eine Anmerkung. Unser Kloster hatte niemals in seinem Leben etwas Besonderes bedeutet, und er hatte keine bitteren Tränen um seinetwillen vergossen. Er ließ sich aber von seinen ausgedachten Tränen so sehr hinreißen, daß er einen Augenblick wohl selbst glaubte, was er sagte. Er fing sogar vor Rührung fast an zu weinen, doch gleichzeitig wurde er sich bewußt, daß es Zeit sei, den Rückzug anzutreten. Der Abt senkte den Kopf und erwiderte auf seine boshafte Lüge nachdrücklich: »Wiederum steht geschrieben: ›Ertrage mit Freuden den dir angetanen Schimpf und laß dich nicht beirren, noch auch hasse den, der dich beschimpft hat.‹ Danach handeln auch wir.«

»Papperlappapp, Böses mit Gutem vergelten! Und all der übrige Unsinn! Na, dann vergelten Sie Böses mit Gutem, Väter, aber ich gehe. Und meinen Sohn Alexej nehme ich kraft meiner väterlichen Gewalt für immer von hier weg. Iwan Fjodorowitsch, mein respektvoller Sohn, erlaube, daß ich dir befehle, mit mir mitzukommen! Herr von Sohn, wozu willst du noch hier bleiben? Komm gleich zu mir in die Stadt! Bei mir soll es lustig zugehen. Es ist nur eine kleine Werst weit. Statt des Fastenöls werde ich ein Spanferkel mit Grütze auftragen lassen, da wollen wir zu Mittag essen, auch Kognak werde ich aufsetzen und danach Likör, ich habe einen Himbeerlikör. Herr von Sohn, laß dein Glück nicht aus den Händen gleiten!«

Er ging schreiend und gestikulierend hinaus.

Und eben in diesem Augenblick bemerkte ihn Rakitin und zeigte ihn seinem Begleiter Aljoscha.

»Alexej!« rief der Vater von weitem, sobald er ihn erblickt hatte. »Du ziehst noch heute zu mir! Dein Kopfkissen und deine Matratze bring auch mit, und laß dich hier nie wieder blicken!«

Aljoscha blieb wie angewurzelt stehen und beobachtete schweigend und aufmerksam die Szene. Fjodor Pawlowitsch war unterdessen in den Wagen gestiegen, und nach ihm schickte sich Iwan Fjodorowitsch an, einzusteigen, ohne sich zum Abschied nach Aljoscha umzuwenden. Da ereignete sich noch eine possenhafte, fast unglaubliche Szene, ein passendes Finale zu diesem ganzen Skandal. Am Wagentritt erschien plötzlich atemlos, um nicht zu spät zu kommen, der Gutsbesitzer Maximow. Rakitin und Aljoscha sahen ihn laufen. Er hatte es so eilig, daß er in seiner Ungeduld den einen Fuß schon auf den Wagentritt setzte, als Iwan Fjodorowitsch noch seinen linken Fuß darauf stehen hatte. Er hielt sich am Kutschbock fest, hüpfte und versuchte, in den Wagen hineinzugelangen.

»Ich komme auch mit!« rief er hüpfend und ließ dabei ein kurzes, fröhliches Lachen vernehmen. Sein Gesicht strahlte vor Glückseligkeit, und er war offenbar zu allem bereit. »Nehmen Sie mich auch mit!«

»Na, habe ich es nicht gesagt?« rief Fjodor Pawlowitsch entzückt. »Das ist Herr von Sohn! Der richtige, von den Toten auferstandene Herr von Sohn! Wie hast du dich denn losgemacht? Was für einen Grund, der eines Herrn von Sohn würdig wäre, hast du angegeben? Und wie konntest du von einem Diner weglaufen? Dazu muß man ja eine eiserne Stirn haben! Ich habe eine solche Stirn, aber ich staune über deine, Bruder! Spring auf, schnell, spring auf! Laß ihn herein, Wanja, es wird sehr fidel werden. Er wird sich hier im Wagen zu unseren Füßen hinlegen. Wirst du das tun, Herr von Sohn?

Oder wollen wir ihn neben dem Kutscher plazieren? Spring auf den Kutschbock, Herr von Sohn!«

Doch Iwan Fjodorowitsch, der sich inzwischen schon gesetzt hatte, stieß den Gutsbesitzer Maximow auf einmal wortlos aus voller Kraft vor die Brust, daß dieser ein paar Schritte zurücktaumelte. Daß er nicht stützte, war Zufall.

»Fahr zu!« schrie Iwan Fjodorowitsch ärgerlich dem Kutscher zu.

»Was machst du denn? Was machst du denn? Warum behandelst du ihn so?« empörte sich Fjodor Pawlowitsch, aber der Wagen rollte schon dahin. Iwan Fjodorowitsch antwortete nicht.

»Sieh mal an, was du für einer bist!« sagte Fjodor Pawlowitsch wieder, nachdem er zwei Minuten lang geschwiegen hatte, und schielte zu seinem Sohn hinüber. »Du hast doch diesen ganzen Klosterbesuch selbst ausgedacht. Du hast uns dazu angestiftet, hast ihn uns plausibel gemacht! Warum bist du denn jetzt so ärgerlich?«

»Sie haben genug Unsinn geschwatzt, erholen Sie sich wenigstens jetzt ein bißchen!« antwortete Iwan Fjodorowitsch schroff und mürrisch.

Fjodor Pawlowitsch schwieg wieder zwei Minuten lang.

»Ein kleiner Kognak wäre jetzt nicht übel«, bemerkte er sentenziös.

Iwan Fjodorowitsch antwortete nicht.

»Wenn wir nach Hause kommen, wirst du auch gern einen trinken.«

Iwan Fjodorowitsch schwieg.

Fjodor Pawlowitsch wartete noch zwei Minuten, dann sagte er: »Aber Aljoschka werde ich doch aus dem Kloster fortnehmen, obwohl Ihnen das sehr unangenehm sein wird, ehrerbietigster Karl von Moor.«

Iwan Fjodorowitsch zuckte verächtlich die Achseln, wandte sich ab und blickte auf den Weg. Dann sprachen sie nicht mehr miteinander, bis sie nach Hause kamen.

Drittes Buch

Wollüstlinge

1. In der Gesindestube

Das Haus Fjodor Pawlowitsch Karamasows stand zwar nicht im Zentrum der Stadt, aber auch nicht ganz am Rand. Es war schon ziemlich baufällig, hatte jedoch ein hübsches Äußeres. Es war einstöckig mit einem Zwischengeschoß, grau angestrichen und hatte ein rotes Blechdach. Übrigens konnte es noch lange stehen; es war geräumig und behaglich. Es gab darin allerlei Rumpelkammern, allerlei Verstecke und heimliche Treppchen. Ratten hausten darin; Fjodor Pawlowitsch ärgerte sich jedoch über diese Tiere nicht besonders. ›Es ist dann nicht so langweilig abends, wenn man allein im Haus ist‹, dachte er. Er hatte tatsächlich die Gewohnheit, die Dienerschaft für die Nacht in das Seitengebäude zu entlassen und sich selbst die ganze Nacht allein im Haus einzuschließen. Dieses Seitengebäude stand auf dem Hof; es war geräumig und solide gebaut. Auf Fjodor Pawlowitschs Anordnung wurde dort das Essen bereitet, obgleich auch im Haus eine Küche vorhanden war. Er konnte den Küchengeruch nicht leiden, also wurden die Speisen im Sommer und im Winter über den Hof getragen. Überhaupt war das Haus für eine große Familie berechnet, und man hätte fünfmal soviel Herrschaft und Dienerschaft darin unterbringen können. Aber zur Zeit, da diese Erzählung spielt, wohnten im Haus nur Fjodor Pawlowitsch und Iwan Fjodorowitsch, und im Gesindehaus nur drei Dienstboten: der alte Grigori, die alte Marfa, seine Frau, und der Diener Smerdjakow, ein junger Mann. Es wird erforderlich sein, etwas ausführlicher von diesen Bediensteten zu sprechen. Über den alten Grigori Wassiljewitsch Kutusow haben wir bereits genug gesagt. Er war ein fester, unbeugsamer Mann, der hartnäckig und geradlinig auf sein Ziel losging, wenn nur dieses Ziel aus irgendwelchen Gründen (die oft erstaunlich unlogisch waren) als unumstößliche Wahrheit vor ihm stand. Er war durchaus ehrlich und unbestechlich. Seine Frau Marfa Ignatjewna beugte sich zwar ihr ganzes Leben lang widerspruchslos dem Willen ihres Mannes, bestürmte ihn aber gleich nach der Bauernbefreiung mit der Bitte, von Fjodor Pawlowitsch weg nach Moskau zu ziehen und dort ein kleines Geschäftchen zu eröffnen; sie hatten nämlich ein bißchen Geld. Grigori erklärte ihr gleich damals ein für allemal, sie rede Unsinn, kein Weib verstehe etwas von Ehre, es gezieme sich für sie nicht, ihren Herrn zu verlassen. Möge er sein, wie er wolle: sie hätten jetzt die Pflicht, bei ihm zu bleiben.

»Verstehst du überhaupt, was das ist: Pflicht?« fragte er Marfa Ignatjewna.

»Was Pflicht ist, verstehe ich schon, Grigori Wassiljewitsch. Inwiefern es aber unsere Pflicht ist hierzubleiben, das verstehe ich allerdings nicht«, antwortete Marfa Ignatjewna mit fester Stimme.

»Na, dann verstehst du es eben nicht! Aber geschehen wird es so, wie ich es gesagt habe. Und künftig halte deinen Mund!«

Und es geschah auch wirklich so. Sie zogen nicht fort, und Fjodor Pawlowitsch setzte ihnen einen nicht allzu hohen Lohn aus, den er ihnen wirklich bezahlte. Außerdem wußte Grigori, daß er auf seinen Herrn einen unbestreitbaren Einfluß ausübte. Er fühlte das, und es war wirklich so. Der schlaue, eigensinnige Possenreißer Fjodor Pawlowitsch, der »in manchen Dingen des Lebens«, wie er sich selbst ausdrückte, einen sehr festen Charakter besaß, war zu seiner eigenen Verwunderung in manchen anderen »Dingen des Lebens« recht charakterschwach. Und er selbst wußte, in welchen. Er wußte es, und er hatte Angst vor mancherlei. In gewissen Dingen des Lebens mußte man auf der Hut sein, dabei war es dann schwer, ohne einen treuen Menschen auszukommen; Grigori war aber ein sehr treuer Mensch. Es kam sogar im Verlauf von Fjodor Pawlowitschs Karriere oftmals vor, daß er nahe daran war, ganz gehörig durchgeprügelt zu werden, und immer half ihm Grigori aus der Klemme, obwohl er ihm jedesmal nachher eine Strafpredigt hielt. Die Prügel allein hätten Fjodor Pawlowitsch nicht so sehr erschreckt, doch gab es höhere und sogar sehr feine und komplizierte Fälle, in denen Fjodor Pawlowitsch selbst nicht imstande gewesen wäre, jenes außerordentliche Bedürfnis nach einem treuen, ihm nahestehenden Menschen zu erklären, das er manchmal momentan unwiderstehlich in sich verspürte. Das waren fast krankhafte Anfälle: Obwohl Fjodor Pawlowitsch ein grundliederlicher Mensch und in seiner Wollust oft grausam wie ein böses Insekt war, empfand er doch manchmal in Augenblicken der Trunkenheit plötzlich eine geistige Angst und eine moralische Erschütterung, die sozusagen physisch auf seine Seele wirkten. »Die Seele zittert mir bei diesen Anfällen ordentlich in der Kehle«, sagte er manchmal. In diesen Augenblicken also hatte er es gern, wenn neben ihm oder doch in seiner Nähe, wenn auch nicht im selben Zimmer, wenigstens im Seitengebäude, ein solcher Mensch vorhanden war, ein ihm ergebener, charakterfester Mensch, nicht so ein verkommener Mensch wie er selbst, ein Mensch, der zwar all dieses sittenlose Treiben mit ansah und alle Geheimnisse kannte, aber doch aus Ergebenheit alles geschehen ließ, sich nicht widersetzte und, was die Hauptsache war, ihm keine Vorwürfe machte und mit nichts drohte, weder in diesem noch im zukünftigen Leben, sondern im Notfall ihn auch noch beschützte – wovor? Vor etwas Unbekanntem, aber Schrecklichem und Gefährlichem. Eben darauf kam es ihm an, daß ein *anderer* Mensch da war, ein älterer, freundlich gesinnter Mensch, den er in einem krankhaften Augenblick rufen kann, nur um ihm ins Gesicht zu sehen und vielleicht ein paar gleichgültige Worte mit ihm zu wechseln; würde dieser dann freundlich bleiben und nicht böse werden, dann würde ihm gewissermaßen leichter ums Herz; würde er aber böse, nun, dann wäre es allerdings noch trauriger. Es kam vor, allerdings nur sehr selten, daß Fjodor Pawlowitsch sogar nachts zum Seitengebäude ging, um Grigori zu wecken: Dieser sollte auf ein Augenblickchen zu ihm kommen. Der kam dann auch, und Fjodor Pawlowitsch begann mit ihm ein Gespräch über die nichtigsten Dinge und entließ ihn bald wieder, manchmal sogar mit einem kleinen Spottwort oder einem Späßchen; er selbst aber spuckte dann aus, legte sich schlafen und schlief den Schlaf des Gerechten. Etwas Ähnliches widerfuhr ihm auch bei der Ankunft Aljoschas. Aljoscha »griff ihm ans Herz« dadurch, daß er »da wohnte, alles mit ansah und nicht verdammte«. Ja noch mehr, er brachte etwas noch nie Dagewesenes mit sich: Er verachtete ihn, den Alten, nicht, im Gegenteil, er empfand eine stete Freundschaft und ganz natürliche Anhänglichkeit für ihn, der das so wenig verdiente. Alles das war für den alten Herumtreiber und familienlos dastehenden Menschen eine große Überraschung, etwas, was ihm, der bis dahin nur den »Schmutz« geliebt hatte, ganz unerwartet kam. Als dann Aljoscha wegzog, gestand sich Fjodor Pawlowitsch, daß er etwas begriffen hatte, was er vorher nicht hatte begreifen wollen.

Ich habe schon zu Anfang meiner Erzählung erwähnt, daß Grigori Adelaida Iwanowna, die erste Gemahlin Fjodor Pawlowitschs und Mutter seines ersten Sohnes Dmitri Fjodorowitsch, haßte und daß er im Gegensatz dazu dessen zweite Gemahlin, die Schreikranke Sofja Iwanowna, sogar gegen seinen Herrn in Schutz nahm und überhaupt gegen jeden, der sich etwa einfallen lassen sollte, ein schlechtes oder leichtfertiges Wort über sie zu sagen. Die Teilnahme, die er für diese Unglückliche empfand, ging bei ihm in eine Art von geheiligtem Gefühl über, so daß er noch zwanzig Jahre später keine tadelnde Bemerkung über sie, aus wessen Mund auch immer, ertragen hätte; vielmehr hätte er dem Beleidiger sogleich energisch erwidert. Nach seinem Äußeren zu urteilen, war Grigori ein kalter, ernster Mensch, der nicht viel redete, sondern nur gewichtige, bedeutsame Worte von sich gab. Es war unmöglich, auf den ersten Blick herauszufinden, ob er seine nie widersprechende, gehorsame Frau liebte oder nicht. Er liebte sie tatsächlich, und sie wußte das auch. Diese Marfa Ignatjewna war durchaus keine dumme Frau, sie war vielleicht noch klüger als ihr Mann; wenigstens besaß sie in Dingen des praktischen Lebens ein richtigeres Urteil. Dennoch hatte sie sich ihm gleich von Beginn ihrer Ehe an untergeordnet, ohne zu murren und ohne zu widersprechen, und sie hatte wegen seiner geistigen Überlegenheit zweifellos eine gewisse Achtung vor ihm. Bemerkenswert ist, daß die beiden ihr ganzes Leben außerordentlich wenig miteinander sprachen, nur über die notwendigsten Dinge des täglichen Lebens. Grigori mit seinem würdevollen Wesen überdachte alle Angelegenheiten und Sorgen stets allein, so daß Marfa Ignatjewna schon längst begriffen hatte, daß er ihre Ratschläge gar nicht brauchte. Sie fühlte, ihr Mann schätzte ihr Schweigen und hielt es für ein Zeichen von Verstand. Er schlug sie nie; dergleichen war nur ein einziges Mal vorgekommen, und auch da war es nicht der Rede wert. Im ersten Jahr der Ehe Adelaida Iwanownas mit Fjodor Pawlowitsch hatten sich einmal Mädchen und Frauen des Dorfes, damals noch Leibeigene, auf dem Hof des Herrenhauses zusammengefunden, um zu singen und zu tanzen. Sie begannen das Tanzlied »Auf den Auen«, und plötzlich sprang Marfa Ignatjewna, damals noch eine junge Frau, aus der Reihe heraus vor den Chor und tanzte die »Russkaja« auf eine besondere Art, nicht wie die Dorfweiber sie zu tanzen pflegten, sondern wie sie sie als Gutsmädchen im Haustheater der reichen Miussows getanzt hatte, wo ein aus Moskau engagierter Tanzmeister die Mitwirkenden im Tanzen unterwies. Grigori sah, wie seine Frau tanzte, und eine Stunde später, bei sich zu Hause, »belehrte« er sie, in dem er sie ein wenig an den Haaren zog. Damit war die körperliche Bestrafung zu Ende und wiederholte sich in ihrem ganzen Leben nicht mehr; außerdem hatte Marfa Ignatjewna seither dem Tanzen abgeschworen.

Kinder hatte ihnen Gott nicht gegeben; nur ein einziges Kleines hatten sie gehabt, aber auch das war gestorben. Grigori liebte jedoch Kinder offenbar sehr; er schämte sich nicht, das zu zeigen. Als Adelaida Iwanowna weggelaufen war, nahm er den damals dreijährigen Dmitri Fjodorowitsch in seine Pflege und mühte sich fast ein Jahr lang mit ihm ab, kämmte ihn selbst und badete ihn sogar selbst im Waschtrog. Später wartete er auch Iwan Fjodorowitsch und Aljoscha, wofür er auch eine Ohrfeige bekam, aber das habe ich alles schon berichtet. Das eigene Kindchen machte ihm nur Freude, während Marfa Ignatjewna schwanger war. Doch als es geboren war, erfüllte es das Herz des Vaters mit Kummer und Schrecken. Der Grund: der

Sohn war mit sechs Fingern auf die Welt gekommen. Als Grigori das sah, war er dermaßen betroffen, daß er die ganze Zeit bis zum Tag der Taufe schwieg und sogar absichtlich in den Garten ging, weil er dort leichter schweigen konnte. Es war Frühling, und er grub während der ganzen drei Tage die Beete auf dem Gemüsefeld und im Garten um. Am dritten Tag mußte der Kleine getauft werden. Grigori hatte sich inzwischen etwas ausgedacht. Als er in die Stube kam, wo sich die kirchlichen Personen und die Gäste versammelt hatten und wo schließlich auch Fjodor Pawlowitsch in seiner Eigenschaft als Pate persönlich erschien, da erklärte er plötzlich, das Kind brauche überhaupt nicht getauft zu werden. Er erklärte das nicht mit erhobener Stimme und verbreitete sich nicht weiter, er preßte mühsam jedes einzelne Wort heraus, blickte aber dabei den Geistlichen mit stumpfsinniger Miene unverwandt an.

»Warum denn?« erkundigte sich der Geistliche mit heiterer Verwunderung.

»Weil das … ein Drache ist …«, murmelte Grigori.

»Wieso denn ein Drache? Was für ein Drache?«

Grigori schwieg eine Weile.

»Es ist eine Verwechslung der Natur vorgegangen …«, murmelte er, zwar undeutlich, aber mit sehr fester Stimme er wollte offenbar nicht näher auf die Sache eingehen.

Man lachte, und selbstverständlich wurde das arme Kindchen getauft. Grigori betete andächtig beim Taufbecken, ohne jedoch seine Meinung über den Neugeborenen zu ändern. Übrigens ließ er alles ruhig geschehen, nur sah er den kränklichen Knaben während der ganzen zwei Wochen, die er lebte, beinahe gar nicht an, wollte ihn nicht einmal bemerken und hielt sich größtenteils außerhalb des Zimmers auf. Als aber der Knabe nach zwei Wochen am Milchfieber gestorben war, legte er ihn selbst in einen kleinen Sarg und schaute ihn tief bekümmert an. Und als das kleine flache Grab zugeschüttet war, fiel er auf die Knie und verbeugte sich vor dem kleinen Hügel bis zur Erde. Seitdem sprach er viele Jahre lang nicht ein einziges Mal von seinem Kindchen, und auch Marfa Ignatjewna erwähnte es in Gegenwart ihres Mannes nie; und wenn es sich traf, daß sie mit jemand von ihrem »Kleinchen« sprach, so nur im Flüsterton, auch wenn Grigori Wassiljewitsch nicht dabei war. Wie Marfa Ignatewna wahrnahm, begann er sich schon am Begräbnistag vorzugsweise mit »göttlichen Dingen« zu beschäftigen; er las die Lebensbeschreibungen der Heiligen, meist schweigend und allein, wobei er jedesmal seine silberne Brille mit den großen, runden Gläsern aufsetzte. Nur selten las er laut, höchstens in den Großen Fasten. Er liebte das Buch Hiob; auch hatte er sich irgendwoher eine geschriebene Sammlung von Aussprüchen und Predigten »unseres von Gott erleuchteten Vaters Isaak Syrer« verschafft und las darin beharrlich viele Jahre lang, obwohl er so gut wie nichts davon verstand, aber vielleicht schätzte und liebte er dieses Buch gerade deshalb um so mehr. In der allerletzten Zeit hatte er angefangen, sich mit der Sekte der Geißler bekannt zu machen, wozu sich in der Nachbarschaft Gelegenheit bot. Er war davon augenscheinlich tief erschüttert, hielt es aber doch nicht für ratsam, zu einem neuen Glauben überzugehen. Seine Beschäftigung mit »göttlichen Dingen« verlieh seinem Gesicht natürlich den Ausdruck noch größerer Würde.

Vielleicht neigte er zum Mystizismus. Und da fielen die Geburt seines sechsfingrigen Knaben und dessen Tod ausgerechnet mit einem anderen seltsamen, unerwarteten und eigenartigen Ereignis zusammen, das in seiner Seele, wie er sich später einmal selbst ausdrückte, einen »Abdruck« hinterließ. Gerade an dem Tag, da das sechsfingrige Würmchen begraben war, erwachte nämlich Marfa Ignatjewna mitten in der Nacht und glaubte das Weinen eines neugeborenen Kindes zu hören. Sie erschrak und weckte ihren Mann. Dieser horchte und meinte, da stöhne wohl jemand, vermutlich ein Weib. Er stand auf und zog sich an; es war eine warme Mainacht. Als er vor die Haustür trat, hörte er deutlich, daß das Stöhnen aus dem Garten kam. Aber die Tür vom Hof zum Garten wurde nachts immer verschlossen, und in den Garten anders als durch diesen Eingang zu gelangen war nicht möglich, weil den ganzen Garten ein starker, hoher Plankenzaun umgab. Grigori kehrte in das Haus zurück, zündete die Laterne an, nahm den Gartenschlüssel und ging schweigend in den Garten, ohne sich um die Angst seiner Frau zu kümmern, die immer noch glaubte, sie höre das Weinen eines Kindes und da weine bestimmt ihr Knabe und rufe nach ihr. Dort hörte er deutlich, daß das Stöhnen aus ihrem Badehäuschen kam, welches im Garten nahe bei der kleinen Pforte stand, und daß es wirklich eine Frau war, die da stöhne. Er öffnete das Badehäuschen und erblickte ein Schauspiel, das ihn erstarren ließ. Eine stadtbekannte Irrsinnige, die sich auf den Straßen herumzutreiben pflegte und Lisaweta die Stinkende genannt wurde, hatte sich Eingang in das Badehäuschen verschafft und soeben ein Kind geboren. Das Kind lag neben ihr, sie lag im Sterben. Sie redete nichts, schon deswegen nicht, weil sie überhaupt nicht reden konnte. Aber das alles bedarf einer besonderen Erläuterung.

2. Lisaweta die Stinkende

Es gab da einen besonderen Umstand, der Grigori tief erschütterte und ihn endgültig in einem unangenehmen, ekelhaften Verdacht von früher bestärkte. Diese Lisaweta die Stinkende, zwanzig Jahre alt, war ein sehr kleines Mädchen »wenig mehr als zwei Arschin groß«, wie sie nach ihrem Tod viele gottesfürchtige alte Weiblein unserer Stadt beschrieben haben. Ihr gesundes, breites, rotbackiges Gesicht war völlig schwachsinnig, ihre Augen blickten starr und unangenehm, allerdings friedlich. Sie ging ihr ganzes Leben lang, im Sommer und im Winter, barfuß und nur in einem Leinenhemd. Ihr fast schwarzes, sehr dichtes Haar war kraus wie bei einem Schaf und bildete auf ihrem Kopf eine Art Mütze. Außerdem war dieses Haar immer voller Erde, Schmutz, Blättchen und Spänchen, weil sie ständig auf der Erde und im Schmutz schlief. Ihr Vater war ein heruntergekommener, siecher Kleinbürger namens Ilja, der stark trank, kein eigenes Haus hatte und schon seit vielen Jahren als Arbeiter bei einem wohlhabenden Kleinbürger unserer Stadt lebte. Lisawetas Mutter war schon lange tot. Der stets kränkliche, bösartige Ilja schlug Lisaweta jedesmal, wenn sie nach Hause kam, in unmenschlicher Weise. Aber sie kam nur selten, da sie sich als irres und nach der Meinung des Volkes gottgeweihtes Menschenkind in der ganzen Stadt ihre Nahrung suchte. Iljas Wirtsleute und Ilja selbst, ja sogar viele mitleidige Kaufleute und namentlich Kaufmannsfrauen hatten wiederholt versucht, Lisaweta mit anständiger Kleidung zu versehen, und hatten ihr im Winter einen Schafpelz und Stiefel angezogen, sie ließ das alles widerspruchslos mit sich geschehen, ging dann jedoch für gewöhnlich weg, zog irgendwo, meist in der Vorhalle der Hauptkirche, alles, was ihr geschenkt worden war, wieder aus: Tuch, Rock, Pelz, Stiefel, ließ alles liegen und verschwand – barfuß und im Hemd wie vorher. Einmal besuchte der neue Gouverneur unseres Gouvernements zufällig unser Städtchen und wurde durch Lisawetas Anblick in seinen edelsten Gefühlen beleidigt. Obgleich er erkannte, daß sie ein geistesschwaches Kind Gottes war, wie ihm auch mitgeteilt wurde, machte er doch tadelnd darauf aufmerksam, daß ein junges Mädchen, welches nur im Hemd herumlaufe, den Anstand verletze, und verlangte die Beseitigung dieses Ärgernisses. Aber der Gouverneur reiste ab, und man ließ Lisaweta, wie sie war. Endlich starb ihr Vater, und dadurch wurde sie allen gottesfürchtigen Leuten in der Stadt noch lieber, da sie ja nun eine Waise war. In der Tat schienen alle sie gern zu haben; selbst die Jungen hänselten und kränkten sie nicht; und im allgemeinen sind doch die Jungen, besonders die Schüler, bei uns eine ungezogene Bande. Sie ging in unbekannte Häuser, und niemand jagte sie hinaus; im Gegenteil, jeder war freundlich zu ihr und gab ihr ein paar Kopeken. Wenn man ihr Geld gab, trug sie es sofort davon und steckte es in eine Sammelbüchse an der Kirche oder am Gefängnis. Gab man ihr auf dem Markt einen Kringel oder ein Weißbrot, so gab sie es sofort dem ersten Kind, das ihr begegnete, oder sie hielt eine unserer reichsten Damen an und gab es der, und die Damen nahmen es sogar mit Freuden an. Sie selbst aber nährte sich nur von Schwarzbrot und Wasser. Sie trat manchmal in einen reichen Laden und setzte sich hin; da lag teure Ware, auch Geld, die Ladeninhaber jedoch hielten es nie für nötig, vor ihr auf der Hut zu sein: Sie wußten, wenn man auch Tausende vor ihren Augen hinlegte und vergäße, würde sie nicht eine Kopeke davon nehmen. In die Kirche ging sie nur selten; doch schlief sie entweder in der Vorhalle einer Kirche oder sie stieg über einen geflochtenen Zaun – bei uns gibt es selbst noch heutzutage viele geflochtene Zäune statt der Plankenzäune – und nächtigte in einem Gemüsegarten. Nach Hause, das heißt in das Haus der Leute, bei denen ihr verstorbener Vater gewohnt hatte, kam sie im Sommer, etwa einmal in der Woche, im Winter aber täglich, jedoch nur zur Nacht, und schlief dann entweder auf dem Flur oder im Kuhstall. Man wunderte sich über sie, daß sie ein solches Leben aushielt, aber sie war es nun einmal gewohnt, war zwar klein, doch besaß sie eine außerordentlich kräftige Konstitution. Manche Herrschaften behaupteten bei uns auch, sie tue das alles nur aus Stolz, aber dies Behauptung fand keinen rechten Glauben: sie konnte nicht einmal ein Wort sprechen und bewegte nur ab und zu die Zunge und brummte etwas – wie konnte da von Stolz die Rede sein!

Da begab es sich nun, daß einstmals (schon vor geraumer Zeit) in einer hellen warmen Septembernacht bei Vollmond, zu einer nach unseren Begriffen späten Stunde eine angetrunkene Rotte, bestehend aus fünf oder sechs unserer nachtschwärmenden flotten Herren, aus dem Klub »hinten herum« nach Hause zurückkehrte. Auf beiden Seiten der Gasse zogen sich Flechtzäune hin, hinter denen die Gemüsegärten der anstoßenden Häuser lagen, und die Gasse mündete auf einen Fußsteg über unsere übelriechende, lange Pfütze, die man bei uns herkömmlicherweise manchmal das »Flüßchen« nennt. An dem Flechtzaun, in Nesseln und Kletten, erblickte unsere Gesellschaft die schlafende Lisaweta. Die fidelen Herren blieben lachend neben ihr stehen und begannen höchst ungenierte Witze zu reißen. Eines der Herrchen kam auf den Einfall, eine ganz exzentrische Frage aufzuwerfen, nämlich: kann irgend jemand ein solches Stück Vieh als Weib betrachten, zum Beispiel jetzt gleich, und so weiter. Alle meinten mit stolzem Ekel, das sei unmöglich. Aber in diesem Häufchen befand sich zufällig auch Fjodor Pawlowitsch, der augenblicklich erklärte, man könne dieses Wesen als Weib betrachten, sogar sehr wohl, und es liege darin sogar etwas besonders Pikantes, und so weiter, und so weiter. In der Tat drängte er sich in jener Zeit schon auf affektierte Weise in die Rolle des Possenreißers; er tat sich gern hervor und amüsierte die Herren, anscheinend zwar völlig gleichberechtigt, in Wirklichkeit aber ganz und gar als Knecht. Das war gerade zu der Zeit, als er aus Petersburg die Nachricht vom Tod seiner ersten Frau, Adelaida Iwanowna, erhalten hatte und mit dem Trauerflor am Hut dermaßen trank und sumpfte, daß manche Leute in der Stadt, sogar manche der zügellosesten Gesellen, sich über diesen Anblick empörten. Die Bande lachte natürlich laut über die unerwartete Behauptung, und einer von ihnen begann sogar Fjodor Pawlowitsch zu animieren, die übrigen, obwohl noch immer in maßloser Heiterkeit, spuckten noch mehr angeekelt aus, und endlich gingen sie ihres Weges. Später hat Fjodor Pawlowitsch eidlich versichert, auch er sei damals mit allen zusammen fortgegangen. Vielleicht war das wirklich so – zuverlässig weiß es niemand und hat es niemand jemals gewußt –, aber fünf oder sechs Monate darauf begann die ganze Stadt mit starker, aufrichtiger Empörung davon zu reden, daß Lisaweta schwanger sei. Man fragte und suchte herauszubekommen, wer diese Sünde begangen habe, wer der Übeltäter sei. Und da verbreitete sich auf einmal in der Stadt das schreckliche Gerücht, der Übeltäter sei eben dieser Fjodor Pawlowitsch. Woher kam dieses Gerücht? Von jener Rotte nachtschwärmender Herren war zu jener Zeit zufällig nur ein einziger Teilnehmer in der Stadt geblieben, und das war ein bejahrter, geachteter Staatsrat, der eine Frau und erwachsene Töchter hatte und dergleichen bestimmt nicht in Umlauf gebracht hätte, selbst wenn es wahr gewesen wäre. Die übrigen Teilnehmer aber, etwa vier an der Zahl, hatten damals, der eine hierhin, der andere dorthin, die Stadt verlassen. Aber das Gerücht zielte direkt und beharrlich auf Fjodor Pawlowitsch. Allerdings kümmerte sich dieser nicht sonderlich darum: Irgendwelchen Kaufleuten oder Kleinbürgern gegenüber hätte er sich auch gar nicht verantwortet. Er war damals stolz und redete nur mit seiner Gesellschaft von Beamten und Adligen, die er so eifrig belustigte. Zu jener Zeit verteidigte

Grigori seinen Herrn energisch und aus voller Kraft und nahm ihn nicht nur gegen diese üblen Nachreden in Schutz, sondern ließ sich um seinetwillen sogar auf Streit und Schimpfereien ein und brachte wirklich viele von ihrer Überzeugung ab. Sie selbst, diese gemeine Person, sei schuld daran, sagte, er mit aller Bestimmtheit, und der Übeltäter sei niemand anders als »Karp mit der Schraube«, so wurde ein damals stadtbekannter gefürchteter Sträfling genannt, der zu jener Zeit aus dem Gouvernementsgefängnis entsprungen war und sich heimlich in unserer Stadt aufhielt. Diese Lösung des Rätsels schien glaublich. An Karp erinnerte man sich, man erinnerte sich vor allem, daß er sich gerade in jenen Herbstnächten in der Stadt herumgetrieben und drei Personen ausgeplündert hatte. Dieses Ereignis und alle diese Ausdeutungen beraubten die Schwachsinnige keineswegs der allgemeinen Sympathie; im Gegenteil – alle begannen sie noch mehr zu beschützen und zu behüten. Die wohlhabende Kaufmannswitwe Kondratjewa richtete es sogar ein, daß sie Lisaweta Ende April zu sich nahm, um sie vor der Entbindung nicht wieder fortzulassen. Man überwachte sie sorgsam, doch trotz aller Überwachung brachte es Lisaweta fertig, sich am letzten Abend heimlich von Frau Kondratjewa zu entfernen und in Fjodor Pawlowitschs Garten zu gelangen. Wie sie in ihrem Zustand über den hohen, festen Plankenzaun gestiegen war, blieb einigermaßen rätselhaft. Die einen behaupteten, Menschen hätten ihr herübergeholfen, andere, eine übernatürliche Macht habe die Hand im Spiel gehabt. Das Wahrscheinlichste ist, daß alles auf eine zwar sehr seltsame, aber doch natürliche Weise zugegangen war: daß Lisaweta, die über Flechtzäune in fremde Gärten zu steigen verstand, um dort zu nächtigen, irgendwie auch auf Fjodor Pawlowitschs Gartenzaun hinaufgeklettert und von dort, allerdings zu ihrem Schaden, trotz ihres Zustandes in den Garten hinabgesprungen war.

Grigori eilte zu Marfa Ignatjewna und schickte sie zu Lisaweta, damit sie ihr half. Er selbst lief zu einer alten Hebamme, die zum Glück in der Nähe wohnte. Das Kind wurde gerettet, aber Lisaweta starb bei Tagesanbruch. Grigori nahm das Kind, trug es ins Haus, legte seiner Frau das Kind auf die Knie, unmittelbar an die Brust, und sagte:

»Eine Waise ist Gottes Kind und mit allen verwandt, diese hier aber mit mir und dir ganz besonders. Dieses Kind hat uns unser kleiner Verstorbener geschickt. Es stammt ab von einem Sohn des Teufels und von einer Gerechten. Nähre es und weine nicht mehr!« So zog denn Marfa Ignatjewna den Knaben auf. Sie ließen ihn taufen und nannten ihn Pawel, mit Vatersnamen aber nannte man ihn allmählich ganz von selbst, ohne daß es jemand angeordnet hätte, Fjodorowitsch. Fjodor Pawlowitsch erhob keinen Einspruch und fand das alles sogar amüsant, obgleich er weiterhin energisch bestritt, mit der Sache etwas zu tun zu haben. Den Einwohnern unserer Stadt gefiel es, daß er den verwaisten Knaben aufgenommen hatte. Später erfand Fjodor Pawlowitsch für ihn auch einen Familiennamen; er nannte ihn Smerdjakow, nach dem Beinamen »Smerdjastschaja« – die Stinkende, den seine Mutter Lisaweta gehabt hatte. Dieser Smerdjakow also wurde dann Fjodor Pawlowitschs zweiter Diener und wohnte zu Beginn unserer Erzählung im Seitengebäude, zusammen mit dem alten Grigori und der alten Marfa. Er war als Koch eingesetzt. Gern würde ich noch dies und das speziell über ihn berichten, aber ich schäme mich, die Aufmerksamkeit meines Lesers so lange für gewöhnliche Dienstboten in Anspruch zu nehmen, und gehe daher wieder zu meiner Erzählung über, hoffend, daß der weitere Verlauf der Geschichte ganz von selbst Anlaß zu weiteren Mitteilungen über Smerdjakow geben wird.

3. Beichte eines heißen Herzens (in Versen)

Als Aljoscha den Befehl seines Vaters hörte, den dieser ihm bei der Abfahrt vom Kloster aus dem Wagen zuschrie, blieb er eine Weile in verständnislosem Staunen auf dem Fleck stehen. Nicht daß er lange wie ein Pfahl dagestanden hätte, das war nicht der Fall. Im Gegenteil: trotz aller Beunruhigungen brachte er es bald fertig, in die Küche des Abtes zu gehen und sich zu erkundigen, was sein Papa angerichtet habe. Dann machte er sich auf den Weg in die Stadt, in der Hoffnung, es könnte ihm unterwegs irgendwie gelingen, das quälende Rätsel zu lösen. Dies im voraus: Das Geschrei seines Vaters und der Befehl, »mit Kopfkissen und Matratze« nach Hause umzuziehen, schreckten ihn nicht im mindesten. Er wußte, dieser laute und ostentativ herausgebrüllte Befehl zum Umzug war »in der Hitze« erteilt worden, sozusagen um der Schönheit willen – ähnlich wie unlängst ein betrunkener Kleinbürger unseres Städtchens an seinem Namenstag, wütend darüber, daß man ihm keinen Branntwein mehr gab, in Gegenwart seiner Gäste plötzlich sein eigenes Geschirr zerschlug, seine und seiner Frau Kleider zerriß, seine Möbel zerbrach und zuletzt die Fensterscheiben im Haus einschlug – und alles nur um des schönen Scheins willen. Etwas ganz Ähnliches war jetzt auch bei Aljoschas Papa der Fall. Als der betrunkene Kleinbürger am anderen Tag wieder nüchtern geworden war, tat es ihm natürlich leid um seine zerschlagenen Tassen und Teller. Aljoscha wußte, der Alte würde ihn schon am nächsten Tag wieder ins Kloster lassen, vielleicht sogar schon an diesem. Und er war auch fest davon überzeugt, daß der Vater eher jeden anderen als ihn kränken wollte. Aljoscha war davon überzeugt, daß ihn niemand auf der ganzen Welt jemals würde kränken wollen, ja daß niemand, selbst wenn er die Absicht hätte, es fertigbrächte. Das war für ihn ein Axiom, das ein für allemal gegeben war und keinen Zweifel zuließ, und in diesem Gedanken ging er ohne Zaudern und Schwanken seinen Weg.

Aber in diesem Augenblick regte sich in ihm eine Furcht von ganz anderer Art, die ihn um so mehr quälte, als er sie selbst nicht zu definieren vermochte: nämlich die Furcht vor einer Frau, vor Katerina Iwanowna, die ihn in dem von Frau Chochlakowa ausgehändigten Billett so dringend gebeten hatte, in irgendeiner Angelegenheit zu ihr zu kommen. Diese Bitte und die Notwendigkeit, unbedingt hinzugehen, hatten Qual in seinem Herzen hervorgerufen, und diese Qual war den Tag über immer schmerzlicher geworden, trotz aller folgenden Szenen und Vorfälle in der Einsiedelei und beim Abt. Was ihn ängstigte, war nicht der Umstand, daß er nicht wußte, worüber sie mit ihm sprechen und was er ihr antworten würde. Er hatte auch keine Angst vor Frauen im allgemeinen. Zwar kannte er die Frauen nur wenig, doch er hatte sein ganzes Leben, von der frühesten Kindheit bis zum Eintritt ins Kloster, nur mit ihnen zusammen gelebt. Er fürchtete speziell dieses eine weibliche Wesen, diese Katerina Iwanowna. Er fürchtete sie schon, seit er sie zum erstenmal gesehen hatte. Gesehen hatte er sie im ganzen dreimal, und gesprochen hatte er mit ihr nur einmal: zufällig ein paar Worte. Ihr Bild war ihm als das eines schönen, stolzen, energischen Mädchens im Gedächtnis geblieben. Aber nicht ihre Schönheit war es, was ihn quälte, sondern etwas anderes. Gerade diese Unklarheit trug jetzt dazu bei, seine Angst zu steigern. Die Absichten dieses jungen Mädchens waren edel, das wußte er. Sie wollte lediglich aus Großmut seinen Bruder Dmitri retten, obwohl der ihr gegenüber eine Schuld trug. Aber obwohl er das einsah und obwohl er nicht umhinkonnte, allen diesen großmütigen Gedanken Gerechtigkeit widerfahren zu lassen, lief ihm doch ein Schauer über den Rücken, je näher er ihrem Haus kam.

Er sagte sich, daß er dort seinen Bruder Iwan Fjodorowitsch, der ihr so nahestand, nicht antreffen würde; er vermutete ihn jetzt beim Vater. Noch unwahrscheinlicher war es, daß er Dmitri antreffen würde, und er ahnte den Grund. Also würde das Gespräch unter vier Augen stattfinden. Gern wäre er vor diesem verhängnisvollen Gespräch noch bei seinem Bruder Dmitri vorbeigegangen, um ihn zu sehen. Auch ohne ihm den Brief zu zeigen, hätte er manches mit ihm besprechen können. Aber Dmitri wohnte weit weg und war jetzt wahrscheinlich nicht zu Hause. Nachdem er einen Augenblick verweilt hatte, faßte er einen endgültigen Entschluß. Er bekreuzigte sich in gewohnt schneller Art und mußte dabei über irgend etwas lächeln, dann schlug er mit festen Schritten den Weg zu der Dame ein.

Ihr Haus kannte er. Aber der Weg zur Großen Straße und dann über den Platz und so weiter wäre ziemlich weit gewesen. Unser kleines Städtchen ist außerordentlich verbaut, und die Entfernungen sind zum Teil recht groß. Außerdem erwartete ihn sein Vater; vielleicht hatte er seinen Befehl noch nicht vergessen und verrannte sich möglicherweise in seine Schrullen. Daher mußte sich Aljoscha beeilen, um noch rechtzeitig zu der einen und der anderen Stelle zu kommen. Also beschloß er den Weg abzukürzen und »hinten herum« zu gehen; er kannte aber alle diese Wege und Stege im Städtchen wie seine fünf Finger. »Hinten herum« bedeutete: fast ohne Weg, an einsamen Plankenzäunen entlang, manchmal sogar über fremde Flechtzäune und durch fremde Höfe, wo ihn übrigens jeder kannte und mit ihm freundliche Grüße wechselte. Auf diesem Weg konnte er in der Hälfte der Zeit zur Großen Straße gelangen. An einer Stelle mußte er dabei sogar ganz nahe am Haus seines Vaters vorbeigehen, nämlich an einem Garten entlang, der an den seines Vaters grenzte und zu einem alten, kleinen, schiefen Häuschen mit nur vier Fenstern gehörte. Die Besitzerin dieses Häuschens war, wie Aljoscha wußte, eine städtische Kleinbürgerin, eine beingelähmte alte Frau, die dort mit ihrer Tochter lebte; letztere war früher als Stubenmädchen in der Residenz in Stellung gewesen, und zwar noch unlängst bei Generalsfamilien, hielt sich aber jetzt schon ungefähr ein Jahr wegen der Krankheit der alten Frau zu Hause auf und stolzierte in modischen Kleidern umher. Diese alte Frau und ihre Tochter waren in schreckliche Armut geraten und gingen als Nachbarinnen täglich in die Küche zu Fjodor Pawlowitsch, um sich Suppe und Brot zu holen. Marfa Ignatjewna gab ihnen gern. Aber die Tochter verkaufte, obwohl sie Suppe holte, dennoch keines ihrer Kleider, und eines von ihnen hatte sogar eine sehr lange Schleppe. Dieses letztere hatte Aljoscha ganz zufällig von seinem Freund Rakitin erfahren, dem schlechterdings alles in unserem Städtchen bekannt war, er hatte es jedoch sogleich wieder vergessen. Aber als er jetzt den Garten der Nachbarin erreicht hatte, fiel ihm auf einmal diese Schleppe ein, er hob seinen nachdenklich gesenkten Kopf – und hatte plötzlich eine unerwartete Begegnung.

Hinter dem Flechtzaun stand, irgendwie erhöht, so daß er bis zur Brust herüberragte, sein Bruder Dmitri. Er machte ihm mit aller Kraft Zeichen mit den Händen, rief und winkte, wollte aber offenbar nicht schreien oder auch nur ein lautes Wort sagen, um nicht gehört zu werden. Aljoscha lief sogleich zu dem Flechtzaun.

»Nur gut, daß du dich von selbst umgesehen hast, sonst hätte ich dich beinahe laut gerufen«, flüsterte Dmitri Fjodorowitsch erfreut und eilig. »Steig hier herüber! Schnell! Schön, daß du gekommen bist! Ich hatte eben noch an dich gedacht ...«

Aljoscha, freute sich ebenfalls und war nur in Verlegenheit, wie er über den Flechtzaun hinübersteigen sollte. Aber Mitja packte ihn mit seiner Reckenhand am Ellbogen und half ihm beim Sprung. Aljoscha raffte seine Kutte und sprang mit der Gewandtheit eines barfüßigen Gassenjungen hinüber.

»Na, dann komm; dann wollen wir gehen!« flüsterte Mitja hocherfreut.

»Wohin denn?« flüsterte Aljoscha. Er blickte sich nach allen Seiten um, sah aber nur einen völlig leeren Garten, in dem außer ihnen beiden niemand war. Der Garten war klein, doch das Häuschen der Besitzerin stand immerhin nicht weniger als fünfzig Schritt entfernt. »Es ist ja niemand hier, warum flüsterst du denn?«

»Warum ich flüstere? Ach, hol's der Teufel!« schrie Dmitri Fjodorowitsch plötzlich aus voller Kehle. »Ja, warum flüstere ich denn? Na, da siehst du selbst, was für Dummheiten man manchmal macht. Ich bin hier auf Geheimposten und lauere auf etwas. Ich werde dir das bald erklären. Aber weil ich mir bewußt bin, daß es ein Geheimnis ist, fing ich auf einmal an, geheimnisvoll zu sprechen und zu flüstern wie ein Narr, wo es gar nicht nötig ist. Komm! Dorthin! Bis dahin schweig! Ich möchte dich küssen!

Ruhm dem Höchsten, der die Welten
all erfüllt und meine Brust!

Das habe ich eben, während ich hier saß, ein paarmal wiederholt ...«

Der Garten mochte etwa eine Deßjatine groß sein oder etwas darüber, war aber nur ringsherum, an den vier Zäunen, mit Bäumen bepflanzt: mit Apfelbäumen, Ahorn, Linden und Birken. Die Mitte des Gartens war leer und bildete eine Wiese, auf der im Sommer einige Pud Heu gemäht wurden. Der Garten wurde von der Eigentümerin vom Frühling an für einige Rubel verpachtet. Auch Beete mit Himbeerstauden, Stachelbeer- und Johannisbeersträuchern waren da, ebenfalls sämtlich an den Zäunen; kleine Beete mit Gemüse, erst kürzlich angelegt, befanden sich dicht am Haus. Dmitri Fjodorowitsch führte seinen Gast in eine vom Haus besonders weit entfernte Ecke des Gartens. Dort wurde plötzlich mitten unter dichtstehenden Linden und alten Johannisbeer-, Holunder-, Schneeball- und Fliedersträuchern etwas wie die Ruine einer uralten grünen Laube sichtbar, schon schwärzlich und schief geworden, mit Gitterwänden und einem Dach, so daß man darin Schutz vor Regen finden konnte. Errichtet war die Laube Gott weiß wann, der Überlieferung nach vor etwa fünfzig Jahren, von dem damaligen Besitzer des Häuschens, einem Oberstleutnant a. D. Alexander Karlowitsch von Schmidt. Alles war schon verfault, der Fußboden vermodert, die Dielen schwankten, das Holz roch nach Nässe. In der Laube war ein hölzerner grüner Tisch, und um ihn herum liefen ebenfalls grüngestrichene Bänke, auf denen man noch sitzen konnte. Aljoscha hatte sofort die begeisterte Stimmung seines Bruders, bemerkt. Als er in die Laube trat, erblickte er auf dem Tischchen eine halbe Flasche Kognak und ein kleines Gläschen.

»Das ist Kognak!« sagte Mitja lachend. »Und du machst ein Gesicht, als ob du sagen wolltest: Säuft er schon wieder? Glaub nicht dem Schein, der trügt!

Glaub nicht der lügenhaften Menge,
vergiß den Zweifel, der dich quält …

Ich saufe nicht, ich ›nippe‹ nur, wie sich dieser Schweinehund ausdrückt, dein Freund Rakitin, der noch als Staatsrat sagen wird: ›Ich nippe‹ … Setz dich! Ich möchte dich nehmen, Aljoscha, und dich an meine Brust drücken, aber so, daß ich dich erdrücke! Denn auf der ganzen Welt, wahrhaftig, wahr-haftig … liebe ich nur dich!«

Er hatte die letzten Worten beinahe verzückt gesprochen.

»Nur dich! Und dann noch eine ›Verworfene‹, in die ich mich verliebt habe! Und dadurch bin ich denn auch ins Verderben gestürzt. Aber sich verlieben, das bedeutet nicht dasselbe wie lieben. Sich verlieben kann man, auch wenn man haßt. Vergiß das nicht! Jetzt sage ich das noch heiter! Setz dich, hier an den Tisch, und ich werde mich neben dich setzen und werde dich ansehen und werde reden. Du wirst immerzu schweigen, ich aber werde immerzu reden, weil die richtige Zeit dafür gekommen ist. Übrigens, weißt du, ich habe mir überlegt, daß ich tatsächlich leise sprechen muß, weil hier … hier … ganz unerwartet offene Ohren sein können. Ich werde dir alles erklären. Wie sagt man: Fortsetzung folgt. Warum habe ich mich auf dich gestürzt, mich nach dir gesehnt, alle fünf Tage und noch soeben? Es sind nämlich schon fünf Tage, daß ich hier vor Anker liege. Warum also? Weil ich dir allein alles sagen will, weil das notwendig ist, weil ich dich brauche, weil morgen mein Leben zu Ende geht und neu beginnt. Kennst du das aus eigener Erfahrung? Hast du einmal geträumt, wie man von einem Berg in eine Grube stürzt? So gleite auch ich jetzt hinab, bloß nicht im Traum. Und ich fürchte mich nicht, und fürchte du dich auch nicht! Das heißt, ich fürchte mich, aber es ist ein süßes Gefühl. Das heißt, es ist kein süßes Gefühl, sondern ich bin begeistert … Na, zum Teufel, es ist ja ganz egal, was das für ein Gefühl ist. Ganz egal, ob mein Geist stark oder schwach oder weibisch ist! Laß uns die Natur preisen! Sieh, nur, wieviel Sonne wir noch haben und wie rein der Himmel ist und wie grün noch alle Blätter, es ist noch ganz Sommer, und jetzt um vier Uhr nachmittags diese Stille! Wohin wolltest du gehen?«

»Zum Vater. Und vorher wollte ich noch bei Katerina Iwanowna vorbeigehen.«

»Sie und der Vater! Na so was! Ist das ein Zusammentreffen! Warum habe ich dich gerufen? Warum habe ich mich nach dir gesehnt, nach dir gehungert und gedürstet mit allen Kammern meines Herzens und sogar mit allen meinen Rippen? Um dich mit einem Auftrag zum Vater zu schicken und dann zu ihr, zu Katerina Iwanowna! Damit ich auf diese Weise mit ihr wie auch mit dem Vater zu Ende komme. Einen Engel wollte ich schicken. Ich könnte ja jeden beliebigen schicken, aber ich wollte einen Engel schicken. Und da bist du nun von selber auf dem Weg zu ihr und zum Vater!«

»Wolltest du mich wirklich hinschicken?« entfuhr es Aljoscha, und auf seinem Gesicht drückte sich Schmerz aus.

»Warte mal, du hast es gewußt. Ich sehe, daß du alles mit einem Schlag begriffen hast. Aber schweig, schweig vorläufig! Bedauere mich nicht und weine nicht!«

Dmitri Fjodorowitsch stand auf, dachte nach und hielt den Finger an die Stirn. »Sie selbst hat dich rufen lassen. Sie hat dir einen Brief oder sonst etwas geschrieben. Deshalb wolltest du zu ihr gehen. Denn sonst wärst du noch nicht gegangen?«

»Da ist das Billett«, sagte Aljoscha und zog es aus der Tasche. Mitja überflog es.

»Und du bist hinten herum gegangen! O ihr Götter! Ich danke euch, daß ihr seine Schritte hinten herum gelenkt habt und er gerade auf mich gestoßen ist – wie im Märchen das goldene Fischchen auf den alten dummen Fischer. Hör zu, Aljoscha! Hör zu, Bruder! Jetzt werde ich dir alles sagen. Denn irgend jemandem muß ich es doch sagen, ich muß. Meinem Schutzengel im Himmel habe ich es schon gesagt, aber ich muß es auch einem Engel auf Erden sagen. Du bist ein Engel auf Erden. Du wirst mich anhören, du wirst dein Urteil fällen, und du wirst mir verzeihen. Und das ist mir eben ein Bedürfnis. Jemand, der über mir steht, soll mir verzeihen. Höre. Wenn zwei Menschen sich plötzlich von allem Irdischen losreißen und in ungewöhnliche Regionen fliegen, oder wenigstens der eine von ihnen, und wenn dann dieser eine vorher zu dem anderen kommt und sagt: Tu für mich das und das, etwas, worum man niemand bittet, worum man nur auf dem Sterbebett bitten darf – wird dieser andere seine Bitte unbedingt erfüllen? Wenn er sein Freund, sein Bruder ist?«

»Ich würde sie erfüllen. Aber sag, worum es sich handelt, und sag es schnell!« erwiderte Aljoscha.

»Schnell. Hm. Nicht so eilig, Aljoscha. Du hast es eilig und beunruhigst dich. Jetzt ist kein Grund zur Eile. Jetzt ist die Welt auf eine neue Straße gekommen. Schade, Aljoscha, daß du mit deinem Denken nicht bis zur Begeisterung angelangt bist! Doch, was rede ich da? Du, du wärst nicht dahin gelangt? Was rede ich da, ich Tölpel!

Edel sei der Mensch!

Von wem ist dieser Vers?«

Aljoscha beschloß abzuwarten. Er begriff, es war seine einzige Aufgabe, jetzt tatsächlich hier zu sein. Mitja dachte einen Augenblick nach, dabei stützte er sich mit dem Ellbogen auf den Tisch und legte den Kopf in die hohle Hand. Beide schwiegen.

»Ljoscha«, sagte Mitja, »du bist der einzige, der mich nicht auslachen wird! Ich möchte meine Beichte mit Schillers Hymne ›An die Freude‹ beginnen. Aber ich kann nicht Deutsch, deutsch kenne ich nur die Überschrift ›An die Freude‹. Glaube nicht, daß ich betrunken bin und deshalb allerlei zusammenschwatze. Ich bin ganz und gar nicht betrunken. Kognak ist Kognak, aber ich brauche zwei Flaschen, um betrunken zu werden. Und ich habe noch keine Viertelflasche getrunken und bin nicht betrunken. Sondern ich habe einen Entschluß für mein ganzes Leben gefaßt! Sei unbesorgt, ich gerate nicht ins Salbadern, ich werde sachlich reden und sofort zur Sache kommen. Ich werde dir schon nicht auf die Nerven gehen! Warte mal, wie war das doch ...«

Er hob den Kopf, überlegte und begann auf einmal begeistert zu rezitieren:

»Scheu in des Gebirges Klüften
barg der Troglodyte sich;
der Nomade ließ die Triften
wüste liegen, wo er strich.
Mit dem Wurfspieß, mit dem Bogen
schritt der Jäger durch das Land;
weh dem Fremdling, den die Wogen
warfen an den Unglücksstrand!
Und auf ihrem Pfad begrüßte,
irrend nach des Kindes Spur,
Ceres die verlaßne Küste.
Ach, da grünte keine Flur!
Daß sie hier vertraulich weile,
ist kein Obdach ihr gewährt;

keines Tempels heitre Säule zeuge,
daß man Götter ehrt.

Keine Frucht der süßen Ähren
lädt zum reinen Mahl sie ein;
nur auf gräßlichen Altären
dorret menschliches Gebein.
Ja, so weit sie wandernd kreiste,
fand sie Elend überall,
und in ihrem großen Geiste
jammert sie des Menschen Fall.«

Mitja schluchzte plötzlich auf und ergriff Aljoschas Hand.

»Lieber Bruder, lieber Bruder, auch jetzt ist Elend überall, Elend überall! Furchtbar viel hat der Mensch auf Erden zu erdulden, furchtbar viel Unglück muß er durchmachen! Glaub nicht, daß ich nur eine Knechtsseele im Offiziersrang bin und weiter nichts tue als Kognak trinken und sumpfen. Nein, Bruder, ich denke fast nur an diesen erniedrigten Menschen, wenn ich damit nicht lüge. Gott gebe, daß ich jetzt nicht lüge und mich nicht selber lobe. Ich denke an diesen Menschen deswegen, weil ich selbst ein solcher Mensch bin.

Daß der Mensch zum Menschen werde,
stift' er einen ew'gen Bund
gläubig mit der frommen Erde,
seinem mütterlichen Grund.

Nun, siehst du, das ist die Schwierigkeit: wie soll ich mit der Erde einen ewigen Bund stiften? Ich küsse die Erde doch nicht, ich kann mir ihretwegen nicht die Brust aufreißen, soll ich etwa Bauer werden oder Hirt? Ich gehe so dahin und weiß nicht, bin ich in Kot und Schande geraten oder in Licht und Freude? Da steckt eben das Unglück: alles auf der Welt ist ein Rätsel! Und wenn ich im allerallertiefsten Sumpf der Ausschweifung versank – das ist bei mir oft genug vorgekommen –, dann habe ich immer dieses Gedicht von der Ceres und dem Menschen gelesen. Hat es mich gebessert? Nein, niemals! Weil ich ein Karamasow bin. Weil ich, wenn ich schon in den Abgrund stürze, das geradezu tue, mit dem Kopf nach unten und den Fersen nach oben. Weil ich sogar damit zufrieden bin, daß ich in einer so unwürdigen Haltung falle und das als eine Schönheit an mir betrachte. Und mitten in dieser Schmach sage ich auf einmal die Hymne an die Freude auf. Mag ich auch verflucht sein, mag ich auch ein niedriger, gemeiner Mensch sein – auch ich möchte den Saum des Gewandes küssen, das meinen Gott umhüllt! Und mag ich auch zur gleichen Zeit dem Teufel folgen, so bin ich doch auch dein Sohn, Herr, und liebe dich und fühle die Freude, ohne die die Welt nicht stehen und existieren kann.

Freude heißt die starke Feder
in der ewigen Natur.
Freude, Freude, treibt die Räder
in der großen Weltenuhr.
Blumen lockt sie aus den Keimen,
Sonnen aus dem Firmament,
Sphären rollt sie aus den Räumen,
die des Sehers Rohr nicht kennt.

Freude trinken alle Wesen
an den Brüsten der Natur;
alle Guten, alle Bösen
folgen ihrer Rosenspur.
Küsse gab sie uns und Reben,
einen Freund, geprüft im Tod;
Wollust ward dem Wurm gegeben,
und der Cherub steht vor Gott.

Aber genug der Verse! Mir sind die Tränen gekommen, aber laß mich weinen! Mag das eine Dummheit sein, über die alle lachen – du wirst nicht lachen. Dir brennen ja auch die Augen. Genug der Verse! Ich will dir jetzt von den ›Würmern‹ erzählen, von denen, die Gott mit Wollust begabt hat.

Wollust ward dem Wurm gegeben!

Ich, Bruder, bin eben dieser Wurm! Das ist speziell auf mich gemünzt! Und wir Karamasows sind allesamt solche Würmer! Und auch in dir Engel lebt dieser Wurm und ruft Stürme in deinem Blut hervor. Ja, Stürme, denn die Wollust ist ein Sturm, schlimmer als ein Sturm! Die Schönheit, das ist ein furchtbares, schreckliches Ding! Furchtbar, weil sie undefinierbar ist, und definieren kann man sie nicht, weil Gott uns nur Rätsel aufgegeben hat. Da kommen die Ufer zusammen, da leben alle Widersprüche beieinander. Ich bin ein sehr ungebildeter Mensch, Bruder, aber ich habe viel darüber nachgedacht. Furchtbar viele Geheimnisse gibt es! Zu viele Rätsel bedrükken den Menschen auf Erden. Sie zu erraten ist ebenso leicht, wie trocken aus dem Wasser zu steigen. Die Schönheit! Ich kann es nicht ertragen, daß mancher Mensch, sogar mancher, der viel Herz und viel Verstand besitzt, zuerst in der Madonna und zuletzt in Sodom sein Ideal sieht. Noch furchtbarer ist es, wenn jemand schon Sodom als Ideal im Herzen trägt und doch die Madonna als Ideal nicht aufgibt, wenn sein Herz für dieses Ideal lodert, wirklich und wahrhaftig lodert wie in jungen, lasterlosen Jahren. Nein, der Mensch ist ein gar zu weites Feld – ich hätte ihn etwas verengt! Und nun noch etwas. Weiß der Teufel, wie das zugeht: was der Verstand als Schmach ansieht, erscheint dem Herzen oft als Schönheit. Steckt in Sodom etwa irgendwelche Schönheit? Glaub mir, die überwiegende Mehrzahl der Menschen sieht in Sodom das Schöne – hast du dieses Geheimnis gekannt oder nicht? Schrecklich, daß die Schönheit nicht nur furchtbar, sondern auch geheimnisvoll ist. Da kämpft der Teufel mit Gott, und das Schlachtfeld ist das Herz der Menschen. Übrigens, was einem weh tut, davon redet man. Hör zu, ich komme jetzt zur Sache.«

4. Beichte eines heißen Herzens (in Prosa)

»Ich habe ein ausschweifendes Leben geführt. Vorhin hat der Vater gesagt, ich hätte mehrere tausend Rubel für die Verführung von Mädchen ausgegeben. Das ist eine gemeine Lüge, das ist nie geschehen. Doch was geschehen ist, dafür war eigentlich kein Geld erforderlich. Bei mir ist das Geld nur etwas Nebensächliches, etwas Dekoratives. Heute ist eine vornehme Dame mein Liebchen, morgen an ihrer Stelle eine Straßendirne. Ich amüsiere die eine wie die andere, werfe das Geld mit vollen Händen weg, da muß Musik her, Lärm, Zigeunerinnen. Notfalls gebe ich auch meinen Liebsten etwas, denn sie nehmen es, nehmen es begierig, das muß man zugeben, dann sind sie zufrieden und dankbar. Vornehme Damen haben mich geliebt, nicht alle, aber vorgekommen ist es, vorgekommen ist es. Doch besonders habe ich immer die Gäßchen gemocht, die stillen, dunklen Sackgäßchen, abseits von den großen Plätzen. Da gibt es Abenteuer, da gibt es unerwartete Erlebnisse, da liegt Gold im Schmutz. Ich rede nur bildlich, Bruder. In unserem Städtchen gab es solche Gassen eigentlich nicht, nur im übertragenen Sinn gab es welche. Wenn du so ein Mensch wärst wie ich, würdest du verstehen, was ich damit meine. Ich liebte die Ausschweifungen, ich liebte auch den Skandal der Ausschweifungen. Ich liebte die Grausamkeit, ich bin ja eine Wanze, ein boshaftes Insekt, eben ein Karamasow! Einmal wurde von der ganzen Stadt ein Picknick veranstaltet, wir fuhren in sieben Troikas. Es war Winter und dunkel, und ich begann im Schlitten eine nahe Mädchenhand zu drücken. Dann nötigte ich dieses Mädchen, die Tochter eines Beamten, ein armes, liebes, sanftes stilles Geschöpf, sich küssen zu lassen. Sie gestattete es; sie gestattete mir viel in der Dunkelheit. Das arme Kind dachte, ich würde am nächsten Tag kommen und ihr einen Antrag machen, man betrachtete mich nämlich als schätzbaren Heiratskandidaten. Ich aber sprach danach kein Wort mit ihr, fünf Monate lang keine Silbe. Wenn getanzt wurde, und bei uns wurde fortwährend getanzt, sah ich, wie mir aus einer Ecke des Saales ihre Augen folgten. Ich sah, wie in ihnen ein Fünkchen glühte, ein Fünkchen sanften Unwillens. Dieses Spiel amüsierte die Wollust des Wurmes in mir. Fünf Monate darauf heiratete sie einen Beamten und zog fort – zürnend und vielleicht immer noch liebend. Jetzt leben sie glücklich. Beachte, daß ich niemand etwas davon gesagt, es nicht ausposaunt habe! Also – wenn ich auch gemeine Gelüste habe und die Gemeinheit liebe, bin ich doch kein ehrloser Mensch. Du errötest, und deine Augen glänzen. Ich will dich nicht weiter mit diesem Schmutz behelligen. Und doch sind das alles nur so kleine Blüten im Stil von Paul de Kock, während der grausame Wurm in meiner Seele wuchs und immer größer wurde. Ich habe da ein ganzes Album voll solcher Erinnerungen. Möge Gott diesen lieben weiblichen Wesen Gesundheit schenken! Wenn ich mit einer Schluß machte, dann am liebsten ohne Streit und Zank. Und nie habe ich eine verraten, nie eine in üblen Ruf gebracht. Aber genug davon! Hast du wirklich geglaubt, daß ich dich wegen solcher Lappalien gerufen habe? Nein, ich werde dir eine interessantere Geschichte erzählen! Wundere dich aber nicht, daß ich mich nicht vor dir schäme, sondern darüber sogar froh erscheine.«

»Das sagst du, weil ich rot geworden bin«, bemerkte Aljoscha plötzlich. »Aber ich bin nicht wegen deiner Reden und deiner Taten rot geworden, sondern weil ich genau so ein Mensch bin wie du.«

»Du? Na, das dürfte übertrieben sein.«

»Nein, durchaus nicht«, erwiderte Aljoscha eifrig; offenbar hatte er diesen Gedanken schon lange mit sich herumgetragen. »Das ist alles ein und dieselbe Treppe. Ich stehe auf der untersten Stufe und du oben, so etwa auf der dreißigsten. So sehe ich die Sache. Wer die unterste Stufe betreten hat, wird mit Sicherheit auch die oberste erreichen.«

»Also sollte man die Treppe gar nicht erst betreten?«

»Wer es schafft, sollte sie gar nicht erst betreten.«

»Und du – schaffst du es?«

»Ich glaube, nein.«

»Schweig, Aljoscha. Schweig, mein Lieber, ich möchte dir die Hand küssen vor Rührung. Diese schlaue Gruschenka ist doch eine Menschenkennerin! Sie hat zu mir gesagt, einmal würde sie auch dich in ihren Bann ziehen. Aber ich bin schon still! Lassen wir die Schandtaten, dieses mit Fliegenschmutz besudelte Blatt Papier. Gehen wir zu meiner Tragödie über, die ebenfalls so ein mit Fliegenschmutz, das heißt mit allen möglichen Gemeinheiten, besudeltes Blatt Papier ist. Die Sache ist nämlich die: Mag das von der Verführung unschuldiger Mädchen auch von dem Alten erlogen sein, im Grunde ist es in meiner Tragödie so und nicht anders gewesen, wenn auch nur einmal, und dann auch bloß halb. Der Alte, der mir Ungeschehenes zum Vorwurf macht, hat davon keine Kenntnis. Ich habe niemand davon erzählt, du bist der erste, dem ich jetzt davon erzähle. Natürlich außer Iwan. Iwan weiß alles, schon längst. Aber Iwan schweigt wie das Grab.«

»Iwan schweigt wie das Grab?«

»Ja.«

Aljoscha hörte mit höchster Aufmerksamkeit zu.

»Wenn ich auch in diesem Linienbataillon den Rang eines Fähnrichs hatte, stand ich doch gewissermaßen unter Aufsicht, ähnlich wie ein Verbannter. Das Städtchen aber hatte mich außerordentlich gut aufgenommen. Mit dem Geld warf ich nur so um mich; man hielt mich für reich und ich mich selber auch. Ich muß den Leuten noch durch etwas anderes gefallen haben. Sie schüttelten zwar die Köpfe über mich, doch sie hatten mich wirklich gern. Mein Oberstleutnant, ein älterer Mann, mochte mich plötzlich nicht mehr. Er suchte mir etwas am Zeug zu flicken, aber ich verstand meinen Dienst; außerdem stand die ganze Stadt auf meiner Seite, so konnte er mir nicht allzuviel anhaben. Schuld war ich selbst, ich verweigerte ihm absichtlich den gebührenden Respekt. Ich war stolz. Dieser alte Starrkopf, übrigens ein braver Mensch und großzügiger Gastgeber, hatte zwei Frauen gehabt; beide waren gestorben. Die erste, aus einfachem Stand, hatte ihm eine Tochter hinterlassen, die ebenfalls sehr einfach wirkte. Sie war damals etwa vierundzwanzig und lebte bei ihrem Vater, zusammen mit einer Tante, der Schwester ihrer verstorbenen Mutter. Die Tante strahlte eine stille Einfachheit aus. Die Nichte hingegen, die älteste Tochter des Oberstleutnants, eher eine frische, energische Einfachheit. Wenn ich mich in meinen Erinnerungen ergehe, wage ich gern über jemand ein gutes Wort: Niemals, mein Täubchen, habe ich einen prächtigeren Frauencharakter kennengelernt als dieses Mädchen, Agafja hieß sie, Agafja Iwanowna. Sie war auch ziemlich hübsch, richtig nach russischem Geschmack, groß, kräftig, nicht so dünn, mit schönen Augen, das Gesicht allerdings etwas grob. Sie hatte nicht geheiratet, obwohl ihr zwei Anträge gemacht worden waren. Sie hatte sie abgelehnt, ohne jedoch ihre Heiterkeit zu verlieren. Ich war mit ihr näher zusammengekommen – nicht auf diese Art, nein, es war alles sauber, wir verkehrten freundschaftlich miteinander. Ich habe mit Frauen oft nur so verkehrt, ganz freundschaftlich, ohne Sünde. Ich konnte mit ihr erstaunlich offenherzig plaudern, und sie lachte nur immer. Viele Frauen lieben die Offenherzigkeit, merk dir das. Sie war noch dazu ein junges Mädchen, und das machte mir besonderen Spaß. Und noch eins: Ich konnte sie unmöglich als ›Gnädiges Fräulein‹ anreden. Sie wohnte mit ihrer Tante bei dem Vater, und beide Frauen stellten sich in einer Art freiwilliger Selbsterniedrigung niemals mit der übrigen Gesellschaft auf eine Stufe. Alle hatten Agafja Iwanowna gern und brauchten sie, denn sie war als Schneiderin geradezu ein Talent, Geld verlangte sie für ihre Dienste nicht, sie tat es aus Freundlichkeit. Wenn man ihr etwas gab, lehnte sie es nicht ab. Der Oberstleutnant, zugegeben, der Oberstleutnant war eine der ersten Personen in unserer Stadt. Er lebte auf großem Fuß, empfing die ganze Stadt, gab Soupers und Tanzgesellschaften. Als ich in das Bataillon eintrat, redete das ganze Städtchen davon, die zweite Tochter des Oberstleutnants, ein sehr schönes Mädchen, hätte den Kursus in einem aristokratischen Erziehungsinstitut in der Hauptstadt beendet und käme nun bald zurück. Diese zweite Tochter, die schon aus der zweiten Ehe des Oberstleutnants stammt, das ist Katerina Iwanowna. Die zweite, schon verstorbene Frau des Oberstleutnants kam aus einer vornehmen Generalsfamilie, obgleich sie, wie ich glaubwürdig erfuhr, ihrem Mann ebenfalls kein Geld mitbrachte. Sie hatte eben nur ihre Verwandtschaft, weiter nichts, höchstens noch irgendwelche Aussichten auf Erbschaften, aber nichts Bares. Trotzdem geriet unser ganzes Städtchen in Bewegung, als das Fräulein ankam – nur zu Besuch, nicht für immer. Unsere vornehmsten Damen, zwei Exzellenzen, die Frau eines Obersten und nach ihrem Beispiel auch alle anderen interessierten sich sogleich für sie, rissen sich förmlich um sie und suchten ihr Vergnügungen zu verschaffen. Sie war die Königin der Bälle. Picknicks wurden arrangiert und lebende Bilder zugunsten irgendwelcher Gouvernanten. Ich schwieg, setzte mein liederliches Leben fort und leistete mir zu eben diesem Zeitpunkt einen Streich, über den die ganze Stadt aus dem Häuschen geriet. Ich sah, wie sie mich einmal mit ihrem Blick maß, das war beim Batteriechef. Ich ließ mich ihr damals nicht vorstellen: ›Ich mache mir nichts aus deiner Bekanntschaft!‹ sollte das heißen. Erst einige Zeit später ließ ich mich vorstellen, ebenfalls auf einer Abendgesellschaft. Ich wollte ein Gespräch mit ihr anknüpfen, sie sah mich kaum an und preßte verächtlich die Lippen zusammen. ›Warte nur‹ dachte ich, ›ich werde mich rächen!‹ Ich war damals in solchen Fällen meist furchtbar flegelhaft und fühlte das selbst. Die Hauptsache war, ich fühlte, Katenka war kein harmloses Institutsdämchen, sondern eine charakterfeste Persönlichkeit, stolz und tatsächlich tugendhaft und vor allem klug und gebildet – und ich war weder das eine noch das andere. Du glaubst, ich wollte ihr einen Heiratsantrag machen? Keineswegs. Ich wollte mich einfach dafür rächen, daß ich so ein toller Kerl war und sie das nicht fühlte. Einstweilen aber fuhr ich in meinem Treiben fort. Schließlich steckte mich der Oberstleutnant drei Tage in Arrest. Ausgerechnet da schickte mir der Vater sechstausend Rubel, nachdem ich formell auf alles verzichtet hatte, das heißt, ich hatte erklärt, wir seien quitt, ich würde nichts mehr fordern. Ich verstand damals von der ganzen Geschichte nichts, Bruder! Bis zu meiner Ankunft in dieser Stadt, ja vielleicht bis heute habe ich von allen meinen Geldstreitigkeiten mit dem Vater nichts begriffen. Aber hol's der Teufel, davon nachher. Nachdem ich diese sechstausend Rubel erhalten hatte, erfuhr ich plötzlich durch den Brief eines Freundes etwas höchst Interessantes, nämlich daß man höheren Ortes mit unserem Oberstleutnant unzufrieden sei, daß man vermute, seine Kasse sei nicht in Ordnung, kurz, daß seine Feinde dabei seien, ihm einen Strick zu drehen. Und der

Divisionskommandeur kam auch wirklich angereist und wusch ihm ganz gehörig den Kopf. Bald darauf legte man ihm nahe, sein Abschiedsgesuch einzureichen. Ich will dir nicht erzählen, wie sich das alles im einzelnen zugetragen hat – er hatte eben tatsächlich seine Feinde. In der Stadt trat jedenfalls plötzlich eine außerordentliche Abkühlung gegen ihn und seine ganze Familie ein, alle zogen sich auf einmal von ihnen zurück. Da führte ich meinen ersten Streich aus. Ich sagte zu Agafja Iwanowna, mit der ich immer ein freundschaftliches Verhältnis unterhalten hatte: ›Ihrem Papa fehlen also viertausendfünfhundert Rubel Staatsgelder?‹ – ›Was sagen Sie da? Wie kommen Sie zu einer solchen Behauptung? Vor kurzem war der General hier, da war doch alles Geld vorhanden.‹ – ›Damals ja, aber jetzt nicht!‹ Sie bekam einen furchtbaren Schreck. ›Machen Sie mir nicht Angst! Ich bitte Sie, von wem haben Sie das gehört?‹ – ›Beunruhigen Sie sich nicht‹, erwiderte ich. ›Ich werde es niemandem sagen. Sie wissen ja, daß ich in solchen Dingen stumm wie ein Grab bin. Aber ich wollte Ihnen sozusagen für alle Fälle nur noch eines sagen: Wenn Ihrem Papa die viertausendfünfhundert Rubel abverlangt werden und sich herausstellt, daß er sie nicht hat, dann lassen Sie es, bitte, nicht dazu kommen, daß er vor Gericht gestellt und auf seine alten Tage zum Gemeinen degradiert wird, schicken Sie lieber Ihr Institutsfräulein heimlich zu mir! Ich habe gerade Geld bekommen, ich werde gern viertausend Rubel geben und das Geheimnis wie ein Heiligtum hüten ...‹ – ›Ach, was sind Sie für ein Schuft!‹ So drückte sie sich aus. ›Was sind Sie für ein dreckiger Schuft! Wie können Sie sich unterstehen, so etwas zu sagen!‹ Sie ging empört weg, und ich rief ihr noch einmal nach, das Geheimnis würde heilig und unverletzlich bewahrt. Die beiden Frauen, Agafja und ihre Tante, zeigten sich, wie ich im voraus bemerken will, in dieser ganzen Geschichte als wahre Engel. Nur vergötterten sie geradezu die stolze Schwester Katja. Sie erniedrigten sich vor ihr und waren ihre Dienstboten. Agafja erzählte ihr trotzdem von unserem Gespräch. Ich erfuhr das später ganz genau. Sie verheimlichte es nicht, und so hatte ich es auch gewollt.

Auf einmal traf der neue Major ein, um das Bataillon zu übernehmen. Er übernahm es. Der alte Oberstleutnant wurde plötzlich krank, konnte sich nicht bewegen, saß zwei Tage lang zu Hause und gab die Staatsgelder nicht ab. Unser Arzt Krawtschenko versicherte, er sei tatsächlich krank. Ich wußte jedoch insgeheim schon lange aus guter Quelle, daß das Geld nach einer Revision seitens der vorgesetzten Dienststelle jedesmal für gewisse Zeit verschwand und so schon seit vier Jahren. Der Oberstleutnant lieh es einem zuverlässigen Mann, einem hiesigen Kaufmann mit goldener Brille und Bart, einem alten Witwer, namens Trifonow. Dieser fuhr damit auf den Jahrmarkt, setzte es dort um, wie es ihm paßte, und erstattete das Geld dem Oberstleutnant wenig später wieder zurück; zugleich brachte er ihm ein hübsches Geschenk mit und auch Prozente. Diesmal gab Trifonow nach seiner Rückkehr vom Jahrmarkt nichts zurück; das erfuhr ich zufällig von einem halbwüchsigen Bengel, dem widerwärtigen Söhnchen Trifonows, dem liederlichsten Bürschchen, das die Welt je hervorgebracht hat. Der Oberstleutnant stürzte zu ihm. ›Ich habe nie etwas von Ihnen erhalten und durfte auch gar nichts erhalten!‹ war die Antwort. Na, so saß denn unser Oberstleutnant zu Hause, ein Handtuch um den Kopf gewikkelt, und alle drei Frauen legten ihm Eis an die Schläfen. Auf einmal erschien eine Ordonnanz mit dem Befehlsbuch: Das Staatsgeld sei sofort abzuliefern, unverzüglich, innerhalb von zwei Stunden! Er unterschrieb (ich habe die Unterschrift später gesehen), stand auf, angeblich um sich seine Uniform anzuziehen, lief in sein Schlafzimmer, nahm sein doppelläufiges Jagdgewehr, lud es, zog den Stiefel vom rechten Fuß, stemmte das Gewehr gegen die Brust und suchte mit dem Zeh nach dem Hahn. Agafja jedoch erinnerte sich an meine Worte, schöpfte Verdacht, schlich ihm nach, sah alles noch rechtzeitig. Sie stürzte hinein, warf sich von hinten auf ihn, umschlang ihn, und das Gewehr entlud sich nach oben, in die Decke, ohne jemand zu verwunden. Die übrigen kamen herbeigelaufen, nahmen ihm das Gewehr weg und hielten ihm die Hände fest. Dies habe ich später in allen Einzelheiten erfahren …

Ich befand mich gerade zu Hause. Es war gegen Abend, und ich wollte gerade ausgehen. Ich hatte mich angezogen, frisiert und parfümiert und griff nach meiner Mütze, als sich plötzlich die Tür öffnete und Katerina Iwanowna vor mir, in meiner Wohnung, stand.

Es passieren manchmal sonderbare Dinge. Niemand auf der Straße hatte damals bemerkt, daß sie zu mir ging, so daß dies in der Stadt völlig unbekannt blieb. Ich wohnte bei zwei steinalten Beamtenwitwen, die auch die Aufwartung bei mir verrichteten. Sie hatten vor mir großen Respekt, gehorchten mir in allem und schwiegen, wenn ich es befahl, wie Bordsteinkanten ...

Ich begriff natürlich sofort. Sie kam herein und sah mir ins Gesicht; ihre dunklen Augen blickten entschlossen, ja sogar kühn, aber auf den Lippen und um sie herum lag ein Ausdruck von Unentschlossenheit, das sah ich.

›Meine Schwester hat mir gesagt, Sie würden viertausendfünfhundert Rubel geben, wenn ich sie ... selber abhole. Ich bin gekommen ... Geben Sie das Geld!‹ Sie konnte es nicht länger ertragen, die Luft blieb ihr weg, ihre Angst wuchs, die Stimme versagte ihr, und die Mundwinkel und die Linien um die Lippen zuckten ... Aljoscha, hörst du zu, oder schläfst du?«

»Mitja, ich weiß, daß du die ganze Wahrheit sagen wirst«, sagte Aljoscha erregt.

»Die werde ich sagen. Ich werde die ganze Wahrheit sagen, ich werde mich selbst nicht schonen. Mein erster Gedanke war ein Karamasowscher. Mich hat einmal eine Tarantel gestochen, Bruder, zwei Wochen lag ich damals im Fieber – genauso fühlte ich in jenem Augenblick! Als ob mich eine Tarantel ins Herz stach, so ein böses Insekt, verstehst du? Ich maß Katerina Iwanowna mit den Augen. Hast du sie gesehen? Sie ist eine Schönheit. Aber nicht dadurch war sie damals so schön. Schön war sie in jenem Augenblick dadurch, daß sie edel war – und ich ein Schuft. Dadurch, daß sie großmütig und bereit war, für den Vater ein Opfer zu bringen, während ich eine Wanze war. Und sie hing von mir ab, von der Wanze und dem Schuft, vollständig, mit Seele und Leib. Sie kam mir vor wie ein zum Fällen bezeichneter Baum. Ich sage dir geradeheraus: Dieser Tarantelgedanke packte mein Herz dermaßen, daß es vor Qual fast verging. Ein innerer Kampf schien gar nicht mehr stattfinden zu können, es trieb mich, zu handeln wie eine Wanze, wie eine böse Tarantel, ohne jedes Mitleid. Es verschlug mir sogar den Atem. Paß auf, ich wäre selbstverständlich gleich am folgenden Tag hingegangen und hätte um ihre Hand angehalten, um alles sozusagen auf die anständigste Weise zum Abschluß zu bringen. Denn ich bin zwar ein Mensch mit niederen Trieben, aber doch ein ehrenhafter Mensch. Und da schien mir in derselben Sekunde plötzlich jemand ins Ohr zu flüstern: Und wenn du morgen mit deinem Heiratsantrag kommst, wird ein solches Mädchen dich nicht einmal empfangen, sondern dem Kutscher befehlen, dich vom Hof zu jagen. Das würde bedeuten: Magst du mich auch in der ganzen Stadt in üblen Ruf bringen – ich fürchte dich nicht! Ich sah das Mädchen an. Meine innere Stimme hatte nicht gelogen: so würde die Sache sicherlich verlaufen. Man würde mich mit Schlägen fortjagen, das konnte man schon aus dem Ausdruck ihres Gesichts schließen. Die Wut kochte in mir, ich hatte Lust zu einem grundgemeinen, abscheulichen Streich. Sie mit spöttischer Miene anzusehen und ihr, während sie so vor mir stand, mit dem Tonfall eines Kaufmanns mitten ins Gesicht zu sagen: Viertausend Rubel! Was sagen Sie da! Ich habe doch nur gescherzt! Sie sind zu leichtgläubig, gnädiges Fräulein. Zweihundert Rubel könnte ich gut und gern lockermachen, aber viertausend Rubel sind eine Summe, gnädiges Fräulein, die man für einen solchen Leichtsinn nicht wegwirft. Sie haben sich vergebens bemüht …

Siehst du, ich hätte natürlich alles verloren, sie wäre weggelaufen, aber dafür hätte ich eine teuflische Rache genommen, die mich für alles übrige entschädigt hätte. Mag ich später mein ganzes Leben vor Reue heulen, wenn ich nur jetzt diesen Streich verübe! Glaub mir, noch nie war es mir begegnet, mit keiner einzigen Frau, daß ich sie in so einem Augenblick haßte. Sie habe ich damals drei oder fünf Sekunden lang furchtbar gehaßt – mit jenem Haß, der von der wahnsinnigsten Liebe nur ein Haar breit entfernt ist! Ich trat ans Fenster, legte die Stirn an die gefrorene Scheibe, und ich erinnere mich, daß das Eis mir an der Stirn wie Feuer brannte. Lange hielt ich sie nicht auf, beunruhige dich nicht! Ich wandte mich wieder um, ging zum Tisch, öffnete den Schubkasten und nahm ein Wertpapier über fünftausend Rubel, fünfprozentiges, nicht auf den Namen ausgestelltes heraus, das in meinem französischen Lexikon lag. Das zeigte ich ihr schweigend, faltete es zusammen, reichte es ihr, öffnete ihr selbst die Tür zum Flur und verbeugte mich vor ihr, ganz tief in der respektvollsten Weise. Ich war tief ergriffen, glaub mir! Sie zitterte am ganzen Körper, sah mich eine Sekunde lang starr an und wurde furchtbar blaß wie ein Tischtuch. Und auf einmal, ebenfalls ohne ein Wort zu sagen, verbeugte sie sich ganz tief und sank mit geradezu zu Füßen, so daß sie mit der Stirn den Boden berührte, nicht mit einer heftigen Bewegung, sondern ganz weich, nicht so wie es im Institut gelehrt wird, sondern auf echt russische Art. Sie sprang auf und lief hinaus. Als sie weg war, zog ich den Degen und wollte mich durchbohren – warum, weiß ich nicht. Es wäre natürlich eine furchtbare Dummheit gewesen. Sicher wohl vor Entzücken. Hast du Verständnis dafür, daß man sich auch vor Entzücken das Leben nehmen kann? Aber ich durchbohrte mich nicht, ich küßte nur den Degen und steckte ihn wieder in die Scheide was ich dir übrigens gar nicht zu erzählen brauchte. Ich bin eben bei der Erzählung meiner Seelenkämpfe wohl ein bißchen weitschweifig geworden, um mich selbst zu loben. Aber meinetwegen, mag es so sein! Hole der Teufel alle Spione des Menschenherzens! Das ist alles, was ich damals mit Katerina Iwanowna gehabt habe. Bruder Iwan weiß davon und du – sonst niemand.«

Dmitri Fjodorowitsch stand auf, machte in starker Erregung ein paar Schritte, zog das Taschentuch heraus, wischte sich den Schweiß von der Stirn und setzte sich wieder, aber nicht auf den vorigen Platz, sondern auf die Bank an der Wand gegenüber, so daß sich Aljoscha zu ihm umdrehen mußte.

5. Beichte eines heißen Herzens (»Mit den Fersen nach oben«)

»Jetzt«, sagte Aljoscha, »kenne ich die erste Hälfte dieses Vorgangs.«

»Die erste Hälfte verstehst du jetzt, das ist ein Drama, und es hat sich dort abgespielt. Die zweite Hälfte aber ist ein Trauerspiel und wird sich hier abspielen.«

»Von der zweiten Hälfte verstehe ich bis jetzt noch nichts«, sagte Aljoscha.

»Und ich? Verstehe ich es etwa?«

»Einen Augenblick, Dmitri, da ist noch ein wichtiger Punkt. Du bist doch ihr Bräutigam, auch jetzt ihr Bräutigam?«

»Ihr Bräutigam wurde ich nicht gleich, sondern erst drei Monate nach dem damaligen Ereignis. Am nächsten Tag sagte ich mir: Der Fall ist nun beendigt und erledigt, eine Fortsetzung wird es nicht geben. Hingehen und ihr einen Heiratsantrag machen – das erschien mir gemein. Sie ihrerseits ließ während der ganzen sechs Wochen, die sie noch in der Stadt blieb, kein Sterbenswörtchen von sich hören. Allerdings mit einer einzigen Ausnahme. Einen Tag nach ihrem Besuch schlüpfte das Dienstmädchen ihrer Familie zu mir und überreichte mir wortlos ein Kuvert. Auf dem Kuvert stand meine Adresse: Herrn Soundso. Ich öffnete es, es war das Geld, das von den fünftausend Rubeln übriggeblieben war. Man hatte nur viertausendfünfhundert Rubel gebraucht, doch bei dem Verkauf des Wertpapiers über fünfhundert Rubel war ein Verlust von mehr als zweihundert Rubel entstanden. So schickte sie mir nur zweihundertsechzig Rubel, glaube ich, genau erinnere ich mich nicht, und zwar nur das Geld – keine Zuschrift, kein Wörtchen, keine Erklärung. Ich suchte in dem Kuvert irgendeine Bleistiftnotiz – nichts! Nun gut, ich lebte dann für die mir verbliebenen Rubel toll drauflos, so daß sich auch der neue Major schließlich genötigt sah, mir einen Verweis zu erteilen. Der Oberstleutnant hatte das Staatsgeld jedenfalls ordnungsgemäß abgeliefert – zur allgemeinen Verwunderung, da kein Mensch mehr geglaubt hatte, daß er das Geld noch besaß. Nachdem er es abgeliefert hatte, fing er an zu kränkeln, mußte sich hinlegen und lag etwa drei Wochen. Dann trat eine Gehirnerweichung ein; und in fünf Tagen war er tot. Er wurde mit militärischen Ehren begraben, da er seinen Abschied noch nicht bekommen hatte. Katerina Iwanowna, ihre Schwester und ihre Tante verzogen zehn Tage nach der Beerdigung nach Moskau. Und da erhielt ich ganz kurz vor ihrem Umzug, am Tag ihrer Abreise – ich hatte die Damen nicht gesehen und sie nicht begleitet – ein winziges Kuvert. Es enthielt ein bläuliches Blatt Briefpapier mit Spitzenrand und darauf nur eine Zeile mit Bleistift: ›Ich werde Ihnen schreiben: warten Sie! K.‹ Das war alles.

Das übrige werde ich dir jetzt mit wenigen Worten erklären. In Moskau änderten sich ihre Verhältnisse sehr schnell, unerwartet wie in einem arabischen Märchen. Die Generalin, ihre wichtigste Verwandte, hatte plötzlich gleichzeitig ihre beiden nächsten Erbinnen, zwei Nichten, verloren; beide waren in derselben Woche an Pocken gestorben. Die erschütterte alte Dame freute sich über Katja wie über eine leibliche Tochter, wie über einen Rettungsstern, klammerte sich an sie und änderte sofort ihr Testament zu Katjas Gunsten. Und da dies erst für die Zukunft Wert hatte, händigte sie ihr augenblicklich achtzigtausend Rubel aus. ›Hier hast du eine Mitgift‹, sagte sie, ›mach damit, was du willst!‹ Ein hysterisches Weib; ich habe sie später in Moskau beobachtet. Na, da bekomme ich nun einmal durch die Post viertausendfünfhundert Rubel zugeschickt; selbstverständlich war ich vor Verwunderung sprachlos. Drei Tage darauf kam auch der versprochene Brief. Ich besitze ihn jetzt noch; ich trage ihn immer bei mir und werde mit ihm sterben – soll ich ihn dir zeigen? Du mußt ihn unbedingt lesen! Sie bietet sich mir als Braut an, ganz von selbst. ›Ich liebe Sie sinnlos!‹ schreibt sie. ›Wenn Sie mich auch nicht lieben, ganz gleich, werden Sie mein Mann! Fürchten Sie sich nicht; ich werde Sie in keiner Hinsicht behindern, ich werde Ihr Möbel sein, ich werde der Teppich sein, über den Sie hinwegschreiten. Ich will Sie lebenslänglich lieben, will Sie vor sich selbst retten …‹ Aljoscha, ich bin nicht würdig, diese Zeilen mit meinen gemeinen Worten wiederzugeben, mit meinem gemeinen Ton, meinem stets gemein klingenden Ton, den ich niemals habe verbessern können! Dieser

Brief hat mich bis auf den heutigen Tag tief beeindruckt, und ist mir etwa jetzt leicht ums Herz, ist mir etwa heute leicht ums Herz? Damals schrieb ich sogleich eine Antwort; es war mir einfach nicht möglich, nach Moskau zu fahren. Unter Tränen schrieb ich diese Antwort, und über eines werde ich mich lebenslänglich schämen! Ich erwähnte, daß sie jetzt eine Mitgift habe und reich sei, ich dagegen nur ein armer ungebildeter Mensch – ich erwähnte das Geld! Ich hätte diese Bemerkung unterdrücken sollen, doch sie kam mir unwillkürlich in die Feder. Dann schrieb ich gleich an Iwan nach Moskau und setzte ihm alles nach Möglichkeit auseinander, der Brief war sechs Seiten lang. Kurz, ich schickte Iwan zu ihr. Warum machst du solche Augen, warum siehst du mich so an? Na ja, Iwan verliebte sich in sie, ist auch jetzt in sie verliebt, das weiß ich. Ich habe eine Dummheit gemacht nach eurer Ansicht, nach der Ansicht der Welt, aber vielleicht wird gerade diese Dummheit jetzt das einzige sein, was uns alle rettet! Siehst du nicht, wie sie ihn achtet, wie hoch sie ihn schätzt? Kann sie denn, wenn sie uns beide miteinander vergleicht, so einen wie mich lieben, und noch dazu nach allem, was hier vorgefallen ist?«

»Ich bin aber davon überzeugt, daß sie gerade so einen wie dich liebt und nicht so einen wie ihn.«

»Sie liebt ihre Tugend, nicht mich«, entfuhr es Dmitri Fjodorowitsch unwillkürlich und beinahe zornig. Er lachte auf, doch eine Sekunde später fingen seine Augen an zu funkeln, sein ganzes Gesicht rötete sich, und er schlug heftig mit der Faust auf den Tisch.

»Ich schwöre, Aljoscha«, rief er mit schrecklichem aufrichtigem Zorn auf sich selbst, »ob du es glaubst oder nicht – so wahr Gott heilig und Christus unser Herr ist, schwöre ich: Obgleich ich soeben über ihre höchsten Gefühle gelächelt habe, weiß ich doch, daß meine Seele millionenmal niedriger ist als ihre, daß ihre Gefühle aufrichtig und echt sind wie bei einem Engel des Himmels! Darin liegt eben die Tragik, daß ich das sehr genau weiß. Was tut es denn, wenn der Mensch ein bißchen pathetisch redet? Tue ich das denn nicht auch? Und doch bin ich aufrichtig, ganz aufrichtig. Was Iwan betrifft, so verstehe ich vollkommen, mit welcher Wut ihn jetzt diese Laune der Natur erfüllen muß, und noch dazu bei seinem Verstand! Wem ist der Vorzug gegeben worden? Einem Unmenschen, der auch hier, obwohl er schon Bräutigam ist und alle ihn beobachten, sein wüstes Leben nicht aufgeben kann – und noch dazu vor den Augen seiner Braut! Und doch wird so einem Menschen wie mir der Vorzug gegeben, und er wird verschmäht. Und warum eigentlich? Weil das Mädchen aus Dankbarkeit ihrem Leben und ihrem Schicksal Gewalt antun will. Eine Torheit! Ich habe zu Iwan nie in diesem Sinn gesprochen, und Iwan hat selbstverständlich zu mir ebenfalls darüber kein Wort gesagt, nicht die leiseste Andeutung gemacht, das Schicksal wird sich jedoch vollenden, und der Würdige wird den ihm gebührenden Platz einnehmen, der Unwürdige aber wird sich lebenslänglich in einer Gasse verbergen, in seiner schmutzigen Gasse, die ihm lieb ist, in der er sich heimisch fühlt; und dort, in Schmutz und Gestank, wird er freiwillig und mit Genuß zugrunde gehen. Ich habe da allerlei dahergeschwatzt, lauter abgenutzte Worte, die ich so aufs Geratewohl hinwerfe. Aber wie ich es bestimmt habe, so mag es geschehen: Ich werde in der Gosse untergehen, und sie wird Iwan heiraten.«

»Warte mal, Bruder«, unterbrach ihn Aljoscha, erneut aufs höchste beunruhigt. »Du hast mir einen Punkt bis jetzt noch nicht erklärt. Du bist ihr Bräutigam, und wie willst du mit ihr brechen, wenn sie, die Braut, es nicht will?«

»Ich bin ihr Bräutigam, ihr legitimer Bräutigam. Die Verlobung fand in Moskau gleich nach meiner Ankunft statt, mit Gepränge, mit Heiligenbildern und allem Drum und Dran. Die Generalin segnete uns, und – ob du es glaubst oder nicht – sie beglückwünschte Katja sogar: ›Du hast eine gute Wahl getroffen‹, sagte sie. ›Ich durchschaue sein ganzes Wesen.‹ Und wirst du es glauben – unseren Iwan hat sie nicht liebgewonnen und nicht beglückwünscht. Noch dort in Moskau habe ich mit Katja über vieles gesprochen, ich habe ihr alles über mich erzählt, ehrenhaft genau und aufrichtig. Sie hörte alles an.

Und in lieblicher Verwirrung
sagte sie manch zärtlich Wort …

Nun ja, stolze Worte sprach sie auch. Sie nötigte mir das heilige Versprechen ab, mich zu bessern. Ich gab ihr dieses Versprechen. Und nun …«

»Was denn?«

»Und nun habe ich dich heute gerufen und hierher geschleppt, am heutigen Tag – merk dir das Datum! –, um dich gleich heute noch zu Katerina Iwanowna zu schicken und …«

»Was denn?«

»Ihr durch dich sagen zu lassen, daß ich nie mehr zu ihr komme. Brauchst ihr nur zu bestellen, ich lasse sie grüßen …«

»Ist denn so etwas möglich?«

»Deswegen schicke ich ja dich und gehe nicht selber, weil das unmöglich ist. Wie sollte ich ihr das selber sagen?«

»Und wohin willst du gehen?«

»In die Gasse.«

»Also zu Gruschenka?« rief Aljoscha traurig und schlug die Hände zusammen. »Hat Rakitin wirklich die Wahrheit gesagt? Und ich glaubte, du wärst zu ihr gegangen, ohne es ernst zu nehmen, und hättest das Verhältnis schon wieder gelöst.«

»Kann ein Bräutigam denn zu so einer gehen? Ist das überhaupt möglich bei so einer Braut und vor den Augen der Leute? Ich habe doch auch meine Ehre, das kannst du glauben. Sowie ich anfing, zu Gruschenka zu gehen, hörte ich auf, ein Bräutigam und ehrenhafter Mensch zu sein, das begreife ich. Warum schaust du mich so an? Siehst du, als ich das erstemal zu ihr ging, tat ich es mit der Absicht, sie zu verprügeln. Ich hatte erfahren und weiß es jetzt zuverlässig, daß diese Gruschenka von dem Stabskapitän, dem Bevollmächtigten des Vaters, einen von mir ausgestellten Wechsel erhalten hatte; sie sollte ihn einklagen, mich so zur Ruhe bringen, es sollte aus sein mit mir, Angst wollten sie mir machen. Ich ging also hin, um Gruschenka zu verprügeln. Ich hatte sie schon früher flüchtig gesehen. Sie hatte nichts Imponierendes. Über den alten Kaufmann wußte ich

Bescheid; der ist jetzt krank und liegt danieder, wird ihr jedoch ein erkleckliches Sümmchen hinterlassen. Ich wußte auch, daß sie gern Geld verdient, daß sie auch wirklich welches verdient. Sie verleiht es gegen hundsgemein hohe Prozente, das durchtriebene, schlaue, rücksichtslose Wesen. Ich ging also hin, um sie zu verprügeln, aber ich blieb dann bei ihr hängen. Es war ein losbrechendes Gewitter, eine Pest. Ich wurde angesteckt, und die Ansteckung dauert bis jetzt, und ich weiß, daß schon alles zu Ende ist und daß es nie mehr etwas anderes geben wird. Der Ring der Zeit hat sich vollendet. So steht es mit mir. Damals mußte es sich gerade treffen, daß ich Bettler dreitausend Rubel in der Tasche hatte. Ich fuhr mit ihr nach Mokroje, das sind fünfundzwanzig Werst, ich ließ Zigeuner und Zigeunerinnen kommen, bestellte Champagner, machte alle Bauernweiber und Bauernmädchen mit Champagner betrunken und warf mit den Tausendern nur so um mich. In drei Tagen war ich kahl, aber froh wie ein Falke. Du denkst vielleicht, der Falke hätte etwas erreicht? Nicht mal von weitem hat sie mir was gezeigt. Ich sage dir, sie hat eine wundervolle Figur. Gruschenka hat Formen – selbst an ihrem Füßchen kommen sie zur Geltung, sogar an der kleinen Zehe des linken Füßchens. Ich habe diese Zehe gesehen und geküßt, aber weiter auch nichts, das schwöre ich dir! Sie sagte: ›Wenn du willst, werde ich dich heiraten, obwohl du ein Bettler bist. Versprich, daß du mich nicht schlägst und mir alles erlaubst, was ich will – dann werde ich dich vielleicht heiraten!‹ Dabei lachte sie. Und auch jetzt lacht sie!«

Dmitri Fjodorowitsch erhob sich plötzlich, wie in einem Anfall von Wut von seinem Platz, er schien auf einmal betrunken. Seine Augen waren blutunterlaufen.

»Und du willst sie wirklich heiraten?«

»Wenn sie will, auf der Stelle. Will sie nicht, bleibe ich auch so bei ihr, als Hausknecht bei ihr auf dem Hof. Du, Aljoscha ...« Er blieb plötzlich vor ihm stehen, packte ihn bei den Schultern und schüttelte ihn. »Weißt du auch, du unschuldiger Knabe, daß das alles nur Fieberphantasie ist, sinnlose Fieberphantasie? Da liegt eben die Tragik. Weißt du, Alexej, ich kann ein niedriger Mensch sein, mit niedrigen, verderblichen Leidenschaften, aber ein Dieb, ein Taschendieb, so ein elender Dieb, der Mäntel aus den Vorzimmern stiehlt – so einer kann doch Dmitri Karamasow niemals sein, nicht wahr? Nun sollst du aber wissen, daß ich doch ein elender Dieb bin, ein Taschendieb und Vorzimmerdieb! Bevor ich hinging, um Gruschenka zu verprügeln, an demselben Morgen hatte mich Katerina Iwanowna rufen lassen – in größter Heimlichkeit, damit es vorläufig niemand erfuhr, warum, das weiß ich nicht; offenbar hielt sie es so für nötig. Sie bat mich, in die Gouvernementsstadt zu fahren, von dort per Post dreitausend Rubel an Agafja Iwanowna nach Moskau zu senden. In die Gouvernementsstadt sollte ich fahren, damit es hier niemand erfuhr. Und eben diese dreitausend Rubel hatte ich noch in der Tasche, als ich bei Gruschenka war, und für dieses Geld fuhren wir dann auch nach Mokroje. Nachher tat ich so, als wäre ich wirklich in die Gouvernementsstadt gefahren. Die Postquittung legte ich ihr nicht vor. Ich sagte, ich hätte das Geld abgeschickt und würde ihr die Quittung noch bringen. Ich habe sie bis heute nicht gebracht; ich habe es angeblich vergessen. Du sollst also nun heute zu ihr gehen und sagen: ›Er läßt Sie grüßen!‹ Sie wird dich fragen: ›Und was ist mit dem Geld?‹ Du könntest dann sagen: ›Er ist ein niedriger Lüstling, ein gemeines Subjekt, ohne Gewalt über seine Sinnlichkeit. Er hat Ihr Geld damals nicht abgesandt, sondern durchgebracht, weil er sich nicht beherrschen konnte, wie ein niedriges Stück Vieh.‹ Und dann, könntest du, noch hinzufügen: ›Aber ein Dieb ist er doch nicht, da sind Ihre dreitausend Rubel, er schickt sie Ihnen zurück. Senden Sie sie selber an Agafja Iwanowna. Er selbst läßt Sie grüßen!‹ Und dann wird sie auf einmal fragen: ›Wo haben Sie denn das Geld?‹«

»Mitja, du bist unglücklich, ja! Aber doch nicht so unglücklich, wie du glaubst – bring dich nicht aus Verzweiflung um, bring dich nicht um!«

»Aber was denkst du denn? Daß ich mich erschieße, wenn ich die dreitausend Rubel nicht auftreibe? Das ist es ja eben, daß ich mich nicht erschieße. Jetzt bin ich nicht dazu imstande, später vielleicht. Jetzt gehe ich jedenfalls zu Gruschenka! O schmölze doch dies allzu feste Fleisch!«

»Und was willst du bei ihr?«

»Ihr Mann sein. Sie wird mich würdigen, ihr Gatte zu sein, und wenn ein Liebhaber kommt, gehe ich in ein anderes Zimmer. Ihren Freunden werde ich die schmutzigen Überschuhe reinigen, ich werde ihr den Samowar anfachen, ihr Laufbursche sein …«

»Katerina Iwanowna wird für alle diese Dinge Verständnis haben«, sagte Aljoscha auf einmal feierlich, »sie wird den tiefsten Grund dieses Kummers verstehen und sich versöhnen lassen. Sie hat einen scharfen Verstand und wird einsehen, daß man nicht unglücklicher sein kann, als du es bist.«

»Alles wird sie nicht verzeihen«, erwiderte Mitja lächelnd. »Es gibt da einen Punkt, Bruder, mit dem sich keine Frau abfindet. Weißt du, was das beste wäre?«

»Nun, was?«

»Ihr die dreitausend Rubel zurückzugeben.«

»Wo willst du sie hernehmen? Hör mal, ich habe zweitausend, Iwan wird ebenfalls tausend geben, das sind dreitausend. Nimm sie und gib ihr das Geld zurück.«

»Aber wann sind sie greifbar, deine dreitausend Rubel? Außerdem bist du noch nicht volljährig. Du mußt ihr jedoch heute, unbedingt noch heute, meinen Gruß bestellen, mit dem Geld oder ohne das Geld! Länger kann ich das nicht hinziehen, die Sache ist am äußersten Punkt angelangt. Morgen ist es schon zu spät. Ich möchte dich zum Vater schicken.«

»Zum Vater?«

»Ja, zum Vater, noch ehe du zu ihr gehst. Bitte ihn um die dreitausend Rubel!«

»Er wird sie nicht geben, Mitja.«

»Natürlich nicht! Ich weiß, daß er sie nicht geben wird. Weißt du, Alexej, was Verzweiflung ist?«

»Ja, ich weiß es.«

»Paß auf. Juristisch schuldet er mir nichts mehr. Ich habe alles von ihm bekommen, alles, das weiß ich. Aber moralisch ist er mir noch etwas schuldig; ist es nicht so? Er hat ja die achtundzwanzigtausend Rubel meiner Mutter als Anlagekapital benutzt und hunderttausend daraus gemacht. Soll er mir nur dreitausend davon geben, nur dreitausend, und er wird meine Seele aus der Hölle erretten; das würde ihm für viele Sünden angerechnet werden. Diese dreitausend werden dann meine letzte Forderung sein, darauf gebe ich dir mein heiliges Wort, er soll danach nichts mehr von mir zu hören bekommen. Zum letztenmal gebe ich ihm eine Gelegenheit, Vater zu sein. Sag ihm, daß Gott selbst ihm diese Gelegenheit sendet.«

»Mitja, er wird dir das Geld unter keinen Umständen geben.«

»Ich weiß, daß er es nicht tun wird, ich weiß es ganz genau. Und nach der heutigen Szene erst recht nicht. Ja, ich weiß noch mehr. Jetzt, erst in diesen Tagen, mag sein erst gestern, hat er zum erstenmal *ernsthaft* erfahren, daß Gruschenka wirklich nicht scherzt und gewillt ist, zu heiraten. Er kennt diesen Charakter, er kennt diese Katze. Na, wird der mir nun auch noch Geld geben, um dieses Ereignis zu befördern, während er selbst nach ihr wie von Sinnen ist? Aber auch das ist noch nicht alles, ich kann dir noch mehr mitteilen. Ich weiß, daß er vor fünf Tagen aus seiner Kasse dreitausend Rubel in Banknoten zu je hundert Rubeln herausgenommen hat. Die hat er in ein großes Kuvert gesteckt, es fünffach versiegelt und obendrein noch mit einem roten Bändchen kreuzweise zugebunden. Du siehst, wie genau ich das weiß! Die Aufschrift auf dem Kuvert lautet: ›Für meinen Engel Gruschenka, wenn er zu mir kommen will.‹ Er hat es selbst draufgeschrieben, in aller Heimlichkeit, und niemand weiß, daß dieses Geld bereitliegt, außer seinem Diener Smerdjakow, von dessen Ehrlichkeit er wie von seiner eigenen Existenz überzeugt ist. Nun erwartet er Gruschenka schon seit drei oder vier Tagen. Er hofft, daß sie kommt, um das Kuvert zu holen. Er hat ihr eine entsprechende Nachricht zukommen lassen, und sie hat geantwortet: ›Vielleicht.‹ Wenn sie jetzt wirklich zu dem Alten geht, kann ich sie dann etwa noch heiraten? Verstehst du jetzt, warum ich hier auf Geheimposten sitze? Wem ich auflauere?«

»Ihr?«

»Ja, ihr. Bei den Schlampen, denen dieses Haus und das Grundstück gehört, hat ein gewisser Foma ein Kämmerchen gemietet. Foma stammt aus der Gegend meiner früheren Garnison und hat in unserm Bataillon gedient. Er ist bei ihnen jetzt Diener und nachts Wächter. Am Tag geht er Birkhühner schießen, davon bestreitet er seinen Unterhalt. Ich habe mich hier bei ihm niedergelassen. Weder ihm noch seinen Wirtinnen ist das Geheimnis bekannt, nämlich, daß ich hier jemandem auflauere.«

»Nur Smerdjakow weiß es?«

»Ja, nur er. Er wird mich auch benachrichtigen, wenn sie zu dem Alten kommt.«

»Ist er es gewesen, der dir von dem Kuvert erzählt hat?«

»Ja. Es ist das tiefste Geheimnis. Selbst Iwan weiß nichts von dem Geld noch von sonst etwas. Der Alte schickt Iwan für zwei oder drei Tage nach Tschermaschnja. Es hat sich ein Käufer für den Wald gefunden, für achttausend Rubel will er ihn abholzen lassen, und da hat der Alte Iwan gebeten, ihm behilflich zu sein und selber hinzufahren, nämlich für zwei oder drei Tage. Er möchte, daß Gruschenka kommt, wenn Iwan nicht da ist.«

»Also erwartet er Gruschenka auch heute?«

»Nein, heute wird sie allem Anschein nach nicht kommen. Sie wird bestimmt nicht kommen!« schrie Mitja plötzlich. »Das ist auch Smerdjakows Ansicht. Der Vater säuft jetzt, er sitzt mit Bruder Iwan zu Tisch. Geh hin, Alexej, und bitte ihn um diese dreitausend Rubel …«

»Mitja, lieber Mitja, was hast du nur?« rief Aljoscha, sprang von seinem Platz auf und blickte in das verzerrte Gesicht seines Bruders. Einen Augenblick glaubte er, dieser habe den Verstand verloren.

»Was willst du? Ich bin nicht verrückt geworden«, erwiderte Dmitri Fjodorowitsch und schaute ihn unverwandt und beinahe triumphierend an. »Sei unbesorgt! Ich schicke dich zum Vater, denn … Ich weiß, was ich sage: Ich glaube an ein Wunder!«

»An ein Wunder?«

»Ja, an ein Wunder der göttlichen Vorsehung. Gott kennt mein

Herz. Er sieht meine ganze Verzweiflung, er sieht das ganze Bild. Sollte er wirklich zulassen, daß etwas Schreckliches geschieht? Aljoscha, ich glaube an ein Wunder. Geh zu ihm!«

»Ich werde gehen. Sag, wirst du hier warten?«

»Ja, das werde ich. Ich sehe ein, daß die Sache nicht so schnell gehen wird, daß du nicht so ohne weiteres mit der Tür ins Haus fallen kannst. Er ist jetzt betrunken. Ich werde nötigenfalls drei bis vier Stunden warten, vier, fünf, sechs, sieben Stunden. Du aber vergiß nicht, daß du heute, und sei es um Mitternacht, bei Katerina Iwanowna mit dem Geld oder ohne das Geld erscheinen und ihr sagen mußt: ›Er läßt Sie grüßen.‹ Ich will, daß du diese und keine anderen Worte sagst: ›Er läßt Sie grüßen.‹«

»Aber wenn nun Gruschenka heute doch kommt? Und wenn nicht heute, dann morgen oder übermorgen?«

»Gruschenka. Ich werde aufpassen. Ich werde hineinstürzen und dazwischenfahren.

»Aber wenn …«

»Aber wenn … Dann begehe ich Mord. Sonst werde ich das nicht überleben.«

»Wen willst du ermorden?«

»Den Alten. Sie nicht!«

»Bruder, was redest du da!«

»Ich weiß es ja nicht, ich weiß es nicht … Vielleicht ermorde ich ihn nicht, aber vielleicht doch. Ich fürchte, er wird mir gerade in dem Augenblick durch sein Gesicht verhaßt. Ich hasse sein Doppelkinn, seine Nase, seine Augen, sein schamloses Lachen. Ich empfinde einen physischen Ekel vor ihm. Das ist es, was ich befürchte. Ich werde mich wohl nicht beherrschen können …«

»Ich werde zu ihm gehen, Mitja. Ich glaube, Gott, der da weiß wie es am besten ist, wird es so einrichten, daß es nicht zu etwas Schrecklichem kommt.«

»Und ich werde hier sitzen und auf ein Wunder warten. Wenn jedoch keines geschieht, dann …«

Aljoscha begab sich zum Vater, er war sehr nachdenklich.

6. Smerdjakow

Er traf den Vater wirklich noch beim Essen an. Der Tisch war wie üblich im Saal gedeckt, obwohl im Haus auch ein richtiges Speisezimmer vorhanden war. Dieser Saal, das größte Zimmer des Hauses, war altmodisch prunkvoll möbliert. Die Möbel waren sehr alt, weiß lackiert und mit roter Halbseide bezogen. An den Pfeilern zwischen den Fenstern standen Spiegel in altertümlichen Rahmen, ebenfalls weiß mit verschnörkelter Goldschnitzerei. An den Wänden, die mit weißen, an vielen Stellen schon rissigen Tapeten beklebt waren, prangten zwei große Porträts, das eine irgendein Fürst, der vor etwa dreißig Jahren Generalgouverneur dieses Landesteils gewesen war, das andere ein gleichfalls schon längst verstorbener Bischof. In der anderen Ecke des Saales waren einige Ikonen angebracht, vor denen zur Nacht ein Lämpchen angezündet wurde, nicht so sehr aus Frömmigkeit, eher damit das Zimmer in der Nacht beleuchtet war. Fjodor Pawlowitsch legte sich nachts sehr spät schlafen, etwa um drei oder vier Uhr morgens; bis dahin pflegte er im Zimmer auf und ab zu gehen oder in einem Lehnstuhl zu sitzen und sich seinen Gedanken zu überlassen. Das war ihm zur Gewohnheit geworden. Nicht selten war er nachts allein im Haus, da er die Dienerschaft ins Seitengebäude schickte. Meist blieb jedoch nachts der Diener Smerdjakow bei ihm, der dann im Vorzimmer auf einer Wandbank schlief.

Als Aljoscha eintrat, war das eigentliche Mittagessen schon beendet, aber es wurde noch Eingemachtes und Kaffee gereicht. Fjodor Pawlowitsch aß nach dem Mittagessen gern noch Süßigkeiten und trank Kognak. Iwan Fjodorowitsch saß auch am Tisch und trank Kaffee. Die Diener, Grigori und Smerdjakow, standen neben dem Tisch. Die Herren wie die Diener waren offensichtlich in ungewöhnlich heiterer Stimmung. Fjodor Pawlowitsch lachte laut. Aljoscha hatte schon vom Flur sein wohlbekanntes quiekendes Lachen gehört und aus den Lauten sofort geschlossen, daß der Vater noch lange nicht betrunken, sondern vorläufig bloß angeheitert war.

»Der ist ja auch da! Der auch!« kreischte Fjodor Pawlowitsch, der sich über Aljoschas Kommen gewaltig freute. »Gesell dich zu uns, setz dich, trink ein Täßchen Kaffee, das ist ja ein Fastengetränk, und heiß ist er und ausgezeichnet! Kognak biete ich dir nicht an, du hast die Fasten einzuhalten. Oder willst du welchen, willst du? Nein, ich will dir lieber einen kleinen Likör, geben, der ist ganz vorzüglich. Smerdjakow, geh doch mal zum Schränkchen, auf dem zweiten Regal rechts sind die Schlüssel, schnell!«

Aljoscha lehnte auch den Likör ab.

»Gebracht soll er doch werden! Wenn nicht für dich, dann für uns«, entschied Fjodor Pawlowitsch mit strahlendem Gesicht. »Aber halt, hast du schon zu Mittag gegessen?«

»Ja, ich habe gegessen«, antwortete Aljoscha, der in Wirklichkeit in der Küche des Abtes nur ein Stück Brot gegessen und ein Glas Kwaß getrunken hatte. »Aber eine Tasse heißen Kaffee trinke ich gern.«

»Du lieber Junge! Du braver Junge! Er trinkt ein Täßchen Kaffee! Ob wir den Kaffee noch einmal anwärmen? Aber nein, er ist ja noch kochend. Es ist vorzüglicher Kaffee, Smerdjakows Leistung. In Kaffee und Fischpasteten ist mein Smerdjakow ein wahrer Künstler, und dann auch noch in Fischsuppe, wahrhaftig. Du mußt mal unsere Fischsuppe essen kommen, gib uns nur vorher Bescheid. Aber warte mal, warte mal ... Ich hatte dir heute mittag befohlen, noch heute endgültig hierher überzusiedeln, mit Matratze und Kopfkissen. Hast du deine Matratze hergeschleppt? Hehehe!«

»Nein, ich habe sie nicht mitgebracht«, antwortete Aljoscha, ebenfalls lächelnd.

»Aber einen Schreck hast du heute mittag doch bekommen, einen Schreck hast du doch bekommen, nicht wahr? Ach du, mein Täubchen, ich kann dir ja nichts zuleide tun. Hör mal, Iwan, ich kann einfach nicht gleichgültig bleiben, wenn er mir so in die Augen sieht und lacht! Ich kann es nicht. Das ganze Herz muß über ihn lachen, ich habe ihn zu lieb! Aljoscha komm her, ich will dir meinen väterlichen Segen geben.«

Aljoscha stand auf, doch Fjodor Pawlowitsch hatte sich bereits eines anderen besonnen.

»Nein, nein, ich will jetzt nur ein Kreuz über dir machen. So, und nun setz dich wieder hin. Na, jetzt wirst du einen Spaß haben, wir reden gerade über ein Thema, das in dein Fach schlägt. Du wirst dich satt lachen. Bei uns hat Bileams Eselin angefangen zu reden, und *wie* sie redet, *wie* sie redet!«

Bileams Eselin war, wie sich herausstellte, der Diener Smerdjakow. Ein noch junger Mensch, erst ungefähr vierundzwanzig Jahre alt, war er in hohem Grad ungesellig und schweigsam. Nicht daß er schüchtern war oder sich über irgend etwas schämte, im Gegenteil, er hatte einen hochmütigen Charakter und schien auf alle Menschen herabzusehen. Aber ich kann jetzt nicht umhin, wenigstens ein paar Worte über ihn zu sagen. Das dürfte gerade jetzt angebracht sein. Erzogen hatten ihn Marfa Ignatjewna und Grigori Wassiljewitsch, doch der Knabe wuchs »ohne jede Dankbarkeit« auf, wie Grigori sich ausdrückte, als ein scheues Kind, das aus seinem Winkel die anderen anschaute. In seiner Kindheit liebte er es, Katzen aufzuhängen, und beerdigte sie dann mit allen Zeremonien. Er drapierte sich zu diesem Zweck mit einem Bettlaken, das ein Meßgewand darstellen sollte, und sang und schwenkte etwas über der toten Katze hin und her, als ob er mit Weihrauch räucherte. Alles das tat er ganz leise, mit größter Heimlichkeit. Grigori überraschte ihn einmal bei dieser Beschäftigung und züchtigte ihn empfindlich. Der Knabe ging in eine Ecke und sah eine Woche lang alle schief an. »Er mag uns nicht, dieser Unmensch«, sagte Grigori zu Marfa Ignatjewna. »Er liebt überhaupt niemand. Bist du eigentlich ein Mensch?« wandte er sich plötzlich an Smerdjakow. Du bist kein Mensch, du bist aus der schleimigen Nässe des Badehauses entstanden! So einer bist du …« Diese Worte hatte ihm Smerdjakow, wie sich später herausstellte, nie verziehen. Grigori lehrte ihn lesen und schreiben und unterrichtete ihn, als er zwölf Jahre alt war, in der biblischen Geschichte. Aber die Sache nahm bald ein jähes Ende. Schon in der zweiten oder dritten Unterrichtsstunde fing der Knabe auf einmal an zu lächeln.

»Was hast du?« fragte Grigori und blickte ihn unter der hochgeschobenen Brille hervor drohend an.

»Nichts. Gott der Herr schuf das Licht am ersten Tag, aber die Sonne, den Mond und die Sterne am vierten Tag. Woher leuchtete das Licht denn am ersten Tag?«

Grigori war verblüfft. Der Knabe blickte seinen Lehrer spöttisch an. In seinem Blick lag sogar etwas Hochmütiges. Das ertrug Grigori nicht.

»Daher, siehst du wohl!« rief er und schlug den Schüler wütend auf die Backe. Der Knabe nahm die Ohrfeige wortlos hin, verkroch sich aber wieder einige Tage in seinen Winkel. Doch eine Woche darauf trat bei ihm zum erstenmal die Epilepsie auf, die ihn dann sein ganzes Leben lang nicht wieder verließ.

Als Fjodor Pawlowitsch davon erfuhr, änderte er plötzlich sein Verhalten dem Knaben gegenüber. Früher hatte er ihn immer wieder mit einer gewissen Gleichgültigkeit angesehen, obwohl er ihn nie gescholten und ihm, wenn er ihm begegnete, stets eine Kopeke gegeben hatte. Wenn er gut gelaunt war, hatte er dem Knaben manchmal etwas Süßes von seinem Tisch geschickt. Nachdem er von der Krankheit gehört hatte, fing er an, sich wirklich um ihn zu kümmern, ließ einen Arzt rufen und wollte den Knaben heilen lassen, doch es stellte sich heraus, daß eine Heilung unmöglich war. Im Durchschnitt stellten sich die Anfälle einmal im Monat ein, und zwar zu verschiedenen Zeiten. Sie waren verschieden heftig, manche leicht, andere schwer. Fjodor Pawlowitsch verbot seinem Diener Grigori nun aufs strengste, den Knaben zu züchtigen, und ließ ihn von jetzt an häufig in seine eigene Wohnung kommen. Auch untersagte er einstweilen, ihn irgendwie zu unterrichten. Aber einmal, als der Knabe schon fünfzehn Jahre alt war, bemerkte Fjodor Pawlowitsch, daß er sich in der Nähe des Bücherschrankes umhertrieb und durch die Glasscheibe die Titel der Bücher las. Fjodor Pawlowitsch besaß ziemlich viele Bücher, über hundert Bände, doch hatte ihn selbst noch niemand mit einem Buch in der Hand gesehen. Er gab dem kleinen Smerdjakow sogleich den Schlüssel zum Schrank. »Na, dann lies, du sollst mein Bibliothekar sein! Statt auf dem Hof herumzubummeln – setz dich hin und lies! Da, lies mal dieses Buch!«

Und Fjodor Pawlowitsch nahm Gogols »Abende auf dem Vorwerk bei Dikanka« heraus.

Der Knabe las das Buch. Doch es befriedigte ihn nicht, er lächelte kein einziges Mal, im Gegenteil. Als er fertig war, machte er ein finsteres Gesicht.

»Nun, ist das nicht lustig?« fragte Fjodor Pawlowitsch.

Smerdjakow schwieg.

»So antworte doch, Dummkopf!«

»Was da drinsteht ist ja alles nicht wahr«, murmelte Smerdjakow lächelnd.

»Na, scher dich zum Teufel, du Dienerseele! Warte mal, da hast du Smaragdows ›Allgemeine Weltgeschichte‹. Lies die, darin ist alles wahr.«

Aber Smerdjakow las nicht einmal zehn Seiten im Smaragdow, es kam ihm langweilig vor. So wurde denn der Bücherschrank wieder zugeschlossen.

Bald darauf berichteten Marfa und Grigori ihrem Herrn von einer eigentümlichen Angewohnheit Smerdjakows. Bei ihm hatte sich eine seltsame, peinliche Mäkligkeit herausgebildet. Wenn er Suppe aß, nahm er den Löffel und rührte und suchte mit ihm in der Suppe herum, beugte sich vor, sah genauestens hin, schöpfte einen Löffel voll und hielt ihn ans Licht.

»Hast wohl eine Schabe drin?« fragte Grigori.

»Vielleicht eine Fliege«, bemerkte Marfa.

Der sauberkeitsliebende Bursche gab darauf nie eine Antwort, doch auch mit dem Brot, dem Fleisch und allen anderen Speisen war es nicht anders. Er hob oft einen Bissen auf der Gabel ans Licht, betrachtete ihn wie unter dem Mikroskop, überlegte lange und entschloß sich endlich, ihn in den Mund zu stecken. »Sieh einer an, was sich da für ein Herrensöhnchen entpuppt hat!« brummte Grigori, wenn er das mit ansah.

Als Fjodor Pawlowitsch von Smerdjakows neuer Eigenheit gehört hatte, beschloß er sofort, er solle Koch werden, und gab ihn nach Moskau in die Lehre. Dort bliebt er mehrere Jahre und kehrte mit stark verändertem Gesicht zurück. Er sah weit über seine Jahre gealtert aus, er hatte Runzeln und eine gelbe Hautfarbe bekommen und ähnelte einem Verschnittenen. In geistiger Hinsicht kehrte er fast als derselbe zurück, der er vor seiner Abreise gewesen war: noch ebenso ungesellig und ohne das geringste Bedürfnis nach irgendeinem Umgang. Auch in Moskau hatte er, wie später berichtet wurde, immer geschwiegen. Die Stadt selbst hatte ihn außerordentlich wenig interessiert, so daß er von ihr nur sehr weniges kennengelernt und alles übrige unbeachtet gelassen hatte. Er war zwar einmal im Theater gewesen, doch schweigsam und unbefriedigt zurückgekommen. Dafür kehrte er aus Moskau in einem guten Anzug, mit sauberem Rock und anständiger Weste zurück. Er reinigte seine Kleider selbst sorgfältig zweimal täglich mit der Bürste, und seine eleganten Kalbslederstiefel putzte er hingebungsvoll mit einer besonderen englischen Wichse, daß sie wie Spiegel glänzten. Als Koch leistete er Ausgezeichnetes. Fjodor Pawlowitsch setzte ihm ein Gehalt aus, und dieses Gehalt verwendete Smerdjakow fast ausschließlich auf seine Kleidung sowie auf Pomade, Parfüms und so weiter. Allerdings schien er das weibliche Geschlecht ebenso zu verachten wie das männliche; er verhielt sich ihm gegenüber sehr gemessen, beinahe unzugänglich. Fjodor Pawlowitsch begann ihn unter einem anderen Gesichtspunkt zu beobachten. Seine epileptischen Anfälle verschlimmerten sich nämlich, und an solchen Tagen mußte Marfa Ignatjewna das Essen zubereiten, wovon Fjodor Pawlowitsch ganz und gar nicht erbaut war.

»Woher kommt das, daß deine Anfälle jetzt häufiger sind?« fragte er manchmal den neuen Koch und schaute ihn von der Seite ins Gesicht. »Du solltest heiraten, soll ich dir eine Frau besorgen?«

Smerdjakow aber wurde bei solchen Reden nur blaß vor Ärger und gab keine Antwort.

Fjodor Pawlowitsch ließ dann von ihm ab und machte eine Handbewegung, als ob er sagen wollte: ›Mit dir ist eben nichts anzufangen.‹

Die Hauptsache war ihm, daß er von Smerdjakows Ehrlichkeit überzeugt war, und zwar ein für allemal. Er glaubte fest, dieser werde ihm nie etwas wegnehmen und stehlen. Fjodor Pawlowitsch hatte einmal in betrunkenem Zustand auf seinem eigenen Hof drei Hundertrubelscheine, die er kurz vorher erhalten hatte, im Schmutz verloren und vermißte sie erst am anderen Tag. Kaum begann er in seinen Taschen zu suchen, als er sie alle drei in seinem Zimmer auf dem Tisch vorfand. Wie war das zugegangen? Smerdjakow hatte sie aufgehoben und schon am Tag vorher hingelegt.

»Na, mein Freund, solche wie dich habe ich noch nicht viele gesehen!« bemerkte Fjodor Pawlowitsch kurz und schenkte ihm zehn Rubel.

Es muß noch hinzugefügt werden, daß er nicht nur von seiner Ehrlichkeit überzeugt war, sondern ihn sogar aus einem nicht recht verständlichen Grund mochte, obgleich der Bursche ihn ebenso scheel ansah wie andere Leute und immer schwieg. Nur selten kam es vor, daß er überhaupt redete. Wäre es bei seinem Anblick damals jemand in den Sinn gekommen zu fragen, wofür sich dieser junge Mensch eigentlich interessiert und was für Gedanken er im Kopf hatte, es wäre wirklich unmöglich gewesen, diese Fragen zu beantworten. Und doch kam es manchmal vor, daß er im Haus oder auf dem Hof oder auf der Straße offenbar gedankenversunken stehenblieb und an die zehn Minuten so dastand. Hätte ihn jemand, der sich auf Physiognomien versteht, so gesehen, würde er gesagt haben, daß es sich dabei gar nicht um wirkliches Denken handelt, sondern um eine Art Versonnenheit. Von dem Maler Kramskoi gibt es ein beachtenswertes Bild mit dem Titel: »Ein Versonnener!« Dargestellt ist ein Wald zur Winterszeit, und auf einem Weg in diesem Wald steht ein armer Bauer in einem dürftigen zerrissenen Kaftan, in alten abgetragenen Bastschuhen, mutterseelenallein, in tiefster Einsamkeit, in Träumereien versunken und anscheinend nachdenklich; doch er denkt nicht nach, er ist nur »versonnen«. Würde man ihn anstoßen, würde er zusammenfahren und einen anblicken, als ob er aus dem Schlaf erwachte, ohne etwas von allem zu begreifen. Zwar würde er sofort wieder zu sich kommen; würde man ihn aber fragen, woran er soeben gedacht habe, würde er sich gewiß an nichts erinnern. Die

Empfindung, unter deren Bann er während seiner »Versonnenheit« stand, würde er wohl allerdings heimlich in seinem Innern bewahren. Diese Empfindungen sind ihm teuer, und er bewahrt sie, ohne daß es jemand merkt und ohne daß er selbst sich dessen bewußt wird; zu welchem Zweck er das tut, weiß er natürlich auch nicht. Vielleicht läßt er, nachdem er solche Empfindungen viele Jahre bewahrt hat, auf einmal alles im Stich und geht nach Jerusalem, um ein Pilgerleben zu führen und seine Seele zu retten; vielleicht zündet er auch plötzlich sein Heimatdorf an; vielleicht tut er auch beides. Es gibt unter dem einfachen Volk ziemlich viel derartiger »Versonnener«. Sicher war auch Smerdjakow einer von ihnen, und sicher bewahrte auch er seine Empfindungen sorgsam, ohne selber zu wissen, wozu.

7. Eine Kontroverse

Wie gesagt, Bileams Eselin hatte auf einmal angefangen zu reden. Es ging um ein seltsames Thema. Als Grigori am Morgen beim Kaufmann Lukjanow einkaufte, hatte er von diesem die Geschichte eines russischen Soldaten gehört, der irgendwo in der Ferne, an der Grenze, bei den Asiaten in Gefangenschaft geraten war. Sie hätten ihn unter Androhung eines qualvollen Todes zwingen wollen, seinem christlichen Glauben abzuschwören und zum Islam überzutreten, er jedoch habe sich geweigert, seinen Glauben zu verraten, habe sich den Foltern unterworfen, sich die Haut abziehen lassen und sei, Christus lobend und preisend, gestorben. Von dieser Heldentat hatte soeben am selben Tag auch eine Zeitung berichtet, und nun hatte auch Grigori davon am Tisch erzählt. Fjodor Pawlowitsch liebte es schon, seit eh und je, nach dem Mittagessen, beim Nachtisch, ein bißchen zu lachen und zu schwatzen, sei es auch nur mit Grigori. Diesmal aber befand er sich in besonders heiterer und redseliger Stimmung. Nachdem er bei einem Glas Kognak zugehört hatte, bemerkte er, einen solchen Soldaten müßte man sofort heiligsprechen und seine abgezogene Haut in irgendein Kloster überführen. »Dann strömt das

Volk zusammen, und es kommt Geld ein!« Grigori runzelte die Stirn, als er sah, daß Fjodor Pawlowitsch keineswegs gerührt war, sondern nach seiner alten Gewohnheit über die Religion zu spotten begann. Smerdjakow, der an der Tür stand, lächelte plötzlich. Er hatte auch früher während der Mahlzeit, das heißt gegen deren Ende, oft dabeistehen dürfen. Seit Iwan Fjodorowitsch in unsere Stadt gekommen war, erschien er fast jedesmal zum Mittagessen.

»Was hast du?« fragte Fjodor Pawlowitsch, der das Lächeln sofort bemerkt und natürlich erkannt hatte, daß es sich auf Grigori bezog.

»Meine Ansicht darüber ist die«, begann Smerdjakow ganz unerwartet mit lauter Stimme. »Wenn die Tat dieses braven Soldaten auch sehr heldenhaft war, wäre es doch andererseits auch keine Sünde gewesen, wenn er sich in dieser Lage von Christus und von seiner eigenen Taufe losgesagt hätte, um dadurch sein Leben für spätere gute Taten zu retten. Durch die hätte er im Lauf der Jahre auch seine Kleinmütigkeit wiedergutmachen können.«

»Wie sollte das denn keine Sünde sein? Du redest Unsinn, dafür kommst du geradewegs in die Hölle und wirst wie Hammelfleisch gebraten!« erwiderte ihm Fjodor Pawlowitsch.

In diesem Augenblick trat Aljoscha ein. Fjodor Pawlowitsch freute sich, wie wir gesehen haben, über sein Kommen außerordentlich.

»Wir sind bei einem Thema, das in dein Fach schlägt!« rief er lustig kichernd und forderte Aljoscha auf, sich hinzusetzen und zuzuhören.

»Was das Hammelfleisch anlangt, so ist das nicht so. Es wird mir nichts passieren, und es darf mir auch nichts passieren wenn es gerecht zugeht«, bemerkte Smerdjakow gemessen.

»Was soll das heißen: gerecht?« schrie Fjodor Pawlowitsch noch vergnügter und stieß Aljoscha mit dem Knie an.

»Er ist ein Schuft! Jawohl«, entfuhr es Grigori, er blickte Smerdjakow zornig in die Augen.

»Was den Schuft anlangt, so warten Sie damit bitte noch ein Weilchen, Grigori Wassiljewitsch«, erwiderte Smerdjakow ruhig und beherrscht. »Sie sollten sich lieber selbst folgendes sagen: Würde ich bei den Peinigern der Christenheit in Gefangenschaft geraten und würden sie von mir verlangen, daß ich den Namen Gottes verfluche und mich von meiner heiligen Taufe lossage, dann hätte ich kraft meiner eigenen Vernunft das volle Recht dazu, denn von einer Sünde kann da keine Rede sein …«

»Das hast du schon einmal gesagt. Rede nicht unnütze Worte, sondern beweise es!« rief Fjodor Pawlowitsch.

»Bouillonkoch!« flüsterte Grigori verächtlich.

»Was den Bouillonkoch anlangt, so warten Sie bitte damit ebenfalls noch ein Weilchen! Und überlegen Sie selbst, anstatt zu schimpfen, Grigori Wassiljewitsch! In dem Augenblick, wo ich zu meinen Peinigern sage: ›Nein, ich bin kein Christ! Und ich verfluche meinen wahrhaftigen Gott‹, in demselben Augenblick bin ich bereits durch das allerhöchste Gericht Gottes verflucht und aus der heiligen Kirche ausgeschlossen, ganz wie ein Heide. Sogar schon in dem Augenblick, wo ich es noch nicht ausgesprochen, sondern nur beabsichtigt habe, nicht einmal eine Viertelsekunde später, bin ich ausgeschlossen – ist das so oder nicht, Grigori Wassiljewitsch?«

Er wandte sich mit sichtlichem Vergnügen an Grigori, obwohl er in Wirklichkeit nur auf Fjodor Pawlowitschs Fragen antwortete und das sehr wohl wußte. Doch er tat absichtlich, als hätte Grigori diese Fragen an ihn gerichtet.

»Iwan!« rief Fjodor Pawlowitsch plötzlich. »Beug dich mal ganz nah zu mir her! Das hat er alles nur für dich gesagt. Er möchte, daß du ihn lobst. Lob ihn doch!«

Iwan Fjodorowitsch hörte die Mitteilung, die ihm der Papa so entzückt machte, mit ernstem Gesicht an.

»Halt, Smerdjakow, sei mal ein Weilchen still!« rief Fjodor Pawlowitsch wieder. Iwan, beug dich noch mal zu mir herüber!«

Iwan Fjodorowitsch beugte sich von neuem mit sehr ernster Miene zu ihm.

»Ich liebe dich ebenso, wie ich Aljoschka liebe. Glaub ja nicht, ich hätte dich nicht lieb. Willst du Kognak?«

»Geben Sie her!« erwiderte Iwan Fjodorowitsch, dabei sagte sein starrer Blick: ›Du selber hast dich schon gehörig angesäuselt!‹

Smerdjakow beobachtete er mit außerordentlichem Interesse.

»Verflucht bist du jetzt schon«, brach Grigori plötzlich los. »Wie kannst du unter diesen Umständen noch wagen zu streiten, du Schuft, wenn …«

»Schimpf nicht, Grigori, schimpf nicht!« unterbrach ihn Fjodor Pawlowitsch.

»Warten Sie noch, Grigori Wassiljewitsch, wenn auch nur ganz kurze Zeit, und hören Sie weiter! Denn ich bin noch nicht zu Ende. Also in dem Augenblick, wo ich von Gott verflucht werde, bin ich schon ganz ein Heide geworden, und meine Taufe wird mir nicht angerechnet – geben Sie wenigstens das zu?«

»Komm zu Ende, lieber Freund, schneller! Komm zu Ende!« drängte Fjodor Pawlowitsch und nippte genußvoll an seinem Gläschen.

»Wenn ich aber kein Christ mehr bin, so folgt daraus, daß ich die Peiniger auch nicht belogen habe, als sie mich fragten, ob ich Christ sei oder nicht. Denn ich war schon von Gott selbst meines Christentums entkleidet, aufgrund meiner bloßen Absicht, ehe ich den Peinigern ein Wort hätte sagen können. Wenn ich aber schon degradiert war, auf welche Weise und mit welcher Gerechtigkeit kann dann von mir in jener Welt wie von einem Christen Rechenschaft dafür verlangt werden, daß ich Christus verleugnet hätte, da ich doch schon für diese bloße Absicht, noch vor der Verleugnung, meiner Taufe ledig geworden war? Wenn ich nicht mehr Christ bin, so folgt daraus, daß ich Christus nicht verleugnen kann, denn es wird überhaupt nichts geben, was ich verleugnen könnte. Wer wird denn, und sei es auch im Himmel, einen heidnischen Tataren dafür zur Rechenschaft ziehen, Grigori Wassiljewitsch, daß er nicht als Christ geboren ist? Und wer wird ihn dafür bestrafen, da man doch sagen muß, daß man einem Ochsen nicht zwei Häute abziehen kann? Und selbst wenn der allmächtige Gott den Tataren nach dem Tod zur Rechenschaft ziehen sollte, so vermute ich, daß Er in Anbetracht dessen, daß er doch nichts dafür kann, wenn er, von heidnischen Eltern erzeugt, als Heide auf die Welt gekommen ist, nur eine ganz kleine Strafe über ihn verhängen wird – ganz ohne Strafe wird es wohl nicht abgehen.

Gott der Herr kann doch nicht ohne weiteres von dem Tataren sagen, auch er sei ein Christ gewesen? Das würde ja heißen, daß der allmächtige Gott eine glatte Unwahrheit sagt. Und kann Gott der Herr, der allmächtige Erhalter des Himmels und der Erde etwa eine Lüge sagen, und sei es auch nur mit einem einzigen Wort?«

Grigori war ganz starr geworden und sah Smerdjakow mit aufgerissenen Augen an. Obgleich er nicht alles so recht verstanden hatte, begriff er doch wenigstens etwas von dem ganzen Gewäsch und stand da mit dem Gesicht eines Menschen, der auf einmal mit der Stirn gegen eine Wand gerannt ist.

Fjodor Pawlowitsch trank sein Gläschen aus und brach in ein quiekendes Lachen aus.

»Aljoschka, Aljoschka, was sagst du dazu? Ach, du Sophist! Er muß irgendwo bei den Jesuiten in die Schule gegangen sein, Iwan. Ach, du stinkender Jesuit, wer hat dir das nur beigebracht? Aber du lügst nur, du Sophist, du lügst, du lügst, du lügst! Weine nicht, Grigori, wir werden ihn gleich total zerschmettern. Beantworte mir eine Frage, Eselin: Den Peinigern gegenüber magst du recht haben, aber du hast ja selbst in deinem Innern deinen Glauben verleugnet. Du sagst selbst, daß du in demselben Augenblick ein Verfluchter, ein Ausgestoßener geworden bist. Wenn du nun einmal ein Verfluchter, ein Ausgestoßener bist, wird man dich in der Hölle nicht allzu zart behandeln. Wie denkst du darüber, mein prächtiger Jesuit?«

»Daß ich mich selbst in meinem Innern losgesagt habe, daran ist kein Zweifel. Doch das war keinerlei persönliche Sünde. Und wenn ja, so nur eine ganz einfache.«

»Wieso eine ganz einfache?«

»Du lügst, Verfluchter!« knirschte Grigori.

»Überlegen Sie doch selbst, Grigori Wassiljewitsch«, fuhr Smerdjakow ruhig und gemessen fort. Er war sich seines Sieges bewußt, übte aber gewissermaßen Großmut mit dem geschlagenen Gegner. »Überlegen Sie doch selbst, Grigori Wassiljewitsch! Es steht doch in der Heiligen Schrift geschrieben: ›Wenn ihr Glauben habt auch nur von der Größe eines kleinen Körnchens und dann zu dem Berg sagt, er solle sich ins Meer begeben, so wird er das ohne Zaudern auf euren Befehl hin tun.‹ Nun gut, Grigori Wassiljewitsch, wenn ich ein Ungläubiger bin und Sie ein solcher Gläubiger, daß Sie mich ständig beschimpfen, dann versuchen Sie doch selbst einmal, diesem Berg zu befehlen, er soll sich zwar nicht gleich ins Meer – bis zum Meer ist es recht weit –, aber doch wenigstens in das übelriechende Flüßchen hinter unserem Garten begeben. Sie werden selber sehen, daß sich nichts von der Stelle bewegt, sondern alles in der bisherigen Ordnung und dem bisherigen Zusammenhang bleibt, mögen Sie auch noch so viel schreien. Das bedeutet aber doch, daß auch Sie, Grigori Wassiljewitsch, nicht richtig glauben, sondern statt dessen nur andere beschimpfen. Und wenn man außerdem in Betracht zieht, daß in unserer Zeit niemand von den höchsten Persönlichkeiten bis hinab zum niedrigsten Bauer, Berge ins Meer schieben kann, vielleicht außer einem oder höchstens zwei Menschen auf der ganzen Erde, und auch die leben, auf die Rettung ihrer Seele bedacht, wahrscheinlich irgendwo in der ägyptischen Wüste, wo man sie überhaupt nicht finden kann – wenn es sich also so verhält, wenn alle übrigen sich als Ungläubige erweisen, wird Gott der Herr dann alle übrigen, das heißt die Bevölkerung der ganzen Erde außer jenen beiden Einsiedlern, verfluchen und trotz seiner allbekannten Barmherzigkeit keinem von ihnen verzeihen? Also hoffe auch ich, daß mir, sollte auch ich einmal gezweifelt haben, verziehen wird, wenn ich Tränen der Reue vergieße.«

»Halt!« kreischte Fjodor Pawlowitsch auf dem Höhepunkt des Entzückens. »Du nimmst also an, daß es zwei Menschen gibt, die Berge versetzen können? Iwan, notiere dir das, schreib es dir auf! Darin zeigt sich der ganze Russe!«

»Sie haben durchaus recht, das ist ein charakteristischer Zug im Glauben des Russen«, stimmte Iwan Fjodorowitsch mit beifälligem Lächeln zu.

»Du stimmst zu! Also muß es sich so verhalten, wenn sogar du zustimmst! Aljoschka, das ist doch richtig? Das ist doch ein echt russischer Glaube?«

»Nein, Smerdjakow hat überhaupt keinen russischen Glauben« antwortete Aljoscha ernsthaft und in festem Ton.

»Ich rede nicht von seinem Glauben. Ich rede von dem charakteristischen Zug, von den beiden Einsiedlern. Nur von einem kleinen charakteristischen Zug! Das ist doch wohl echt russisch, echt russisch!«

»Ja, dieser Zug ist sehr russisch«, bestätigte Aljoscha lächelnd.

»Dein Ausspruch ist einen Dukaten wert, Eselin! Ich werde dir noch heute einen schicken. Aber was du sonst gesagt hast, ist Unsinn, Unsinn, Unsinn! Du mußt wissen, du Dummkopf, daß wir hier alle nur aus Leichtsinn ungläubig sind. Weil wir keine Zeit haben. Erstens sind uns die Geschäfte über den Kopf gewachsen, und zweitens gab Gott uns zu wenig Zeit. Er gab dem Tag nur vierundzwanzig Stunden, so daß man nicht einmal ordentlich ausschlafen, geschweige denn bereuen kann. Du aber hast vor den Peinigern deinen Glauben zu einer Zeit verleugnet, wo du an nichts zu denken hattest als an den Glauben, wo du den Glauben erst recht hättest zeigen müssen! Ich meine, das stimmt so, mein Lieber, nicht wahr?«

»Es wird wohl so stimmen. Aber bedenken Sie, Grigori Wassiljewitsch, gerade dadurch wird meine Ansicht noch bestärkt. Hätte ich damals gehörig an die heilige Wahrheit geglaubt, wäre es in der Tat Sünde gewesen, die Foltern nicht um des Glaubens willen auf mich zu nehmen, sondern zum heidnischen Glauben Mohammeds überzugehen. Aber zu Foltern wäre es dann gar nicht gekommen. Ich hätte ja in jenem Moment bloß zum Berg zu sagen brauchen: Beweg dich und erdrück den Peiniger. Er hätte sich dann in Bewegung gesetzt und ihn augenblicklich wie eine Schabe zerquetscht, ich aber wäre, Gott preisend und lobsingend, davongegangen, als ob nichts geschehen wäre. Doch wenn ich das alles versucht und den Berg aufgefordert hätte, diese Peiniger zu erdrücken, und er hätte sie *nicht* erdrückt – sagen Sie selbst, wie hätte ich da nicht zweifeln sollen, und noch dazu in einer so furchtbaren Stunde der Todesangst? Wüßte ich doch ohnehin, daß ich das Himmelreich nicht voll erlangen würde, denn der Berg hätte sich nicht in Bewegung gesetzt, Beweis genug, daß man meinem Glauben dort nicht recht traute und daß mich in jener Welt keine besonders große Belohnung erwartete – warum sollte ich mir da obendrein nutzlos die Haut abziehen lassen? Selbst wenn sie mir die Haut bis zur Hälfte des Rückens abziehen, der Berg würde sich auch dann auf mein Wort oder auf mein Geschrei hin nicht in Bewegung setzen. In so einem Augenblick können einem nicht nur Zweifel kommen, man kann sogar vor Angst den Verstand verlieren, so daß das Überlegen überhaupt unmöglich wird. Inwiefern mache ich mich also besonders schuldig, wenn ich wenigstens meine Haut rette, wo ich von etwaiger Standhaftigkeit weder in dieser noch in jener Welt einen Vorteil oder einen Lohn zu erwarten habe? Also hoffe ich zuversichtlich auf Gottes Barmherzigkeit und Vergebung ...«

8. Beim Kognak

Der Streit war zu Ende. Aber seltsam, Fjodor Pawlowitsch, der anfangs so vergnügt gewesen war, wurde plötzlich verdrießlich. Er machte ein finsteres Gesicht und trank sein Kognakgläschen aus; er hatte schon mehr als genug getrunken.

»Schert euch hinaus, ihr Jesuiten!« schrie er die Diener an. »Mach, daß du hinauskommst, Smerdjakow! Den versprochenen Dukaten schicke ich dir noch heute, aber jetzt geh! Weine nicht Grigori, geh zu Marfa, sie wird dich trösten und zu Bett bringen. Die Kanaillen lassen einen nach Tisch doch nicht ruhig sitzen«, räsonierte er verärgert, als sich die Diener auf seinen Befehl sofort entfernt hatten. »Smerdjakow kommt jetzt immer beim Essen angeschlichen. Du bist ihm so interessant, womit hast du ihn denn geködert?« fügte er, zu Iwan Fjodorowitsch gewandt hinzu.

»Mit gar nichts«, antwortete dieser. »Er ist auf den Einfall gekommen, mich zu verehren. Er ist eine Bedientenseele, eine Knechtsseele. Kanonenfutter für den Fortschritt, sobald die Zeit dafür gekommen ist!«

»Für den Fortschritt?«

»Es wird andere und bessere Kämpfe geben, aber auch solche. Zuerst wird es solche geben, und nach ihnen bessere.«

»Und wann wird die Zeit kommen?«

»Eine Rakete wird aufflammen, aber vielleicht nicht zu Ende brennen. Das niedere Volk hört einstweilen noch nicht gern auf die Bouillonköche.«

»Ja, ja, mein Lieber, Bileams Eselin denkt und denkt, und der Teufel weiß, wo sie hindenkt.«

»Sie sammelt Gedanken«, sagte Iwan lächelnd. »Siehst du, ich weiß, er kann auch mich nicht leiden, so wenig wie alle anderen und wie dich, obgleich du meinst, er sei auf den Einfall gekommen, dich zu verehren. Und nun zu Aljoschka: Aljoschka verachtet er. Aber er stiehlt nicht, das ist das Gute an ihm. Er ist kein Klatschmaul, er schweigt, er trägt keinen Streit aus dem Haus und bäckt famose Fischpasteten. Aber hol' ihn trotz alledem der Teufel! Ist er's denn wert, daß man so viel von ihm spricht?«

»Wert ist er's allerdings nicht.«

»Und was die Gedanken betrifft, die er im stillen aussinnt, so muß man den russischen Bauern im allgemeinen mit Ruten peitschen. Das habe ich immer gesagt. Unsere Bauern sind Spitzbuben, sie verdienen nicht, daß man sie bedauert. Es ist ein Glück, daß sie auch jetzt manchmal noch verprügelt werden. Unser russisches Vaterland ist stark durch die Birke. Holzt man die Birkenwälder ab, geht Rußland zugrunde. Ich stehe auf der Seite der Klugen. Wir haben aus Klugheit aufgehört, die Bauern zu verprügeln, sie jedoch prügeln sich selbst weiter. Und sie tun gut daran. Mit dem Maß, mit dem man mißt, wird man wieder gemessen, oder so ähnlich. Kurz, es wird einem alles vergolten. Rußland ist eine Schweinerei. Wenn du wüßtest, mein Freund, wie ich Rußland hasse! Das heißt, nicht Rußland, sondern all diese Laster … Meinetwegen auch Rußland. Tout cela, c'est de la cochonnerie.* Weißt du, was ich liebe? Den Esprit!«

* frz. Das alles ist nur Schweinerei.

»Sie haben schon wieder ein Glas ausgetrunken. Sie sollten aufhören.«

»Warte ein bißchen. Ich trinke noch eins und dann noch eins, und dann mache ich Schluß. Nein, halt mal, du hast mich unterbrochen. In Mokroje sprach ich einmal auf der Durchreise mit einem alten Mann, und der sagte: ›Wir verurteilen die jungen Mädchen gern zu Rutenhieben und übertragen die Exekution gern jungen Burschen. Oft nimmt so einer das Mädchen, das er heute durchgepeitscht hat, morgen zur Braut, so daß selbst die Auspeitschung für die Mädchen etwas Verlockendes hat.‹ Was sagst du zu diesem Marquise de Sade? Mag man darüber denken, wie man will, auf jeden Fall ist es geistreich. Wollen wir nicht hinfahren und es uns ansehen, he? Du bist rot geworden, Aljoschka? Schäm dich nicht, Söhnchen! Schade daß ich heute nicht beim Abt geblieben bin und den Mönchen nicht von den jungen Mädchen in Mokroje erzählt habe. Sei nicht böse, Aljoschka daß ich deinen Abt heute gekränkt habe. Das Böse wird mitunter zu mächtig in mir, mein Lieber. Wenn es einen Gott gibt, wenn Gott existiert, na, dann habe ich mich freilich schuldig gemacht und muß es verantworten. Wenn er jedoch überhaupt nicht existiert, wozu brauchen wir dann deine frommen Väter? Ihnen die Köpfe abzuschlagen, wäre dann doch zu wenig, denn sie hemmen die geistige Entwicklung. Glaubst du wohl, Iwan, daß mich das in meinen Gefühlen schmerzlich berührt? Du glaubst, was die Leute sagen: Ich sei nur ein Possenreißer. Aber du, Aljoscha, du glaubst, daß ich nicht nur ein Possenreißer bin.«

»Ja, ich glaube, daß Sie nicht nur ein Possenreißer sind.«

»Und ich glaube, daß du das glaubst und aufrichtig redest. Du hast einen ehrlichen Blick und redest aufrichtig. Iwan dagegen nicht. Iwan ist hochmütig. Und trotzdem würde ich deinem Klösterchen ein Ende bereiten. Man sollte diese ganze Mystik im russischen Reich mit einem Schlag beseitigen, um alle Dummköpfe endgültig zur Vernunft zu bringen. Und wieviel Gold und Silber käme dann in den Münzhof?«

»Aber warum sollte man sie denn beseitigen?« fragte Iwan.

»Damit die Wahrheit schneller erstrahlt, darum!«

»Und wenn die Wahrheit erstrahlt, sind Sie der erste, der ausgeraubt und … beseitigt wird!«

»Pah! Doch vielleicht hast du recht. Ach, ich Esel!« rief Fjodor Pawlowitsch und schlug sich leicht vor die Stirn. »Na gut, wenn es so ist, dann mag dein Klösterchen bestehenbleiben, Aljoscha. Wir Klugen aber wollen im Warmen sitzen und uns am Kognak erfreuen. Weißt du, Iwan, daß Gott selber es so gewollt hat? Sag, Iwan, gibt es einen Gott oder nicht? Warte noch, sprich aufrichtig, sprich ernsthaft! Warum lachst du wieder?«

»Weil Sie selbst vorhin über Smerdjakows Glauben gewitzelt haben, es existierten zwei Einsiedler, die Berge versetzen könnten!«

»Habe ich denn mit ihm Ähnlichkeit?«

»Große Ähnlichkeit!«

»Na, dann bin ich also auch ein Russe mit einem russischen Charakterzug. Aber auch an dir Philosophen kann man einen derartigen Charakterzug entdecken. Wenn du willst, tue ich es. Wetten wir, daß es mir gleich morgen gelingt? Aber sage mir trotzdem, gibt es einen Gott oder gibt es keinen? Aber ernsthaft! Ich möchte ein ernsthaftes Gespräch führen.«

»Nein, es gibt keinen Gott.«

»Aljoscha, gibt es einen Gott?«

»Ja, es gibt einen Gott.«

»Und gibt es Unsterblichkeit, Iwan? Irgendeine, und sei sie noch so klein?«

»Nein, es gibt keine Unsterblichkeit.«

»Gar keine?«

»Nein, gar keine.«

»Das heißt, da ist ein völliges Nichts. Ist nicht vielleicht doch irgend etwas vorhanden? So daß da nicht ein reines Nichts ist?«

»Nein, da ist ein reines Nichts.«

»Gibt es Unsterblichkeit, Aljoschka?«

»Ja.«

»Einen Gott und Unsterblichkeit?«

»Ja, einen Gott und Unsterblichkeit. In Gott ist auch Unsterblichkeit.«

»Hm! Wahrscheinlicher ist, daß Iwan recht hat. Herrgott, wenn man bedenkt, wieviel Glauben, wie viele Kräfte aller Art die Menschen umsonst auf dieses Traumbild verwendet haben, und das schon seit vielen Jahrtausenden! Wer macht sich dann über den Menschen so lustig, Iwan? Zum letztenmal und definitiv: Gibt es einen Gott oder gibt es keinen? Ich frage zum letztenmal!«

»Und zum letztenmal sage ich nein.«

»Wer macht sich dann über die Menschen lustig, Iwan?«

»Wahrscheinlich der Teufel!«, erwiderte Iwan Fjodorowitsch lächelnd.

»Also einen Teufel gibt es auch?«

»Nein, es gibt auch keinen Teufel.«

»Schade. Zum Teufel, was würde ich unter diesen Umständen demjenigen antun, der Gott zuerst erdacht hat! Ihn aufzuhängen wäre zuwenig.«

»Es gäbe keine Zivilisation, hätte man Gott nicht erdacht.«

»Keine Zivilisation ohne Gott?«

»Nein. Auch Kognak nicht. Aber den muß man Ihnen nun doch wegnehmen.«

»Halt, halt, mein Lieber, ein Gläschen noch! Ich habe Aljoscha gekränkt. Du bist mir doch nicht böse, Alexej? Du mein Alexejtschik, mein lieber Alexejtschik!«

»Nein, ich bin Ihnen nicht böse. Ich kenne ihre Gedanken. Ihr Herz ist besser als Ihr Kopf.«

»Mein Herz ist besser als mein Kopf? Herrgott, und wer sagt mir das? Iwan, hast du Aljoschka lieb?«

»Ja, ich habe ihn lieb.«

»Hab ihn lieb!« Fjodor Pawlowitsch war jetzt stark betrunken. »Hör mal, Aljoscha, ich habe mich heute unpassend gegenüber deinem Starez benommen. Ich war aufgeregt. Dabei hat dieser Starez doch Esprit. Was meinst du, Iwan?«

»Schon möglich, das er welchen hat!«

»Er hat welchen, er hat welchen, il y a du Piron là-dedans.* Er ist Jesuit, das heißt ein russischer. Da er eine anständige, vornehme Gesinnung besitzt, kocht in ihm eine geheime Entrüstung, daß er sich verstellen und die Rolle eines Heiligen spielen muß.«

»Aber er glaubt doch wirklich an Gott.«

»Nicht die Bohne! Das weißt du nicht? Er sagt es ja allen Leuten selbst, das heißt nicht allen, aber den Gescheiten, die zu ihm kommen. Zum Gouverneur Schulz hat er offenbar gesagt: ›Credo. Aber ich weiß nicht, an was.‹«

»Wirklich?«

»Genauso. Aber ich schätze ihn sehr. Er hat etwas Mephistophelisches oder, richtiger, etwas von dem ›Helden unserer Zeit‹, von Arbenin oder wie er heißt ... Du mußt nämlich wissen, er ist ein Lüstling. Er ist ein so schlimmer Wüstling, daß ich auch jetzt noch für meine Tochter oder meine Frau fürchten würde, wenn sie zu ihm zur Beichte ginge. Weißt du, wenn der anfängt zu erzählen ... Vor zwei, drei Jahren hat er uns zum Tee eingeladen, Likör gab es auch, die Damen schicken ihm immer welchen, und als er da anfing, von den alten Zeiten zu erzählen, haben wir uns geradezu krank gelacht. Besonders über die Geschichte, wie er eine Gelähmte geheilt hat. ›Würden mir die Füße nicht weh tun, würde ich Ihnen was vortanzen‹, sagte er. Na, was meint ihr dazu? ›Ich habe in meinem Leben tolle Sachen gemacht‹, sagte er. Dem Kaufmann Demidow hat er sechzigtausend Rubel abgeknöpft.«

»Wie, gestohlen?«

»Der brachte ihm das Geld, weil er ihn für einen guten Menschen hielt. Er hat es mir selbst erzählt: ›Ich sage zu ihm, nimm es in Verwahrung, Bruder, bei mir findet morgen eine Haussuchung statt. Er nimmt es auch in Verwahrung. Und als ich es wiederhaben will, sagt er, du hast es doch der Kirche geschenkt. Ich erwidere, du bist ein Schuft. Nein, sagt er, ich bin kein Schuft, ich habe nur großzügige Anschauungen ...‹ Übrigens war er das gar nicht ... Es

* frz. Da drinnen ist Piron.

war jemand anders. Ich habe ihn mit jemand anders verwechselt, ohne es zu merken. Na, noch ein Gläschen, dann soll es genug sein! Nimm die Flasche weg, Iwan! Ich habe Unsinn geschwatzt, warum hast du mich nicht unterbrochen, Iwan, und mit gesagt, daß ich Unsinn schwatze?«

»Ich wußte, Sie hören von selber auf.«

»Du lügst! Du hast es aus Bosheit gegen mich getan, nur aus Bosheit. Du verachtest mich. Du bist zu mir gezogen und verachtest mich in meinem eigenem Haus.«

»Ich fahre auch wieder weg. Der Kognak ist Ihnen zu Kopf gestiegen.«

»Ich habe dich um Gottes und Christi willen gebeten, nach Tschermaschnja zu fahren, für ein oder zwei Tage. Aber du fährst nicht.«

»Morgen werde ich fahren, wenn Ihnen so viel daran liegt.«

»Du wirst *nicht* fahren. Du willst hier auf mich aufpassen. Das ist es, was du willst, du schlechter Mensch. Deshalb fährst du nicht.«

Der Alte konnte sich gar nicht mehr beruhigen. Er war in seiner Betrunkenheit an dem Punkt angelangt, wo sich sogar bei sonst friedlichen Menschen manchmal das jähe Verlangen regt, sich zu ereifern und sich zu brüsten.

»Was siehst du mich so an? Was machst du für Augen? Deine Augen sagen: Du besoffener Lump! Deine Augen blicken mißtrauisch und verächtlich. Du bist in einer bestimmten Absicht gekommen. Aljoschka sieht mich mit leuchtenden Augen an. Aljoscha verachtet mich nicht. Alexej, du darfst Iwan nicht liebhaben.«

»Seien Sie nicht böse auf den Bruder! Kränken Sie ihn nicht weiter!« sagte Aljoscha auf einmal nachdrücklich.

»Na gut, meinetwegen. Ah, mein Kopf tut mir weh. Nimm den Kognak weg, Iwan, ich sage es schon, zum drittenmal!« Er dachte nach und lächelte plötzlich schlau mit breitgezogenem Mund. »Sei dem alten kranken Mann nicht böse, Iwan! Ich weiß, daß du mich nicht leiden kannst, aber sei mir trotzdem nicht böse – wenn ich auch nichts an mir habe, weshalb man mich liebhaben könnte. Wenn du in Tschermaschnja bist, werde ich dich besuchen und dir ein Geschenk mitbringen. Ich werde dir ein junges Mädchen nachweisen, das ich schon vor längerer Zeit ausgekundschaftet habe. Vorläufig geht sie noch barfuß. Schrick nicht zurück vor barfüßigen Mädchen, verachte sie nicht – sie sind oft wahre Perlen!«

Er küßte sich schmatzend auf die Hand.

»Für mich«, fuhr er fort und wurde auf einmal lebhaft, als sei er plötzlich nüchtern geworden, sobald er sein Lieblingsthema berührte. »Für mich ... Ach, meine Jungs, meine kleinen Ferkelchen! Für mich hat es mein Leben lang keine häßlichen Frauen gegeben, das ist mein Grundsatz! Begreift ihr das? Aber nein, wie sollt ihr das begreifen, euch fließt ja statt Blut noch Milch in den Adern, ihr seid ja kaum aus dem Ei gekrochen! Nach meiner Maxime, hol's der Teufel, kann man in jeder Frau etwas Interessantes finden, etwas, was man bei keiner anderen entdeckt! Man muß es nur zu finden wissen, das ist das Kunststück! Dazu gehört Talent! Für mich hat nie ein häßliches Weib existiert! Allein schon der Umstand, daß eine eine Frau ist, das allein ist schon die Hälfte des Ganzen ... Aber das begreift ihr ja nicht! Sogar bei alten Jungfern findet man manchmal etwas, daß man sich nur wundern muß, wie die dummen anderen Männer so eine alt werden lassen konnten, ohne sie zu bemerken! Barfüßige und Häßliche muß man zuerst in Erstaunen versetzen – das ist die Art, wie man sich an sie ranmacht. Wußtest du das noch nicht? So eine muß man derart in Erstaunen versetzen, daß sie entzückt und ergriffen ist und sich schämt, daß sich in sie ein so vornehmer Herr verliebt hat. Es ist wirklich vortrefflich eingerichtet, daß es immer Herren und Knechte gibt und geben wird. Dann gibt es auch stets kleine Scheuermägde und stets einen Herrn für die: – und weiter braucht man nichts zum Glück! Halt ... hör mal, Aljoschka. Ich habe deine verstorbene Mutter stets in Erstaunen versetzt, es kam bloß anders heraus. Manchmal schenkte ich ihr lange Zeit keine Liebkosung, und dann auf einmal, im richtigen Augenblick, konnte ich mir nicht genug tun mit Zärtlichkeiten. Ich rutschte vor ihr auf Knien, küßte ihr die Füße und brachte sie dann immer zu einem kleinen, abgebrochenen, besonderen Lachen, wohlklingend, leise, nervös. Nur sie konnte so lachen. Ich wußte, daß so immer ihre Krankheit begann, daß sie am folgenden Tag wie alle Schreikranken anfangen würde zu schreien, daß das kleine Lachen vorher kein wirkliches Entzücken bedeutete, wenigstens aber ein eingebildetes. Da seht ihr, was es heißt, in allem seinen Genuß zu finden wissen! Ein gewisser Beljawski, ein hübscher, steinreicher junger Mann, hatte angefangen, ihr den Hof zu machen und bei mir zu verkehren; er gab mir einmal in meinem eigenen Haus eine Ohrfeige – in ihrer Gegenwart! Da hättet ihr das Lämmchen sehen müssen! Ich dachte, sie wollte mich verprügeln wegen der Ohrfeige, so stürzte sie auf mich los: ›Man hat dich geschlagen!‹ sagte sie. ›Du hast von ihm eine Ohrfeige bekommen! Hast mich an ihn verkauft‹, sagte sie. ›Wie durfte er wagen, dich, in meiner Gegenwart zu schlagen! Untersteh dich nicht, mir jemals wieder nahe zu kommen, niemals! Lauf sofort zu ihm und fordere ihn zum Duell!‹ Ich brachte sie damals ins Kloster, damit sie sich beruhigte. Die frommen Väter lasen ihr Gebete und heilten sie dadurch. Aber ich schwöre dir bei Gott, Aljoscha, ich habe meine kleine Schreikranke niemals gekränkt! Nur einmal, höchstens ein einziges Mal, noch im ersten Jahr. Sie betete damals schon sehr viel, vor allem hielt sie die Muttergottesfeste heilig und vertrieb mich dann immer in mein Zimmer. Warte mal, dachte ich, ich werde dir diese Mystik verleiden! ›Siehst du‹, sagte ich, ›da ist dein Heiligenbild, da ist es. Ich nehme es herunter, nun paß auf. Du hältst es für wundertätig, aber ich werde es vor deinen Augen anspucken, und nichts wird mir dafür geschehen!‹ Als sie das sah – Herrgott, ich dachte, jetzt schlägt sie dich tot! Aber sie sprang nur auf, schlug die Hände zusammen, bedeckte mit ihnen das Gesicht und fiel, am ganzen Körper zitternd, zu Boden … Sie stürzte einfach hin … Aljoscha, Aljoscha! Was hast du, was hast du?«

Der Alte sprang erschrocken auf. Aljoschas Gesicht hatte sich seit dem Augenblick, wo von seiner Mutter gesprochen wurde, allmählich verändert. Er war rot geworden, seine Augen brannten, seine

Lippen zuckten. Der betrunkene Alte hatte, speichelspritzend, weitergeredet und nichts bemerkt, bis mit Aljoscha auf einmal etwas Seltsames geschah. Bei ihm wiederholte sich nämlich dasselbe, was soeben von der Schreikranken erzählt worden war. Aljoscha sprang plötzlich vom Tisch auf, ganz wie seine Mutter, schlug die Hände zusammen, bedeckte mit ihnen das Gesicht und sank wie gebrochen zurück auf den Stuhl; sein ganzer Körper wurde von einem lautlosen Weinkrampf erschüttert. Die auffallende Ähnlichkeit mit der Mutter überraschte den Alten zutiefst.

»Iwan, Iwan! Gib ihm schnell Wasser! Das ist genau wie bei ihr, genauso wie damals bei seiner Mutter! Bespritz ihn aus dem Mund mit Wasser, so habe ich es mit ihr auch gemacht! Die Worte über seine Mutter haben ihn ergriffen!« fügte er murmelnd hinzu.

»Aber war denn seine Mutter nicht auch meine Mutter? Meinen Sie nicht?« brach Iwan plötzlich in ungehemmter Wut und Verachtung los.

Der Alte zuckte vor Iwans wütendem Blick zusammen. Und da geschah etwas sehr Seltsames, allerdings nur für ein paar Sekunden.

Dem Alten schien tatsächlich das Wissen abhanden gekommen zu sein, daß Aljoschas Mutter auch Iwans Mutter war.

»Wieso deine Mutter?« murmelte er verständnislos. »Wie meinst du das? Von welcher Mutter redest du? War sie etwa … Ah, zum Teufel? Ja, sie war ja auch *deine* Mutter! Na, das war eine Geistesverwirrung, lieber Freund, wie ich sie noch nie erlebt habe! Entschuldige nur, ich dachte … Iwan … hehehe!«

Er verstummte. Sein Gesicht verzog sich zu einem breiten, trunkenen, fast gedankenlosen Lächeln. Doch plötzlich ertönte auf dem Flur ein furchtbares Lärmen und Poltern, ein wütendes Geschrei war zu hören, die Tür wurde aufgestoßen, und herein stürmte Dmitri Fjodorowitsch. Der Alte stürzte erschrocken zu Iwan und klammerte sich an seinen Rockschoß.

»Er will mich töten, er will mich töten! Schütze mich, schütze mich!« schrie er.

Unmittelbar hinter Dmitri Fjodorowitsch eilten Grigori und Smerdjakow in den Saal. Sie hatten auf dem Flur mit ihm gerungen und ihm den Eintritt verwehrt – gemäß einer Instruktion, die ihnen Fjodor Pawlowitsch schon einige Tage vorher erteilt hatte. Grigori benutzte den Umstand, daß Dmitri Fjodorowitsch nach dem Betreten des Saales kurze Zeit stehenblieb, um sich umzusehen, lief um den Tisch herum, schloß beide Flügel der in die inneren Räume führenden Tür und stellte sich mit ausgebreiteten Armen davor, bereit, den Eingang bis zum letzten zu verteidigen.

Als Dmitri das sah, stieß er einen Schrei oder vielmehr eine Art Kreischen aus und stürzte sich auf Grigori.

»Sie ist hier! Sie haben sie versteckt! Aus dem Weg, Schurke!«

Er wollte Grigori fortreißen, aber der stieß ihn zurück. Außer sich vor Wut, holte Dmitri aus und versetzte seinem Gegner mit voller Kraft einen Schlag. Der alte Mann stürzte jäh zu Boden, und Dmitri sprang über ihn hinweg und stieß die Tür auf. Smerdjakow blieb im Saal, am anderen Ende; blaß und zitternd näherte er sich Fjodor Pawlowitsch.

»Sie ist hier!« schrie Dmitri Fjodorowitsch. »Ich habe sie soeben selbst zum Haus einbiegen sehen, konnte sie nur nicht einholen. Wo ist sie? Wo ist sie?«

Diese Rufe machten auf Fjodor Pawlowitsch einen unbegreiflichen Eindruck. All seine Angst war im Nu verschwunden.

»Haltet ihn, haltet ihn!« brüllte er und stürzte hinter Dmitri Fjodorowitsch her.

Unterdessen hatte sich Grigori erhoben, war jedoch geistig noch wie abwesend. Iwan Fjodorowitsch und Aljoscha liefen dem Vater nach. Man hörte, wie im dritten Zimmer etwas zu Boden fiel und zerklirrte. Dmitri Fjodorowitsch hatte beim Vorbeilaufen eine große gläserne Vase von einem Marmorsockel gestoßen.

»Packt ihn!« brüllte der Alte. »Zu Hilfe!«

Doch Iwan Fjodorowitsch und Aljoscha holten den Alten ein und brachten ihn mit Gewalt in den Saal zurück.

»Warum rennen Sie ihm nach? Er wird Sie totschlagen!« rief Iwan Fjodorowitsch zornig dem Vater zu.

»Wanetschka, Ljoschetschka, sie ist also hier! Gruschenka ist hier! Er sagt, er hat selbst gesehen, wie sie herlief ...«

Er konnte nicht weiterreden vor Erregung. Er hatte Gruschenka diesmal nicht erwartet, und die plötzliche Nachricht, sie sei da, brachte ihn fast um den Verstand. Er zitterte am ganzen Körper und war wie von Sinnen.

»Aber Sie haben doch selbst gesehen, daß sie nicht gekommen ist!« rief Iwan.

»Vielleicht ist sie durch den anderen Eingang gekommen?«

»Der ist verschlossen, und den Schlüssel haben Sie selbst ...«

Auf einmal erschien Dmitri erneut im Saal. Er hatte den anderen Eingang in der Tat verschlossen gefunden, und der Schlüssel steckte wirklich in Fjodor Pawlowitschs Tasche. Die Fenster aller Zimmer waren ebenfalls geschlossen; Gruschenka konnte also nirgends hindurchgegangen sein.

»Haltet ihn!« kreischte Fjodor Pawlowitsch, als er Dmitri wieder erblickte. »Er hat mir im Schlafzimmer Geld gestohlen!« Und er riß sich von Iwan los und stürzte abermals auf Dmitri los. Der aber hob beide Hände, packte den Alten an den beiden letzten Haarbüscheln, die ihm an den Schläfen verblieben waren, riß ihn hoch und schmetterte ihn dann mit einem Faustschlag zu Boden. Er fand noch Zeit, ihm zwei- oder dreimal mit dem Absatz ins Gesicht zu treten. Der Alte stöhnte laut. Iwan Fjodorowitsch umfaßte seinen Bruder Dmitri, obwohl er nicht so stark war wie dieser, und riß ihn mit aller Kraft von dem Alten weg. Auch Aljoscha, half ihm, so gut er konnte, indem er den Bruder von vorn umklammerte.

»Du Wahnsinniger, hast ihn totgeschlagen!« rief Iwan.

»Geschieht ihm ganz recht!« schrie Dmitri keuchend. »Sollte er nicht vollkommen tot sein, komme ich wieder und hole es nach. Ihr werdet ihn nicht davor bewahren!«

»Dmitri. Geh augenblicklich von hier fort!« rief Aljoscha gebieterisch.

»Alexej. Du bist der einzige, dem ich glaube. Sag mir, war sie hier oder nicht? Ich habe sie aus der Seitengasse am Zaun entlang herschlüpfen sehen. Ich rief sie an, aber sie rannte davon ...«

»Ich schwöre dir, sie war nicht hier. Es hat sie auch niemand hier erwartet!«

»Aber ich habe sie gesehen ... Also muß sie ... Ich werde gleich erfahren, wo sie ist ... Leb wohl, Alexej! Sag dem alten Satyr kein Wort von dem Geld, geh sofort zu Katerina Iwanowna und bestell ihr, ich lasse sie grüßen! Und ihr Lebewohl sagen! Schildere ihr diese Szene!«

Unterdessen hatten Iwan und Grigori den Alten auf einen Lehnstuhl gesetzt. Sein Gesicht war blutig, aber er war bei Bewußtsein und hörte Dmitri begierig zu. Er glaubte immer noch, Gruschenka sei wirklich irgendwo im Haus. Dmitri Fjodorowitsch warf ihm beim Hinausgehen einen haßerfüllten Blick zu.

»Ich fühle keine Reue wegen deines Blutes!« rief er. »Nimm dich in acht, Alter! Nimm dich in acht mit deiner Hoffnung, ich hege auch welche! Ich verfluche dich und sage mich für immer von dir los ...« Er lief aus dem Zimmer.

»Sie ist hier, bestimmt ist sie hier! Smerdjakow, Smerdjakow!« rief der Alte kaum vernehmbar mit heiserer Stimme und winkte dabei mit dem Finger.

»Nein, sie ist *nicht* hier, Sie verrückter alter Mann!« schrie Iwan ärgerlich. »So, nun wird er ohnmächtig! Wasser, Handtuch! Schnell, Smerdjakow!«

Smerdjakow holte das Verlangte. Dann entkleideten sie den Alten, trugen ihn in das Schlafzimmer und legten ihn auf das Bett. Um den Kopf wurde ihm ein nasses Handtuch gewickelt. Entkräftet von dem Kognak, der großen Aufregung und den Mißhandlungen, schloß er die Augen, sowie er das Kissen berührte, und verlor das Bewußtsein. Iwan Fjodorowitsch und Aljoscha kehrten in den Saal zurück. Smerdjakow trug die Scherben der Vase hinaus, Grigori stand am Tisch und sah finster zu Boden.

»Du solltest dir auch einen feuchten Umschlag machen und dich ins Bett legen«, wandte sich Aljoscha an Grigori. »Wir werden schon auf ihn achtgeben. Der Bruder hat dir ja einen furchtbaren Schlag versetzt, genau auf den Kopf!«

»Er … hat sich … an mir vergriffen!« sagte Grigori finster und stockend.

»Er hat sich auch am Vater vergriffen, nicht nur an dir!« bemerkte Iwan Fjodorowitsch und verzog den Mund.

»Ich habe ihn im Waschtrog gebadet, und er vergreift sich an mir!« wiederholte Grigori.

»Zum Teufel, hätte ich ihn nicht weggerissen, er hätte den Alten am Ende erschlagen! Viel gehört nicht dazu bei dem alten Satyr«, flüsterte Iwan Fjodorowitsch seinem Bruder zu.

»Davor behüte uns Gott!« rief Aljoscha.

»Warum soll er uns davor behüten?« fuhr Iwan, noch immer flüsternd, mit boshaft verzogenem Antlitz fort. »Ein Reptil frißt das andere auf, und beiden geschieht recht!«

Aljoscha zuckte zusammen.

»Ich werde selbstverständlich keinen Mord geschehen lassen, wie ich ihn auch jetzt verhindert habe. Bleib hier, Aljoscha, ich will ein bißchen auf dem Hof auf und ab gehen. Ich habe Kopfschmerzen bekommen.«

Aljoscha ging zum Vater ins Schlafzimmer und saß ungefähr eine Stunde am Kopfende des Bettes. Der Alte schlug plötzlich die Augen auf und sah Aljoscha lange an, offenbar suchte er sich zu erinnern und seine Gedanken zu ordnen. Auf einmal malte sich eine ungewöhnliche Aufregung auf seinem Gesicht.

»Aljoscha«, flüsterte er, »wo ist Iwan?«

»Auf dem Hof, er hat Kopfschmerzen. Er schützt uns.«

»Gib mal das Spiegelchen her; da steht es!«

Aljoscha reichte ihm den kleinen runden Klappspiegel, der auf der Kommode stand. Der Alte sah hinein. Die Nase war stark geschwollen, und auf der Stirn, über der linken Braue, befand, sich eine auffällige, blutunterlaufene Stelle.

»Was sagt Iwan? Aljoscha, mein lieber, einziger Sohn, ich fürchte mich vor Iwan, mehr als vor dem anderen. Du bist der einzige, vor dem ich keine Furcht habe ...«

»Fürchten Sie sich auch vor Iwan nicht. Er ist zwar reizbar, doch er beschützt Sie.«

»Aber der andere? Er ist Gruschenka nachgelaufen! Sag mir die Wahrheit, du mein lieber Engel – war Gruschenka vorhin hier oder nicht?«

»Kein Mensch hat sie gesehen. Es ist ein Irrtum, sie war nicht hier.«

»Mitka will sie heiraten. Jawohl, er will sie heiraten!«

»Sie wird ihn gar nicht nehmen.«

»Sie wird ihn gar nicht nehmen ... Sie wird ihn gar nicht nehmen. Um keinen Preis wird sie ihn nehmen!« platzte der Alte erfreut heraus, als hätte man ihm in diesem Augenblick nichts Angenehmeres sagen können. In seinem Entzücken erfaßte er Aljoschas Hand und drückte sie fest an sein Herz. Ihm schimmerten sogar Tränen im Auge. »Das kleine Bild der Muttergottes, von dem ich vorhin erzählt habe, soll dir gehören, nimm es an dich. Auch in das Kloster darfst du zurückkehren. Ich habe vorhin nur gescherzt, sei mir nicht böse deswegen! Der Kopf tut mir weh, Aljoscha. Ljoscha, tröste mein Herz, sei mein Schutzengel, sag die Wahrheit!«

»Sie reden immer noch davon, ob sie hier war oder nicht?« fragte Aljoscha betrübt.

»Nein, nein, ich glaube dir. Aber ich will dir etwas sagen! Geh selbst zu Gruschenka, oder sieh zu, daß du sie irgendwie triffst. Frag sie recht bald, sobald wie möglich, oder errate mit eigenen Augen, zu wem sie will – zu mir oder zu ihm. Wie ist es? Was magst du? Kannst du es, oder kannst du es nicht?«

»Wenn ich sie sehe, werde ich sie fragen«, murmelte Aljoscha verlegen.

»Nein, sie wird es dir nicht sagen«, unterbrach ihn der Alte. »Sie ist ein mutwilliges Geschöpf. Sie wird dich küssen und dir sagen, *dich* wolle sie heiraten. Sie ist eine Betrügerin, schamlos. Nein, du darfst nicht zu ihr gehen, du darfst nicht!«

»Es wäre auch unschicklich, Vater, höchst unschicklich.«

»Wohin schickte er dich, als er hinauslief? Zu wem solltest du gehen?«

»Zu Katerina Iwanowna.«

»Um Geld zu holen? Solltest du sie um Geld bitten?«

»Nein, nicht um Geld.«

»Er hat kein Geld, keine Kopeke. Hör mal, Aljoscha, ich werde die Nacht hier liegenbleiben und mir etwas überlegen. Du geh einstweilen. Vielleicht triffst du sie … Komm aber morgen vormittag bestimmt wieder her, komm bestimmt! Ich werde dir morgen etwas sagen. Kommst du, Aljoscha?«

»Ja, ich komme.«

»Wenn du kommst, tu so, als kämst du von selbst. Um mich zu besuchen. Sag niemand, daß ich dich gebeten habe, zu kommen! Kein Wort zu Iwan!«

»Gut.«

»Leb wohl, mein Engel! Du hast mich vorhin beschützt, das werde ich dir mein Lebtag nicht vergessen. Ich werde dir morgen etwas sagen, muß es mir aber noch überlegen.«

»Wie fühlen Sie sich jetzt?«

»Schon morgen stehe ich wieder auf und bin ganz gesund, ganz gesund!«

Als Aljoscha über den Hof ging, traf er seinen Bruder Iwan auf der Bank am Tor; er saß da und schrieb mit Bleistift etwas in sein Notizbuch. Aljoscha teilte ihm mit, der Alte sei aufgewacht und bei Bewußtsein, habe ihn aber weggeschickt, damit er die Nacht im Kloster verbringe.

»Es wäre mir sehr lieb, wenn ich dich morgen vormittag sehen könnte«, sagte Iwan freundlich und erhob sich – eine Freundlichkeit, die seinem Bruder überraschend kam.

»Ich gehe morgen zu Chochlakows«, antwortete Aljoscha. »Vielleicht auch zu Katerina Iwanowna, falls ich sie heute nicht treffe …«

»Jetzt gehst du jedenfalls zu Katerina Iwanowna? Um zu bestellen, daß er sie grüßen und ihr Lebewohl sagen läßt?« fragte Iwan und lächelte.

Aljoscha wurde verlegen.

»Ich habe, glaube ich, nach seinen Äußerungen alles durchschaut. Dmitri hat dich sicher gebeten, zu ihr zu gehen und ihr mitzuteilen, daß er … Kurz, daß er sich von ihr lossagt?«

»Bruder, wie soll diese furchtbare Spannung zwischen dem Vater und Dmitri enden?« rief Aljoscha aus.

»Das läßt sich nicht mit Sicherheit sagen. Vielleicht verklingt sie allmählich. Diese Frau ist eine Bestie. Wir müssen den Alten im Haus festhalten und dürfen Dmitri nicht hereinlassen.«

»Bruder, erlaube mir noch eine Frage. Hat wirklich jeder Mensch das Recht zu entscheiden, wer würdig ist zu leben und wer nicht mehr?«

»Wozu solche Urteile abgeben? Die Frage, ob man jemand ein längeres Leben wünschen soll, wird in den Herzen der Menschen meist unter dem Einfluß anderer, weit natürlicherer Ursachen entschieden. Was nun das Recht anlangt – wer hätte *nicht* das Recht, etwas zu wünschen?«

»Aber doch nicht den Tod eines anderen?«

»Meinetwegen auch den Tod. Wozu sich selbst belügen, wo doch alle Menschen so leben und wahrscheinlich gar nicht anders leben können? Sagst du das mit Bezug auf meine Äußerung, daß zwei Reptile einander auffressen? Erlaube, daß ich in diesem Fall frage: Hältst du mich wie unseren Bruder Dmitri für fähig, das Blut des Alten zu vergießen, das heißt, Ihn zu töten?«

»Was redest du da, Iwan! So ein Gedanke ist mir nie gekommenen! Und wohl auch Dmitri nicht, glaube ich …«

»Ich danke dir für die gute Meinung«, erwiderte Iwan lächelnd. Du sollst wissen, daß ich ihn immer verteidigen werde. Was nun meine Wünsche angeht, so behalte ich mir die Entscheidung vor. Auf Wiedersehen morgen! Verdamme mich nicht! Und betrachte mich nicht als Übeltäter« fügte er lächelnd hinzu. Sie drückten einander so kräftig die Hand, wie sie es nie vorher getan hatten. Aljoscha fühlte, der Bruder war ihm als erster einen Schritt entgegengekommen. Das mußte er zu irgendeinem Zweck, mit irgendeiner Absicht getan haben.

10. Beide Frauen zusammen

Aljoschas Gemütsstimmung war beim Verlassen des väterlichen Hauses noch trüber und gedrückter als bei seiner Ankunft. Auch sein Denken war sozusagen zerstückelt und zersplittert, während er doch gleichzeitig Furcht davor verspürte, das Zerstückelte zu vereinigen, aus den qualvollen Widersprüchen, die er an diesem Tag durchlebt hatte, die einheitliche Idee herauszufinden. Sein Zustand grenzte beinahe an Verzweiflung, was Aljoscha bisher nie vorgekommen war. Alle anderen Fragen überragte wie ein Berg die verhängnisvolle, unlösbare Hauptfrage: Wie wird die Spannung zwischen dem Vater und dem Bruder Dmitri wegen dieser schrecklichen Frau enden? Jetzt war er schon selbst Zeuge der Spannung geworden. Er hatte gesehen, wie sie zueinander standen. Für unglücklich, im höchsten Grad und in schrecklicher Weise unglücklich mußte er seinen Bruder Dmitri halten; ihn erwartete zweifellos schweres Leid. Es hatte sich nun erwiesen, daß all dies auch noch andere Menschen berührte, und vielleicht in weit höherem Maß, als Aljoscha hatte vermuten können. Etwas Rätselhaftes war geschehen. Sein Bruder Iwan war ihm einen Schritt entgegengekommen, was Aljoscha schon so lange gewünscht hatte; und nun hatte er selbst aus irgendwelchem Grund das Gefühl, daß dieser Schritt der Annäherung ihn erschreckte. Und jene Frauen? Sonderbar: Vorhin, auf dem Weg zu Katerina Iwanowna, war er außerordentlich befangen, doch jetzt empfand er nichts Derartiges – im Gegenteil, er hatte es selbst eilig, zu ihr zu kommen, als erwartete er bei ihr eine Klärung. Und doch schien es jetzt schwerer als vorhin, den Auftrag auszurichten; die Sache mit den dreitausend Rubeln war endgültig entschieden, und es war natürlich zu erwarten, daß Dmitri, der sich jetzt für ehrlos und jeder Hoffnung beraubt halten mußte, ohne Scham moralisch immer tiefer sinken würde. Außerdem hatte er nun noch von ihm verlangt, Katerina Iwanowna von der Szene soeben beim Vater zu berichten.

Es war sieben Uhr und dunkelte bereits, als Aljoscha in Katerina Iwanowas geräumigem, komfortablem Haus in der Bolschajastraße eintraf. Er wußte, daß sie mit zwei Tanten zusammen lebte. Eine von ihnen war die Tante der Stiefschwester Agafja Iwanowna, jene schweigsame Person im Haus ihres Vaters, die sich gemeinsam mit der Stiefschwester in jeder Weise um sie gesorgt hatte, als sie aus dem Institut zu ihnen gekommen war. Die andere Tante war eine vornehme, aber arme Moskauer Dame. Es hieß, diese beiden ordneten sich in allem Katerina Iwanowna unter und wohnten nur um des Anstands willen bei ihr. Katerina Iwanowna jedoch ordnete sich nur ihrer Wohltäterin, der Generalin, unter, die krankheitshalber in Moskau geblieben war und der sie wöchentlich zwei ausführliche Briefe schreiben mußte.

Als Aljoscha ins Vorzimmer trat und das Stubenmädchen, das ihm geöffnet hatte, bat, ihn anzumelden, wußte man im Salon offenbar schon von seiner Ankunft, vielleicht hatte man ihn durchs Fenster bemerkt.

Aljoscha hörte auf einmal Geräusche, Schritte von Frauenfüßen und das Rascheln von Kleidern; zwei oder drei Frauen schienen den Salon zu verlassen. Es erschien ihm sonderbar, daß seine Ankunft eine solche Aufregung hervorrief. Doch er wurde sofort in den Salon geführt. Es war ein großes, mit eleganten Möbeln reichlich ausgestattetes Zimmer, ganz und gar nicht im Geschmack der Provinz: mit vielen großen und kleinen Sofas und Chaiselongues, großen und kleinen Tischen, Gemälden an den Wänden, Vasen und Lampen auf den Tischen, vielen Blumen und sogar mit einem Aquarium am Fenster. Infolge der Dämmerung war es im Zimmer etwas dunkel. Aljoscha bemerkte dennoch auf einem Sofa, wo die Damen augenscheinlich soeben gesessen hatten, einen seidenen Umhang und auf dem Tisch vor dem Sofa zwei nicht ausgetrunkene Tassen Schokolade, Biskuits, einen Kristallteller mit Rosinen und einen anderen mit Konfekt. Es wurde also irgendein Besuch bewirtet. Aljoscha glaubte, ungelegen gekommen zu sein, und runzelte die Stirn. Aber in demselben Augenblick öffnete sich eine Portiere; Katerina Iwanowna trat mit schnellen Schritten ein und streckte ihm fröhlich lächelnd beide Hände entgegen. Gleichzeitig brachte eine Magd zwei brennende Kerzen und stellte sie auf den Tisch.

»Gott sei Dank, daß Sie endlich da sind! Den ganzen Tag habe ich Gott nur darum gebeten, er möchte Sie zu mir führen! Setzen Sie sich!«

Katerina Iwanownas Schönheit hatte schon früher einen starken Eindruck auf Aljoscha gemacht, als ihn sein Bruder Dmitri auf Katerina Iwanownas eigenes dringendes Verlangen vor drei Wochen zum erstenmal mitgebracht und ihr vorgestellt hatte. Ein Gespräch war übrigens bei jenem Zusammensein zwischen ihnen nicht in Gang gekommen. In der Annahme, Aljoscha sei verlegen, hatte Katerina Iwanowna ihn gewissermaßen geschont und die ganze Zeit nur mit Dmitri Fjodorowitsch geredet. Aljoscha hatte geschwiegen, aber vieles genau beobachtet. Das gebieterische Wesen, die vornehme Ungezwungenheit, das Selbstbewußtsein des stolzen Mädchens hatten ihn frappiert. Und zwar bestand an alldem kein Zweifel; Aljoscha fühlte, daß er diese Eigenschaften nicht etwa unwillkürlich vergrößerte. Er fand ihre großen, schwarzen, flammenden Augen schön und besonders gut passend zu ihrem blassen, etwas länglichen Gesicht. Doch lag in diesen Augen wie in dem Schnitt der reizenden Lippen etwas, worin sich zwar sein Bruder verlieben konnte, was man aber vielleicht nicht allzu lange zu lieben vermochte.

Das sprach er seinem Bruder Dmitri gegenüber offen aus, als ihn dieser nach dem Besuch dringend bat, ihm nicht zu verheimlichen, welchen Eindruck seine Braut auf ihn gemacht habe.

»Du wirst mit ihr glücklich sein. Aber vielleicht … vielleicht wird diesem Glück Ruhe fehlen.«

»Das ist es eben, Bruder! Solche Frauen bleiben, wie sie nun einmal sind. Sie passen sich ihrem Schicksal nicht an. Also meinst du, daß ich sie nicht mein Leben lang lieben werde?«

»So meine ich es nicht. Du wirst sie vielleicht dein Leben lang lieben, doch wirst du mit ihr nicht immer glücklich sein.«

Als Aljoscha diese Meinung damals ausgesprochen hatte, war er errötet und hatte sich über sich selbst geärgert, weil er den Bitten seines

Bruders nachgegeben und so »dumme« Gedanken vorgebracht hatte. Diese Meinung war ihm nämlich sofort wirklich dumm vorgekommen. Auch hatte er sich geschämt, daß er ein so anmaßendes Urteil über ein weibliches Wesen abgegeben hatte ...

Mit um so größerem Erstaunen fühlte er jetzt beim erneuten Anblick Katerina Iwanownas, daß er sich damals vielleicht geirrt hatte. Diesmal strahlte ihr Gesicht von unverstellter, schlichter Güte, von offener, warmer Herzlichkeit. Von dem ganzen früheren vornehmen Stolz, der ihn einst so frappiert hatte, war jetzt nur edle Energie und starker Glaube an sich selbst zu spüren. Aljoscha erkannte bei ihren ersten Worten, daß ihr die ganze Tragik des Verhältnisses zu dem von ihr geliebten Mann durchaus kein Geheimnis war, daß sie vielleicht schon alles wußte, schlechterdings alles. Und trotz alledem, so eine Helligkeit, so ein Glaube an die Zukunft in ihrem Gesicht! Aljoscha hatte vor ihr plötzlich das Gefühl, er hätte sich ernsthaft und absichtlich gegen sie vergangen. Er war von vornherein besiegt und gefesselt. Überdies bemerkte er gleich bei ihren ersten Worten, daß sie sich im Zustand einer starken, bei ihr sehr seltenen Erregung befand, die fast etwas von Entzücken hatte.

»Ich habe Sie so sehnsüchtig erwartet, weil ich nur von Ihnen die ganze Wahrheit erfahren kann – von niemand sonst!«

»Ich bin gekommen...«, murmelte Aljoscha stockend und verlegen. »Ich ... Er hat mich hergeschickt ...«

»Ah, er hat Sie hergeschickt? Das habe ich doch geahnt! Jetzt weiß ich alles!« rief Katerina Iwanowna, und ihre Augen blitzten plötzlich auf. »Warten Sie, Alexej Fjodorowitsch, ich will Ihnen vorher noch sagen, warum ich Sie so sehnsüchtig erwartet habe. Sehen Sie, ich weiß vielleicht mehr als Sie, ich brauche keine Nachrichten von Ihnen. Was ich von Ihnen brauche, ist etwas anderes. Ich möchte wissen, welchen Eindruck Sie selbst, Sie persönlich, von ihm zuletzt hatten. Ich möchte, daß Sie mir ganz offen und ungeschminkt, sogar in grober Form, so grob Sie wollen, sagen, wie Sie selbst nach Ihrem heutigen Beisammensein über ihn und seine Lage urteilen. Das ist vielleicht besser, als wenn ich mich mit ihm ausspreche, wo er nicht mehr zu mir kommen will. Haben Sie verstanden, was ich von Ihnen wünsche? Also: mit welchem Auftrag hat er Sie zu mir geschickt? Ich habe ja gewußt, daß er Sie zu mir schicken wird! Sprechen Sie, sagen Sie mir ganz einfach seine letzten Worte …!«

»Er hat mir aufgetragen, Sie von ihm zu grüßen und zu bestellen, daß er nie mehr zu Ihnen kommt … Aber ich soll Sie von ihm grüßen.«

»Mich von ihm grüßen? Hat er sich wirklich so ausgedrückt?«

»Ja.«

»Vielleicht hat er es nur so leichthin, ohne Überlegung, gesagt? Sich im Ausdruck vergriffen, nicht das richtige Wort getroffen?«

»Nein, er befahl mir ausdrücklich, Ihnen diese Worte zu bestellen: ›Ich lasse sie grüßen.‹ Er bat mich mehrmals, sie nicht zu vergessen.«

Katerina Iwanowna wurde sehr erregt.

»Helfen Sie mir jetzt, Alexej Fjodorowitsch! Ich brauche Ihre Hilfe. Ich werde Ihnen sagen, was ich denke, und Sie sollen mir dann sagen, ob meine Auffassung richtig ist oder nicht. Hören Sie! Hätte er so leichthin befohlen, mich von ihm zu grüßen, ohne auf der Übermittlung gerade dieses Wortes zu bestehen, ohne dieses Wort besonders zu betonen, dann wäre alles aus. Doch wenn er auf diesem Wort besonders bestanden und Ihnen eingeschärft hat, mir diesen Gruß zu bestellen, so schließe ich daraus, daß er sehr stark erregt, vielleicht ganz außer sich war. Er hatte einen Entschluß gefaßt und war über seinen eigenen Entschluß erschrocken. Er hat mich nicht festen Schrittes verlassen, sondern ist gleichsam von einem Berg herabgeglitten. Daß er dieses Wort so betonte, war möglicherweise nur Prahlerei …«

»Ja, ja so ist es!« stimmte Aljoscha lebhaft zu. »Es scheint mir selbst jetzt so.«

»Wenn es sich so verhält, ist er noch nicht zugrunde gegangen! Er ist nur verzweifelt, und ich kann ihn noch retten. Warten Sie, hat er nicht noch etwas über Geld gesagt? Über dreitausend Rubel?«

»Gerade dies bedrückt ihn vielleicht am allermeisten. Er sagt, er habe seine Ehre verloren, und jetzt sei schon alles gleich«, antwortete

Aljoscha mit Wärme, da er mit seinem ganzen Herzen neue Hoffnung aufkeimen fühlte, die Hoffnung, daß es wirklich noch einen Ausweg und Rettung für seinen Bruder gibt. »Wissen Sie denn von diesem Geld?« fügte er hinzu und verstummte plötzlich.

»Ich habe längst Kenntnis davon, ganz zuverlässig. Ich habe telegrafisch in Moskau angefragt und weiß, daß das Geld nicht eingetroffen ist. Er hat es nicht abgeschickt, doch ich habe geschwiegen. In der letzten Woche erfuhr ich, daß es ihm immer noch sehr an Geld mangele. Ich verfolgte mit meinem Verhalten nur dieses eine Ziel: er sollte wissen, an wen er sich zu wenden hat und wer sein treuester Freund ist. Aber nein, er will nicht glauben, daß ich sein treuester Freund bin. Er will mich nicht näher kennenlernen, er sieht in mir nur die Frau. Die ganze Woche hat mich eine furchtbare Sorge gequält. Wie soll ich es anfangen, daß er sich vor mir nicht wegen dieser dreitausend Rubel schämt? Das heißt, mag er sich vor allen Menschen und vor sich selbst schämen, nur vor mir nicht! Er sagt ja auch Gott alles, ohne sich zu schämen. Warum weiß er bis jetzt nicht, wieviel ich für ihn ertragen kann? Warum, warum kennt er mich nicht? Wie ist es möglich, daß er mich nach allem, was geschehen ist, noch nicht kennt? Ich will ihn für immer retten. Soll er vergessen, daß ich seine Braut bin – aber vor mir um seine Ehre zu fürchten! Er hat sich auch nicht gefürchtet, Ihnen alles zu enthüllen, Alexej Fjodorowitsch warum verdiene ich noch immer nicht dasselbe?«

Während sie die letzten Worte sprach, traten ihr Tränen in die Augen.

»Ich muß Ihnen noch mitteilen«, sagte Aljoscha ebenfalls mit zitternder Stimme, »was soeben zwischen ihm und dem Vater vorgefallen ist.«

Und er erzählte die ganze Szene, erzählte, wie er hingeschickt wurde, um Geld zu erbitten, wie Dmitri hereingestürzt kam, den Vater mißhandelte und nachher ihm, Aljoscha, noch einmal und mit besonderem Nachdruck auftrug, er lasse sie grüßen. »Und alles wegen dieser Frau. Ihretwegen ist er auch gekommen ...«, fügte Aljoscha leise hinzu.

»Und Sie meinen, daß ich sie nicht ertrage? Er meint, daß ich sie nicht ertrage? Er wird sie gar nicht heiraten«, rief sie und lachte plötzlich nervös auf. »Kann ein Karamasow etwa lebenslänglich von so einer Leidenschaft glühen? Das ist Leidenschaft, nicht Liebe. Er wird sie nicht heiraten, weil sie ihn gar nicht nehmen wird«, schloß Katerina Iwanowna und lächelte dabei wieder seltsam.

»Vielleicht wird er sie doch heiraten«, sagte Aljoscha traurig, mit niedergeschlagenen Augen.

»Er wird sie nicht heiraten, sage ich Ihnen! Dieses Mädchen ist ein Engel, wissen Sie das? Wissen Sie das?« rief Katerina Iwanowna plötzlich mit ungewöhnlicher Wärme. »Sie ist das phantastischste aller phantastischen Geschöpfe! Ich weiß, wie verführerisch sie ist – aber ich weiß auch, wie gut und fest und edel sie ist. Warum sehen Sie mich so an, Alexej Fjodorowitsch? Vielleicht wundern Sie sich über meine Worte, vielleicht glauben Sie mir nicht? Agrafena Alexandrowna, mein Engel!« rief sie, plötzlich mit Blick zum Nebenzimmer. »Kommen Sie, ein lieber Mensch ist hier. Aljoscha ist hier, er weiß alles von uns, zeigen Sie sich ihm!«

»Ich habe gewartet, daß Sie mich rufen«, sagte eine sanfte, sogar etwas süßliche Frauenstimme.

Die Portiere wurde beiseite genommen, und Gruschenka trat herein – mit fröhlichem, lachendem Gesicht. Aljoscha hatte das Gefühl, als ob sich in seinem Innern etwas verzog. Er heftete seinen Blick auf sie, konnte die Augen nicht von ihr abwenden. Da war sie nun, diese schreckliche Frau, »die Bestie«, wie sein Bruder Iwan sie vor einer halben Stunde genannt hatte. Und doch schien ein ganz gewöhnliches, einfaches Wesen vor ihm zu stehen, eine gute, liebe Frau, zwar schön, doch allen anderen schönen, aber »gewöhnlichen« Frauen ganz ähnlich. Freilich, schön war sie, sehr schön sogar – eine russische Schönheit, wie sie viele so leidenschaftlich lieben. Sie war ziemlich groß, jedoch etwas kleiner als Katerina Iwanowna, von angenehmer Fülle, mit weichen, unhörbaren Bewegungen, die wie ihre Stimme etwas eigenartig Manieriertes, Süßliches hatten. Sie trat nicht wie Katerina Iwanowna mit kräftigen, munteren Schritten näher, sondern vielmehr unhörbar; ihre Füße waren auf dem Fußboden überhaupt nicht zu vernehmen. Weich ließ sie sich in einen Lehnsessel sinken, weich raschelte sie mit ihrem prächtigen schwarzseidenen Kleid, und zärtlich hüllte sie ihren weißen, vollen Hals und ihre breiten Schultern in einen teuren schwarzen Wollschal. Sie war zweiundzwanzig Jahre alt, und ihr Gesicht entsprach genau diesem Alter. Sie hatte einen sehr weißen Teint mit einem hellrosa Anflug auf den Wangen. Der Schnitt ihres Gesichts machte den Eindruck, als ob er etwas zu breit sei, der Unterkiefer trat sogar ein wenig vor. Die Oberlippe war schmal; aber die untere, die etwas vorragte, war noch einmal so voll und sah wie geschwollen aus. Das wunderbar volle, dunkelblonde Haar, die dunklen, dichten Brauen und die aufreizenden graublauen Augen mit den langen Wimpern hätten auch den gleichmütigsten, zerstreutesten Menschen irgendwo in der Menge, auf der Promenade, im Gedränge veranlaßt, vor diesem Gesicht stehenzubleiben und es lange im Gedächtnis zu behalten. Was Aljoscha an diesem Gesicht am meisten überraschte, war sein kindlicher, harmloser Ausdruck. Sie blickte wie ein Kind und trat mit einem Gesicht voll kindlicher Freude an den Tisch, wie wenn sie für den nächsten Augenblick mit der kindlichsten Ungeduld und der zutraulichsten Neugier etwas Erfreuliches erwartete. Ihr Blick machte die Seele heiter, das fühlte Aljoscha. Es war noch etwas an ihr, worüber er sich nicht in klarer Weise Rechenschaft geben konnte, was aber vielleicht auch ihm unbewußt fühlbar wurde: wieder diese Weichheit und Sanftheit der Körperbewegungen, ihre katzenartige Unhörbarkeit. Und doch war dies ein kräftiger, üppiger Körper. Unter dem Schal traten die breiten, vollen Schultern und die hohe, noch ganz jugendliche Brust hervor. Dieser Körper versprach vielleicht die Formen einer Venus von Milo, wenn auch schon in etwas vergrößertem Maßstab, wie sich ahnen ließ. Kenner russischer Frauenschönheit hätten bei Gruschenkas Anblick mit Sicherheit vorhersagen können, diese frische, noch jugendliche Schönheit werde mit dreißig ihr Ebenmaß verlieren und auseinandergehen, das Gesicht werde etwas Verschwommenes bekommen; mit kleinen Runzeln um die Augen und auf der Stirn, seine Farbe werde gröber, vielleicht purpurrot werden – kurz, eine Schönheit für den Augenblick, eine flüchtige Schönheit, wie man sie häufig, besonders unter den russischen Frauen findet. An so etwas dachte Aljoscha selbstverständlich nicht, doch obwohl er bezaubert war, fragte er sich, unangenehm berührt und nahezu bedauernd, warum sie die Worte so in die Länge zog und nicht natürlich sprechen konnte. Sie tat das offenbar, weil sie dieses Dehnen und diese manierierte Aussprache der Silben für schön hielt. Das war freilich bloß eine schlechte, unfeine Angewohnheit, die davon zeugte, daß sie nur eine geringe Bildung genossen und sich von Kindheit an einen falschen Begriff von Wohlanständigkeit zu eigen gemacht hatte. Aljoscha indessen erschienen diese Aussprache und dieser Tonfall als krasser Widerspruch zu diesem kindlich-harmlosen, fröhlichen Gesichtsausdruck, zu diesem stillen, glücklichen, kindlichen Glanz in den Augen.

Katerina Iwanowna ließ sie auf einem Lehnstuhl gegenüber Aljoscha Platz nehmen und küßte sie voller Entzücken mehrere Male auf ihre lachenden Lippen. Sie schien in sie geradezu verliebt.

»Wir sehen uns heute zum erstenmal, Alexej Fjodorowitsch«, sagte sie wie berauscht vor Freude. »Ich wollte sie gern sehen und kennenlernen, ich wollte zu ihr gehen. Doch als sie von meinem Wunsch hörte, ist sie selbst gekommen. Ich habe es ja gewußt, daß wir beide über alles einig werden, über alles! Mein Herz hat es geahnt … Man hatte mich gebeten, diesen Schritt zu unterlassen, doch mein inneres Gefühl sagte mir, wie er ausgehen würde, und ich habe mich nicht geirrt. Gruschenka hat mit alles erklärt, ihre sämtlichen Absichten. Sie ist wie ein guter Engel hierhergeflogen und hat Ruhe und Freude gebracht …«

»Und Sie haben mich nicht verachtet, mein liebes gnädiges Fräulein«, sagte Gruschenka in gedehntem, singendem Ton, noch immer mit demselben liebenswürdigen, frohen Lächeln.

»Wie können Sie so etwas sagen! Wer könnte Sie verachten! Kommen Sie, ich will noch einmal Ihre Unterlippe küssen. Sie sieht wie geschwollen aus, also da, damit sie noch mehr anschwillt, und noch mal, noch mal … Sehen Sie nur, wie sie lacht, Alexej Fjodorowitsch! Das Herz wird einem fröhlich, wenn man diesen Engel ansieht …«

Aljoscha errötete, und ein leises Zittern lief durch seinen Körper.

»Sie sind sehr freundlich zu mir, liebes gnädiges Fräulein, und ich verdiene Ihre Liebkosungen vielleicht gar nicht.«

»Sie verdient sie nicht. Sie verdient sie nicht!« rief Katerina Iwanowna wieder mit derselben Wärme. »Sie müssen wissen, Alexej Fjodorowitsch, daß wir ein phantastisches Köpfchen sind, daß wir ein eigenwilliges, aber stolzes, sehr stolzes Herzchen haben! Wir sind edel, Alexej Fjodorowitsch, wir sind hochherzig, wissen Sie das? Wir sind nur unglücklich gewesen. Wir waren allzu rasch bereit, einem vielleicht unwürdigen oder leichtsinnigen Menschen jedes Opfer zu bringen. Da war einer, ebenfalls ein Offizier, den liebten wir, gaben ihm alles hin; das war schon vor langer Zeit, vor fünf Jahren; er vergaß uns und heiratete eine andere. Jetzt ist er Witwer, hat geschrieben, daß er kommt – und wissen Sie, daß wir nur ihn, bis auf den heutigen Tag nur ihn lieben und in unserem ganzen Leben geliebt haben? Er wird kommen, und Gruschenka wird wieder glücklich sein, und diese ganzen fünf Jahre ist sie unglücklich gewesen. Doch wer kann ihr etwas vorwerfen? Und wer kann sich ihrer Gunst rühmen? Nur dieser gelähmte alte Kaufmann, aber der ist eher unser Vater, unser Freund, unser Beschützer gewesen. Er hat uns damals voller Verzweiflung, in Qual und Leid gefunden, verlassen von dem, den wir liebten … Sie wollte sich damals ertränken, da hat dieser alte Mann sie gerettet!«

»Sie verteidigen mich so warm, liebes gnädiges Fräulein. Und Sie haben es in allem so eilig«, sagte Gruschenka wieder in ihrer gedehnten Redeweise.

»Ich verteidige Sie? Kommt mir das überhaupt zu? Gruschenka, Engel, geben Sie mir Ihre Hand! Sehen Sie nur diese rundliche, kleine, reizende Hand, Alexej Fjodorowitsch! Sie hat mir Glück gebracht, hat mir das Leben wiedergegeben, und ich will sie küssen, von oben und in die Innenseite, so, so und so!« Und wie in einem Rausch der Begeisterung küßte sie dreimal Gruschenkas reizende, vielleicht etwas zu fleischige Hand. Gruschenka indes verfolgte, während sie ihre Hand hinhielt, das Treiben des »lieben gnädigen Fräuleins« mit einem nervösen, hellen, reizenden Lachen, und es war ihr offenbar angenehm, daß ihr so die Hand geküßt wurde.

›Vielleicht geht die Begeisterung denn doch zu weit?‹ dachte Aljoscha einen Augenblick lang flüchtig. Er errötete, eine besondere Unruhe erfüllte sein Herz die ganze Zeit über.

»Beschämen Sie mich doch nicht, liebes gnädiges Fräulein! Mir in Alexej Fjodorowitschs Gegenwart so die Hand zu küssen!«

»Habe ich Sie etwa beschämen wollen?« sagte Katerina Iwanowna verwundert. »Ach, meine Liebe, wie schlecht Sie mich verstehen!«

»Vielleicht verstehen Sie mich nicht so ganz, liebes gnädiges Fräulein! Ich bin womöglich schlechter, als Sie glauben? Ich habe ein schlechtes Herz und bin sehr eigenwillig. Nur, um mich über ihn lustig zu machen, habe ich den armen Dmitri Fjodorowitsch damals in mich verliebt gemacht.«

»Und dafür retten Sie ihn jetzt ja auch. Sie haben mir Ihr Wort gegeben. Sie werden ihn zur Vernunft bringen, werden ihm eröffnen, daß Sie einen anderen lieben, schon seit langer Zeit, und daß dieser Ihnen jetzt seine Hand anbietet ...«

»Ach, so ein Versprechen habe ich Ihnen nicht gegeben. Das haben Sie selbst alles zu mir gesagt, ich habe es nicht versprochen!«

»Dann habe ich Sie falsch verstanden«, erwiderte Katerina Iwanowna leise, sie war ein wenig blaß geworden. »Sie haben mir doch versprochen ...«

»Nein, Sie engelhaftes gnädiges Fräulein, ich habe Ihnen nichts versprochen«, unterbrach Gruschenka sie leise und ruhig, immer mit demselben heiteren, unschuldigen Ausdruck. »Da können Sie gleich sehen, wertes gnädiges Fräulein, wie schlecht und eigenwillig ich im Gegensatz zu Ihnen bin. Was mir gefällt, das tue ich. Vorhin habe ich Ihnen vielleicht etwas versprochen, jetzt eben aber denke ich, er könnte mir auf einmal wieder gefallen, dieser Mitja, einmal hat er mir ja schon sehr gefallen, fast eine ganze Stunde lang hat er mir gefallen. Sehen Sie, vielleicht gehe ich zu ihm und sage ihm, jetzt gleich, er soll von heute an bei mir bleiben? So unbeständig bin ich …«

»Vorhin sagten Sie doch etwas ganz anderes …«, flüsterte Katerina Iwanowna kaum hörbar.

»Ach, vorhin! Ich bin ja so ein zärtliches, dummes Ding. Wenn man bedenkt, was er um meinetwillen alles ertragen hat! Wenn ich nun nach Hause komme und plötzlich mit ihm Mitleid habe, was dann?«

»Ich hätte wirklich nicht erwartet …«

»Ach, gnädiges Fräulein, wie gut und edel Sie im Vergleich mit mir sind! Jetzt werden Sie am Ende wegen meines Charakters aufhören, mich zu lieben, mich Närrin? Geben Sie mir Ihr liebes Händchen, Sie engelhaftes gnädiges Fräulein«, bat sie zärtlich und ergriff beinahe andächtig Katerina Iwanownas Hand. »Sehen Sie, mein liebes gnädiges Fräulein, da nehme ich nun Ihr Händchen und küsse es, wie Sie es mit mir getan haben. Sie haben mir dreimal die Hand geküßt. Ich müßte Ihnen dafür dreihundertmal die Hand küssen, damit wir quitt sind. Und so soll es auch sein, dann aber mag geschehen, was Gott sendet. Vielleicht werde ich Ihre Sklavin und bemühe mich, Ihnen in allem sklavisch zu dienen. Wie es Gott fügt, so mag es geschehen, ohne alle Abmachungen und Versprechen unter uns. Was haben Sie für ein liebes Händchen! Sie, mein liebes gnädiges Fräulein! Sie, meine allerschönste Schönheit!«

Sie führte die Hand sacht an ihre Lippen, allerdings in der seltsamen Absicht, mit Küssen »quitt zu werden«. Katerina Iwanowna zog ihre Hand nicht weg. Mit leiser Hoffnung hatte sie Gruschenkas letztes, freilich sehr sonderbar ausgedrücktes Versprechen gehört, ihr »sklavisch« zu dienen. Sie blickte ihr gespannt in die Augen, sah darin noch immer denselben offenherzigen, zutraulichen Ausdruck, dieselbe klare Fröhlichkeit.

›Vielleicht ist sie nur sehr naiv?‹ Dieser Hoffnungsschimmer bewegte Katerina Iwanownas Herz.

Gruschenka hatte inzwischen, wie entzückt über das »liebe Händchen«, Katerina Iwanownas Hand langsam bis dicht vor die Lippen geführt. Doch dann hielt sie plötzlich zwei, drei Augenblicke lang inne, als ob sie über etwas nachdachte.

»Wissen Sie was, Sie engelhaftes gnädiges Fräulein«, sagte sie auf einmal in ihrer gedehnten Redeweise, und ihr Stimmchen klang dabei besonders zärtlich und süß, »wissen Sie was? Ich werde Ihr Händchen doch nicht küssen.« Und sie ließ ein lustiges kleines Gelächter aufklingen.

»Wie Sie wollen. Was haben Sie?« fragte Katerina Iwanowna zusammenzuckend.

»Behalten Sie das im Gedächtnis, daß Sie mir die Hand geküßt haben, ich Ihnen aber nicht.« Sie blickte Katerina Iwanowna unverwandt und aufmerksam an, und in ihren Augen blitzte plötzlich etwas auf.

»Was unterstehen Sie sich?« rief Katerina Iwanowna, als ob sie auf einmal begriffe. Sie wurde rot und sprang auf. Ohne Eile erhob sich auch Gruschenka.

»Das muß ich doch gleich Mitja erzählen, wie Sie mir die Hand geküßt haben und ich Ihnen nicht. Da wird er aber lachen!«

»Sie gemeines Frauenzimmer, 'raus mit Ihnen!«

»Schämen Sie sich denn nicht, gnädiges Fräulein? Solche Ausdrücke sind doch für Sie ganz unpassend, mein liebes gnädiges Fräulein!«

»'raus, Sie käufliche Person!« schrie Katerina Iwanowna, und jeder Muskel in ihrem verkrampften Gesicht zitterte.

»Na, da bin also jetzt ich eine käufliche Person. Ein andermal, als junges Mädchen, sind Sie selber im Dunkeln zu den Kavalieren gegangen und haben Ihre Schönheit zum Kauf angeboten. Ich weiß alles.«

Katerina Iwanowna schrie auf und wollte sich auf Gruschenka stürzen, doch Aljoscha hielt sie mit aller Kraft fest.

»Keinen Schritt, kein Wort!« rief er. »Sprechen Sie nicht, antworten Sie nichts! Sie wird gleich gehen!«

In diesem Augenblick kamen die beiden Tanten Katerina Iwanownas und das Stubenmädchen hereingelaufen und stürzten zu ihr.

»Ja, ich werde gehen«, sagte Gruschenka und nahm ihren Umhang vom Sofa. »Lieber Aljoscha, begleite mich!«

»Gehen Sie, gehen Sie so schnell wie möglich!« bat Aljoscha und faltete vor ihr die Hände.

»Lieber Aljoschenka, begleite mich! Ich werde dir auch unterwegs etwas Hübsches, etwas sehr Hübsches sagen! Ich habe diese Szene doch nur für dich aufgeführt, Aljoschenka! Begleite mich, Täubchen, du wirst es nicht bereuen.«

Aljoscha wandte sich, die Hände ringend, von ihr ab. Und Gruschenka lachte hell auf und lief hinaus.

Katerina Iwanowna bekam einen Anfall. Sie schluchzte, Krämpfe erstickten sie beinahe. Alle bemühten sich um sie.

»Ich habe Sie gewarnt«, sagte die ältere Tante zu ihr, »ich wollte Sie von diesem Schritt zurückhalten. Sie sind zu heißblütig … Wie konnten Sie sich nur zu so einem Schritt entschließen? Sie kennen diese Kreaturen nicht, und diese hier soll die allerschlimmste sein. Nein, Sie sind zu eigensinnig!«

»Sie ist eine Tigerin!« rief Katerina Iwanowna. »Warum haben Sie mich festgehalten, Alexej Fjodorowitsch? Verprügelt hätte ich Sie! Jawohl, verprügelt!«

Sie war nicht imstande, sich vor Aljoscha zu beherrschen; vielleicht wollte sie es auch nicht.

»Ausgepeitscht müßte sie werden, auf dem Schafott, vom Henker, vor allen Leuten!«

Aljoscha bewegte sich zur Tür hin.

»O Gott!« rief Katerina Iwanowna auf einmal und schlug die Hände zusammen. »Wie konnte er so ehrlos, so unmenschlich sein! Er hat dieser Kreatur erzählt, was an jenem unseligen, ewig verfluchten Tag geschehen ist! ›Sie sind hingegangen und haben Ihre Schönheit zum Kauf angeboten, mein liebes gnädiges Fräulein!‹ Ich weiß es! Ihr Bruder ist ein Schuft, Alexej Fjodorowitsch!«

Aljoscha wollte etwas erwidern, aber er fand keine Worte. Das Herz krampfte sich ihm schmerzhaft zusammen.

»Gehen Sie, Alexej Fjodorowitsch! Ich schäme mich, mir ist furchtbar zumute! Morgen … Ich bitte Sie auf den Knien, kommen Sie morgen! Verdammen Sie mich nicht, verzeihen Sie mir! Ich weiß nicht, was ich mit mir mache!«

Aljoscha ging fast taumelnd hinaus auf die Straße. Er hätte am liebsten ebenfalls geweint. Auf einmal holte ihn die Dienerin ein.

»Das gnädige Fräulein hat vergessen, Ihnen dieses Briefchen von Frau Chochlakowa zu übergeben. Es liegt schon seit Mittag bei ihr.«

Aljoscha nahm mechanisch das kleine rosa Kuvert und steckte es beinahe unbewußt in die Tasche.

11. Noch ein verdorbener Ruf

Von der Stadt bis zum Kloster war es etwas über eine Werst. Aljoscha schritt eilig auf dem um diese Stunde menschenleeren Weg dahin. Es war schon fast Nacht geworden; auf dreißig Schritt Entfernung waren Gegenstände kaum zu unterscheiden. Auf der Hälfte des Weges lag eine Wegkreuzung. An dieser Kreuzung verbarg sich unter einer einzeln stehenden Weide eine Gestalt. Kaum hatte Aljoscha die Kreuzung erreicht, als die Gestalt auf ihn zustürzte und mit wütender Stimme rief: »Den Geldbeutel oder das Leben!«

»Du bist es, Mitja!« rief Aljoscha erstaunt, nachdem er sich von seinem Schrecken erholt hatte.

»Hahaha! Das hattest du nicht erwartet? Ich habe überlegt: Wo soll ich ihn erwarten? In der Nähe ihres Hauses? Von da gibt es drei Wege, ich hätte dich verfehlen können. Schließlich verfiel ich darauf, hier zu warten, weil du hier unter allen Umständen vorbeikommen mußt, einen anderen Weg zum Kloster gibt es nicht. So, nun berichte wahrheitsgemäß, zerquetsche mich wie eine Schabe … Was hast du denn?«

»Nichts, Bruder … Ich bin nur so erschrocken. Ach, Dmitri! Vorhin das Blut des Vaters …« Aljoscha fing an zu weinen; er hatte schon lange weinen wollen, doch jetzt schien plötzlich in seiner Seele eine Saite gerissen zu sein. »Du hast ihn beinahe getötet … Hast ihn verflucht … Und jetzt hier … Solche Scherze! ›Den Geldbeutel oder das Leben!‹«

»Das ist wohl unschicklich, wie? Das entspricht nicht den Umständen?«

»Nein, ich meine nur …«

»Moment! Betrachte mal diese Nacht. Du siehst, wie finster sie ist, wie bewölkt der Himmel, wie stark der Wind. Ich versteckte mich hier unter der Weide und wartete auf dich, und weiß Gott, auf einmal dachte ich: ›Wozu soll ich mich noch länger quälen, worauf soll ich noch warten? Da ist der Baum, ein Taschentuch habe ich, ein Hemd auch. Ich kann sofort einen Strick drehen, zum Überfluß habe ich auch noch Hosenträger – ich will die Erde nicht länger belasten und durch meine unwürdige Existenz entehren!‹ Und siehe, da hörte ich dich kommen – Herrgott, es war mir, als ob plötzlich etwas zu mir niederflog. ›Also gibt es doch einen Menschen, den auch ich liebe‹, sagte ich mir. ›Da ist er, da ist dieser Mensch, mein liebes Brüderchen, er, den ich am meisten auf der Welt liebe, der einzige, den ich liebe!‹ Und ich gewann dich auf einmal so lieb, liebte dich in diesem Augenblick so sehr, daß ich dachte: ›Soll ich ihm gleich um den Hals fallen?‹ Und da kam mir ein dummer Gedanke: ›Ich will ihm ein Vergnügen machen und ihn erschrecken.‹ Und da schrie ich wie ein Dieb: ›Den Geldbeutel her!‹ Verzeih mir den dummen Witz, die Albernheit ist nur äußerlich. Innen, in der Seele, ist auch bei mir alles anständig … So, nun sag, zum Teufel, wie steht es? Was hat sie gesagt? Schmettre mich zu Boden, zertritt mich, schone mich nicht! Ist sie wütend geworden?«

»Nein, das nicht … Es war ganz anders, Mitja. Da waren … Ich habe sie beide zusammen …«

»Wen – beide zusammen?«

»Gruschenka und Katerina Iwanowna.«

Dmitri Fjodorowitsch erstarrte.

»Unmöglich!« rief er. »Du redest Unsinn! Gruschenka bei ihr?«

Aljoscha erzählte alles, was sich von dem Augenblick an ereignet hatte, da er bei Katerina Iwanowna eingetreten war. Er erzählte wohl zehn Minuten lang, nicht gerade fließend und schön, aber klar, er hob die wichtigsten Worte, die wichtigsten Gesten heraus und schilderte deutlich, oft durch ein paar Worte, seine eigenen Gefühle.

Dmitri hörte schweigend zu und blickte in seltsamer Regungslosigkeit vor sich hin. Aljoscha jedoch merkte, daß er alles verstanden, den ganzen Hergang erfaßt hatte. Dmitris Gesicht wurde immer finsterer oder, besser, drohender. Er zog die Brauen zusammen und preßte die Zähne aufeinander, sein Blick schien noch unbeweglicher, starrer, furchtbarer zu werden ... Um so unerwarteter veränderte sich urplötzlich sein bis dahin zorniges, wildes Gesicht, die zusammengepreßten Lippen öffneten sich, und Dmitri Fjodorowitsch brach in ein hemmungsloses, ungekünsteltes Lachen aus. Er schüttelte sich buchstäblich vor Lachen und war lange Zeit außerstande, zu sprechen.

»Also sie hat ihr nicht die Hand geküßt! Und ist weggelaufen!« schrie er in beinahe krankhaftem Entzücken; man könnte auch sagen, in frechem Entzücken, wenn dieses Entzücken nicht so ungekünstelt gewesen wäre. »Also die andere hat geschrien und sie eine Tigerin genannt. Eine Tigerin ist sie wirklich! Und aufs Schafott müßte sie? Ja, ja, das müßte sie, ich bin selbst der Meinung, daß sie das müßte, schon längst gemußt hätte! Siehst du, Bruder, meinetwegen mag man sie aufs Schafott schleppen, doch vorher müßte unsereiner erst von seiner Verzauberung geheilt werden. Ich verstehe diese Königin der Frechheit, in dieser Geschichte mit dem Handküssen hat sie ihr ganzes Wesen offenbart! Diese Teufelin. Sie ist die Königin aller Teufelinnen, so viele man sich nur in der Welt denken kann! In ihrer Art entzückend! Also sie ist nach Hause gelaufen? Da muß ich sofort ... Ach ... ich muß zu ihr! Aljoschka, sei mir nicht böse – ich gebe ja zu, es wäre noch zuwenig, wenn man sie erwürgt.«

»Und Katerina Iwanowna!« rief Aljoscha traurig.

»Auch die verstehe ich! Vollkommen durchschaue ich sie und verstehe sie wie noch nie! Das ist eine wahre Entdeckung aller vier Erdteile, ich meine, aller fünf! So ein Schritt! Das ist genau dieselbe Katenka, das Institutsfräulein, die in der hochherzigen Absicht, ihren Vater zu retten, sich nicht fürchtete, zu einem dummen, rohen

Offizier zu laufen, wo sie riskierte, in furchtbarer Weise beleidigt zu werden! Dieser Stolz, dieses Verlangen nach der Gefahr, diese maßlose Herausforderung des Schicksals! Du sagst, die Tante wollte sie zurückhalten? Diese Tante, weißt du, ist selbst nicht weniger selbstherrlich. Sie ist die Schwester jener Moskauer Generalin und trug die Nase noch höher als diese. Aber ihr Mann wurde des Diebstahls von Staatsgeldern überführt und verlor alles, sein Gut und alles, und die stolze Gemahlin mußte auf einmal ihren Ton herabstimmen und hat ihn auch seitdem nicht wieder hinaufgeschraubt. Also sie hat Katja zurückhalten wollen, die ist ihr aber nicht gefolgt? Sie hat sich gesagt: Ich kann alles besiegen, alles ist mir untertan! Wenn ich will, bezaubere ich auch Gruschenka! Sie hat sich selbst vertraut, hat vor sich selbst großgetan, wer trägt da die Schuld? Du meinst, sie hätte Gruschenka absichtlich als erste die Hand geküßt, mit schlauer Berechnung? Nein, sie hat Gruschenka wirklich liebgewonnen, das heißt nicht Gruschenka, sondern ihr eigenes Traumbild, ihr eigenes Phantasiegeschöpf, weil es eben *ihr* Traumbild, *ihr* Phantasiegeschöpf war. Aljoscha, mein Täubchen, wie hast du dich nur vor diesen beiden gerettet? Du hast wohl deine Kutte gerafft und bist davongelaufen? Hahaha!«

»Du scheinst gar nicht zu beachten, Bruder, wie sehr du Katerina Iwanowna beleidigt hast, als du Gruschenka von jenem Tag erzähltest; sie hat es ihr nämlich gleich ins Gesicht geworfen: ›Sie selbst sind heimlich zu Kavalieren gegangen, um Ihre Schönheit zu verkaufen.‹ Bruder, was kann es Schlimmeres geben als diese Beleidigung?«

Am meisten quälte Aljoscha der Gedanke, sein Bruder könnte sich über Katerina Iwanownas Demütigung gewissermaßen freuen – obwohl das natürlich ausgeschlossen war.

»Donnerwetter!« rief Dmitri Fjodorowitsch, machte plötzlich ein furchtbar finsteres Gesicht und schlug sich mit der flachen Hand vor die Stirn. Erst jetzt wandte er seine Aufmerksamkeit hierauf. Obwohl Aljoscha soeben alles berichtet hatte, auch die Beleidigung und auch Katerina Iwanownas Ausruf: »Ihr Bruder ist ein Schuft!« – trotzdem schien ihm dies bisher nicht aufgefallen zu sein. »Ja, ich habe wirklich

Gruschenka von jenem unseligen Tag, wie Katja ihn nennt, erzählt. Ja, ich erinnere mich! Das war damals in Mokroje, ich war betrunken, die Zigeunerinnen sangen … Ich habe aber dabei geschluchzt, habe auf den Knien gelegen und vor Katjas Bild gebetet, und Gruschenka hatte dafür Verständnis. Sie hat damals alles verstanden, ich erinnere mich, sie hat selbst geweint … Zum Teufel! Damals hat sie geweint und jetzt … Jetzt stößt sie ihr den Dolch ins Herz! So sind die Weiber!«

Er ließ den Kopf sinken und dachte nach.

»Ja, ich bin ein Schuft! Zweifellos bin ich ein Schuft«, sagte er plötzlich in düsterem Ton. »Ganz gleich, ob ich geweint habe oder nicht, ganz gleich, ich bin ein Schuft! Bestell ihr, daß ich die Bezeichnung annehme, wenn ihr das ein Trost sein kann. Na, nun genug, leb wohl! Wozu noch länger schwatzen! Das ist nicht erfreulich. Geh du deinen Weg, und ich werde meinen gehen. Und ich will dich auch bis zum letzten Augenblick nicht mehr wiedersehen. Leb wohl, Alexej!«

Er drückte seinem Bruder kräftig die Hand und ging, als ob er sich von ihm losriß, mit schnellen Schritten und den Kopf gesenkt, auf die Stadt zu. Aljoscha sah ihm nach und konnte nicht glauben, daß er so fortgegangen sein sollte.

»Warte, Alexej! Noch ein Bekenntnis nur für dich allein!« rief Dmitri Fjodorowitsch auf einmal und kehrte nochmals um. »Sieh mich an, sieh mich genau an! Hier, hier bereitet sich eine furchtbare Gemeinheit vor.« Bei den Worten »Hier, hier« schlug sich Dmitri Fjodorowitsch mit der Faust an die Brust, und zwar so seltsam, als ob die Gemeinheit gerade dort an seiner Brust irgendwo verwahrt wäre, vielleicht in einer Tasche oder in ein Beutelchen eingenäht. »Du kennst mich nun schon, ich bin ein Schuft, eingestandenermaßen ein Schuft! Aber du mußt wissen – nichts von allem, was ich früher getan habe, kann sich mit der Gemeinheit vergleichen, die ich gerade jetzt, in diesem Augenblick, hier an meiner Brust trage. Siehst du: hier, hier. Sie regt sich schon und vollzieht sich, und es steht ganz in meiner Macht, ihr Einhalt zu gebieten. Ich kann ihr Einhalt gebieten oder sie ausführen! Nun, du sollst wissen, ich werde sie ausführen und ihr nicht Einhalt gebieten. Ich habe dir vorhin alles erzählt: nur dies nicht, weil sogar meine eiserne Stirn dazu nicht ausreichte! Noch kann ich einhalten, und wenn ich es tue, kann ich gleich morgen die Hälfte meiner verlorenen Ehre wiedergewinnen! Aber ich werde nicht einhalten, ich werde die Gemeinheit ausführen – und du sollst für die Zukunft Zeuge sein, daß ich das vorher und mit vollem Bewußtsein gesagt habe! Ich kann dir jetzt nichts weiter erklären, zu gegebener Zeit wirst du alles erfahren! Bei der stinkenden Gasse und der Teufelin! Leb wohl! Bete nicht für mich, das verdiene ich nicht, und es ist überhaupt nicht nötig, überhaupt nicht nötig! Ich bedarf dessen ganz und gar nicht! Doch genug jetzt, ich gehe!«

Und er entfernte sich, diesmal endgültig.

Aljoscha ging zum Kloster. »Soll ich ihn wirklich niemals wiedersehen, wie er sagt?« fragte er sich bestürzt. »Ich werde ihn gleich morgen aufsuchen, unter allen Umständen, und ihn fragen, ausdrücklich fragen, was er gemeint hat!«

Er ging um das Kloster herum und lief durch den kleinen Fichtenwald direkt zur Einsiedelei. Dort wurde ihm geöffnet, obgleich man sonst zu dieser Stunde niemand mehr einließ. Das Herz bebte ihm, als er die Zelle des Starez betrat. ›Warum bin ich hinausgegangen?‹ fragte er sich. ›Warum hat er mich »in die Welt« gesandt? Hier ist Stille, hier ist eine heilige Stille, dort herrscht Verwirrung und Finsternis, in der man sofort wankend wird und sich verirrt …‹

In der Zelle befanden sich der Novize Porfiri und der Priestermönch Vater Paissi, der den ganzen Tag über stündlich gekommen war, um sich nach dem Befinden des Vaters Sossima zu erkundigen, dem es schlechter und schlechter ging, wie Aljoscha zu seinem Schrekken hörte. Selbst das übliche Abendgespräch mit der Brüderschaft hatte diesmal nicht stattfinden können. Gewöhnlich versammelte sich jeden Abend nach dem Gottesdienst die Klosterbrüderschaft vor dem Schlafengehen in der Zelle des Starez, und jeder beichtete laut die Sünden des Tages, sündige Gedanken, Versuchungen, sogar Streitigkeiten mit anderen Brüdern, wenn solche vorgekommen waren.

Manche beichteten kniend. Der Starez sprach von den Sünden los, versöhnte, belehrte, legte Bußen auf, erteilte den Segen und entließ sie. Gerade diese »brüderlichen Beichten« waren es, wogegen sich die Gegner des Starzentums erhoben; sie sagten, das sei eine Profanation des Sakramentes der Beichte, beinahe eine Gotteslästerung, obgleich es sich hier in Wirklichkeit um etwas ganz anderes handelte. Sie machten sogar gegenüber der geistlichen Obrigkeit geltend, solche Beichten hätten nicht nur nichts Gutes zur Folge, sondern führten in Wirklichkeit oft in Versuchung und gäben zur Sünde Anlaß. Vielen aus der Brüderschaft sei es peinlich, zum Starez zu gehen; sie gingen aber, weil es alle tun, wider ihren Willen, um nicht des Stolzes und der rebellischen Gesinnung beschuldigt zu werden. Es wurde erzählt, einige von der Brüderschaft träfen, wenn sie sich zu der abendlichen Beichte begeben, untereinander im voraus Abmachungen, etwa dieser Art: »Ich sage, ich bin am Vormittag auf dich böse geworden, und du bestätigst das« – nur damit sie etwas anzugeben hätten und so loskämen. Aljoscha wußte, dergleichen war in der Tat manchmal vorgekommen. Er wußte ferner, manche in der Brüderschaft waren auch darüber sehr ungehalten, daß dem Brauch gemäß sogar die Briefe, die die Einsiedler von Verwandten erhielten, zuerst dem Starez gebracht wurden, damit er sie öffnete und noch vor den Empfängern las. Der zugrunde liegende Gedanke war natürlich, daß dies alles freiwillig und in aufrichtiger Gesinnung geschehen müsse, von ganzer Seele im Interesse von Demut und Seelenheil; doch in Wirklichkeit unterlief dabei, wie sich herausstellte, manchmal auch viel Unaufrichtigkeit, Verstellung und Falschheit. Aber die Bejahrtesten und Erfahrensten aus der Brüderschaft bestanden auf dieser Einrichtung; sie sagten, für diejenigen, die aufrichtigen Sinnes in diese Mauern eingetreten seien, um ihre Seelen zu retten, erwiesen sich alle diese Übungen im Gehorsam und diese Taten der Selbstverleugnung zweifellos als heilsam und brächten großen Nutzen. Wer sich durch sie beschwert fühle und darüber murre, sei kein richtiger Mönch und sei nur zu Unrecht in das Kloster eingetreten: dessen Platz sei in der Welt. Sich vor der Sünde und dem Teufel zu schützen sei nicht nur in der Welt, sondern auch an heiliger Stätte unmöglich, daher dürfe man gegen die Sünde keine Nachsicht üben.

»Er ist sehr schwach geworden, Schlafsucht hat ihn überkommen«, sagte Vater Paissi zu Aljoscha, nachdem er ihm den Segen erteilt hatte. »Es ist sogar schwer, ihn zu wecken, aber das ist ja auch nicht nötig. Für etwa fünf Minuten ist er vorhin aufgewacht. Er bat, der Brüderschaft seinen Segen zu bringen; sie möchte in der Nacht für ihn beten. Morgen beabsichtigt er noch einmal das Abendmahl zu nehmen. Von dir hat er gesprochen, Alexej. Er fragte, ob du gegangen seist; wir antworteten, du seist in der Stadt. ›Dazu habe ich ihn auch gesegnet, dort ist einstweilen sein Platz, nicht hier!‹ äußerte er sich über dich. Voll Liebe und Fürsorge gedachte er deiner. Fühlst du auch, welches Vorzuges du gewürdigt worden bist? Warum mag er nur die Bestimmung getroffen haben, daß du einstweilen noch in der Welt sein sollst? Offenbar sieht er etwas in deinem Schicksal voraus? Sei dir bewußt, Alexej, wenn du in die Welt zurückkehrst, darfst du das nur tun als eine dir vom Starez auferlegte Übung im Gehorsam, nicht aber zu irdischem Leichtsinn und weltlicher Freude!«

Vater Paissi ging hinaus. Daß der Starez im Sterben lag, daran bestand für Aljoscha kein Zweifel, obwohl er noch einen oder zwei Tage leben konnte. Trotz seines Versprechens, den Vater, Chochlakows, seinen Bruder Iwan und Katerina Iwanowna zu besuchen, nahm sich Aljoscha in der Erregung seines Herzens fest vor, am folgenden Tag das Kloster nicht zu verlassen und bei seinem Starez zu bleiben, bis zu dessen Hinscheiden. Sein Herz entbrannte in Liebe, und er machte sich bittere Vorwürfe darüber, daß er in der Stadt einen Augenblick lang sogar den vergessen konnte, den er im Kloster auf dem Totenbett verlassen hatte und den er höher schätzte als alles andere in der Welt. Er ging in das kleine Schlafzimmer des Starez, fiel auf die Knie und verbeugte sich vor dem Schlafenden bis zur Erde. Der schlief ruhig und ohne sich zu bewegen; er atmete gleichmäßig, aber schwach und fast unmerklich. Sein Gesicht war ruhig.

In das andere Zimmer zurückgekehrt, in welchem der Starez am Vormittag die Gäste empfangen hatte, entkleidete sich Aljoscha fast gar nicht, zog nur die Stiefel aus und legte sich auf das harte, schmale, kleine Ledersofa, auf dem er immer schlief, schon lange, jede Nacht, nur mit einem Kopfkissen. Die Matratze, von der sein Vater an diesem Tag gesprochen hatte, legte er schon lange nicht mehr unter. Er zog nur seine Kutte aus und deckte sich mit ihr wie mit einem Oberbett zu. Vor dem Hinlegen fiel er jedoch auf die Knie und betete lange. In seinem heißen Gebet bat er Gott nicht, ihm seine Verwirrung zu klären; es verlangte ihn nur nach einer freudigen Rührung, nach jener früheren Rührung, die immer in seine Seele eingekehrt war, wenn er – und darin bestand gewöhnlich sein ganzes Nachtgebet – Gott gelobt und gepriesen hatte. Diese Freudigkeit, die in seine Seele einzog, pflegte ihm stets einen leichten, ruhigen Schlaf zu bringen. Als er jetzt betete, fühlte er plötzlich zufällig in der Tasche jenes kleine rosa Kuvert, das ihm Katerina Iwanownas Dienerin auf der Straße gegeben hatte. Er geriet etwas durcheinander, beendete jedoch sein Gebet. Dann, nach einigem Zaudern, öffnete er das Kuvert. Darin steckte ein Briefchen an ihn, unterzeichnet: »Lise« – also von der Tochter der Frau Chochlakowa, die am Vormittag beim Starez so über ihn gelacht hatte.

»Alexej Fjodorowitsch«, schrieb sie, »ich schreibe Ihnen, ohne daß ein Mensch davon weiß, auch ohne Mamas Wissen, und ich weiß, daß das nicht recht von mir ist. Ich kann aber nicht länger leben, wenn ich Ihnen nicht von dem Gefühl sage, das in meinem Herzen entstanden ist. Doch es darf davon vorläufig niemand außer uns beiden wissen. Wie soll ich Ihnen das sagen, was ich Ihnen so gern sagen möchte? Das Papier sagt man, errötet nicht; aber ich versichere Ihnen, das ist nicht wahr, es errötet ebenso, wie ich jetzt über das ganze Gesicht. Lieber Aljoscha, ich liebe Sie! Ich liebe Sie schon von meiner Kindheit an, von Moskau her, als Sie noch gar nicht so ein Mensch waren wie jetzt. Und ich liebe Sie für das ganze Leben. Ich habe Sie mit meinem Herzen auserwählt, um mich mit Ihnen zu vereinen und damit wir im Alter zusammen unser Leben beschließen. Natürlich unter der Bedingung, daß Sie aus dem Kloster austreten. Was unser Alter betrifft, so werden wir so lange warten, wie es vom

Gesetz vorgeschrieben ist. Bis zu der Zeit bin ich sicherlich gesund geworden und werde gehen und tanzen können. Darüber ist weiter nichts zu reden. Sehen Sie, wie ich alles bedacht habe? Nur über eines komme ich nicht ins klare: was Sie von mir denken werden, wenn Sie dies lesen. Ich lache immer und treibe Unsinn und habe Sie heute geärgert, doch ich versichere Ihnen, eben, bevor ich zur Feder griff, habe ich vor dem Bild der Muttergottes gebetet. Und auch jetzt bete ich und weine fast.

Mein Geheimnis ist nun in Ihren Händen. Wenn Sie morgen kommen, werde ich nicht wissen, wie ich Sie ansehen soll. Ach, Alexej Fjodorowitsch, was soll werden, wenn ich mich wie eine Närrin wieder nicht beherrschen kann und wie heute bei Ihrem Anblick loslache? Sie werden mich ja für eine gemeine Spötterin halten und meinem Brief nicht glauben. Und darum, Lieber, flehe ich Sie an: Haben Sie Mitleid mit mir, sehen Sie mir nicht allzu gerade in die Augen, wenn Sie morgen zu uns kommen. Denn wenn ich Ihrem Blick begegne, werde ich vielleicht auf einmal loslachen müssen – und außerdem werden Sie diesen langen Rock anhaben. Schon jetzt überläuft es mich kalt, wenn ich an all das denke. Sehen Sie mich darum, nachdem Sie eingetreten sind, eine Weile gar nicht an, sondern blicken Sie Mama an oder schauen Sie aus dem Fenster!

Da habe ich Ihnen nun einen Liebesbrief geschrieben, mein Gott, was habe ich getan! Aljoscha, verachten Sie mich nicht! Und wenn ich etwas sehr Schlechtes getan und Sie betrübt habe, so verzeihen Sie mir! Das Geheimnis meines vielleicht für immer verdorbenen Rufes liegt jetzt in Ihren Händen.

Ich werde heute auf jeden Fall weinen. Auf Wiedersehen, auf ein *schreckliches* Wiedersehen. Lise.

P. S. Aljoscha, kommen Sie aber bestimmt, bestimmt, ganz bestimmt! Lise.«

Aljoscha las den Brief mit Verwunderung, las ihn zweimal, dachte nach und brach auf einmal in ein leises, vergnügtes Lachen aus. Er fuhr zusammen, dieses Lachen erschien ihm sündhaft. Doch einen Augenblick später lachte er wieder so leise und glücklich. Langsam steckte er den Brief wieder in den Umschlag, schlug ein Kreuz und legte sich schlafen. Die Unruhe in seiner Seele war plötzlich verschwunden. »Herrgott, erbarme dich all der Menschen vom heutigen Tag! Behüte, die da unglücklich sind und vom Sturm umhergetrieben werden, und leite sie! Du hast Wege, rette sie auf deinen Wegen! Du bist die Liebe, du wirst allen Freude senden!« murmelte Aljoscha, schlug noch ein Kreuz und versank in einen sanften Schlaf.

Zweiter Teil

Viertes Buch

Überspanntheiten

1. Vater Ferapont

Am frühen Morgen, noch vor dem Hellwerden, wurde Aljoscha geweckt. Der Starez war aufgewacht und fühlte sich sehr schwach, wünschte aber doch das Bett mit dem Lehnstuhl zu vertauschen. Er war bei voller Besinnung. Sein Gesicht zeugte zwar von großer Ermüdung, war aber klar und fast freudig und der Blick heiter, freundlich und einladend. »Vielleicht werde ich nicht einmal den heutigen Tag überleben«, sagte er zu Aljoscha. Dann äußerte er den Wunsch, unverzüglich zu beichten und das Abendmahl zu nehmen. Sein Beichtvater war stets Vater Paissi. Nach dem Vollzug der beiden Sakramente begann die Letzte Ölung. Die Priestermönche versammelten sich, die Zelle füllte sich allmählich mit Einsiedlern. Inzwischen war der Tag angebrochen. Auch aus dem Kloster kamen Mönche. Als die heilige Handlung zu Ende war, wünschte der Starez von allen Abschied zu nehmen und alle zu küssen. Da die Zelle sehr eng war, gingen die zuerst Gekommenen wieder hinaus, um anderen Platz zu machen. Aljoscha stand neben dem Starez, der wieder im Lehnstuhl saß. Er redete und sprach Belehrungen aus, soviel er vermochte; seine Stimme war schwach, aber noch ziemlich fest. »So viele Jahre habe ich euch mit Belehrungen versehen und dabei so viele Jahre laut gesprochen, daß es mir förmlich zur Gewohnheit geworden ist, zu reden und redend zu belehren. Es würde mir fast schwerer fallen zu schweigen als zu reden, liebe Väter und liebe Brüder, sogar bei meiner jetzigen Schwäche«, scherzte er und blickte gerührt auf die Umstehenden. Aljoscha erinnerte sich später an dieses und jenes, was der Starez damals gesagt hatte. Obgleich er deutlich sprach und mit einigermaßen fester Stimme, war seine Rede doch ziemlich zusammenhanglos. Er sprach über vieles; er schien vor dem Tod gern noch sagen und aussprechen zu wollen, womit er im Leben nicht fertig geworden war, und zwar nicht nur der Belehrung wegen, sondern auch weil es ihn offenbar drängte, seine Freude und sein Entzücken mit allen und jedem zu teilen und nochmals sein ganzes Herz auszuschütten.

»Liebt einander, ihr Väter!« sprach der Starez, jedenfalls soweit sich Aljoscha später dessen entsann. »Liebt das Volk Gottes! Sind wir doch nicht deswegen heiliger als die Weltlichen, weil wir hierherkamen und uns in diesen Wänden einschlossen, im Gegenteil: Jeder, der hierherkommt, hat schon allein dadurch im stillen bekannt, daß er schlechter ist als alle Weltlichen, als alle und jeder auf Erden ... Und je länger er in seiner Zelle lebt, um so fühlbarer muß er sich dessen bewußt werden. Andernfalls hätte er gar nicht zu kommen brauchen. Erkennt er aber, daß er nicht nur schlechter ist als alle Weltlichen, sondern auch allen Menschen gegenüber an allem und jedem Schuld trägt, an allen menschlichen Sünden, die von der ganzen Welt und von einzelnen begangen werden, dann erst wird der Zweck unserer Vereinigung erreicht. Denn wisst, ihr Lieben, daß jeder einzelne von uns an allem und jedem auf Erden Schuld trägt, nicht nur, weil er an der allgemeinen Schuld der Welt teilhat, sondern ein jeder einzeln für alle und für jeden Menschen auf dieser Erde. Dieses Bewußtsein ist die Krone für den Lebenswandel des Mönchs, ja eines jeden Menschen auf Erden. Denn die Mönche sind nicht andere Menschen, sondern nur solche, wie alle Menschen auf Erden es sein sollten. Erst dann wird unser Herz erfüllt sein von jener gerührten, unendlichen, allumfassenden Liebe, die keine Sättigung kennt. Dann wird jeder von euch imstande sein, die ganze Welt durch Liebe zu gewinnen und die Sünden der Welt mit seinen Tränen abzuwaschen. Ein jeder höre auf die Stimme seines Herzens, ein jeder beichte sich selbst unermüdlich. Fürchtet euch nicht vor eurer Sünde, auch wenn ihr euch ihrer bewußt geworden seid; genug, wenn Reue vorhanden ist, aber laßt euch nicht einfallen, Gott Bedingungen zu stellen. Wiederum sage ich euch, seid nicht stolz! Seid nicht stolz gegenüber den Geringen, nicht stolz gegenüber den Großen! Haßt nicht, die euch nicht anerkennen, die euch schmähen, beschimpfen, verleumden! Haßt nicht die Atheisten, die falschen Lehrer, die Materialisten, selbst nicht die Schlechten unter ihnen, geschweige die Guten, denn auch unter ihnen sind viele Gute, besonders in unserer Zeit. Gedenkt ihrer in eurem Gebet: ›Rette, Herr, alle, die niemand haben, der für sie betet. Rette auch diejenigen, die nicht zu dir beten wollen!‹

Und fügt sogleich hinzu: ›Nicht in meinem Stolz bitte ich darum, Herr, denn auch ich selbst bin ein schändlicher Mensch, schlimmer als alle und jeder …‹ Liebt das Volk Gottes, laßt nicht zu, daß Fremdlinge euch die Herde abspenstig machen; denn wenn ihr in Trägheit und geringschätzigem Stolz und vor allem in Eigennutz einschlaft, so werden sie von allen Seiten kommen und euch eure Herde abspenstig machen. Legt dem Volk unermüdlich das Evangelium aus! Wuchert nicht! Liebt nicht Silber und Gold, haltet es nicht in eurem Besitz! Seid gläubig und haltet das Banner fest! Erhebt es hoch!«

Der Starez sprach jedoch weniger zusammenhängend, als hier nach einer späteren Niederschrift Aljoschas wiedergegeben ist. Mitunter hörte er auf zu reden, als müßte er neue Kraft sammeln, und der Atem versagte ihm; aber er befand sich in einer Art von Begeisterung. Man hörte ihm mit Rührung zu, obgleich sich viele über seine Worte wunderten und manches darin dunkel fanden. Später erinnerten sich alle an diese Worte. Als Aljoscha sich zufällig einen Augenblick entfernte, war er überrascht von der allgemeinen Erregung und Erwartung in der Zelle und um sie herum. Die Erwartung trug bei manchen einen fast unruhigen, bei anderen einen feierlichen Charakter. Alle erwarteten, daß sich sofort nach dem Hinscheiden des Starez etwas Großes ereignete. Obwohl diese Erwartung unter gewissen Aspekten beinahe etwas Leichtfertiges hatte, konnten sich ihr selbst die ernstesten und ältesten Mönche nicht entziehen. Am ernstesten war das Gesicht des Priestermönchs Paissi.

Aljoscha hatte sich nur deshalb aus der Zelle entfernt, weil Rakitin ihm einen seltsamen Brief von Frau Chochlakowa aus der Stadt mitgebracht und ihn durch einen Mönch hatte herausrufen lassen. Diese Dame machte Aljoscha eine interessante Mitteilung, die genau zu der augenblicklichen Lage paßte. Nämlich: Unter den einfachen Frauen, die sich am Vortag vor dem Starez verbeugt und von ihm hatten segnen lassen, sei auch eine namens Prochorowna gewesen, eine Unteroffizierswitwe. Diese habe den Starez gefragt, ob sie für ihren Sohn Wassenka, der dienstlich weit weg nach Sibirien, nach Irkutsk, versetzt worden sei und schon ein Jahr lang nichts von sich habe hören lassen, wie für einen Verstorbenen eine Seelenmesse lesen lassen dürfe. Das habe ihr der Starez als Hexerei streng verboten. Dann aber habe er ihr wegen ihrer Unwissenheit verziehen und – »als ob er im Buch der Zukunft läse«, so wörtlich in dem Brief von Frau Chochlakowa – tröstend hinzugefügt, ihr Sohn Wassja sei zweifellos am Leben und werde entweder selbst bald kommen oder einen Brief schreiben; sie solle nach Hause gehen und darauf warten. »Und soll man es glauben?« fügte Frau Chochlakowa begeistert hinzu. »Diese Prophezeiung ist buchstäblich in Erfüllung gegangen!« Ja mehr als das. Kaum sei die alte Frau zu Hause gewesen, habe man ihr sogleich einen Brief aus Sibirien übergeben. Und damit nicht genug. In diesem unterwegs, in Jekaterinburg, geschriebenen Brief habe Wassja die Mutter benachrichtigt, er sei zusammen mit einem Beamten nach Rußland unterwegs und hoffe in etwa drei Wochen die Mutter umarmen zu können.

Frau Chochlakowa richtete nun an Aljoscha die inständige Bitte, dieses neue »Wunder der Weissagung« unverzüglich dem Abt und der ganzen Brüderschaft mitzuteilen. »Das muß allen, aber auch allen bekannt werden!« rief sie am Schluß des Briefes aus. Der Brief war in Eile geschrieben, jede Zeile verriet die Aufregung der Schreiberin. Doch Aljoscha brauchte der Brüderschaft nichts mehr mitzuteilen, sie wußten es bereits alle. Rakitin hatte nämlich dem Mönch, durch den er Aljoscha herausrufen ließ, außerdem die respektvollste Meldung an Seine Hochehrwürden Vater Paissi aufgetragen, er, Rakitin, habe ihm eine Sache von solcher Wichtigkeit mitzuteilen, daß er sie keinen Augenblick zu verzögern wage, weshalb er für seine Dreistigkeit um Verzeihung bitte. Da der Mönch Rakitins Bitte Vater Paissi eher als Aljoscha ausgerichtet hatte, blieb Aljoscha, als er zurückgekehrt war und den Brief durchgelesen hatte, nichts übrig, als ihn Vater Paissi als Beweisdokument zu übergeben. Und siehe da, selbst dieser finstere, mißtrauische Mann konnte ein gewisses inneres Gefühl nicht verbergen, nachdem er die Nachricht von »dem Wunder« mit zusammengezogenen Augenbrauen gelesen hatte. Seine Augen blitzten, und seine Lippen lächelten in würdevoller Ergriffenheit.

»Werden wir das jemals schauen?« entfuhr es ihm unwillkürlich.

»Werden wir das je schauen, werden wir das je schauen?« wiederholten um ihn herum die Mönche.

Vater Paissi zog erneut die Augenbrauen zusammen und bat alle, wenigstens vorläufig mit niemand darüber zu sprechen, »bis die Sache noch weitere Bestätigung findet. In den weltlichen Dingen steckt viel Leichtfertigkeit, der Fall kann sich auch auf natürliche Weise zugetragen haben«, fügte er vorsichtig, wie zur Erleichterung seines Gewissens, hinzu. Eigentlich glaubte er aber selbst nicht an seinen Vorbehalt, und das merkten auch die Zuhörer sehr wohl. Noch in derselben Stunde wurde »das Wunder« natürlich dem ganzen Kloster und sogar vielen Laien, die zur Liturgie gekommen waren, bekannt.

Den größten Eindruck schien das Wunder auf einen Mönch zu machen, der einen Tag zuvor aus dem Kloster »Zum heiligen Silvester«, einem kleinen Kloster in Obdorsk im hohen Norden, in unser Kloster gekommen war. Er hatte sich am vorigen Tag, neben Frau Chochlakowa stehend, vor dem Starez verbeugt und diesen mit einem Hinweis auf die geheilte Tochter der Dame tief ergriffen gefragt: »Wie machen Sie es nur möglich, solche Taten zu vollbringen?«

Er befand sich ohnehin bereits in einer gewissen ratlosen Verwunderung und wußte nicht recht, was er glauben sollte. Schon am Abend vorher hatte er Vater Ferapont, ebenfalls ein Mönch unseres Klosters, in dessen separater Zelle hinter dem Bienenstand besucht, und diese Begegnung hatte außerordentlich auf ihn gewirkt und ihn zutiefst erschreckt; Vater Ferapont war ein hochbejahrter Mönch, ein großer Faster und Schweiger, ein Gegner des Starez Sossima und des

Starzentums überhaupt, das er für eine schädliche und leichtfertige Neuerung hielt. Dieser Gegner war gefährlich, obwohl er fast mit niemand sprach; gefährlich besonders deshalb, weil einige Mitglieder der Brüderschaft derselben Ansicht waren wie er und weil ihn sehr viele Besucher als großen Gerechten und Glaubenseiferer verehrten, wenn sie ihn auch für einen religiösen Irren hielten. Doch gerade dieser religiöse Irrsinn gewann, ihm ihre Sympathie. Zum Starez Sossima ging Vater Ferapont nie. Er wohnte zwar in der Einsiedelei, aber man belästigte ihn nicht sonderlich mit den dort geltenden Geboten, wiederum weil er sich geradezu wie ein religiöser Irrer benahm. Er war mindestens fünfundsiebzig Jahre alt und wohnte hinter den Bienenstöcken der Einsiedelei, in einer alten, halbzerfallenen, hölzernen Zelle in einem Mauerwinkel; sie war bereits im vorigen Jahrhundert für einen anderen großen Faster und Schweiger errichtet worden, für Vater Jona, der es auf hundertundfünf Jahre gebracht hatte und von dessen Taten man sich im Kloster und in der Umgegend noch immer seltsame Geschichten erzählte. Vater Ferapont hatte vor sieben Jahren endlich durchgesetzt, daß auch er in dieser abgelegenen kleinen Zelle, die eigentlich eine einfache Hütte war, wohnen durfte. Die Hütte hatte allerdings Ähnlichkeit mit einer Kapelle, denn sie enthielt viele gestiftete Heiligenbilder, und vor diesen brannten gestiftete Ewige Lämpchen, die zu beaufsichtigen gewissermaßen Vater Ferapont Amt war. Er aß, wie man sagte, und das war die Wahrheit, in drei Tagen nicht mehr als zwei Pfund Brot, das ihm alle drei Tage der ebenfalls in der Nähe der Bienenstöcke wohnende Imker brachte; auch zu ihm sprach Vater Ferapont selten ein Wort. Diese vier Pfund Brot bildeten zusammen mit dem sonntäglichen Weihbrot, das der Abt dem »Gerechten« regelmäßig nach der Spätmesse sandte, seine ganze Wochennahrung. Das Wasser in seinem Krug aber wurde täglich erneuert. Zum Gottesdienst erschien er nur selten. Verehrer, die ihn besuchten, sahen ihn manchmal den ganzen Tag im Gebet verharren, ohne daß er sich von den Knien erhob oder um sich blickte. Wenn er sich wirklich einmal in ein Gespräch einließ, so sprach er kurz, abgehackt, seltsam und beinahe grob. Es kam jedoch, wenn auch sehr selten, vor, daß er sich vor den Besuchern gesprächig zeigte; meist aber sprach er nur ein seltsames Wort, das dem Besucher ein Rätsel aufgab und das er, allen Bitten zum Trotz, nicht erklärte. Einen geistlichen Rang hatte er nicht, er war nur ein einfacher Mönch. Es ging das sonderbare Gerücht, allerdings nur unter ungebildeten Leuten, Vater Ferapont verkehre mit himmlischen Geistern und spreche nur mit ihnen, deshalb sei er Menschen gegenüber so schweigsam.

Nachdem sich der Mönch aus Obdorsk zu den Bienenstöcken hingefunden hatte, begab er sich nach den Hinweisen des Imkers, auch eines schweigsamen, finsteren Mönchs, in jenen Winkel, wo Vater Feraponts Zelle stand. »Vielleicht wird er mit dir, einem Fremden, reden. Es kann aber auch sein, daß du kein Wort zu hören bekommst«, sagte ihm der Imker im voraus. Der Mönch näherte sich der Zelle, wie er später selbst erzählte, mit großer Furcht. Es war ziemlich spät. Vater Ferapont saß vor der Tür der Zelle auf einem niedrigen Bänkchen. Über ihm rauschte eine mächtige Ulme. Die Abendkühle war bereits fühlbar. Der Mönch aus Obdorsk fiel vor dem »Gerechten« nieder, verbeugte sich bis zur Erde und bat um seinen Segen.

»Willst du, daß ich ebenfalls vor dir niederfalle, Mönch?« sagte Vater Ferapont. »Steh auf!«

Der Mönch erhob sich.

»Segne mich und sei gesegnet! Setze dich neben mich! Woher kommst du?«

Am meisten überraschte den Mönch, daß Vater Ferapont trotz seines zweifellos strengen Fastens und hohen Alters noch recht rüstig schien. Er war groß, hielt sich ungebeugt und hatte ein zwar mageres, aber doch frisches, gesundes Gesicht. Unzweifelhaft besaß er noch erstaunliche körperliche Kraft. Er war von athletischer Konstitution; trotz seines Alters war sein dichtes, früher schwarzes Kopf- und Barthaar noch nicht einmal vollständig ergraut. Seine Augen waren grau, groß und leuchtend, dabei auffallend weit geöffnet. Er trug einen langen rötlichen Bauernrock aus grobem »Sträflingstuch«, wie man früher sagte, und als Gurt einen dicken Strick. Hals und Brust waren nackt. Unter dem Rock hing ein dickes Leinwandhemd hervor, das seit Monaten nicht gewechselt und daher fast schwarz war. Angeblich trug er unter dem Rock dreißig Pfund schwere Büßerketten. Die nackten Füße steckten in alten Stiefeln, die beinahe auseinanderfielen.

»Aus einem kleinen Kloster in Obdorsk, ›Zum Heiligen Silvester‹«, antwortete der fremde Mönch demütig, während er den Einsiedler mit seinen flinken, neugierigen, etwas ängstlichen Äuglein betrachtete.

»Ich habe bei deinem Silvester gewohnt. Ist er gesund?«

Der Mönch stutzte.

»Unvernünftige Menschen seid ihr! Wie haltet ihr die Fasten ein?«

»Unsere Speisenordnung, entsprechend der alten Einsiedlerregel, ist folgende. In den Großen Fasten gibt es montags, mittwochs und freitags weder Mittag- noch Abendessen. Dienstags und donnerstags bekommt die Brüderschaft Weißbrot, Honigtrunk, Brombeeren oder Salzkohl und Haferbrei. Sonnabends Weißkohlsuppe, Nudeln aus Erbsenmehl, Grütze mit Hanfsaft, alles mit Öl. Sonntags gibt es zur Kohlsuppe trockenen Fisch und Grütze. In der Karwoche vom Montag bis Sonnabendabend, sechs Tage lang, Brot und Wasser, nur ungekochte Pflanzenkost, und auch das nur enthaltsam; wenn möglich, sollte man überhaupt nicht alle Tage Nahrung zu sich nehmen. Am Karfreitag wird nichts gegessen, ebenso am folgenden Sonnabend bis zur dritten Stunde, dann genießen wir etwas Brot mit Wasser und trinken eine Tasse Wein. Am Gründonnerstag essen wir Eingemachtes ohne Öl und trinken dazu bisweilen ein wenig Wein; denn laut Konzil zu Laodicea über den Gründonnerstag ziemt es sich nicht, in den Großen Fasten am Donnerstag der letzten Woche Dispens zu erteilen und so die ganze Fastenzeit zu entehren. So wird es bei uns gehalten. Aber was ist das im Vergleich mit Ihnen, großer Vater«, fügte der Mönch, schon etwas dreister geworden, hinzu. »Denn Sie leben das ganze Jahr, sogar am heiligen Osterfest, von Brot und Wasser, und die Brotmenge, die wir in zwei Tagen verzehren, reicht Ihnen für die ganze Woche. Wahrhaft bewundernswert, diese Enthaltsamkeit.«

»Und die Pfifferlinge?« fragte plötzlich Vater Ferapont.

»Welche Pfifferlinge?« fragte der Mönch erstaunt zurück.

»Ich werde von ihrem Brot abgehen, ich brauche überhaupt kein Brot. Ich werde einfach in den Wald gehen und von Pfifferlingen und Beeren leben. Aber die hier gehen nicht ab von ihrem Brot, sie sind dem Teufel verfallen. Heutzutage sagen die Ungläubigen, so zu fasten habe keinen Sinn. Hochmütig und heidnisch ist dieses Urteil!«

»Ach ja, das ist wahr«, sagte der Mönch seufzend.

»Hast du die Teufel bei ihnen gesehen?« fragte Vater Ferapont.

»Bei wem meinen Sie?« erkundigte sich schüchtern der Mönch.

»Ich war im vorigen Jahr am Pfingstsonntag beim Abt und bin seitdem nicht wieder da gewesen. Dem einen saß ein Teufel an der Brust und versteckte sich unter der Kutte, daß nur die Hörner herausguckten; bei einem zweiten sah einer zur Tasche heraus, seine Augen gingen schnell hin und her, weil er mich fürchtete; bei einem dritten saß einer im Bauch, in dem unsauberen Wanst, bei einem vierten gar hatte sich ein Teufel am Hals festgeklammert, er trug den Teufel und sah ihn nicht.«

»Und Sie … Sie haben die Teufel gesehen?« fragte der Mönch.

»Ich sage dir ja, daß ich sie gesehen habe, ganz genau habe ich sie gesehen. Als ich vom Abt weggehen wollte, sah ich, wie sich einer hinter der Tür versteckte, ein kräftiger, anderthalb Ellen großer, mit einem dicken und langen schwarzbraunen Schwanz, und mit dem Ende dieses Schwanzes war er in die Spalte der Tür geraten. Ich aber, nicht dumm, schlug plötzlich die Tür zu und klemmte seinen Schwanz ein. Hei, wie er winselte, wie er sich wand! Ich machte dreimal das Zeichen des Kreuzes über ihn, und er verreckte wie eine zerdrückte Spinne. Jetzt ist er jedenfalls da in der Ecke verwest und stinkt, aber die sehen nichts und riechen nichts. Seit einem Jahr gehe ich nicht mehr hin. Nur dir, einem Fremden, erzähle ich es.«

»Furchtbar sind Ihre Worte! Aber wie steht es, großer gerechter Vater«, fragte der Mönch, immer mutiger werdend, »mit dem ruhmvollen Gerücht über Sie, das sogar in ferne Gegenden gedrungen ist. Sie ständen mit dem Heiligen Geist in ständiger Verbindung?«

»Er kommt manchmal herabgeflogen.«

»Wie denn? In welcher Gestalt?«

»Als Vogel.«

»Der Heilige Geist in Gestalt einer Taube?«

»Mal der Heilige Geist, mal der Heiliggeist. Der Heiliggeist ist etwas anderes, der kommt auch in anderer Vogelgestalt, manchmal als Schwalbe, manchmal als Stieglitz und manchmal als Meise.«

»Wie unterscheiden Sie ihn denn von einer Meise?«

»Er spricht.«

»Wie denn, in welcher Sprache?«

»In menschlicher.«

»Was sagt er denn zu Ihnen?«

»Gerade heute verkündete er mir, ein Dummkopf würde mich besuchen und alberne Fragen stellen. Sehr viel, Mönch, verlangst du zu wissen.«

»Furchtbar sind Ihre Worte, gerechtester, heiligster Vater!« sagte der Mönch, den Kopf hin und her wiegend. In seinen ängstlichen kleinen Augen war auch etwas Mißtrauen zu bemerken.

»Siehst du diesen Baum?« fragte Vater Ferapont nach einer Weile.

»Ja, ich sehe ihn, gerechtester Vater.«

»Du meinst, er ist eine Ulme? Nach meiner Meinung ist er etwas anderes.«

»Was denn?« fragte der Mönch, nachdem er eine Weile vergeblich auf eine Erläuterung gewartet hatte.

»Manchmal des Nachts ... Siehst du diese beiden Äste? Des Nachts streckt dort Christus verlangend seine Arme nach mir aus, ich sehe es deutlich und zittere. Furchtbar, oh, furchtbar!«

»Was ist daran so furchtbar, wenn es Christus ist?«

»Er wird mich fassen und hinauftragen.«

»Lebendig?«

»Im Geist und in der Kraft des Elias, hast du davon noch nichts gehört? Er wird mich umarmen und davontragen ...«

Nach diesem Gespräch war der Mönch aus Obdorsk zutiefst verwundert, doch stand er innerlich eher auf seiten des Vaters Ferapont als auf seiten des Vaters Sossima, als er in die Zelle zurückkehrte, die man ihm bei einem der Brüder zugewiesen hatte. Er war vor allem für das Fasten, und deshalb war es für ihn nicht erstaunlich, wenn ein großer Faster wie Vater Ferapont »Wunderbares erschaute«. Seine Worte schienen zwar etwas unverständlich, aber Gott mußte ja wissen, was für ein Sinn darin verborgen lag; bei den um Christi willen Törichten kamen noch ganz andere Worte und Taten vor. An den eingeklemmten Teufelsschwanz wollte er nicht nur im übertragenen, sondern im buchstäblichen Sinn von Herzen gern und bereitwillig glauben. Außerdem hatte er schon früher ein starkes Vorurteil gegen das Starzentum gehabt, das er bis dahin nur vom Hörensagen kannte und auf das Urteil anderer hin für eine schädliche Neuerung hielt. Während seines eintägigen Aufenthaltes im Kloster hatte er auch bereits das heimliche Murren einiger leichtsinniger Brüder bemerkt, die mit dem Starzentum unzufrieden waren. Zudem war er von Natur sehr beweglich und hatte für alles mögliche Interesse. Die große Nachricht von dem neuen »Wunder« des Starez Sossima versetzte ihn deshalb außerordentlich in Erstaunen. Aljoscha erinnerte sich später, unter den Mönchen, die sich um die Zelle des Starez drängten und zu ihm wollten, war häufig die eifrige, auf alles horchende und nach allem fragende Gestalt des Gastes aus Obdorsk aufgetaucht. Doch hatte er ihn damals wenig beachtet, weil ihn ganz andere Dinge beschäftigten.

Der Starez Sossima, der sich wegen starker Müdigkeit wieder ins Bett gelegt hatte, erinnerte sich auf einmal Aljoschas und wollte ihn sprechen, obwohl ihm schon die Augen zufielen. Als Aljoscha zu ihm kam, traf er beim Starez nur Vater Paissi, den Priestermönch Vater Jossif und den Novizen Porfiri. Der Starez schlug die Augen auf, blickte Aljoscha lange an und fragte plötzlich: »Erwarten dich die Deinigen, lieber Sohn?«

Aljoscha stammelte etwas.

»Bedürfen sie deiner nicht? Hast du gestern jemand versprochen, heute zu ihm zu kommen?«

»Ja, ich habe es versprochen … dem Vater … den Brüdern … und anderen.«

»Siehst du, so geh unter allen Umständen zu ihnen! Sei nicht traurig! Wisse, daß ich nicht sterben werde, bevor ich nicht in deiner Gegenwart mein letztes Wort gesagt habe, und zwar zu dir, dir will ich es als Vermächtnis hinterlassen. Dir, lieber Sohn, weil du mich liebst. Jetzt aber geh zu denen, die dich erwarten!«

Aljoscha gehorchte, ohne zu zögern, allerdings schweren Herzens. Doch das Versprechen des Starez, er werde sein letztes Wort vernehmen, gleichsam als Vermächtnis, tröstete und beglückte ihn. Er wollte sich beeilen und so schnell wie möglich alles in der Stadt erledigen, um bald zurückkehren zu können. Als er mit Vater Paissi die Zelle des Starez verließ, gab dieser ihm noch ein Geleitwort mit auf den Weg, das einen unerwartet starken Eindruck auf ihn machte.

»Sei immer dessen eingedenk, Jüngling«, begann Vater Paissi ohne jede Einleitung, »daß die weltliche Wissenschaft eine große Macht geworden ist und namentlich im letzten Jahrhundert alles kritisiert hat, was uns in den heiligen Büchern Himmlisches vermacht worden ist. Die unbarmherzige Analyse der Gelehrten hat von allem, was früher heilig war, nichts übriggelassen. Sie untersuchten aber nur immer die einzelnen Teile und niemals das Ganze; man muß sogar die Blindheit bewundern, mit der sie dabei verfahren sind. Das Ganze jedoch steht vor ihren eigenen Augen unerschüttert da wie vorher, und die Pforten der Hölle können es nicht überwältigen. Hat es denn nicht neunzehn Jahrhunderte lang gelebt, lebt es nicht auch jetzt noch in den Bewegungen der einzelnen Seelen und denen der Volksmassen? Sogar in den Bewegungen der Seelen jener Atheisten, die alles zerstört haben, lebt es wie vorher, unerschütterlich! Denn auch diejenigen, die sich vom Christentum lossagten und sich dagegen empören, zeigen ihrem eigentlichen Wesen nach denselben Christustypus und blieben dieselben; denn bis jetzt war weder ihre Weisheit noch die Wärme ihres Herzens imstande, für den Menschen und seine Würde ein anderes, höheres Vorbild zu schaffen, als Christus uns vor alters gewiesen hat. Die Produkte aller ihrer Versuche waren nur Mißgeburten. Sei dessen besonders eingedenk, Jüngling! Denn dein hinscheidender Starez hat dich dazu bestimmt, in die Welt hinauszugehen. Vielleicht wirst du, wenn du dieses großen Tages gedenkst, auch meine Worte nicht vergessen, die ich dir von ganzem Herzen mit auf den Weg gebe; denn du bist noch jung, und die Anfechtungen in der Welt sind schwer – deine Kräfte allein können ihnen nicht widerstehen. Und jetzt geh, du Ärmster!«

Mit diesen Worten segnete ihn Vater Paissi. Als Aljoscha das Kloster verließ und alle diese unerwarteten Worte überdachte, wurde ihm plötzlich klar, daß er in diesem strengen, ihm gegenüber bisher so finsteren Mönch unverhofft einen neuen Freund und liebenden neuen Führer gefunden hatte – beinahe wie vom Starez Sossima auf dem Totenbett vermacht. Vielleicht haben sie das untereinander abgemacht, überlegte Aljoscha. Vater Paissis soeben gehörte unerwartete Belehrung zeugte von dessen gütigem Herzen. Er beeilte sich, den jugendlichen Geist so schnell wie möglich für den Kampf mit den Versuchungen zu wappnen und die ihm anvertraute jugendliche Seele mit der denkbar festesten Rüstung auszustatten.

2. Beim Vater

Zuallererst ging Aljoscha zum Vater. Als er sich dem Haus näherte, fiel ihm ein, daß der Vater ihn am Tag vorher dringend gebeten hatte, so hereinzukommen, daß sein Bruder Iwan es nicht merkte. ›Warum?‹ fragte sich Aljoscha jetzt. ›Wenn der Vater mir etwas allein sagen will, warum soll ich denn heimlich hereinkommen? Wahrscheinlich wollte er gestern etwas anderes sagen und traf in der Aufregung nicht den richtigen Ausdruck?‹ Dennoch war er sehr froh, als Marfa Ignatjewna, die ihm öffnete – Grigori war krank und lag im Seitengebäude im Bett –, ihm mitteilte, Iwan Fjodorowitsch sei vor zwei Stunden ausgegangen.

»Und der Vater?«

»Der ist aufgestanden und trinkt Kaffee«, antwortete Marfa Ignatjewna ein wenig trocken.

Aljoscha trat ein. Der Alte saß am Tisch, in Pantoffeln und einem alten Paletot, und sah ohne besondere Aufmerksamkeit, mehr zur Unterhaltung, Rechnungen durch. Er war allein im Haus; Smerdjakow war ausgegangen, um zum Mittagessen einzukaufen. Seine Gedanken waren nicht bei den Rechnungen. Obgleich er zeitig aufgestanden war und ein forsches Wesen herauskehrte, sah er müde und schwach aus. Die Stirn, auf der über Nacht gewaltige blutrote Beulen entstanden waren, hatte er mit einem roten Tuch umwickelt. Auch auf der stark angeschwollenen Nase hatten sich einige, wenn auch unbedeutende, blutunterlaufene Stellen gebildet, die dem ganzen Gesicht einen besonders bösen, gereizten Ausdruck verliehen. Der Alte wußte das und sah den eintretenden Aljoscha unfreundlich an.

»Der Kaffee ist kalt«, rief er. »Ich biete ihn dir gar nicht an. Ich selbst, mein Lieber werde heute nur eine kärgliche Fischsuppe essen, wie in der Fastenzeit, und kann niemand einladen. Warum bist du gekommen?«

»Um mich nach Ihrem Befinden zu erkundigen«, antwortete Aljoscha.

»Aha. Außerdem habe ich dir gestern selbst befohlen, herzukommen. Das alles ist dummes Zeug. Du hast dich umsonst herbemüht. Ich wußte übrigens, daß du gleich angewetzt kommen würdest ...« Er sagte das in sehr feindseliger Stimmung.

Inzwischen war er aufgestanden und betrachtete sorgenvoll seine Nase im Spiegel, vielleicht zum vierzigstenmal seit dem Morgen. Dann mühte er sich, das rote Tuch ordentlicher um die Stirn zu legen.

»Ein rotes macht sich besser, ein weißes erinnert zu sehr an Krankenhaus«, bemerkte er ärgerlich. »Na, und wie steht es bei dir? Was macht dein Starez?«

»Es geht ihm sehr schlecht, er wird vielleicht heute sterben«, antwortete Aljoscha. Der Vater hörte jedoch gar nicht zu und hatte seine Frage gleich wieder vergessen.

»Iwan ist weggegangen«, sagte er plötzlich. »Er macht seinem Bruder Mitja aus Leibeskräften die Braut abspenstig ... Darum hält er sich hier auch auf«, fügte er boshaft hinzu und starrte Aljoscha mit schiefem Mund an.

»Hat er Ihnen das selbst, gesagt?« fragte Aljoscha.

»Ja, schon längst. Was glaubst du wohl? Schon vor etwa drei Wochen. Er wird doch nicht auch gekommen sein, mir den Hals abzuschneiden? Zu irgendeinem Zweck muß er doch gekommen sein?«

»Was reden Sie da? Wie können Sie nur so etwas sagen!« rief Aljoscha bestürzt.

»Um Geld bittet er mich nicht, das ist richtig, er würde auch keine Kopeke von mir bekommen. Ich beabsichtige, möglichst lange zu leben, mein liebster Alexej Fjodorowitsch, und deshalb brauche ich jede Kopeke. Je länger ich lebe, um so nötiger brauche ich sie«, fuhr er fort, im Zimmer auf und ab gehend, die Hände in den Taschen seines weiten, fettfleckigen, gelben Sommerpaletots. »Jetzt bin ich einstweilen noch ein Mann, erst fünfundfünfzig, aber ich will noch zwanzig Jahre lang meinen Platz als Mann ausfüllen. Wenn ich alt und garstig bin, kommen die Weiber nicht mehr gutwillig, dann brauche ich Geld. Darum spare ich jetzt immer mehr zusammen, immer mehr, und zwar für mich, mein lieber Sohn Alexej Fjodorowitsch, das könnt ihr euch merken! Ich will in meiner Liederlichkeit bis zu meinem Ende weiterleben, das merkt euch. Die Liederlichkeit ist der schönste Genuß, alle Leute schimpfen auf sie, dabei leben sie doch alle liederlich, nur tun sie es heimlich – ich tue es öffentlich. Meine Offenherzigkeit ist auch der Grund, weshalb die anderen über mich herfallen. In dein Paradies, Alexej Fjodorowitsch, will ich gar nicht hinein, für einen ordentlichen Menschen schickt es sich gar nicht, ins Paradies einzugehen, selbst wenn es eins gibt. Nach meiner Ansicht werde ich, sobald ich mal eingeschlafen bin, nicht wieder aufwachen, und nichts wird mehr sein! Erinnert euch meiner, wenn ihr wollt – wollt ihr nicht, so hol' euch der Teufel! Das ist meine Philosophie. Gestern hat Iwan hier schöne Reden gehalten, obwohl wir alle betrunken waren. Iwan ist ein Prahlhans, er ist nicht sehr gelehrt und besonders gebildet auch nicht. Er schweigt und lächelt über einen, das ist seine ganze Kunst.«

Aljoscha hörte schweigend zu.

»Warum spricht er nicht mit mir? Und wenn er spricht, so schauspielert er. Er ist ein Schuft, dein Iwan! Gruschenka aber werde ich heiraten, sobald ich nur will. Denn wenn man Geld hat, braucht man nur zu wollen, Alexej Fjodorowitsch! Mit Geld läßt sich alles einrichten. Eben das fürchtet Iwan, deshalb paßt er auf mich auf. Damit ich sie nicht heirate! Deshalb drängt er auch Mitka, Gruschenka zu heiraten. Auf diese Weise will er mich von ihr fernhalten – als ob ich ihm Geld vererbe, wenn ich sie nicht heirate! Andererseits will er sich, wenn Mitka Gruschenka heiratet, dessen reiche Braut nehmen, das ist seine Spekulation! Er ist ein Schuft, dein Iwan!«

»Wie gereizt Sie sind! Das rührt von gestern her. Sie sollten sich hinlegen«, sagte Aljoscha.

»Siehst du, wenn du das sagst«, bemerkte der Alte, als käme ihm dieser Gedanke zum erstenmal, »wenn du das sagst, bin ich dir nicht böse. Auf Iwan wäre ich böse, würde er dasselbe sagen. Nur wenn ich mit dir zusammen war, hatte ich manchmal Augenblicke, in denen ich gut war, sonst bin ich ein ganz schlechter Kerl.«

»Sie sind nicht schlecht, nur Ihre Seele ist entstellt«, sagte Aljoscha lächelnd.

»Hör mal, ich wollte diesen rohen Menschen, den Mitka, heute schon einsperren lassen, und ich weiß auch jetzt noch nicht, wie ich mich entscheide. Zwar ist es heutzutage üblich, den Respekt vor Vater und Mutter für einen überholten Standpunkt zu halten, doch nach dem Gesetz ist es auch jetzt, glaube ich, noch nicht erlaubt, bejahrte Väter in ihrem eigenen Haus an den Haaren zu ziehen, auf den Boden zu werfen, ihnen mit dem Stiefelabsatz in die Visage zu treten und sich zu rühmen, man werde wiederkommen und sie ganz totschlagen, und das alles vor Zeugen! Ich könnte ihn, wenn ich wollte, sofort einsperren lassen und ihn gehörig in Verlegenheit bringen!«

»Sie wollen ihn also nicht verklagen?«

»Iwan hat mir abgeraten. Ich würde mich ja nicht um Iwans Rat kümmern, aber ich habe da meine eigenen Gedanken.« Zu Aljoscha hinübergebeugt, fuhr er fast flüsternd fort: »Wenn ich ihn einsperren lasse, den Schuft, erfährt sie es und läuft gleich zu ihm. Wenn sie aber heute hört, daß er mich schwachen alten Mann halbtot geschlagen hat, wird sie sich vielleicht von ihm abwenden und mich besuchen … Siehst du, so ist nun mal ihr Charakter, sie handelt oft nur den Leuten zum Trotz. Ich kenne sie durch und durch! Na, wie ist es, trinkst du nicht einen Kognak? Nimm doch ein bißchen kalten Kaffee, ich gieße dir ein viertel Gläschen Kognak dazu, das bessert den Geschmack, mein Lieber.«

»Nein, danke, nicht nötig. Aber dieses Brötchen werde ich mitnehmen, wenn Sie erlauben«, sagte Aljoscha, nahm ein Dreikopekenbrötchen und steckte es in seine Kuttentasche. »Kognak sollten auch Sie nicht trinken«, sagte er behutsam und schaute dem Alten ins Gesicht.

»Da hast du recht, er reizt nur, anstatt zu beruhigen. Na, nur ein einziges Gläschen … Ich will mir aus dem Schränkchen gleich mal …«

Er schloß das »Schränkchen« auf, goß sich ein »Gläschen« ein, trank es aus, schloß das Schränkchen wieder zu und steckte den Schlüssel in die Tasche.

»Und damit basta, von einem Gläschen krepiere ich nicht.«

»Sie sind ja jetzt auch ruhiger geworden«, sagte Aljoscha lächelnd.

»Hm! Dich liebe ich auch ohne Kognak, doch den Schuften gegenüber bin ich auch ein Schuft. Iwan fährt nicht nach Tschermaschnja. Warum? Er will spionieren, ob ich Gruschenka viel gebe, wenn sie zu mir kommt. Alle sind sie Schufte! Und Iwan erkenne ich überhaupt nicht an, ich kenne ihn gar nicht. Wo hat er nur sein Wesen her? Das ist gar nicht unsere Denkungsart. Und dem soll ich etwas hinterlassen? Ich werde überhaupt kein Testament hinterlassen, das könnt ihr euch merken. Und Mitka werde ich zerdrücken wie eine Schabe. Ich zerquetsche die schwarzen Schaben nachts immer mit dem Pantoffel, das knackt nur so, wenn man drauftritt. So wird auch dein Mitka einmal knacken. Ich sage *dein* Mitka, weil du ihn so liebst. Siehst du, du liebst ihn, aber ich fürchte mich deswegen nicht. Nur wenn Iwan ihn lieben würde – dann hätte ich Angst um mich. Aber Iwan liebt niemanden, er ist von anderer Art als wir. Menschen wie Iwan, mein Lieber, sind anders als wir, sind Staub, der sich erhebt. Wenn aber der Wind bläst, verweht der Staub … Gestern, als ich dir sagte, du möchtest mich heute besuchen, hatte ich einen dummen Gedanken. Ich wollte durch dich etwas über Mitka erfahren. Nämlich: wenn ich ihm jetzt tausend oder, sagen wir, zweitausend Rubel auszahle, ob er dann wohl, ein Bettler und Lump, wie er ist, bereit wäre, sich von hier wegzuscheren, auf fünf Jahre oder besser auf fünfunddreißig, aber ohne Gruschenka, jetzt und für immer?«

»Ich werde ihn fragen …«, murmelte Aljoscha. »Wenn es dreitausend wären, würde er vielleicht …«

»Unsinn! Jetzt brauchst du ihn überhaupt nicht mehr zu fragen, es ist nicht mehr nötig! Ich habe es mir anders überlegt. Mein gestriger Einfall war eine Dummheit. Nichts werde ich geben, gar nichts, ich brauche mein Geld allein!« sagte der Alte und machte eine energische Handbewegung. »Auch ohne das werde ich ihn wie eine Schabe zerquetschen. Sag ihm nichts, sonst macht er sich noch vergebliche Hoffnungen. Und auch du hast jetzt nichts mehr bei mir zu suchen. Mach, daß du wegkommst! Seine Braut Katerina Iwanowna, die er die ganze Zeit ängstlich vor mit verborgen hat, wird die ihn heiraten? Du bist ja wohl gestern bei ihr gewesen?«

»Sie will um keinen Preis von ihm lassen.«

»Na ja, diese Sorte von zartfühlenden Frauen liebt ja gerade solche Männer, die Wüstlinge und Schufte sind. Dumm sind sie, diese blassen Fräulein, das sage ich dir! Na, wenn ich seine Jugend hätte und mein Gesicht von damals – ich sah mit achtundzwanzig besser aus als er jetzt –, würde ich ebensolche Eroberungen machen wie er. Er ist eine Kanaille! Aber Gruschenka bekommt er doch nicht, die soll er nicht haben! Zu Dreck werde ich ihn machen!«

Bei den letzten Worten war er wieder in Wut geraten.

»Mach, daß du wegkommst! Du hast hier nichts mehr zu schaffen«, sagte er barsch.

Aljoscha trat zu ihm, um sich zu verabschieden, und küßte ihn auf die Schulter.

»Warum das?« fragte der Alte erstaunt. »Wir werden uns ja noch wiedersehen. Oder meinst du, wir werden uns nicht mehr wiedersehen?«

»Durchaus nicht. Ich habe es ohne besondere Absicht getan.«

»Na, ich habe auch nur so gefragt ...«, sagte der Alte und sah ihn an. »Hör mal«, rief er ihm nach, »komm bald mal wieder! Zur Fischsuppe. Ich werde Fischsuppe kochen lassen, eine besondere, nicht so wie heute, komm bestimmt! Komm gleich morgen, hörst du, komm morgen!«

Kaum war Aljoscha aus der Tür, ging der Alte wieder zum »Schränkchen« und goß sich noch ein »Gläschen« hinter die Binde.

»Mehr trinke ich jetzt nicht!« murmelte er, räusperte sich, schloß das Schränkchen wieder zu und steckte den Schlüssel in die Tasche. Dann ging er in sein Schlafzimmer und sank kraftlos aufs Bett, wo er im nächsten Augenblick einschlief.

3. Er gibt sich mit Schulknaben ab

›Gott sei Dank, daß er mich nicht nach Gruschenka gefragt hat!‹ dachte Aljoscha, als er vom Vater herauskam und die Richtung nach dem Haus von Frau Chochlakowa einschlug. ›Sonst hätte ich ihm am Ende von der gestrigen Begegnung mit Gruschenka erzählen müssen?‹ Aljoscha sagte sich betrübt: ›Gewiß haben die beiden Kämpfer über Nacht neue Kraft gesammelt und ihre Herzen wieder verhärtet. Der Vater ist in gereizter, zorniger Stimmung, er hat sich etwas ausgedacht und bleibt dabei. Und wie steht es mit Dmitri? Der wird sich gleichfalls über Nacht noch mehr verhärtet haben. Sicher ist er auch gereizt und zornig und hat sich auch etwas ausgedacht. Jedenfalls muß ich ihn heute noch aufsuchen! ...‹ Aljoscha fand nicht die Möglichkeit, darüber lange nachzugrübeln. Er hatte plötzlich ein

Erlebnis, das zwar bedeutungslos schien, ihn aber doch stark erregte. Kaum hatte er nämlich den Marktplatz überquert und war in eine Gasse eingebogen, um zur Michailowskajastraße zu gelangen, einer Parallelstraße der Bolschajastraße, von ihr nur durch einen Graben getrennt –, unsere ganze Stadt ist von Gräben durchzogen –, da sah er an der kleinen Brücke eine Gruppe Schulknaben von höchstens neun bis elf Jahren. Sie waren auf dem Heimweg von der Schule; die einen hatten ihre Ranzen auf dem Rücken, andere trugen Lederbeutel an Riemen über der Schulter, manche waren nur in Jacken, andere hatten kleine Mäntel an, einige auch hohe Stiefel mit Faltschäften, in denen die Jungen von wohlhabenden Eltern besonders gern umherstolzierten. Sie redeten lebhaft über etwas und schienen untereinander zu beraten. Aljoscha konnte an Kindern nie teilnahmslos vorübergehen, auch in Moskau hatte er das nicht gekonnt; und obgleich er etwa dreijährige Kinder am meisten mochte, hatte er auch etwas übrig für Schulknaben von zehn oder elf. Trotz aller Sorgen kam ihm doch auf einmal die Lust an, zu ihnen zu gehen und sich in ein Gespräch einzulassen. Als er näher kam und ihre rotbäckigen erregten Gesichter sah, bemerkte er, daß jeder Junge einen Stein in der Hand hatte, manche auch zwei. An einem Zaun, jenseits des Grabens, etwa dreißig Schritt von der Gruppe entfernt, stand noch ein Junge, auch ein Schüler und auch mit einem Bücherbeutel an der Seite, der Statur nach etwa zehn oder noch jünger, ein blasses, kränkliches Bürschlein mit funkelnden schwarzen Augen. Er beobachtete gespannt die Gruppe der sechs Schüler, offenbar seine Kameraden, die mit ihm zusammen die Schule verlassen hatten und mit denen er augenscheinlich in Feindschaft stand.

Aljoscha trat an sie heran, musterte einen krausköpfigen, blonden, rotbäckigen Jungen in einer schwarzen Jacke und sagte: »Als ich noch so einen Bücherbeutel trug wie ihr, hatten wir ihn auf der linken Seite, um mit der rechten Hand gleich hinfassen zu können. Ihr tragt euren Bücherbeutel rechts, das muß doch unbequem sein?«

Aljoscha hatte ohne alle vorherige schlaue Berechnung geradezu sachlich begonnen; anders darf ein Erwachsener auch nicht beginnen, wenn er das Vertrauen eines Kindes, besonders einer ganzen Gruppe von Kindern erlangen will. Man muß ernst und sachlich beginnen, sich mit ihnen völlig auf gleichen Fuß stellen. Aljoscha hatte das instinktiv begriffen.

»Der ist doch Linkshänder«, antwortete ein anderer Schüler, ein strammer, gesunder elfjähriger Bursche.

Die übrigen fünf Knaben blickten Aljoscha unverwandt an.

»Er schmeißt auch die Steine mit der linken Hand«, bemerkte ein dritter Junge.

In diesem Augenblick kam ein Stein geflogen und streifte den Linkshänder. Er tat aber keinen weiteren Schaden, obwohl er geschickt und kräftig geworfen worden war. Er kam von dem Jungen jenseits des Grabens.

»Schmeiß wieder, gib es ihm ordentlich, Smurow!« schrien alle.

Smurow, der Linkshänder, ließ auch nicht lange auf sich warten und warf einen Stein nach dem Jungen auf der anderen Grabenseite, doch ohne Erfolg: Der Stein fiel auf die Erde. Der Junge warf sofort einen Stein zurück, traf aber diesmal Aljoscha, und zwar ziemlich schmerzhaft an der Schulter. Der Junge auf der anderen Grabenseite hatte die Taschen voll Steine. Das sah man auf dreißig Schritt Entfernung an dem aufgebauschten Mantel.

»Er hat auf Sie gezielt, absichtlich auf Sie! Sie sind doch Karamasow, nicht wahr?« schrien die Knaben lachend. »Nun aber alle auf ihn! Los, Feuer!«

Sechs Steine flogen zugleich, und einer davon traf den Jungen am Kopf. Er fiel hin, aber sprang sofort wieder auf und antwortete mit erbitterten Steinwürfen. Es begann ein ununterbrochenes gegenseitiges Bombardement, wobei sich herausstellte, daß auch viele in der Gruppe Steine in den Taschen hatten.

»Was macht ihr denn! Schämt ihr euch nicht? Sechs gegen einen! Ihr tötet ihn ja!« rief Aljoscha.

Er sprang vor, um mit seinem Körper den Jungen jenseits des Grabens zu decken. Drei oder vier hörten auf zu werfen.

»Er hat selber angefangen!« schrie einer in einem roten Hemd mit erregter Kinderstimme. »Er ist ein Schuft! In der Schule hat er Krassotkin mit einem Messer gestochen, daß es blutete. Krassotkin wollte nur nicht petzen, aber jetzt muß der da seine Prügel beziehen!«

»Wofür? Ihr habt ihn doch sicher auch geärgert?«

»Jetzt hat er Sie wieder mit einem Stein in den Rücken getroffen. Er kennt Sie«, riefen die Kinder. »Er wirft nur nach Ihnen, nicht nach uns. Alle auf ihn! Ziel nicht vorbei, Smurow!«

Von neuem begann das Bombardement, und diesmal bösartiger.

Der Junge jenseits des Grabens wurde von einem Stein an der Brust getroffen, er schrie auf, fing an zu weinen und lief die Michailowskajastraße hinauf.

In der Gruppe erscholl ein Triumphgeschrei: »Ah, er hat Angst, er kneift, der Bastwisch!«

»Sie wissen nicht, was für ein gemeiner Kerl er ist, Karamasow. Ihn totzuschlagen wäre noch zuwenig«, sagte der Bursche in der Jacke wieder mit funkelnden Augen; er schien der älteste zu sein.

»Was ist er denn für einer?« fragte Aljoscha. »Er hat wohl gepetzt, wie?«

Die Knaben wechselten lächelnd Blicke.

»Gehen Sie auch die Michailowskajastraße entlang?« fuhr derselbe Junge fort. »Da werden Sie ihn einholen. Sehen Sie, er ist wieder stehengeblieben, er wartet und dreht sich nach Ihnen um.«

»Er dreht sich nach Ihnen um, er dreht sich nach Ihnen um!« fielen die anderen ein.

»Fragen Sie ihn doch mal, ob er einen zerzausten Bastwisch liebt. Verstehen Sie. Fragen Sie ihn mal.«

Darauf erscholl, allgemeines Gelächter. Aljoscha sah die Burschen an.

»Gehen Sie nicht hin, der wird Ihnen eins auswischen!« warnte ihn Smurow.

»Nach dem Bastwisch werde ich ihn nicht fragen, damit ärgert ihr ihn sicher. Aber ich werde mich bei ihm erkundigen, was ihr gegen ihn habt.«

»Erkundigen Sie sich nur, erkundigen Sie sich nur!« riefen die Jungen lachend.

Aljoscha ging über die kleine Brücke und am Zaun entlang die Anhöhe hinauf, genau auf den Jungen zu.

»Nehmen Sie sich in acht!« riefen ihm die anderen warnend nach. »Er hat keine Angst vor Ihnen, er wird heimtückisch zustechen, wie er es mit Krassotkin gemacht hat.»

Der Junge erwartete ihn, ohne sich von der Stelle zu rühren.

Als Aljoscha ganz nahe war, erblickte er einen Jungen von höchstens neun Jahren, klein und schwächlich, mit einem blassen, mageren, länglichen Gesichtchen und großen, dunklen Augen, die ihn böse ansahen. Bekleidet war er mit einem ziemlich abgetragenen Mantel, aus dem er völlig herausgewachsen war. Aus den Ärmeln ragten die nackten Arme. Auf dem rechten Knie der Hose saß ein großer Flicken, und an der rechten Stiefelspitze, wo die große Zehe sitzt, befand sich ein großes Loch, dessen Rand mit Tinte beschmiert war. Die beiden Taschen seines Mantels waren mit Steinen gefüllt. Aljoscha blieb in zwei Schritt Entfernung vor ihm stehen und sah ihn fragend an. Der Junge, der sogleich an Aljoschas Augen erkannte, daß dieser ihn nicht schlagen wollte, hatte keine Angst und begann von selbst: »Ich bin einer, und die sind sechs. Aber ich werde sie alle allein verprügeln!« sagte er plötzlich mit blitzenden Augen.

»Der eine Stein muß dich sehr schmerzhaft getroffen haben?« bemerkte Aljoscha.

»Aber ich habe Smurow am Kopf getroffen!« rief der Junge.

»Die anderen sagen, du kennst mich und hast aus irgendeinem Grund nach mir geworfen?« fragte Aljoscha.

Der Junge sah ihn finster an.

»Ich kenne dich nicht. Kennst du mich?« fragte Aljoscha weiter.

»Lassen Sie mich in Ruhe!« schrie der Junge gereizt, ohne sich vom Platz zu rühren. Er schien noch etwas zu erwarten, seine Augen funkelten wieder böse.

»Nun gut, ich gehe«, sagte Aljoscha. »Aber ich kenne dich nicht und will dich nicht ärgern. Die anderen haben mir gesagt, womit sie dich aufziehen. Ich will dich aber nicht aufziehen. Lebe wohl!«

»Mönch mit Tafthosen!« schrie der Junge und verfolgte Aljoscha mit demselben herausfordernden Blick. Zugleich stellte er sich in Positur, weil er damit rechnete, daß sich Aljoscha jetzt bestimmt auf ihn stürzen würde.

Doch Aljoscha wandte sich um, sah ihn nur an und ging weiter. Kaum hatte er aber drei Schritte getan, da traf ihn ein Stein schmerzhaft im Rücken; es war der größte, den der Junge in der Tasche gehabt hatte.

»Du wirfst von hinten? Da haben die anderen also recht, wenn sie sagen, daß du einen heimtückisch überfällst?« Mit diesen Worten drehte sich Aljoscha wieder um, doch der wütende Junge warf erneut nach Aljoscha, und zwar zielte er diesmal aufs Gesicht. Aljoscha konnte rechtzeitig parieren, so daß der Stein ihn nur am Ellbogen traf.

»Schämst du dich nicht? Was habe ich dir getan?« rief er.

Schweigend und verbissen erwartete der Junge nichts anderes, als daß sich Aljoscha jetzt auf ihn stürzte. Als dies aber auch jetzt nicht geschah, geriet er wie ein wildes Tier in Raserei. Er stürzte selber auf Aljoscha los, und ehe der sich rühren konnte, hatte der Junge den Kopf gesenkt, mit beiden Händen Aljoschas linke Hand gepackt und ihn schmerzhaft in den Mittelfinger gebissen. Er biß fest zu und ließ etwa zehn Sekunden nicht los. Aljoscha schrie vor Schmerz laut auf und versuchte mit aller Kraft die Hand wegzuziehen. Der Junge gab den Finger endlich frei und sprang zurück. Der Finger war schmerzhaft zerbissen, dicht am Nagel und bis auf den Knochen; er blutete stark. Aljoscha wickelte das Taschentuch fest um die verwundete Hand; womit er fast eine Minute zu tun hatte. Währenddessen stand der Junge da und wartete. Endlich schaute ihn Aljoscha ruhig an.

»So«, sagte er. »Du siehst, wie du mich gebissen hast, nun ist es wohl genug, nicht wahr? Sagst du mir jetzt, was ich dir getan habe?«

Der Bursche sah ihn verwundert an.

»Ich kenne dich zwar gar nicht und sehe dich zum erstenmal«, fuhr Aljoscha immer im gleichen ruhigen Ton fort, »aber ich muß dir doch etwas getan haben. Du würdest mir doch nicht grundlos solchen Schmerz zufügen. Was also habe ich dir getan, und womit habe ich mich gegen dich vergangen? Sag es mir, bitte!«

Statt zu antworten, fing der Junge an zu weinen und lief weg. Aljoscha folgte ihm langsam in die Michailowskajastraße und sah ihm noch lange nach. Der Junge lief weiter, ohne das Tempo zu mäßigen oder sich umzusehen, wahrscheinlich immer noch weinend. Aljoscha nahm sich vor, ihn so bald wie möglich zu besuchen und diesen rätselhaften Vorgang, der ihn sehr beeindruckt hatte, aufzuklären. Jetzt fehlte ihm die Zeit dazu.

4. Bei den Chochlakows

Schnell war er am Haus von Frau Chochlakowa angelangt. Es war ihr Eigentum, aus Stein gebaut, einstöckig und hübsch aussehend, eines der besten Häuser im Städtchen. Obgleich Frau Chochlakowa meist in einem anderen Gouvernement, wo sie ein Gut besaß, oder in ihrem Moskauer Haus lebte, gehörte ihr auch in unserem Städtchen ein Haus, das sie von ihren Vätern und Großvätern ererbt hatte. Das Gut, das sie in unserem Kreis besaß, war das größte von ihren drei Gütern; dennoch war sie bisher selten in unser Gouvernement gekommen.

Sie empfing Aljoscha bereits im Vorzimmer.

»Haben Sie meinen Brief über das neue Wunder erhalten. Haben Sie ihn erhalten?« begann sie hastig und aufgeregt.

»Ja, ich habe ihn erhalten.«

»Und haben Sie ihn allen gezeigt? Er hat der Mutter den Sohn zurückgegeben!«

»Er wird heute sterben«, sagte Aljoscha.

»Ich habe es gehört, ich weiß es. Oh, wie sehr drängt es mich, mit Ihnen zu sprechen! Mit Ihnen oder mit sonst jemand. Über das alles. Nein, mit Ihnen, mit Ihnen! Wie schade, daß es mir nicht möglich ist, ihn zu sehen! Die ganze Stadt ist aufgeregt, alle befinden sich in gespannter Erwartung. Jetzt aber ... Wissen Sie, daß Katerina Iwanowna bei uns ist?«

»Ach, das trifft sich gut!« rief Aljoscha. »Da kann ich gleich bei Ihnen mit ihr sprechen. Sie bat mich gestern, heute unter allen Umständen zu ihr zu kommen.«

»Ich weiß alles, ich weiß alles. Ich habe alles, was gestern bei ihr vorgefallen ist, bis in die letzten Einzelheiten gehört. Auch die ganze schreckliche Szene mit dieser … Kreatur. C'est tragique,* und ich würde an ihrer Stelle … Ich weiß nicht, was ich an Ihrer Stelle tun würde! Aber auch Ihr Bruder Dmitri Fjodorowitsch, was sagen Sie zu dem? O Gott, Alexej Fjodorowitsch, ich bin ganz durcheinander! Denken Sie nur, drin sitzt jetzt Ihr Bruder, das heißt nicht jener, nicht der schreckliche Mensch von gestern, sondern der andere, Iwan Fjodorowitsch, der sitzt da und redet mit ihr, das Gespräch der beiden hat so etwas Feierliches … Und wenn Sie es mir glauben wollen: Was da jetzt zwischen ihnen vorgeht, ist etwas Schreckliches, das ist, sage ich Ihnen, eine Überspanntheit, ein schreckliches Märchen, das man um keinen Preis für wahr halten möchte! Die beiden richten sich zugrunde, man weiß nicht, warum. Sie wissen selbst, daß sie sich zugrunde richten, und finden ihren Genuß daran. Ich habe auf Sie gewartet! Sehnsüchtig habe ich auf Sie gewartet! Das Wichtigste ist, ich kann das nicht länger ertragen. Ich werde Ihnen gleich alles erzählen, aber erst muß ich Ihnen noch etwas anderes mitteilen, das Allerwichtigste – ach, ich hatte ganz vergessen, daß es das Allerwichtigste ist! Sagen Sie, wovon hat Lise einen Weinkrampf bekommen? Kaum hatte sie erfahren, daß Sie sich dem Haus nähern, als sie einen hysterischen Anfall bekam.«

»Mama, jetzt sind Sie hysterisch, nicht ich«, drang auf einmal Lisas Stimmchen aus dem Nebenzimmer durch den Türspalt. Der Türspalt war schmal, und die Stimme klang, als ob ihr Gewalt angetan würde, als ob jemand furchtbare Lust hätte loszulachen, doch das Lachen nach Kräften unterdrückt. Aljoscha bemerkte den Spalt sofort und vermutete, daß ihn Lisa von ihrem Rollstuhl aus dadurch beobachtete, er konnte es aber nicht genau erkennen.

* frz. Das ist tragisch.

»Es wäre kein Wunder, Lise, wenn ich infolge deiner launischen Einfälle auch hysterisch würde! Übrigens ist sie sehr krank, Alexej Fjodorowitsch. Sie ist die ganze Nacht sehr krank gewesen, hat gefiebert und gestöhnt! Nur mit Mühe und Not habe ich den Morgen und den Doktor Herzenstube abwarten können. Er sagt, er könne das nicht verstehen, man müsse den weiteren Verlauf abwarten. Dieser Doktor Herzenstube kommt immer und sagt, er könne das nicht verstehen … Sowie Sie sich dem Haus näherten, schrie sie auf, bekam einen Anfall und verlangte hierher, in ihr früheres Zimmer gebracht zu werden …«

»Mama, ich habe überhaupt nicht gewußt, daß er kommt! Ich wollte nicht seinetwegen in dieses Zimmer gefahren werden.«

»Das ist schon wieder eine Unwahrheit, Lise! Julija lief zu dir, um dir zu sagen, daß Alexej Fjodorowitsch kommt. Sie hat auf deinen Befehl Wache gestanden.«

»Mama, liebes Täubchen, das ist furchtbar wenig geistreich von Ihnen! Wenn Sie es aber wiedergutmachen und gleich etwas sehr Verständiges sagen wollen, liebe Mama, so sagen Sie doch dem geehrten Herrn Alexej Fjodorowitsch, er habe schon dadurch einen Mangel an Feingefühl bewiesen, daß er sich nach allem, was gestern geschehen sei, entschlossen habe, heute zu uns zu kommen – wo er hier doch nur ausgelacht wird.«

»Lise, du erlaubst dir zu viel, und ich versichere dir, daß ich zu strengen Maßnahmen greifen werde! Wer lacht denn hier über ihn? Ich freue mich so, daß er gekommen ist! Ich brauche ihn, er ist mir ganz unentbehrlich. Ach, Alexej Fjodorowitsch, ich bin sehr unglücklich!«

»Was betrübt Sie denn so, Mama, mein Täubchen?«

»Ach, deine Launen, Lise, deine Unbeständigkeit, deine Krankheit, diese schreckliche Fiebernacht, dieser schreckliche Doktor Herzenstube, besonders, daß er ewig, ewig und ewig herkommt! Und schließlich alles, alles … Und zuletzt sogar dieses Wunder! Oh, wie mich dieses Wunder ergriffen und erschüttert hat, lieber Alexej Fjodorowitsch! Und dort im Salon jetzt diese Tragödie, die ich nicht ertragen kann, nein, ich kann es nicht, ich sage Ihnen von vornherein, daß ich es nicht kann. Vielleicht ist es übrigens eine Komödie und keine Tragödie? Sagen Sie, wird der Starez Sossima noch bis morgen leben, ja? Wird er so lange leben? O mein Gott! Was geschieht nur mit mir? Ich mache alle Augenblicke die Augen zu und sehe, daß alles Unsinn ist, alles Unsinn.«

»Ich möchte Sie sehr bitten«, unterbrach Aljoscha sie plötzlich, »mir ein reines Läppchen zu geben, damit ich meinen Finger verbinden kann. Ich habe ihn mir verletzt, und er tut mir furchtbar weh.«

Aljoscha wickelte seinen zerbissenen Finger aus dem Tuch, es war ganz voll Blut. Frau Chochlakowa schrie auf und machte die Augen zu.

»O Gott, was für eine Wunde, das ist ja entsetzlich!«

Aber Lisa hatte kaum durch den Spalt Aljoschas Finger gesehen, als sie sogleich die Tür sperrangelweit öffnete.

»Kommen Sie herein, kommen Sie zu mir herein!« rief sie gebieterisch. »Jetzt wollen wir die Dummheiten beiseite lassen! O Gott, warum haben Sie denn so lange dagestanden und geschwiegen? Er hätte verbluten können, Mama! Wo haben Sie das nur her? Wie haben Sie das angestellt? Vor allen Dingen Wasser, Wasser! Sie müssen die Wunde waschen, den Finger einfach in kaltes Wasser stecken, damit der Schmerz aufhört, und ihn immer hineinhalten, immer hineinhalten … Nur schnell, schnell Wasser, Mama! Aber schnell!« rief sie zum Schluß nervös. Sie befand sich in höchster Angst. Aljoschas Wunde hatte ihr einen Schreck eingejagt.

»Soll ich nicht Doktor Herzenstube rufen lassen?« rief Frau Chochlakowa.

»Mama, Sie töten mich! Ihr Herzenstube wird kommen und sagen, er könne das gar nicht verstehen! Wasser, Wasser! Mama, um Gottes willen, gehen Sie selbst und treiben Sie Julija zur Eile an, die gewiß wieder irgendwo hängengeblieben ist und nie schnell kommen kann! Aber schnell, Mama, sonst ist es mein Tod!«

»Aber das ist doch nur eine Bagatelle!« rief Aljoscha, ganz erschrokken über den Schreck der beiden.

Julija kam mit Wasser. Aljoscha steckte den Finger ins Wasser.

»Mama, um Gottes willen, bringen Sie Scharpie! Und dieses scharfe, trübe Wasser für Schnittwunden, wie heißt es doch gleich? Wir haben welches, wir haben welches, wir haben welches … Mama, Sie wissen selbst, wo die Flasche steht, in Ihrer Schlafstube, in dem Schränkchen rechts, da ist eine große Flasche und auch Scharpie …«

»Sofort werde ich alles holen, Lise. Schrei nur nicht so und reg dich nicht auf! Du siehst doch, wie standhaft Alexej Fjodorowitsch sein Unglück erträgt. Wie haben Sie sich nur so furchtbar verwunden können, Alexej Fjodorowitsch?«

Frau Chochlakowa ging eilig hinaus. Darauf hatte Lisa nur gewartet.

»Vor allen Dingen beantworten Sie mir schnell eine Frage«, begann sie hastig. »Wie haben Sie es fertiggebracht, sich so zu verwunden? Doch dann will ich mit Ihnen von etwas ganz anderem reden. Nun?«

Aljoscha fühlte instinktiv, daß Lisa die Zeit bis zur Rückkehr ihrer Mama kostbar war, und erzählte ihr daher rasch, mit vielen Auslassungen und Kürzungen, aber doch genau von seiner seltsamen Begegnung mit den Schulknaben. Als Lisa alles gehört hatte, schlug sie die Hände zusammen.

»Aber wie konnten Sie nur! Wie konnten Sie sich nur, und noch dazu in dieser Kleidung, mit Schulbuben abgeben!« rief sie zornig, als ob sie irgendein Recht über ihn hätte. »Danach muß man ja glauben, daß Sie selbst noch ein Junge sind! Der kleinste Junge, den es überhaupt gibt! Stellen Sie aber unter allen Umständen Nachforschungen nach diesem abscheulichen Jungen an, und berichten Sie mir alles, da steckt irgendein Geheimnis dahinter! Jetzt das andere. Doch vorher eine Frage. Sind Sie, Alexej Fjodorowitsch, trotz Ihrer Schmerzen imstande, über ganz törichte Dinge zu reden? Vernünftig zu reden?«

»Vollkommen. Und ich fühle jetzt auch gar keinen besonderen Schmerz.«

»Das kommt, weil Ihr Finger im Wasser ist. Das Wasser muß gleich gewechselt werden, es wird sofort warm. Julija, hol schleunigst ein

Stück Eis aus dem Keller. Und noch einen anderen Napf mit Wasser! So, jetzt ist sie weg, und ich komme zur Sache. Seien Sie so freundlich, lieber Alexej Fjodorowitsch, und geben Sie mir augenblicklich meinen Brief zurück, den ich Ihnen gestern geschickt habe. Augenblicklich, denn Mama kann gleich wiederkommen, und ich will nicht …«

»Ich habe den Brief nicht bei mir.«

»Das ist nicht wahr. Sie haben ihn bei sich. Ich habe übrigens gewußt, daß Sie so antworten würden. Sie haben ihn in der Tasche. Ich habe diesen dummen Scherz die ganze Nacht bereut. Geben Sie mir den Brief sofort zurück! Geben Sie ihn her!«

»Ich habe ihn dort gelassen.«

»Aber Sie müssen mich ja wegen meines Briefes mit diesem dummen Scherz für ein kleines Mädchen halten, für ein ganz kleines Mädchen! Ich bitte Sie für den dummen Scherz um Verzeihung. Den Brief aber bringen Sie mir, bitte, unter allen Umständen zurück, wenn Sie ihn wirklich nicht bei sich haben. Bringen Sie ihn noch heute, unter allen Umständen, unter allen Umständen!«

»Heute ist es ganz unmöglich. Ich gehe ins Kloster und werde zwei, drei, vielleicht auch vier Tage nicht zu Ihnen kommen können, weil der Starez Sossima …«

»Vier Tage, so ein Unsinn! Sagen Sie, haben Sie sehr über mich gelacht?«

»Ich habe nicht ein bißchen gelacht.«

»Warum nicht?«

»Weil ich alles für wahr hielt.«

»Sie beleidigen mich.«

»Durchaus nicht. Als ich den Brief gelesen hatte, sagte ich mir sogleich, daß alles so geschehen wird. Sobald der Starez Sossima gestorben ist, muß ich sofort das Kloster verlassen. Darauf werde ich das Gymnasium absolvieren und das Examen machen. Und wenn der gesetzliche Termin gekommen ist, werden wir heiraten. Ich werde Sie lieben. Obgleich ich noch keine Zeit hatte, darüber nachzudenken, habe ich mir doch gesagt, eine bessere Frau als Sie werde ich nicht finden. Und der Starez hat mir befohlen zu heiraten ...«

»Aber ich bin ein Krüppel und werde im Rollstuhl gefahren!« sagte Lisa lachend. Eine dunkle Röte hatte ihre Wangen überzogen.

»Ich werde Sie selbst im Rollstuhl fahren. Doch ich bin überzeugt, daß Sie bis dahin gesund sind.«

»Sie sind wohl nicht bei Verstand«, erwiderte Lisa nervös, »daß Sie diesen Scherz gleich zu einem solchen Unsinn ausspinnen! ... Ach, da kommt Mama zurück, vielleicht genau zur rechten Zeit. Mama, wie lange Sie immer wegbleiben! Wie ist das nur möglich? Da bringt Julija auch das Eis!«

»Ach, Lise, schrei nur nicht so, das ist die Hauptsache! Schrei nicht so! Von diesem Schreien wird mir ... Was soll ich denn machen, wenn du die Scharpie selbst an einen anderen Platz gelegt hast! Ich habe gesucht und gesucht ... Ich vermute, daß du es mit Absicht getan hast.«

»Ich konnte doch gar nicht wissen, daß er mit einem zerbissenen Finger zu uns kommt. Sonst hätte ich es vielleicht wirklich mit Absicht getan. Mama, mein Engel, Sie fangen an, außerordentlich geistreiche Dinge zu reden.«

»Meinetwegen geistreich, aber was für Empfindungen muß Alexej Fjodorowitschs Finger, muß alles andere bei mir wachrufen, Lise! Ach, lieber Alexej Fjodorowitsch, was mich tötet, sind nicht die Einzelheiten, nicht so ein Doktor Herzenstube, sondern alles zusammen, alles als Ganzes! Das ist es, was ich nicht ertragen kann.«

»Nun genug, Mama, genug von Doktor Herzenstube!« sagte Lisa lachend. »Reichen Sie mir schnell die Scharpie, Mama, und das Wasser! Es ist einfaches Bleiwasser, Alexej Fjodorowitsch, jetzt ist mir der Name eingefallen, aber es ist ein vorzügliches Mittel. Mama, denken Sie nur, er hat sich unterwegs auf der Straße mit Schulknaben geprügelt, und ein Junge hat ihn gebissen. Na, ist er da nicht selbst noch ein Junge, der reine Junge? Und kann er unter solchen Umständen etwa heiraten, Mama? Denn können Sie sich das vorstellen, er will heiraten, Mama? Stellen Sie sich ihn als Ehemann vor – na, ist das nicht zum Lachen, ist das nicht schrecklich?«

Lisa brach in ihr nervöses leises Lachen aus und sah Aljoscha dabei schelmisch an.

»Nun, wie er heiratet, Lise, und aus welchem Grund, ist ganz und gar nicht deine Sache ... Vielleicht war dieser Bursche tollwütig?«

»Ach, Mama! Gibt es etwa tollwütige Kinder?«

»Warum nicht, Lise? Als ob ich eine Dummheit gesagt hätte! Diesen Burschen hat ein toller Hund gebissen, und da ist er selber toll geworden und beißt den ersten besten, der ihm nahe kommt. Was für einen schönen Verband sie Ihnen gemacht hat Alexej Fjodorowitsch. Ich hätte das nie so gut fertigbekommen Haben Sie jetzt noch Schmerzen?«

»Nur geringfügig.«

»Und sind Sie nicht wasserscheu?« fragte Lisa.

»Nun hör auf, Lise! Was ich von dem tollwütigen Burschen gesagt habe, war vielleicht wirklich übereilt, aber du nutzt das nun gleich aus. Katerina Iwanowna hatte kaum erfahren, daß Sie hier sind, Alexej Fjodorowitsch, als sie auch zu mir kam. Sie möchte Sie dringend sprechen.«

»Ach, Mama! Gehen Sie allein zu ihr. Er kann jetzt nicht gleich kommen, er hat zu große Schmerzen.«

»Ich habe gar keine großen Schmerzen und kann sehr wohl zu ihr gehen ...«, sagte Aljoscha.

»Wie? Sie wollen fortgehen? Also so sind Sie? So einer sind Sie?«

»Was ist denn? Sowie ich fertig bin, komme ich zurück, und wir können dann wieder miteinander reden, soviel Ihnen beliebt. Es liegt mir aber sehr daran, recht bald mit Katerina Iwanowna zu sprechen, weil ich heute möglichst bald ins Kloster zurückkehren, möchte.«

»Mama, nehmen Sie ihn und bringen Sie ihn schleunigst weg! Alexej Fjodorowitsch, bemühen Sie sich nicht, nach dem Gespräch mit Katerina Iwanowna noch einmal zu mir zu kommen! Gehen Sie direkt in Ihr Kloster, da ist Ihr Platz! Ich möchte schlafen, ich habe die ganze Nacht nicht geschlafen.«

»Ach, Lise, das sind alles nur Scherze von dir. Doch wie wäre es, wenn du jetzt wirklich ein bißchen schläfst?« rief Frau Chochlakowa.

»Ich weiß nicht, wodurch ich ... Ich werde noch ungefähr drei Minuten bleiben. Wenn Sie wollen, auch fünf«, murmelte Aljoscha.

»Auch fünf! Bringen Sie ihn bloß schnell weg, Mama! Dieses Ungeheuer!«

»Lise, du hast den Verstand verloren! Kommen Sie, Alexej Fjodorowitsch, sie ist heute zu launenhaft! Ich habe Angst, sie zu reizen. Oh, es ist ein Kreuz mit so einem nervösen Mädchen, Alexej Fjodorowitsch! Aber vielleicht ist sie während des Zusammenseins mit Ihnen müde geworden. Wie haben Sie sie nur so schnell müde gemacht? Das ist ja ein wahres Glück!«

»Ach, Mama, wie lieb Sie jetzt reden! Ich will Ihnen einen Kuß dafür geben, Mamachen.«

»Und ich dir auch, Lise. Hören Sie, Alexej Fjodorowitsch«, flüsterte Frau Chochlakowa geheimnisvoll und mit wichtiger Miene, während sie mit Aljoscha wegging. »Ich will Ihnen nichts einflüstern und nicht den Schleier lüften. Gehen Sie hinein und sehen Sie sich selbst alles mit an, was da vorgeht – es ist wahrhaftig zum Erschrecken! Es ist die phantastischste Komödie, die man sich denken kann. Sie liebt Ihren Bruder Iwan Fjodorowitsch und will sich mit Gewalt einreden, daß sie Ihren Bruder Dmitri Fjodorowitsch liebt. Es ist schrecklich. Ich gehe mit Ihnen zusammen hinein und warte das Ende ab, wenn ich nicht hinausgejagt werde ...«

5. Überspanntheit im Salon

Aber im Salon war das Gespräch bereits beendet. Katerina Iwanowna war sehr erregt, obgleich sie äußerlich einen entschlossenen Eindruck machte. In dem Augenblick, als Aljoscha und Frau Chochlakowa eintraten, stand Iwan Fjodorowitsch gerade auf, um hinauszugehen. Sein Gesicht war ein wenig blaß, Aljoscha musterte es beunruhigt. Für einen seiner Zweifel, für ein Rätsel, das ihn seit einiger Zeit gequält hatte, fand Aljoscha nämlich jetzt hier eine Lösung. Schon seit einem Monat hatte er mehrere Male und von verschiedenen Seiten zu hören bekommen, sein Bruder Iwan liebe Katerina Iwanowna und beabsichtige, sie seinem Bruder Mitja »abspenstig zu machen«. Bis zuletzt hatte Aljoscha das für eine Ungeheuerlichkeit gehalten, obwohl es ihn wirklich tief beunruhigte. Er liebte seine Brüder beide und fürchtete eine solche Nebenbuhlerschaft zwischen ihnen. Und doch hatte ihm Dmitri Fjodorowitsch auf einmal gestern selbst erklärt, er freue sich sogar über die Nebenbuhlerschaft seines Bruders Iwan; sie werde ihm, Dmitri, bei vielem behilflich sein. Wobei behilflich? Gruschenka zu heiraten? So einen Schritt hielt Aljoscha für ein verzweifeltes Wagnis. Außerdem hatte er, ohne im geringsten zu zweifeln, bis zum gestrigen Abend geglaubt, Katerina Iwanowna selbst liebe seinen Bruder Dmitri leidenschaftlich – aber er hatte es nur bis zum gestrigen Abend geglaubt. Außerdem hatte er sich aus irgendeinem Grund immer vorgestellt, sie könne einen Menschen wie Iwan gar nicht lieben, sie liebe eben seinen Bruder Dmitri, und zwar so, wie er ist, trotz der Ungewöhnlichkeit einer solchen Liebe. Doch gestern, während der Szene mit Gruschenka, war er plötzlich zu einer anderen Auffassung gelangt. Das Wort »Überspanntheit«, das Frau Chochlakowa soeben verwendet hatte, ließ ihn fast zusammenzucken, da er gerade in dieser Nacht, als er im Morgengrauen halbwach dalag, wahrscheinlich nach einem Traum, vor sich hin gesagt hatte: »Überspanntheit! Überspannt!« Geträumt hatte er die ganze Nacht von der gestrigen Szene bei Katerina Iwanowna. Jetzt nun äußerte Frau Chochlakowa plötzlich offen und mit aller Bestimmtheit ihre Überzeugung, Katerina Iwanowna liebe seinen Bruder Iwan und betrüge sich absichtlich, aus Spielerei, aus »Überspanntheit« selbst und quäle sich mit ihrer irrtümlichen, auf einer Art Dankbarkeit beruhenden Liebe zu Dmitri. Das hatte Aljoscha stark beeindruckt. ›Ja‹, sagte er sich, ›vielleicht liegt die volle Wahrheit tatsächlich in diesem Wort!‹ Doch wie war in diesem Fall die Lage seines Bruders Iwan? Aljoscha fühlte instinktiv, daß ein Charakter wie Katerina Iwanowna herrschen mußte; herrschen konnte sie aber nur über einen Menschen wie Dmitri, kaum über einen wie Iwan. Denn nur Dmitri könnte sich ihr, allerdings nur für kurze Zeit, schließlich zu seinem eigenen Glück fügen, was sogar Aljoschas Wunsch gewesen wäre, Iwan aber nicht. Iwan konnte sich ihr nicht fügen, und eine derartige Fügsamkeit würde ihm auch kein Glück bringen. Diese Ansicht hatte sich Aljoscha unwillkürlich bereits über Iwan gebildet. Und nun gingen ihm alle diese Zweifel und Erwägungen in dem Augenblick durch den Kopf, als er in den Salon trat. Und noch ein Gedanke drängte sich ihm plötzlich unwiderstehlich auf: ›Wie, wenn sie keinen von beiden liebt, weder den einen noch den anderen?‹ Ich vermerke, daß sich Aljoscha solcher Gedanken gewissermaßen schämte und sich jedesmal Vorwürfe machte, wenn sie ihm im letzten Moment zufällig in den Kopf kamen. ›Was verstehe ich denn von der Liebe und den Frauen, wie kann ich nur solche Schlüsse ziehen?‹ sagte er sich mit Selbstvorwürfen, wenn er etwas Derartiges dachte. Und doch konnte er nicht umhin, so zu denken. Er verstand instinktiv, daß diese Nebenbuhlerschaft in dem Schicksal seiner Brüder jetzt eine wichtige Frage bildete, von der überaus viel abhing. Ein Reptil frißt das andere auf, hatte Bruder Iwan gesagt, als er gestern in gereizter Stimmung vom Vater und von Dmitri sprach. Also war Dmitri in seinen Augen ein Reptil, und vielleicht betrachtete er ihn schon lange als ein solches? Wohl seitdem er Katerina Iwanowna kennengelernt hatte? Die Worte waren Iwan gestern sicher unwillkürlich entfahren, doch dadurch waren sie nur um so bedeutungsvoller. Wenn es so stand, wie konnte da Friede herrschen? Ergaben sich daraus nicht neue Anlässe für Haß und Feindschaft in der Familie? Die Hauptsache aber war, mit wem sollte er, Aljoscha, sympathisieren? Was sollte er ihnen wünschen? Er liebte sie beide, doch was sollte er ihnen wünschen, angesichts so furchtbarer Gegensätze? In diesem Wirrwarr konnte man sich unmöglich zurechtfinden. Aljoschas Herz aber konnte keine Ungewißheit ertragen, denn seine Liebe war immer tätiger Natur. Untätig lieben konnte er nicht; wenn er jemand liebgewann, machte er sich auch gleich daran, ihm zu helfen. Doch dazu mußte er sich ein Ziel setzen, mußte er bestimmt wissen, was dem anderen gut und nützlich war. Wenn er sich von der Richtigkeit eines Zieles überzeugt hatte, war es für ihn selbstverständlich, daß er auch half. Aber statt eines festen Zieles sah er jetzt überall nur Unklarheit und Wirrwarr. Eine Überspanntheit! Dieses Wort war heute gefallen. Doch was sollte er darunter verstehen? Gleich das erste Wort in diesem Wirrwarr war ihm unverständlich!

Als Katerina Iwanowna Aljoscha erblickte, sagte sie erfreut zu Iwan, der gerade geben wollte: »Noch einen kleinen Augenblick! Bleiben Sie noch einen Augenblick! Ich möchte die Meinung dieses Menschen hören, dem ich von ganzem Herzen vertraue. Katerina Ossipowna, bleiben Sie auch«, fügte sie, an Frau Chochlakowa gewandt, hinzu. Sie bat Aljoscha, an ihrer Seite Platz zu nehmen, und Frau Chochlakowa setzte sich gegenüber, neben Iwan Fjodorowitsch.

»Hier sind nun alle meine Freunde beisammen, alle meine lieben Freunde, die ich auf der Welt habe«, begann Katerina Iwanowna in warmem Ton, in dem aufrichtiges Leid mitschwang, Aljoschas Herz wandte sich ihr sofort wieder zu. »Sie, Alexej Fjodorowitsch, waren gestern Zeuge dieser schrecklichen Szene und haben gesehen, wie ich mich benahm. Sie, Iwan Fjodorowitsch, haben es nicht gesehen, er aber hat es gesehen. Was er gestern von mir gedacht hat, weiß ich nicht. Ich weiß nur das eine: Würde sich dasselbe jetzt auf der Stelle wiederholen, würde ich dieselben Gefühle zum Ausdruck bringen, dieselben Worte sprechen und dieselben Gesten machen. Sie erinnern sich an meine Gesten, Alexej Fjodorowitsch, bei einer haben Sie mich selbst zurückgehalten.« Bei diesen Worten errötete sie, und ihre Augen fingen an zu funkeln. »Ich erkläre Ihnen, Alexej Fjodorowitsch, daß ich mich mit nichts aussöhnen kann. Hören Sie, Alexej Fjodorowitsch, ich weiß nicht einmal, ob ich ihn jetzt noch liebe. Er erscheint mir bemitleidenswert, aber Mitleid ist ein schlechtes Zeichen von Liebe. Würde ich ihn lieben, immer noch weiterlieben, dann müßte ich ihn jetzt wohl nicht bemitleiden, sondern hassen …«

Ihre Stimme zitterte, und Tränen hingen an ihren Wimpern. Aljoscha erschrak. ›Dieses Mädchen ist wahrheitsliebend und aufrichtig!‹ dachte er. Und sie liebt Dmitri nicht mehr!

»Ganz richtig! Ganz richtig!« rief Frau Chochlakowa.

»Warten Sie, liebe Katerina Ossipowna, ich habe die Hauptsache noch nicht gesagt. Ich habe noch nicht gesagt welchen endgültigen Entschluß ich in dieser Nacht gefaßt habe. Ich fühle, daß mein Entschluß vielleicht furchtbar ist, furchtbar für mich. Aber ich weiß auch, daß ich ihn um keinen Preis ändern werde, um keinen Preis, in meinem ganzen Leben nicht! Mein lieber, guter, hochherziger Ratgeber, er, der mein Herz in seiner tiefsten Tiefe kennt, der einzige Freund, den ich auf der Welt habe, Iwan Fjodorowitsch, stimmt mir in allen Stücken zu und billigt meinen Entschluß. Er kennt ihn.«

»Ja, ich billige ihn«, sagte Iwan Fjodorowitsch mit leiser, aber fester Stimme.

»Aber ich möchte, daß auch Aljoscha – ach, verzeihen Sie, Alexej Fjodorowitsch, daß ich Sie einfach Aljoscha genannt habe –, ich möchte, daß auch Alexej Fjodorowitsch mir jetzt in Gegenwart meiner Freunde sagt, ob ich recht handle oder nicht. Ich habe das instinktive Gefühl, daß Sie, Aljoscha, mein lieber Bruder, denn Sie sind mein lieber Bruder«, fuhr sie begeistert fort und ergriff seine Hand. »Ich habe das Gefühl, daß Ihr Urteil, Ihre Billigung mir trotz aller Qualen zur Ruhe verhelfen wird. Denn nach Ihren Worten werde ich mich beruhigen und in mein Schicksal fügen, das fühle ich schon vorher!«

»Ich weiß nicht, wonach Sie mich fragen wollen«, erwiderte Aljoscha errötend. »Ich weiß nur, daß ich Sie liebe und Ihnen in diesem Augenblick mehr Glück wünsche als mir selbst! Aber ich verstehe ja nichts von diesen Dingen!« beeilte er sich plötzlich hinzuzufügen.

»In diesen Dingen, Alexej Fjodorowitsch, sind Ehre und Pflicht die Hauptsache, ich weiß nicht, was noch – aber es ist etwas Hohes, vielleicht sogar etwas Höheres als Pflicht. Mein Herz spricht von diesem unwiderstehlichen Gefühl, und dieses Gefühl reißt mich fort. Übrigens läßt sich alles in wenigen Worten sagen. Mein Entschluß ist folgender. Auch wenn er jene … Kreatur heiraten sollte«, begann sie feierlich, »der ich niemals verzeihen kann – selbst dann werde ich ihn nicht verlassen! Von jetzt an werde ich ihn nie, nie mehr verlassen!« rief sie mit blasser, gekünstelter Begeisterung. »Das heißt nicht etwa, daß ich ihm nachlaufe, ihm alle Augenblicke vor Augen komme und ihn quäle – o nein, ich werde in eine andere Stadt ziehen, eine beliebige andere Stadt, aber ich werde mein ganzes Leben unermüdlich auf ihn achtgeben. Und wenn er mit dieser Frau unglücklich wird, und das wird gewiß bald geschehen, dann mag er zu mir kommen, und er wird in mir eine Freundin und Schwester finden, natürlich nur eine Schwester, und das wird lebenslänglich so bleiben, aber er wird sich schließlich überzeugen, daß diese Schwester wahrhaft seine Schwester ist, die ihn liebt und ihm ihr ganzes Leben geopfert hat. Ich werde es durchsetzen, daß er mich endlich ganz kennenlernt und mir alles gesteht, ohne sich zu schämen!« rief sie wie verzückt. »Ich werde sein Gott sein, zu dem er betet – wenigstens das ist er mir schuldig für seine Untreue und für das, was ich gestern durch ihn gelitten habe. Mag er sein Leben lang sehen, daß ich ihm und dem Wort, das ich ihm einmal gegeben habe, mein Leben lang treu bin, obwohl er mir untreu gewesen ist und sich von mir abgewandt hat. Ich werde nur ein Mittel zu seinem Glück sein – oder wie soll man das ausdrücken? Ich werde mich in ein Werkzeug, in eine Maschine zu seinem Glück verwandeln – für das ganze Leben, und er soll das sein Leben lang sehen! Das ist der ganze Inhalt meines Entschlusses! Iwan Fjodorowitsch billigt ihn vollkommen.«

Der Atem stockte ihr. Sie hatte vielleicht gewünscht, ihre Gedanken würdiger, geschickter und natürlicher vorzubringen, und nun war alles etwas zu hastig und kahl herausgekommen. Schuld daran war vor allem ein jugendlicher Mangel an Selbstdisziplin: Vielfach spürte man den Zorn über die Kränkung vom Vortag und das Bedürfnis, sich stolz zu zeigen; das fühlte sie selbst. Ihr Gesicht verfinsterte sich auf einmal, und der Ausdruck der Augen wurde unschön. Aljoscha bemerkte es sofort, und aufrichtiges Mitleid regte sich in seinem Herzen.

In diesem Augenblick machte sein Bruder Iwan eine Bemerkung:

»Ich habe nur meine Meinung geäußert«, sagte er. »Bei jeder anderen würde alles verstellt und gezwungen herauskommen, bei Ihnen ist das nicht der Fall. Eine andere hätte unrecht, Sie jedoch haben recht. Ich weiß nicht, wie ich das begründen soll, aber ich sehe, daß Sie im höchsten Grad aufrichtig sind: darum haben Sie recht …«

»Aber das ist doch nur in diesem Augenblick so. Was will denn dieser Augenblick besagen? Das ist nur die Folge der gestrigen Beleidigung – weiter nichts!« platzte plötzlich Frau Chochlakowa heraus. Augenscheinlich hatte sie sich nicht in das Gespräch einmischen wollen, sich aber doch nicht zurückhalten können und einen sehr richtigen Gedanken ausgesprochen.

»Ja, ja«, fiel ihr Iwan ins Wort, der auf einmal zornig geworden war und sich offenbar darüber ärgerte, daß sie ihn unterbrochen hatte. »Bei einer anderen Frau würde dieser Augenblick nur die gestrigen Gefühle fortsetzen und wäre eben nur ein Augenblick. Bei Katerina Iwanownas Charakter jedoch erstreckt sich dieser Augenblick auf das ganze Leben. Was für andere nur ein Versprechen darstellt, ist für sie eine lebenslängliche, schwere, vielleicht traurige, aber unermüdlich erfüllte Pflicht. Und am Ende dieser Pflichterfüllung wird sie sich aufrichten! Ihr Leben, Katerina Iwanowna, wird jetzt im schmerzlichen Bewußtsein der eigenen Gefühle, der eigenen Großtat und des eigenen Leides vergehen, doch allmählich wird sich dieser Schmerz mildern, und Ihr Leben wird Ihnen das süße Bewußtsein eines ein für allemal verwirklichten stolzen Vorsatzes vermitteln, eines in seiner Art tatsächlich stolzen, gewagten, aber von Ihnen siegreich erfüllten Vorsatzes. Und dieses Bewußtsein wird Ihnen schließlich vollste Befriedigung gewähren und Sie mit allem übrigen aussöhnen …«

Er sagte das in entschiedenem Ton und mit einer gewissen Bosheit, die anscheinend beabsichtigt war; er schien gar nicht verbergen zu wollen, daß er absichtlich so spöttisch sprach.

»O mein Gott, wie falsch das alles ist!« rief Frau Chochlakowa wieder.

»Alexej Fjodorowitsch, sagen Sie denn gar nichts? Ich warte ungeduldig, was Sie mir zu sagen haben!« rief Katerina Iwanowna und brach plötzlich in Tränen aus.

Aljoscha stand vom Sofa auf.

»Das hat nichts zu bedeuten, das hat nichts zu bedeuten«, fuhr sie weinend fort. »Das kommt von der Aufregung und von der heutigen Nacht. Neben zwei Freunden wie Ihnen und Ihrem Bruder fühle ich mich noch stark, denn ich weiß, daß Sie mich nie verlassen.«

»Leider muß ich vielleicht schon morgen nach Moskau fahren und Sie doch für längere Zeit verlassen. Und das läßt sich zu meinem Bedauern nicht ändern«, sagte Iwan Fjodorowitsch plötzlich.

»Morgen nach Moskau?« rief Katerina Iwanowna, und ihr Gesicht verzog sich auf einmal. »Mein Gott, wie glücklich sich das trifft!« Ihre Stimme hatte sich augenblicklich verändert; ihre Tränen waren verschwunden, so daß auch nicht die Spur von ihnen zurückgeblieben war. In einem einzigen Augenblick ging mit ihr eine Veränderung vor, die Aljoscha sehr erstaunte. Statt des armen beleidigten Mädchens, das soeben in einem Gefühlsausbruch geweint hatte, erschien plötzlich eine Frau, die sich vollkommen in der Gewalt hatte und sogar außerordentlich zufrieden und erfreut wirkte.

»Oh, nicht daß ich Sie verliere, trifft sich glücklich, selbstverständlich nicht!« korrigierte sie sich schnell mit dem liebenswürdigen Lächeln einer Weltdame. »Ein Freund wie Sie kann das nicht annehmen. Ich bin im Gegenteil höchst unglücklich darüber, daß ich Sie vermissen muß ...« Sie stürzte plötzlich ungestüm zu Iwan Fjodorowitsch, ergriff seine Hände und drückte sie heftig. »Nein, was sich glücklich trifft, ist der Umstand, daß Sie selbst, Sie persönlich imstande sein werden, meiner Tante und meiner Schwester Agascha meine ganze jetzige Lage und all das Entsetzliche zu schildern. Zu Agascha können Sie ganz offen sein, aber mein liebes Tantchen werden Sie schonen müssen, wie Sie es ja so gut verstehen. Sie können sich gar nicht vorstellen, wie unglücklich ich gestern und heute vormittag war, als ich mir keinen Rat wußte, wie ich diesen schrecklichen Brief an sie schreiben sollte! Denn in einem Brief läßt sich das alles unter keinen Umständen wiedergeben. Jetzt jedoch wird es mir ein leichtes sein, zu schreiben, weil Sie dort persönlich alles erklären werden. Oh, wie ich mich freue. Aber ich freue mich nur *darüber*; ich bitte Sie nochmals, mir das zu glauben. Sie selbst sind mir natürlich unersetzlich ... Ich werde den Brief sofort schreiben«, schloß sie plötzlich und tat bereits ein paar Schritte, um das Zimmer zu verlassen.

»Und Aljoscha? Und die Meinung von Alexej Fjodorowitsch, die Sie unbedingt hören wollten?« rief Frau Chochlakowa, und ihre Worte klangen etwas boshaft und ärgerlich.

»Ich habe das nicht vergessen«, erwiderte Katerina Iwanowna und blieb stehen. »Aber warum verhalten Sie sich zu mir jetzt so feindlich, Katerina Ossipowna?« fragte sie im Ton eines starken, bitteren Vorwurfs. »Was ich gesagt habe, dabei bleibe ich. Seine Meinung ist mir unentbehrlich. Ja noch mehr, ich brauche seine Entscheidung! Was er sagen wird, soll geschehen! Da sehen Sie, wie sehr ich auf Ihre Worte warte, Alexej Fjodorowitsch ... Aber was haben Sie?«

»Das hätte ich nie gedacht. Ich kann mir das gar nicht vorstellen!« rief Aljoscha traurig.

»Was denn, was denn?«

»Er fährt nach Moskau, und Sie sagen, daß Sie sich freuen – und zwar sagen Sie das absichtlich! Und dann erklären Sie, daß Sie nicht *darüber* froh sind, im Gegenteil, es tue Ihnen leid, daß Sie einen Freund verlieren. Aber auch das haben Sie uns vorgespielt, wie auf der Bühne haben Sie Komödie gespielt!«

»Wie auf der Bühne? Was soll das heißen?« rief Katerina Iwanowna verwundert. Sie war dunkelrot geworden und zog die Augenbrauen finster zusammen.

»Trotz aller Versicherungen, daß Sie die Abreise eines solchen Freundes bedauern, sagen Sie ihm ins Gesicht, seine Abreise sei ein Glück für Sie ...«, sagte Aljoscha schwer atmend. Er stand am Tisch, ohne sich zu setzen.

»Wovon reden Sie? Ich verstehe Sie nicht.«

»Ich weiß es selbst nicht. Es ist auf einmal wie eine Erleuchtung über mich gekommen. Ich weiß, daß ich mich nicht gut ausdrücken werde, aber ich will es dennoch sagen«, fuhr Aljoscha mit zitternder, häufig versagender, Stimme fort. »Die Erleuchtung besteht darin, daß Sie meinen Bruder Dmitri vielleicht überhaupt nicht lieben, ihn von Anfang an nicht geliebt haben ... Und auch Dmitri liebt Sie vielleicht gar nicht, sondern achtet Sie nur ... Ich weiß wirklich nicht, wieso ich wage, das alles jetzt zu sagen – aber einer muß doch die Wahrheit sagen. Und da es niemand hier tun will ... »

»Was für eine Wahrheit?« rief Katerina Iwanowna, und aus ihrer Stimme klang hysterische Erregung.

»Ich will Ihnen sagen, was für eine«, flüsterte Aljoscha, dem zumute war, als ob er von einem Dach stürzte. »Lassen Sie sofort Dmitri kommen – ich werde ihn schon finden. Soll er kommen und Sie und meinen Bruder Iwan an der Hand fassen und Ihre Hände vereinigen. Denn Sie quälen Iwan nur, weil Sie ihn lieben ... Sie quälen ihn, weil Sie Dmitri aus Überspanntheit lieben, nicht wirklich lieben, sondern sich das nur eingeredet haben ...«

Aljoscha stockte und verstummte.

»Sie ... Sie sind ein kleiner frommer Narr! Ja, das sind Sie!« sagte Katerina Iwanowna in scharfem Ton. Ihr Gesicht war ganz blaß geworden, und ihre Lippen hatten sich vor Zorn verzerrt.

Iwan Fjodorowitsch lachte plötzlich auf und erhob sich, den Hut in der Hand.

»Du hast dich geirrt, mein guter Aljoscha«, sagte er mit einem Gesichtsausdruck, den Aljoscha noch nie an ihm bemerkt hatte, einem Ausdruck jugendlicher Aufrichtigkeit und starken, unbezwingbaren Verlangens, sich offen auszusprechen. »Niemals hat Katerina Iwanowna mich geliebt! Sie hat die ganze Zeit gewußt, daß ich sie liebe, obgleich ich ihr nie ein Wort von meiner Liebe gesagt habe. Sie hat es gewußt, aber sie liebt mich nicht. Auch ihr Freund bin ich nie gewesen, nicht einen Tag lang; die stolze Frau brauchte meine Freundschaft nicht. Sie hat mich bei sich gehalten, um sich unaufhörlich rächen zu können. Sie rächte sich an mir für alte Beleidigungen, die sie von Dmitri von ihrer ersten Begegnung an ständig und jeden Augenblick zu ertragen hatte. Denn auch die allererste Begegnung mit ihm empfindet sie noch immer als Beleidigung. Ich habe sie die ganze Zeit immer nur von ihrer Liebe zu ihm reden hören. Ich reise jetzt ab, Sie aber sollten wissen, Katerina Iwanowna, daß Sie wirklich nur ihn lieben. Und je ärger er Sie beleidigt, desto mehr lieben Sie ihn. Das ist eben Ihre Überspanntheit. Sie lieben ihn so, wie er ist, Sie lieben ihn sogar, weil er Sie kränkt. Würde er sich bessern, würden Sie sich sofort von ihm abwenden und ihn überhaupt nicht mehr lieben. Aber Sie brauchen ihn, um fortwährend Ihre Großtat, Ihre Treue vor Augen zu haben und ihm seine Treulosigkeit vorzuwerfen. Das rührt alles von Ihrem Stolz her. Gewiß, es ist auch viel Selbsterniedrigung und Selbstdemütigung dabei, aber die Wurzel von alledem ist Ihr Stolz … Ich bin zu jung und habe Sie zu leidenschaftlich geliebt. Ich weiß, daß ich Ihnen das nicht sagen sollte, daß es sich von meiner Seite würdiger ausnehmen würde, wenn ich einfach von Ihnen fortginge, das wäre auch für Sie nicht so beleidigend. Aber ich fahre weit weg und komme nie wieder. Das ist eine Trennung fürs ganze Leben. Ich mag so eine Überspanntheit nicht aus der Nähe mit ansehen … Übrigens verstehe ich nicht, die richtigen Ausdrücke zu wählen, aber alles Wesentliche habe ich gesagt … Leben Sie wohl, Katerina Iwanowna! Zürnen können Sie mir nicht, denn ich bin hundertmal mehr bestraft als Sie, schon allein dadurch, daß ich Sie nie mehr wiedersehen werde. Leben Sie wohl! Geben Sie mir nicht die Hand! Sie haben mich zu sehr bewußt gequält, als daß ich Ihnen in diesem Augenblick verzeihen könnte. Später werde ich Ihnen verzeihen, doch jetzt möchte ich Ihnen nicht die Hand schütteln. ›Den Dank, Dame, begehr ich nicht!‹« fügte er mit einem gezwungenen Lächeln hinzu, dadurch ganz unerwartet beweisend, daß auch er seinen Schiller gelesen hatte und aus dem Kopf zitieren konnte, was Aljoscha nicht geglaubt hätte. Er verließ das Zimmer, ohne sich auch nur bei Frau Chochlakowa, der Gastgeberin, zu verabschieden.

Aljoscha rang die Hände. »Iwan!« rief er ihm fassungslos nach. »Komm zurück, Iwan! Nein, er wird um keinen Preis zurückkommen!« sagte er in trauriger Gewißheit. »Und ich, ich bin schuld daran, ich habe angefangen! Iwan hat im Zorn ungerecht gesprochen. Er muß wiederkommen, er muß, er muß!« Aljoscha schrie, als ob er nur halb bei Verstand wäre.

Katerina Iwanowna ging plötzlich in ein anderes Zimmer.

»Sie haben nichts Schlimmes angerichtet. Sie haben vorzüglich gehandelt, wie ein Engel«, flüsterte Frau Chochlakowa, die ganz begeistert war, rasch dem betrübten Aljoscha zu. »Ich werde alles unternehmen, damit Iwan Fjodorowitsch nicht wegfährt ...«

Ihr Gesicht strahlte vor Freude, zum größten Kummer Aljoschas.

Da kehrte Katerina Iwanowna zurück, in der Hand zwei Hundertrubelscheine.

»Ich habe eine große Bitte an Sie, Alexej Fjodorowitsch«, begann sie, an Aljoscha gewandt, in ruhigem, gleichmäßigem Ton, als ob soeben wirklich nichts geschehen wäre. »Vor einer Woche, ja, ich glaube, es war vor einer Woche, hat Dmitri Fjodorowitsch eine unbeherrschte, ungerechte Tat begangen, eine sehr häßliche Tat. In einem unschönen Lokal, einer Kaschemme, hat er jenen verabschiedeten Offizier, einen Stabskapitän, getroffen, dessen Dienste Ihr Vater in seinen geschäftlichen Angelegenheiten zu benutzen pflegte. Dmitri Fjodorowitsch, der aus irgendeinem Grund böse auf diesen Stabskapitän war, faßte ihn am Bart, zerrte ihn vor aller Augen in diesem unwürdigen Zustand auf die Straße und führte ihn auch noch längere Zeit so herum. Man erzählt, der Sohn dieses Stabskapitäns, ein Schüler der hiesigen Schule, ein Kind noch, sei nebenhergelaufen, habe laut geweint, für seinen Vater gebeten, sich an die Umstehenden gewandt und sie um Hilfe angefleht, doch alle hätten nur gelacht. Verzeihen Sie, Alexej Fjodorowitsch, ich kann an diese schmähliche Tat Dmitri Fjodorowitschs nicht ohne Empörung denken! Es ist eine von den Taten, die nur er in seinem Zorn und seiner Leidenschaftlichkeit verüben kann! Ich bin sogar außerstande, das zu erzählen, ich verwechsle die Worte. Ich habe mich nach diesem Beleidigten erkundigt und erfahren, daß er sehr arm ist. Sein Name ist Snegirjow. Er hat sich im Dienst etwas zuschulden kommen lassen und daraufhin den Abschied bekommen, ich kann das nicht genauer erzählen, und jetzt ist er mit seiner unglücklichen Familie, die aus einer wohl irrsinnigen Frau und kranken Kindern besteht, in schreckliche Armut geraten. Er wohnt schon lange hier in der Stadt, arbeitet auch irgendwas, irgendwo ist er Schreiber gewesen, aber auf einmal wird ihm jetzt sein Lohn vorenthalten! Da habe ich nun Sie ausersehen … Das heißt, ich dachte, ich weiß nicht, ich bin so durcheinander … Sehen Sie, ich wollte Sie bitten, Alexej Fjodorowitsch, mein bester Alexej Fjodorowitsch, zu ihm zu gehen, ihm unter einem Vorwand einen Besuch zu machen, ich meine diesem Stabskapitän, o Gott, wie konfus ich bin, und in taktvoller, behutsamer Weise, so wie nur Sie das können.« Bei diesen Worten errötete Aljoscha plötzlich. »… ihm dies als Unterstützung zu überreichen, hier diese zweihundert Rubel. Er wird sie sicher annehmen … Das heißt, Sie müßten ihn überreden, sie anzunehmen … Oder wird er sie nicht annehmen, was meinen Sie? Sehen Sie, das soll ja keine Bezahlung dafür sein, daß er die Sache auf sich beruhen läßt und nicht klagt – ich glaube, er wollte eine Klage anstrengen –, sondern einfach ein Ausdruck der Teilnahme und des Wunsches, ihm zu helfen, von mir, der Braut Dmitri Fjodorowitschs, nicht von diesem selbst … Kurz, Sie werden schon damit zurechtkommen … Ich würde selbst hinfahren, aber, Sie verstehen das viel besser als ich. Er wohnt in der Osjornajastraße, im Haus der Kleinbürgerin Kalmykowa … Ich bitte Sie inständig, Alexej Fjodorowitsch, tun Sie mir diesen Gefallen! Und jetzt … jetzt bin ich etwas müde. Auf Wiedersehen!«

Sie drehte sich plötzlich um und verschwand so schnell hinter der Portiere, daß Aljoscha keine Zeit fand, auch nur ein Wort zu sagen – und er hätte doch so gern etwas gesagt. Er hätte sie gern um Verzeihung gebeten, sich selbst angeklagt, überhaupt etwas gesagt; denn sein Herz war übervoll, und er wollte um keinen Preis weggehen, ohne noch mit ihr gesprochen zu haben.

Doch Frau Chochlakowa nahm ihn bei der Hand und führte ihn selbst hinaus. Im Vorzimmer blieb sie wieder mit ihm stehen, wie sie es vorher getan hatte.

»Sie ist stolz und ringt mit sich selbst, aber sie ist eine gute, prächtige, hochherzige Frau!« rief Frau Chochlakowa fast flüsternd. »Oh, wie ich sie mag, besonders manchmal, und wie ich mich über alles jetzt von neuem freue! Lieber Alexej Fjodorowitsch, Sie wissen ja eines noch nicht: Wir alle, ich, ihre beiden Tanten, kurz wir alle, sogar Lise, haben schon einen Monat lang keinen anderen Wunsch und kein anderes Gebet, als daß sie sich von ihrem Liebling Dmitri Fjodorowitsch trennen möchte, der nichts von ihr wissen will und sie gar nicht liebt. Daß sie Iwan Fjodorowitsch heiraten möchte, einen gebildeten, vortrefflichen jungen Mann, der sie über alles in der Welt liebt. Wir haben hier schon eine richtige Verschwörung angezettelt, und ich reise vielleicht nur deshalb nicht ab …«

»Aber sie hat doch geweint? Sie fühlt sich wieder beleidigt!« rief Aljoscha.

»Glauben Sie nicht den Tränen einer Frau, Alexej Fjodorowitsch! Ich bin in solchen Fällen immer gegen die Frauen und für die Männer.«

»Aber Mama, Sie richten ihn ja völlig zugrunde!« ließ sich Lisas helles Stimmchen durch den Türspalt vernehmen.

»Nein, ich bin an allem schuld! Ich habe mich schrecklich vergangen!« wiederholte Aljoscha in einem Anfall von Scham, untröstlich über sein dreistes Auftreten von vorhin, verbarg er vor Scham das Gesicht in den Händen.

»Im Gegenteil, Sie haben gehandelt wie ein Engel. Ich bin bereit, Ihnen das tausend- und aber tausendmal zu wiederholen.«

»Mama, warum hat er denn gehandelt wie ein Engel?« wurde Lisas Stimme wieder vernehmbar.

»Als ich das alles mit ansah«, fuhr Aljoscha fort, als hätte er Lisas Frage gar nicht gehört, »bildete sich bei mir, ich weiß nicht warum, die Vorstellung, daß sie Iwan liebt, und da sagte ich diese Dummheit … Was wird nun werden?«

»Mit wem denn, mit wem wird etwas werden?« rief Lisa. »Mama, Sie wollen mich wohl umbringen? Ich frage Sie immerzu, und Sie antworten mir nicht.«

In diesem Augenblick kam das Stubenmädchen herein.

»Katerina Iwanowna geht es nicht gut. Sie weint … Sie hat einen hysterischen Anfall und schlägt um sich.«

»Was soll denn das heißen?« rief Lisa mit erregter Stimme. »Mama, ich bin es, die einen hysterischen Anfall bekommen wird, nicht sie!«

»Lise, um Gottes willen, schrei nicht so, töte mich nicht! Du bist noch in einem Alter, in dem du nicht alles wissen mußt, was die Erwachsenen wissen. Ich werde dir schon alles erzählen, was man dir mitteilen kann … O mein Gott, ich laufe, ich laufe ja … Ein hysterischer Anfall – das ist ein gutes Zeichen, Alexej Fjodorowitsch! Ausgezeichnet, daß sie einen hysterischen Anfall hat. Das ist genau das, was jetzt angebracht ist. Ich bin in solchem Fall immer gegen die Frauen, gegen alle diese hysterischen Anfälle und Weibertränen. Julija, lauf hin und sag ihr, daß ich fliege. Daß Iwan Fjodorowitsch so weggegangen ist, daran ist sie selbst schuld. Aber er wird nicht abreisen. Lise, um Gottes willen, schrei nicht so! Ach so, du schreist ja gar nicht, ich bin es, die schreit, verzeih deiner Mama! Ich bin hingerissen, ganz einfach hingerissen! Haben Sie bemerkt, Alexej Fjodorowitsch, wie jung Iwan Fjodorowitsch vorhin aussah, als er ging? Als er das alles gesagt hatte, und ging? Ich hatte immer gedacht, er wäre so ein Gelehrter, so ein Akademiker – und nun auf einmal dieses Feuer, diese offenherzige, diese unerfahrene Jugendlichkeit, wie schön das alles war, genau wie bei Ihnen! Und dieser deutsche Vers – als ob man Sie hörte! Aber ich laufe schon, ich laufe. Alexej Fjodorowitsch, beeilen Sie sich mit diesem Auftrag, und kommen Sie dann schnell wieder her! Lise, brauchst du etwas? Um Gottes willen, halte Alexej Fjodorowitsch nur keinen Augenblick länger auf, er wird gleich wiederkommen …«

Endlich eilte Frau Chochlakowa hinaus. Aljoscha wollte, bevor er ging, die Tür zu Lisa öffnen.

»Auf keinen Fall!« rief Lisa. »Auf gar keinen Fall! Sprechen Sie so, durch die Tür hindurch! Wieso sind Sie bloß ein Engel geworden? Das möchte ich wissen.«

»Wegen einer schrecklichen Dummheit, Lisa. Leben Sie wohl!«

»Unterstehen Sie sich nicht, so zu gehen«, rief Lisa.

»Lisa, ich bin sehr betrübt. Ich werde gleich wiederkommen, aber ich bin sehr, sehr betrübt!«

Und er verließ das Zimmer.

6. Überspanntheit in der ärmlichen Wohnung

Er empfand wirklich einen ernsten Kummer, wie er ihn bisher selten durchgemacht hatte. Er hatte vor Übereifer eine Dummheit gemacht, und auf welchem Gebiet? In Liebesdingen! ›Aber was verstehe ich denn davon? Kenne ich mich in solchen Sachen überhaupt aus?‹ fragte er sich zum hundertsten Mal. ›Die Scham ist dabei das Wenigste, die Scham ist nur meine verdiente Strafe! Das Schlimme ist, daß ich jetzt unweigerlich die Ursache eines neuen Unglücks sein werde … Der Starez hat mich ausgesandt, damit ich versöhne und vereine. Versöhnt man so?‹ Da fiel ihm plötzlich wieder ein, wie er die Hände der beiden hatte vereinigen wollen, und wieder schämte er sich furchtbar. ›Ich habe das alles zwar in bester Absicht getan, aber ich muß künftig klüger sein!‹ war seine Schlußfolgerung, und er lächelte nicht einmal über sie.

Katerina Iwanownas Auftrag führte ihn in die Osjornajastraße. Sein Bruder Dmitri wohnte am Weg, nicht weit von dieser Straße in einer Seitengasse. Aljoscha beschloß, bei ihm vorbeizugehen, bevor er den Stabskapitän aufsuchte, obgleich er ahnte daß er den Bruder nicht antreffen würde. Er vermutete, daß sich dieser wohl absichtlich vor ihm verstecken würde, doch mußte er ihn um jeden Preis ausfindig machen. Die Zeit verstrich; der Gedanke an den sterbenden Starez hatte ihn seit dem Augenblick, da er aus dem Kloster gegangen war, nicht eine Sekunde verlassen.

In dem Auftrag Katerina Iwanownas gab es ein Moment, das auch ihn außerordentlich interessierte. Als sie den Schulknaben erwähnte, den Sohn des Stabskapitäns, der laut weinend neben dem Vater hergelaufen sei, hatte er gleich denken müssen, dieser Schüler könnte derselbe sein, der ihn vorhin in den Finger gebissen hatte, als er,

Aljoscha, ihn fragte, was er ihm denn getan habe. Jetzt war Aljoscha, ohne zu wissen warum, davon beinahe schon überzeugt. Diese nebensächlichen Überlegungen lenkten ihn etwas ab, und er nahm sich vor, nicht mehr an das von ihm angerichtete »Unglück« zu denken und sich nicht mehr mit Reue zu quälen, sondern zu tun, was ihm aufgetragen war, dann mochte geschehen, was geschehen mußte.

Bei diesem Gedanken wurde er endgültig wieder guten Mutes. Und als er in die Seitengasse zu seinem Bruder Dmitri einbog und Hunger verspürte, zog er das Weißbrot aus der Tasche, das er von seinem Vater mitgenommen hatte, und aß es im Gehen. Das stärkte seine Kräfte.

Dmitri traf er nicht zu Hause an. Die Besitzer des Häuschens, ein alter Tischler, sein Sohn und seine alte Frau, sahen Aljoscha mißtrauisch an. »Es ist schon der dritte Tag, daß er die Nacht nicht hier verbracht hat, vielleicht ist er verreist«, antwortete der Alte auf Aljoschas dringliche Fragen. Aljoscha merkte, daß er seine Antworten nach einer Instruktion erteilte. Als er fragte: »Ist er bei Gruschenka, oder hat er sich vielleicht wieder bei Foma versteckt?« und dabei absichtlich seine Kenntnis der intimen Verhältnisse bewies, blickten ihn die Wirtsleute ganz erschrocken an. ›Also haben sie ihn gern und stehen auf seiner Seite‹, dachte Aljoscha. ›Das ist gut!‹

Endlich fand er in der Osjornajastraße das Haus der Kleinbürgerin Kalmykowa, ein baufälliges, schiefgesunkenes Häuschen mit nur drei Fenstern zur Straße und mit einem schmutzigen Hof, auf dem einsam eine Kuh stand. Der Eingang in den Flur war vom Hof aus; links vom Flur wohnte die alte Wirtin mit ihrer ebenfalls schon bejahrten Tochter, beide schienen taub zu sein. Auf Aljoschas mehrmalige Frage nach dem Stabskapitän deutete eine von ihnen, endlich begreifend, daß er nach den Mietern fragte, mit dem Finger auf die Tür zur vermieteten »guten Stube«. Die Wohnung des Stabskapitäns bestand tatsächlich nur aus einer einzigen Stube. Aljoscha wollte schon nach der eisernen Klinke greifen, um die Tür zu öffnen, als ihn die auffallende Stille hinter der Tür stutzig machte. Er wußte jedoch von Katerina Iwanowna, daß der verabschiedete Stabskapitän Familie hatte, und sagte sich: ›Entweder schlafen sie alle, oder sie haben gehört, daß ich gekommen bin, und warten darauf, daß ich eintrete? Ich will doch lieber erst anklopfen.‹ Und er klopfte an. Eine Antwort erfolgte, aber nicht sogleich, sondern etwa zehn Sekunden später.

»Wer ist da?« rief jemand mit lauter und betont verärgerter Stimme.

Aljoscha öffnete nun und trat über die Schwelle. Er befand sich in einer Stube, die zwar ziemlich geräumig, doch übermäßig voll von Menschen und allerlei Hausrat war. Links stand ein großer russischer, Ofen. Von dem Ofen war durch das ganze Zimmer zum linken Fenster ein Strick gespannt, an dem diverse Lappen hingen. An den beiden Wänden links und rechts stand je ein Bett mit einer Strickdecke. Auf dem einen, dem linken, war ein kleiner Berg aus vier Baumwollkopfkissen aufgetürmt, von denen immer eines kleiner war als das andere. Auf dem anderen Bett lag nur ein sehr kleines Kopfkissen. In der vorderen Ecke war durch einen Vorhang oder vielmehr durch ein Laken ein kleiner Raum abgeteilt; dieses Laken war über einen quer über die Ecke gespannten Strick geworfen. Hinter diesem Vorhang befand sich noch ein Bett, das seitlich auf einer Bank und einem herangerückten Stuhl aufgeschlagen war. Ein einfacher viereckiger hölzerner Bauerntisch reichte von der anderen vorderen Ecke bis zum mittleren Fenster. Alle drei Fenster, jedes mit vier kleinen, grün angelaufenen Scheiben, waren sehr trüb und dazu dicht geschlossen, so daß es im Zimmer recht dumpfig und nicht besonders hell war. Auf dem Tisch stand eine Pfanne mit Spiegeleiresten, daneben lag ein halb aufgegessenes Stück Brot, und außerdem stand da noch eine Literflasche mit einem geringen, nur den Boden bedeckenden Rest »irdischer Seligkeit«. Links neben dem Bett, auf einem Stuhl, saß eine Frau in einem Kattunkleid, die wie eine Dame aussah. Sie war im Gesicht mager und gelb, ihre eingefallenen Wangen zeugten von ihrem schlechten Gesundheitszustand. Den stärksten Eindruck machte auf Aljoscha der Blick dieser armen Frau; er hatte etwas auffällig Fragendes und zugleich etwas sehr Hochmütiges an sich. Und die ganze Zeit, während sie nicht selbst sprach, weil Aljoscha ein Gespräch mit dem Hausherrn hatte, ließ sie ihre großen braunen Augen in derselben fragenden, hochmütigen Weise von einem zum anderen schweifen. Neben dieser Frau, am linken Fenster, stand ein junges Mädchen mit ziemlich unschönem Gesicht und rötlichem, dünnem Haar, ärmlich, aber sehr sauber gekleidet. Sie sah den eintretenden Aljoscha geringschätzig an. Rechts am Bett saß noch ein drittes weibliches Wesen, ein sehr bemitleidenswertes Geschöpf: ebenfalls ein junges Mädchen, etwa zwanzig Jahre alt, aber bucklig und an den Beinen gelähmt; sie waren, wie Aljoscha später hörte, verdorrt. Ihre Krücken standen neben ihr in der Ecke, zwischen dem Bett und der Wand. Die auffallend schönen, guten Augen des Mädchens schauten Aljoscha sanft und ruhig an. Am Tisch saß, mit dem Rest der Spiegeleier beschäftigt, ein Herr von etwa fünfundvierzig Jahren, klein und schwächlich, mager, mit rötlichem Haar und einem rötlichen, dünnen Bärtchen, das große Ähnlichkeit mit einem zerzausten Bastwisch hatte, dieser Vergleich und besonders das Wort »Bastwisch« schossen Aljoscha gleich beim ersten Blick durch den Kopf. Offenbar war es dieser Mann gewesen, der durch die Tür gerufen hatte: »Wer ist da?« Eine andere männliche Person war nicht im Zimmer. Bei Aljoschas Eintritt sprang er hastig von der Bank, auf der er saß, wischte sich eilig mit einer löchrigen Serviette den Mund und stürzte Aljoscha geradezu entgegen.

»Ein Mönch bittet um Geld für sein Kloster, da ist er an die Richtigen gekommen!« sagte laut das Mädchen, das in der linken Ecke stand.

Doch der Mann, der auf Aljoscha zulief, drehte sich augenblicklich zu ihr um und antwortete mit erregter, fast versagender Stimme: »Nein, Warwara Nikolajewna, das stimmt nicht, da haben Sie falsch geraten! Gestatten Sie nun, daß ich meinerseits frage«, wandte er sich plötzlich wieder an Aljoscha, »Was hat Sie veranlaßt, hier in den Schoß der Familie einzudringen?«

Aljoscha blickte ihn aufmerksam an, er sah diesen Menschen zum erstenmal. Er hatte etwas Eckiges, Hastiges, Reizbares. Obgleich er augenscheinlich eben getrunken hatte, war er nicht betrunken. In seinem Gesicht war höchste Frechheit und gleichzeitig, das war das Seltsame, tiefste Feigheit ausgeprägt. Er sah aus wie ein Mensch, der sich lange Zeit untergeordnet und vieles erduldet hat, nun aber auf einmal aufspringt und sich zeigen will, oder noch besser, wie ein Mensch, der Lust hat, einen anderen zu schlagen, zugleich aber auch furchtbare Angst, der andere könnte ihn selbst schlagen. In seinen Worten und in dem Klang seiner ziemlich durchdringenden Stimme lag eine Art von närrischem Humor, der bald boshaft, bald schüchtern herauskam, den Ton nicht festzuhalten vermochte und dann plötzlich abbrach. Bei der Frage nach dem »Schoß der Familie« zitterte er am ganzen Körper, riß die Augen auf und sprang so heftig auf Aljoscha los, daß dieser unwillkürlich einen Schritt zurücktrat. Bekleidet war er mit einem dunklen, vielfach geflickten und flekkigen abgetragenen Tuchmantel. Seine Hosen waren ungewöhnlich hell, wie sie kein Mensch mehr trug, kariert und aus sehr dünnem Stoff, sie waren sehr geknautscht und hatten sich infolgedessen nach oben geschoben, so daß es aussah, als ob er aus ihnen wie ein kleiner Junge herausgewachsen war.

»Ich bin Alexej Karamasow …«, setzte Aljoscha gerade an zu antworten.

»Soviel begreife ich auch selber«, unterbrach ihn der Hausherr sofort in scharfem Ton. Er wollte damit zu verstehen geben, daß ihm auch ohne diese Mitteilung bekannt war, wen er vor sich hatte.

»Ich meinerseits bin der Stabskapitän Snegirjow. Es wäre mir aber doch angenehm zu erfahren, was Sie veranlaßt hat …«

»Ich bin nur so vorbeigekommen. Ich hätte gern ein paar Worte mit Ihnen gesprochen … Wenn Sie mir erlauben wollen …«

»In diesem Fall ist hier ein Stuhl. Belieben Sie, Platz zu nehmen! So wurde ja in den alten Lustspielen immer gesagt: Belieben Sie, Platz zu nehmen!« Der Stabskapitän ergriff mit einer schnellen Bewegung einen freien Stuhl, einen einfachen Bauernstuhl, ganz aus Holz und ohne Bezug, und stellte ihn beinahe in die Mitte des Zimmers. Dann ergriff er einen zweiten solchen Stuhl für sich und setzte sich Aljoscha gegenüber. Angesicht in Angesicht und so nahe, daß sich ihre Knie beinahe berührten.

»Nikolai Iljitsch Snegirjow, ehemals Stabskapitän der russischen Infanterie, zwar durch meine Laster entehrt, aber doch Stabskapitän. Wodurch konnte meine Person so viel Interesse erwecken? Ich lebe in Verhältnissen, die den Empfang von Gästen unmöglich machen.«

»Ich bin in jener gewissen Angelegenheit gekommen …«

»In welcher … gewissen Angelegenheit?« unterbrach ihn der Stabskapitän ungeduldig.

»Wegen des Zusammenstoßes, den Sie mit meinem Bruder Dmitri Fjodorowitsch hatten«, erwiderte Aljoscha ungeschickt.

»Was meinen Sie? Doch nicht etwa die Sache mit dem Bastwisch, wie?«

Er rückte plötzlich so nahe, daß er nun wirklich mit seinen Knien an Aljoschas Knie stieß. Seine Lippen preßten sich eigentümlich zusammen, so daß sie nur einen schmalen Strich bildeten.

»Mit welchem Bastwisch?« murmelte Aljoscha.

»Er ist gekommen, um sich über mich zu beschweren, Papa!« rief eine Stimme, die Aljoscha bereits kannte, hinter dem Vorhang aus der Ecke. Es war die Stimme des Schulknaben von vorhin. Ich habe ihn heute nämlich in den Finger gebissen.«

Der Vorhang wurde zur Seite geschoben, und Aljoscha erblickte in der Ecke unter den Ikonen, auf einem Bettchen, das auf einer Bank und auf einem Stuhl zurechtgemacht war, seinen Gegner von vorhin. Der Bursche lag da, mit seinem zu kleinen Mantel und einer alten wattierten Decke zugedeckt. Er war offensichtlich krank und hatte, nach seinen brennenden Augen zu urteilen, starkes Fieber. Anders als bei der früheren Begegnung sah er Aljoscha jetzt furchtlos an, wie wenn er sagen wollte: ›Hier zu Hause kannst du mir nichts tun!‹

»Was heißt das – in den Finger gebissen?« rief der Stabskapitän und machte Anstalten, von seinem Stuhl aufzuspringen. »Hat er Sie in den Finger gebissen?«

»Ja, das hat er getan. Er und andere Jungen haben sich heute auf der Straße mit Steinen beworfen, und zwar sechs gegen ihn allein. Ich wollte zu ihm gehen, aber er warf auch nach mir mit einem Stein und mit einem anderen sogar nach meinem Kopf. Ich fragte ihn, was ich ihm getan hätte, da stürzte er sich plötzlich auf mich und biß mich schmerzhaft in den Finger – warum, weiß ich nicht!«

»Sofort werde ich ihn verprügeln! Augenblicklich werde ich ihn verprügeln!« rief der Stabskapitän und sprang nun wirklich von seinem Stuhl auf.

»Aber ich beschwere mich ja gar nicht, ich habe nur den Hergang erzählt. Ich möchte überhaupt nicht, daß Sie ihn verprügeln. Er scheint ja auch krank zu sein ...«

»Haben Sie wirklich gedacht, ich würde ihn verprügeln? Ich würde Iljuschetschka nehmen und ihn in Ihrer Gegenwart zu Ihrer Genugtuung verprügeln? Haben Sie es denn so eilig?« sagte der Stabskapitän und wandte sich mit einer Bewegung, als wollte er sich auf ihn stürzen, an Aljoscha. »Es tut mir leid um Ihren Finger, mein Herr. Aber soll ich mir nicht, statt Iljuschetschka durchzuhauen, vor Ihren Augen zu Ihrer Genugtuung vier von meinen Fingern mit diesem Messer abschneiden? Vier Finger werden Ihnen zur Befriedigung Ihres Rachedurstes genügen, glaube ich, den fünften verlangen Sie doch wohl nicht?«

Er hielt plötzlich inne, offenbar aus Luftmangel. Jeder Muskel seines Gesichts bebte und zuckte, sein Blick hatte etwas Herausforderndes. Er schien außer sich zu sein.

»Ich glaube jetzt alles zu verstehen«, antwortete Aljoscha, der sitzen geblieben war, leise und traurig. »Ihr Sohn ist also ein braver Junge, der seinen Vater liebt. Er hat sich auf mich gestürzt, weil er wußte, daß ich der Bruder jenes Mannes bin, der Sie beleidigt hat. Das verstehe ich jetzt«, wiederholte er nachdenklich. »Aber mein Bruder Dmitri Fjodorowitsch bereut seine Tat, das weiß ich, und wenn es ihm nur möglich wäre, zu Ihnen zu kommen oder, noch besser, sich mit Ihnen nochmals an demselben Ort zu treffen, würde er Sie in Gegenwart aller um Verzeihung bitten ... Wenn Sie es wünschen.«

»Also erst hat er mir den Bart ausgerissen und nachher um Entschuldigung gebeten? Dann kann er sagen, er habe alles erledigt und Genugtuung gegeben, nicht wahr?«

»O nein, im Gegenteil, er wird alles tun, was Sie wünschen und wie Sie es wünschen.«

»Also wenn ich Seine Erlaucht ersuchen würde, in demselben Restaurant, es heißt ›Zur Residenz‹, oder auf dem Marktplatz vor mir auf die Knie zu fallen, würde er das tun?«

»Ja, er würde vor Ihnen auf die Knie fallen.«

»Ihre Worte haben mich tief ergriffen. Zu Tränen gerührt und tief ergriffen. Ich bin nur zu geneigt, die Großmut Ihres Bruders zu empfinden. Gestatten Sie aber, daß ich Ihnen nunmehr alle Anwesenden vorstelle. Hier meine Kinder, meine beiden Töchter und mein Sohn – mein Wurf. Wenn ich sterbe, wer wird sie dann lieben? Und solange ich noch lebe, wer wird mich Scheusal außer ihnen lieben? Es ist etwas Schönes und Großes um diese Einrichtung, die Gott da für jeden Menschen meiner Art getroffen hat. Denn auch einen Menschen meiner Art muß doch irgend jemand lieben ...«

»Ja, das ist vollkommen richtig!« rief Aljoscha.

»Hören Sie doch endlich auf, den Hanswurst zu spielen! Da kommt irgendein Dummkopf daher, und Sie entehren sich gleich!« rief plötzlich das Mädchen am Fenster, dabei zeigte es seinem Vater eine Miene des Ekels und der Verachtung.

»Gedulden Sie sich noch ein wenig, Warwara Nikolajewna! Gestatten Sie, daß ich die einmal eingeschlagene Richtung beibehalte!« rief ihr der Vater zu, und wenn sein Ton auch gebieterisch klang, sah er sie doch durchaus beifällig an. »Meine Tochter hat nun einmal so einen Charakter«, wandte er sich wieder an Aljoscha.

»Und nichts, was ihm gefallen hätte,
gab's auf dem weiten Erdenrund ...«

»Das heißt, man müßte es eigentlich weiblich sagen: ›Nichts, was ihr gefallen hätte‹ ... Aber jetzt gestatten Sie mir, Sie auch meiner Gemahlin vorzustellen. Hier – das ist Arina Petrowna, eine an den Füßen gelähmte Dame, dreiundvierzig Jahre alt, laufen kann sie zwar noch, aber nur wenig. Sie ist eine einfache Frau. Arina Petrowna, glätten Sie Ihre Gesichtszüge, hier – das ist Alexej Fjodorowitsch Karamasow. Stehen Sie auf, Alexej Fjodorowitsch!« Er packte ihn am Arm und zog ihn plötzlich mit einer Kraft, die man ihm nicht zugetraut hätte, hoch. »Sie werden einer Dame vorgestellt, da müssen Sie doch aufstehen. Das ist nicht der Karamasow, Mamachen, der … und so weiter, sondern sein Bruder, der durch demütige Tugenden glänzt. Erlauben Sie, Arina Petrowna, erlauben Sie, Mamachen, daß ich Ihnen zunächst die Hand küsse.« Und er küßte seiner Frau respektvoll, ja zärtlich die Hand; das hochmütig fragende Gesicht der Mutter wurde auf einmal außerordentlich freundlich. Das Mädchen am Fenster drehte der Szene empört den Rücken zu.

»Seien Sie willkommen, setzen Sie sich, Herr Karamasow, oder wie Sie sonst heißen. Setzen Sie sich doch, warum hat er Sie veranlaßt aufzustehen? Eine an den Füßen gelähmte Dame, sagt er. Ja, meine Füße sind geschwollen, wie Eimer, doch am übrigen Körper bin ich ganz dürr. Früher, da war ich wer weiß wie dick. Jetzt sehe ich aus, als ob ich eine Nadel verschluckt hätte …«

»Sie ist eine einfache Frau, eine einfache Frau«, flüsterte der Stabskapitän Aljoscha abermals zu.

»Papa!« rief plötzlich das bucklige Mädchen, das bisher still auf seinem Stuhl gesessen hatte, und hielt sich das Taschentuch vor die Augen.

»So ein Possenreißer«, rief das Mädchen am Fenster heftig.

»Sehen Sie, was es bei uns für Neuigkeiten gibt«, sagte die Mutter, indem sie die Arme ausbreitete und auf ihre Töchter wies. »Es ist, wie wenn die Wolken ziehen; die Wolken ziehen vorüber, und es beginnt wieder unsere Musik. Früher, als wir noch beim Militär waren, kamen viele solche Gäste zu uns. Ich will damit keinen Vergleich der Verdienste anstellen, werter Herr. Wer einen liebt, den soll man wieder lieben. Damals kam die Frau des Diakonus zu mir und sagte: ›Alexander Alexandrowitsch ist ein Mann von vortrefflichem Charakter, aber Nastasja Petrowna‹, sagte sie, ›die ist ein

Auswurf der Hölle.‹ – ›Na‹, antwortete ich, ›das kommt darauf an, wen man liebt und verehrt; du aber bist ein Häufchen, das zwar nur klein ist, aber arg stinkt.‹ – ›Dich‹, sagte sie, ›müßte man stramm im Zügel halten.‹ – ›Ach du alte Schraube‹, sagte ich, ›wen meinst du denn hier belehren zu können?‹ – ›Ich‹, sagte sie ›lasse frische Luft in mein Zimmer, du verdirbst die Luft.‹ – ›Frag doch mal‹, antwortete ich, ›alle Herren Offiziere, ob ich die Luft verderbe – oder vielmehr eine andere Person.‹ Und das liegt mir seitdem auf der Seele. Als ich nun neulich hier saß wie jetzt und denselben General eintreten sah, der schon zu Ostern gekommen war, da sagte ich zu ihm: ›Wie ist das, Exzellenz, darf eine vornehme Dame frische Luft hereinlassen?‹ – ›Ja‹, antwortete er, ›bei Ihnen müßte die Luftklappe oder die Tür geöffnet werden; die Luft bei Ihnen ist nicht frisch …‹ Na, und so sind sie alle! Was sie nur mit meiner Luft haben? Leichen riechen doch noch schlechter. ›Ich werde Ihre Luft nicht verderben, sagte ich, ›sondern mir ein Paar Schuhe bestellen und gehen.‹ Um Gottes willen, meine Lieben, macht eurer Mutter keine Vorwürfe! Nikolai Iljitsch, Väterchen, habe ich etwas nicht recht gemacht? Meine ganze Freude ist ja, wenn Iljuschetschka aus der Schule kommt und so lieb zu mir ist. Gestern hat er mir einen Apfel gebracht. Verzeiht um Gottes willen, meine Lieben, eurer Mutter! Verzeiht mir, der Vereinsamten, woher ist euch nur meine Luft so zuwider geworden?«

Die arme Irre begann plötzlich zu schluchzen, Tränen traten ihr in die Augen. Der Stabskapitän sprang eilig zu ihr.

»Mamachen, Mamachen, Täubchen, hör auf, hör auf! Du bist nicht vereinsamt. Alle lieben wir dich, alle verehren wir dich!« Und er begann ihr wieder beide Hände zu küssen und ihr zärtlich das Gesicht zu streicheln; dann ergriff er die Serviette und machte sich daran, ihr die Tränen vom Gesicht wegzuwischen. Aljoscha glaubte sogar zu sehen, daß er selbst weinte. »Nun, haben Sie es gesehen? Haben Sie es gehört?« wandte er sich auf einmal grimmig zu Aljoscha um und zeigte mit der Hand auf die Schwachsinnige.

»Ich sehe und höre«, murmelte Aljoscha.

»Papa! Willst du wirklich mit ihm … Laß ihn doch laufen, Papa!« rief plötzlich der Sohn, richtete sich auf seinem Bett auf und sah den Vater mit brennenden Augen an.

»Hören Sie doch endlich auf, den Hanswurst zu spielen und Ihre dummen Faxen zu machen, die nie zu etwas Gutem führen!« rief ihm die Tochter Warwara Nikolajewna zu; sie war wütend und stampfte sogar mit dem Fuß auf.

»Mit vollem Recht belieben Sie diesmal außer sich zu geraten, Warwara Nikolajewna, und ich werde Sie schnellstens zufriedenstellen. Setzen Sie Ihre Mütze auf, Alexej Fjodorowitsch, ich werde die meinige auch nehmen – und dann kommen Sie! Ich muß ein paar ernste Worte mit Ihnen reden, aber außerhalb dieser Wände. Das Mädchen, das da sitzt, ist meine Tochter Nina Nikolajewna, ich habe vergessen, sie Ihnen vorzustellen, ein Engel in Menschengestalt, der zu uns Sterblichen herabgeflogen ist … Wenn Sie das überhaupt verstehen können …«

»Er zittert ja am ganzen Leib, als ob er Krämpfe hat!« fuhr Warwara Nikolajewna unwillig fort.

»Und die da, die jetzt vor Unwillen mit dem Fuß stampft und mich eben einen Hanswurst genannt hat, ist ebenfalls ein Engel Gottes in Menschengestalt, und sie hat mich mit Recht beschimpft … Gehen wir, Alexej Fjodorowitsch, wir müssen zu Ende kommen …«

Er nahm Aljoscha bei der Hand und führte ihn aus dem Zimmer auf die Straße.

7. Und an frischer Luft

»Die Luft hier ist frisch, in meiner Behausung dagegen ist sie es durchaus nicht, in keiner Bedeutung des Wortes. Lassen Sie uns langsam gehen, mein Herr! Es liegt mir daran, Ihr Interesse für mich zu erregen.«

»Ich habe selber ein Anliegen an Sie …«, bemerkte Aljoscha. »Ich weiß nur nicht, wie ich anfangen soll.«

»Wie sollte ich nicht wissen, daß Sie ein Anliegen an mich haben? Ohne ein Anliegen würden Sie niemals einen Blick zu mir hereinwerfen. Oder sind Sie wirklich nur gekommen, um sich über den Jungen zu beschweren! Das ist doch unwahrscheinlich. Aber da ich gerade den Jungen erwähne – ich konnte Ihnen da drin nicht alles auseinandersetzen, jetzt will ich Ihnen diese Szene schildern. Sehen Sie, der Bastwisch war früher, noch vor einer Woche, dichter – ich rede von meinem Bärtchen, die Leute haben es Bastwisch getauft, besonders die Schulknaben. Nun, und an diesem Bärtchen zog mich damals Ihr Bruder Dmitri Fjodorowitsch, um nichts und wieder nichts, er suchte Streit, und ich kam ihm in den Weg. Er zog mich aus dem Restaurant auf den Marktplatz, da kamen gerade die Schüler aus der Schule, und unter ihnen auch Iljuscha. Als er mich in dieser unwürdigen Lage sah, stürzte er zu mir: ›Papa‹, schrie er, ›Papa!‹ Er faßte mich, umschlang mich, wollte mich losreißen und schrie Ihrem Herrn Bruder zu: ›Lassen Sie ihn los, lassen Sie ihn los! Das ist mein Papa, mein Papa, üben Sie Gnade mit ihm!‹ Ja, das schrie er. ›Üben Sie Gnade mit ihm!‹ Mit seinen Händchen griff er nach ihm, küßte ihm die Hand, diese selbe Hand, die ... Ich erinnere mich, was er in diesem Augenblick für ein Gesichtchen hatte. Ich habe es nicht vergessen, und werde es nicht vergessen!«

»Ich schwöre Ihnen«, rief Aljoscha, »mein Bruder wird Ihnen aufrichtigste Reue bezeigen! Wenn Sie es verlangen, auf den Knien, auf jenem Marktplatz! Ich werde ihn dazu zwingen, oder er soll nicht mehr mein Bruder sein!«

»Aha, das befindet sich also alles noch im Stadium des Projektes. Das geht nicht direkt von ihm aus, sondern entspringt aus dem Edelmut Ihres Herzens. Das hätten Sie gleich sagen sollen. Erlauben Sie mir unter diesen Umständen, auch von der höchst ritterlichen, eines Offiziers würdigen edlen Gesinnung zu reden, die Ihr Bruder damals an den Tag gelegt hat. Als er aufgehört hatte, mich am Bastwisch zu ziehen, sagte er: Du bist Offizier, und ich bin Offizier. Wenn du einen Sekundanten finden kannst, einen anständigen Menschen, schick ihn zu mir. Ich werde dir Satisfaktion geben, obgleich du ein Schurke bist! So sprach er. Eine wahrhaft ritterliche Denkungsart! Ich bin dann gleich weggegangen mit Iljuscha, doch dieses Bild aus dem Leben einer adligen Familie hat sich meinem Söhnchen fürs ganze Leben eingeprägt. Was soll ich nun als Adliger anfangen? Urteilen Sie selbst, Sie sind ja eben selbst in meiner Wohnung gewesen, was haben Sie da gesehen? Da sitzen drei Damen: Die eine ist an den Füßen gelähmt und schwachsinnig, die andere ebenfalls an den Füßen gelähmt und bucklig, und die dritte hat zwar gesunde Füße, ist aber schon allzu klug, eine Studentin, will wieder nach Petersburg, um an den Ufern der Newa die Rechte der russischen Frau zu suchen. Von Iljuscha rede ich schon gar nicht, der ist erst neun Jahre alt und völlig hilflos. Wenn ich sterbe, was wird dann aus meinen Angehörigen? Das möchte ich Sie nur fragen. Wenn ich ihn nun unter diesen Umständen zum Duell fordere und er mich tötet, was dann? Welches Schicksal erwartet sie dann? Noch schlimmer – wenn er mich nicht tötet, sondern nur zum Krüppel schießt? Dann kann ich nicht arbeiten, der Mund aber bleibt dennoch, wer wird ihn dann füttern, meinen Mund, und wer wird die anderen alle füttern? Oder sollen wir Iljuscha statt in die Schule alle Tage zum Betteln schicken? Nun wissen Sie, was es für mich bedeutet, ihn zum Duell zu fordern! Nur ein dummes Wort, weiter nichts.«

»Er wird Sie um Verzeihung bitten! Er wird Ihnen mitten auf dem Marktplatz zu Füßen fallen«, rief Aljoscha wieder mit flammenden Augen.

»Ich wollte ihn vor Gericht bringen«, fuhr der Stabskapitän fort, »aber schlagen Sie mal unser Gesetzbuch auf, ob ich eine Genugtuung für diese persönliche Beleidigung erlangen kann. Und außerdem ließ mich nun noch Agrafena Alexandrowna zu sich rufen und schrie mich an: ›Untersteh dich nicht, das zu tun! Wenn du ihn vor Gericht bringst, werde ich dafür sorgen, daß es in der ganzen Welt öffentlich bekannt wird, wieso er dich geprügelt hat, wegen deiner eigenen Schurkerei! Dann wird man dir selbst den Prozeß machen!‹ Aber Gott allein weiß, von wem diese Schurkerei ausging und auf wessen Befehl ich untergeordnetes Wesen dabei handelte. Handelte ich denn nicht auf ihre eigene und Fjodor Pawlowitschs Anordnung? ›Und außerdem‹, fügte sie hinzu, ›werde ich dich für immer fortjagen, und du wirst nichts mehr bei mir verdienen. Auch meinem Kaufmann werde ich es sagen …‹ So nennt sie den Alten: mein Kaufmann. ›Dann wird auch der dich wegjagen!‹ Da dachte ich: Wenn auch der Kaufmann mich wegjagt, was dann? Bei wem soll ich dann etwas verdienen? Denn das sind die beiden einzigen, die mir geblieben sind, da Ihr Vater Fjodor Pawlowitsch mir nicht nur aus einem anderen Grund sein Vertrauen entzogen hat, sondern mich auch noch, gestützt auf meine Quittungen, selbst vor Gericht bringen will. Infolgedessen habe ich mich still verhalten. Sie haben nun einen tiefen Blick in alle diese Verhältnisse getan. Und gestatten Sie mir jetzt die Frage: Hat Iljuscha Sie heute schmerzhaft in den Finger gebissen? Im Zimmer wollte ich vor ihm nicht auf diesen Punkt eingehen.«

»Ja, sehr schmerzhaft. Er war in sehr gereizter Stimmung. Er nahm, weil ich ein Karamasow bin, an mir Rache für die Ihnen zugefügte Beleidigung. Aber wenn Sie gesehen hätten, wie die Steine zwischen ihm und seinen Schulkameraden hin und her flogen! Das ist sehr gefährlich. Seine Kameraden hätten ihn totwerfen können, sie sind dumme Kinder. So ein Stein fliegt und kann einem den Kopf zerschmettern.«

»Auch heute hat ihn schon wieder ein Stein getroffen, nicht an den Kopf, aber an die Brust, oberhalb des Herzens. Er hat einen blauen Fleck davon bekommen. Als er nach Hause kam, weinte und stöhnte er, und nun ist er krank geworden.«

»Aber wissen Sie, er greift ja von selber zuerst an. Er ist Ihretwegen wütend. Sie sagen, er hat heute einem gewissen Krassotkin mit dem Messer in die Seite gestochen …«

»Auch davon habe ich gehört, das ist gefährlich. Dieser Krassotkin ist der Sohn einer hiesigen Beamtenwitwe, da werden wir vielleicht noch Unannehmlichkeiten haben …«

»Ich würde Ihnen raten«, fuhr Aljoscha mit Wärme fort, »ihn eine Zeitlang überhaupt nicht in die Schule zu schicken, bis er sich beruhigt hat. Der Zorn, der jetzt in ihm ist, wird vergehen …«

»Zorn!« fiel der Stabskapitän ein. »Ganz richtig, Zorn. Er ist nur ein kleines Wesen, aber es steckt ein großer Zorn in ihm. Sie wissen noch nicht alles. Erlauben Sie, daß ich Ihnen diese Geschichte gesondert erzähle. Nach jenem Vorfall begannen ihn alle Schüler der Schule mit dem Wort Bastwisch zu necken. Die Kinder in der Schule sind ein erbarmungsloses Volk. Einzeln sind sie Engel Gottes, zusammen jedoch sehr oft erbarmungslos. Sie begannen ihn zu necken, und da empörte sich in Iljuscha der adlige Geist. Ein gewöhnlicher Junge, ein schwaches Söhnchen, hätte sich gefügt, hätte sich seines Vaters geschämt – er aber erhob sich, einer gegen alle. Als Verteidiger seines Vaters und für Wahrheit und Recht. Denn was er damals erduldet hat, als er Ihrem Bruder die Hand küßte und ihn um Gnade für seinen Vater bat, das weiß nur Gott allein und ich. Und so erkennen denn unsere Kinderchen, das heißt nicht Ihre, sondern unsere Kinderchen, die Kinder verachteter adliger Bettler, die Wahrheit auf Erden schon mit neun Jahren. Bei den Reichen ist das unmöglich, die dringen ihr ganzes Leben lang nicht in solche Tiefe. Aber mein Iljuscha hat in jenem Augenblick, auf dem Marktplatz, als er Ihrem Bruder die Hand küßte, die ganze Wahrheit erkannt. Diese Wahrheit überwältigte ihn und schlug ihn für immer zu Boden«, sagte der Stabskapitän hitzig und schlug dabei mit der rechten Faust in die linke Handfläche, als ob er verdeutlichen wollte, wie »die Wahrheit« seinen Sohn zu Boden geschlagen hatte. »Gleich damals fieberte und phantasierte er die ganze Nacht. Den ganzen Tag sprach er nur wenig mit mir, er schwieg fast ganz, doch ich bemerkte, daß er mich aus seiner Ecke immerzu beobachtete und sich immerzu über das Fensterbrett beugte und tat, als ob er seine Aufgaben lernte; ich sah aber, daß er etwas anderes als seine Aufgaben im Kopf hatte. Am folgenden Tag betrank ich mich vor Kummer, ein sündiger Mensch wie ich bin, und erinnere mich an vieles nicht. Das Mamachen hatte ebenfalls angefangen zu weinen, und das Mamachen hab' ich sehr lieb, na, und da betrank ich mich denn vor Kummer für mein letztes Geld. Verachten Sie mich deshalb nicht, mein Herr, bei uns in Rußland sind die Trinker die besten Menschen. Die besten Menschen bei uns sind die schlimmsten Trinker. Ich lag da und kümmerte mich an diesem Tag nicht viel um Iljuscha, doch ab eben diesem Tag begannen sie ihn in der Schule vom Morgen an zu verhöhnen: ›Bastwisch!‹ riefen sie. ›Dein Vater ist an seinem Bastwisch aus der Kneipe gezerrt worden, und du bist daneben hergelaufen und hast um Gnade gebettelt!‹ Als er am dritten Tag wieder aus der Schule kam, bemerkte ich, daß sein Gesicht ganz entstellt und blaß aussah. ›Was hast du denn?‹ fragte ich. Er schwieg. Na, im Zimmer konnte ich nicht gut mit ihm darüber reden, sonst hätten sich das Mamachen und die Mädchen ins Gespräch eingemischt; außerdem hatten die Mädchen schon längst alles erfahren, gleich am ersten Tag. Warwara Nikolajewna fing schon an zu brummen: ›Ihr Possenreißer, ihr Hanswurste, Vernunft ist bei euch kein bißchen zu finden!‹ – ›Ganz richtig, Warwara Nikolajewna‹, sagte ich, ›Vernunft ist bei uns nicht zu finden!‹ Damit beendete ich diesmal das Gespräch. Am Abend nahm ich den Jungen mit zu einem Spaziergang. Sie müssen nämlich wissen, daß wir früher jeden Abend spazierengegangen sind, genau denselben Weg, den wir beide jetzt gehen, von unserem Pförtchen bis zu dem großen Stein, der dort neben dem Zaun am Weg liegt, da, wo die städtischen Weideplätze anfangen – eine hübsche, einsame Gegend. Ich ging also mit Iljuscha. Sein Händchen lag wie gewöhnlich in meiner Hand, er hat ein so winziges Händchen und so schmale, kalte Fingerchen, er ist ja brustleidend. ›Papa‹, sagte er, ›Papa!‹ – ›Was denn?‹ fragte ich. Ich sah, daß seine Augen glänzten. ›Papa, wie durfte er dir das damals tun?‹ – ›Was soll man machen, Iljuscha!‹ sagte ich. – ›Versöhne dich nicht mit ihm, Papa! Versöhn dich nicht mit ihm! Die Schüler sagen, er hat dir zehn Rubel gegeben?‹ – ›Nein‹, sagte ich, ›Geld werde ich von ihm unter keinen Umständen annehmen.‹ Da ging eine Erschütterung durch seinen ganzen Körper; er nahm meine Hand in seine kleinen Hände und küßte sie immer wieder. ›Papa‹, sagte er, ›Papa! Fordere ihn doch zum Duell! In der Schule necken sie mich und sagen, du seist ein Feigling und willst ihn nicht zum Duell fordern, weil du zehn Rubel von ihm nimmst.‹ – ›Zum Duell kann ich ihn nicht fordern, Iljuscha‹, sagte ich und setzte ihm in Kürze alles auseinander, was ich Ihnen eben auseinandergesetzt habe. Er hörte mir zu. ›Papa‹, sagte er dann, ›Papa, versöhn dich trotzdem nicht mit ihm. Ich werde, wenn ich groß bin, ihn selber fordern und töten!‹ Seine Augen glühten. Nun, bei alledem bin ich doch sein Vater und mußte ihm ein Wort der Wahrheit sagen. ›Es ist Sünde‹, sagte ich zu ihm, ›einen Menschen zu töten, auch im Zweikampf.‹ – ›Papa‹, sagte er, ›Papa, ich werde ihn zu Boden werfen, wenn ich groß bin. Ich werde ihm seinen Säbel aus der Hand schlagen, mich auf ihn stürzen, ihn zu Boden werfen, mit dem Säbel ausholen und sagen: Ich könnte dich töten, aber ich verzeihe dir! Da hast du es!‹ – Sehen Sie, mein Herr, was für ein Denkprozeß während dieser zwei Tage in seinem kleinen Kopf vorgegangen war? Tag und Nacht hatte er nur an diese Rache mit dem Säbel gedacht und nachts gewiß davon geträumt. Seitdem ist er aus der Schule immer arg zugerichtet nach Hause gekommen, das habe ich alles erst vorgestern erfahren. Sie haben recht, ich werde ihn nicht mehr in diese Schule schicken. Ich hörte, daß er allein der ganzen Klasse gegenübersteht und alle herausfordert. Er muß sich in so eine Wut gesteigert haben, daß ihm geradezu das Herz in der Brust entbrannt ist. Ich bete aus Angst um ihn. Wir gingen wieder einmal spazieren. ›Papa‹, fragte er, ›Papa, die Reichen sind wohl die Stärksten auf der Welt?‹ – ›Ja‹, sagte ich, ›Iljuscha, nichts auf der Welt ist stärker als ein Reicher!‹ – ›Papa‹, sagte er, ›ich werde reich, ich werde Offizier und werde alle Feinde niederschlagen. Der Zar wird mich auszeichnen, ich werde wiederkommen, und dann wird es niemand wagen …‹ Er schwieg ein Weilchen, dann sagte er, die Lippen zuckten ihm noch immer wie vorher: ›Papa‹, sagte er, ›wie häßlich unsere Stadt doch ist, Papa!‹ – ›Ja‹, sagte ich, ›Iljuschetschka, unsere Stadt ist nicht sehr schön.‹ – ›Papa, laß uns in eine andere Stadt ziehen, in eine schöne Stadt!‹ sagte er. ›In eine Stadt, wo man nichts von uns weiß!‹ – ›Wir werden umziehen‹, sagte ich. ›Wir werden umziehen, Iljuscha! Ich spare nur erst Geld dafür …‹ Ich freute mich über die Gelegenheit, ihn von seinen trüben Gedanken abzulenken, und wir begannen uns beide auszumalen, wie wir in eine andere Stadt ziehen und uns dazu ein eigenes Pferdchen und ein eigenes Wägelchen kaufen.

›Das Mamachen und die Schwestern‹, sagte ich, ›setzen wir hinein und decken sie gut zu. Wir selbst laufen nebenher. Manchmal werde ich auch dich hineinsetzen, doch ich werde immer nebenher gehen, denn wir müssen doch unser Pferdchen schonen und können uns nicht alle hineinsetzen.‹ So wollten wir uns auf den Weg machen. Er war davon entzückt, besonders darüber, daß das Pferdchen ihm gehören und er selbst darauf reiten sollte. Es ist ja bekannt, daß ein russischer Junge sozusagen zusammen mit einem Pferdchen geboren wird ... So plauderten wir lange. ›Gott sei Dank!‹ dachte ich. ›Ich habe ihn ein bißchen zerstreut und getröstet.‹ Das war vorgestern abend. Gestern abend jedoch zeigte sich ein ganz anderes Bild. Er war am Morgen wieder in diese Schule gegangen und mit finsterer Miene zurückgekehrt, mit sehr finsterer Miene. Am Abend nahm ich ihn bei der Hand und ging mit ihm spazieren. Er schwieg, redete kein Wort. Es hatte sich ein Wind erhoben, die Sonne war dunkel geworden, es war richtig herbstlich und dämmerte schon – wir gingen, und uns beiden war traurig zumute. ›Na, mein Junge‹, sagte ich, ›wie werden wir uns denn auf die Reise machen?‹ Ich wollte ihn wieder auf das Gespräch vom vorigen Tag bringen. Er schwieg. Ich fühlte nur, wie seine Finger in meiner Hand zuckten. ›O weh‹, dachte ich, ›das ist schlimm, da gibt es etwas Neues!‹ Wir kamen, wie jetzt, an diesen Stein. Ich setzte mich darauf, am Himmel schwebten eine Menge Drachen, die die Kinder steigen ließen, sie rauschten und knatterten, man konnte an die dreißig Drachen sehen. Es ist ja jetzt die richtige Jahreszeit, um Drachen steigen zu lassen. Weißt du, Iljuscha, sagte ich, jetzt sollten auch wir den Drachen vom vorigen Jahr steigen lassen. Ich werde ihn ausbessern, wo hast du ihn verwahrt? Mein Junge schwieg und blickte zur Seite und wandte sich von mir ab. Da heulte der Wind auf einmal los, der Sand flog wirbelnd in die Höhe. Der Junge stürzte plötzlich zu mir, umschlang mit beiden Ärmchen meinen Hals und drängte sich an mich. Wissen Sie, schweigsame, stolze Kinder halten ihre Tränen oft lange zurück, doch wenn sie vor großem Kummer einmal weinen müssen, dann strömen die Tränen wie Bäche. Mit solchen Tränenbächen benetzte er mir das ganze Gesicht. Er schluchzte krampfhaft, bebte am ganzen Körper und drückte mich an sich; ich saß auf dem Stein. ›Papachen‹, rief er, ›Papachen, liebes Papachen, wie hat er dich erniedrigt!‹ Da fing ich auch an zu schluchzen, wir saßen beide und hielten uns umschlungen. ›Papachen‹, sagte er, ›Papachen!‹ – ›Iljuscha‹, sagte ich zu ihm, ›Iljuschetschka!‹ Niemand hat uns damals gesehen, nur Gott, vielleicht hat er es in mein Konto eingetragen … Bestellen Sie Ihrem Bruder meinen Dank, Alexej Fjodorowitsch! Nein, ich werde meinen Jungen nicht zu Ihrer Genugtuung verprügeln!«

Er hatte boshaft und närrisch wie vorhin geendet. Doch Aljoscha fühlte, daß der Stabskapitän bereits Vertrauen zu ihm gefaßt hatte, daß er einem anderen gegenüber nicht so aus sich herausgegangen wäre und ihm nicht das mitgeteilt hätte, was er ihm soeben mitgeteilt hatte.

Dieser Gedanke ermutigte Aljoscha, der zutiefst erschüttert war.

»Wie gern möchte ich mich mit Ihrem Jungen aussöhnen!« rief er. »Wenn Sie das zuwege brächten?«

»Sehr wohl«, murmelte der Stabskapitän.

»Aber jetzt von etwas ganz anderem, hören Sie mich an!« fuhr Aljoscha eifrig fort. »Hören Sie mich an! Ich habe einen Auftrag an Sie. Mein Bruder, dieser Dmitri, hat auch seine Braut beleidigt, ein sehr edeldenkendes Mädchen, von dem Sie sicher schon gehört haben. Ich habe ein Recht, vor Ihnen von der ihr angetanen Beleidigung zu reden, und ich muß es sogar tun. Denn als sie von der Ihnen zugefügten Beleidigung hörte und von Ihrer unglücklichen Lage erfuhr, hat sie mich sogleich beauftragt, Ihnen diese … Beihilfe von ihr zu überbringen … Aber nur von ihr allein, nicht von Dmitri, der auch sie gekränkt und im Stich gelassen hat. Von ihm nicht, auch nicht von mir, seinem Bruder, auch nicht von sonst jemandem, sondern von ihr, nur von ihr allein! Sie bittet Sie inständig, ihre Hilfe anzunehmen … Sie sind beide von demselben Menschen beleidigt worden. Sie hat sich Ihrer erst erinnert, als sie von ihm ebenso beleidigt worden war wie Sie, das heißt ebenso schwer. Eine Schwester kommt also ihrem Bruder zu Hilfe … Sie hat mich ausdrücklich beauftragt, ich soll Sie überreden, diese zweihundert Rubel von ihr anzunehmen wie von einer Schwester, weil sie weiß, daß Sie sich in Not befinden. Niemand wird etwas davon erfahren, es kann kein häßliches Gerede entstehen. Da sind die zweihundert Rubel, und ich bitte Sie, Sie müssen sie annehmen, sonst … sonst müßten ja alle Menschen auf der Welt einander feindlich gesinnt sein! Aber es gibt auch Brüder auf der Welt! Sie sind ein edler Mensch, Sie müssen das einfach verstehen! Ja, das müssen Sie!«

Und Aljoscha hielt ihm zwei neue, regenbogenfarbene Hundertrubelscheine hin. Sie standen in diesem Augenblick gerade an dem großen Stein am Zaun, und ringsrum war niemand zu sehen.

Die Banknoten schienen auf den Stabskapitän einen gewaltigen Eindruck zu machen. Er fuhr zusammen, zunächst aber offenbar nur vor Erstaunen; er hatte dergleichen auch nicht im entferntesten geahnt und so einen Ausgang des Gesprächs ganz und gar nicht erwartet. Hilfe von jemand, und noch dazu eine so beträchtliche Hilfe – der Gedanke war ihm nicht einmal im Traum gekommen. Er nahm die Geldscheine und konnte fast eine Minute nicht antworten. Sein Gesicht bekam einen ganz neuen Ausdruck.

»Das soll für mich sein? Für mich? So viel Geld, zweihundert Rubel! O Gott! Seit vier Jahren habe ich so eine Geldsumme nicht mehr gesehen, mein Gott! Und sie sagt, sie ist eine Schwester? … Und das soll wahr sein, wirklich wahr?«

»Ich schwöre Ihnen, daß alles, was ich Ihnen gesagt habe, wahr ist!« rief Aljoscha.

Der Stabskapitän errötete. »Hören Sie mal, mein Täubchen, hören Sie mal. Wenn ich das annehme, bin ich dann auch kein Schuft? Bin ich in Ihren Augen dann auch kein Schuft, Alexej Fjodorowitsch? Nein, hören Sie, Alexej Fjodorowitsch, hören Sie«, fuhr er hastig fort und berührte Aljoscha mit beiden Händen. »Sie wollen mich dadurch überreden, daß es ›eine Schwester‹ schickt. Aber werden Sie mich auch nicht im stillen verachten, wenn ich es annehme? Wie?«

»Aber nein doch, nein! Bei meinem Seelenheil schwöre ich Ihnen, daß ich das nicht tun werde! Und niemand wird je etwas davon erfahren. Nur ich weiß es und Sie und die Spenderin. Und noch eine Dame, eine gute Freundin von ihr …«

»Was kümmert mich die Dame! Hören Sie, Alexej Fjodorowitsch, hören Sie mich an! Jetzt ist der Augenblick gekommen, wo Sie mich anhören müssen, denn Sie können sich keinen Begriff machen, was diese zweihundert Rubel jetzt für mich bedeuten«, fuhr der Mensch fort und geriet allmählich in eine maßlose Verzückung. Er war wie von Sinnen und redete hastig, als befürchtete er, man würde ihn nicht zu Ende sprechen lassen.

»Abgesehen davon, daß ich dieses Geld ehrlich erworben hätte, von einer geachteten, gottesfürchtigen ›Schwester‹ – wissen Sie auch, daß ich das Mamachen und Ninotschka, meinen verwachsenen Engel, mein Töchterchen, jetzt gesund machen kann? Doktor Herzenstube kam vor einiger Zeit und untersuchte sie beide eine ganze Stunde lang. ›Ich verstehe nichts‹, sagte er dann. Jedoch werde dem Mamachen gewiß ein Mineralwasser helfen, das in der hiesigen Apotheke zu haben ist (er verschrieb es ihr). Fußbäder aus gewissen Arzneien verschrieb er ihr ebenfalls. Das Mineralwasser kostet dreißig Kopeken der Krug, und man muß vielleicht vierzig Krüge trinken. So nahm ich denn das Rezept und legte es auf das Wandbrett unter die Heiligenbilder, und da liegt es noch. Und für Ninotschka verordnete er heiße Wannenbäder mit irgendeiner Lösung, täglich morgens und abends. Aber wie können wir so eine Kur bei uns bewerkstelligen, in unserer Stube, ohne Bedienung, ohne Wanne und ohne solches Wasser? Ninotschka leidet sehr an Rheumatismus, ich habe Ihnen das noch nicht gesagt. Nachts tut ihr die ganze rechte Seite weh, sie hat schreckliche Schmerzen, aber – können Sie es glauben? Dieser Engel Gottes nimmt alle Kraft zusammen, um uns nicht zu stören! Sie stöhnt nicht, um uns nicht aufzuwecken. Wir essen, was wir bekommen können, was wir gerade haben, und sie nimmt sich das allerschlechteste Stück, das man eigentlich nur einem Hund vorwerfen kann! Ich bin diesen Bissen nicht wert, ich nehme ihn euch weg, ich bin nur eine Last für euch – das ist es, was ihr Engelsblick ausdrückt. Wir bedienen sie, ihr aber ist das peinlich. ›Ich bin das nicht wert‹, sagt sie. ›Ich bin das nicht wert. Ich bin ein unwürdiger, nutzloser Krüppel!‹ Aber sie sollte das nicht wert sein, wo sie doch in ihrer engelhaften Sanftmut mit ihrem Gebet bei Gott für uns alle eintritt? Ohne sie, ohne ihr stilles Wort wäre bei uns die Hölle, sogar auf Warja hat sie einen mildernden Einfluß ausgeübt. Und was nun Warwara Nikolajewna betrifft, so dürfen Sie auch sie nicht verdammen. Auch sie ist ein Engel, auch ihr ist Unrecht widerfahren. Sie kam im Sommer zu uns und brachte sechzehn Rubel mit, die sie sich durch Stundengeben verdient hatte. Sie hob sich das Geld für die Rückreise auf, um damit im September, das heißt jetzt, nach Petersburg zurückzufahren. Aber wir nahmen ihr Geld und verbrauchten es zum Leben, und sie besitzt jetzt keine Mittel zur Rückreise – ja, so ist das! Und sie kann auch deshalb nicht fahren, weil sie wie eine Zuchthäuslerin für uns arbeitet. Wir haben sie wie einen Karrengaul eingespannt, allen wartet sie auf, flickt, wäscht, fegt aus, legt das Mamachen ins Bett, denn das Mamachen ist launisch, das Mamachen ist weinerlich, das Mamachen ist irrsinnig! Da kann ich jetzt für diese zweihundert Rubel eine Hilfskraft mieten, verstehen Sie wohl, Alexej Fjodorowitsch? Ich kann die Heilung dieser lieben Wesen in Angriff nehmen. Ich kann meine Studentin nach Petersburg zurückschicken, kann Rindfleisch kaufen und eine neue Kost einführen. O Gott, das ist wohl nur ein schöner Traum!«

Aljoscha war erfreut, daß er so viel Glück bereitet hatte, daß der Mensch eingewilligt hatte, sich beglücken zu lassen.

»Warten Sie noch, Alexej Fjodorowitsch! Warten Sie noch!« rief der Stabskapitän. Wieder griff er nach einer neuen Idee, die ihm plötzlich eingegeben worden war, wieder begann er wie verzückt schnell und hastig zu reden. »Wissen Sie auch, daß wir, ich und Iljuschka, jetzt womöglich unseren phantastischen Plan verwirklichen werden? Wir kaufen ein Pferdchen und einen Reisewagen, das Pferd muß ein Rappe sein, er hat ausdrücklich verlangt, es müßte ein Rappe sein. Und dann machen wir uns auf den Weg, wie wir uns das vorgestern ausgemalt haben. Im Gouvernement K. wohnt ein Bekannter von mir, ein Jugendfreund. Durch einen zuverlässigen Menschen habe ich erfahren, er würde mir bei sich die Stelle eines Bürovorstehers geben – wer weiß, vielleicht tut er es wirklich? Na, da setze ich dann das Mamachen und Ninotschka auf den Wagen, Iljuschetschka lasse ich kutschieren, und ich selbst gehe zu Fuß: so bewerkstellige ich unseren Umzug ... O Gott, wenn ich nur die eine kleine Summe zurückerhalten könnte, die ich hier jemandem geliehen habe und für verloren ansehen muß! Dann würde es vielleicht auch dazu reichen?«

»Es wird reichen, es wird reichen!« rief Aljoscha. »Katerina Iwanowna wird Ihnen noch mehr geben. Soviel Sie brauchen. Und wissen Sie, ich habe auch etwas Geld – nehmen Sie, soviel Sie brauchen! Betrachten Sie mich als Ihren Bruder, als Ihren Freund! Sie können es mir später wiedergeben, denn sie werden reich werden, ja reich werden! Und wissen Sie, Sie konnten sich gar nichts Besseres ausdenken als diesen Umzug in ein anderes Gouvernement! Das ist Ihre Rettung, und vor allem die Rettung Ihres Sohnes! Und wissen Sie, führen Sie den Plan recht bald aus, noch vor dem Winter, ehe es kalt wird! Und dann schreiben Sie uns von dort, und wir wollen Brüder bleiben! Nein, das ist keine Träumerei!«

Aljoscha wollte ihn schon umarmen, so zufrieden war er. Doch als er ihn ansah, zögerte er plötzlich. Der Stabskapitän, stand da mit gestrecktem Hals, vorgeschobenen Lippen und entstelltem, blassem Gesicht und bewegte die Lippen, als ob er etwas sagen wollte. Es war aber kein Laut zu hören, er bewegte nur die Lippen. Es war ein seltsamer Anblick.

»Was haben Sie?« fragte Aljoscha erschrocken.

»Alexej Fjodorowitsch, ich ... Sie ...«, murmelte der Stabskapitän stockend und starrte ihn sonderbar wild an. Seine Miene war die eines Menschen, der sich entschlossen hat, von einem Berg hinabzustürzen, gleichzeitig aber lag auf seinen Lippen eine Art von Lächeln. »Ich ... Sie ... Wenn es Ihnen recht ist, werde ich Ihnen jetzt ein kleines Kunststück vormachen!« flüsterte er plötzlich schnell – diesmal fest und ohne zu stocken.

»Was denn für ein Kunststück?«

»Ein kleines Kunststück, so einen Hokuspokus«, antwortete der Stabskapitän immer noch flüsternd. Sein Mund hatte sich ganz nach links gezogen, das linke Auge war zugekniffen: So sah er Aljoscha unverwandt an, als ob seine Blicke an ihm festgenagelt wären.

»Was haben Sie bloß? Und von was für einem Kunststück reden Sie?« rief Aljoscha, nunmehr tief beunruhigt.

»Da haben Sie es, sehen Sie her!« kreischte der Stabskapitän auf einmal.

Er zeigte ihm die beiden regenbogenfarbenen Banknoten, die er während des ganzen Gesprächs an einer Ecke zwischen Daumen und Zeigefinger der rechten Hand gehalten hatte, zerknitterte sie plötzlich, in einem Anfall von Wut und preßte sie in der rechten Faust zusammen.

»Haben Sie es gesehen, haben Sie es gesehen?« schrie er blaß und außer sich. Dann hob er die Faust und schleuderte die zusammengeknüllten Banknoten mit vollem Schwung in den Sand. »Haben Sie es gesehen?« kreischte er wieder und zeigte mit dem Finger auf sie. »Nun, dann sehen Sie weiter!«

Da hob er den rechten Fuß und begann in blinder Wut mit dem Absatz darauf zu stampfen, und bei jedem Fußtritt schrie und keuchte er.

»Da haben Sie Ihr Geld! Da haben Sie Ihr Geld! Da haben Sie Ihr Geld. Da haben Sie Ihr Geld!«

Dann sprang er zurück und richtete sich vor Aljoscha auf; in seiner ganzen Haltung drückte sich ein unbeschreiblicher Stolz aus.

»Melden Sie denen, die Sie geschickt haben, der Bastwisch verkauft seine Ehre nicht!« kreischte er, die Arme in die Luft gereckt.

Dann drehte er sich rasch um und lief weg. Doch er war noch keine fünf Schritte gelaufen, da drehte er sich noch einmal um und warf Aljoscha eine Kußhand zu. Dann, nachdem er abermals kaum fünf Schritte gelaufen war, drehte er sich zum letztenmal um; diesmal zeigte sein Gesicht kein schiefes Lächeln mehr, es zuckte unter Tränen. Weinend rief er hastig mit stockender, fast versagender Stimme: »Was sollte ich denn meinem Jungen sagen, wenn ich von Ihnen

Geld für unsere Schande angenommen hätte?« Nach diesen Worten lief er weg, ohne gleich nochmals umzudrehen.

Aljoscha sah ihm zutiefst betrübt nach. Er begriff, daß der Stabskapitän bis zum letzten Augenblick selbst nicht gewußt hatte, daß er die Geldscheine zerknüllen und auf die Erde schleudern würde. Er wandte sich kein einziges Mal mehr um, und Aljoscha wußte, er würde es auch nicht mehr tun. Ihm folgen oder ihm etwas nachrufen wollte er nicht: er wußte, warum. Doch als der Stabskapitän außer Sichtweite war, hob Aljoscha die Banknoten auf. Sie waren nur stark zusammengeknüllt und in den Sand getreten, sonst aber vollständig heil geblieben und knisterten sogar wie neu, als Aljoscha sie auseinanderfaltete und glattstrich. Nachdem er das getan hatte, legte er sie zusammen, steckte sie in die Tasche und ging zu Katerina Iwanowna, um ihr über den Erfolg ihres Auftrags zu berichten.

Fünftes Buch

Pro und Kontra

1. Die Verlobung

Frau Chochlakowa war wieder die erste, die Aljoscha entgegenkam. Sie war in großer Eile und sehr aufgeregt: Es sei etwas Wichtiges geschehen. Katerina Iwanownas hysterischer Anfall habe mit einer Ohnmacht geendet; darauf sei »schreckliche Schwäche« über sie gekommen, sie habe sich hingelegt, die Augen geschlossen und angefangen zu phantasieren. Jetzt habe sie Fieber; es sei nach Doktor Herzenstube sowie nach den Tanten geschickt worden. Die Tanten seien schon da, aber Doktor Herzenstube noch nicht. Alle säßen bei ihr im Zimmer und warteten. Irgend etwas müsse sich daraus entwickeln, noch sei sie aber ohne Bewußtsein.

»Wenn es nur kein Nervenfieber wird!«

Als Frau Chochlakowa das ausrief, sah sie ernstlich besorgt aus. »Jetzt ist die Sache ernst, jetzt ist die Sache ernst!« fügte sie nach jedem Wort hinzu, als sei alles, was früher mit Katerina Iwanowna vorgefallen war, nicht ernst gewesen. Aljoscha hörte ihr bekümmert zu; als er anfing, ihr auch seine Erlebnisse zu erzählen, unterbrach sie ihn gleich bei den ersten Worten, sie habe keine Zeit. Sie bat ihn, sich zu Lisa zu setzen und bei dieser auf sie zu warten.

»Liebster Alexej Fjodorowitsch!« flüsterte sie ihm beinahe ins Ohr. »Lise hat mich soeben zutiefst erstaunt, aber auch gerührt, und darum verzeiht ihr mein Herz alles. Denken Sie nur: Sie waren kaum gegangen, als sie auf einmal aufrichtig zu bereuen begann, daß sie sich gestern und heute über Sie lustig gemacht habe. Doch dabei hat sie sich eigentlich gar nicht über Sie lustig gemacht, sondern nur gescherzt. Aber sie bereute es so ernsthaft, beinahe bis zu Tränen, daß ich wirklich erstaunt war. Niemals hat sie es früher ernsthaft bereut, wenn sie sich über mich lustig gemacht hatte, höchstens einmal im Scherz. Und Sie wissen, daß sie sich alle Augenblicke über mich lustig macht. Aber jetzt bereut sie ernsthaft, jetzt kommt es bei ihr ganz ernst heraus. Sie legt außerordentlichen Wert auf die Meinung, die Sie von ihr haben, Alexej Fjodorowitsch. Und wenn es Ihnen möglich ist, seien Sie ihr nicht böse, machen Sie ihr keine Vorwürfe. Ich selbst behandle sie mit der größten Nachsicht, weil sie so ein verständiges Kind ist. Werden Sie es mir glauben – sie sagte eben zu mir, Sie seien ihr Freund in ihren Kinderjahren gewesen. ›Mein bester Freund in meinen Kinderjahren!‹ Denken Sie nur, ihr bester Freund! Und ich? Sie hat in dieser Hinsicht sehr ernsthafte Gefühle und sogar Erinnerungen. Ganz besonders imponieren mir aber diese Redewendungen und ganz unerwarteten Wortspiele, auf die man gar nicht gefaßt ist, plötzlich springt ihr eins aus dem Mund. So erst neulich von einer Linde. Das war so: Bei uns im Garten stand in ihrer frühesten Kindheit eine Linde; vielleicht steht sie auch noch da, so daß man gar nicht in der Vergangenheitsform von ihr zu reden braucht. Linden sind ja keine Menschen – sie bleiben lange unverändert, Alexej Fjodorowitsch. ›Mama‹, sagte sie, ›ich erinnere mich noch an diese Linde – sie duftete so linde.‹ Sie drückte das sicher etwas anders aus; so wie ich es sage, klingt es dumm. Jedenfalls sagte sie bei dieser Gelegenheit etwas so Originelles, daß ich schlechterdings nicht imstande bin, es wiederzugeben. Ich habe es auch schon ganz vergessen. Nun, auf Wiedersehen! Ich bin sehr erschüttert und werde wohl den Verstand verlieren. Alexej Fjodorowitsch, ich habe in meinem Leben schon zweimal den Verstand verloren und bin jedesmal wieder geheilt worden. Gehen Sie zu Lise! Machen Sie ihr wieder Mut, wie Sie das so vorzüglich verstehen … Lise!« rief sie und ging zu ihrer Tür. »Da bringe ich dir Alexej Fjodorowitsch, den du so schwer beleidigt hast. Und er ist gar nicht böse, versichere ich dir. Er wundert sich vielmehr, wie du so etwas hast denken können!«

»Merci, Mama! Treten Sie ein, Alexej Fjodorowitsch!«

Aljoscha trat ein.

Lisa sah ihn verlegen an und wurde auf einmal ganz rot. Sie schämte sich offenbar über etwas und begann, wie man das in solchen Fällen immer tut, schnell von etwas Nebensächlichem zu reden, als ob sie sich in diesem Augenblick nur dafür interessierte.

»Mama hat mir eben erst die Geschichte von diesen zweihundert Rubeln mitgeteilt und von dem Auftrag, den Sie bekommen haben, Alexej Fjodorowitsch ... An diesen armen Offizier. Und sie hat mir diese ganze schreckliche Geschichte erzählt, wie er beleidigt worden ist. Und wissen Sie, obgleich Mama sehr ungeschickt erzählt, denn sie überspringt immer dies und das, habe ich doch beim Zuhören geweint. Nun, wie ist es? Haben Sie das Geld abgegeben, und wie geht es jetzt diesem Unglücklichen?«

»Das ist es eben, daß ich ihn nicht zur Annahme bewegen konnte! Eine lange Geschichte!« antwortete Aljoscha, der gleichfalls so tat, als bestünde sein hauptsächlicher Kummer darin, daß er das Geld nicht hatte loswerden können. Dabei merkte Lisa sehr wohl, daß auch er zur Seite blickte und sich ebenfalls sichtlich bemühte, von Nebensächlichem zu reden. Aljoscha setzte sich an den Tisch und begann zu erzählen; und schon bei den ersten Worten schwand seine Verlegenheit, und er riß seinerseits Lisa mit sich fort. Er sprach unter der Einwirkung eines starken Gefühls und des außerordentlichen Eindrucks, den er kurz vorher empfangen hatte, und es gelang ihm, gut und anschaulich zu erzählen. Er war auch früher, als sie noch in Moskau wohnten und Lisa noch ein Kind war, des öfteren zu ihr gekommen und hatte ihr allerlei erzählt, mal etwas Erlebtes, mal etwas Gelesenes und Erinnerungen aus seiner Kindheit. Manchmal hatten sie auch beide zusammen ihrer Phantasie die Zügel schießen lassen und mit vereinten Kräften ganze Geschichten ausgedacht, größtenteils lustige und lächerliche. Jetzt fühlten sie sich auf einmal beide in die frühere Moskauer Zeit zurückversetzt. Lisa war von seiner Erzählung sehr ergriffen.

Aljoscha hatte verstanden, ihr mit Wärme ein Bild von Iljuschetschka zu entwerfen. Als er aber die Szene mit allen Einzelheiten zu Ende beschrieben hatte, wie jener Mensch das Geld mit Füßen getreten hatte, da schlug Lisa die Hände zusammen und rief mit mächtiger Empfindung: »Also haben Sie ihn nicht zur Annahme des Geldes bewegen können? Haben ihn weglaufen lassen? O Gott, Sie hätten ihm doch wenigstens nachlaufen sollen …«

»Nein, Lisa, es ist besser, daß ich ihm nicht nachgelaufen bin«, erwiderte Aljoscha, stand vom Tisch auf und ging sorgenvoll im Zimmer auf und ab.

»Wieso soll das besser sein? Inwiefern soll das besser sein? Jetzt haben die dort kein Brot und werden umkommen!«

»Sie werden nicht umkommen, weil ihnen diese zweihundert Rubel doch nicht entgehen werden. Morgen wird er sie trotz allem nehmen. Morgen wird er sie bestimmt nehmen«, sagte Aljoscha, noch immer nachdenklich hin und her wandernd. »Sehen Sie, Lisa«, fuhr er fort und blieb plötzlich vor ihr stehen. »Ich selbst habe hierbei einen Fehler gemacht, aber auch dieser Fehler wird zum Guten ausschlagen.«

»Was für einen Fehler? Und wieso wird er zum Guten ausschlagen?«

»Hören Sie den Grund. Er ist ein furchtsamer, charakterschwacher Mensch, zerquält, aber herzensgut. Ich frage mich jetzt immerzu: Wodurch hat er sich auf einmal so gekränkt gefühlt, daß er das Geld mit Füßen trat? Denn ich versichere Ihnen, bis zum letzten Augenblick hat er nicht gewußt, daß er das tun würde. Es scheint mir, daß ihn zu vieles gekränkt hat, und es konnte auch in seiner Lage gar nicht anders sein. Erstens war es ihm schon peinlich, daß er sich in meiner Gegenwart so sehr über das Geld gefreut und diese Freude vor mir nicht verborgen hatte. Hätte er sich maßvoller gefreut, hätte er seine Freude nicht so offen gezeigt, sondern wie andere Leute Redensarten gemacht und sich verstellt, nun, dann hätte er es noch vermocht, das Beschenktwerden zu ertragen und das Geld anzunehmen. So aber hatte er sich schon zu offen gefreut, und das war ihm peinlich. Lisa, er ist ein ehrlicher, herzensguter Mensch, und gerade das gereicht in solchen Fällen zum Schaden! Die ganze Zeit, während er sprach, war seine Stimme so schwach und kraftlos, und er sprach so schnell und hastig und lachte so eigentümlich oder weinte gar schon … Wirklich, er weinte, so begeistert war er … Und von seinen Töchtern sprach er … Und von der Stelle, die er in einer anderen Stadt bekommen würde … Und kaum hatte er in dieser Weise sein Herz ausgeschüttet, begann er sich auch schon zu schämen, daß er mir sein Inneres so gezeigt hatte. Und in dem Moment begann er mich zu hassen. Er gehört eben zu den verschämten Armen. Besonders konnte er sich nicht verzeihen, daß er mich gar zu schnell als Freund angenommen und sich so schnell ergeben hatte. Erst war er auf mich losgestürzt und hatte mich einschüchtern wollen, und nun auf einmal, kaum hatte er das Geld gesehen, war er nahe daran gewesen, mich zu umarmen. Denn es hatte wirklich nicht viel gefehlt; er war mir schon immerzu mit seinen Händen sehr nahe gekommen. Gerade dadurch mußte er sich seiner ganzen Erniedrigung bewußt werden – und ausgerechnet da beging ich einen Fehler, einen sehr schweren Fehler. Ich sagte ihm, wenn das Geld zum Umzug in eine andere Stadt nicht ausreicht, würde er aus derselben Quelle noch mehr erhalten, und auch ich würde ihm von meinem Geld geben, soviel er wolle. Das war es, was ihn auf einmal stutzig machte: Er fragte sich, was nun auch ich für Grund hätte, ihm beizuspringen. Wissen Sie, Lisa, für einen vom Unglück verfolgten Menschen ist es furchtbar peinlich, wenn alle Leute sich als seine Wohltäter aufspielen. Ich habe das vom Starez gehört … Ich weiß nicht, wie ich das ausdrücken soll, aber ich habe es oft selbst mit angesehen. Und ich für meine Person empfinde ebenso. Die Hauptsache jedoch ist dies: Wenn er auch bis zum letzten Augenblick nicht gewußt hat, daß er die Banknoten mit Füßen treten würde, so hat er es doch wenigstens geahnt, daran gibt es für mich kaum Zweifel. Eben deswegen war seine Verzückung so stark, weil er es geahnt hat. Und sehen Sie, so widerwärtig das alles auch sein mag, es wird doch zum Guten führen. Ich glaube sogar, zum Allerbesten, so daß es gar nicht besser sein könnte …«

»Warum könnte es gar nicht besser sein?« rief Lisa und sah dabei Aljoscha höchst erstaunt an.

»Der Grund ist der, Lisa: Wenn er das Geld nicht mit Füßen getreten, sondern genommen hätte, so wäre er nach Hause zurückgekehrt, etwa eine Stunde darauf über seine Erniedrigung in Tränen ausgebrochen – das wäre mit Sicherheit die Folge gewesen. Er wäre in Tränen ausgebrochen und schließlich morgen bei Tagesanbruch zu mir gekommen, hätte mir die Banknoten vielleicht hingeworfen und sie mit Füßen getreten, wie er es vorhin getan hat. Jetzt aber ist er ganz stolz und triumphierend fortgegangen, obgleich er weiß, daß er sich durch seine Handlungsweise zugrunde richtet. Folglich wird jetzt nichts leichter sein, als ihn gleich morgen zur Annahme dieser zweihundert Rubel zu bewegen; denn er hat nun schon bewiesen, daß er Ehrgefühl besitzt, hat das Geld hingeworfen und mit Füßen getreten. Er konnte ja, als er es mit Füßen trat, nicht wissen, daß ich es ihm morgen wiederbringen würde. Und dabei braucht er dieses Geld furchtbar nötig. Wenn er jetzt auch stolz ist, wird es ihm doch noch heute zu Bewußtsein kommen, welch eine Hilfe er ausgeschlagen hat. In der Nacht wird er noch mehr daran denken; er wird davon träumen. Und morgen früh wird er vielleicht willens sein, zu mir zu laufen und um Verzeihung zu bitten. Aber da werde ich selbst bei ihm erscheinen und sagen: ›Sie sind ein stolzer Mensch, Sie haben es bewiesen. Aber jetzt nehmen Sie es an, und verzeihen Sie uns!‹ Und dann wird er es annehmen!«

Aljoscha hatte das in einer Art von Begeisterung ausgerufen: »Und dann wird er es annehmen!« Lisa klatschte in die Hände. »Ja, das ist richtig, das habe ich sehr gut begriffen! Aljoscha, woher wissen Sie das alles bloß? So jung ist er noch und weiß schon, was in der Seele eines Menschen vorgeht! Ich wäre nie darauf gekommen ...«

»Vor allen Dingen müssen wir ihm jetzt die Überzeugung beibringen, daß er mit uns allen auf gleicher Stufe steht, obwohl er von uns Geld annimmt«, fuhr Aljoscha in seiner Begeisterung fort. »Und nicht nur auf gleicher Stufe, sondern sogar auf einer höheren ...«

»Auf einer höheren Stufe ... vorzüglich, Alexej Fjodorowitsch! Aber fahren Sie fort, fahren Sie fort!«

»Das heißt, ich habe mich nicht richtig ausgedrückt … mit der höheren Stufe … Aber das tut nichts; denn …«

»Ach, das tut nichts, das tut nichts, gewiß, das tut nichts! Verzeihen Sie, lieber Aljoscha … Wissen Sie, ich habe Sie bisher wenig geachtet … das heißt, ich habe Sie geachtet, aber wie einen, der mit mir auf gleicher Stufe steht. Jetzt jedoch werde ich Sie wie einen Höherstehenden achten … Lieber Aljoscha, seien Sie nicht böse, daß ich witzele«, fügte sie sogleich mit Wärme hinzu. »Ich bin nur ein lächerliches, unbedeutendes Geschöpf, aber Sie, Sie … Hören Sie mal, Alexej Fjodorowitsch, steckt nicht in diesem unserem Gedanken, das heißt in Ihrem Gedanken, nein, richtiger doch in unserem … steckt nicht darin eine Art von Geringschätzung diesem Unglücklichen gegenüber? Wenn wir jetzt seine Seele sezieren, so von oben herab? Wie? Wenn wir jetzt mit solcher Bestimmtheit behaupten, daß er das Geld annehmen wird? Wie?«

»Nein, Lisa, eine Geringschätzung steckt nicht darin«, antwortete Aljoscha entschieden, als ob er auf diese Frage schon vorbereitet war. »Ich habe darüber bereits auf dem Heimweg nachgedacht. Urteilen Sie selbst. Wie kann von Geringschätzung die Rede sein, wo wir doch von derselben Art sind wie er, wo doch alle Menschen von derselben Art sind wie er. Denn auch wir sind von derselben Art und keineswegs besser. Aber auch wenn wir besser wären, würden wir an seiner Stelle doch ebenso handeln. Ich weiß nicht, wie Sie darüber denken, Lisa, aber ich glaube von mir, daß ich in vieler Hinsicht eine kleinliche Seele habe. Er dagegen hat keine kleinliche Seele, sondern im Gegenteil eine sehr feinfühlige … Nein, Lisa, von Geringschätzung kann nicht die Rede sein! Wissen Sie, Lisa, mein Starez sagte einmal: Man muß die Menschen wie Kinder warten und pflegen und manche wie die Kranken in den Krankenhäusern.«

»Ach, Alexej Fjodorowitsch, mein Täubchen, lassen Sie uns die Menschen wie Kranke warten und pflegen!«

»Tun wir das, Lisa, ich bin bereit! Nur bin ich selbst noch nicht geschickt genug. Ich bin manchmal sehr ungeduldig, und ein andermal ist es, als hätte ich keine Augen im Kopf. Bei Ihnen ist es etwas anderes.«

»Nein, das glaube ich nicht, Alexej Fjodorowitsch, wie glücklich ich bin!«

»Wie schön, daß Sie das sagen, Lisa.«

»Alexej Fjodorowitsch, Sie sind erstaunlich gut. Manchmal scheint es, daß Sie pedantisch sind. Sieht man jedoch genauer hin, sind Sie gar nicht pedantisch ... Gehen Sie doch mal zur Tür, öffnen Sie sachte und sehen Sie, ob Mama nicht horcht«, flüsterte Lisa auf einmal nervös und hastig.

Aljoscha ging hin, öffnete die Tür ein wenig und berichtete, es horche niemand.

»Kommen Sie zu mir, Alexej Fjodorowitsch«, fuhr Lisa fort und errötete immer stärker. »Geben Sie mir Ihre Hand, so! Hören Sie, ich muß Ihnen ein großes Geständnis machen. Den Brief gestern habe ich Ihnen nicht im Scherz geschrieben, sondern im Ernst ...« Und sie bedeckte ihre Augen mit der Hand. Es war klar, daß sie sich sehr schämte, dieses Geständnis zu machen. Plötzlich ergriff sie seine Hand und küßte sie ungestüm dreimal.

»Ach, Lisa, das ist schön!« rief Aljoscha freudig. »Aber ich war ja auch überzeugt, daß Sie ihn im Ernst geschrieben hatten.«

»Er war überzeugt! Na, so etwas!« rief Lisa und schob auf einmal seine Hand zurück ohne sie jedoch loszulassen. Sie wurde dunkelrot und brach in ein leises, glückliches Lachen aus. »Ich habe ihm die Hand geküßt, und er sagt einfach: Das ist schön!«

Aber sie machte ihm zu Unrecht Vorwürfe, denn auch Aljoscha war sehr verwirrt.

»Ich möchte Ihnen immer gefallen, Lisa. Ich weiß aber nicht, wie ich das machen soll«, murmelte er undeutlich und errötete ebenfalls.

»Lieber Aljoscha, Sie sind kalt und arrogant. Er hat geruht, mich zu seiner Gattin zu wählen, und damit hat er sich beruhigt! Er war überzeugt, daß ich den Brief im Ernst geschrieben habe – was soll man dazu sagen? Das ist doch wohl Arroganz – ja, das ist es!«

»Ist es etwa schlecht, daß ich davon überzeugt war?« fragte Aljoscha lachend.

»Im Gegenteil, Aljoscha, es ist sehr gut«, erwiderte Lisa, ihn zärtlich und glücklich anblickend.

Aljoscha stand immer noch da, seine Hand in ihrer. Auf einmal beugte er sich herunter und küßte sie auf den Mund.

»Was soll denn das wieder heißen? Was haben Sie?« rief Lisa.

Aljoscha verlor völlig die Fassung.

»Verzeihen Sie, wenn ich … Ich habe mich vielleicht sehr dumm benommen … Sie sagten, ich bin kalt, also habe ich Sie ohne Umstände geküßt … Aber ich sehe, daß dabei etwas Dummes herausgekommen ist…«

Lisa lachte und bedeckte das Gesicht mit den Händen.

»Und noch dazu in dieser Tracht!« entfuhr es ihr, während sie lachen mußte.

Doch auf einmal hörte sie auf zu lachen, und ihre Miene wurde ernst, fast streng.

»Nein, Aljoscha. Mit dem Küssen wollen wir noch warten, das verstehen wir beide noch nicht. Und warten werden wir noch sehr lange müssen«, schloß sie plötzlich. »Sagen Sie mir lieber, warum Sie gerade mich nehmen, so ein dummes Ding, so eine kranke Person, Sie, der Sie so klug sind und so viel denken und so ein scharfes Auge haben? Ach, Aljoscha, ich bin furchtbar glücklich darüber, daß ich Ihrer so wenig wert bin!«

»Warten Sie, ich will es Ihnen sagen, Lisa. Ich werde in den nächsten Tagen das Kloster endgültig verlassen. Wenn man in die Welt tritt, muß man heiraten, das weiß ich, und der Starez hat es mir auch befohlen. Wen könnte ich nun besser nehmen als Sie? Und wer außer Ihnen würde mich nehmen? Ich habe darüber bereits nachgedacht. Erstens kennen Sie mich von klein auf. Und zweitens besitzen Sie viele gute Eigenschaften, die mir fehlen. Ihre Seele ist heiterer als meine. Und vor allem sind Sie unschuldiger als ich, denn ich bin schon mit vielem in Berührung gekommen … Sie wissen das nicht, ich bin schließlich auch ein Karamasow! Was tut es, daß Sie lachen und scherzen, auch über mich? Im Gegenteil, lachen und scherzen Sie nur, ich freue mich darüber. Aber Sie lachen wie ein kleines Mädchen, und dabei denken Sie im stillen doch wie eine Märtyrerin ...«

»Wie eine Märtyrerin? Wieso?«

»Ihre Frage von vorhin, ob nicht in uns Geringschätzung gegenüber diesem Unglücklichen steckt, weil wir seine Seele sezieren, das ist eine märtyrerhafte Frage ... Sehen Sie, ich kann das nicht gut ausdrücken, doch wem solche Fragen in den Kopf kommen, der ist selbst fähig zu leiden. Sie müssen, während Sie da in Ihrem Rollstuhl sitzen, schon über vieles nachgedacht haben ...«

»Aljoscha, geben Sie mir Ihre Hand! Warum haben Sie sie weggenommen?« sagte Lisa, ihre Stimme war vor Glück ganz schwach und matt geworden. »Hören Sie, Aljoscha, was werden Sie denn anziehen, wenn Sie das Kloster verlassen? Lachen Sie nicht, werden Sie nicht böse, das ist mir sehr, sehr wichtig.«

»Daran habe ich noch nicht gedacht, aber ich werde anziehen, was Sie wünschen.«

»Ich will, daß Sie ein dunkelblaues Samtjackett tragen, eine weiße Pikeeweste und einen weichen, grauen Hut ... Sagen Sie, haben Sie vorhin geglaubt, daß ich Sie nicht liebe, als ich meinen Brief von gestern verleugnete?«

»Nein, ich habe es nicht geglaubt.«

»Oh, Sie unausstehlicher Mensch! Sie unverbesserlicher Mensch!«

»Sehen Sie, ich wußte, daß Sie mich ... allem Anschein nach ... lieben. Dennoch tat ich so, als ob ich Ihnen glaubte, daß Sie mich nicht lieben, damit es für Sie angenehmer ist.«

»Das ist noch schlimmer! Es ist schlimmer und doch das allerbeste. Aljoscha, ich liebe Sie furchtbar. Vorhin, als ich auf Sie wartete, habe ich mir gesagt: Ich werde den Brief von ihm zurückverlangen, und wenn er ihn ruhig herauszieht und mir wiedergibt, wie man das immerhin erwarten kann, so bedeutet das, daß er mich nicht liebt und nichts empfindet, daß er einfach ein dummer, unwürdiger Junge ist und daß ich verloren bin. Aber Sie hatten den Brief in Ihrer Zelle gelassen, und das ermutigte mich. Nicht wahr, Sie hatten ihn deswegen in der Zelle gelassen, weil Sie ahnten, daß ich ihn zurückverlangen würde? Damit Sie ihn nicht herauszugeben brauchten? Ist es so?«

»So ist es ganz und gar nicht. Ich habe den Brief jetzt bei mir, und auch vorhin hatte ich ihn bei mir, hier in dieser Tasche.«

Aljoscha zog lachend den Brief heraus und zeigte ihn ihr von weitem:

»Hier ist er. Aber wieder bekommen Sie ihn nicht. Sie dürfen ihn nur in meiner Hand sehen!«

»Wie? Sie haben also vorhin gelogen? Sie, ein Mönch, haben gelogen?«

»Meinetwegen, ich habe gelogen«, erwiderte Aljoscha lachend. »Damit ich Ihnen den Brief nicht wiederzugeben brauchte, habe ich gelogen. Er ist mir sehr teuer«, fügte er mit Wärme hinzu und errötete wieder. »Und er wird mir lebenslänglich teuer sein. Niemals werde ich ihn je herausgeben!«

Lisa blickte ihn hingerissen an.

»Aljoscha«, stammelte sie wieder, »sehen Sie an der Tür nach, ob Mama nicht horcht.«

»Gut, Lisa, ich werde nachsehen. Aber wäre es nicht besser, es zu unterlassen? Warum sollen wir Ihre Mutter eines so unwürdigen Benehmens verdächtigen?«

»Wieso unwürdig? Was ist dabei unwürdig? Wenn sie ihre Tochter belauscht, so ist das ihr Recht und kein unwürdiges Benehmen«, ereiferte sich Lisa. »Seien Sie überzeugt, Alexej Fjodorowitsch, wenn ich selbst Mutter bin und selber so eine Tochter habe, werde ich sie unweigerlich belauschen.«

»Wirklich, Lisa? Das ist nicht schön.«

»Ach, mein Gott, was ist daran Unwürdiges? Würde sie ein gewöhnliches Gespräch irgendwelcher Bekannten belauschen, wäre das unwürdig. Doch hier ist ihre Tochter mit einem jungen Mann allein in einem Zimmer … Hören Sie, Aljoscha, ich werde ebenfalls auf Sie aufpassen, sowie wir verheiratet sind. Und Sie mögen ferner wissen, daß ich alle Ihre Briefe aufmachen und alles lesen werde. Also lassen Sie sich gewarnt sein …«

»Ja gewiß, wenn es so ist …«, murmelte Aljoscha. »Aber schön ist das nicht.«

»Ach, mit welcher Verachtung Sie das sagen! Lieber Aljoscha, wir wollen uns nicht gleich von vornherein streiten; ich will Ihnen lieber meine wahre Meinung sagen. Horchen ist natürlich etwas sehr Häßliches, und selbstverständlich habe ich unrecht und Sie recht – aber ich werde trotzdem horchen.«

»Tun Sie das! Sie werden bei mir nichts Schlimmes ausspionieren!« erwiderte Aljoscha lachend.

»Aljoscha, werden Sie sich mir auch unterordnen? Das müssen wir auch im voraus klarstellen.«

»Mit dem größten Vergnügen und unbedingt, Lisa. Nur nicht im Allerwichtigsten. Sollten Sie im Allerwichtigsten mit mir nicht einer Meinung sein, werde ich dennoch tun, was mir die Pflicht gebietet.«

»So muß es auch sein. Und Sie sollen wissen, daß auch ich – im Widerspruch zu dem, was ich soeben gesagt habe – bereit bin, mich Ihnen nicht nur im Allerwichtigsten unterzuordnen, sondern Ihnen in allem nachzugeben, was ich Ihnen gleich jetzt schwöre: in allem und fürs ganze Leben!« rief Lisa in flammender Begeisterung. »Und das wird mein Glück ausmachen, mein Glück! Ja noch mehr, ich schwöre Ihnen, daß ich Sie niemals belauschen werde, nie und nimmer, daß ich keinen einzigen Brief an Sie lesen werde, denn Sie haben recht, nicht ich. Ich werde zwar schreckliche Lust haben zu horchen, das weiß ich – doch ich werde es trotzdem nicht tun, weil Sie es für unedel halten. Sie sind jetzt sozusagen meine Vorsehung … Hören Sie Alexej Fjodorowitsch, warum sind Sie alle diese Tage, auch gestern und heute, so traurig? Ich weiß, daß Sie allerlei Mühen und Sorgen haben, aber ich sehe, daß Sie außerdem noch einen besonderen Kummer haben – das ist wohl ein geheimer Kummer, ja?«

»Ja, Lisa, das ist ein geheimer Kummer«, antwortete Aljoscha traurig. »Ich sehe, daß Sie mich lieben, wenn Sie das erraten konnten.«

»Was ist es denn für ein Kummer? Worüber? Dürfen Sie es sagen?« fragte Lisa schüchtern bittend.

»Ich werde es Ihnen später sagen, Lisa, später …«, antwortete Aljoscha verlegen. »Jetzt wäre es für Sie vielleicht noch unverständlich. Auch kann ich mich vielleicht nicht richtig ausdrücken.«

»Ich weiß außerdem, daß Ihnen Ihre Brüder und Ihr Vater viel Schmerz bereiten.«

»Ja, auch die Brüder«, sagte Aljoscha wie in Gedanken versunken.

»Ihren Bruder Iwan Fjodorowitsch kann ich nicht leiden«, bemerkte Lisa plötzlich.

Aljoscha vernahm diese Bemerkung einigermaßen verwundert, ging aber nicht darauf ein.

»Meine Brüder richten sich selbst zugrunde«, fuhr er fort, »und der Vater ebenfalls. Und gleichzeitig ziehen sie auch andere mit ins Verderben. Das ist die ›Karamasowsche Erdkraft‹, wie Vater Paissi sich neulich ausdrückte, eine wütende, rohe Erdkraft. Ich weiß nicht einmal, ob der Geist Gottes über dieser Kraft schwebt. Ich weiß nur, daß auch ich ein Karamasow bin. Ich bin ein Mönch. Bin ich ein Mönch, Lisa? Haben Sie nicht eben zufällig gesagt, daß ich ein Mönch bin?«

»Ja, das habe ich gesagt.«

»Und dabei glaube ich vielleicht nicht einmal an Gott.«

»Sie glauben nicht an Gott? Was haben Sie?« fragte Lisa leise und behutsam. Doch Aljoscha antwortete nicht.

In seinen Worten hatte etwas allzu Geheimnisvolles, allzu Subjektives gelegen, das ihm vielleicht selbst unklar war, ihn jedoch zweifellos quälte.

»Und außerdem geht nun auch noch mein Freund von mir, der beste Mensch auf dieser Welt verläßt die Erde. Wenn Sie wüßten, Lisa, wie fest ich seelisch mit diesem Menschen verbunden bin! Und nun bleibe ich allein zurück … Ich werde zu Ihnen kommen, Lisa. Künftig wollen wir zusammen …«

»Ja, zusammen, zusammen! Von nun an wollen wir das ganze Leben hindurch zusammenhalten. Hören Sie, küssen Sie mich! Ich erlaube es.«

Aljoscha küßte sie.

»So, jetzt gehen Sie! Christus sei mit Ihnen! Gehen Sie recht schnell zu Ihrem Starez, solange er noch am Leben ist. Ich sehe ein, daß es grausam von mir war, Sie aufzuhalten. Ich werde heute für ihn und für Sie beten, Aljoscha, wir werden glücklich sein! Werden wir glücklich sein, ja?«

»Ich glaube ja, Lisa.«

Als Aljoscha Lisa verlassen hatte, hielt er es nicht für geraten, noch Frau Chochlakowa aufzusuchen; er wollte gehen, ohne sich von ihr zu verabschieden. Doch kaum hatte er die Treppe betreten, stand Frau Chochlakowa selbst, Gott weiß woher, vor ihm. Gleich an ihren ersten Worten merkte Aljoscha, daß sie absichtlich auf ihn gewartet hatte. Sie fiel sofort über ihn her: »Alexej Fjodorowitsch, das ist ja schrecklich! Das sind kindische Possen, lauter Unsinn. Ich hoffe, daß Sie daran keine Zukunftspläne knüpfen? Dummheiten, einfach Dummheiten!«

»Sagen Sie das nur nicht zu ihr«, erwiderte Aljoscha. »Sonst regt sie sich auf, und das wäre jetzt schädlich für sie.«

»Da höre ich ein verständiges Wort von einem verständigen jungen Mann. Darf ich das so verstehen, daß Sie selbst ihr nur deswegen zugestimmt haben, weil Sie aus Mitleid mit ihrem krankhaften Zustand sie nicht durch Widerspruch aufbringen wollten?«

»O nein, durchaus nicht. Ich habe ganz ernst mit ihr gesprochen«, erklärte Aljoscha entschieden.

»Ernst ist da ausgeschlossen, undenkbar. Erstens werde ich Ihren Besuch jetzt niemals mehr dulden, und zweitens werde ich wegfahren und sie mitnehmen. Damit Sie es wissen!«

»Warum das?« erwiderte Aljoscha. »Es ist ja noch nicht soweit. Etwa anderthalb Jahre werden wir noch warten müssen.«

»Ach, Alexej Fjodorowitsch, das ist natürlich richtig, und trotzdem werden Sie in anderthalb Jahren sich tausendmal mit ihr zanken und von ihr trennen. Ich bin so unglücklich, so unglücklich! Wenn auch alles nur Possen sind, bin ich doch ganz niedergeschlagen. Jetzt bin ich wie Famusow in der letzten Szene bei Gribojedow; Sie sind Tschazki, sie ist Sofja. Und denken Sie sich, ich bin absichtlich hierher, auf die Treppe gelaufen, um mit Ihnen zusammenzutreffen. In dem Theaterstück vollzieht sich ja auch das ganze Verhängnis auf der Treppe. Ich habe alles mitangehört. Ich habe mich kaum beherrschen können. So finden nun die Schrecken dieser Nacht und die hysterischen Anfälle von heute ihre Erklärung! Für das Töchterchen bedeuten sie Liebe, für die Mutter den Tod. Ich kann mich nun einfach in den Sarg legen ... Jetzt das zweite und wichtigste. Was ist das für ein Brief, den sie Ihnen geschrieben hat? Zeigen Sie ihn mir sofort, sofort!«

»Nein, das darf ich nicht ... Sagen Sie, wie geht es Katerina Iwanowna? Das muß ich dringend wissen!«

»Sie liegt immer noch und phantasiert, ohne das Bewußtsein wiedererlangt zu haben. Ihre Tanten sind hier; sie ächzen und stöhnen nur und benehmen sich mir gegenüber hochmütig. Doktor Herzenstube ist gekommen und so erschrocken, daß ich nicht wußte, was ich mit ihm anfangen und wie ich ihn retten sollte. Ich wollte schon einen Arzt holen lassen. Ich habe ihn mit meinem Wagen in seine Wohnung bringen lassen. Und jetzt, um das Unglück voll zu machen, Sie mit diesem Brief! Allerdings kann das alles erst in anderthalb Jahren geschehen. Im Namen alles dessen, was groß und heilig ist, im Namen Ihres sterbenden Starez bitte ich Sie: Zeigen Sie mir diesen Brief, Alexej Fjodorowitsch! Mir, der Mutter! Wenn Sie wollen, halten Sie ihn fest, nur möchte ich ihn lesen!«

»Nein, ich werde Ihnen den Brief nicht zeigen, Katerina Ossipowna! Und selbst wenn sie es erlauben würde – ich dürfte es nicht tun. Ich werde morgen herkommen und, wenn Sie wollen, über vieles mit Ihnen sprechen. Doch jetzt leben Sie wohl!«

Und Aljoscha eilte die Treppe hinunter auf die Straße.

2. Smerdjakow mit der Gitarre

Er hatte wirklich keine Zeit.

Schon als er sich von Lisa verabschiedete, war ihm durch den Kopf gegangen, wie er wohl auf die schlaueste Weise seinen Bruder Dmitri finden könnte, der sich offenbar vor ihm versteckte. Es war schon ziemlich spät, zwischen zwei und drei Uhr nachmittags. Innerlich fühlte sich Aljoscha zum Kloster, zu seinem »großen Sterbenden« hingezogen, doch das Bedürfnis, seinen Bruder Dmitri zu sprechen, ließ alles andere zurücktreten. In Aljoscha verstärkte sich mit jeder Stunde die Überzeugung, daß eine unvermeidliche, schreckliche Katastrophe nahe bevorstand. Worin diese Katastrophe eigentlich bestehen würde und was er seinem Bruder sagen wollte, hätte er vielleicht selbst nicht genau angeben können. ›Mag auch mein Wohltäter in meiner Abwesenheit sterben – ich werde mir dann nicht lebenslänglich Vorwürfe zu machen brauchen, daß ich hier vielleicht hätte retten können und es nicht getan habe, sondern vorbeigegangen und nach Hause geeilt bin!‹ sagte er sich. ›Wenn ich so handle, befolge ich sein großes Gebot.‹

Sein Plan bestand darin, seinen Bruder zu überraschen: nämlich wie am Vortag über den Flechtzaun in den Garten zu steigen und sich zu jener Laube zu begeben. ›Wenn er nicht dort ist‹, dachte Aljoscha, ›so werde ich mich, ohne mich den Wirtinnen oder Foma zu zeigen, dort verstecken und warten, nötigenfalls bis zum Abend. Wenn er wieder Gruschenka auflauert, ist es leicht möglich, daß er auch in die Laube kommt.‹

Übrigens dachte Aljoscha über die Einzelheiten seines Plans nicht allzuviel nach. Er beschloß jedenfalls, ihn auszuführen, selbst wenn er infolgedessen an diesem Tag nicht mehr ins Kloster zurückkehren konnte.

Alles machte sich ohne Schwierigkeit. Er stieg fast an derselben Stelle wie tags zuvor über den Flechtzaun und schlich sich unbemerkt zu der Laube. Er wollte nicht, daß ihn jemand bemerkte; die Wirtin und Foma konnten auf seiten des Bruders stehen und dessen Instruktionen befolgen, also Aljoscha nicht in den Garten lassen oder den Bruder rechtzeitig benachrichtigen, daß ihn jemand suchte und nach ihm fragte. In der Laube war niemand. Aljoscha, setzte sich auf denselben Platz wie gestern und wartete. Er sah sich in der Laube um, eigentümlicherweise kam sie ihm weit mehr verfallen vor als am vorigen Tag; sie machte diesmal einen geradezu kläglichen Eindruck. Der Tag war übrigens ebenso klar wie der gestrige. Auf dem grünen

Tisch hob sich ein kleiner Kreis ab, der von einem offenbar zu voll gegossenen Kognakglas herrührte. Bedeutungslose und für die Sache selbst nebensächliche Gedanken gingen ihm durch den Kopf, wie das immer während einer langweiligen Wartezeit geschieht. Zum Beispiel, warum er sich in der Laube genau auf denselben Platz gesetzt hatte wie tags zuvor und nicht auf einen anderen. Schließlich wurde ihm sehr traurig zumute, und zwar infolge der aufregenden Ungewißheit. Aber er hatte noch keine Viertelstunde dagesessen, als auf einmal in nächster Nähe ein Gitarrenakkord erklang. Jemand mußte etwa zwanzig Schritt von ihm entfernt, keinesfalls viel weiter, im Gebüsch sitzen oder sich dort eben erst hingesetzt haben. Aljoscha erinnerte sich auf einmal schwach, gestern, als er von seinem Bruder aus der Laube wegging, links am Zaun eine niedrige, alte grüne Gartenbank im Gebüsch gesehen zu haben. Auf ihr hatte also jemand Platz genommen. Aber wer? Eine süßliche Männerstimme begann plötzlich, von einer Gitarre begleitet, ein kleines Lied:

»Unbezwinglich zieht mein Sinn
mich zu meiner Liebsten hin.
Herr, sei gnädig
ihr und mir,
ihr und mir,
ihr und mir …«

Die Stimme brach ab. Der Tenor, wirkte lakaienhaft, und so war auch der ganze Vortrag des Liedes.

Eine andere Stimme, eine weibliche, sagte plötzlich freundlich und schüchtern, aber sehr geziert: »Warum sind Sie denn so lange nicht zu uns gekommen, Pawel Fjodorowitsch? Warum verachten Sie uns so?«

»Nicht doch!« antwortete die Männerstimme, zwar höflich, doch vor allem energisch und würdevoll.

Offenbar hatte der Mann die Oberhand, und das Weib umschmeichelte ihn.

›Der Mann scheint Smerdjakow zu sein‹, dachte Aljoscha, ›wenigstens nach der Stimme zu urteilen. Und die Dame ist sicher die

Tochter der Hausbesitzerin, die aus Moskau gekommen ist, ein Kleid mit Schleppe trägt und bei Marfa Ignatjewna Suppe holen kommt.‹

»Ich liebe Gedichte schrecklich … wenn sie schön vorgetragen werden«, fuhr die Frauenstimme fort. »Warum singen Sie nicht weiter?«

Die Männerstimme begann von neuem:

»Ist mir nur mein Mädchen hold,
frag ich nicht nach allem Gold.
Herr, sei gnädig
ihr und mir,
ihr und mir,
ihr und mir!«

»Das vorige Mal klang der Text noch hübscher«, bemerkte die weibliche Stimme. »Da haben Sie gesungen: ›Ist mein süßer Schatz mir hold.‹ So klang es zärtlicher. Sie haben es heute sicher vergessen.«

»Verse sind dummes Zeug«, erwiderte Smerdjakow kurz.

»Ach nein, ich liebe Verse sehr.«

»Was die Verse anlangt, das ist alles bloß dummes Zeug. Überlegen Sie doch selbst, wer in der Welt spricht denn in Reimen? Und wenn wir anfingen, in Reimen zu sprechen, und sei es selbst auf Befehl der Obrigkeit, würden wir uns gegenseitig dann noch viel sagen können? Verse sind Unsinn, Marja Kondratjewna!«

»Wie klug Sie sind! Und auf allen Gebieten! Wie sind Sie bloß zu solchen Einsichten gelangt?« sagte die weibliche Stimme immer schmeichlerischer.

»Ich würde noch ganz andere Dinge können, noch ganz andere Dinge wissen, wenn mein Los nicht von Kindesbeinen an so traurig gewesen wäre. Ich würde im Duell denjenigen mit der Pistole erschießen, der zu mir sagt, ich sei ein Schuft, weil mich die ›Stinkende‹ geboren hat, ohne daß es einen Vater dazu gibt. Dabei haben sie mir auch in Moskau diese Beleidigung schon ins Gesicht geschleudert; die Kunde ist dank Grigori Wassiljewitschs Schwatzhaftigkeit von hier dorthin geschlichen. Grigori Wassiljewitsch wirft mir vor, ich empörte mich gegen meine Geburt. ›Du hast ihr‹, sagt er, ›den Mutterleib zerrissen!‹ Mag sein, aber ich wäre zufrieden, wenn man mich noch im Mutterleib getötet hätte, so daß ich überhaupt nicht auf die Welt gekommen wäre. Auf dem Markt haben sie gesagt, und auch Ihre Mama mit ihrem Mangel an Feingefühl hat geglaubt, es mir wiedererzählen zu müssen, meine Mutter habe einen Weichselzopf gehabt und sei ›so 'n bißchen‹ über zwei Arschin groß gewesen. Warum ›so 'n bißchen‹, wo sie doch ›ein wenig‹ sagen können, wie alle ordentlichen Leute. Es sollte weinerlich klingen, aber das sind sowieso nur bäurische Tränen und ganz bäurische Gefühle. Kann denn ein russischer Bauer einem gebildeten Menschen gegenüber ein Gefühl haben? Wegen seiner Unbildung kann er keinerlei Gefühl haben. Von Kindesbeinen an möchte ich, sooft ich den Ausdruck ›so 'n bißchen‹ höre, am liebsten mit dem Kopf gegen die Wand rennen. Ich hasse ganz Rußland, Marja Kondratjewna!«

»Wenn Sie Junker beim Militär oder so ein junger Husarenoffizier wären, würden Sie nicht so reden, sondern den Säbel ziehen und ganz Rußland verteidigen.«

»Nicht nur, daß ich niemals ein Husarenoffizier sein möchte, Marja Kondratjewna – im Gegenteil, ich wünsche mir vielmehr die Vernichtung aller Soldaten.«

»Aber wer wird uns schützen, wenn der Feind kommt?«

»Das ist überhaupt nicht nötig. Im Jahre zwölf war der große Überfall des französischen Kaisers Napoleon des Ersten auf Rußland, er war der Vater des jetzigen, und es wäre gut gewesen, wenn uns diese Franzosen damals unterworfen hätten. Eine kluge Nation hätte dann über eine sehr dumme gesiegt und sie sich einverleibt. Und wir hätten dann auch eine ganz andere Ordnung.«

»Als ob die Ordnung bei denen viel besser wäre als bei uns! Manchen eleganten jungen Mann bei uns würde ich nicht für drei echte junge Engländer hingeben!« sagte Marja Kondratjewna zärtlich und begleitete in diesem Augenblick ihre Worte wahrscheinlich mit überaus schmachtenden Blicken.

»Das kommt darauf an, ob man jemand liebt und verehrt.«

»Sie sind doch selbst wie ein Ausländer, wie ein echter vornehmer Ausländer. Das sage ich Ihnen und schäme mich beinahe.«

»Wenn Sie es wissen wollen: was liederlichen Lebenswandel anlangt, sind die dort und die hier einander ganz ähnlich. Alle sind sie Schufte, nur daß der Schuft dort in Lackstiefeln umhergeht, während der hier vor Armut stinkt und daran nichts Schlechtes findet. Das russische Volk muß durchgepeitscht werden, wie Fjodor Pawlowitsch gestern richtig bemerkte, obgleich er ein verrückter Mensch ist – wie alle seine Kinder.«

»Aber Sie haben doch selbst gesagt, daß Sie Iwan Fjodorowitsch sehr schätzen?«

»Er hat über mich geäußert, ich sei ein stinkender Diener. Er glaubt, ich könnte mich an einer Revolution beteiligen, aber da irrt er sich. Hätte ich eine ordentliche Summe Geld in der Tasche, wäre ich längst nicht mehr hier. Dmitri Fjodorowitsch ist schlechter als jeder Diener, was seinen Lebenswandel wie seinen Verstand, wie seine Armut anlangt, und nichts kann er, gar nichts, und trotzdem wird er von allen geachtet. Ich bin zwar nur ein Bouillonkoch, doch wenn ich Glück habe, kann ich in Moskau auf der Petrowka ein Cafe-Restaurant eröffnen. Denn ich habe so meine Spezialitäten, wie sie keiner von denen in Moskau kennt, mit Ausnahme der Ausländer. Dmitri Fjodorowitsch ist ein Lumpenkerl. Aber wenn er den vornehmsten Grafensohn zum Duell fordert, wird der sich mit ihm schlagen. Und dennoch: Inwiefern ist er besser als ich? Denn er ist unvergleichlich viel dümmer als ich. Wieviel Geld hat er nutzlos vergeudet!«

»So ein Duell stelle ich mir sehr hübsch vor«, bemerkte Marja Kondratjewna plötzlich.

»Wieso?«

»Es geht dabei so schrecklich zu und so tapfer, besonders wenn junge Offiziere wegen einer Dame mit Pistolen aufeinander schießen. Das muß ein wundervolles Bild sein. Ach, wenn wir Mädchen doch dabei zusehen dürften! Ich möchte da furchtbar gern mal zusehen.«

»Hübsch ist es nur, wenn man selber zielt. Zielt einem aber ein anderer auf die Visage, ist das ein sehr dummes Gefühl. Sie würden davonlaufen, Marja Kondratjewna.«

»Würden Sie denn davonlaufen?«

Smerdjakow würdigte diese Frage keiner Antwort. Nach einem kurzen Schweigen erklang wieder ein Akkord, und die süßliche Tenorstimme sang ein letztes Lied:

»Will dem Elend hier entfliehen,
schleunigst nach der Hauptstadt ziehen.
Dort winkt Freude und Genuß.
Nein, ich will hier bei den Bauern
nicht versauern, nicht versauern.
Schon gefaßt ist mein Entschluß.«

Da geschah etwas Unerwartetes. Aljoscha mußte niesen. Die beiden auf der Bank verstummten augenblicklich. Aljoscha stand auf und ging zu ihnen.

Es war wirklich Smerdjakow, fein gekleidet, frisiert, pomadisiert und in Lackstiefeln. Die Gitarre lag auf der Bank. Und die Dame war Marja Kondratjewna, die Tochter der Hausbesitzerin. Sie trug ein himmelblaues Kleid mit langer Schleppe. Sie war ein noch ziemlich junges Mädchen und gar nicht häßlich, nur war ihr Gesicht etwas rund und mit schrecklichen Sommersprossen übersät.

»Wird mein Bruder Dmitri bald zurückkommen?« fragte Aljoscha möglichst ruhig.

Smerdjakow erhob sich langsam von der Bank, Marja Kondratjewna ebenfalls.

»Wieso sollte ich über Dmitri Fjodorowitsch Bescheid wissen? Bin ich vielleicht als sein Wächter angestellt?« antwortete Smerdjakow leise, gemessen und geringschätzig.

»Es war ja nur eine Frage. Sie wissen also nichts?« sagte Aljoscha.

»Ich weiß nichts über seinen Aufenthaltsort. Auch habe ich nicht den Wunsch, etwas darüber zu wissen.«

»Aber mein Bruder hat mir ausdrücklich gesagt, Sie berichteten ihm alles, was im Haus geschieht. Sie hätten ihm versprochen, ihn zu benachrichtigen, wenn Agrafena Alexandrowna kommen sollte!«

Smerdjakow richtete seinen Blick langsam und ohne jede Erregung auf Aljoscha.

»Wie haben Sie denn in den Garten zu kommen beliebt, wo doch das Tor seit einer Stunde verschlossen ist?« fragte er und starrte Aljoscha unverwandt an.

»Ich bin von der Seitengasse aus über den Zaun gestiegen und geradewegs zur Laube gegangen.« Und zu Marja Kondratjewna gewandt, fügte er hinzu: »Ich hoffe, Sie werden mir das verzeihen. Es lag mir sehr daran, meinen Bruder so schnell wie möglich zu finden.«

»Wie könnten wir Ihnen so etwas übelnehmen«, erwiderte Marja Kondratjewna in liebenswürdigem, singendem Ton; sie fühlte sich durch Aljoschas Bitte um Verzeihung geschmeichelt. »Auch Dmitri Fjodorowitsch geht oft auf diesem Weg in die Laube und sitzt dort lange, ohne daß wir es wissen!«

»Ich suche ihn sehr, ich muß ihn dringend sprechen und hätte gern von Ihnen erfahren, wo er sich jetzt befindet. Glauben Sie mir, es handelt sich um eine für ihn selbst sehr wichtige Angelegenheit.«

»Er pflegt uns nicht zu sagen, wo er sich aufhält«, lispelte Marja Kondratjewna.

»Obwohl ich nur als Bekannter der beiden Damen hierherkomme«, begann Smerdjakow von neuem, »hat er mir doch noch hier geradezu unmenschlich mit seinen ewigen Fragen nach dem gnädigen Herrn zugesetzt: Wie es bei ihm steht, wer da kommt und geht und ob ich ihm noch sonst irgend etwas mitteilen kann. Zweimal hat er mich sogar mit dem Tod bedroht.«

»Was heißt das? Mit dem Tod?« fragte Aljoscha erstaunt.

»Was ist denn daran so verwunderlich – bei seinem Charakter, den Sie ja gestern selbst kennenzulernen beliebten? Er hat zu mir gesagt: ›Wenn ich Agrafena Alexandrowna verpasse und sie hier übernachtet, dann bist du der erste, den ich kaltmache!‹ Ich habe große Angst vor ihm und müßte gegen ihn eine Anzeige bei der städtischen Behörde einreichen, wenn ich dann nicht noch mehr Angst vor ihm hätte. Gott weiß, was sich noch ereignet.«

»Neulich hat er zu ihm gesagt: Ich werde dich in einem Mörser zerstampfen!« fügte Marja Kondratjewna hinzu.

»Nun, das mit dem Mörser war vielleicht nur so eine Redensart …« bemerkte Aljoscha. »Wenn ich ihn jetzt treffen würde, könnte ich mit ihm auch darüber reden …«

»Das einzige, was, ich Ihnen mitteilen kann, ist folgendes«, sagte Smerdjakow auf einmal, als ob er sich nach längerem Überlegen nun doch entschlossen hätte, mit der Sprache herauszurücken. »Ich komme manchmal aufgrund meiner alten nachbarlichen Bekanntschaft hierher, und warum sollte ich das auch nicht tun? Andererseits hat mich Iwan Fjodorowitsch heute bei Tagesanbruch zu ihm in die Wohnung in die Osjornajastraße geschickt, ohne Brief, nur mit der mündlichen Bestellung, Dmitri Fjodorowitsch möchte unbedingt in das Restaurant am Marktplatz kommen, um mit ihm zusammen zu Mittag zu essen. Ich ging hin, traf aber Dmitri Fjodorowitsch nicht an, obwohl es erst acht war. ›Er ist hier gewesen‹, sagten seine Wirtsleute, ›aber vollkommen weggegangen!‹ Mit diesen Worten teilten sie mir das mit. Es scheint zwischen ihnen so eine gegenseitige Verabredung zu bestehen. Und jetzt sitzt er vielleicht mit seinem Bruder Iwan Fjodorowitsch in diesem Restaurant. Denn Iwan Fjodorowitsch ist zum Mittagessen nicht nach Hause gekommen; Fjodor Pawlowitsch hat vor einer Stunde allein gespeist und sich jetzt schlafen gelegt. Ich bitte Sie aber inständig, ihm nichts von mir und von dem, was ich Ihnen mitgeteilt habe, zu sagen! Sonst schlägt er mich ohne weiteres tot.«

»Mein Bruder Iwan hat Dmitri heute ins Restaurant bestellt?« fragte Aljoscha zur Sicherheit noch einmal.

»Ganz richtig.«

»Ins Restaurant ›Zur Residenz‹ am Marktplatz?«

»Genau.«

»Das ist sehr gut möglich!« rief Aljoscha in großer Aufregung. »Ich danke Ihnen, Smerdjakow! Das ist eine wichtige Nachricht, ich werde sofort hingehen.«

»Verraten Sie mich nicht!« rief ihm Smerdjakow nach.

»Nein, ich werde tun, als käme ich zufällig in das Restaurant, seien Sie unbesorgt.«

»Wohin wollen Sie denn da? Ich öffne Ihnen die Gartentür«, rief Marja Kondratjewna.

»Nicht doch, hier ist es näher. Ich steige wieder über den Zaun.«

Die Nachricht hatte Aljoscha in starke Aufregung versetzt. Er lief zu dem Restaurant. Hineingehen konnte er in dieser Kleidung nicht, aber er konnte sich auf der Treppe erkundigen und die beiden herausrufen lassen. Kaum hatte er sich jedoch dem Gasthaus genähert, öffnete sich auf einmal ein Fenster, und sein Bruder Iwan rief zu ihm herunter: »Aljoscha, kannst du gleich mal zu mir hereinkommen? Du tust mir damit einen großen Gefallen.«

»Das könnte ich schon. Ich weiß nur nicht, wie ich das in meiner Tracht machen soll.«

»Zum Glück habe ich ein separates Zimmer. Komm an die Tür, ich komme dir rasch nach unten entgegen.«

Eine Minute später saß Aljoscha neben seinem Bruder. Iwan war allein und aß zu Mittag.

3. Die Brüder lernen einander kennen

Iwan saß nicht eigentlich in einem separaten Zimmer. Es war nur ein Platz am Fenster, der durch Wandschirme von dem übrigen Raum abgetrennt war, aber die Gäste hinter den Schirmen waren doch vor fremden Blicken geschützt. Das Zimmer war das erste an der Eingangstür, mit einem Büfett an der Seitenwand. Alle Augenblicke huschten Kellner umher. Als Gast war nur ein alter verabschiedeter Offizier da, der in einer Ecke seinen Tee trank. Dafür herrschte in den anderen Zimmern des Restaurants das in solchen Lokalen übliche Treiben. Man hörte die lauten Rufe nach den Kellnern, das Öffnen von Bierflaschen, das Klappern der Billardbälle, die dröhnende Musik eines Orchestrions.

Aljoscha wußte, daß Iwan dieses Restaurant fast nie besuchte und überhaupt kein Freund von Gaststätten war. ›Also ist er nur hier‹, überlegte er, ›um wie verabredet Dmitri zu treffen.‹

Dmitri allerdings war noch nicht da.

»Ich werde dir Fischsuppe oder sonst etwas bestellen, du lebst doch wohl nicht von Tee allein?« rief Iwan, der sich sehr darüber zu freuen schien, daß es ihm gelungen war, Aljoscha hereinzulocken. Er selbst war mit dem Mittagessen bereits fertig und trank Tee.

»Bestell mir Fischsuppe und danach Tee, ich habe großen Hunger«, erwiderte Aljoscha fröhlich.

»Wie ist es mit eingemachten Kirschen? Es gibt hier welche. Erinnerst du dich, wie gern du als kleiner Junge bei Poljonows eingemachte Kirschen gegessen hast?«

»Das weißt du noch? Nun gut, bestell auch Kirschen, ich esse sie immer noch gern.«

Iwan klingelte nach dem Kellner und bestellte Fischsuppe Tee und Eingemachtes.

»Ich erinnere mich an alles, Aljoscha. Ich erinnere mich an dich bis zu deinem elften Lebensjahr; ich war damals fünfzehn. Fünfzehn und elf, das ist so ein Unterschied, daß Brüder in diesem Alter fast nie Kameraden sind. Ich weiß nicht einmal, ob ich dich als Bruder besonders liebhatte. Als ich nach Moskau übergesiedelt war, habe ich in den ersten Jahren nicht einmal an dich gedacht. Später, als es dich selbst nach Moskau verschlagen hat, sind wir wohl nur einmal irgendwo zusammengetroffen. Und nun lebe ich hier schon über drei Monate, und wir haben bisher kaum ein Wort miteinander gesprochen. Morgen reise ich ab, und da dachte ich eben, als ich hier saß: ›Könnte ich ihn noch einmal sehen, um mich von ihm zu verabschieden!‹ Und da kamst du gerade vorbei.«

»Hast du sehr gewünscht, mich zu sehen?«

»Ja, sehr. Ich möchte, daß wir uns gründlich, ein für allemal, kennenlernen und dann voneinander Abschied nehmen. Meiner Ansicht nach lernt man sich am besten vor der Trennung kennen. Ich habe diese ganzen drei Monate deine Blicke gesehen. In deinen Augen lag eine ständige Erwartung, und gerade das kann ich nicht ausstehen. Deshalb bin ich dir nicht entgegengekommen. Doch zuletzt habe ich dich achten gelernt. Ich sagte mir: Dieser Mensch steht fest auf seinen Füßen. Wohlgemerkt: Wenn ich jetzt auch lache, ich rede doch im Ernst. Du stehst doch fest auf deinen Füßen, nicht wahr? Ich liebe solche festen Menschen – mögen sie stehen, worauf sie wollen, und mögen sie auch so kleine Knaben sein wie du. Dein gespannter Blick hörte schließlich auf, mir unangenehm zu sein, im Gegenteil – ich mochte ihn zuletzt sogar gern. Du scheinst mich aus irgendeinem Grund liebzuhaben, Aljoscha?«

»Ja, ich habe dich lieb, Iwan. Dmitri sagt von dir: ›Iwan schweigt wie das Grab!‹ Ich sage von dir: ›Iwan ist ein Rätsel.‹ Du bist auch jetzt für mich ein Rätsel; etwas in dir habe ich aber schon begriffen, und zwar erst heute vormittag.«

»Und was wäre das?« fragte Iwan lachend.

»Wirst du mir auch nicht böse sein?« fragte Aljoscha, ebenfalls lachend.

»Daß du genauso ein junger Mann bist wie alle jungen Männer von dreiundzwanzig, genauso jung und forsch und frisch und prächtig. Na, und schließlich genauso ein Grünschnabel. Na, hab ich dich nun schwer beleidigt?«

»Im Gegenteil, ich bin verblüfft über das Zusammentreffen unserer Gedanken!« rief Iwan vergnügt und mit Wärme. »Wirst du es glauben, daß ich nach unserer heutigen Begegnung bei mir ebenfalls im stillen daran gedacht habe, ich meine, an meine Grünschnäbligkeit als junger Mann von dreiundzwanzig? Und nun hast du das auf einmal erraten und sprichst gleich davon. Ich saß hier, und weißt du, was ich mir sagte? Ich sagte mir: Wenn ich auch nicht mehr an das Leben glaube, wenn ich mich auch in einer geliebten Frau und außerdem in der Ordnung der Dinge getäuscht habe, wenn ich auch zu der Überzeugung gelangt bin, daß alles ein verfluchtes, teuflisches Chaos ist, und, wenn mich auch alle Schrecken menschlicher Enttäuschung überkommen – ich will dennoch weiterleben und diesen Becher, den ich nun einmal zu trinken angefangen habe, nicht vom Mund nehmen, ehe ich ihn vollkommen geleert habe! Mit dreißig werde ich den Becher jedoch, auch wenn ich ihn noch nicht vollkommen geleert haben sollte, sicherlich zu Boden schleudern und weggehen –

wohin, weiß ich nicht. Aber bis zu meinem dreißigsten Lebensjahr wird meine Jugendkraft, das weiß ich bestimmt, alles überwinden: jede Enttäuschung, jeden Ekel vor dem Leben. Ich habe mich oft gefragt: Gibt es auf der Welt so eine Verzweiflung, welche diese rasende, vielleicht unanständige Lebensgier in meiner Seele überwinden könnte? Und ich habe mir geantwortet, daß es sie wohl nicht gibt, das heißt wieder nur bis zum dreißigsten Lebensjahr. Dann werde ich wohl selber keine Lust mehr haben, scheint mir. Diese Lebensgier nennen die schwindsüchtigen, unreifen Moralphilosophen oft gemein, vor allem tun das die Dichter. Zum Teil ist diese Lebensgier allerdings ein Karamasowscher Charakterzug, und sie steckt zweifellos auch in dir – warum soll sie aber gemein sein? Es gibt auf unserem Planeten eine starke Zentripetalkraft, Aljoscha. Ich will leben! Und ich lebe, wenn auch gegen alle Logik. Wenn ich auch nicht an die Ordnung der Dinge glaube – teuer sind mir die klebrigen Blättchen, die sich im Frühling entfalten, teuer ist mir der blaue Himmel, teuer ist mir ab und zu ein Mensch, den ich dann, ob du es glaubst oder nicht, liebgewinne, ohne zu wissen, warum, teuer ist mir manche menschliche Großtat, an die ich vielleicht schon längst nicht mehr glaube, die ich aber in alter Erinnerung immer noch hoch halte. Da kommt deine Fischsuppe, laß sie dir schmecken!

Die Fischsuppe ist hier vorzüglich, die Leute verstehen sich auf die Zubereitung ... Ich will nach Westeuropa reisen, Aljoscha, gleich von hier aus losfahren. Ich weiß ja, daß ich dabei nur auf einen Friedhof fahre – aber auf den teuersten, den allerteuersten Friedhof, das ist die Hauptsache! Da liegen teure Tote; jeder Grabstein kündet da von einem in heißer Glut dahingegangenen Leben, von einem so leidenschaftlichen Glauben an die eigene Großtat, an die eigene Wahrheit, an den eigenen Kampf und die eigene Wissenschaft, daß ich, das weiß ich vorher, auf die Erde fallen und diese Steine küssen und über ihnen weinen muß, obwohl ich gleichzeitig überzeugt hin, daß alles schon längst ein Friedhof ist und weiter nichts. Nicht aus Verzweiflung werde ich weinen, sondern einfach, weil meine vergossenen Tränen mich glücklich machen. An meiner eigenen Rührung werde ich mich berauschen. Die klebrigen Frühlingsblättchen und den blauen Himmel liebe ich, das ist es! Verstand und Logik haben damit nichts zu tun, man liebt mit den Eingeweiden, körperlich, man liebt seine ersten jungen Kräfte ... Verstehst du etwas von meinem unsinnigen Gerede, Aljoscha ...?« fragte Iwan plötzlich lachend.

»Sehr gut verstehe ich dich, Iwan. Mit den Eingeweiden, körperlich, will man lieben – das hast du schön gesagt. Ich freue mich darüber, daß du dir wünschst zu leben!« rief Aljoscha. »Ich glaube, alle Menschen müssen vor allem, was es auf der Welt gibt, das Leben lieben.«

»Soll man das Leben mehr lieben als den Sinn des Lebens?«

»Unbedingt. Man muß es lieben vor aller Logik, wie du dich ausdrückst. Unbedingt vor der Logik, erst dann wird man seinen Sinn verstehen. Das hat mir schon längst so vorgeschwebt. Die Hälfte deines Werkes ist getan, Iwan, glücklich getan: Du liebst das Leben. Jetzt mußt du dich bemühen, auch die zweite Hälfte zu bewältigen, und du bist gerettet.«

»Du rettest mich schon, und ich bin vielleicht noch gar nicht zugrunde gegangen! Worin besteht sie denn, deine zweite Hälfte?«

»Darin, daß du deine Toten auferwecken mußt, die vielleicht überhaupt nie gestorben sind. So, nun bestell mir Tee! Ich freue mich, daß wir miteinander reden, Iwan.«

»Du bist, wie ich sehe, geradezu begeistert. Ich liebe derartige professions de foi* von seiten solcher Novizen. Du bist ein fester Charakter, Alexej ... Ist es wahr, daß du aus dem Kloster austreten willst?«

»Ja, es ist wahr. Mein Starez sendet mich in die Welt.«

»Da werden wir uns also in der Welt wiedersehen und uns noch vor meinem dreißigsten Lebensjahr begegnen, in dem ich den Becher dann absetzen werde. Der Vater will seinen Becher nicht vor dem siebzigsten Jahr absetzen, er phantasiert sogar vom achtzigsten. Das hat er selbst gesagt, und es ist ihm Ernst damit, obwohl er ein Possenreißer ist. Er fußt auf seiner Wollust wie auf einem Stein ...

* frz. Beruf des Glaubens.

Freilich ist das nach dreißig vielleicht das einzige, worauf man fußen kann. Aber bis siebzig, das ist gemein. Eher noch bis dreißig – da kann man noch eine Spur von edler Gesinnung bewahren, indem man sich selbst betrügt … Hast du Dmitri heute gesehen?«

»Nein, aber Smerdjakow.«

Und Aljoscha erzählte seinem Bruder eilig und dennoch ausführlich von seiner Begegnung mit Smerdjakow. Iwan machte beim Zuhören auf einmal ein recht sorgenvolles Gesicht; über einzelne Punkte stellte er zur Sicherheit sogar Fragen.

»Allerdings hat er mich gebeten, Dmitri nichts davon zu sagen, was er mir über ihn mitgeteilt hat«, fügte Aljoscha hinzu.

Iwan zog die Augenbrauen zusammen und wurde sehr nachdenklich.

»Machst du wegen Smerdjakow ein so finsteres Gesicht?« fragte Aljoscha.

»Ja, seinetwegen. Hol' ihn der Teufel! Ich hätte Dmitri tatsächlich gern gesprochen. Doch jetzt ist es nicht mehr nötig …«, sagte Iwan unlustig.

»Und du, wirst du wirklich bald abreisen, Bruder?«

»Ja.«

»Und was soll aus Dmitri und dem Vater werden? Wie soll die Spannung zwischen ihnen enden?« fragte Aljoscha stark beunruhigt.

»Du immer mit deiner alten Leier! Was geht das mich an? Bin ich etwa meines Bruders Hüter?« erwiderte Iwan schroff und gereizt, lächelte aber plötzlich bitter. »So antwortete Kain, als Gott ihn nach seinem erschlagenen Bruder fragte, nicht wahr? Vielleicht hast du in diesem Augenblick daran gedacht? Hol's der Teufel, ich kann wirklich nicht als Hüter bei ihnen bleiben! Ich habe meine Angelegenheiten zum Abschluß gebracht und reise ab. Du denkst doch wohl nicht, daß ich auf Dmitri eifersüchtig bin und daß ich ihm diese drei Monate seine schöne Katerina Iwanowna abspenstig machen wollte? Ich hatte meine eigenen Angelegenheiten, zum Teufel! Die habe ich jetzt zum Abschluß gebracht und reise ab. Heute habe ich sie zum Abschluß gebracht – du warst Zeuge.«

»Du meinst, heute bei Katerina Iwanowna?«

»Ja, bei ihr. Und ich habe mich mit einem Schlag frei gemacht. Und was ist nun? Was geht mich Dmitri noch an? Dmitri ist an allem ganz unbeteiligt! Ich hatte mit Katerina Iwanowna meine eigenen Angelegenheiten. Du weißt es ja selbst, Dmitri hat sich benommen, als hätte er sich mit mir abgesprochen. Ich habe ihn aber in keiner Weise gebeten, er hat mich von selbst feierlich in die Sache einbezogen und mir seinen Segen erteilt. Das alles klingt jetzt vielleicht lächerlich. Nein, Aljoscha, wenn du wüßtest, wie leicht mir jetzt ums Herz ist! Ich habe hier gesessen und mein Mittagessen verzehrt und wollte mir – wirst du es glauben? – schon eine Flasche Champagner bringen lassen, um die erste Stunde meiner Freiheit zu feiern. Pfui Teufel, beinah ein halbes Jahr – und nun auf einmal habe ich alle Fesseln zerrissen! Hatte ich gestern etwa auch nur eine Ahnung davon, daß es mich, wenn ich wollte, nichts kosten würde, diese Geschichte zu beenden?«

»Du sprichst von deiner Liebe, Iwan?«

»Ja, von meiner Liebe, wenn du es so nennen willst. Ja, ich hatte mich in ein gnädiges Fräulein, in ein Institutsfräulein, verliebt. Ich quälte mich um sie, und sie quälte mich. Ich umwarb sie … Und plötzlich ist alles verflogen. Ich habe heute im Affekt gesprochen, doch als ich hinauskam, mußte ich lachen – kannst du es glauben? Es ist buchstäblich so, wie ich sage.«

»Du sprichst auch jetzt so vergnügt«, bemerkte Aljoscha und musterte Iwans Gesicht, das in der Tat auf einmal vergnügt aussah.

»Woher sollte ich denn wissen, daß ich sie überhaupt nicht liebe? Hehe! Nun hat es sich herausgestellt, daß das gar nicht der Fall war. Dabei hat sie mir doch so gefallen! Sogar heute noch, als ich meine Rede hielt! Und weißt du, auch jetzt gefällt sie mir schrecklich – und doch fällt es mir leicht, wegzufahren. Du glaubst, ich prahle nur?«

»Nein, aber das war vielleicht keine richtige Liebe.«

»Aljoschka«, erwiderte Iwan lachend, »laß dich nicht auf Reflexionen über die Liebe ein! Das paßt nicht zu dir. Aber heute, da hast du dich mal ins Zeug gelegt, o je! Ich habe ganz vergessen, dir dafür einen Kuß zu geben … Und wie hat sie mich gequält! Wahrhaftig, sie leidet an Überspanntheit. Sie hat gewußt, daß ich sie liebte! Mich hat sie geliebt – und nicht Dmitri!« sagte Iwan bestimmt und heiter. »Daß sie Dmitri zu lieben glaubte, war nur Überspanntheit. Alles, was ich heute zu ihr gesagt habe, war die reine Wahrheit. Die Hauptsache ist jetzt aber, daß sie vielleicht fünfzehn oder zwanzig Jahre brauchen wird, um einzusehen, daß sie Dmitri überhaupt nicht liebt, sondern mich, den sie gequält hat. Möglicherweise wird sie nie zu dieser Einsicht gelangen, trotz der ernsten Lehre von heute. Na, das Beste war, daß ich aufstand und für immer wegging. Apropos, was macht sie jetzt? Was hat sich dort getan, nachdem ich weg war?«

Aljoscha erzählte von dem hysterischen Anfall und daß sie wohl auch jetzt noch bewußtlos sei und phantasiere.

»Lügt Frau Chochlakowa auch nicht?«

»Ich glaube nicht.«

»Wir müssen uns erkundigen. An einem hysterischen Anfall ist übrigens noch niemand gestorben. Und selbst wenn sie so einen Anfall gehabt hat – die Hysterie hat Gott dem Weib in seiner Liebe gegeben. Ich werde überhaupt nicht mehr zu ihr gehen. Wozu soll ich mich aufdrängen?«

»Du hast doch aber zu ihr gesagt, sie hätte dich nie geliebt?«

»Das habe ich absichtlich gesagt, Aljoschka, ich werde doch Champagner bestellen. Laß uns auf meine Befreiung trinken. Wenn du wüßtest, wie froh ich bin.«

»Nein, Bruder, wir wollen lieber nicht trinken«, sagte Aljoscha plötzlich. »Ich bin in zu trüber Stimmung.«

»Ja, das bist du schon seit längerer Zeit, ich habe es seit langem bemerkt.«

»Also, du wirst bestimmt morgen früh wegfahren?«

»Morgen früh? Daß ich früh fahre, habe ich nicht gesagt … Übrigens fahre ich vielleicht wirklich in der Frühe. Ob du es glaubst oder nicht: Ich habe hier allein darum zu Mittag gegessen, um es nicht mit dem Alten tun zu müssen – so widerwärtig ist er mir geworden! Wenn er für mich das einzig Wichtige wäre, hätte ich mich schon längst davongemacht. Warum beunruhigt es dich so, Aljoscha, daß ich wegfahre? Wir haben ja noch Gott weiß wieviel Zeit bis zu meiner Abreise. Eine ganze Ewigkeit, eine endlose Zeit!«

»Wenn du morgen wegfährst, was ist das für eine Ewigkeit?«

»Was macht das uns beiden aus?« antwortete Iwan lachend »Was uns am Herzen liegt, können wir jedenfalls noch in Ruhe durchsprechen. Ich meine das, weswegen wir hierhergekommen sind. Warum siehst du mich so erstaunt an? Antworte, weswegen sind wir hier zusammengekommen? Um über meine Liebe zu Katerina Iwanowna zu reden? Oder über den Alten und Dmitri? Oder über das Ausland? Oder über die mißliche Lage Rußlands? Oder über Kaiser Napoleon? Ja? Deswegen?«

»Nein, deswegen nicht.«

»Also weißt du selbst, weswegen. Für uns Grünschnäbel ist etwas anderes wichtig als für andere Leute. Wir müssen vor allem Ewigkeitsfragen lösen, das ist unsere Sorge. Das ganze junge Rußland diskutiert jetzt nur über Ewigkeitsfragen. Gerade jetzt, da die alten Leute angefangen haben, sich mit praktischen Fragen zu beschäftigen. Warum hast du mich drei Monate erwartungsvoll angesehen? Doch wohl, um mich zu fragen: Was glaubst du? Oder glaubst du überhaupt nicht? Das bedeuteten doch drei Monate lang Ihre Blicke, Alexej Fjodorowitsch, ist es nicht so?«

»Vielleicht ist es so«, erwiderte Aljoscha lächelnd. »Du machst dich doch nicht über mich lustig, Bruder?«

»Ich sollte mich über dich lustig machen? Ich werde doch mein Brüderchen, das mich drei Monate so erwartungsvoll angesehen hat, nicht betrüben! Aljoscha, sieh mich an! Ich bin doch genauso ein junger Russe wie du, höchstens daß ich kein Novize bin. Nun, wie treiben es die jungen Russen bis jetzt? Das heißt manche? Nimm beispielsweise diese stinkende Kneipe hier. Da kommen sie zusammen und setzen sich in eine Ecke. Im ganzen bisherigen Leben haben sie einander nicht gekannt, und wenn sie das Lokal verlassen, werden sie einander wieder vierzig Jahre nicht kennen. Also: worüber werden sie in der kurzen Spanne Zeit reden, die sie in der Kneipe erhascht haben? Über die Weltfragen – anders kann es nicht sein! Ob es einen Gott und eine Unsterblichkeit gibt. Und die nicht an Gott glauben, werden über den Sozialismus und den Anarchismus sprechen und über die Umgestaltung der ganzen Menschheit, was auf die alleinige Existenz des Teufels hinausläuft – alles dieselben Fragen, nur vom anderen Ende her. Ein Großteil unserer originellsten jungen Russen hat in unserer Zeit weiter nichts zu tun, als über Ewigkeitsfragen zu reden. Ist es etwa nicht so?«

»Ja, für einen echten Russen sind allerdings die Fragen, ob es einen Gott und eine Unsterblichkeit gibt, oder wie du dich ausdrückst, die ›Fragen vom anderen Ende her‹ die allerwichtigsten, und so muß es auch sein«, sagte Aljoscha und sah seinen Bruder immer noch mit einem stillen, forschenden Lächeln an.

»Siehst du, Aljoscha, ein Russe zu sein ist manchmal überhaupt nicht klug. Und etwas Dümmeres als das, womit sich jetzt die jungen Russen beschäftigen, kann man sich gar nicht vorstellen. Aber einen jungen Russen, er heißt Aljoschka, habe ich doch schrecklich lieb.«

»Das ist ja ein prächtiger Abschluß, den du dem Ganzen gegeben hast!« erwiderte Aljoscha lachend.

»So, nun sag, womit wir anfangen, bestimme selbst! Mit Gott? Ob Gott existiert? Ja?«

»Fang an, womit du willst, meinetwegen auch ›vom anderen Ende her‹. Denn du hast ja gestern beim Vater behauptet, es gebe keinen Gott«, sagte Aljoscha mit einem prüfenden Blick auf seinen Bruder.

»Gestern während des Essens beim Alten habe ich dich absichtlich damit aufgezogen und bemerkt, wie deine Augen plötzlich anfingen zu funkeln. Aber jetzt bin ich gar nicht abgeneigt, mit dir darüber zu verhandeln, das sage ich im vollen Ernst. Ich möchte dir näherkommen, Aljoscha, denn ich habe keine Freunde. Ich will es wenigstens versuchen! Nun stell dir vor, vielleicht erkenne ich sogar die Existenz Gottes an«, schloß Iwan lachend. »Das kommt dir unerwartet, wie?«

»Ja gewiß. Wenn es bloß nicht wieder ein Scherz ist.«

»Ein Scherz? Das wurde gestern beim Starez gesagt. Ich würde wohl nur scherzen? Siehst du, Täubchen, es gab im achtzehnten

Jahrhundert einen alten Sünder, der äußerte die Ansicht, wenn Gott nicht existierte, müsse man ihn erfinden. ›S'il n'existait pas Dieu, il faudrait l'inventer.‹* Und tatsächlich hat der Mensch Gott erfunden. Und nicht daß es wirklich einen Gott gibt, ist seltsam und wunderbar, sondern daß ein solcher Gedanke von der Unentbehrlichkeit Gottes so einem wilden, bösen Tier, wie es der Mensch ist, überhaupt in den Kopf kommen konnte – so heilig, so rührend, so weise ist dieser Gedanke und so sehr macht er dem Menschen Ehre! Ich selbst habe mir schon längst vorgenommen, nicht darüber nachzudenken, ob der Mensch Gott oder Gott den Menschen erschaffen hat. Selbstverständlich werde ich auch nicht alle diesbezüglichen modernen Axiome der jungen Russen überprüfen, Axiome, die sämtlich aus westeuropäischen Hypothesen abgeleitet sind. Was dort nur eine Hypothese darstellt, ist für einen jungen Russen sogleich ein Axiom, und nicht nur für die Jungen, sondern wohl auch für manche Professoren; denn auch unsere russischen Professoren sind jetzt häufig nicht anders als die jungen Leute. Daher werde ich alle Hypothesen übergehen. Was haben denn wir beide, ich und du, jetzt für eine Aufgabe? Sie besteht darin, daß ich dir möglichst schnell mein Wesen klarmache, dir sage, was ich für ein Mensch bin, woran ich glaube, worauf ich hoffe – so ist es doch wohl, nicht wahr? Und darum will ich auch die Erklärung abgeben, daß ich Gott einfach und ohne jeden Umstand akzeptiere. Aber *ein* Punkt will dabei bedacht sein. Wenn Gott existiert und wenn er tatsächlich die Erde geschaffen hat, so hat er sie, wie wir genau wissen, auf der Grundlage der euklidischen Geometrie geschaffen und den menschlichen Verstand nur mit der Vorstellung von drei Dimensionen des Raumes begabt. Trotzdem gab es und gibt es noch jetzt Mathematiker und Philosophen, und sogar sehr bedeutende, die daran zweifeln, daß das ganze Weltall oder, noch umfassender gesagt, alles Sein nur auf der Grundlage der euklidischen Geometrie geschaffen ist, und sich sogar zu dem phantastischen Gedanken versteigen, zwei parallele Linien,

* frz. Wenn Gott nicht existierte, müßte man ihn erfinden.

die sich nach Euklid auf Erden unter keinen Umständen schneiden, könnten sich in der Unendlichkeit vielleicht doch irgendwo schneiden. Ich, mein Täubchen, habe mir gesagt: Wenn ich nicht einmal das zu begreifen imstande bin, wie soll ich dann etwas von Gott begreifen? Ich gestehe demütig, daß meine Fähigkeiten zur Lösung solcher Fragen nicht ausreichen, ich habe nur einen euklidischen, irdischen Verstand – wie könnten wir daher über Dinge urteilen, die nicht von dieser Welt sind? Und auch dir, Aljoscha, rate ich, niemals über dergleichen nachzudenken, und am allerwenigsten über Gott, ob er existiert oder nicht. All diese Fragen sind völlig ungeeignet für einen Verstand, der nur mit der Vorstellung von drei Dimensionen begabt ist. Also ich akzeptiere Gott, und ich tue das nicht nur gern, sondern, was noch mehr ist, ich akzeptiere auch seine Allweisheit und sein Ziel: zwei uns völlig unbekannte Dinge. Ich glaube an eine Ordnung und einen Sinn des Lebens; ich glaube an eine ewige Harmonie, in der wir alle aufgehen werden; ich glaube an das Wort, nach dem das Weltall hinstrebt und das selbst ›von Gott war‹ und das selbst Gott ist, na und so weiter und so fort bis ins unendliche. Worte sind darüber ja viele gemacht worden. Es scheint, daß ich schon auf gutem Weg bin, wie? Aber nun stell dir vor, daß ich in letzter Konsequenz diese göttliche Welt nicht akzeptiere und sie, obwohl ich weiß, daß sie existiert, dennoch überhaupt nicht anerkenne. Was ich nicht akzeptiere, ist nicht Gott, versteh mich recht! Die von ihm geschaffene Welt, die göttliche Welt, akzeptiere ich nicht, kann ich mich nicht entschließen zu akzeptieren. Ich will mich deutlicher ausdrücken. Ich bin wie ein kleines Kind davon überzeugt, daß die Leiden heilen und vernarben werden, daß die ganze beleidigende Komik der menschlichen Widersprüche wie ein klägliches Trugbild, wie die häßliche Erfindung eines schwächlichen, nur atomgroßen euklidischen Menschenverstandes verschwinden wird, daß sich endlich beim großen Weltfinale, im Augenblick der ewigen Harmonie etwas sehr Kostbares ereignen und offenbaren wird. Etwas, was ausreicht für alle Herzen, ausreicht zur Stillung allen Unwillens, zur Sühne aller menschlichen Übeltaten und allen von Menschen vergossenen

Blutes. Etwas, was ausreicht, um alles, was mit den Menschen geschehen ist, nicht nur zu entschuldigen, sondern sogar zu rechtfertigen. Mag das alles also geschehen und sich offenbaren – ich aber akzeptiere es nicht und will es nicht akzeptieren! Mögen sich die parallelen Linien schneiden und mag ich das selber sehen: Ich werde es sehen und sagen, daß sie sich geschnitten haben, werde es aber trotzdem nicht akzeptieren. Siehst du, Aljoscha, das ist mein Wesen, das ist meine These. Ich habe dir das alles im vollen Ernst gesagt. Ich habe dieses Gespräch mit dir absichtlich in der denkbar dümmsten Weise angefangen, es dann jedoch bis zu meiner Beichte fortgeführt, weil du sie nur wirklich hören mußt. Über Gott brauchtest du nichts zu hören. Du solltest nur hören, wovon dein Bruder lebt, den du so liebhast. Und das habe ich dir gesagt.«

Iwan schloß seine lange Tirade mit einem eigentümlichen, unerwarteten Gefühlsausbruch.

»Wieso hast du denn in der ›denkbar dümmsten Weise‹ angefangen?« fragte Aljoscha und sah Iwan nachdenklich an.

»Erstens schon aus russischem Patriotismus. Gespräche über diese Themen werden von Russen immer in der denkbar dümmsten Weise geführt. Zweitens, weil man einer Sache um so näherkommt, je dümmer man anfängt. Je dümmer, desto klarer. Die Dummheit drückt sich kurz und schlicht aus. Der Verstand macht hingegen Winkelzüge und versteckt sich. Der Verstand ist ein Schuft, die Dummheit ist offen und ehrlich. Ich lenkte dies Gespräch zuletzt auf meine Verzweiflung, und je dümmer ich sie dir dargestellt habe, um so vorteilhafter ist es für mich.«

»Wirst du mir noch erklären, weswegen du ›die Welt nicht akzeptierst‹?« fragte Aljoscha.

»Natürlich werde ich es dir noch erklären; es ist kein Geheimnis, darauf wollte ich ja auch hinaus. Mein lieber Bruder, ich will dich nicht von deinem festen Standpunkt abbringen oder weglocken. Ich möchte mich, falls irgend möglich, durch dich heilen«, sagte Iwan und lächelte plötzlich sanft wie ein kleiner Junge. Noch nie hatte Aljoscha so ein Lächeln bei ihm gesehen.

»Ich muß dir ein Geständnis machen«, begann Iwan. »Ich habe nie begreifen können, wie es möglich ist, seinen Nächsten zu lieben. Gerade die einem am nächsten stehen, kann man meiner Ansicht nach nicht lieben, höchstens noch die Fernstehenden. Ich habe einmal irgendwo über den Heiligen Johannes den Barmherzigen gelesen, er habe, als ein hungriger, durchfrorener Wanderer zu ihm kam, sich mit ihm zusammen ins Bett gelegt, ihn umarmt und ihm in den Mund gehaucht, der infolge einer schrecklichen Krankheit mit eiternden Geschwüren besetzt war und übel roch. Ich bin überzeugt, daß er das in einer Art verlogener Überspanntheit tat, weil die Liebe durch die Pflicht geboten ist, vielleicht auch weil er sich damit selbst eine Buße auferlegen wollte. Damit man einen Menschen lieben kann, muß er sich versteckt halten; sowie er sein Gesicht zeigt, ist die Liebe verschwunden.«

»Darüber hat der Starez Sossima wiederholt gesprochen«, bemerkte Aljoscha. »Er sagte auch, das Gesicht eines Menschen hindere viele, die in der Liebe noch keine Erfahrung hätten, ihn zu lieben. Es gibt aber auch viel Liebe in der Menschheit, und zwar solche, die der Liebe Christi ähnlich ist, das weiß ich selbst, Iwan ...«

»Nun, ich für meine Person weiß es vorläufig noch nicht und kann es nicht begreifen. Und unzähligen Menschen geht es wie mir. Die Frage ist nun, ob das von speziellen schlechten Eigenschaften der Menschen herrührt oder davon, daß das nun einmal allgemein in der menschlichen Natur liegt. Meiner Ansicht nach ist die Liebe Christi zu den Menschen ein in seiner Art auf Erden unmögliches Wunder. Freilich. Er war ein Gott. Aber wir sind keine Götter. Angenommen, ich zum Beispiel wäre imstande, schweres Leid zu ertragen: Kein anderer könnte erkennen, in welchem Grad ich leide, weil er eben ein anderer ist und nicht ich. Und überhaupt ist der Mensch selten bereit, einen anderen als großen Dulder anzuerkennen – als ob das ein Rang wäre. Warum ist er dazu nicht bereit, was meinst du? Weil ich zum Beispiel schlecht rieche, ein dummes Gesicht habe und ihm irgendwann auf den Fuß getreten habe. Außerdem ist zwischen Leiden und Leiden ein Unterschied! Ein Leiden, das mich erniedrigt, wie zum Beispiel Hunger, erkennt mein Wohltäter noch an; sowie aber das Leiden höherer Art ist, zum Beispiel ein Leiden für eine Idee, erkennt er es nur in seltenen Fällen an, zum Beispiel, weil er mich ansieht und bemerkt, daß ich gar nicht so ein Gesicht habe, wie es seiner Einbildung nach jemand haben muß, der für so eine Idee leidet. Und da verweigert er mir denn sofort seine Wohltaten, und gar nicht einmal aus Bosheit. Bettler, vor allem adlige, sollten sich nie persönlich zeigen, sondern durch die Zeitungen um Almosen bitten. Abstrakt kann man seinen Nächsten noch lieben, aus der Ferne manchmal auch, von nahem jedoch fast nie. Wenn alles so wäre wie im Theater, im Ballett, wo Bettler in seidenen Lumpen und zerrissenen Spitzen erscheinen und graziös tanzend um Almosen bitten, könnte man sie noch mit Vergnügen und Interesse betrachten. Betrachten, wohlgemerkt nicht lieben. Doch genug davon. Ich mußte dich nur erst auf meinen Standpunkt stellen. Eigentlich wollte ich von den Leiden der Menschheit überhaupt reden, aber es ist wohl besser, wenn wir uns auf die Leiden der Kinder beschränken. Dadurch wird der Umfang meiner Beweisführung zwar auf ein Zehntel gemindert, und doch redet man besser nur von den Kindern. Für mich ist diese Beschränkung freilich nicht vorteilhaft. Aber erstens kann man die Kinder sogar aus der Nähe lieben, sogar die schmutzigen, sogar die mit häßlichen Gesichtern; mir scheint übrigens, Kinder haben nie häßliche Gesichter. Zweitens werde ich auch deswegen nicht von den Erwachsenen reden, weil bei ihnen, abgesehen davon, daß sie widerwärtig sind und keine Liebe verdienen, lediglich so etwas wie eine Vergeltung stattfindet. Sie haben von dem Apfel gegessen und erkannt, was gut und böse ist, und sind ›wie Gott‹ geworden. Und sie essen auch weiterhin von dem Apfel. Die Kinderchen jedoch haben nicht davon gegessen und sind einstweilen noch völlig unschuldig. Liebst du die Kinder, Aljoscha? Ich weiß, daß du sie liebst, und es wird dir verständlich sein, warum ich jetzt nur von ihnen spreche. Wenn nun auf Erden auch sie furchtbar leiden müssen, so büßen sie natürlich für ihre Väter. Sie werden für ihre Väter bestraft, die von dem Apfel gegessen haben – aber das ist ein Gedanke, der einer anderen Welt angehört und dem Menschenherzen hier auf Erden unverständlich ist. Es darf doch nicht ein Unschuldiger für einen anderen leiden, und noch dazu so ein Unschuldiger! Staune über mich, Aljoscha: Auch ich liebe die Kinder über alle Maßen. Und wohlgemerkt, grausame, leidenschaftliche, sinnliche Menschen, Menschen vom Schlag der Karamasows lieben Kinder manchmal sehr. Solange sie wirklich Kinder sind, sagen wir bis zum siebten Lebensjahr, sind Kinder von den Erwachsenen grundverschieden: als ob sie andere Wesen wären und eine ganz andere Natur hätten. Im Gefängnis habe ich einen Räuber gekannt. Wenn er nachts in die Häuser eingedrungen war und ganze Familien ermordet hatte, so war es vorgekommen, daß er dabei auch Kinder abschlachtete. Doch im Gefängnis liebte er sie leidenschaftlich. Er stand dauernd am Fenster und sah den auf dem Gefängnishof spielenden Kindern zu. Einen kleinen Jungen hatte er dazu gebracht, zu ihm unters Fenster zu kommen, und der Kleine hatte sich schon richtig mit ihm angefreundet … Du weißt nicht, weswegen ich das alles sage, Aljoscha? Ich habe Kopfschmerzen, und es ist mir traurig zumute.«

»Du machst beim Sprechen eine sonderbare Miene«, bemerkte Aljoscha beunruhigt. »Als ob du überaus erregt wärst.«

»Ach übrigens«, fuhr Iwan Fjodorowitsch fort, als hätte er die Worte seines Bruders gar nicht gehört, »unlängst hat mir ein Bulgare in Moskau erzählt, was für Greueltaten die Türken und Tscherkessen aus Furcht vor einem allgemeinen Aufstand der Slawen überall in Bulgarien verüben. Sie sengen und brennen, morden, vergewaltigen Frauen und Kinder, nageln Gefangene mit den Ohren an Zäune und lassen sie so die Nacht über stehen, um sie dann aufzuhängen, und so weiter. Vieles davon kann man sich überhaupt nicht vorstellen. Man spricht mitunter von der ›bestialischen‹ Grausamkeit eines Menschen – aber das ist den Bestien gegenüber eine arge Ungerechtigkeit und Beleidigung. Eine Bestie kann nie so grausam sein wie der Mensch, auf so raffinierte, kunstvolle Art grausam. Der Tiger beißt einfach zu und zerreißt, weiter kann er nichts. Es würde ihm gar nicht in den Sinn kommen, Menschen über Nacht an den Ohren festzunageln, selbst wenn er das könnte. Diese Türken haben unter anderem auch Kinder geradezu wollüstig gefoltert. So haben sie mit ihren Dolchen Ungeborene aus dem Mutterleib geschnitten und Säuglinge vor den Augen der Mütter in die Höhe geworfen, und mit den Bajonetten aufgefangen. Daß dies vor den Augen der Mütter geschah, war die besondere Würze des Vergnügens. Und nun will ich dir eine kleine Geschichte erzählen, die mir besonders interessant war. Stell dir vor: Ein kleines Kind auf dem Arm der vor Angst zitternden Mutter, ringsherum Türken, die in das Haus eingedrungen sind. Sie haben sich ein Späßchen ausgedacht. Liebkosen das Kindchen, lachen, um es zum Lachen zu bringen, es gelingt ihnen, das Kind ist ganz vergnügt. In diesem Augenblick zielt ein Türke mit der Pistole auf das Kleine, eine Spanne weit von seinem Gesicht. Das Kleine lacht fröhlich und streckt die Ärmchen aus, um nach der Pistole zu greifen. Und plötzlich drückt der Witzbold ab, schießt ihm mitten ins Gesicht und zerschmettert ihm das Köpfchen … Kunstvoll, nicht wahr? Die Türken sollen übrigens große Freunde von Süßigkeiten sein.«

»Bruder, wozu erzählst du das alles?« fragte Aljoscha.

»Ich glaube, wenn der Teufel nicht existiert und ihn somit der Mensch erschaffen hat, dann nach seinem Bild.«

»Also genauso, wie er Gott erschaffen hat.«

»Du verstehst es ganz erstaunlich, einem die Worte im Mund zu verdrehen, wie Polonius im Hamlet sagt«, erwiderte Iwan lachend. »Du hast mich bei einem Widerspruch ertappt – sei es drum, ich freue mich. Ein nettes Produkt muß er ja sein, dein Gott, wenn der Mensch ihn nach seinem Bild geschaffen hat. Du fragst eben, wozu ich das alles erzähle: Siehst du, ich bin ein Liebhaber und Sammler gewisser Tatsachen und schreibe mir aus Zeitungen und anderen Quellen, wo ich gerade etwas finde, bestimmte Geschichtchen heraus und sammle sie; ich habe bereits eine hübsche Kollektion. Die Türken sind natürlich auch in die Sammlung aufgenommen, aber das sind Ausländer. Ich habe auch Geschichtchen aus unserem lieben Vaterland und sogar noch bessere als die türkischen. Du weißt, bei uns wird mehr mit Ruten und Peitschen geprügelt, das ist eine nationale Eigentümlichkeit. Angenagelte Ohren sind bei uns undenkbar, denn wir sind doch Europäer. Ruten- und Peitschenhiebe – das ist etwas, was uns gehört und uns nicht genommen werden kann. Im Ausland wird jetzt offenbar gar nicht mehr geprügelt – sei es, daß die Sitten sich verfeinert haben, sei es, daß Gesetze erlassen worden sind, nach denen ein Mensch einen anderen nicht mehr durchpeitschen darf. Dafür haben sie sich durch etwas anderes schadlos gehalten, das ebenfalls rein national ist, wie die Hiebe bei uns, und zwar dermaßen national, daß es bei uns unmöglich zu sein scheint; trotzdem findet es, glaube ich, auch bei uns Eingang, vor allem seitdem es in unseren oberen Gesellschaftskreisen eine religiöse Bewegung gibt. Ich besitze eine allerliebste kleine Broschüre, eine Übersetzung aus dem Französischen, in der erzählt wird, wie vor nicht sehr langer Zeit, vielleicht vor fünf Jahren, in Genf ein Übeltäter und Mörder namens Richard hingerichtet worden ist, ein Bursche von etwa dreiundzwanzig Jahren, der kurz vor dem Schafott bereut und sich zum Christentum bekehrt hatte. Dieser Richard war ein uneheliches Kind, und seine Eltern hatten ihn, als er noch klein war, etwa sechs, an irgendwelche Schweizer Berghirten ›verschenkt‹. Diese zogen ihn groß, um ihn zur Arbeit zu verwenden. Er wuchs bei ihnen auf wie ein kleines wildes Tier. Die Hirten ließen ihn nichts lernen, sondern schickten ihn schon mit sieben Jahren auf die Weide, in Nässe und Kälte, fast ohne Kleidung und fast ohne ihm etwas zu essen zu geben. Und selbstverständlich machte sich keiner von ihnen Gedanken darüber, daß sie so handelten, keiner empfand Gewissensbisse. Sie glaubten völlig im Recht zu sein, da Richard ihnen wie eine Sache geschenkt war, und sie hielten es nicht einmal für nötig, ihn zu beköstigen. Richard selbst hat später ausgesagt, er habe in jenen Jahren wie der verlorene Sohn im Evangelium sehnlich gewünscht, wenigstens von dem Schweinefraß essen zu dürfen, aber auch das erlaubten sie nicht, sondern schlugen ihn, wenn er den Schweinen etwas davon stahl. So verbrachte er seine ganze Kindheit und seine ganze Jugend, bis er sich, groß und stark geworden, aufmachte, um sich mit Diebstählen durchzuschlagen. Er begann, sich in Genf als Tagelöhner Geld zu verdienen. Seinen Verdienst vertrank er, lebte wie ein Vieh und schlug schließlich einen alten Mann tot und raubte ihn aus. Er wurde vor Gericht gestellt und zum Tod verurteilt. Sentimental ist man dort ja nicht. Doch nun, wo er im Gefängnis saß, umringten ihn sogleich die Pastoren und die Mitglieder verschiedener christlicher Vereine, wohltätige Damen und so weiter. Sie lehrten ihn im Gefängnis Lesen und Schreiben, erklärten ihm das Evangelium, redeten ihm ins Gewissen, bemühten sich, ihn zu überzeugen, setzten ihm zu, drängten und quälten ihn – und siehe da, endlich bekannte er selbst in feierlicher Form sein Verbrechen. Er bekehrte sich und schrieb selbst an das Gericht, er sei ein Ungeheuer; Gott habe jedoch endlich auch ihn der Erleuchtung gewürdigt und ihm seine Gnade zuteil werden lassen. Ganz Genf geriet in Aufregung, das ganze wohltätige, gottesfürchtige Genf. Alles, was zu den höheren, gebildeten Ständen gehörte, stürzte zu ihm ins Gefängnis. Man küßte und umarmte Richard. ›Du bist unser Bruder, die Gnade ist auf dich herniedergekommen!‹ Richard selbst weinte nur so vor Rührung: ›Ja‹, sagte er, ›die Gnade ist auf mich herniedergekommen! Früher, in meiner Kindheit, war ich froh, wenn ich Schweinefutter essen durfte. Jetzt ist auch auf mich die Gnade herniedergekommen, ich sterbe im Herrn!‹ – ›Ja; ja, Richard, stirb im Herrn! Du hast Blut vergossen und mußt im Herrn sterben. Magst du auch nichts dafür können, daß du den Herrn gar nicht gekannt hast, als du die Schweine um ihr Futter beneidetest und man dich dafür schlug, daß du ihnen ihr Futter stahlst, was du tatest, ist sehr häßlich, denn Stehlen ist verboten – aber du hast Blut vergossen und mußt sterben …‹ So brach der letzte Tag an. Richard, der ganz schwach geworden war, weinte und wiederholte alle Augenblicke: ›Das ist der schönste Tag meines Lebens, ich gehe zum Herrn!‹ – ›Ja‹, riefen die Pastoren, die Richter und die wohltätigen Damen, ›das ist dein glücklichster Tag, denn du gehst zum Herrn!‹ Der ganze Schwarm zog in Kutschen und zu Fuß hinter dem Schinderkarren her, auf dem Richard zum Schafott gefahren wurde. Nun hatte man das Schafott erreicht. ›Stirb, du unser Bruder!‹ riefen sie Richard zu. ›Stirb im Herrn, denn auch auf dich ist die Gnade herniedergekommen!‹ Und dann schleppte man unter Bruderküssen Bruder Richard aufs Schafott, legte ihn auf die Guillotine und hackte ihm brüderlich dafür den Kopf ab, daß auch auf ihn die Gnade herniedergekommen war ... Ja, das ist charakteristisch. Irgendwelche hochgestellten russischen Wohltäter, die mit dem Lutheranertum sympathisierten, haben diese kleine Broschüre ins Russische übersetzen lassen und zur Aufklärung des russischen Volkes als Gratisbeilage Zeitungen und anderen Publikationen beigegeben. Das Ding mit diesem Richard ist dadurch interessant, daß es national geprägt ist. Bei uns würde man es für absurd halten, einem Bruder deswegen den Kopf abzuschlagen, weil er unser Bruder geworden und die Gnade auf ihn herniedergekommen ist. Aber ich wiederhole, wir haben auch unsere Eigenheit, die beinahe noch schlimmer ist. Bei uns gibt es den historischen, instinktiv vertrauten Genuß am Schlagen. Es gibt ein Gedicht von Nekrassow darüber, wie ein Bauer sein Pferd mit der Peitsche auf die Augen schlägt, ›auf die sanften Augen‹. Wer hätte so etwas nicht schon gesehen? Das ist echt russisch. Der Dichter schildert, wie das schwächliche Pferdchen mit seiner überladenen Fuhre steckengeblieben ist und sie nicht aus dem Lehm herausziehen kann. Der Bauer schlägt es, schlägt es in blinder Wut, schlägt es zuletzt, ohne zu wissen, was er tut. Durch das Schlagen in eine Art Rausch geraten, versetzt er ihm zahllose schmerzhafte Hiebe: Wenn du auch nicht kannst, zieh trotzdem! Verrecke, aber zieh! Das armselige Pferdchen strengt sich verzweifelt, aber vergebens an. Da schlägt er das wehrlose Tier mit der Peitsche auf die weinenden ›sanften Augen‹. Außer sich reißt und ruckt es an den Strängen, keuchend, am ganzen Leib zitternd, sich seitwärts stellend und unnatürliche Sprünge vollführend, zieht es die Fuhre heraus – bei Nekrassow ist das furchtbar zu lesen. Aber es ist doch nur ein Pferd, und Gott hat uns ja die Pferde dazu gegeben, daß wir sie peitschen. Das haben uns die Tataren beigebracht und uns zur Erinnerung die Knute geschenkt.

Aber man kann ja auch Menschen peitschen. Ein intelligenter, gebildeter Herr und seine Gemahlin peitschen zum Beispiel ihr eigenes Töchterchen, ein siebenjähriges Kind, mit Gerten – darüber habe ich mir ausführliche Aufzeichnungen gemacht. Papachen freut sich, daß Ansätze von Zweigen an den Gerten sind. ›Dann zieht es besser!‹ sagt er und beginnt seine eigene Tochter zu peitschen. Ich weiß zuverlässig, es gibt Menschen, die beim Prügeln mit jedem Schlag erregter werden, bis zur Wollust, bis zu einem regelrechten Wollustgefühl, das sich mit jedem Schlag steigert. Jener Vater schlägt also eine Minute lang, dann werden es fünf Minuten, dann zehn, er schlägt weiter, immer mehr, die Schläge fallen immer häufiger und schmerzhafter. Das Kind schreit, es kann schließlich nicht mehr schreien, es keucht nur noch: ›Papa, Papa, lieber Papa, lieber Papa!‹ Durch irgendeinen seltsamen Zufall kommt die Sache vor Gericht. Der Angeklagte nimmt sich einen Advokaten. Das einfache Volk in Rußland nennt einen Advokaten schon längst ein ›gemietetes Gewissen‹. Der Advokat führt zur Verteidigung seines Klienten an: ›Eine ganz einfache Sache, wie sie in jeder Familie vorkommt: Ein Vater hat seine kleine Tochter durchgehauen, und zur Schande unserer Tage kommt so etwas vor Gericht!‹ Die Geschworenen lassen sich überzeugen, ziehen sich zurück und fällen Freispruch. Das Publikum brüllt vor Freude, daß der Peiniger freigesprochen ist. Schade, schade, daß ich nicht dabei war! Ich hätte den Antrag gestellt, zu Ehren dieses Folterknechtes ein Stipendium auf seinen Namen zu stiften ... Allerliebste kleine Geschichten sind das! Doch ich habe über Kinder noch bessere Geschichtchen. Ich habe über Kinder sehr, sehr viel Material gesammelt, Aljoscha. Ein kleines fünfjähriges Mädchen wurde aus irgendeinem Grund von Vater und Mutter, einem sehr achtbaren Beamten und seiner Frau, gebildeten, wohlerzogenen Leuten, gehaßt. Ich behaupte erneut mit aller Bestimmtheit, die Lust, Kinder zu mißhandeln, und zwar ausschließlich Kinder, ist eine Besonderheit vieler Menschen. Gegenüber allen anderen menschlichen Wesen benehmen sich dieselben Leute wohlwollend und freundlich, als gebildete, humane Europäer, doch Kinder zu mißhandeln ist ihnen geradezu ein Vergnügen. Unter diesem Gesichtspunkt lieben sie die Kinder sogar. Gerade die Wehrlosigkeit der kleinen Geschöpfe hat etwas Verlockendes für diese Rohlinge. Die engelhafte Zutraulichkeit des Kindes, das nicht weiß, wo es bleiben und an wen es sich wenden soll – das ist es, was das Blut des Folterers erhitzt. In jedem Menschen steckt natürlich eine Bestie. Diese Bestie kann in Wut geraten, das Geschrei des gequälten Opfers ruft bei ihr eine wollüstige Glut hervor. Von der Kette gelassen, kann diese Bestie nicht mehr zurückgehalten werden; ihre Wildheit wird gesteigert durch Krankheiten infolge eines ausschweifenden Lebenswandels, wie Podagra, Leberleiden und so weiter. Die gebildeten Eltern unterwarfen also dieses arme fünfjährige Mädchen allen möglichen Foltern. Sie schlugen es, peitschten es, stießen es mit Füßen, ohne zu wissen warum, so daß der ganze Körper der Kleinen mit blauen Flecken bedeckt war. Zuletzt verfielen sie auf höchst raffinierte Martern. Sie sperrten sie bei starker Kälte eine ganze Nacht auf dem Abort ein. Und sie beschmierten ihr das Gesicht mit Kot und zwangen sie, diesen Kot zu essen: zur Strafe dafür, daß sie sich nachts bei einem körperlichen Bedürfnis nicht gemeldet hatte. Die eigene Mutter zwang sie dazu, die eigene Mutter! Und diese Mutter konnte schlafen, während das Stöhnen des armen Kindes zu hören war, das sie an diesem widerwärtigen Ort eingesperrt hatten! Verstehst du das, wenn das kleine Wesen, das noch nicht einmal zu begreifen versteht, was mit ihm geschieht, sich in Dunkelheit und Kälte und Gestank mit dem Fäustchen ängstlich gegen die Brust schlägt und mit unschuldigen, frommen Tränen den ›lieben Gott‹ um Schutz anfleht – verstehst du diese Sinnlosigkeit, du mein Freund und Bruder, du demütiger Diener Gottes? Verstehst du, wozu diese Sinnlosigkeit notwendig ist, wozu sie da ist? Man sagt, ohne sie könnte der Mensch gar nicht auf Erden leben; er würde das Gute und das Böse nicht erkennen. Aber wozu sollen wir dieses verdammte Gute und Böse erkennen, wenn uns das so teuer zu stehen kommt? Eine ganze Welt von Erkenntnis wiegt ja nicht die Tränen auf, mit denen das Kind zum ›lieben Gott‹ betet! Ich rede nicht von den Leiden der Erwachsenen, die haben von dem Apfel gegessen, hol' sie alle der

Teufel! Aber die kleinen Kinder! Ich quäle dich, Aljoscha, du kommst mir vor wie geistesabwesend. Wenn du willst, höre ich auf.«

»Nicht doch, auch ich will Qualen leiden!« murmelte Aljoscha.

»Noch eine kleine Geschichte, nur noch eine einzige, weil sie besonders interessant und charakteristisch ist. Ich habe sie eben erst in einem der Sammelwerke über russische Geschichte gelesen, ich weiß nicht, ob im ›Archiv‹ oder ob im ›Altertum‹. Ich muß noch einmal nachschlagen, ich habe vergessen, wo ich sie gelesen habe ... Die Geschichte ereignete sich in der dunkelsten Zeit der Leibeigenschaft, zu Anfang dieses Jahrhunderts. – Es lebe der Befreier des Volkes! Da war zu Anfang des Jahrhunderts ein General mit engen Beziehungen nach oben, ein sehr reicher Gutsbesitzer, allerdings einer von den wenigen, glaube ich, die, wenn sie aus dem Dienst geschieden waren und sich in den Ruhestand zurückgezogen hatten, in der Überzeugung lebten, daß sie sich das Recht über Leben und Tod ihrer Untertanen erworben hätten. Solche Leute gab es damals. Nun, dieser General lebte also auf seinem Gut von zweitausend Seelen als großer Herr und behandelte seine kleinen Nachbarn wie Schmarotzer und Possenreißer. Er hatte eine Meute von mehreren hundert Hunden, dazu an die hundert Hundewärter, sämtlich uniformiert und beritten. Eines Tages nun warf ein Hofjunge, ein Bursche von acht Jahren, beim Spielen mit einem Stein und verletzte den Lieblingshund des Generals am Fuß. ›Wieso lahmt mein Lieblingshund?‹ Es wurde ihm berichtet. ›Ah, du bist das‹ sagte der General, ihn musternd. ›Nehmt ihn fest!‹ Er wurde seiner Mutter weggenommen, verhaftet und die ganze Nacht ins Arrestlokal gesperrt. Am anderen Morgen, bei Tagesanbruch, war der General, bereits in voller Parade, im Begriff, zur Jagd zu ziehen. Er stieg zu Pferd, umgeben von seinen Schmarotzern, den Hunden, den Hundewärtern, den Treibern, die sämtlich beritten waren. Zur Erbauung und Belehrung war das Hofgesinde versammelt, vor allen anderen stand die Mutter des Jungen. Der wurde aus dem Arrest herausgeführt. Es war ein trüber, kalter, nebliger Herbsttag, richtiges Jagdwetter. Der General befahl, den Jungen zu entkleiden. Das Kind wurde vollständig ausgezogen. Es zitterte, war vor Angst ganz durcheinander, und wagte keinen Ton von sich zu geben … ›Hetzt ihn!‹ kommandierte der General. ›Lauf, lauf!‹ schrien die Hundewärter. Der Knabe lief. ›Faßt ihn!‹ brüllte der General und hetzte die ganze Meute der Jagdhunde auf ihn. Vor den Augen der Mutter rissen die Hunde den Kleinen in Stücke! Der General wurde unter Aufsicht gestellt, glaube ich. Was hätte man sonst mit ihm machen sollen? Ihn erschießen? Zur Befriedigung des sittlichen Gefühls erschießen? Sprich, Aljoschka!«

»Ja, erschießen!« sagte Aljoscha leise mit einem blassen, verzerrten Lächeln und sah zu seinem Bruder auf.

»Bravo!« rief Iwan geradezu begeistert. »Wenn du das schon sagst … du Asket! Sieh mal einer an, was für ein Teufel in deinem Herzchen sitzt, Aljoschka Karamasow!«

»Ich habe etwas Törichtes gesagt, aber …«

»Das ist es eben, dieses ›aber‹!« rief Iwan. »Merke dir, du Novize, Torheiten sind auf der Welt sehr nötig. Auf Torheiten beruht die Welt, und ohne Torheiten würde in der Welt vielleicht überhaupt nichts geschehen. Wir wissen, was wir wissen!«

»Was weißt du?«

»Ich weiß nichts«, fuhr Iwan wie im Fieber fort. »Und ich will auch jetzt nichts wissen. Ich will bei den Tatsachen bleiben. Ich habe mir schon längst vorgenommen, nichts zu begreifen. Wenn ich etwas begreifen will, verdrehe ich sofort die Tatsachen, und ich habe mir vorgenommen, bei den Tatsachen zu bleiben.«

»Warum quälst du mich?« rief Aljoscha überaus bekümmert. »Wirst du mir das endlich sagen?«

»Gewiß werde ich es dir sagen. Ich habe ja das Gespräch absichtlich darauf hingeleitet, es dir zu sagen. Du bist mir teuer, ich will dich nicht lassen und deinem Sossima nicht abtreten.«

Iwan schwieg etwa eine Minute lang, und sein Gesicht wurde plötzlich sehr traurig.

»Hör mich an. Ich habe die Kinder nur als Beispiel benutzt, damit der Beweis deutlicher wurde. Von den übrigen Menschentränen, mit denen die ganze Erde von der Rinde bis zum Zentrum getränkt ist, sage ich weiter kein Wort, ich habe mein Thema absichtlich beschränkt. Ich bin eine Wanze und gestehe in aller Demut, daß ich nicht begreifen kann, warum alles so eingerichtet ist. Die Menschen, heißt es, sind selbst schuld daran; es war ihnen das Paradies gegeben, aber es verlangte sie nach Freiheit, und sie stahlen aus dem Himmel das Feuer, obwohl sie selbst wußten, daß sie unglücklich würden – also haben sie kein Recht, sich zu beklagen. Nach meiner Ansicht steht es nicht so. Nach meinem kläglichen irdischen, euklidischen Verstand weiß ich nur, daß es Leiden gibt, daß keine Schuldigen vorhanden sind, daß überall direkt und einfach das eine aus dem anderen hervorgeht, daß alles fließt und sich ins Gleichgewicht setzt – aber das ist ja nur euklidischer Unsinn! Ich weiß das, und ich kann mich nicht überwinden, aufgrund dieses Unsinns zu leben! Was habe ich davon, daß es keine Schuldigen gibt und daß überall eines direkt und einfach aus dem anderen hervorgeht und daß ich das weiß – ich brauche Vergeltung, sonst vernichte ich mich ja selbst. Und zwar Vergeltung nicht irgendwo und irgendwann in der Unendlichkeit, sondern schon hier auf Erden, und so, daß ich sie selbst sehe. Ich habe geglaubt, also will ich auch selbst sehen! Sollte ich jedoch zu jener Stunde schon tot sein, so mag man mich auferwecken. Denn wenn alles ohne mich geschieht, so wäre das ein großes Unrecht mir gegenüber. Ich habe nicht deshalb gelitten, um mit meiner Persönlichkeit, mit meinen Übeltaten und mit meinen Leiden jemandem die künftige Harmonie gewissermaßen zu düngen. Ich will mit eigenen Augen sehen, wie die Hirschkuh sich neben den Löwen legt, wie der Ermordete aufersteht und seinen Mörder umarmt. Ich will dabeisein, wenn alle plötzlich erkennen, warum alles so gewesen ist. Auf diesem Wunsch beruhen alle Religionen auf der Erde, und ich bin gläubig. Aber da sind nun noch die kleinen Kinder, was soll ich mit denen anfangen? Das ist eine Frage, auf die ich keine Antwort finde. Ich wiederhole abermals, es gibt viele solcher Fragen; ich habe die Kinder als einziges Beispiel benutzt, weil das, was ich sagen will, hierbei unverkennbar deutlich ist. Paß auf! Wenn alle leiden müssen, um durch ihr Leiden die ewige Harmonie zu erkaufen – inwiefern sind daran die kleinen Kinder beteiligt? Das sag mir doch bitte! Es gibt überhaupt keine Erklärung, warum auch sie leiden und durch ihr Leiden die Harmonie erkaufen müssen. Warum sind auch sie unter die Düngemittel geraten und haben mit ihren Persönlichkeiten für irgend jemand die zukünftige Harmonie gedüngt? Die Solidarität in der Sünde unter den Menschen begreife ich, ich begreife auch die Solidarität in der Vergeltung. Aber die kleinen Kinder haben doch an der Solidarität in der Sünde nicht teil, und wenn es wirklich wahr ist, daß sie mit ihren Vätern in deren Übeltaten solidarisch sind, so ist diese Wahrheit allerdings nicht von dieser Welt und mir unverständlich. Der eine oder andere Spaßvogel wird vielleicht sagen, das Kind werde heranwachsen und dann schon sündigen – aber zumindest jener Junge ist gar nicht erst herangewachsen, sondern schon im Alter von acht Jahren mit Hunden zu Tode gehetzt worden. Nein, Aljoscha, ich lästere Gott nicht! Ich begreife ja, wie gewaltig die Erschütterung des Weltalls sein muß, wenn alles, was im Himmel und auf Erden und unter der Erde ist, zusammenfließen wird in einen einzigen Lobgesang, und alles, was da lebt und gelebt hat, rufen wird: ›Gerecht bist du, Herr, denn deine Wege sind offenbar geworden!‹ Wenn selbst die Mutter das Ungeheuer umarmen wird, das ihren Sohn von den Hunden zerreißen ließ, und alle drei unter Tränen ausrufen werden: ›Gerecht bist du, o Herr!‹ Dann wird die Erkenntnis natürlich ihren Gipfelpunkt erreichen, und alles wird seine Erklärung finden. Aber da sitzt eben der Haken, gerade das kann ich nicht akzeptieren. Und solange ich auf der Erde bin, werde ich mich beeilen, meine Maßnahmen dagegen zu ergreifen! Siehst du, Aljoscha, vielleicht wird es tatsächlich geschehen, daß ich, sollte ich bis zu jenem Augenblick leben oder auferweckt werden, um ihn zu erleben – daß ich dann angesichts der Mutter, die den Peiniger ihres Kindes umarmt, mit allen zusammen ausrufe: ›Gerecht bist du, o Herr!‹ Aber ich will das dann nicht ausrufen. Solange es noch Zeit ist, beeile ich mich, Einspruch zu erheben, und darum will ich von der höchsten Harmonie überhaupt nichts wissen. Sie ist nicht einmal die Tränen jenes einen gequälten Kindes wert, das sich mit dem

Fäustchen an die Brust schlug und in seinem stinkenden Gefängnis mit ungesühnten Tränen zum ›lieben Gott‹ betete! Sie ist diese Tränen nicht wert, weil sie ungesühnt geblieben sind. Sie müssen gesühnt werden, sonst ist eine Harmonie unmöglich. Aber wodurch, wodurch können sie gesühnt werden? Ist das überhaupt möglich? Etwa dadurch, daß sie gerächt werden? Was hilft mir eine dafür geübte Rache? Was hilft mir die Hölle für die Peiniger? Was kann die Hölle wiedergutmachen, wenn solche Kinder schon zu Tode gequält worden sind? Und was ist das für eine Harmonie, wenn darin eine Hölle vorkommt? Ich will verzeihen, will umarmen, ich will nicht, daß weiter gelitten wird! Und wenn die Leiden der Kinder helfen mußten, um jene Summe von Leiden voll zu machen, die zur Erkaufung der Wahrheit notwendig war, so behaupte ich, daß die ganze Wahrheit diesen Preis nicht wert ist. Und endlich will ich auch gar nicht, daß die Mutter den Peiniger umarmt, der ihren Sohn von den Hunden hat zerreißen lassen! Sie darf ihm nicht verzeihen! Sie mag dem Peiniger das maßlose Leid ihres Mutterherzens verzeihen! Aber sie hat kein Recht, die Leiden ihres zu Tode gequälten Kindes zu verzeihen! Sie darf dem Peiniger nicht einmal dann verzeihen, wenn das Kind selbst ihm verzeihen würde! Wenn es aber so ist, wenn nicht verziehen werden darf, wo bleibt da die Harmonie? Gibt es auf der ganzen Welt ein Wesen, das verzeihen könnte und dazu ein Recht hätte? Ich will keine Harmonie! Aus Liebe zur Menschheit will ich sie nicht! Lieber will ich meine ungerächten Leiden behalten. Lieber will ich meine ungerächten Leiden und meine nicht beschwichtigte Entrüstung behalten. *Selbst wenn ich unrecht haben sollte.* Für diese Harmonie wird ein gar zu hoher Preis verlangt; es entspricht nicht unserem Geldbeutel, so viel Eintrittsgeld zu bezahlen! Darum beeile ich mich, mein Eintrittsbillett zurückzugeben. Und wenn ich auch nur ein einigermaßen ehrenhafter Mensch bin, so bin ich verpflichtet, das möglichst rasch zu tun. Das tue ich denn auch. Nicht, daß ich Gott nicht anerkenne, Aljoscha ich gebe ihm nur mein Billett ergebenst zurück.«

»Das ist Rebellion«, sagte Aljoscha leise, mit niedergeschlagenen Augen.

»Rebellion? Dieses Wort hätte ich von dir nicht zu hören gewünscht«, sagte Iwan ergriffen. »Kann man denn im Zustand der Rebellion leben? Und ich will ja doch leben. Sag es mir selbst geradeheraus, ich rufe dich auf, antworte: Stell dir vor, du selbst hättest das Gebäude des Menschenschicksals auszuführen mit dem Endziel, die Menschen zu beglücken, ihnen Friede und Ruhe zu bringen; dabei wäre es jedoch zu eben diesem Zweck notwendig und unvermeidlich, sagen wir, nur ein einziges winziges Wesen zu quälen – beispielsweise jenes Kind, das sich mit den Fäustchen an die Brust schlug – und auf seine ungerächten Tränen dieses Gebäude zu gründen: Würdest du unter diesen Bedingungen der Baumeister dieses Gebäudes sein wollen? Das sage mir, und lüge nicht!«

»Nein, ich würde es nicht wollen«, erwiderte Aljoscha leise.

»Und kannst du glauben, daß die Menschen, für die du baust, damit einverstanden wären, ihr Glück durch das ungerechtfertigt vergossene Blut jenes kleinen Märtyrers zu empfangen und ewig glücklich zu bleiben, nachdem sie es empfangen haben?«

»Nein, das kann ich nicht glauben. Aber hör mal, Bruder«, sagte Aljoscha plötzlich, und seine Augen fingen an zu leuchten, »du hast eben gefragt: ›Gibt es auf der ganzen Welt ein Wesen, das verzeihen könnte und dazu ein Recht hätte?‹ Ein solches Wesen gibt es, und es kann allen und alles verzeihen, weil es selbst sein unschuldiges Blut für alle und für alles hingegeben hat. Du hast Ihn vergessen! Und gerade auf Ihn gründet sich das Gebäude, und dieses ›Gerecht bist du, o Herr, denn deine Wege sind offenbar geworden!‹ wird ihm zugerufen.«

»Aha, das ist der ›einzige Sündlose‹ und sein Blut! Nein, ich habe Ihn nicht vergessen, sondern mich vielmehr die ganze Zeit gewundert, daß du Ihn so lange nicht ins Treffen geführt hast, denn bei Diskussionen stellen Ihn alle eure Leute gewöhnlich in die erste Linie ... Weißt du, Aljoscha, lach mich nicht aus, ich habe da einmal ein Poem gemacht, vor einem Jahr. Wenn du noch etwa zehn Minuten mit mir verlieren kannst, möchte ich es dir erzählen.«

»Du hast ein Poem gedichtet?«

»O nein, nicht gedichtet«, entgegnete Iwan lachend. »Verse habe ich in meinem Leben noch keine zwei Zeilen gemacht. Aber ich habe dieses Poem ausgedacht und im Gedächtnis behalten, und zwar mit starkem Gefühl. Du wirst mein erster Leser sein, das heißt mein erster Zuhörer. In der Tat, warum soll ein Autor auch nur einen einzigen Zuhörer verlieren?« fügte Iwan lächelnd hinzu. »Soll ich dir mein Werk vortragen oder nicht?«

»Ich höre sehr gern zu«, erwiderte Aljoscha.

»Es hat den Titel ›Der Großinquisitor‹. Eine absurde Geschichte, aber ich möchte sie dir gern erzählen.«

5. Der Großinquisitor

»Es geht auch hier nicht ohne Vorrede ab, das heißt ohne literarisches Vorwort, hol's der Teufel!« begann Iwan lachend. »Und dabei: Was bin ich schon für ein Autor! Die Handlung spielt bei mir im sechzehnten Jahrhundert; und damals, das muß dir übrigens noch von der Schule her bekannt sein, war es eben üblich, in poetischen Erzeugnissen die himmlischen Mächte auf die Erde herabzuholen. Von Dante will ich gar nicht erst reden. In Frankreich gaben die Gerichtsschreiber und auch die Mönche in den Klöstern ganze Vorstellungen, in denen sie die Madonna, die Engel, die Heiligen, Christus und Gott selbst auf die Bühne brachten. Das geschah damals in vollkommener Einfalt. In Victor Hugos ›Notre-Dame de Paris‹ wird zur Zeit Ludwigs des Sechzehnten zu Ehren der Geburt des französischen Dauphins dem Volk im Rathaussaal von Paris eine Gratisvorstellung gegeben unter dem erbaulichen Titel: ›Le bon jugement de la très sainte et gracieuse Vierge Marie‹,* worin auch sie persönlich erscheint und ihr ›bon jugement‹ verkündet. Vor Peter dem Großen wurden bei uns in Moskau manchmal ähnliche, beinahe dramatische Vorstellungen veranstaltet, besonders aus dem Alten Testament. Zu jener Zeit wa-

* frz. Das gute Urteil der sehr heiligen und anmutigen Jungfrau Maria.

ren in aller Welt auch viele Erzählungen und Gedichte im Umlauf, in denen nach Bedarf Heilige, Engel und himmlische Heerscharen handelnd auftraten. In unseren Klöstern beschäftigten sich die Mönche ebenfalls mit dem Übersetzen und Abschreiben, ja sogar mit dem Verfassen solcher Gedichte – und das selbst unter dem Tatarenjoch. Es gibt zum Beispiel eine kleine klösterliche Dichtung, selbstverständlich aus dem Griechischen: ›Die Wanderung der Mutter Gottes durch die Qualen‹, mit Schilderungen von einer Kühnheit, die der Dantes nicht nachsteht. Die Mutter Gottes besucht die Hölle, und der Erzengel Michael führt sie durch die ›Qualen‹. Sie sieht die Sünder und ihre Martern. Da ist unter anderem eine sehr interessante Klasse von Sündern in einem brennenden See: Einige von ihnen versinken so tief, daß sie nicht mehr an die Oberfläche kommen können; diese ›vergißt Gott schon‹ – ein Ausdruck von außerordentlicher Tiefe und Kraft. Und da fällt die Mutter Gottes erschüttert und weinend vor Gottes Thron nieder und bittet für alle in der Hölle um Begnadigung, für alle, die sie dort gesehen hat, ausnahmslos. Ihr Gespräch mit Gott ist höchst interessant. Sie fleht, sie läßt nicht ab, und als Gott sie auf die von Nägeln durchbohrten Hände und Füße ihres Sohnes hinweist und fragt: ›Wie kann ich denn seinen Peinigern verzeihen?‹, da befiehlt sie allen Heiligen, allen Märtyrern, allen Engeln und Erzengeln, mit ihr zusammen vor Gott niederzufallen und um die Begnadigung aller zu bitten. Es endet damit, daß sie von Gott das Verstummen der Qualen alljährlich von Karfreitag bis Pfingsten erlangt; die Sünder aus der Hölle danken dem Herrn sogleich und rufen: ›Gerecht bist du, o Herr, daß du so gerichtet hast.‹ Siehst du, von dieser Art wäre auch meine kleine Dichtung gewesen, wenn sie zu jener Zeit erschienen wäre. Bei mir tritt Er auf; allerdings spricht Er nicht, sondern erscheint nur und geht vorüber. Fünfzehn Jahrhunderte sind vergangen, seit Er die Verheißung gegeben hat, Er werde wiederkommen und sein Reich aufrichten, fünfzehn Jahrhunderte, seit sein Prophet schrieb: ›Ich komme bald, von dem Tag und der Stunde aber weiß nicht einmal der Sohn, sondern allein mein himmlischer Vater.‹ Aber die Menschheit erwartet Ihn noch immer mit dem früheren Glauben und der früheren Sehnsucht, sogar mit größerem Glauben, denn fünfzehn Jahrhunderte sind schon vergangen seit der Zeit, da der Himmel aufgehört hat, dem Menschen Unterpfänder zu geben.

Was dein Herz dir sagt, das glaube,
denn der Himmel gibt kein Pfand.

So war denn nur der Glaube an das geblieben, was das Herz sagte! Allerdings geschahen damals auch viele Wunder. Es gab Heilige, die wunderbare Heilungen ausführten. Zu manchen Gerechten stieg, so die Angaben in ihren Lebensbeschreibungen, die Himmelskönigin selbst herab. Aber der Teufel schläft nicht, und es regten sich in der Menschheit schon Zweifel an der Wahrheit dieser Wunder. Zu jener Zeit war im Norden, in Deutschland, gerade eine schreckliche neue Ketzerei aufgetreten. Ein großer Stern, ›ähnlich einer Fackel, fiel auf die Wasserbrunnen, und sie wurden bitter‹. Die Anhänger dieser Ketzerei begannen gotteslästerlich die Wunder zu leugnen. Doch um so feuriger glaubten die Treugebliebenen. Die Tränen der Menschheit stiegen zu Ihm auf wie ehemals. Die Menschen erwarteten Ihn, liebten Ihn, hofften auf Ihn wie ehemals. So viele Jahrhunderte hatte die Menschheit in leidenschaftlichem Glauben gefleht: ›Herrgott, erscheine uns!‹ So viele Jahrhunderte hatten sie nach Ihm gerufen, daß es Ihn in seinem unermeßlichen Erbarmen verlangte, zu den Betenden hinabzusteigen. War Er doch auch schon früher manchmal hinabgestiegen und hatte einzelne Gerechte, Märtyrer und fromme Eremiten auf Erden besucht, wie in ihren Lebensbeschreibungen zu lesen steht. Bei uns hat das Tjutschew, von der Wahrheit seiner Worte zutiefst überzeugt, so ausgedrückt:

In Knechtsgestalt, vom Kreuze schwer gedrückt,
durchzog er segnend jede Erdenzone.
Er, den als König aller Welten schmückt
auf höchstem Himmelsthron die Herrscherkrone.

Und so ist es auch tatsächlich geschehen, das sage ich dir. Also es verlangte Ihn, sich dem Volk zu zeigen, wenn auch nur für ganz kurze Zeit, dem leidenden, schwer sündigenden, aber Ihn doch kindlich liebenden Volk. Die Handlung spielt bei mir in Spanien, in Sevilla, in der furchtbarsten Zeit der Inquisition, als zum Ruhm Gottes täglich die Scheiterhaufen loderten

und in den Flammen prächtiger Autodafés
verbrannten die schändlichen Ketzer.

Es war dies freilich nicht jenes Herniedersteigen, bei dem Er gemäß seiner Verheißung am Ende der Zeiten in all seiner himmlischen Herrlichkeit erscheinen wird und welches plötzlich stattfinden soll, ›wie der Blitz scheint vom Aufgang bis zum Niedergang‹. Nein, es verlangte Ihn, wenn auch nur für sehr kurze Zeit, seine Kinder zu besuchen, und zwar vor allem dort, wo gerade die Scheiterhaufen der Ketzer prasselten. Nun wandelt Er in seiner unermeßlichen Barmherzigkeit noch einmal unter den Menschen in eben jener Menschengestalt, in der Er fünfzehn Jahrhunderte früher dreiunddreißig Jahre unter ihnen geweilt hat. Er steigt hinab auf die heißen Straßen und Plätze der südlichen Stadt, wo erst tags zuvor in Gegenwart des Königs, des Hofes, der Ritter, der Kardinäle und der reizendsten Damen des Hofes sowie der ganzen zahlreichen Einwohnerschaft von Sevilla auf Geheiß des Kardinal-Großinquisitors in einem Zug fast hundert Ketzer ad majorem gloriam Dei* zur höheren Ehre Gottes verbrannt worden sind. Er erscheint still und unauffällig, und siehe da, es geschieht etwas Seltsames. Alle erkennen Ihn. Und woran sie Ihn erkennen – das könnte eine der besten Stellen meiner Dichtung sein. Die Volksmenge strebt mit unwiderstehlicher Gewalt zu Ihm hin, umringt Ihn, folgt Ihm. Schweigend, mit einem stillen Lächeln unendlichen Mitleids, wandelt Er unter ihnen. Die Sonne der Liebe brennt in seinem Herzen, Strahlen von Licht, Aufklärung und Kraft gehen von seinen Augen aus, ergießen sich auf die Menschen und erschüttern ihre Herzen in Gegenliebe. Er streckt die Hände nach ihnen aus und segnet sie, und von seiner Berührung, ja sogar von der Berührung seines Gewandes geht eine heilende Kraft aus. Da ruft aus der Menge ein Greis, der von seiner Kindheit an blind ist: ›Herr, heile

* lat. zur höheren Ehre Gottes.

mich, damit auch ich dich schaue!‹ Und siehe da, es fällt ihm wie Schuppen von den Augen, und der Blinde sieht Ihn. Das Volk weint und küßt die Erde, über die Er dahinschreitet. Die Kinder streuen vor Ihm Blumen auf den Weg, singen und rufen ›Hosianna! Das ist Er, das ist Er selbst! Das muß Er sein, niemand anders!‹ Er bleibt am Portal des Doms von Sevilla stehen, gerade in dem Augenblick, wo ein offener weißer Kindersarg unter Weinen und Wehklagen hineingetragen wird; darin liegt ein siebenjähriges Mädchen, die einzige Tochter eines angesehenen Bürgers. Das tote Kind ist ganz in Blumen gebettet. ›Er wird dein Kind auferwecken‹, ruft man der weinenden Mutter aus der Menge zu. Ein Pater des Doms, der herauskommt, um den Sarg in Empfang zu nehmen, macht ein erstauntes Gesicht und zieht die Augenbrauen zusammen. Aber da ertönt das laute Schluchzen der Mutter des gestorbenen Kindes. Sie wirft sich Ihm zu Füßen. ›Wenn du es bist, so erwecke mein Kind!‹ ruft sie und streckt Ihm die Hände entgegen. Der Zug bleibt stehen, der Sarg wird am Portal zu seinen Füßen niedergestellt. Er blickt voll Mitleid auf die kleine Leiche, und seine Lippen sprechen wiederum die Worte: ›Talitha, kumi – Mägdlein, stehe auf!‹ Das Mädchen erhebt sich im Sarg, setzt sich auf und schaut lächelnd mit erstaunten, weitgeöffneten Augen um sich. In den Händen hält es den Strauß weiße Rosen, mit dem es im Sarg gelegen hat. Das Volk ist starr vor Staunen, schreit und schluchzt – und siehe da, genau in diesem Augenblick geht plötzlich der Kardinal-Großinquisitor selbst über den Platz vor dem Dom. Er ist ein fast neunzigjähriger Greis, hochgewachsen und gerade, mit vertrocknetem Gesicht und eingesunkenen Augen, in denen aber noch ein schwaches Feuer glimmt. Er trägt nicht die prächtigen Kardinalsgewänder, in denen er am Vortag prunkte, als die Feinde des römischen Glaubens verbrannt wurden; nein, in diesem Augenblick trägt er nur seine alte, grobe Mönchskutte. Ihm folgen in einiger Entfernung seine finsteren Gehilfen und Knechte und die ›heilige‹ Wache. Er bleibt vor der Menge stehen und beobachtet von fern, sieht alles: wie man Ihm den Sarg vor die Füße stellt, wie das Mädchen aufersteht. Und sein Gesicht verfinstert sich. Er zieht die dichten grauen Brauen zusammen, und ein böses Feuer funkelt in seinem Blick. Er streckt einen Finger aus und befiehlt der Wache, Ihn zu ergreifen. Und seine Macht ist so groß, das Volk ist so an Unterwürfigkeit, an den blinden, furchtsamen Gehorsam ihm gegenüber gewöhnt, daß die Menge vor den Wächtern sofort auseinanderweicht und diese in plötzlicher Grabesstille Hand an Ihn legen und Ihn fortführen können. Und augenblicklich neigt sich die Menge wie ein Mann zur Erde vor dem greisen Inquisitor, der erteilt dem Volk schweigend den Segen und geht weiter. Die Wache führt den Gefangenen in ein enges, finsteres, gewölbtes Verlies in dem alten Gebäude des Heiligen Tribunals und schließt Ihn dort ein. Der Tag vergeht, die dunkle, heiße, reglose Nacht von Sevilla bricht an. Die Luft ist voll vom Duft ›nach Lorbeer und Zitronen‹. In der tiefen Dunkelheit öffnet sich plötzlich die eiserne Tür des Kerkers, und der greise Großinquisitor selbst tritt mit einem Leuchter in der Hand ein. Er ist allein, hinter ihm schließt sich sogleich wieder die Tür. Er bleibt am Eingang stehen und blickt Ihn lange, ein oder zwei Minuten, an. Endlich tritt er leise näher, stellt den Leuchter auf den Tisch und sagt zu Ihm: ›Bist du es? Ja!‹ Doch ohne eine Antwort abzuwarten, fügt er schnell hinzu: ›Antworte nicht, schweig! Was solltest du auch sagen? Ich weiß genau, was du sagen willst. Und du hast gar kein Recht, dem etwas hinzuzufügen, was du früher schon gesagt hast. Warum bist du gekommen, uns zu stören? Denn du bist gekommen, uns zu stören, du weißt das selbst. Aber weißt du auch, was morgen geschehen wird? Ich bin nicht informiert, wer du bist, und es interessiert mich auch gar nicht, ob du Er selbst bist oder nur eine Kopie von Ihm. Schon morgen jedoch werde ich dich verurteilen und als den schlimmsten aller Ketzer auf dem Scheiterhaufen verbrennen, und dasselbe Volk, das heute deine Füße geküßt hat, wird morgen auf einen Wink meiner Hand herbeistürzen und Kohlen für deinen Scheiterhaufen heranschaffen. Weißt du das? Ja, du weißt es vielleicht‹, fügt er ernst und nachdenklich hinzu, ohne auch nur einen Moment den Blick von seinem Gefangenen abzuwenden.«

»Ich versteh' nicht richtig, was das bedeuten soll, Iwan«, sagte Aljoscha lächelnd; er hatte die ganze Zeit schweigend zugehört. »Ist das einfach zügellose Phantasie oder irgendein Irrtum, ein Mißverständnis von seiten des Greises? Ein unerhörtes qui pro quo?«*

»Nimm meinetwegen das letztere an«, erwiderte Iwan lachend, »wenn dich der moderne Realismus bereits so verwöhnt hat und du nichts Phantasievolles mehr ertragen kannst. Willst du es als qui pro quo auffassen, mag es meinetwegen so sein. Das ist ja richtig«, fügte er wieder lachend hinzu, »der Greis ist schon neunzig Jahre alt und kann über seiner Idee schon längst den Verstand verloren haben. Und der Gefangene hat ihn ja durch sein Äußeres in Erstaunen versetzen können. Es kann schließlich einfach Fieberwahn gewesen sein, die Vision eines neunzigjährigen Greises vor dem Tod, eines Greises, der noch dazu erregt ist vom Autodafé des vorhergehenden Tages, wo hundert Ketzer verbrannt worden sind. Aber kann es dir und mir nicht gleichgültig sein, ob es ein qui pro quo oder zügellose Phantasie ist? Die Sache ist doch die: Der Greis hat das Bedürfnis, sich auszusprechen! Er spricht sich endlich aus zur Entschädigung für die ganzen neunzig Jahre, und sagt das laut, was er neunzig Jahre lang verschwiegen hat.«

»Und der Gefangene schweigt ebenfalls? Er schaut ihn an und sagt kein Wort?«

»Unbedingt«, antwortete Iwan und lachte wieder. »Der Greis selbst bedeutet Ihm, daß Er gar kein Recht habe, dem etwas hinzuzufügen, was Er früher schon gesagt hat. Darin liegt vielleicht der eigentliche Grundzug des römischen Katholizismus – zumindest ist das meine Meinung. ›Du hast alles an den Papst übertragen‹, sagen sie. ›Folglich ist das jetzt alles Sache des Papstes. Und du komm jetzt nicht, störe wenigstens nicht vor der Zeit!‹ In diesem Sinn reden sie nicht nur, sondern schreiben auch so, zumindest die Jesuiten. Das habe ich selbst bei ihren Theologen gelesen. ›Hast du das Recht, uns auch nur eines der Geheimnisse jener Welt aufzudecken, aus der du gekommen bist?‹ fragt Ihn der Greis und antwortet selbst für Ihn: ›Nein, ein solches Recht hast du nicht! Du darfst dem, was du früher

* lat. Verwechslung einer Person mit einer anderen.

schon gesagt hast, nichts hinzufügen, und du darfst den Menschen nicht die Freiheit nehmen, für die du so warm eingetreten bist, als du auf Erden warst. Alles, was du neu verkünden könntest, würde die Glaubensfreiheit der Menschen beeinträchtigen, da es wie ein Wunder erscheinen würde. Und die Freiheit ihres Glaubens war dir doch damals, vor anderthalb Jahrtausenden, über alles teuer. Hast du nicht damals oft gesagt: Ich will euch frei machen? Jetzt hast du diese ›freien‹ Menschen gesehen!‹ fügt der Greis plötzlich mit einem nachdenklichen Lächeln hinzu. ›Ja, dieses Werk hat uns viel Mühe gekostet!‹ fährt er, Ihn ernst anblickend, fort. ›Aber wir haben es in deinem Namen doch glücklich zu Ende geführt. Fünfzehn Jahrhunderte haben wir uns mit dieser Freiheit abgequält – jetzt ist es mit ihr zu Ende, gründlich zu Ende. Du glaubst das nicht? Du blickst mich sanftmütig an und würdigst mich nicht einmal deines Unwillens? Doch wisse, daß diese Menschen gerade heutzutage mehr als je überzeugt sind, vollkommen frei zu sein; und dabei haben sie selbst uns ihre Freiheit gebracht und sie uns gehorsam zu Füßen gelegt. Aber das haben wir zuwege gebracht! Oder hast du das gewünscht? Hast du so eine Freiheit gewünscht?!«

»Ich verstehe schon wieder nicht«, unterbrach ihn Aljoscha. »Meint er das ironisch, macht er sich lustig?«

»Durchaus nicht. Er rechnet es sich und den Seinen geradezu als Verdienst an, daß sie endlich die Freiheit überwältigt haben, und zwar um die Menschen glücklich zu machen. ›Denn erst jetzt‹, sagt er und meint natürlich die Inquisition, ›erst jetzt ist es zum erstenmal möglich geworden, an das Glück der Menschen zu denken. Der Mensch war als Rebell erschaffen worden – können Rebellen denn glücklich sein? Du warst gewarnt‹, sagt er zu Ihm. ›Du hattest keinen Mangel an Warnungen und Hinweisen, aber du hörtest nicht auf sie. Du verschmähtest den einzigen Weg, auf dem es möglich war, die Menschen glücklich zu machen. Doch zum Glück übergabst du diese Aufgabe uns, als du weggingst, du versprachst es, du bekräftigtest es mit deinem Wort, du gabst uns das Recht zu binden und zu lösen – und natürlich kannst du dir jetzt nicht einfallen lassen, uns dieses Recht wieder zu nehmen. Warum also bist du gekommen, uns zu stören?‹«

»Was bedeutet das: ›Du hattest keinen Mangel an Warnungen und Hinweisen‹?« fragte Aljoscha.

»Das ist gerade der Hauptpunkt, über den der Greis sich unbedingt aussprechen möchte. ›Der furchtbare und kluge Geist, der Geist der Selbstvernichtung und des Nichtseins‹, fährt der Greis fort, ›der große Geist hat mit dir in der Wüste gesprochen, und es ist uns in der Schrift überliefert, daß er dich versucht hat. War es so? Und hätte er dir etwas Wahreres sagen können als das, was er dir in den drei Fragen kundtat? Was in der Schrift ›Versuchungen‹ heißt und von dir zurückgewiesen wurde? Und doch: Wenn es auf Erden jemals ein wahrhaftes, donnergleiches Wunder gegeben hat, so jenes an dem Tag dieser drei Versuchungen. Eben in diesen drei Fragen lag das Wunder. Wenn man sich nur so zur Probe und zum Beispiel vorstellen könnte, diese drei Fragen des furchtbaren Geistes wären spurlos verlorengegangen, und man müßte sie neu stellen, von neuem ausdenken und formulieren, um sie wieder in die Schrift einzusetzen, und alle Weisen der Erde würden zu diesem Zweck versammelt, Regenten, Erzpriester, Gelehrte, Philosophen und die Dichter, und ihnen würde die Aufgabe gestellt, drei Fragen auszusinnen und zu formulieren, aber so, daß sie nicht nur der Größe des Ereignisses entsprächen, sondern darüber hinaus in drei Worten, in nicht mehr als drei menschlichen Sätzen die gesamte künftige Geschichte der Welt und des Menschengeschlechts zum Ausdruck brächten – meinst du, daß die gesamte vereinigte Weisheit der Erde etwas ersinnen könnte, was an Kraft und Tiefe jenen drei Worten gleichkäme, die dir damals von dem mächtigen, klugen Geist in der Wüste tatsächlich vorgelegt wurden? Schon an diesen Fragen, allein an dem Wunder, daß und wie sie gestellt wurden, läßt sich erkennen, daß man es nicht mit einem menschlichen vergänglichen Verstand, sondern mit einem ewigen, absoluten zu tun hat. Denn in diesen drei Fragen ist gleichsam die gesamte weitere Geschichte des Menschengeschlechts zusammengefaßt und vorhergesagt. Es sind die drei Formen aufgezeigt, in denen alle unlösbaren historischen Widersprüche der menschlichen Natur auf dieser Erde eingeschlossen sind. Damals konnte das noch nicht verständlich werden, denn die Zukunft war unbekannt. Doch jetzt, da fünfzehn Jahrhunderte vergangen sind, erkennen wir, daß mit diesen drei Fragen alles so genau vorhergesagt und so genau eingetroffen ist, daß ihnen nichts mehr hinzugefügt oder von ihnen weggenommen werden kann.

Entscheide selbst, wer recht hatte: Du oder jener, der dich damals fragte. Erinnere dich an die erste Frage! Wenn sie auch nicht buchstäblich so lautete, ihr Sinn war doch folgender: ›Du willst in die Welt gehen und gehst mit leeren Händen, mit einem Versprechen von Freiheit, das sie in ihrer Einfalt und angeborenen Schlechtigkeit nicht einmal begreifen können, das ihnen Furcht und Schrecken einflößt – denn nichts ist jemals für den Menschen und für die menschliche Gesellschaft unerträglicher gewesen als Freiheit! Aber siehst du die Steine hier in dieser nackten, glühenden Wüste? Verwandle sie in Brot, und die Menschheit wird dir wie eine Herde nachlaufen, dankbar und gehorsam, wenn auch in steten Zittern, du könntest deine Hand von ihnen nehmen, und es hätte dann mit deinen Broten für sie ein Ende!‹ Du wolltest den Menschen nicht der Freiheit berauben und verschmähtest den Vorschlag. Denn was ist das für eine Freiheit, so urteiltest du, wenn der Gehorsam durch Brot erkauft wird? Du erwidertest, der Mensch lebt nicht vom Brot allein. Weißt du jedoch, daß sich der Geist der Erde im Namen dieses Brotes gegen dich erheben und dich besiegen wird, daß alle ihm folgen werden mit dem Ruf: ›Wer tut es diesem Tier gleich? Es gab uns das Feuer vom Himmel!‹ Weißt du auch, daß die Menschheit nach Jahrhunderten durch den Mund ihrer Weisen und Gelehrten verkünden wird, es gebe kein Verbrechen und folglich auch keine Sünde, sondern es gebe nur Hungrige? Mach sie satt, und verlang erst dann von ihnen Tugend – dies werden sie auf ihr Banner schreiben, das sie gegen dich erheben und durch das sie deinen Tempel stürzen werden. Anstelle deines Tempels wird man einen neuen Bau aufführen. Erheben wird sich erneut ein furchtbarer Turm von Babylon, und obgleich der ebensowenig wie der frühere zu Ende gebaut werden dürfte, hättest du ihn doch vermeiden und die Leiden der Menschen um tausend Jahre verkürzen können! Zu uns nämlich kommen sie, wenn sie sich tausend Jahre mit ihrem Turm abgequält haben. Sie werden uns wieder unter der Erde suchen, in den Katakomben, in denen wir uns verborgen halten, denn wir werden wieder verfolgt und gemartert sein. Sie werden uns finden und uns zurufen: Macht uns satt! Die uns das Feuer vom Himmel versprachen, haben es uns nicht gegeben ... Und dann werden wir auch ihren Turm zu Ende bauen, denn zu Ende bauen wird ihn, wer sie satt macht. Satt machen aber werden nur wir sie, und wir werden lügen, es geschehe in deinem Namen. Oh, niemals werden sie ohne uns satt werden! Keine Wissenschaft wird ihnen Brot geben, solange sie frei bleiben – und enden wird es damit, daß sie uns ihre Freiheit zu Füßen legen und sagen: Knechtet uns lieber, aber macht uns satt! Sie werden schließlich selbst begreifen, daß Freiheit und reichlich Brot für alle zusammen nicht denkbar ist, denn niemals, niemals werden sie imstande sein, untereinander zu teilen! Sie werden auch zu der Überzeugung gelangen, daß sie niemals frei sein können, weil sie schwach, lasterhaft, bedeutungslos und rebellisch sind. Du versprachst ihnen himmlisches Brot, doch ich wiederhole: Läßt sich das in den Augen des schwachen, ewig lasterhaften und ewig undankbaren Menschengeschlechts mit dem irdischen Brot vergleichen? Und wenn dir um des himmlischen Brotes willen Tausende und aber Tausende nachfolgen, was wird dann aus den Millionen und aber Millionen jener Wesen, die nicht die Kraft haben, das irdische Brot um des himmlischen willen geringzuschätzen? Oder sind dir nur die Tausende von Großen und Starken teuer, und sollen die übrigen Millionen, zahlreich wie Sand am Meer, die Schwachen, die dich lieben, nur als Material für die Großen und Starken dienen? Nein, uns sind auch die Schwachen teuer. Sie sind lasterhaft und rebellisch, schließlich aber werden auch sie gehorsam werden. Sie werden uns anstaunen und für Götter halten, weil wir uns an ihre Spitze stellen, bereit, die Freiheit zu ertragen, vor der sie Angst haben, und über sie zu herrschen, – so schrecklich wird es ihnen schließlich vorkommen, frei zu sein. Aber wir werden sagen, wir seien dir gehorsam und herrschen in deinem Namen. Wir werden sie wieder täuschen, denn dich werden wir nicht mehr zu uns lassen. In dieser Täuschung wird jedoch auch unser Leiden liegen; denn wir werden gezwungen sein zu lügen. Das also hatte diese erste Frage in der Wüste zu bedeuten. Das verschmähtest du um der Freiheit willen, die du höher stelltest als alles andere. Es lag in dieser Frage das große Geheimnis der Welt beschlossen. Hättest du das ›Brot‹ angenommen, so hättest du damit einem allgemeinen und ewigen menschlichen Sehnen entsprochen, dem Sehnen jedes einzelnen Menschen genauso wie dem der gesamten Menschheit, jenem Sehnen, das sich in der Frage ausdrückt: Wen soll ich anbeten? Es gibt für einen Menschen, der frei geblieben ist, keine unausweichlichere, dauerndere, quälendere Sorge, als möglichst rasch jemand zu finden, den er anbeten kann. Aber der Mensch möchte nur etwas anbeten, was bereits unbestritten ist, so unbestritten, daß sich alle Menschen zugleich zu gemeinsamer Anbetung bereit finden. Denn es ist nicht so sehr die Sorge dieser kläglichen Geschöpfe, etwas zu finden, was ich oder ein anderer anbeten kann, sondern etwas, woran alle glauben und was alle anbeten, unbedingt alle zusammen. Und eben dieses Bedürfnis nach gemeinsamer Anbetung bildet die wesentliche Qual jedes einzelnen Individuums wie der ganzen Menschheit seit Anbeginn der Zeiten. Um der gemeinsamen Anbetung willen vernichteten sie sich gegenseitig mit dem Schwert. Sie schufen sich Götter und riefen einander zu: Entsagt euren Göttern und betet unsere an – oder Tod euch und euren Göttern! Und so wird es sein bis ans Ende der Welt, selbst wenn die Götter aus der Welt verschwinden. Das macht den Menschen nichts aus, dann werden sie eben vor Götzen niederfallen. Du kanntest dieses wichtigste Geheimnis der menschlichen Natur, es konnte dir nicht unbekannt sein. Doch du hast das einzig wirksame Banner, das dir angeboten wurde, um alle zu zwingen, dich widerspruchslos anzubeten – das Banner des irdischen Brotes –, zurückgewiesen. Hast es zurückgewiesen um der Freiheit und des himmlischen Brotes willen. Sieh dir doch an, was du getan hast! Und alles um der Freiheit willen! Ich sage dir, der Mensch kennt keine quälendere Sorge, als jemand zu finden, dem er so schnell wie möglich das Geschenk der Freiheit übergeben kann, mit dem er, dieses unglückliche Geschöpf, geboren wird. Aber nur der bekommt die Freiheit der Menschen in seine Gewalt, der ihr Gewissen beruhigt. Mit dem Brot wurde dir ein unbestrittenes Banner angeboten: Wenn du ihm Brot gibst, betet dich der Mensch an, denn nichts ist unbestrittener als das Brot. Doch wenn zur gleichen Zeit ohne dein Wissen jemand sein Gewissen in die Gewalt bekommt – oh, dann läßt der Mensch sogar dein Brot im Stich und folgt dem, der sein Gewissen verführt. In diesem Punkt hattest du recht. Das Geheimnis des menschlichen Seins besteht nämlich nicht darin, daß man lediglich lebt, sondern darin, wofür man lebt. Hat der Mensch keine feste Vorstellung von dem Zweck, für den er lebt, so mag er nicht weiterleben und vernichtet sich eher selbst, als daß er auf der Erde bleibt – mögen auch noch so viele Brote um ihn herumliegen. Und was war nun das Ergebnis? Statt die Freiheit der Menschen in deine Gewalt zu bringen, hast du sie ihnen noch vermehrt! Oder hattest du vergessen, daß Ruhe und sogar Tod dem Menschen lieber sind als freie Wahl in der Erkenntnis von Gut und Böse? Nichts ist für den Menschen verführerischer als die Freiheit seines Gewissens, aber nichts ist auch qualvoller. Statt dem Menschen ein für allemal feste Grundlagen zur Beruhigung seines Gewissens zu geben, hast du ihm alles aufgebürdet, was es an Ungewöhnlichem, Rätselhaftem und Unbestimmtem gibt, alles, was die Kraft der Menschen übersteigt. Du hast somit gehandelt, als ob du sie überhaupt nicht liebtest, obwohl du doch gekommen warst, um für sie dein eigenes Leben hinzugeben! Statt die Freiheit der Menschen in deine Gewalt zu bringen, hast du sie vermehrt und mit ihren Qualen das Seelenleben des Menschen für allezeit belastet. Du wünschtest freiwillige Liebe von seiten des Menschen, frei sollte er dir nachfolgen, entzückt und gefesselt von dir. Statt des festen alten Gesetzes sollte der Mensch künftig selbst mit freiem Herzen entscheiden, was gut und böse ist, und dabei nur dein Vorbild als Orientierungshilfe vor sich haben. Hast du dabei wirklich nicht bedacht, daß er schließlich sogar dein Vorbild und deine Wahrheit verwerfen und als unverbindlich ablehnen wird, wenn man ihm so eine furchtbare Last aufbürdet, wie Freiheit der Wahl? Schließlich werden die Menschen sagen, du bist nicht die Wahrheit; denn man konnte sie kaum in größerer Verwirrung und Qual zurücklassen, als du es tatest, indem du ihnen so viele Sorgen und unlösbare Aufgaben hinterließest. Auf diese Weise hast du selbst den Grund zur Zerstörung deines Reiches gelegt und darfst niemand sonst beschuldigen. Dabei wurde dir doch etwas ganz anderes vorgeschlagen! Es gibt auf der Erde nur drei Mächte, die imstande sind, das Gewissen dieser schwächlichen Rebellen zu ihrem Glück für allezeit zu besiegen und zu fesseln: das Wunder, das Geheimnis und die Autorität. Du hast das erste und das zweite und das dritte verschmäht und durch dein eigenes Verhalten ein Beispiel gegeben. Als der furchtbare, kluge Geist dich auf die Zinne des Tempels stellte und sagte: Wenn du wissen willst, ob du Gottes Sohn bist, so stürz dich hinab! Denn von ihm steht geschrieben, daß die Engel ihn auffangen und tragen werden und er nicht fallen und sich nicht stoßen wird. Und dann wirst du erkennen, ob du Gottes Sohn bist, und beweisen, wie groß dein Glaube an deinen Vater ist … Aber du hast diesen Vorschlag zurückgewiesen und dich nicht hinabgestürzt. Natürlich handeltest du stolz und großartig wie ein Gott – aber sind die Menschen, dieses schwache, rebellische Geschlecht, etwa Götter? Oh, du hast damals eingesehen: Wenn du auch nur einen Schritt tun, nur eine Bewegung machen würdest, dich hinabzustürzen, würdest du damit Gott versuchen und allen Glauben an ihn verlieren und auf der Erde zerschmettern, die du zu retten gekommen warst; und der kluge Geist, der dich versuchte, würde sich freuen. Aber ich sage noch einmal: Gibt es viele solche wie dich? Und hast du wirklich auch nur einen Augenblick annehmen können, auch die Kraft der Menschen könnte ausreichen, einer derartigen Versuchung zu widerstehen? Ist die Natur des Menschen etwa so beschaffen, daß er das Wunder ablehnen und in solchen schweren Augenblicken des Lebens, Augenblicken der furchtbarsten und qualvollsten letzten Seelenfragen, allein mit der freien Entscheidung des Herzens auskommen kann? Du wußtest, daß deine Tat in der Schrift festgehalten würde, daß sie bis ans Ende aller Zeiten und bis an die letzten Grenzen der Erde gelangen würde, und du hofftest, auch der Mensch würde, dir nachfolgend, in der Gemeinschaft mit Gott bleiben, ohne des Wunders zu bedürfen. Aber du wußtest nicht, daß der Mensch, sobald er das Wunder ablehnt, zugleich auch Gott ablehnt, weil er nicht so sehr Gott als vielmehr das Wunder sucht. Und da der Mensch nicht imstande ist, ohne Wunder auszukommen, wird er sich neue Wunder schaffen, eigene Wunder; er wird sich vor den Wundern der Zauberer und Hexen beugen, mag er auch hundertmal als Rebell, Ketzer oder Atheist gelten. Du bist nicht vom Kreuz herabgestiegen, als dir höhnisch zugerufen wurde: Steig herab vom Kreuz, und wir werden glauben, daß du der Sohn Gottes bist! Du bist nicht herabgestiegen, weil du abermals den Menschen nicht durch ein Wunder knechten wolltest, weil du einen freien Glauben wünschtest, keinen Wunderglauben. Du wünschtest freiwillige Liebe und nicht sklavisches Entzücken des Unfreien über eine Macht, die ihm ein für allemal Schrecken einflößt. Aber auch hier hast du von den Menschen zu hoch gedacht, denn sie sind allerdings Unfreie, wenn sie auch als Rebellen geschaffen worden sind. Sieh um dich und urteile selbst! Fünfzehn Jahrhunderte sind jetzt verflossen; bitte, sieh dir die Menschen an: wen hast du zu dir emporgehoben? Ich schwöre dir, der Mensch ist schwächer und niedriger, als du geglaubt hast! Kann er, frage ich, überhaupt ausführen, was du ausgeführt hast? Indem du ihn so hoch einschätztest, hast du gehandelt, als ob du kein Mitleid mehr für ihn empfändest, du hast zuviel von ihm verlangt, du, der du ihn doch mehr liebtest als dich selbst! Hättest du ihn weniger hoch eingeschätzt, hättest du auch weniger von ihm verlangt; das wäre der Liebe näher gekommen, denn es hätte seine Bürde leichter gemacht. Er ist schwach und gemein. Daß er jetzt überall gegen unsere Macht rebelliert und auf diese Rebellion stolz ist – was will das besagen? Das ist der Stolz eines Kindes, eines Schulknaben. Das sind Kinder, die in der Klasse revoltieren und den Lehrer vertreiben. Aber auch der Jubel dieser Kinder wird sein Ende finden; er wird ihnen teuer zu stehen kommen. Sie werden die Tempel niederreißen und die Erde mit Blut überschwemmen. Aber schließlich werden die dummen Kinder merken, daß sie doch nur schwächliche Rebellen sind, die ihre eigene Rebellion nicht aushalten. In dumme Tränen ausbrechend, werden sie bekennen, daß sich derjenige, der sie zu Rebellen erschaffen hat, ohne Zweifel über sie hat lustig machen wollen. Sie werden das voller Verzweiflung sagen, und was sie sagen, wird eine Gotteslästerung sein, die sie noch unglücklicher macht; denn die menschliche Natur erträgt keine Gotteslästerung und bestraft sich zuletzt immer selbst dafür. Und so sind jetzt Unruhe, Verwirrung und Unglück das Los der Menschen, nachdem du so viel für ihre Freiheit gelitten hast! Dein großer Prophet sagt in einer allegorischen Vision, er habe alle Teilnehmer der ersten Auferstehung gesehen, aus jedem Stamm zwölftausend. Aber wenn es so viele waren, dann waren auch sie wohl kaum Menschen, sondern Götter. Sie haben dein Kreuz getragen. Sie haben es erduldet, jahrzehntelang in der öden Wüste zu leben und sich von Heuschrekken und Wurzeln zu ernähren. Du kannst in der Tat stolz auf diese Kinder der Freiheit hinweisen, die dich freiwillig geliebt und um deines Namens willen freiwillig ein so großartiges Opfer gebracht haben. Aber vergiß nicht, daß es im ganzen nur ein paar Tausend waren, und zwar Götter – aber die übrigen? Was können die übrigen, die schwachen Menschen, dafür, daß sie nicht dasselbe ertragen konnten wie die Starken? Was kann eine schwache Seele dafür, daß sie nicht imstande ist, so furchtbare Gaben aufzunehmen? Bist du wirklich nur zu den Auserwählten und für die Auserwählten gekommen? Wenn es so ist, liegt hier ein Geheimnis vor, und wir können es nicht verstehen. Wenn aber ein Geheimnis vorliegt, so waren auch wir berechtigt, dies zu verkünden und die Menschen zu lehren, daß nicht der freie Entschluß ihrer Herzen und nicht die Liebe das Entscheidende ist, sondern jenes Geheimnis, dem sie sich blind unterordnen müssen, selbst gegen ihr Gewissen. Das haben wir denn auch getan. Wir haben deine Tat verbessert und sie auf das Wunder, das Geheimnis und die Autorität gegründet. Und die Menschen freuten sich, daß sie wieder wie eine Herde geleitet wurden und daß endlich das furchtbare Geschenk, das ihnen so viel Qual bereitet hatte, von ihren Herzen genommen war. Sprich, waren wir berechtigt, so zu lehren und so zu handeln? Haben wir die Menschheit etwa nicht geliebt, als wir so freundlich ihre Schwäche anerkannten, ihre Bürde liebevoll erleichterten und ihrer schwachen Natur sogar die Sünde gestatteten, wenn sie mit unserer Erlaubnis geschah? Warum bist du jetzt gekommen, uns zu stören? Und warum siehst du mich schweigend und durchdringend an mit deinen sanften Augen? Werde zornig! Ich will deine Liebe nicht, weil ich dich selbst nicht liebe. Und was könnte ich vor dir schon verbergen? Als ob ich nicht wüßte, mit wem ich rede! Was ich dir zu sagen habe, ist dir bereits alles bekannt, das lese ich in deinen Augen. Und ich sollte unser Geheimnis vor dir verbergen? Vielleicht willst du es gerade aus meinem Mund vernehmen. So höre denn! Wir sind nicht mit dir im Bunde, sondern mit ihm – das ist unser Geheimnis! Wir sind schon seit langer Zeit nicht mehr mit dir im Bunde, sondern mit *ihm*, schon acht Jahrhunderte lang. Genau acht Jahrhunderte ist es her, daß wir von ihm annahmen, was du unwillig zurückgewiesen hast: jene letzte Gabe, die er dir anbot, indem er dir alle Reiche der Erde zeigte. Wir haben von ihm Rom empfangen und das Schwert des Cäsar und haben uns selbst zu Herren der Erde, zu ihren einzigen Herren erklärt, obwohl wir unser Werk bis heute noch nicht zum vollen Abschluß zu bringen vermochten. Aber wessen Schuld ist das? Oh, dieses Werk befindet sich jetzt erst im Anfangsstadium, aber begonnen ist es. Lange noch werden wir auf seine Vollendung warten müssen, und viel wird die Erde noch leiden. Aber wir werden ans Ziel gelangen, wir werden Cäsaren sein, und dann werden wir auch an das Glück aller Menschen auf Erden denken. Du aber hättest schon damals das Schwert des Cäsar ergreifen können. Warum hast du diese letzte Gabe zurückgewiesen? Hättest du diesen dritten Rat des mächtigen Geistes angenommen, so hättest du alle Wünsche erfüllt, die der Mensch hier auf Erden hegt. Er hätte jemand gehabt, den er anbeten und dem er sein Gewissen anvertrauen kann; er hätte die Möglichkeit gesehen, daß sich endlich alle gemeinsam und einmütig zu einem umfassenden, von niemand bestrittenen Ameisenhaufen vereinigen. Das Bedürfnis zu universeller Vereinigung ist nämlich die dritte und letzte Qual der Menschen. Immer hat die Menschheit in ihrer Gesamtheit danach gestrebt, sich unter allen Umständen universell zu gestalten. Es hat viele große Völker mit großer Geschichte gegeben. Doch je höher diese Völker standen, desto unglücklicher waren sie, weil sie stärker als die anderen das Bedürfnis nach einer universellen Vereinigung der Menschen empfanden. Große Eroberer, wie Timur und Dschingis-Khan, fegten wie ein Wirbelsturm über die Erde, bestrebt, die Welt zu erobern. Aber auch sie drückten, obgleich unbewußt, das große Bedürfnis der Menschheit nach allgemeiner, allumfassender Vereinigung aus. Hättest du das Schwert und den Purpur des Cäsar angenommen, so hättest du eine Weltherrschaft begründet und der ganzen Welt Ruhe gebracht. Denn wem anders steht es zu, über die Menschen zu herrschen, als denen, die das Gewissen der Menschen in ihrer Gewalt haben und in deren Händen das Brot der Menschen ist? Wir unsererseits haben das Schwert des Cäsar ergriffen; dabei haben wir uns freilich von dir abgewandt und sind ihm gefolgt. Oh, noch jahrhundertelang wird der Unfug des freien Verstandes, der Wissenschaft und Menschenfresserei dauern! Denn sie, die ihren babylonischen Turm ohne uns aufzuführen begannen, werden bei der Menschenfresserei enden. Doch dann, dann wird das Tier zu uns gekrochen kommen und unsere Füße lecken und sie mit den blutigen Tränen seiner Augen benetzen. Und wir werden uns auf das Tier setzen und den Kelch erheben, auf dem geschrieben steht: Geheimnis! Erst dann wird für die Menschen das Reich der Ruhe und des Glücks anbrechen. Du bist stolz auf deine Auserwählten. Aber du hast nur Auserwählte, während wir allen Ruhe bringen. Und noch eins. Wie viele von diesen Auserwählten und von den Starken, die da hätten Auserwählte werden können, sind es schließlich müde geworden, auf dich zu warten! Sie haben die Kräfte ihres Geistes und die Glut ihres Herzens auf ein anderes Feld übertragen und tun das auch jetzt noch und werden es tun, bis sie ihr Freiheitsbanner sogar gegen dich erheben.

Aber du selbst hast dieses Banner erhoben. Bei uns jedoch werden alle glücklich sein und nicht mehr rebellieren und einander vernichten, wie es unter deiner Freiheit allerorten geschah. Oh, wir werden sie davon überzeugen, daß sie erst dann wahrhaft frei sein werden, wenn sie ihrer Freiheit zu unseren Gunsten entsagen und uns gehorchen. Nun, werden wir damit recht haben? Oder wird das eine Lüge sein? Sie werden selber einsehen, daß wir recht haben! Denn sie werden sich erinnern, zu welcher schrecklichen Sklaverei und Verwirrung sie deine Freiheit gebracht hat. Freiheit, freie Vernunft und Wissenschaft werden sie in solche Abgründe führen und sie vor solche Wunder und solche unlöslichen Geheimnisse stellen, daß manche von ihnen, die Unbotmäßigen und Trotzigen, sich selbst vernichten, andere, die Unbotmäßigen, aber Schwachen, sich gegenseitig vernichten, und die dritten, die Schwächlichen und Unglücklichen, uns zu Füßen kriechen und zu uns aufwinseln werden: Ja, ihr hattet recht! Ihr allein wart im Besitz seines Geheimnisses! Wir kehren zu euch zurück, rettet uns vor uns selbst! Wenn sie von uns Brot erhalten, werden sie allerdings deutlich erkennen, daß wir ihnen ihr eigenes Brot, das sie mit ihren eigenen Händen erarbeitet haben, wegnehmen, um es dann wieder unter sie zu verteilen, ohne jedes Wunder. Sie werden sehen, daß wir nicht Steine in Brot verwandelt haben, doch in Wahrheit werden sie sich – mehr als über das Brot selbst – darüber freuen, daß sie es aus unseren Händen empfangen! Sie werden sich nämlich sehr gut erinnern, daß sich früher, ohne uns, das durch ihre Arbeit erworbene Brot in ihren Händen in Steine verwandelte, daß aber nach ihrer Rückkehr zu uns selbst die Steine in ihren Händen zu Brot wurden. Und sehr wohl werden sie zu schätzen wissen, was es bedeutet, sich ein für allemal zu unterwerfen! Solange die Menschen das nicht begreifen, werden Sie unglücklich sein. Und nun sag, wer hat am meisten zu diesem Unverständnis beigetragen? Wer hat die Herde zersplittert und auf unbekannte Wege versprengt? Die Herde wird sich jedoch von neuem sammeln und von neuem unterwerfen, und dann ein für allemal. Dann werden wir den Menschen ein stilles, friedliches Glück gewähren: das Glück der schwachen Wesen, als die sie nun einmal geschaffen sind. Oh, wir werden sie schließlich überreden, ihren Stolz abzulegen! Du hast sie emporgehoben und dadurch stolz gemacht. Wir werden ihnen beweisen, daß sie nur schwache, armselige Kinder sind, daß aber das Glück von Kindern süßer ist als jedes andere. Sie werden eingeschüchtert zu uns aufblicken und sich ängstlich an uns drücken – wie die Küken an die Henne. Sie werden uns anstaunen und fürchten und stolz sein, daß unsere Macht und Klugheit uns befähigt hat, so eine störrische Herde von tausend Millionen zu zähmen. Sie werden kraftlos zittern vor unserem Zorn, ihr Geist wird verzagen, ihre Augen werden dem Weinen nahe sein wie die von Kindern und Frauen – doch ebenso leicht werden sie auch auf unseren Wink zu Fröhlichkeit und Gelächter, zu heller Freude und glückseligen Kinderliedchen übergehen. Ja, wir werden sie zwingen zu arbeiten; ihre arbeitsfreien Stunden aber werden wir ihnen zu einem kindlichen Spiel umgestalten, mit Kinderliedern, Chorgesängen und unschuldigen Tänzen. Oh, wir werden ihnen auch die Sünde erlauben. Sie sind kraftlos und werden uns wie Kinder dafür lieben, daß wir ihnen gestatten zu sündigen. Wir werden ihnen sagen, jede Sünde könne wiedergutgemacht werden, sofern sie mit unserer Erlaubnis begangen worden ist. Und wenn ihnen also von uns gestattet werde zu sündigen, so habe das seinen Grund in unserer Liebe zu ihnen. Die Strafe für diese Sünden seien wir bereit, auf uns zu nehmen. Und wir werden sie auch auf uns nehmen! Sie aber werden uns als ihre Wohltäter vergöttern, weil wir vor Gott ihre Sünden auf uns nehmen. Und sie werden keinerlei Geheimnisse vor uns haben. Wir werden ihnen erlauben oder verbieten, mit ihren Frauen und Geliebten zu leben, Kinder zu haben oder keine Kinder zu haben, alles je nach ihrem Gehorsam, und sie werden sich uns mit Lust und Freude unterwerfen. Auch die qualvollsten Geheimnisse ihres Gewissens – alles werden sie uns anvertrauen, und wir werden alles entscheiden. Und sie werden unserer Entscheidung mit Freuden glauben, weil sie durch diese von der großen Sorge und der furchtbaren Qual freier persönlicher Entscheidung befreit sein werden. Und alle die Millionen von

Wesen werden glücklich sein, mit Ausnahme der Hunderttausend, die über sie herrschen. Denn nur wir, die Hüter des Geheimnisses, werden unglücklich sein. Es wird Tausende von Millionen glücklicher Kinder geben und hunderttausend Dulder, die den Fluch der Erkenntnis von Gut und Böse auf sich genommen haben. Still werden sie sterben, still in deinem Namen erlöschen und jenseits des Grabes nur den Tod finden. Das jedoch werden wir geheimhalten und die Menschen durch die Verheißung einer ewigen, himmlischen Belohnung zu ihrem eigenen Glück locken. Denn selbst wenn es etwas im Jenseits gäbe, dann doch sicherlich nicht für solche wie sie. Es wird prophezeit, du würdest wiederkommen mit deinen Auserwählten, mit deinen Stolzen und Starken und einen neuen Sieg erringen. Aber wir werden sagen, diese hätten nur sich selbst gerettet, wir hingegen alle Menschen. Es wird gesagt, die Hure, die auf dem Tier sitzt und das Geheimnis in ihren Händen hält, würde beschimpft werden, und die Schwachen würden sich abermals empören und das Purpurgewand der Hure zerreißen und ihren gemeinen Körper entblößen. Doch dann werde ich aufstehen und dich auf die Tausende von Millionen glücklicher Kinder hinweisen, die keine Sünde gekannt haben. Und wir, die wir um ihres Glückes willen ihre Sünde auf uns genommen haben, werden vor dich hintreten und sagen: Verurteile uns, wenn du das kannst und wagst! Du sollst wissen, daß ich dich nicht fürchte. Daß auch ich in der Wüste war, daß auch ich mich von Heuschrecken und Wurzeln ernährte, daß auch ich die Freiheit segnete, mit der du die Menschen gesegnet hattest, daß auch ich mich vorbereitete, in die Schar deiner Auserwählten, der Starken und Mächtigen, einzutreten mit dem heißen Wunsch, ihre Zahl voll zu machen. Aber ich kam zur Besinnung und hatte kein Verlangen mehr, dem Wahnsinn zu dienen. Ich kehrte zurück und schloß mich denen an, die deine Tat verbesserten. Ich ging fort von den Stolzen und kehrte zu den Demütigen zurück, um diese glücklich zu machen. Was ich dir sage, wird in Erfüllung gehen, und unser Reich wird errichtet werden. Ich wiederhole, schon morgen wirst du sehen, wie diese gehorsame Herde auf meinen ersten Wink herbeistürzt und glühende Kohlen für deinen Scheiterhaufen zusammenscharrt. Für den Scheiterhaufen, auf dem ich dich verbrennen werde dafür, daß du gekommen bist, uns zu stören. Wenn jemals einer vor allen anderen unseren Scheiterhaufen verdient hat, so bist du es. Morgen werde ich dich verbrennen. Dixi.«

Iwan schwieg. Er war beim Sprechen in Eifer geraten und hatte sich von seinem Stoff hinreißen lassen. Doch als er fertig war, lächelte er auf einmal.

Aljoscha hatte ihm die ganze Zeit schweigend zugehört; gegen Ende war er vor Erregung wiederholt im Begriff, den Bruder zu unterbrechen, hatte sich aber offenbar gewaltsam beherrscht. Doch jetzt sprang er plötzlich auf und fing an zu reden.

»Aber, das ist ja Unsinn!« rief er errötend. »Deine Dichtung ist ein Lob Jesu, keine Schmähung, die du doch wolltest. Und wer soll dir glauben, was du da von der Freiheit gesagt hast? Muß man sie denn ausgerechnet so auffassen? Ist das etwa die Auffassung unserer rechtgläubigen Kirche? Das ist Rom, und nicht einmal das ganze Rom! Das ist eine Unwahrheit! – Das sind nur die schlechtesten Elemente des Katholizismus, die Inquisitoren, die Jesuiten! Und eine solche Phantasieperson wie deinen Inquisitor kann es überhaupt nicht geben. Was sind das für Sünden der Menschen, die da auf sich genommen wurden? Was sind das für Geheimnisträger, die einen bestimmten Fluch auf sich genommen haben, um die Menschen glücklich zu machen? Wann hat man von ihnen gehört? Wir kennen die Jesuiten, es wird schlecht über sie gesprochen, trifft aber auf sie zu, was du da sagst? Sie sind ganz und gar nicht so, überhaupt nicht … Sie sind einfach die römische Armee für das künftige irdische Weltreich, an dessen Spitze der römische Erzpriester als Imperator stehen soll … Das ist ihr Ideal, ohne alle Geheimnisse und ohne allen erhabenen Kummer … Es handelt sich um das einfachste Verlangen nach Macht, nach schmutzigen irdischen Gütern, nach Ausbeutung, nach einer neuen Art von Leibeigenschaft, wobei sie natürlich selbst die Gutsbesitzer werden möchten. Das ist alles, was sie wollen. Vielleicht glauben sie gar nicht an Gott. Dein leidender Inquisitor ist nichts als Phantasie ...«

»Halt, halt!« rief Iwan lachend. »Wie du dich ereiferst! Phantasie, sagst du. Nun meinetwegen. Gewiß ist es Phantasie. Aber erlaube mal, meinst du wirklich, die ganze katholische Bewegung der letzten Jahrhunderte sei tatsächlich weiter nichts als ein Streben nach Macht, nur um schmutziger Güter willen? Hat Vater Paissi dir das beigebracht?«

»Nein, nein, im Gegenteil. Vater Paissi hat sich einmal sogar in deinem Sinn geäußert ... Doch nein, es war wohl anders, ganz anders«, verbesserte sich Aljoscha schnell.

»Das ist für mich trotzdem wichtig zu wissen, eine wertvolle Nachricht, trotz deiner Einschränkung. Ich frage dich geradezu: Warum glaubst du, die Jesuiten und Inquisitoren hätten sich einzig und allein um schnöder materieller Güter willen zusammengetan? Warum soll unter ihnen kein einziger Dulder sein, der große Qualen leidet und die Menschheit liebt? Nimm doch einmal an, unter allen, die lediglich nach schmutzigen materiellen Gütern streben, sei auch nur ein einziger von der Art meines greisen Inquisitors gewesen – einer, der selbst in der Wüste Wurzeln gegessen und gegen das Fleisch angekämpft hat, um frei und vollkommen zu werden, der dabei doch sein ganzes Leben lang die Menschheit geliebt und nun plötzlich eingesehen hat, daß es kein großes moralisches Glück bedeutet, die Vollkommenheit des Willens zu erreichen, wenn man gleichzeitig davon überzeugt ist, daß Millionen anderer Geschöpfe Gottes dies nicht können und nur zum Hohn geschaffen sind, daß sie nie imstande sein werden, mit ihrer Freiheit zurechtzukommen, daß sich die armseligen Rebellen niemals zu Riesen entwickeln und den Turm fertigbauen werden und daß der große Idealist nicht wegen solcher Gänse von der Harmonie geträumt hat. Nachdem er das alles eingesehen hatte, kehrte er zurück und schloß sich den klugen Leuten an. Wäre so etwas nicht denkbar?«

»Wem schloß er sich an? Welchen klugen Leuten?« rief Aljoscha beinahe wütend. »Sie besitzen gar keinen solchen Verstand und gar keine solchen Geheimnisse! Höchstens ihre Gottlosigkeit, das ist ihr ganzes Geheimnis! Dein Inquisitor glaubt nicht an Gott, das ist sein ganzes Geheimnis!«

»Soll es so ein, meinetwegen! Endlich hast du es erraten. Es ist wirklich so, darin besteht tatsächlich das ganze Geheimnis! Aber ist das etwa kein Leid – wenn auch nur für einen Menschen wie ihn, der in der Wüste sein ganzes Leben austilgte, um eine Großtat zu verrichten, und sich doch nicht kurieren konnte von seiner Liebe zur Menschheit? Am Abend seiner Tage gelangt er mit aller Klarheit zu der Überzeugung, daß nur die Ratschläge des großen, furchtbaren Geistes den Zustand dieser schwächlichen Rebellen, dieser unfertigen, gleichsam nur probeweise hergestellten, zum Hohn erschaffenen Wesen einigermaßen erträglich gestalten könnten. Und nun, da er davon überzeugt ist, sieht er ein, daß man nach der Weisung des klugen Geistes, des furchtbaren Geistes des Todes und der Zerstörung, verfahren muß, daß man sich zu diesem Zweck der Lüge und der Täuschung bedienen, die Menschen mit Bewußtsein zu Tod und Untergang führen und sie dabei auf dem ganzen Weg betrügen muß, damit sie nicht merken, wohin sie geführt werden, und damit sich diese armseligen Blinden wenigstens unterwegs für glücklich halten. Und wohlgemerkt, der Betrug geschieht im Namen eines Ideals, an das der Greis sein ganzes Leben leidenschaftlich geglaubt hat! Ist das etwa keine Tragik? Und sollte sich auch nur ein einziger solcher Mensch an der Spitze dieser Armee befinden, ›die lediglich um schmutziger Güter willen nach Macht verlangt‹, wäre das nicht schon ausreichend für eine Tragödie? Ja noch mehr, ein einziger solcher Mensch an der Spitze reichte aus, damit für die römische Sache mit all ihren Heeren und Jesuiten endlich eine wirklich führende Idee, die höchste Idee gefunden würde. Ich sage dir unumwunden, ich glaube ganz fest, daß dieser ›einzige‹ Mensch unter den Anführern der Bewegung niemals allein sein kann. Wer weiß, vielleicht hat es auch unter der hohen römischen Geistlichkeit solche ›einzigen‹ gegeben. Wer weiß, vielleicht existiert dieser verfluchte Greis, der die Menschheit so hartnäckig auf seine Art liebt, auch jetzt in Gestalt einer ganzen Schar von vielen ›einzigen‹ Greisen, und zwar nicht zufällig, sondern vielleicht aufgrund eines geheimen Einverständnisses, das schon vor langer Zeit getroffen worden ist – zwecks Wahrung des Geheimnisses vor den unglücklichen schwachen Menschen und in der Absicht, sie glücklich zu machen. Sicher ist das so, muß das so sein. Ich stelle mir vor, daß auch die Freimaurer etwas haben, was diesem Geheimnis ähnlich ist, daß die Katholiken deshalb so einen Haß auf die Freimaurer haben, weil sie in ihnen Konkurrenten sehen und eine Auflösung der Einheit der Idee befürchten, wo es doch eine Herde geben soll und einen Hirten ... Übrigens führe ich mich bei der Verteidigung meiner Gedanken auf wie ein Autor, der deine Kritik nicht vertragen kann. Schluß damit!«

»Du bist vielleicht selbst Freimaurer!« entfuhr es Aljoscha plötzlich. »Du glaubst nicht an Gott«, fügte er bekümmert hinzu. Außerdem schien es ihm, als ob ihn der Bruder spöttisch ansähe. »Wie endet denn deine Dichtung?« fragte er plötzlich, die Augen niedergeschlagen. »Oder ist sie schon zu Ende?«

»Ich wollte sie folgendermaßen abschließen: Nachdem der Inquisitor geendet hat, wartet er einige Zeit auf eine Antwort des Gefangenen. Dessen Schweigen wird ihm peinlich. Er hat bemerkt, wie ihm der Gefangene die ganze Zeit still zugehört und eindringlich in die Augen gesehen hat – offenbar ohne die Absicht, etwas zu erwidern. Der Greis möchte, daß Er etwas sagt, und sei es etwas Bitteres, Furchtbares. Doch Er nähert sich plötzlich wortlos dem Greis und küßt ihn sacht auf die blutlosen welken Lippen. Das ist seine ganze Antwort. Der Greis fährt zusammen. Um seine Mundwinkel zuckt es, er geht zur Tür, öffnet sie und sagt zu Ihm: ›Geh und komm nicht wieder! Komm überhaupt niemals wieder! Niemals, niemals!‹ Und er läßt Ihn hinaus auf die dunklen Straßen und Plätze der Stadt. Der Gefangene geht!«

»Und der Greis?«

»Der Kuß brennt ihm im Herzen, doch er beharrt auf seiner Idee.«

»Und du mit ihm, du auch?« rief Aljoscha traurig.

Iwan lachte.

»Das ist doch alles Unsinn, Aljoscha! Das verrückte Poem eines verrückten Studenten, der niemals auch nur zwei Verse geschrieben hat. Warum nimmst du die Sache so ernst? Du denkst doch wohl nicht, daß ich jetzt geradewegs dorthin fahre, zu den Jesuiten, um in die Schar derer einzutreten, die Seine Tat verbessern? Ach Gott, was geht das mich an? Ich habe dir ja gesagt, ich möchte nur bis dreißig leben – und dann den Becher auf den Boden schleudern!«

»Aber die klebrigen Blättchen und die teuren Gräber und der blaue Himmel und die geliebte Frau! Wie willst du leben, mit welcher Kraft die alle lieben?« rief Aljoscha bekümmert. »Ist das denn möglich mit so einer Hölle in der Brust und im Kopf? Nein, du wirst hinfahren, um dich ihnen anzuschließen. Und wenn du das nicht tust, wirst du es nicht aushalten können und dich selbst töten!«

»Es gibt eine Kraft, die alles aushält!« erwiderte Iwan mit einem Lächeln, das bereits kalt war.

»Was ist das für eine Kraft?«

»Die Karamasowsche. Die Kraft der Karamasowschen Gemeinheit.«

»Das bedeutet, in Ausschweifungen versinken, die Seele im Laster ersticken – ja?«

»Meinetwegen auch das ... Bis ich dreißig bin, werde ich dem vielleicht noch entgehen, aber dann ...«

»Wie willst du dem entgehen? Und wodurch? Ein Ding der Unmöglichkeit bei deinen Anschauungen!«

»Wiederum auf Karamasowsche Art.«

»Soll das heißen, nach dem Grundsatz: ›Alles ist erlaubt‹? Alles ist erlaubt, nicht wahr?«

Iwan machte ein finsteres Gesicht und wurde auf einmal seltsam blaß. »Ah, da hast du einen Satz von gestern aufgefangen, über den sich Miussow so ereifert hat. Und den Dmitri dann, so naiv auffahrend, wiederholt hat«, erwiderte Iwan mit einem krampfhaften Lächeln. »Na meinetwegen. ›Alles ist erlaubt‹ – wenn der Satz nun einmal ausgesprochen ist. Ich nehme ihn nicht zurück. Und auch Mitenkas Redaktion dieses Satzes war gar nicht übel.«

Aljoscha blickte ihn schweigend an.

»Ich habe geglaubt, Bruder, wenn ich nun wegfahre, habe ich auf der ganzen Welt wenigstens dich«, sagte Iwan auf einmal mit einem unerwarteten Gefühlsausbruch. »Doch jetzt sehe ich, daß auch in deinem Herzen kein Platz für mich ist, mein lieber Einsiedler. Von dem Satz ›Alles ist erlaubt‹ sage ich mich nicht los. Na, wie ist es, sagst du dich deswegen von mir los, ja?«

Aljoscha stand auf, trat wortlos zu ihm und küßte ihn auf den Mund.

»Das ist literarischer Diebstahl!« rief Iwan plötzlich fast enthusiastisch. »Das hast du aus meiner Dichtung gestohlen! Dennoch ich danke dir. Steh auf, Aljoscha, wir wollen gehen. Es ist Zeit für uns beide.«

Sie gingen hinaus, blieben aber vor der Tür des Restaurants stehen.

»Hör mal zu, Aljoscha«, sagte Iwan mit fester Stimme. »Wenn mich die klebrigen Blättchen wirklich rühren sollten, werde ich sie nur in Erinnerung an dich lieben. Es genügt mir, daß es dich hier irgendwo gibt – und schon habe ich die Lust am Leben noch nicht verloren! Genügt dir das? Wenn du willst, kannst du das als eine Liebeserklärung auffassen. So, und jetzt geh. Und zwar du nach rechts, ich werde nach links gehen – es ist genug, hörst du? Es ist genug! Das soll heißen: Sollte ich morgen nicht wegfahren – ich glaube aber, ich werde bestimmt fahren – und sollten wir uns noch einmal begegnen, dann sprich über alle diese Themen kein Wort mehr mit ihm. Das ist meine dringende Bitte … Und was unseren Bruder Dmitri anlangt, so bitte ich dich ganz besonders, sprich mit mir nie mehr über ihn«, fügte er plötzlich gereizt hinzu. »Dieser Punkt ist ja erschöpft, vollständig durchgesprochen, nicht wahr? Ich meinerseits werde dir dafür ebenfalls etwas versprechen. Wenn ich mit dreißig Lust bekomme, ›den Becher auf den Boden zu schleudern‹, dann werde ich zu dir kommen, wo immer du auch bist – und noch einmal mit dir reden … Und wenn ich gar in Amerika wäre – ich würde extra deswegen zu dir kommen, das sollst du wissen! Es wird mich sehr interessieren, dich dann zu sehen, was für ein Mensch du sein wirst. Hast du gehört, das war ein recht feierliches Versprechen! Wir nehmen jetzt aber tatsächlich vielleicht für sieben oder zehn Jahre Abschied. So, nun geh zu deinem Pater Seraphicus, der liegt im Sterben. Stirbt er in deiner Abwesenheit, wärst du mir womöglich noch böse, daß ich dich aufgehalten habe. Auf Wiedersehen, küß mich noch einmal. So … Geh jetzt!«

Iwan drehte sich plötzlich um und ging weg, ohne sich noch einmal umzuwenden. Das ähnelte der Art, wie tags zuvor Dmitri von Aljoscha weggegangen war, obgleich das wieder ganz anders gewesen war. Diese sonderbare kleine Wahrnehmung ging Aljoscha, betrübt und bekümmert, wie er in diesem Augenblick war, wie ein Pfeil, durch den Sinn. Er wartete noch ein Weilchen und schaute seinem Bruder nach. Dabei bemerkte er zufällig, daß sein Bruder Iwan eigentümlich schwankend lief und daß, von hinten gesehen, seine rechte Schulter niedriger zu sein schien als die linke. Das war ihm früher noch nie aufgefallen.

Dann drehte er sich ebenfalls um und eilte rasch, beinahe laufend, zum Kloster. Es dämmerte schon stark, und er hatte fast ein bißchen Angst. Etwas Unklares keimte in ihm auf, ein neuer Zweifel, auf den er keine Antwort wußte. Wie am vorhergehenden Tag hatte sich wieder ein Wind erhoben, und um ihn rauschten die alten Fichten, als er in das Wäldchen der Einsiedelei kam. Er fing beinahe an zu rennen. ›Pater Seraphicus, diesen Namen hat er irgendwoher, doch woher nun genau?‹ überlegte er. ›Iwan, armer Iwan, wann werde ich dich jetzt wiedersehen? Da ist ja die Einsiedelei, Gott sei Dank! Ja, er ist ein Pater Seraphicus, das ist er! Er wird mich retten … Vor ihm und für alle Zeit!‹

Später fragte er sich wiederholt verständnislos, wie er nach dem Abschied von Iwan so vollständig seinen Bruder Dmitri hatte vergessen können, obwohl er sich am Vormittag, nur wenige Stunden früher, fest vorgenommen hatte, ihn unbedingt aufzusuchen und nicht wegzugehen, ehe er ihn gesehen hatte – selbst wenn er in dieser Nacht nicht mehr ins Kloster zurückkehren konnte.

6. Ein vorläufig sehr unklares Kapitel

Als Iwan Fjodorowitsch sich von Aljoscha verabschiedet hatte, ging er nach Hause, ins Haus seines Vaters. Doch sonderbar, auf einmal überkam ihn eine unerträgliche Mißstimmung, und was die Hauptsache war, sie steigerte sich mit jedem Schritt, den er sich dem Haus näherte. Sonderbar war dabei nicht die Mißstimmung an sich, sondern daß Iwan Fjodorowitsch sich beim besten Willen nicht erklären konnte, worin die Mißstimmung eigentlich bestand. Mißgestimmt zu sein, das war ihm auch früher häufig vorgekommen, und es wäre nicht verwunderlich gewesen, wenn eine solche Mißstimmung in dem Augenblick aufkam, da er mit allem gebrochen hatte, was ihn hierherzog, und da er sich anschickte, erneut eine scharfe Wendung zu machen und wieder allein wie früher, einen neuen, völlig unbekannten Weg einzuschlagen, einen Weg, auf dem er vom Leben vieles, sehr vieles erhoffte und erwartete, ohne selbst diese Erwartungen oder auch nur seine Wünsche genauer umreißen zu können. Aber obwohl eine gewisse Furcht vor dem Neuen und Unbekannten tatsächlich in seiner Seele vorhanden war – nicht das war es, was ihn in diesem Augenblick quälte. ›Ob es der Widerwillen gegen das Vaterhaus ist? Es sieht danach aus, so zuwider ist mir dieses Haus geworden! Und obwohl ich heute zum letztenmal diese verabscheute Schwelle überschreite, ist mein Widerwille doch der gleiche …‹ Doch nein, das war es auch nicht. Vielleicht der Abschied von Aljoscha und das Gespräch mit ihm? ›So viele Jahre habe ich der ganzen Welt gegenüber geschwiegen, und nun auf einmal habe ich so viel Unsinn zusammengeredet!‹ Wirklich, es konnte jugendlicher Ärger über seine jugendliche Unerfahrenheit und Eitelkeit sein, ein Ärger darüber, daß er nicht verstanden hatte sich auszudrücken, noch dazu vor einem Menschen wie Aljoscha, auf den er in seinem Herzen große Hoffnungen setzte. Zwar war auch dieser Ärger zweifellos vorhanden, aber auch das war nicht der Grund seiner Mißstimmung. ›Eine Mißstimmung bis zur Übelkeit – dabei bin ich nicht imstande anzugeben, was ich eigentlich will. Das beste ist, nicht daran zu denken!‹

Iwan Fjodorowitsch versuchte, ›nicht daran zu denken‹, doch auch das half nichts. Was ihn an dieser Mißstimmung so besonders ärgerte und reizte, war, daß sie wie etwas Zufälliges, rein Äußerliches erschien, das fühlte er. Es mußte da irgendwo ein Wesen oder ein Gegenstand vorhanden sein, so wie einem manchmal etwas vor Augen steht, was man bei der Arbeit oder einem erregten Gespräch lange Zeit nicht bemerkt, was einen aber trotzdem offenbar reizt, ja quält, bis man schließlich auf den Gedanken kommt, den nichtsnutzigen Gegenstand zu beseitigen, oft irgendein unbedeutendes, lächerliches Ding, das am falschen Platz vergessen worden ist, ein heruntergefallenes Taschentuch, ein nicht in den Schrank gestelltes Buch, und so weiter und so fort … Iwan Fjodorowitsch erreichte schließlich in höchst gereizter Stimmung das Haus seines Vaters, und als er ungefähr noch fünfzehn Schritte vom Tor entfernt war, wußte er auf einmal, was ihn so beunruhigt und gequält hatte.

Auf der Bank am Tor saß der Diener Smerdjakow und genoß die kühle Abendluft.

Iwan Fjodorowitsch begriff bei seinem Anblick sofort, daß der Diener Smerdjakow auch in seiner Seele gesessen hatte und daß seine Seele gerade diesen Menschen nicht ausstehen konnte. Alles wurde ihm mit einem Schlag hell und klar. Schon vorhin, als Aljoscha von seiner Begegnung mit Smerdjakow sprach, war ein finsteres, widerwärtiges Gefühl über ihn gekommen und hatte einen entsprechenden Zorn in ihm hervorgerufen. Während des Gesprächs hatte er Smerdjakow dann eine Zeitlang vergessen, dieser war jedoch in seiner Seele geblieben, und kaum hatte sich Iwan Fjodorowitsch von Aljoscha getrennt und allein den Heimweg angetreten, trat das vergessene Gefühl sogleich wieder hervor. ›Kann mich dieser elende Taugenichts wirklich so beunruhigen?‹ dachte er überaus verärgert.

Iwan Fjodorowitsch war auf diesen Menschen in der letzten Zeit und besonders in den letzten Tagen tatsächlich zornig geworden. Er hatte seinen wachsenden Zorn auf dieses Subjekt sogar selbst bemerkt. Vielleicht hatte dieser Zorn gerade deswegen eine solche Schärfe angenommen, weil sich das Verhältnis anfangs, nach Iwan Fjodorowitschs Ankunft, ganz anders gestaltet hatte. Damals hatte sich Iwan Fjodorowitsch für Smerdjakow sozusagen besonders interessiert, er hatte ihn sogar für einen recht originellen Menschen gehalten. Er hatte ihn selbst zu Gesprächen mit ihm ermuntert, wobei er sich allerdings stets über eine gewisse Verdrehtheit oder, besser, eine gewisse Unruhe seines Verstandes gewundert und nicht begriffen hatte, was »diesen beschaulichen Menschen« eigentlich so unablässig und heftig beunruhigen konnte. Sie sprachen über philosophische Fragen und sogar darüber, wie man es zu verstehen habe, daß das Licht schon am ersten Schöpfungstag leuchtete, obwohl doch Sonne, Mond und Sterne erst am vierten Tag geschaffen wurden. Iwan Fjodorowitsch überzeugte sich bald, daß es Smerdjakow dabei überhaupt nicht um Sonne, Mond und Sterne ging, daß Sonne, Mond und Sterne für ihn zwar ein interessanter, aber doch nur drittrangiger Gegenstand waren und daß er auf etwas ganz anderes abzielte. Wie dem auch sein mochte, jedenfalls begann sich bei ihm ein maßloses und zudem gekränktes Selbstgefühl zu äußern. Das erregte Iwan Fjodorowitschs Mißfallen. Von da an datierte seine Abneigung. Später hatte dann im Haus das wüste Treiben begonnen, Gruschenka war auf der Szene erschienen, die Streitereien mit dem Bruder Dmitri hatten angefangen, es hatte allerlei Ärger gegeben; darüber hatten sie dann auch gesprochen. Obgleich sich Smerdjakow bei solchen Gesprächen immer sehr erregt zeigte, war es doch unmöglich zu erkennen, in welche Richtung seine Wünsche gingen. Man konnte sich sogar über das Unlogische und Unordentliche mancher seiner Wünsche wundern, die nur unwillkürlich zutage traten und stets in gleicher Weise unklar waren. Smerdjakow erkundigte sich nach allem möglichen und stellte indirekte, offenbar vorher überlegte Fragen. Doch wozu er das tat, erklärte er nie; gerade im interessantesten Augenblick seiner Nachfragen pflegte er mitunter plötzlich zu verstummen oder das Thema zu wechseln. Was Iwan Fjodorowitsch jedoch schließlich vollends reizte und ihm einen solchen Widerwillen gegen diesen Menschen einflößte, war eine besondere unangenehme Vertraulichkeit, die Smerdjakow ihm gegenüber immer deutlicher an den Tag legte. Nicht daß er sich erlaubt hätte, unhöflich zu sein – im Gegenteil, er sprach immer außerordentlich respektvoll. Es hatte sich aber dennoch so ergeben, daß sich Smerdjakow schließlich, Gott weiß warum, in gewisser Hinsicht für ebenbürtig mit Iwan Fjodorowitsch hielt und mit ihm in einem Ton redete, als gäbe es zwischen ihnen bereits eine Art geheimer Verabredung, als hätten sie irgendwann etwas besprochen, was nur ihnen beiden bekannt, den anderen um sie herumwimmelnden Sterblichen aber überhaupt nicht verständlich war. Iwan Fjodorowitsch hatte jedoch auch hier die wahre Ursache seines wachsenden Widerwillens lange Zeit nicht erkannt und erst in der allerletzten Zeit gemerkt, wie es sich damit verhielt. Mit einem Gefühl der Verachtung und Gereiztheit wollte er jetzt schweigend vorbeigehen, ohne Smerdjakow eines Blickes zu würdigen, doch Smerdjakow erhob sich von der Bank, und schon allein an dieser Bewegung spürte Iwan Fjodorowitsch augenblicklich, daß dieser ein besonderes Gespräch mit ihm wünschte. Iwan Fjodorowitsch sah ihn an und blieb stehen, und der Umstand, daß er nicht vorbeigegangen war, wie er es eben noch gewollt hatte, ärgerte ihn dermaßen, daß er zitterte. Mit Zorn und Widerwillen blickte er in Smerdjakows kastratenhaft schlaffes Gesicht mit den zurückgekämmten Schläfenhaaren und der in die Höhe frisierten kleinen Tolle. Das linke Auge, halb zugekniffen, zwinkerte und lächelte, als ob es sagen wollte: ›Was denn? – Du wirst doch nicht vorbeigehen? Siehst du nicht, daß wir beiden klugen Leute etwas zu besprechen haben.‹

Iwan Fjodorowitsch zitterte vor Ärger.

Mach daß du fortkommst, Taugenichts. Wir beide passen nicht zueinander, Dummkopf!‹ hatte er schon auf der Zunge aber zu seinem größten Erstaunen kam etwas ganz anderes heraus:

»Schläft mein Vater, oder ist er schon aufgewacht?« fragte er leise und sanft zu seinem eigenen Erstaunen und setzte sich plötzlich, ebenfalls zu seinem eigenen Erstaunen, auf die Bank. Einen Moment war ihm geradezu ängstlich zumute; er erinnerte sich später daran.

Smerdjakow stand ihm gegenüber, die Hände auf dem Rücken und machte ein selbstbewußtes, beinahe strenges Gesicht.

»Er schläft noch«, antwortete er ohne Eile. Und sein Tonfall besagte: ›Du selber hast das Gespräch begonnen, nicht ich …‹ »Ich wundere mich über Sie, gnädiger Herr«, fügte er nach kurzem Stillschweigen hinzu. Dabei schlug er affektiert die Augen nieder, setzte den rechten Fuß vor und spielte mit der Spitze seines Lackstiefels.

»Warum wunderst du dich über mich?« fragte Iwan Fjodorowitsch barsch. Er versuchte sich nach Kräften zu beherrschen und merkte plötzlich angewidert, daß er eine überaus starke Neugier empfand und daß er um keinen Preis gehen würde, ohne sie befriedigt zu haben.

»Warum fahren Sie nicht nach Tschermaschnja, gnädiger Herr?« fragte Smerdjakow, wobei er auf einmal den Blick hob und vertraulich lächelte, und sein halb zugekniffenes linkes Auge sagte gleichsam: ›Warum ich lächle, mußt du selber wissen, wenn du ein kluger Mensch bist …‹

»Warum sollte ich nach Tschermaschnja fahren?« erwiderte Iwan Fjodorowitsch erstaunt.

Smerdjakow schwieg wieder ein Weilchen.

»Fjodor Pawlowitsch hat Sie doch selbst darum gebeten«, sagte er endlich ohne Eile und beiläufig, als ob er seiner Antwort keinen Wert beimesse. Es klang, wie wenn er sagte: ›Ich nenne einen ganz nebensächlichen Grund, um überhaupt etwas zu antworten.‹

»Sprich deutlicher, zum Teufel! Was willst du eigentlich?« rief Iwan Fjodorowitsch, zornig geworden und von der Sanftmut zur Grobheit übergehend.

Smerdjakow setzte den rechten Fuß neben den linken und richtete sich auf, behielt aber seine ruhige, lächelnde Miene bei.

»Nichts Wichtiges ... Ich habe das nur so gesagt, gesprächsweise ...«

Wieder trat Stillschweigen ein. Sie schwiegen fast eine Minute lang. Iwan Fjodorowitsch wußte, daß er gewiß gleich aufstehen und endgültig in Zorn ausbrechen würde, und Smerdjakow stand vor ihm, als ob er wartete und dachte: ›Ich will doch mal sehen, ob du zornig wirst oder nicht.‹ So faßte es Iwan wenigstens auf. Er bewegte schließlich den Oberkörper, um aufzustehen.

Diesen Augenblick ergriff Smerdjakow.

»Ich befinde mich in einer schrecklichen Lage, Iwan Fjodorowitsch. Ich weiß nicht mehr, wie ich mir helfen soll«, sagte er auf einmal fest und beherrscht und seufzte bei den letzten Worten tief.

Iwan Fjodorowitsch setzte sich sofort wieder hin.

»Beide sind sie wie verrückt, wie die kleinsten Kinder!« fuhr Smerdjakow fort. »Ich rede von Ihrem Vater und von Ihrem Bruder Dmitri Fjodorowitsch. Jetzt wird er gleich aufstehen, ich meine Fjodor Pawlowitsch, und sofort über mich herfallen: ›Nun? Ist sie nicht gekommen? Warum ist sie nicht gekommen?‹ Und so bis Mitternacht und sogar noch länger. Und wenn Agrafena Alexandrowna nicht kommt, denn sie hat vielleicht gar nicht die Absicht, überhaupt jemals zu kommen, so fällt er morgen früh wieder über mich her: Warum ist sie nicht gekommen? Weshalb ist sie nicht gekommen? Wann kommt sie?‹ Als ob ich mir in dieser Hinsicht etwas hätte zuschulden kommen lassen! Auf der anderen Seite ist die Lage die: Sowie die Abenddämmerung hereinbricht, oder auch schon früher, erscheint Ihr Bruder mit einem Gewehr in der Hand. ›Nimm dich in acht‹, sagt er. ›Du Schurke, du Bouillonkoch! Wenn du sie vorbeiläßt und mich nicht benachrichtigst, bist du der erste, den ich ermorde!‹ Die Nacht vergeht. Am Morgen jedoch beginnt er mich so wie Fjodor Pawlowitsch zu quälen. ›Warum ist sie nicht gekommen? Wird sie bald erscheinen?‹ Und wieder kommt es so heraus, als wäre ich schuld, daß seine Dame nicht gekommen ist. Und die beiden werden mit jedem Tag und jeder Stunde wilder im Zorn, daß ich manchmal daran denke, mir vor Angst das Leben zu nehmen. Ich habe Angst vor den beiden, gnädiger Herr.«

»Warum hast du dich da bloß eingemischt? Warum hast du dich darauf eingelassen, meinem Bruder Dmitri Nachrichten zuzutragen?« fragte Iwan Fjodorowitsch gereizt.

»Wie hätte ich es denn anfangen sollen, mich da nicht einzumischen? Eigentlich habe ich mich überhaupt nicht eingemischt, wenn Sie es in aller Genauigkeit wissen wollen. Ich habe von Anfang an nur geschwiegen und nicht gewagt, etwas zu erwidern. Er selbst hat mich zu seinem Diener bestimmt. Und seitdem sagt er zu mir immer nur ein und dasselbe: ›Ich schlage dich tot, Schurke, wenn du sie vorbeiläßt!‹ Ich glaube, gnädiger Herr, ich werde morgen wohl eine lange Epilepsie bekommen.«

»Was heißt das: eine lange Epilepsie?«

»Einen langen Anfall, einen außerordentlich langen. So einer dauert mehrere Stunden oder womöglich einen oder zwei Tage. Einer hat bei mir mal drei Tage gedauert, ich war damals vom Dachboden gefallen. Er hört eine Weile auf und fängt dann wieder an; ich konnte die ganzen drei Tage keinen klaren Gedanken fassen. Fjodor Pawlowitsch ließ damals Doktor Herzenstube rufen, den hiesigen Arzt. Der hat mir Eis auf den Kopf gelegt und noch irgendein anderes Mittel angewandt. Ich hätte sterben können.«

»Aber es heißt doch, ein epileptischer Anfall sei unmöglich vorauszusehen, weil er nämlich zu keiner bestimmten Stunde eintritt. Wie kannst du denn behaupten, er käme morgen?«, erkundigte sich Iwan Fjodorowitsch mit gereiztem Interesse.

»Das ist richtig, daß man ihn nicht vorhersehen kann.«

»Außerdem bist du damals ja vom Dachboden gefallen.«

»Auf den Dachboden steige ich alle Tage, ich kann auch morgen da herunterfallen. Und wenn nicht vom Dachboden, dann eben in den Keller. In den Keller gehe ich in meinem Dienst auch jeden Tag.«

Iwan Fjodorowitsch blickt ihn eindringlich an.

»Du lügst, wie ich merke. Und ich verstehe dich nicht ganz«, sagte er leise, aber mit einem drohenden Unterton. »Du willst morgen einen dreitägigen epileptischen Anfall simulieren, ja?«

Smerdjakow, der zu Boden geblickt und dabei wieder mit der rechten Fußspitze gespielt hatte, stellte den rechten Fuß an seinen Platz, setzte statt dessen den linken vor, hob den Kopf und sagte lächelnd: »Selbst wenn ich das täte, das heißt, wenn ich einen Anfall simulierte, was übrigens für einen, der Bescheid weiß, keineswegs schwer ist, wäre ich vollkommen berechtigt, mich dieses Mittels zu bedienen, um mein Leben zu retten. Wenn Agrafena Alexandrowna nämlich zu Fjodor Pawlowitsch kommt, während ich krank daliege, so kann Dmitri Fjodorowitsch schwerlich einen kranken Menschen fragen: ›Warum hast du mir das nicht gemeldet?‹ Er würde sich direkt schämen, das zu tun.«

»Zum Teufel!« fuhr Iwan Fjodorowitsch plötzlich mit wutentstelltem Gesicht auf. »Was zitterst du immer um dein Leben? Alle diese Drohungen meines Bruders Dmitri sind doch nur leere, im Zorn gesprochene Worte, weiter nichts. Er wird dich nicht totschlagen. Er wird totschlagen, aber nicht dich.«

»Er wird totschlagen, wie man eine Fliege totschlägt, und zwar zuallererst mich. Aber noch mehr als das fürchte ich etwas anderes: daß man mich für mitschuldig hält, wenn er irgend etwas Sinnloses gegen seinen Vater verübt.«

»Warum sollte man dich für mitschuldig halten?«

»Weil ich ihm heimlich diese Signale mitgeteilt habe.«

»Was für Signale? Wem hast du sie mitgeteilt? Hol' dich der Teufel, sprich deutlicher!«

»Ich muß offen gestehen«, erwiderte Smerdjakow langsam und mit pedantischer Ruhe, »daß ich da ein Geheimnis mit Fjodor Pawlowitsch habe. Sie wissen selbst, oder vielleicht wissen Sie es nicht, daß er sich schon seit einigen Tagen von innen einschließt, sowie es Nacht oder auch nur Abend wird. Sie sind in der letzten Zeit jedesmal frühzeitig auf Ihr Zimmer zurückgekehrt, und gestern sind Sie überhaupt nicht ausgegangen, daher wissen Sie vielleicht nicht, mit welcher Sorgfalt er sich jetzt immer nachts einschließt. Und selbst wenn Grigori Wassiljewitsch käme, so würde er ihm nicht aufmachen, es sei denn, er erkennt ihn an der Stimme. Aber Grigori Wassiljewitsch kommt nicht, weil ich den Herrn in seinen Zimmern jetzt allein bediene. So hat er es bestimmt, als diese Geschichte mit Agrafena Alexandrowna begann. Zur Nacht aber entferne ich mich auf seine Anordnung jetzt ebenfalls und übernachte im Seitengebäude. Bis Mitternacht darf ich jedoch nicht schlafen, sondern habe Wachdienst. Ich muß aufstehen, auf dem Hof umhergehen und warten, daß Agrafena Alexandrowna kommt, denn er wartet schon seit mehreren Tagen wie ein Verrückter auf sie. Er spekuliert so: Sie hat Angst vor ihm, nämlich vor Dmitri Fjodorowitsch, vor Mitka, und darum wird sie spätnachts hintenherum kommen. ›Du aber‹, sagt er, ›paß bis Mitternacht auf, und noch länger. Und wenn sie kommt, dann lauf an meine Tür oder an eines der Fenster zum Garten und gib mir ein Klopfsignal, die beiden ersten Male langsam, so: eins, zwei, und dann dreimal schneller: tuck-tuck-tuck. Dann‹, sagt er, ›werde ich wissen, daß sie gekommen ist, und werde leise die Tür aufmachen.‹ Und noch ein anderes Signal hat er mitgeteilt für den Fall, daß sich etwas Außerordentliches zutragen sollte. Zuerst zweimal schnell: tuck-tuck, und dann nach einer kleinen Pause noch einmal viel stärker. Dann wird er wissen, daß etwas Unerwartetes geschehen ist und ich ihn dringend sprechen muß. Dann wird er mir ebenfalls aufmachen, und ich soll hereinkommen und Bericht erstatten. Dieses zweite gilt für den Fall, daß Agrafena Alexandrowna nicht selbst kommen kann, sondern irgendwelche Nachricht schickt. Außerdem kann auch Dmitri Fjodorowitsch kommen, dann muß ich Nachricht geben, daß er in der Nähe ist. Vor Dmitri Fjodorowitsch hat er große Angst. Selbst wenn Agrafena Alexandrowna schon gekommen sein sollte und er sich mit ihr eingeschlossen hat, selbst dann bin ich unbedingt verpflichtet, ihm durch dreimaliges Klopfen zu melden, falls Dmitri Fjodorowitsch sich irgendwo in der Nähe zeigen sollte. Das erste Signal, mit fünf Schlägen, bedeutet also: Agrafena Alexandrowna ist gekommen. Das zweite Signal, mit drei Schlägen: Es liegt etwas sehr Dringendes vor. So hat er es mir selbst mehrmals vorgemacht und erklärt. Da nun in der ganzen Welt niemand außer mir und ihm über diese Signale Bescheid weiß, wird er aufmachen, ohne irgendwie zu zweifeln oder zu fragen, wer da sei. Und sehen Sie: Diese Signale sind jetzt auch Dmitri Fjodorowitsch zur Kenntnis gelangt.«

»Wie sind sie ihm zur Kenntnis gelangt? Hast du sie ihm mitgeteilt? Wie konntest du dich unterstehen, das zu tun.«

»Aus Angst. Wie hätte ich es wagen sollen, ihm gegenüber zu schweigen. Dmitri Fjodorowitsch fährt mich jeden Tag an: ›Du betrügst mich, du verbirgst mir etwas! Ich werde dir beide Beine brechen!‹ Da habe ich ihm eben diese geheimen Signale mitgeteilt, damit er wenigstens meine Ergebenheit sieht und so zu der Überzeugung kommt, daß ich ihn nicht hintergehe.«

»Wenn du glaubst, daß er versuchen wird, unter Mißbrauch dieser Signale einzudringen, so laß ihn nicht herein!«

»Aber wenn ich in einem Anfall daliege, wie soll ich ihn dann nicht hereinlassen? Selbst wenn ich es wagen würde, ihn zurückzuhalten, obwohl ich doch weiß, was für ein jähzorniger Mensch er ist.«

»Hol' dich der Teufel! Woher bist du denn so fest überzeugt, daß du einen Anfall bekommst? Machst du dich über mich lustig?«

»Wie würde ich wagen, mich über Sie lustig zu machen? Und kann mir danach zumute sein, wo ich doch solche Angst habe? Ich habe ein Vorgefühl, ich fühle vorher, daß ich einen Anfall bekomme. Schon allein aus Angst bekomme ich einen.«

»Zum Teufel, wenn du einen Anfall hast, muß eben Grigori aufpassen. Benachrichtige ihn vorher, dann wird er ihn nicht hereinlassen.«

»Grigori Wassiljewitsch darf ich auf Befehl des Herrn nichts von den Signalen sagen. Außerdem ist Grigori Wassiljewitsch gerade heute infolge des gestrigen Vorfalls erkrankt, und Marfa Ignatjewna will ihn morgen erst kurieren. Das haben sie vorhin verabredet. Die beiden kennen da eine sehr merkwürdige Behandlung. Marfa Ignatjewna hat ständig so einen Branntweinaufguß vorrätig, sehr stark, aus irgendeinem Kraut, das ist ihr Geheimnis. Mit diesem Geheimmittel kuriert sie ihren Mann etwa dreimal jährlich, wenn ihm das Kreuz gelähmt ist wie bei einem Schlaganfall. Sie nimmt ein Handtuch, befeuchtet es mit diesem Aufguß und reibt ihm den ganzen Rücken eine halbe Stunde lang, bis es wieder trocken ist. Sein Rücken wird dabei ganz rot und schwillt an. Den Rest in der Flasche gibt sie ihm unter einem bestimmten Gebet zu trinken, jedoch nicht den ganzen Rest, denn einen kleinen Teil behält sie bei dieser seltenen Gelegenheit für sich zurück und trinkt ihn ebenfalls aus. Und da sie beide keine Trinker sind, werden sie ganz taumelig, sage ich Ihnen, und schlafen lange und fest. Wenn Grigori Wassiljewitsch aufwacht, ist er danach fast immer gesund. Und wenn Marfa Ignatjewna aufwacht, hat sie danach immer Kopfschmerzen. Wenn also Marfa Ignatjewna ihn morgen auf diese ihre Weise kuriert, werden sie wohl kaum etwas hören und Dmitri Fjodorowitsch am Eintritt hindern. Sie werden schlafen.«

»Was ist das für ein Unsinn! Und wie das alles ganz zufällig zusammentrifft. Du hast einen Anfall, und die beiden sind bewußtlos!« rief Iwan Fjodorowitsch. »Arrangierst du diesen Zufall vielleicht selber?« entfuhr es ihm unwillkürlich, und er zog drohend die Augenbrauen zusammen.

»Wie sollte ich das denn arrangieren? Und wozu, wo doch hier alles nur von Dmitri Fjodorowitsch und seinen Plänen abhängt ... Wenn er etwas anrichten will, so wird er es tun. Und wenn nicht, so werde ich ihn doch nicht absichtlich zu seinem Vater hinstoßen ...

»Aber weshalb soll er zum Vater kommen, und noch dazu heimlich, wenn Agrafena Alexandrowna überhaupt nicht erscheint, wie du selbst sagst?« fuhr Iwan Fjodorowitsch, vor Wut ganz blaß, fort. »Du sagst es doch selbst, und auch ich bin die ganze Zeit, seit ich hier wohne, davon überzeugt gewesen, daß der Alte nur phantasiert und daß diese Kreatur ihn nicht besuchen wird. Weshalb sollte also Dmitri bei dem Alten einbrechen? Sprich! Ich will deine Gedanken wissen!«

»Sie belieben selbst zu wissen, weshalb er kommen wird. Was sollen da noch meine Gedanken? Er wird einzig und allein aus Wut kommen. Oder er wird, mißtrauisch, wie er ist, zum Beispiel, wenn ich krank bin, Zweifel hegen und herkommen, um die Zimmer zu durchsuchen wie gestern, ob sie auch nicht irgendwie unbemerkt vorbeigeschlüpft ist. Es ist ihm auch genau bekannt, daß bei Fjodor Pawlowitsch ein großes Kuvert mit dreitausend Rubel bereitliegt, mit drei Siegeln versehen und mit einem Bändchen umwunden. Daß Fjodor Pawlowitsch eigenhändig geschrieben hat: ›Für meinen Engel Gruschenka, wenn sie zu mir kommen will.‹ Und daß er drei Tage später noch hinzugefügt hat: ›Für mein liebes Küken.‹ Sehen Sie, das ist das Bedenkliche.«

»Unsinn!« schrie Iwan Fjodorowitsch, nun beinahe rasend. »Dmitri kommt nicht, um Geld zu stehlen und dabei noch seinen Vater totzuschlagen. Gestern wäre er imstande gewesen, ihn wegen Gruschenka totzuschlagen, wütend wie der Dummkopf war. Aber auf Raub ausgehen, das tut er nicht!«

»Er braucht jetzt dringend Geld. Sehr dringend, Iwan Fjodorowitsch. Sie wissen gar nicht, wie dringend«, setzte ihm Smerdjakow mit größter Ruhe und mit bemerkenswerter Sorgfalt auseinander. »Diese dreitausend Rubel hält er dabei gewissermaßen für sein Eigentum. Er hat mir gegenüber selber geäußert: ›Mein Vater ist mir eigentlich noch dreitausend Rubel schuldig!‹ Beachten Sie aber außerdem noch einen weiteren wahren Umstand, Iwan Fjodorowitsch. Es ist ja so gut wie sicher, muß man sagen, daß Agrafena Alexandrowna, wenn sie nur will, ihn unbedingt zu einer Heirat veranlassen könnte, ich meine, den Herrn selbst, Fjodor Pawlowitsch, wenn sie nur will. Na, und vielleicht wird sie es wollen. Ich sage nur, daß sie nicht kommt. Vielleicht will sie aber noch viel mehr: nämlich gnädige Frau werden. Ich weiß selbst, der Kaufmann Samsonow hat ihr ganz offen gesagt, daß das gar nicht dumm wäre, und dabei hat er gelacht. Und sie selber ist, was den Verstand anlangt, ziemlich gewitzt. Einen armen Teufel wie Dmitri Fjodorowitsch wird sie nicht heiraten. Erwägen Sie in Anbetracht alles dessen nun folgendes, Iwan Fjodorowitsch. Weder Dmitri Fjodorowitsch noch Sie und Ihr Bruder Alexej Fjodorowitsch würden dann nach dem Tod des Vaters etwas von der Hinterlassenschaft erhalten, nicht einen Rubel. Agrafena Alexandrowna wird ihn ja eben zu dem Zweck heiraten, allen Grundbesitz auf ihren Namen umschreiben zu lassen und das Kapital als Eigentum zu erhalten. Stirbt jedoch Ihr Vater jetzt, bevor etwas von all dem geschehen ist, so fallen jedem von Ihnen sofort vierzigtausend Rubel zu, sogar Ihrem Bruder Dmitri Fjodorowitsch, den er so haßt. Ein Testament hat er nämlich noch nicht gemacht ... Und das alles weiß Dmitri Fjodorowitsch ganz genau.«

In Iwan Fjodorowitschs Gesicht schien sich etwas zu verkrampfen. Er wurde auf einmal rot.

»Und, warum rätst du mir unter all diesen Umständen, nach Tschermaschnja zu fahren?« unterbrach er Smerdjakow. »Worauf willst du damit hinaus? Ich fahre weg, und bei euch passiert inzwischen etwas, wie?«

Iwan Fjodorowitsch holte keuchend Atem.

»Das ist vollkommen richtig«, erwiderte Smerdjakow leise und bedachtsam, dabei beobachtete er Iwan Fjodorowitsch unverwandt.

»Was meinst du mit ›vollkommen richtig‹?« fragte Iwan Fjodorowitsch. Er beherrschte sich nur mit großer Anstrengung, und seine Augen blitzten drohend.

»Ich habe das gesagt, weil Sie mir leid tun. Wäre ich an Ihrer Stelle, würde ich lieber alles im Stich lassen, als bei so einer Sache anwesend sein ...«, antwortete Smerdjakow und blickte Iwan Fjodorowitsch mit der offenherzigsten Miene an.

Beide schwiegen eine Weile.

»Ich glaube, du bist ein großer Idiot! Und außerdem natürlich ein furchtbarer Schurke!« sagte Iwan Fjodorowitsch und stand plötzlich von der Bank auf.

Danach wollte er gleich durch das Tor gehen, doch er blieb noch einmal stehen und drehte sich zu Smerdjakow um. Und da geschah etwas Seltsames. Iwan Fjodorowitsch biß sich plötzlich krampfhaft auf die Lippe, ballte die Fäuste und – noch ein Augenblick, und er hätte sich auf Smerdjakow gestürzt. Der bemerkte es sofort, fuhr zusammen und beugte den Oberkörper zurück. Der Augenblick ging für Smerdjakow jedoch glücklich vorüber.

Iwan Fjodorowitsch schickte sich schweigend, aber anscheinend unentschlossen an zu gehen.

»Ich fahre morgen nach Moskau, wenn du es wissen willst, morgen früh. Weiter habe ich dir nichts zu sagen!« sagte er noch zornig. Später wunderte er sich selbst darüber, warum er es für nötig gehalten hatte, Smerdjakow das mitzuteilen.

»Das ist auch das beste«, fiel dieser ein, als ob er darauf gewartet hätte; »höchstens, daß Sie in einem solchen Fall telegrafisch beunruhigt werden können.«

Iwan Fjodorowitsch blieb wieder stehen und wandte sich wieder schnell zu Smerdjakow um.

Auch an dem Diener schien eine Veränderung vorgegangen zu sein. Seine ganze Vertraulichkeit und Lässigkeit war urplötzlich verschwunden, sein Gesicht drückte gespannte, jetzt jedoch schüchterne, unterwürfige Erwartung aus. ›Wirst du nicht noch etwas sagen? Noch etwas hinzufügen?‹ Diese Frage war in seinem unverwandt auf Iwan Fjodorowitsch gerichteten Blick zu lesen.

»Würde man mich denn nicht auch aus Tschermaschnja zurückrufen – in einem solchen Fall?« schrie Iwan Fjodorowitsch plötzlich, und zwar unverständlicherweise sehr laut.

»Auch in Tschermaschnja würde man Sie beunruhigen …«, murmelte Smerdjakow beinahe flüsternd; dabei starrte er Iwan Fjodorowitsch weiterhin an.

»Nur ist Moskau weiter und Tschermaschnja näher; da tut es dir wohl um das verfahrene Geld leid, wenn du so für Tschermaschnja bist? Oder tue ich dir leid, daß ich eine so weite Fahrt hin und zurück mache?«

»Vollkommen richtig«, murmelte Smerdjakow zögernd und grinste widerwärtig. Er machte sich wieder bereit, notfalls rechtzeitig zurückzuweichen.

Doch Iwan Fjodorowitsch lachte plötzlich zu Smerdjakows Verwunderung los und ging durch das Tor. Wer sein Gesicht gesehen hätte, dem wäre sicher aufgefallen, daß er keineswegs aus heiterer Stimmung lachte. Auch er selbst hätte nicht erklären können, was in diesem Augenblick mit ihm vorging. Seine Bewegungen und sein Gang wirkten überaus verkrampft.

7. Mit einem klugen Menschen ist auch ein kurzes Gespräch von Nutzen

Und so sprach er auch. Als er gleich beim Eintritt seinem Vater im Saal begegnete, rief er ihm, heftig abwinkend, zu: »Ich gehe zu mir nach oben. Ich will nicht zu Ihnen, auf Wiedersehen!« und ging vorbei, bemüht, ihn nicht einmal anzusehen. Möglich, daß der Alte ihm in diesem Augenblick ganz besonders verhaßt war, aber so eine ungenierte Bekundung feindseligen Gefühls war auch für Fjodor Pawlowitsch etwas Unerwartetes. Der Alte hatte Iwan nur schnell etwas mitteilen wollen und war ihm zu diesem Zweck absichtlich entgegengegangen; als er jedoch diese liebenswürdigen Worte hörte, blieb er schweigend stehen und verfolgte seinen Sohn, der die Treppe zum Zwischengeschoß hinaufstieg, mit den Augen so lange, bis dieser seinen Blicken entschwunden war.

»Was hat er denn?« fragte er Smerdjakow, der nach Iwan Fjodorowitsch eingetreten war.

»Er ärgert sich über irgendwas, wer soll aus ihm klug werden?« murmelte dieser ausweichend.

»Hol' ihn der Teufel! Soll er sich ärgern! Stell den Samowar auf und mach dann schleunigst, daß du fortkommst! Gibt es nichts Neues?«

Und nun begannen jene Fragen, über die sich Smerdjakow eben Iwan Fjodorowitsch gegenüber beklagt hatte; wir lassen sie hier weg.

Eine halbe Stunde danach wurde das Haus zugeschlossen, und der verdrehte alte Mann wanderte allein in den Zimmern umher, in der zitternden Erwartung, im nächsten Augenblick würden die fünf verabredeten Schläge ertönen. Von Zeit zu Zeit blickte er durch die dunklen Fenster hinaus und sah nichts als die Nacht.

Es war schon sehr viel später. Iwan Fjodorowitsch schlief jedoch nicht, sein Geist fand keine Ruhe. Erst spät legte er sich diese Nacht ins Bett, gegen zwei Uhr. Wir wollen nicht den ganzen Gang seiner Gedanken wiedergeben; es ist für uns noch nicht an der Zeit, in diese Seele einzudringen. Sie wird schon noch an die Reihe kommen.

Und selbst wenn wir versuchen wollten, etwas wiederzugeben: es würde sich nur schwer machen lassen, da es nicht eigentlich Gedanken waren, sondern etwas sehr Unbestimmtes, mehr eine starke Erregung.

Er selbst kam sich völlig ratlos vor. Auch quälten ihn mancherlei sonderbare und überraschende Wünsche. So verlangte es ihn zum Beispiel nach Mitternacht plötzlich heftig, nach unten zu gehen, die Tür aufzuschließen, ins Seitengebäude zu eilen und Smerdjakow durchzuprügeln; hätte man ihn aber gefragt, weswegen, hätte er eigentlich gar keinen Grund anzugeben gewußt, außer höchstens, daß ihm dieser Diener verhaßt war wie der schlimmste Beleidiger, der auf der Welt zu finden ist. Andererseits wurde er in dieser Nacht mehrmals von einer unerklärlichen Zaghaftigkeit befallen, die ihm, das fühlte er, geradezu seine physischen Kräfte nahm. Der Kopf tat ihm weh, und es schwindelte ihm. Ein Gefühl des Hasses beklemmte seine Seele, als hätte er vor, sich an jemand zu rächen. Er haßte sogar Aljoscha, in Erinnerung an das Gespräch, das er vor kurzem mit ihm geführt hatte. Er haßte in einzelnen Momenten auch sich selbst heftig. Katerina Iwanowna hatte er fast ganz vergessen, darüber wunderte er sich später sehr, zumal er sich lebhaft erinnerte, was er noch am letzten Vormittag empfunden hatte, als er so schwungvoll bei Katerina Iwanowna verkündete, er werde morgen nach Moskau fahren. Damals hatte er sich nämlich im stillen gesagt, ›Das ist ja alles Unsinn, du wirst nicht wegfahren. Es fällt dir nicht so leicht, dich loszureißen, wie du jetzt prahlst.‹ Wenn er später an diese Nacht zurückdachte, erinnerte sich Iwan Fjodorowitsch mit besonderem Widerwillen, wie er ein paarmal vom Sofa aufgestanden war und leise, als fürchtete er, gesehen zu werden, die Tür geöffnet und gehorcht hatte, wie Fjodor Pawlowitsch in den unteren Zimmern auf und ab ging. Er hatte lange gehorcht, jedesmal wohl fünf Minuten lang, mit einer seltsamen Neugier, mit angehaltenem Atem und Herzklopfen. Doch wozu er das alles tat, wozu er horchte, das wußte er beim besten Willen selbst nicht. Dieses Verhalten bezeichnete er in seinem ganzen späteren Leben als abscheulich; er hielt es sein Leben lang im tiefsten Innern seiner Seele für die gemeinste Handlung seines ganzen Lebens. Gegenüber Fjodor Pawlowitsch empfand er in diesen Augenblicken nicht einmal Haß, eher eine gewisse Neugier: wie er da unten umherging, was er jetzt zum Beispiel dort wohl tat. Er malte sich aus, wie der Alte da unten durch die dunklen Fenster schaut und plötzlich mitten im Zimmer stehenbleibt und wartet, ob nicht jemand klopft. Zweimal ging Iwan Fjodorowitsch zu diesem Zweck auf die Treppe hinaus. Als alles still geworden war und sich Fjodor Pawlowitsch bereits schlafen gelegt hatte, gegen zwei Uhr, legte sich auch Iwan Fjodorowitsch mit dem Wunsch hin, recht bald einzuschlafen; da er sich sehr erschöpft fühlte. Und wirklich sank er sofort in einen festen, traumlosen Schlaf. Er erwachte frühmorgens gegen sieben, als es schon hell war. Kaum hatte er die Augen geöffnet, spürte er zu seiner Verwunderung plötzlich, daß ihn eine ungewöhnliche Energie durchströmte. Er sprang schnell aus dem Bett, zog sich an, zog seinen Koffer hervor und begann ihn unverzüglich zu packen. Es traf sich gut, daß er seine ganze Wäsche schon am vorhergehenden Morgen von der Waschfrau zurückerhalten hatte. Iwan Fjodorowitsch lächelte sogar bei dem Gedanken, daß auf diese Weise alles zusammentraf und seine plötzliche Abreise durch nichts aufgehalten wurde. Denn obgleich Iwan Fjodorowitsch am Vortag zu Katerina Iwanowna, zu Aljoscha und dann zu Smerdjakow gesagt hatte, er werde morgen abreisen, hatte er doch, als er sich in der Nacht schlafen legte, nicht an eine Abreise gedacht, zumindest nicht, daß er sich am Morgen nach dem Aufwachen zuallererst daranmachen würde, seinen Koffer zu packen. Endlich waren Koffer und Reisetasche fertig. Es war schon gegen neun, als Marfa Ignatjewna mit der üblichen Frage in sein Zimmer trat: »Wo belieben Sie den Tee zu trinken – bei sich, oder kommen Sie nach unten?« Iwan Fjodorowitsch ging nach unten; sein Gesicht war beinahe fröhlich, obwohl in seinen Worten und Gebärden etwas Unruhiges und Hastiges lag. Nachdem er den Vater freundlich begrüßt und sich sogar ausdrücklich nach seinem Befinden erkundigt hatte, erklärte er, ohne übrigens eine Antwort auf seine Frage abzuwarten, er werde in einer Stunde nach Moskau abreisen, und zwar für immer, und bitte, einen Wagen holen zu lassen. Der Alte hörte die Nachricht ohne die geringste Verwunderung und vergaß unhöflicherweise über die Abreise seines Sohnes Bedauern zu äußern. Statt dessen wurde er auf einmal sehr geschäftig; ihm war gerade zur rechten Zeit eine wichtige eigene Angelegenheit eingefallen.

»Soso. Du bist mir einer. Hast gestern keine Silbe davon gesagt. Na, macht nichts, wir werden das gleich besorgen. Tu mir einen großen Gefallen, lieber Sohn: Fahr in Tschermaschnja vorbei! Du brauchst ja von der Poststation Wolowja nur einen Abstecher nach links zu machen, lumpige zwölf Werst, und schon bist du in Tschermaschnja.«

»Ich bitte Sie, das ist ausgeschlossen. Bis zur Eisenbahn sind es achtzig Werst, und der Zug nach Moskau fährt von der Station um sieben Uhr ab. Das schaffe ich gerade so.«

»Du wirst auch morgen oder notfalls übermorgen noch zurechtkommen. Heute fahre bitte in Tschermaschnja vorbei! Du hast keine große Mühe damit und beruhigst deinen Vater! Wenn ich hier nicht meine Geschäfte hätte, wäre ich schon längst selbst einmal hingefahren, weil die Angelegenheit dort eilig und wichtig ist. Ich habe hier jedoch … Es ist mir zur Zeit eben nicht möglich … Siehst du, ich habe dort einen Wald, der in zwei Distrikten liegt, in Begitschewo und in Djatschkino, ganz abgelegen. Die Holzhändler Maslow, Vater und Sohn, bieten für das gesamte Holz nur achttausend Rubel. Voriges Jahr nun machte sich ein Aufkäufer an mich heran, der zehntausend bot; er war nicht von hier, das ist die Sache. An die Leute von hier kann ich das Holz nämlich nicht losschlagen: Die Maslows, Vater und Sohn, besitzen Hunderttausende und beherrschen das ganze Geschäft. Was sie bieten, das muß man nehmen, und von den Leuten hier wagt niemand, mit ihnen in Konkurrenz zu treten. Jetzt hat mir der Pope von Iljinskoje vorigen Donnerstag geschrieben, daß Gorstkin angekommen ist, ebenfalls ein Kaufmann. Ich kenne ihn, das Wertvolle daran ist, daß er nicht von hier stammt, sondern aus Pogrebowo; darum braucht er sich vor den Maslows nicht zu fürchten. Er sagt, er will elftausend Rubel für das Holz geben, hörst du? Er wird aber, wie mir der Pope schreibt, nur noch eine Woche bleiben. Also könntest du hinfahren und eine Einigung mit ihm zustande bringen.«

»Schreiben Sie doch an den Popen, dann kann der die Sache erledigen.«

»Der versteht nichts davon, das ist ja das Malheur. Dieser Pope hat keine Augen im Kopf. Er ist ein Goldmensch, ich würde ihm ohne weiteres zwanzigtausend Rubel ohne Quittung zur Aufbewahrung übergeben. Doch die Augen versteht er nicht aufzumachen, als ob er überhaupt kein Mensch wäre, jeder Maulaffe kann ihn betrügen. Und denk mal, dabei ist er ein gelehrter Mann. Dieser Gorstkin sieht aus wie ein Bauer und trägt ein blaues ärmelloses Wams, aber seinem Charakter nach ist er der reine Schurke, darüber klagen wir alle! Er lügt, das ist es. Manchmal lügt er so, daß man sich nur wundern kann, warum. So log er vor zwei Jahren, seine Frau sei ihm gestorben und er sei schon mit einer anderen verheiratet. Und davon war nichts wahr, denk mal an! Seine Frau ist nie gestorben, sie lebt jetzt noch und verprügelt ihn alle drei Tage. Darum muß man auch jetzt aufpassen, ob er lügt oder die Wahrheit spricht, wenn er sagt, er will das Holz kaufen und elftausend Rubel dafür geben.«

»Dann werde ich da auch nichts ausrichten, ich habe ja auch keine Augen im Kopf.«

»Nein, warte, dazu wird es bei dir reichen. Ich werde dir alle Merkmale mitteilen, ich meine von Gorstkin, ich habe mit dem ja schon seit langer Zeit zu tun. Siehst du, du mußt auf seinen Bart achten. Er hat so ein rötliches, häßliches, dünnes Bärtchen. Wenn das zittert und er selber in ärgerlichem Ton spricht, dann ist es in Ordnung, dann sagt er die Wahrheit und will das Geschäft machen. Wenn er sich aber den Bart mit der linken Hand streicht und dabei lächelt, na, dann will er einen übers Ohr hauen und schwindelt. Nach seinen Augen darf man sich niemals richten; an denen ist gar nichts zu erkennen, die sind wie dunkles Wasser. Er ist ein Gauner, achte du nur auf seinen Bart. Ich werde dir einen Zettel an ihn mitgeben, den mußt du ihm zeigen. Wenn du mit ihm einig wirst und siehst, daß die Sache in Ordnung ist, dann schreib es mir gleich. Schreib nur: ›Er lügt nicht.‹ Besteh auf elftausend, tausend kannst du allenfalls ablassen, mehr nicht! Bedenke nur, achttausend und elftausend, das ist eine Differenz von dreitausend Rubeln. Diese dreitausend Rubel sind für mich so gut wie gefunden, gut zahlende Aufkäufer sind selten, und ich brauche das Geld sehr dringend. Wenn du mir mitteilst, daß es ernst ist, werde ich selbst hinfahren und die Sache abschließen; irgendwie werde ich mir die Zeit dann schon abknapsen. Jetzt hat es für mich keinen Zweck hinzufahren, wo alles vielleicht doch nur eine Phantasie des Popen ist. Na, wirst du fahren oder nicht?«

»Ich habe keine Zeit. Entbinden Sie mich davon!«

»Tu doch deinem Vater den Gefallen, ich werde es dir nie vergessen! Ihr seid alle so herzlos, das ist es! Kommt es dir etwa auf einen oder zwei Tage an? Wo willst du denn hin? Nach Venedig? Dein Venedig wird in zwei Tagen nicht einstürzen. Ich würde Aljoscha schicken, aber was versteht Aljoscha von solchen Geschäften? Ich wende mich an dich einzig und allein deswegen, weil du ein kluger Mensch bist, das sehe ich ja. Mit Holz handelst du zwar nicht, dafür hast du Augen im Kopf. Zu der Sache gehört nichts weiter, als daß man achtgibt, ob der Mensch im Ernst redet oder nicht. Ich sage, achte auf seinen Bart! Zittert der, dann redet er im Ernst.«

»Sie schicken mich also von sich aus in dieses verdammte Tschermaschnja, ja?« rief Iwan Fjodorowitsch boshaft lächelnd.

Fjodor Pawlowitsch bemerkte die Bosheit nicht oder wollte sie nicht bemerken. Nur auf das Lächeln reagierte er. »Also wirst du hinfahren, du wirst fahren? Ich werde dir gleich den Zettel schreiben.«

»Ich weiß noch nicht, ob ich hinfahren werde. Ich weiß es noch nicht, ich werde mich unterwegs entscheiden.«

»Ach was, unterwegs, entscheide dich gleich! Entscheide dich, Täubchen! Wenn du mit ihm eine Übereinkunft erzielt hast, schreib zwei Zeilen und händige sie dem Popen aus, der wird mir dein Zettelchen sofort schicken. Dann werde ich dich nicht länger aufhalten, dann fahr meinetwegen nach Venedig! Der Pope wird dich mit seinem Wagen zur Station Wolowja zurückbringen …«

Der Alte war geradezu entzückt. Er schrieb das Zettelchen, es wurde nach einem Wagen geschickt und ein Imbiß mit Kognak auf den Tisch gestellt. Wenn der Alte vergnügt war, wurde er sonst immer redselig; diesmal schien er sich jedoch Zurückhaltung aufzuerlegen. Von Dmitri Fjodorowitsch zum Beispiel sagte er nichts, kein einziges Wort. Die bevorstehende Trennung rührte ihn nicht besonders. Es machte sogar den Eindruck, als wüßte er nicht, wovon er sprechen sollte. Iwan Fjodorowitsch bemerkte das sehr wohl.

›Er hat mich doch wohl satt‹, dachte er im stillen.

Erst als der Alte seinen Sohn bis an die Haustür begleitet hatte, bekundete er eine Art von Unruhe und machte Anstalten, ihn zu küssen. Doch Iwan Fjodorowitsch streckte ihm rasch die Hand zum Abschied hin, offenbar, um dem Küssen zu entgehen. Der Alte begriff das auch sofort und ließ von seinem Vorhaben ab.

»Nun, mit Gott, mit Gott!« sagte er ein paarmal von der Haustür aus. »Du wirst ja wohl noch einmal im Leben wiederkommen? Na, komm nur, ich werde mich immer freuen. Na, Christus sei mit dir!«

Iwan Fjodorowitsch stieg in den Wagen.

»Lebe wohl, Iwan! Schimpf nicht zu sehr über mich!« rief ihm der Vater zu guter Letzt noch zu.

Auch die ganze Dienerschaft war gekommen, um Abschied zu nehmen: Smerdjakow, Marfa und Grigori. Iwan Fjodorowitsch schenkte jedem von ihnen zehn Rubel.

Als er sich schon in den Wagen gesetzt hatte, sprang Smerdjakow hinzu, um ihm die Wagendecke zurechtzulegen.

»Siehst du, ich fahre nach Tschermaschnja«, sagte Iwan Fjodorowitsch auf einmal unwillkürlich, so wie am Abend vorher, als ihm die Worte auch wider Willen entschlüpft waren. Diese Mitteilung begleitete er mit einem nervösen Lachen.

Daran mußte er später noch lange denken.

»Also haben die Leute recht, wenn sie sagen, daß mit einem klugen Menschen auch ein kurzes Gespräch von Nutzen ist«, antwortete Smerdjakow fest und blickte Iwan Fjodorowitsch durchdringend an.

Die Pferde zogen an, und der Wagen fuhr schnell los. In der Seele des Reisenden sah es trüb aus; doch er schaute trotzdem eifrig nach den Feldern, den Hügeln, den Bäumen ringsum und nach einer Schar wilder Gänse, die hoch über ihm am hellen Himmel dahinflog. Und auf einmal wurde ihm wohl zumute. Er versuchte ein Gespräch mit dem Kutscher anzuknüpfen, und etwas von dem, was der Bauer antwortete, interessierte ihn außerordentlich. Einen Augenblick später merkte er aber, daß alles an seinen Ohren vorbeigeglitten war und er in Wirklichkeit nichts von dem, was der Bauer gesagt hatte, verstanden hatte. Er verstummte, und auch so war es schön: Die Luft war rein, frisch und ein bißchen kalt, der Himmel klar. Vor seinem geistigen Auge tauchten die Gestalten Aljoschas und Katerina Iwanownas auf; da lächelte er leise und hauchte die lieben Trugbilder an, sie zerstoben.

›Auch ihre Zeit wird kommen‹, dachte er.

Schnell erreichten sie die erste Station, wechselten die Pferde und jagten weiter in Richtung Wolowja.

›Warum ist mit einem klugen Menschen auch ein kurzes Gespräch von Nutzen? Was wollte er damit sagen?‹ Dieser Gedanke nahm ihm fast den Atem. ›Warum habe ich ihm aber auch mitgeteilt, daß ich nach Tschermaschnja fahre.‹

Sie waren in Wolowja angekommen. Iwan Fjodorowitsch stieg aus, und einige Fuhrleute umringten ihn. Er einigte sich mit einem von ihnen über den Preis einer Fahrt nach Tschermaschnja, zwölf Werst Landweg mit Mietspferden. Er befahl dem Kutscher anzuspannen. Dann ging er in das Stationsgebäude, schaute sich dort um, warf einen Blick auf die Frau des Postmeisters und ging wieder hinaus.

»Ich will nicht nach Tschermaschnja fahren. Komme ich noch zurecht zur Eisenbahn, zum Siebenuhrzug, Leute?«

»Wir werden es gerade schaffen. Befehlen Sie anzuspannen?«

»Ja, spann sofort an! Ist einer von euch morgen in der Stadt?«

»Gewiß doch. Hier, Mitri ganz sicher.«

»Kannst du mir einen Gefallen tun, Mitri? Bei meinem Vater Fjodor Pawlowitsch Karamasow vorbeigehen und ihm sagen, daß ich nicht nach Tschermaschnja gefahren bin? Kannst du das?«

»Warum nicht? Ich werde vorbeigehen. Fjodor Pawlowitsch kenne ich schon lange.«

»Da hast du ein Trinkgeld, weil er dir vielleicht nichts geben wird«, sagte Iwan Fjodorowitsch mit heiterem Lachen.

»Nein, der wird mir bestimmt nichts geben«, erwiderte Mitri ebenfalls lachend. »Danke, gnädiger Herr. Ich werde es bestimmt ausrichten.«

Um sieben Uhr abends stieg Iwan Fjodorowitsch in den Zug und fuhr nach Moskau.

»Weg mit allem, was bisher gewesen ist! Mit der ganzen bisherigen Welt habe ich für alle Zeit abgeschlossen, und keine Kunde, kein Ruf aus ihr soll mich mehr erreichen! Hinein in eine neue Welt, zu neuen Orten! Vorwärts – ohne einen Blick zurück!«

Aber statt Begeisterung überkam ihn plötzlich Traurigkeit, und ein dumpfer Schmerz, wie er ihn in seinem ganzen Leben noch nicht kennengelernt hatte, quälte sein Herz. Die ganze Nacht ließen ihn seine Gedanken nicht schlafen. Der Zug flog dahin, und erst als sie bei Tagesgrauen in Moskau einfuhren, kam er gewissermaßen zur Besinnung.

»Ich bin ein Schurke!« flüsterte er vor sich hin.

Fjodor Pawlowitsch aber blieb, nachdem er seinen Sohn hinausbegleitet hatte, in sehr zufriedener Stimmung zurück. Ganze zwei Stunden fühlte er sich beinahe glücklich und trank ab und zu ein Gläschen Kognak. Doch plötzlich ereignete sich im Haus etwas sehr Ärgerliches und für alle sehr Unangenehmes, was Fjodor Pawlowitsch sofort zutiefst bestürzte. Smerdjakow war aus irgendeinem Grund in den Keller gegangen und von der obersten Stufe gestürzt. Es war noch gut, daß Marfa Ignatjewna in diesem Augenblick zufällig auf dem Hof war und es rechtzeitig hörte. Den Fall selbst sah sie nicht; dafür hörte sie einen Schrei, den eigenartigen, ihr aber schon bekannten Schrei eines Epileptikers, der einen Anfall bekommt. Ob ihn der Anfall in dem Moment überrascht hatte, als er die Stufen hinabzusteigen begann, so daß er natürlich sogleich bewußtlos hinunterstürzen mußte, oder ob sich umgekehrt infolge des Falls und der Erschütterung bei dem notorischen Epileptiker Smerdjakow der Anfall eingestellt hatte, war nicht zu entscheiden. Als man ihn fand, lag er schon auf dem Boden des Kellers, in Krämpfen und Zukkungen, um sich schlagend, und mit Schaum vor dem Mund. Man glaubte anfangs, er habe sich etwas gebrochen, einen Arm oder ein Bein, oder sich anderweitig beschädigt; doch »Gott hat ihn behütet«, wie sich Marfa Ignatjewna ausdrückte: Es war nichts Derartiges geschehen. Es war nur schwer, ihn richtig, zu fassen und ihn aus dem Keller ins Freie zu tragen. Aber sie baten die Nachbarn um Hilfe und kamen so, wenn auch mit Mühe, zurecht.

Auch Fjodor Pawlowitsch war persönlich anwesend und half selbst mit. Er war offenbar sehr erschrocken und beinahe fassungslos. Der Kranke kam jedoch nicht zur Besinnung; die Anfälle hörten zwar zeitweilig auf, kehrten aber dann wieder, und alle folgerten daraus, der weitere Verlauf werde sein wie im vorigen Jahr, als er vom Dachboden gefallen war. Sie erinnerten sich, daß ihm damals Eis auf den Kopf gelegt worden war. Eis war im Keller noch vorhanden, und Marfa Ignatjewna machte ihm eine Packung; Fjodor Pawlowitsch schickte gegen Abend noch zu Doktor Herzenstube, der unverzüglich kam. Nachdem er den Kranken sorgsam untersucht hatte – er war der gewissenhafteste Arzt im ganzen Gouvernement, ein sehr achtbarer älterer Herr –, erklärte er, der Anfall sei von außerordentlicher Art und »es drohe vielleicht Gefahr«. Vorläufig verstehe er noch nicht alles; morgen früh werde er, sollten die jetzigen Mittel nicht helfen, zu anderen greifen. Der Kranke wurde im Seitengebäude ins Bett gepackt, in einem Zimmer neben dem Grigoris und Marfa Ignatjewnas.

Fjodor Pawlowitsch mußte den Tag über ein Unglück nach dem anderen ertragen. Das Mittagessen hatte Marfa Ignatjewna zubereiten müssen; infolgedessen schmeckte die Suppe, mit Smerdjakows Kunstleistungen verglichen, wie Spülwasser, und das Huhn erwies sich als so trocken, daß es überhaupt nicht zu kauen war. Auf die bitteren, allerdings wohl berechtigten Vorwürfe ihres Herrn erwiderte Marfa Ignatjewna, das Huhn sei ohnehin schon sehr alt gewesen, und sie selbst habe nicht Koch studiert. Gegen Abend kam noch eine andere Sorge hinzu. Fjodor Pawlowitsch erhielt die Meldung, Grigori, der schon seit zwei Tagen krank war, habe sich wegen heftiger Kreuzschmerzen zu Bett legen müssen.

Fjodor Pawlowitsch beendete den Tee so früh wie möglich und schloß sich allein im Haus ein. Er befand sich in schrecklicher, beängstigender Spannung. Ausgerechnet an diesem Abend erwartete er Gruschenka fast mit Sicherheit. Zumindest hatte ihm Smerdjakow schon morgens versichert, sie habe versprochen, bestimmt zu kommen. Das Herz des erregten alten Mannes schlug unruhig, er lief in seinen leeren Zimmern auf und ab und horchte. Dauernd mußte er sein Ohr anstrengen; Dmitri Fjodorowitsch konnte ihr irgendwo auflauern, und wenn sie ans Fenster klopfte – Smerdjakow hatte ihm schon vor zwei Tagen versichert, daß er ihr mitgeteilt habe, wo und wie sie klopfen müsse –, mußte er so schnell wie möglich die Tür öffnen und sie nicht eine Sekunde vergebens warten lassen, damit sie nicht, was Gott verhüte, Angst bekam und wieder weglief. Ja, Fjodor Pawlowitsch hatte seine schweren Sorgen; aber noch nie hatte sich sein Herz in so süßen Hoffnungen gewiegt. Man konnte ja fast mit Sicherheit sagen, daß sie diesmal unbedingt kommen mußte!

Sechstes Buch

Ein russischer Mönch

1. Der Starez Sossima und seine Besucher

Als Aljoscha, das Herz voll Unruhe und Schmerz, die Zelle des Starez betrat, blieb er verwundert stehen. Er hatte befürchtet, den Kranken sterbend, vielleicht schon bewußtlos zu finden; statt dessen sah er ihn im Lehnstuhl sitzen, mit zwar erschöpftem, aber munterem, fröhlichem Gesicht, von Besuchern umgeben, mit denen er ein ruhiges, heiteres Gespräch führte. Übrigens war er erst eine Viertelstunde vor Aljoschas Ankunft vom Bett aufgestanden. Die Besucher hatten sich schon vorher in seiner Zelle versammelt und auf sein Erwachen gewartet, nachdem ihnen Vater Paissi fest versichert hatte, der Lehrer werde zweifellos aufstehen, um noch einmal mit denen, die seinem Herzen lieb seien, zu sprechen, wie er es selber schon am Morgen verkündet und versprochen habe. An dieses Versprechen, wie überhaupt an jedes Wort des sterbenden Starez, glaubte Vater Paissi fest; selbst wenn er ihn schon bewußtlos vorgefunden hätte – er hätte vielleicht nicht einmal dem Tod geglaubt, sondern immer noch darauf gewartet, daß der Sterbende sein Versprechen hielt, er werde noch einmal aufstehen und von ihm Abschied nehmen … Und am Morgen hatte ihm der Starez, ehe er wieder einschlief, auf das bestimmteste verkündet: »Ich werde nicht sterben, bevor ich mich noch einmal am Gespräch mit euch, ihr Geliebten meines Herzens, erquickt, eure lieben Gesichter geschaut und euch noch einmal mein Herz ausgeschüttet habe.« Die sich zu diesem wahrscheinlich letzten Gespräch mit dem Starez versammelt hatten, waren seine vier ergebensten, langjährigen Freunde: die Priestermönche Vater Jossif und Vater Paissi, der Priestermönch Vater Michail, der Vorsteher der Einsiedelei, ein noch nicht sehr alter, ganz und gar nicht gelehrter Mann aus einfachem Stand, von festem Geist und unerschütterlichem, schlichtem Glauben. Er machte eine finstere Miene, aber sein Herz war von einer tiefen Rührung durchdrungen, die er aus einer Art von Schamgefühl zu verbergen suchte. Der vierte Besucher war ein ganz alter, einfacher Mönch aus dem ärmsten Bauernstand, Bruder Anfim; er konnte kaum lesen und schreiben und war schweigsam und still, unter den Demütigsten der Allerdemütigste, er sprach sogar nur selten mit jemand und sah aus wie einer, der durch etwas Großes, Schreckliches, für seinen Verstand Unfaßbares für das ganze Leben in Furcht versetzt worden ist. Diesen nahezu immer zitternden Menschen liebte der Starez Sossima sehr; ihm begegnete er sein Leben lang mit außerordentlicher Hochachtung, obgleich er vielleicht mit keinem seiner Bekannten weniger Worte gewechselt hatte als mit ihm – trotz ihrer mehrjährigen gemeinsamen Pilgermärsche durch das heilige Rußland: vor langer Zeit, vor ungefähr vierzig Jahren, als der Starez Sossima sein Mönchsleben in einem armen, wenig bekannten Kloster in Kostroma begonnen und bald darauf Vater Anfim auf dessen Wanderungen zum Zweck des Spendensammelns für ihr armes Klösterchen begleitet hatte.

Alle, der Bewohner der Zelle wie seine Besucher, befanden sich in dem zweiten Zimmer des Starez, in dem dessen Bett stand, einem, wie schon gesagt ist, sehr engen Gemach, so daß alle vier – abgesehen von dem ebenfalls anwesenden Novizen Porfiri, welcher stand – nur mit Mühe um den Lehnstuhl des Starez herum auf Stühlen Platz gefunden hatten, die sie aus dem ersten Zimmer geholt hatten. Es begann schon zu dämmern, das Zimmer wurde nur von den Lämpchen und Kerzen vor den Ikonen erhellt.

Als der Starez Aljoscha erblickte, der bei seinem Eintritt vor Verlegenheit in der Tür stehengeblieben war, lächelte er ihm erfreut zu und streckte ihm die Hand entgegen: »Willkommen, mein Stiller, willkommen, mein Lieber! Da bist du ja auch! Ich wußte es, daß du kommen würdest.«

Aljoscha trat zu ihm, verbeugte sich bis zur Erde und weinte. Es war ihm, als sei in seinem Herzen etwas zerrissen; er war nahe daran, laut loszuschluchzen.

»Was hast du denn? Warte noch mit dem Weinen!« sagte der Starez lächelnd und legte ihm die rechte Hand auf den Kopf, »Du siehst, ich sitze und führe ein Gespräch, vielleicht werde ich noch zwanzig Jahre leben, wie es mir gestern die gute, liebe Frau aus Wyschegorje wünschte, welche die kleine Lisaweta auf dem Arm hatte … Gedenke, Herr, der Mutter und ihres Töchterchens Lisaweta! Porfiri, hast du ihre Spende dahin gebracht, wohin ich dir sagte?«

Es waren ihm die sechzig Kopeken eingefallen, die eine fröhliche Verehrerin gestern »für eine Frau, die ärmer ist als ich«, gespendet hatte. Solche Spenden sind eine Art Kirchenbuße, die sich jemand aus irgendeinem Grund freiwillig auferlegt, und müssen unbedingt aus Geld bestehen, das man sich durch eigene Arbeit erworben hat. Der Starez hatte Porfiri noch am Abend zu einer Kleinbürgerin unserer Stadt geschickt, einer Witwe mit Kindern, deren Haus kürzlich abgebrannt war und die nun betteln ging. Porfiri beeilte sich zu berichten, der Auftrag sei schon ausgeführt, er habe das Geld befehlsgemäß als »Spende einer unbekannten Wohltäterin« abgeliefert.

»Steh auf, mein Lieber!« fuhr der Starez, an Aljoscha gewandt, fort, »Laß mich dich ansehen! Bist du bei den Deinen gewesen, hast du deinen Bruder gesehen?«

Es kam Aljoscha sonderbar vor, daß er so bestimmt nur nach einem der Brüder fragte – aber nach welchem? Hatte er ihn vielleicht gerade um dieses Bruders willen gestern und heute fortgeschickt?

»Einen meiner Brüder habe ich gesehen«, antwortete Aljoscha.

»Ich meine den von gestern, den ältesten. Den, vor dem ich mich verneigte.«

»Den habe ich nur gestern gesehen. Heute habe ich ihn trotz alter Mühe nicht finden können«, sagte Aljoscha.

»Beeile dich, ihn zu finden. Geh morgen wieder hin und beeile dich. Laß alles stehen und liegen und beeile dich! Vielleicht gelingt es dir noch, etwas Schreckliches abzuwenden. Ich habe mich gestern vor seinem großen künftigen Leiden verneigt.«

Er verstummte plötzlich und schien in Gedanken zu versinken. Seine Worte klangen seltsam. Vater Jossif, der am Vortag Zeuge der tiefen Verbeugung des Starez gewesen war, wechselte mit Vater Paissi einen Blick.

Aljoscha konnte eine Frage nicht zurückdrängen, »Vater und Lehrer!« sagte er in großer Erregung. »Ihre Worte sind sehr dunkel ... Was für ein Leiden erwartet ihn?«

»Verlange nicht zuviel zu wissen! Es zeigte sich mir gestern etwas Furchtbares. Sein Blick schien mir sein ganzes Schicksal zu offenbaren. Er hatte einen Blick, daß ich in meinem Herzen erschrak über das, was dieser Mensch für sich selbst vorbereitet. Nur ein- oder zweimal in meinem Leben habe ich Menschen mit einem solchen Gesichtsausdruck gesehen, der gleichsam ihr ganzes Schicksal zum Ausdruck brachte. Und ach, ihr Schicksal ist in Erfüllung gegangen. Ich sandte dich zu ihm, Alexej; denn ich dachte, der Anblick deines brüderlichen Antlitzes könnte ihm helfen. Aber alles kommt vom Herrn, auch unser Schicksal. ›Wenn das Weizenkorn, in die Erde gefallen, nicht erstirbt, so bleibt es allein; wenn es aber erstirbt, so bringt es viel Frucht.‹ Denke daran! Dich, Alexej, habe ich in meinem Leben vielmals in Gedanken gesegnet wegen deines Antlitzes, das sollst du wissen«, sagte der Starez mit stillem Lächeln. »Ich denke über dich so: Du wirst diese Mauern verlassen, doch in der Welt wie ein Mönch leben. Du wirst viele Widersacher haben, aber auch deine Feinde werden dich lieben. Das Leben wird dir viel Unglück bringen, doch gerade durch das Unglück wirst du glücklich sein und das Leben segnen und andere veranlassen, es zu segnen – was das Allerwichtigste ist. Siehst du, so ein Mensch bist du ... Ihr meine Väter und Lehrer!« wandte er sich, ergriffen lächelnd, an seine Besucher. »Niemals bis auf diesen Tag habe ich gesagt, auch ihm selbst nicht, weshalb das Antlitz dieses Jünglings meiner Seele so lieb war. Jetzt will ich es sagen. Sein Antlitz war mir wie eine Erinnerung und wie eine Prophezeiung. Am Morgen meiner Tage, als ich noch ein Kind war, hatte ich einen älteren Bruder, der als Jüngling, nur siebzehn Jahre alt, vor meinen Augen starb. Und später, im weiteren Verlauf meines Lebens, gelangte ich Schritt für Schritt zu der Überzeugung, daß dieser mein Bruder in meinem Schicksal gewissermaßen ein Fingerzeig und eine Vorherbestimmung von oben war; denn wenn er nicht in mein Leben getreten wäre, hätte ich, wie ich glaube, wohl niemals den Mönchsstand gewählt und diesen herrlichen Weg eingeschlagen. Diese Erscheinung fiel noch in meine Kindheit – und siehe, jetzt, da mein Weg sich zum Ende neigt, hat sie sich vor meinen Augen gleichsam wiederholt. Es ist wunderbar, ihr meine Väter und Lehrer, daß Alexej, obgleich er meinem Bruder von Gesicht nicht besonders ähnlich ist, sondern nur einigermaßen, mir doch in geistiger Hinsicht eine solche Ähnlichkeit mit ihm zu haben schien, daß ich ihn oftmals geradezu für meinen Bruder gehalten habe, der am Ende meines Weges auf geheimnisvolle Weise zu mir gekommen ist, um mich an etwas zu erinnern und über etwas zu belehren. Hörst du das, Porfiri?« wandte er sich an den Novizen. »Oftmals habe ich auf deinem Gesicht eine gewisse Betrübnis darüber gesehen, daß ich Alexej mehr liebte als dich. Jetzt weißt du, woher das kam. Aber ich liebe auch dich, das sollst du wissen! Und es hat mich oft bekümmert, daß du betrübt warst. Euch aber, meine lieben Freunde, will ich jetzt etwas von diesem meinem Bruder erzählen, denn es hat in meinem Leben keine wertvollere, prophetischere, rührendere Erscheinung gegeben als diese. Mein Herz ist gerührt, und ich blicke in diesem Augenblick auf mein Leben, als ob ich es von neuem ganz durchlebte …«

Hier muß ich bemerken, daß dieses Gespräch des Starez mit denen, die ihn am letzten Tag seines Lebens besuchten, teilweise in einer Aufzeichnung erhalten ist. Aufgezeichnet hat es Alexej Fjodorowitsch Karamasow zur Erinnerung an den Starez, einige Zeit nach seinem Tod. Ich bin jedoch nicht mehr imstande zu entscheiden, ob diese Aufzeichnung in ihrem ganzen Umfang nur das damalige Gespräch wiedergibt oder ob aus früheren Gesprächen mit seinem Lehrer etwas hinzugefügt ist. Ferner erscheint die ganze Rede des Starez in dieser Niederschrift zusammenhängend, ununterbrochen, als habe er, an seine Freunde gewandt, sein ganzes Leben in Form einer Erzählung vorgetragen, während es doch, das ist nach späteren Berichten nicht zu bezweifeln, in Wirklichkeit etwas anders zugegangen war. Es hatte nämlich an jenem Abend ein allgemeines Gespräch stattgefunden, und obgleich die Besucher den Starez nur selten unterbrachen, redeten sie doch auch von sich aus und beteiligten sich an dem Gespräch, teilten von sich aus dies und jenes mit und erzählten etwas. Außerdem war eine ununterbrochene Rede von seiten des Starez schon deshalb unmöglich, weil er manchmal keine Luft bekam und sich mitunter aufs Bett legen mußte, um sich zu erholen, wenn er auch nicht einschlief und die Besucher ihre Plätze nicht verließen. Ein- oder zweimal wurde das Gespräch durch Lesungen aus dem Evangelium unterbrochen; der Vorleser war Vater Paissi. Bemerkenswert ist auch noch, daß keiner von ihnen annahm, der Starez würde noch in dieser Nacht sterben, zumal er an diesem letzten Abend seines Lebens durch einen tiefen Schlaf tagsüber offenbar neue Kraft gewonnen hatte, die ihn während des ganzen langen Gesprächs mit den Freunden aufrecht hielt. Eine letzte Rührung schien ihn auf unerwartete Weise zu beleben, allerdings nur für kurze Zeit – denn sein Leben ging dann plötzlich zu Ende. Aber davon später. Jetzt will ich nur mitteilen, daß ich mich, statt alle Einzelheiten des Gesprächs anzuführen, auf die Erzählung des Starez nach den handschriftlichen Aufzeichnungen Alexej Fjodorowitsch Karamasows beschränken werde. Das wird kürzer sein und nicht so ermüdend, obwohl Aljoscha, ich wiederhole es, vieles früheren Gesprächen entnommen und hier eingefügt hat.

2. Aus dem Leben des in Gott entschlafenen Priestermönchs und Starez Sossima, nach seinen eigenen Worten zusammengestellt von Alexej Fjodorowitsch Karamasow

a) Biographische Mitteilungen über die Jugendjahre des Bruders des Starez Sossima

Geliebte Väter und Lehrer! Geboren wurde ich in einem fernen nördlichen Gouvernement, in der Stadt W. Mein Vater war zwar ein Adliger, doch weder ein vornehmer Mann noch ein einflußreicher Beamter. Er starb, als ich erst zwei Jahre alt war, und ich habe gar keine Erinnerung an ihn. Er hinterließ meiner Mutter ein kleines Holzhaus und etwas Vermögen, nicht groß, aber so weit ausreichend, daß sie mit ihren Kindern davon leben konnte, ohne Not zu leiden. Kinder waren wir zwei: ich, Sinowi, und mein großer Bruder Markel. Er war acht Jahre älter als ich, von hitzigem, reizbarem Temperament, aber seelengut, nicht spottlustig und von einer seltsamen Schweigsamkeit, besonders zu Hause, mir, der Mutter und den Dienstboten gegenüber. Auf dem Gymnasium lernte er gut, doch mit seinen Mitschülern verstand er sich nicht, obwohl er mit ihnen nicht zerstritten war; so berichtete es zumindest später die Mutter. Ein halbes Jahr vor seinem Tod, als er schon siebzehn Jahre alt war, kam er in engen Kontakt mit einem Mann, der in unserer Stadt ganz einsam für sich lebte, anscheinend einem politischen Verbannten; er war aber wegen Freigeisterei aus Moskau in unsere Stadt verbannt. Dieser Verbannte war ein bedeutender Gelehrter und angesehener Philosoph, der an der Universität gelehrt hatte. Aus irgendeinem Grund gewann er Markel lieb und lud ihn häufig zu sich ein. Mein Bruder war oft abendelang bei ihm, den ganzen Winter über, bis der Verbannte auf seine eigene Bitte wieder in den Staatsdienst nach Petersburg berufen wurde – er hatte wohl hohe Gönner. Es begannen die Großen Fasten, doch Markel wollte nicht fasten. Er schimpfte und lachte darüber: »Das ist ja alles dummes Zeug«, sagte er. »Es gibt gar keinen Gott.« Durch solche Reden versetzte er unsere Mutter und die Dienerschaft in Schrecken – und mich kleinen Knaben natürlich auch. Ich war zwar erst neun Jahre alt, erschrak aber über diese Worte gleichfalls zutiefst. Unsere Dienerschaft bestand nur aus Leibeigenen, vier Personen, die sämtlich auf den Namen eines mit uns bekannten Gutsbesitzers getauft waren. Ich erinnere mich noch, wie unsere Mutter eine von diesen vier, die Köchin Afimia, weil sie lahm und schon recht alt war, für sechzig Rubel verkaufte und an ihrer Stelle eine freie Magd mietete. Und da, in der sechsten Fastenwoche, ging es auf einmal meinem Bruder gesundheitlich schlecht. Er war von jeher kränklich und von schwacher Konstitution gewesen und neigte zur Schwindsucht; von Statur war er nicht klein, aber schmächtig und im Gesicht sehr wohlgebildet. Er mußte sich erkältet haben, und der eilig gerufene Arzt teilte alsbald der Mutter mit, es sei die galoppierende Schwindsucht und er werde das Frühjahr nicht überleben. Die Mutter fing an zu weinen und bat den Bruder mit aller Vorsicht, um ihn nicht zu erschrecken, er möchte sich durch Fasten und Kirchenbesuch aufs Abendmahl vorbereiten und es dann nehmen; er konnte damals nämlich noch ausgehen. Als er das hörte, wurde er ärgerlich und schimpfte auf die Kirche. Dann ließ er sich die Sache jedoch durch den Kopf gehen; er begriff sofort, daß er gefährlich krank war und die Mutter ihn deshalb zur Vorbereitung aufs Abendmahl anhielt, solange er noch die Kraft dazu besaß. Übrigens hatte er selbst schon länger gewußt, daß er krank war; schon vor einem Jahr hatte er einmal bei Tisch zu mir und der Mutter kaltblütig gesagt: »Es ist mir nicht beschieden, lange unter euch auf der Welt zu sein. Vielleicht werde ich kein Jahr mehr leben.« Das hatte er nun richtig prophezeit. Es vergingen drei Tage, dann begann die Karwoche. Und da ging der Bruder vom Dienstagmorgen an zur Kirche. »Ich tu' das eigentlich nur für Sie, liebe Mutter, um Ihnen eine Freude zu machen und Sie zu beruhigen«, sagte er zu ihr. Die Mutter fing vor Freude, aber auch vor Kummer an zu weinen. »Sein Ende muß nahe sein«, sagte sie, »wenn plötzlich so eine Veränderung mit ihm vorgeht!« Aber er konnte nicht mehr lange zur Kirche gehen. Er mußte sich ins Bett legen, so daß ihm schon zu Hause die Beichte abgenommen und das Abendmahl erteilt wurde. Es kamen helle, klare, erquickende Tage; Ostern lag in diesem Jahr spät. Ich erinnere mich, nachts mußte er immer husten und schlief schlecht, doch am Morgen zog er sich an und versuchte, sich in einen weichen Lehnstuhl zu setzen. So habe ich ihn auch im Gedächtnis behalten: Er sitzt mit stiller, sanfter Miene da und lächelt – er selbst ist krank, aber sein Gesicht ist heiter und freudig. Er war seelisch ein ganz anderer

Mensch geworden, so eine wunderbare Veränderung war plötzlich mit ihm vorgegangen! Da kam zum Beispiel die alte Kinderfrau in sein Zimmer. »Erlaube, Täubchen, ich möchte bei dir das Lämpchen vor dem Heiligenbild anzünden.« Früher hatte er das nicht zugelassen, sondern das Lämpchen sogar wieder ausgeblasen. Aber jetzt sagte er: »Zünde es an, meine Liebe, zünde es an. Ich war ein Unmensch, daß ich es euch früher verboten habe. Du betest zu Gott, indem du das Lämpchen anzündest, und ich bete zu ihm, indem ich mich über dich freue. Also beten wir zu ein und demselben Gott.« Diese Worte kamen uns seltsam vor. Die Mutter ging auf ihr Zimmer und weinte immerzu; nur wenn sie zu ihm hineinging, trocknete sie ihre Tränen und nahm eine heitere Miene an. »Weine nicht, liebe Mutter, mein Täubchen!« sagte er manchmal. »Ich kann noch lange mit euch leben und mich noch lange mit euch freuen, das Leben ist ja so heiter und fröhlich!« – »Mein lieber Sohn, was hast du denn für Freude am Leben, wenn du in der Nacht vor Fieber glühst und hustest, daß dir fast die Brust zerspringt?« – »Mama«, antwortete er ihr, »weine nicht. Das Leben ist ein Paradies; wir sind alle im Paradies und wollen es nur nicht wahrhaben. Wenn wir es wahrhaben wollten, würde gleich morgen auf der ganzen Welt das Paradies anheben.« Alle staunten über seine Worte, alle waren gerührt und weinten, so seltsam und so nachdrücklich hatte er gesprochen. Es kamen Bekannte zu uns. »Liebe teure Menschen«, sagte er zu ihnen, »wodurch habe ich es verdient, daß Sie mich, einen solchen Menschen, lieben? Und wie ist es nur möglich, daß ich das früher nicht erkannt und nicht zu schätzen gewußt habe?« Zu den Dienstboten sagte er häufig: »Meine Lieben, Teuren, weswegen dient ihr mir? Bin ich das denn wert, daß ihr mir dient? Wenn Gott sich meiner erbarmen und mich leben lassen würde, dann möchte ich euch dienen, denn wir müssen alle einander dienen.« Als die Mutter das hörte, schüttelte sie den Kopf. »Du mein teurer Sohn, du redest so, weil du krank bist!« – »Mama, du meine Freude«, sagte er, »es muß ja wohl Herren und Diener geben. Aber auch ich will der Diener meiner Diener sein, so wie sie die meinigen sind. Und noch eins will ich dir sagen, liebe Mutter. Jeder von uns trägt allen gegenüber an allem Schuld, und ich mehr als alle.« Die Mutter lächelte darüber sogar, sie weinte und lächelte zugleich. »Nun«, sagte sie, »inwiefern trägst du denn allen gegenüber mehr Schuld als alle? Es gibt Mörder und Räuber, was hast du schon gesündigt, daß du dir mehr Schuld beimißt als allen anderen?« – »Liebe Mutter, du mein Blutströpfchen«, sagte er; solche Kosenamen begann er damals zu unserer Überraschung zu gebrauchen. »Du sollst wissen, mein liebes, fröhliches Blutströpfchen, daß in Wahrheit ein jeder allen gegenüber an allem Schuld trägt. Ich weiß nicht, wie ich dir das erklären soll, doch ich fühle, fühle es qualvoll und schmerzhaft, daß es so ist. Wie haben wir früher nur so leben können – im Zorn und ohne Wissen!« So waren denn jeden Tag beim Aufstehen seine Rührung und seine Freude größer und größer; er zitterte geradezu vor Liebe. Manchmal, wenn der Arzt kam, ein alter Deutscher namens Eisenschmidt, sagte der Kranke scherzend zu ihm: »Nun, wie steht's, Doktor? Werde ich noch einen Tag auf dieser Weit leben?« – »Sie werden nicht nur einen Tag sondern noch viele Tage auf dieser Welt leben«, antwortete der Arzt. Monate und Jahre werden Sie noch leben!« – »Wozu noch Jahre und Monate!« rief er dann manchmal. »Wozu die Tage zählen, wo doch ein einziger Tag für den Menschen ausreicht, um das volle Glück kennenzulernen? Meine Lieben, warum streiten wir, warum prahlen wir, warum tragen wir einander Kränkungen nach? Laßt uns einfach in den Garten gehen und spazieren und umhertollen und einander lieben und loben und küssen und unser Leben glücklich preisen!« – »Ihr Sohn wird nicht mehr lange leben«, sagte der Arzt zur Mutter, als sie ihn zur Haustür begleitete. »Infolge der Krankheit ist eine geistige Störung eingetreten.« Die Fenster seines Zimmers gingen auf den Garten hinaus. Unser Garten war schattig, von alten Bäumen bestanden; an den Bäumen kamen die Frühlingsknospen hervor, und am Morgen kamen die Vögel geflogen, zwitscherten und sangen ihm in die Fenster. Und wie er sie so ansah und sich über sie freute, begann er auf einmal auch sie um Verzeihung zu bitten: »Ihr Vöglein Gottes, ihr fröhlichen Vöglein, verzeiht auch ihr mir, denn auch vor euch habe ich mich versündigt.« Das konnte nun niemand von uns verstehen. Er aber weinte vor Freude. »Ja«, sagte er, »es war eine solche Gottespracht um mich herum, die Vögelchen und die Bäume und die Wiesen und der Himmel! Ich allein lebte in Schande, ich allein entehrte alles und bemerkte all die Schönheit und Pracht gar nicht.« – »Du wirfst dir gar zu viele Sünden vor«, sagte die Mutter manchmal weinend. »Liebe Mutter, du meine Freude, ich weine ja vor Glück, nicht vor Kummer! Es verlangt mich ja selbst, ihnen gegenüber Schuld zu tragen. Ich kann es dir nur nicht erklären, denn ich weiß nicht, wie ich sie nur lieben soll. Mag ich mich auch ihnen gegenüber versündigt haben, dafür werden sie mir alle verzeihen – und das ist eben das Paradies. Bin ich denn jetzt nicht im Paradies?«

Und so sagte er noch vieles, was ich nicht im Gedächtnis behalten habe. Ich erinnere mich, daß ich einmal zu ihm ins Zimmer kam, als niemand bei ihm war. Es war eine klare Abendstunde, die Sonne neigte sich zum Untergang und erleuchtete das ganze Zimmer mit ihren schrägen Strahlen. Als er mich sah, winkte er mich heran, ich trat zu ihm. Er faßte mich mit beiden Händen an den Schultern und sah mir liebevoll ins Gesicht. Er sprach nichts, sah mich nur ungefähr eine Minute so an, dann sagte er: »Nun, jetzt geh und spiele und lebe für mich!« Ich ging damals hinaus und spielte. Aber in meinem späteren Leben habe ich mich oftmals unter Tränen erinnert, wie er mich geheißen hatte, für ihn zu leben. Er sagte noch viele solche wunderbare und schöne, für uns damals allerdings unverständliche Worte. Er starb in der dritten Woche nach Ostern, bei vollem Bewußtsein, und wenn er auch nicht mehr reden konnte, veränderte er sich bis zu seiner letzten Stunde nicht mehr. Sein Gesicht hatte einen freudigen Ausdruck, seine Augen glänzten heiter, mit seinen Blicken suchte er uns, lächelte er uns zu, rief er uns. Sogar in der Stadt wurde viel über sein Ende gesprochen. Alles das hat mich damals erschüttert, aber nicht allzusehr, obgleich ich bei seinem Begräbnis schrecklich geweint habe. Ich war noch zu jung, ein Kind, doch blieb das alles unauslöschlich in meinem Herzen: Das Gefühl lag verborgen. Zur rechten Zeit mußte alles wiedererstehen und zu neuem Klang erweckt werden. So ist es denn auch geschehen.

b) Von der Heiligen Schrift im Leben des Vaters Sossima

Ich blieb damals mit meiner Mutter allein zurück. Bald darauf rieten ihr gute Bekannte: »Sie haben nur noch einen Sohn, und Sie sind nicht arm, Sie besitzen etwas Vermögen; warum sollten Sie Ihren Sohn nicht wie andere Leute nach Petersburg schicken? Wenn Sie ihn hierbehalten, berauben Sie ihn vielleicht einer glänzenden Zukunft.« Und sie empfahlen meiner Mutter, mich nach Petersburg ins Kadettenkorps zu schicken, damit ich später in die Kaiserliche Garde eintreten könnte. Meine Mutter schwankte lange, ob sie sich von ihrem letzten Sohn trennen sollte. Aber sie entschloß sich doch dazu, allerdings nicht ohne viele Tränen, weil sie mir dadurch zu meinem Glück zu verhelfen glaubte. Sie fuhr mit mir nach Petersburg – und seitdem habe ich sie nicht wiedergesehen. Denn drei Jahre später starb sie selbst, und die ganzen drei Jahre hatte sie sich um uns beide gegrämt und für mich gezittert. Aus dem Elternhaus habe ich die kostbarsten Erinnerungen mitgenommen. Es gibt für den Menschen keine kostbareren Erinnerungen als die an seine erste Kindheit im Elternhaus, und das ist fast immer so, wenn in einer Familie auch nur ein bißchen Liebe und Eintracht vorhanden ist. Ja, selbst an die schlechteste Familie können sich kostbare Erinnerungen erhalten, wenn deine eigene Seele nur fähig ist, das Kostbare zu suchen. Zu den Erinnerungen an das Elternhaus rechne ich auch die Erinnerungen an die Biblische Geschichte; sie kennenzulernen brachte mir im Elternhaus, obwohl ich noch ein kleines Kind war, die größte Freude. Ich hatte damals ein Buch, die Biblische Geschichte, mit schönen Bildern; es führte den Titel »Hundertvier biblische Geschichten des Alten und Neuen Testaments.« Anhand dieses Buches lernte ich auch lesen. Auch jetzt habe ich es hier auf dem Bücherbrett liegen, ich bewahre es als wertvolles Andenken auf. Ich erinnere mich, wie mich zum erstenmal eine tiefe Ergriffenheit überkam, noch bevor ich lesen gelernt hatte; ich war damals erst acht Jahre alt. Meine Mutter nahm mich am Montag der Karwoche zur Messe mit in die Kirche; ich war allein – wo mein Bruder damals war, daran kann ich mich nicht erinnern. Es war ein heller Tag, und wenn ich jetzt zurückdenke, so sehe ich abermals ganz deutlich, wie der Weihrauch aus dem Räucherfaß quoll und sacht nach oben stieg; und oben, in der Kuppel, strömten durch ein schmales Fensterchen die Strahlen der Gottessonne nur so in die Kirche und auf uns hernieder und sogen den aufsteigenden Weihrauch gleichsam in sich auf. Ich sah das und war ergriffen, und zum erstenmal seit meiner Geburt nahm ich damals das Samenkorn des Wortes Gottes mit Bewußtsein in meine Seele auf. Ein junger Ministrant mit einem großen Buch schritt bis in die Mitte der Kirche; das Buch war so groß, daß er es, wie mir damals schien, nur mit Mühe tragen konnte. Er legte es auf ein Lesepult, schlug es auf und begann zu lesen, und auf einmal, zum erstenmal in meinem Leben, verstand ich damals, was im Gotteshaus gelesen wird. Es war ein Mann im Land Uz, der war gerecht und gottesfürchtig und besaß so und so großen Reichtum, so und so viele Kamele, so und so viele Schafe und Esel, und seine Kinder lebten in Freuden, und er liebte sie sehr und betete für sie, denn er dachte: Vielleicht haben sie gesündigt, während sie sich vergnügten. Und da kam zu Gott der Teufel, zusammen mit den Söhnen Gottes, und sagte zum Herrn, er habe die ganze Erde durchzogen. »Hast du meinen Knecht Hiob gesehen?« fragte ihn Gott. Und Gott rühmte sich dem Teufel gegenüber, indem er auf diesen seinen großen frommen Knecht hinwies. Der Teufel aber lächelte zu diesen Worten Gottes und sagte: »Überlaß ihn mir, und du wirst sehen, daß dein Knecht gegen dich murren und deinen Namen verfluchen wird.« Und Gott überließ seinen Gerechten, den Er so sehr liebte, dem Teufel, und der Teufel erschlug seine Kinder und sein Vieh und vernichtete seinen Reichtum, alles mit einemmal, wie durch Gottes Donner. Und Hiob zerriß seine Kleider und warf sich auf die Erde und rief: »Nackt bin ich aus dem Leib meiner Mutter gekommen, nackt werde ich in die Erde zurückkehren. Der Herr hat's gegeben, der Herr hat's genommen, der Name des Herrn sei gelobt von nun an bis in Ewigkeit!« Ihr meine Väter und Lehrer, verzeiht mir die Tränen, die ich jetzt weine! Meine ganze Kindheit ersteht gleichsam neu vor meinem geistigen Auge, und ich atme jetzt so, wie ich damals als Achtjähriger mit meiner Kinderbrust atmete, und fühle wie damals Staunen und Verwirrung und Freude. Die Kamele beschäftigten damals meine Einbildungskraft, und der Satan, der so mit Gott spricht, und Gott, der seinen Knecht dem Verderben preisgibt, und auch sein Knecht, der ausruft: »Gelobt sei dein Name, obwohl du mich züchtigst!« Und dann ertönte im Gotteshaus der leise, süße Gesang: »Möge mein Gebet Erhörung finden!« Und von neuem quoll der Weihrauch aus dem Gefäß des Geistlichen, und alles beugte die Knie und betete! Seitdem kann ich diese hochheilige Erzählung nicht ohne Tränen lesen, gestern erst habe ich sie zur Hand genommen. Wieviel Hohes, Geheimnisvolles, Unfaßbares enthält sie aber auch! Ich habe später Schmäher und Spötter stolze Worte sagen hören: »Wie konnte Gott seinen Liebling unter den Frommen dem Teufel zur Kurzweil ausliefern, ihm seine Kinder nehmen und ihn selbst so mit Krankheit und Geschwüren schlagen, daß er sich mit einer Scherbe den Eiter von den Wunden abkratzen mußte! Und wozu? Nur um sich vor dem Satan rühmen zu können! ›Da siehst du, was mein frommer Knecht um meinetwillen ertragen kann!‹« Aber darin besteht ja gerade die Größe, daß hier ein Geheimnis vorliegt: daß sich vergängliche irdische Erscheinung und ewige Wahrheit hier berühren. Vorrang vor der irdischen Gerechtigkeit hat die ewige Gerechtigkeit. Wie der Schöpfer jeden der ersten Schöpfungstage mit dem Lob beschloß: »Was ich geschaffen habe, ist gut«, so blickt Er hier auf Hiob und rühmt sich von neuem seines Geschöpfes. Hiob aber dient, indem er Gott lobt, nicht nur Ihm, sondern seiner ganzen Schöpfung, von Geschlecht zu Geschlecht und in alle Ewigkeit, denn eben dazu war er von jeher bestimmt. O Gott, was ist das für ein Buch, und was für Lehren enthält es! Was für ein Buch ist die Heilige Schrift, welche wunderbaren Kräfte werden dem Menschen durch sie verliehen! Sie ist gewissermaßen ein Bild der Welt und des Menschen und der menschlichen Charaktere, und alles ist darin benannt und ausgewiesen für alle Ewigkeit. Und wie viele Geheimnisse sind darin enthüllt und aufgedeckt: Gott richtet Hiob wieder auf und gibt ihm neuen Reichtum; es vergehen erneut viele Jahre, und siehe da, er hat schon wieder

Kinder, andere Kinder und liebt sie … O Gott, man möchte fragen: Wie konnte er nur diese anderen Kinder liebgewinnen, da die früheren nicht mehr lebten und er ihrer beraubt war? Und wie lieb ihm auch die neuen sein mochten – konnte er mit ihnen glücklich sein wie früher, wenn er an die früheren zurückdachte? Aber man kann das, man kann das: Das alte Leid geht durch einen großen, geheimnisvollen Vorgang des Menschenlebens allmählich über in eine stille, wehmütige Freude; an die Stelle des jungen, heißen Blutes tritt das milde, klare Alter. Ich segne den täglichen Aufgang der Sonne, und mein Herz lobsingt ihm wie früher; noch mehr jedoch liebe ich schon ihren Untergang, ihre langen schrägen Strahlen und mit ihnen die stillen, sanften, rührenden Erinnerungen, die lieben Bilder aus meinem langen, reichgesegneten Leben – und über allem waltet die herzergeifende, versöhnende und allesverzeihende göttliche Gerechtigkeit! Mein Leben geht zu Ende; das weiß ich, und das spüre ich. Aber mit jedem Tag, der mir noch beschieden ist, fühle ich stärker, wie sich mein irdisches Leben schon mit einem neuen, unendlichen, unbekannten, doch bereits nahem Leben berührt, von dessen Vorahnung meine Seele vor Entzücken bebt, mein Geist erstrahlt und mein Herz Freudentränen vergießt … Meine Freunde und Lehrer, ich habe mehrmals gehört, und in letzter Zeit ist noch vernehmlicher darüber gesprochen worden, daß sich bei uns die Priester Gottes allerorten, namentlich auf dem Land, über ihr geringes Einkommen und ihre unwürdige Lage beklagen und unverblümt erklären, sogar in Druckschriften – ich selbst habe solche gelesen – sie könnten dem Volk jetzt nicht mehr die Schrift auslegen, denn es fehle ihnen an Mitteln zu ihrem Lebensunterhalt. Und wenn jetzt die Lutheraner und die Ketzer anfingen, die Herde abspenstig zu machen, so müßten sie es geschehen lassen, weil sie zu wenig Einkommen haben. ›Herrgott!‹ denke ich. ›Möge Gott ihnen mehr von diesem ach so kostbaren Einkommen geben – denn ihre Klage ist wirklich begründet!‹ Doch ich sage wahrheitsgemäß auch: Wenn jemand daran schuld ist, so sind wir es zur Hälfte selbst! Mag auch ein solcher Geistlicher außerordentlich wenig Zeit haben, mag er auch mit Recht sagen, daß die wirtschaftliche Arbeit und die Amtshandlungen ihn fast erdrükken – das füllt doch nicht seine ganze Zeit aus, auch er hat mindestens eine Stunde in der Woche, wo er an Gott denken kann. Und die Arbeit dauert auch nicht das ganze volle Jahr. Soll er bei sich zu Hause zunächst einmal in der Woche zur Abendzeit wenigstens die Kinderchen versammeln; wenn die Väter das hören, werden auch sie kommen. Und zu diesem Zweck braucht kein großes Wohnhaus errichtet zu werden: Er nehme sie einfach in sein Häuschen auf. Er braucht nicht zu befürchten, sie könnten ihm die Stube beschmutzen; er versammelt sie ja nur für eine einzige Stunde. Er schlage ihnen dieses Buch auf und beginne zu lesen, ohne kunstvolle Worte und ohne Eitelkeit und ohne Selbstüberhebung, sondern ergriffen und sanft, sich selbst darüber freuend, daß er ihnen vorliest und sie ihm zuhören und ihn verstehen, und was er vorliest, auch selber liebend. Nur selten halte er inne und erkläre einen Ausdruck, der dem einfachen Mann unverständlich ist. Er sei unbesorgt, sie werden schon alles verstehen, alles wird das rechtgläubige Herz verstehen! Er lese ihnen von Abraham und Sarah, von Isaak und Rebekka, und wie Jakob zu Laban ging und im Traum mit dem Herrn rang und sagte: »Furchtbar ist dieser Ort!« Und er wird auf den gottesfürchtigen Geist der einfachen Leute einen tiefen Eindruck machen. Er lese ihnen, besonders den Kindern, wie die Brüder ihren Bruder, den lieben Knaben Joseph, den großen Traumdeuter und Propheten, in die Sklaverei verkauften und dem Vater sagten, ein wildes Tier habe seinen Sohn zerrissen, wobei sie ihm dessen blutigen Rock zeigten. Er lese, wie später die Brüder nach Ägypten zogen, um Getreide zu holen, und wie Joseph, inzwischen ein großer Mann am Hof des Königs, von ihnen nicht wiedererkannt wurde, wie er sie quälte und beschuldigte und den Bruder Benjamin zurückbehielt, und das alles aus Liebe: »Ich liebe euch, und aus Liebe quäle ich euch.« Denn er hatte sich sein Leben lang unaufhörlich daran erinnert, wie sie ihn irgendwo in der glühenden Wüste bei einem Brunnen an Kaufleute verkauft hatten und wie er geweint und seine Brüder händeringend gebeten hatte, ihn nicht in ein fremdes Land zu verkaufen. Und siehe da, als er sie nun nach so vielen Jahren wiedersah, gewann er sie von neuem grenzenlos lieb; aber er peinigte und quälte sie, alles aus Liebe. Zuletzt verließ er sie, da er die Qual seines Herzens nicht mehr ertragen konnte, warf sich auf sein Bett und weinte. Dann trocknete er seine Tränen, ging mit strahlendem Antlitz wieder zu ihnen und verkündete ihnen: »Brüder, ich bin Joseph, euer Bruder!« Er lese ihnen weiter, wie sich der alte Jakob freute, als er erfuhr, daß sein lieber Knabe noch am Leben war, wie er sogar seine Heimat verließ und nach Ägypten zog und im fremden Land starb, nachdem er, in seinem Vermächtnis für alle Ewigkeit das große Wort verkündet hatte, das sein Leben lang geheimnisvoll in seinem frommen, furchtsamen Herzen geruht hatte: daß nämlich aus seinem Stamm, aus Juda, die große Hoffnung der Welt, ihr Versöhner und Heiland, hervorgehen werde! Meine Väter und Lehrer, verzeiht mir und zürnt mir nicht, daß ich wie ein kleiner Knabe von Dingen rede, die ihr schon längst wißt und über die ihr mich hundertmal kunstvoller und schöner belehren könnt. Nur aus Begeisterung sage ich das alles. Und verzeiht mir auch diese Tränen, weil ich dieses Buch liebe! Und sollte auch er, der Priester Gottes, in Tränen ausbrechen, so wird er sehen, daß als Antwort darauf die Herzen seiner Zuhörer erbeben werden. Es ist ja nur ein winziges Samenkorn erforderlich: Wenn er dieses in die Seele des einfachen Mannes wirft, wird es nicht ersterben, sondern in ihm sein ganzes Leben lang leben, inmitten des Dunkels und der Wirrnis der Sünden verborgen als ein heller Punkt, als eine große Erinnerung. Und es ist gar nicht nötig, viel zu erläutern und zu lehren, er wird alles ganz einfach begreifen. Denkt etwa jemand, der einfache Mann könnte es nicht begreifen? Er versuche es, er lese ihm weiter die ergreifende Geschichte von der schönen Esther und der hochmütigen Vasthi oder die wunderbare Erzählung von dem Propheten Jona im Bauch des Walfischs. Er vergesse auch nicht die Gleichnisse des Herrn nach dem Evangelium des Lukas, die habe ich auch nie vergessen, und aus der Apostelgeschichte die Bekehrung des Saulus, der Text ist unbedingt nötig, und endlich aus den Lebensbeschreibungen der Heiligen wenigstens das Leben von Alexej dem

Gottesmann und der großen, freudigen Märtyrerin, der ägyptischen Mutter Maria, der Gottschauerin und Christusträgerin – und er wird ihm mit diesen einfachen Erzählungen das Herz rühren. Und das nur eine Stunde in der Woche, das geht trotz des geringen Einkommens! Und er wird selbst sehen, daß unser einfaches Volk gut und dankbar ist. Es wird ihm hundertfach Dank abstatten; in Erinnerung an die freundlichen Mühen des Geistlichen und an seine rührenden Worte wird es ihm freiwillig auf dem Feld und im Haus helfen und ihm mehr Achtung entgegenbringen als vorher – und somit wird denn auch sein Einkommen steigen. Die Sache ist so einfach, daß man sich manchmal scheut, sie überhaupt auszusprechen – aus Furcht, von den Leuten ausgelacht zu werden. Doch wie wahr ist sie dabei! Wer nicht an Gott glaubt, wird auch nicht an das Volk Gottes glauben. Wer aber an das Volk Gottes glaubt, wird auch Gottes Heiligtum schauen, selbst wenn er bis dahin überhaupt nicht daran geglaubt hat. Nur das Volk und seine künftige geistige Kraft wird unsere Atheisten bekehren, die sich von der heimischen Erde losgerissen haben. Und was ist das Wort Christi ohne Vorbild? Ohne Gottes Wort geht das Volk zugrunde, denn seine Seele dürstet nach dem Wort und nach jeder schönen geistigen Gabe. In meiner Jugend, es ist schon lange her, fast vierzig Jahre, wanderten Vater Anfim und ich durch ganz Rußland, um Gaben für unser Kloster zu sammeln. Da übernachteten wir einmal, zusammen mit Fischern, am Ufer eines großen, schiffbaren Flusses, und zu uns setzte sich ein gutgewachsener junger Mann, ein Bauer, dem Aussehen nach etwa achtzehn Jahre alt. Er war an diesen Ort geeilt, um am nächsten Tag eine Kaufmannsbarke an Land zu ziehen. Ich sah, wie er mit klaren Augen vor sich hin blickte. Es war eine helle, stille, warme Julinacht, vor uns lag der breite Fluß, Nebel stieg von ihm auf und erfrischte uns, leise plätscherte ab und zu ein Fisch, die Vögel waren verstummt, alles war still und herrlich: alles betete zu Gott. Nur wir beide schliefen nicht, ich und dieser junge Bauer. Wir sprachen über die Schönheit dieser Gotteswelt und über ihr großes, Geheimnis: wie jedes Gräschen, jedes Käferchen, die Ameise, die goldene Biene, alle in erstaunlicher Weise ihren Weg kennen, obgleich sie keinen Verstand besitzen, wie sie von Gottes Geheimnis zeugen und es unaufhörlich selbst erfüllen. Und ich sah, das Herz des lieben jungen Mannes war in Liebe entbrannt. Er teilte mir mit, er liebe den Wald und die Waldvögel; er sei Vogelfänger und kenne jeden Pfiff eines Vogels und könne jeden Vogel anlocken. »Etwas Besseres als das Leben im Wald kenne ich nicht«, sagte er. »Es ist jedoch alles in der Welt schön.« – »Das ist richtig«, antwortete ich ihm. »Alles ist schön und prächtig, weil alles die Wahrheit ist. Schau dir das Pferd an«, sagte ich, »dieses große Tier, das dem Menschen so nahesteht, oder den Ochsen, diesen ernsten, nachdenklichen Gesellen, der ihn ernährt und für ihn arbeitet. Betrachte ihre Gesichter; welche Sanftmut, welche Anhänglichkeit an den Menschen, der sie oft unbarmherzig schlägt, welche Gutmütigkeit, welche Zutraulichkeit und welche Schönheit liegt in ihren Gesichtern! Es ist sogar rührend, wenn man bedenkt, daß diese Tiere keine Sünde kennen; denn alles ist vollkommen, alles außer dem Menschen ist frei von Sünden, und mit ihnen ist Christus noch eher als mit uns.« – »Ist Christus wirklich auch bei ihnen?« fragte der junge Mann. »Wie könnte es anders sein?« erwiderte ich ihm. »Ist doch das Wort für alle da. Die ganze Schöpfung und jede Kreatur, jedes Blättchen strebt nach dem Wort, preist Gott, betet weinend zu Christus und vollführt das alles unbewußt, durch das Geheimnis seines sündlosen Lebens … Dort im Wald«, fügte ich hinzu, »haust ein furchtbarer Bär. Er ist ein grausames, wildes Tier und trägt dennoch keine Schuld daran.« Und ich erzählte ihm, wie ein Bär einmal zu einem großen Heiligen kam, der in einer kleinen Zelle im Wald seinem Seelenheil lebte. Der große Heilige erbarmte sich des Tieres, ging furchtlos zu ihm hin und gab ihm ein Stück Brot. »Geh«, sagte er, »Christus sei mit dir!« Und das wilde Tier entfernte sich gehorsam und sanftmütig, ohne ihm etwas getan zu haben … Der junge Mann war ganz ergriffen davon, daß er weggegangen war, ohne dem Eremiten etwas getan zu haben, und daß dieser zu ihm gesagt hatte: »Christus sei mit dir!« – »Wie schön ist das hier«, sagte er, »wie schön und wunderbar ist das Werk Gottes!« Er saß da, in stille, frohe Gedanken versunken. Ich sah, daß er alles verstanden hatte. Und er entschlummerte neben mir und schlief sanft und sündlos. Gott segne die Jugend! Ich selbst aber betete dort für ihn, bevor er einschlief. O Herr, sende deinen Menschen Frieden und Licht!

c) Erinnerungen des Starez Sossima an seine Jugendzeit. Das Duell

In Petersburg, im Kadettenkorps, blieb ich lange, beinahe acht Jahre, und die neue Erziehung überdeckte vieles von den Eindrücken meiner Kindheit, obgleich ich nichts vergaß. Dafür nahm ich so viele neue Gewohnheiten und sogar Ansichten an, daß ich mich fast in ein wildes, grausames und albernes Wesen verwandelte. Die Politur der Höflichkeit und die weltlichen Umgangsformen machte ich mir zugleich mit der französischen Sprache zu eigen; die Soldaten, die uns im Korps bedienten, betrachteten wir jedoch als das reine Vieh – ich ebenfalls. Ich tat das vielleicht noch stärker als die anderen, weil ich unter den Kameraden für alles am empfänglichsten war. Offiziere geworden, waren wir zwar bereit, für die Ehre des Regiments unser Blut zu vergießen, aber worin die wahre Ehre nun eigentlich bestand, davon hatte fast niemand von uns einen Begriff; und hätte ich es erfahren, hätte ich sicher als erster darüber gelacht. Auf Trunkenheit, Ausschweifungen und Tollkühnheit waren wir geradezu stolz. Ich will nicht sagen, daß wir schlecht waren; alle diese jungen Leute waren gute Kerle. Aber wir benahmen uns gemein, und am gemeinsten von allen ich. Die Hauptsache war, daß ich mein Vermögen besaß; deshalb begann ich mit dem ganzen Ungestüm der Jugend, ohne jede Zurückhaltung, meinem Vergnügen zu leben: Ich fuhr mit vollen Segeln. Doch erstaunlicherweise las ich damals auch Bücher, und sogar mit großem Genuß. Nur die Bibel schlug ich in jener Zeit fast niemals auf, trennte mich jedoch nie von ihr, sondern behielt sie trotz wechselnder Wohnorte immer in meinem Besitz; in Wahrheit bewahrte ich dieses Buch, ohne es selbst zu wissen, für den richtigen Tag und die richtige Stunde auf. Nachdem ich auf diese Weise vier Jahre als Offizier hingebracht hatte, befand ich mich in der Stadt K., wo unser Regiment damals stand. Die Gesellschaft in dieser Stadt war vielfältig, zahlreich, lustig, reich und gastfreundlich, ich wurde überall gut aufgenommen, da ich von Natur ein fröhliches Temperament besaß und außerdem als reich galt, was in der Welt nicht wenig bedeutet. Da geschah etwas, was den Ausgangspunkt für alles Spätere bildete. Ich lernte ein schönes junges Mädchen kennen, klug, liebenswürdig, von heiterem Charakter, Tochter achtbarer Eltern. Sie waren angesehene Leute, die Reichtum und Einfluß besaßen; sie nahmen mich freundlich und freudig auf. Und da schien es mir nun, daß das junge Mädchen mir zugetan war: Dieser Gedanke versetzte mein Herz in Glut. Später freilich merkte ich selbst, daß ich sie vielleicht gar nicht richtig geliebt, sondern mehr ihren Verstand und ihren edlen Charakter verehrt hatte, wie das ja auch nicht anders möglich war. Meine Selbstsucht hinderte mich jedoch daran, ihr damals meine Hand anzutragen; es erschien mir schrecklich, von den Verlokkungen des ausschweifenden, freien Junggesellenlebens in so jungen Jahren und noch dazu mit etwas Geld in Händen Abschied zu nehmen. Andeutungen machte ich aber doch. Jedenfalls verschob ich alle entscheidenden Schritte für kurze Zeit. Da wurde ich plötzlich für zwei Monate in einen anderen Kreis abkommandiert. Als ich nach Ablauf der zwei Monate wieder zurückkam, erfuhr ich zu meiner Überraschung, daß das junge Mädchen bereits verheiratet war: mit einem reichen Gutsbesitzer aus der Nachbarschaft, der zwar älter war als ich, aber eben doch noch jung. Er hatte Beziehungen zur Hauptstadt und zur besten Gesellschaft, was bei mir nicht der Fall war, und er war ein sehr liebenswürdiger und überdies ein sehr gebildeter Mann, während mir jegliche Bildung fehlte. Dieses unerwartete Ereignis erschütterte mich dermaßen, daß sich sogar mein Verstand etwas trübte. Doch was die Hauptsache war: Ich erfuhr, dieser junge Gutsbesitzer war mit ihr schon lange heimlich verlobt gewesen! Ich war ihm zwar oft im Haus ihrer Eltern begegnet, hatte aber, durch meine eigenen Vorzüge verblendet, nichts gemerkt. Das war es nun, was mich besonders kränkte. Wie – fast alle hatten es gewußt, nur ich nicht?! Und mich packte ein unerträglicher Zorn. Mit Schamröte im Gesicht begann ich mir ins Gedächtnis zurückzurufen, wie oft ich ihr beinahe eine Liebeserklärung gemacht hätte. Und da sie mich nie unterbrochen hatte, so folgerte ich nun, mußte sie sich über mich lustig gemacht haben! Später habe ich mir allerdings überlegt und mich erinnert, daß sie sich keineswegs über mich lustig gemacht, sondern solche Gespräche immer von selbst scherzhaft abgebrochen und statt dessen andere begonnen hatte. Damals aber war ich solcher Überlegungen nicht fähig, die Rachsucht glühte in mir. Ich erinnere mich mit Erstaunen, daß diese Rachsucht und mein Zorn mir peinlich und widerwärtig waren, weil ich infolge meines leichtfertigen Charakters gar nicht imstande war, jemandem lange böse zu sein, und daß ich mich deshalb selbst künstlich aufhetzte und schließlich geradezu gemein und albern wurde. Ich wartete nun auf eine Gelegenheit. Eines Tages gelang es mir, meinen »Nebenbuhler« in einer großen Gesellschaft zu beleidigen, und zwar scheinbar aus ganz anderem Grund: indem ich mich über eine Ansicht lustig machte, die er über ein wichtiges Ereignis jener Zeit, es war im Jahr sechsundzwanzig, geäußert hatte; das tat ich, wie die Leute sagten, recht witzig und geschickt. Darauf zwang ich ihn zu einer Aussprache und bei dieser Aussprache benahm ich mich so grob, daß er meine Forderung zum Duell annahm – trotz des gewaltigen Unterschiedes zwischen uns, denn ich war nicht nur jünger als er, sondern auch ein unbedeutender Mensch von geringem Rang. Später habe ich zuverlässig erfahren, daß auch er meine Forderung aus einem Gefühl der Eifersucht angenommen hatte. Er war auch schon früher ein bißchen eifersüchtig auf mich gewesen, als sie noch seine Braut war; jetzt aber glaubte er, wenn sie erfahren würde, daß er sich von mir hatte beleidigen lassen, ohne mich zum Duell zu fordern, müßte sie ihn verachten und in ihrer Liebe wankend werden. Einen Sekundanten fand ich rasch, einen Leutnant aus unserem Regiment. Obwohl Duelle damals streng bestraft wurden, waren sie doch beim Militär geradezu Mode, so festgewurzelt sind manchmal veraltete rohe Bräuche. Es war Ende Juni, und unsere Begegnung sollte am folgenden Tag um sieben Uhr morgens vor der Stadt sein. Da passierte mir etwas, was in Wahrheit wie eine Fügung des Schicksals aussah. Als ich am Abend in wütender, widerwärtiger Stimmung nach Hause zurückkehrte, ärgerte ich mich über meinen Burschen Afanassi und schlug ihn mit voller Kraft zweimal ins Gesicht, daß er blutete. Er diente mir schon lange, und es war auch früher schon vorgekommen, daß ich ihn schlug, doch niemals so roh. Werdet ihr es glauben, liebe Freunde? Vierzig Jahre sind seitdem vergangen; trotzdem denke ich auch jetzt nur mit qualvoller Scham daran zurück! Ich legte mich ins Bett und schlief drei Stunden, als ich erwachte, brach der Tag schon an. Ich erhob mich sogleich. Ich mochte nicht mehr schlafen, trat ans Fenster, öffnete es und sah hinaus. Vor meinem Fenster befand sich ein Garten, die Sonne ging warm und schön auf, und die Vögel zwitscherten. ›Woher‹, dachte ich, ›kommt bloß dieses ekelhafte, schmähliche Gefühl in meinem Herzen? Kommt es, weil ich hingehe, um, Blut zu vergießen? Nein‹, dachte ich, ›davon scheint es nicht zu kommen. Oder weil ich mich vor dem Tod fürchte? Mich fürchte, erschossen zu werden? Nein, das ist es auch nicht, das ist es ganz und gar nicht!‹ Und auf einmal wußte ich, woher es kam: weil ich am Abend Afanassi geschlagen hatte! Alles trat mir plötzlich erneut vor Augen, als ob es sich noch einmal wiederholte. Er steht vor mir, und ich schlage ihn, weit ausholend, mitten ins Gesicht. Er hält die Hände an die Hosennaht, den Kopf gerade, die Augen weit geöffnet wie im Glied; bei jedem Schlag fährt er zusammen, wagt aber nicht einmal die Hand zu heben, um sich zu schützen … Ein Mensch hat sich so tief erniedrigt, ein Mensch schlägt einen Menschen! Welch ein Verbrechen! Wie eine spitze Nadel ging es mir durchs Herz! Ich stand wie betäubt da; die Sonne aber leuchtete, die Blätter glänzten fröhlich, und die Vögel, die kleinen Vögel, priesen Gott. Ich bedeckte mein Gesicht mit den Händen, warf mich aufs Bett und brach in ein krampfhaftes Schluchzen aus. Und da fiel mir mein Bruder Markel ein und die Worte, die er vor seinem Tod zu den Dienstboten gesprochen hatte: »Meine Lieben, Teuren, weswegen dient ihr mir? Weswegen liebt ihr mich? Bin ich es denn wert, daß ihr mir dient?« ›Ja, bin ich es denn wert?‹ schoß es mir auf einmal durch den Kopf. ›In der Tat, wodurch bin ich es denn wert, daß ein anderer Mensch, ein Mensch wie ich, nach Gottes Bild geschaffen, mir dient?‹ Diese Frage bohrte damals zum erstenmal in meinem Leben in meinem Gehirn. »Liebe Mutter, du mein Blutströpfchen, wahrlich, ein jeder trägt allen gegenüber an allem Schuld, das wollen die Menschen nur nicht wahrhaben. Doch wenn sie es wahrhaben würden, wäre sofort das Paradies da!« ›Herrgott‹, dachte ich unter Tränen, das ist ja auch wahr! Ich bin wirklich an den Sünden aller mehr schuld als alle und bin auch schlechter als alle Menschen auf der Welt!‹ Und auf einmal trat mir die ganze Wahrheit in voller Deutlichkeit vor Augen. Was bin ich im Begriff zu tun? Ich gehe hin, um einen guten, verständigen, edeldenkenden Menschen zu töten, der mir nie etwas zuleide getan hat, dessen Gattin ich dadurch für ihr Leben unglücklich mache! So lag ich auf dem Bett, mit dem Gesicht auf dem Kissen, und bemerkte gar nicht, wie die Zeit verging. Auf einmal trat mein Kamerad, der Leutnant, mit den Pistolen herein, um mich abzuholen. »Das ist gut«, sagte er, daß du schon aufgestanden bist. Es ist Zeit, wir wollen gehen!« Ich lief unruhig hin und her und war ganz fassungslos; dann gingen wir hinaus, um in den Wagen zu steigen. »Warte einen Augenblick«, sagte ich. »Ich muß nur schnell noch etwas holen, ich habe etwas vergessen.« Ich lief in die Wohnung zurück, in Afanassis Kammer. »Afanassi«, sagte ich, »ich habe dich gestern zweimal ins Gesicht geschlagen, verzeih mir!« Er fuhr richtig zusammen, als ob er einen Schreck bekäme, und starrte mich an. Ich sah ein, daß das noch zuwenig, viel zuwenig war. Und warf mich, so wie ich war, mit den Epauletten auf den Achseln, ihm zu Füßen. »Verzeih mir!« sagte ich. Da war er nun völlig bestürzt. »Euer Wohlgeboren«, sagte er. »Väterchen, gnädiger Herr, wie können Sie nur ... Verdiene ich denn das?« Und plötzlich brach er selbst in Tränen aus, so wie ich vorher, bedeckte das Gesicht mit den Händen und wandte sich zum Fenster; sein ganzer Körper wurde vom Weinen erschüttert. Ich aber eilte zu meinem Kameraden hinaus, sprang in den Wagen und rief: »Vorwärts! Hast du schon einmal einen Sieger gesehen? Hier hast du einen vor dir!« Ich war so voller Begeisterung, daß ich auf dem ganzen Weg lachte und redete und redete, ich weiß nicht mehr, was ich alles redete. Er sah mich an. »Nun, Bruder«, sagte er, »du bist ja ein forscher Kerl. Ich sehe, du wirst der Uniform Ehre machen!« So fuhren wir an den verabredeten Ort. Die anderen waren schon da und erwarteten uns. Man stellte uns zwölf Schritte voneinander entfernt auf. Er hatte den ersten Schuß. Ich stand mit heiterer Miene da, Angesicht in Angesicht, zuckte mit keiner Wimper und blickte ihn gar nicht mehr feindlich an, ich wußte, was ich zu tun hatte. Er schoß, und die Kugel streifte mir nur ein wenig die Backe und das Ohr. »Gott sei Dank!« rief ich. »Sie haben keinen Menschen getötet!« Dann nahm ich meine eigene Pistole, drehte mich um, schleuderte sie in hohem Bogen in den Wald und rief: »Da gehörst du hin!« Darauf wandte ich mich wieder um und sagte zu meinem Gegner: »Mein Herr, verzeihen Sie mir jungem Dummkopf, daß ich Sie durch meine Schuld beleidigt und gezwungen habe, auf mich zu schießen. Ich bin zehnmal schlechter als Sie, und das reicht vielleicht noch lange nicht. Teilen Sie das der Person mit, die Sie über alles in der Welt verehren.« Kaum hatte ich das gesagt, fingen alle drei an durcheinanderzuschreien. »Aber ich bitte Sie!« sagte mein Gegner, richtiggehend zornig geworden. »Wenn Sie sich nicht schlagen wollen, wozu haben Sie mich dann belästigt?« – »Gestern«, antwortete ich ihm fröhlich, »war ich noch dumm. Heute jedoch bin ich verständig geworden.« – »Was Sie von gestern sagen, das glaube ich«, erwiderte er. »Was Sie aber von heute sagen, darin kann ich Ihnen kaum beipflichten.« – »Bravo!« rief ich ihm zu und klatschte dabei in die Hände. »Auch darin bin ich mit Ihnen einverstanden, ich habe es verdient!« – »Werden Sie nun schießen, mein Herr, oder nicht?« – »Nein, ich werde nicht schießen«, sagte ich. »Sie können noch einmal schießen, wenn Sie wollen. Besser wäre es jedoch für Sie, wenn Sie es nicht täten.« Auch die Sekundanten schrien, besonders meiner: »Das ist eine Schande für das Regiment! Er steht an der Barriere und bittet um Verzeihung! Wenn ich das nur geahnt hätte!« Ich stand da und lachte nicht mehr. »Meine Herren«, sagte ich. »Ist es in unserer Zeit wirklich etwas so Erstaunliches, einen Menschen zu treffen, der seine Dummheit selbst bekennt und öffentlich um Entschuldigung bittet für das, was er selbst verschuldet hat?« – »Aber nicht an der Barriere!« rief mein Sekundant wieder. »Das ist es eben«, antwortete ich ihm. »Das Richtige wäre es gewesen, gleich um Entschuldigung zu bitten, als wir hierherkamen, noch ehe mein Gegner schoß, und ihn nicht zu einer großen Sünde, einer Todsünde zu verleiten. Aber wir selbst haben die Verhältnisse in der Welt so sinnlos gestaltet, daß eine solche Handlungsweise fast unmöglich war. Denn erst jetzt, da ich seinem Schuß auf zwölf Schritt Entfernung standgehalten habe, können meine Worte für ihn eine Bedeutung haben. Hätte ich sie dagegen vor dem Schuß, gleich bei der Ankunft, gesprochen, hätten Sie alle einfach gesagt: Er ist ein Feigling! Er hat Angst vor der Pistole bekommen! Es lohnt nicht, auf ihn zu hören! ... Meine Herren!« rief ich plötzlich aus vollem Herzen. »Blicken Sie um sich auf die Gaben Gottes! Der Himmel ist so klar, die Luft so rein, die Gräser so zart, die Vögel und die ganze Natur so schön und sündlos! Nur wir allein sind gottlos und dumm und verstehen nicht, daß das Leben ein Paradies ist. Wir brauchen nämlich nur danach zu streben, das zu verstehen, dann wird das Paradies sogleich in seiner ganzen Schönheit erstehen, und wir werden uns unter Tränen umarmen ...« Ich wollte noch mehr sagen, konnte es aber nicht. Der Atem versagte mir; es war mir so froh, so jugendlich zumute, und mein Herz war von einer Glückseligkeit erfüllt, wie ich sie noch nie empfunden hatte. »Das ist alles klug und fromm«, sagte mein Gegner. Jedenfalls sind Sie ein origineller Mensch.« – »Lachen Sie nur über mich«, sagte ich lachend zu ihm. »Später werden Sie mich selbst verstehen.« – »Ich bin bereit, Sie auch jetzt schon zu verstehen«, sagte er. »Erlauben Sie, daß ich Ihnen die Hand reiche. Denn Sie scheinen tatsächlich ein aufrichtiger Mensch zu sein.« – »Nein«, versetzte ich, Jetzt ist dafür nicht die Zeit. Später, wenn ich ein besserer Mensch geworden bin und Ihre Achtung verdiene, dann reichen Sie mir bitte die Hand, dann werden Sie damit etwas Gutes tun.« Wir kehrten nach Hause zurück. Mein Sekundant schimpfte während der ganzen Fahrt, ich aber umarmte ihn. Von dem Vorgang erfuhren alle Kameraden sofort, und sie versammelten sich noch an demselben Tag, um über mich Gericht zu halten. »Er hat die Uniform beschmutzt!« hieß es. »Er soll seinen Abschied einreichen!« Es fehlte allerdings auch nicht an Verteidigern. »Er hat aber doch dem Schuß standgehalten«, sagten sie. »Ja«, wurde entgegnet, »aber er hat vor weiteren Schüssen Angst gehabt und an der Barriere um Verzeihung gebeten.« – »Hätte er vor den Schüssen Angst gehabt«, entgegneten meine Verteidiger, »hätte er erst seine eigene Pistole abgefeuert, bevor er um Verzeihung bat! Er hat sie aber, noch geladen, in den Wald geworfen! Nein, hier liegt etwas anderes vor, etwas Originelles.« Ich hörte zu, und mir war vergnüglich zumute, während ich sie so ansah. »Meine lieben Freunde und Kameraden«, sagte ich, »beunruhigt euch nicht darüber, daß ich meinen Abschied einreichen soll, das habe ich bereits getan. Ich habe ihn schon heute vormittag auf dem Regimentsbüro eingereicht. Und sobald ich meinen Abschied erhalte, werde ich in ein Kloster gehen. Zu diesem Zweck und keinem anderen reiche ich ihn ein.« Sowie ich das gesagt hatte, brachen sie allesamt in ein lautes Gelächter aus. »Das hättest du uns gleich sagen sollen! Na, jetzt ist ja alles klar, über einen Mönch können wir nicht zu Gericht sitzen!« So sprachen sie lachend und konnten sich gar nicht beruhigen. Sie lachten aber nicht spöttisch, sondern freundlich und heiter; alle hatten mich auf einmal liebgewonnen, sogar meine heftigsten Ankläger, und danach trugen sie mich den Monat bis zu meinem Abschied geradezu auf Händen. »Ach du Mönch!« sagten sie. Und jeder hatte für mich ein freundliches Wort. Sie versuchten auch, mir meinen Plan auszureden, bedauerten mich sogar. »Was tust du dir bloß an?« – »Nein«, sagten andere, »er ist ein tapferer Kerl. Er hat dem Schuß standgehalten und hätte aus seiner Pistole schießen können. Er hat aber in der vorhergehenden Nacht geträumt, er soll Mönch werden, daher hat er so gehandelt.« Fast ebenso stellte sich die Gesellschaft in der Stadt zu der Angelegenheit. Früher hatte man mich nicht sonderlich beachtet, sondern mich nur gern aufgenommen. Doch jetzt wetteiferten auf einmal alle, mich kennenzulernen und zu sich einzuladen; sie lachten zwar über mich, mochten mich aber. Es sei hier vermerkt, daß die Vorgesetzten die Sache ignorierten, obgleich von unserem Duell damals alle ungeniert sprachen. Mein Gegner war mit unserem General verwandt, und da die Sache wie ein Scherz ohne, Blutvergießen abgelaufen war und ich außerdem ein Abschiedsgesuch eingereicht hatte, taten sie, als sähen sie die Sache wirklich als einen Scherz an. Ich gewöhnte mir damals an, laut und furchtlos zu reden, trotz des Lachens der Leute; dieses Lachen war nämlich nie boshaft, sondern gutmütig. Die Gespräche fanden größtenteils abends in Damengesellschaft statt. Die Frauen hörten mich besonders gern reden und brachten dann auch die Männer dahin. »Wie ist das möglich, daß ich an den Sünden aller schuld sein soll?« sagten sie und lachten mir ins Gesicht. »Kann ich denn zum Beispiel auch an Ihren Sünden schuld sein?« – »Wie sollten Sie das verstehen«, antwortete ich, »wo doch die ganze Welt längst auf eine falsche Bahn geraten ist und wir eine eindeutige Lüge für die Wahrheit halten und auch von anderen ebensolche Unwahrheit verlangen? Da habe ich es nun ein einziges Mal im Leben unternommen, aufrichtig vorzugehen – und was ist die Folge? Sie betrachten mich alle als einen religiösen Irren. Sie haben mich zwar gern, machen sich aber über mich lustig.« – »Wie sollte man auch einen Menschen wie Sie nicht gern haben?« sagte die Gastgeberin laut und lachte dabei. Auf einmal sah ich, wie sich aus dem großen Kreis der Damen eben jene junge Frau erhob, die ich noch vor kurzem zur Braut erkoren und um derentwillen ich das Duell herbeigeführt hatte. Ich hatte bis dahin gar nicht bemerkt, daß auch sie zu dieser Abendgesellschaft gekommen war. Sie trat zu mir, reichte mir die Hand und sagte: »Gestatten Sie mir, Ihnen als erste zu erklären, daß ich nicht über Sie lache, sondern Ihnen unter Tränen danke und Ihnen für Ihr damaliges Verhalten meine Hochachtung ausspreche.« Darauf trat auch ihr Mann hinzu, und nach ihm alle anderen, und es fehlte nicht viel, daß sie mich geküßt hätten; mir wurde ganz fröhlich zumute. Am meisten fiel mir dabei ein älterer Herr auf, der ebenfalls zu mir getreten war. Ich kannte ihn zwar schon dem Namen nach, hatte ihn aber niemals näher kennengelernt und vor diesem Abend noch kein Wort mit ihm gesprochen.

d) Der geheimnisvolle Besucher

Er wohnte schon lange in unserer Stadt und hatte eine bedeutende Stellung als Beamter inne. Er war allgemein geachtet, reich und durch seine Wohltätigkeit bekannt; er hatte eine beträchtliche Summe für das Armenhaus und die Waisenanstalt gespendet und tat außerdem heimlich, ohne davon zu reden, viel Gutes, was erst nach seinem Tod an die Öffentlichkeit kam. Er war etwa fünfzig, hatte ein beinahe strenges Gesicht und war wortkarg. Verheiratet war er erst seit zehn Jahren mit einer jungen Frau, mit der er drei kleine Kinder hatte. Einen Tag nach jener Gesellschaft saß ich abends bei mir zu Hause, als sich auf einmal die Tür öffnete und dieser Herr hereintrat.

Ich muß bemerken, daß ich damals nicht mehr in meiner früheren Wohnung wohnte; sowie ich meinen Abschied eingereicht hatte, war ich umgezogen und hatte mir bei einer alten Beamtenwitwe eine Wohnung mit Bedienung gemietet. Den Umzug hatte ich nur deshalb vorgenommen, weil ich Afanassi noch an dem Tag, als ich von dem Duell zurückkam, zur Kompanie zurückgeschickt hatte. Ich schämte mich nämlich, ihm nach allem, was zwischen uns vorgefallen war, in die Augen zu sehen – so sehr neigt ein grüner Weltmann mitunter dazu, sich sogar seiner gerechtesten Taten zu schämen!

»Ich habe Ihnen schon mehrere Tage lang in verschiedenen Häusern mit großem Interesse zugehört«, sagte der Herr. »Und es ist bei mir der Wunsch aufgetaucht, Sie endlich persönlich kennenzulernen, um mit Ihnen noch eingehender sprechen zu können. Wollen Sie mir diesen großen Gefallen erweisen, mein Herr?« – »Mit dem größten Vergnügen«, erwiderte ich. »Und ich rechne es mir zur besonderen Ehre an.« Ich hatte jedoch in Wahrheit einen ordentlichen Schreck bekommen – so einen starken Eindruck machte er damals auf mich. Denn obgleich mir die Leute gewöhnlich aufmerksam zuhörten und mich neugierig betrachteten, hatte sich mir noch nie jemand mit so ernster, strenger, nachdenklicher Miene genähert. Und er kam sogar selbst zu mir in die Wohnung.

Er setzte sich. »Ich nehme an Ihnen große Charakterstärke wahr«, fuhr er fort, denn Sie haben sich nicht gescheut, der Wahrheit in einem Fall zu dienen, wo Sie Gefahr liefen, sich für Ihre Wahrheitsliebe die allgemeine Verachtung zuzuziehen.«

»Sie loben mich vielleicht übermäßig«, erwiderte ich.

»Nicht doch, nicht übermäßig«, versetzte er. »Glauben Sie mir, so einen Schritt zu tun ist weit schwerer, als Sie denken. Nur das ist es eigentlich, was mir imponiert hat, und deswegen bin ich zu Ihnen gekommen. Beschreiben Sie mir, wenn Ihnen meine vielleicht ungebührliche Neugier nicht lästig ist und falls Sie sich noch erinnern, was Sie in dem Augenblick empfunden haben, als Sie sich bei dem Zweikampf entschlossen, um Verzeihung zu bitten. Halten Sie meine Frage nicht für leichtfertig. Ich habe vielmehr, wenn ich eine solche Frage stelle, eine geheime Absicht, die ich Ihnen später wohl noch erklären werde – wenn es Gott gefallen sollte, uns einander näherzubringen.«

Während er sprach, hatte ich ihm die ganze Zeit in die Augen gesehen, und plötzlich empfand ich zu ihm das größte Vertrauen und außerdem eine ungewöhnliche Wißbegier: Ich fühlte, daß in seiner Seele ein besonderes Geheimnis verborgen sein mußte.

»Sie fragen, was ich in dem Augenblick empfunden habe, als ich meinen Gegner um Verzeihung bat«, antwortete ich. »Ich will Ihnen aber lieber von Anfang an erzählen, was ich anderen noch nicht erzählt habe.« Und ich berichtete ihm alles, was zwischen mir und Afanassi vorgefallen war.

»Daraus können Sie selbst ersehen«, schloß ich, »daß mir die Bitte um Verzeihung beim Duell bereits leichter wurde, da ich ja schon zu Hause einen Anfang gemacht hatte. Nachdem ich diesen Weg einmal betreten hatte, konnte ich alles Weitere nicht nur ohne Schwierigkeit, sondern sogar freudig und heiter tun!«

Er hatte aufmerksam zugehört und sah mich nun freundlich an.

»Alles das ist außerordentlich interessant«, sagte er. »Und ich werde noch oft zu Ihnen kommen.«

Seitdem besuchte er mich fast jeden Abend. Und wir wären die besten Freunde geworden, wenn er auch über sich selbst gesprochen hätte. Doch über sich redete er fast kein Wort, er fragte mich nur immer über mich aus. Trotzdem schloß ich ihn ins Herz und teilte ihm vertrauensvoll alle meine Empfindungen mit, weil ich mir sagte: ›Wozu muß ich seine Geheimnisse wissen? Ich sehe auch ohne das, daß er ein braver Mensch ist. Außerdem ist er ein sehr ernsthafter Mensch und mir an Jahren weit voraus, und trotzdem kommt er zu mir und verachtet mich nicht.‹ Ich habe von ihm viel Nützliches gelernt, denn er besaß einen vortrefflichen Verstand.

»Daß das Leben ein Paradies ist«, sagte er einmal zu mir, daran habe ich schon lange gedacht.« Und fügte plötzlich hinzu: »Ich denke ja nur daran.« Er sah mich an und lächelte. »Ich bin fester davon überzeugt als Sie selbst«, sagte er. Sie werden später erfahren, weshalb.«

Ich hörte das und dachte: ›Er will mir gewiß etwas gestehen.‹

»Das Paradies«, sagte er, »liegt in jedem von uns verborgen. Auch in mir verbirgt es sich jetzt, und wenn ich will, wird es gleich morgen in mir erstehen, und zwar für mein ganzes Leben.«

Ich schaute ihn an: Er sprach mit tiefer Rührung und blickte mir geheimnisvoll ins Gesicht, als ob er mich etwas fragen wollte.

»Darüber aber«, fuhr er fort, daß jeder Mensch neben seinen eigenen Sünden an den Sünden aller Menschen schuld ist, darüber urteilen Sie vollkommen richtig, und es ist erstaunlich, wie Sie diesen Gedanken auf einmal in seinem vollen Umfang haben erfassen können. Es ist tatsächlich richtig, daß, sowie die Menschen diesen Gedanken begriffen haben, das Himmelreich für sie beginnen wird, und nicht mehr in sehnsüchtiger Hoffnung, sondern in Wirklichkeit.«

»Aber wann«, rief ich traurig, »wann wird das geschehen? Und wird es überhaupt jemals geschehen? Ist das nicht nur ein schöner Traum?«

»Aber das glauben Sie ja selbst nicht!« erwiderte er. »Sie predigen – und glauben selbst nicht! Seien Sie überzeugt, daß dieser schöne Traum, wie Sie es nennen, unzweifelhaft in Erfüllung gehen wird, glauben Sie das! Nur wird es nicht jetzt gleich geschehen, denn jedes Geschehen hat sein Gesetz. Das ist ein geistiger, ein psychologischer Prozeß. Um der Welt eine neue Gestalt zu geben, müssen die Menschen selbst seelisch einen anderen Weg einschlagen. Ehe nicht jeder wirklich jedem ein Bruder wird, tritt der Zustand der allgemeinen Verbrüderung nicht ein. Durch keine Wissenschaft und durch keinen für die Gemeinsamkeit verheißenen Vorteil werden sich die Menschen dahin bringen lassen, ihr Eigentum und ihre Rechte gleichmäßig untereinander zu verteilen, ohne daß jemand benachteiligt wird. Jeder wird glauben, zuwenig erhalten zu haben, und immer werden sie murren und einander beneiden und vernichten. Sie fragen, wann der glückselige Zustand eintreten wird? Er wird eintreten, doch erst muß die Periode der menschlichen Isolierung ihren Abschluß finden.«

»Welcher Isolierung?« fragte ich.

»Derjenigen«, antwortete er, »die jetzt überall herrscht, besonders in unserem Jahrhundert. Sie hat noch nicht ihren Abschluß gefunden, die Zeit dafür ist noch nicht gekommen. Denn jeder strebt danach, seine Persönlichkeit so stark wie möglich abzusondern; er möchte an sich selbst die Fülle des Lebens erfahren. Dabei ist das Resultat aller seiner Anstrengungen statt der Fülle des Lebens nur völliger Selbstmord, denn statt sein Wesen allseitig zu entfalten, verfällt man in totale Isolierung. Denn in unserem Jahrhundert sondern sich alle als Einzelwesen ab; jeder isoliert sich in seiner Höhle; jeder entfernt sich von dem anderen, verbirgt sich und sein Besitztum – und das Ende ist schließlich, daß er selbst von den Menschen zurückgestoßen wird und selbst die Menschen zurückstößt. Er sammelt in seiner Isolierung Reichtum und denkt: ›Wie stark bin ich jetzt und wie gesichert!‹ Aber er weiß nicht, der Tor, daß er immer mehr in eine selbstmörderische Schwachheit versinkt, je mehr er sammelt. Denn er hat sich daran gewöhnt, nur auf sich zu hoffen, und hat sich vom Ganzen abgesondert, hat seine Seele daran gewöhnt, nicht mehr an menschliche Hilfe zu glauben, weder an die Menschen noch an die Menschheit. Und er zittert nur, daß sein Geld und die Rechte, die er sich erworben hat, verlorengehen könnten. Allerorten verkennt jetzt der menschliche Verstand in geradezu lächerlicher Weise, daß die wahre Sicherheit des Individuums nicht in der persönlichen Isolierung seiner Anstrengungen, sondern im allgemeinen Zusammenschluß der Menschheit besteht. Doch es wird unzweifelhaft dahin kommen, daß auch diese furchtbare Isolierung ihr Ende findet und alle mit einem Mal begreifen, wie unnatürlich sie sich voneinander abgesondert haben. Eine solche Zeitströmung wird kommen, und sie werden sich darüber wundern, daß sie so lange im Dunkeln gesessen und das Licht nicht gesehen haben. Dann wird auch das Zeichen des Menschensohnes am Himmel erscheinen ... Aber bis dahin muß doch das Banner bewahrt werden. Und ab und zu muß wenigstens ein einzelner ein gutes Beispiel geben und die Seele aus der Isolierung zur Großtat der allgemeinen Bruderliebe hinführen, mag er auch deswegen als ein frommer Narr gelten. Das muß geschehen, damit der große Gedanke nicht stirbt!«

In solchen flammenden Gesprächen verbrachten wir unsere Abende, einen nach dem anderen. Ich ging auch nicht mehr in Gesellschaften und machte viel weniger Besuche als früher, zumal ich auch schon allmählich aus der Mode kam. Ich sage das nicht, um die Menschen zu tadeln, denn sie mochten mich weiterhin und waren freundlich zu mir. Daß aber die Mode tatsächlich eine große Herrscherin in der Welt ist, muß doch zugegeben werden. Auf meinen geheimnisvollen Besucher begann ich mich schließlich richtig zu freuen. Abgesehen von dem Genuß, den mir sein Verstand bereitete, ahnte ich nämlich mittlerweile, daß er in seinem Innern eine bestimmte Absicht hegte und sich vielleicht auf eine große Tat vorbereitete. Vielleicht gefiel ihm an mir auch, daß ich äußerlich keine Neugier nach seinem Geheimnis bekundete, weder durch Fragen noch durch Andeutungen. Aber ich merkte schließlich, daß er sich selbst schon mit dem Wunsch quälte, mir etwas zu gestehen. Zumindest deutete sich das an, nachdem er mich etwa einen Monat lang besucht hatte. »Wissen Sie«, fragte er mich einmal, »daß sich die Leute in der Stadt sehr für uns beide interessieren und sich darüber wundern, daß ich so oft zu Ihnen komme? Nun, sollen sie sich wundern, bald wird alles klarwerden!«

Mitunter befiel ihn eine außerordentliche Erregung, und fast immer stand er in solchen Fällen auf und ging. Manchmal sah er mich lange und gleichsam prüfend an, so daß ich dachte: ›Jetzt wird er mir gleich etwas sagen!‹ Doch dann brach er ab und begann von etwas Belanglosem zu sprechen. Häufig klagte er auch über Kopfschmerzen. Und einmal, als ich es gar nicht erwartet hatte – er hatte lange und voll Begeisterung gesprochen –, sah ich, wie er plötzlich blaß wurde. Sein Gesicht verzerrte sich, und er starrte mich unverwandt an.

»Was haben Sie?« fragte ich. »Ist Ihnen nicht wohl?« Er hatte gerade vorher über Kopfschmerzen geklagt. »Ich, wissen Sie … ich … ich habe einen Menschen ermordet.« Nach diesen Worten lächelte er, aber er war kreidebleich. Warum lächelt er? Diese Frage durchbohrte mir plötzlich das Herz, ehe ich etwas begriffen hatte. Ich war selber blaß geworden.

»Was sagen Sie da?« rief ich.

»Sehen Sie«, antwortete er, noch immer mit dem blassen Lächeln, »wie schwer es mir geworden ist, das erste Wort zu sagen. Jetzt habe ich es gesagt, und ich glaube, ich bin auf den richtigen Weg gekommen. Ich werde ihn weitergehen!«

Lange glaubte ich ihm nicht. Und auch dann glaubte ich ihm nicht gleich, sondern erst, nachdem er drei Tage hintereinander zu mir gekommen war und alles ausführlich erzählt hatte. Ich hielt ihn zunächst für geistesgestört; schließlich mußte ich mich aber doch betrübt und erstaunt von der Richtigkeit seiner Selbstbezichtigung überzeugen.

Er hatte vor vierzehn Jahren ein großes, furchtbares Verbrechen an einer reichen, schönen jungen Frau begangen, der Witwe eines Gutsbesitzers, die in unserer Stadt ein eigenes Haus besaß, in dem sie gelegentlich wohnte. Von heftiger Liebe zu ihr ergriffen, machte er ihr eine Liebeserklärung und suchte sie zu einer Heirat zu überreden. Aber sie hatte ihr Herz bereits einem anderen geschenkt, einem vornehmen hohen Offizier, der damals im Feld stand, den sie jedoch bald zurückerwartete. Sie lehnte den Antrag des neuen Bewerbers ab und bat ihn, nicht mehr zu ihr zu kommen. Er stellte seine Besuche auch wirklich ein, aber da er die Einrichtung ihres Hauses kannte, drang er eines Nachts vom Garten aus über das Dach bei ihr ein – ein überaus dreistes Unternehmen, bei dem er sehr leicht hätte ertappt werden können. Indes gelingen erfahrungsgemäß gerade die ungewöhnlich dreisten Verbrechen häufiger als andere. Nachdem er durch ein Dachfenster in den Dachboden eingedrungen war, stieg er auf einer kleinen Treppe zu den Wohnzimmern hinunter, da er wußte, daß die Tür am Ende der Treppe durch die Nachlässigkeit der Diener nicht immer verschlossen war. Er rechnete auch diesmal damit – und sollte recht behalten. In die Wohnzimmer gelangt, ging er im Dunkeln in ihr Schlafzimmer, wo ein Lämpchen vor dem Heiligenbild brannte. Und zufällig mußten auch gerade die beiden Stubenmädchen heimlich, ohne Urlaub, zu einer Namenstagsfeier in der Nachbarschaft, in derselben Straße, gegangen sein. Die übrigen Diener und Mägde schliefen in den Gesindestuben und in der Küche im unteren Stockwerk. Beim Anblick der Schlafenden loderte in ihm zuerst die Leidenschaft auf, dann aber bemächtigte sich seiner eine wütende Eifersucht, und unbewußt, wie ein Trunkener, trat er heran und stieß ihr das Messer ins Herz, so daß sie nicht einmal schrie. Danach richtete er es mit teuflischer Berechnung ein, daß der Verdacht auf die Dienerschaft fallen mußte. Er schämte sich nicht, die Geldbörse der Ermordeten einzustecken, öffnete mit den Schlüsseln, die er unter ihrem Kopfkissen hervorholte, ihre Kommode und entnahm ihr mehrere Dinge – genauso, als ob es ein ungebildeter Diener getan hätte, das heißt, er ließ die Wertpapiere liegen und nahm nur das Geld und einige größere Goldsachen, während er die viel wertvolleren kleineren Stücke verschmähte. Er nahm auch noch etwas zum Andenken an sich, aber davon später. Nachdem er diese furchtbare Tat ausgeführt hatte, verließ er das Haus, wie er gekommen war. Weder am folgenden Tag, als das Verbrechen entdeckt wurde, noch jemals später war es jemandem in den Sinn gekommen, den wirklichen Täter auch nur zu verdächtigen. Auch von seiner Liebe zu ihr hatte niemand gewußt, denn er war von jeher schweigsam und wenig mitteilsam gewesen, und einen Freund, dem er sein Inneres entdeckt hätte, besaß er nicht. Man hielt ihn einfach für einen

Bekannten der Ermordeten, und zwar nicht einmal für einen nahen Bekannten, denn in den letzten zwei Wochen hatte er sie gar nicht besucht. Dagegen verdächtigte man sofort ihren leibeigenen Diener Pjotr, und zufällig kamen alle Umstände zusammen, diesen Verdacht zu bestätigen. Denn die Verstorbene hatte ihm nicht verheimlicht, daß sie, verpflichtet, von ihren Bauern einen Rekruten zu stellen, ihn zu den Soldaten geben wollte; er stand allein und führte sich außerdem ziemlich übel auf. Man hatte gehört, wie er in betrunkenem Zustand in einer Schenke gedroht hatte, sie zu ermorden. Zwei Tage vor ihrem Tod war er geflohen und hatte sich irgendwo in der Stadt aufgehalten. Einen Tag nach dem Mord fand man ihn auf der Landstraße am Stadtrand besinnungslos betrunken; in der Tasche hatte er sein Messer, und obendrein war seine rechte Hand noch blutbefleckt. Er beteuerte, das stamme aus seiner Nase, doch man glaubte ihm nicht. Die Stubenmädchen gestanden, daß sie bei einer Namenstagsfeier gewesen waren und daß die Haustür bis zu ihrer Rückkehr unverschlossen geblieben war. Auch sonst fanden sich noch eine Menge ähnlicher Indizien, aufgrund derer man den schuldlosen Diener festnahm. Die Untersuchung begann; nach einer Woche erkrankte der Verhaftete jedoch an einem schweren Fieber und starb bewußtlos im Krankenhaus. Damit endete der Prozeß. Man überließ das Weitere dem Willen Gottes und alle, Richter, Obrigkeit und Publikum, blieben der Überzeugung, daß kein anderer als der verstorbene Diener das Verbrechen begangen habe. Aber danach begann die Strafe.

Der geheimnisvolle Besucher, der inzwischen schon mein Freund geworden war, gab zu, daß er anfangs überhaupt nicht von Gewissensbissen gequält wurde. Qualen mußte er zwar lange Zeit erdulden, doch nicht infolge von Gewissensbissen, sondern aus Schmerz darüber, daß er die geliebte Frau getötet hatte, daß sie nun nicht mehr auf der Welt war, daß er durch ihre Ermordung seine Liebe getötet hatte, während das Feuer der Leidenschaft in ihm verblieben war. Über das unschuldig vergossene Blut, über die Ermordung eines Menschen dachte er damals fast gar nicht nach. Der Gedanke, daß sie die Frau eines anderen hätte werden können, erschien ihm unerträglich, daher war er lange Zeit ehrlich davon überzeugt, daß er anders nicht hatte handeln können. Die Verhaftung des Dieners verursachte ihm anfangs ein gewisses Unbehagen, aber die Krankheit und dann der Tod des Inhaftierten beruhigten ihn wieder; denn dieser war zweifellos nicht infolge der Verhaftung oder der Angst gestorben, so urteilte er damals, sondern an einer Krankheit, die er sich bei seiner Flucht zugezogen hatte, als er sinnlos betrunken die ganze Nacht auf der feuchten Erde gelegen und sich erkältet hatte. Wegen des Diebstahls der Schmucksachen und des Geldes machte er sich wenig Vorwürfe. Diesen Diebstahl, so rechtfertigte er sich, hatte er ja nicht aus Eigennutz begangen, sondern um den Verdacht abzulenken. Der Wert des Gestohlenen war unbedeutend, und er spendete auch bald die ganze Summe und sogar weit mehr für das Armenhaus in unserer Stadt. Er tat dies absichtlich, um sein Gewissen wegen des Diebstahls zu beruhigen, und bemerkenswerterweise erreichte er für lange Zeit diesen Zweck wirklich, das hat er mir selbst gesagt. Er stürzte sich damals in eine umfangreiche dienstliche Tätigkeit, drängte sich selbst nach einem mühevollen, schweren Auftrag, der ihn etwa zwei Jahre lang beschäftigte. Und da er einen starken Charakter hatte, vergaß er das Vergangene beinahe; und wenn es ihm wieder einmal ins Gedächtnis kam, bemühte er sich, nicht daran zu denken. Er widmete sich auch der Wohltätigkeit, rief auf diesem Gebiet in unserer Stadt manche nützliche Einrichtung ins Leben, für die er viel Geld aufwendete, machte sich auch in Moskau und Petersburg bekannt und wurde dort zum Mitglied von Wohltätigkeitsvereinen gewählt. Und doch machte ihn die Qual, die über seine Kräfte ging, schließlich melancholisch. Da gefiel ihm ein schönes, kluges junges Mädchen, und er heiratete sie in der Hoffnung, er könnte durch das Eheleben seinen inneren Kummer vertreiben und sich von den alten Erinnerungen lösen, indem er einen neuen Weg einschlug und eifrig seine Pflicht gegenüber seiner Frau und seinen Kindern erfüllte. Es geschah genau das Gegenteil von dem, was er erwartet hatte. Schon im ersten Monat seiner Ehe begann ihn der Gedanke zu peinigen: ›Da liebt mich nun meine Frau, doch wenn sie es erführe – was dann?‹ Als sie sich zum erstenmal schwanger fühlte und ihm das mitteilte, erregte ihn sofort der Gedanke: ›Ich gebe einem Kind das Leben und habe doch selber jemand das Leben genommen!‹ Und als ihm Kinder geboren waren, sagte er sich: ›Wie darf ich sie lieben, lehren und erziehen, wie soll ich mit ihnen über die Tugend reden? Ich habe Blut vergossen!‹ Die Kinder wuchsen prächtig heran, er wollte sie gern liebkosen. ›Ich kann ihnen aber nicht in die unschuldigen Gesichter sehen‹, sagte er sich. ›Ich bin dessen nicht würdig.‹ Zuletzt flimmerten ihm furchtbare Bilder vor den Augen: das Blut des ermordeten Opfers, das vernichtete junge Leben, das nach Rache schreiende Blut. Er hatte marternde Träume. Da er jedoch ein festes Herz besaß, ertrug er diese Qualen lange. ›Ich werde alles durch diese Qualen sühnen!‹ sagte er sich. Aber auch diese Hoffnung erwies sich als nichtig: Sein Leiden wurde immer stärker. In der Gesellschaft begann man ihn wegen seiner Wohltätigkeit zu achten, obwohl alle vor seinem strengen, finsteren Wesen Scheu empfanden. Doch je mehr man ihn achtete, desto unerträglicher wurde es ihm. Er gestand mir, daß er schon daran gedacht hatte, sich das Leben zu nehmen. Aber statt dessen tauchte in seinem Kopf ein anderer Gedanke auf, ein Gedanke, den er zuerst für unmöglich und sinnlos hielt, der aber schließlich in ihm so feste Wurzeln schlug, daß er ihn nicht mehr loswerden konnte. Sein Plan war dieser: aufzustehen und vor aller Öffentlichkeit zu erklären, daß er einen Menschen ermordet hatte. Drei Jahre trug er sich mit diesem Gedanken, der ihm bald in diesem, bald in jenem Licht erschien. Zuletzt rang er sich in seinem tiefsten Innern zu der Überzeugung durch, er könnte durch das Eingeständnis des Verbrechens seine Seele heilen und ein für allemal zur Ruhe gelangen. Doch trotz dieser Überzeugung war sein Herz von großer Angst erfüllt, denn wie sollte er seinen Plan ausführen? Und da ereignete sich auf einmal der bewußte Vorfall bei meinem Duell.

»Unter dem Eindruck Ihres Auftretens habe ich jetzt meinen Entschluß gefaßt!« sagte er zu mir.

Ich sah ihn an, schlug die Hände zusammen.

»Konnte so ein unbedeutender Vorfall denn wirklich einen solchen Entschluß bei Ihnen entstehen lassen?« rief ich aus.

»Mein Entschluß ist drei Jahre lang im Entstehen gewesen«, antwortete er. »Ihre Handlungsweise hat nur den letzten Anstoß gegeben. Sie anschauend, machte ich mir selbst Vorwürfe und beneidete Sie«, sagte er, und seine Stimme klang dabei fast drohend.

»Aber man wird Ihnen nicht einmal glauben«, wandte ich ein. »Vierzehn Jahre sind seitdem vergangen.«

»Ich habe Beweise, entscheidende Beweise. Die werde ich vorlegen.«

Da mußte ich weinen und umarmte ihn.

»Nur über einen Punkt geben Sie bitte Ihr entscheidendes Urteil ab. Über einen Punkt!« sagte er zu mir, als ob jetzt alles von mir abhinge. »Meine Frau, meine Kinder! Meine Frau wird vielleicht vor Kummer sterben, und meine Kinder sind dann lebenslänglich die Kinder eines Sträflings, selbst wenn sie den Adel und ihr Vermögen nicht verlieren. Und was für ein Andenken hinterlasse ich in ihren Herzen, was für ein Andenken!«

Ich schwieg.

»Wie soll ich mich von ihnen trennen, sie für das ganze Leben verlassen! Für das ganze Leben, für das ganze Leben!«

Ich saß da und flüsterte still für mich ein Gebet. Dann stand ich auf, mir war schrecklich zumute.

»Nun«, fragte er und sah mich gespannt an.

»Gehen Sie hin«, sagte ich, »und bekennen Sie es den Menschen! Alles wird vorübergehen, nur die Wahrheit wird bestehenbleiben. Wenn Ihre Kinder herangewachsen sind, werden sie verstehen, wieviel Hochherzigkeit in Ihrem großen Entschluß gelegen hat.«

Er verließ mich damals, anscheinend fest entschlossen. Doch über zwei Wochen kam er Abend für Abend weiterhin zu mir; immer bereitete er sich noch vor, immer konnte er sich noch nicht entschließen. Mein Herz wurde von diesem Anblick ganz bedrückt.

So kam er einmal mit entschlossener Miene und sagte ergriffen: »Ich weiß, daß für mich das Paradies anbrechen wird, sowie ich nur mein Verbrechen gestanden habe. Vierzehn Jahre habe ich in der Hölle zugebracht. Ich will leiden. Ich werde das Leid auf mich nehmen und erst dadurch wahrhaft zu leben anfangen. Mit der Unwahrheit kann man durch die ganze Welt wandern, aber nicht zurückkehren, sagt das Sprichwort. Jetzt darf ich meinen Nächsten nicht lieben, nicht einmal meine eigenen Kinder. O Gott, vielleicht werden gerade meine Kinder einst begreifen, wie schwer mein Leid gewesen ist, und mich nicht verdammen! Gott ist nicht mit den Starken, sondern mit den Aufrichtigen!«

»Alle werden für Ihre mutige Tat Verständnis haben«, sagte ich zu ihm. »Wenn nicht gleich, so doch später. Denn Sie haben der Wahrheit gedient, der höchsten, himmlischen Wahrheit ...«

Und wieder ging er scheinbar getröstet von mir. Aber am folgenden Tag erschien er wieder mit gereiztem, blassem Gesicht und redete in spöttischem Ton: »Jedesmal, wenn ich zu Ihnen komme, sehen Sie mich neugierig an, als ob Sie mich fragen wollten: Hat er sich immer noch nicht entschlossen? Immer noch nicht gestellt? So warten Sie doch noch ein Weilchen, und verachten Sie mich nicht allzusehr! Das ist nicht so leicht auszuführen, wie Sie denken. Vielleicht tue ich es überhaupt noch nicht. Werden Sie mich dann denunzieren, wie?«

Dabei wagte ich ihn mitunter gar nicht anzusehen, geschweige denn mit dummer Neugier. Ich war so zerquält, daß ich beinah krank wurde; nicht einmal nachts konnte ich mehr schlafen.

»Ich komme eben von meiner Frau«, fuhr er fort. »Verstehen Sie überhaupt, was das heißt: eine Frau haben? Als ich wegging, riefen mir die Kinderchen zu: ›Adieu, Papa, kommen Sie recht bald wieder und lesen Sie uns etwas Schönes vor!‹ Nein, Sie haben dafür kein Verständnis! Wer könnte auch fremdes Leid nachfühlen!«

Seine Augen funkelten, seine Lippen zuckten. Auf einmal schlug er mit der Faust so heftig auf den Tisch, daß die darauf befindlichen Gegenstände in die Höhe sprangen – es war das erste Mal, daß dieser sanfte Mensch sich vor mir so gehenließ.

»Ist das alles denn überhaupt nötig?« rief er. »Muß es denn sein? Es ist ja niemand verurteilt worden. Niemand wurde um meinetwillen zur Zwangsarbeit nach Sibirien geschickt. Der Diener ist an einer

Krankheit gestorben. Und für das vergossene Blut habe ich durch meine Qualen genug gebüßt. Und man würde mir auch gar nicht glauben, keinen meiner Beweise wird man gelten lassen. Ist es nötig, daß ich mich stelle, wirklich nötig? Ich bin bereit, mich zur Strafe für das vergossene Blut noch mein ganzes restliches Leben zu quälen, nur um nicht meine Frau und meine Kinder zugrunde zu richten. Wäre das gerecht, wenn ich sie mit ins Verderben ziehe? Irren wir uns da nicht? Wo ist da Recht und Gerechtigkeit? Würden die Menschen meine Wahrheitsliebe überhaupt anerkennen, schätzen, ehren?«

›O Gott‹, dachte ich bei mir, ›in so einem Augenblick denkt er noch an die Achtung der Menschen!‹ Und er tat mir so leid, daß ich gern sein Los mit ihm geteilt hätte, wenn ich es ihm dadurch hätte erleichtern können. Ich sah, daß er überaus erregt war, und war zutiefst erschrocken, weil ich nicht mehr allein mit dem Verstand, sondern mit der lebendigen Seele begriff, was einen Menschen ein solcher Entschluß kostet.

»Entscheiden Sie mein Schicksal!« rief er wieder.

»Gehen Sie hin und stellen Sie sich!« flüsterte ich ihm zu. Die Stimme gehorchte mir nicht, aber ich flüsterte in entschiedenem Ton.

Dann nahm ich das Neue Testament in russischer Übersetzung vom Tisch und schlug die Stelle Johannes, Kapitel zwölf, Vers vierundzwanzig auf: »Wahrlich, wahrlich, ich sage euch: Wenn das Weizenkorn in die Erde gefallen, nicht erstirbt, so bleibt es allein. Wenn es aber erstirbt, so bringt es viel Frucht.«

Er las den Vers.

»Das ist richtig«, sagte er, lächelte jedoch dabei bitter. »Ja, es ist schrecklich«, fuhr er nach einer kleinen Pause fort, »was man in diesen Büchern alles für Sprüche findet. Es ist leicht, sie einem unter die Nase zu halten. Wer hat sie denn geschrieben? Doch wohl Menschen?«

»Der Heilige Geist hat sie geschrieben«, antwortete ich.

»Sie haben gut reden«, sagte er, immer noch lächelnd, aber schon beinahe voller Haß.

Ich nahm das Buch wieder, schlug es an einer anderen Stelle auf und wies ihn auf den Brief an die Hebräer, Kapitel zehn, Vers einunddreißig hin.

Er las: »Schrecklich ist es, in die Hände des lebendigen Gottes zu fallen.«

Er las das und schleuderte das Buch geradezu von sich, dabei zitterte er sogar.

»Da haben Sie einen furchtbaren Vers ausgewählt«, rief er, »das muß man schon sagen!« Er stand von seinem Stuhl auf: »Nun, leben Sie wohl!« sagte er. »Vielleicht werde ich nicht mehr zu Ihnen kommen. Im Paradies werden wir uns wiedersehen. Also vierzehn Jahre ist es her, daß ich in die Hände des lebendigen Gottes gefallen bin. Ja, das kann man mit Recht von diesen vierzehn Jahren sagen. Morgen werde ich diese Hände bitten, mich freizusprechen.«

Ich hätte ihn gern umarmt und geküßt. Aber ich wagte es nicht, so verkrampft war sein Gesicht, so starr sein Blick.

Er ging hinaus.

›Mein Gott!‹ dachte ich. ›Wohin ist dieser Mensch gegangen?‹ Dann warf ich mich vor dem Heiligenbild auf die Knie und betete für ihn unter Tränen zu der Allerheiligsten Muttergottes, der Beschützerin und Helferin.

Wohl eine halbe Stunde mochte über meinem Gebet vergangen sein, und es war schon spät in der Nacht, gegen zwölf Uhr. Da öffnete sich plötzlich meine Tür, und er trat wieder herein.

»Wo sind Sie gewesen?« fragte ich ihn erstaunt.

»Ich habe«, sagte er, »ich habe etwas vergessen, glaube ich. Mein Taschentuch, glaube ich ... Nun, wenn ich auch nichts vergessen habe, so gestatten Sie bitte doch, daß ich mich setze ...«

Er setzte sich auf einen Stuhl. Ich stand vor ihm.

»Setzen Sie sich auch!« sagte er.

Ich setzte mich. So saßen wir etwa zwei Minuten; er sah mich unverwandt an und lächelte auf einmal, das habe ich im Gedächtnis behalten. Dann stand er auf, umarmte mich fest und küßte mich.

»Vergiß das nicht«, sagte er, »daß ich zum zweitenmal zu dir gekommen bin. Hörst du, vergiß das nicht!« Zum erstenmal hatte er mich »du« genannt.

Er ging hinaus. ›Morgen wird er es tun!‹ dachte ich.

Und so geschah es denn auch. Ich wußte an diesem Abend nicht, daß gerade auf den nächsten Tag sein Geburtstag fiel. Ich selbst war in den letzten Tagen nicht ausgegangen und hatte es daher von niemand erfahren können. An diesem Tag fand bei ihm alljährlich eine große Gesellschaft statt.

Und da trat er nun nach dem festlichen Mittagessen in die Mitte der Gäste, in der Hand ein Schriftstück, das eine formelle Anzeige enthielt. Und da die Obrigkeit selbst anwesend war, las er das Schriftstück auf der Stelle laut vor, und zwar mit einer vollständigen Beschreibung des Verbrechens, mit allen Einzelheiten. »Wie einen Unmenschen stoße ich mich selbst aus der Gemeinschaft der Menschen aus! Gott hat mich heimgesucht«, schloß das Schriftstück. »Ich will leiden!«

Dann zog er alles aus der Tasche, was er vierzehn Jahre lang aufbewahrt hatte und womit er sein Verbrechen zu beweisen gedachte, und legte es auf den Tisch: die Goldsachen der Ermordeten, die er in der Absicht, den Verdacht von sich abzulenken, entwendet hatte, ihr Kreuz und ihr Medaillon mit dem Bild ihres Bräutigams, ihr Notizbuch und endlich zwei Briefe, einen Brief ihres Bräutigams mit der Nachricht von seiner baldigen Ankunft und ihre Antwort darauf, die sie angefangen, aber noch nicht zu Ende geschrieben und auf dem Tisch liegengelassen hatte, um sie am folgenden Tag zu beenden und abzuschicken. Beide Briefe hatte er an sich genommen – wozu eigentlich? Und wozu hatte er sie dann vierzehn Jahre lang aufbewahrt, statt sie als verräterische Beweisstücke zu vernichten?

Und siehe da, was geschah nun? Alle staunten und erschraken, doch niemand wollte ihm glauben. Alle hatten zwar mit außerordentlichem Interesse zugehört, aber so, wie man einem Kranken zuhört, und einige Tage später stand bereits überall fest und wurde mit aller Bestimmtheit behauptet, der Unglückliche habe den Verstand verloren. Obrigkeit und Gericht konnten allerdings nicht umhin, einen Prozeß einzuleiten, doch auch sie verzögerten die Sache beträchtlich. Obgleich die vorgelegten Gegenstände und Briefe zu denken gaben, sagte man sich schließlich auch hier, selbst wenn sich diese Beweisstücke als echt erweisen würden, könne eine definitive Anklage aufgrund derselben dennoch nicht erhoben werden. Es bestehe immerhin die Möglichkeit, daß sie ihm als ihrem Bekannten alle diese Dinge anvertraut hatte. Ich hörte übrigens, daß die Echtheit der Gegenstände wenig später durch Bekannte und Verwandte der Ermordeten zweifelsfrei festgestellt worden ist. Aber wiederum war es dem Prozeß nicht beschieden, zu Ende geführt zu werden. Nach etwa fünf Tagen erfuhr man, der Mann sei erkrankt, und zwar lebensgefährlich. An welcher Krankheit er litt, kann ich nicht angeben. Es hieß, an einer Störung der Herztätigkeit, dann wurde jedoch bekannt, daß ein Konsilium von Ärzten auf dringenden Wunsch seiner Gattin auch seinen Geisteszustand untersucht hatte und zu der Ansicht gelangt war, es liege eine Geistesstörung vor. Ich verriet nichts, obgleich man mich mit Fragen bestürmte. Als ich ihn jedoch besuchen wollte, verwehrte man mir das lange, namentlich seine Gattin. »Sie sind es«, sagte sie, »der ihn verrückt gemacht hat! Er hat auch früher ein finsteres Wesen gehabt, und im letzten Jahr haben wir an ihm alle eine ungewöhnliche Erregung und seltsame Handlungen bemerkt, und ausgerechnet da müssen Sie kommen und ihn zugrunde richten! Sie haben ihn behext, er ist ja einen Monat lang nicht von Ihnen weggekommen!« Und nicht nur seine Frau, alle in der Stadt fielen über mich her und beschuldigten mich. »Sie sind an allem schuld!« sagten sie. Ich schwieg und freute mich innerlich, denn ich erkannte die unzweifelhafte Gnade Gottes ihm gegenüber, der von selbst gegen sich aufgestanden war und sich bestraft hatte. An seine Geistesgestörtheit konnte ich nicht glauben.

Endlich ließ man auch mich zu ihm; er selbst hatte es dringend verlangt, um von mir Abschied zu nehmen. Ich trat ein und sah auf den ersten Blick, daß nicht seine Tage, sondern seine Stunden gezählt waren. Er war schwach, gelb, die Hände zitterten ihm, er konnte kaum atmen, doch seine Miene drückte Ergriffenheit und Freude aus.

»Es ist vollbracht!« sagte er zu mir. »Schon lange hat es mich verlangt, dich zu sehen. Warum bist du nicht gekommen?«

Ich sagte ihm nicht, daß man mich nicht zu ihm lassen wollte.

»Gott hat sich meiner erbarmt und ruft mich zu sich. Ich weiß, daß mein Tod nahe ist, aber zum erstenmal nach so vielen Jahren erfüllen Freude und Frieden mein Herz. Sowie ich getan hatte, was notwendig war, fühlte ich in meiner Seele auch das Paradies. Jetzt darf ich schon meine Kinder lieben und küssen. Man glaubt mir nicht, niemand hat mir geglaubt, weder meine Frau noch meine Richter; auch meine Kinder werden es nie glauben. Ich sehe darin die Gnade Gottes gegenüber meinen Kindern. Ich werde sterben, und mein Name wird für sie unbefleckt bleiben. Und jetzt fühle ich, Gott im voraus. Mein Herz ist froh wie im Paradies ... Ich habe meine Pflicht erfüllt ...«

Er konnte aus Atemnot nicht weitersprechen, drückte mir warm die Hand und sah mich mit leuchtenden Augen an. Wir konnten nicht lange miteinander reden, da seine Frau fortwährend hereinsah. Aber er fand doch noch die Möglichkeit, mir zuzuflüstern: »Erinnerst du dich, wie ich damals zum zweitenmal zu dir kam, um Mitternacht? Ich sagte dir noch, du solltest es nicht vergessen. Weißt du, weswegen ich gekommen war? Ich war gekommen, um dich zu ermorden!«

Ich fuhr zusammen.

»Ich trat damals, als ich dich verließ, hinaus in die Dunkelheit, wanderte durch die Straßen und kämpfte mit mir selbst. Und auf einmal überkam mich ein solcher Haß gegen dich, daß mein Herz es kaum ertragen konnte. ›Jetzt ist er der einzige, der mich gebunden hält und mein Richter ist!‹ dachte ich. ›Ich kann meiner Bestrafung nicht mehr entgehen, denn er weiß alles!‹ Nicht daß ich eine Denunziation von deiner Seite gefürchtet hätte, dieser Gedanke kam mir überhaupt nicht. Nein, ich dachte: ›Wie werde ich ihm künftig in die Augen sehen können, wenn ich mich nicht selber stelle? Und wenn er wer weiß wie weit wegziehen würde – solange er am Leben bleibt, ist mir der Gedanke unerträglich, daß er alles weiß und mich verurteilt!‹ Ich haßte dich, als wärst du der Urheber von allem und an allem schuld. Ich kehrte damals zu dir zurück und erinnere mich, daß bei dir auf dem Tisch ein Dolch lag. Ich setzte mich und bat dich, du möchtest dich ebenfalls setzen, und dachte eine Minute lang nach. Wenn ich dich getötet hätte, wäre ich allerdings wegen dieses Mordes verloren gewesen, auch wenn ich das frühere Verbrechen nicht bekannt hätte aber daran dachte ich in diesem Augenblick überhaupt nicht, wollte ich auch nicht denken. Ich haßte dich nur und wollte mich an dir mit Gewalt für alles rächen. Gott hat jedoch den Teufel in mir niedergerungen. Du sollst aber wissen, daß du dem Tod nie näher gewesen bist.«

Eine Woche später starb er. Die ganze Stadt begleitete seinen Sarg zum Friedhof. Der erste Geistliche hielt eine tiefempfundene Rede. Man beklagte die furchtbare Krankheit, durch die sein Leben so verkürzt worden war. Doch nach der Beerdigung war die ganze Stadt über mich entrüstet, und viele brachen den Verkehr mit mir ab. Einige allerdings, anfangs nur wenige, allmählich jedoch immer mehr, begannen an die Wahrheit seiner Selbstbezichtigung zu glauben; sie besuchten mich und versuchten mich neugierig und schadenfroh auszufragen: Der Mensch freut sich eben über den Fall und die Schmach des Gerechten. Aber ich schwieg und zog bald darauf für immer aus der Stadt fort. Und fünf Monate danach wurde ich von Gott dem Herrn gewürdigt, einen festen, herrlichen Weg zu betreten, und segnete den unsichtbaren Finger, der mir diesen Weg so deutlich gewiesen hatte. Des Gottesknechts Michail aber, der so viel hat dulden müssen, gedenke ich in meinem Gebet täglich, bis auf den heutigen Tag.

3. Aus den Gesprächen und Belehrungen des Starez Sossima

e) Über den russischen Mönch und seine mögliche Bedeutung

Meine Väter und Lehrer, was ist ein Mönch? In der aufgeklärten Welt wird dieses Wort von manchen heutzutage schon mit Spott ausgesprochen, und von einigen geradezu als Schimpfwort gebraucht. Und je länger das dauert, desto schlimmer wird es. Leider ist es wahr, daß es auch unter den Mönchen viele Tagediebe, Wüstlinge, Schlemmer und Herumtreiber gibt. Auf sie weisen die gebildeten Weltleute hin. »Ihr seid Faulenzer und nutzlose Glieder der menschlichen Gesellschaft!« sagen sie. »Ihr lebt von fremder Arbeit, als schamlose Bettler!« Und doch gibt es unter den Mönchen auch so viele demütige und fromme Männer, die es nach Einsamkeit verlangt und nach heißem Gebet in der Stille. Auf sie weisen die Weltleute weniger hin, ja sie übergehen sie sogar stillschweigend. Wie würden sie sich aber wundern, wenn ich sage, daß von diesen frommen, sich nach einsamem Gebet sehnenden Mönchen vielleicht noch einmal die Rettung der russischen Erde kommen wird! Denn in Wahrheit sind sie in der Stille vorbereitet »auf den Tag und die Stunde und den Monat und das Jahr«. Sie bewahren bis dahin in ihrer Einsamkeit das Bild Christi herrlich und unentstellt in der Wahrheit Gottes, so wie es aus der Zeit der ältesten Väter, der Apostel und Märtyrer überliefert ist; und sobald es nötig ist, werden sie es der schwankenden Wahrheit dieser Welt zeigen. Das ist ein gewaltiger Gedanke. Vom Osten her wird dieser Stern aufgehen.

So denke ich über den Mönch – und ist das wirklich unwahr und hochmütig? Schaut euch doch nur die Weltleute und diese ganze Welt an, die sich über das Volk Gottes erhaben dünkt: Ist nicht bei ihnen das Antlitz Gottes und seine Wahrheit entstellt? Sie haben ihre Wissenschaft, doch in der Wissenschaft ist nur das enthalten, was den Sinnen unterworfen ist. Die geistige Welt aber, die höhere Hälfte des menschlichen Wesens, wird vollständig negiert und mit einem gewissen Triumph, ja sogar mit Haß zurückgewiesen. Die Welt hat die Freiheit verkündet, besonders in der letzten Zeit – und was sehen wir als Resultat dieser ihrer Freiheit? Nur Knechtschaft und Selbstmord! Denn die Welt sagt: »Du hast Bedürfnisse, darum befriedige sie; du besitzt dasselbe Recht wie die Vornehmsten und Reichsten! Scheue dich nicht, sie zu befriedigen, sondern steigere sie sogar noch!« Das ist die heutige Lehre der Welt. Darin sehen sie die Freiheit. Und was ist die Folge dieses Rechts auf Steigerung der Bedürfnisse? Bei den Reichen Isolierung und geistiger Selbstmord, und bei den Armen Neid und Mord. Denn das Recht haben sie ihnen zwar gegeben, doch die Mittel zur Befriedigung der Bedürfnisse haben sie ihnen nicht gewiesen. Sie versichern, die Welt werde sich immer mehr einigen, sich zu einer brüderlichen Gemeinschaft zusammenschließen, indem sie die Entfernungen verkürzt und die Gedanken durch die Luft übermittelt. O weh, glaubt nicht an eine solche Einigung der Menschen! Dadurch, daß sie unter Freiheit nur Steigerung und schnelle Befriedigung ihrer Bedürfnisse verstehen, verderben sie ihre Natur, weil sie in sich viele sinnlose, dumme Wünsche und Gewohnheiten und törichte Einfälle wecken. Sie leben nur, um einander zu beneiden und ihre Lüste und ihre Eitelkeit zu befriedigen. Diners, Spazierfahrten, Equipagen, hoher Rang und knechtische Untergebene: diese Dinge gelten bereits als so notwendiges Bedürfnis, daß sie sogar ihr Leben, ihre Ehre und ihre Menschenliebe opfern, um nur dieses Bedürfnis zu befriedigen, und sich sogar töten, wenn sie es nicht befriedigen können. Bei denen, die nicht reich sind, sehen wir dasselbe; die Armen aber betäuben ihren Ärger, daß sie ihre Bedürfnisse nicht befriedigen können, und ihren Neid einstweilen durch Trinken. Bald werden sie sich jedoch an Blut statt an Branntwein berauschen; dahin bringt man sie ja geradewegs. Ich frage euch, ist ein solcher Mensch frei? Ich kannte einen »Kämpfer für die Idee«, der mir selbst erzählt hat, als ihm im Gefängnis der Tabak entzogen wurde, habe er unter dieser Entbehrung dermaßen gelitten, daß er nahe daran gewesen sei, seiner »Idee« untreu zu werden, nur um Tabak zu bekommen. So einer sagt: »Ich werde für die Menschen kämpfen!« Was wird so ein Mensch denn anfangen, wozu ist er fähig? Höchstens zu einer raschen Tat, Ausdauer besitzt er nicht. Und es ist nicht verwunderlich, daß sie sich, statt frei zu werden, in Knechte verwandelt haben, daß sie, statt der Bruderliebe und der menschlichen Vereinigung zu dienen, in die Isolierung geraten sind, wie mir in meiner Jugend mein geheimnisvoller Besucher und Lehrer bewies. Und daher erlischt in der Welt mehr und mehr die Idee, der

Menschheit zu dienen, die Idee der Verbrüderung und Solidarität aller Menschen. Diese Idee wird tatsächlich bereits verhöhnt und verspottet, denn wie kann man von seinen Gewohnheiten ablassen und was sollte aus jenem Unfreien werden, der sich doch daran gewöhnt hat, seine zahllosen, selbsterdachten Bedürfnisse zu befriedigen. Er ist isoliert; was kümmert ihn da noch das Ganze? Und so haben sie es nun dahin gebracht, daß Gut und Geld angewachsen sind, die Freude jedoch abgenommen hat.

Von ganz anderer Art ist der Weg des Mönches. Über den klösterlichen Gehorsam, über Fasten und Beten wird zwar viel gespottet, und doch ist gerade dies der Weg zur wahren, echten Freiheit! Ich entledige mich überflüssiger Bedürfnisse, demütige und geißle meinen selbstsüchtigen, stolzen Willen durch Gehorsam und erreiche so mit Gottes Hilfe geistige Freiheit und mit ihr auch geistige Heiterkeit! Wer von beiden ist besser befähigt, Träger einer großen Idee zu sein und ihr zu dienen: der isolierte Reiche oder einer, der sich von der Tyrannei des Besitzes und der Gewohnheiten frei gemacht hat? Man tadelt den Mönch wegen seiner Isolierung. »Du hast dich abgesondert«, heißt es, »um in den Klostermauern deine Seele zu retten, vergißt aber, brüderlich der Menschheit zu dienen!« Doch wollen wir erst einmal sehen, wer mit größerem Eifer Bruderliebe übt! Die Isolierung ist nämlich nicht auf unserer, sondern auf ihrer Seite, sie merken es bloß nicht. Von uns sind von jeher diejenigen ausgegangen, die für das einfache Volk tätig gewesen sind – warum sollten sich solche nicht auch jetzt finden? Gerade die demütigen, frommen Faster und Schweiger werden sich erheben und ein großes Werk in Angriff nehmen. Vom Volk kommt Rußlands Rettung. Und das russische Kloster hat von jeher in enger Beziehung zum Volk gestanden. Wenn das Volk isoliert ist, so sind wir es auch. Das Volk ist auf unsere Art gläubig; ein ungläubiger Weltverbesserer wird bei uns in Rußland doch nichts erreichen, mag er es noch so aufrichtig meinen und einen noch so genialen Verstand besitzen. Behaltet das gut im Gedächtnis! Das Volk wird den Atheisten entgegentreten und sie niederringen, und es wird ein einiges, rechtgläubiges Rußland erstehen! Behütet das Volk, bewahrt sein Herz vor allem Übel! Erzieht es in der Stille! Das ist das große Werk, das ihr als Mönche auszuführen habt, denn dieses Volk ist der Träger des göttlichen Glaubens!

f) Über Herren und Diener. Ob Herren und Diener im Geist Brüder werden können

O Gott, wer will behaupten, daß es nicht auch beim Volk Sünde gibt? Die Flamme des sittlichen Verfalls wächst sogar offensichtlich, stündlich, sie schlägt immer höher. Auch beim Volk beginnt die Isolierung. Betrügerische Aufkäufer und Wucherer kommen auf. Schon erhebt der Kaufmann immer größere Ansprüche auf Respekt; er möchte als gebildeter Mann erscheinen, obwohl er keine Bildung besitzt, und vernachlässigt deshalb in schmählicher Weise die alten Bräuche, schämt sich sogar des Glaubens seiner Väter. Er macht Besuche bei Fürsten und ist doch nur ein verdorbener Bauer. Das Volk verfällt dem Trunk und kann nicht mehr davon lassen. Wie viele Roheiten in der Familie, gegenüber der Frau, sogar den Kindern gegenüber, sind die Folge dieser Trunksucht! Ich habe in Fabriken zehnjährige Kinder gesehen: schwächliche, ausgemergelte, gebeugte Kinder, die doch schon verdorben waren. Ein stickiger Arbeitsraum, stampfende Maschinen, den ganzen Tag Arbeit, gemeine Worte und Branntwein, Branntwein – ist es das, was die Seele so eines kleinen Kindes braucht? So ein Kind braucht Sonne, kindliche Spiele, von allen Seiten gute Beispiele – und wenigstens ein klein bißchen Liebe. Auf daß es anders werde, ihr Mönche! Auf daß die Quälerei der Kinder aufhöre, erhebt euch so schnell wie möglich, so schnell wie möglich und predigt! Gott aber wird Rußland retten! Wenn der einfache Mann auch verdorben ist und sich nicht mehr von der schmutzigen Sünde frei machen kann, so weiß er doch wenigstens, daß seine schmutzige Sünde von Gott verflucht ist und daß er schlecht handelt, wenn er sündigt. Unser Volk glaubt noch unerschütterlich an die Wahrheit, erkennt Gott an und kann noch ergriffen weinen. Anders die Angehörigen der höheren Schichten. Sie wollen auf wissenschaftlicher Grundlage alles gerecht einrichten, nur mit ihrem Verstand, ohne Christus, den man bisher noch immer nötig hatte; sie haben bereits verkündet, es gebe keine Verbrechen und keine Sünde mehr. Und aus ihrer Sicht ist das auch richtig: Wenn du keinen Gott hast, was kann es da für Verbrechen geben? In Westeuropa erhebt sich das Volk bereits mit Gewalt gegen die Reichen, und Demagogen verleiten es allerorten zum Blutvergießen und lehren, sein Zorn sei gerecht. Doch »verflucht ist ihr Zorn, denn er ist grausam!« Aber der Herr wird Rußland retten, wie er es schon oft gerettet hat. Aus dem Volk wird die Rettung kommen, aus seinem Glauben und aus seiner Demut. Meine Väter und Lehrer, hütet den Glauben des Volkes! Und es ist kein leerer Traum: Mein Leben lang hat mich an unserem prächtigen Volk seine herrliche, echte Würde stark beeindruckt, ich habe das selbst mit Staunen gesehen und kann es selbst bezeugen, trotz des Schmutzes seiner Sünden und trotz des armseligen Aussehens unseres einfachen Volkes habe ich es gesehen. Es ist nicht knechtisch, trotz der zweihundertjährigen Knechtschaft. Es ist frei in Haltung und Benehmen, dabei ohne alles Verletzende. Auch rachsüchtig und neidisch ist es nicht. Du bist vornehm und reich, du bist klug und hast Talent – nun schön, Gott segne dich! Ich achte dich, doch ich weiß, daß auch ich ein Mensch bin. Eben indem ich dich neidlos achte, bekunde ich vor dir meine Menschenwürde! Wenn sie das auch nicht so sagen – denn sie verstehen sich noch nicht auszudrücken –, handeln sie doch so, das habe ich selbst gesehen, das weiß ich aus eigener Erfahrung. Und ob ihr es mir glaubt oder nicht, je ärmer und einfacher unser Russe ist, um so mehr von diesem herrlichen Sinn für Gerechtigkeit ist an ihm zu finden! Die reichen Aufkäufer und Wucherer unter ihnen sind nämlich in der Mehrzahl schon verdorben, und viel, viel Schuld daran trägt unsere Unachtsamkeit und Fahrlässigkeit! Aber Gott wird die Seinen retten, weil Rußland groß ist durch seine Demut. Sehnsüchtig hoffe ich, unsere Zukunft zu sehen, und es ist mir, als sähe ich sie schon klar vor mir: Denn es wird so kommen, daß sich selbst der verderbteste Reiche bei uns schließlich vor dem Armen seines Reichtums schämt, während ihm der Arme angesichts dieser Demut verständnisvoll den Vorrang läßt und mit Freude und Freundlichkeit antwortet. Glaubt mir, dahin wird es kommen, dahin geht die ganze Entwicklung! Nur in der geistigen Würde des Menschen besteht die Gleichheit, und das wird man nur bei uns begreifen. Könnten wir Brüder sein, dann gäbe es auch eine Bruderschaft. Ehe sich diese jedoch nicht einstellt, teilen sie nie untereinander. Wir bewahren das Vorbild Christi, und wie ein kostbarer Diamant wird es der ganzen Welt leuchten ... Amen, es soll also geschehen! Meine Väter und Lehrer, ich hatte einmal ein ergreifendes Erlebnis. Auf meinen Pilgerreisen traf ich eines Tages in der Gouvernementsstadt K. meinen früheren Burschen Afanassi; seit ich mich von ihm getrennt hatte, waren damals schon acht Jahre vergangen. Er sah mich zufällig auf dem Markt – mein Gott, wie er sich freute! Er stürzte nur so auf mich los: »Väterchen, gnädiger Herr, sind Sie es denn auch? Sehe ich Sie wirklich wieder?« Er nahm mich mit zu sich nach Hause. Er war inzwischen aus dem Militär entlassen, hatte geheiratet und war Vater von zwei kleinen Kindern. Er lebte mit seiner Frau von einem kleinen Handel auf dem Markt, wo er immer nur eine Kiepe voll Ware feilbot. Sein Stübchen war ärmlich, aber sauber und freundlich. Er nötigte mich, Platz zu nehmen, stellte den Samowar auf und ließ seine Frau holen, als hätte ich ihm durch mein Erscheinen einen Festtag bereitet. Er zeigte mir seine Kinderchen und bat: »Segnen Sie sie, Väterchen!« – »Kommt es mir zu, sie zu segnen?« antwortete ich ihm. »Ich bin ein einfacher, demütiger Mönch. Ich werde für sie beten. Und auch für dich, Afanassi Pawlowitsch, bete ich seit jenem Tag immerzu, jeden Tag. Denn von dir hat alles seinen Anfang genommen.« Und ich erklärte ihm das, so gut ich es vermochte. Er war ganz fassungslos; er sah mich immer nur an und konnte es gar nicht begreifen, daß ich, sein früherer Herr, ein Offizier, nun so und in solcher Tracht vor ihm stand. Er brach sogar in Tränen aus. »Warum weinst du?« sagte ich zu ihm. »Du unvergeßlicher Mensch! Freu dich vielmehr von Herzen über mich, du Lieber, mein Weg ist freudig und hell!« Er sprach nicht viel, sagte immer nur »Ach« und »Oh« und schüttelte gerührt über mich den Kopf. »Wo ist denn Ihr Reichtum geblieben?« fragte er. Ich antwortete ihm: »Den habe ich dem Kloster gegeben, wir leben in Gütergemeinschaft.«

Nachdem wir Tee getrunken hatten, begann ich mich von ihnen zu verabschieden, und auf einmal gab er mir einen halben Rubel als Spende für das Kloster. Dann spürte ich, wie er mir noch einen zweiten halben Rubel in die Hand schob, dazu sagte er hastig: »Das werden Sie als Wanderer und Pilger vielleicht gebrauchen können, Väterchen!« Ich nahm seinen halben Rubel, verbeugte mich vor ihm und seiner Frau, ging erfreut weg und dachte: ›Jetzt werden wir beide, er bei sich zu Hause und ich unterwegs, gewiß erstaunt lächeln und heiter den Kopf wiegen in dem Gedanken, wie wunderbar Gott uns wieder zusammengeführt hat …‹ Und seitdem habe ich ihn nie wieder zu sehen bekommen. Ich war sein Herr gewesen und er mein Diener; doch nun, da wir uns voller Liebe und Rührung geküßt hatten, war zwischen uns die große menschliche Vereinigung geschehen. Ich habe darüber viel nachgegrübelt und denke jetzt so darüber: Ist es für den Verstand wirklich so unbegreiflich, daß sich diese große, ehrliche Vereinigung bei uns Russen zu ihrer Zeit allerorten vollziehen kann? Ich glaube, daß sie sich vollziehen wird und daß der Zeitpunkt nahe ist.

Über die Dienstboten sei noch folgendes hinzugefügt. Als ich noch ein Jüngling war, habe ich mich oft über die Dienstboten geärgert, die Köchin hatte das Essen zu heiß auf den Tisch gebracht, der Bursche meine Kleider nicht gereinigt. Damals jedoch erleuchtete mich plötzlich ein Wort meines lieben Bruders, das ich von ihm in der Kindheit gehört hatte: »Bin ich es denn wert, daß mir ein anderer dient? Und habe ich das Recht, ihn wegen seiner Armut und Unwissenheit anzufahren?« Und ich staunte damals, wie spät sich oftmals die einfachsten, einleuchtendsten Gedanken in unserem Verstand durchsetzen. Ohne Diener geht es nun einmal in der Welt nicht – handle aber wenigstens so, daß sich dein Diener bei dir seelisch freier fühlt, als wenn er nicht dein Diener wäre! Und warum kann ich nicht der Diener meines Dieners sein, und zwar so, daß er es selbst bemerkt, und ohne Stolz von meiner und ohne Mißtrauen von seiner Seite? Warum kann nicht ein Dienstbote zu mir in demselben Verhältnis stehen wie ein Verwandter, daß ich ihn schließlich in meine Familie aufnehme und mich dessen freue? Das läßt sich auch jetzt schon durchführen und wird dann als Grundlage für die künftige Vereinigung der Menschen dienen, wo der Mensch sich keine Diener suchen und nicht mehr wünschen wird, Menschen, die ihm ähnlich sind, zu seinen Dienern zu machen wie jetzt, wo er vielmehr mit aller Kraft wünschen wird, nach dem Gebot des Evangeliums selbst ein Diener aller zu werden. Und sollte es wirklich nur ein leerer Traum sein, daß der Mensch seine Freude schließlich nur in Taten der Belehrung und der Mildtätigkeit finden wird und nicht in rohen Genüssen wie jetzt, in Völlerei, Wollust, Hoffart, Prahlerei und neidischer Überhebung des einen über den anderen? Ich glaube bestimmt, daß das kein leerer Traum ist und daß die Zeit der Erfüllung nahe ist. Viele lachen und fragen: »Wann wird diese Zeit anbrechen? Sieht es in der Welt etwa danach aus, als ob sie jemals anbricht?« Ich aber denke, daß wir mit Christi Hilfe dieses große Werk vollbringen werden. Wie viele Ideen hat es in der Geschichte der Menschheit gegeben, die noch zehn Jahre vor ihrem Aufkommen undenkbar schienen und sich dann doch plötzlich offenbarten und über die ganze Erde verbreiteten, sowie ihr geheimer Zeitpunkt gegeben war? So wird es auch bei uns sein, und unser Volk wird der Welt voranleuchten, und alle Menschen werden sagen: »Der Stein, den die Bauleute verworfen haben, ist zum Eckstein geworden.« Die Spötter selbst aber sollte man fragen: Wenn unsere Hoffnung ein leerer Traum ist, wann werdet ihr selbst euer Gebäude errichten und nach eurer Gerechtigkeit, einrichten, nur mit dem Verstand, ohne Christus? Und wenn sie nun selbst behaupten, auch sie würden die allgemeine Vereinigung herbeiführen, so glauben daran in Wahrheit nur die Naivsten von ihnen, über deren Naivität man sich allenfalls wundem kann! In Wahrheit besitzen sie mehr träumerische Phantasie als wir! Sie haben vor, alles gerecht einzurichten; da sie jedoch Christus ausschalten, wird es damit enden, daß sie die Welt mit Blut überschwemmen: Blut schreit nach Blut, und wer das Schwert zieht, wird durch das Schwert umkommen. Und wenn nicht die Verheißung Christi wäre, würden sie einander sogar so weit ausrotten, daß nur noch zwei Menschen auf der Erde übrigblieben. Und auch diese beiden letzten Menschen wären in ihrem Stolz nicht imstande, ihre Leidenschaften zu bändigen, sondern der letzte würde den vorletzten vernichten und dann sich selbst. Und das würde geschehen, wenn wir nicht Christi Verheißung hätten, daß dieser Prozeß um der Frommen und Demütigen willen verkürzt werden soll. Als ich nach meinem Duell seinerzeit noch die Offiziersuniform trug, begann ich in Gesellschaften von den Dienstboten zu sprechen, und ich erinnere mich, daß alle sehr über mich staunten. »Sollen wir einen Diener etwa auf das Sofa nötigen und ihm den Tee reichen?« fragten sie. Ich gab ihnen damals zur Antwort: »Warum nicht? Wenigstens ab und zu.« Da fingen sie alle an zu lachen. Die Frage dieser Leute war leichtfertig gewesen, und meine Antwort unklar – ich denke aber, daß in meiner Antwort doch etwas Wahres steckte.

g) Über das Gebet, die Liebe und die Berührung mit anderen Welten

Jüngling, vergiß nicht das Gebet! Jedesmal wird in deinem Gebet, sofern es aufrichtig ist, ein neues Gefühl erwachen und darin ein neuer Gedanke, den du vorher noch nicht gekannt hast und der dich mit neuem Mut erfüllen wird: Du wirst erkennen, daß das Gebet eine erzieherische Kraft hat. Merke auch noch dies: Wiederhole für dich an jedem Tag und sooft du nur kannst: »O Herr, erbarme dich aller, die heute vor dich hingetreten sind!« Denn jede Stunde, ja jeden Augenblick verlassen Tausende von Menschen die Erde, und ihre Seelen treten vor Gott hin, und wie viele unter ihnen sind einsam von der Erde geschieden, ohne daß es jemand wußte, in Kummer und Gram darüber, daß niemand sie bemitleidet oder auch nur weiß, ob sie überhaupt gelebt haben oder nicht. Und da steigt vielleicht vom anderen Ende der Erde zu Gott dem Herrn auch dein Gebet für die Ruhe der Seele eines solchen Verstorbenen empor, obgleich du ihn gar nicht gekannt hast und ebensowenig er dich. Mit welcher Rührung wird seine Seele, die in Angst vor dem Herrn steht, in diesem Augenblick empfinden, daß auch für ihn jemand betet, daß auf der Erde ein menschliches Wesen zurückgeblieben ist, das auch ihn liebt! Und auch Gott wird gnädiger auf euch beide schauen: Wenn schon du den Verstorbenen so bemitleidet hast, um wieviel mehr wird Er mit ihm Mitleid haben, der unendlich viel barmherziger und liebevoller ist als du. Und Er wird ihm deinetwillen verzeihen.

Ihr Brüder, schreckt nicht zurück vor der Sünde der Menschen! Liebt den Menschen auch in seiner Sünde, denn das ist schon ein Abbild der göttlichen Liebe und der Gipfel der Liebe auf Erden. Liebt die ganze Schöpfung Gottes, das Weltall wie auch jedes Sandkörnchen! Liebt jedes Blättchen, jeden Lichtstrahl Gottes! Liebt die Tiere, liebt die Pflanzen, liebt jedes Ding! Wenn du jedes Ding liebst, wirst du das Geheimnis Gottes in den Dingen erfassen. Und wenn du es einmal erfaßt hast, wirst du es immer mehr und tiefer erkennen, unaufhörlich, Tag für Tag. Und du wirst schließlich die ganze Welt mit allumfassender Liebe liebgewinnen. Liebt die Tiere! Ihnen hat Gott einen Anfang des Denkens gegeben und eine harmlose Lebensfreude. Trübt ihnen diese Freude nicht, quält sie nicht, nehmt ihnen nicht ihre Freude, handelt nicht der Absicht Gottes zuwider! Mensch, überhebe dich nicht über die Tiere: Sie sind frei von Sünde, du jedoch in all deiner Herrlichkeit besudelst die Erde durch dein Erscheinen und hinterläßt eine schmutzige Spur – fast ein jeder von uns tut das! Liebt ganz besonders die Kinder, denn auch sie sind frei von Sünde wie die Engel! Sie leben zu unserer Rührung, zur Läuterung unserer Herzen, als Hinweis für uns wie wir werden sollten. Wehe dem, der einem Kind etwas zuleide tut! Mich hat Vater Anfim Kinder lieben gelehrt. Dieser liebe, schweigsame Mensch kaufte auf unseren Pilgerfahrten manchmal für die Kopeken, die man uns gab, Pfefferkuchen und Kandiszucker für die Kinder. Er konnte an einem kleinen Kind nicht ohne seelische Ergriffenheit vorübergehen, so ein Mensch war er.

Bei manchem Vorhaben wirst du, besonders angesichts der Sündhaftigkeit der Menschen, im Zweifel sein und dich fragen: Soll ich zu Gewalt greifen oder zu demütiger Liebe? Entscheide dich stets für die demütige Liebe! Wenn du das ein für allemal tust, wirst du dir die ganze Welt unterwerfen können. Die demütige Liebe ist eine gewaltige Kraft, die stärkste, die es gibt, eine Kraft, der nichts gleichkommt. Täglich und stündlich, ja in jedem Augenblick achte auf dich, ob deine Miene auch sanft und freundlich ist. Da bist du an einem kleinen Kind vorbeigegangen mit ärgerlichem Gesicht, mit einem häßlichen Wort, mit zornerfülltem Herzen; du hast das Kind vielleicht gar nicht bemerkt – aber es hat dich gesehen, und dein böses, unfrommes Bild ist vielleicht in seinem wehrlosen Herzen haftengeblieben. Du hast das nicht gewußt, doch möglicherweise hast du in die Seele des Kindes ein schlechtes Samenkorn geworfen, und das wächst vielleicht – und alles nur, weil du dich dem Kind gegenüber nicht in acht genommen, weil du keine umsichtige, tatkräftige Liebe in deinem Herzen gehegt hast. Meine Brüder, die Liebe ist eine Lehrerin, aber man muß es verstehen, sie zu erwerben! Sie läßt sich nämlich nur schwer erwerben und muß teuer erkauft werden durch lange Arbeit: Man muß nicht nur für einen zufälligen Augenblick lieben, sondern für das ganze Leben. Zufällig lieben, das kann jeder, das tut sogar ein Bösewicht. Ein Jüngling, mein Bruder, hat einmal die Vögel um Verzeihung gebeten. Das scheint sinnlos und ist doch in der Ordnung, denn alles ist wie ein Ozean, alles fließt und berührt sich; an einer Stelle rührst du etwas an, und am anderen Ende der Welt findet es seinen Widerhall. Und selbst wenn es sinnlos sein sollte, die Vögel um Verzeihung zu bitten – die Vögel und die kleinen Kinder und alle lebenden Wesen würden sich doch in deiner Nähe wohler fühlen, sowie du freundlicher und liebenswürdiger bist als jetzt, sei es auch nur ein ganz klein wenig. Alles ist wie ein Ozean, sage ich euch. Du könntest also, von allumfassender Liebe getrieben, in einer Art von Begeisterung auch zu den Vögeln beten und sie bitten, dir deine Sünden zu verzeihen. Halte diese Begeisterung hoch, so sinnlos sie auch den Menschen scheinen mag.

Meine Freunde, bittet Gott um Frohsinn! Seid fröhlich wie die Kinder, wie die Vögel unter dem Himmel! Und laßt euch in eurem Tun nicht irremachen durch die Sünde der Menschen! Fürchtet nicht, daß sie eure Tätigkeit behindern und euch die Ausführung eurer Absichten unmöglich machen wird! Sagt nicht: »Die Sünde ist stark, stark ist die Gottlosigkeit, stark ist die häßliche Umgebung. Wir aber stehen allein und sind kraftlos, die schlechte Umgebung wird uns behindern und die Ausführung unserer edlen Absichten vereiteln.« Flieht diesen Kleinmut, liebe Kinder! Da gibt es nur eine Rettung, macht euch selbst für alle Sünden der Menschen verantwortlich! Mein Freund, das ist die Wahrheit. Sobald du dich selbst aufrichtig für alles und für alle verantwortlich gemacht hast, wirst du sogleich einsehen, daß es tatsächlich so ist, daß du an allen Sünden aller Menschen schuld bist. Sobald du jedoch den Menschen die Schuld an deiner Trägheit und Schwäche gibst, wird das am Ende dazu führen, daß du teuflischem Hochmut verfällst und gegen Gott murrst. Über den teuflischen Hochmut denke ich so: Schwer ist es für uns auf Erden, ihn auch nur zu erkennen; daher irren wir so leicht und verfallen ihm, während wir noch glauben, daß wir etwas Großes und Schönes tun. Überhaupt können wir einstweilen vieles von den stärksten Gefühlen und Regungen unserer Natur auf Erden nicht begreifen. Doch laß dich auch dadurch nicht verführen und glaube nicht, daß dir dies irgendwie als Entschuldigung dienen kann, denn der ewige Richter wird dich nach dem fragen, was du begreifen konntest, und nicht nach dem, was dir unbegreiflich war. Davon wirst du dich selbst überzeugen, und dann wirst du alles wahrheitsgemäß schauen und nicht mehr streiten können Auf der Erde gehen wir gleichsam in die Irre, und hätten wir nicht das kostbare Vorbild Christi vor Augen, würden wir ganz in die Irre geraten und zugrunde gehen wie das Menschengeschlecht vor der Sintflut. Vieles auf Erden ist uns verborgen, aber als Ersatz dafür ist uns das stille, geheime Gefühl gegeben, daß uns ein lebendiges Band mit einer anderen Welt verknüpft, mit einer höheren, himmlischen Welt. Auch die Wurzeln unserer Gedanken und Gefühle liegen nicht hier, sondern in anderen Welten. Das ist auch der Grund, weshalb die Philosophen sagen, daß wir das Wesen der Dinge auf Erden nicht begreifen können. Gott nahm Samenkörner aus anderen Welten und säte sie auf dieser

Erde, und es erwuchs sein Garten, und es ging alles auf, was aufgehen konnte. Leben und lebendig sein kann das Aufgegangene aber nur durch das Gefühl seiner Berührung mit anderen geheimnisvollen Welten. Wenn dieses Gefühl in dir schwach wird oder erstirbt, dann stirbt auch das, was in dir herangewachsen war. Dann wirst du dem Leben gegenüber gleichgültig werden und es sogar hassen. So denke ich darüber.

h) Kann man Richter über seinesgleichen sein? Über den Glauben bis ans Ende

Vor allem sei dir bewußt, daß du keines Menschen Richter sein kannst. Denn niemand auf Erden kann Richter eines Verbrechers sein, bevor er, der Richter, selbst erkennt, daß er genauso ein Verbrecher ist wie der, der da vor ihm steht, und daß er selbst an dessen Verbrechen vielleicht mehr Schuld trägt als alle anderen Menschen. Erst wenn er das begreift, kann er Richter werden. So unsinnig das klingen mag – es ist doch richtig. Denn wäre ich selbst ein Gerechter, würde es womöglich den Verbrecher, der da vor mir steht, überhaupt nicht geben. Wenn du es fertigbringst, das Verbrechen des vor dir stehenden und von deinem Herzen verurteilten Verbrechers auf dich zu nehmen, so nimm es unverzüglich auf dich und leide selbst für ihn – ihn aber entlaß ohne Vorwurf. Und wirke sogar dann soviel wie möglich in diesem Geist, wenn dich das Gesetz zu seinem Richter eingesetzt hat; denn er wird hingehen und sich selbst noch härter verdammen, als dein Gericht es vermocht hätte. Und wenn er mit deinem Kuß auf den Lippen weggeht und gefühllos bleibt und über dich spottet, laß dich auch dadurch nicht beirren. Das bedeutet nur, daß seine Stunde noch nicht gekommen ist; sie wird aber zu ihrer Zeit schon kommen. Sollte sie aber nicht kommen, so macht auch das nichts aus. Wenn nicht er, so wird ein anderer an seiner Statt zur Erkenntnis gelangen und leiden und sich selbst verurteilen, und die Gerechtigkeit wird erfüllt sein. Glaube daran, ohne zu zweifeln, denn gerade darin liegt die ganze Zuversicht und der ganze Glaube der Frommen.

Wirke unermüdlich! Wenn dir in der Nacht vor dem Einschlafen einfällt, daß du nicht verrichtet hast, was du hättest verrichten sollen, so steh sofort auf und verrichte es! Wenn böse, gefühllose Menschen um dich herum dich nicht hören wollen, fall vor ihnen nieder und bitte sie um Verzeihung, denn in Wahrheit bist auch du daran schuld, daß sie dich nicht hören wollen. Wenn du jedoch mit den Erbosten gar nicht mehr reden kannst, so diene ihnen schweigend und in Demut, ohne je die Hoffnung zu verlieren. Und wenn dich alle verlassen und mit Gewalt von sich stoßen, so daß du ganz allein bleibst, dann fall auf die Erde und küsse sie und benetze sie mit deinen Tränen, und die Erde wird fruchtbar werden von deinen Tränen, selbst wenn dich in deiner Einsamkeit niemand sah und hörte. Glaube bis ans Ende, sollten auch alle Menschen auf Erden vom rechten Weg abgewichen und du als einziger treu geblieben sein, bringe auch dann Gott dein Opfer dar und preise ihn, du, der einzige Treugebliebene! Doch wenn zwei von euch Gleichgesinnten sich zusammenfinden, dann bildet ihr schon eine ganze Welt, die Welt der lebendigen Liebe. Umarmt euch dann mit gerührtem Herzen und lobt den Herrn: Sofern euer auch nur zwei sind, ist seine Gerechtigkeit bereits erfüllt.

Wenn du selbst sündigst und über deine Sündhaftigkeit oder eine plötzliche Sünde von dir betrübt bist, sogar zu Tode betrübt, freu dich über einen anderen, freu dich über einen Gerechten. Freu dich, daß er gerecht und von Sünde frei geblieben ist, selbst wenn du gesündigt hast.

Wenn dich aber die Bosheit der Menschen so entrüstet und tief bekümmert, daß du sogar wünschst, dich an den Missetätern zu rächen, so fürchte dieses Gefühl mehr als alles andere! Geh dann sofort hin und such dir Qualen, als wärst du selbst an aller Bosheit der Menschen schuld. Nimm diese Qualen auf dich und ertrage sie, und dein Herz wird zur Ruhe kommen. Du wirst einsehen, daß auch du Schuld trägst, denn du hättest selbst als der einzige Sündlose den Missetätern leuchten können und hast es nicht getan. Wenn du geleuchtet hättest, wäre mit deinem Licht auch anderen der Weg erhellt worden, und der die Missetat vollbracht hat, hätte sie bei deinem Licht vielleicht nicht vollbracht. Und selbst wenn du geleuchtet hast und siehst, daß die Menschen auch bei deinem Licht nicht auf die Rettung ihrer Seele bedacht sind, bleib trotzdem fest und zweifle nicht an der Kraft des himmlischen Lichtes; glaube daran daß sie ihre Seelen später retten werden. Wenn sie aber auch später ihre Seelen nicht retten, so werden ihre Söhne sie retten, denn dein Licht wird nicht umkommen, auch wenn du selbst schon gestorben bist. Der Gerechte geht dahin, aber sein Licht bleibt. Die Menschen retten ihre Seelen immer noch nach dem Tod des Retters. Das Menschenvolk nimmt seine Propheten nicht freundlich auf, sondern bringt sie um; dennoch lieben die Menschen ihre Märtyrer und verehren die, welche gemartert worden sind. Du aber arbeitest für das Ganze, du wirkst für die Zukunft. Trachte nie nach Belohnungen; auch ohne sie wird dir nämlich schon ein großer Lohn auf dieser Erde zuteil: deine geistige Freude, die nur der Gerechte erlangt. Fürchte dich nicht vor den Vornehmen und Starken, sondern sei weise und immer freundlich! Lerne maßzuhalten und den rechten Zeitpunkt abzuwarten! Wenn du allein bist, bete! Wirf dich gern auf die Erde nieder und küsse sie. Küsse die Erde und liebe sie unermüdlich und unersättlich! Liebe alle Menschen! Liebe alles, trachte nach dieser grenzenlos begeisterten Verzückung. Benetze die Erde mit deinen Freudentränen und liebe diese Tränen! Schäme dich dieser Verzückung nicht, schätze sie hoch: Sie ist eine große Gabe Gottes, die nicht vielen gegeben wird, sondern nur den Auserwählten!

i) Über die Hölle und das Höllenfeuer. Eine mystische Betrachtung

Meine Väter und Lehrer! Ich überlege, was wohl die Hölle sein mag. Ich urteile darüber so: Sie ist der Schmerz darüber, daß man nicht mehr lieben kann. Nur einmal in dem unendlichen, weder durch Zeit noch Raum meßbaren Sein wird einem geistigen Wesen durch sein Erscheinen auf der Erde die Fähigkeit gegeben, zu sich zu sagen: Ich bin, und ich liebe! Einmal, nur einmal wird ihm Gelegenheit zu tätiger, lebendiger Liebe gegeben, und eben zu diesem Zweck wird ihm das irdische Leben gegeben und mit ihm eine bestimmte Spanne Zeit. Doch was geschieht? Dieses glückliche Wesen weist die unschätzbare Gabe von sich, es weiß sie nicht zu schätzen: Es liebt nicht, blickt spöttisch um sich und bleibt gefühllos. Ein solcher Mensch sieht, wenn er die Erde verlassen hat, den Schoß Abrahams und spricht mit Abraham, wie es uns in dem Gleichnis von dem reichen Mann und dem armen Lazarus gezeigt ist. Er schaut das Paradies und kann zu Gott hinaufsteigen – und seine Qual besteht gerade darin, daß er zum Herrn eingehen würde, ohne geliebt zu haben, daß er mit solchen, die geliebt haben, in Berührung kommen würde – er, der ihre Liebe mißachtet hat. Denn er sieht klar und sagt sich: Ich vermag jetzt zwar bereits zu erkennen und habe zwar schon das Bedürfnis zu lieben, doch meine Liebe wird keine Großtat, kein Opfer mehr sein. Denn das irdische Leben ist beendet, und Abraham wird nicht zu mir kommen, um auch nur mit einem Tropfen lebendigen Wassers – das heißt, indem mir das frühere, tätige irdische Leben von neuem verliehen würde – die Flamme meines Bedürfnisses nach Liebe zu kühlen, die Flamme, von der ich jetzt brenne, nachdem ich sie auf Erden verschmäht habe! Mein Leben ist aus, und es wird mir keine weitere Zeit mehr gegeben werden! Obgleich ich mich freuen würde, mein Leben für andere hinzugeben, ist das doch bereits unmöglich: Jenes Leben, das ich der Liebe hätte opfern können, ist vergangen, und jetzt liegt ein Abgrund zwischen jenem Leben und diesem Sein … Man redet oft von einem materiellen Höllenfeuer. Ich spüre diesem Geheimnis nicht nach, ich fürchte mich davor. Aber ich denke, wenn es wirklich ein materielles Feuer gäbe, würden sich die Verdammten in Wahrheit darüber freuen; denn ich stelle mir vor, daß sie in der materiellen Qual wenigstens für einen Augenblick die noch schlimmere seelische Qual vergessen würden. Und es ist unmöglich, sie von dieser seelischen Qual zu befreien, weil diese Qual nicht äußerlich ist, sondern sich in ihnen befindet. Aber selbst wenn es möglich wäre, sie davon zu befreien, würden sie dadurch nur noch unglücklicher. Denn würden ihnen auch die Gerechten aus dem Paradies beim Anblick ihrer Qualen vergeben und sie in ihrer unendlichen Liebe zu sich rufen – ihre Qualen würden gerade dadurch noch vermehrt, weil die Gerechten in ihnen die Flamme der Gier nach tätiger, dankbarer Liebe, die doch schon unmöglich ist, noch stärker anfachen würden. In der Schüchternheit meines Herzens denke ich jedoch, schon das Bewußtsein dieser Unmöglichkeit würde ihnen schließlich eine Erleichterung gewähren. Indem sie die Liebe der Gerechten ohne die Möglichkeit einer Erwiderung annehmen, würden sie in dieser Ergebung und in der Wirkung dieser Demut nämlich ein Abbild jener tätigen Liebe finden, die sie auf Erden verschmäht haben: etwas, was der Wirkung von Liebe ähnelt. Es tut mir leid, meine Brüder und Freunde, daß ich das nicht deutlich auszudrücken verstehe … Wehe aber denen, die sich auf Erden selbst vernichten! Wehe den Selbstmördern! Ich denke, daß es niemand geben kann, der unglücklicher wäre als sie. Es ist Sünde, wird uns gelehrt, für sie zu beten, und die Kirche schließt sie auch formell aus, doch ich denke im geheimsten Winkel meiner Seele, daß man auch für sie beten darf. Solche Liebe kann Christus ja nicht erzürnen. Ich habe mein ganzes Leben im stillen für diese Menschen gebetet: Das beichte ich euch, meine Väter und Lehrer! Und auch jetzt bete ich täglich für sie.

Oh, es gibt in der Hölle auch solche, die stolz und wild gewesen sind, obwohl sie die unwiderlegliche Wahrheit ohne Widerspruch erkannten und anerkannten – es gibt schreckliche Menschen, die sich dem Satan und dem stolzen Geist völlig ausgeliefert haben. Für sie ist die Hölle ein selbstgewählter Aufenthalt, wo sie in ihrer Halsstarrigkeit für immer bleiben: Sie sind Märtyrer nach ihrem eigenen Willen. Denn sie haben sich selbst verflucht, indem sie Gott und das Leben verfluchten. Sie nähren sich von ihrem bösen Stolz, so wie ein Hungernder in der Wüste sein eigenes Blut aus seinem eigenen Leib saugt. Aber sie sind halsstarrig in alle Ewigkeit und weisen die Verzeihung zurück und verfluchen Gott, der sie ruft. Einen lebendigen Gott können sie sich nicht vorstellen, ohne ihn zu hassen; daher fordern sie, Gott soll kein Leben haben, sondern sich und seine ganze Schöpfung vernichten. Und sie werden bis in alle Ewigkeit im Feuer ihres Zornes brennen und nach Tod und Nichtsein dürsten. Aber sie werden den Tod nicht erlangen.

Hier endet das Manuskript Alexej Fjodorowitsch Karamasows. Ich wiederhole, es ist nicht vollständig, sondern enthält nur Bruchstücke. Die biographischen Berichte zum Beispiel umfassen nur die früheste Jugendzeit des Starez. Aus seinen Belehrungen ist vieles, was augenscheinlich zu verschiedenen Zeiten und bei unterschiedlichen Anlässen ausgesprochen worden war, zu einem einheitlich scheinenden Ganzen zusammengestellt worden. Was der Starez gerade in den letzten Stunden seines Lebens gesagt hat, ist mit voller Genauigkeit nicht wiederzugeben. Man erhält hier, nimmt man hinzu, was in Alexej Fjodorowitschs Manuskript aus den früheren Belehrungen angeführt ist, nur einen Begriff von Geist und Charakter auch dieses Gesprächs.

Das Ende des Starez trat dann ganz unerwartet ein. Zwar wußten alle, die sich an diesem letzten Abend bei ihm versammelt hatten, daß sein Tod nahe war, doch konnten sie sich nicht vorstellen, daß er so plötzlich eintreten würde, im Gegenteil. Da ihn seine Freunde in dieser Nacht anscheinend so frisch und zum Sprechen aufgelegt sahen, waren sie sogar davon überzeugt, in seinem Befinden sei eine merkliche Besserung zu verzeichnen, wenn auch nur für kurze Zeit. Selbst noch fünf Minuten vor seinem Ende war nichts dergleichen zu befürchten, wie sie später erstaunt berichteten. Er schien auf einmal einen sehr starken Schmerz in der Brust zu fühlen, wurde blaß und drückte die Hände fest gegen das Herz. Alle erhoben sich und drängten sich um ihn, er aber blickte sie, wenn auch leidend, immer noch mit einem Lächeln an, ließ sich sacht vom Lehnstuhl auf den Fußboden gleiten und kniete nieder. Dann beugte er sich mit dem Gesicht zur Erde, breitete die Arme aus, küßte wie in freudiger Verzückung die Erde und betete, wie er es gelehrt hatte. So gab er still und froh seine Seele Gott zurück.

Die Nachricht von seinem Tod verbreitete sich unverzüglich in der Einsiedelei und auch im Kloster. Diejenigen, die dem Verstorbenen am nächsten gestanden hatten, und die, denen es nach ihrem Rang zukam, begannen nach altem Brauch, seinen Leichnam zurechtzumachen, während sich die gesamte Brüderschaft in der Klosterkirche versammelte. Und noch vor Tagesanbruch erreichte, wie man später hörte, die Kunde von dem Hinscheiden des Starez die Stadt. Am Morgen sprach fast die ganze Stadt von diesem Ereignis, und eine große Zahl von Einwohnern strömte zum Kloster. Doch davon soll im folgenden Buch die Rede sein; jetzt sei nur soviel gesagt: Der Tag war noch nicht vergangen, als etwas geschah, was für alle so unerwartet kam und innerhalb des Klosters und in der Stadt einen so seltsamen, beunruhigenden, verwirrenden Eindruck machte, daß sich eine lebendige Erinnerung an jenen aufregenden Tag über viele Jahre bis heute in der Stadt erhalten hat.

Dritter Teil

Siebtes Buch

Aljoscha

1. Verwesungsgeruch

Die Leiche des entschlafenen Priestermönchs Vater Sossima wurde in der vorgeschriebenen Weise zur Beerdigung zurechtgemacht. Verstorbene Mönche werden bekanntlich nicht gewaschen, gleichgültig ob sie nach der allgemeinen oder der strengsten Regel gelebt haben. »So einer von den Mönchen zum Herrn geht«, heißt es im großen Trebnik, »reibe der dazu bestimmte Mönch den Leichnam mit warmem Wasser ab, nachdem er zuvor mit dem Schwamm ein Kreuz auf der Stirn, der Brust, den Händen und den Füßen des Verstorbenen gemacht hat; damit soll es genug sein.« Alles dies verrichtete bei dem Entschlafenen Vater Paissi selbst. Nach dem Abreiben zog er ihm sein Mönchsgewand an und umwickelte ihn mit dem Mantel, wobei er diesen gemäß der Vorschrift etwas auseinanderschnitt, um ihn kreuzförmig herumwickeln zu können. Über den Kopf zog er ihm eine Kapuze mit dem achteckigen Kreuz. Die Kapuze wurde offengelassen, das Gesicht des Toten aber mit einem schwarzen Tuch bedeckt. In die Hände wurde ihm ein Bild des Erlösers gelegt. Auf diese Weise zugerüstet, wurde er am Morgen in den Sarg gebettet, der schon lange vorher fertiggestellt war. Es bestand die Absicht, den Sarg den ganzen Tag in der Zelle stehenzulassen, das heißt in dem ersten, größeren Zimmer, in dem der verstorbene Starez die Brüderschaft und die Weltlichen empfangen hatte. Da der Entschlafene dem Rang nach ein Priestermönch strengster Regel war, hatten die Priestermönche und Diakone an seinem Sarg nicht den Psalter, sondern die Evangelien zu lesen. Mit dem Lesen begann gleich nach der Totenmesse Vater Jossif; denn Vater Paissi, der danach den ganzen

Tag und die ganze Nacht selbst zu lesen wünschte, hatte wie der Vorsteher der Einsiedelei gerade noch viel zu tun und außerdem den Kopf voll Sorgen. Unter der Brüderschaft des Klosters und bei den Weltlichen, die scharenweise aus dem Klostergasthof und aus der Stadt herbeikamen, machte sich nämlich immer stärker etwas Ungewöhnliches bemerkbar, eine ganz besondere, beinahe »ungehörige« Erregung und Ungeduld. Der Vorsteher und Vater Paissi bemühten sich nach Kräften, die Menschen zu beruhigen. Als es schon hell genug geworden war, kamen sogar Leute aus der Stadt mit ihren kranken Angehörigen, namentlich Kindern, als hätten sie absichtlich diesen Augenblick abgewartet. Sie vertrauten offensichtlich auf die Heilkraft des Leichnams, die sich nach ihrem Glauben sofort äußern mußte. Und erst jetzt trat klar zutage, bis zu welchem Grad sich alle bei uns daran gewöhnt hatten, den Starez noch zu seinen Lebzeiten für einen unzweifelhaft großen Heiligen zu halten. Und die da kamen, waren keineswegs nur Leute aus dem einfachen Volk. Diese große Erwartung der Gläubigen, die sich so eilig und unverhüllt, so ungeduldig und beinahe anspruchsvoll bekundete, erschien Vater Paissi als unbestreitbares Ärgernis, das er zwar schon lange vorhergeahnt hatte, das aber in Wirklichkeit seine Erwartungen weit überstieg. Aufgeregte Mönche, denen er begegnete, schalt Vater Paissi sogar ernstlich. »So unverzüglich etwas Großes zu erwarten«, sagte er, »das ist eine Leichtfertigkeit, die nur bei Weltlichen statthaft ist, uns jedoch nicht geziemt!« Aber sie hörten wenig auf ihn, und Vater Paissi bemerkte das beunruhigt. Um allerdings die Wahrheit zu sagen: Sosehr er sich über diese gar zu ungeduldigen Erwartungen ärgerte und sie leichtfertig und voreilig fand – im stillen, im tiefsten Winkel der Seele erwartete er doch fast dasselbe wie diese erregten Menschen, und er konnte nicht umhin, sich das selbst einzugestehen. Nichtsdestoweniger waren ihm einige Begegnungen besonders unangenehm und erregten in einer Art von Vorahnung seine Bedenken. Zum Beispiel bemerkte er mit großem Widerwillen, weswegen er sich sofort Vorwürfe machte, unter der Menge, die sich in der Zelle des Entschlafenen drängte, Rakitin und den Mönch aus dem fernen

Obdorsk, der sich noch immer im Kloster aufhielt. Vater Paissi hielt beide sofort aus irgendwelchem Grund für verdächtig, obgleich sie nicht die einzigen waren, die einem in diesem Sinn auffallen konnten. Der Mönch aus Obdorsk zeichnete sich unter allen durch die größte Geschäftigkeit aus; er war überall zu sehen, an allen Orten; überall erkundigte er sich, überall horchte er, überall flüsterte er mit besonders geheimnisvoller Miene. Sein Gesicht drückte größte Ungeduld aus, und er schien gereizt, weil das lange Erwartete nicht eintrat. Rakitin hingegen hatte sich, wie sich nachher herausstellte, in speziellem Auftrag von Frau Chochlakowa so früh in der Einsiedelei eingefunden. Diese gutherzige, aber charakterlose Dame, die selbst die Einsiedelei nicht betreten durfte, hatte nach dem Aufwachen kaum vom Tod des Starez gehört, als sie auch schon von so brennender Neugier gepackt wurde, daß sie sofort Rakitin mit dem Auftrag in die Einsiedelei abkommandierte, alles zu beobachten und ihr etwa alle halbe Stunden brieflich zu melden, was dort vorging. Sie hielt Rakitin nämlich für einen höchst gottesfürchtigen jungen Mann – so gut verstand er mit den Leuten umzugehen und jedem in dem Licht zu erscheinen, das dessen Wünschen entsprach, falls er auch nur den geringsten Vorteil für sich darin erblickte.

Es war ein klarer, heller Tag, und viele von den Anwesenden drängten sich zwischen den Gräbern, die über die ganze Einsiedelei verstreut lagen, besonders dicht aber um die Kirche herum.

Als Vater Paissi durch die Einsiedelei ging, mußte er auf einmal an Aljoscha denken; er hatte ihn lange nicht gesehen, seit der Nacht nicht. Doch kaum hatte er an ihn gedacht, sah er ihn im entferntesten Winkel der Einsiedelei auf dem Grabstein eines längst verstorbenen, durch seine Großtaten berühmten Mönchs sitzen. Er saß mit dem Rücken zur Einsiedelei und schien sich hinter dem Grabmal verbergen zu wollen. Vater Paissi trat näher und bemerkte, daß er das Gesicht mit beiden Händen bedeckt hielt und lautlos, aber bitterlich weinte, so daß sein ganzer Körper von dem Schluchzen erschüttert wurde. Vater Paissi blieb ein Weilchen neben ihm stehen.

»Hör auf, lieber Sohn! Hör auf, mein Freund!« sagte er endlich mit herzlicher Teilnahme. »Was hast du? Freue dich, weine nicht! Oder weißt du nicht, daß dieser Tag der größte seiner Tage ist? Denk doch nur daran, wo er jetzt ist!«

Aljoscha nahm die Hände vom Gesicht, das wie bei einem kleinen Kind vom Weinen geschwollen war, und sah ihn einen Augenblick an. Doch wandte er sich sogleich, ohne ein Wort zu sagen, wieder ab und bedeckte das Gesicht wieder mit den Händen.

»Nun, meinetwegen, auch gut«, sagte Vater Paissi nachdenklich. »Weine meinetwegen, Christus hat dir diese Tränen gesandt.«

›Diese Tränen der Rührung werden deiner Seele zur Erholung dienen und dein liebes Herz wieder fröhlich machen!‹ fügte er für sich hinzu, als er Aljoscha verließ. Übrigens tat er das absichtlich, möglichst schnell, denn er fühlte, auch er könnte bei Aljoschas Anblick am Ende noch anfangen zu weinen.

Unterdessen verging die Zeit; die Gottesdienste und Totenmessen für den Entschlafenen nahmen in der vorgeschriebenen Ordnung des Klosters ihren Fortgang. Vater Paissi löste Vater Jossif am Sarg wieder im Lesen des Evangeliums ab. Aber es war noch nicht drei Uhr nachmittags geworden, als sich das ereignete, worauf ich schon am Ende des vorigen Buches hingewiesen habe: etwas, das für alle so unerwartet kam und den allgemeinen Hoffnungen so sehr zuwiderlief, daß dieser Vorgang mit allen nebensächlichen Einzelheiten im Gedächtnis der Bewohner unserer Stadt und der ganzen Umgegend bis auf den heutigen Tag lebendig geblieben ist. Ich füge hier nochmals von mir aus hinzu: Es widerstrebt mir eigentlich, dieses nichtige, ärgerliche Ereignis zu erwähnen, das in Wirklichkeit gar keine Bedeutung und ganz natürliche Ursachen hatte. Ich würde es in meiner Erzählung sicherlich ganz übergehen, wenn es nicht in bestimmter Weise stark auf Seele und Herz des Hauptthelden, wenigstens des künftigen Hauptthelden meiner Erzählung, nämlich Aljoschas, gewirkt hätte, indem es in seiner Seele gleichsam einen Umschwung herbeiführte, wodurch sein Geist zwar erschüttert, aber auch endgültig fürs Leben gekräftigt und zum Streben nach einem bestimmten Ziel befähigt wurde.

Als man noch vor Tagesanbruch den zur Beerdigung zurechtgemachten Leichnam in den Sarg gelegt und in das frühere Empfangszimmer gebracht hatte, warf jemand von den Anwesenden die Frage auf, ob das Fenster im Zimmer geöffnet werden sollte. Doch diese nur nebenbei gestellte Frage blieb unbeantwortet und beinahe unbeachtet; und wer sie gehört hatte, dachte im stillen, daß es reine Torheit sei, von dem Leichnam eines solchen Toten Verwesung und Verwesungsgeruch zu erwarten, und daß der geringe Glaube und die Leichtfertigkeit des Fragenden nur Mitleid, wenn nicht Spott, verdiene. Denn man erwartete das genaue Gegenteil davon.

Und siehe da, kurz nach Mittag begann etwas, was die Anwesenden anfangs nur schweigend und still für sich wahrnahmen, wobei man jedem ansehen konnte, daß er sich scheute, jemandem diese Wahrnehmung mitzuteilen. Gegen drei Uhr nachmittags jedoch wurde dieses Etwas schon so deutlich bemerkbar, daß sich die Nachricht davon schnellstens bei den Bewohnern der Einsiedelei und den Besuchern verbreitete, dann auch im Kloster unter den Mönchen und endlich in ganz kurzer Zeit auch in der Stadt, wo sie bei allen, Gläubigen wie Ungläubigen, eine starke Erregung hervorrief. Die Ungläubigen freuten sich; und was die Gläubigen betraf, so fanden sich unter ihnen manche, die sich sogar noch mehr freuten als die Ungläubigen: »Die Menschen freuen sich über den Fall und die Schmach des Gerechten«, wie der verstorbene Starez selbst in einer seiner Belehrungen gesagt hatte.

Die Sache war die, daß von dem Sarg allmählich ein Verwesungsgeruch ausging, der sich immer stärker bemerkbar machte. Und nun trug sich infolge dieses Ereignisses unter den Mönchen ein grober Skandal zu, wie er lange nicht dagewesen war; ja aus der ganzen bisherigen Geschichte unseres Klosters konnte man sich auf dergleichen nicht besinnen – und in einem anderen Fall wäre so etwas auch undenkbar gewesen. Wenn sich später, noch nach vielen Jahren, einige Verständige unter unseren Mönchen an diesen ganzen Tag mit allen Einzelheiten erinnerten, dann waren sie erstaunt und entsetzt darüber, wie das Ärgernis damals einen solchen Grad hatte erreichen können. Denn auch früher waren Mönche von beispielhaftem Lebenswandel gestorben, gottesfürchtige Starzen, deren Gerechtigkeit allen vor Augen gestanden hatte, und doch war von ihren bescheidenen Särgen in ganz natürlicher Weise, wie bei allen Toten, ein Verwesungsgeruch ausgegangen. Und das hatte kein Ärgernis, ja nicht einmal die geringste Aufregung hervorgerufen.

Allerdings gab es auch bei uns einige Tote, deren Andenken sich im Kloster lebendig erhalten hatte und deren Überreste, nach der Überlieferung auch nach langer Zeit keine Spuren von Verwesung erkennen ließen; das übte auf die Brüderschaft eine erbauliche, geheimnisvolle Wirkung aus und haftete in ihrem Gedächtnis als etwas Herrliches und Wunderbares: als die Verheißung, von den Särgen dieser Toten würden künftig noch größere Ruhmestaten ausgehen, sobald nach Gottes Willen die Zeit dafür gekommen war. Es hatte sich besonders die Erinnerung an den Starez Hiob erhalten, einen großen Faster und Schweiger, der im Alter von einhundertfünf Jahren vor langer Zeit, schon im zweiten Jahrzehnt dieses Jahrhunderts, gestorben war, und dessen Grab man mit außerordentlicher Ehrfurcht allen Pilgern, die zum erstenmal in die Einsiedelei kamen, unter geheimnisvollen Andeutungen gewisser großer Hoffnungen zu zeigen pflegte. Das war übrigens jenes Grab, auf dem Vater Paissi am Vormittag Aljoscha angetroffen hatte. Außerdem war eine solche Erinnerung noch an einen anderen Starez lebendig geblieben, an den vor nicht allzu langer Zeit verstorbenen Priestermönch Vater Warsonofi, von welchem Vater Sossima die Starezwürde übernommen hatte und den zu seinen Lebzeiten alle Andächtigen, die ins Kloster kamen, geradezu für einen religiösen Irren gehalten hatten. Von ihnen beiden hatte sich die Überlieferung erhalten, sie hätten in ihren Särgen wie lebend dagelegen und seien völlig unverwest begraben worden, und es habe sogar geschienen, als ob ihre Gesichter im Sarg leuchteten. Manche erinnerten sich sogar mit aller Bestimmtheit, daß von ihren Leichen ein deutlich wahrnehmbarer Wohlgeruch ausgegangen sei. Doch trotz dieser bedeutsamen Erinnerungen fällt es schwer, die Ursache anzugeben, warum sich am

Sarg des Starez Sossima so eine leichtfertige, absurde, böse Szene abspielen konnte.

Ich nehme an, hier kam gleichzeitig noch vieles andere hinzu, und viele verschiedene Ursachen wirkten zusammen. Zu diesen gehörte zum Beispiel auch jene festgewurzelte Feindschaft gegen das Starzentum als eine schädliche Neuerung, eine Feindschaft, die noch immer tief im Herzen vieler Mönche des Klosters verborgen lag. Ferner war die Hauptsache natürlich der Neid auf die Heiligkeit des Entschlafenen, an die man zu seinen Lebzeiten so fest geglaubt hatte, daß es damals unerlaubt schien, auch nur ein Wort dagegen zu sagen. Obgleich sich der Starez weniger durch Wunder als vielmehr durch seine Liebe viele Anhänger erworben und um sich gleichsam eine ganze Gemeinde liebender Verehrer gebildet hatte, besaß er doch auch Neider und erbitterte Feinde, offene und heimliche, und nicht nur unter den Klosterleuten, sondern auch unter den Weltlichen. Niemandem hatte er jemals Schaden zugefügt; trotzdem hieß es: »Warum hält man ihn für einen Heiligen?« Und allein diese oft wiederholte Frage erzeugte schließlich einen Abgrund von unersättlichstem Zorn. Das war meiner Ansicht nach der Grund, weshalb viele sich maßlos freuten, als sie den Verwesungsgeruch wahrnahmen, der von seinem Leichnam ausging, und zwar so bald, denn es war noch nicht einmal ein Tag seit seinem Tod vergangen; und andererseits fühlten sich einige von denen, die dem Starez ergeben gewesen waren und ihn bisher geachtet hatten, durch dieses Ereignis beinahe persönlich gekränkt.

Der Verlauf der Sache war im einzelnen folgender: Kaum hatte sich der Verwesungsgeruch bemerkbar gemacht, konnte man auch schon an der Miene der hereinkommenden Mönche erkennen, wieso sie kamen. So einer trat herein, stand einen Augenblick und ging wieder hinaus, um den anderen, die dicht gedrängt draußen warteten, die bereits gehörte Nachricht zu bestätigen. Manche von den Wartenden wiegten betrübt die Köpfe; andere aber versuchten nicht einmal mehr, ihre Freude zu verbergen, die deutlich in ihren boshaften Blicken leuchtete. Und niemand schalt sie, niemand legte ein gutes Wort für den Verstorbenen ein, was recht verwunderlich war; immerhin bildeten jene, die dem Starez ergeben gewesen waren, im Kloster die Mehrheit. Offenbar ließ es Gott jedoch selbst zu, daß diesmal die Minderheit eine Zeitlang die Oberhand hatte. Bald erschienen in der Zelle auch Weltliche, größtenteils gebildete Leute. Einfache Menschen kamen nur wenige, obgleich sich viele am Tor der Einsiedelei drängten. Unzweifelhaft nahm gleich nach drei Uhr der Andrang der weltlichen Besucher stark zu, und zwar eigens infolge der aufsehenerregenden Kunde. Solche, die vielleicht an diesem Tag überhaupt nicht gekommen wären, kamen nun gerade, unter ihnen einige Personen von hohem Rang. Übrigens wurde der Anstand äußerlich noch nicht verletzt, und Vater Paissi las mit fester, deutlicher Stimme und strenger Miene weiter laut das Evangelium, wie wenn er nichts bemerkte, obwohl er schon längst etwas Ungewöhnliches wahrgenommen hatte. Aber da drangen auch an sein Ohr Stimmen, zuerst noch ganz leise, doch allmählich fester und dreister: »Also ist Gottes Urteil ein anderes als das der Menschen!« hörte Vater Paissi auf einmal jemand sagen. Der dies als erster laut sagte, war ein Beamter aus der Stadt, ein älterer und bekanntermaßen sehr gottesfürchtiger Mann; er wiederholte damit nur, was die Mönche einander schon längst ins Ohr gesagt hatten. Das Schlimmste war, daß diese Äußerungen einen beinahe triumphierenden Beiklang hatten, der mit jeder Minute stärker wurde. Bald darauf jedoch schienen sich alle gewissermaßen berechtigt zu fühlen, nun auch nach außen hin den Anstand zu verletzen.

»Wie konnte denn das geschehen?« fragten einige Mönche, anfangs wie bedauernd. »Er hatte doch nur einen kleinen, hageren Körper, und das Fleisch war an den Knochen angetrocknet. Woher kann da nur der Geruch kommen?«

»Man sieht, daß Gott absichtlich einen Hinweis geben wollte«, fügten andere eilig hinzu, und ihre Meinung wurde sofort ohne Widerspruch akzeptiert.

Es wurde wiederum darauf hingewiesen, das Auftreten von Geruch sei zwar natürlich wie bei jedem Toten, doch erst später, nicht mit so offenkundiger Beschleunigung, frühestens nach vierundzwanzig Stunden. »Dieser hier ist aber der Natur vorausgeeilt, also ist das Gottes Werk, ein absichtlicher Fingerzeig von Ihm: Er wollte einen Hinweis geben.« Dieses Urteil machte einen unwiderstehlichen Eindruck.

Der sanfte Priestermönch und Bibliothekar Vater Jossif, der Liebling des Verstorbenen, erwiderte einigen, die solche häßlichen Reden führten, daß die Leiber der Gerechten nicht verwesen könnten, sei kein Dogma in der rechtgläubigen Kirche, sondern nur eine Meinung; sogar in den rechtgläubigsten Gegenden, zum Beispiel auf dem Berg Athos, nehme man an Verwesungsgeruch keinen Anstoß; als Hauptkriterium der Verherrlichung der Erlösten gelte dort nicht das Ausbleiben der Verwesung, sondern die Farbe ihrer Knochen, wenn die Leichen schon viele Jahre in der Erde gelegen haben: Wenn die Knochen gelb wie Wachs geworden seien, so sei dies das wichtigste Zeichen dafür, daß Gott den entschlafenen Gerechten verherrlicht habe. Seien sie jedoch schwarz geworden, so bedeute dies, Gott habe den Betreffenden nicht dieses Ruhmes gewürdigt. »So ist das auf dem Athos, an dem heiligen Ort, wo sich der rechte Glaube von alters her unerschütterlich und in hellster Reinheit erhalten hat!« schloß Vater Jossif.

Aber die Worte des demütigen Vaters machten keinen Eindruck, sondern riefen sogar höhnischen Widerspruch hervor.

»Das sind alles nur gelehrsame Neuerungen, das sollte man sich gar nicht erst anhören!« urteilten die Mönche unter sich. »Bei uns geht es nach altem Brauch zu! Was kommen jetzt nicht alles für Neuerungen auf – soll man die alle nachmachen? Bei uns hat es nicht weniger heilige Väter gegeben als bei denen da!«

»Die leben da unter türkischem Joch und haben alles vergessen. Auch die Rechtgläubigkeit ist bei ihnen schon längst getrübt! Und sie haben nicht einmal Glocken!« fügten die schlimmsten Spötter noch hinzu.

Vater Jossif ging bekümmert beiseite, zumal er seine Meinung auch nicht mit allzu großer Festigkeit vorgetragen hatte, als ob er selbst nicht recht daran glaubte. Und mit Bestürzung gewahrte er, daß etwas sehr Ungebührliches seinen Anfang nahm und daß wirklicher Ungehorsam sein Haupt erhob.

Allmählich verstummten auch alle anderen vernünftigen Stimmen. Und es schien, als hätten alle, die den verstorbenen Starez geliebt und die Institution des Starez gehorsam gebilligt hatten, auf einmal wegen irgend etwas einen furchtbaren Schreck bekommen, als würden sie einander nur scheu und flüchtig ansehen, wenn sie sich begegneten. Diejenigen aber, die dem Starzentum als einer Neuerung feind waren, erhoben nun stolz das Haupt.

»Von dem verstorbenen Starez Warsonofi ging kein Verwesungsgestank, sondern Wohlgeruch aus«, sagten sie schadenfroh. »Doch das hatte er nicht dadurch verdient, daß er ein Starez war, sondern dadurch, daß er ein Gerechter war.«

Und Schmähreden und sogar schärfste Verdammungsurteile ergossen sich jetzt geradezu über den toten Starez: »Er hat Irrlehren verbreitet! Er lehrte, das Leben sei heitere Freude und keine tränenvolle Schule der Demut!« sagten einige besonders Törichte. »Er glaubte nach der neuen Mode und leugnete das materielle Feuer in der Hölle«, pflichteten ihnen noch Törichtere bei. »Er hielt die Fasten nicht streng ein, erlaubte sich Süßigkeiten, aß Kirschkompott zum Tee, das liebte er sehr, die Damen schickten ihm oft welches. Darf ein Mönch strengster Regel überhaupt Tee trinken?« ließen sich einige Neider vernehmen. »Voller Stolz thronte er auf seinem Stuhl!« bemerkten die Schadenfrohen mit grausamer Freude. »Für einen Heiligen hielt er sich. Auf die Knie fielen die Menschen vor ihm, und das nahm er hin, als ob es ihm zustände!« – »Das Sakrament der Beichte hat er mißbraucht«, fügten die eifrigsten Gegner des Starzentums boshaft hinzu, und sie gehörten meist zu den bejahrtesten und pflichtstrengsten Mönchen, zu den echten Fastern und Schweigern. Zu Lebzeiten des Entschlafenen hatten sie geschwiegen, jetzt öffneten sie auf einmal ihre Lippen. Und das war besonders bedenklich, da ihre Worte auf die jungen, noch ungefestigten Mönche eine starke Wirkung ausübten.

Sehr eifrig horchte auf alles auch der Gast aus Obdorsk, der Mönch vom heiligen Silvester. Er seufzte tief und wiegte den Kopf hin und her. ›Ja, da hat Vater Ferapont gestern offenbar doch richtig geurteilt‹, dachte er im stillen, und gerade in diesem Augenblick erschien Vater Ferapont – wie absichtlich, um die Erregung noch zu steigern.

Ich habe bereits erwähnt, daß er seine kleine hölzerne Zelle am Bienenstand nur selten verließ, daß er oft sogar lange Zeit nicht in der Kirche erschien und daß man ihm dies wie einem religiösen Irren durchgehen ließ und ihn nicht an die für alle gültige Regel band. Doch um die ganze Wahrheit zu sagen, man ließ ihm dies alles mit einer gewissen Notwendigkeit durchgehen. So einen großen Faster und Schweiger, der Tag und Nacht betete und sogar im Knien schlief, mit der allgemein verbindlichen Regel zu belästigen, wenn er sich ihr nicht selbst unterordnen wollte – das hätte Anstoß erregt. »Er ist ohnehin frommer als wir alle und erfüllt Schwereres, als die Regel verlangt«, hätten die Mönche gesagt. »Wenn er nicht in die Kirche geht, wird er schon wissen warum – er hat seine eigenen Regeln.« Und so ließ man denn Vater Ferapont in Ruhe. Den Starez Sossima hatte Vater Ferapont, wie allen bekannt war, überhaupt nicht leiden können; und nun war auch in seine Zelle die Kunde gedrungen, Gottes Urteil weiche von dem der Menschen ab, und der Starez sei sogar der Natur vorausgeeilt. Es ist wohl anzunehmen, daß einer der ersten, die ihm diese Nachricht überbrachten, der Gast aus Obdorsk war, der ihn am vorherigen Tag besucht hatte und so befremdet von ihm weggegangen war. Ich habe auch erwähnt, daß Vater Paissi, der fest und unerschütterlich am Sarg stand und las, zwar nicht sehen und hören konnte, was außerhalb der Zelle vorging, doch das Wesentlichste richtig erahnte: Er kannte seine Umgebung durch und durch. In Angst ließ er sich dadurch nicht versetzen; er erwartete furchtlos alles, was sich noch ereignen konnte, und verfolgte mit scharfem Blick den weiteren Verlauf der Erregung, der sich seinem geistigen Auge bereits darbot.

Aus dem Flur ertönte plötzlich ungewöhnlicher Lärm, der schon offenkundig den Anstand verletzte. Die Tür wurde weit aufgerissen, und auf der Schwelle erschien Vater Ferapont. Hinter ihm, an den Stufen vor der Eingangstür, drängten sich, wie man von der Zelle aus deutlich, sehen konnte, viele Mönche und mit ihnen auch Weltliche. Diese Begleiter traten jedoch nicht ein und stiegen auch nicht die Stufen hinauf, sondern blieben stehen und warteten ab, was Vater Ferapont weiter tun würde, denn sie ahnten – und befürchteten es bei aller Vermessenheit sogar –, daß er nicht ohne besondere Absicht gekommen war. Auf der Schwelle stehenbleibend, hob Vater Ferapont die Arme; unter seinem rechten Arm blickten die scharfen, neugierigen Augen des Gastes aus Obdorsk hervor, der aus übergroßer Neugier als einziger hinter Vater Ferapont mit heraufgelaufen war. Die übrigen waren plötzlich angstvoll noch weiter zurückgewichen, als die Tür geräuschvoll aufgerissen wurde.

Vater Ferapont brüllte mit erhobenen Armen: »Ich treibe dich aus!« und begann abwechselnd nach allen vier Himmelsrichtungen zu den Wänden und allen vier Ecken der Zelle Kreuze zu schlagen. Dies verstanden seine Begleiter sogleich; sie wußten, daß er das tat, wohin immer er kam, daß er sich nicht setzte und kein Wort redete, bevor er den Teufel ausgetrieben hatte.

»Weiche von hinnen, Satanas, weiche von hinnen!« wiederholte er bei jedem Kreuz, das er schlug. »Ich treibe dich aus!«

Er trug seine grobe Kutte, umgürtet mit einem Strick. Unter dem Hanfhemd war seine nackte, mit grauen Haaren bewachsene Brust sichtbar. Seine Füße waren vollständig nackt. Bei jeder Armbewegung klirrten die schweren Büßerketten, die er unter der Kutte trug.

Vater Paissi unterbrach das Lesen, trat ihm entgegen und blieb abwartend vor ihm stehen.

»Warum bist du gekommen, ehrwürdiger Vater? Warum verletzt du den Anstand? Warum verwirrst du die friedliche Herde?« sagte er endlich mit strengem Blick.

»Warum ich gekommen bin? Das fragst du noch? Was glaubst du?« schrie Vater Ferapont wie ein Irrsinniger. »Ich bin gekommen, eure Gäste, die unreinen Teufel, auszutreiben. Ich sehe, es haben sich in meiner Abwesenheit ihrer viele angesammelt. Mit einem Birkenbesen will ich sie ausfegen.«

»Du treibst den Teufel aus und dienst ihm vielleicht selbst!« fuhr Vater Paissi furchtlos fort. »Wer kann von sich sagen: Ich bin heilig. Du etwa, Vater?«

»Unrein bin ich, nicht heilig. Aber auf einen Lehnstuhl setze ich mich nicht, und ich lasse nicht zu, daß die Leute vor mir niederfallen wie vor einem Götzenbild!« donnerte Vater Ferapont. »Heutzutage richten die Menschen den heiligen Glauben zugrunde. Der Verstorbene, euer Heiliger«, wandte er sich an die Menge und deutete mit dem Finger auf den Sarg, »hat die Teufel geleugnet. Gegen die Teufel hat er ein Abführmittel gegeben. Da haben sie sich nun bei euch eingenistet wie die Spinnen in den Ecken. Aber heute hat er selbst angefangen zu stinken. Wir sehen darin einen bedeutungsvollen Fingerzeig Gottes!«

Das war zu Vater Sossimas Lebzeiten wirklich einmal geschehen. Einer der Mönche hatte oft vom Teufel geträumt, und zuletzt hatte er ihn auch in wachem Zustand zu sehen geglaubt. Als er dies in der größten Angst dem Starez gestanden hatte, hatte der ihm ununterbrochenes Gebet und verstärktes Fasten empfohlen. Und als auch das nicht half, hatte er ihm zusätzlich zu einem Abführmittel geraten. Daran hatten damals viele Anstoß genommen, und am meisten Vater Ferapont, dem einige Unzufriedene schleunigst von diesem ungewöhnlichen Rat des Starez Mitteilung gemacht hatten.

»Geh hinaus, Vater!« sagte Vater Paissi gebieterisch. »Gott ist Richter, nicht die Menschen. Vielleicht haben wir hier einen Fingerzeig vor Augen, den weder du noch ich, noch sonst jemand verstehen kann. Geh hinaus, Vater, und verwirre nicht die Herde!« wiederholte er nachdrücklich.

»Die Fasten hielt er nicht so ein, wie er als Mönch strengster Regel gesollt hätte. Das ist klar, und es verbergen zu wollen wäre Sünde!« rief der Fanatiker, der sich nicht beruhigen ließ und in seinem sinnlosen Eifer außer sich geriet. »Von Konfekt hat er sich verführen lassen, die Damen haben ihm welches in ihren Taschen mitgebracht!

Tee hat er geschleckt und seinem Bauch gefrönt! Mit Süßigkeiten hat er ihn gefüllt, seinen Geist aber mit hochmütigen Gedanken! Darum hat er jetzt diese Schmach erlitten ...«

»Leichtfertig sind deine Worte, Vater!« erwiderte Vater Paissi, nun ebenfalls mit erhobener Stimme. »Dein Fasten und deine strenge Askese bewundere ich – doch leichtfertig sind deine Worte, als ob sie draußen in der Welt ein haltloser, unreifer Jüngling spräche. Geh hinaus, Vater! Ich befehle es dir!«

»Ich werde schon gehen!« sagte Vater Ferapont, nunmehr wohl etwas verlegen, ohne jedoch in seinem Zorn, nachzulassen. »O ihr Gelehrten! Infolge eures großen Verstandes dünkt ihr euch über mich geringen Menschen erhaben. Als ich seinerzeit hierher in die Einsiedelei kam, konnte ich nur wenig lesen und schreiben. Und hier habe ich das, was ich wußte, auch noch vergessen: Gott der Herr hat mich Geringen vor eurer Weisheit behütet ...«

Vater Paissi stand vor ihm und wartete in unbeugsamer Haltung.

Vater Ferapont schwieg eine Weile; dann wurde er plötzlich traurig, legte die rechte Handfläche an die Backe, blickte zum Sarg des entschlafenen Starez hinüber und sagte in singendem Ton: »Über ihm wird man morgen ›Helfer und Beschützer‹ singen, das ist ein herrlicher Hymnus, über mir aber wenn ich verrecke, nur das kleine Lied ›Welche irdische Süße‹!« sagte er, sich selbst bedauernd, in weinerlichem Ton. »Ihr seid stolz geworden und habt euch überhoben! Leer ist diese Stätte!« brüllte er plötzlich wie ein Wahnsinniger, drehte sich mit einer wegwerfenden Handbewegung um und stieg schnell die Stufen vor der Eingangstür hinab. Die wartende Menge geriet in Bewegung; einige folgten ihm, andere zauderten, denn die Zelle war immer noch offen, und Vater Paissi, der hinter Vater Ferapont herausgetreten war, stand da und beobachtete die Anwesenden. Doch der Alte hatte jede Beherrschung verloren und war noch immer nicht am Ende. Nachdem er etwa zwanzig Schritte gegangen war, wandte er sich plötzlich zur untergehenden Sonne, hob die Arme über den Kopf und stürzte laut schreiend auf die Erde.

»Mein Gott hat gesiegt! Christus hat die untergehende Sonne besiegt!« schrie er rasend und reckte die Arme zur Sonne empor. Dann warf er sich mit dem Gesicht auf die Erde und weinte laut wie ein kleines Kind, so daß sein ganzer Körper von dem Schluchzen erschüttert wurde; die Arme lagen ausgestreckt auf der Erde.

Nun stürzten alle zu ihm, Ausrufe des Staunens ertönten, einige Mönche fingen bei seinem Anblick ebenfalls an zu schluchzen. Eine Art Verzückung hatte sie alle ergriffen.

»Da sieht man, wer ein Heiliger ist! Da sieht man, wer ein Gerechter ist!« riefen viele nun bereits ohne Scheu.

»Der müßte Starez werden!« fügten andere zornig hinzu. »Er wird nicht Starez werden wollen. Er ist selber ein Gegner dieser Einrichtung. Er wird dieser verfluchten Neuerung nicht dienen, wird ihre Dummheiten nicht nachäffen!« fielen wieder andere ein, und wie weit das noch gegangen wäre, konnte man sich schwer vorstellen.

Doch in diesem Augenblick begann die Glocke zu läuten, die zum Gottesdienst rief, und alle fingen an, sich zu bekreuzigen. Auch Vater Ferapont erhob sich, bekreuzigte sich und ging, ohne sich umzusehen, zu seiner Zelle. Mit seinen Ausrufen war er noch immer nicht zu Ende gekommen, es war aber nichts Zusammenhängendes mehr. Einige zogen hinter ihm her, allerdings nur wenige, die meisten trennten sich von ihm und begaben sich zum Gottesdienst.

Vater Paissi übergab das Amt des Vorlesers an Vater Jossif und stieg die Stufen hinab. Das verzückte Geschrei der Fanatiker hatte ihn nicht irremachen können, doch sein Herz war plötzlich traurig geworden und grämte sich über irgend etwas Besonderes, das fühlte er. Er blieb stehen und fragte sich: ›Woher kommt diese Traurigkeit, die mich sogar mutlos macht?‹ Und er begriff, daß sie allem Anschein nach eine kleine, ganz besondere Ursache hatte: In der Menge, die sich eben am Eingang zur Zelle gedrängt hatte, war ihm auch Aljoscha aufgefallen, und er hatte bei seinem Anblick sofort eine Art von Schmerz im Herzen verspürt. ›Hat denn dieser Jüngling jetzt wirklich für mein Herz so eine große Bedeutung?‹ fragte er sich plötzlich.

In diesem Augenblick ging Aljoscha an ihm vorbei, als wenn er es eilig hätte, irgendwohin zu kommen, allerdings nicht zur Kirche. Ihre Blicke begegneten sich. Aljoscha wandte seine Augen schnell ab, und schon allein an der Miene des Jünglings erkannte Vater Paissi, was für eine starke Veränderung in diesem Augenblick in ihm vorging.

»Hast auch du dich verführen lassen?« rief Vater Paissi. »Gehörst auch du zu den Kleingläubigen?« fügte er traurig hinzu.

Aljoscha blieb stehen und sah Vater Paissi eigentümlich unsicher an, schlug dann aber die Augen erneut rasch nieder. Er stand halb abgewandt da und wandte sein Gesicht dem Fragenden nicht zu.

Vater Paissi beobachtete ihn aufmerksam.

»Wohin eilst du denn? Es wird zum Gottesdienst geläutet.« fragte er weiter.

Aljoscha gab wieder keine Antwort.

»Oder verläßt du die Einsiedelei? Wie kannst du das tun, ohne um Erlaubnis zu fragen und ohne um den Segen zu bitten?«

Aljoscha lächelte plötzlich mit schiefem Mund und schaute auf sehr seltsame Art den Priestermönch an, dem ihn sein einstiger Führer, der bisherige Beherrscher seines Herzens und seines Verstandes, sein geliebter Starez, sterbend anvertraut hatte. Doch dann machte er plötzlich wieder, ohne zu antworten, eine Handbewegung, als würde er alles von sich abschütteln und sich um keinen Respekt mehr kümmern, und ging mit schnellen Schritten auf das Tor der Einsiedelei zu.

»Du wirst noch zurückkehren!« flüsterte Vater Paissi und blickte ihm erstaunt und betrübt hinterher.

2. Der gewisse Augenblick

Vater Paissi irrte sich allerdings wirklich nicht, wenn er sich sagte, sein »lieber Junge« werde wieder zurückkehren; er hatte vielleicht Aljoschas wahre Seelenstimmung durchschaut – zwar nicht völlig, aber doch mit beträchtlichem Scharfblick. Dennoch bekenne ich offen, daß es selbst mir schwerfallen würde, den Sinn und die Bedeutung dieses seltsamen, unbestimmten Augenblicks im Leben des von mir so geliebten jungen Helden meiner Erzählung klar und genau darzulegen.

Auf Vater Paissis bekümmerte Frage: »Gehörst du auch zu den Kleingläubigen?« könnte ich freilich an Aljoschas Stelle mit Entschiedenheit antworten: Nein, er gehörte nicht zu den Kleingläubigen! Im Gegenteil: seine ganze Verwirrung rührte gerade daher, daß er sehr gläubig war. Doch die Verwirrung, die ihn befallen hatte und noch andauerte, war so qualvoll, daß Aljoscha noch lange danach diesen traurigen Tag für einen der schmerzlichsten und verhängnisvollsten seines Lebens hielt. Wenn man mich aber geradezu fragte: »Konnte dieser Gram und diese Unruhe in seiner Seele wirklich nur daher rühren, daß der Leichnam seines Starez, statt unverzüglich Heilungen zu bewirken, frühzeitig verweste?«, so antworte ich ohne Umschweife: Ja, es war tatsächlich so!

Ich möchte den Leser nur bitten, sich noch nicht vorschnell über das reine Herz meines Jünglings lustig zu machen. Ich selbst habe jedoch ganz und gar nicht die Absicht, für ihn um Verzeihung nachzusuchen oder seinen naiven Glauben etwa mit seiner Jugend oder den geringen Erfolgen in den früher von ihm betriebenen Wissenschaften zu entschuldigen und zu rechtfertigen. Ich tue vielmehr das Entgegengesetzte und erkläre ganz entschieden, daß ich vor der natürlichen Beschaffenheit seines Herzens aufrichtige Hochachtung empfinde. Gewiß, mancher junge Mensch, der nur mit Vorsicht Eindrücke in sich aufnimmt und schon imstande ist, statt heiß nur noch lau zu lieben, mit dem zwar korrekten, aber für sein Alter zu vernünftigen und darum geringwertigen Verstand, hätte das vermieden, was mit meinem Helden geschah; doch manchmal ist es wirklich achtbarer, sich einer unverständigen, aber aus Liebe geborenen Schwärmerei hinzugeben, als es nicht zu tun. Und das gilt ganz besonders für die Jugend: Ein junger Mensch, der schon ständig alles mit dem Verstand abwägt, ist nicht viel wert und berechtigt zu keinen großen Hoffnungen – das ist meine Meinung!

Hier werden kluge Leute möglicherweise einwenden: »Es kann doch nicht jeder junge Mensch an solche Torheiten glauben, und Ihrer ist kein Vorbild für die anderen!« Hierauf antworte ich wieder: Ja, mein Jüngling glaubte fest und unerschütterlich – und ich werde dennoch nicht für ihn um Verzeihung bitten.

Ich habe zwar eben gesagt, und vielleicht war es etwas übereilt, ich würde die Handlungsweise meines Helden nicht erklären, entschuldigen oder rechtfertigen; aber ich sehe, daß ich zum Verständnis der weiteren Erzählung dies und jenes doch erklären muß. Vor allem dies: Um Wunder ging es Aljoscha hier eigentlich nicht. Er hatte nicht mit leichtfertiger Ungeduld auf Wunder gewartet. Nicht damit bestimmte Überzeugungen triumphieren konnten, brauchte Aljoscha damals Wunder, nicht um irgendeiner vorgefaßten Ansicht willen, die so schnell wie möglich über eine andere triumphieren sollte – durchaus nicht! Für ihn stand hierbei im Vordergrund vor allem anderen die Persönlichkeit seines geliebten Starez, jenes Gerechten, den er bis zur Vergötterung verehrt hatte. Die ganze Liebe »zu allem und jedem«, die sich in seinem jungen, reinen Herzen verbarg, hatte sich während des vorhergehenden Jahres vielleicht in nicht normaler Weise eben auf ein einziges Wesen konzentriert, zumindest was die stärksten Affekte seines Herzens anlangte: auf seinen geliebten Starez, der jetzt gestorben war. Dieses Wesen hatte ihm so lange als unbestrittenes Ideal vor Augen gestanden, daß sich alle seine Kräfte und sein gesamtes Streben ausschließlich nach diesem Ideal ausrichteten, zeitweilig sogar derart, daß er »alles und jedes« vergaß. Es fiel ihm später selbst ein, daß er an diesem Tag gänzlich seinen Bruder Dmitri vergessen hatte, um den er sich am vorigen Tag so viel Sorge und Kummer gemacht hatte. Ebenso hatte er vergessen, Iljuschetschkas Vater die zweihundert Rubel zu bringen, was er sich tags zuvor ebenfalls mit solchem Eifer vorgenommen hatte. Nicht um Wunder war es ihm also zu tun, sondern nur um die »höhere Gerechtigkeit«, die nach seinem Glauben verletzt war – ein Vorgang, der sein Herz plötzlich grausam verwundet hatte. Und warum sollte diese Gerechtigkeit in Aljoschas Erwartungen durch den natürlichen Lauf der Dinge nicht die Form von Wundern annehmen, die er von der sterblichen Hülle seines bisherigen vergötterten Führers erwartete? Und so dachten ja, dies erwarteten ja alle im Kloster, sogar diejenigen, vor deren Verstand sich Aljoscha beugte, zum Beispiel Vater Paissi selbst! Aljoscha hatte, ohne sich durch irgendwelche Bedenken beunruhigen zu lassen, seine Zukunftsträume nur in dieselbe Form gekleidet, wie alle es taten. Und das hatte ihm während dieses Jahres seines Lebens im Kloster immer als ausgemachte Sache gegolten; sein Herz hatte sich bereits daran gewöhnt, solche Erwartungen zu hegen. Aber nach Gerechtigkeit dürstete er, nach Gerechtigkeit, nicht eigentlich nach Wundern!

Und nun war derjenige, der nach Aljoschas zuversichtlicher Hoffnung über alle in der Welt hätte erhöht und gebührlich gerühmt werden müssen, plötzlich erniedrigt und beschimpft worden! Womit hatte er das verdient? Wer war da Richter? Wer konnte so urteilen? Das waren die Fragen, die sein unerfahrenes, reines Herz quälten. Er konnte es nicht ohne tiefste Erbitterung ertragen, daß der Gerechteste der Gerechten dem höhnischen, boshaften Spott der leichtfertigen, so tief unter ihm stehenden Menge preisgegeben war. Mochten sich immerhin überhaupt keine Wunder ereignen, mochte immerhin nichts Wunderbares zutage treten und die auf den jetzigen Augenblick gerichteten Erwartungen sich nicht erfüllen – warum aber wurde die Ruhmlosigkeit so offenkundig gemacht? Warum wurde diese Beschimpfung zugelassen? Warum diese beschleunigte Verwesung, die »der Natur vorauseilte«, wie die boshaften Mönche sagten? Warum dieser »Hinweis«, auf den sie sich zusammen mit Vater Ferapont jetzt so triumphierend beriefen? Und warum glaubten sie, daß sie sogar ein Recht bekommen hätten, sich darauf zu berufen? Wo war die Vorsehung? Weshalb verbarg sie sich »gerade im notwendigsten Augenblick«? Warum schien sie sich selbst den blinden, stummen, erbarmungslosen Naturgesetzen unterordnen zu wollen?

Das war es, weshalb Aljoschas Herz blutete; es ging ihm dabei, wie schon gesagt, in allererster Linie um die Persönlichkeit, die er über alles in der Welt geliebt hatte und die jetzt »mit Schmach bedeckt und entehrt« war! Mochte diese Enttäuschung meines Helden auch leichtfertig und unvernünftig sein – ich wiederhole es zum dritten Mal und gebe im voraus zu, daß das vielleicht auch von mir leichtfertig ist: Ich freue mich, daß er sich in so einem Augenblick nicht allzu verständig zeigte! Für den Verstand wird nämlich bei einem Menschen, der nicht dumm ist, immer noch die rechte Zeit kommen; doch wenn in so einem außerordentlichen Augenblick keine Liebe im Herzen eines jungen Menschen vorhanden ist – wann je soll sie kommen?

Ich will bei dieser Gelegenheit allerdings auch eine sonderbare Erscheinung nicht verschweigen, die, wenn auch nur momentan, zu diesem verhängnisvollen Zeitpunkt in Aljoscha zutage trat: eine Art von qualvoller Erinnerung an sein gestriges Gespräch mit seinem Bruder Iwan. Gerade jetzt kam ihm dieses immer stärker ins Gedächtnis. Nicht, daß in seiner Seele etwas von den elementaren Bestandteilen seines Glaubens ins Wanken geraten wäre. Nein, er liebte seinen Gott und glaubte an Ihn unerschütterlich, obwohl er sich auf einmal beinahe gegen Ihn empörte. Dennoch rief die Erinnerung an das Gespräch mit seinem Bruder Iwan in der Tiefe seiner Seele jetzt plötzlich von neuem ein deutliches, aber quälendes, häßliches Gefühl hervor, das sich immer mehr nach oben drängte.

Als es schon stark dämmerte, sah Rakitin, der von der Einsiedelei durch das Wäldchen zum Kloster ging, Aljoscha unter einem Baum liegen, mit dem Gesicht zur Erde; er rührte sich nicht und schien zu schlafen. Rakitin trat näher und rief ihn an. »Du hier, Alexej? Ist es mit dir ...«, begann er erstaunt, brach dann jedoch ab, ohne den Satz zu beenden. Er hatte sagen wollen: Ist es mit dir wirklich so weit gekommen?

Aljoscha sah ihn nicht an, doch Rakitin merkte an einer kleinen Bewegung sofort, daß er ihn hörte und verstand.

»Was hast du denn?« fragte er dann, noch immer verwundert.

Aber die Verwunderung auf seinem Gesicht machte allmählich einem Lächeln Platz, das mehr und mehr einen spöttischen Ausdruck annahm.

»Hör mal, ich suche dich schon über zwei Stunden. Du warst auf einmal verschwunden. Was machst du denn hier? Was sind das für fromme Dummheiten? Sieh mich doch wenigstens an!«

Aljoscha hob den Kopf, setzte sich auf und lehnte sich mit dem Rücken gegen den Baum. Er weinte nicht, aber sein Gesicht drückte Leid aus, und seinem Blick war eine gereizte Stimmung anzumerken. Er sah Rakitin nicht an, sondern blickte irgendwohin zur Seite.

»Weißt du, du hast dich im Gesicht vollständig verändert. Von deiner vielgerühmten Sanftmut ist nichts mehr zu sehen. Bist du auf jemand zornig, ja? Bist du beleidigt worden?«

»Hör auf!« sagte Aljoscha auf einmal und machte mit der Hand eine müde, abweisende Bewegung.

»Oho, was ist das für ein Ton? Fährt der einen an – ganz wie es die übrigen Sterblichen tun? Das ist ja äußerst engelsgleich! Aljoschka, du hast mich in Erstaunen versetzt, weißt du das? Ich rede im vollen Ernst. Ich wundere mich hier schon lange über nichts mehr. Dabei habe ich dich immer für einen gebildeten Menschen gehalten ...«

Aljoscha sah ihn endlich an, aber irgendwie zerstreut, als ob er alles noch nicht recht begriffen hätte.

»Bist du wirklich nur deshalb so, weil dein Starez angefangen hat zu stinken? Hast du denn im Ernst geglaubt, er würde anfangen, Wunder zu tun?« rief Rakitin wieder mit aufrichtigstem Staunen.

»Ich habe es geglaubt, ich glaube es, und ich will es glauben und werde es glauben! Was willst du noch weiter?« schrie Aljoscha gereizt.

»Gar nichts, mein Täubchen. Donnerwetter, an so etwas glaubt ja heutzutage nicht einmal mehr ein dreizehnjähriger Schuljunge! Aber hol's der Teufel ... Also, du bist nun auf deinen Gott wütend geworden, hast dich empört? Ihr seid bei der Beförderung übergangen worden, habt zu den Feiertagen keinen Orden gekriegt! Ihr seid mir die Richtigen!«

Aljoscha blickte Rakitin lange mit halb zugekniffenen Augen an, und in seinen Augen funkelte plötzlich etwas auf, jedoch nicht Zorn auf Rakitin.

»Ich empöre mich nicht gegen meinen Gott. Ich akzeptiere nur seine Welt nicht«, erwiderte Aljoscha mit einem verkrampften Lächeln.

»Was heißt das – du akzeptierst die Welt nicht?« fragte Rakitin, nachdem er einen Augenblick über diese Antwort nachgedacht hatte. »Was ist das für ein Nonsens?«

Aljoscha antwortete nicht.

»Na, wir haben genug über Nebensächliches geredet. Jetzt zur Sache. Hast du heute schon etwas gegessen?«

»Ich erinnere mich nicht … Ich glaube, ja.«

»Nach deinem Gesicht zu urteilen, brauchst du eine Stärkung. Du jammerst einen, wenn man dich bloß ansieht. Du hast ja auch die Nacht nicht geschlafen; ich habe gehört, ihr hattet da so eine Sitzung. Und dann dieses ganze Lärmen und Treiben! Du hast sicher nur ein Stückchen Abendmahlsbrot gekaut. Ich habe eine Wurst in der Tasche, ich habe sie mir vorhin für alle Fälle aus der Stadt mitgebracht. Aber du wirst ja wohl die Wurst nicht …«

»Gib nur her!«

»Ah! So redest du! Also schon totale Rebellion, Barrikadenbau! Na Bruder, dieser Umschwung ist nicht zu verachten. Komm zu mir … Ich würde jetzt gern ein Schnäpschen trinken, ich bin todmüde. Zu Schnaps wirst du dich aber wohl nicht entschließen … Oder möchtest du welchen?«

»Gib mir auch Schnaps!«

»Na, so etwas! Das ist ja ein reines Wunder, Bruder!« rief Rakitin erstaunt. »Na wennschon, dennschon – Wurst oder Schnaps, das kommt auf eins heraus! Jedenfalls ist das eine nette Stimmung, die darf man nicht ungenutzt lassen! Komm!«

Aljoscha stand schweigend auf und folgte Rakitin.

»Das sollte dein Bruder Iwan sehen, der würde sich aber wundern! Apropos, dein Bruder Iwan Fjodorowitsch ist heute früh nach Moskau abkutschiert, weißt du das?«

»Ja, ich weiß!« antwortete Aljoscha teilnahmslos.

Und plötzlich tauchte vor seinem geistigen Auge das Bild seines Bruders Dmitri auf. Aber es huschte nur vorüber, und obwohl er sich an etwas erinnerte, an irgendeine eilige Sache, die keine Minute Aufschub vertrug, an eine Pflicht, eine furchtbare Verbindlichkeit, machte diese Erinnerung auf ihn keinerlei Eindruck. Sie gelangte nicht bis an sein Herz, entfloh seinem Gedächtnis sofort wieder und war vergessen. Später jedoch mußte Aljoscha noch oft daran denken.

»Dein Brüderchen Iwan hat einmal gesagt, ich sei ein ›talentloser liberaler Sack‹. Auch du hast dich, wenn auch nur ein einziges Mal, nicht halten können und mir zu verstehen gegeben, ich sei ›ehrlos‹ … Na meinetwegen! Wenn ich jetzt eure Talente und eure Ehrenhaftigkeit ansehe …« Rakitin beendete den Satz, indem er etwas vor sich hin flüsterte. »Hör mal!« sagte er dann wieder laut. »Wir wollen das Kloster liegenlassen und geradewegs in die Stadt gehen … Hm! Ich müßte eigentlich bei Frau Chochlakowa vorbeigehen. Stell dir vor, ich habe ihr über alles Vorgefallene schriftlich berichtet, und sie hat mir sofort mit einem Briefchen geantwortet, es ist mit Bleistift geschrieben, diese Dame schreibt nämlich außerordentlich gern Briefchen. Sie schreibt, von so einem verehrten Starez wie Vater Sossima hätte sie ›ein solches Benehmen‹ in keiner Weise erwartet. Ja, diese Worte hat sie verwendet: ›ein solches Benehmen!‹ Sie ist ebenfalls sehr ärgerlich geworden. Ja, so seid ihr eben alle! Halt!« schrie er plötzlich wieder, blieb stehen, packte Aljoscha an der Schulter und zwang auch ihn stehenzubleiben.

»Weißt du, Aljoschka«, sagte er und sah ihm prüfend in die Augen. Er stand ganz im Bann eines neuen Gedankens, der ihm plötzlich wie eine Erleuchtung gekommen war. Und obgleich er äußerlich lachte, schien er sich doch zu scheuen, diesen neuen Gedanken laut auszusprechen: So wenig vermochte er an die völlig unerwartete Stimmung zu glauben, in der er Aljoscha jetzt sah. »Aljoschka, weißt du, wohin wir jetzt am besten gehen könnten?« sagte er endlich, vorsichtig tastend.

»Ist mir ganz einerlei … Wohin du willst.«

»Laß uns zu Gruschenka gehen, ja? Kommst du mit?« sagte Rakitin dann und zitterte am ganzen Körper vor unruhiger Erwartung.

»Gut, gehen wir zu Gruschenka!« erwiderte Aljoscha ganz ruhig.

Diese Antwort, das heißt so eine rasche und ruhige Einwilligung, kam für Rakitin so unerwartet, daß er beinahe zurückwich.

»Na, so was! Sieh mal an!« rief er erstaunt, doch dann faßte er ihn mit festem Griff am Arm und zog ihn schnell mit sich fort, immer noch fürchtend, Aljoscha könnte sich anders besinnen.

Sie liefen schweigend. Rakitin hatte geradezu Angst, als erster ein Gespräch zu beginnen.

»Aber die wird sich freuen, die wird sich freuen!« murmelte er nur, verstummte dann aber gleich wieder.

In Wirklichkeit schleppte er Aljoscha durchaus nicht zu Gruschenka, um ihr eine Freude zu machen; er war ein ernster, berechnender Mensch und unternahm nichts, wovon er keinen Vorteil für sich erwarten konnte. Jetzt hatte er ein doppeltes Ziel vor Augen. Erstens wollte er sich rächen, das heißt »die Schmach des Gerechten« sehen, wie nämlich Aljoscha wahrscheinlich zu Fall kommen und sich aus einem Heiligen in einen Sünder verwandeln würde; darüber triumphierte er schon im voraus. Und zweitens verfolgte er noch ein bestimmtes materielles, für ihn sehr vorteilhaftes Ziel, von dem weiter unten die Rede sein wird.

›Der gewisse Augenblick ist also jetzt gekommen!‹ dachte er sich froh und boshaft. ›Den wollen wir beim Schopf packen, diesen Augenblick! Er kann uns noch recht nützlich sein!‹

3. Die Zwiebel

Gruschenka wohnte im belebtesten Stadtteil, nicht weit vom Kirchplatz, bei der Kaufmannswitwe Morosowa, von der sie ein kleines hölzernes Seitengebäude auf dem Hof gemietet hatte. Das eigentliche Haus der Witwe Morosowa war groß, aus Stein, zweistöckig, alt und sehr unansehnlich; darin wohnte nur sie selbst, eine alte Frau, mit ihren beiden, ebenfalls sehr bejahrten Nichten. Sie hatte es nicht nötig, ihr Seitengebäude zu vermieten; aber jeder wußte, daß sie schon vor vier Jahren Gruschenka aus einem ganz bestimmten Grund als

Mieterin aufgenommen hatte, nämlich um ihrem Verwandten, dem Kaufmann Samsonow, Gruschenkas Beschützer, damit einen Gefallen zu tun. Es hieß, der eifersüchtige Alte habe, als er seine Favoritin bei Frau Morosowa einquartierte, ursprünglich damit gerechnet, die alte Frau würde auf ihre neue Mieterin aufpassen. Aber das erwies sich sehr bald als unnötig, und schließlich ergab es sich, daß Frau Morosowa nur selten mit Gruschenka zusammenkam und sie zuletzt gar nicht mehr mit irgendwelcher Aufsicht belästigte. Freilich waren auch schon vier Jahre vergangen, seit der Alte das achtzehnjährige Mädchen, ein schüchternes, unbeholfenes mageres, melancholisches Wesen, aus der Gouvernementsstadt in dieses Haus gebracht hatte, und seitdem war schon viel Wasser ins Meer geflossen.

Den Lebenslauf dieses jungen Mädchens kannte man bei uns in der Stadt übrigens nur mangelhaft, auch in der letzten Zeit hatte man nicht mehr erfahren, obgleich sich inzwischen viele für diese »Schönheit ersten Ranges« interessierten, in die sich Agrafena Alexandrowna im Lauf der vier Jahre verwandelt hatte. Es verlautete nur gerüchtweise, sie sei schon als siebzehnjähriges Mädchen angeblich von einem Offizier verführt und dann verlassen worden. Der Offizier sei versetzt worden und habe später irgendwo geheiratet, und Gruschenka sei in Schande und Armut zurückgeblieben. Man sagte übrigens noch, Gruschenka sei zwar tatsächlich von dem alten Samsonow aus der Armut gerettet worden, stamme aber aus einer achtbaren Familie, sozusagen aus dem geistlichen Stand; ihr Vater sei Hilfsdiakonus oder so etwas Ähnliches gewesen. Jedenfalls war nun im Lauf von vier Jahren aus der ängstlichen, betrogenen Waise eine rotwangige, üppige russische Schönheit geworden, eine Frau von entschlossenem Charakter, stolz und dreist und im Umgang mit Geldsachen so geschickt, daß sie es, so wurde behauptet, auf rechtmäßige oder unrechtmäßige Weise bereits fertiggebracht hatte, sich ein eigenes kleines Kapital zusammenzusparen. In einem Punkt waren sich alle einig: Es war schwer, zu Gruschenka Zutritt zu erlangen, und außer dem Alten, ihrem Beschützer, hatte sich in den ganzen vier Jahren kein Mensch ihrer Gunst rühmen können. Und diese Gunst zu erwerben, hatten sich nicht wenige Liebhaber bemüht, besonders in den letzten zwei Jahren. Doch alle Versuche hatten sich als vergeblich erwiesen, und manche Bewerber waren infolge des energischen, spöttischen Widerstandes seitens der charakterstarken jungen Frau sogar zu einem komischen und schimpflichen Rückzug gezwungen. Man wußte auch noch, daß sie sich vor allem im letzten Jahr auf sogenannte »profitable Geschäfte« gelegt und dabei hervorragende Fähigkeiten bekundet hatte, so daß viele sie schließlich als Jüdin bezeichneten. Nicht daß sie Geld auf Zinsen ausgeliehen hätte; aber es war zum Beispiel bekannt, daß sie sich zusammen mit Fjodor Pawlowitsch Karamasow eine Zeitlang tatsächlich damit beschäftigt hatte, Wechsel zu einem geringen Preis aufzukaufen, den Rubel für zehn Kopeken, und daß sie später mit manchen dieser Wechsel für zehn Kopeken einen Rubel erhalten hatte.

Der kranke Samsonow, dessen geschwollene Beine im letzten Jahr völlig steif geworden waren, ein Witwer, Tyrann seiner erwachsenen Söhne, Besitzer von vielen hunderttausend Rubeln, ein unerbittlicher Geizhals, war arg unter die Botmäßigkeit seines Schützlings geraten, obwohl er anfangs beabsichtigt hatte, sie kurz- und knappzuhalten, »bei Fastenöl«, wie Spottlustige sagten. Gruschenka hatte es jedoch verstanden, sich zu emanzipieren, wobei sie ihm ein grenzenloses Vertrauen zu ihrer Treue eingeflößt hatte. Dieser alte Mann, ein ausgezeichneter Geschäftsmann, besaß ebenfalls einen außerordentlich festen Charakter; vor allem war er geizig und hart wie Stein, und obgleich ihn Gruschenka so gefesselt hatte, daß er ohne sie nicht leben konnte – namentlich in den zwei letzten Jahren war das der Fall –, überwies er ihr doch kein größeres Kapital. Und selbst wenn sie gedroht hätte, völlig mit ihm zu brechen, er wäre auch dann unerbittlich geblieben. Wohl aber gab er ihr ein *kleines* Kapital; als das bekannt wurde, gerieten auch darüber alle in Erstaunen.

»Du bist ein kluges Frauenzimmer«, sagte er zu ihr, als er ihr ungefähr achttausend Rubel aushändigte. »Arbeite selbst mit dem Geld. Und merke dir, daß du außer deinem Jahresunterhalt wie bisher bis zu meinem Tod weiter nichts von mir bekommen wirst! Und auch in meinem Testament werde ich dir nichts weiter vermachen!«

Und er hielt Wort: Er starb und hinterließ alles seinen Söhnen, die er sein Leben lang in seinem Haus gehalten und mit den Dienern auf gleiche Stufe gestellt hatte, sowie deren Frauen und Kindern; Gruschenka war in dem Testament überhaupt nicht erwähnt. Alles das wurde erst später bekannt.

Mit Ratschlägen, wie sie mit ihrem eigenen Kapital arbeiten sollte, und mit dem Nachweis diesbezüglicher Geschäfte half er Gruschenka allerdings nicht wenig. Als sich Fjodor Pawlowitsch Karamasow, der ursprünglich wegen eines zufälligen Geschäftes mit Gruschenka in Verbindung getreten war, schließlich zu seiner eigenen großen Überraschung sinnlos in sie verliebte und geradezu den Verstand darüber verlor, da lachte der alte Samsonow, damals schon ein Todeskandidat, gewaltig. Es ist bemerkenswert, daß Gruschenka während der ganzen Zeit ihrer Bekanntschaft ihrem Alten gegenüber vollkommen aufrichtig war, und zwar anscheinend von Herzen; offenbar war er der einzige Mensch auf der Welt, vor dem sie sich so benahm.

Als auf einmal auch Dmitri Fjodorowitsch mit seiner Liebe auf den Plan trat, hörte der Alte auf zu lachen. Vielmehr gab er Gruschenka in ernstem Ton folgenden Rat: »Wenn du glaubst, einen von beiden wählen zu müssen, Vater oder Sohn, so wähle den Alten! Aber nur unter der Bedingung, daß der alte Schuft dich unter allen Umständen heiratet und dir vorher wenigstens ein einigermaßen beträchtliches Kapital verschreibt. Doch mit dem Hauptmann gib dich nicht ab, dabei kommt nichts heraus!« Dies waren die Worte des alten Lüstlings, der damals schon seinen nahen Tod ahnte und wirklich fünf Monate danach starb.

Ich bemerke noch nebenbei, daß bei uns in der Stadt damals zwar viele von der absurden Nebenbuhlerschaft zwischen den beiden Karamasows um Gruschenka wußten, daß aber kaum jemand etwas von den wahren Beziehungen Gruschenkas zu dem Alten und dem Sohn wußte. Selbst Gruschenkas Dienerinnen sagten später, nachdem die Katastrophe hereingebrochen war, von der noch die Rede sein wird, vor Gericht aus, Agrafena Alexandrowna habe Dmitri Fjodorowitsch nur aus Angst empfangen, weil er gedroht habe, sie zu töten. Dienerinnen hatte sie zwei: eine alte, kranke und beinahe taube Köchin, die noch aus ihrem Elternhaus stammte, und deren Enkelin, ein junges, munteres Ding von etwa zwanzig Jahren, das Stubenmädchen. Ansonsten lebte Gruschenka sehr sparsam, und auch ihre Einrichtung war nur dürftig. Sie hatte in dem Seitengebäude drei Zimmer, die von der Wirtin nach der Mode der zwanziger Jahre mit alten Mahagonimöbeln ausgestattet waren.

Als Rakitin und Aljoscha bei ihr eintraten, herrschte draußen schon Dämmerung, aber die Zimmer waren noch nicht erleuchtet. Gruschenka lag in ihrem Salon auf einem großen, plumpen, harten Sofa mit einer Rücklehne aus imitiertem Mahagoniholz, das mit stark abgewetztem und zerlöchertem Leder bezogen war. Unter dem Kopf hatte sie zwei weiße Federkissen aus ihrem Bett. Sie lag ausgestreckt auf dem Rücken, ohne sich zu bewegen, beide Hände hinter den Kopf gelegt. Als ob sie Besuch erwartete, trug sie ein schwarzes Seidenkleid und auf dem Kopf ein leichtes Spitzenhäubchen, das ihr sehr gut stand; um die Schultern hatte sie ein Spitzentuch geworfen, das von einer massiv goldenen Brosche zusammengehalten wurde. Sie erwartete wirklich jemand und schien ungeduldig und erregt mit dem etwas blassen Gesicht und den brennenden Lippen und Augen; mit der Spitze des rechten Fußes klopfte sie ungeduldig gegen die Seitenlehne des Sofas.

Kaum erschienen Rakitin und Aljoscha, entstand ein kleiner Tumult. Vom Vorzimmer aus war zu hören, wie Gruschenka vom Sofa aufsprang und erschrocken rief: »Wer ist da?«

Aber das Mädchen, das die Besucher empfangen hatte, teilte ihrer Herrin sogleich mit: »Er ist es nicht, es sind andere.«

»Was mag sie nur haben?« murmelte Rakitin, während er Aljoscha an der Hand in den Salon führte.

Gruschenka stand neben dem Sofa und schien immer noch erschrocken. Eine dicke Flechte ihres dunkelblonden Haares löste sich plötzlich und fiel ihr auf die rechte Schulter; doch sie beachtete es nicht und brachte es nicht in Ordnung, bevor sie die Gäste angesehen und erkannt hatte.

»Ach, du bist es, Rakitka! Wie du mich erschreckt hast! Mit wem kommst du da? Wen hast du da bei dir? Herrgott, sieh mal einer an, wen er da mitgebracht hat!« rief sie, als sie Aljoscha erkannte.

»Laß doch Licht bringen!« sagte Rakitin mit der Ungeniertheit eines nahen Bekannten und intimen Freundes, der sogar berechtigt ist, im Haus Anordnungen zu treffen.

»Licht ... Gewiß, Licht ... Fenja, bring eine Kerze! Na, hast du es endlich möglich gemacht, ihn herzubringen!« rief sie wieder, mit einem Kopfnicken auf Aljoscha deutend; dann wandte sie sich zum Spiegel und begann mit beiden Händen rasch ihr Haar zu ordnen.

Sie schien mit irgend etwas unzufrieden zu sein.

»Bin ich ungelegen gekommen?« fragte Rakitin, der sich gleich beleidigt fühlte.

»Du hast mich erschreckt, Rakitka, weiter nichts«, erwiderte Gruschenka und wandte sich dann lächelnd an Aljoscha. »Fürchte dich nicht vor mir, Aljoscha, mein Täubchen. Ich freue mich furchtbar, daß du gekommen bist, du mein unerwarteter Gast. Aber du hast mich erschreckt, Rakitka! Ich dachte nämlich, Mitja wäre es: Siehst du, ich habe ihn vorhin belogen und ihm das Ehrenwort abgenommen, daß er mir glaubt. Ich habe ihm gesagt, ich bin den ganzen Abend bei Kusma Kusmitsch, meinem Alten, um mit ihm bis in die Nacht hinein Geld zu zählen. Ich gehe ja jede Woche einen ganzen Abend zu ihm, um mit ihm die Bilanz zu machen. Wir schließen uns dann ein, er klappert mit der Rechenmaschine, und ich trage die Zahlen ins Buch ein – ich bin der einzige Mensch, dem er Vertrauen schenkt. Mitja hat mir geglaubt, daß ich heute dort bin, doch ich habe mich hier zu Hause eingeschlossen – ich sitze hier und warte auf eine Nachricht. Wieso hat euch Fenja nur hereingelassen! Fenja, Fenja! Lauf ans Tor, mach auf und sieh dich um, ob nicht der Hauptmann da irgendwo ist. Vielleicht hat er sich versteckt und lauert, ich habe eine Todesangst!«

»Es ist niemand da, Agrafena Alexandrowna. Ich habe mich eben überall umgesehen. Ich gehe auch alle Augenblicke und sehe durchs Schlüsselloch, ich zittere selber vor Angst.«

»Sind auch die Fensterläden geschlossen, Fenja? Auch die Vorhänge müßten zugezogen sein – siehst du, so!« Sie zog selbst die schweren Vorhänge zu. »Sonst kommt er herein, wenn er Licht sieht. Vor deinem Bruder Mitja habe ich heute Angst, Aljoscha.«

Gruschenka sprach laut; sie war beunruhigt, aber doch auch irgendwie verzückt.

»Warum fürchtest du dich gerade heute so vor Mitenka?« erkundigte sich Rakitin. »Ich meine, du bist doch sonst nicht ängstlich ihm gegenüber? Er tanzt ja nach deiner Pfeife.«

»Ich sage dir doch, ich erwarte eine Nachricht, eine wunderschöne Nachricht, so daß ich Mitenka jetzt überhaupt nicht gebrauchen kann. Und ich ahne auch, er hat es mir nicht geglaubt, daß ich für den ganzen Abend zu Kusma Kusmitsch gegangen bin. Wahrscheinlich sitzt er jetzt in einem Garten in der Nähe von Fjodor Pawlowitschs Grundstück und lauert mir auf. Na, wenn er sich dort festgesetzt hat, kann er nicht hierherkommen, um so besser! Mitja hat mich ja selbst zu Kusma Kusmitsch begleitet; ich habe ihm gesagt, ich würde bis Mitternacht da bleiben und er solle unter allen Umständen um Mitternacht kommen, um mich nach Hause zu bringen. Ich habe aber nur etwa zehn Minuten bei dem Alten gesessen und bin dann wieder hierher zurückgekehrt. Ach, ich hatte solche Angst und bin so gelaufen, um ihm nur ja nicht zu begegnen.«

»Und wozu hast du dich so herausgeputzt? Sich mal an, was hast du für ein allerliebstes Häubchen auf dem Kopf?«

»Sei doch nicht so neugierig, Rakitin! Ich sage dir ja, ich erwarte eine gewisse Nachricht. Wenn die Nachricht eintrifft, springe ich auf und fliege davon und bin für euch hier verschwunden. Ich habe mich schöngemacht, um fix und fertig zu sein.«

»Wohin wirst du denn fliegen?«

»Zuviel wissen macht alt.«

»Sieh mal an, du bist ja ganz närrisch vor Freude! So habe ich dich noch nie gesehen. Du hast Toilette gemacht wie zu einem Ball«, sagte Rakitin, sie von oben bis unten betrachtend.

»Du verstehst ja besonders viel von Bällen!«

»Du etwa?«

»Ich habe wenigstens mal einen Ball mit angesehen. Vor zwei Jahren richtete Kusma Kusmitsch einem seiner Söhne die Hochzeit aus, da habe ich von der Galerie aus zugesehen. Aber es gehört sich nicht, daß ich mich mit dir unterhalte, Rakitka, wenn so ein Prinz daneben steht. Das ist wenigstens mal ein Gast! Aljoscha, Täubchen, ich sehe dich an und kann es gar nicht glauben! Herrgott, daß du zu mir gekommen bist! Die Wahrheit zu sagen, ich habe das nicht erwartet. Und auch früher habe ich es nie für möglich gehalten, daß du zu mir kommen würdest. Dein Besuch fällt zwar nicht auf den günstigsten Moment, aber ich freue mich doch gewaltig! Setz dich auf das Sofa, bitte hierher, so. Wahrhaftig, ich kann es noch gar nicht fassen! Ach, Rakitka, du hättest ihn gestern oder vorgestern herbringen sollen! Na, ich freue mich auch so. Vielleicht ist es auch besser, daß er heute gekommen ist, gerade in so einem Augenblick, und nicht vorgestern …«

Sie setzte sich übermütig zu Aljoscha auf das Sofa, dicht neben ihn, und sah ihn mit unverhohlener Freude an. Sie freute sich wirklich; sie log nicht, wenn sie das sagte. Ihre Augen leuchteten, ihr Mund lachte, lachte gutmütig und vergnügt. Aljoscha hatte so einen gutmütigen Gesichtsausdruck von ihr nicht erwartet. Er war ihr bis zum vorgestrigen Tag nur selten begegnet und hatte sich von ihr eine schreckliche Vorstellung gemacht. Vorgestern nun hatte ihn ihr boshafter, heimtückischer Ausfall gegen Katerina Iwanowna zutiefst erschüttert; und so war er jetzt um so mehr erstaunt, sie auf einmal unerwarteterweise so ganz anders zu sehen. Und wie sehr ihn auch sein eigener Kummer bedrückte, schaute er sie doch unwillkürlich mit Interesse an. Auch ihr äußeres Benehmen hatte sich seit dem vorigen Tag völlig zum Guten hin verändert: die Süßlichkeit der Aussprache, die manierierten Bewegungen waren fast vollständig verschwunden, alles an ihr wirkte schlicht und harmlos, ihre Bewegungen waren ungezwungen und zutraulich; nur war sie sehr aufgeregt.

»Herrgott, was heute aber auch alles passiert, wahrhaftig«, plapperte sie von neuem. »Und warum ich mich über dein Kommen so freue, Aljoscha, weiß ich eigentlich selbst nicht. Wenn du mich danach fragst, weiß ich es nicht.«

»So, nun weißt du nicht einmal mehr, worüber du dich freust?« sagte Rakitin lächelnd. »Warum hast du mir dann früher immer zugesetzt: ›Bring ihn her, bring ihn her!‹ Du mußt doch eine Absicht dabei gehabt haben.«

»Früher hatte ich eine Absicht dabei, aber das ist jetzt vorüber, das verträgt sich nicht mit der jetzigen Lage ... Wißt ihr, ich werde euch etwas vorsetzen. Ich bin jetzt großzügig geworden, Rakitka. Aber setz dich doch auch, Rakitka, was stehst du? Oder hast du dich bereits gesetzt? Da kann man unbesorgt sein, mein Rakituschka wird sich schon nicht vergessen. Siehst du, Aljoscha, da sitzt er uns nun gegenüber und fühlt sich gekränkt, weil ich ihn nicht eher als dich aufgefordert habe sich zu setzen. Ja, mein Rakitka ist empfindlich, sehr empfindlich!« sagte Gruschenka lachend. »Sei nicht ärgerlich, Rakitka, heute bin ich großzügig ... Warum sitzt du so traurig da, Aljoschetschka? Hast du etwa Angst vor mir?« Sie blickte ihn mit lustigem Spott an.

»Er hat Kummer. Die erwartete Beförderung ist ausgeblieben«, sagte Rakitin.

»Was für eine Beförderung?«

»Sein Starez hat angefangen zu stinken.«

»Was heißt das? Du schwatzt irgendwelchen Unsinn, willst irgendwas Schändliches sagen. Sei still, du Dummkopf! Erlaubst du, Aljoscha, daß ich mich auf deinen Schoß setze? Siehst du, so!« Und sie sprang auf, setzte sich ihm lachend auf den Schoß wie ein schmeichelndes Kätzchen und legte den rechten Arm um seinen Hals. »Ich will dich aufheitern, mein frommer Junge! Nein, wirklich, erlaubst du, daß ich auf deinem Schoß sitze? Bist du auch nicht böse darüber? Wenn du befiehlst springe ich sofort wieder herunter.«

Aljoscha schwieg. Er saß da und wagte sich nicht zu rühren Er hörte ihre Worte. »Wenn du befiehlst, springe ich sofort wieder herunter.« Doch er antwortete nicht, als ob er erstarrt wäre. Aber er empfand etwas gänzlich anderes, als Rakitin jetzt bei ihm erwarten mochte, der von seinem Platz aus lüstern die Szene beobachtete. Der große Kummer seiner Seele übertäubte alle Gefühle, die sich in seinem Herzen hätten regen können, und wenn er sich selbst in diesem Augenblick volle Rechenschaft hätte geben können, hätte er selbst erkannt, daß er jetzt gegen jede Verführung und Versuchung auf das festeste gewappnet war. Doch trotz seines seelischen Zustandes, trotz seines bedrückenden Kummers wunderte er sich unwillkürlich über eine neue, seltsame Empfindung in seinem Herzen: Diese »furchtbare« Frau flößte ihm jetzt nicht mehr die Furcht ein, die ihn früher bei jedem flüchtigen Gedanken an eine Frau befallen hatte; nein, ganz im Gegenteil – diese Frau, die er mehr als alle anderen gefürchtet hatte und die jetzt auf seinem Schoß saß und ihn umarmte, erweckte in ihm plötzlich ein ganz anderes, unerwartetes, eigenartiges Gefühl, das einer ungewöhnlichen, übermächtigen, unschuldigen Anteilnahme für sie, das frei war von Furcht und Schrecken! Das war die Hauptsache und versetzte ihn unwillkürlich in Erstaunen.

»Na, nun könntet ihr aber aufhören, Unsinn zu schwatzen!«, rief Rakitin. »Laß uns lieber Champagner bringen, das bist du uns schuldig, wie du selber wissen wirst.«

»Das ist richtig, ich bin es euch schuldig. Ich habe ihm nämlich außer allem anderen auch Champagner versprochen, falls er dich herbringt, Aljoscha. Also her mit dem Champagner, ich werde selbst mittrinken! Fenja, bring uns Champagner! Die Flasche, die Mitja hiergelassen hat, schnell. So geizig ich sonst bin – ich will euch eine Flasche spendieren! Nicht dir, Rakitka, du bist nur so eine Art Pilz, aber er ist ein Prinz! Und wenn meine Seele auch jetzt von etwas anderem voll ist, will ich doch meinetwegen mit euch mittrinken; ich habe Lust, einmal ausgelassen zu sein!«

»Was für ein wichtiger Augenblick ist denn jetzt für dich? Was ist das für eine Nachricht, die du erwartest? Darf man danach fragen, oder ist es ein Geheimnis?« mischte sich Rakitin wieder voll Neugier ein; er gab sich die größte Mühe, so zu tun, als beachte er die Seitenhiebe gar nicht, die ihm Gruschenka fortwährend versetzte.

»Ach was, ein Geheimnis ist es nicht, und du weißt ja auch selbst schon davon«, sagte Gruschenka plötzlich ganz ernst; sie drehte den Kopf zu Rakitin und wandte sich ein wenig von Aljoscha ab, obwohl sie auf seinem Schoß sitzen blieb und den Arm um seinen Hals geschlungen hielt. »Der Offizier kommt, Rakitin! Mein Offizier kommt!«

»Daß er kommen wird, habe ich gehört. Aber steht das schon so nahe bevor?«

»Er ist jetzt in Mokroje, und von dort wird er eine Stafette herschicken. So hat er selbst geschrieben, vorhin habe ich einen Brief von ihm erhalten. Nun sitze ich hier und warte auf die Stafette.«

»Ei sieh mal an! Wieso ist er denn in Mokroje?«

»Es dauert zu lange, das zu erzählen! Und für dich genügt auch das, was ich gesagt habe.«

»Hm, hm, und Mitenka? O weh, o weh! Weiß er es denn oder nicht?«

»Wie sollte er es wissen? Gar nichts weiß er! Wenn er es wüßte, würde er mich ermorden. Aber davor fürchte ich mich jetzt gar nicht, ich fürchte mich jetzt nicht vor seinem Messer! Schweig, Rakitka, erinnere mich nicht an Dmitri Fjodorowitsch; er hat mir mein Herz müde und matt gemacht. Ich mag in diesem Augenblick an all diese Dinge nicht denken. Aber an Aljoschetschka hier kann ich denken, den sehe ich mit Vergnügen an. Ja, lächle du nur über mich, mein Täubchen, werde ruhig heiter, lächle über meine Dummheit und über meine Freude! Aber da hat er ja gelächelt, er hat gelächelt! Sieh nur, was für ein freundliches Gesicht er macht! Weißt du, Aljoscha, ich dachte immer, du bist mir wegen der Geschichte von vorgestern böse, wegen des vornehmen Fräuleins. Ich habe mich gemein benommen, das ist richtig. Und trotzdem ist es gut, daß es so gekommen ist. Es war schlecht und doch auch gut«, fügte Gruschenka mit einem nachdenklichen Lächeln hinzu, und für einen flüchtigen

Augenblick zeigte sich ein Zug von Grausamkeit in ihrem Lächeln. »Mitja hat mir erzählt, sie hätte geschrien: ›Ausgepeitscht müßte, sie werden!‹ Ich hatte sie aber auch zu sehr gekränkt. Sie hatte mich rufen lassen, wollte mich besiegen, mich mit ihrer Schokolade verführen ... Nein, es war gut, daß es so kam«, sagte sie und lächelte wieder. »Aber da fürchte ich nun immer, daß du mir böse geworden bist ...«

»Das ist wirklich so«, mischte sich, ernstlich erstaunt, Rakitin wieder in das Gespräch ein. »Sie fürchtet sich tatsächlich vor dir, Aljoscha. Vor dir harmlosem Hühnchen.«

»Für dich, Rakitka, mag er ein harmloses Hühnchen sein – warum? Weil du kein Gewissen hast, darum! Aber ich, siehst du, ich liebe ihn von Herzen, das ist der Grund! Glaubst du, Aljoscha, daß ich dich von ganzem Herzen liebe?«

»So etwas Schamloses! Da macht sie dir eine richtige Liebeserklärung!«

»Warum nicht? Ich liebe ihn ja.«

»Und der Offizier? Und die wunderschöne Nachricht aus Mokroje?«

»Das ist eine Sache für sich, etwas ganz anderes.«

»Da sieht man, wie es in einem Weiberkopf zugeht!«

»Mach mich nicht zornig, Rakitka!« fiel Gruschenka scharf ein. »Das ist wirklich eine Sache für sich. Ich liebe Aljoscha auf eine andere Art und Weise. Allerdings hatte ich mir früher einen hinterlistigen Anschlag auf dich ausgesonnen, Aljoscha – ich bin ja ein gemeines, unberechenbares Geschöpf; doch zu anderen Zeiten sehe ich dich wieder als mein Gewissen an, Aljoscha. Ich denke immer: Wie muß so ein Mensch mich jetzt verachten! Auch vorgestern habe ich das gedacht, als ich von dem Fräulein wieder nach Hause lief. Schon seit langem habe ich mein Augenmerk auf dich gerichtet, Aljoscha! Auch Mitja weiß das, ich habe es ihm gesagt. Und Mitja hat dafür Verständnis. Wahrhaftig, Aljoscha, manchmal sehe ich dich an und schäme mich, vor mir selbst schäme ich mich ... Aber wie es gekommen ist, daß ich so über dich denke, und seit wann ich das tue, weiß ich nicht, daran kann ich mich nicht erinnern.«

Fenja kam herein und stellte ein Tablett mit einer entkorkten Flasche und drei vollgegossenen Gläsern auf den Tisch.

»Da ist ja auch der Champagner gekommen!« rief Rakitin. »Du bist aufgeregt und außer dir, Agrafena Alexandrowna. Wenn du ein Glas trinkst, wirst du anfangen zu tanzen. O weh, nicht einmal das bringen sie ordentlich zustande!« fügte er nach einem Blick auf den Champagner hinzu. »Die Alte hat ihn in der Küche eingeschenkt, und Fenja hat die Flasche ohne den Korken hereingebracht, und der Wein ist nicht gekühlt. Na, trinken wir ihn halt so!«

Er trat an den Tisch, nahm ein Glas, trank es in einem Zug aus und goß sich ein zweites ein.

»Zu Champagner kommt man nicht oft«, sagte er, sich die Lippen leckend. »Na, nun zu, Aljoscha! Nimm ein Glas und zeig, was du kannst! Worauf wollen wir trinken? Auf die Pforten des Paradieses? Nimm auch ein Glas, Gruscha! Trink auch auf die Pforten des Paradieses!«

»Auf was für Pforten des Paradieses?«

Sie nahm ein Glas.

Aljoscha nahm seins, trank ein Schlückchen und stellte das Glas wieder hin.

»Nein, lieber nicht!« sagte er mit leisem Lächeln.

»Wo du dich doch so gerühmt hast!« rief Rakitin.

»Nun, dann werde ich auch nicht trinken«, fiel Gruschenka ein. »Ich habe auch gar keine Lust. Trink die ganze Flasche allein aus, Rakitka! Wenn Aljoscha trinkt, dann werde ich auch trinken.«

»Was sind das für kalbrige Zärtlichkeiten!« höhnte Rakitin. »Und dabei sitzt sie sogar auf seinem Schoß! Er hat nun wirklich seinen Kummer – und was hast du? Er hat sich gegen seinen Gott empört und wollte Wurst essen …«

»Was soll das heißen?«

»Sein Starez ist heute gestorben. Der Starez Sossima, der Heilige.«

»Ist der Starez Sossima tatsächlich gestorben?« rief Gruschenka. »Herrgott, und ich habe es nicht gewußt! Herrgott, was tue ich da, ich sitze jetzt auf seinem Schoß!« fuhr sie erschrocken fort, sprang auf und setzte sich aufs Sofa.

Aljoscha blickte sie lange erstaunt an, und sein Gesicht schien sich auf einmal zu erhellen.

»Rakitin!« sagte er plötzlich laut und fest. »Verhöhne mich nicht, als ob ich mich gegen meinen Gott empört hätte. Ich möchte dir nicht böse werden, darum sei auch du gütiger! Ich habe einen Schatz verloren, wie du ihn nie besessen hast, und du kannst jetzt nicht mein Richter sein. Schau lieber sie an! Hast du gesehen, welche zarte Rücksicht sie auf mich genommen hat? Ich kam her in der Erwartung, eine böse Seele zu finden. Es zog mich, weil ich selbst gemein und schlecht war. Doch ich fand eine aufrichtige Schwester, ich fand einen Schatz, eine liebende Seele ... Sie hat mich soeben ganz zart geschont ... Agrafena Alexandrowna, ich rede von dir. Du hast meine Seele soeben wieder aufgerichtet.«

Seine Lippen bebten, und er atmete nur mühsam. Dann hielt er inne.

»Das klingt ja, als ob sie dich gerettet hätte!« rief Rakitin boshaft lachend. »Und dabei hat sie dich verführen wollen, weißt du das?«

»Halt, Rakitka!« rief Gruschenka und sprang auf. »Schweigt alle beide! Jetzt werde ich alles sagen! Du, Aljoscha, schweig, weil ich mich schäme, wenn du so von mir sprichst – denn ich bin eine schlechte Person, jawohl, das bin ich. Und du, Rakitka, schweig, weil du die Unwahrheit sagst. Ich hatte den gemeinen Plan und wollte ihn verführen. Aber jetzt redest du die Unwahrheit, jetzt liegt die Sache ganz anders ... Und ich will jetzt kein Wort mehr von dir hören, Rakitka!«

Alles dies sagte Gruschenka in größter Erregung.

»Nun sieh einer an, sie sind beide wütend geworden!« zischte Rakitin, der sie erstaunt ansah. »Wie die Verrückten sind sie! Es ist, als ob ich in ein Irrenhaus geraten wäre. Sie sind beide weich und schwach geworden und werden gleich anfangen zu weinen!«

»Ich werde auch anfangen zu weinen!« rief Gruschenka. »Er hat mich seine Schwester genannt, und das werde ich im Leben nicht vergessen! Nur das will ich noch sagen, Rakitka: Ich bin zwar schlecht, aber ich habe doch eine Zwiebel weggeschenkt!«

»Was für eine Zwiebel? Hol's der Teufel, die sind tatsächlich verrückt geworden!«

Rakitin war erstaunt über die exaltierte Stimmung der beiden, fühlte sich gekränkt und ärgerte sich; er hätte sich indessen sagen können, daß bei beiden alles, was ihre Seelen nur erschüttern konnte, auf eine Weise zusammengetroffen war, wie es im Leben nicht häufig vorkommt. Doch Rakitin, der ein sehr feines Verständnis für alles hatte, was ihn selbst betraf, war sehr ungeschickt, wo es sich darum handelte, die Gefühle und Empfindungen anderer Menschen zu verstehen; das lag teils an seiner jugendlichen Unerfahrenheit, teils auch an seinem großen Egoismus.

»Siehst du, Aljoschetschka«, sagte Gruschenka nervös lachend und wandte sich ihm wieder zu, »vor Rakitka habe ich mich damit gerühmt, daß ich eine Zwiebel weggeschenkt habe. Vor dir rühme ich mich nicht damit, ich will dir das in anderer Absicht erzählen. Es ist nur eine Legende, aber eine gute Legende; ich habe sie, als ich noch ein Kind war, von Matrjona gehört, die jetzt bei mir als Köchin dient. Hör zu. ›Es war einmal eine böse, sehr böse Frau, und die starb. Und als sie gestorben war, wußte niemand von irgendeiner guten Tat, die sie getan hätte. Da ergriffen sie die Teufel und warfen sie in den feurigen See. Aber ihr Schutzengel stand da und dachte: An welche gute Tat von ihr könnte ich mich wohl erinnern, um sie Gott vorzutragen? Da fiel ihm etwas ein, und er sagte zu Gott: Sie hat einmal eine Zwiebel aus ihrem Gemüsegarten einer Bettlerin geschenkt. Und da antwortete ihm Gott: Nimm diese Zwiebel und strecke sie der im See Schwimmenden hin! Soll sie sie ergreifen und sich an ihr festhalten! Und wenn du sie so aus dem See herausziehen kannst, mag sie ins Paradies eingehen. Wenn aber die Zwiebel abreißt, soll das Weib da bleiben, wo sie jetzt ist. Der Engel lief zu ihr und streckte ihr die Zwiebel entgegen. Da, sagte er, ergreif sie und halte dich daran fest! Und er begann sie vorsichtig herauszuziehen und hatte sie schon fast herausgezogen; doch als die übrigen Sünder in dem See sahen, daß diese Frau herausgezogen wurde, da klammerten sie sich alle an sie, um ebenfalls herausgezogen zu werden. Sie aber wurde böse, sehr böse, stieß mit den Füßen nach ihnen und schrie: Ich werde herausgezogen, nicht ihr! Das ist meine Zwiebel, nicht eure! Kaum hatte sie das gesagt, zerriß die Zwiebel. Und die Frau fiel zurück in den See und brennt da noch bis auf den heutigen Tag. Der Engel aber weinte und ging fort.‹ Das ist die Legende, Aljoscha. Ich habe sie auswendig behalten, weil ich selbst diese böse Frau bin ... Vor Rakitka habe ich mich gerühmt, daß ich eine Zwiebel weggeschenkt habe, aber vor dir rede ich anders! Ich habe in meinem ganzen Leben wohl auch nur eine einzige Zwiebel weggeschenkt, das ist meine einzige gute Tat. Und wo du das nun weißt, lobe mich nicht mehr, Aljoscha! Halte mich nicht für gut! Ich bin schlecht, böse, sehr böse, und wenn du mich noch weiter lobst, werde ich mich schämen müssen. Ach, jetzt werde ich nun wohl alles beichten ... Hör zu, Aljoscha. Ich wollte dich so gern zu mir locken, daß ich Rakitin fünfundzwanzig Rubel versprach, wenn er dich zu mir bringt. Einen Moment, Rakitin!« Sie ging mit schnellen Schritten zum Tisch, öffnete die Schublade, holte ihr Portemonnaie heraus und entnahm ihm einen Fünfundzwanzigrubelschein.

»So ein Unsinn, so ein Unsinn!« rief Rakitin verblüfft.

»Nimm, was ich dir schuldig bin, Rakitka. Du wirst es doch nicht ablehnen, du hast ja selbst darum gebeten.« Sie warf ihm die Banknote hin.

»Ablehnen, das fehlte noch!« erwiderte Rakitin. Er war offenbar verlegen, verbarg als forscher junger Mann jedoch seine Beschämung. »Das wird mir jetzt sehr zupaß kommen. Die Dummköpfe sind ja dazu da, daß ein kluger Mann von ihnen profitiert.«

»Und jetzt schweig, Rakitka! Alles, was ich jetzt sage, ist eigentlich nicht für deine Ohren bestimmt. Setz dich dort in die Ecke und schweig! Du liebst uns beide nicht, also schweig wenigstens!«

»Wofür sollte ich euch denn lieben?« antwortete Rakitin grob, der seinen Ärger nicht mehr verbarg. Den Fünfundzwanzigrubelschein steckte er in die Tasche; zweifellos schämte er sich vor Aljoscha. Er hatte damit gerechnet, diesen Lohn erst später zu erhalten, so daß der andere nichts davon erfuhr; jetzt aber war er wütend vor Scham. Bis zu diesem Augenblick hatte er es für klüger gehalten, Gruschenka trotz aller Seitenhiebe, die sie ihm versetzte, nicht so sehr zu widersprechen, weil es ihm klar war, daß sie über ihn eine gewisse Macht besaß. Doch jetzt brauste auch er auf: »Man liebt zum Dank für empfangenes Gut. Ihr beide, was habt ihr mir Gutes getan?«

»Liebe ohne eine Ursache! So wie Aljoscha liebt!«

»Wieso liebt er dich denn? Und wie hat er dir seine Liebe gezeigt, daß du damit prahlst?«

Gruschenka stand mitten im Zimmer. Sie sprach in starker Erregung, mit hysterischem Schluchzen in der Stimme.

»Schweig, Rakitka! Du hast für uns kein Verständnis! Und erlaube dir nicht, künftig noch ›Du‹ zu mir zu sagen! Ich gestatte dir das nicht! Wie hast du dir überhaupt eine solche Dreistigkeit herausnehmen können? Hörst du? Setzt dich in die Ecke und schweig, als ob du mein Lakai wärst! Und jetzt will ich dir allein die ganze reine Wahrheit sagen, Aljoscha, damit du siehst, was ich für ein Geschöpf bin! Ich spreche nicht zu Rakitka, sondern zu dir ... Ich wollte dich zugrunde richten, Aljoscha – das ist die volle Wahrheit! Ich hatte es mir fest vorgenommen. Mein Verlangen war so groß, daß ich Rakitka mit Geld bestach, damit er dich zu mit brächte. Und wodurch war dieses Verlangen in mir entstanden? Du wolltest von mir nichts wissen, Aljoscha, du wandtest dich von mir ab, gingst mit niedergeschlagenen Augen an mir vorbei. Ich aber sah dir wohl hundertmal nach und begann alle Leute über dich auszufragen. Dein Gesichtsausdruck hatte sich meinem Herzen eingeprägt: ›Er verachtet mich!‹ dachte ich. ›Er will mich nicht einmal ansehen!‹ Und da überkam mich schließlich ein Gefühl, daß ich über mich selbst erstaunt war. Ich sagte mir: ›Warum fürchte ich mich vor so einem Knaben? Ich will ihn verführen und dann auslachen!‹ Ich war geradezu wütend geworden. Ob du es glaubst oder nicht: Niemand hier wagt zu sagen oder auch nur zu denken, er könnte Agrafena Alexandrowna in unehrenhafter Weise nähertreten; ich habe nur meinen Alten, an den bin ich gebunden, dem bin ich verkauft, sonst habe ich niemand. Doch als ich dich sah, nahm ich mir vor: ›Den will ich verführen, erst verführen und dann auslachen!‹ Da siehst du, was ich für ein gemeines Wesen bin, ich, die du deine Schwester genannt hast! Jetzt ist nun mein erster Verführer gekommen, und ich sitze hier und warte auf Nachricht. Weißt du aber, was dieser Verführer für mich bedeutet hat? Vor fünf Jahren, als Kusma mich hierhergebracht hatte, saß ich manchmal hier und versteckte mich vor den Leuten, damit niemand etwas von mir sah und hörte. Ich dummes kleines Wesen saß da und schluchzte, ganze Nächte konnte ich nicht schlafen. Ich grübelte: ›Wo mag er jetzt sein, mein Verführer? Er lacht sicherlich mit einer anderen über mich. Wenn ich ihn nur einmal wiedersehen könnte!‹ dachte ich. ›Dann würde ich es ihm heimzahlen, ja, dann würde ich es ihm heimzahlen!‹ Nachts schluchzte ich in mein Kissen und überdachte das immerzu; ich zerfleischte mein Herz absichtlich und sättigte es mit meinem Zorn: ›ich werde es ihm schon noch heimzahlen, ich werde es ihm schon noch heimzahlen!‹. So schrie ich manchmal im Dunkeln. Und wenn mir plötzlich zu Bewußtsein kam, daß ich ihm nichts, gar nichts tun konnte und daß er in jenem Augenblick wahrscheinlich über mich lachte und mich vielleicht ganz vergessen hatte, dann warf ich mich vom Bett auf die Dielen und weinte bis zum Morgengrauen ohnmächtige Tränen. Wenn ich am Morgen aufstand, war ich wütend wie eine Bestie und hätte am liebsten die ganze Welt in Trümmer geschlagen. Später begann ich mir ein gewisses Kapital zusammenzuraffen, ich wurde erbarmungslos, ich wurde fülliger – meinst du, ich wäre vielleicht klüger geworden, ja? Ich sage dir: nein. Kein Mensch auf der Welt sieht und weiß es, aber sobald die nächtliche Dunkelheit kommt, liege ich manchmal genauso da wie vor fünf Jahren als kleines Mädchen, knirsche mit den Zähnen und weine die ganze Nacht. ›Ich werde es ihm schon noch heimzahlen, ich werde es ihm schon noch heimzahlen!‹ denke ich. Hast du das alles gehört? Nun hör zu, wie wirst du mich jetzt begreifen? Vor einem Monat erhielt ich plötzlich einen Brief. Er sei Witwer geworden und möchte mich gern wiedersehen. Der

Atem stockte mir damals, Herr du mein Gott, ich dachte auf einmal: ›Wenn er jetzt kommt und mir pfeift und mich ruft, dann werde ich wie ein Hündchen, das Schläge bekommen hat und um Verzeihung bittet, zu ihm kriechen!‹ So dachte ich und glaubte mir selbst nicht: ›Bin ich ein unwürdiges Geschöpf oder nicht? Werde ich zu ihm laufen oder nicht?‹ Und den ganzen Monat bin ich auf mich so wütend gewesen, daß es noch schlimmer war als vor fünf Jahren. Siehst du jetzt, Aljoscha, was ich für eine verrückte, unberechenbare Frau bin? Ich habe dir die volle Wahrheit gesagt! Mit Mitja habe ich nur Spaß getrieben, um nicht zu dem anderen zu laufen ... Schweig, Rakitka, es steht dir nicht zu, über mich zu richten; mit dir habe ich nicht gesprochen. Bevor ihr kamt, habe ich hier gelegen und gewartet und nachgedacht und einen entscheidenden Beschluß über mein weiteres Schicksal gefaßt! Und ihr werdet niemals erfahren, was in meinem Herzen vorgegangen ist. Sag deinem Fräulein, Aljoscha, sie möchte wegen des Vorfalls von vorgestern nicht böse sein! Und niemand in der ganzen Welt weiß, wie mir jetzt zumute ist, und es kann auch niemand wissen ... Denn vielleicht nehme ich heute ein Messer mit; darüber bin ich noch zu keinem festen Entschluß gekommen ...«

Als Gruschenka das ausgesprochen hatte, konnte sie sich plötzlich nicht mehr beherrschen. Sie redete nicht weiter, verbarg das Gesicht in den Händen, warf sich aufs Sofa in die Kissen und schluchzte wie ein kleines Kind.

Aljoscha stand von seinem Platz auf und trat zu Rakitin.

»Mischa«, sagte er, »sei nicht zornig! Du bist von ihr beleidigt worden, aber sei nicht zornig! Hast du mit angehört, was sie soeben gesagt hat? Man darf von der Seele eines Menschen nicht gar zuviel verlangen: man muß Mitleid haben.«

Aljoscha hatte aus einem unbezwinglichen Drang seines Herzens so gesprochen. Es war ihm ein Bedürfnis gewesen, sich auszusprechen, und so hatte er sich an Rakitin gewandt. Wenn Rakitin nicht dagewesen wäre, hätte er es für sich allein ausgerufen. Doch Rakitin blickte ihn spöttisch an, und Aljoscha brach plötzlich ab.

»Du bist immer noch mit der Weisheit deines Starez geladen und schießt nun diese Weisheit auf mich ab, Aljoschenka, du kleiner Gottesmann!« erwiderte Rakitin mit haßerfülltem Lächeln.

»Lache nicht, Rakitin. Lächle nicht, sprich nicht so von dem Verstorbenen! Er stand höher als alle, die auf Erden leben!« rief Aljoscha mit tränenerstickter Stimme. »Nicht als Richter wollte ich zu dir sprechen, sondern selbst als der niedrigste von denen, die gerichtet werden. Wer bin ich im Vergleich mit ihr? Ich kam hierher, um zugrunde zu gehen, und sagte: Meinetwegen, meinetwegen! Das war eine Folge meines Kleinmuts. Sie aber hat nach fünf Jahren der Qual alles verziehen, alles vergessen und weint, sobald nur jemand kommt und ein aufrichtiges Wort zu ihr sagt! Ihr Verführer ist zurückgekehrt und ruft sie, und sie verzeiht ihm alles und wird voller Freude zu ihm eilen und kein Messer mitnehmen, nein, das wird sie nicht tun! Ich bin kein solcher Mensch! Ich weiß nicht ob du so ein Mensch bist, Mischa – ich bin jedenfalls kein solcher Mensch. Ich habe soeben eine Lektion erhalten … Sie überragt uns an Liebe … Hattest du vorher das von ihr gehört, was sie jetzt erzählt hat? Nein, du hattest es noch nicht gehört; denn sonst hättest du schon längst alles verstanden … Möge ihr auch jene andere verzeihen, die von ihr beleidigt worden ist! Und sie wird ihr verzeihen, wenn sie alles erfährt … Und sie wird alles erfahren … Diese Seele ist noch nicht zum Frieden gelangt, man muß Nachsicht mit ihr haben … In dieser Seele liegt vielleicht ein Schatz verborgen …«

Aljoscha verstummte, er rang nach Atem. Rakitin sah ihn trotz seines Ärgers erstaunt an. Nie hätte er von dem stillen Aljoscha so eine lange Rede erwartet.

»Du entpuppst dich ja als ein gewaltiger Advokat! Du hast dich wohl in sie verliebt, wie? Agrafena Alexandrowna, unser Faster hat sich in dich verliebt, du hast gesiegt!« rief er mit frechem Lachen.

Gruschenka hob den Kopf von dem Kissen, lächelte und blickte Aljoscha gerührt an. Ihr Gesicht war von den Tränen noch geschwollen, wurde aber durch das Lächeln aufgehellt.

»Laß ihn, Aljoscha. Du siehst, was er für ein Mensch ist. Du bist mit deiner Rede an den Unrechten gekommen … Michail Ossipowitsch«, wandte sie sich an Rakitin, »ich wollte dich eigentlich um Verzeihung bitten dafür, daß ich dich beschimpft habe, doch jetzt bin ich von dieser Absicht abgekommen … Aljoscha, komm zu mir, setz dich hierher!« Sie winkte ihn mit fröhlichem Lächeln heran. »So, setz dich hierher! Und nun sag du mir«, sie ergriff seine Hand und sah ihm lächelnd ins Gesicht, »sag du mir, liebe ich diesen Menschen oder nicht? Ich meine den Verführer: Liebe ich ihn oder nicht? Ehe ihr herkamt, habe ich hier im Dunkeln gelegen und immerzu mein Herz gefragt: Liebe ich ihn oder nicht? Beantworte du mir diese Frage, Aljoscha. Die Zeit drängt – was du bestimmst, soll geschehen. Soll ich ihm verzeihen oder nicht?«

»Du hast ihm ja schon verziehen«, erwiderte Aljoscha lächelnd.

»Ja, ich habe ihm wirklich verziehen«, sagte Gruschenka nachdenklich. »Was für ein nichtswürdiges Herz ich habe! Ich trinke auf mein nichtswürdiges Herz!« rief sie, griff plötzlich nach einem Glas, trank es, ohne abzusetzen, aus, hob es hoch und schleuderte es mit einem Schwung auf den Boden. Das Glas zerbrach klirrend. Ein leiser Zug von Grausamkeit tauchte flüchtig in ihrem Lächeln auf. »Aber vielleicht habe ich ihm doch noch nicht verziehen«, sagte sie in beinahe drohendem Ton. Sie senkte die Augen und redete wie im Selbstgespräch. »Vielleicht bereitet sich mein Herz nur erst darauf vor, ihm zu verzeihen. Ich ringe noch mit meinem Herzen … Siehst du, Aljoscha, ich habe die Tränen, die ich in diesen fünf Jahren geweint habe, furchtbar liebgewonnen … Vielleicht liebe ich nur das Unrecht, das er mir angetan hat, und gar nicht ihn?«

»Na, ich möchte nicht in seiner Haut, stecken!« zischte Rakitin.

»Du wirst auch niemals in seiner Haut stecken, Rakitka. Du wirst Schuhe für mich machen, Rakitka! Zu so einem Dienst werde ich dich verwenden. Aber so eine Frau wie ich wird dir nie zufallen. Und ihm vielleicht auch nicht …«

»Ihm auch nicht? Wieso hast du dich dann so herausgeputzt?« höhnte Rakitin boshaft.

»Halte mir nicht meine Kleidung und meinen Schmuck vor, Rakitka – du kennst mein ganzes Herz noch nicht! Wenn ich will, reiße ich sofort alles vom Körper, augenblicklich!« schrie sie laut. »Du weißt nicht, wozu das alles dienen soll, Rakitka! Vielleicht werde ich zu ihm gehen und zu ihm sagen: ›Hast du mich schon so gesehen oder noch nicht?‹ Er hat mich ja als siebzehnjähriges schmächtiges, weinerliches Mädchen verlassen. Und dann werde ich mich zu ihm setzen, ihn bezaubern und wild machen. ›Siehst du, was ich jetzt für eine Frau bin?‹ werde ich dann zu ihm sagen. ›Na, und nun laß dir den Appetit vergehen, werter Herr! Ich habe dir nur den Mund wässerig machen wollen, bekommen wirst du mich nicht!‹ Siehst du, dazu soll das alles vielleicht dienen, Rakitka«, schloß Gruschenka mit boshaftem Lachen. »Ich bin ein wütendes, jähzorniges Weib, Aljoscha. Ich werde meine Kleider zerreißen, mich verstümmeln, meine Schönheit vernichten, mein Gesicht verbrennen und mit dem Messer zerschneiden und dann betteln gehen. Wenn es mir einfällt, werde ich jetzt nirgendwohin und zu niemand gehen. Wenn es mir einfällt, werde ich gleich morgen dem alten Kusma all seine Geschenke und all sein Geld zurückschicken und mein restliches Leben als Tagelöhnerin arbeiten! Denkst du, ich würde das nicht tun, Rakitka? Ich würde nicht wagen, das zu tun? Ich werde es tun, ich werde es tun, in diesem Augenblick kann ich es tun, reizt mich nur nicht! Und den andern werde ich wegjagen und ihm eine lange Nase machen! Der soll mich nicht bekommen!«

Diese letzten Worte schrie sie fast hysterisch; wiederum verlor sie die Herrschaft über sich, bedeckte das Gesicht mit den Händen, warf sich auf das Kissen und schluchzte wieder, daß ihr ganzer Körper zuckte.

Rakitin stand auf.

»Es wird Zeit«, sagte er. »Es ist schon spät, man läßt uns sonst nicht mehr ins Kloster hinein.« Gruschenka sprang hastig auf. »Willst du wirklich weggehen, Aljoscha?« rief sie erstaunt und betrübt. »Was tust du mir an? Du hast mich zur Besinnung gebracht, hast mich gequält – und jetzt kommt wieder die Nacht, und ich soll wieder allein bleiben!«

»Er kann doch nicht bei dir übernachten? Aber wenn du willst, meinetwegen! Dann werde ich eben allein weggehen!« neckte Rakitin sie boshaft.

»Schweig, du schlechter Mensch!« schrie Gruschenka ihn zornig an. »Nie hast du mir solche Worte gesagt wie er.«

»Was hat er denn so Besonderes gesagt?« brummte Rakitin gereizt.

»Ich weiß es nicht, ich erinnere mich nicht. Er hat zu meinem Herzen gesprochen, das Herz hat er mir umgekehrt ... Er ist der erste und einzige Mensch, der mit mir Mitleid gehabt hat, das ist es! Warum bist du nicht früher gekommen, mein Engel?« Sie fiel plötzlich wie verzückt vor ihm nieder auf die Knie. »Mein ganzes Leben habe ich auf einen solchen Menschen wie dich gewartet! Ich wußte, daß ein solcher kommen und mir verzeihen wird! Ich glaubte, daß auch mich, so gemein ich bin, jemand liebgewinnen wird, und nicht für einen schändlichen Preis!«

»Was habe ich dir denn Gutes getan?« antwortete Aljoscha gerührt, wobei er sich zu ihr hinabbeugte und zärtlich ihre Hand ergriff. »Ich habe dir eine Zwiebel gereicht, eine einzige winzige Zwiebel, weiter nichts, weiter nichts!«

In diesem Augenblick ertönte plötzlich Lärm auf dem Flur; jemand kam ins Vorzimmer. Gruschenka sprang erschrocken auf. Laut kam Fenja ins Zimmer gelaufen.

»Gnädiges Fräulein, Täubchen, gnädiges Fräulein! Die Stafette ist da!« rief sie außer Atem. »Ein Reisewagen aus Mokroje will Sie abholen, der Kutscher Timofej mit einer Troika, es werden schon Pferde angespannt ... Ein Brief, gnädiges Fräulein, hier ist ein Brief!«

Sie hatte den Brief in der Hand und schwenkte ihn die ganze Zeit in der Luft umher. Gruschenka entriß ihr den Brief und trug ihn an die Kerze. Es war nur ein Zettelchen mit wenigen Zeilen, sie hatte es im Nu durchgelesen.

»Er hat mich gerufen!« schrie sie. Sie war ganz blaß geworden, und ihr Gesicht verzog sich zu einem schmerzlichen Lächeln. »Er hat gepfiffen. Krieche hin, Hündchen!«

Aber nur einen Augenblick schien sie unentschlossen. Mit einem mal stieg ihr das Blut in den Kopf und färbte ihre Wangen dunkelrot.

»Ich werde fahren!« rief sie plötzlich. »Ihr meine fünf Jahre, lebt wohl! Lebe wohl, Aljoscha, mein Schicksal ist entschieden! Geht weg, geht jetzt alle von mir weg, damit ich euch nie mehr sehe! Gruschenka ist zu einem neuen Leben davongeflogen … Behalt auch du mich nicht in schlechter Erinnerung, Rakitka! Vielleicht gehe ich in den Tod! Ich bin wie betrunken!«

Sie verließ die beiden unvermittelt und lief in ihr Schlafzimmer.

»Na, um uns kümmert die sich jetzt nicht mehr!« brummte Rakitin. »Wir wollen gehen, sonst fängt womöglich dieses Weibergeschrei wieder an. Dieses Weinen und Schreien hängt mir schon zum Hals heraus!«

Aljoscha ließ sich mechanisch hinausführen. Auf dem Hof stand ein Reisewagen, die Pferde wurden ausgespannt, Leute liefen mit Laternen, es war ein geschäftiges Treiben. Durch das geöffnete Tor wurde ein frisches Dreigespann hereingeführt.

Doch kaum waren Aljoscha und Rakitin aus der Haustür getreten, öffnete sich ein Fenster in Gruschenkas Schlafstube, und sie rief Aljoscha mit lauter Stimme nach: »Aljoschetschka, grüß deinen Bruder Mitenka und sag ihm, er möchte, obwohl ich ihm Übles angetan habe, nicht im Bösen an mich denken! Und bestell ihm von mir mit meinen Worten: Gruschenka ist einem Schuft zugefallen und nicht dir edeldenkendem Menschen! Und füge noch hinzu, daß Gruschenka ihn ein Stündchen lang geliebt hat, nur ein Stündchen lang, und er soll sich an dieses Stündchen von nun an sein Leben lang erinnern! Sag ihm, mit diesen Worten habe Gruschenka es dir aufgetragen: ›Sein Leben lang‹ …«

Sie konnte zuletzt kaum noch reden. Das Fenster wurde wieder zugeschlagen.

»Hm, hm!« brummte Rakitin lachend. »Sie hat deinem Bruder Mitenka den Todesstoß versetzt und bittet ihn nun noch, sein Leben lang an sie zu denken. So eine raffinierte Grausamkeit!«

Aljoscha gab keine Antwort, als ob er nichts gehört hätte. Wie in großer Eile lief er neben Rakitin; er schien alles um sich vergessen zu haben und ging nur mechanisch.

Rakitin fühlte plötzlich einen Stich, als hätte man seine frische Wunde mit dem Finger berührt. Als er vorhin Gruschenka mit Aljoscha zusammenbrachte, hatte er etwas ganz anderes erwartet.

»Er ist ein Pole, ihr Offizier«, begann er wieder, sich mit Mühe beherrschend. »Aber er ist jetzt überhaupt nicht Offizier. Er war Zollbeamter in Sibirien, irgendwo da an der chinesischen Grenze, sicher ist er so ein kläglicher kleiner Polacke. Es heißt, er hat seine Stelle verloren. Nun hat er gehört, daß Gruschenka in den Besitz eines Kapitals gelangt ist, und da ist er zurückgekehrt – das ist das ganze Wunder.«

Aljoscha schien wieder nichts gehört zu haben. Rakitin konnte sich nun nicht mehr beherrschen: »Na, hast du eine Sünderin bekehrt?« fragte er Aljoscha boshaft. »Hast du eine Hure auf den Weg der Wahrheit zurückgeführt? Hast du sieben Teufel ausgetrieben, he? Da haben sich ja unsere vorhin vergeblich erwarteten Wunder nun doch vollzogen!«

»Hör auf, Rakitin«, erwiderte Aljoscha schmerzerfüllt.

»Du verachtest mich wohl jetzt wegen der fünfundzwanzig Rubel von vorhin? Ich habe nach deiner Auffassung einen wahren Freund verkauft, wie? Aber du bist ja nicht Christus, und ich bin nicht Judas!«

»Ach, Rakitin, ich versichere dir, ich hatte das schon vergessen«, rief Aljoscha. »Du hast mich erst wieder daran erinnert ...«

Rakitin jedoch kannte in seiner Wut keine Grenzen mehr.

»Hol' euch samt und sonders der Teufel!« brüllte er plötzlich. »Warum, zum Teufel, habe ich mich bloß mit dir abgegeben? Von nun an will ich dich nicht mehr kennen. Geh du allein, da ist dein Weg!«

Er bog mit einer kurzen Wendung in eine andere Straße ein und ließ Aljoscha in der Dunkelheit stehen.

Aljoscha verließ die Stadt und ging über das Feld zum Kloster.

4. Die Hochzeit zu Kana in Galiläa

Es war nach klösterlichen Begriffen schon sehr spät, als Aljoscha in der Einsiedelei eintraf; der Pförtner ließ ihn durch einen besonderen Eingang herein. Es schlug schon neun Uhr – die Stunde allgemeiner Erholung und Ruhe nach dem für alle aufregenden Tag. Aljoscha öffnete schüchtern die Tür und betrat die Zelle des Starez, in der jetzt sein Sarg stand. Außer Vater Paissi, der einsam das Evangelium las, und dem jungen Novizen Porfiri, den das nächtliche Gespräch und die Unruhe des Tages ermüdet hatten und der nun im Nebenzimmer auf dem Fußboden den festen Schlaf der Jugend schlief, war niemand in der Zelle. Obwohl Vater Paissi Aljoscha kommen hörte, sah er ihn nicht einmal an. Aljoscha begab sich in die Ecke rechts von der Tür und begann zu beten. Seine Seele war übervoll, aber von unklaren Empfindungen, von denen keine einzige deutlich hervortrat; vielmehr verdrängte immerzu eine die andere in einem stillen, gleichmäßigen Kreislauf. Aber ihm war seltsam und froh zumute, und Aljoscha wunderte sich darüber nicht. Wieder sah er diesen Sarg und ganz verhüllt diesen teuren Toten vor sich, doch das nagende, quälende Mitleid vom Vormittag war nicht mehr in seiner Seele. Noch bevor er in die Ecke ging, war er vor dem Sarg wie vor einem Heiligtum niedergefallen: Freude, helle Freude hatte seinen Geist und sein Herz erleuchtet. Das Fenster der Zelle war geöffnet, die Luft war frisch und kühl. ›Also ist der Geruch noch stärker geworden, wenn man sich entschlossen hat, das Fenster aufzumachen!‹ dachte Aljoscha. Aber auch dieser Gedanke an den Leichengeruch, ein Gedanke, der ihm noch vor kurzem so schrecklich und entehrend erschienen war, betrübte und empörte ihn jetzt nicht mehr wie vordem. Er begann still zu beten, merkte jedoch bald selbst, daß er fast nur mechanisch betete. Bruchstücke von Gedanken glimmten in seiner Seele wie Sternchen und erloschen sogleich wieder, von anderen abgelöst aber dafür fühlte er sich innerlich gefestigt und getröstet, und dessen war er sich selbst wohl bewußt. Manchmal setzte er in seiner Begeisterung zum Gebet an: Es verlangte ihn innig zu danken und zu lieben. Doch sobald er ein solches Gebet begonnen hatte, ging er geistig plötzlich zu etwas anderem über, versank in Gedanken und vergaß das Gebet ebenso wie das, wodurch es unterbrochen worden war. Er wollte zuhören, was Vater Paissi vorlas, verfiel aber vor Ermüdung allmählich in einen Halbschlummer ...

»Und am dritten Tag ward eine Hochzeit zu Kana in Galiläa«, las Vater Paissi, »und die Mutter Jesu war da. Jesus aber und seine Jünger wurden auch auf die Hochzeit geladen ...«

Eine Hochzeit? Wie kommt das? Eine Hochzeit ... So ging es durch Aljoschas Kopf. Auch sie ist glücklich ... Sie ist zu einem Fest gefahren ... Nein, sie hat kein Messer mitgenommen, ein Messer hat sie nicht mitgenommen ... Das war nur so ein verzweifeltes Wort ... Nun, verzweifelte Worte muß man verzeihen, unbedingt verzeihen. Verzweifelte Worte trösten die Seele ... Ohne sie wäre das Leid für die Menschen gar zu schwer zu ertragen. Rakitin ist in eine Seitengasse eingebogen. Solange Rakitin an die erlittenen Kränkungen denken wird, wird er immer in eine Seitengasse einbiegen. Aber der Weg ... Der breite, gerade, helle kristallklare Weg und die Sonne an seinem Ende ... Oh, was wird da gelesen?

»Und da es an Wein gebrach, spricht die Mutter Jesu zu Ihm: Sie haben nicht Wein«, hörte Aljoscha die Stimme des Vorlesenden. Ach ja, ich habe da etwas nicht beachtet und wollte es doch beachten, ich liebe diese Stelle! Das war zu Kana in Galiläa, das erste Wunder ... Nicht das Leid, sondern die Freude der Menschen suchte Christus auf, als Er sein erstes Wunder tat, ihrer Freude war Er behilflich ... »Wer die Menschen liebt, der liebt auch ihre Freude«, das wiederholte der Verstorbene fortwährend, das war einer seiner wichtigsten Gedanken ... »Ohne Freude kann man nicht leben«, sagt Mitja ... ja, Mitja ... Alles, was aufrichtig und schön ist, ist stets auch voll von verzeihender Liebe ... Auch das hat er gesagt ...

»Jesus spricht zu ihr: Weib, was habe Ich mit dir zu schaffen? Meine Stunde ist noch nicht gekommen. Seine Mutter spricht zu den Dienern: Was Er euch sagt, das tut ...«

Das tut … Zur Freude irgendwelcher armen, sehr armen Leute … Gewiß waren sie arm, wenn sie nicht einmal zur Hochzeit genug Wein hatten … Die Geschichtsschreiber berichten, um den See Genezareth herum und in jener Gegend habe damals die armseligste Bevölkerung gelebt, die man sich denken kann … Und ein anderes großes Herz, das Herz seiner Mutter, wußte, daß Er damals nicht nur um seiner großen, furchtbaren Tat willen herabgekommen war, sondern daß sein Herz auch der einfachen, schlichten Fröhlichkeit jener geringen und harmlosen Leute zugänglich war, die Ihn freundlich zu ihrer dürftigen Hochzeit eingeladen hatten. »Meine Stunde ist noch nicht gekommen.« Das sagt Er mit stillem Lächeln, zweifellos hat Er ihr sanft zugelächelt … In der Tat, ist Er wirklich auf die Erde gekommen, um den Wein auf den Hochzeiten armer Leute zu mehren? Und doch ist Er hingegangen und hat es auf die Bitte seiner Mutter getan … Ach, er liest wieder …

»Jesus spricht zu ihnen: Füllt die Wasserkrüge mit Wasser! Und sie füllten sie bis obenan. Und Er spricht zu ihnen: Schöpft nun und bringt's dem Speisemeister! Und sie brachten's. Als aber der Speisemeister kostete den Wein, der Wasser gewesen war, und wußte nicht, von woher er kam (die Diener aber wußten's, die das Wasser geschöpft hatten), ruft der Speisemeister den Bräutigam. Und spricht zu ihm: Jedermann gibt zuerst den guten Wein, und wenn sie trunken geworden sind, alsdann den geringern; du aber hast den guten Wein bisher zurückbehalten.«

Was ist das? Warum erweitert sich das Zimmer? Ach richtig, es ist ja eine Hochzeit, eine Hochzeit … Da sind ja auch die Gäste, da das junge Paar und die fröhliche Menge und … Wo ist denn der kluge Speisemeister? Und wer ist das dort? Wer ist das? Schon wieder hat sich das Zimmer erweitert … Wer erhebt sich da an dem großen Tisch? Wie, er ist auch hier? Aber er liegt doch im Sarg … Und ist auch hier … Er ist aufgestanden, hat mich gesehen, kommt hierher … Herrgott!

Ja, zu ihm, zu ihm trat er heran, der magere kleine Alte mit den feinen Runzeln im Gesicht, mit froher Miene und leise lächelnd.

Der Sarg war verschwunden, und er trug dieselbe Tracht, in der er tags zuvor mit ihnen zusammengesessen hatte, als sich bei ihm die Besucher versammelt hatten. Sein Gesicht blickte frei und offen, die Augen leuchteten. Wie ging das zu? Er war also ebenfalls auf dem Festmahl, war ebenfalls zur Hochzeit zu Kana in Galiläa geladen …

»Auch ich bin geladen, mein, Lieber, geladen und berufen«, erscholl neben ihm eine sanfte Stimme. »Warum hast du dich versteckt, daß man dich gar nicht sehen kann? Komm doch auch zu uns!« Das war seine Stimme, die Stimme des Starez Sossima! Ja, und wie sollte er es auch nicht sein, wo er ihn doch rief? Der Starez reichte Aljoscha die Hand zum Aufstehen; Aljoscha erhob sich. »Laß uns fröhlich sein!« fuhr der magere kleine Alte fort. »Laß uns neuen Wein trinken, den Wein einer neuen, großen Freude! Siehst du, wieviel Gäste hier sind? Da sind Bräutigam und Braut, da probiert der kluge Speisemeister den neuen Wein. Warum wunderst du dich über mich? Ich habe eine Zwiebel weggeschenkt, darum bin auch ich hier. Und viele hier haben nur eine Zwiebel weggeschenkt, jeder nur ein kleines Zwiebelchen … Was sind unsere Taten? Auch du, du Stiller, du mein sanfter Knabe, auch du hast es heute verstanden, einer Hungernden eine Zwiebel zu geben … So beginne dein Werk, du Lieber! Beginne dein Werk, du Sanfter! Aber siehst du unsere Sonne, siehst du Ihn?«

»Ich fürchte mich … Ich wage nicht hinzusehen«, flüsterte Aljoscha.

»Fürchte Ihn nicht! Furchtbar ist Er uns durch seine Größe, schrecklich durch seine Hoheit, aber Er ist von unendlicher Barmherzigkeit. Aus Liebe zu uns ist Er uns ähnlich geworden und freut sich mit uns und verwandelt Wasser in Wein, damit die Freude der Gäste nicht vorzeitig ein Ende findet. Er erwartet neue Gäste, unaufhörlich lädt Er neue ein, bis in alle Ewigkeit. Und da wird auch schon der neue Wein gebracht. Siehst du, da kommen die Krüge …«

Es entbrannte etwas in Aljoschas Herzen. Sein Herz war so übervoll, daß es ihn schmerzte. Tränen der Verzückung drangen aus seiner

Seele. Er breitete die Arme aus, schrie auf und erwachte … Da war wieder der Sarg und das geöffnete Fenster und die Stimme, die ruhig, ernst und deutlich das Evangelium las. Aber Aljoscha hörte nicht mehr, was gelesen wurde. Seltsam: er war auf den Knien eingeschlafen, und jetzt stand er auf den Beinen, trat rasch, wie wenn er sich von seinem Platz losriß, mit drei festen, schnellen Schritten dicht an den Sarg heran. Er stieß sogar mit der Schulter Vater Paissi an, ohne es zu merken. Dieser hob für einen Moment die Augen vom Buch auf und sah ihn an, wandte sich jedoch sogleich wieder ab, da er begriff, daß mit Aljoscha etwas Besonderes vorgegangen sein mußte. Aljoscha schaute lange auf den Sarg, auf den verhüllten, regungslos im Sarg liegenden Toten mit dem Christusbild auf der Brust und der Kapuze mit dem achteckigen Kreuz auf dem Kopf. Soeben hatte er seine Stimme gehört, und diese Stimme hallte noch in seinen Ohren nach. Er lauschte noch, erwartete noch weitere Worte. Doch auf einmal drehte er sich kurz um und verließ die Zelle.

Auch auf den Stufen vor der Eingangstür blieb er nicht stehen, sondern stieg sie schnell hinab. Seine von Freude erfüllte Seele dürstete nach Freiheit, nach Weite. Über ihm wölbte sich breit und unüberschaubar die Himmelskuppel, voll von stillen, glänzenden Sternen. Vom Zenit zum Horizont zog sich, undeutlich noch, die doppelte Milchstraße hin. Eine frische, regungslos stille Nacht hatte sich über der Erde gelagert. Die weißen Türme und die goldenen Kuppeln der Klosterkirche hoben sich leuchtend von dem saphirfarbenen Himmel ab. Die prächtigen Herbstblumen auf den Beeten um das Haus herum waren entschlummert, um erst am Morgen wieder zu erwachen. Die Stille der Erde schien mit der Stille des Himmels zusammenzufließen, das Geheimnis der Erde berührte sich mit dem der Sterne …

Aljoscha stand und schaute und warf sich plötzlich wie niedergemäht auf die Erde. Er wußte nicht, warum er sie umarmte; er gab sich keine Rechenschaft darüber, warum es ihn so unwiderstehlich verlangte, sie zu küssen. Er küßte sie weinend und schwor in seiner Begeisterung, sie zu lieben, in alle Ewigkeit zu lieben. ›Benetze die Erde mit deinen Freudentränen und liebe diese deine Tränen!‹ So klang es in seiner Seele. Worüber weinte er? Er weinte in seiner hingebungsvollen Freude sogar über diese Sterne, die ihn aus der endlosen Weite anstrahlten und er schämte sich dieser Verzückung nicht. Er hatte das Gefühl, als träfen Fäden von all diesen zahllosen Gotteswelten gleichzeitig in seiner Seele zusammen, als würde sein ganzes Ich von der Berührung mit anderen Welten geradezu körperlich betroffen. Es verlangte ihn, allen alles zu verzeihen, und um Verzeihung zu bitten: nicht für sich, sondern für alle und alles. ›Für mich werden auch andere bitten!‹ klang es wieder in seiner Seele. Doch mit jedem Augenblick fühlte er deutlicher und sozusagen greifbarer, daß etwas seine Seele erfüllte, was so fest und unerschütterlich war wie dieses Himmelsgewölbe. Eine bestimmte Idee übernahm die Herrschaft über seinen Geist, und zwar für sein ganzes Leben und in alle Ewigkeit. Er hatte sich auf die Erde geworfen als ein schwacher Jüngling und stand auf als ein für das ganze Leben gefestigter Kämpfer – und er war sich dessen bewußt, sofort, in eben diesem Moment der Verzückung. Und niemals in seinem weiteren Leben konnte Aljoscha diesen Augenblick vergessen. »In jener Stunde hat jemand meine Seele heimgesucht!« sagte er später einmal. Und er glaubte fest an die Wahrheit dieser seiner Worte.

Drei Tage danach trat er aus dem Kloster aus: der Weisung des verstorbenen Starez folgend, der ihm befohlen hatte, in der Welt zu leben.

Achtes Buch

Mitja

1. Kusma Samsonow

Dmitri Fjodorowitsch, dem Gruschenka als letzten Gruß hatte bestellen lassen, er möge sein Leben lang an das Stündchen denken, als sie ihn geliebt hatte, war in diesem Augenblick ebenfalls in Unruhe und Sorge, obwohl er nichts von dem wußte, was mit ihr vorgefallen war.

In den letzten zwei Tagen hatte er sich in einem so unbeschreiblichen Zustand befunden, daß er tatsächlich an Gehirnentzündung hätte erkranken können, wie er selbst später sagte. Aljoscha hatte ihn am Vormittag des vorhergehenden Tages nicht finden können, und seinem Bruder Iwan war es am selben Tag nicht gelungen, eine Zusammenkunft in dem Restaurant zustande zu bringen. Die Wirtsleute, bei denen Dmitri wohnte, verheimlichten befehlsgemäß seinen Aufenthaltsort. Er hatte sich während dieser beiden Tage buchstäblich nach allen Seiten gedreht und gewendet, »mit seinem Schicksal kämpfend und bemüht, sich zu retten«, wie er selbst sich später ausdrückte. Er hatte in einer dringenden Angelegenheit sogar für einige Stunden die Stadt verlassen, obwohl es ihm furchtbar war, wenn Gruschenka auch nur eine Minute unbeaufsichtigt zurückblieb. Alles dies wurde später in allen Einzelheiten durch unwiderlegliche Beweise festgestellt; jetzt beschränken wir uns auf die notwendigsten Tatsachen dieser zwei Tage seines Lebens, die der plötzlich über ihn hereinbrechenden schrecklichen Katastrophe vorausgingen.

Zwar hatte ihn Gruschenka eine Stunde lang wirklich und aufrichtig geliebt, doch hatte sie ihn gleichzeitig oftmals grausam und erbarmungslos gequält. Die Hauptsache war, daß er nichts von ihren Absichten zu erraten vermochte; auch mit Freundlichkeit oder Gewalt war aus ihr nichts herauszulocken. Sie hätte sich um keinen Preis zu einer Äußerung bewegen lassen, sondern wäre nur zornig geworden und hätte sich gänzlich von ihm abgewandt: das begriff er damals deutlich. Zugleich vermutete er sehr richtig, daß sie sich selbst in einem inneren Kampf, im Zustand außerordentlicher Unentschlossenheit befand, daß sie sich zu etwas entschließen mußte und sich dennoch nicht entschließen konnte. Daher nahm er schweren Herzens an, daß sie ihn mitsamt seiner Leidenschaft zeitweilig geradezu hassen mußte. So war es vielleicht auch; aber was Gruschenka eigentlich bedrückte, ahnte er doch nicht. Ihn quälte, strenggenommen, nur die Alternative: entweder er, Mitja, oder Fjodor Pawlowitsch. Er war übrigens fest davon überzeugt, daß Fjodor Pawlowitsch ihr die gesetzliche Ehe vorschlagen würde – wenn er es nicht schon getan hatte –, und er glaubte keinen Augenblick, daß der alte Lüstling lediglich mit dreitausend Rubeln zum Ziel zu kommen hoffte. Zu dieser Ansicht war Mitja gelangt, weil er Gruschenka und ihren Charakter kannte. Das war auch der Grund, weshalb er sich mitunter einredete, Gruschenkas Qual und ihre ganze Unentschlossenheit käme nur daher, daß sie nicht wußte, wen von ihnen beiden sie wählen sollte, wer von ihnen für sie wohl vorteilhafter wäre. An eine baldige Rückkehr des »Offiziers« aber, jenes Menschen, dessen Ankunft sie mit solcher Unruhe und Angst erwartete, dachte er in jenen Tagen merkwürdigerweise überhaupt nicht. Zwar hatte sich Gruschenka zu diesem Punkt ihm gegenüber in den letzten Tagen sehr schweigsam gezeigt, doch hatte er aus ihrem eigenen Mund von dem Brief erfahren, den sie vor einem Monat von ihrem früheren Verführer erhalten hatte; er kannte zum Teil sogar den Inhalt dieses Briefes. Gruschenka hatte ihn Mitja damals in einem Moment der Verärgerung gezeigt, aber zu ihrem Erstaunen hatte er diesem Brief fast keinen Wert beigelegt. Und es wäre sehr schwer zu erklären, warum. Vielleicht einfach deswegen, weil er, erregt durch die ganze Ungeheuerlichkeit des Kampfes mit seinem Vater um diese Frau, sich selbst nichts vorstellen konnte, was ihm, wenigstens zu dieser Zeit, gefährlicher hätte werden können. An einen Bewerber, der nach fünfjähriger Abwesenheit plötzlich wieder wie aus einer Kulisse hervorspringt, glaubte er einfach nicht, und schon gar nicht so bald.

Außerdem war in diesem ersten Brief des »Offiziers« von der Ankunft des neuen Nebenbuhlers nur sehr unbestimmt die Rede gewesen; er war nebelhaft und schwülstig gehalten und strotzte von empfindsamen Redensarten. Allerdings hatte Gruschenka ihm damals die letzten Zeilen des Briefes, in denen von der Rückkehr etwas bestimmter gesprochen war, verheimlicht. Überdies erinnerte sich Mitenka später, daß er auf Gruschenkas Gesicht in jenem Augenblick den unbewußten Ausdruck stolzer Verachtung über diese Botschaft aus Sibirien wahrgenommen hatte. Und später hatte sie ihm von allen weiteren Beziehungen zu diesem Nebenbuhler nichts mehr mitgeteilt. Auf diese Weise hatte er den Offizier allmählich ganz vergessen. Er hatte nur das eine im Kopf: Wie sich die Sache auch weiterentwickeln und welche Wendung sie auch nehmen mochte – der endgültige Zusammenstoß mit Fjodor Pawlowitsch stünde unmittelbar und unvermeidlich bevor. Gespannt erwartete er jeden Moment Gruschenkas Entscheidung. Er glaubte, diese müßte plötzlich erfolgen, gleichsam auf höhere Eingebung hin. So meinte er, sie würde auf einmal zu ihm sagen: »Nimm mich hin, ich bin auf ewig die Deine!« – und dann würde alle Not ein Ende haben. Er würde sie nehmen und ans Ende der Welt bringen. Oh, er würde sie sogleich wegbringen, malte er sich aus, so weit wie möglich, wenn nicht bis ans Ende der Welt, so doch irgendwohin an die Grenze Rußlands, wo er sie heiraten und sich inkognito mit ihr niederlassen würde, so daß niemand etwas von ihnen wissen konnte, weder hier noch dort noch sonstwo. Und dann würde sogleich ein neues Leben beginnen! Von diesem anderen, neuartigen, tugendhaften Leben – tugendhaft sollte es unbedingt sein, unbedingt! – phantasierte er fortwährend geradezu hingerissen. Er sehnte sich nach dieser Auferstehung und Erneuerung. Der schmutzige Pfuhl, in dem er nach eigenem Willen versunken war, ekelte ihn zu sehr an; und wie viele in solchen Fällen versprach er sich die beste Wirkung von einer Ortsveränderung: Nur weg von diesen Menschen, nur hinaus aus diesen Verhältnissen, nur fort von diesem verfluchten Ort – dann würde alles eine Wiedergeburt erleben, einen neuen Weg gehen! Daran glaubte er, mit diesen Gedanken quälte er sich ab.

Aber dies alles war nur denkbar im Fall einer positiven Entscheidung der Frage. Es gab aber auch eine andere Entscheidung, auch ein anderer, schrecklicher Ausgang war möglich. Sie konnte plötzlich zu ihm sagen: »Mach, daß du wegkommst! Ich habe mich für Fjodor Pawlowitsch entschieden und werde ihn heiraten! Dich kann ich nicht brauchen! ... Und dann ...« Mitja wußte nicht, was dann geschehen würde. Bis zur letzten Stunde wußte er es nicht; das muß zu seiner Verteidigung gesagt werden. Bestimmte Absichten hatte er nicht, er plante kein Verbrechen. Er beobachtete bloß, spionierte und quälte sich selbst – aber er bereitete sich doch nur auf den einen, auf den glücklichen Ausgang seines Geschicks vor. Er vertrieb sogar jeden anderen Gedanken.

Hier begann jedoch wiederum die nächste Qual; ein ganz neuer, fremdartiger, ebenso schwieriger, verhängnisvoller Umstand lag als Hindernis vor ihm. Falls sie nämlich zu ihm sagen sollte: »Ich bin die Deine, bring mich von hier fort!« – auf welche Weise konnte er sie dann fortbringen? Wo hatte er die Geldmittel dazu? Gerade zu diesem Zeitpunkt waren alle Einnahmen versiegt, die er bisher jahrelang aus Fjodor Pawlowitschs Zahlungen gehabt hatte. Freilich hatte Gruschenka Geld, doch Mitja legte in dieser Hinsicht auf einmal einen gewaltigen Stolz an den Tag. Er wollte sie auf eigene Kosten fortbringen und aus eigenen Mitteln, nicht aus ihren, ein neues Leben mit ihr beginnen. Er konnte sich nicht einmal vorstellen, von ihr Geld anzunehmen, und litt unter diesem Gedanken bis zur Unerträglichkeit. Ich will mich über diese Tatsache jetzt nicht ausführlicher auslassen und keine psychologische Untersuchung darüber anstellen; ich vermerke nur, daß seine seelische Verfassung in diesem Augenblick so beschaffen war. Möglich, daß sich das alles indirekt und gewissermaßen unbewußt aus den Gewissensbissen ergab, die er sich wegen des von Katerina Iwanowna erschlichenen Geldes machte. ›Der einen gegenüber habe ich mich wie ein Schuft benommen, und der anderen gegenüber werde ich mich auch wieder als ein Schuft erweisen!‹ dachte er damals, wie er später selber gestand. ›Und wenn Gruschenka das erfährt, wird sie so einen Schuft nicht zum Mann haben wollen … Woher sollte er also dieses verhängnisvolle Geld nehmen? Sonst war vorauszusehen, daß alles in die Brüche ging und nichts zustande kam. Und einzig und allein, weil ich nicht genug Geld habe, welche Schmach!‹

Ich greife vor: Das war es ja eben, daß er vielleicht wußte, wo er dieses Geld erlangen konnte! Genaueres will ich diesmal nicht sagen, später wird alles klarwerden. Jedenfalls bestand gerade darin für ihn das Hauptunglück, und ich will dazu wenn auch nur unklar, noch folgendes sagen: Um *ein Recht zu haben*, dieses irgendwo liegende Geld zu nehmen, mußte er vorher Katerina Iwanowna die dreitausend Rubel zurückerstatten. ›Sonst bin ich ein Taschendieb, ein Schuft, und ich will mein neues Leben nicht als Schuft beginnen!‹ sagte sich Mitja und beschloß, notfalls die ganze Welt auf den Kopf zu stellen, aber Katerina Iwanowna diese dreitausend Rubel um jeden Preis zurückzugeben. Der Schlußprozeß dieser Entscheidung vollzog sich bei ihm während des letzten Zusammenseins mit Aljoscha, vor zwei Tagen, am Abend, nachdem Gruschenka Katerina Iwanowna beleidigt und Mitja sich selbst als Schuft bezeichnet und seinen Bruder gebeten hatte, Katerina Iwanowna dies zu bestellen, falls ihr das ein Trost sein konnte. In jener Nacht nach der Trennung von seinem Bruder hatte er sich in seiner Raserei gesagt, es sei für ihn sogar besser, jemand totzuschlagen und zu berauben, als Katja die geschuldete Summe nicht zurückzugeben. ›Lieber will ich vor dem Ermordeten und Beraubten und vor allen Menschen als Mörder und Dieb dastehen und nach Sibirien wandern, als daß Katja berechtigt sein soll zu sagen, ich hätte sie betrogen und ihr Geld gestohlen und sei mitsamt diesem Geld mit Gruschenka geflohen, um ein tugendhaftes Leben zu beginnen!‹ Und Mitja konnte sich zeitweilig wirklich vorstellen, daß er mit einer Gehirnentzündung enden werde. Doch einstweilen kämpfte er …

Merkwürdig, eigentlich schien ihm nun, angesichts einer solchen Entscheidung, nichts zu bleiben als zu verzweifeln: Woher plötzlich so eine Summe nehmen, noch dazu, wenn man so arm ist wie er? Und doch hoffte er die ganze Zeit bis zum Schluß, es könnte ihm irgendwie, notfalls mit Hilfe des Himmels, gelingen, die dreitausend Rubel zu beschaffen. Aber so geht es eben Leuten, die wie Dmitri Fjodorowitsch ihr ganzes Leben nur verstanden haben, das ihnen durch Erbschaft zugefallene Geld nutzlos zu verschwenden, und die keinen Begriff davon haben, wie Geld erworben wird. Ein Wirbelwind von Phantastereien hatte sich in seinem Kopf erhoben und alle seine Gedanken verwirrt, nachdem er sich vor zwei Tagen von Aljoscha getrennt hatte; er begann mit dem absonderlichsten Unternehmen – vielleicht scheinen solchen Menschen gerade in derartigen Lebenslagen die unmöglichsten, phantastischsten Unternehmungen am ehesten möglich.

Er beschloß, dem Kaufmann Samsonow, Gruschenkas Beschützer, einen »Plan« vorzulegen und sich dafür gleich die benötigte Geldsumme geben zu lassen. An seinem Plan zweifelte er in kommerzieller Hinsicht nicht im geringsten; zweifelhaft war ihm nur, wie Samsonow selbst sein Unternehmen ansehen würde, falls er Lust bekommen sollte, es eben nicht nur von der kommerziellen Seite zu betrachten. Mitja kannte diesen Kaufmann zwar von Angesicht, war jedoch nicht mit ihm bekannt und hatte mit ihm noch kein Wort gesprochen. Aber seltsamerweise hatte sich bei ihm die Überzeugung gebildet, und zwar schon seit längerer Zeit, dieser alte, schon vom Tod gezeichnete Wüstling würde sich zum gegenwärtigen Zeitpunkt vielleicht gar nicht widersetzen, wenn Gruschenka ihr Leben irgendwie anständig gestalten und einen verläßlichen Menschen heiraten wollte, er würde es sogar selbst wünschen und gegebenenfalls selbst dazu beitragen. Ferner glaubte Mitja, sei es aufgrund irgendwelcher Gerüchte oder irgendwelcher Äußerungen Gruschenkas, der Alte würde ihn für Gruschenka Fjodor Pawlowitsch vielleicht vorziehen.

Vielleicht erscheint diese Spekulation auf Hilfe, diese Absicht, die Braut sozusagen aus den Händen ihres Beschützers zu empfangen, vielen Lesern zu unfein und skrupellos. Demgegenüber kann ich nur sagen, daß Mitja Gruschenkas Vergangenheit schon als abgeschlossen betrachtete. Er betrachtete sie mit grenzenlosem Mitleid und glaubte mit allem Feuer seiner Leidenschaft, sobald Gruschenka einmal erklärte, daß sie ihn liebe und ihn heiraten wolle, würde es sofort eine ganz neue Gruschenka geben und mit ihr auch einen ganz neuen Dmitri Fjodorowitsch, frei von allen Lastern und nur mit Tugenden ausgestattet; sie würden einander alles vergeben und zusammen ein neues Leben anfangen. Und was Kusma Samsonow betraf, so war er der Ansicht, dieser habe zwar erheblich in Gruschenkas früheres, abgetanes Leben eingegriffen, sie aber habe ihn nie geliebt, und vor allem sei er ebenfalls schon »vergangen« und erledigt und jetzt gewissermaßen als nicht existent zu betrachten. Außerdem konnte Mitja ihn nicht mehr als Mann ansehen, wo doch jeder in der Stadt wußte, daß er nur noch eine hinfällige Ruine war und zu Gruschenka sozusagen nur noch väterliche Beziehungen unterhielt, und dies schon lange, fast schon seit einem Jahr. Jedenfalls bewies Mitja dabei eine große Naivität: Bei all seinen Lastern war er doch ein sehr naiver Mensch. In seiner Naivität glaubte er unter anderem allen Ernstes, der alte Kusma, im Begriff, in eine andere Welt einzugehen, fühle aufrichtige Reue wegen seines früheren Verhältnisses zu Gruschenka, und sie habe jetzt keinen ergebeneren Beschützer und Freund als diesen bereits unschädlich gewordenen alten Mann.

Am Tag nach seinem Gespräch mit Aljoscha, nach dem Mitja die ganze Nacht fast nicht geschlafen hatte, erschien er gegen zehn Uhr vormittags in Samsonows Haus und ließ sich melden. Dieses Haus, alt, finster, geräumig, hatte zwei Stockwerke und auf dem Hof einen Seitenflügel, mit mehreren Nebengebäuden. Im unteren Stockwerk wohnten zwei verheiratete Söhne Samsonows mit ihren Familien, eine sehr alte Schwester von ihm und eine unverheiratete Tochter. Im Seitenflügel waren seine beiden Gehilfen untergebracht, von denen der eine ebenfalls eine große Familie hatte. Die Kinder Samsonows wie auch seine Gehilfen waren in ihren Wohnungen sehr eingeengt, denn das obere Stockwerk des Hauses benutzte der Alte allein, und er ließ nicht einmal seine Tochter bei sich wohnen, die ihn pflegte und trotz der Atembeschwerden, an denen sie schon lange litt, von unten zu ihm hinauflaufen mußte, sooft er sie rief. Dieses Obergeschoß bestand aus einer Menge von Paradezimmern, die nach Art der damaligen Kaufmannswohnungen mit langweiligen Reihen plumper Mahagonisessel und -stühle, kristallenen Kronleuchtern und trüb gewordenen Spiegeln an den Fensterpfeilern ausgestattet waren. Alle diese Zimmer standen leer und waren unbewohnt, da der kranke Alte nur in seinem abgelegenen kleinen Schlafzimmer hauste, bedient von einer alten Magd, die ihr Haar in einem Kopftuch trug, und einem Burschen, der sich stets im Vorzimmer aufhielt und dort auf einer Truhe schlief. Gehen konnte der alte Mann wegen seiner geschwollenen Beine kaum noch. Er erhob sich nur selten aus seinem Ledersessel; die alte Magd faßte ihn dann unterm Arm und führte ihn ein- oder zweimal im Zimmer umher.

Als ihm der »Hauptmann« gemeldet wurde, befahl er sogleich, ihn abzuweisen. Doch Mitja bestand auf seiner Absicht und ließ sich noch einmal melden. Kusma Kusmitsch befragte den Burschen eingehend: wie der Herr aussehe, ob er auch nicht betrunken sei, ob er auch keinen Krakeel mache. Es wurde ihm geantwortet, er sei nüchtern, wolle aber nicht weggehen. Der Alte befahl wieder, ihn abzuweisen. Da schrieb Mitja, der das alles vorhergesehen und für diesen Fall absichtlich Papier und Bleistift mitgenommen hatte, mit großen, deutlichen Buchstaben auf ein Stück Papier: »In einer sehr dringenden Angelegenheit, die Agrafena Alexandrowna nah berührt!« Das schickte er dem Alten hinein. Nach einigem Überlegen befahl der dem Burschen, den Besucher in den Saal zu führen; die alte Magd schickte er aber mit dem Auftrag an seinen jüngsten Sohn nach unten, er möchte sogleich nach oben kommen. Dieser jüngste Sohn, ein Mann von gewaltigem Wuchs und außergewöhnlicher Körperkraft, der keinen Bart trug und sich nach deutscher Art kleidete, während Samsonow selbst in einem Kaftan ging und einen Vollbart trug, erschien sofort, denn wie alle zitterte er vor dem Vater. Der Alte hatte den jungen Mann nicht etwa aus Furcht vor dem »Hauptmann«

rufen lassen – er war von Natur keineswegs ängstlich –, sondern nur so für alle Fälle, mehr um einen Zeugen zu haben.

Schließlich erschien der Alte im Saal, begleitet von seinem Sohn, der ihn untergefaßt hatte, und dem Burschen. Es ist anzunehmen, daß er unter anderem ziemlich neugierig war. Der Saal, in dem Mitja wartete, war gewaltig groß und sehr düster; er rief unwillkürlich eine trübe, gedrückte Stimmung hervor, mit den zwei Fensterreihen, den Galerien, den »marmorierten« Wänden und den drei riesigen Kristallkronleuchtern in Überzügen.

Mitja saß auf einem Stuhl an der Eingangstür und erwartete in nervöser Ungeduld sein Schicksal. Als der Alte am gegenüberliegenden Eingang erschien, dreißig Schritte von Mitja entfernt, sprang er sofort auf und ging ihm mit festen, langen Militärschritten entgegen. Mitja war anständig gekleidet: zugeknöpfter Oberrock, den Zylinderhut in der Hand, schwarze Handschuhe – genauso wie vor zwei Tagen in der Zelle des Starez, bei der Familienzusammenkunft mit Fjodor Pawlowitsch und den Brüdern. Der Alte erwartete ihn stehend, mit würdevoller, ernster Miene, und Mitja fühlte sofort, daß er ihn von Kopf bis Fuß musterte. Auch fiel ihm Kusma Kusmitschs Gesicht auf, das in der letzten Zeit außerordentlich angeschwollen war: Die an sich schon dicke Unterlippe glich jetzt einem herabhängenden Fladen. Würdevoll und schweigend verbeugte er sich vor dem Gast und bot ihm einen Lehnsessel neben dem Sofa an; er selbst setzte sich, auf den Arm seines Sohnes gestützt und schmerzlich ächzend, Mitja gegenüber auf das Sofa. Und Mitja verspürte beim Anblick dieser schmerzlichen Anstrengungen sogleich Reue und feine Scham, weil er, ein unbedeutender Mensch, eine so würdige Persönlichkeit belästigte.

»Was steht Ihnen zu Diensten, mein Herr?« fragte der Alte endlich langsam, deutlich und ernst, aber höflich.

Mitja fuhr zusammen, schien aufspringen zu wollen, setzte sich aber gleich wieder hin. Dann begann er sofort zu sprechen: laut, schnell, nervös, mit lebhaften Handbewegungen und sichtlich aufgeregt. Zweifellos war dieser Mensch am Rande der Verzweiflung angelangt, er sah sich schon verloren und suchte einen letzten Ausweg, bereit, sich sofort ins Wasser zu stürzen, falls auch der fehlschlug.

Dies alles durchschaute der alte Samsonow wahrscheinlich in einem Augenblick, obgleich sein Gesicht unbeweglich und kalt blieb wie das eines Götzenbildes.

»Der hochverehrte Kusma Kusmitsch hat gewiß schon wiederholt von meinen Streitigkeiten mit meinem Vater Fjodor Pawlowitsch Karamasow gehört, der mich meines mütterlichen Erbes beraubt hat … weil ja die ganze Stadt voll davon ist … Denn hier schwatzen alle Leute von Dingen, die sie nichts angehen … Und außerdem konnten Sie auch durch Gruschenka davon erfahren haben … Pardon, durch Agrafena Alexandrowna, durch die von mir hochverehrte, hochgeachtete Agrafena Alexandrowna …

So begann Mitja, stockte aber schon nach den ersten Worten. Wir werden seine ganze Rede nicht wörtlich anführen, sondern nur den Inhalt angeben. Die Sache sei die, daß er, Mitja, schon vor drei Monaten ausdrücklich einen Rechtsanwalt in der Gouvernementsstadt um Rat gefragt habe, »einen berühmten Rechtsanwalt, Pawel Pawlowitsch Korneplodow, Sie haben sicher von ihm gehört, Kusma Kusmitsch? Eine breite Stirn, ein fast staatsmännischer Geist … Er kennt Sie ebenfalls, er äußerte sich über Sie sehr achtungsvoll …« Hier blieb Mitja zum zweitenmal stecken. Durch solches Mißgeschick ließ er sich jedoch nicht aufhalten: Er ging ohne Zögern über vieles hinweg und strebte immer nur vorwärts. Dieser Korneplodow also habe ihn eingehend befragt und die Dokumente durchgesehen, die er, Mitja, ihm habe vorlegen können; über diese Dokumente drückte sich Mitja besonders unklar aus, an dieser Stelle hatte er es besonders eilig. Dann habe er sich dahingehend geäußert, daß man wegen des Dorfes Tschermaschnja, welches rechtmäßig ihm, Mitja, als Erbteil gehöre, tatsächlich einen Prozeß anstrengen und damit dem schändlichen Alten einen gehörigen Hieb versetzen könne … Denn nicht alle Türen sind verschlossen, und die Advokaten wissen schon, wo man durchkommen kann. Kurz, man könne sogar auf sechstausend Rubel Nachzahlung von Fjodor Pawlowitsch hoffen; ja auf siebentausend, da Tschermaschnja immerhin nicht weniger als fünfundzwanzigtausend Rubel wert sei, das heißt gewiß achtundzwanzigtausend.«

»Dreißigtausend, dreißigtausend, Kusma Kusmitsch! Und denken Sie, ich habe noch nicht einmal siebzehntausend von diesem hartherzigen Menschen bekommen! Ich habe die Sache damals fallen gelassen, denn ich verstehe mich nicht auf das Gerichtswesen. Doch als ich hierherkam, wurde ich starr vor Staunen: Er wollte eine Gegenklage gegen mich einreichen!« Hier geriet Mitja wieder in Verwirrung und ging wieder über dies und jenes kurz hinweg. »Wären also nicht vielleicht Sie geneigt, hochverehrter Kusma Kusmitsch, alle Ansprüche, die ich an diesen Unmenschen habe, zu übernehmen und mir dafür lumpige dreitausend Rubel zu geben? Sie können ja in keinem Fall etwas verlieren, darauf gebe ich Ihnen mein heiliges Ehrenwort! Sie können vielmehr sechs- oder siebentausend für die dreitausend gewinnen. Die Hauptsache ist, daß wir die Sache gleich heute abschließen. Ich will Ihnen bei einem Notar, oder wo Sie sonst ... Kurz, ich bin zu allem bereit! Ich übergebe Ihnen alle Dokumente, die Sie verlangen, ich unterschreibe alles. Und wir sollten dieses Schriftstück sogleich fertigstellen, wenn es irgend möglich ist, noch heute vormittag ... Sie könnten mir diese dreitausend Rubel auszahlen ... Denn welcher Kapitalist in diesem Städtchen könnte sich mit Ihnen messen? Und Sie würden mich damit retten ... Kurzum, Sie würden mein armes Haupt für ein edles Werk retten, für ein erhabenes Werk, kann man sagen! Ich hege nämlich die edelsten Gefühle für eine gewisse Person, die Sie genau kennen und für die Sie väterlich sorgen. Wenn nicht väterlich, wäre ich nicht gekommen. Und man kann sagen, hier stoßen drei Personen mit den Stirnen zusammen – denn das Schicksal ist ein grausames Wesen, Kusma Kusmitsch! Das ist die Realität, Kusma Kusmitsch, die Realität! Und da man Sie schon lange ausschließen muß, bleiben noch zwei Stirnen übrig. Ich habe das vielleicht nicht sehr geschickt ausgedrückt, aber ich bin eben kein Literat. Das heißt, die eine Stirn ist meine eigene und die andere die dieses Unmenschen. Also wählen Sie: entweder ich oder der Unmensch! Alles liegt jetzt in Ihrer Hand – drei Schicksale und zwei Lose ... Verzeihen Sie, ich habe mich verheddert, aber Sie verstehen mich schon ... Ich sehe es an Ihren geschätzten Augen, daß Sie mich verstanden haben. Und wenn Sie mich nicht verstanden haben, gehe ich noch heute ins Wasser – so steht die Sache!«

Mit diesen Worten brach Mitja seine sinnlose Rede ab, sprang von seinem Platz auf und erwartete die Antwort auf seinen dummen Vorschlag. Bei seinem letzten Satz hatte er plötzlich gefühlt, daß alles hoffnungslos verloren war, und besonders, daß er furchtbaren Unsinn zusammengeschwatzt hatte.

›Merkwürdig: während ich herging, erschien mir alles gut, doch jetzt ist es der reine Unsinn!‹ Dieser Gedanke ging dem Hoffnungslosen plötzlich durch den Kopf.

Die ganze Zeit, während Mitja redete, hatte der Alte dagesessen, ohne sich zu rühren, und ihn mit eisiger Miene beobachtet. Nachdem Kusma Kusmitsch ihn ungefähr eine Minute hatte warten lassen, sagte er endlich im Tonfall entschiedenster Absage. »Entschuldigen Sie, mit solchen Sachen geben wir uns nicht ab.«

Mitja spürte auf einmal, wie ihm die Beine schwach wurden.

»Was soll ich denn nun anfangen, Kusma Kusmitsch?« murmelte er mit einem matten, gezwungenen Lächeln. »Ich bin jetzt verloren, sagen Sie doch selbst.«

»Entschuldigen Sie ...«

Mitja stand noch immer da und blickte starr vor sich hin. Plötzlich bemerkte er, daß sich im Gesicht des Alten etwas bewegte, und er fuhr zusammen.

»Sehen Sie, mein Herr ... Uns sind solche Sachen – unbequem«, sagte der Alte langsam. »Da hat man mit den Gerichten und Advokaten zu tun, eine höchst unerquickliche Geschichte! Aber wenn Sie wollen, da ist ein Mann, an den könnten Sie sich wenden ...«

»Mein Gott, wer ist es denn? Sie geben mich dem Leben wieder, Kusma Kusmitsch!« stammelte Mitja.

»Er ist kein Hiesiger, dieser Mann, und er ist jetzt auch nicht hier. Er stammt aus dem Bauernstand und handelt mit Holz, sein Name ist Ljagawy. Mit Fjodor Pawlowitsch feilscht er schon ein Jahr um

Ihren Wald in Tschermaschnja; sie können über den Preis nicht einig werden, vielleicht haben Sie davon gehört. Jetzt ist er gerade wieder hingefahren. Er wohnt zur Zeit bei dem Popen von Iljinskoje, das werden etwa zwölf Werst von der Station Wolowja sein, im Dorf Iljinskoje. Er hat in dieser Angelegenheit, das heißt wegen des Waldes, auch an mich geschrieben und mich um Rat gefragt. Fjodor Pawlowitsch will selbst zu ihm fahren. Wenn Sie also Fjodor Pawlowitsch zuvorkommen und diesem Ljagawy dasselbe vorschlagen wie mir, dann würde er vielleicht ...«

»Ein genialer Gedanke!« unterbrach ihn Mitja entzückt. »Das muß ihm wie gerufen kommen, haargenau wie gerufen! Er feilscht um den Wald, ihm wird zuviel abverlangt, und nun bekommt er gleich noch ein Dokument über den Besitz selbst, hahaha!« Und Mitja brach in ein kurzes, hölzernes Lachen aus, das so unerwartet kam, daß sogar Samsonow mit dem Kopf zuckte.

»Wie kann ich Ihnen dafür danken, Kusma Kusmitsch?« rief Mitja begeistert.

»Kein Anlaß«, erwiderte Samsonow und neigte den Kopf.

»Aber Sie wissen nicht, daß Sie mich gerettet haben! Oh, eine Ahnung führte mich zu Ihnen! Also, hin zu diesem Popen!«

»Kein Grund zum Dank, Herr.«

»Ich eile, ich fliege, ich habe sträflicherweise Ihren Gesundheitszustand außer acht gelassen. Ich werde Ihnen das mein Leben lang nicht vergessen, das sage ich Ihnen als echter Russe, Kusma Kusmitsch! Als echter R-russe!«

»Schön, schön!«

Mitja wollte die Hand des Alten ergreifen und sie schütteln, doch ein boshafter Ausdruck blitzte in dessen Augen auf. Mitja zog seine Hand zurück, machte sich aber sofort selbst Vorwürfe wegen seines Mißtrauens. ›Er ist müde!‹ sagte er sich. »Für sie! Für sie, Kusma Kusmitsch! Sie verstehen, daß es nur für sie ist!« schrie er plötzlich durch den ganzen Saal, verbeugte sich, wandte sich kurz um und eilte mit denselben schnellen, langen Schritten zum Ausgang, ohne sich noch einmal umzudrehen.

›Alles war schon verloren, und da hat mich mein Schutzengel gerettet!‹ ging es ihm durch den Kopf. ›Wenn ein Geschäftsmann wie dieser Alte (ein edeldenkender alter Mann, und was hat er für eine würdige Haltung!) – wenn er mir diesen Weg gezeigt hat, dann ist die Sache natürlich so gut wie gewonnen. Ich will sofort hineilen. Vor Anbruch der Nacht bin ich zurück, nun, meinetwegen auch erst in der Nacht, aber die Sache wird zum guten Ende gebracht! Es ist doch nicht denkbar, daß sich der Alte über mich lustig gemacht hat?‹

So dachte Mitja, als er nach Hause ging, und allerdings konnten sich seinem Geist auch nur zwei Möglichkeiten darbieten: Entweder war das ein vernünftiger Rat von einem Praktiker, der sich auf Geschäfte verstand und auch diesen Ljagawy kannte, ein sonderbarer Name übrigens – oder der Alte hatte sich über ihn lustig gemacht! Leider war der letztere Gedanke der richtige. Später, sehr viel später, als die ganze Katastrophe schon geschehen war, gestand der alte Samsonow selbst lachend, den »Hauptmann« damals zum besten gehalten zu haben. Er war ein boshafter, kalter, spottlustiger Mensch, der überdies krankhafte Antipathien hatte. War es die begeisterte Miene des »Hauptmanns« oder war es die dumme Zuversicht dieses »Schlemmers und Verschwenders«, er, Samsonow, müßte auf solchen Unsinn wie diesen »Plan« hereinfallen, oder war es ein eifersüchtiges Gefühl Gruschenkas wegen, um derentwillen dieser »Galgenstrick« mit seiner unsinnigen Bitte zu ihm gekommen war – ich weiß nicht, was eigentlich auf den Alten gewirkt hatte. In dem Augenblick jedenfalls, als Mitja vor ihm stand und fühlte, daß ihm die Beine schwach wurden, als er halb von Sinnen rief, daß er verloren sei – in dem Augenblick hatte sich der Alte voll grenzenloser Bosheit vorgenommen, ihn anzuführen.

Als Mitja hinausgegangen war, wandte sich Kusma Kusmitsch, blaß vor Zorn, an seinen Sohn und befahl, dafür zu sorgen, daß dieser Lumpenkerl nie wieder hereingelassen würde, nicht einmal auf den Hof, sonst … Er sprach seine Drohung nicht zu Ende aus, doch selbst sein Sohn, der ihn oft zornig gesehen hatte, fuhr vor Schreck zusammen. Noch eine Stunde danach zitterte der Alte vor Wut am ganzen Körper, und gegen Abend wurde er krank und schickte nach seinem Arzt.

2. Ljagawy

Mitja mußte also sofort losfahren, Geld für Pferde besaß er jedoch nicht; das heißt, er besaß zwei Zwanzigkopekenstücke: Das war alles, was ihm aus den Jahren früheren Wohlstandes geblieben war. Aber er hatte zu Hause noch eine alte silberne Uhr liegen, die schon längst nicht mehr ging. Die trug er zu einem jüdischen Uhrmacher, der in der Ladenstraße einen kleinen Laden hatte, und erhielt dafür sechs Rubel. »Auch das hatte ich nicht erwartet!« rief Mitja entzückt – er befand sich noch immer in einem Zustand der Begeisterung –, nahm die sechs Rubel und lief nach Hause. Dort vermehrte er diese Summe noch, indem er sich drei Rubel von seinen Wirtsleuten borgte, die sie ihm gern gaben, obwohl es ihr letztes Geld war – so sehr mochten sie ihn. Mitja entdeckte ihnen ohne Umschweife, daß sich jetzt sein Schicksal entscheiden müsse, und erzählte ihnen, selbstverständlich nur flüchtig, fast seinen ganzen »Plan«, den er soeben dem alten Samsonow vorgetragen hatte, danach dessen Antwort, seine Hoffnungen für die Zukunft und so weiter und so fort. Seine Wirtsleute waren auch früher schon in viele seiner Geheimnisse eingeweiht worden und betrachteten ihn daher als ihresgleichen und nicht als einen stolzen gnädigen Herrn.

Nachdem Mitja auf diese Weise neun Rubel zusammengebracht hatte, ließ er Postpferde holen, um nach Wolowja zu fahren. Aber dadurch wurde eine Tatsache offenkundig, die sich dann im Gedächtnis der Betreffenden einprägte: daß nämlich Mitja am Tag vor einem bestimmten Ereignis, und zwar gegen Mittag, keine Kopeke besaß, daß er, um sich Geld zu verschaffen, seine Uhr verkaufte und sich drei Rubel von seinen Wirtsleuten borgte, und das alles in Gegenwart von Zeugen … Ich notiere diese Tatsache im voraus; später wird klar werden, warum.

Während Mitja nach Wolowja jagte, strahlte sein Gesicht zwar in dem freudigen Vorgefühl, daß er nun endlich »alle diese Angelegenheiten« glücklich erledigen würde, dennoch quälte ihn auch die Unruhe: Was geschieht in seiner Abwesenheit mit Gruschenka? Ob sie sich nicht vielleicht gerade heute entschließt, zu Fjodor Pawlowitsch zu gehen? Das war auch der Grund, weshalb er ihr von seiner Abreise nichts mitgeteilt und seinen Wirtsleuten aufgetragen hatte, niemandem zu sagen, wo er geblieben war. ›Ich muß unbedingt heute abend wieder zurück sein!‹ sagte er sich wiederholt, während er auf dem Bauernwagen durchgerüttelt wurde. ›Und diesen Ljagawy muß ich womöglich auch gleich mitschleppen, damit wir dieses Schriftstück fertigstellen.‹ So dachte Mitja sorgenvoll; doch war es seinen Gedanken leider nicht beschieden, »plan«gemäß verwirklicht zu werden.

Erstens kam er von der Station Wolowja aus später, als er gerechnet hatte, ans Ziel. Es stellte sich heraus, daß der Landweg nicht zwölf, sondern achtzehn Werst lang war. Zweitens traf er den Popen von Iljinskoje nicht zu Hause an; dieser hatte sich in ein Nachbardorf begeben. Ehe Mitja mit den schon erschöpften Pferden in diesem Nachbardorf angelangt war und ihn dort ausfindig gemacht hatte, war schon beinahe die Nacht angebrochen. Der Pope, ein schüchternes, freundliches Männchen, erklärte ihm, dieser Ljagawy habe zwar ursprünglich bei ihm logieren wollen, befinde sich aber jetzt in Suchoi Posjolok und werde dort in dem Häuschen eines Waldhüters übernachten, weil er auch dort wegen eines Waldes verhandle. Auf Mitjas dringende Bitte, ihn sogleich zu Ljagawy zu führen und »ihn dadurch sozusagen zu retten«, erklärte sich der Pope nach anfänglichem Zaudern bereit, ihn nach Suchoi Posjolok zu begleiten, weil er offenbar eine starke Neugier verspürte; aber leider riet er, zu Fuß zu gehen, da es nur »ein ganz klein wenig über eine Werst« sei. Mitja willigte selbstverständlich ein und lief mit seinen großen Schritten so drauflos, daß der arme Pope beinahe rennen mußte. Er war ein noch nicht alter und sehr vorsichtiger Mann. Mitja sprach auch mit ihm sofort über seine »Pläne« und verlangte in hitzigem, nervösem Ton ständig Ratschläge bezüglich Ljagawys. Der Pope hörte aufmerksam zu, gab allerdings kaum einen Rat. Auf Mitjas Fragen antwortete er ausweichend: »Ich weiß nicht … Ach, das weiß ich nicht … Woher sollte ich das wohl wissen?«, und so weiter. Als Mitja von seinen Erbschaftsstreitigkeiten mit dem Vater redete, wurde der Pope sogar ängstlich, weil er zu Fjodor Pawlowitsch in einem gewissen Abhängigkeitsverhältnis stand.

Übrigens fragte er erstaunt, warum Mitja diesen handeltreibenden Bauern Gorstkin immer Ljagawy nenne, und erklärte ihm, Ljagawy sei nur sein Spitzname; Gorstkin fühle sich durch diesen Namen sehr gekränkt, und man müsse ihn unbedingt Gorstkin nennen. »Sonst werden Sie bei ihm nichts erreichen, und er wird Sie nicht einmal anhören!« schloß der Pope.

Mitja wunderte sich ein wenig, habe doch Samsonow selbst den Betreffenden so genannt. Als der Pope das hörte, brach er dieses Gespräch sofort ab, obgleich er Dmitri Fjodorowitsch seine Vermutung lieber gleich hätte mitteilen sollen: daß Samsonow, wenn er ihn zu diesem Bauern geschickt und den dabei Ljagawy genannt habe, sich wohl lustig machen wollte und daß da etwas nicht in Ordnung zu sein scheine.

Mitja hatte jedoch keine Zeit, sich »bei solchen Kleinigkeiten« aufzuhalten. Er schritt eilig aus, und erst als er in Suchoi Posjolok angekommen war, merkte er, daß sie nicht eine Werst und nicht anderthalb Werst gegangen waren, sondern mindestens drei. Das ärgerte ihn, aber er beherrschte sich.

Sie kamen zu dem Häuschen. Der Waldhüter, ein Bekannter des Popen, bewohnte die eine Hälfte des Häuschens; in der anderen, der »guten Stube«, jenseits des Flurs, hatte sich Gorstkin einquartiert. Sie traten in diese gute Stube ein und zündeten ein Talglicht an. Die Stube war überheizt. Auf einem Tisch aus Fichtenholz standen ein erloschener Samowar, ein Präsentierteller mit Tassen, eine ausgetrunkene Flasche Rum und eine nicht ganz ausgetrunkene Flasche Branntwein; Reste eines Weißbrots lagen auch umher. Der Gast selbst hatte sich auf einer Bank ausgestreckt, den zusammengeballten Rock statt eines Kissens unter dem Kopf, und schnarchte gewaltig. Mitja war zunächst unentschlossen, doch dann sagte er in seiner Unruhe: »Natürlich muß ich ihn wecken, meine Angelegenheit ist höchst wichtig. Ich habe mich so beeilt und muß heute noch zurück. »Der Pope und der Waldhüter standen da, ohne ihre Meinung auszusprechen. Mitja trat zu dem Schlafenden und versuchte ihn zu wecken. Er versuchte es mit aller Energie, der Schläfer wachte nicht auf. »Er ist betrunken!« rief Mitja. »Was soll ich machen, o Gott, was soll ich machen?« Und er machte sich in seiner Ungeduld daran, ihm den Kopf zu schütteln, ihn hochzuheben und ihn auf die Bank zu setzen; dennoch erreichte er nach langen Bemühungen nur, daß dieser anfing, sinnlos zu brüllen und laute, aber unverständliche Flüche auszustoßen.

»Es wäre doch besser, wenn Sie warteten«, sagte der Pope endlich. »Es ist offenbar nichts mit ihm anzufangen.«

»Er hat den ganzen Tag getrunken«, bemerkte der Waldhüter.

»O Gott!« rief Mitja. »Wenn Sie wüßten, wie dringend ich mit ihm sprechen muß und in welcher Verzweiflung ich mich befinde!«

»Nein, wirklich, Sie warten besser bis zum Morgen«, sagte der Pope noch einmal.

»Bis zum Morgen? Ich bitte Sie, das ist unmöglich!«

Und erneut bemühte er sich verzweifelt, den Betrunkenen zu wecken, ließ jedoch sogleich wieder von diesem Versuch ab, als er die völlige Nutzlosigkeit seiner Bemühungen einsah. Der Pope schwieg, der verschlafene Waldhüter machte ein finsteres Gesicht.

»Was für furchtbare Tragödien spielt die Realität mit den Menschen!« sagte Mitja in heller Verzweiflung. Der Schweiß trat ihm ins Gesicht. Der Pope nutzte diesen Moment und setzte ihm sehr vernünftig auseinander, daß Gorstkin, selbst wenn es gelänge, ihn zu wecken, in seiner Betrunkenheit doch nicht imstande wäre, ein Gespräch zu führen. »Sie haben doch eine wichtige Angelegenheit, da wird es schon richtiger sein, es bis zum Morgen zu lassen.«

Mitja breitete verzweifelt die Arme aus und fügte sich.

»Ich werde in dieser Stube bleiben, Väterchen, das Licht brennen lassen und versuchen, ob ich einen geeigneten Augenblick erhaschen kann. Sowie er aufwacht, werde ich anfangen … Das Licht werde ich dir bezahlen«, wandte er sich an den Waldhüter. »Und das Nachtquartier ebenfalls – du sollst Dmitri Karamasow in guter Erinnerung behalten. Ich weiß nur nicht, was mit Ihnen wird, Väterchen? Wo werden Sie sich denn hinlegen?«

»Ich werde nach Hause zurückkehren. Mit seiner kleinen Stute. »Er deutete auf den Waldhüter. »So leben Sie wohl! Ich wünsche Ihnen, daß Sie alles zu Ihrer Zufriedenheit erledigen.«

So geschah es denn auch. Der Pope fuhr mit der Stute weg, froh, daß er endlich losgekommen war; und doch schüttelte er nachdenklich den Kopf und überlegte, ob er nicht gleich morgen früh Fjodor Pawlowitsch über dieses merkwürdige Ereignis benachrichtigen sollte. Sonst erfährt er es womöglich von anderer Seite, wird ärgerlich und stellt seine Spenden ein! Der Waldhüter kratzte sich im Nacken und begab sich schweigend in seine Stube. Mitja aber setzte sich auf eine Bank, um, wie er sich ausgedrückt hatte, einen geeigneten Augenblick zu erwischen. Ein tiefer Kummer lagerte sich wie schwerer Nebel auf seine Seele. Er saß da und grübelte, war aber nicht imstande, etwas klar zu überlegen. Das Licht brannte herunter, ein Heimchen zirpte, in der überheizten Stube wurde die Luft unerträglich dunstig. Plötzlich trat ihm ein Garten vor Augen, ein Gang hinter dem Garten, beim Vater öffnet sich geheimnisvoll eine Tür, und durch die Tür läuft Gruschenka hinein … Er sprang von der Bank auf.

»Eine Tragödie!« sagte er zähneknirschend, trat unbewußt zu dem Schlafenden hin und sah ihm ins Gesicht.

Es war ein magerer, noch nicht alter Bauer, mit einem länglichen Gesicht, rötlichem, lockigem Haar, mit einem langen, dünnen, rötlichen Bärtchen. Bekleidet war er mit einem Kattunhemd und einer schwarzen Weste, aus deren Tasche die Kette einer Uhr herausschaute. Mitja betrachtete dieses Gesicht mit furchtbarem Haß, und aus einem nicht recht verständlichen Grund war ihm vor allem der Umstand verhaßt, daß der Schläfer lockiges Haar hatte. Besonders war es für ihn unerträglich beleidigend, daß er, Mitja, der so vieles geopfert und so vieles im Stich gelassen hatte, mit seiner dringenden Angelegenheit nun so erschöpft hier stand, während dieser Faulpelz, von dem jetzt sein ganzes Schicksal abhing, schnarchte, als ob gar nichts los wäre. »O Ironie des Schicksals!« rief Mitja aus und machte sich noch einmal daran, den betrunkenen Bauern zu wecken. Und zwar tat er das, nun gänzlich den Kopf verlierend, in einem richtigen Anfall von Wut; er riß ihn, stieß ihn, schlug ihn sogar. Doch nachdem er sich etwa fünf Minuten lang wiederum vergeblich abgemüht hatte, kehrte er in ohnmächtiger Verzweiflung zu seiner Bank zurück und setzte sich hin.

»Zu dumm!« rief er aus. »Und wie ehrlos das alles ist!« fügte er noch hinzu. Der Kopf begann ihm furchtbar weh zu tun. ›Soll ich aufgeben und zurückfahren?‹ überlegte er. ›Nein, nun will ich auch bis zum Morgen bleiben. Jetzt bleibe ich erst recht, jetzt erst recht! Wozu wäre ich sonst überhaupt hergekommen? Und es ist auch kein Fuhrwerk da, mit dem ich fahren könnte! Wie soll ich jetzt von hier wegkommen? O diese absurde Lage!‹

Sein Kopfschmerz wurde immer schlimmer. Er saß da, ohne sich zu rühren, und merkte nicht, wie er im Sitzen einschlief. Er mußte zwei Stunden oder noch etwas länger geschlafen haben, als er von einem unerträglichen Kopfschmerz erwachte, so unerträglich, daß er hätte schreien mögen. In den Schläfen hämmerte das Blut, der Scheitel tat ihm weh, noch längere Zeit nach dem Aufwachen konnte er nicht recht zu sich kommen und begreifen, was eigentlich mit ihm vorgegangen war. Endlich merkte er, daß sich in der überheizten Stube ein furchtbarer Kohlendunst befand und daß er davon vielleicht hätte sterben können. Der betrunkene Bauer aber lag immer noch da und schnarchte; das Licht war nahe daran auszugehen. Mitja schrie auf und eilte schwankend durch den Flur in die Stube des Waldhüters. Der erwachte schnell; als er hörte, daß in der anderen Stube Kohlendunst war, ging er zwar, das Erforderliche zu tun, nahm die Tatsache jedoch so seltsam gleichmütig hin, daß Mitja sich wunderte und gekränkt fühlte.

»Wenn er nun gestorben wäre, was dann?« schrie Mitja ihn zornig an.

Tür, Fenster und Ofenröhre wurden geöffnet. Mitja schleppte aus dem Flur einen Eimer Wasser herbei und befeuchtete zuerst sich selbst den Kopf; dann tauchte er einen Lappen ins Wasser und legte ihn dem schlafenden Ljagawy auf den Kopf. Der Waldhüter aber behandelte den ganzen Vorfall weiterhin mit Geringschätzung und sagte, nachdem er das Fenster geöffnet hatte, mürrisch: »Na, nun wird's wohl gut sein!« Und ging wieder schlafen; eine Blechlaterne, die er noch angezündet hatte, ließ er Mitja zurück. Mitja mühte sich mit dem Betrunkenen, der vom Kohlendunst halb vergiftet war, noch ungefähr eine halbe Stunde lang ab, indem er ihm fortwährend den Kopf naß machte, und nahm sich ernstlich vor, die ganze Nacht nicht mehr zu schlafen. Ermattet setzte er sich nur für einen Augenblick hin, um sich zu erholen, schloß jedoch die Augen, streckte sich sofort unbewußt auf der Bank aus und schlief im nächsten Moment wie ein Toter.

Er erwachte erst sehr spät. Es war schon ungefähr neun Uhr morgens.

Die Sonne schien hell in die beiden kleinen Fenster.

Der kraushaarige Bauer saß auf der Bank und hatte bereits sein ärmelloses Wams angezogen. Vor ihm stand ein zurechtgemachter Samowar und eine neue Flasche Branntwein. Die von gestern war schon ausgetrunken und die neue schon wieder über die Hälfte geleert. Mitja sprang auf und erriet sofort, daß der verdammte Bauer erneut betrunken war, schwer betrunken, kaum zu ernüchtern. Er musterte ihn etwa eine Minute lang mit großen Augen. Der Bauer sah ihn schweigend mit einer schlauen beleidigenden Ruhe an, ja sogar mit geringschätzigem Hochmut, wie es Mitja vorkam. Er stürzte auf ihn los.

»Erlauben Sie, sehen Sie ... ich ... Sie haben es sicher schon von dem Waldhüter gehört. Ich bin Leutnant Dmitri Karamasow, ein Sohn des alten Karamasow, mit dem Sie wegen des Waldes verhandeln.«

»Du lügst!« erwiderte der Bauer mit ruhiger, fester Stimme.

»Wieso lüge ich? Sie kennen doch Fjodor Pawlowitsch?«

»Ich kenne deinen Fjodor Pawlowitsch nicht«, sagte der Bauer und bewegte schwerfällig die Zunge.

»Sie stehen aber doch mit ihm in Verhandlung wegen des Waldes! Wachen Sie doch auf, sammeln Sie Ihre Gedanken! Der Pope Pawel aus Iljinskoje hat mich hierher begleitet ... Sie haben doch an Samsonow geschrieben, und er hat mich zu Ihnen geschickt ...«

Mitja rang mühsam nach Luft.

»Du lügst!« versetzte Ljagawy wieder.

»Aber ich bitte Sie, die Sache ist kein Scherz! Sie sind vielleicht betrunken, aber Sie können doch reden und verstehen ... Sonst ... sonst verstehe ich gar nichts mehr!«

»Du bist ein Färber!«

»Aber ich bitte Sie, ich bin Karamasow, Dmitri Karamasow. Ich möchte Ihnen einen Vorschlag machen ... einen vorteilhaften Vorschlag ... einen sehr vorteilhaften Vorschlag ... gerade wegen des Waldes.«

Der Bauer strich sich bedächtig den Bart.

»Nein, du hast eine Lieferung übernommen und dich dabei als Schuft erwiesen. Du bist ein Schuft!«

»Ich versichere Ihnen, daß Sie sich irren!« rief Mitja und rang verzweifelt die Hände.

Der Bauer strich sich immerzu den Bart und kniff plötzlich listig die Augen zusammen.

»Nein, weißt du, was du mir zeigen kannst? Zeig mir doch mal ein Gesetz, nach dem es erlaubt ist, Gemeinheiten zu begehen hörst du? Du bist ein Schuft, verstehst du mich?«

Mitja trat mit finsterer Miene von ihm weg, und auf einmal hatte er das Gefühl, als ob ihn »etwas vor die Stirn stieß«, wie er es selbst später ausdrückte. In einem einzigen Augenblick vollzog sich so etwas wie eine Erleuchtung in seinem Geist. »Es ging mir ein Licht auf, und ich verstand alles. »Er stand erstarrt da und konnte nicht begreifen, wie er, ein kluger Mensch, sich auf so eine Dummheit einlassen konnte: sich in eine derart abenteuerliche Unternehmung zu stürzen und sich nun schon fast einen Tag lang mit diesem Ljagawy abzuplagen und ihm den Kopf zu benetzen! Dieser Mensch ist betrunken, blödsinnig betrunken, der wird noch eine ganze Woche in einem fort trinken – worauf soll ich noch warten? Wie aber, wenn Samsonow mich absichtlich hierhergeschickt hat? Wie aber, wenn sie … O Gott, was habe ich da angerichtet!‹

Der Bauer saß da, beobachtete ihn und lächelte.

Unter anderen Umständen hätte Mitja diesen dummen Menschen vielleicht vor Wut totgeschlagen, doch jetzt war er selbst so schwach geworden wie ein kleines Kind. Leise trat er zur Bank, nahm seinen Mantel, zog ihn schweigend an und ging hinaus.

In der anderen Stube fand er den Waldhüter nicht, es war niemand da. Er zog fünfzig Kopeken kleines Geld aus der Tasche und legte sie auf den Tisch: für das Nachtquartier, für die Beleuchtung und für die Störung. Als er das Haus verließ, sah er ringsum nur Wald und nichts weiter. Er ging aufs Geratewohl los, ohne sich auch nur zu erinnern, nach welcher Seite er sich wenden mußte, nach rechts oder nach links: Als er am vorigen Tag mit dem Popen hergekommen war, hatte er nicht auf den Weg geachtet. In seiner Seele gab es keine Spur von Rachsucht gegen irgendwen, nicht einmal gegen Samsonow. Er lief einen schmalen Waldpfad entlang, gedankenlos und verstört, »mit wirrem Kopf«, und kümmerte sich gar nicht um die Richtung. Jedes Kind hätte ihn jetzt bezwingen können, so kraftlos an Seele und Leib war er auf einmal geworden. Er arbeitete sich aber doch irgendwie aus dem Wald heraus: Unvermittelt breiteten sich vor ihm unübersehbar weite kahle, abgeerntete Felder aus. »Welch eine Verzweiflung, welch ein Tod ringsum!« sagte er ein paarmal vor sich hin, während er weiter und weiter lief.

Ein Wagen half ihm schließlich aus seiner Notlage: Ein Fuhrmann beförderte einen alten Kaufmann. Mitja fragte sie nach dem Weg, da stellte sich heraus, daß sie ebenfalls nach Wolowja fuhren. Sie verhandelten mit Mitja über den Preis und ließen ihn einsteigen. Nach drei Stunden waren sie am Ziel.

Auf der Station Wolowja bestellte Mitja unverzüglich Postpferde in die Stadt, verspürte aber auf einmal einen unmenschlichen Hunger. Während die Pferde angespannt wurden, machte man ihm einen Eierkuchen. Er aß ihn sofort auf, aß ein großes Stück Brot, aß auch noch eine Wurst und trank drei Gläser Schnaps. Nachdem er sich so gestärkt hatte, faßte er wieder Mut: Es wurde wieder heller in seiner Seele. Unterwegs konnte es ihm gar nicht schnell genug gehen; er trieb den Kutscher ständig an und faßte plötzlich einen neuen, diesmal »definitiven« Plan, wie er sich noch bis zum Abend dieses Tags das »verdammte Geld« verschaffen wollte. ›Wenn man so bedenkt, daß um dieser lumpigen dreitausend Rubel willen ein Mensch zugrunde gehen soll!‹ dachte er verächtlich. ›Noch heute werde ich die Sache zur Entscheidung bringen!‹ Und wäre nicht der unaufhörliche Gedanke an Gruschenka gewesen, die bange Unruhe, ob mit ihr auch nichts passiert war, dann wäre er vielleicht wieder ganz vergnügt gewesen. Aber der Gedanke an sie drang alle Augenblicke wie ein spitzes Messer in seine Seele …

Endlich kamen sie an, und Mitja eilte sogleich zu Gruschenka.

3. Die Goldbergwerke

Eben jenen Besuch Mitjas hatte Gruschenka Rakitin gegenüber mit solcher Angst erwähnt. Sie hatte damals ihre »Stafette« erwartet; erfreut darüber, daß Mitja weder am vorigen noch an diesem Tag gekommen war, hatte sie gehofft, er würde mit Gottes Hilfe vor ihrer Abreise überhaupt nicht mehr kommen – da hatte er sie plötzlich überfallen. Das Weitere ist uns bereits bekannt: Um ihn loszuwerden, hatte sie ihn überredet, sie zu Kusma Samsonow zu begleiten, den sie dringend aufsuchen müsse, »um Geld zu zählen«; Mitja hatte sie hingebracht, und sie hatte ihm beim Abschied das Versprechen abgenommen, sie um Mitternacht abzuholen und wieder nach Hause zu begleiten. Mitja war diese Zeiteinteilung nicht unwillkommen. ›Wenn sie bei Kusma sitzt‹, hatte er sich gesagt, ›geht sie nicht zu Fjodor Pawlowitsch – vorausgesetzt, daß sie nicht lügt!‹ Aber nach seiner Ansicht hatte sie nicht gelogen. Er war nämlich eifersüchtig auf ganz bestimmte Weise. Wenn er von der Geliebten getrennt war, dachte er sich Gott weiß was für Schrecknisse aus, was ihr alles passierte und wie sie ihm untreu war; wenn er jedoch wieder zu ihr kam, halbtot vor Aufregung und fest überzeugt, daß sie ihm in der Zwischenzeit untreu geworden war, lebte er beim ersten Blick auf ihr lachendes, heiteres, freundliches Gesicht wieder auf, warf sofort jeden Verdacht von sich und schalt sich selbst freudig beschämt wegen seiner Eifersucht. Als er Gruschenka zu Kusma gebracht hatte, eilte er zu sich nach Hause. Oh, er hatte heute noch so viel zu tun! Doch wenigstens war ihm das Herz leichter geworden. ›Ich muß nur noch so schnell wie möglich von Smerdjakow erfahren, ob gestern abend nichts passiert ist, ob sie nicht am Ende bei Fjodor Pawlowitsch war, pfui Teufel!‹ ging ihm durch den Kopf. Er war also noch nicht in seiner Wohnung angelangt, als die Eifersucht in seinem unruhigen Herzen schon wieder zu bohren begann.

Eifersucht … »Othello ist nicht eifersüchtig, er ist vertrauensvoll«, hat Puschkin gesagt, und diese Bemerkung zeugt von der außerordentlichen Geistestiefe unseres großen Dichters. Othellos Seele ist einfach zermalmt, seine gesamte Weltsicht getrübt, weil sein Ideal zugrunde gegangen ist. Aber Othello wird sich nicht verstecken, wird nicht spionieren: er ist vertrauensvoll. Vielmehr mußte er erst dazu gebracht, darauf gestoßen, mit großer Mühe in Brand gesteckt werden, damit er überhaupt an Untreue dachte. Anders der wirklich Eifersüchtige. Unmöglich, sich den ganzen moralischen Tiefstand vorzustellen, mit dem sich ein Eifersüchtiger ohne alle Gewissensbisse abzufinden vermag. Nicht daß sie lauter gemeine, schmutzige Seelen wären – im Gegenteil: Man kann sich auch mit edler Gesinnung, mit reiner, opferfreudiger Liebe unter dem Tisch verstecken, die gemeinsten Menschen kaufen und sich mit dem häßlichen Schmutz der Spionage befreunden. Othello hätte zwar verzeihen, sich aber um keinen Preis mit der Untreue aussöhnen können, obgleich seine Seele harmlos und unschuldig war wie die eines Kindes. Nicht so bei dem wirklich Eifersüchtigen: Es ist schwer sich vorzustellen, was mancher Eifersüchtige alles verzeihen kann und womit er sich abzufinden und auszusöhnen vermag! Gerade die Eifersüchtigen verzeihen am ehesten, und das wissen auch alle Frauen. Der Eifersüchtige ist fähig, außerordentlich schnell zu verzeihen – selbstverständlich nachdem er zuvor eine furchtbare Szene gemacht hat; er verzeiht zum Beispiel Untreue, die beinahe schon erwiesen ist; Umarmungen und Küsse, die er selbst gesehen hat, wenn er beispielsweise gleichzeitig irgendwie zu der Überzeugung gelangen kann, daß dies »zum letztenmal« gewesen ist, daß sein Nebenbuhler von dieser Stunde an verschwinden oder daß er selbst die Geliebte an einen Ort bringen wird, wohin der Nebenbuhler niemals kommt. Natürlich dauert diese Aussöhnung nur eine Stunde; denn mag auch der Nebenbuhler tatsächlich verschwunden sein – der Eifersüchtige wird gleich morgen einen neuen ausfindig machen und auf ihn eifersüchtig sein. Man könnte meinen: Was ist schon eine Liebe wert, die so angestrengt bewacht werden muß? Aber gerade das werden Eifersüchtige nie begreifen – und dabei gibt es unter ihnen sogar Leute von edler Gesinnung. Beachtenswert ist auch noch folgendes. Wenn solche Leute von edler Gesinnung in irgendeiner Rumpelkammer stehen und horchen, spüren sie zwar deutlich die ganze Schmach, in die sie sich selbst freiwillig hineinbegeben haben, doch empfinden sie niemals Gewissensbisse, zumindest nicht in dem Moment, da sie in dieser Rumpelkammer stehen.

Bei Mitja verschwand alle Eifersucht jedesmal, wenn er Gruschenka erblickte; für einen Augenblick wurde er dann vertrauensvoll und verachtete sich sogar selbst wegen seiner häßlichen Regungen. Daraus war jedoch nur zu sehen, daß in seiner Liebe zu dieser Frau etwas weit Höheres lag, als er selbst glaubte: nicht nur Leidenschaft, nicht nur Bewunderung der »Körperkonturen«, von denen er Aljoscha gegenüber gesprochen hatte. Doch sobald Gruschenka verschwunden war, begann er sie wieder zu verdächtigen, daß sie die gemeinste, hinterlistigste Untreue begehe. Gewissensbisse aber empfand er dabei nicht.

So stieg denn jetzt erneut Eifersucht in seinem Herzen auf. Zunächst jedoch mußte er sich beeilen. Er mußte sich wenigstens ein klein bißchen Geld leihweise verschaffen. Die neun Rubel waren fast völlig für die Fahrt draufgegangen, und ganz ohne Geld kann man bekanntlich nicht einen Schritt tun. Aber er hatte sich vorhin zugleich mit seinem neuen Plan auch überlegt, wo er sich etwas Geld leihen konnte. Er besaß ein Paar gute Duellpistolen mit Patronen, und wenn er sie bisher noch nicht versetzt hatte, so deshalb, weil er sie mehr liebte als alles, was ihm sonst gehörte. In dem Restaurant »Zur Residenz« hatte er schon vor längerer Zeit einen jungen Beamten flüchtig kennengelernt und in dem Restaurant erfahren, daß dieser unverheiratete, wohlhabende Beamte eine besondere Leidenschaft für Waffen hatte, daß er Pistolen, Revolver und Dolche zusammenkaufte, zu Hause an den Wänden aufhängte, seinen Bekannten zeigte, damit prahlte und sich vorzüglich darauf verstand, das System eines Revolvers zu erklären, wie er geladen und gesichert wird und so weiter. Ohne sich lange zu besinnen, begab sich Mitja sogleich zu ihm und machte ihm den Vorschlag, die Pistolen als Pfand für ein Darlehen von zehn Rubeln anzunehmen. Der Beamte, dem die Pistolen sehr gefielen, redete ihm zu, sie ihm ganz zu verkaufen. Doch Mitja willigte nicht ein, und so lieh ihm jener die zehn Rubel, wobei er erklärte, daß er unter keinen Umständen Zinsen nehmen werde. Sie trennten sich als Freunde.

Mitja hatte es eilig; er wollte in seine Laube hinter Fjodor Pawlowitschs Grundstück, um so schnell wie möglich Smerdjakow herauszurufen. Auf diese Weise ergab es sich abermals, daß er nur drei oder vier Stunden vor einem gewissen Ereignis, von dem ich später reden werde, nicht eine Kopeke besessen und für zehn Rubel einen ihm sehr lieben Gegenstand verpfändet hatte, während man drei Stunden danach plötzlich Tausende in seinen Händen erblickte. Aber ich greife schon wieder vor.

Bei Marja Kondratjewna, der Nachbarin von Fjodor Pawlowitsch, erwartete ihn eine Nachricht, die ihn sehr bestürzte: die Nachricht von Smerdjakows Krankheit, von seinem Sturz in den Keller, dann von seinem epileptischen Anfall, der Ankunft des Arztes und den fürsorglichen Bemühungen Fjodor Pawlowitschs. Mit Interesse erfuhr er auch von der Abreise seines Bruders Iwan Fjodorowitsch am Morgen nach Moskau. ›Er muß demnach vor mir durch Wolowja gekommen sein?‹ überlegte Dmitri Fjodorowitsch.

Das mit Smerdjakow beunruhigte ihn hingegen tief: Was soll jetzt bloß werden? Wer wird Wache halten, wer wird mir Nachricht geben? Hastig begann er die Frauen auszufragen, ob sie gestern abend etwas bemerkt hätten. Diese begriffen sehr wohl, worauf seine Fragen abzielten, und beruhigten ihn vollständig: Niemand sei dagewesen, Iwan Fjodorowitsch habe die Nacht dort verbracht, alles sei »in bester Ordnung«. Mitja überlegte. Zweifellos mußte auch heute Wache gehalten werden, aber wo: hier oder an Samsonows Tor? Er entschied, hier und dort, je nach den Umständen, doch zunächst, zunächst ... Die Sache war die, daß er jetzt die Ausführung des »Plans« von vorhin vor sich hatte, des neuen, richtigen Plans, den er sich auf dem Wagen ausgedacht hatte und dessen Ausführung sich nicht mehr aufschieben ließ. Mitja beschloß, dieser Sache eine Stunde zu opfern. ›In einer Stunde werde ich alles erledigt und alles erfahren haben, und dann werde ich erst zu Samsonows Haus eilen und mich erkundigen, ob Gruschenka da ist. Danach kehre ich sofort hierher zurück und bleibe bis elf Uhr hier. Nachher gehe ich dann wieder zu Samsonow, um sie nach Hause zu begleiten.‹ So disponierte er.

Er eilte nach Hause, wusch und frisierte sich, säuberte seinen Anzug, kleidete sich an und begab sich zu Frau Chochlakowa. Das war, leider, der Ort, wo er seinen »Plan« ausführen wollte; er hatte beschlossen, sich von dieser Dame dreitausend Rubel zu borgen. Und was die Hauptsache war: auf einmal, ganz plötzlich, war eine ungewöhnliche Zuversicht über ihn gekommen, sie werde es ihm nicht abschlagen. Vielleicht werden sich die Leser wundern, warum er, wenn er so eine Zuversicht hegte, nicht von vornherein zu ihr, sozusagen zu einer Angehörigen seiner eigenen Gesellschaft, gegangen war, sondern sich an Samsonow gewandt hatte, an einen Menschen aus einer fremden Schicht, mit dem er nicht einmal richtig reden konnte. Der Grund war, daß er mit Frau Chochlakowa in der letzten Zeit fast ganz auseinandergekommen und mit ihr auch früher nur wenig bekannt gewesen war; außerdem wußte er, daß sie selbst ihn nicht leiden konnte. Diese Dame haßte ihn von Anfang an einfach deswegen, weil er Katerina Iwanownas Bräutigam war, während bei ihr plötzlich der Wunsch entstanden war, Katerina Iwanowna möchte sich von ihm abwenden und lieber »den liebenswürdigen, gebildeten Kavalier Iwan Fjodorowitsch heiraten, der so gute Manieren besitzt«. Sie haßte nämlich Mitjas Manieren. Er hatte sich sogar über sie lustig gemacht und einmal von ihr gesagt, diese Dame sei ebenso lebhaft und impulsiv wie ungebildet. Und da war ihm nun an diesem Vormittag auf dem Wagen wie eine Erleuchtung der klare Gedanke gekommen: ›Wenn sie gegen meine Heirat mit Katerina Iwanowna ist, und zwar mit solcher Entschiedenheit‹ – er wußte, daß sie dabei fast hysterische Anfälle bekam –, ›warum sollte sie mir diese dreitausend Rubel abschlagen, die ich eben gerade benötige, um Katja zu verlassen und für immer von hier wegzugehen? Wenn sich diese verwöhnten vornehmen Damen einen derartigen Wunsch einmal in den Kopf gesetzt haben, so scheuen sie kein Opfer, um ihren Willen durchzusetzen. Außerdem ist sie reich!‹ dachte Mitja.

Was nun speziell den »Plan« anlangte, so war er derselbe wie der frühere, das heißt, er bot die Abtretung seiner Rechte auf Tschermaschnja an. Doch diesmal wollte er das nicht als kaufmännisches Geschäft behandeln wie tags zuvor bei Samsonow, er wollte diese Dame nicht mit der Möglichkeit locken, für die dreitausend Rubel die doppelte Summe, sechs- oder siebentausend Rubel, einzustreichen; diese Abtretung sollte einfach eine anständige Garantie für die Schulden bilden. Mitja geriet geradezu in Begeisterung, während er diesen seinen neuen Gedanken ausspann, aber so erging es ihm immer, bei allen seinen Unternehmungen, bei allen seinen plötzlichen Entschlüssen. Jedem neuen Gedanken gab er sich mit größter Leidenschaft hin. Dennoch fühlte er, wie ihm ein Angstschauer über den Rücken lief, als er die Stufen zu Frau Chochlakowas Haustür hinaufstieg: Erst in dieser Sekunde wurde ihm mit mathematischer Sicherheit bewußt, daß dies seine letzte Hoffnung war und daß ihm, wenn auch dieser Versuch fehlschlug, nichts auf der Welt blieb, als »um der dreitausend Rubel willen jemand totzuschlagen und auszurauben, weiter nichts ...« Es war halb acht, als er klingelte.

Anfangs schien ihm das Glück zu lächeln. Als er gemeldet worden war, ließ ihn Frau Chochlakowa sofort bitten, näher zu treten. ›Als ob sie mich erwartet hat‹, dachte Mitja. Und kaum war er in den Salon geführt worden, eilte auch schon die Hausfrau herein und erklärte ihm ohne weitere Umschweife, daß sie ihn erwartet habe.

»Ich habe Sie erwartet, ich habe Sie erwartet! Eigentlich konnte ich ja nicht annehmen, daß Sie zu mir kommen würden, aber trotzdem habe ich Sie erwartet, bewundern Sie meinen Instinkt, Dmitri Fjodorowitsch, ich war den ganzen Vormittag überzeugt, daß Sie heute kommen würden.«

»Das ist wirklich erstaunlich, gnädige Frau«, antwortete Mitja, während er sich schwerfällig setzte. »Aber ... ich bin in einer überaus wichtigen Angelegenheit gekommen ... Das heißt in der allerallerwichtigsten Angelegenheit für mich, gnädige Frau, für mich allein ... Und ich beeile mich ...«

»Ich weiß, daß Sie in einer sehr wichtigen Angelegenheit gekommen sind, Dmitri Fjodorowitsch. Dabei handelt es sich nicht um irgendwelche Ahnungen oder um veralteten Wunderglauben – haben Sie von dem Starez Sossima gehört? –, sondern um mathematische Notwendigkeit. Sie mußten kommen nach allem, was sich mit Katerina Iwanowna zugetragen hat. Sie mußten, mußten mit mathematischer Notwendigkeit ...«

»Das ist die Realität des wirklichen Lebens, gnädige Frau, das ist es! Erlauben Sie, mir nun, daß ich Ihnen auseinandersetze ...«

»Das ist es, Dmitri Fjodorowitsch, die Realität! Ich bin jetzt durchaus für die Realität. Was die Wunder anlangt, so habe ich eine recht schmerzliche Lektion bekommen. Sie haben gehört, daß der Starez Sossima gestorben ist?«

»Nein, gnädige Frau, ich höre es zum erstenmal«, antwortete Mitja ein wenig erstaunt. Er mußte unwillkürlich an Aljoscha denken.

»Heute nacht, und stellen Sie sich vor ...«

»Gnädige Frau«, unterbrach sie Mitja. »Ich stelle mir weiter nichts vor, als daß ich mich in der verzweifeltsten Lage befinde und daß alles kaputtgeht – und ich in erster Linie, wenn Sie mir nicht helfen. Verzeihen Sie die Trivialität meiner Ausdrücke, aber ich bin erregt, ich fiebere …«

»Ich weiß, daß Sie fiebern. Ich weiß alles. Sie können sich auch in keinem anderen Seelenzustand befinden, und alles, was Sie sagen wollen, weiß ich im voraus. Ich habe mein Augenmerk schon längst auf Ihr Geschick gerichtet, Dmitri Fjodorowitsch! Ich beobachte es und studiere es … Oh, glauben Sie mir, ich bin ein erfahrener Seelenarzt, Dmitri Fjodorowitsch!«

»Gnädige Frau, wenn Sie ein erfahrener Arzt sind, bin ich dafür ein erfahrener Kranker«, erwiderte Mitja, der sich krampfhaft Mühe gab, liebenswürdig zu reden. »Und ich fühle im voraus, daß Sie, wenn Sie schon mein Geschick so beobachten, mir auch in meinem Verderben beistehen werden. Doch gestatten Sie mir zu diesem Zweck endlich, Ihnen den Plan darzulegen, mit dem ich hier zu erscheinen gewagt habe. Und das, was ich von Ihnen erhoffe … Ich bin gekommen, gnädige Frau …«

»Legen Sie ihn mir nicht dar, das kommt erst in zweiter Linie. Was die Hilfe betrifft, so sind Sie nicht der erste, dem ich helfe, Dmitri Fjodorowitsch. Sie haben wahrscheinlich von meiner Cousine Frau Belmjossowa gehört, ihr Mann war ruiniert, ging kaputt, wie Sie sich so charakteristisch ausdrückten, Dmitri Fjodorowitsch, und was glauben Sie? Ich wies ihn auf die Pferdezucht hin, und jetzt geht es ihm glänzend. Haben Sie eine Ahnung von Pferdezucht, Dmitri Fjodorowitsch?«

»Nicht im geringsten, gnädige Frau, nein, gnädige Frau, nicht im geringsten!« rief Mitja in nervöser Ungeduld und tat sogar, als wollte er aufstehen. »Ich bitte Sie nur inständig, gnädige Frau, mich anzuhören! Lassen Sie mich zwei Minuten ungestört reden, damit ich Ihnen alles auseinandersetzen kann, das ganze Projekt, mit dem ich gekommen bin … Meine Zeit ist knapp bemessen, ich habe es furchtbar eilig!« rief Mitja aufgeregt, da er merkte, daß sie wieder anfangen wollte zu reden; er hoffte, sie zu überschreien. »Ich bin in heller Verzweiflung gekommen, in höchstgradiger Verzweiflung, um Sie zu bitten, mir dreitausend Rubel zu leihen, gegen ein sicheres, ganz sicheres Pfand, gnädige Frau, gegen absolute Sicherheit! Gestatten Sie nur, daß ich Ihnen auseinandersetze ...«

»Das können Sie alles später tun, später!« entgegnete Frau Chochlakowa mit einer abwehrenden Handbewegung. »Alles, was Sie sagen können, weiß ich im voraus, wie ich Ihnen schon gesagt habe. Sie bitten um eine gewisse Summe, Sie brauchen dreitausend Rubel, ich aber werde Ihnen mehr geben, unermeßlich viel mehr, ich werde Sie retten, Dmitri Fjodorowitsch, doch dazu ist nötig, daß Sie mir gehorchen!«

Mitja sprang beglückt auf.

»Gnädige Frau, wollen Sie wirklich so gütig sein?« rief er. »O Gott, Sie haben mich gerettet! Sie retten einen Menschen vor dem Tod, vor der Pistole, gnädige Frau... Meine lebenslängliche Dankbarkeit ...«

»Ich werde Ihnen unendlich viel mehr geben als dreitausend Rubel«, rief Frau Chochlakowa und blickte Mitja mit strahlendem Lächeln an.

»Unendlich viel mehr? Aber so viel brauche ich gar nicht! Unaufschiebbar dringend brauche ich nur diese verhängnisvollen dreitausend Rubel, und ich bin meinerseits gekommen, um Ihnen mit meiner unendlichen Dankbarkeit volle Sicherheit für diese Summe zu geben. Und nun möchte ich Ihnen den Plan vorlegen, den ich ...«

»Genug, Dmitri Fjodorowitsch! Was ich gesagt habe, werde ich auch tun«, unterbrach ihn Frau Chochlakowa mit dem schamhaften Triumphgefühl einer Wohltäterin. »Ich habe versprochen Sie zu retten, und ich werde Sie retten. Ich werde Sie retten wie ich Belmjossow gerettet habe. Wie denken Sie über die Goldbergwerke, Dmitri Fjodorowitsch?«

»Über die Goldbergwerke, gnädige Frau? Ich habe überhaupt nie daran gedacht!«

»Dafür habe ich für Sie daran gedacht! Ich habe daran gedacht und alles überlegt! Ich beobachte Sie in dieser Absicht schon einen

Monat lang. An die hundertmal habe ich Sie angesehen, wenn Sie vorübergingen, und mir dabei immer wieder gesagt: Das ist ein energischer Mann, der gehört in die Goldbergwerke! Ich habe sogar Ihren Gang studiert und bin zu der Überzeugung gelangt, dieser Mann wird viel Gold finden!«

»Aus meinem Gang haben Sie das geschlossen, gnädige Frau?« fragte Mitja lächelnd.

»Gewiß, auch aus dem Gang. Wollen Sie etwa bestreiten, daß man aus dem Gang den Charakter erkennen kann, Dmitri Fjodorowitsch? Die Naturwissenschaft bestätigt das ebenfalls. Oh, ich bin jetzt Realistin, Dmitri Fjodorowitsch. Ich bin ab heute, nach dieser Geschichte im Kloster, die mich so angegriffen hat, Realistin und will mich einer praktischen Tätigkeit widmen. Ich bin geheilt! ›Genug!‹ wie Turgenjew sagt.«

»Und diese dreitausend Rubel, die Sie mir so großmütig zu leihen versprachen, gnädige Frau?«

»Die werden Ihnen nicht entgehen, Dmitri Fjodorowitsch!« unterbrach ihn Frau Chochlakowa. »Diese dreitausend Rubel haben Sie schon so gut wie in der Tasche, nicht nur dreitausend, sondern drei Millionen, Dmitri Fjodorowitsch, und zwar in ganz kurzer Zeit! Ich werde Ihnen Ihre Bestimmung sagen: Sie werden in den Bergwerken Gold finden, werden Millionen erwerben, zurückkehren und eine großartige Tätigkeit entfalten. Sie werden auch uns fördern und uns zum Guten hinführen. Muß man denn alles den Juden überlassen? Sie werden Gebäude errichten und allerlei Unternehmungen ins Leben rufen. Sie werdenden Armen helfen, und diese werden Sie segnen. Jetzt ist das Jahrhundert der Eisenbahnen, Dmitri Fjodorowitsch. Sie werden eine bekannte Persönlichkeit, werden dem Finanzministerium unentbehrlich, das sich jetzt in solcher Not befindet. Der Fall unseres Papierrubels raubt mir den Schlaf, Dmitri Fjodorowitsch, von dieser Seite kennt man mich wenig …«

»Gnädige Frau, gnädige Frau«, unterbrach Dmitri Fjodorowitsch sie wieder in einer unruhigen Vorahnung. »Ich werde Ihren Rat, Ihren klugen Rat gewiß befolgen, gnädige Frau, mich vielleicht dorthin begeben … in diese Goldbergwerke … Und ich werde noch einmal zu Ihnen kommen, um mit Ihnen darüber zu sprechen … Sogar noch viele Male … Aber jetzt, diese dreitausend Rubel, die Sie so großmütig … Oh, dieses Geld wird mir aus der Not helfen, und wenn es heute möglich ist … Das heißt, sehen Sie, ich habe jetzt keine Stunde Zeit mehr, auch nicht eine Stunde…«

»Genug, Dmitri Fjodorowitsch, genug!« unterbrach ihn Frau Chochlakowa hartnäckig. »Eine Frage. Werden Sie in die Goldbergwerke fahren oder nicht? Sind Sie dazu fest entschlossen? Antworten Sie mathematisch genau!«

»Ich werde hinfahren, gnädige Frau, später … Ich werde fahren, wohin Sie wollen, gnädige Frau … Aber jetzt …«

»Warten Sie einen Augenblick!« rief Frau Chochlakowa, sprang auf, eilte zu ihrem prächtigen Schreibtisch mit den zahllosen Schubfächern und begann, ein Schubfach nach dem anderen herauszuziehen, wobei sie in großer Hast etwas suchte.

›Die dreitausend!‹ dachte Mitja, und sein Herz stand fast still. ›Und das sofort, ohne alle Papiere, ohne ein Schriftstück … Oh, das ist vornehm und anständig! Eine prächtige Frau, wenn sie nur nicht so geschwätzig wäre …‹

»Da!« rief Frau Chochlakowa erfreut und kehrte zu Mitja zurück. »Da ist das, was ich suchte!«

Es war ein winziges silbernes Heiligenbild an einem Schnürchen, wie man es manchmal mit dem Kreuz auf der Brust trägt.

»Das ist aus Kiew, Dmitri Fjodorowitsch«, fuhr sie andächtig fort. »Von den Reliquien der Märtyrerin Warwara. Gestatten Sie, daß ich es Ihnen selbst um den Hals hänge und Sie damit für ein neues Leben und für neue Taten segne.«

Und sie hängte ihm das Heiligenbildchen wirklich um den Hals und versuchte, es an die richtige Stelle zu bringen. Mitja bückte sich in großer Verlegenheit, half ihr dabei und schob endlich das Bildchen durch die Krawatte und den Hemdkragen auf die Brust.

»So, jetzt können Sie fahren!« sagte Frau Chochlakowa und setzte sich triumphierend wieder auf ihren Platz.

»Gnädige Frau, ich bin gerührt ... Ich weiß gar nicht, wie ich Ihnen danken soll für so viel Teilnahme! Aber ... Wenn Sie wüßten, wie kostbar jetzt meine Zeit ist! ... Die Summe, die ich so sehnsüchtig von Ihrer Großmut erwarte ... Oh, gnädige Frau, wenn Sie schon so gütig und großmütig zu mir sind«, rief Mitja plötzlich in feuriger Begeisterung, »erlauben Sie mir, Ihnen zu gestehen ... Was Sie sicher schon längst wissen... Daß ich hier eine Frau liebe ... Ich bin Katja untreu geworden ... Ich wollte sagen, Katerina Iwanowna ... Oh, ich habe mich ihr gegenüber grausam und ehrlos benommen, aber ich habe eben eine andere liebgewonnen ... Ein weibliches Wesen, gnädige Frau, das Sie vielleicht verachten, weil Sie bereits alles wissen, von dem ich jedoch auf keinen Fall lassen kann, auf keinen Fall, und darum brauche ich diese dreitausend ...«

»Machen Sie sich von allem los, Dmitri Fjodorowitsch!« unterbrach ihn Frau Chochlakowa sehr entschieden. »Machen Sie sich von allem los, und besonders von den Frauen! Ihr Ziel sind die Goldbergwerke, Frauen dorthin mitzunehmen ist sinnlos. Später, wenn Sie als reicher, berühmter Mann zurückkehren, werden Sie in den höchsten Gesellschaftskreisen eine Freundin für Ihr Herz finden. Das wird ein modernes Mädchen sein, mit guten Kenntnissen und ohne veraltete Anschauungen. Zu jenem Zeitpunkt wird auch die gerade erst beginnende Frauenbewegung weiter sein, die neue Frau wird auf den Plan treten ...«

»Gnädige Frau, das ist es nicht, was ich ...«, begann Dmitri Fjodorowitsch und legte die Hände flehend zusammen.

»Doch, das ist es gerade, was Sie nötig haben, Dmitri Fjodorowitsch, ohne es selbst zu wissen. Ich stehe der jetzigen Frauenbewegung keineswegs ablehnend gegenüber, Dmitri Fjodorowitsch. Die Entwicklung der Frau und sogar die politische Betätigung der Frau in der allernächsten Zukunft, das ist mein Ideal. Ich habe selbst eine Tochter, Dmitri Fjodorowitsch, und von dieser Seite kennt man mich wenig. Ich habe aus diesem Anlaß an den Schriftsteller Saltykow-Stschedrin geschrieben. Diesem Schriftsteller verdanke ich so viel Weisheit über die Berufung der Frau, daß ich ihm voriges Jahr einen anonymen

Brief geschickt habe, der nur zwei Zeilen enthielt: ›Ich umarme und küsse Sie, mein Schriftsteller, im Namen der modernen Frau! Fahren Sie so fort!‹ Unterschrift: ›Eine Mutter.‹ Ich hatte eigentlich unterzeichnen wollen: ›Eine moderne Mutter‹ und schwankte, doch ich blieb bei ›eine Mutter‹, Darin liegt mehr sittliche Schönheit, Dmitri Fjodorowitsch – das Wort ›modern‹ hätte ihn an den Titel der Zeitschrift ›Sowremennik‹ erinnern können, was ihm im Hinblick auf die heutige Zensur sicher unangenehm gewesen wäre … Mein Gott, was haben Sie?«

»Gnädige Frau!« rief Mitja flehend. »Sie bringen mich zum Weinen, gnädige Frau, wenn Sie aufschieben, was Sie so großmütig …«

»Weinen Sie nur, Dmitri Fjodorowitsch, weinen Sie nur! Das sind schöne Gefühle … Ihnen steht ein herrlicher Weg bevor! Die Tränen werden Ihnen das Herz erleichtern, später werden Sie zurückkehren und sich freuen. Kommen Sie direkt aus Sibirien zu mir und freuen Sie sich mit mir …«

»Aber erlauben Sie mir doch endlich«, brüllte Mitja plötzlich. »Zum letztenmal flehe ich Sie an: Sagen Sie mir, kann ich die versprochene Summe von Ihnen heute noch bekommen? Wenn nicht, wann darf ich dann kommen, um sie in Empfang zu nehmen?«

»Was für eine Summe, Dmitri Fjodorowitsch?«

»Die dreitausend, die Sie mir versprochen haben … Die Sie so großmütig …«

»Dreitausend? Sie meinen dreitausend Rubel? Aber nein doch, dreitausend Rubel habe ich gar nicht«, erwiderte Frau Chochlakowa mit einer Art von ruhiger Verwunderung. Mitja wurde ganz starr.

»Aber Sie sagten doch eben erst … Sie sagten … Sie gebrauchten sogar den Ausdruck, ich hätte sie schon so gut wie in der Tasche.«

»Nein, da haben Sie mich falsch verstanden, Dmitri Fjodorowitsch. Ich sprach von den Goldbergwerken … Gewiß habe ich Ihnen mehr, unendlich viel mehr versprochen als dreitausend Rubel, jetzt erinnere ich mich, doch ich dachte dabei nur an die Goldbergwerke.«

»Und das Geld? Und die dreitausend?« schrie Dmitri Fjodorowitsch wie ein Verrückter.«

»Oh, wenn Sie Geld gemeint haben – das habe ich nicht. Ich habe jetzt gar kein Geld, Dmitri Fjodorowitsch, ich liege gerade im Kampf mit meinem Verwalter und habe mir vor kurzem selbst fünfhundert Rubel von Miussow geborgt. Nein, nein, Geld habe ich nicht. Und wissen Sie, Dmitri Fjodorowitsch, selbst wenn ich welches hätte, würde ich es Ihnen nicht geben. Erstens borge ich niemandem. Jemandem borgen bedeutet sich mit ihm verfeinden. Und speziell Ihnen würde ich nichts geben. Weil ich Sie gern habe, würde ich Ihnen nichts geben! Um Sie zu retten, würde ich Ihnen nichts geben! Denn was Sie brauchen, ist nur das eine: die Goldbergwerke, die Goldbergwerke und nochmals die Goldbergwerke!«

»Zum Teufel!« brüllte Mitja und schlug aus voller Kraft mit der Faust auf den Tisch.

»Um Gottes willen!« schrie Frau Chochlakowa erschrocken und flüchtete ans andere Ende des Salons.

Mitja spuckte aus und ging mit schnellen Schritten aus dem Zimmer, aus dem Haus, hinaus auf die Straße, in die Dunkelheit. Er ging wie geistesgestört und schlug sich auf die Brust, auf dieselbe Stelle, auf die er sich zwei Tage vorher geschlagen hatte, als er zum letztenmal mit Aljoscha zusammen gewesen war. Was dieses Schlagen an die Brust, *an diese Stelle*, bedeutete und worauf er damit hinweisen wollte, das war einstweilen noch ein Geheimnis, das niemand in der Welt kannte und das er damals nicht einmal seinem Bruder Aljoscha enthüllt hatte. Aber in diesem Geheimnis lag für ihn mehr als Schande: darin lag Untergang und Selbstmord. Dazu hatte er sich bereits entschlossen, wenn ihm nicht gelingen sollte, sich die dreitausend Rubel zu verschaffen, sie an Katerina Iwanowna zurückzuzahlen und dadurch von seiner Brust, *von jener Stelle der Brust*, die Schande zu nehmen, die sein Gewissen so bedrückte. Alles dies wird dem Leser im folgenden klarwerden; jetzt jedenfalls, nachdem seine letzte Hoffnung geschwunden war, brach dieser körperlich starke Mensch, kaum einige Schritte von Frau Chochlakowas Haus entfernt, plötzlich wie ein kleines Kind in Tränen aus. Er lief und wischte sich selbstvergessen mit der Faust die Tränen ab. So gelangte er auf den

Marktplatz und fühlte auf einmal, wie er mit dem Körper gegen etwas stieß. Er hörte das kreischende Geschrei einer alten Frau, die er beinahe umgeworfen hätte.

»Herrgott, hast mich fast getötet! Bist du vielleicht blind, du Lumpenkerl!«

»Ach, Sie sind das?« rief Mitja, als er im Dunkeln die Alte erkannt hatte. Es war die alte Dienerin Kusma Samsonows, an die er sich von seinem Besuch am vorigen Tag noch gut erinnern konnte.

»Und wer sind Sie, Väterchen?« fragte die Alte in verändertem Ton. »Ich kann Sie im Dunkeln nicht erkennen.«

»Sie wohnen bei Kusma Kusmitsch und stehen da im Dienst?«

»Jawohl, Väterchen. Ich wollte eben nur rasch zu Prochorytsch laufen. Aber ich kann Sie noch gar nicht erkennen.«

»Sagen Sie mal, Mütterchen, ist Agrafena Alexandrowna jetzt bei Ihnen?« fragte Mitja, außer sich vor Ungeduld. »Ich habe sie vorhin selbst hinbegleitet.«

»Sie, war da, Väterchen. Sie kam, blieb ein Weilchen da und ging wieder weg.«

»Wie? Sie ist wieder weggegangen?« schrie Mitja. »Wann ist sie weggegangen?«

»Sie ist sehr bald wieder weggegangen, sie hat nur ein Augenblickchen bei uns gesessen. Sie hat dem alten Kusma Kusmitsch ein Märchen erzählt, hat ihn zum Lachen gebracht und ist dann wieder weggelaufen.«

»Du lügst, Kanaille!« brüllte Mitja.

»Herr du mein Gott!« schrie die Alte, doch Mitja war schon verschwunden.

Er lief so schnell er konnte zum Haus der Frau Morosowa. Das war zu der Zeit, als Gruschenka nach Mokroje gefahren war; seit ihrer Abfahrt war noch keine Viertelstunde vergangen.

Fenja saß mit ihrer Großmutter, der Köchin Matjrona, in der Küche, als plötzlich der »Hauptmann« hereinstürzte. Bei seinem Anblick schrie Fenja laut auf.

»Du schreist?« brüllte Mitja. »Wo ist sie?«

Und bevor die vor Schreck erstarrte Fenja antworten konnte, warf er sich ihr zu Füßen.

»Fenja, um unseres Herrn Jesu Christi willen, sag mir, wo ist sie?«

»Väterchen, ich weiß nichts! Täubchen Dmitri Fjodorowitsch, ich weiß nichts! Und wenn Sie mich totschlagen, ich weiß nichts!« schwor Fenja. »Sie sind ja selbst vorhin mit ihr weggegangen …«

»Sie ist zurückgekommen!«

»Täubchen, sie ist nicht gekommen! Ich schwöre bei Gott, sie ist nicht gekommen!«

»Du lügst!« schrie Mitja. »Schon an deinem Schreck merke ich, wo sie ist!«

Er stürzte hinaus.

Fenja war froh, daß sie so leicht davongekommen war; sie wußte allerdings sehr wohl, daß er nur keine Zeit gehabt hatte, sonst wäre es ihr vielleicht schlimm ergangen. Doch im Davonlaufen überraschte Mitja Fenja und die alte Matrjona durch eine unerwartete Handlung: Auf dem Tisch stand ein Mörser aus Messing und darin ein Stößel, ein kleiner Messingstößel, kaum eine Spanne lang. Als Mitja schon mit der einen Hand die Tür geöffnet hatte, nahm er plötzlich rasch mit der anderen Hand den Stößel aus dem Mörser, steckte ihn sich in die Seitentasche und war verschwunden.

»O Gott, er will einen totschlagen!« rief Fenja und schlug die Hände zusammen.

4. In der Dunkelheit

Wohin lief er? Fest steht: Wo sollte sie sein, wenn nicht bei Fjodor Pawlowitsch? Von Samsonow ist sie geradewegs zu ihm gelaufen, jetzt ist alles klar! Die ganze Intrige, der ganze Betrug liegt auf der Hand! … Dieser Gedanke raste ihm wie ein Wirbelwind durch den Kopf. Zu Marja Kondratjewna auf den Hof wollte er nicht erst laufen. Das hat keinen Zweck, absolut keinen Zweck … Nicht der geringste Alarm darf entstehen … Die würde es sofort weitersagen … Marja

Kondratjewna gehört offenbar mit zu der Verschwörung, Smerdjakow ebenfalls, alle sind bestochen! In seinem Kopf entstand ein anderer Plan. Er eilte durch eine Seitengasse in großem Bogen um Fjodor Pawlowitschs Haus herum, lief durch die Dmitrowskajastraße, dann über eine kleine Brücke und gelangte auf diese Weise direkt in die menschenleere, unbewohnte Seitengasse hinter den Häusern, die auf der einen Seite von dem Flechtzaun des benachbarten Gemüsegartens und auf der anderen von dem hohen Plankenzaun um Fjodor Pawlowitschs Garten begrenzt wurde. Dort suchte er sich eine Stelle aus, und zwar offenbar dieselbe, wo einstmals auch Lisaweta, die Stinkende, über den Zaun gestiegen sein sollte. ›Wenn die hinübersteigen konnte‹, ging es ihm, Gott weiß warum, durch den Kopf, ›weshalb sollte ich nicht hinüberkommen?‹ Und wirklich, er sprang hoch und schaffte es gleich beim erstenmal, den oberen Rand des Zauns mit der Hand zu fassen; danach zog er sich energisch hinauf und setzte sich rittlings auf den Zaun. Nicht weit von dort stand im Garten das Badehäuschen; auch waren vom Zaun aus die erleuchteten Fenster des Hauses zu sehen. ›Es stimmt, beim Alten im Schlafzimmer ist Licht, sie ist da!‹ Und er sprang vom Zaun in den Garten. Obwohl er wußte, daß Grigori krank war und Smerdjakow vielleicht ebenfalls, daß ihn also niemand hören konnte, versteckte er sich doch instinktiv, stand regungslos an einer Stelle und horchte. Aber überall herrschte totes Schweigen; auch die Luft war, wie absichtlich, ganz ruhig, nicht der leiseste Windhauch regte sich.

»Und ringsum flüstert nur die Stille …« Dieser Vers fiel ihm aus irgendeinem Grund ein. ›Wenn bloß keiner gehört hat, wie ich herübergesprungen bin! Wie es scheint, hat es wirklich keiner gehört … ›Nachdem er ein Weilchen regungslos gestanden hatte, ging er leise durch den Garten. Es dauerte lange, da er immer wieder hinter Bäumen und Büschen Deckung suchte, bemüht, jeden Schritt unhörbar zu machen, und nach jedem Schritt lauschte. Nach etwa fünf Minuten war er an eines der erleuchteten Fenster gelangt. Er erinnerte sich, daß dort, dicht unter den Fenstern, einige große, dichte Holunder- und Schneeballsträuche standen. Die Tür vom Haus in den Garten, an der linken Seite der Rückwand des Hauses, war geschlossen. Darauf achtete er im Vorbeigehen absichtlich genau. Endlich hatte er die Sträucher erreicht und versteckte sich hinter ihnen. Er atmete unhörbar. ›Ich muß hier warten!‹ dachte er. Wenn sie meine Schritte gehört haben und jetzt horchen, so sollen sie glauben, daß sie sich geirrt haben ... Wenn ich nur nicht husten oder niesen muß!‹

Er wartete etwa zwei Minuten lang; sein Herz schlug furchtbar, und zeitweilig glaubte er zu ersticken. ›Nein, das Herzklopfen wird nicht aufhören‹, dachte er. ›Ich kann nicht länger warten!‹ Er stand hinter einem Strauch im Schatten; die vordere Hälfte des Strauches war vom Fenster her erleuchtet. »Das ist ein Schneeballstrauch, wie rot die Beeren sind!« flüsterte er vor sich hin, ohne zu wissen, warum. Leise, mit unhörbaren Schritten, trat er ans Fenster und stellte sich auf die Zehenspitzen. Fjodor Pawlowitschs Schlafzimmer lag vor ihm wie auf der flachen Hand. Es war ein kleines Zimmer, durch einen roten Wandschirm, einen »chinesischen Schirm«, wie ihn Fjodor Pawlowitsch nannte, quergeteilt. ›Da ist der chinesische Schirm!‹ schoß es Mitja durch den Kopf. Und da hinter dem Schirm ist Gruschenka!‹ Er betrachtete Fjodor Pawlowitsch. Der trug seinen neuen, gestreiften, seidenen Schlafrock – und die seidene Schnur mit Quasten –, den Mitja noch nie an ihm gesehen hatte. Aus dem Brustaufschlag sah saubere, elegante Wäsche hervor, ein feines Hemd aus holländischem Leinen mit goldenen Knöpfen. Um den Kopf hatte Fjodor Pawlowitsch den roten Verband, den schon Aljoscha an ihm gesehen hatte. ›Er hat sich fein gemacht‹, dachte Mitja. Fjodor Pawlowitsch stand nahe am Fenster, offensichtlich in Gedanken versunken; plötzlich hob er den Kopf und horchte einen Augenblick. Da er jedoch nichts hörte, trat er an den Tisch, goß sich aus einer Karaffe ein halbes Gläschen Kognak ein und trank es aus. Dann seufzte er tief, stand wieder ein Weilchen still, trat zerstreut an den Spiegel am Fensterpfeiler, schob mit der rechten Hand den roten Verband ein wenig nach oben und betrachtete seine blauen Flecken und die Schorfe, die noch nicht verschwunden waren. ›Er ist allein!‹ dachte Mitja. Aller Wahrscheinlichkeit nach ist er allein ... Fjodor Pawlowitsch trat vom

Spiegel zurück, wandte sich plötzlich dem Fenster zu und blickte hinaus. Mitja sprang sofort zurück in den Schatten.

›Sie ist vielleicht hinter dem Schirm, möglicherweise schläft sie schon?‹ Dieser Gedanke versetzte ihm einen Stich ins Herz. Fjodor Pawlowitsch trat vom Fenster zurück. ›Er hält nach ihr Ausschau, also ist sie nicht bei ihm – welchen Grund hätte er sonst, in die Dunkelheit zu starren? Offenbar verzehrt ihn die Ungeduld ... ›Mitja sprang sogleich wieder ans Fenster und schaute von neuem hinein. Der Alte saß jetzt an einem Tischchen, sichtlich in gedrückter Stimmung. Endlich stützte er den rechten Ellenbogen auf den Tisch und legte die Handfläche an die Backe. Mitja beobachtete ihn mit größter Spannung.

›Er ist allein, er ist allein!‹ sagte er sich wieder. ›Wenn sie da wäre, würde er ein anderes Gesicht machen!‹ Merkwürdig: in seinem Herzen regte sich auf einmal ein sinnloser, absonderlicher Ärger darüber, daß sie nicht da war. ›Nein, nicht darüber, daß sie nicht da ist‹, gab sich Mitja, der sich sofort über sein Gefühl klarzuwerden suchte, selbst Antwort. ›Eher darüber, daß ich beim besten Willen nicht zuverlässig herausbekommen kann, ob sie da ist oder nicht.‹ Mitja erinnerte sich später, daß sein Geist in jenem Augenblick völlig klar gewesen war, daß er sich alles bis in die geringste Einzelheit deutlich vorgestellt und jeden Umstand bemerkt hatte. Aber der Mißmut darüber, daß er nichts Bestimmtes wußte und infolgedessen auch keinen Entschluß fassen konnte, wuchs in seinem Herzen mit maßloser Schnelligkeit. Ist sie nun eigentlich hier oder nicht?‹ fragte er sich voller Wut. Und plötzlich faßte er einen Entschluß, streckte die Hand aus und klopfte leise an den Fensterrahmen. Er klopfte das Signal, das der Alte mit Smerdjakow verabredet hatte: die beiden ersten Male langsam und dann dreimal schneller – das Signal, welches bedeutete, Gruschenka ist gekommen! Der Alte fuhr zusammen, hob den Kopf, sprang auf und stürzte ans Fenster. Mitja sprang in den Schatten zurück. Fjodor Pawlowitsch öffnete das Fenster und steckte den Kopf hinaus.

»Gruschenka, du? Bist du es?« sagte er flüsternd, mit zitternder Stimme. »Wo bist du, meine Teure? Mein Engelchen, wo bist du?«

Er war schrecklich aufgeregt und atmete nur mühsam.

›Er ist allein!‹ sagte sich Mitja mit Bestimmtheit.

»Wo bist du denn?« rief der Alte wieder, streckte den Kopf noch weiter heraus, mitsamt den Schultern, und sah sich nach allen Seiten um. »Komm doch her! Ich habe ein kleines Geschenk für dich zurechtgemacht. Komm, ich will es dir zeigen!«

›Er meint das Kuvert mit den dreitausend Rubeln!‹ sagte sich Mitja.

»Wo bist du denn? Bist du etwa an der Tür? Warte, gleich werde ich aufmachen ...«

Und der Alte kroch beinahe aus dem Fenster, indem er sich bemühte, nach rechts zur Gartentür zu sehen und in der Dunkelheit zu unterscheiden, ob da jemand stand. Noch eine Sekunde, und er wäre hingelaufen, um die Tür aufzuschließen, ohne Gruschenkas Antwort abzuwarten. Mitja sah ihn von der Seite und rührte sich nicht. Das ganze widerwärtige Profil des Alten, das herabhängende Doppelkinn, die gekrümmte Nase, die in wollüstiger Erwartung lächelnden Lippen, all das wurde vom Licht der Lampe, das schräg von links aus dem Zimmer fiel, hell beleuchtet. Eine rasende Wut loderte plötzlich in Mitjas Herzen auf: ›Da ist er, mein Nebenbuhler, der böse Dämon meines Lebens!‹ Das war ein Anfall jener plötzlichen, rachsüchtigen, rasenden Wut, von der er, wie in einer Vorahnung, in dem Gespräch mit Aljoscha vor vier Tagen in der Laube gesprochen und auf Aljoschas Frage: »Wie kannst du nur sagen, du würdest den Vater töten?« geantwortet hatte.

»Ich weiß nicht, ich weiß nicht«, hatte er gesagt, »vielleicht ermorde ich ihn nicht, aber vielleicht tue ich es. Ich fürchte, er wird mir plötzlich verhaßt sein durch sein Gesicht in jenem Augenblick. Ich hasse sein Doppelkinn, seine Nase, seine Augen, sein schamloses Lachen. Ich empfinde einen physischen Ekel vor ihm. Das ist es, was ich befürchte: Dann werde ich mich nicht beherrschen können!«

Der physische Ekel wuchs unerträglich. Mitja wußte nicht mehr, was er tat, und zog plötzlich den Messingstößel aus der Tasche ...

›Gott muß mich damals behütet haben‹, sagte Mitja später, zur selben Zeit erwachte auf seinem Lager der kranke Grigori Wassiljewitsch. Am Abend dieses Tages hatte er sich der Kur unterzogen, von der Smerdjakow Iwan Fjodorowitsch berichtet hatte; er hatte sich mit einem geheimnisvollen starken Branntweinaufguß eingerieben, den Rest zu einem bestimmten Gebet, das seine Gattin flüsterte, ausgetrunken und sich dann schlafen gelegt. Marfa Ignatjewna hatte ebenfalls ein wenig von dem Branntwein genossen und war, da sie Alkohol nicht gewöhnt war, an der Seite ihres Mannes in einen todähnlichen Schlaf gesunken. Aber da erwachte Grigori auf einmal ganz unerwartet in der Nacht, überlegte einen Augenblick und richtete sich im Bett auf, obgleich er sofort wieder einen starken Schmerz im Kreuz spürte. Dann überlegte er noch ein wenig, stand auf und kleidete sich rasch an. Vielleicht hatte er Gewissensbisse, daß er schlief, während das Haus »in so einer gefährlichen Zeit« ohne Wächter war. Smerdjakow lag, von seinem epileptischen Anfall entkräftet, in der Kammer nebenan, ohne sich zu rühren. Marfa Ignatjewna bewegte sich nicht. ›Das Weib ist schwach geworden!‹ dachte Grigori Wassiljewitsch bei ihrem Anblick und trat ächzend auf die Stufen vor der Haustür hinaus. Allerdings wollte er sich nur von dort aus umsehen, da er sich nicht imstande fühlte zu gehen; der Schmerz im Kreuz und im rechten Bein war unerträglich. Aber da fiel ihm ein, daß er das Pförtchen zum Garten am Abend nicht zugeschlossen hatte. Er war peinlich gewissenhaft und hielt aufs strengste an der einmal eingeführten Ordnung und an langjährigen Gewohnheiten fest. Hinkend und schmerzverkrümmt stieg er die Stufen hinab und wandte sich dem Garten zu. Und richtig: die Pforte stand weit offen. Mechanisch ging er in den Garten hinein; vielleicht schwante ihm etwas, vielleicht hatte er irgendeinen Laut gehört; doch als er nach links schaute, erblickte er das geöffnete Fenster, wo jetzt niemand mehr heraussah.

›Warum ist das Fenster offen? Es ist doch jetzt nicht Sommer!‹ dachte Grigori.

Und plötzlich gewahrte er undeutlich vor sich im Garten etwas Außergewöhnliches. Ungefähr vierzig Schritte vor ihm schien in der Dunkelheit ein Mensch zu laufen; sehr schnell bewegte sich da ein Schatten.

»Herrgott!« sagte Grigori und lief los, seine Kreuzschmerzen vergessend, um dem Laufenden den Weg abzuschneiden.

Er schlug einen kürzeren Weg ein, da ihm der Garten offensichtlich besser bekannt war als dem Flüchtenden. Der aber lief zum Badehäuschen, dann um dieses herum und stürzte auf den Zaun zu. Grigori folgte ihm, ohne ihn aus den Augen zu verlieren und ohne an sich selbst zu denken. Er kam gerade in dem Augenblick zum Zaun, als der Flüchtling schon hinaufstieg. Außer sich vor Wut brüllte Grigori los, stürzte zu ihm hin und klammerte sich mit beiden Händen an sein Bein.

Richtig, seine Ahnung hatte ihn nicht getrogen, er erkannte ihn. Er war es, »der entsetzliche Vatermörder«!

»Vatermörder! schrie der Alte, daß es weithin zu hören war. Mehr konnte er nicht schreien. Wie vom Blitz getroffen, fiel er plötzlich zu Boden. Mitja sprang wieder in den Garten und beugte sich über ihn. In der Hand hatte Mitja den Messingstößel; er schleuderte ihn mechanisch von sich ins Gras. Der Stößel fiel zwei Schritte neben Grigori nieder, aber nicht ins Gras, sondern auf den Weg, auf die sichtbarste Stelle. Einige Sekunden betrachtete Mitja den Alten: Sein Kopf war ganz voll Blut. Mitja streckte die Hand aus und begann ihn zu betasten. Er erinnerte sich später deutlich, daß ihm in jenem Moment sehr daran gelegen war, »genau zu konstatieren«, ob er dem Alten den Schädel zerschmettert oder ihn nur »betäubt« hatte. Das Blut strömte heftig und übergoß mit heißem Strahl Mitjas zitternde Finger. Er erinnerte sich später auch, daß er sein reines weißes Taschentuch, das er sich extra für den Besuch Frau Chochlakowa eingesteckt hatte, aus der Tasche zog und es dem Alten an den Kopf hielt in dem sinnlosen Bemühen, ihm das Blut von der Stirn und vom Gesicht abzuwischen. Aber auch das Tuch war augenblicklich von Blut durchtränkt.

›Herrgott, wozu tue ich das?‹ fragte sich Mitja, plötzlich zur Besinnung kommend. Wenn ich ihm den Schädel eingeschlagen habe, wie soll ich das jetzt feststellen? Und es ist ja jetzt auch ganz gleich! Habe ich ihn totgeschlagen, so habe ich ihn eben totgeschlagen …‹ »Der

Alte ist mir in die Quere gekommen soll er nun daliegen!« sagte er laut, stürzte plötzlich zum Zaun, sprang hinüber in die Seitengasse und lief fort.

Das blutdurchtränkte Taschentuch hielt er zusammengeballt in der rechten Faust und steckte es im Laufen in die hintere Rocktasche. Er lief Hals über Kopf, und mehrere der wenigen Passanten, die ihm in der Dunkelheit auf den Straßen der Stadt begegneten, erinnerten sich später, in jener Nacht einen wie irr laufenden Menschen gesehen zu haben. Er rannte wieder zum Haus der Frau Morosowa. Gleich nachdem Mitja vorhin gegangen war, hatte Fenja den Hausknecht Nasar Iwanowitsch »um Christi willen« gebeten, »den Hauptmann nicht mehr hereinzulassen, weder heute noch morgen«. Nasar Iwanowitsch hatte es ihr versprochen; unglücklicherweise aber war er plötzlich zur gnädigen Frau gerufen worden und hatte seinem Neffen, einem etwa zwanzigjährigen, erst unlängst vom Land gekommenen Burschen, aufgetragen, auf dem Hof Wache zu halten; dabei hatte er jedoch vergessen, ihm wegen des Hauptmanns anzuweisen. Als Mitja am Tor ankam, klopfte er. Der Bursche erkannte ihn sofort; Mitja hatte ihm oft Trinkgeld gegeben. Er ließ ihn unverzüglich ein und teilte ihm vergnügt lächelnd im voraus mit, Agrafena Alexandrowna sei jetzt nicht zu Hause.

»Wo ist sie denn, Prochor?« fragte Mitja und blieb jäh stehen.

»Sie ist weggefahren, vor ungefähr zwei Stunden, mit Timofej. Nach Mokroje.«

»Wieso denn das?« schrie Mitja.

»Das weiß ich nicht. Zu einem Offizier, glaube ich. Jemand hat sie rufen lassen. Von dort ist auch ein Wagen geschickt worden …«

Mitja ließ ihn stehen und lief wie wahnsinnig zu Fenja hinein.

5. Ein plötzlicher Entschluß

Fenja saß mit ihrer Großmutter in der Küche; sie waren gerade dabei, sich schlafen zu legen. Im Vertrauen auf Nasar Iwanowitsch hatten sie wieder nicht von innen abgeschlossen. Mitja kam herein, stürzte sich auf Fenja und packte sie fest an der Kehle.

»Jetzt sprich, wo ist sie, mit wem ist sie jetzt in Mokroje!« brüllte er wütend.

Die beiden Frauen kreischten auf.

»Ich werde es sagen, Täubchen Dmitri Fjodorowitsch! Ich werde gleich alles sagen, nichts werde ich verheimlichen!« schrie die zu Tode erschrockene Fenja hastig. »Sie ist zu einem Offizier nach Mokroje gefahren.«

»Zu was für einem Offizier?« brüllte Mitja.

»Zu ihrem früheren Offizier, zu ihrem früheren, zu dem, der sie vor fünf Jahren sitzenließ«, sagte Fenja mit derselben Eilfertigkeit.

Dmitri Fjodorowitsch nahm die Hände von ihrer Kehle. Leichenblaß, unfähig zu reden, stand er vor ihr; doch war an seinen Augen zu sehen, daß er alles mit einemmal verstanden, alles bis ins letzte erraten hatte. Die arme Fenja war in dieser Sekunde freilich nicht imstande, zu beobachten, ob er es verstanden hatte oder nicht. Sie blieb in der Haltung, in der sie auf dem Schlafkasten gesessen hatte, als er hereingestürzt kam; sie zitterte am ganzen Körper und hielt beide Hände von sich gestreckt, als wolle sie sich schützen. Mit angstvollen, geweiteten Augen starrte sie ihn an, ohne sich zu rühren. Hinzu kam noch, daß Mitjas Hände mit Blut befleckt waren. Unterwegs beim Laufen hatte er seine Stirn mit ihnen berührt, um sich den Schweiß abzuwischen, so daß auch auf der Stirn und auf der rechten Backe rote Flecken von verschmiertem Blut zurückgeblieben waren. Fenja war nahe daran, einen Weinkrampf zu bekommen; die alte Köchin war aufgesprungen und blickte ihn fast bewußtlos an. Dmitri Fjodorowitsch stand eine lange Zeit regungslos da und ließ sich dann plötzlich mechanisch neben Fenja auf einen Stuhl fallen.

Er saß da, ohne eigentlich zu denken; er befand sich vor Schreck eher in einem Starrkrampf. Aber ihm war alles sonnenklar: Dieser Offizier ... Er hatte über ihn Bescheid gewußt, ganz genau, aus Gruschenkas eigenem Mund; er hatte gewußt, daß er vor einem Monat einen Brief geschickt hatte. Also einen ganzen Monat hatte dieses Spiel gedauert, und man hatte es vor ihm geheimgehalten, bis dieser neue Mann jetzt wirklich gekommen war – und er hatte mit keinem Gedanken an ihn gedacht! Wie war das nur möglich, daß er nicht an ihn gedacht hatte? Warum hatte er diesen Offizier damals so vollständig vergessen, kaum daß er von ihm gehört hatte? Das war eine Frage, die wie ein Ungeheuer vor ihm stand. Und er betrachtete dieses Ungeheuer voller Angst, und die Glieder waren ihm kalt geworden vor Schreck.

Plötzlich aber begann er leise und sanft mit Fenja zu sprechen, wie ein stilles, freundliches Kind, als habe er ganz vergessen, daß er sie soeben erschreckt, beleidigt und gequält hatte. Er begann, sie auszufragen, und zwar mit einer außerordentlichen, für seine Lage sogar erstaunlichen Genauigkeit. Fenja sah zwar scheu auf seine blutigen Hände, antwortete ihm jedoch ebenfalls mit erstaunlicher Bereitwilligkeit und Eile auf jede Frage. Sie schien es sogar eilig zu haben, ihm die ganze »wahrhaftige Wahrheit« auseinanderzusetzen. Allmählich begann sie ihm beinahe freudig alle Einzelheiten darzulegen, und zwar durchaus nicht in der Absicht, ihn zu quälen, sondern als wollte sie ihm nach besten Kräften und von Herzen einen Dienst erweisen. Eingehend erzählte sie ihm auch den gesamten Verlauf des heutigen Tages: vom Besuch Rakitins und Aljoschas; wie sie, Fenja, auf der Lauer gestanden habe; wie das gnädige Fräulein weggefahren sei; wie sie Aljoscha aus dem Fenster einen Gruß an ihn, Mitenka, aufgetragen habe, und er solle sein Leben lang daran denken, daß sie ihn ein Stündchen geliebt habe. Als Mitja von diesem Gruß hörte, lächelte er plötzlich, und eine helle Röte trat auf sein blasses Gesicht. In diesem Augenblick sagte Fenja, ohne sich im geringsten wegen ihrer Neugier zu fürchten: »Aber wie sehen denn Ihre Hände aus, Dmitri Fjodorowitsch? Die sind ja ganz voll Blut!«

»Ja«, antwortete Mitja mechanisch, warf einen zerstreuten Blick auf seine Hände und vergaß sie und Fenjas Frage sofort wieder. Er versank wieder in Schweigen. Seitdem er hereingestürzt war, waren schon etwa zwanzig Minuten vergangen. Sein Schreck von vorhin war verflogen; offenbar hatte sich jetzt eine unbeugsame Entschlossenheit seiner bemächtigt. Er erhob sich auf einmal von seinem Platz und lächelte gedankenversunken.

»Gnädiger Herr, was ist denn bloß mit Ihnen geschehen?« fragte Fenja und zeigte wieder auf seine Hände. Sie sagte das mitfühlend, als sei sie dasjenige Wesen, das ihm jetzt in seinem Kummer am nächsten stände.

Mitja blickte wieder auf seine Hände.

»Das ist Blut, Fenja«, sagte er und sah sie mit einem seltsamen Gesichtsausdruck an. »Das ist Menschenblut ... Und warum ist es vergossen worden? O Gott, Fenja! Da ist ein Zaun...« Er schaute sie an, als wollte er ihr ein Rätsel aufgeben. »Ein hoher Zaun, schrecklich anzusehen ... Aber morgen, bei Tagesanbruch, wenn die Sonne in die Höhe fliegt, dann wird Mitenka über diesen Zaun springen ... Du verstehst nicht, was das für ein Zaun ist, Fenja. ... Nun, das schadet nichts ... Ganz gleich, morgen wirst du es hören und alles verstehen ... Und jetzt lebe wohl! Ich werde nicht stören, ich werde beiseite treten, ich werde es fertigbringen, beiseite zu treten. Lebe du nur, du meine Freude! Du hast mich ein Stündchen geliebt – so erinnere denn auch du dich dein Leben lang an Mitenka Karamasow ... Sie nannte mich ja immer Mitenka, erinnerst du dich?«

Mit diesen Worten verließ er plötzlich die Küche. Fenja aber erschrak über sein Weggehen fast noch mehr als vorher, als er hereingekommen war und sich auf sie gestürzt hatte.

Genau zehn Minuten später betrat Dmitri Fjodorowitsch die Wohnung des jungen Beamten Pjotr Iljitsch Perchotin, bei dem er vor kurzem seine Pistolen versetzt hatte. Es war schon halb neun, und Pjotr Iljitsch, der zu Hause Tee getrunken hatte, war soeben wieder beim Ankleiden, um ins Restaurant »Zur Residenz« zu gehen und dort Billard zu spielen. Mitja traf ihn noch gerade vor dem Weggehen an. Als der Beamte ihn und sein blutbeflecktes Gesicht erblickte, schrie er laut auf.

»Herrgott! Was ist denn mit Ihnen geschehen?«

»Ich bin gekommen«, antwortete Mitja hastig, »um mir meine Pistolen wiederzuholen und Ihnen Ihr Geld zu bringen. Vielen Dank! Ich habe es sehr eilig, Pjotr Iljitsch. Bitte, machen Sie recht schnell!«

Pjotr Iljitsch staunte immer mehr. Er sah auf einmal in Mitjas Hand ein Päckchen Papiergeld; die Hauptsache aber war, daß Mitja dieses Päckchen hielt und mit ihm hereinkam, wie kein Mensch Geld hält und mit Geld hereinkommt: alle Banknoten trug er wie zur Schau in der rechten Hand, die er steif vor sich her hielt. Pjotr Iljitschs junger Diener, der Mitja im Vorzimmer empfangen hatte, sagte später aus, er sei so, mit dem Geld in der Hand, auch ins Vorzimmer hereingekommen, er mußte es also auch schon auf der Straße so vor sich her getragen haben. Es waren lauter regenbogenfarbene Hundertrubelscheine, die er in seinen blutbefleckten Fingern hielt. Als Pjotr Iljitsch später von interessierten Personen befragt wurde, wie viel Geld es gewesen sei, erklärte er, das habe sich damals nach dem Augenschein schwer beurteilen lassen, vielleicht zweitausend Rubel, vielleicht dreitausend; jedenfalls sei es ein großes, »kompaktes« Päckchen gewesen. »Dmitri Fjodorowitsch selbst«, sagte der Beamte später ebenfalls aus, »machte den Eindruck, als sei er nicht bei Sinnen. Er war jedoch nicht betrunken, sondern befand sich in einer gewissen Verzückung, er war sehr zerstreut, zugleich aber auch in sich gekehrt, als ob er über etwas nachdächte und sich klarzuwerden suchte, aber zu keinem Entschluß kommen könnte. Er hatte es sehr eilig, antwortete kurz und in seltsamem Ton; und manchmal schien er ganz und gar nicht traurig, sondern eher vergnügt zu sein.«

»Was ist denn mit Ihnen los? Was ist Ihnen denn passiert?« rief Pjotr Iljitsch wieder und betrachtete scheu seinen Gast. »Wie haben Sie sich denn so blutig gemacht? Sind Sie gefallen? Sehen Sie nur!«

Er faßte ihn am Ellenbogen und stellte ihn vor den Spiegel.

Als Mitja sein blutbeflecktes Gesicht sah, zuckte er zusammen und runzelte ärgerlich die Augenbrauen.

»Pfui Teufel! Das fehlte noch!« murmelte er zornig, nahm schnell die Banknoten aus der rechten Hand in die linke und zog mit einer krampfhaften Bewegung sein Taschentuch aus der Tasche. Aber auch das Tuch war ganz voll Blut, denn mit ihm hatte er Grigori den Kopf und das Gesicht abgewischt, fast kein einziges Fleckchen war weiß geblieben, und das Tuch war nicht nur getrocknet, sondern hatte sich zu einem Ballen verhärtet und wollte sich nicht auseinanderfalten lassen.

Mitja schleuderte es wütend auf den Fußboden.

»Zum Teufel! Haben Sie nicht irgendeinen Lappen, damit ich mich abwischen kann?«

»Also haben Sie sich nur beschmiert und sind gar nicht verwundet? Dann waschen Sie sich doch lieber!« antwortete Pjotr Iljitsch. »Da ist der Waschtisch, ich werde Ihnen behilflich sein.«

»Der Waschtisch? Ja, das ist gut ... Aber wo soll ich denn hiermit hin?« fragte er, deutete dabei in seltsamer Ratlosigkeit auf sein Päckchen Hundertrubelscheine und blickte Pjotr Iljitsch fragend an, als ob der zu entscheiden hätte, wo Mitja sein eigenes Geld lassen sollte.

»Stecken Sie es doch in die Tasche, oder legen Sie es hier auf den Tisch, es wird nicht fortkommen.«

»In die Tasche? Ja, in die Tasche. Das ist gut ... Ach, wissen Sie, das ist ja alles dummes Zeug!« rief er, als streifte er auf einmal seine Zerstreutheit ab. »Sehen Sie, wir wollen erst dieses Geschäft erledigen. Das mit den Pistolen, meine ich. Geben Sie sie mir zurück, da ist Ihr Geld ... Ich brauche sie sehr, sehr dringend ... Und ich habe nicht eine Minute Zeit ...«

Er nahm den obersten Hundertrubelschein von dem Päckchen und reichte ihn dem Beamten.

»Aber ich werde nicht herausgeben können«, bemerkte der. »Haben Sie kein kleineres Geld?«

»Nein«, antwortete Mitja, wobei er wieder das Päckchen ansah. Dann blätterte er mit den Fingern die obersten zwei oder drei Scheine durch, als ob er seinem eigenen Wort nicht traute. »Nein, alles dieselbe Sorte«, fügte er hinzu und blickte wieder Pjotr Iljitsch fragend an.

»Woher sind Sie denn so reich geworden?« fragte der Beamte. »Warten Sie, ich werde meinen Burschen zu den Plotnikows schikken. Die schließen ihr Geschäft erst spät und werden wohl wechseln können. He, Mischa!« rief er ins Vorzimmer.

»Zum Laden von Plotnikow – das ist ja herrlich!« rief Mitja. Ein neuer Gedanke schien ihn erleuchtet zu haben. »Mischa!« sagte er zu dem Burschen. »Weißt du was, lauf doch mal zu Plotnikows und sag, Dmitri Fjodorowitsch läßt grüßen und kommt gleich selber hin. Und noch etwas. Sie sollen, bis ich dort bin, Champagner bereitstellen, so etwa drei Dutzend Flaschen, und sie so einpacken wie damals, als ich nach Mokroje gefahren bin … Ich habe damals vier Dutzend bei ihnen genommen«, sagte er auf einmal zu Pjotr Iljitsch. Und wieder an den Burschen gewandt: »Sie wissen schon Bescheid, sei unbesorgt, Mischa. Weiter. Ich möchte auch Käse haben und Straßburger Pasteten und geräucherte Schnäpel und Schinken und Kaviar – na, kurz alles, was sie haben, ungefähr für hundert oder hundertzwanzig Rubel, wie voriges Mal … Und sie sollen auch die Süßigkeiten nicht vergessen, Konfekt und Birnen und zwei oder drei oder vier Wassermelonen … Nein, Wassermelonen, da reicht eine, aber Schokolade, Kandiszucker, Montpensier, Sahnebonbons – na, alles, was sie mir damals für Mokroje eingepackt haben. Mit dem Champagner soll es ungefähr dreihundert Rubel kosten … Behalte alles richtig, Mischa, wenn du Mischa bist … Er heißt doch Mischa?« wandte er sich wieder an Pjotr Iljitsch.

»Halt, halt!« unterbrach ihn Pjotr Iljitsch, der ihn beunruhigt anhörte und ansah. »Es ist schon besser, wenn Sie selbst hingehen und alles sagen; er wird es durcheinanderbringen!«

»Er wird es durcheinanderbringen, ja, das sehe ich. Ach, Mischa, ich wollte dir schon einen Kuß geben für diese Bestellung. Wenn du nichts durcheinanderbringst, bekommst du zehn Rubel, mach schnell! Champagner, das ist die Hauptsache, und Kognak auch, und Rotwein und Weißwein auch, alles wie damals … Sie wissen schon, wie es damals war.«

»Aber hören Sie doch!« unterbrach ihn Pjotr Iljitsch, der nun schon ungeduldig wurde. »Ich sage, er soll nur zum Wechseln hinlaufen und bestellen, sie möchten den Laden nicht zumachen.

Und dann gehen Sie hin und geben Ihre Aufträge! Geben Sie Ihre Banknote her … Und nun marsch, Mischa! Lauf, was du kannst!«

Pjotr Iljitsch hatte seinen Burschen offenbar absichtlich schnell weggeschickt, denn dieser hatte die ganze Zeit vor Mitja gestanden und mit weit aufgerissenen Augen dessen blutiges Gesicht und die blutbefleckten Hände mit dem Geldpäckchen in den zitternden Fingern angestarrt und wahrscheinlich nur wenig von dem begriffen, was ihm Mitja auftrug.

»Na, jetzt kommen Sie, waschen Sie sich!« sagte Pjotr Iljitsch mürrisch. »Legen Sie das Geld auf den Tisch. Oder stecken Sie es in die Tasche! So ist es gut, kommen Sie! Aber ziehen Sie doch den Rock aus!«

Er half ihm beim Ausziehen des Rockes und schrie auf einmal wieder auf. »Sehen Sie nur, auch Ihr Rock ist blutig!«

»Das … das ist nicht der Rock. Nur hier am Ärmel ein bißchen. Und nur da, wo das Taschentuch gesteckt hat. Das Blut ist aus der Tasche durchgesickert. Ich habe mich bei Fenja auf die Tasche mit dem Tuch gesetzt, und da ist das Blut durchgesickert«, erläuterte Mitja mit erstaunlicher Zutraulichkeit.

Pjotr Iljitsch hörte mit finsterer Miene zu.

»Da haben Sie aber Pech gehabt. Sie haben sich wohl mit jemand geprügelt?« brummte er.

Die Prozedur des Waschens begann. Pjotr Iljitsch hielt die Kanne und goß Mitja Wasser auf die Hände. Mitja hatte es sehr eilig und seifte sich die Hände schlecht ein. Die Hände zitterten ihm, wie Pjotr Iljitsch sich später erinnerte. Pjotr Iljitsch schlug ihm sogleich vor, sich besser einzuseifen und kräftiger abzureiben. Er gewann in diesem Augenblick über Mitja die Oberhand, und das wurde mit der Zeit immer deutlicher. Wir bemerken bei dieser Gelegenheit, der junge Mann war durchaus nicht schüchtern.

»Sehen Sie nur, Sie haben sich unter den Nägeln nicht eingeseift. So, jetzt reiben Sie sich das Gesicht ab, sehen Sie da, an der Schläfe, am Ohr … Wollen Sie etwa in diesem Hemd fahren? Wohin fahren

Sie eigentlich? Sehen Sie nur, am rechten Ärmel ist die ganze Manschette blutig!«

»Ja, sie ist blutig«, bemerkte Mitja, während er die Manschette betrachtete.

»Wechseln Sie doch die Wäsche!«

»Ich habe keine Zeit. Aber wissen Sie was, ich werde ...«, fuhr Mitja mit derselben Zutraulichkeit fort; dabei trocknete er sich bereits Gesicht und Hände ab und zog sich den Rock an. »Ich werde das untere Ende des Ärmels umschlagen, dann wird es unter dem Rock nicht zu sehen sein ... Sehen Sie, so!«

»Jetzt sagen Sie mir endlich, wie Ihnen das passiert ist! Haben Sie sich mit jemand geschlagen, ja? Vielleicht wieder im Restaurant wie damals? Haben Sie wieder etwas mit dem Stabskapitän gehabt? Haben Sie ihn wieder geprügelt und am Bart gezogen?« fragte Pjotr Iljitsch vorwurfsvoll. »Wen haben Sie denn sonst noch geprügelt ... oder am Ende gar getötet?«

»Unsinn!« versetzte Mitja.

»Wieso Unsinn?«

»Das brauchen Sie nicht zu wissen«, erwiderte Mitja und lächelte plötzlich. »Ich habe eben auf dem Marktplatz eine alte Frau totgedrückt.«

»Totgedrückt? Eine alte Frau?«

»Einen alten Mann!« schrie Mitja und lachte Pjotr Iljitsch so laut ins Gesicht, als ob der taub wäre.

»Hol' Sie der Teufel, einen alten Mann, eine alte Frau ... Haben Sie wirklich jemand totgeschlagen?«

»Wir haben uns wieder versöhnt. Wir sind aneinandergeraten und haben uns wieder versöhnt. Auf der Stelle. Wir sind als Freunde auseinandergegangen. Ein Dummkopf ... Er hat mir verziehen ... Jetzt hat er mir gewiß verziehen ... Wenn er aufgestanden wäre, hätte er mir gewiß nicht verziehen«, fügte Mitja plötzlich hinzu und zwinkerte dazu mit den Augen. »Ach wissen Sie, hol' ihn der Teufel! Hören Sie mal, Pjotr Iljitsch! Zum Teufel, das brauchen Sie nicht zu wissen! In diesem Augenblick will ich es nicht sagen!« schloß Mitja kurz und entschieden.

»Ich frage ja nur deswegen, weil es Ihre besondere Vorliebe ist, sich mit jedem anzulegen. So wie damals aus ganz unbedeutendem Anlaß mit diesem Stabskapitän … Sie haben sich geprügelt und fahren nun zu einem Trinkgelage – da sieht man Ihren ganzen Charakter! Drei Dutzend Flaschen Champagner wozu denn so viel?«

»Bravo! Geben Sie nun die Pistolen her! Bei Gott, ich habe keine Zeit. Ich würde gern ein bißchen mit dir schwatzen, Täubchen, aber ich habe keine Zeit. Und es ist auch gar nicht nötig! Es ist zu spät, um noch lange zu schwatzen. Halt, wo ist das Geld geblieben, wo habe ich es gelassen?« rief er und begann in den Taschen zu wühlen.

»Auf den Tisch haben Sie es gelegt … Sie selbst. Da liegt es ja. Haben Sie das vergessen? Wahrhaftig, Sie achten das Geld nicht höher als Unrat oder Wasser. Da sind Ihre Pistolen. Sonderbar, vorhin haben Sie sie für zehn Rubel als Pfand gegeben, und jetzt haben Sie auf einmal Tausende in Händen. Es sind doch wohl zwei- oder dreitausend?«

»Seien Sie unbesorgt, dreitausend«, erwiderte Mitja lachend und steckte das Geld in die Hosentasche.

»So werden Sie es verlieren. Sie besitzen wohl Goldbergwerke wie?«

»Goldbergwerke? Jawohl, Goldbergwerke!« schrie Mitja aus voller Kehle und brach in schallendes Gelächter aus. »Wollen Sie in die Goldbergwerke, Perchotin? Dann wird Ihnen eine Dame von hier dreitausend Rubel geben, damit Sie nur hinfahren. Mir hat sie sie gegeben – so sehr liebt sie die Goldbergwerke! Kennen Sie Frau Chochlakowa?«

»Nein, ich bin nicht mit ihr bekannt, aber ich habe von ihr gehört und sie gesehen. Hat die Ihnen wirklich die dreitausend Rubel gegeben? So einfach gegeben?« fragte Pjotr Iljitsch mit ungläubiger Miene.

»Gehen Sie doch morgen, wenn die Sonne in die Höhe fliegt, wenn der ewig junge Phöbus, Gott lobend und preisend, in die Höhe fliegt, zu Frau Chochlakowa, und fragen Sie sie selbst, ob sie mir dreitausend Rubel gegeben hat oder nicht. Fragen Sie sie doch!«

»Ich kenne Ihre Beziehungen nicht … Wenn Sie es so bestimmt sagen, wird sie die Ihnen schon gegeben haben … Sie aber … Kaum haben Sie das Geld in die Pfoten bekommen, fahren Sie statt nach Sibirien mit den ganzen dreitausend zu einem Gelage … Wohin fahren Sie jetzt eigentlich, he?«

»Nach Mokroje.«

»Nach Mokroje? Aber es ist doch Nacht!«

»Wanja war einst stolz und reich, jetzt ist er dem Bettler gleich«, sagte Mitja plötzlich.

»Wieso einem Bettler gleich? Wenn man so viele Tausende hat, ist man nicht einem Bettler gleich.«

»Ich rede nicht von den Tausenden. Zum Teufel mit den Tausenden! Ich rede vom Charakter der Weiber:

Denn das Weib ist falscher Art,
und die Arge liebt das Neue.

Ich bin mit Odysseus einverstanden, der sagt das irgendwo bei Schiller.«

»Ich verstehe Sie nicht.«

»Bin ich etwa betrunken?«

»Nein, nicht betrunken, schlimmer als das.«

»Ich bin seelisch betrunken, Pjotr Iljitsch, seelisch betrunken! Aber genug davon, genug!«

»Was machen Sie denn da? Wollen Sie die Pistole laden?«

»Ja, das will ich.«

Mitja hatte in der Tat den Pistolenkasten geöffnet, er machte das Pulverhorn auf, schüttete sorgfältig die Ladung hinein und drückte sie fest. Darauf nahm er eine Kugel und hielt sie zwischen zwei Fingern, vor sich nahe an die Kerze, bevor er sie in den Lauf schob.

»Warum betrachten Sie denn die Kugel so?« fragte Pjotr Iljitsch, der mit Neugier und Unruhe Mitjas Bewegungen verfolgte.

»Nur so ein Einfall. Wenn du vorhättest, dir diese Kugel ins Gehirn zu jagen, würdest du sie dir dann beim Laden der Pistole genauer ansehen oder nicht?«

»Was für einen Sinn sollte das haben?«

»Sie wird in mein Gehirn eindringen – daher ist es interessant zu erfahren, wie sie beschaffen ist … Übrigens ist das Unsinn, bloß ein dummer Gedanke … So, fertig«, fügte er hinzu, nachdem er die Kugel hineingeschoben und mit Werg festgestopft hatte. »Lieber Pjotr Iljitsch, das ist ja alles nur Unsinn! Wenn du wüßtest, was für ein schrecklicher Unsinn! Bitte, gib mir jetzt ein Stückchen Papier!«

»Da ist welches.«

»Nein, glattes, reines, um darauf zu schreiben. So, schön!«

Mitja nahm eine Feder vom Tisch, schrieb schnell zwei Zeilen auf das Papier, faltete es vierfach zusammen und steckte es in seine Westentasche. Die Pistolen legte er in den Kasten, schloß ihn mit einem Schlüsselchen zu und nahm ihn in die Hand. Darauf blickte er Pjotr Iljitsch an und lächelte lange nachdenklich.

»Jetzt wollen wir gehen!« sagte er.

»Wohin denn? Nein, warten Sie … Am Ende wollen Sie sich die Kugel selbst ins Gehirn jagen?« sagte Pjotr Iljitsch beunruhigt.

»Unsinn! Ich will leben, ich liebe das Leben! Das sollst du wissen! Ich liebe den goldlockigen Phöbus und sein flammendes Licht … Lieber Pjotr Iljitsch, verstehst du, beiseite zu treten?«

»Beiseite zu treten, was soll das heißen?«

»Jemandem den Weg freigeben. Einem geliebten Wesen und einem verhaßten Menschen den Weg freigeben. Und zwar muß man den Weg so freigeben, daß einem auch der verhaßte Mensch lieb wird! Und man muß zu ihnen sagen: Gott sei mit euch, bitte, geht vorbei, ich aber …«

»Sie aber?«

»Genug, wir wollen gehen!«

»Mein Gott, ich werde jemand sagen, man soll Sie nicht dahin lassen. Was wollen Sie denn jetzt in Mokroje?«

»Eine Frau ist dort. Eine Frau, laß dir das genug sein, Pjotr Iljitsch. Basta!«

»Hören Sie mal, wenn Sie auch ein wilder Geselle sind, so haben Sie mir doch immer gefallen … deshalb mache ich mir jetzt Sorgen um Sie.«

»Ich danke dir, Bruder. Ich bin ein wilder Geselle, sagst du. Jawohl, die wilden Gesellen. Ich wiederhole nur das eine: die wilden Gesellen! Ah, da ist ja Mischa, ich hatte gar nicht mehr an ihn gedacht.«

Mischa kam eilig mit einem Päckchen eingewechselten Geldes herein und meldete, bei den Plotnikows seien alle in Bewegung und schleppten Flaschen und Fisch und Tee zusammen; gleich werde alles bereit sein. Mitja nahm einen Zehnrubelschein und reichte ihn Pjotr Iljitsch; einen zweiten warf er Mischa hin.

»Nein, tun Sie das nicht!« rief Pjotr Iljitsch. Bei mir zu Hause, das lasse ich nicht zu, das ist üble Verwöhnung! Stecken Sie Ihr Geld ein! Sehen Sie, hier stecken Sie es hin ... Wozu wollen Sie es aus dem Fenster werfen? Morgen brauchen Sie es doch und kommen wieder zu mir zehn Rubel borgen. Warum stecken Sie denn alles in die Seitentasche? Sie werden es noch verlieren!«

»Hör mal, lieber Mensch, wollen wir nicht zusammen nach Mokroje fahren?«

»Was soll ich denn da?«

»Hör mal, wenn es dir recht ist, mache ich gleich eine Flasche auf, und wir trinken auf das Leben! Ich möchte trinken, und ganz besonders mit dir trinken! Ich habe noch nie mit dir getrunken, wie?«

»Meinetwegen, im Restaurant können wir das ja tun. Gehen wir hin, ich wollte sowieso gerade hingehen.«

»In ein Restaurant zu gehen, dazu habe ich keine Zeit. Aber wir könnten es bei den Plotnikows im Laden tun, im Hinterzimmer. Wenn es dir recht ist, werde ich dir gleich ein Rätsel aufgeben.«

»Gib es auf.«

Mitja zog ein Zettelchen aus der Westentasche, faltete es auseinander und zeigte es dem Beamten. Auf dem Zettel stand mit deutlicher, großer Schrift: »Ich richte mich zur Strafe für mein ganzes Leben! Ich ahnde mein ganzes Leben!«

»Wirklich, ich muß es jemand sagen! Ich werde gehen und es anzeigen«, sagte Pjotr Iljitsch, als er den Zettel gelesen hatte.

»Da wirst du zu spät kommen, mein Täubchen! Los, wir wollen trinken! Vorwärts!«

Der Laden der Plotnikows lag nur wenige Häuser von Pjotr Iljitschs Wohnung entfernt, an der Straßenecke. Dies war das größte Delikatessengeschäft in unserer Stadt; es gehörte reichen Kaufleuten und war sehr gut eingerichtet. Es war dort alles zu haben, wie in den Geschäften der Residenz, alle möglichen guten Dinge: Wein (»Abzug der Gebrüder Jelissejew«), Früchte, Zigarren, Tee, Zucker, Kaffee und so weiter. Drei Gehilfen waren immer im Laden, zwei Laufburschen immer unterwegs. Obgleich unsere Gegend verarmt war, viele Gutsbesitzer weggezogen waren und der Handel am Boden lag, blühte dieses feine Geschäft doch wie früher, ja sogar von Jahr zu Jahr mehr. Für solche Dinge gab es allezeit Käufer. Mitja wurde im Laden mit Ungeduld erwartet. Man erinnerte sich noch sehr gut, wie er vor drei, vier Wochen auf dieselbe Weise alle möglichen Waren für mehrere hundert Rubel ausgesucht und bar bezahlt hatte – auf Borg hätte man ihm allerdings auch nichts gegeben – und wie er, ebenso wie jetzt, ein ganzes Päckchen Hundertrubelscheine in der Hand gehabt und das Geld unbedacht ausgegeben hatte, ohne zu handeln und zu überlegen, wozu er so viele Waren überhaupt brauchte. In der ganzen Stadt erzählte man später, er sei damals mit Gruschenka nach Mokroje gefahren, habe in einer Nacht und an dem folgenden Tag auf einen Schlag dreitausend Rubel vergeudet und sei von dem Gelage ohne eine Kopeke zurückgekehrt. Es hieß, er habe eine ganze Zigeunerhorde, die sich damals bei uns herumtrieb, mitgenommen, und die habe ihm in den zwei Tagen – betrunken wie er war – eine Unmenge Geld abgenommen und eine Unmenge teuren Wein getrunken. Man spottete über Mitja, er habe in Mokroje dumme Bauern mit Champagner betrunken gemacht und Bauernmädchen und Bauernfrauen mit Konfekt und Straßburger Pasteten gefüttert. Man lachte auch, und zwar besonders im Restaurant – allerdings nur hinter seinem Rücken, denn ihm ins Gesicht zu lachen, war etwas gefährlich –, über Mitjas eigenes offenherziges Geständnis, daß er von Gruschenka für diese ganze »Eskapade« keine andere Belohnung erhalten habe als die Erlaubnis, ihr Füßchen zu küssen; weiter habe sie ihm nichts gestattet.

Als Mitja und Pjotr Iljitsch zum Laden kamen, fanden sie am Eingang schon eine fahrbereite Troika vor, mit einem Wagen, der mit einem Teppich bedeckt war, mit Schellen und Glöckchen und dem Kutscher Andrej, der auf Mitja wartete. Im Laden war eine Kiste bereits mit Waren vollgepackt, und man wartete nur auf Mitja, um sie zuzumachen und auf den Wagen zu laden.

Pjotr Iljitsch war erstaunt.

»Wo hast du denn so schnell eine Troika herbekommen?« fragte er Mitja.

»Als ich zu dir lief, traf ich diesen Andrej und befahl ihm, direkt hierherzufahren. Es ist keine Zeit zu verlieren! Das vorige Mal fuhr ich mit Timofej, aber Timofej ist diesmal vor mir mit einer Zauberin davongefahren ... Andrej, werden wir sehr viel später ankommen als sie?«

»Höchstens eine Stunde sind die früher da als wir, und auch das kaum! Kaum eine Stunde!« antwortete Andrej eilig. »Ich habe Timofej beim Anspannen geholfen – ich weiß, wie der fährt. Wir fahren anders als die, Dmitri Fjodorowitsch! Die können mit uns nicht mithalten. Keine Stunde kommen die früher an!« sagte Andrej eifrig. Er war noch nicht alt, ein magerer Bursche mit rötlichem Haar, in einem ärmellosen Wams, den Schoßrock über dem linken Arm.

»Fünfzig Rubel Trinkgeld, wenn wir nur eine Stunde später ankommen!«

»Nur eine Stunde, das garantiere ich Ihnen, Dmitri Fjodorowitsch! Ach was, keine halbe Stunde sind die früher da, geschweige denn eine Stunde!«

Mitja entwickelte zwar eine große Geschäftigkeit im Anordnen, doch was er da sagte und befahl, kam alles etwas sonderbar heraus, abgehackt und ungeordnet. Er fing etwas an und vergaß, es zu beenden. Pjotr Iljitsch hielt es für nötig, einzugreifen und sich der Sache anzunehmen.

»Für vierhundert Rubel, nicht unter vierhundert Rubel! Es soll genauso sein wie damals!« kommandierte Mitja. »Vier Dutzend Flaschen Champagner, nicht eine Flasche weniger!«

»Wozu brauchst du denn so viel? Was hat das für einen Sinn? Halt!« schrie Pjotr Iljitsch. »Was ist das für eine Kiste? Was ist da drin? Sind hier wirklich für vierhundert Rubel Waren drin?«

Die geschäftigen Gehilfen setzten ihm sofort mit den liebenswürdigsten Ausdrücken auseinander, in dieser ersten Kiste befände sich nur ein halbes Dutzend Flaschen Champagner und »alle übrigen für den Anfang erforderlichen Dinge«: Imbiß, Konfekt, Montpensier und so weiter; der »Hauptbedarf« jedoch werde erst noch eingepackt und solle dann wie beim vorigen Mal gesondert geliefert werden, auf einem besonderen dreispännigen Wagen; er werde zur rechten Zeit eintreffen, höchstens eine Stunde nach Dmitri Fjodorowitsch.

»Nicht mehr als eine Stunde später, ja nicht später! Und packt recht viel Montpensier und Sahnebonbons ein, das mögen die jungen Mädchen gern!« befahl Mitja eifrig und nachdrücklich.

»Sahnebonbons – von mir aus. Aber wozu brauchst du vier Dutzend Flaschen Champagner? Ein Dutzend reicht doch!« rief Pjotr Iljitsch, nun schon beinahe ärgerlich.

Er fing an zu feilschen, verlangte die Rechnung und wollte sich gar nicht beruhigen. Er rettete allerdings nur hundert Rubel. Man einigte sich schließlich, daß die gelieferte Ware nicht mehr als dreihundert Rubel kosten sollte.

»Ach, hol' euch der Teufel!« rief Pjotr Iljitsch, als käme er auf einmal zur Besinnung. »Was geht mich diese ganze Geschichte an? Wirf dein Geld doch weg, wenn du es so mühelos bekommen hast!«

»Hierher, du Knauser, hierher! Ärgere dich nicht!« sagte Mitja und zog ihn in das Zimmer hinter dem Laden. »Paß auf, man wird uns gleich eine Flasche herbringen, die wollen wir uns zu Gemüte führen. Ach, Pjotr Iljitsch, fahr doch mit! Du bist so ein lieber Mensch, solche Menschen habe ich gern.«

Mitja setzte sich auf einen kleinen Rohrstuhl, an ein winziges Tischchen, das mit einer schmutzigen Serviette bedeckt war. Pjotr Iljitsch nahm ihm gegenüber Platz, und der Champagner kam auch sofort. Der Gehilfe fragte noch, ob die Herren nicht Austern wünschten: »Prima Qualität, soeben eingetroffen.«

»Zum Teufel mit den Austern! Ich esse keine. Und wir brauchen weiter nichts!« rief Pjotr Iljitsch bissig.

»Zum Austernessen haben wir keine Zeit«, bemerkte Mitja. »Und ich habe auch keinen Appetit darauf ... Weißt du, lieber Freund«, sagte er auf einmal mit echter Empfindung, »ich habe diese ganze Unordnung nie leiden können.«

»Wer kann die denn überhaupt leiden? Drei Dutzend Flaschen Champagner für die Bauern, ich bitte dich! Das ist ja empörend!«

»Davon rede ich nicht. Ich rede von einer höheren Art Ordnung. In mir ist keine Ordnung, keine höhere Ordnung. Aber ... Das alles ist abgeschlossen; darüber zu trauern ist nutzlos. Es ist zu spät, zum Teufel! Mein ganzes Leben war Unordnung, und schaffen muß man Ordnung. Ein Wortspiel, nicht?«

»Das ist kein Wortspiel, sondern sinnloses Gerede!«

»Ruhm dem Höchsten, der die Welten
all erfüllt und meine Brust!

Dieses Verschen hat sich einmal meiner Seele entrungen. Es ist eigentlich kein Vers, sondern eine Träne ... Ich habe ihn selbst gemacht ... Aber nicht damals, als ich den Stabskapitän am Bart gezogen habe ...«

»Wie kommst du plötzlich auf den?«

»Wie ich plötzlich auf den komme? Unsinn! Alles nimmt ein Ende, alles wird ausgeglichen. Strich drunter – und das Fazit.«

»Wahrhaftig, ich muß immer an deine Pistolen denken.«

»Auch die Pistolen sind Unsinn! Trink und phantasiere nicht! Ich liebe das Leben, ich liebe es bereits so übermäßig, daß es geradezu scheußlich ist. Genug! Auf das Leben, Täubchen, laß uns auf das Leben trinken; ich bringe einen Toast auf das Leben aus! Warum bin ich mit mir zufrieden? Ich bin ein gemeiner Mensch, aber ich bin mit mir zufrieden. Zwar quält es mich, daß ich ein gemeiner Mensch bin, aber ich bin mit mir zufrieden. Ich segne die Schöpfung, ich bin auf der Stelle bereit, Gott und seine Schöpfung zu segnen, aber ... Man muß ein übelriechendes Insekt vernichten, damit es nicht umherkriecht und anderen Wesen das Leben verdirbt ... Laß uns auf das Leben trinken, lieber Bruder! Was kann kostbarer sein als das Leben? Nichts, nichts! Auf das Leben und auf die Königin der Königinnen!«

»Trinken wir auf das Leben und meinetwegen auch auf deine Königin!«

Jeder trank ein Glas. Mitja war hingerissen und redete allerlei durcheinander; dennoch war ihm eine gewisse Traurigkeit anzumerken, als ob eine unüberwindliche Sorge auf ihm lastete.

»Mischa ... Dein Mischa ist gekommen ... Mischa, Täubchen, komm mal her und trink dieses Glas aus! Auf den morgigen goldlockigen Phöbus ...«

»Warum gibst du ihm das?« rief Pjotr Iljitsch gereizt.

»Erlaube es doch, ist ja nichts dabei! Ich möchte es gern.«

Mischa trank das Glas aus, verbeugte sich und lief wieder weg.

»Er wird lange daran denken«, bemerkte Mitja. »Ich liebe das Weib, das Weib! Was ist das Weib? Die Königin der Erde! Mir ist traurig zumute, Pjotr Iljitsch, traurig. Erinnerst du dich an Hamlet: ›Es ist mir so traurig zumute, Horatio, so traurig ... Ach, armer Yorick!‹ Ich bin vielleicht dieser arme Yorick. Jetzt bin ich Yorick, später jedoch ein Schädel.«

Pjotr Iljitsch hörte zu und schwieg. Auch Mitja war ein Weilchen still.

»Was ist das für ein Hündchen?« fragte er auf einmal zerstreut den Gehilfen, als er in einer Ecke einen hübschen kleinen Bologneserhund mit schwarzen Augen bemerkte.

»Das ist das Hündchen von Warwara Alexejewna, der Hausherrin«, antwortete der Gehilfe. »Sie hat es vorhin mitgebracht und hier vergessen. Wir werden es ihr zurückbringen müssen.«

»Ich habe schon einmal so einen Hund gesehen, beim Regiment ...«, sagte Mitja nachdenklich. »Nur hatte der ein gebrochenes Hinterbein ... Apropos, Pjotr Iljitsch, ich wollte dich fragen: Hast du in deinem Leben mal was gestohlen?«

»Was ist das für eine Frage?«

»Nun, ich frage nur so. Jemand anderem aus der Tasche, fremdes Eigentum? Ich rede nicht von der Staatskasse, die Staatskasse bestehlt ihr alle, und du natürlich auch …«

»Scher dich zum Teufel!«

»Ich rede von fremdem Eigentum. Direkt aus der Tasche, aus dem Geldbeutel, verstehst du?«

»Ich habe einmal meiner Mutter ein Zwanzigkopekenstück gestohlen, als ich neun Jahre alt war. Ich nahm es vom Tisch und hielt es in der zusammengedrückten Hand.«

»Und dann?«

»Weiter nichts. Ich behielt es drei Tage lang, dann schämte ich mich, gestand es und gab es zurück.«

»Nun, und dann?«

»Natürlich bekam ich Prügel. Aber warum fragst du danach? Hast du etwa selbst gestohlen?«

»Ja, ich habe gestohlen«, antwortete Mitja und zwinkerte schlau mit den Augen.

»Was hast du denn gestohlen?« erkundigte sich Pjotr Iljitsch neugierig.

»Meiner Mutter ein Zwanzigkopekenstück, ich war neun Jahre alt, nach drei Tagen gab ich es zurück.«

Nach diesen Worten erhob sich Mitja plötzlich von seinem Platz.

»Dmitri Fjodorowitsch, täten wir nicht gut daran, uns zu beeilen?« rief auf einmal Andrej an der Ladentür.

»Ist alles bereit? Dann wollen wir gehen!« versetzte Mitja, der zusammengefahren war. »Noch ein letztes Wort … Und gebt Andrej schnell noch ein Glas Schnaps auf den Weg! Und ein Glas Kognak, außer dem Schnaps! »Er deutete auf den Pistolenkasten. »Diesen Kasten stellt mir unter den Sitz! Leb wohl, Pjotr Iljitsch! Gedenke meiner nicht im Bösen!«

»Aber du kommst doch morgen zurück?«

»Unbedingt.«

»Belieben Sie jetzt die Rechnung zu begleichen?« fragte ein hinzueilender Gehilfe.

»Ja, richtig, die Rechnung! Gewiß!«

Er holte wieder das Päckchen Banknoten aus der Tasche, nahm drei Hundertrubelscheine, warf sie auf den Ladentisch und verließ eilig den Laden. Man begleitete ihn unter Verbeugungen, höflichen Worten und guten Wünschen hinaus. Andrej räusperte sich nach dem Kognak und sprang auf den Bock. Gerade wollte Mitja einsteigen, als völlig unerwartet Fenja außer Atem angelaufen kam. Sie faltete laut schreiend die Hände vor ihm und fiel ihm zu Füßen.

»Väterchen, Dmitri Fjodorowitsch, Täubchen, bringen Sie das gnädige Fräulein nicht um! Ich, ich bin es ja gewesen, die Ihnen alles erzählt hat! … Und bringen Sie auch ihn nicht um, er ist ja ihr Früherer! Jetzt will er Agrafena Alexandrowna heiraten, dazu ist er aus Sibirien zurückgekommen … Väterchen, Dmitri Fjodorowitsch, vernichten Sie ein fremdes Leben nicht!«

»Aha, so steht das! Na, du wirst ja jetzt etwas Schönes anrichten!« murmelte Pjotr Iljitsch vor sich hin. »Jetzt ist alles klar, wie sollte man das jetzt nicht verstehen? Dmitri Fjodorowitsch, gib mir sofort die Pistolen zurück, wenn du ein vernünftiger Mensch sein willst!« rief er Mitja laut zu. »Hörst du, Dmitri?«

»Die Pistolen? Warte, mein Täubchen, ich werde sie unterwegs ins Wasser werfen«, antwortete Mitja. »Steh auf, Fenja, lieg nicht vor mir auf den Knien! Mitja wird niemanden umbringen. Dieser dumme Mensch wird künftig niemanden mehr umbringen. Noch eins, Fenja«, rief er ihr zu, als er sich bereits gesetzt hatte, »Ich bin vorhin grob zu dir gewesen. Verzeih mir das und sei mir nicht böse, verzeih mir schlechtem Menschen … Wenn du es mir aber nicht verzeihst, dann ist es auch egal! Denn jetzt ist schon alles egal! Vorwärts, Andrej! Fahr so schnell du kannst!«

Andrej trieb die Pferde an, das Glöckchen klingelte.

»Lebe wohl, Pjotr Iljitsch! Dir gilt meine letzte Träne!«

›Betrunken ist er nicht, aber was für einen Unsinn schwatzt er zusammen!‹ dachte Pjotr Iljitsch, als er allein zurückgeblieben war. Er hatte eigentlich noch dableiben und zusehen wollen, wie die übrigen Waren auf den zweiten Wagen verladen wurden, denn er argwöhnte, daß man Mitja übers Ohr hauen würde. Doch auf einmal ärgerte er sich über sich selbst, spuckte aus und begab sich in sein Restaurant, um dort Billard zu spielen.

›Ein Dummkopf ist er, wenn auch ein guter Junge!‹ brummte er unterwegs in Gedanken vor sich hin. Von diesem Offizier, Gruschenkas Verflossenem, habe ich gehört. Na, wenn der gekommen ist, dann … Pfui Teufel, diese Pistolen! Aber bin ich etwa sein Hüter? Soll er mit ihnen machen, was er will! Es wird überhaupt nichts geschehen. Das sind Maulhelden, weiter nichts. Sie betrinken sich und prügeln sich, sie prügeln sich und versöhnen sich. Tatkräftige Menschen sind sie nicht. Was will das schon besagen: »Ich trete beiseite, ich bestrafe mich selbst!« Gar nichts wird geschehen! Tausendmal hat er im Restaurant mit solchen hochtrabenden Ausdrücken um sich geworfen, wenn er betrunken war. Jetzt war er nun allerdings nicht betrunken. »Seelisch betrunken« – solche Phrasen lieben sie, die Schufte. Bin ich sein Hüter, wie? Er muß sich jedenfalls geprügelt haben, seine ganze Visage war ja voll Blut. Aber mit wem? Das werde ich im Restaurant erfahren. Auch sein Taschentuch war voll Blut … Pfui Teufel, das ist bei mir auf dem Fußboden liegengeblieben … Doch was schert mich das?‹

In der verdrießlichsten Stimmung kam er in das Restaurant und begann sogleich eine Partie. Die Partie heiterte ihn wieder auf. Er spielte eine zweite und begann dabei einem seiner Partner zu erzählen, Dmitri Karamasow habe wieder Geld, an die dreitausend Rubel, wie er selbst gesehen habe, und er sei wieder nach Mokroje gefahren, zu einem Gelage mit Gruschenka. Die Zuhörer nahmen das mit größerem Interesse auf, als er erwartet hatte. Und alle sprachen darüber sonderbar ernst, ohne zu lachen. Sie unterbrachen sogar ihr Spiel.

»Dreitausend Rubel? Wo will er denn dreitausend Rubel herhaben?« Sie fragten ihn weiter aus. Die Nachricht über Frau Chochlakowa wurde mit starken Zweifeln aufgenommen.

»Er wird doch nicht den Alten beraubt haben? Na, das wäre vielleicht …«

»Dreitausend Rubel? Da stimmt was nicht!«

»Er hat sich laut gerühmt, er würde seinen Vater totschlagen, das haben hier alle gehört. Ausgerechnet von dreitausend Rubeln hat er gesprochen ...«

Pjotr Iljitsch hörte das mit an und antwortete auf weitere Fragen nur trocken und wortkarg. Von dem Blut, das Mitja im Gesicht und an den Händen gehabt hatte, sagte er keine Silbe, obgleich er, als er auf dem Weg ins Restaurant war, beabsichtigt hatte, auch dies zu erzählen. Man begann die dritte Partie, und das Gespräch über Mitja verstummte allmählich. Als die dritte Partie dann zu Ende war, mochte Pjotr Iljitsch nicht weiterspielen, legte das Queue beiseite und verließ das Restaurant, ohne dort zu Abend zu essen, wie er eigentlich vorgehabt hatte. Auf dem Marktplatz angelangt, blieb er unentschlossen stehen und mußte sogar über sich selbst staunen. Er erinnerte sich plötzlich, daß er zuerst zum Haus von Fjodor Pawlowitsch hatte gehen wollen, um sich zu erkundigen, ob dort etwas vorgefallen war. Doch er sagte sich: ›Soll ich wegen einer Dummheit in einem fremdem Haus die Leute aufwecken und einen Skandal hervorrufen? Zum Teufel, bin ich etwa ihr Hüter?‹

In höchst verdrießlicher Stimmung schlug er den direkten Weg zu seiner Wohnung ein; da fiel ihm plötzlich Fenja ein. ›Zum Teufel, die hätte ich vorhin ausfragen sollen‹, dachte er ärgerlich. ›Dann wüßte ich jetzt alles.‹ Und auf einmal wuchs in ihm ein so ungeduldiges, hartnäckiges Verlangen, mit ihr zu reden und sich bei ihr zu erkundigen, daß er auf halbem Weg zum Haus von Frau Morosowa abbog, wo Gruschenka wohnte. Er klopfte ans Tor, der laute Schall, der durch die Stille der Nacht hallte, schien ihn jedoch jäh zu ernüchtern und zu ärgern. ›Auch hier werde ich einen Skandal anrichten!‹ dachte er, peinlich berührt, doch statt nun endgültig zu gehen, begann er auf einmal, abermals zu klopfen, und zwar aus Leibeskräften. Der Lärm schallte durch die ganze Straße. »Wollen mal sehen, ob ich sie nicht doch wachklopfe!« murmelte er. Mit jedem Schlag wurde er wütender, steigerte aber zugleich die Wucht seiner Schläge.

6. Ich komme selbst!

Dmitri Fjodorowitsch flog inzwischen die Landstraße dahin. Bis Mokroje waren es etwas über zwanzig Werst, doch Andrej jagte sein Dreigespann dermaßen, daß sie in fünf viertel Stunden am Ziel sein konnten. Die schnelle Fahrt schien auf Mitja erfrischend zu wirken. Die Luft war rein und ziemlich kalt, an dem klaren Himmel glänzten große Sterne. Es war dieselbe Nacht und vielleicht sogar dieselbe Stunde, da Aljoscha auf die Erde niedersank und in Verzückung schwor, sie sein Leben lang zu lieben. Aber es sah wirr, sehr wirr in Mitja aus, und obgleich vieles seine Seele quälte, strebte in diesem Moment doch sein ganzes Wesen unwiderstehlich nur zu ihr, seiner Königin, zu der er hineilte, um sie zum letztenmal zu sehen. Ich will nur das eine sagen: Sein Herz sträubte sich gegen diese Entscheidung auch nicht einen Augenblick. Man wird mir vielleicht nicht glauben, wenn ich behaupte, daß dieser von Natur aus eifersüchtige Mensch gegenüber diesem neuen Nebenbuhler, diesem Offizier, nicht die geringste Eifersucht empfand. Auf jeden anderen wäre er sofort eifersüchtig gewesen und hätte vielleicht seine Hände erneut mit Blut befleckt; doch ihm, »ihrem Früheren« gegenüber, empfand er jetzt, während er auf seiner Troika dahinflog, keinerlei Eifersucht, nicht einmal ein feindliches Gefühl – allerdings hatte er ihn noch nicht gesehen. ›Da kann es keinen Zweifel geben: sie sind im Recht. Das ist ihre erste Liebe, die sie in den ganzen fünf Jahren nicht vergessen hat, also hat sie in diesen fünf Jahren nur ihn geliebt. Ich aber, warum habe ich mich dazwischengedrängt? Was spiele ich dabei für eine Rolle? Was habe ich damit zu schaffen? Tritt beiseite, Mitja, gib den Weg frei! Und was will ich jetzt überhaupt noch? Jetzt ist auch ohne den Offizier alles zu Ende! Auch wenn er gar nicht erschienen wäre, würde alles zu Ende sein …‹

Etwa mit diesen Worten hätte er seine Gefühle ausdrücken können, wenn er überhaupt einer Überlegung fähig gewesen wäre. Aber er war damals nicht mehr imstande zu überlegen. Sein jetziger Entschluß war ohne jedes Überlegen in einem Nu entstanden, war ihm schon bei Fenja, bei ihren ersten Worten, vom Gefühl eingegeben und in seinem ganzen Umfang, mit allen Folgen von ihm akzeptiert worden.

Und trotzdem, obwohl er seinen Entschluß gefaßt hatte, sah es wirr in seiner Seele aus, so wirr, daß er schwer darunter litt: Auch der Entschluß hatte ihm nicht zur Ruhe verholfen. Gar zu vieles lag hinter ihm und quälte ihn. Und in manchen Augenblicken kam ihm seltsam vor: Er hatte ja eigenhändig sein Urteil auf ein Blatt Papier geschrieben: »Ich richte mich«, und dieses Papier steckte fix und fertig in seiner Tasche, und die Pistole war schon geladen, und er hatte schon beschlossen, wie er am nächsten Tag den ersten feurigen Strahl des »goldlockigen Phöbus« begrüßen wollte – und dennoch konnte er sich mit der Vergangenheit, mit allem, was hinter ihm lag und ihn quälte, nicht abfinden! Das fühlte er wie eine Marter, dieser Gedanke haftete fest in seiner Seele und brachte ihn zur Verzweiflung. Es gab auf dieser Fahrt einen Augenblick, wo er auf einmal Lust bekam, Andrej halten zu lassen, aus dem Wagen zu springen, seine geladene Pistole hervorzuholen und alles zu beenden, ohne erst auf den Tagesanbruch zu warten. Aber dieser Augenblick flog vorüber wie ein Funke. Und auch die Troika flog dahin, und je näher er dem Ziel kam, desto stärker nahm wieder der Gedanke an sie, an sie allein, ihm den Atem und verjagte alle übrigen furchtbaren Gespenster aus seinem Herzen. Oh, sehen wollte er sie, wenn auch nur flüchtig, wenn auch nur von weitem! ›Sie ist jetzt mit *ihm* zusammen – nun, da werde ich eben sehen, wie sie jetzt mit ihm zusammen ist, mit ihrem früheren Geliebten, weiter will ich ja auch nichts.‹ Noch nie war seine Brust von einer so starken Liebe zu dieser Frau erfüllt, die für sein Schicksal so verhängnisvoll geworden war! Ein neues, starkes Gefühl wuchs in ihm, ein Gefühl, das er noch nie kennengelernt hatte, das ihm selbst unerwartet kam: Zärtlichkeit, daß er hätte zu ihr beten, vor ihr vergehen mögen. »Und ich werde auch vergehen!« sagte er auf einmal in einem Anfall hysterischer Begeisterung.

Schon fast eine Stunde jagten sie dahin. Mitja schwieg, und Andrej, der sonst ein redseliger Bursche war, hatte ebenfalls noch kein

Wort gesagt, als scheute er sich, ein Gespräch anzufangen; er trieb nur munter seine braunen Gäule an, sein mageres, aber feuriges Dreigespann. Da rief Mitja auf einmal in schrecklicher Unruhe: »Andrej! Und wenn sie nun schon schlafen?«

Das war ihm plötzlich eingefallen; bis dahin hatte er diese Möglichkeit gar nicht bedacht.

»Sehr wahrscheinlich, daß sie sich schon hingelegt haben, Dmitri Fjodorowitsch.«

Mitja zog schmerzlich die Brauen zusammen. Wie? Er kommt herbeigejagt ... Mit solchen Gefühlen ... Und sie schlafen? Und auch sie schläft vielleicht dort? ... Zorn überkam ihn.

»Treib die Pferde an, Andrej! Fahr zu, Andrej! Schneller!« schrie er außer sich.

»Aber vielleicht haben sie sich auch noch nicht hingelegt«, meinte Andrej nach kurzem Schweigen. »Timofej hat vorhin erzählt, sie sind dort viele ...«

»Auf der Station?«

»Nein, nicht auf der Station, bei den Plastunows, in dem privaten Gasthaus.«

»Ich weiß. Hör mal, du sagst, es sind viele dort? Was sind denn das für welche?« bestürmte ihn Mitja, den die unerwartete Nachricht furchtbar aufregte.

»Timofej sagt, lauter Herren. Zwei aus der Stadt, was für welche, weiß ich auch nicht, aber Timofej sagt, zwei hiesige. Und dann noch zwei, wohl Fremde. Aber vielleicht ist auch sonst noch jemand da, genauer habe ich ihn nicht gefragt. Er sagt, sie sind dabei, Karten zu spielen.«

»Karten zu spielen?«

»Da schlafen sie vielleicht auch noch nicht, wenn sie Karten spielen. Man muß bedenken, daß es jetzt kaum elf ist, nicht später.«

»Fahr zu, Andrej, fahr zu!« rief Mitja wieder nervös.

»Ich möchte Sie etwas fragen, gnädiger Herr«, begann Andrej nach kurzem Schweigen von neuem. »Ich fürchte nur, Sie könnten es mir übelnehmen, gnädiger Herr.«

»Was hast du?«

»Vorhin ist Fedossja Markowna Ihnen zu Füßen gefallen und hat Sie angefleht, Sie möchten Ihr gnädiges Fräulein nicht umbringen, und noch jemand anders auch nicht ... Sehen Sie, gnädiger Herr, ich fahre Sie nun dahin ... Verzeihen Sie, gnädiger Herr. Ich frage nur so aus Gewissensbissen ... Vielleicht ist es dumm, was ich gesagt habe.«

Mitja packte ihn plötzlich von hinten bei den Schultern. »Du bist doch Kutscher, nicht wahr?« fragte er in großer Erregung.

»Das bin ich...«

»Weißt du, daß man den Weg freigeben muß? Darf etwa ein Kutscher sagen: ›Ich gebe den Weg nicht frei! Und wenn ich auch einen überfahre, ich fahre!‹ Nein, Kutscher, niemand sollst du überfahren! Man darf keinen Menschen überfahren, man darf den Menschen nicht das Leben zerstören, und wenn du einem das Leben zerstört hast, dann bestraf dich ... Und wenn du ein Leben vernichtet hast, dann richte dich und geh weg!«

Alles das entfuhr ihm beinahe unbewußt, wie in einem nervösen Anfall. Andrej wunderte sich zwar über den Herrn, setzte jedoch das Gespräch fort.

»Das ist richtig, Väterchen Dmitri Fjodorowitsch, da haben Sie recht, daß man keinen Menschen überfahren darf! Auch quälen darf man keinen Menschen, ebensowenig wie eine andere Kreatur, denn jede Kreatur ist von Gott geschaffen. Sehen Sie zum Beispiel das Pferd ... Manch einer quält es ohne Grund, sogar mancher Kutscher ... So einer kennt kein Maß, er peinigt das Tier ohne Grund, geradezu ohne Grund peinigt er es ...«

»Muß er in die Hölle?« unterbrach ihn Mitja auf einmal und brach unerwartet in ein kurzes Lachen aus. »Andrej, du schlichte Seele ...« Er faßte ihn wieder kräftig bei den Schultern. »Sag, wird Dmitri Fjodorowitsch Karamasow in die Hölle kommen oder nicht? Wie denkst du darüber?«

»Das weiß ich nicht, Täubchen, das hängt von Ihnen ab, weil Sie unserer Ansicht nach ... Sehen Sie, gnädiger Herr, als Gottes Sohn ans Kreuz geschlagen und gestorben war, stieg Er vom Kreuz herab und ging geradewegs in die Hölle und befreite alle Sünder, die dort gemartert wurden. Und die Hölle stöhnte darüber, denn sie meinte, daß nun niemand mehr zu ihr kommen würde, kein Sünder. Und da sagte der Herr zur Hölle: ›Stöhne nicht, Hölle; es werden von nun an allerlei Würdenträger, Regenten, Oberrichter und Reiche zu dir kommen, und du wirst so voll sein, wie du warst, in alle Ewigkeit, bis ich wiederkommen werde!‹ So war das, so hat der Herr gesprochen …«

»Eine Volkslegende! Herrlich! Gib dem linken Pferd eins, Andrej!«

»Das ist nun schon so, gnädiger Herr … für wen die Hölle eben bestimmt ist …« Andrej versetzte dem linken Pferd einen Hieb. »Aber nach unserer Ansicht sind Sie wie ein kleines Kind, dafür halten wir Sie … Und wenn Sie auch jähzornig sind, gnädiger Herr, das ist ja wohl richtig – Gott wird Ihnen doch für Ihre Gutherzigkeit vergeben.«

»Und du, vergibst du mir, Andrej?«

»Was habe ich Ihnen zu vergeben? Sie haben mir ja nichts zuleide getan.«

»Nein, ich meine für alle, jetzt gleich, hier auf der Landstraße, vergibst du mir für alle? Rede, du schlichte, einfache Seele!«

»Ach, gnädiger Herr! Man bekommt richtig Angst, wenn man Sie fährt, so sonderbare Reden führen Sie …«

Doch Mitja hörte nicht auf ihn. Er betete verzückt und flüsterte in wilder Erregung vor sich hin: »Herr, nimm mich hin in meiner ganzen Schlechtigkeit, aber richte mich nicht! Laß mich vorüber ohne dein Gericht … Richte mich nicht, denn ich habe mich selbst gerichtet. Richte mich nicht, denn ich liebe dich, Herr! Ich bin ein gemeiner Mensch, aber ich liebe dich! Und wenn du mich in die Hölle schickst, werde ich dich auch dort lieben! Ich werde dort schreien, daß ich dich in alle Ewigkeit liebe … Aber laß mich bis zum Ende lieben … Hier, jetzt bis zum Ende lieben, nur noch fünf Stunden, bis zum ersten feurigen Strahl deiner Sonne … Denn ich liebe die Königin meiner Seele. Ich liebe sie, und ich kann nicht anders, als sie lieben. Du siehst mich so, wie ich bin. Ich werde hinkommen und vor ihr niederfallen. ›Du hast recht daran getan‹, werde ich sagen, ›daß du an mir vorübergegangen bist … Lebe wohl und vergiß dein Opfer! Beunruhige dich nicht mehr um meinetwillen!‹«

»Mokroje!« rief Andrej und deutete mit der Peitsche nach vorn.

Aus dem dämmrigen Dunkel der Nacht trat eine feste, schwarze Masse von Gebäuden hervor, die sich über einer gewaltigen Fläche ausbreiteten. Das Dorf Mokroje zählte zweitausend Seelen; um diese Stunde schlief jedoch schon alles, nur hier und da schimmerten spärliche Lichter durch die Dunkelheit.

»Fahr schnell, Andrej, noch schneller! Sie sollen merken, daß ich angefahren komme!« rief Mitja wie im Fieber.

»Sie schlafen nicht!« sagte Andrej und wies mit der Peitsche auf das Gasthaus von Plastunow, das gleich am Eingang des Dorfes lag und in welchem die sechs Fenster zur Straße sämtlich hell erleuchtet waren.

»Sie schlafen nicht!« wiederholte Mitja erfreut. »Mach tüchtigen Lärm, Andrej, fahr Galopp, laß die Schellen laut klingeln, fahr mit Gepolter vor! Alle sollen wissen, daß ich gekommen bin! Ich komme! Ich komme selbst!« brüllte Mitja wie ein Verrückter.

Andrej trieb die ohnehin abgehetzten Pferde in Galopp, fuhr wirklich mit lautem Gepolter an der hohen Freitreppe vor der Haustür vor und hielt seine dampfenden, atemlosen Pferde an. Mitja sprang aus dem Wagen, und der Wirt, der schon hatte schlafen gehen wollen, schaute neugierig von der Freitreppe herab, wer da wohl so wild vorgefahren kam.

»Trifon Borissowitsch«, bist du es?«

Der Wirt beugte sich vor, blickte genauer hin, lief dann Hals über Kopf die Freitreppe herunter und stürzte mit unterwürfigem Entzücken auf den Gast los.

»Väterchen Dmitri Fjodorowitsch! Sehe ich Sie wieder?«

Dieser Trifon Borissowitsch war ein stämmiger, mittelgroßer, gesunder Mann bäuerlicher Herkunft. Sein etwas dickes Gesicht hatte einen strengen, unerbittlichen Ausdruck, vor allem den Bauern von Mokroje gegenüber, aber er hatte die Fähigkeit, schnell die unterwürfigste Miene aufzusetzen, sobald er einen Vorteil für sich witterte. Er trug russische Kleidung: ein Hemd mit schrägem Kragen und ein ärmelloses Wams. Er besaß ein erhebliches Kapital, trachtete jedoch unermüdlich danach, eine größere Rolle zu spielen. Mehr als die Hälfte der Bauern befand sich in seinen Krallen; sie waren ihm alle tief verschuldet. Er pachtete von den Gutsbesitzern Land, kaufte auch selbst welches, und die Bauern mußten ihm dieses Land bearbeiten wegen ihrer Schulden, aus denen sie doch nie herauskommen konnten. Er war Witwer und hatte vier erwachsene Töchter; eine von ihnen war schon verwitwet, wohnte mit ihren beiden kleinen Kindern bei ihm und arbeitete für ihn wie eine Tagelöhnerin. Die zweite Tochter war trotz ihrer bäuerlichen Herkunft mit einem Beamten verheiratet, der sich vom kleinen Schreiber hinaufgedient hatte; in einem Zimmer des Gasthauses konnte man an der Wand unter den Familienphotographien kleinsten Formates auch die Photographie dieses Beamten in seiner Uniform mit Achselklappen sehen. Die beiden jüngsten Töchter zogen bei Kirchweihfesten, oder wenn sie irgendwohin zu Besuch gingen, himmelblaue oder grüne Kleider an, die nach der neuesten Mode gearbeitet waren, hinten eng anliegend und mit langer Schleppe; am nächsten Morgen aber standen sie wie alle Tage früh auf, fegten mit Reisigbesen die Stuben, trugen aus den Gästezimmern das schmutzige Wasser hinaus und brachten dort wieder alles in Ordnung. Obwohl Trifon Borissowitsch schon Tausende erworben hatte, nahm er doch sehr gern einen prassenden Gast aus; und da er sich erinnerte, daß er vor einem knappen Monat von Dmitri Fjodorowitsch bei seiner Prasserei mit Gruschenka im Verlauf von vierundzwanzig Stunden über zweihundert, wenn nicht dreihundert Rubel profitiert hatte, empfing er ihn jetzt freudig und eifrig: Schon an der Art, wie Mitja vorgefahren kam, witterte er neue Beute.

»Väterchen Dmitri Fjodorowitsch! Sehen wir Sie auch einmal wieder?«

»Halt, Trifon Borissowitsch«, begann Mitja. »Zuallererst das Wichtigste! Wo ist sie?«

»Agrafena Alexandrowna?« fragte der Wirt, der sofort begriff, und sah dem aufgeregten Mitja scharf ins Gesicht. »Die ist auch hier ... Sie ist anwesend ...«

»Mit wem? Mit wem?«

»Es sind durchreisende Gäste ... Der eine ist ein Beamter, nach seiner Aussprache zu urteilen wahrscheinlich ein Pole. Er hat auch von hier den Wagen geschickt, um sie herholen zu lassen. Der andere ist ein Freund oder Reisegefährte von ihm, wer kann das unterscheiden? Sie sind ja alle in Zivil ...«

»Wie ist es? Haben sie ein Gelage veranstaltet? Sind sie reich?«

»Die und ein Gelage veranstalten! Das sind kleine Leute, Dmitri Fjodorowitsch.«

»So, kleine Leute? Na, und die anderen?«

»Die sind aus der Stadt, zwei Herren ... Sie sind auf der Rückfahrt von Tscherni, und da sind sie hiergeblieben. Der eine, ein junger Mann, muß ein Verwandter von Herrn Miussow sein, ich habe nur vergessen, wie er heißt ... Und den anderen kennen Sie auch, wie ich annehmen muß. Es ist der Gutsbesitzer Maximow; er sagt, er hat auf einer Pilgerfahrt unser Kloster besucht, und jetzt fährt er mit diesem jungen Verwandten von Herrn Miussow ...«

»Das sind alle?«

»Jawohl.«

»Halt, Trifon Borissowitsch, schweig! Sag mir jetzt die Hauptsache! Was macht sie? Wie geht es ihr?«

»Nun, sie ist vorhin angekommen und sitzt jetzt bei ihnen.«

»Ist sie vergnügt? Lacht sie?«

»Nein, ich glaube, sie lacht nicht viel ... Sie sitzt sogar recht gelangweilt da. Sie hat dem jungen Mann das Haar gescheitelt.«

»Dem Polen, dem Offizier?«

»Nein, der ist ja gar nicht jung, und Offizier ist er auch nicht. Nein, gnädiger Herr, dem nicht, sondern diesem Neffen von Herrn Miussow, dem jungen Mann ... Ich habe bloß seinen Namen vergessen.«

»Kalganow?«

»Ganz richtig, Kalganow.«

»Gut, ich werde es mir selbst ansehen. Spielen sie Karten?«

»Sie haben gespielt, haben aber aufgehört. Sie haben Tee getrunken, und der Beamte hat sich Likör geben lassen.«

»Halt, Trifon Borissowitsch! Halt, mein Lieber, ich werde es mir selbst ansehen. Jetzt antworte auf die wichtigste Frage! Sind Zigeuner da?«

»Von Zigeunern hört man jetzt überhaupt nichts, Dmitri Fjodorowitsch; die Obrigkeit hat sie vertrieben, aber Juden sind hier, die spielen Zymbal und Geige, in Roshdestwenskaja. Die könnte man rufen lassen. Die würden kommen.«

»Laß sie rufen, laß sie unbedingt rufen!« rief Mitja. »Aber Mädchen kann man doch beschaffen? Wie damals, besonders Marja und Stepanida und Arina? Zweihundert Rubel für den Chor!«

»Für so eine Summe schaffe ich Ihnen das ganze Dorf her, auch wenn sie sich jetzt schon schlafen gelegt haben. Aber verdienen denn die Bauern und die Mädchen hier so viel Freundlichkeit, Dmitri Fjodorowitsch? Wie können Sie nur für so ein gemeines, ungebildetes Volk eine solche Summe aussetzen! Zigarren rauchen, das paßt nicht zu unseren Bauern, und doch haben Sie ihnen Zigarren gegeben. Diese Kerle stinken ja schauderhaft. Und die Mädchen, die sind, wie sie sind, eine Lausebande. Ich werde Ihnen meine Töchter herbringen, umsonst, nicht für diesen hohen Preis. Sie haben sich eben erst schlafen gelegt; ich werde ihnen mit dem Fuß einen Stoß in den Rücken geben und ihnen befehlen, für Sie zu singen … Den Bauern haben Sie neulich Champagner zu trinken gegeben, o weh, o weh!«

Trifon Borissowitsch hatte eigentlich keinen Anlaß, Mitja sein Bedauern auszusprechen: Er hatte ihm damals selbst ein halbes Dutzend Flaschen Champagner entwendet und unter dem Tisch einen Hundertrubelschein aufgehoben, in der Faust zusammengedrückt und dann natürlich auch behalten.

»Trifon Borissowitsch, ich habe damals Tausende durchgebracht. Erinnerst du dich?«

»Das haben Sie getan, Täubchen, wie sollte ich mich daran nicht erinnern? An die dreitausend Rubel haben Sie bei uns gelassen.«

»Na, siehst du, mit der Absicht bin ich auch jetzt gekommen.« Er zog sein Päckchen Banknoten heraus und hielt es dem Wirt dicht unter die Nase.

»Jetzt hör zu und merk es dir gut. In einer Stunde treffen der Wein, der Imbiß, die Pasteten und das Konfekt ein; laß alles gleich nach oben bringen. Die Kiste, die da bei Andrej auf dem Wagen steht, soll ebenfalls gleich nach oben gebracht und aufgemacht werden. Und dann laß sofort Champagner präsentieren … Aber die Hauptsache sind die Mädchen, die Mädchen! Und Marja muß unbedingt dabeisein …«

Er drehte sich nach dem Wagen um und zog seinen Pistolenkasten unter dem Sitz hervor.

»Nun deine Bezahlung, Andrej! Da hast du fünfzehn Rubel für die Troika, und da fünfzig Rubel Trinkgeld … Für deine Bereitwilligkeit, für deine Liebe … Vergiß den Herrn Karamasow nicht!«

»Ich habe Angst, gnädiger Herr!« erwiderte Andrej besorgt. »Geben Sie mir fünf Rubel Trinkgeld, wenn Sie schon so freundlich sein wollen, mehr möchte ich nicht annehmen. Trifon Borissowitsch ist Zeuge. Verzeihen Sie mir, wenn ich dummes Zeug rede …«

»Wovor hast du denn Angst?« fragte Mitja und musterte ihn von Kopf bis Fuß. »Na, hol' dich der Teufel, wenn du es nicht anders willst!« rief er dann und warf ihm fünf Rubel hin. »Und jetzt, Trifon Borissowitsch, führ mich leise dorthin, und laß mich zunächst alles aus einem Versteck sehen, so daß sie mich nicht bemerken. Wo sind sie denn? Im blauen Zimmer?«

Trifon Borissowitsch sah Mitja furchtsam an, tat jedoch sofort gehorsam, was von ihm verlangt wurde. Er führte ihn vorsichtig auf den Flur, ging selbst in das erste große Zimmer neben dem, in welchem die Gäste saßen, und trug die Kerze aus dem Zimmer. Darauf führte er Mitja möglichst leise herein und wies ihm einen Platz in einer Ecke im Dunkeln an, von wo er die Gesellschaft ungehindert beobachten konnte, ohne seinerseits gesehen zu werden. Aber Mitja beobachtete nicht lange, und er war auch gar nicht imstande, deutlich zu sehen: Er hatte Gruschenka erblickt, und sein Herz begann heftig zu schlagen, und es wurde ihm trübe vor Augen. Sie saß an einer Schmalseite des Tisches in einem Lehnstuhl; neben ihr, auf dem Sofa, saß der hübsche junge Kalganow. Sie hielt ihn an der Hand und schien zu lachen; doch der sagte, ohne sie anzusehen, irgend etwas laut und offenbar verärgert zu Maximow, der Gruschenka gegenüber am anderen Ende des Tisches saß. Auf dem Sofa saß außer Kalganow noch »er«, und neben dem Sofa, auf einem Stuhl an der Wand, ein anderer Unbekannter. Der auf dem Sofa rauchte, nachlässig hingestreckt, eine Pfeife, und Mitja glaubte flüchtig zu sehen, daß er ein ziemlich korpulenter, vermutlich kleiner Mann mit breitem Gesicht war und daß er sich über irgend etwas ärgerte. Sein Kamerad, der andere Unbekannte, war dagegen, wie Mitja schien, ungewöhnlich groß, mehr konnte Mitja nicht unterscheiden. Ihm stockte der Atem. Nicht eine Minute hielt er es auf seinem Posten aus; dann stellte er den Kasten auf die Kommode und ging geradewegs in das blaue Zimmer zu der Gesellschaft. Ihm war ganz kalt geworden, und sein Herz drohte stehenzubleiben.

Gruschenka schrie auf, sie hatte ihn zuerst bemerkt.

7. Der Frühere und Unbestreitbare

Mitja trat mit seinen raschen, langen Schritten an den Tisch. »Meine Herren«, begann er laut, fast schreiend, aber stockend. »Ich … ich will nichts! Keine Angst!« rief er. »Ich will ja nichts, nichts.« Er wandte sich plötzlich an Gruschenka, die sich aus ihrem Lehnstuhl zu Kalganow hinübergebeugt hatte und sich fest an dessen Hand klammerte. »Ich … Ich bin auch hergekommen. Ich bleibe bis morgen früh. Meine Herren, darf ein Durchreisender … mit Ihnen bis zum Morgen zusammen sein? Nur bis zum Morgen, zum letztenmal, in diesem Zimmer hier?«

Bei den letzten Worten wandte er sich an den korpulenten Herrn auf dem Sofa, der Pfeife rauchte. Dieser nahm würdevoll die Pfeife aus dem Mund und sagte streng: »Panie, wir sind hier eine Privatgesellschaft. Es sind noch andere Zimmer da.«

»Ach, Sie sind es, Dmitri Fjodorowitsch! Wozu fragen Sie erst?« rief auf einmal Kalganow. »Setzen Sie sich zu uns! Guten Abend!«

»Guten Abend, mein Teuerster … Mein Wertester! Ich habe Sie immer geschätzt …«, rief Mitja erfreut und eifrig und streckte ihm sofort über den Tisch die Hand hin.

»Au, wie fest Sie zugedrückt haben! Sie haben mir ja fast die Finger zerbrochen!« rief Kalganow lachend.

»So drückt er einem immer die Hand, das macht er immer so!« sagte Gruschenka mit einem allerdings noch schüchternen Lächeln, sie schien Mitjas Miene entnommen zu haben, daß er keinen Streit wollte, und betrachtete ihn nun mit starker Neugier und immer noch mit einer gewissen Unruhe. Er hatte etwas an sich, was sie überraschte, und überhaupt hatte sie nicht erwartet, daß er jetzt hereinkommen und so reden würde.

»Guten Abend!« sagte von links auch der Gutsbesitzer Maximow in süßlichem Ton.

Mitja stürzte auch zu ihm hin. »Guten Abend! Sind Sie auch hier? Wie freue ich mich, daß auch Sie hier sind! Meine Herren, meine Herren, ich …« Er wandte sich von neuem an den Herrn mit der Pfeife, den er hier offenbar für die Hauptperson hielt. »Ich bin hergeeilt … Ich wollte meinen letzten Tag und meine letzte Stunde in diesem Zimmer verleben. In diesem Zimmer, in dem ich früher einmal meine Königin angebetet habe! Verzeihen Sie, Panie!« rief er außer sich. »Ich bin hierher geeilt und habe mir geschworen … Oh, seien Sie unbesorgt, das ist meine letzte Nacht! Lassen Sie uns zur Feier des Friedensschlusses trinken, Panie! Man wird gleich Wein bringen … Ich habe das hier mitgebracht.« Er zog sein Päckchen Banknoten aus der Tasche. »Erlauben Sie, Panie! Ich möchte Musik haben, Fröhlichkeit und Lärm … Alles wie voriges Mal … Aber der Wurm, der unnütze Wurm wird über die Erde kriechen und nicht mehr sein! In meiner letzten Nacht will ich mich an den Tag meiner Freude erinnern!«

Er konnte kaum noch atmen; er wollte vieles, vieles sagen, doch nur seltsame Ausrufe kamen aus seinem Mund. Der Pan sah regungslos ihn und das Päckchen Banknoten und dann Gruschenka an und war offenbar ratlos vor Verwunderung.

»Wenn meine Królowa erlaubt …«, begann er.

»Ach was, Królowa! Das soll wohl Königin heißen, nicht wahr?« unterbrach ihn Gruschenka. »Ihr kommt mir komisch vor, wie ihr alle sprecht. Setz dich hin, Mitja, was redest du da? Bitte, erschreck uns nicht! Du wirst uns doch nicht erschrecken, wie? Wenn du das nicht vorhast, freue ich mich über dein Kommen …«

»Ich, ich euch erschrecken?« rief Mitja und warf beide Arme in die Höhe. »Oh, geht vorbei, geht vorüber, ich werde euch nicht stören!« Und unerwartet für alle – und sicherlich auch für sich selbst – warf er sich auf einen Stuhl und brach in Tränen aus, wobei er den Kopf zur gegenüberliegenden Wand drehte und die Rückenlehne des Stuhls mit seinen Armen fest umschlang, als wollte er ihn herzlich umarmen.

»Na, so etwas, so was! Was bist du für ein Mensch!« rief Gruschenka vorwurfsvoll. »Genauso ist er einmal zu mir gekommen. Er fing an zu reden, und ich verstand kein Wort davon. Und einmal hat er genauso losgeweint, jetzt ist es das zweitemal. Schämen solltest du dich! Warum weinst du denn? *Und wenn es noch einen Grund dafür gäbe!*« fügte sie plötzlich rätselhaft hinzu und legte in diese Worte einen besonderen, gereizten Nachdruck.

»Ich … Ich will nicht weinen … Na, laßt es euch wohl ergehen!« Bei diesen Worten drehte er sich jäh auf dem Stuhl herum und lachte plötzlich los, aber nicht wie sonst hölzern und abgehackt, es war ein unhörbares, langes, nervöses Lachen, das seinen ganzen Körper erschütterte.

»Jetzt wieder das! So sei doch vergnügt, sei doch vergnügt!« redete Gruschenka ihm zu. »Ich freue mich sehr, daß du gekommen bist, sehr freue ich mich, Mitja, hörst du das? Ich will, daß er bei uns sitzt«, wandte sie sich gebieterisch an alle, obgleich ihre Worte offenbar nur dem Mann auf dem Sofa galten. »Ich will es, ich will es! Und wenn er weggeht, gehe ich auch weg! So steht die Sache!« fügte sie hinzu, und ihre Augen funkelten.

»Was meine Königin befiehlt, ist Gesetz!« sagte der Pan und küßte ihr galant die Hand. »Ich bitte den Herrn, sich unserer Gesellschaft anzuschließen!« wandte er sich liebenswürdig an Mitja.

Mitja sprang wieder auf, und es hatte durchaus den Anschein, als wollte er noch eine exaltierte Rede halten; doch es kam anders.

»Trinken wir, Panie!« rief er kurz statt einer Rede. Alle lachten.

»O Gott, und ich dachte, er will wieder reden!« rief Gruschenka nervös. »Hörst du, Mitja«, fügte sie nachdrücklich hinzu, »spring nicht mehr hoch! Aber daß du Champagner mitgebracht hast, ist prächtig. Ich selbst will welchen trinken! Likör kann ich nicht leiden. Das Allerbeste aber ist, daß du selber gekommen bist, sonst ist es hier zu langweilig ... Du bist wohl gekommen, um wieder flott zu leben? Aber steck doch das Geld in die Tasche! Wo hast du denn so viel her?«

Mitja, der noch immer die zusammengeknüllten Banknoten in der Hand hielt, was bereits alle, besonders die beiden Polen aufmerksam gemacht hatte, schob sie, verlegen errötend, schnell in die Tasche. In diesem Augenblick brachte der Wirt auf einem Präsentierteller eine Flasche Champagner und Gläser. Mitja ergriff die Flasche, war aber so fassungslos, daß er nicht wußte, was er damit tun sollte. Kalganow nahm sie ihm aus der Hand und goß an seiner Statt ein.

»Noch eine Flasche, bring noch eine Flasche!« rief Mitja dem Wirt zu. Obwohl er den Polen vorher so feierlich eingeladen hatte, mit ihm zur Feier des Friedensschlusses zu trinken, vergaß er nun, mit ihm anzustoßen, und trank sein ganzes Glas allein aus, ohne auf jemand zu warten. Sein ganzes Gesicht hatte sich plötzlich verändert. An Stelle des feierlichen, tragischen Ausdrucks zeigte sich jetzt eine kindliche Weichheit. Er schien auf einmal ganz sanft und demütig geworden zu sein. Er blickte alle schüchtern und froh an, oft nervös kichernd, mit der dankbaren Miene eines Hündchens, das etwas begangen hat und nun wieder hereingelassen worden ist und gestreichelt wird. Er schien alles vergessen zu haben und schaute mit einem entzückten kindlichen Lächeln um sich; immer wenn er Gruschenka anblickte, lachte er. Er rückte seinen Stuhl ganz dicht an ihren Lehnsessel. Allmählich sah er auch die beiden Polen genauer an, obgleich er sich noch nicht viele Gedanken über sie machte. Der Herr auf dem Sofa fiel ihm auf durch seine würdevolle Haltung, durch seine polnische Aussprache und besonders durch seine Pfeife. ›Na, was ist schon dabei? Es ist gar nicht schlecht, daß er Pfeife raucht‹, überlegte Mitja. Auch das etwas aufgedunsene Gesicht dieses etwa vierzigjährigen Herrn mit dem kleinen Näschen, unter dem ein sehr dünner, an den Enden gezwirbelter, frech aussehender gefärbter Schnurrbart saß, erweckte bei Mitja einstweilen keinerlei Bedenken. Selbst die minderwertige, offensichtlich in Sibirien hergestellte Perücke des Polen mit dem an den Schläfen dumm nach vorn gekämmten Haar machte auf Mitja weiter keinen unangenehmen Eindruck. ›Wenn man eine Perücke trägt, muß es wohl so sein?‹ meditierte er in seiner glückseligen Stimmung. Der andere, der jüngere Pole, der an der Wand saß, und dem allgemeinen Gespräch mit herausfordernden Blicken und schweigender Geringschätzung zuhörte, überraschte Mitja nur durch seinen sehr hohen Wuchs, der in starkem Mißverhältnis zu dem Herrn auf dem Sofa stand. ›Wenn der aufsteht, muß er baumlang sein!‹ dachte Mitja flüchtig. Auch ging ihm der Gedanke durch den Kopf, daß dieser hochgewachsene Herr wahrscheinlich ein Freund oder Helfershelfer oder eine Art Leibwächter des Herrn auf dem Sofa sein müßte und daß der kleine Herr mit der Pfeife dem hochgewachsenen Herrn gewiß zu befehlen hätte. Aber auch das erschien Mitja in seiner Zufriedenheit gut und tadellos. Im Herzen des kleinen Hündchens war jede Rivalität erstorben. Gruschenka und den rätselhaften Ton mancher ihrer Bemerkungen begriff er noch nicht; er merkte nur – und bei dieser Wahrnehmung erbebte sein Herz –, daß sie zu ihm freundlich war, daß sie ihm »verziehen« hatte und ihn neben sich sitzen ließ. Er war außer sich vor Freude, als er sie aus ihrem Glas Champagner nippen sah. Das Schweigen der Gesellschaft schien ihn jedoch plötzlich zu überraschen, und er ließ seine Augen herumgehen, als ob er etwas erwartete. ›Warum sitzen wir denn so still? Warum fangen Sie nichts an, meine Herrschaften?‹ schien sein lächelnder Blick zu fragen.

»Der da schwatzt immerzu Unsinn, und wir haben immerzu darüber gelacht«, sagte auf einmal Kalganow und zeigte dabei auf Maximow, als hätte er Mitjas Blick verstanden.

Mitja sah eifrig Kalganow und dann gleich Maximow an. »Er schwatzt Unsinn?« fragte er mit seinem kurzen, hölzernen Lachen, denn er freute sich sofort über irgend etwas. »Haha!«

»Ja, stellen Sie sich vor, er behauptet, unsere gesamte Kavallerie hätte in den zwanziger Jahren Polinnen geheiratet! Das ist doch ein schrecklicher Unsinn, nicht wahr?«

»Polinnen?« fiel Mitja wieder ein, jetzt schon völlig hingerissen.

»Denken Sie sich, ich schleppe ihn schon vier Tage lang mit mir«, fuhr er fort, indem er wie aus Faulheit die Worte ein wenig in die Länge zog, doch kam das ganz natürlich heraus, ohne Geckenhaftigkeit. »Seit Ihr Bruder ihn damals vom Wagen zurückstieß und er ein Ende wegflog, erinnern Sie sich? Dadurch erregte er mein lebhaftes Interesse, und ich nahm ihn mit auf mein Gut. Aber er schwatzt jetzt immer Unsinn, so daß man sich seiner schämen muß. Ich werde ihn wieder zurückbringen ...«

Kalganow durchschaute Mitjas Beziehungen zu Gruschenka und erriet auch, wie sie zu dem Polen stand; doch das interessierte ihn nicht sonderlich. Ihn interessierte am meisten Maximow. Er war mit ihm nur zufällig hierhergeraten und war den beiden Polen hier im Gasthaus zum erstenmal in seinem Leben begegnet. Gruschenka kannte er schon von früher und war sogar einmal mit jemand bei ihr gewesen; damals hatte er ihr nicht gefallen. Hier nun sah sie ihn sehr freundlich an, vor Mitjas Ankunft hatte sie ihn sogar liebkost, aber er war dagegen eigentümlich unempfindlich geblieben. Er war ein junger Mann um die zwanzig, elegant gekleidet, mit einem sehr netten, bleichen Gesichtchen und sehr schönem, dunkelblondem Haar; in dem bleichen Gesichtchen waren ein Paar prachtvolle, hellblaue Augen mit einem klugen, bisweilen sogar tiefen, über sein Alter reifen Ausdruck, obwohl der junge Mann dann wieder wie ein Kind redete und schaute und sich dessen gar nicht schämte, sondern es sogar selbst eingestand. Überhaupt war er sehr eigenartig, ja launenhaft, allerdings stets freundlich. Mitunter hatte sein Gesicht einen Anflug von Starrheit und Eigensinn; er sah einen an und hörte wohl auch zu, doch schien er sich stur mit seinen eigenen Gedanken zu beschäftigen. Mal benahm er sich lässig, mal regte er sich auf, und das oft aus nichtigem Anlaß.

»Der Pan hat noch keine polnische Dame gesehen und redet Dinge, die unmöglich sind«, bemerkte der Herr mit der Pfeife über Maximow.

Er konnte ganz gut russisch sprechen, verunstaltete aber die russischen Worte, deren er sich bediente, durch polnische Aussprache.

»Aber ich bin ja mit einer Polin verheiratet gewesen«, gab Maximow kichernd zur Antwort.

»Na, haben Sie etwa bei der Kavallerie gedient? Sie erzählten das doch von der Kavallerie. Waren Sie etwa Kavallerist?« mischte sich sofort Kalganow ein.

»Ja, freilich, ist er denn Kavallerist gewesen? Haha!« rief Mitja, der eifrig zugehört hatte und seinen fragenden Blick zu jedem, der sprach, hatte wandern lassen, als erwartete er von jedem Gott weiß was zu hören.

»Nein, sehen Sie«, wandte sich Maximow an ihn. »Ich rede davon, daß diese polnischen Fräulein ... Hübsch sind sie ja, wenn sie mit unseren Ulanen eine Mazurka zu Ende getanzt haben ... Wenn so eine mit einem unserer Ulanen eine Mazurka zu Ende getanzt hat, hüpft sie ihm auch gleich auf den Schoß wie ein Kätzchen, wie ein weißes Kätzchen ... Und der Herr Vater und die Frau Mutter sehen es und erlauben es ... Und der Ulan geht dann am nächsten Tag hin und macht ihr einen Heiratsantrag ... Jawohl, und macht ihr einen Heiratsantrag, hihi!« kicherte Maximow.

»Der Herr ist ein Strolch!« brummte auf einmal der lange Herr auf dem Stuhl und schlug die Beine übereinander. Mitja sah ihn an; seine Aufmerksamkeit erregten jedoch nur ein Paar gewaltige Schmierstiefel mit dicken, schmutzigen Sohlen. Überhaupt waren die Anzüge der beiden Polen ziemlich unsauber.

»Was heißt hier Strolch? Was hat er hier zu schimpfen?« rief Gruschenka ärgerlich.

»Pani Agrippina, der Herr hat in Polen Bauernmädchen gesehen, aber keine vornehmen Damen«, bemerkte der Herr mit der Pfeife, zu Gruschenka gewandt.

»Wie kannst du dich um so was überhaupt kümmern?« warf der lange Herr auf dem Stuhl kurz und verächtlich ein.

»Auch das noch! So lassen Sie ihn doch reden! Wenn Leute reden wollen, wozu soll man sie stören? Mit solchen Leuten zusammen sein macht Spaß!« bemerkte Gruschenka in scharfem Ton.

»Ich störe niemand, Pani«, sagte der Herr mit der Perücke mit einem langen Blick auf Gruschenka bedeutsam; dann schwieg er würdevoll und begann wieder an seiner Pfeife zu ziehen.

»Aber nein, nein, was der polnische Herr da eben gesagt hat, ist ganz richtig«, ereiferte sich nun wieder Kalganow, als ob es sich um wer weiß wie wichtige Dinge gehandelt hätte. »Er ist ja gar nicht in Polen gewesen, wie kann er da über Polen reden? Sie haben doch gar nicht in Polen geheiratet, wie?«

»Nein, im Gouvernement Smolensk. Nur hatte sie ein Ulan schon vorher aus Polen, aus dem eigentlichen Polen, mitgebracht, das heißt meine künftige Gattin und ihre Frau Mutter und ihre Tante und noch eine Verwandte mit einem erwachsenen Sohn ... Und der trat sie mir ab. Es war ein Leutnant, ein sehr hübscher junger Mann. Anfangs hatte er sie selbst heiraten wollen, aber er tat es dann doch nicht, weil es sich herausstellte, daß sie lahm war ...«

»Da haben Sie also eine Lahme geheiratet?« rief Kalganow.

»Allerdings. Die beiden hatten mich damals ein bißchen hinters Licht geführt. Ich dachte, sie hätte so einen hüpfenden Gang ... Sie hüpfte immer, und ich dachte, aus Munterkeit ...«

»Aus Freude darüber, daß sie Ihre Frau werden sollte?« rief Kalganow mit kindlich heller Stimme.

»Jawohl, aus Freude. Aber es ergab sich, daß das eine ganz andere Ursache hatte. Später, gleich am Abend nach der Trauung, gestand sie es mir und bat mich sehr gefühlvoll um Verzeihung. Sie sagte, sie sei als Kind einmal über eine Pfütze gesprungen und habe sich dabei den Fuß beschädigt, hihi!«

Kalganow brach in ein lautes echtes Kinderlachen aus und fiel fast auf das Sofa. Auch Gruschenka lachte. Mitja befand sich auf dem Gipfel der Glückseligkeit.

»Wissen Sie, wissen Sie, jetzt sagt er aber die Wahrheit, jetzt lügt er nicht«, rief Kalganow, zu Mitja gewandt. »Wissen Sie, er ist zweimal verheiratet gewesen; was er da erzählt hat, bezieht sich auf seine erste Frau. Seine zweite Frau ist ihm nämlich davongelaufen und lebt heute noch, wissen Sie das?«

»Na, so etwas!« rief Mitja und sah mit größtem Erstaunen zu Maximow.

»Ja, sie ist mir davongelaufen, diese Unannehmlichkeit ist mir passiert«, bestätigte Maximow bescheiden. »Mit so einem Monsieur. Aber die Hauptsache war, sie hatte gleich von vornherein mein ganzes Gut auf ihren Namen umschreiben lassen. ›Du bist ein gebildeter Mann‹, hatte sie zu mir gesagt, ›du wirst auch so dein Brot finden können.‹ Dadurch brachte sie mich in die Tinte. Ein verehrter Bischof hat einmal zu mir gesagt: ›Deine erste Frau war lahm und die zweite gar zu leichtfüßig.‹ Hihi!«

»Hören Sie nur, hören Sie nur!« rief Kalganow richtiggehend begeistert. »Wenn er auch schwindelt, und er schwindelt oft, so tut er es doch einzig und allein, um allen ein Vergnügen zu bereiten, das ist nicht gemein, das ist nicht gemein! Wissen Sie, manchmal mag ich ihn recht gern. Er ist gemein; aber er ist es von Natur, nicht? Wie denken Sie darüber? Ein anderer handelt gemein zu irgendwelchem Zweck, um dadurch einen Vorteil zu erlangen, aber er tut es ganz einfach, weil das seine Natur ist … Stellen Sie sich zum Beispiel vor, gestern hat er sich mit mir auf dem ganzen Weg gestritten und behauptet, Gogol habe in den ›Toten Seelen‹ etwas über ihn geschrieben. Sie erinnern sich wohl, da kommt ein Gutsbesitzer Maximow vor, den Nosdrjow auspeitschen ließ, wofür er auch gerichtlich belangt wurde, ›weil er in betrunkenem Zustand dem Gutsbesitzer Maximow eine tätliche Beleidigung durch Auspeitschen mit Ruten zugefügt hatte‹ – na. Sie werden sich wohl an die Stelle erinnern! Und stellen Sie sich vor, nun behauptet er, das sei er gewesen, er sei ausgepeitscht worden! Na, ist das überhaupt möglich? Tschitschikow hat seine Reise spätestens in den zwanziger Jahren gemacht, so daß die Zeitrechnung absolut nicht stimmt. Unser Maximow konnte damals nicht ausgepeitscht werden. Das war doch nicht möglich, nicht wahr?«

Es war schwer zu sagen, warum Kalganow sich so ereiferte, aber das war bei ihm echt. Auch Mitja, interessierte sich sehr für diese Frage.

»Und wenn er nun doch einmal ausgepeitscht worden ist!« rief er lachend.

»Nicht eigentlich ausgepeitscht, bloß so«, warf Maximow ein.

»Was heißt das, ›bloß so?‹ Sind Sie ausgepeitscht worden oder nicht?«

»Wie spät?« wandte sich der Herr mit der Pfeife mit gelangweilter Miene auf polnisch an den hochgewachsenen Herrn auf dem Stuhl.

Dieser zuckte mit den Schultern, sie hatten beide keine Uhren.

»Warum soll man sich denn nicht unterhalten? Laßt doch auch andere Leute reden! Wenn ihr euch langweilt, brauchen doch andere Leute noch nicht den Mund zu halten!« empörte sich Gruschenka wieder; sie suchte offenbar absichtlich Streit.

Mitja ging eine derartige Vermutung jetzt zum erstenmal durch den Kopf.

Der Pole antwortete schon mit deutlicher Gereiztheit. »Pani, ich habe keinen Einspruch erhoben, ich habe überhaupt nichts gesagt.«

»Na, dann also gut. Erzähle weiter!« rief Gruschenka Maximow zu. »Warum seid ihr alle so still geworden?«

»Da ist eigentlich nichts weiter zu erzählen, es sind ja alles nur Dummheiten«, nahm Maximow, sich ein wenig zierend, aber mit sichtlichem Vergnügen das Wort. »Aber auch bei Gogol ist das alles nur allegorisch gemeint, wie er denn auch alle Familiennamen geändert hat. Nosdrjow zum Beispiel hieß eigentlich nicht Nosdrjow, sondern Nossow, und Kuwschinnikow – da ist nun schon gar keine Ähnlichkeit mehr, er hieß Schkwornew. Aber Fenardi hieß wirklich Fenardi, nur war er kein Italiener, sondern ein Russe namens Petrow, und Mamsell Fenardi war ein allerliebstes Wesen, und ihre Beinchen im Trikot sahen allerliebst aus, und dazu das kurze, mit Flitter besetzte Röckchen, und da drehte sie sich nun herum, nur nicht vier Stunden lang, sondern bloß vier Minuten … Und bezauberte alle …«

»Und warum bist du ausgepeitscht worden? Warum eigentlich?« rief Kalganow.

»Wegen Piron«, antwortete Maximow.

»Was ist das für ein Piron?« rief Mitja.

»Der bekannte französische Schriftsteller Piron. Wir tranken damals alle Wein in großer Gesellschaft, in einem Restaurant, eben auf dem bewußten Jahrmarkt. Sie forderten mich auf, etwas zu sagen, und da begann ich zuerst Epigramme zu zitieren: ›Bist du das, Boileau? Was trägst du für einen komischen chapeau?‹ Boileau antwortet, er wolle auf einen Maskenball gehen, das heißt zum Baden, hihi, und das bezogen sie auf sich. Da trug ich so schnell wie möglich ein anderes Epigramm vor, ein bissiges, das jedem Gebildeten bekannt ist:

›Wenn du als Sappho dich, als Phaon mich verkündest,
bedaur' ich, daß du nicht den Weg zum Meere findest.‹

Sie fühlten sich noch mehr beleidigt und beschimpften mich in unanständiger Weise, und da erzählte ich nun, um meine Situation zu verbessern, zu meinem Unglück eine sehr gebildete Anekdote über Piron: wie er nicht in die Académie Francaise aufgenommen wurde und, um sich zu rächen, für seinen Grabstein folgende Inschrift verfaßte:

Ci-gît Piron qui ne fut rien,
pas même académicien.*

* frz. Hier ruht Piron, der nichts getan hat, / nicht mal Akademiemitglied war.

Und da haben sie mich ausgepeitscht.« »Aber weswegen denn, weswegen?«

»Wegen meiner Bildung. Gründe, aus denen man jemand auspeitschen kann, gibt es wie Sand am Meer«, schloß Maximow in sanftem, lehrhaftem Ton.

»Genug, das ist alles widerwärtig, ich will das nicht mehr hören! Ich hatte gedacht, es würde etwas Lustiges kommen«, sagte Gruschenka auf einmal heftig.

Mitja fuhr zusammen und hörte sofort auf zu lachen. Der lange Pole erhob sich von seinem Platz, und mit der hochmütigen Miene eines Menschen, der sich in einer niedrigerstehenden Gesellschaft langweilt, fing er an, mit den Händen auf dem Rücken im Zimmer auf und ab zu gehen.

»Seht mal an, nun fängt der auch noch an herumzulaufen!« bemerkte Gruschenka verächtlich.

Mitja wurde unruhig; er hatte außerdem wahrgenommen, daß der Herr auf dem Sofa ihn gereizt musterte.

»Panie!« rief Mitja. »Lassen Sie uns trinken, Panie! Auch mit dem anderen Pan möchte ich trinken. Trinken wir, Panowie!« Im Nu hatte er drei Gläser geholt und Champagner eingegossen ... »Auf Polen, Panowie! Ich trinke auf Ihr Polen, auf das Polenland!« rief Mitja.

»Das ist mir sehr angenehm, Panie. Trinken wir!« sagte der Herr auf dem Sofa würdevoll und wohlwollend auf polnisch und nahm sein Glas.

»Auch der andere Pan, ich weiß seinen Namen nicht ... Hören Sie, Hochedler, nehmen Sie Ihr Glas!« rief Mitja geschäftig.

»Pan Wróblewski«, half der Herr auf dem Sofa ein.

Pan Wróblewski trat mit schaukelndem Gang an den Tisch und ergriff stehend sein Glas.

»Auf Polen, Panowie! Hurra!« rief Mitja und erhob sein Glas.

Alle drei tranken aus. Mitja ergriff die Flasche und goß die drei Gläser wieder voll.

»Jetzt auf Rußland, Panowie! Und wir wollen Brüderschaft trinken!«

»Gieß uns auch ein!« sagte Gruschenka. »Auf Rußland will ich auch trinken.«

»Ich auch«, sagte Kalganow.

»Und ich ebenfalls … Auf das liebe Rußland, auf das alte Großmütterchen!« schloß sich Maximow kichernd an.

»Alle, alle!« schrie Mitja. »Wirt, bring noch mehr Flaschen!«

Es wurden drei Flaschen geholt, die von den von Mitja mitgebrachten noch übrig waren.

»Auf Rußland, hurra!« rief er wieder.

Alle außer den beiden Polen tranken aus, auch Gruschenka trank ihr ganzes Glas auf einen Zug aus. Die Polen aber rührten ihre Gläser nicht an.

»Aber was machen, Sie Panowie?« rief Mitja. »Also so sind Sie?«

Pan Wróblewski nahm sein Glas, erhob es und sagte mit schallender Stimme: »Auf Rußland in den Grenzen vor siebzehnhundertzweiundsiebzig!«

»Richtig so!« rief der andere Pan auf polnisch, und beide leerten ihre Gläser in einem Zug.

»Dummköpfe sind Sie, Panowie!« entfuhr es Mitja unwillkürlich.

»Pa-nie?!« riefen die beiden Polen drohend und nahmen wie Kampfhähne Mitja gegenüber eine herausfordernde Haltung ein. Besonders aufgeregt war Pan Wróblewski.

»Darf man denn sein Land nicht lieben?« schrie er auf polnisch.

»Still! Ich will keinen Streit haben!« rief Gruschenka gebieterisch und stampfte mit dem Fuß auf.

Ihr Gesicht brannte, ihre Augen funkelten; das soeben ausgetrunkene Glas wirkte. Mitja bekam einen furchtbaren Schreck.

»Panowie, verzeihen Sie! Ich bin daran schuld, ich werde es nicht wieder tun. Wróblewski, Pan Wróblewski, ich werde es nicht wieder tun!«

»So sei doch still und setz dich hin, du Dummkopf!« fuhr ihn Gruschenka ärgerlich an.

Alle setzten sich, verstummten, sahen einander an.

»Meine Herren, ich bin an allem schuld!« begann Mitja wieder, der Gruschenkas Ausruf nicht begriffen hatte.

»Nun, warum sitzen wir denn so still da? Womit wollen wir uns unterhalten, damit es wieder lustig wird?«

»Ach ja, es ist in der Tat entsetzlich langweilig!« murmelte Kalganow lässig.

»Wir sollten ein bißchen Karten spielen wie vorhin …«, schlug Maximow kichernd vor.

»Spielen? Herrlich!« rief Mitja ein. »Wenn nur die Panowie …«

»Es ist schon spät, Panie!« erwiderte der Herr auf dem Sofa unlustig.

»Das ist richtig!« stimmte ihm Pan Wróblewski zu.

»Immer ist es ihnen zu spät, immer können sie irgendwas nicht!« rief Gruschenka. Sie kreischte fast, so ärgerlich war sie. »Sie selbst sitzen gelangweilt da, also sollen sich die anderen auch langweilen. Bevor du kamst, Mitja, haben sie nur immer geschwiegen und schiefe Gesichter gezogen …«

»Meine Göttin!« rief der Herr auf dem Sofa. »Was du sagst, soll geschehen. Ich sehe, daß du verstimmt bist, und das macht mich traurig. Ich bin bereit, Panie!« schloß er, zu Mitja gewandt.

»Fangen Sie an, Panie!« versetzte Mitja, zog seine Banknoten aus der Tasche und legte zwei Hundertrubelscheine auf den Tisch. »Ich will viel an Sie verlieren. Nehmen Sie die Karten, und halten Sie die Bank!«

»Die Karten soll der Wirt geben, Panie!« sagte der kleine Herr ernst und nachdrücklich.

»Das ist das korrekteste Verfahren«, stimmte Pan Wróblewski zu.

»Der Wirt? Nun gut, ich verstehe, soll der Wirt sie geben, da haben Sie recht, Panowie … Karten!« befahl Mitja dem Wirt.

Der Wirt brachte ein noch nicht entsiegeltes Spiel Karten und teilte Mitja mit, die Mädchen kämen schon zusammen, und die Juden mit den Zymbals würden wahrscheinlich auch bald zur Stelle sein, nur die Troika mit den Waren sei noch nicht gekommen.

Mitja sprang vom Tisch auf und lief ins Nachbarzimmer, um sogleich das Nötige anzuordnen. Von den Mädchen waren bisher jedoch nur drei gekommen, und Marja war auch noch nicht da. Mitja wußte selbst nicht recht, wozu er hinausgelaufen war; er befahl nur, das Konfekt auszupacken und Kandiszucker und Sahnebonbons an die Mädchen auszuteilen.

»Und für Andrej Schnaps!« befahl er hastig. »Ich habe Andrej gekränkt!«

In diesem Augenblick berührte ihn Maximow, der ihm nachgelaufen war, plötzlich an der Schulter.

»Geben Sie mir fünf Rubel«, flüsterte er. »Ich möchte auch mein Glück versuchen, hihi!«

»Herrlich, wunderschön! Nehmen Sie zehn, da!«

»Er zog wieder alle Banknoten aus der Tasche und suchte einen Zehnrubelschein heraus.

»Wenn Sie verlieren, kommen Sie ruhig wieder, kommen Sie ruhig wieder!«

»Schön!« flüsterte Maximow erfreut und lief in das andere Zimmer zurück.

Auch Mitja kehrte sogleich zurück und entschuldigte sich, daß er auf sich hatte warten lassen. Die Polen hatten sich bereits gesetzt und das Spiel Karten entsiegelt. Sie machten jetzt weit höflichere, beinahe freundliche Gesichter. Der Herr auf dem Sofa steckte sich eine neue Pfeife an und machte sich bereit, die Bank zu halten; auf seinem Gesicht prägte sich sogar eine gewisse Feierlichkeit aus.

»Auf Ihre Plätze, Panowie!« rief Pan Wróblewski.

»Nein, ich werde nicht mehr spielen«, versetzte Kalganow. »Ich habe vorhin schon fünfzig Rubel an Sie verloren.«

»Der Herr hat Unglück gehabt, der Herr kann wieder Glück haben«, bemerkte der Herr auf dem Sofa.

»Wieviel ist in der Bank? Kann man va banque spielen?« fragte Mitja eifrig.

»Zu dienen, Panie. Vielleicht hundert Rubel, vielleicht zweihundert, soviel wie Sie setzen wollen.«

»Eine Million!« rief Mitja lachend.

»Vielleicht hat der Pan Hauptmann die Geschichte von Pan Podwysocki gehört?«

»Was ist das für ein Podwysocki?«

»In Warschau kann jeder va banque* spielen. Podwysocki kommt herein, sieht in der Bank tausend Gulden liegen und sagt: ›Va banque!‹ Der Bankhalter erwidert: ›Panie Podwysocki, setzen Sie bar oder na honor?‹** – ›Na honor, Panie‹, antwortete Podwysocki. ›Um so besser, Panie.‹ Der Bankhalter zieht die Taille ab, Podwysocki gewinnt und will sich die tausend Gulden nehmen. ›Warten Sie, Panie‹, sagt der Bankhalter, zieht einen Schubkasten auf und gibt ihm eine Million. ›Nehmen Sie, Panie, das ist Ihr Gewinn.‹ Die Bank hatte eine Million betragen. ›Das habe ich nicht gewußt‹, sagt der Bankhalter, ›Sie haben na honor gespielt, und wir ebenfalls na honor.‹ Podwysocki nahm die Million.«

»Die Geschichte ist nicht wahr«, sagte Kalganow.

»Panie Kalganow, in besserer Gesellschaft spricht man nicht so.«

»Na, so ein polnischer Spieler wird einem ausgerechnet eine Million aushändigen!« rief Mitja, besann sich aber sofort: »Verzeihen Sie, Panie, ich habe mich erneut vergangen! Er wird die Million aushändigen, – na honor, auf polnisches Ehrenwort! Sehen Sie, wie ich polnisch sprechen kann, hahaha! Hier, ich setze zehn Rubel, auf den Buben.«

»Und ich ein Rubelchen auf das Dämchen, auf das hübsche Coeurdämchen, auf das Fräuleinchen, hihi!« kicherte Maximow, schob seine Dame heraus, rückte ganz dicht an den Tisch, als wollte er heimlich spielen, und schlug hastig ein Kreuz unter dem Tisch.

Mitja gewann. Auch das Rubelchen gewann.

»Ecke!« rief Mitja.

»Und ich setze wieder ein Rubelchen. Ich bin ein Simplespieler, ein kleiner, ganz kleiner Simplespieler«, murmelte Maximow glückselig; er freute sich schrecklich darüber, daß sein Rubelchen gewonnen hatte.

* frz. »Es gilt die Bank«.

** frz. auf Ehrenwort.

»Geschlagen!« rief Mitja. »Die Sieben auf paix!«

Er wurde auch auf paix geschlagen.

»Hören Sie auf!« sagte Kalganow.

»Auf paix, auf paix!« rief Mitja, seine Einsätze verdoppelnd; doch alles, was er auf paix setzte, wurde geschlagen. Und die Rubelchen gewannen.

»Auf paix!« brüllte Mitja wütend.

»Sie haben zweihundert Rubel verloren, Panie. Wollen Sie noch zweihundert setzen?« erkundigte sich der Herr auf dem Sofa.

»Wie? Zweihundert habe ich schon verloren? Also noch zweihundert! Die ganzen zweihundert auf paix!« Er holte Geld aus der Tasche und wollte die ganzen zweihundert Rubel auf die Dame werfen, als Kalganow plötzlich die Karte mit der Hand zudeckte.

»Genug!« rief er mit seiner hellen Stimme.

»Was soll das heißen?« rief Mitja und sah ihn starr an.

»Genug! Ich will nicht, daß Sie weiterspielen. Sie sollen nicht mehr spielen.«

»Warum?«

»Darum. Spucken Sie auf die ganze Geschichte und gehen Sie weg! Ich lasse Sie nicht weiterspielen!«

Mitja blickte ihn erstaunt an.

»Hör auf, Mitja. Er hat vielleicht recht, du hast sowieso schon viel verloren«, sagte Gruschenka; ihre Stimme hatte dabei einen seltsamen Klang.

Die beiden Polen standen plötzlich mit beleidigter Miene auf.

»Machen Sie Scherz, Panie?« sagte der kleine Herr und blickte Kalganow streng an.

»Wie können Sie sich erdreisten, das zu tun?« brüllte auch Pan Wróblewski Kalganow an.

»Untersteht euch nicht, hier herumzuschreien! Untersteht euch nicht!« rief Gruschenka. »Ihr Truthähne!«

Mitja ließ seinen Blick von einem zum anderen wandern; plötzlich frappierte ihn etwas in Gruschenkas Gesicht, und ein ganz neuer Gedanke tauchte in seinem Kopf auf, ein seltsamer, neuer Gedanke!

»Pani Agrippina«, begann der kleine Pole, ganz rot vor Zorn, als Mitja zu ihm trat und ihm auf die Schulter klopfte.

»Hochedler, auf zwei Worte!«

»Was steht zu Diensten, Panie?«

»Bitte in jenes Zimmer, ich möchte Ihnen nur zwei Wörtchen sagen. Schöne, sehr gute Wörtchen, Sie werden zufrieden sein.«

Der kleine Pole wunderte sich und blickte Mitja mißtrauisch an. Doch erklärte er sich sogleich einverstanden, allerdings nur unter der Bedingung, daß auch Pan Wróblewski mitkommen durfte.

»Ist das Ihr Leibwächter? Nun meinetwegen, auch er wird dabei benötigt! Sogar unbedingt!« rief Mitja. »Vorwärts, Panowie!«

»Wo wollt ihr hin?« fragte Gruschenka beunruhigt. »Wir kommen sofort zurück«, antwortete Mitja.

Eine unerwartete, kühne Unternehmungslust leuchtete in seinem Gesicht; das war jetzt ein ganz anderes Gesicht als vorhin. Er führte die Polen in das rechts gelegene Zimmer, nicht in das große, wo sich der Chor der Mädchen versammelte und der Tisch gedeckt wurde, sondern in eine Schlafstube, in der Truhen und Kästen und zwei Betten standen, jedes mit einem ganzen Berg von Kissen in Baumwollbezügen. In einer Ecke brannte auf einem kleinen Brettertisch ein Licht.

Der kleine Pole und Mitja setzten sich einander gegenüber an dieses Tischchen, und der baumlange Pan Wróblewski stellte sich, die Hände auf dem Rücken, neben sie. Die Polen machten ernste Gesichter, waren aber offenbar sehr neugierig.

»Womit kann ich dem Herrn dienen?« fragte der kleine Pole unsicher.

»Das will ich Ihnen sagen, Panie. Ich werde nicht viele Worte machen. Hier ist Geld für Sie …« Er zog seine Banknoten heraus. »Wenn Sie dreitausend Rubel wollen – bitte – nehmen Sie sie, und reisen Sie damit, wohin Sie wollen!«

Der Pole schaute Mitja mit weitgeöffneten Augen prüfend an.

»Dreitausend Rubel, Panie?«

Er wechselte einen Blick mit Wróblewski.

»Dreitausend, Panowie, dreitausend! Hören Sie, Panie. Ich sehe, daß Sie ein verständiger Mensch sind. Nehmen Sie die dreitausend Rubel, und scheren Sie sich zu allen Teufeln! Und nehmen Sie auch Ihren Wróblewski mit! Hören Sie? Aber sofort, augenblicklich, verstehen Sie, Panie? Für immer, ja? Hier durch diese Tür werden Sie hinausgehen. Was haben Sie mitgebracht, einen Überzieher, einen Pelz? Ich werde Ihnen die Sachen bringen. Und gleich wird eine Troika für Sie angespannt, und dann leben Sie wohl, Panie! Na?«

Mitja erwartete zuversichtlich eine bejahende Antwort. Er zweifelte nicht daran.

Ein Ausdruck fester Entschlossenheit schimmerte auf dem Gesicht des kleinen Polen auf.

»Und wie steht es mit dem Geld, Panie?«

»Mit dem Geld? Hören Sie zu, Panie. Fünfhundert Rubel gebe ich Ihnen sofort, für den Wagen und als Anzahlung. Und zweitausendfünfhundert bekommen Sie morgen in der Stadt. Mein Ehrenwort darauf! Sie werden da sein – und wenn ich sie aus der Erde holen müßte!« rief Mitja.

Die Polen sahen einander wieder an. Das Gesicht des Kleinen veränderte sich zum schlechteren.

»Siebenhundert, siebenhundert, nicht fünfhundert! Gleich, in die Hand!« sagte Mitja zulegend; er fühlte, daß die Sache schiefging. »Was ist, Panie? Trauen Sie mir nicht? Ich kann Ihnen doch nicht die ganzen dreitausend mit einemmal geben. Wenn ich das täte, würden Sie gleich morgen wieder zu ihr zurückkehren ... Und ich habe auch jetzt nicht die ganzen dreitausend bei mir. Sie liegen bei mir zu Hause«, stammelte Mitja, mit jedem Wort ängstlicher und mutloser. »Bei Gott, sie liegen da gut verwahrt ...«

Augenblicklich drückte sich ein Gefühl außerordentlicher eigener Würde auf dem Gesicht des kleinen Polen aus. »Wünschen Sie sonst noch etwas?« fragte er ironisch. »Pfui! O pfui!« Er spuckte aus.

Auch Pan Wróblewski spuckte aus.

»Sie verschmähen mein Angebot doch nur deshalb, Panie«, sagte Mitja in heller Verzweiflung, da er einsah, daß alles aus war, »weil Sie von Gruschenka noch mehr herauspressen wollen. Gauner sind Sie alle beide, daß Sie es wissen!«

»Ich bin aufs tiefste beleidigt!« rief der kleine Pole auf polnisch.

Vor Zorn krebsrot im Gesicht, verließ er mit schnellen Schritten das Zimmer, als ob er nichts weiter hören wollte.

Ihm folgte mit seinem schaukelnden Gang auch Wróblewski. Hinter ihnen ging Mitja, verwirrt und bestürzt. Er fürchtete sich vor Gruschenka; er ahnte, daß der Pole sogleich ein großes Geschrei erheben würde. Das geschah denn auch. Der kleine Pole trat in das blaue Zimmer und stellte sich in theatralischer Haltung vor Gruschenka hin.

»Pani Agrippina, ich bin aufs tiefste beleidigt!« begann er auf polnisch, doch Gruschenka schien plötzlich alle Geduld zu verlieren, als hätte jemand ihre wundeste Stelle berührt.

»Sprich russisch, kein Wort polnisch will ich mehr hören!« schrie sie ihn an. »Du hast doch früher russisch gesprochen, hast du es in den fünf Jahren etwa vergessen?«

Sie war vor Zorn ganz rot geworden.

»Pani Agrippina ...«

»Ich heiße Agrafena, ich heiße Gruschenka! Sprich russisch, oder ich will dich gar nicht hören!«

Der Pole, in seinem Ehrgefühl tief verletzt, atmete nur mühsam und sagte, das Russische radebrechend, schnell und stolz: »Pani Agrafena, ich bin hergekommen, um das Alte zu vergessen und zu verzeihen, um zu vergessen, was vor dem heutigen Tag gewesen ist ...«

»Was redest du von Verzeihen? Du bist hergekommen, um mir zu verzeihen?« unterbrach ihn Gruschenka und sprang auf.

»Ganz richtig, Pani. Ich bin nicht kleinlich, ich bin großzügig. Aber ich war erstaunt, als ich deine Liebhaber sah. Pan Mitja hat mir soeben dreitausend Rubel angeboten, damit ich abreise. Ich habe ihm ins Gesicht gespuckt.«

»Wie? Er hat dir Geld für mich angeboten?« schrie Gruschenka in grenzenloser Erregung. »Ist das wahr, Mitja? Wie hast du das wagen können? Bin ich denn käuflich?«

»Panie, Panie!« brüllte Mitja. »Sie ist rein, strahlend rein, und ich bin nie ihr Geliebter gewesen! Da haben Sie gelogen ...«

»Wie kannst du dich erdreisten, mich ihm gegenüber zu verteidigen?« schrie Gruschenka. »Nicht aus Tugendhaftigkeit bin ich rein gewesen, auch nicht, weil ich mich vor Kusma gefürchtet habe, sondern damit ich ihm gegenüber stolz sein konnte und das Recht hatte, ihn einen Schurken zu nennen, sobald ich ihm wieder begegnen würde. Hat er das Geld von dir wirklich nicht angenommen?«

»Doch! Er hat es angenommen, er hat es angenommen!« rief Mitja. »Nur wollte er die ganzen dreitausend auf einmal haben, und ich bot ihm nur eine Anzahlung von siebenhundert.«

»Nun, das ist verständlich. Er hatte ja gehört, daß ich, Geld habe! Und darum ist er gekommen, um mich zu heiraten!«

»Pani Agrippina!« rief der Pole. »Ich bin ein Kavalier, ich bin ein Edelmann, ich bin kein Strolch. Ich bin gekommen, um dich zu meiner Gemahlin zu machen, aber ich sehe eine neue Pani vor mir, nicht die frühere, sondern eine eigensinnige und schamlose Pani.«

»So scher dich doch dahin, wo du hergekommen bist! Ich werde dich gleich wegjagen lassen, und man wird dich wegjagen!« rief Gruschenka außer sich. »Eine Verrückte bin ich gewesen, daß ich mich fünf Jahre lang gequält habe! Aber ich habe mich überhaupt nicht um seinetwillen gequält! Aus Zorn habe ich mich gequält! Und er ist es ja überhaupt nicht! War er damals etwa so ein Mann wie dieser jetzt? Der hier könnte der Vater von dem Früheren sein! Wo hast du dir denn diese Perücke machen lassen? Der andere war ein Falke, der hier ist ein Enterich. Der andere lachte und sang mir Lieder ... Und ich, ich habe fünf Jahre lang Tränen vergossen! Ich verdammte Idiotin, ich niedriges, schamloses Geschöpf!«

Sie sank in ihren Lehnstuhl zurück und bedeckte das Gesicht mit den Händen.

In diesem Augenblick ertönte im Nachbarzimmer links der Chor der Mädchen von Mokroje, die sich nun endlich versammelt hatten; sie sangen ein keckes Tanzlied.

»Das ist ja ein wahres Sodom!« schrie auf einmal Pan Wróblewski. »Wirt, jag das unverschämte Pack hinaus!«

Der Wirt, der schon lange neugierig durch die Tür sah, da er das Geschrei gehört und geahnt hatte, daß die Gäste in Streit geraten waren, erschien sogleich im Zimmer.

»Was schreist du so und reißt das Maul auf?« wandte er sich mit erstaunlicher Unhöflichkeit an Wróblewski.

»Du Rindvieh!« brüllte Pan Wróblewski.

»Ich ein Rindvieh? Und mit was für Karten hast du eben gespielt? Ich hatte dir ein neues Spiel gegeben, das hast du versteckt! Du hast mit falschen Karten gespielt! Ich kann dich für die falschen Karten nach Sibirien bringen, weißt du das? Denn das ist dasselbe wie falsches Geld ...«

Und er trat ans Sofa, steckte die Finger zwischen Lehne und Sitzpolster und zog ein unentsiegeltes Spiel Karten heraus.

»Da ist mein Spiel, es ist noch gar nicht aufgemacht!« Er hob es hoch und zeigte es herum. »Ich habe gesehen, wie er mein Spiel in die Ritze steckte und seins dafür unterschob ... Ein Betrüger bist du, und kein Pan!«

»Und ich habe gesehen, wie der andere Pan zweimal gemogelt hat!« rief Kalganow.

»Pfui Teufel, welche Schande!« rief Gruschenka und schlug die Hände zusammen. »Mein Gott, was für ein Mensch ist das geworden!«

»Ich hatte mir das schon gedacht!« rief Mitja. Aber er hatte das noch nicht ganz ausgesprochen, da wandte sich Pan Wróblewski verwirrt und wütend an Gruschenka, drohte ihr mit der Faust und schrie sie an:

»Öffentliche Hure!« Sofort stürzte sich Mitja auf ihn, umfaßte ihn mit den Armen, hob ihn in die Luft und trug ihn aus dem Saal in das Zimmer rechts, wo er eben erst mit den beiden gewesen war.

»Ich habe ihn da auf den Fußboden gelegt!« meldete er, als er, vor Aufregung keuchend, sogleich zurückkehrte. »Die Kanaille wollte sich noch wehren, doch keine Sorge, der kommt nicht wieder herein!«

Er machte den einen Türflügel zu, hielt den anderen weit offen und rief dem kleinen Polen zu: »Hochedler, belieben Sie nicht, ebenfalls dorthin zu gehen? Bitte sehr!«

»Väterchen, Dmitri Fjodorowitsch!« rief Trifon Borissowitsch. »Nehmen Sie ihnen doch das Geld ab, das Sie verloren haben! Das ist ja dasselbe, wie wenn sie es Ihnen gestohlen hätten!«

»Ich will meine fünfzig Rubel nicht wiederhaben«, erklärte Kalganow.

»Und auch ich meine zweihundert nicht!« rief Mitja. »Unter keinen Umständen – soll er sie zu seinem Trost behalten.«

»Bravo, Mitja! Du bist ein Prachtmensch, Mitja!« rief Gruschenka; aus ihrer Stimme sprach noch die starke Empörung.

Der kleine Pole, der vor Wut dunkelrot geworden war, ohne aber im geringsten von seiner würdevollen Haltung einzubüßen, ging zur Tür, blieb dann jedoch stehen und sagte zu Gruschenka: »Pani, wenn du mit mir kommen willst, so komm! Wenn nicht, dann lebe wohl!«

Und mit großartiger Miene, schnaufend vor Empörung und verletztem Ehrgefühl, ging er hinaus. Er war ein Mann von festem Charakter; selbst nach allem, was vorhergegangen war, hatte er die Hoffnung noch nicht aufgegeben, die Pani würde mit ihm kommen – so hoch schätzte er sich ein. Mitja schlug die Tür hinter ihm zu.

»Schließen Sie die beiden doch ein!« sagte Kalganow. Aber man hörte, wie der Schlüssel von der anderen Seite gedreht wurde; sie hatten sich selbst eingeschlossen.

»Bravo!« rief Gruschenka wieder boshaft und mitleidlos. »Bravo! Da gehören sie auch hin!«

8. Im Fieberwahn

Nun begann eine Art Orgie, ein Gelage für jedermann. Gruschenka war die erste, die sich Wein geben ließ. »Ich will trinken, total betrinken will ich mich! Es soll sein wie voriges Mal, erinnerst du dich, Mitja? Erinnerst du dich, wie wir uns damals hier kennengelernt haben?« Mitja selbst war wie im Fieber und ahnte »sein Glück«. Gruschenka jagte ihn übrigens fortwährend von sich fort: »Geh, sei lustig! Sag ihnen, sie sollen tanzen, alle sollen lustig sein! Tanzen sollen Tisch und Bänke und der Ofen und die Schränke! Wie damals, wie damals!« rief sie. Sie war sehr erregt. Und Mitja lief, um alles anzuordnen. Der Chor hatte sich im Nebenzimmer versammelt. Das Zimmer, in dem sie bis dahin gesessen hatten, war zu eng, da es durch einen Kattunvorhang geteilt war; hinter dem Vorhang stand ein riesiges Bett mit einem dicken Federbett und mit einem Berg von Kissen in Baumwollbezügen. Betten standen nämlich in allen vier »guten Stuben« dieses Hauses. Gruschenka hatte direkt in der Tür Platz genommen; Mitja hatte ihr den Lehnstuhl dorthin getragen: Hier hatte sie auch »damals«, während ihres ersten Gelages, gesessen und dem Gesang zugehört und dem Tanz zugesehen. Die Mädchen, die sich jetzt versammelt hatten, waren dieselben wie damals. Die Juden mit den Geigen und Zithern hatten sich ebenfalls eingefunden, und endlich war auch der sehnlich erwartete dreispännige Wagen mit den Weinen und den Lebensmitteln eingetroffen. Mitja war in geschäftiger Bewegung. Auch Unbeteiligte kamen herein, um zuzuschauen, Bauern und Bauersfrauen, die sich zwar schon schlafen gelegt hatten, aber wieder aufgestanden waren, weil sie eine reiche Bewirtung witterten wie vor einem Monat. Mitja begrüßte und umarmte alle, die er kannte und an deren Gesichter er sich erinnerte, öffnete Flaschen und goß jedem ein, der ihm in die Nähe kam. Auf Champagner waren eigentlich nur die jungen Mädchen versessen; den Bauern sagten Rum und Kognak und besonders der heiße Punsch mehr zu. Mitja ordnete an, für alle Mädchen Schokolade zu kochen und drei Samoware die ganze Nacht über in Betrieb zu lassen, damit jeder Ankömmling Tee und Punsch bekommen konnte: Ein jeder sollte bewirtet werden. Kurz, es begann ein ausschweifendes, sinnloses Treiben; Mitja fühlte sich dabei in seinem Element, und je sinnloser es wurde, um so lebhafter und munterer wurde er. Hätte ihn irgendein Bauer in jenen Augenblicken um Geld gebeten, hätte er sogleich sein ganzes Päckchen Banknoten herausgezogen und nach rechts und links Geld verteilt, ohne zu zählen. Wahrscheinlich aus diesem Grund hielt sich der Wirt Trifon Borissowitsch fast wie eine Klette in seiner Nähe; er schien in dieser Nacht gänzlich auf Schlaf verzichten zu wollen, trank nur wenig, nur ein einziges Glas Punsch, und wachte auf seine Weise sorgsam über Mitjas Interessen. Sooft er es für nötig erachtete, hielt er ihn in knechtisch-freundlicher Manier zurück, redete auf ihn ein, ließ nicht zu, daß er wie »damals« die Bauern mit Zigarren und Rheinwein bewirtete oder ihnen womöglich Geld gab, und war sehr empört darüber, daß die jungen Mädchen Likör tranken und Konfekt aßen. »Es ist ja nur eine Lausebande, Dmitri Fjodorowitsch«, sagte er. »Ich gebe jeder von hinten einen Stoß mit dem Knie und befehle ihr dann noch, sich das als eine Ehre anzurechnen – von der Sorte sind die!« Mitja kam noch einmal auf Andrej zurück und befahl, ihm Punsch zu schicken. »Ich habe ihn vorhin gekränkt«, sagte er noch einmal mit matter, gerührter Stimme. Kalganow wollte eigentlich nicht trinken, und der Mädchenchor mißfiel ihm anfangs sehr; doch nachdem er noch ein paar Gläser Champagner getrunken hatte, wurde er sehr vergnügt, wanderte durch die Zimmer, lachte und lobte alles und alle, die Lieder wie die Musik. Maximow, glückselig und angeheitert, wich nicht von seiner Seite. Gruschenka, die ebenfalls langsam berauscht wurde, sagte zu Mitja, auf Kalganow deutend: »Was ist er doch für ein lieber, prächtiger Junge!« Und Mitja lief hin, um Kalganow und Maximow zu küssen. Oh, er ahnte vieles, wenn sie ihm auch noch nichts Bestimmtes gesagt hatte, sondern sich sogar eher absichtlich zurückhielt, etwas zu sagen, und ihm nur ab und zu einen freundlichen, aber heißen Blick zuwarf. Endlich nahm sie ihn plötzlich fest bei der Hand und zog ihn mit Gewalt zu sich heran. Sie saß in diesem Augenblick in ihrem Lehnstuhl an der Tür.

»Wie konntest du nur vorhin mit so einer Absicht hereinkommen? Wie ist das nur möglich? Ich habe so einen Schreck bekommen! Wie konntest du mich nur an ihn abtreten wollen! Hast du das wirklich gewollt?«

»Ich wollte dein Glück nicht zerstören!« stammelte Mitja glückselig. Aber sie bedurfte seiner Antwort gar nicht.

»Na, nun geh … Sei lustig!« Mit diesen Worten schickte sie ihn wieder weg. »Und weine nicht, ich werde dich wieder rufen.«

Er ging, und sie beschäftigte sich wieder damit, den Liedern zuzuhören und dem Tanz zuzusehen, folgte ihm dabei jedoch mit den Blicken, wo immer er war. Nach einer Viertelstunde rief sie ihn wieder, und er kam wieder sofort.

»So, setz dich jetzt zu mir und erzähle, wie du erfahren hast, daß ich hierhergefahren bin. Von wem hast du es zuerst gehört?«

Und Mitja begann zu erzählen, unzusammenhängend, ohne Ordnung, mit Feuer; eigenartig war, daß er dabei häufig die Augenbrauen zusammenzog und verstummte.

»Warum machst du denn so ein finsteres Gesicht?« fragte sie »Was hast du?«

»Ach, nichts … Ich habe dort jemand krank zurückgelassen. Wenn ich wüßte, daß er wieder gesund wird – ich würde zehn Jahre meines Lebens darum geben!«

»Nun, Gott helfe ihm, wenn er krank ist! Also du wolltest dich morgen wirklich erschießen? Und warum, du Dummkopf! Aber ich liebe gerade solche unvernünftigen Menschen wie dich«, flüsterte sie ihm mit etwas schwer gewordener Zunge zu. »Also du bist für mich zu allem fähig? Ja? Und du hast dich wirklich morgen erschießen wollen, du kleiner Dummkopf! Nein, warte noch ein Weilchen … morgen sage ich dir vielleicht ein Wörtchen … Heute noch nicht, aber morgen … Oder möchtest du es heute hören? Nein, heute will ich nicht … So, nun geh, geh jetzt, sei lustig!«

Einmal jedoch, als sie ihn zu sich rief, schien sie bekümmert und besorgt zu sein.

»Warum bist du so traurig? Ich sehe, daß du traurig bist … Nein, ich sehe es ganz genau!« fügte sie hinzu und sah ihm scharf in die Augen. »Wenn du auch die Bauern abküßt und herumschreist, ich sehe, was ich sehe. Aber nicht doch, sei lustig! Ich bin lustig, und du sollst auch lustig sein … Ich liebe hier jemand: Rate mal, wen?

Ach, sieh mal, mein Junge ist eingeschlafen, er ist betrunken, der liebe Kerl!«

Sie meinte Kalganow. Der war tatsächlich betrunken und, auf dem Sofa sitzend, einen Augenblick eingeschlafen – doch nicht nur infolge der Trunkenheit. Ihm war aus irgendwelchem Grund traurig zumute, oder wie er sagte: er langweilte sich. Stark verstimmt hatten ihn zuletzt auch die von den Mädchen gesungenen Lieder, die mit der Zeit immer ausgelassener und unzüchtiger geworden waren. Ebenso war es mit den Tänzen: Zwei Mädchen hatten sich als Bären verkleidet, und die kecke Stepanida spielte mit einem Stock in der Hand den Bärenführer und führte die beiden vor. »Lustiger, Marja!« rief sie. »Sonst bekommst du den Stock!« Die Bären fielen schließlich unter dem lauten Gelächter des dichtgedrängt stehenden Publikums in einer sehr unanständigen Weise zu Boden. »Na, sollen sie, sollen sie doch!« hatte Gruschenka ruhig gesagt. »Warum sollen sich die Leute nicht freuen, wenn einmal ein Tag zum Lustigsein kommt. Kalganow aber hatte ein Gesicht gemacht, als hätte er sich beschmutzt. »Eine Schweinerei ist das alles, diese ganze Volkstümlichkeit!« hatte er bemerkt und war beiseite gegangen. Sein besonderes Mißfallen hatte aber ein »neues« Liedchen zu einer munteren Tanzweise erregt, das davon handelte, wie Angehörige verschiedener Stände um die Liebe der Mädchen werben.

Fragt ein Adelsherr die Mädchen,
ob sie ihn wohl lieben täten.

Doch die Mädchen sind der Ansicht, daß man so einen Herrn nicht lieben kann.

Hoher Herr wird kräftig schlagen,
und das mag ich nicht ertragen.

Dann kommt ein Zigeuner:

Ein Zigeuner fragt die Mädchen,
ob sie ihn wohl lieben täten.

Aber auch einen Zigeuner können sie nicht lieben.

Der Zigeuner, der wird stehlen,
mag ihn nicht zum Liebsten wählen.

So kommen noch viele mit der gleichen Frage, auch ein Soldat:

Ein Soldat fragt die Mädchen,
ob sie ihn wohl lieben täten.

Auch der Soldat wird geringschätzig abgewiesen.

Der Tornister auf dem Rücken,
wird sehr drücken, wenn …

Hier folgte ein zensurwidriger Vers, der allerdings ganz unbefangen vorgetragen wurde und bei den Zuhörern wahre Begeisterungsstürme auslöste.

Die Sache endete schließlich mit dem Kaufmann.

Reicher Kaufmann fragt die Mädchen,
ob sie ihn wohl lieben täten.

Und es zeigte sich, daß sie den sehr gern lieben würden:

Kaufmann wird viel Rubel raffen,
mir ein schönes Leben schaffen.

Kalganow war darüber richtig wütend geworden. »Das ist ja ein ganz modernes Lied!« hatte er laut bemerkt. »Wer nur so etwas verfaßt? Es fehlte nur noch, daß ein Eisenbahnaktionär oder ein Jude kommt und die Mädchen fragt – die würden gewiß alle übrigen aus dem Feld schlagen.« Und er hatte beinahe beleidigt hinzugefügt, daß er sich nun langweile, hatte sich aufs Sofa gesetzt und war eingeschlummert. Sein hübsches Gesichtchen war noch ein wenig blasser geworden und seitwärts auf das Sofapolster gesunken.

»Sieh nur, wie hübsch er ist«, sagte Gruschenka zu Mitja. »Ich habe ihn vorhin gekämmt, sein Haar ist wie Flachs und so dicht …« Sie beugte sich gerührt über ihn und küßte ihn auf die Stirn.

Kalganow schlug die Augen auf, blickte sie an, richtete sich auf und fragte mit dem Ausdruck höchster Besorgnis: »Wo ist Maximow?«

»Also um den macht er sich Sorgen!« sagte Gruschenka lachend. »Sitz doch ein Weilchen mit mir zusammen! Mitja, lauf und hole seinen Maximow!«

Es stellte sich heraus, daß Maximow keinen Augenblick mehr von den Mädchen wich. Nur ab und zu goß er sich ein Gläschen Likör ein, und Schokolade hatte er schon zwei Tassen getrunken. Sein Gesicht war dunkelrot geworden, die Nase blaurot; seine Augen hatten einen feuchten, süßlichen Schimmer bekommen. Er kam herbeigelaufen und erklärte, er wolle sogleich nach einer besonderen Melodei die Sabotière tanzen.

»Man hat mich ja, als ich noch klein war, alle diese feinen Gesellschaftstänze gelehrt.«

»Geh du mit ihm, Mitja, ich werde von hier aus zusehen.«

»Ich auch, ich werde auch hingehen und zusehen!« rief Kalganow und lehnte so in der naivsten Weise Gruschenkas Angebot ab.

Es begaben sich also alle hin, um zuzusehen. Maximow führte seinen Tanz wirklich aus, erregte damit aber bei niemand, außer hei Mitja, sonderliches Entzücken. Der ganze Tanz bestand aus besonderen Sprüngen, wobei die Füße seitwärts gedreht wurden, mit den Sohlen nach oben; bei jedem Sprung schlug sich Maximow mit der flachen Hand auf eine Sohle. Kalganow fand keinen Gefallen daran; Mitja hingegen umarmte und küßte den Tänzer sogar.

»Vielen, vielen Dank! Vielleicht bist du erschöpft? Möchtest du ein Stückchen Konfekt, ja? Oder willst du vielleicht eine Zigarre?«

»Eine Zigarette.«

»Möchtest du etwas trinken?«

»Ich werde einen kleinen Likör trinken ... Haben Sie kein Schokoladenkonfekt?«

»Da auf dem Tisch ist ja eine ganze Fuhre davon. Such dir etwas aus, du Taubenseele!«

»Nein, ich möchte welches mit Vanille ... Für alte Männer ... Hihi!«

»Nein, Bruder, diese besondere Sorte ist nicht da.«

»Hören Sie mal ...« Der Alte beugte sich ganz dicht an Mitjas Ohr. »Sehen Sie dieses Mädchen da? Die Marjuschka, hihi! Ich möchte gern, wenn es möglich wäre, durch Ihre Güte mit ihr bekannt werden ...«

»Nun sieh mal einer an, was du für Wünsche hast! Nein, Bruder, du redest Unsinn.«

»Ich tu' ja niemand was zuleide damit«, flüsterte Maximow wehmütig.

»Na schön. Hier wird zwar nur gesungen und getanzt, aber zum Teufel, warte ein Weilchen ... Vorläufig iß und trink und sei lustig! Brauchst du Geld?«

»Wenn ich vielleicht nachher etwas bekommen könnte?« erwiderte Maximow lächelnd.

»Gut, gut ...«

Mitja hatte einen glühend heißen Kopf. Er ging auf den Flur hinaus und von da aus auf die obere Galerie, die sich auch innen, auf der Hofseite, an einem Teil des Gebäudes hinzog. Die frische Luft belebte ihn. Er stand allein, in der Dunkelheit, und griff sich plötzlich mit beiden Händen an den Kopf. Seine zerstreuten Gedanken und alle seine Empfindungen flossen auf einmal zusammen, und alles wurde klar und hell. Aber es war eine furchtbare, entsetzliche Helligkeit! ›Wenn ich mich nun einmal erschießen will, welcher Zeitpunkt könnte geeigneter sein als der jetzige?‹ ging es ihm durch den Kopf. Ich sollte die Pistole holen und hier in diesem schmutzigen, dunklen Winkel allem ein Ende machen ...‹ Fast eine Minute lang stand er unentschlossen da. Vorhin, als er im Wagen hierherjagte, hatte hinter ihm die Schande gestanden, der begangene Diebstahl und dieses Blut, dieses Blut! Doch da wäre es ihm noch leichter gefallen, sich das Leben zu nehmen, oh, viel leichter! Es war ja schon alles ausgewesen: er hatte sie verloren, hatte sie dem anderen abgetreten, sie war für ihn untergegangen, verschwunden – oh, da war es leichter für ihn, das Todesurteil über sich zu fällen; wenigstens erschien es als unvermeidlich, als notwendig: wozu sollte er noch auf der Welt bleiben? Aber jetzt – stand die Sache etwa jetzt noch so wie vorhin? Jetzt war wenigstens *ein* Gespenst, *ein* Schreckbild beseitigt: dieser »Frühere« war verschwunden, ohne eine Spur zu hinterlassen. Das furchtbare Gespenst hatte sich auf einmal in ein kleines, komisches Menschlein verwandelt, war ins Schlafzimmer geschickt und eingeschlossen worden. Daß es jemals zurückkehren würde, war nicht zu erwarten. Sie schämte sich, und er sah es ihr schon jetzt an den Augen an, wen sie liebte. Ach, gerade jetzt verlangte ihn zu leben, zu leben ... Und doch durfte er nicht weiter leben, er durfte nicht – oh, was für eine furchtbare Lage!

›O Gott, mach den bitte wieder lebendig, den ich am Zaun niedergeschlagen habe! Laß diesen schrecklichen Kelch an mir vorübergehen? O Herr, du hast ja bereits für solche Sünder wie mich Wunder getan! Aber wie, wenn der alte Mann am Leben ist? Oh, dann werde ich die Schmach der übrigen Schande tilgen! Ich werde das gestohlene Geld zurückerstatten! Ich werde es zurückgeben, und wenn ich es aus der Erde hervorholen müßte ... Es wird keine Spur der Schande übrigbleiben – nur in meinem Herzen wird sie lebenslänglich bohren! Aber nein, nein ... O diese unmöglichen, kleinmütigen Gedanken! O diese unselige Lage!‹

Und doch war es ihm, als ob ihm ein heller Hoffnungsstrahl in der Dunkelheit aufleuchtete. Er verließ hastig seine Ecke, um zurückzueilen – zu ihr, wieder zu ihr, die für immer seine Königin war! Wiegt nicht eine einzige Stunde, eine einzige Minute ihrer Liebe das ganze übrige Leben auf, auch wenn es in den Qualen der Schande zugebracht wird? Diese ungestüme Frage ließ sein Herz erzittern. ›Zu ihr will ich, zu ihr allein, sie sehen, sie hören, an nichts denken, alles vergessen, wenn auch nur für diese Nacht, für eine Stunde, für einen Augenblick!‹ Vor dem Eingang zum Flur, noch auf der Galerie, stieß er mit dem Wirt Trifon Borissowitsch zusammen. Dieser machte auf ihn einen finsteren und besorgten Eindruck; wie es schien, kam er ihn suchen.

»Was gibt es, Trifon Borissowitsch? Suchst du mich?«

»Nein, Sie nicht«, erwiderte der Wirt offenbar erschrocken. »Warum sollte ich Sie suchen? Aber ... Wo waren Sie denn?«

»Warum machst du so ein trübsinniges Gesicht? Bist du ärgerlich? Warte nur, du wirst bald schlafen gehen können ... Wie spät ist es?«

»Es wird drei Uhr sein, oder sogar noch später.«

»Wir wollen Schluß machen!«

»Aber ich bitte Sie, das hat ja nichts zu sagen. Solange es Ihnen beliebt ...«

›Was hat er nur?‹ dachte Mitja flüchtig und lief in das Zimmer, wo die Mädchen tanzten. Aber sie war nicht dort. In dem blauen Zimmer war sie auch nicht, dort schlief nur Kalganow auf dem Sofa. Mitja blickte hinter den Vorhang – da war sie. Sie saß in einer Ecke auf einem Kasten, hatte Arme und Kopf auf das danebenstehende Bett gelegt und weinte bitterlich, wobei sie sich nach Kräften zu beherrschen suchte und ihre Stimme unterdrückte, um nicht gehört zu werden. Als sie Mitja sah, winkte sie ihn zu sich heran, und als er bei ihr war, ergriff sie fest seine Hand.

»Mitja, Mitja, ich habe ihn ja geliebt!« begann sie flüsternd. »Ich habe ihn geliebt, die ganzen fünf Jahre, die ganze Zeit. Habe ich ihn geliebt oder nur meinen Zorn? Nein, ihn selbst! Ihn selbst! Ich lüge ja, wenn ich sage, daß ich nur meinen Zorn geliebt habe und nicht ihn! Mitja, ich war damals erst siebzehn Jahre alt, er war so freundlich zu mir, so heiter, Lieder hat er mir vorgesungen. Oder ist er mir damals nur so erschienen, weil ich noch ein dummes kleines Mädchen war? Aber jetzt, o Gott, jetzt ist er ein anderer, ein ganz anderer. Auch das Gesicht ist anders, völlig anders... Ich habe ihn gar nicht wiedererkannt. Ich fuhr mit Timofej hierher und dachte immerzu, während der ganzen Fahrt: Wie werde ich ihm entgegentreten, was werde ich sagen, wie werden wir einander ansehen? Meine Seele wollte vergehen, und da hat er mich wie aus einem Kübel mit Schmutz übergossen. Wie ein Schulmeister redet er, alles ist gelehrt und würdevoll, er empfing mich so feierlich, ich war ganz verblüfft. Ich konnte kein Wort herausbringen. Ich dachte anfangs, vielleicht geniert er sich vor seinem langen Begleiter. Ich saß da und sah die beiden an und dachte: Warum kann ich denn jetzt gar nicht mehr mit ihm reden? Weißt du, seine Frau hat ihn verdorben, die, die er heiratete, nachdem er mich im Stich gelassen hatte ... Die hat ihn so umgewandelt. Ach, Mitja, diese Schmach! Oh, ich schäme mich, Mitja, ich schäme mich meines ganzen Lebens! Verflucht, verflucht sollen diese fünf Jahre sein, verflucht!« Und sie brach wieder in Tränen aus, ließ aber Mitjas Hand nicht los, sie hielt sie fest in ihrer.

»Mitja, Täubchen, warte, geh nicht fort, ich will dir ein einziges Wörtchen sagen«, flüsterte sie und hob auf einmal das Gesicht zu ihm auf. »Sag mir doch, wen liebe ich? Ich liebe hier einen einzigen Menschen. Wer ist dieser Mensch? Das sollst du mir sagen.« Auf ihrem vom Weinen geschwollenen Gesicht erstrahlte ein Lächeln, ihre Augen glänzten im Halbdunkel. »Vorhin kam ein Falke herein, da bekam mein Herz einen süßen Schreck. ›Du Närrin, das ist doch der, den du liebst!‹ flüsterte mein Herz. Du bist hereingekommen und hast alles erleuchtet. ›Aber was fürchtet er nur?‹ dachte ich. Denn du hattest Furcht, große Furcht, du warst nicht imstande zu sprechen. ›Er wird sich doch nicht vor denen hier fürchten?‹ dachte ich – als ob du vor jemand Angst haben könntest. ›Vor mir fürchtet er sich!‹ dachte ich. Nur vor mir ... Fenja hat dir großem Dummkopf ja sicher erzählt, daß ich deinem Bruder Aljoscha aus dem Fenster zugerufen habe, ich hätte Mitenka ein Stündchen geliebt, doch jetzt sei ich weggefahren, um einen anderen zu lieben ... Mitja, Mitja, wie konnte ich bloß glauben, daß ich nach dir einen anderen lieben würde! Verzeihst du mir, Mitja? Verzeihst du mir oder nicht? Liebst du mich? Liebst du mich?«

Sie sprang auf und faßte ihn mit beiden Händen an den Schultern. Mitja, stumm vor Entzücken, sah ihr in die Augen, in das lächelnde Gesicht, dann umarmte er sie fest und begann sie feurig zu küssen.

»Und verzeihst du, daß ich dich gequält habe? Ich habe ja euch alle aus Bosheit gequält. Ich habe den alten Mann aus Bosheit absichtlich um den Verstand gebracht ... Erinnerst du dich, wie du einmal bei mir etwas getrunken und das Glas zerschlagen hast?« Daran habe ich gedacht und heute mein Glas ebenfalls zerschlagen; ich hatte auf mein unwürdiges Herz getrunken ... Mitja, du mein Falke, warum küßt du mich nicht? Einmal hat er mich geküßt und sich losgerissen, sieht und hört bloß zu ... Was hast du denn davon, daß du mir zuhörst? Küß mich, küß mich fester ... Siehst du, so! Wenn man liebt, muß man auch ordentlich lieben! Deine Sklavin werde ich jetzt sein, deine Sklavin fürs ganze Leben. Es ist süß, Sklavin zu sein! Küß mich! Schlag mich, quäl mich, tu mit mir, was du willst ... Oh, du müßtest mich geradezu foltern … Halt! Warte, später, so will ich nicht …« Sie stieß ihn plötzlich zurück. »Geh weg, Mitja! Ich will jetzt Wein trinken, betrinken will ich mich, und sobald ich betrunken bin, will ich tanzen! Ja, das will ich!«

Sie riß sich von ihm los und lief vor den Vorhang. Mitja folgte ihr wie trunken. ›Mag jetzt geschehen, was da will – für eine Minute Seligkeit gebe ich die ganze Welt hin!‹ Dieser Gedanke huschte ihm durch den Kopf. Gruschenka trank wirklich noch ein Glas Champagner auf einen Zug aus und war augenblicklich betrunken. Sie setzte sich mit glückseligem Lächeln in den Lehnstuhl, auf ihren früheren Platz. Ihre Wangen glühten, ihre Lippen brannten, die funkelnden Augen wurden trübe, ihr leidenschaftlicher Blick bekam etwas Lockendes. Sogar Kalganow spürte die Wirkung dieses Blickes und trat zu ihr.

»Hast du gemerkt, daß ich dich vorhin geküßt habe, als du schliefst?« fragte sie ihn lallend. »Ich bin jetzt betrunken, so ist das … Und du bist nicht betrunken? Warum trinkt denn Mitja nicht? Warum trinkst du nicht, Mitja? Ich habe getrunken, und du trinkst nicht …«

»Ich bin betrunken! Ich bin auch so schon betrunken … Von dir bin ich trunken, aber jetzt will ich mich auch an Wein betrinken.«

Er trank noch ein Glas, und – das kam ihm selber seltsam vor – von diesem letzten Glas erst wurde er betrunken, urplötzlich betrunken, während er bis dahin nüchtern gewesen war, wie er sich selbst erinnerte. Von diesem Augenblick an drehte sich alles um ihn im Kreis, als ob er Fieber hätte. Er ging umher, lachte, redete mit allen, und das alles gewissermaßen unbewußt. Nur ein einziges unveränderliches, brennendes Gefühl war alle Augenblicke spürbar, »wie eine glühende Kohle in der Seele«: daran erinnerte er sich später. Er trat zu ihr, setzte sich neben sie, sah sie an und hörte, was sie sagte … Sie aber war furchtbar redselig geworden, rief alle zu sich, winkte auf einmal ein Mädchen aus dem Chor heran, küßte sie und schickte sie wieder weg, oder segnete sie manchmal, indem sie mit der Hand ein Kreuz schlug. Vielleicht brach sie im nächsten Moment in Tränen aus. Viel Spaß machte ihr »das alte Männchen«, wie sie Maximow nannte. Er kam alle Augenblicke hergelaufen, um ihr die Hände »und jedes

Fingerchen« zu küssen; zuletzt tanzte er noch einen Tanz nach einem alten Tanzlied, das er selbst sang. Besonders feurig hüpfte er zu dem Refrain:

Das Schweinchen grunzte chru-chru-chru,
das Kälbchen blökte mu-mu-mu,
das Entchen machte qua-qua-qua,
das Gänschen machte ga-ga-ga,
im Flur ein kleines Hühnchen lief,
das put-put, put-put, put-put rief.
Ja, so rief es,
ja, so lief es …

»Gib ihm etwas, Mitja«, sagte Gruschenka. »Schenk ihm etwas, er ist ja arm. Ach, die Armen, die das Schicksal zurückgesetzt hat … Weißt du, Mitja, ich werde in ein Kloster gehen. Nein, wirklich, das werde ich einmal tun. Aljoscha hat mir heute Worte gesagt, die fürs ganze Leben in meiner Seele haften werden … Ja … Aber heute wollen wir tanzen. Morgen will ich ins Kloster gehen, aber heute wollen wir tanzen. Ich will ausgelassen sein, ihr lieben Leute – was ist schon dabei? Gott wird es verzeihen. Wenn ich Gott wäre, würde ich allen Menschen verzeihen! ›Meine lieben Sünder!‹ würde ich sagen. ›Von heute an verzeihe ich euch allen!‹ Ich aber werde gehen und alle Menschen um Verzeihung bitten. ›Verzeiht, ihr guten Leute!‹ werde ich sagen. ›Ein dummes Weib – jawohl, das bin ich. Eine Bestie bin ich, ja, so ist es!‹ Aber ich will beten. Ich habe eine Zwiebel verschenkt. Eine Sünderin wie ich möchte beten! Mitja, laß sie tanzen, hindere sie nicht! Alle Menschen in der Welt sind gut, ohne Ausnahme. Es ist schön auf der Welt. Wenn wir auch böse sind – es ist doch schön auf der Welt. Wir sind böse und gut … Nein, sagt mir doch, ich möchte euch etwas fragen, kommt alle her, ich frage euch, beantwortet mir alle die eine Frage: Warum bin ich so gut? Ich bin ja doch gut, ich bin sehr gut … Nun also, warum bin ich so gut?« So lallte Gruschenka, die immer betrunkener wurde; schließlich erklärte sie geradezu, sie wolle jetzt selber tanzen. Sie stand aus ihrem Lehnstuhl auf, taumelte. »Mitja, gib mir keinen Wein mehr! Und wenn ich dich auch darum bitte – gib mir keinen! Der Wein beruhigt nicht. Alles dreht sich im Kreis, auch der Ofen, alles dreht sich im Kreis. Ich will tanzen. Alle sollen zusehen, wie ich tanze … Wie gut und schön ich tanze …«

Es war ihr mit dieser Absicht Ernst. Sie zog ihr kleines weißes Batisttaschentuch heraus und faßte es mit der rechten Hand an einem Zipfel, um es beim Tanz zu schwenken. Mitja ordnete geschäftig alles Nötige an; die Mädchen verstummten und machten sich bereit, auf den ersten Wink im Chor ein Tanzlied anzustimmen. Maximow kreischte vor Entzücken, als er hörte, daß Gruschenka selbst tanzen wollte. Er hüpfte vor ihr her und sang dazu:

»Seht, mein hübsches Schweinchen
mit den schlanken Beinchen
und dem Ringelschwänzchen,
macht ein schönes Tänzchen.«

Doch Gruschenka jagte ihn mit dem Taschentuch fort.

»Pst! Mitja! Warum kommen sie nicht? Alle sollen kommen und zusehen. Ruf auch die Eingeschlossenen … Warum hast du sie eingeschlossen? Sag ihnen, daß ich tanzen werde! Sie sollen auch sehen, wie ich tanze …«

Mitja ging mit den weit ausholenden Schritten eines Betrunkenen zu der verschlossenen Tür, hinter der sich die Polen befanden, und pochte mit der Faust dagegen.

»Heda, ihr! Ihr Podwysockis! Kommt heraus, sie will tanzen und läßt euch rufen!«

»Strolch!« schrie einer der beiden als Antwort.

»Und du bist ein subalterner Strolch! Ein jämmerlicher kleiner Schuft bist du, nun weißt du es!«

»Sie sollten lieber aufhören, sich über Polen lustig zu machen«, bemerkte Kalganow tadelnd; er hatte selbst mehr getrunken, als er vertragen konnte.

»Sei still, Knabe! Wenn ich ihn einen Schuft nenne, dann beschimpfe ich doch nicht ganz Polen. Ein einzelner Strolch macht nicht Polen aus. Schweig, lieber Junge, und iß ein Stückchen Konfekt!«

»Ach, ihr. Als ob ihr keine Menschen seid! Warum wollt ihr euch nicht vertragen?« sagte Gruschenka und trat vor, um zu tanzen.

Der Chor stimmte lauthals das Tanzlied »Ach du Heim, mein trautes Heim« an. Gruschenka warf den Kopf zurück, öffnete etwas die Lippen, lächelte, begann das Tuch zu schwenken und stand plötzlich, auf einem Fleck hin und her schwankend, ratlos mitten im Zimmer.

»Ich bin so schwach …«, sagte sie mit gequälter Stimme. »Verzeiht mir, ich bin so schwach, ich kann nicht … Ich bitte um Entschuldigung …«

Sie verbeugte sich vor dem Chor und machte dann nach allen Seiten Verbeugungen. »Ich bitte um Entschuldigung … Verzeiht.«

»Sie hat ein bißchen getrunken, das gnädige Fräulein … Sie hat ein bißchen getrunken, das hübsche gnädige Fräulein«, hörte man sagen.

»Sie hat sich betrunken«, erklärte Maximow kichernd den Mädchen.

»Mitja, führ mich weg … Nimm mich, Mitja«, bat Gruschenka kraftlos.

Mitja stürzte zu ihr, nahm sie auf die Arme und lief mit seiner kostbaren Beute hinter den Vorhang. ›Na, jetzt werde ich besser gehen!‹ dachte Kalganow, verließ das blaue Zimmer und machte beide Türflügel hinter sich zu. Doch das lärmende Gelage im Saal dauerte an und wurde immer lauter und wilder. Mitja legte Gruschenka aufs Bett und sog sich mit einem Kuß an ihren Lippen fest.

»Rühr mich nicht an!« stammelte sie flehend. »Rühr mich nicht an, ehe ich nicht dir gehöre … Ich habe gesagt, daß ich dir gehören will, aber rühr mich jetzt nicht an … Schone mich … Während die beiden nebenan sind, geht es nicht. Er ist hier. Es hier zu tun, jetzt, das wäre gemein …«

»Ich gehorche! Ich verjage diesen Gedanken … Ich bin andächtig gestimmt!« murmelte Mitja. »Ja, hier wäre es gemein, verachtungswürdig!«

Und ohne sie aus seinen Armen zu lassen, kniete er neben dem Bett auf dem Fußboden nieder.

»Ich weiß, du bist zwar wie ein wildes Tier, aber du hast eine edle Gesinnung«, sagte Gruschenka mit schwerer Zunge. »Es muß in Ehren geschehen ... Künftig wird es in Ehren geschehen ... Und auch wir müssen ehrenhaft sein, nicht so wie die wilden Tiere, sondern gut ... Bring mich fort, bring mich weit fort, hörst du? Ich will nicht hierbleiben, ich will weit, weit fort ...«

»Ja, ja, unbedingt!« rief Mitja und preßte sie an sich. »Ich werde dich fortbringen, wir werden davoneilen. Oh, mein ganzes Leben würde ich für ein einziges Jahr hingeben, wenn ich nur wüßte, was mit diesem Blut ist!«

»Mit welchem Blut?« fragte Gruschenka verständnislos.

»Ach, nichts weiter!« antwortete Mitja zähneknirschend. »Gruscha, du willst, daß alles ehrenhaft ist – aber ich bin ein Dieb. Ich habe Katka Geld gestohlen.... Schmach und Schande!«

»Katka? Dem Fräulein? Nein, du hast es nicht gestohlen. Gib es ihr zurück, nimm es von mir! Warum machst du deshalb so ein Geschrei? Jetzt gehört dir alles, was ich habe. Was hat Geld für uns zu bedeuten? Wir vergeuden es ja ohnehin ... Wir sind gerade die Richtigen, um vernünftig damit umzugehen! Wir beide sollten am besten hingehen und einen Acker pflügen. Mit diesen meinen Händen will ich die Erde aufscharren. Arbeiten muß man, hörst du? Aljoscha hat es gesagt. Ich werde nicht deine Geliebte sein, ich werde dir treu sein, ich werde deine Sklavin sein, ich werde für dich arbeiten. Wir werden zu dem Fräulein hingehen und uns beide vor ihr verneigen mit der Bitte, uns zu verzeihen, und werden dann von hier fortziehen. Und wenn sie uns nicht verzeiht, werden wir eben so fortziehen. Das Geld bring ihr wieder, aber liebe mich! Sie darfst du nicht lieben. Liebe sie nicht länger! Wenn du dich jedoch in sie verliebst, werde ich sie erwürgen ... Ihr beide Augen mit einer Nadel ausstechen ...«

»Dich liebe ich, dich allein! Auch in Sibirien werde ich dich lieben ...«

»Was sollen wir in Sibirien? Aber gut, auch in Sibirien, wenn du willst, ganz gleich ... Wir werden arbeiten ... In Sibirien liegt Schnee. Ich fahre gern im Schlitten durch den Schnee ... Und das Pferd muß ein Glöckchen haben … Hörst du, ein Glöckchen klingelt … Wo klingelt da ein Glöckchen? Es kommen Leute, jetzt klingelt es nicht mehr …«

Sie schloß kraftlos die Augen und schien im nächsten Moment einzuschlafen. Tatsächlich hatte ein Glöckchen in einiger Entfernung geklingelt und dann plötzlich geschwiegen. Mitja legte seinen Kopf an ihre Brust. Er hatte nicht bemerkt, wie das Glöckchen aufgehört hatte zu klingeln; er bemerkte gleichfalls nicht, daß auch die Lieder plötzlich verstummten und statt der Lieder und des Lärms im ganzen Haus auf einmal Totenstille herrschte. Gruschenka öffnete die Augen.

»Was ist das? Habe ich geschlafen? Ja … Das Glöckchen … Ich habe geschlafen und geträumt, ich fuhr im Schlitten über den Schnee … Das Glöckchen klingelte, und ich träumte vor mich hin … Mit einem lieben Menschen fuhr ich, mit dir. Und weit, weit weg ging die Fahrt. Ich umarmte und küßte dich, ich schmiegte mich an dich; ich fror, aber der Schnee glänzte so schön … Weißt du, wie es ist, wenn nachts der Schnee glänzt und der Mond scheint? Mir war, als wäre ich gar nicht auf der Erde … Da wachte ich auf … Aber mein Geliebter ist bei mir, wie schön …«

»Ja, bei dir«, murmelte Mitja und küßte ihr Kleid, ihre Brust, ihre Hände. Und auf einmal kam ihm etwas seltsam vor: Sie schien starr vor sich hin zu blicken, aber nicht zu ihm, nicht in sein Gesicht, sondern über seinen Kopf hinweg, unverwandt und seltsam regungslos. Auf ihrem Gesicht prägte sich Verwunderung, ja beinahe Schrecken aus.

»Mitja, wer guckt da zu uns herüber?« flüsterte sie plötzlich.

Mitja drehte sich um und sah, daß tatsächlich jemand den Vorhang auseinandergeschoben hatte und sie offenbar beobachtete. Und es schien auch nicht bloß einer zu sein … Er sprang auf und trat schnell auf die Gestalt zu.

»Kommen Sie hierher, bitte! Kommen Sie hierher zu uns!« sagte eine Stimme zu ihm, nicht laut, aber fest und nachdrücklich.

Mitja trat hinter dem Vorhang hervor und erstarrte. Das ganze Zimmer war voller Menschen; doch es waren nicht die von vorhin, sondern ganz andere … Ein Schauder lief ihm über den Rücken, und er zuckte zusammen. Er erkannte alle diese Personen augenblicklich. Dieser hochgewachsene, beleibte Alte im Paletot, mit Uniformmütze und Kokarde, das war der Bezirkshauptmann Michail Makarowitsch. Und dieser schwindsüchtige Geck, der immer so blankgeputzte Stiefel trägt, das war der Gehilfe des Staatsanwalts. Er hat eine Uhr, die vierhundert Rubel gekostet hat; er hat sie mir mal gezeigt ... Und dieser kleine junge Mann mit der Brille ... Mitja hatte seinen Familiennamen vergessen, er kannte jedoch auch ihn, er hatte ihn schon gesehen, das war der Untersuchungsrichter, der erst vor kurzem von der Rechtsschule in unsere Stadt gekommen war. Und der hier, das war der Landkommissar Mawriki Mawrikijewitsch, den kannte er, das war ein guter Bekannter von ihm. Aber diese Männer mit den Blechabzeichen, wozu waren die da? Und dann noch zwei Leute, die wie Bauern aussahen ... Und da an der Tür Kalganow und Trifon Borissowitsch ...

»Meine Herren ... Was wollen Sie, meine Herren?« begann Mitja; doch plötzlich rief er wie außer sich, als ob er auf einmal ein anderer geworden wäre, mit voller Stimme: »Ich ver-ste-he!«

Der junge Mann mit der Brille trat vor zu Mitja und sagte würdevoll, aber etwas hastig: »Wir müssen mit Ihnen ... Kurz, ich bitte Sie, hierherzukommen, hierher zum Sofa ... Es liegt für uns die dringende Notwendigkeit vor, mit Ihnen zu sprechen.«

»Der alte Mann!« schrie Mitja fassungslos. Der alte Mann und sein Blut ... Ich ver-ste-he!«

Und er setzte sich, oder genauer, er fiel auf einen neben ihm stehenden Stuhl.

»Du verstehst? Er hat verstanden! Du Vatermörder, du Ungeheuer, das Blut deines alten Vaters schreit nach dir!« brüllte plötzlich der alte Bezirkshauptmann und näherte sich Mitja mit dunkelrotem Gesicht; er war außer sich und zitterte am ganzen Körper.

»Aber das ist unzulässig!« rief der kleine junge Mann. »Michail Makarowitsch, Michail Makarowitsch! Das ist ordnungswidrig, das ist ordnungswidrig! Ich bitte Sie, mich allein reden zu lassen. Ein derartiges Verhalten habe ich von Ihnen nicht erwartet ...«

»Aber das ist ja Irrsinn, meine Herren, Irrsinn!« rief der Bezirkshauptmann. »Sehen Sie ihn an! Er hat das Blut seines Vaters vergossen und ist nachts in betrunkenem Zustand bei einer liederlichen Dirne … Irrsinn, Irrsinn!«

»Ich möchte Sie dringend bitten, verehrter Michail Makarowitsch, für diesmal Ihre Gefühle zu beherrschen«, flüsterte der Gehilfe des Staatsanwalts dem Alten eilig zu. »Ich würde mich sonst genötigt sehen, Maßregeln zu ergreifen, um …«

Doch der kleine Untersuchungsrichter ließ ihn nicht zu Ende sprechen; er wandte sich an Mitja und sagte laut und würdevoll mit fester Stimme: »Herr Leutnant außer Diensten Karamasow, ich muß Ihnen eröffnen, daß Sie des in dieser Nacht begangenen Mordes an Ihrem Vater Fjodor Pawlowitsch Karamasow beschuldigt werden …«

Er sagte noch irgend etwas, auch der Gehilfe des Staatsanwalts schien noch etwas hinzuzufügen, Mitja hörte es zwar, verstand jedoch nichts mehr. Sein verstörter Blick irrte von einem zum anderen.

Neuntes Buch

Die Voruntersuchung

1. Der Beginn der Karriere des Beamten Perchotin

Pjotr Iljitsch Perchotin, den wir verlassen haben, als er aus Leibeskräften an das fest verschlossene Tor des Hauses der Kaufmannswitwe Morosowa pochte, erreichte selbstverständlich am Ende doch sein Ziel. Fenja, die sich zwei Stunden nach dem großen Schreck in ihrer Erregung noch immer nicht hatte entschließen können, schlafen zu gehen, erschrak jetzt, als sie dieses stürmische Klopfen hörte, von neuem dermaßen, daß sie beinahe Weinkrämpfe bekam. Sie glaubte, da klopfte wieder Dmitri Fjodorowitsch, obwohl sie ihn mit eigenen Augen hatte abfahren sehen; niemand als er konnte so »unverschämt« klopfen. Sie eilte zu dem Hausknecht, der bereits aufgewacht und auf dem Weg zum Tor war, und bat ihn flehentlich, niemand hereinzulassen. Aber der Hausknecht befragte den Klopfenden genau, und als er erfuhr, wer da Fedossja Markowna in einer sehr wichtigen Angelegenheit zu sprechen wünschte, entschloß er sich endlich, doch zu öffnen. Pjotr Iljitsch ging zu Fedossja Markowna in die uns schon bekannte Küche, wobei sie ihn übrigens bat, er möchte, »um Mißdeutungen zu vermeiden«, erlauben, daß auch der Hausknecht mit hereinkam; dort begann er sie auszufragen, und erfuhr sofort eine besonders wichtige Tatsache: daß nämlich Dmitri Fjodorowitsch, als er Gruschenka suchen gegangen war, den Stößel aus dem Mörser mitgenommen hatte und nachher ohne den Stößel und mit blutigen Händen zurückgekehrt war. »Und das Blut tropfte noch, es tropfte und tropfte nur so!« rief Fenja, die in ihrer aufgeregten Phantasie diesen schrecklichen Umstand offenbar selbst hinzuerfand. Doch die blutigen Hände hatte auch Pjotr Iljitsch gesehen, wenn das Blut auch nicht mehr getropft hatte, und er hatte selbst bei ihrer Säuberung am Waschtisch mitgeholfen; aber es handelte sich für ihn nicht darum, ob das Blut schnell getrocknet war oder nicht, sondern darum, wohin Dmitri Fjodorowitsch mit dem Stößel gelaufen war, das heißt, ob wirklich zu Fjodor Pawlowitsch, und woraus man das mit Bestimmtheit schließen konnte. Über diesen Punkt erkundigte sich Pjotr Iljitsch mit besonderem Nachdruck, und obgleich er nichts absolut Sicheres erfuhr, kam er doch fast zu der Überzeugung, daß Dmitri Fjodorowitsch einzig und allein zum Haus seines Vaters gelaufen sein konnte und daß dort unweigerlich »etwas passiert« sein mußte. »Als er aber zurückkam«, fügte Fenja aufgeregt hinzu, »und ich ihm alles gestanden hatte, da fragte ich ihn meinerseits: ›Wovon sind denn Ihre Hände so blutig, Dmitri Fjodorowitsch?‹ und da antwortete er mir, das sei Menschenblut, er habe soeben einen Menschen totgeschlagen. Das hat er mir alles gestanden, und dann ist er plötzlich weggelaufen wie ein Verrückter. Ich setzte mich hin und dachte: Wohin mag er jetzt wohl gelaufen sein? Er wird nach Mokroje fahren, dachte ich, und dort das gnädige Fräulein totschlagen! Da bin ich zu ihm in die Wohnung gelaufen, um ihn zu bitten, er möchte doch das gnädige Fräulein nicht totschlagen, und da bin ich am Laden von Plotnikow vorbeigekommen und habe gesehen, daß er gerade abfahren wollte und daß seine Hände nicht mehr blutig waren.« Fenja hatte das bemerkt und im Gedächtnis behalten. Die Großmutter Fenjas bestätigte, soweit sie konnte, alle Angaben ihrer Enkelin. Nachdem Pjotr Iljitsch noch diese und jene Frage gestellt hatte, verließ er das Haus; seine Aufregung und Unruhe waren jetzt noch größer als bei seinem Kommen.

Man könnte meinen, das Einfachste und Nächstliegende wäre nun für ihn gewesen, zum Haus Fjodor Pawlowitschs zu gehen, sich zu erkundigen, ob dort etwas vorgefallen war und was, und sich dann, wenn er sich auf diese Weise zweifelsfrei überzeugt hatte, zum Bezirkshauptmann zu begeben, wie er sich das fest vorgenommen hatte. Aber er überlegte: Die Nacht war dunkel, das Tor bei Fjodor Pawlowitsch war fest verschlossen; er müßte dort wieder klopfen; mit Fjodor Pawlowitsch war er nur oberflächlich bekannt; und wenn er durch langes Klopfen endlich erreicht hatte, daß man ihm öffnete, würde sich vielleicht herausstellen, daß nichts »passiert« war, der spottlustige Fjodor Pawlowitsch aber würde am anderen Tag in der ganzen Stadt herumerzählen, wie um Mitternacht ein unbekannter Beamter namens Perchotin an seinem Haustor gepoltert habe, um sich zu erkundigen, ob er auch nicht ermordet worden sei ... Das würde einen schönen Skandal geben. Und Skandale fürchtete Pjotr Iljitsch mehr als alles andere. Dennoch war das Gefühl, das ihn trieb, so stark, daß er sich, ärgerlich und wütend auf sich selbst, unverzüglich von neuem auf den Weg machte, aber nicht zu Fjodor Pawlowitsch, sondern zu Frau Chochlakowa. ›Wenn sie mir, so überlegte er, auf meine Frage, ob sie Dmitri Fjodorowitsch heute dreitausend Rubel gegeben hat, eine verneinende Antwort gibt, gehe ich gleich zum Bezirkshauptmann; im entgegengesetzten Fall werde ich alles weitere bis morgen verschieben und nach Hause zurückkehren ...‹ Hier drängt sich einem natürlich der Gedanke auf, daß der Entschluß eines jungen Mannes, nachts gegen elf in das Haus einer unbekannten vornehmen Dame einzudringen und sie vielleicht aus dem Bett aufzustören, um ihr eine seltsame Frage vorzulegen, noch viel eher zu einem Skandal führen konnte als ein Besuch bei Fjodor Pawlowitsch. Aber so geht es manchmal, besonders in Fällen wie diesem, mit den Entschlüssen selbst der korrektesten und phlegmatischsten Menschen! Pjotr Iljitsch aber war in diesem Augenblick ganz und gar nicht phlegmatisch. Er erinnerte sich später sein Leben lang, wie ihn die unüberwindliche Unruhe, die sich seiner damals allmählich bemächtigt hatte, schließlich geradezu gemartert und ihn sogar wider Willen vorwärts getrieben hatte. Natürlich beschimpfte er sich trotzdem auf dem ganzen Weg, daß er zu dieser Dame ging; doch er sagte sich wohl zum zehntenmal zähneknirschend: Ich werde es durchführen, ich werde es zu Ende bringen! Und er setzte seine Absicht durch und brachte es zu Ende.

Es war genau elf, als er am Haus von Frau Chochlakowa ankam. Man ließ ihn ziemlich schnell in den Hof ein; auf die Frage aber, ob die gnädige Frau schon schlafe, konnte ihm der Hausknecht keine sichere Auskunft geben. Er sagte nur, sie pflege sich gewöhnlich um diese Zeit hinzulegen. »Lassen Sie sich oben melden. Wenn sie Sie empfangen will, gut; wenn nicht, dann ist nichts weiter zu machen.« Pjotr Iljitsch ging hinauf; hier gestaltete sich die Sache jedoch schwieriger. Der Diener wollte ihn nicht melden und rief schließlich das Stubenmädchen. Pjotr Iljitsch bat sie höflich, aber dringend, der gnädigen Frau zu melden, ein hiesiger Beamter namens Perchotin ersuche sie in einer besonderen Angelegenheit um eine Unterredung; wenn die Sache nicht so wichtig wäre, hätte er nicht gewagt, zu solcher Zeit zu kommen. »Melden Sie es genau mit diesen Worten!« bat er das Mädchen. Sie ging hinein. Er wartete im Vorzimmer. Frau Chochlakowa hatte sich zwar noch nicht zu Bett gelegt, befand sich aber schon in ihrem Schlafzimmer. Sie fühlte sich noch vom Besuch Mitjas recht angegriffen und ahnte schon, daß sie diese Nacht der in solchen Fällen bei ihr üblichen Migräne nicht würde entgehen können. Als sie die Meldung des Stubenmädchens hörte, war sie erstaunt, befahl aber in gereiztem Ton, den Herrn abzuweisen, obwohl der unerwartete Besuch eines unbekannten »hiesigen Beamten« zu einer solchen Stunde ihre weibliche Neugier erregte. Doch Pjotr Iljitsch zeigte sich diesmal hartnäckig wie ein Maultier. Als er, den abschlägigen Bescheid vernahm, bat er außerordentlich energisch, ihn noch einmal zu melden und »genau mit diesen Worten« zu bestellen, daß er in einer höchst wichtigen Angelegenheit gekommen sei und daß es die gnädige Frau später vielleicht selbst bedauern würde, wenn sie ihn jetzt nicht empfing. Das Stubenmädchen sah ihn erstaunt an und ging zum zweitenmal hinein, ihn zu melden. Frau Chochlakowa war betroffen und überlegte; sie erkundigte sich, was der Herr für einen Eindruck mache, und erfuhr, er sei anständig gekleidet, jung und sehr höflich. Pjotr Iljitsch war, nebenbei bemerkt, ein recht gut aussehender junger Mann und wußte das auch selbst. Frau Chochlakowa entschloß sich, ihr Schlafzimmer zu verlassen und ihn zu empfangen. Sie war schon im Hauskleid und in Pantoffeln und warf noch einen schwarzen Schal über die Schultern. Sie ließ den Beamten in den Salon bitten, in dasselbe Zimmer, wo sie eine Weile vorher auch Mitja empfangen hatte. Sie trat mit ernster, fragender Miene herein und begann, ohne ihn zum Sitzen aufzufordern und ohne sonstigen Umstand mit der Frage: »Was steht zu Ihren Diensten?«

»Ich habe gewagt, gnädige Frau, Sie in einer Angelegenheit unseres gemeinsamen Bekannten Dmitri Fjodorowitsch Karamasow zu belästigen«, begann Perchotin. Doch kaum hatte er diesen Namen ausgesprochen, zeigte sich auf dem Gesicht der Frau des Hauses eine starke Gereiztheit.

Sie kreischte fast auf und unterbrach ihn zornig. »Wie lange wird man mich noch mit diesem schrecklichen Menschen quälen!« rief sie außer sich. »Wie konnten Sie es wagen, mein Herr, eine Ihnen unbekannte Dame in ihrem Haus zu belästigen, noch dazu zu solcher Stunde, um mit ihr von einem Menschen zu sprechen, der mich hier, in diesem selben Zimmer, vor drei Stunden töten wollte, mit den Füßen stampfte und in einer Weise hinausging, wie niemand aus einem anständigen Haus hinauszugehen pflegt! Wissen Sie, mein Herr, daß ich mich über Sie beschweren werde, daß ich mir das nicht gefallen lasse! Gehen Sie auf der Stelle! Ich bin Mutter, ich werde sogleich ... Ich ... Ich ...«

»Töten? Also hat er auch Sie töten wollen?«

»Hat er etwa sonst schon jemand getötet?« fragte Frau Chochlakowa hastig.

»Haben Sie die Güte, mir nur eine halbe Minute zu widmen, gnädige Frau, und ich werde Ihnen in wenigen Worten alles erklären«, antwortete Perchotin energisch. »Heute um fünf Uhr nachmittags lieh sich Herr Karamasow von mir freundschaftlich zehn Rubel, und ich weiß hundertprozentig, daß er kein Geld hatte. Heute um neun Uhr aber kam er zu mir und trug ein Päckchen Hundertrubelscheine offen in der Hand; es mochten zwei- oder gar dreitausend Rubel sein. Seine Hände und sein Gesicht waren ganz voll Blut, und er selbst machte den Eindruck eines Geistesgestörten. Auf meine Frage, wo er so viel Geld herhabe, antwortete er mit Bestimmtheit, er habe es kurz vorher von Ihnen bekommen. Sie hätten ihm eine Summe von dreitausend Rubeln geliehen, damit er in die Goldbergwerke fahren könne …«

Auf Frau Chochlakowas Gesicht malte sich eine gewaltige Erregung.

»O Gott, da hat er seinen alten Vater totgeschlagen!« rief sie und schlug die Hände zusammen. »Ich habe ihm kein Geld gegeben, gar keines! O laufen Sie, laufen Sie. Reden Sie kein Wort weiter! Retten Sie den alten Mann, laufen Sie zu seinem Vater, laufen Sie!«

»Erlauben Sie, gnädige Frau, also Sie haben ihm kein Geld gegeben? Sie erinnern sich bestimmt, daß Sie ihm gar nichts gegeben haben?«

»Nichts habe ich ihm gegeben, nichts! Ich habe es ihm abgeschlagen, weil er es nicht zu schätzen wußte. Er verließ mich in größter Wut und stampfte mit den Füßen. Er wollte sich auf mich stürzen, aber ich flüchtete vor ihm … Und da ich Ihnen jetzt nichts mehr verheimlichen möchte, werde ich Ihnen noch sagen, daß er mich sogar bespuckt hat, können Sie sich das vorstellen? Aber warum stehen wir? Setzen Sie sich doch … Entschuldigen Sie, ich … Oder laufen Sie lieber, laufen Sie! Sie müssen laufen und den unglücklichen alten Mann vor einem schrecklichen Tod bewahren!«

»Aber wenn er ihn schon ermordet hat?«

»Ach, mein Gott, wahrhaftig! Also was müssen wir jetzt tun? Was meinen Sie, was wir jetzt tun müssen?«

Inzwischen hatte sie ihren Besucher genötigt, Platz zu nehmen, und sich ihm gegenübergesetzt. Pjotr Iljitsch legte ihr in Kürze, aber ziemlich klar den Hergang dar, zumindest so weit er an diesem Tag selbst Zeuge gewesen war; er erzählte auch von seinem Besuch soeben bei Fenja und teilte ihr die Sache von dem Stößel mit. Alle diese Einzelheiten erschütterten die aufgeregte Dame unglaublich; sie schrie auf und bedeckte die Augen mit den Händen …

»Stellen Sie sich vor, ich habe das alles geahnt! Ich bin mit dieser Fähigkeit begabt: Alles was ich vorausahne, geht auch in Erfüllung! Und wie oft habe ich diesen schrecklichen Menschen angesehen und mir dabei gedacht: ›Dieser Mensch wird mich schließlich noch einmal totschlagen.‹ Und sehen Sie, da ist es in Erfüllung gegangen …

Das heißt, wenn er mich nicht jetzt totgeschlagen hat, sondern nur seinen Vater, so sicherlich deswegen, weil mich offensichtlich der Finger Gottes bewahrt hat! Und außerdem wird selbst er sich geschämt haben, mich zu töten, wo ich ihm doch mit meinen eigenen Händen ein Heiligenbildchen von den Reliquien der Märtyrerin Warwara um den Hals gehängt habe ... Wie nah war ich in jenem Augenblick dem Tod! Ich war ja ganz dicht an ihn herangetreten, und er kam mir mit seinem Hals ganz nah! Wissen Sie, Pjotr Iljitsch ... Entschuldigen Sie, ich glaube, Sie sagten, daß Sie so heißen ... Wissen Sie, ich glaube nicht an Wunder, aber dieses Heiligenbildchen und dann das offensichtliche Wunder, das mit mir geschehen ist – das hat mich doch erschüttert, und ich beginne wieder an alles mögliche zu glauben ... Haben Sie von dem Starez Sossima gehört? Ach, übrigens, ich weiß nicht, was ich da rede ... Und stellen Sie sich vor: Er hat sogar mit dem Heiligenbildchen um den Hals nach mir gespuckt ... Allerdings hat er nur nach mir gespuckt und mich nicht getötet ... Aber wo er nun bloß hingefahren ist! Und wohin müssen wir ... Wohin sollen wir jetzt ... Wie denken Sie darüber?«

Pjotr Iljitsch stand auf und erklärte, er werde jetzt geradewegs zum Bezirkshauptmann gehen und ihm alles erzählen; der möge dann nach seinem Ermessen handeln.

»Ach, das ist ein prächtiger, ein prächtiger Mann! Ich bin mit Michail Makarowitsch bekannt. Unbedingt müssen Sie zu dem gehen. Wie Sie das Richtige zu treffen verstehen, Pjotr Iljitsch! Und wie vortrefflich Sie das alles überlegt haben! Wissen Sie, ich wäre an Ihrer Stelle bestimmt nicht darauf gekommen!«

»Ich werde es um so mehr tun, da ich selbst, ein guter Bekannter des Bezirkshauptmanns bin«, bemerkte Pjotr Iljitsch, der noch immer dastand und offenbar möglichst schnell irgendwie von der redseligen Dame loszukommen wünschte, die ihm so gar keine Möglichkeit gab, sich zu empfehlen und zu gehen.

»Und wissen Sie«, redete sie weiter, »kommen Sie doch bitte wieder und erzählen Sie mir, was Sie gesehen und erfahren haben ... Und was an den Tag gekommen ist ... Und was man über ihn beschließt, und wozu er verurteilt wird … Sagen Sie mal, Todesstrafe gibt es ja wohl bei uns nicht? Aber kommen Sie unter allen Umständen, selbst um drei Uhr in der Nacht, selbst um vier, ja um halb fünf … Sagen Sie nur, man soll mich wecken. Sogar mit Püffen und Stößen, wenn ich nicht aufstehen will … O Gott, ich werde ja gar nicht einschlafen können … Wissen Sie, soll ich nicht lieber gleich mit Ihnen fahren?«

»N-nein, aber wenn Sie mir für alle Fälle eigenhändig ein paar Zeilen aufschreiben würden, in denen Sie bestätigen, daß Sie Dmitri Fjodorowitsch kein Geld gegeben haben? Das wäre vielleicht ganz angebracht, nur so für alle Fälle …«

»Unbedingt!« rief Frau Chochlakowa begeistert und eilte zu ihrem Schreibtisch. »Wissen Sie, Sie imponieren mir, Sie setzen mich einfach in Erstaunen durch Ihre Umsicht und Ihren Scharfsinn auf diesem Gebiet … Sie sind hier angestellt? Wie angenehm ist es mir zu hören, daß Sie hier angestellt sind …« Und noch während sie das sagte, warf sie schnell in großer Schrift die folgenden Zeilen auf einen halben Bogen Briefpapier:

»Niemals in meinem Leben habe ich dem unglücklichen Dmitri Fjodorowitsch Karamasow heute dreitausend Rubel geliehen, und auch kein anderes Geld, niemals, niemals! Das beschwöre ich bei allem, was es auf unserer Welt Heiliges gibt. Chochlakowa.«

»Da ist die Bescheinigung!« sagte sie. »Gehen Sie, retten Sie! Das wäre eine bewundernswerte Großtat von Ihrer Seite!« Sie machte dreimal das Zeichen des Kreuzes über ihn. Sie lief sogar mit hinaus bis ins Vorzimmer, um ihn zu verabschieden. »Wie dankbar ich Ihnen bin! Sie glauben gar nicht, wie dankbar ich Ihnen dafür bin, daß Sie sich zu mir begeben haben, zuerst zu mir. Wie kommt es nur, daß ich Ihnen bisher noch nicht begegnet bin? Es wäre mir eine große Freude, Sie auch künftig in meinem Haus zu empfangen. Und wie angenehm ist es zu hören, daß Sie hier angestellt sind … Ein Mann von solcher Akkuratesse, von solchem Scharfsinn … Ihre vorgesetzte Behörde muß Sie einfach schätzen, muß schließlich Verständnis für Sie gewinnen! Und alles, was ich für Sie tun kann, davon seien Sie überzeugt … Oh, ich liebe die Jugend so sehr! Ich bin in die Jugend verliebt. Die jungen Leute sind das Fundament unseres so schwer leidenden russischen Vaterlandes, seine ganze Hoffnung … Oh, gehen Sie, gehen Sie …«

Aber Pjotr Iljitsch lief schon hinaus, sonst hätte sie ihn womöglich noch nicht fortgelassen. Übrigens hatte Frau Chochlakowa auf ihn einen recht sympathischen Eindruck gemacht, wodurch sein Ärger, daß er in so eine widerwärtige Angelegenheit verwickelt worden war, einigermaßen gemildert wurde …. ›Und sie ist noch gar nicht so alt‹, dachte er angenehm berührt. ›Im Gegenteil, ich hätte sie für ihre Tochter gehalten …‹

Frau Chochlakowa ihrerseits war von dem jungen Mann einfach bezaubert. »So viel Verstand, so viel Korrektheit, und das bei einem jungen Menschen in unserer Zeit, und dazu solche Manieren und dieses Aussehen! Da heißt es nun von den modernen jungen Leuten, sie könnten nichts – da haben die Meckerer endlich einmal ein Beispiel«, na und so weiter und so fort. So kam es denn, daß sie »dieses schreckliche Ereignis« einfach vergaß; und erst als sie sich zu Bett legte, fiel ihr auf einmal wieder ein, »wie nahe sie dem Tod gewesen war«, und sie sagte laut: »Ach, schrecklich! Schrecklich!« Doch dann versank sie sofort in einen festen, süßen Schlaf. Ich würde übrigens von solchen nebensächlichen Einzelheiten hier nicht so ausführlich reden, hätte nicht diese eigenartige Begegnung des korrekten jungen Beamten mit der durchaus noch nicht alten Witwe später die Basis für seine weitere Karriere abgegeben; man erinnert sich in unserem Städtchen noch heute mit Erstaunen daran, und auch wir werden vielleicht noch ein besonderes Wörtchen darüber sagen, sobald unsere lange Erzählung von den Brüdern Karamasow zu Ende geführt ist.

2. Alarm

Unser Bezirkshauptmann Michail Makarowitsch Makarow, ein Oberstleutnant a. D., der bei seinem Übertritt in die Polizeiverwaltung den Titel eines Hofrats bekommen hatte, war Witwer und ein braver Mensch. Zu uns gekommen war er erst vor drei Jahren, doch hatte er sich bereits die allgemeine Sympathie erworben, besonders dadurch, daß er es verstand, »die Gesellschaft zusammenzuhalten«. Er war nie ohne Gäste, und er schien ohne sie auch nicht leben zu können. Täglich speiste jemand bei ihm zu Mittag, wenn es auch nur zwei Gäste waren oder auch nur einer: ohne Gäste setzte er sich nie zu Tisch. Auch größere Diners veranstaltete er, manchmal mit recht überraschenden Begründungen. Es gab dabei zwar nicht unmäßig, aber reichlich zu essen, unter anderem vorzüglich zubereitete Fischpasteten; der Wein zeichnete sich, wenn auch nicht durch Qualität, so doch durch Quantität aus. Im Eingangszimmer stand ein Billard in entsprechender Umgebung, das heißt, an den Wänden hingen sogar Abbildungen englischer Rennpferde in schwarzen Rahmen, die bekanntlich bei einem Junggesellen oder Witwer den unumgänglich notwendigen Schmuck jedes Billardzimmers bilden. Allabendlich wurde bei ihm Karten gespielt, wenn auch nur an einem Tisch. Sehr häufig versammelte sich aber auch die ganze bessere Gesellschaft unserer Stadt mit den Mamas und den jungen Mädchen bei ihm, um zu tanzen. Obwohl Michail Makarowitsch Witwer war, führte er doch ein Familienleben; mit ihm wohnten seine ebenfalls schon verwitwete Tochter und ihre beiden erwachsenen Töchter, seine Enkelinnen. Diese beiden jungen Mädchen hatten ihre Ausbildung schon abgeschlossen; ihre äußere Erscheinung war zwar wenig reizvoll, aber sie besaßen ein heiteres Gemüt, und obgleich jeder wußte, daß sie keine Mitgift zu erwarten hatten, zogen sie doch unsere ganze junge Lebewelt in das Haus ihres Großvaters. In beruflicher Hinsicht war es mit Michail Makarowitsch nicht weit her; jedoch erfüllte er seine Pflicht nicht schlechter als viele andere. Geradeheraus gesagt, er war ein ziemlich ungebildeter Mensch und gab sich keine sonderliche Mühe, die Grenzen seiner administrativen Gewalt klar zu erkennen. Manche Reformen der neuzeitlichen Regierung hätte er zwar durchaus begreifen können, doch er legte sie falsch aus, mitunter sogar sehr falsch, und zwar nicht infolge einer besonderen Unfähigkeit, sondern einfach aus Sorglosigkeit des Charakters; er nahm sich nie die Zeit, sich in etwas zu vertiefen. »Ich bin meinem ganzen Wesen nach mehr Militär als Zivilist, meine Herren«, pflegte er selbst von sich zu sagen. Sogar über die Bauernreform schien er noch immer nicht zu klaren Vorstellungen gelangt zu sein; er lernte auf diesem Gebiet sozusagen in jedem Jahr ein bißchen hinzu, indem er seine Kenntnisse unwillkürlich durch die Praxis vermehrte – und dabei war er selber Gutsbesitzer. Pjotr Iljitsch wußte genau, daß er an diesem Abend bei Michail Makarowitsch auf jeden Fall Besuch vorfinden würde; nur wußte er nicht, wen. Nun saßen dort beim Whist ausgerechnet der Staatsanwalt und unser Kreisarzt Warwinski, ein junger Mann, der eben erst aus Petersburg gekommen war, nachdem er dort die medizinische Akademie mit glänzendem Erfolg absolviert hatte. Der Staatsanwalt Ippolit Kirillowitsch, der eigentlich nur Gehilfe des Staatsanwalts war, bei uns aber allgemein »Staatsanwalt« genannt wurde, war ein eigenartiger Mensch, noch nicht alt, erst um die fünfunddreißig Jahre, doch bereits stark zur Schwindsucht neigend, verheiratet mit einer sehr korpulenten Dame, kinderlos, ehrgeizig und reizbar, jedoch begabt mit solidem Verstand, ja sogar gutmütig. Verhängnisvoll wurde ihm offenbar nur eine bestimmte Charaktereigenschaft: Er dachte von sich besser, als seine wirklichen Anlagen ihm erlaubten. Und das war auch der Grund, weshalb er sich ständig in Unruhe befand. Außerdem erhob er gewisse höhere Ansprüche, auch auf künstlerisch-wissenschaftlichem Gebiet; so hielt er sich zum Beispiel für einen Psychologen, für einen besonderen Kenner der menschlichen Seele, und glaubte, er besitze die hervorragende Gabe, einen Verbrecher und sein Verbrechen zu erkennen und zu verstehen. In dieser Hinsicht fühlte er sich dienstlich etwas zurückgesetzt und übergangen und war der Überzeugung, daß man ihn »dort oben« nicht zu schätzen wisse und daß er seine Feinde habe. In Augenblicken des Unmuts drohte er sogar damit, Verteidiger in Kriminalprozessen zu werden. Der unerwartete Karamasowsche Vatermordprozeß rüttelte ihn aus seiner Verstimmung auf; er sagte sich: ›Das ist ein Prozeß, der in ganz Rußland bekannt werden kann ...‹ Doch damit greife ich bereits vor.

Im Nebenzimmer, bei den jungen Damen, saß unser junger Untersuchungsrichter Nikolai Parfjonowitsch Neljudow, der erst vor zwei Monaten aus Petersburg zu uns gekommen war. Später hat man bei uns darüber geredet und sich darüber gewundert, daß alle diese Personen am Abend des Verbrechens wie auf Verabredung im Haus der exekutiven Gewalt zusammengekommen waren. Und doch war die Sache ganz einfach, und es ging alles höchst natürlich zu: Ippolit Kirillowitschs Gattin hatte schon seit dem vorigen Tag Zahnschmerzen; daher mußte er irgendwohin laufen, um das Gestöhn nicht anzuhören, und der Arzt konnte seinem Charakter nach abends nur am Kartentisch sein. Nikolai Parfjonowitsch Neljudow schließlich hatte sich schon vor drei Tagen vorgenommen, an diesem Abend bei Michail Makarowitsch zu sein, sozusagen zufällig, um dessen älteste Enkelin Olga Michailowna listig damit zu überraschen, daß er ein Geheimnis von ihr kennt, daß er weiß, sie hat heute Geburtstag und wünscht dies absichtlich vor ihren Bekannten geheimzuhalten, um nicht alle zum Tanzen einladen zu müssen. Neljudow sagte sich im voraus, das könnte Stoff zum Lachen geben; er würde Anspielungen auf ihr Alter machen, als ob sie sich scheute, es bekannt werden zu lassen; er würde drohen, am nächsten Tag allen von ihrem Geheimnis zu erzählen, und so weiter und so fort. Der liebenswürdige junge Mann war in dieser Hinsicht geradezu ein Lausbub, und daher nannten ihn denn auch unsere Damen »Lausbub« – ein Spitzname, der ihm sehr zu gefallen schien. Übrigens stammte er aus einer guten Familie, hatte eine gute Erziehung genossen und besaß eine gute Denkart; er war zwar ein Lebemann, aber von der unschuldigen, anständigen Art. Was sein Äußeres betrifft, so war er klein und von schwacher, zarter Konstitution. An seinen dünnen bleichen Fingern blitzten immer mehrere große Ringe. Sobald er seine amtlichen Obliegenheiten erfüllte, gab er sich überaus würdevoll, als ob er seinen Beruf und seine Pflichten für etwas Hochheiliges hielt. Besonders verstand er es, bei den Verhören Mörder und sonstige Übeltäter aus den niederen Volksschichten zu verblüffen; er erregte bei ihnen zwar nicht gerade Achtung vor seiner Person, aber doch ein gewisses Erstaunen.

Als Pjotr Iljitsch beim Bezirkshauptmann eintraf, war er einfach starr: er sah, daß sie dort alles schon wußten. In der Tat, sie hatten die Karten hingeworfen, standen da und beratschlagten, und sogar Nikolai Parfjonowitsch hatte die Damen verlassen und machte ein eifriges kriegerisches Gesicht. Pjotr Iljitsch erfuhr sogleich die erschütternde Nachricht, daß der alte Fjodor Pawlowitsch an diesem Abend tatsächlich in seinem Haus ermordet worden war, ermordet und beraubt! Das war soeben auf folgende Weise bekannt geworden.

Trotz ihres festen Schlafs war Marfa Ignatjewna, die Frau des alten Grigori, der am Zaun niedergeschlagen worden war, plötzlich doch aufgewacht. Beigetragen hatte dazu ein furchtbarer, epileptischer Aufschrei Smerdjakows, der bewußtlos im benachbarten Kämmerchen lag, ein Aufschrei, mit dem seine Anfälle immer begannen und der Marfa Ignatjewna immer einen fürchterlichen Schreck eingejagt und sie fast krank gemacht hatte: Sie hatte sich nie daran gewöhnen können. Schlaftrunken war sie aufgesprungen und beinahe bewußtlos zu Smerdjakow in das Kämmerchen gestürzt. Aber dort war es dunkel, und sie hörte nur, daß der Kranke anfing zu röcheln und um sich zu schlagen. Da schrie Marfa Ignatjewna selber auf und wollte ihren Mann rufen; doch plötzlich war ihr, als hätte Grigori eben, als sie aufgestanden war, nicht im Bett gelegen. Sie lief zum Bett und befühlte es: es war tatsächlich leer. Also war er weggegangen, aber wohin? Sie lief vor die Haustür und rief ihn von da aus. Sie erhielt keine Antwort; dafür hörte sie in der nächtlichen Stille von irgendwoher, anscheinend aus dem entlegensten Teil des Gartens, ein Stöhnen. Sie horchte: Das Stöhnen wiederholte sich, und es wurde ihr klar, daß es tatsächlich aus dem Garten kam. ›Herrgott, genau wie damals bei Lisaweta, der Stinkenden!‹ fuhr es ihr durch den Kopf. Ängstlich stieg sie die Stufen hinunter und sah, daß das Pförtchen zum Garten offenstand. ›Sicher ist mein lieber Mann da!‹ dachte sie, ging zum Pförtchen und hörte auf einmal deutlich, daß Grigori rief. Er rief mit schwacher, stöhnender Stimme: »Marfa, Marfa!« – »Herrgott, bewahre uns vor Unglück!« flüsterte Marfa Ignatjewna, stürzte dahin, von wo der Ruf kam, und fand Grigori. Aber sie fand ihn nicht am Zaun, nicht an der Stelle, wo er niedergeschlagen worden war, sondern schon ungefähr zwanzig Schritte vom Tatort entfernt. Später stellte sich heraus, daß er, wieder zu sich gekommen, versucht hatte, wegzukriechen und wahrscheinlich längere Zeit gekrochen war, wobei er mehrere Male das Bewußtsein wieder verloren hatte. Sie bemerkte sofort, daß er ganz voll Blut war, und begann aus voller Kehle zu schreien. Grigori aber stammelte leise und abgehackt: »Er hat ihn totgeschlagen … Seinen Vater totgeschlagen … Was schreist du, dummes Weib … Lauf, ruf Leute!« Marfa Ignatjewna ließ sich jedoch nicht zur Ruhe bringen und schrie weiter, und als sie plötzlich sah, daß bei dem Herrn ein Fenster offenstand und drinnen Licht war, lief sie hin und rief nach Fjodor Pawlowitsch. Als sie dann durchs Fenster sah, erblickte sie ein schreckliches Schauspiel: Der Herr lag mit dem Rücken auf dem Fußboden und rührte sich nicht. Der helle Schlafrock und das weiße Hemd auf der Brust waren von Blut überströmt. Die Kerze auf dem Tisch beleuchtete das Blut und das unbewegliche, tote Gesicht Fjodor Pawlowitschs. Entsetzt stürzte Marfa Ignatjewna vom Fenster fort, lief aus dem Garten hinaus, öffnete den Torriegel und rannte Hals über Kopf hinten herum zur Nachbarin Marja Kondratjewna. Die beiden Nachbarinnen, Mutter und Tochter, schliefen schon; doch als Marfa Ignatjewna immer stärker an die Fensterläden pochte und dazu schrie, erwachten sie und sprangen ans Fenster. Marfa Ignatjewna berichtete unter Heulen und Schreien, aber doch verständlich die Hauptsache und bat um Hilfe. Glücklicherweise schlief in dieser Nacht der Herumtreiber Foma bei ihnen im Haus. Er wurde im Nu auf die Beine gebracht, und alle drei liefen zum Ort des Verbrechens. Unterwegs erinnerte sich Marja Kondratjewna, daß sie vor einiger Zeit, zwischen acht und neun Uhr, einen lauten, durchdringenden Schrei aus Fjodor Pawlowitschs Garten gehört hatte; das war natürlich der Schrei Grigoris gewesen, als er, das Bein von Dmitri Fjodorowitsch festhaltend, gerufen hatte: »Vatermörder!« – »Da schrie einer allein und hörte dann gleich wieder auf!« erzählte Marja Kondratjewna im Laufen. Als sie an der Stelle angelangt waren, wo Grigori lag, trugen ihn die beiden Frauen mit Fomas Hilfe in das Seitengebäude. Sie machten Licht und sahen, daß sich Smerdjakow noch immer nicht beruhigt hatte, sondern um sich schlug, die Augen verdrehte und Schaum vor dem Mund hatte. Sie wuschen Grigoris Kopf mit Wasser, dem etwas Essig beigemischt war; davon kam er wieder zu Bewußtsein und fragte sogleich: »Ist der Herr ermordet oder nicht?« Die beiden Frauen und Foma gingen dann zum Herrn, und als sie in den Garten traten, sahen sie diesmal, daß nicht nur das Fenster, sondern auch die Tür zum Garten sperrangelweit offenstand, obwohl sich doch der Herr schon eine Woche lang persönlich allabendlich fest einschloß und sogar dem treuen Grigori strengstens verboten hatte, bei ihm zu klopfen. Angesichts der geöffneten Tür fürchteten sich die beiden Frauen und Foma, zum Herrn hineinzugehen, »damit das nicht unangenehme Folgen hat«. Sie kehrten zu Grigori zurück, und der befahl ihnen, unverzüglich zum Bezirkshauptmann selbst zu laufen. Diesen Auftrag führte Marja Kondratjewna aus; sie versetzte alle, die beim Bezirkshauptmann zusammen waren, in größte Aufregung. Und schon fünf Minuten später kam Pjotr Iljitsch dazu und brachte nicht bloß Vermutungen und Schlußfolgerungen, sondern bestärkte als Augenzeuge noch den allgemeinen Verdacht hinsichtlich der Person des Verbrechers. Übrigens hatte er sich in der Tiefe seiner Seele immer noch, bis zu diesem letzten Augenblick, gesträubt, daran zu glauben.

Man beschloß, energisch zu handeln. Dem Gehilfen des städtischen Polizeimeisters wurde sogleich aufgetragen, vier Ortsbewohner als Zeugen zu beschaffen, dann drang man nach allen für solche Fälle vorgeschriebenen Regeln, die ich hier nicht näher darlegen will, in Fjodor Pawlowitschs Haus ein und nahm die Untersuchung an Ort und Stelle vor. Der Kreisarzt, der ein hitziges Temperament hatte und noch ein Neuling in seinem Amt war, drängte sich geradezu auf, den Bezirkshauptmann, den Staatsanwalt und den Untersuchungsrichter zu begleiten. In aller Kürze: Fjodor Pawlowitsch wurde tot aufgefunden, mit zertrümmertem Schädel. Womit war er zertrümmert worden? Wahrscheinlich mit demselben Instrument, mit dem später auch Grigori niedergeschlagen worden war. Und siehe da, man fand dieses Instrument, nachdem Grigori, dem alle mögliche ärztliche Hilfe zuteil wurde, ziemlich zusammenhängend, wenn auch mit schwacher, oft versagender Stimme von dem Überfall auf ihn berichtet hatte. Man suchte mit einer Laterne am Zaun und fand den Messingstößel, auffällig auf dem Gartenweg liegend. In dem Zimmer, in dem Fjodor Pawlowitsch lag, bemerkte man keine besondere Unordnung; aber hinter dem Wandschirm, an seinem Bett, hob man vom Fußboden ein großes Kuvert aus dickem Papier in Kanzleiformat auf, mit der Aufschrift: »Ein kleines Geschenk von dreitausend Rubel für meinen Engel Gruschenka, wenn sie zu mir kommt.« Weiter unten stand, offenbar etwas später von Fjodor Pawlowitsch selbst hinzugeschrieben: »Für mein liebes Küken.« Auf dem Kuvert waren drei große Siegel aus rotem Siegellack; doch das Kuvert war schon aufgerissen und leer – das Geld war herausgenommen. Man fand auf dem Fußboden auch ein dünnes rosa Bändchen, mit dem das Kuvert umwickelt gewesen war. Von Pjotr Iljitschs Aussagen machte auf Staatsanwalt und Untersuchungsrichter vor allem ein Moment einen außerordentlich starken Eindruck: nämlich die Vermutung, daß sich Dmitri Fjodorowitsch bei Tagesanbruch bestimmt erschießen werde. Er selbst hatte ja diesen Entschluß Pjotr Iljitsch gegenüber geäußert, die Pistole in seiner Gegenwart geladen, einen Zettel geschrieben und in die Tasche gesteckt, und so weiter und so fort. Und als ihm Pjotr Iljitsch, der ihm noch immer nicht hatte glauben wollen, drohte, er werde gehen und es anzeigen, damit der Selbstmord verhindert werde, hatte ihm Mitja lächelnd geantwortet: »Damit wirst du zu spät kommen!« Also mußte man sich schleunigst an seinen jetzigen Aufenthaltsort nach Mokroje begeben, um den Verbrecher zu überrumpeln, bevor er sich wirklich erschoß. »Das ist klar, das ist klar!« sagte der Staatsanwalt in großer Erregung. »Genauso spielt sich das bei solchen Lumpen ab: Morgen werde ich mich erschießen, aber vor dem Tod will ich noch einmal flott leben!« Der Bericht, wie er in dem Laden die Weine und die Delikatessen ausgesucht hatte, brachte den Staatsanwalt noch mehr in Fahrt. »Erinnern Sie sich an den Burschen, meine Herren, der den Kaufmann Olsufjew ermordete und tausendfünfhundert Rubel stahl? Der ließ sich gleich danach frisieren und begab sich dann zu irgendwelchen Huren, ohne vorher das Geld etwa zu verstecken; er hielt es ebenfalls beinahe offen in der Hand!« Durch die Nachforschungen in Fjodor Pawlowitschs Haus sowie durch allerlei Formalitäten und dergleichen wurde man allerdings doch noch aufgehalten. Alles dies erforderte Zeit; daher schickten sie, etwa zwei Stunden vor ihrer eigenen Abfahrt nach Mokroje, den Landkommissar Mawriki Mawrikijewitsch Schmerzow voraus, der gerade am Vormittag des vorigen Tages in die Stadt gekommen war, um sein Gehalt abzuholen. Sie instruierten ihn folgendermaßen: In Mokroje angekommen, sollte er, ohne Aufsehen zu erregen, den Verbrecher bis zum Eintreffen der zuständigen Beamten unausgesetzt beobachten und dafür sorgen, daß einige ortsansässige Zeugen, Dorfpolizisten und so weiter zur Stelle waren. So verfuhr denn auch Mawriki Mawrikijewitsch; er bewahrte sein Inkognito und weihte nur Trifon Borissowitsch, der ein alter Bekannter von ihm war, teilweise in das Geheimnis ein. Zeitlich fiel das kurz vor die Begegnung Mitjas und des Wirts auf der dunklen Galerie, wobei Mitja Trifon Borissowitschs Gesicht und in seiner Redeweise eine gewisse Veränderung aufgefallen war. Jedenfalls wußte weder Mitja noch sonst jemand, daß er beobachtet wurde; den Kasten mit den Pistolen aber hatte Trifon Borissowitsch bereits heimlich an einem unauffindbaren Ort versteckt. Erst zwischen vier und fünf Uhr morgens, als es beinahe schon Tag wurde, trafen die Vertreter der Obrigkeit, Bezirkshauptmann, Staatsanwalt und Untersuchungsrichter, in zwei dreispännigen Equipagen ein. Der Arzt war im Haus Fjodor Pawlowitschs geblieben, da er am Morgen den Leichnam des Ermordeten zu sezieren beabsichtigte, hauptsächlich aber, weil er sich für den Zustand des kranken Dieners Smerdjakow interessierte. »So heftige, lang andauernde epileptische Anfälle, die sich zwei volle Tage hindurch ununterbrochen wiederholen, begegnen einem nur selten – so ein Fall gehört der Wissenschaft!« sagte er aufgeregt zu den Amtspersonen, und diese beglückwünschten ihn lachend zu seinem Fund, bevor sie abfuhren. Der Staatsanwalt und der Untersuchungsrichter erinnerten sich später genau, daß der Arzt in entschiedenem Ton hinzugefügt hatte, Smerdjakow werde den Morgen nicht mehr erleben.

Nach dieser langen, aber, wie ich glaube, unumgänglichen Auseinandersetzung kehren wir jetzt an den Punkt unserer Erzählung zurück, wo wir sie im vorigen Buch verlassen haben.

3. Die Wanderung einer Seele durch die Leiden. Das erste Leid

Mitja saß also da und ließ seinen verstörten Blick bei allen Anwesenden herumirren, ohne zu begreifen, was zu ihm gesagt wurde. Plötzlich stand er auf, reckte die Arme in die Höhe und rief laut: »Ich bin unschuldig! An diesem Blut bin ich unschuldig! Am Blut meines Vaters bin ich unschuldig ... Ich wollte ihn töten, aber ich bin unschuldig, ich habe es nicht getan!« Kaum hatte er das gerufen, stürzte Gruschenka hinter dem Vorhang hervor und warf sich wie von Sinnen dem Bezirkshauptmann zu Füßen.

»Ich bin schuld, ich Verfluchte!« schrie sie mit herzzerreißender Stimme, das Gesicht tränenüberströmt. »Meinetwegen hat er den Mord begangen! Ich habe ihn gequält und soweit gebracht. Und auch den armen ermordeten Alten habe ich aus Bosheit gequält und dahin gebracht. Ich bin schuld, ich zuallererst, ich bin schuld!«

»Jawohl, du bist die Schuldige! Du bist die Hauptverbrecherin! Du verdammtes, liederliches Frauenzimmer, du bist die Hauptschuldige!« brüllte der Bezirkshauptmann und drohte ihr mit der Faust.

Aber man brachte ihn schnell und mit aller Entschiedenheit zur Ruhe. Der Staatsanwalt umfaßte ihn sogar mit den Armen. »Das ist eine ganz unzulässige Verfahrensweise, Michail Makarowitsch!« rief er. »Sie stören geradezu die Untersuchung ... Sie verderben die ganze Sache ...« Er konnte kaum atmen.

»Dagegen müssen Maßnahmen ergriffen werden, dagegen müssen Maßnahmen ergriffen werden!« brauste auch Nikolai Parfjonowitsch auf. »Sonst ist positiv nichts möglich!«

»Richten Sie uns beide gemeinsam!« rief Gruschenka außer sich; sie lag noch immer auf den Knien. »Bestrafen Sie uns beide gemeinsam! Ich werde mit ihm gehen, wenn es sein muß, selbst bis aufs Schafott!«

»Gruscha, du mein Leben, mein Blut, mein Heiligstes!« rief Mitja, warf sich neben sie auf die Knie und umarmte sie fest. »Glauben Sie ihr nicht!« schrie er. »Sie trägt keine Schuld, weder an diesem Blut noch an sonst etwas!«

Er erinnerte sich später, daß ihn mehrere Männer mit Gewalt von ihr weggezogen hatten, daß man sie hinausgeführt hatte und er erst wieder zur Besinnung gekommen war, als er schon am Tisch saß. Neben und hinter ihm standen Männer mit Blechabzeichen. Ihm gegenüber auf dem Sofa, an der anderen Seite des Tisches, saß der Untersuchungsrichter Nikolai Parfjonowitsch und redete ihm zu, aus dem Glas auf dem Tisch etwas Wasser zu trinken. »Das wird Sie erfrischen, das wird Sie beruhigen! Fürchten Sie sich nicht, beunruhigen Sie sich nicht!« fügte er überaus höflich hinzu. Mitja erinnerte sich auch, daß er sich plötzlich für die großen Ringe des Untersuchungsrichters interessiert hatte; an dem einen war ein Amethyst, an dem anderen ein hellgrauer, durchsichtiger, sehr schön glänzender Stein. Und noch lange nachher erinnerte er sich mit Erstaunen, wie diese Ringe sogar während der furchtbaren Stunden des Verhörs seinen Blick unwiderstehlich angezogen hatten, so daß er außerstande war, sich von ihnen loszureißen ... Links, seitwärts, auf dem Platz, wo zu Beginn des Abends Maximow gesessen hatte, saß jetzt der Staatsanwalt, und rechts von Mitja, auf Gruschenkas Platz, hatte sich ein rotbackiger junger Mann in einer abgetragenen Jagdjoppe niedergelassen, vor sich Tintenfaß und Schreibpapier. Es stellte sich heraus, daß das der Protokollführer des Untersuchungsrichters war, den dieser mitgebracht hatte. Der Bezirkshauptmann schließlich stand jetzt am Fenster, am anderen Ende des Zimmers, neben Kalganow, der sich dort ebenfalls auf einen Stuhl gesetzt hatte.

»Trinken Sie etwas Wasser!« wiederholte der Untersuchungsrichter, zum zehntenmal.

»Ich habe getrunken, meine Herren, ich habe getrunken … Aber … Nun gut, meine Herren, entscheiden Sie mein Schicksal, zerquetschen Sie mich, richten Sie mich!« rief Mitja und starrte den Untersuchungsrichter mit weitgeöffneten Augen an.

»Sie behaupten also entschieden, daß Sie am Tod Ihres Vaters Fjodor Pawlowitsch unschuldig sind?« fragte der Untersuchungsrichter sanft, aber energisch.

»Ja, ich bin daran unschuldig. Schuld bin ich an anderem Blut, am Blut eines anderen alten Mannes, aber nicht an dem meines Vaters. Und ich beweine meine Tat! Ich habe einen alten Mann totgeschlagen … Totgeschlagen und zu Boden gestreckt … Und es ist entsetzlich, daß ich nicht für dieses Blut, sondern für anderes Blut einstehen soll, an dem ich unschuldig bin … Das ist eine furchtbare Beschuldigung, meine Herren! Sie haben mich wie mit einem Keulenschlag vor die Stirn betäubt! Aber wer hat denn meinen Vater ermordet, wer hat es getan? Wer anders konnte ihn ermorden als ich? Da liegt ein Wunder vor, etwas Unbegreifliches, Unmögliches!«

»Ja, das ist es eben – wer anders konnte ihn ermorden … begann der Untersuchungsrichter, doch der Staatsanwalt Ippolit Kirillowitsch – er war eigentlich Gehilfe des Staatsanwalts, aber wir werden ihn der Kürze halber Staatsanwalt nennen – sagte zu Mitja, nachdem er mit dem Untersuchungsrichter einen Blick gewechselt hatte: »Sie beunruhigen sich ohne Grund wegen des alten Dieners Grigori Wassiljewitsch. Er lebt, ist wieder zu sich gekommen und scheint trotz der schweren Verletzung, die Sie ihm, nach seiner und nach Ihrer jetzigen Aussage beigebracht haben, am Leben zu bleiben, zumindest nach dem Urteil des Arztes.«

»Er lebt? Also er lebt?« rief Mitja und schlug die Hände zusammen. Sein ganzes Gesicht strahlte. »O Herr, ich danke dir für dieses große Wunder, das du auf mein Gebet hin für mich Sünder und Übeltäter getan hast! Ja, ja, das ist auf mein Gebet hin geschehen, ich habe die ganze Nacht darum gebetet!« Und er schlug dreimal ein Kreuz; dabei rang er mühsam nach Atem.

»Sehen Sie, und von diesem Grigori haben wir so bedeutsame Aussagen hinsichtlich, Ihrer Person erhalten, daß wir ...«, fuhr der Staatsanwalt fort.

Mitja sprang plötzlich von seinem Stuhl auf.

»Einen Augenblick, meine Herren! Um Gottes willen, nur einen Augenblick! Ich will zu ihr ...«

»Erlauben Sie! Jetzt geht das überhaupt nicht!« rief Nikolai Parfjonowitsch mit sich überschlagender Stimme. Die Männer mit den Blechabzeichen an der Brust hielten Mitja fest; übrigens setzte er sich auch von selbst wieder.

»Meine Herren, wie schade! Ich wollte nur einen Augenblick zu ihr ... Ich wollte ihr mitteilen, daß dieses Blut, das die ganze Nacht mein Herz gemartert hat, weggewaschen, verschwunden ist, daß ich kein Mörder mehr bin! Meine Herren, sie ist doch meine Braut!« sagte er entzückt und andächtig und ließ seine Augen von einem zum anderen wandern. »Oh, ich danke Ihnen, meine Herren! Oh, Sie haben mir im Augenblick ein neues Leben geschenkt! Dieser alte Mann hat mich auf seinen Armen getragen, meine Herrn, er hat mich im Waschtrog gebadet, als sich sonst niemand um mich, ein dreijähriges Kind, kümmerte, er ist mir ein Vater gewesen!«

»Also Sie ...«, begann der Untersuchungsrichter.

»Erlauben Sie, meine Herren, erlauben Sie noch einen kleinen Augenblick«, unterbrach ihn Mitja, stellte beide Ellenbogen auf den Tisch und bedeckte das Gesicht mit den Händen. »Gestatten Sie, daß ich noch ein wenig meine Gedanken sammle. Gestatten Sie mir, daß ich noch ein wenig zu mir komme, meine Herren! Das alles erschüttert einen ja furchtbar! Ein Mensch ist doch schließlich kein Trommelfell, meine Herren!«

»Sie sollten wieder ein bißchen Wasser …«, sagte Nikolai Parfjonowitsch liebenswürdig.

Mitja nahm die Hände vom Gesicht und lachte laut auf. Sein Blick war kühn und munter, der ganze Mensch schien urplötzlich verwandelt. Auch sein Ton war ein anderer geworden: Da saß nun wieder ein Mensch, der diesen Leuten, seinen früheren Bekannten, gleichgestellt war, so als wenn sie gestern, als noch nichts geschehen war, irgendwo in Gesellschaft zusammengekommen wären. Wir wollen bei dieser Gelegenheit vermerken, daß Mitja bei dem Bezirkshauptmann in der ersten Zeit sehr freundlich aufgenommen worden war, ihn jedoch später, besonders im letzten Monat, fast gar nicht mehr besucht hatte; der Bezirkshauptmann hatte von da an, wenn er ihm auf der Straße begegnete, ein finsteres Gesicht gemacht und seinen Gruß nur aus Höflichkeit erwidert, was Mitja nicht entgangen war. Mit dem Staatsanwalt war er noch oberflächlicher bekannt. Zwar hatte er seiner Gattin, einer nervösen, überspannten Dame, manchmal Besuche gemacht, jedoch nur solche von respektvollster Art, ohne selbst recht zu wissen, warum er eigentlich zu ihr ging; sie hatte ihn immer freundlich empfangen und sich aus irgendwelchem Grund bis zuletzt lebhaft für ihn interessiert. Mit dem Untersuchungsrichter bekannt zu werden, hatte er noch keine Gelegenheit gehabt; allerdings war er auch mit ihm schon in Gesellschaft zusammengekommen und hatte sich ein- oder zweimal mit ihm unterhalten, beide Male über das weibliche Geschlecht.

»Sie sind, wie ich sehe, ein außerordentlich geschickter Untersuchungsrichter, Nikolai Parfjonowitsch«, sagte Mitja auf einmal mit heiterem Lächeln. »Aber ich will Ihnen jetzt trotzdem behilflich sein. Oh, meine Herren, ich fühle mich wie neugeboren … Nehmen Sie es mir nicht übel, wenn ich mich so geradezu an Sie wende. Außerdem bin ich ein bißchen betrunken, das sage ich Ihnen ganz offen. Ich glaube, ich hatte die Ehre und das Vergnügen, bei meinem Verwandten Miussow mit Ihnen zusammen zu sein, Nikolai Parfjonowitsch … Meine Herren, meine Herren, ich erhebe nicht den Anspruch, gleichberechtigt behandelt zu werden – ich verstehe sehr gut, wer ich jetzt für Sie bin. Auf mir ruht … Falls Grigori etwas über mich ausgesagt hat … So ruht auf mir ein furchtbarer Verdacht! Schrecklich, schrecklich, ich begreife das ja alles! Aber zur Sache, meine Herren! Ich bin bereit, und wir werden das alles in einer Sekunde erledigen … Hören Sie nur, meine Herren! Wenn ich weiß, daß ich unschuldig bin, werden wir es ja wohl in einer Sekunde erledigen! Nicht wahr?«

Mitja redete schnell, viel und nervös und so, als hielte er seine Zuhörer für seine besten Freunde.

»Also wir wollen einstweilen niederschreiben, daß Sie die gegen Sie erhobene Beschuldigung vollständig bestreiten«, sagte Nikolai Parfjonowitsch nachdrücklich und diktierte dem Schreiber halblaut, was er schreiben sollte.

»Niederschreiben? Sie wollen das niederschreiben? Nun gut, schreiben Sie es nieder, ich bin damit einverstanden, ich gebe meine völlige Einwilligung, meine Herren … Nur sehen Sie … Warten Sie, warten Sie, schreiben Sie so: ›Der Gewalttätigkeit ist er schuldig! Der schweren Mißhandlung eines armen alten Mannes ist er schuldig!‹ Na, und in meinem Innern, in der Tiefe meines Herzens, da ist noch etwas, noch eine Schuld, aber das brauchen Sie nicht hinzuschreiben …« Er wandte sich plötzlich an den Schreiber. »Das gehört zu meinem Privatleben, meine Herren! Das geht Sie weiter nichts an, diese Tiefen des Herzens, meine ich … ›Aber der Ermordung seines alten Vaters ist er nicht schuldig!‹ Das ist ein gemeiner Gedanke! Das ist ein ganz gemeiner Gedanke! Ich werde Ihnen das beweisen, und Sie werden sich im Nu davon überzeugen. Sie werden lachen, meine Herren! Sie werden selbst über Ihren Verdacht lachen!«

»Beruhigen Sie sich, Dmitri Fjodorowitsch!« ermahnte ihn der Untersuchungsrichter, der offenbar durch seine eigene Ruhe besänftigend auf Mitja einzuwirken wünschte. »Bevor wir mit dem Verhör fortfahren, möchte ich gern, falls Sie einwilligen, von Ihnen die Bestätigung der Tatsache hören, daß Sie den verstorbenen Fjodor Pawlowitsch offenbar nicht liebten, sondern ständig mit ihm Streit hatten … Zumindest haben Sie, glaube ich, hier vor einer Viertelstunde erklärt, daß Sie ihn töten wollten. ›Ich habe ihn nicht getötet‹, riefen Sie, ›aber ich wollte ihn töten!‹«

»Habe ich das gesagt? Nun, das ist wohl möglich, meine Herren! Ja, leider habe ich ihn töten wollen, viele Male habe ich das gewollt … Leider, leider!«

»Also Sie haben es gewollt. Möchten Sie uns nun vielleicht erklären, wodurch Sie eigentlich zu diesem Haß auf Ihren Vater veranlaßt wurden?

»Was ist da zu erklären, meine Herren!« rief Mitja mit finsterem Gesicht, zuckte die Achseln und blickte zu Boden. »Ich habe ja aus meinen Gefühlen kein Hehl gemacht, die ganze Stadt weiß es, alle Leute im Restaurant wissen es. Noch vor kurzem habe ich es im Kloster, in der Zelle des Starez Sossima, offen ausgesprochen … Am Abend desselben Tages schlug ich meinen Vater, erschlug ihn beinahe und schwor, ich würde wiederkommen und ihn totschlagen, vor Zeugen tat ich das alles … Oh, tausend Zeugen sind dafür vorhanden! Einen Monat lang habe ich solche Reden geführt, und alle sind Zeugen! Die Tatsache ist offenkundig, die Tatsache spricht und schreit – aber die Gefühle, meine Herren, die Gefühle, das ist dann doch etwas anderes. Sehen Sie, meine Herren …. Mir scheint, daß Sie nicht berechtigt sind, nach meinen Gefühlen zu fragen. Sie sind zwar mit Ihrer Amtsgewalt bekleidet, ich verstehe das – doch das ist meine eigene Angelegenheit, meine innere, intime Angelegenheit! Aber da ich meine Gefühle früher auch nicht verheimlicht habe, zum Beispiel im Restaurant, sondern mit jedem darüber gesprochen habe, so werde ich auch jetzt kein Geheimnis daraus machen … Sehen Sie, meine Herren, ich verstehe ja, daß im vorliegenden Fall schreckliche Verdachtsgründe gegen mich vorhanden sind; ich habe allen Leuten gesagt, ich würde ihn töten, und nun ist er plötzlich getötet worden – wie sollte ich da nicht der Täter sein? Hahaha! Ich entschuldige Sie, meine Herren; ich entschuldige Sie vollständig. Ich bin ja selbst verblüfft, denn wer soll ihn getötet haben, wenn nicht ich? Ist das nicht richtig? Wenn ich es nicht gewesen hin, wer dann, ja wer? Meine Herren, ich will wissen und fordere das sogar von

Ihnen, meine Herren: Wo ist er ermordet worden? Wie ist er ermordet worden, womit und wie? Sagen Sie mir das!« Er stellte diese Fragen hastig und ließ seinen Blick zwischen dem Staatsanwalt und dem Untersuchungsrichter hin und her gehen.

»Wir fanden ihn in seinem Zimmer, mit dem Rücken auf dem Fußboden liegend, mit zertrümmertem Schädel«, sagte der Staatsanwalt.

Das ist furchtbar, meine Herren!« rief Mitja zusammenfahrend: er stützte den rechten Ellenbogen auf den Tisch und bedeckte das Gesicht mit der Hand.

»Wir wollen fortfahren«, unterbrach ihn Nikolai Parfjonowitsch.

»Also was veranlaßte Sie damals zu Ihrem Haßgefühl? Sie haben ja wohl öffentlich erklärt, daß es Eifersucht war?«

»Nun ja, Eifersucht ... aber nicht bloß Eifersucht.«

»Geldstreitigkeiten?«

»Nun ja, Geldstreitigkeiten auch.«

»Wie es scheint, handelte es sich bei dem Streit um dreitausend Rubel, die Ihnen angeblich von Ihrem Erbteil zuwenig ausgezahlt worden waren.«

»Um dreitausend? Bewahre! Um mehr, viel mehr!« rief Mitja. »Um mehr als sechstausend, vielleicht um mehr als zehntausend. Ich habe das allen Leuten gesagt, laut gesagt! Aber ich hatte mich schon entschlossen, mich in Gottes Namen auch mit dreitausend zufriedenzugeben. Ich brauchte diese dreitausend Rubel sehr dringend, so daß ich das Kuvert mit dreitausend Rubeln, das unter seinem Kopfkissen für Gruschenka bereitlag, wie ich wußte, geradezu als mein Eigentum betrachtete, meine Herren, wie etwas, das mir gestohlen worden ist.«

Der Staatsanwalt wechselte mit dem Untersuchungsrichter heimlich einen bedeutsamen Blick.

»Wir werden auf diesen Gegenstand noch zurückkommen«, sagte der Untersuchungsrichter sogleich. »Gestatten Sie uns jetzt eben diesen Punkt festzuhalten: daß Sie das Geld in jenem Kuvert gewissermaßen als Ihr Eigentum betrachteten.«

»Halten Sie das fest, meine Herren! Ich sehe ein, daß das wieder ein Verdachtsgrund gegen mich ist, aber ich fürchte keine Verdachtsgründe und spreche selbst gegen mich. Hören Sie, ich selbst tue das ... Sehen Sie, meine Herren, Sie halten mich offenbar für einen anderen Menschen, als ich wirklich bin«, fügte er plötzlich mit finsterer, trauriger Miene hinzu. »Mit Ihnen spricht ein edeldenkender Mensch, ein Mensch – lassen Sie das nicht außer acht! –, der zwar eine Menge Schändlichkeiten begangen hat, jedoch immer ein edeldenkendes Wesen war und geblieben ist, ich meine, im Kern, innerlich, in der Tiefe, na kurz ... Ach, ich verstehe nicht, mich auszudrücken ... Gerade das hat mich mein Leben lang gequält, daß ich nach dem Edlen dürstete! Ich war sozusagen ein Märtyrer des Edlen, ich suchte mit der Laterne danach, mit der Laterne des Diogenes – und trotzdem beging ich mein ganzes Leben nichts als Gemeinheiten, so wie wir alle, meine Herren ... Das heißt wie ich allein, meine Herren, ich habe mich versprochen, ich allein, ich allein! Meine Herren, der Kopf tut mir weh ... Sehen Sie, meine Herren, mir mißfiel sein Äußeres und das Ehrlose an ihm, und daß er alles Heilige in den Staub trat, und seine Spottsucht und sein Unglaube, ach, das war alles so gemein, so widerlich! Aber jetzt, wo er tot ist, denke ich darüber anders.«

»Inwiefern anders?«

»Nicht eigentlich anders. Ich bedaure, daß ich ihn so gehaßt habe.«

»Empfinden Sie Reue?«

»Nein, nicht Reue. Schreiben Sie das nicht nieder! Aber ich selbst bin nicht gut, meine Herren, das ist es! Und ich bin auch nicht sehr schön. Und darum hatte ich kein Recht, ihn für widerwärtig zu halten, das ist es! Das schreiben Sie meinetwegen nieder!«

Als Mitja das gesagt hatte, wurde er auf einmal sehr traurig. Schon während er auf die Fragen des Untersuchungsrichters geantwortet hatte, war er immer finsterer geworden. Und da, in diesem Moment, geschah wieder etwas Unerwartetes.

Zwar hatte man Gruschenka vorhin entfernt, aber nicht weit genug, nur drei Zimmer weiter, in ein kleines, einfenstriges Zimmerchen gleich hinter dem großen Raum, wo es in der Nacht so hoch hergegangen war. Dort saß sie, und bei ihr war einstweilen nur Maximow, der sehr bestürzt war, sich furchtbar ängstigte und nicht von ihrer Seite wich, als ob er bei ihr Rettung suchte. An der Tür dieses Zimmerchens stand ein Bauer mit einem Blechabzeichen an der Brust. Gruschenka weinte, und dann auf einmal, als ihre Seele den Kummer nicht mehr ertragen konnte, sprang sie auf und eilte hinaus, zu ihm, zu ihrem Mitja – und das geschah so unerwartet, daß niemand sie zurückhalten konnte. Mitja fuhr zusammen, als er ihren Schrei hörte, sprang auf und stürzte ihr wie im Unterbewußtsein Hals über Kopf entgegen. Aber man ließ die beiden wiederum nicht zusammenkommen. Man packte ihn fest bei den Armen; er schlug um sich und suchte sich loszureißen, und drei oder vier Männer waren nötig, ihn festzuhalten. Man ergriff auch sie, und er sah, wie sie schreiend die Arme nach ihm ausstreckte, als sie weggezogen wurde.

Nachdem die Szene beendet war, fand er sich auf seinem früheren Platz am Tisch wieder, dem Untersuchungsrichter gegenüber; da schrie er, an alle gewandt: »Was haben Sie denn mit ihr zu tun? Warum quälen Sie sie? Sie ist unschuldig!«

Der Staatsanwalt und der Untersuchungsrichter redeten ihm freundlich zu. So verging einige Zeit, ungefähr zehn Minuten.

Dann kam Michail Makarowitsch, der sich eine Weile fortbegeben hatte, wieder ins Zimmer und sagte laut und aufgeregt zum Staatsanwalt: »Sie ist entfernt worden, sie ist unten. Würden Sie mir erlauben, meine Herren, diesem unglücklichen Menschen ein Wort zu sagen? In Ihrer Gegenwart, meine Herren, in Ihrer Gegenwart?«

»Bitte, Michail Makarowitsch«, antwortete der Untersuchungsrichter. »Unter diesen Umständen haben wir nichts dagegen.«

»Dmitri Fjodorowitsch, lieber Freund!« begann Michail Makarowitsch, und sein erregtes Gesicht drückte warme, beinahe väterliche Teilnahme aus. »Ich habe deine Agrafena Alexandrowna selbst nach unten gebracht und sie den Töchtern des Wirts anvertraut, und auch dieser alte Maximow ist jetzt mit ihr unzertrennlich zusammen. Ich habe ihr gut zugeredet, hörst du? Ich habe ihr gut zugeredet und sie beruhigt. Ich habe ihr klargemacht, daß du dich rechtfertigen mußt, sie soll dich daher nicht stören und dich nicht traurig machen, sonst könntest du in Verwirrung geraten und zu deinem Nachteil falsch aussagen, verstehst du? Na, kurz, ich habe mit ihr geredet, und sie hat mich verstanden. Sie ist ein kluges Mädchen, lieber Freund, ein gutes Mädchen! Sie wollte mir altem Mann die Hände küssen! Und für dich gebeten hat sie! Sie selbst hat mich hergeschickt und mir aufgetragen, dir zu sagen, du möchtest ihretwegen ruhig sein. Und ich soll unbedingt wieder zu ihr kommen und ihr sagen, daß du ruhig und getröstet bist. Also beruhige dich! Sieh ein, daß es das beste ist! Ich habe ihr unrecht getan, sie ist eine christliche Seele. Ja, meine Herren, sie ist eine fromme Seele und hat keinerlei Schuld. Also was soll ich ihr sagen, Dmitri Fjodorowitsch? Wirst du ruhig sein oder nicht?«

Der gute Mensch hatte viel Überflüssiges geredet; doch Gruschenkas Kummer war ihm eben zu Herzen gegangen, und ihm standen sogar Tränen in den Augen. Mitja sprang auf und stürzte zu ihm hin.

»Verzeihen Sie, meine Herren! Erlauben Sie es! Erlauben Sie es!« rief er. »Sie sind ein Engel, ein Engel sind Sie, Michail Makarowitsch! Ich danke Ihnen für alles, was Sie ihr Gutes erwiesen haben! Ich werde ruhig sein, ich werde heiter sein! Bestellen Sie ihr in der grenzenlosen Güte Ihres Herzens, daß ich heiter bin, ganz heiter! Ich werde sogar gleich anfangen zu lachen, da ich weiß, daß so ein Schutzengel wie Sie bei ihr ist. Ich werde sogleich alles erledigen, und sobald ich frei bin, eile ich sofort zu ihr; sie soll nur noch ein wenig warten ... Meine Herren!« wandte er sich plötzlich an den Staatsanwalt und an den Untersuchungsrichter. »Jetzt werde ich meine ganze Seele vor Ihnen aufdecken, Ihnen mein ganzes Herz ausschütten. Wir werden im Nu alles beenden, fröhlich beenden, und zuletzt werden wir alle lachen, nicht wahr? Aber, meine Herren, diese Frau ist die Königin meiner Seele! Oh, erlauben Sie, daß ich Ihnen das sage – wenigstens das will ich Ihnen enthüllen; ich sehe ja, daß ich es mit Männern von edelster Gesinnung zu tun habe! Sie ist mein Licht, mein Heiligstes! Und wenn Sie noch alles andere wüßten! Sie haben gehört, wie sie schrie: ›Mit dir zusammen sogar bis aufs Schafott!‹ Aber was habe ich ihr gegeben, ich Bettler, ich Habenichts? Wofür liebt sie mich so? Verdiene ich plumpe Kreatur mit dem häßlichen Gesicht so viel Liebe, daß sie mit mir sogar zur Zwangsarbeit gehen will? Für mich hat sie sich Ihnen vorhin zu Füßen geworfen, sie, die keine Schuld trägt! Wie sollte ich sie da nicht vergöttern, nicht zu ihr hinstürzen, wie ich es soeben tat? O meine Herren, verzeihen Sie mir! Aber jetzt, jetzt bin ich getröstet!«

Er fiel auf den Stuhl zurück, bedeckte das Gesicht mit den Händen und brach laut schluchzend in Tränen aus; es waren jetzt aber Tränen der Glückseligkeit. Er kam auch gleich wieder zu sich. Der alte Bezirkshauptmann war sehr zufrieden, und die Juristen schienen es ebenfalls; sie fühlten, daß das Verhör jetzt in eine neue Phase trat. Nachdem Mitja den Bezirkshauptmann mit seinem Auftrag fortgeschickt hatte, wurde er geradezu heiter.

»Nun, meine Herren, jetzt bin ich der Ihrige, ganz der Ihrige. Und … Wenn nur nicht alle diese Kleinigkeiten wären, dann würden wir gleich einig sein. Ja, diese Kleinigkeiten! Ich bin der Ihrige, meine Herren. Aber glauben Sie mir: Es ist gegenseitiges Vertrauen nötig! Sie müssen mir vertrauen und ich Ihnen, sonst kommen wir nie zu Ende. Das sage ich in Ihrem eigenen Interesse. Zur Sache, meine Herren, zur Sache! Und vor allen Dingen, wühlen Sie nicht so in meiner Seele, quälen Sie mich nicht mit unerheblichen Nebensachen, sondern fragen Sie nur nach der Hauptsache, nach den Tatsachen – dann werde ich Sie sofort zufriedenstellen. Die Kleinigkeiten aber soll der Teufel holen!« Das sagte Mitja, und das Verhör begann von neuem.

4. Das zweite Leid

»Sie glauben gar nicht, Dmitri Fjodorowitsch, wie Sie uns durch diese Ihre Bereitwilligkeit ermutigen …«, begann Nikolai Parfjonowitsch lebhaft und sichtlich erfreut, was an seinen großen, hellgrauen, vorstehenden, sehr kurzsichtigen Augen abzulesen war, nachdem er kurz zuvor die Brille abgenommen hatte. »Und Sie haben soeben mit Recht die Notwendigkeit eines gegenseitigen Vertrauens hervorgehoben, ohne das man in Fällen von solcher Wichtigkeit nicht vorwärtskommt – falls der Verdächtigte wirklich wünscht, hofft und imstande ist, sich zu rechtfertigen. Wir von unserer Seite werden alles tun, was von uns abhängt, und Sie selbst haben ja schon sehen können, wie wir diese Sache behandeln … Sind Sie einverstanden, Ippolit Kirillowitsch?« wandte er sich auf einmal an den Staatsanwalt.

»O gewiß!« antwortete dieser, etwas trocken zwar im Vergleich zu Nikolai Parfjonowitschs schwungvollen Worten.

Nebenbei bemerkt: Nikolai Parfjonowitsch, der erst vor kurzem zu uns gekommen war, empfand gleich von Anfang an eine außerordentliche Hochachtung vor unserem Staatsanwalt Ippolit Kirillowitsch, sogar eine fast herzliche Zuneigung zu ihm. Er war beinahe der einzige Mensch, der bedingungslos an die ungewöhnliche psychologische und rednerische Begabung unseres nach seiner eigenen Meinung »im Dienst zurückgesetzten« Ippolit Kirillowitsch glaubte und von dessen »Zurücksetzung« überzeugt war. Dafür war nun der junge Nikolai Parfjonowitsch seinerseits auch der einzige Mensch, den unser »zurückgesetzter« Staatsanwalt aufrichtig liebgewonnen hatte. Auf der Herfahrt hatten sie bereits den vorliegenden Fall besprochen und Verabredungen getroffen; und jetzt, da sie am Tisch saßen, fing Nikolai Parfjonowitschs scharfer Geist jede Andeutung, jedes Zucken im Gesicht seines älteren Kollegen sofort auf und schloß schon aus einem halben Wort, aus einem Blick, aus einem Blinzeln auf dessen Meinung.

»Meine Herren, überlassen Sie es nur mir, alles zu erzählen, unterbrechen Sie mich nicht mit Fragen nach Nebensächlichem; dann werde ich Ihnen im Nu alles auseinandersetzen«, sagte Mitja, vor Eifer glühend.

»Sehr schön! Ich danke Ihnen. Aber bevor wir dazu übergehen, Ihre Mitteilungen anzuhören, erlauben Sie mir bitte noch eine kleine, für uns sehr interessante Feststellung zu den zehn Rubeln nämlich, die Sie gestern nachmittag gegen Verpfändung Ihrer Pistolen von Ihrem Freund Pjotr Iljitsch Perchotin entliehen haben.«

»Ich habe meine Pistolen für zehn Rubel verpfändet, meine Herren, das ist richtig. Aber was weiter? Das ist alles. Sowie ich von meiner Fahrt wieder in die Stadt zurückgekehrt war, habe ich die Pistolen verpfändet.«

»Sie waren von einer Fahrt zurückgekehrt? Sie hatten die Stadt verlassen?«

»Jawohl, meine Herren. Ich war vierzig Werst weit weggefahren, haben Sie das nicht gewußt?«

Der Staatsanwalt und Nikolai Parfjonowitsch wechselten einen Blick.

»Und überhaupt, wie wäre es, wenn Sie Ihren Bericht mit einer systematischen Schilderung alles dessen beginnen würden, was Sie gestern vom frühen Morgen an getan haben? Gestatten Sie zum Beispiel die Frage: Warum haben Sie sich aus der Stadt entfernt, und zu welchem Zeitpunkt sind Sie weggefahren und wiedergekommen? Und dergleichen Tatsachen mehr ...«

»So hätten Sie gleich von Anfang an fragen sollen!« erwiderte Mitja laut lachend. »Und wenn es Ihnen recht ist, möchte ich nicht mit gestern beginnen, sondern mit vorgestern, mit vorgestern früh – dann werden Sie verstehen, wohin und wie und warum ich gegangen und gefahren bin ... Ich ging also vorgestern vormittag zu dem hier ansässigen Kaufmann Samsonow, meine Herren, um mir von ihm gegen vollständige Sicherheit dreitausend Rubel zu borgen. Das war plötzlich dringend geworden, meine Herren, das war dringend ...«

»Gestatten Sie mir eine Zwischenfrage«, unterbrach ihn der Staatsanwalt höflich. »Warum brauchten Sie so plötzlich Geld? Und warum gerade diese Summe, das heißt dreitausend Rubel?«

»Ach, meine Herren, Sie sollten doch nicht nach unwesentlichen Nebendingen fragen: wie und wann und warum, und warum gerade so viel Geld und nicht so viel, und dieser ganze Krimskrams! ... Auf die Art kann man ja drei Bände füllen, und dann ist immer noch ein Anhang nötig.«

Alles dies sagte Mitja mit der gutmütigen, aber ungeduldigen Vertraulichkeit eines Menschen, der die ganze Wahrheit zu sagen wünscht und nur die besten Absichten hegt.

»Meine Herren!« fuhr er fort, als würde er sich auf einmal eines Mißgriffs bewußt. »Nehmen Sie mir mein ablehnendes Verhalten nicht übel, ich bitte nochmals darum! Seien Sie noch einmal versichert, daß ich den größten Respekt empfinde und die gegenwärtige Sachlage vollständig begreife. Halten Sie mich nicht für betrunken! Ich bin jetzt bereits wieder nüchtern. Selbst wenn ich betrunken wäre, würde das nichts schaden. Von mir gilt das Verschen:

Nüchtern nur von schwachem Grips
machte klüger ihn ein Schwips …

Haha! Übrigens sehe ich ein, meine Herren, daß es sich vorläufig für mich nicht schickt, Witze vor Ihnen zu machen … Vorläufig, das heißt, ehe wir uns nicht verständigt haben. Erlauben Sie, daß auch ich meine persönliche Würde wahre. Ich verstehe jetzt den Unterschied zwischen uns: Ich sitze vor Ihnen als Verbrecher und bin Ihnen also nicht im entferntesten gleichgestellt; Sie aber sind beauftragt zu prüfen, ob ich schuldig bin. Sie werden mich für das, was ich dem alten Grigori angetan habe, schon nicht zu sanft anfassen – man darf schließlich nicht ungestraft alten Leuten ein Loch in den Kopf schlagen! Dafür werden Sie mich wohl einsperren, ein halbes Jahr, na, oder auch ein ganzes, ich weiß nicht, wie das Strafmaß bei Ihnen gehandhabt wird, doch wohl ohne Aberkennung der Standesrechte, Herr Staatsanwalt? Also wie gesagt, meine Herren, ich verstehe diesen Unterschied … Aber Sie werden doch selbst zugeben müssen, daß Sie den Herrgott persönlich mit solchen Fragen konfus machen könnten: Wo bist du gegangen, wie bist du gegangen, wann bist du gegangen, wohin bist du gegangen? Ich gerate ja in Verwirrung, wenn Sie so fragen; Sie aber schreiben das alles Wort für Wort auf, und was kommt dann dabei heraus? Gar nichts kommt dabei heraus! Na und nun zu guter Letzt, wo ich einmal angefangen habe zu schwatzen, will ich mich auch ganz aussprechen, und Sie, meine Herren, wollen mir das als Männer von höchster Bildung und edelster Gesinnung freundlichst verzeihen! Ich möchte nämlich mit einer Bitte schließen: Gewöhnen Sie sich doch dieses schlaue Verfahren beim Verhör ab, meine Herren! Die übliche Vorschrift lautet ja wohl: Beginne mit etwas Geringfügigem, frag zum Beispiel, wie er aufgestanden sei, was er gegessen habe, wie er ausgespuckt habe, wohin er ausgespuckt habe ... Und wenn du so die Aufmerksamkeit des Verbrechers eingeschläfert hast, dann überrumple ihn plötzlich mit der verblüffenden Frage: Wen hast du ermordet, wen hast du beraubt? Haha! Das ist Ihr schlaues Verfahren, das ist so Vorschrift bei Ihnen, darin besteht Ihre ganze List! Mit solchen Listen schläfern Sie wohl Bauern ein, aber nicht mich. Ich verstehe nämlich die Sache, habe selbst gedient, hahaha! Seien Sie mir nicht böse, meine Herren; verzeihen Sie mir meine Dreistigkeit?« rief er noch einmal und blickte sie mit bewundernswerter Gutmütigkeit an. »Der das gesagt hat, ist ja Mitka Karamasow – also kann man es auch verzeihen. Denn einem klugen Menschen könnte man es nicht verzeihen, wohl aber Mitka! Haha!«

Nikolai Parfjonowitsch hörte zu und lachte ebenfalls. Der Staatsanwalt lachte nicht, sondern betrachtete Mitja scharf, ohne die Augen von ihm zu wenden, als wollte er sich nicht das kleinste Wörtchen, nicht die kleinste Körperbewegung, nicht das kleinste Zucken des kleinsten Muskels in seinem Gesicht entgehen lassen.

»Wir haben doch aber«, erwiderte Nikolai Parfjonowitsch noch immer lachend, »gar nicht versucht, Sie durch Fragen dieser Art zu verwirren. Wie sind Sie am Morgen aufgestanden, was haben Sie gegessen? Wir haben vielmehr sogleich mit dem Kern der Sache begonnen.«

»Ich verstehe. Ich habe es begriffen und weiß es zu schätzen. Und noch höher schätze ich Ihre gegenwärtige beispiellose Güte mir gegenüber, die Ausdruck edelster Gesinnung ist. Wir haben uns hier zu dritt als Ehrenmänner zusammengefunden – möge nun unsere ganze Verhandlung einen guten Verlauf nehmen aufgrund des wechselseitigen Vertrauens gebildeter Männer höheren Standes, die einander durch ihre Zugehörigkeit zum Adel und durch ihre Ehre verbunden sind. Gestatten Sie mir jedenfalls, Sie in diesem Augenblick meines Lebens für meine besten Freunde zu halten, in diesem Augenblick, wo meine Ehre so tief erniedrigt wird! Sie werden sich doch dadurch nicht gekränkt fühlen, meine Herren, nicht wahr?«

»Im Gegenteil, Sie haben das alles so schön ausgedrückt, Dmitri Fjodorowitsch«, stimmte ihm Nikolai Parfjonowitsch in ernstem, beifälligem Ton zu.

»Aber die Kleinigkeiten, meine Herren, alle diese schikanösen Kleinigkeiten, die wollen wir beiseite lassen!« rief Mitja begeistert. »Sonst kommt einfach weiß der Teufel was heraus! Habe ich nicht recht?«

»Ich werde Ihren vernünftigen Ratschlägen durchaus folgen«, mischte sich der Staatsanwalt, an Mitja gewandt, ein. »Auf meine Frage möchte ich allerdings doch nicht verzichten. Es ist für uns allzu dringend notwendig, daß wir erfahren, wozu Sie eigentlich so eine Summe brauchten? Das heißt, ausgerechnet dreitausend Rubel!«

»Wozu ich die brauchte? Nun, zu diesem und jenem Zweck … Um eine Schuld zurückzuzahlen.«

»An wen denn?«

»Das zu sagen weigere ich mich entschieden« meine Herren! Sehen Sie, nicht, weil ich es nicht sagen kann oder es nicht wage oder mich fürchte – denn das ist alles unerheblich und ohne jede Wichtigkeit –, sondern ich sage es nicht, weil ich damit gegen meine Grundsätze verstoßen würde! Das ist mein Privatleben, und ich erlaube niemandem, in mein Privatleben einzudringen. Das ist mein Grundsatz. Ihre Frage bezieht sich nicht auf die Sache, und alles, was sich nicht auf die Sache bezieht, ist mein Privatleben! Ich wollte eine Schuld zurückzahlen, eine Ehrenschuld wollte ich zurückzahlen. An wen, das sage ich nicht.«

»Gestatten Sie uns, das festzuhalten«, sagte der Staatsanwalt.

»Bitte, tun Sie das! Schreiben Sie, daß ich es schlechterdings nicht sagen will. Schreiben Sie, meine Herren, daß ich es sogar für unehrenhaft halte, es zu sagen. Sie haben ja viel Zeit zum Schreiben!«

»Gestatten Sie mir, mein Herr, Sie darauf hinzuweisen, falls Sie es nicht wissen sollten«, sagte der Staatsanwalt besonders ernst und nachdrücklich, »daß Sie durchaus berechtigt sind, eine Beantwortung der Ihnen vorgelegten Fragen zu verweigern, und daß wir unsererseits nicht berechtigt sind, Antworten von Ihnen zu erzwingen, wenn Sie selbst aus dem einen oder anderen Grund die Antwort verweigern. Das ist Sache Ihres persönlichen Ermessens. Uns obliegt es wiederum in einem Fall wie diesem, Ihnen vor Augen zu führen, welchen Schaden Sie sich dadurch zufügen, daß Sie die eine oder die andere Aussage verweigern ... Nunmehr bitte ich Sie fortzufahren ...«

»Meine Herren, ich nehme es Ihnen ja nicht übel ... Ich ...«, murmelte Mitja, etwas verwirrt durch diese eindringliche Belehrung. »Also, sehen Sie, meine Herren, dieser Samsonow, zu dem ich damals gegangen bin ...«

Wir werden natürlich nicht alle dem Leser bereits bekannten Dinge im einzelnen wiedergeben. Mitja wollte alles bis in die kleinsten Einzelheiten berichten, gleichzeitig jedoch wünschte er in seiner Ungeduld möglichst schnell fertig zu werden. Und je mehr er aussagte, desto mehr wurde niedergeschrieben; infolgedessen mußte er häufig unterbrochen werden, damit der Schreiber nachkam. Dmitri Fjodorowitsch hielt das für ein verwerfliches Verfahren; aber er fügte sich; und wenn er sich ärgerte, so tat er es vorläufig noch in gutmütiger Weise. Allerdings rief er manchmal: »Meine Herren, das könnte selbst den Herrgott wütend machen!« Oder: »Meine Herren, wissen Sie, daß Sie mich ganz umsonst nervös machen?« Doch trotz solcher Zwischenrufe hatte sich seine freundschaftlich-mitteilsame Stimmung einstweilen noch nicht geändert. So erzählte er, wie er vor zwei Tagen von Samsonow »angeführt« worden war; denn daß der ihn »angeführt« hatte, war ihm jetzt völlig klar. Der Verkauf der Uhr für sechs Rubel, eine dem Untersuchungsrichter und dem Staatsanwalt bislang noch unbekannte Tatsache, erregte sogleich deren besondere Aufmerksamkeit, und sie hielten es für nötig – darüber entrüstete sich Mitja maßlos –, diese Tatsache ausführlich niederzuschreiben: als neue Bestätigung des Umstandes, daß er am Tag vor dem Mord fast kein Geld besessen hatte. Allmählich wurde Mitja ärgerlich. Nachdem er dann seine Fahrt zu Ljagawy und die Nacht in der vom Kohlendunst stickigen Stube beschrieben hatte, schilderte er auch seine Rückkehr in die Stadt und kam hierbei von selbst, ohne besondere Aufforderung, eingehend auf seine Eifersuchtsqualen wegen Gruschenka zu sprechen. Man hörte ihm schweigend und aufmerksam zu; besonderes Interesse erregte der Umstand, daß er auf Marja Kondratjewnas Grundstück schon seit langem einen Geheimposten zur Beobachtung Gruschenkas bei Fjodor Pawlowitsch eingerichtet hatte; auch daß ihm von Smerdjakow Nachrichten zugetragen worden waren, wurde sehr beachtet und niedergeschrieben. Von seiner Eifersucht sprach er leidenschaftlich und ausführlich, und obgleich er sich innerlich dafür schämte, daß er seine intimsten Gefühle sozusagen an den Pranger stellte, überwand er dieses Schamgefühl offenbar, um die volle Wahrheit zu sagen. Der teilnahmslose Ernst in den Blikken des Untersuchungsrichters und vor allem des Staatsanwaltes, die während seines Berichts unverwandt auf ihn gerichtet waren, ärgerte ihn bald ziemlich heftig. Dieser Knabe Nikolai Parfjonowitsch, mit dem ich noch vor ein paar Tagen über die Frauen gewitzelt habe, und dieser kränkliche Staatsanwalt sind es gar nicht wert, daß ich ihnen das erzählt habe! Dieser mißmutige Gedanke ging ihm durch den Kopf. Es ist eine Schmach und Schande! Er schloß seinen Gedanken ab mit dem Vers: »Dulde, füge dich und schweig!« und nahm sich erneut zusammen, um fortfahren zu können. Als er zu seinem Besuch bei Frau Chochlakowa überging, wurde er wieder zornig und wollte über diese Dame sogar ein unlängst in Umlauf gekommenes, nicht zur Sache gehöriges Anekdötchen zum besten geben. Doch der Untersuchungsrichter unterbrach ihn und ersuchte ihn, »zu Wichtigerem« überzugehen. Als er schließlich seine Verzweiflung schilderte und von dem Augenblick erzählte, wo er, das Haus von Frau Chochlakowa verlassend, erwogen hatte, notfalls sogar jemanden zu ermorden, wenn er sich dadurch nur die dreitausend Rubel verschaffen konnte, da unterbrachen sie ihn wieder, und es wurde niedergeschrieben, daß er morden wollte. Mitja ließ es schweigend geschehen. Endlich gelangte er zu dem Punkt, wo er erfahren hatte, daß Gruschenka ihn getäuscht hatte und von Samsonow gleich wieder weggegangen war, obgleich sie zu ihm gesagt hatte, sie würde bei dem Alten bis Mitternacht sitzen. »Meine Herren!« entfuhr ihm an dieser Stelle unwillkürlich. »Wenn ich diese Fenja damals nicht totschlug, so nur deshalb, weil ich keine Zeit hatte!« Auch das wurde sorgfältig aufgeschrieben. Mitja fuhr mit finsterer Miene fort und begann gerade zu berichten, wie er zu seinem Vater in den Garten gelaufen war, als ihn der Untersuchungsrichter plötzlich unterbrach, seine große Mappe, die neben ihm auf dem Sofa lag, öffnete und den Messingstößel herausnahm.

»Ist Ihnen dieser Gegenstand bekannt?« Er zeigte ihn Mitja.

»O ja!« erwiderte Mitja mit trübem Lächeln. »Wie sollte er mir nicht bekannt sein! Lassen Sie mal sehen … Ach, zum Teufel, nicht nötig!«

»Sie haben vergessen, ihn zu erwähnen!« bemerkte der Untersuchungsrichter.

»Ach, zum Teufel! Verheimlichen wollte ich nichts vor Ihnen, da können Sie sicher sein! Ohne das wäre es ja gar nicht gegangen, sagen Sie selbst! Mir ist es nur nicht in den Sinn gekommen.«

»Haben Sie die Güte, ausführlich zu erzählen, wie Sie sich damit bewaffneten?«

»Schön, ich werde die Güte haben, meine Herren.«

Und Mitja erzählte, wie er den Stößel genommen hatte und mit ihm davongelaufen war.

»Und welche Absicht hatten Sie, als Sie sich mit diesem Instrument bewaffneten?«

»Welche Absicht ich hatte? Gar keine! Ich ergriff es und lief damit davon!«

»Warum denn, wenn Sie keine Absicht dabei hatten?«

In Mitja wallte der Ärger auf. Er sah den »Knaben« unverwandt an und lächelte finster und zornig. Die Sache war die, daß er sich immer mehr schämte, so offenherzig und mit so viel Gefühl »solchen Menschen« die Geschichte seiner Eifersucht erzählt zu haben.

»Ich spucke auf den Stößel!« entfuhr es ihm plötzlich.

»Aber Sie müssen doch etwas damit gewollt haben.«

»Na, wegen der Hunde nahm ich ihn mit. Es war nämlich dunkel ... Na, so für jeden Fall!«

»Haben Sie auch früher, wenn Sie nachts ausgingen, eine Waffe mitgenommen, weil Sie sich so vor der Dunkelheit fürchten?«

»Ach, zum Teufel! Pfui, meine Herren, mit Ihnen kann man aber auch gar nicht reden!« rief Mitja aufs äußerste gereizt; dann wandte er sich, rot vor Zorn, an den Schreiber und sagte hastig, mit einer Stimme, der man die innere Wut anhörte: »Schreib auf, daß ich den Stößel mitgenommen habe, um hinzulaufen und meinen Vater Fjodor Pawlowitsch ... durch einen Schlag auf den Kopf zu ermorden! Na, sind Sie jetzt zufrieden, meine Herren? Ist Ihnen das Herz nun leichter?« sagte er und schaute Untersuchungsrichter und Staatsanwalt herausfordernd an.

»Wir begreifen sehr wohl, daß Sie diese Aussage soeben in der Erregung über uns und im Ärger über die Fragen abgegeben haben, die wir Ihnen vorlegen und die Sie für kleinlich halten, während sie in Wirklichkeit sehr wesentlich sind«, erwiderte ihm der Staatsanwalt trocken.

»Aber ich bitte Sie, meine Herren! Na also, ich habe den Stößel mitgenommen ... Na, wozu nimmt man in solchen Fällen etwas in die Hand? Ich weiß nicht, wozu. Ich nahm ihn und ging weg. Das ist alles. Schämen Sie sich, meine Herren, passons[*]! Sonst werde ich nicht weitererzählen, das schwöre ich Ihnen!«

Er setzte den Ellenbogen auf den Tisch und stützte den Kopf in die Hand. Er saß im Profil zu ihnen und starrte die Wand an, wobei er sich bemühte, ein widerwärtiges Gefühl zu unterdrücken, das sich in ihm regte. In der Tat hatte er große Lust aufzustehen und zu erklären, daß er kein Wort weiter sagen werde – »und wenn Sie mich aufs Schafott führen«.

»Wissen Sie, meine Herren«, sagte er dann, sich mühsam zusammennehmend, »wissen Sie, ich höre Sie an, und es kommt mir

* frz. Machen wir weiter!

vor, als ob … Sehen Sie, ich träume manchmal einen bestimmten Traum, einen eigenartigen Traum, den träume ich oft, er wiederholt sich. Ich träume, daß mich jemand verfolgt, jemand, vor dem ich mich sehr fürchte. Er verfolgt mich in der Dunkelheit, bei Nacht; er sucht mich, ich aber verstecke mich irgendwo vor ihm, hinter einer Tür oder hinter einem Schrank, verstecke mich auf unwürdige Weise; die Hauptsache jedoch ist, daß er ganz genau weiß, wo ich mich vor ihm versteckt habe, aber absichtlich so tut, als ob er es nicht wüßte, um mich länger zu quälen, um sich an meiner Angst zu weiden … Sehen Sie, so machen Sie es jetzt auch! Ganz ähnlich!«

»Also solche Träume haben Sie?« erkundigte sich der Staatsanwalt.

»Ja, solche Träume habe ich … Aber wollen Sie nicht auch das festhalten?« fragte Mitja mit einem schiefen Lächeln.

»Nein, festhalten wollen wir es nicht; aber es ist doch interessant, daß Sie so etwas träumen.«

»Jetzt ist es kein Traum mehr! Es ist die Realität, meine Herren, die Realität des wirklichen Lebens! Ich bin der Wolf, und Sie sind die Jäger. Na, und da hetzen Sie eben den Wolf.«

»Dieser Vergleich ist zu Unrecht gewählt …«, wandte Nikolai Parfjonowitsch in überaus sanftem Ton ein.

»Nein, nicht zu Unrecht, meine Herren, nicht zu Unrecht!« empörte sich Mitja wieder, doch hatte er sich durch den plötzlichen Zornesausbruch offenbar das Herz erleichtert, so daß er mit jedem Wort milder wurde. »Einem angeklagten Verbrecher, den Sie mit Ihren Fragen foltern, mögen Sie mißtrauen. Aber einem Menschen von edelster Gesinnung, das spreche ich kühn aus, meine Herren, seinen edelsten Herzensregungen dürfen sie nicht mißtrauen … Nein, dazu haben Sie kein Recht … Jedoch …

Schweig, mein Herz,
dulde, füge dich und schweig!

Nun, wie ist es? Soll ich fortfahren?« fragte er mit finsterer Miene.

»Aber gewiß, haben Sie die Güte!« antwortete Nikolai Parfjonowitsch.

Obwohl Mitja in ziemlich düsterer Stimmung weitersprach, gab er sich offenbar noch größere Mühe als vorher, auch nicht die geringste Einzelheit in seinem Bericht auszulassen. Er erzählte, wie er über den Zaun in den Garten seines Vaters gestiegen und zum Fenster gegangen war und alles, was er am Fenster gesehen hatte. Klar und deutlich, gleichsam jedes Wort einzeln formend, berichtete er von den Gefühlen, die ihn in jenen Augenblicken im Garten erfüllt hatten, als er so sehnlichst zu erfahren wünschte, ob Gruschenka bei seinem Vater ist oder nicht. Aber seltsam, der Staatsanwalt und der Untersuchungsrichter hörten diesmal anscheinend mit großer Zurückhaltung zu, machten trockene Gesichter und stellten weit weniger Fragen. Mitja vermochte aus ihren Mienen nichts zu entnehmen. ›Sie haben sich geärgert und fühlen sich gekränkt‹, dachte er. ›Na, sollen sie, zum Teufel!‹ Als er erzählte, wie er sich endlich entschlossen hatte, dem Vater das Signal zu geben, daß Gruschenka gekommen sei und er das Fenster aufmachen möchte, da schenkten der Staatsanwalt und der Untersuchungsrichter dem Wort »Signal« gar keine Beachtung, als hätten sie überhaupt nicht verstanden, welche Bedeutung dieses Wort hier hatte. Als er endlich bei dem Punkt angekommen war, wo er beim Anblick seines aus dem Fenster gelehnten Vaters wild vor Haß den Stößel aus der Tasche geholt hatte, da brach er auf einmal wie absichtlich ab. Er saß da und starrte die Wand an und wußte, daß die anderen ihn jetzt mit den Augen geradezu verschlangen.

»Nun«, sagte der Untersuchungsrichter, »Sie nahmen also das Instrument heraus und … Und was geschah dann weiter?«

»Was dann weiter geschah? Dann schlug ich ihn tot … Ich schlug ihn auf den Scheitel und zerschmetterte ihm den Schädel … So ist es doch Ihrer Meinung nach zugegangen!« rief er mit funkelnden Augen.

Seine ganze Wut, die sich schon beinahe gelegt hatte, loderte auf einmal wieder mit größter Heftigkeit auf.

»Unserer Meinung nach«, erwiderte Nikolai Parfjonowitsch. »Nun, aber wie ist es Ihrer Meinung nach zugegangen?«

Mitja senkte den Blick und schwieg lange.

»Meiner Meinung nach, meine Herren, ging es so zu«, sagte er leise. »Hat jemand um mich geweint, oder hat meine Mutter für mich zu Gott gebetet, oder hat ein lichter Geist mich in jenem Augenblick umarmt und geküßt – ich weiß es nicht. Der Teufel wurde jedenfalls besiegt. Ich stürzte vom Fenster weg und lief zum Zaun … Mein Vater erschrak und erblickte mich da zum erstenmal. Er schrie auf und sprang vom Fenster zurück, daran erinnere ich mich sehr genau. Ich lief durch den Garten zum Zaun … Und da holte mich Grigori ein, als ich schon auf dem Zaun saß …«

Hier hob er endlich die Augen und sah seine Zuhörer an. Diese musterten ihn ganz ruhig und aufmerksam, wie es schien. Mitjas Herz krampfte sich vor Entrüstung zusammen.

»Aber Sie machen sich ja über mich lustig, meine Herren« unterbrach er sich plötzlich.

»Woraus schließen Sie das?« fragte Nikolai Parfjonowitsch.

»Sie glauben mir kein Wort, daraus schließe ich es! Ich begreife ja, daß ich nun zur Hauptsache gekommen bin: Der alte Mann liegt da mit zertrümmertem Schädel, und ich, der ich so dramatisch geschildert habe, wie ich ihn totschlagen wollte und wie ich schon den Stößel hervorholte, ich laufe auf einmal vom Fenster weg … Das ist geradezu ein Gedicht! In Versen! Das kann man dem braven jungen Mann aufs Wort glauben! Haha! Wie spottlustig Sie sind, meine Herren!«

Und er drehte sich mit dem ganzen Oberkörper auf dem Stuhl herum, daß der Stuhl krachte.

»Haben Sie nicht bemerkt«, begann plötzlich der Staatsanwalt, als ob er Mitjas Aufregung gar nicht bemerkt hätte. »Haben Sie, als Sie vom Fenster wegliefen, nicht bemerkt, ob die Tür zum Garten, die sich am anderen, hinteren Ende des Hauses befindet, offenstand oder nicht?«

»Sie stand nicht offen.«

»Nein?«

»Im Gegenteil, sie war geschlossen. Und wer hätte sie auch aufmachen können? Ha, die Tür, warten Sie mal!« rief er, als fiele ihm plötzlich etwas ein. »Haben Sie etwa die Tür offen gefunden?«

»Ja.«

»Wer konnte sie denn aufmachen, wenn nicht Sie selbst!« fragte Mitja in höchster Verwunderung.

»Die Tür stand offen, und der Mörder Ihres Vaters ist zweifellos durch diese Tür hindurchgegangen und nach dem Mord durch sie wieder herausgekommen«, sagte der Staatsanwalt langsam, jedes einzelne Wort deutlich aussprechend. »Das ist uns vollständig klar. Der Mord ist offenbar im Zimmer verübt worden, nicht vom Fenster aus. Das ist hundertprozentig klar nach der vorgenommenen Lokalbesichtigung, nach der Lage des Leichnams und nach allem übrigen. Ein Zweifel ist ausgeschlossen.«

Mitja war außerordentlich überrascht.

»Aber das ist unmöglich, meine Herren!« rief er fassungslos. »Ich … Ich bin nicht hineingegangen! Ich sage Ihnen mit aller Bestimmtheit, daß die Tür die ganze Zeit, während ich im Garten war und als ich aus dem Garten hinauslief, geschlossen war. Ich habe nur vor dem Fenster gestanden und durch das Fenster hineingesehen, weiter nichts, weiter nichts … Ich erinnere mich genau, bis zum letzten Augenblick. Und selbst wenn ich mich nicht erinnern würde, so weiß ich es trotzdem, weil die Signale nur mir und dem Diener Smerdjakow und Ihm, dem Toten, bekannt waren. Und ohne die Signale hätte er keinem Menschen auf der Welt geöffnet!«

»Signale? Was für Signale?« fragte der Staatsanwalt mit eifriger, krampfhafter Neugier und verlor im Nu seine würdevolle Zurückhaltung.

Seine Frage klang, als ob er sich vorsichtig heranschleichen wollte. Er witterte eine wichtige, ihm noch unbekannte Tatsache und befürchtete sogleich, Mitja würde sie ihm nicht vollständig enthüllen wollen.

»Ah, davon haben Sie nichts gewußt?« erwiderte Mitja, ihm spöttisch zublinzelnd und boshaft lächelnd. »Wie nun, wenn ich es Ihnen nicht sage? Von wem werden Sie es dann erfahren? Von den Signalen wußten ja nur der Verstorbene, ich und Smerdjakow, weiter niemand. Nun, auch der Himmel hat noch davon gewußt, aber der wird Ihnen ja auch nichts sagen. Immerhin, eine interessante kleine Tatsache, auf der man weiß der Teufel was alles aufbauen kann, haha! Trösten Sie sich, meine Herren, ich werde Ihnen das Geheimnis enthüllen. Sie haben dumme Gedanken im Kopf und wissen nicht, mit wem Sie es zu tun haben! Sie haben mit einem Angeklagten zu tun, der gegen sich selbst aussagt, zu seinem eigenen Schaden! Ja, das tue ich, denn ich habe Ehre im Leib, was man von Ihnen nicht sagen kann!«

Der Staatsanwalt schluckte alle diese Pillen; er zitterte nur vor Ungeduld, etwas über die neue Tatsache zu erfahren. Mitja setzte ihnen genau und ausführlich alles auseinander, was die für Smerdjakow erfundenen Signale betraf, erzählte ihnen, was jede Art des Klopfens zu bedeuten hatte, und klopfte diese Signale sogar auf dem Tisch. Und auf Nikolai Parfjonowitschs Frage, ob er, Mitja, an das Fenster des alten Mannes tatsächlich jenes Signal geklopft habe, welches bedeutete: »Gruschenka ist gekommen«, antwortete er mit Bestimmtheit, jawohl, dieses und kein anderes habe er geklopft.

»Sehen Sie, nun wissen Sie es – jetzt bauen sie einen Turm darauf!« brach Mitja kurz ab und wandte sich wieder geringschätzig von ihnen weg.

»Und von diesen Signalen wußten nur Ihr verstorbener Vater, Sie und der Diener Smerdjakow? Sonst niemand?« erkundigte sich Nikolai Parfjonowitsch noch einmal.

»Ja, der Diener Smerdjakow und dann noch der Himmel. Schreiben Sie auch das von dem Himmel auf, es wird nicht überflüssig sein, auch das aufzuschreiben. Auch Sie werden Gott einmal gebrauchen können …«

Natürlich begann der Protokollführer wieder zu schreiben; als das erledigt war, sagte der Staatsanwalt, als wäre ihm plötzlich ein neuer Gedanke gekommen: »Wenn auch Smerdjakow von diesen Signalen wußte und Sie jede Schuld am Tod Ihres Vater auf das Bestimmteste bestreiten, hat dann nicht vielleicht er das verabredete Signal geklopft und Ihren Vater veranlaßt, ihm zu öffnen, und dann das Verbrechen begangen?«

Mitja sah ihn mit einem spöttischen und zugleich haßerfüllten Blick an, so lange, bis zuletzt die Augen des Staatsanwalts zu blinzeln begannen.

»Da haben Sie wieder mal einen Fuchs gefangen!« sagte Mitja endlich. »Sie haben der Kanaille den Schwanz eingeklemmt, hehe! Ich durchschaue Sie vollständig, Herr Staatsanwalt! Sie dachten, ich würde sofort aufspringen und mich an das klammern, was Sie mir da in die Hand geben, und aus voller Kehle schreien: ›Ja, Smerdjakow ist es gewesen! Er ist der Mörder!‹ Gestehen Sie, daß Sie das gedacht haben! Gestehen Sie es, dann werde ich fortfahren.«

Aber der Staatsanwalt gestand es nicht; er schwieg und wartete.

»Sie haben sich geirrt, ich werde Smerdjakow nicht beschuldigen!« sagte Mitja.

»Und Sie hegen nicht einmal Verdacht gegen ihn?«

»Tun denn Sie das?«

»Im Verdacht haben wir auch ihn gehabt.«

Mitja heftete die Augen auf den Fußboden.

»Scherz beiseite«, sagte er mit finsterer Miene. »Hören Sie, gleich von Anfang an, schon als ich vorhin hinter diesem Vorhang hervorkam und von der Ermordung meines Vaters hörte, schoß mir der Gedanke durch den Kopf: Smerdjakow! Und während ich hier am Tisch saß und rief, daß ich an diesem Blut unschuldig bin, dachte ich immerzu: Smerdjakow! Und ich wurde den Gedanken an ihn nicht mehr los. Und jetzt eben dachte ich plötzlich wieder: Smerdjakow! Aber nur eine Sekunde lang; gleich darauf sagte ich mir: Nein, Smerdjakow ist es nicht gewesen! Das ist nicht seine Tat, meine Herren!«

»Haben Sie vielleicht noch irgendeine andere Person im Verdacht?« fragte Nikolai Parfjonowitsch behutsam.

»Ich weiß nicht wer oder welche Person es getan hat, ob die Hand des Himmels oder die Hand des Satans – Smerdjakow ist es jedenfalls nicht gewesen!« erklärte Mitja kurz und entschieden.

»Und wieso behaupten Sie so fest und mit solcher Hartnäckigkeit, daß er es nicht gewesen ist?«

»Weil es meine Überzeugung ist. Weil mir das mein Gefühl sagt. Weil Smerdjakow ein Mensch von niedrigster Gesinnung und ein Feigling ist. Er ist nicht einfach ein Feigling, sondern der auf zwei Beinen gehende Inbegriff aller Feigheit, die es auf der Welt gibt. Ihn muß ein Huhn geboren haben. Wenn er mit mir sprach, zitterte er jedesmal, ich könnte ihn totschlagen, obwohl ich nie die Hand gegen ihn erhoben habe. Er fiel mir zu Füßen und weinte, er hat mir diese Stiefel geküßt, buchstäblich, und mich flehentlich gebeten, ich möchte ihn ›nicht ängstigen‹. Hören Sie das: ›Nicht ängstigen!‹ – was ist das für ein sonderbarer Ausdruck? Aber ich habe ihn sogar beschenkt. Er ist ein krankes Huhn, epileptisch, mit schwachem Verstand, ein achtjähriger Knabe kann ihn verprügeln. Ist das überhaupt ein Charakter? Smerdjakow ist es nicht gewesen, meine Herren. Er liebt auch das Geld gar nicht; wenn ich ihm welches schenken wollte, nahm er es nicht an … Und wofür hätte er auch den alten Mann totschlagen sollen? Er ist ja vielleicht sein Sohn, sein unehelicher Sohn, wissen Sie das?«

»Wir haben dieses Gerücht gehört. Aber Sie sind ja auch der Sohn Ihres Vaters, und trotzdem haben Sie selbst zu allen Leuten gesagt, Sie wollten ihn töten.«

»Da haben Sie einen Stein in meinen Garten geworfen! Und so einen unwürdigen, gemeinen Stein! O meine Herren, es ist vielleicht zu gemein von Ihnen, gerade mir das ins Gesicht zu sagen! Gemein deswegen, weil ich Ihnen das selbst gesagt habe. Ich wollte ihn nicht bloß töten – ich konnte es auch, und ich habe noch freiwillig gegen mich ausgesagt, daß ich ihn beinahe getötet hättet Aber ich habe ihn ja nicht getötet, mein Schutzengel hat mich davor bewahrt! Sehen Sie, das haben Sie dabei nicht beachtet … Und deshalb ist es gemein von Ihnen! Weil ich ihn nicht getötet habe! Hören Sie, Herr Staatsanwalt, ich habe ihn nicht getötet!« Er konnte kaum noch atmen. Während des ganzen Verhörs war er nie so erregt gewesen. »Was hat er Ihnen denn gesagt, meine Herren, dieser Smerdjakow?«, schloß er plötzlich, nachdem er eine kleine Weile geschwiegen hatte. »Darf ich Sie danach fragen?«

»Sie dürfen uns nach allem fragen«, erwiderte der Staatsanwalt mit kalter, strenger Miene. »Nach allem, was tatsächlich zur Sache gehört ... Und wir sind, ich wiederhole, sogar verpflichtet, Ihnen auf jede Frage zu antworten. Wir haben den Diener Smerdjakow, nach dem Sie fragen, besinnungslos in seinem Bett gefunden; er hatte einen außerordentlich starken, sich vielleicht zum zehntenmal wiederholenden epileptischen Anfall. Der Arzt, der mit uns war, hat den Kranken untersucht und meinte sogar, er würde den Morgen nicht überleben.«

»Nun, dann muß der Teufel den Vater totgeschlagen haben!« entfuhr es Mitja plötzlich, als hätte er sich bis zu diesem Augenblick noch immer gefragt: ›Ist es Smerdjakow gewesen oder nicht?‹

»Wir werden auf diesen Punkt noch zurückkommen«, entschied Nikolai Parfjonowitsch. »Möchten Sie jetzt vielleicht in Ihren Aussagen fortfahren?«

Mitja bat um die Erlaubnis, sich einen Augenblick erholen zu dürfen; diese wurde ihm in höflicher Form erteilt. Nachdem er sich erholt hatte, fuhr er fort. Aber es fiel ihm augenscheinlich schwer. Er quälte sich, fühlte sich beleidigt und seelisch erschüttert. Außerdem begann ihn der Staatsanwalt jetzt wie absichtlich alle Augenblicke zu reizen, indem er bei »Kleinigkeiten« verweilte. Kaum hatte Mitja geschildert, wie er, auf dem Zaun sitzend, mit dem Stößel auf Grigoris Kopf geschlagen hatte und dann zu ihm hinabgesprungen war, unterbrach ihn der Staatsanwalt und bat ihn, eingehender zu beschreiben, wie er auf dem Zaun gesessen habe.

Mitja war erstaunt. »Na, ich saß eben so, das eine Bein hier, das andere da ...«

»Und der Stößel?«

»Den hatte ich in der Hand.«

»Nicht in der Tasche? Haben Sie das genau im Gedächtnis? Und dann haben Sie mit dem Arm weit ausgeholt?«

»Ich werde wohl weit ausgeholt haben. Aber wozu wollen Sie das wissen?«

»Wenn Sie sich einmal genauso auf den Stuhl setzen möchten, wie Sie damals auf dem Zaun gesessen haben, und uns anschaulich vormachen möchten, wie und wohin Sie ausgeholt haben, nach welcher Seite?«

»Machen Sie sich etwa wieder über mich lustig?« fragte Mitja und sah den Frager hochmütig an.

Da dieser jedoch mit keiner Wimper zuckte, drehte sich Mitja heftig um, setzte sich rittlings auf den Stuhl und holte mit dem Arm aus.

»Sehen Sie, so habe ich zugeschlagen! So habe ich ihn getroffen! Was wollen Sie nun noch?«

»Ich danke Ihnen. Würden Sie jetzt die Freundlichkeit haben, uns zu erklären, warum Sie eigentlich hinabgesprungen sind, mit welcher Absicht und was Sie dabei eigentlich im Sinn hatten?«

»Na, zum Teufel … Ich bin zu dem hinuntergesprungen, den ich niedergeschlagen hatte … Ich weiß nicht, warum!« »Obwohl Sie so erregt und auf der Flucht waren?«

»Ja, obwohl ich so erregt und auf der Flucht war.«

»Wollten Sie ihm helfen?«

»Was war da zu helfen? Ja, vielleicht wollte ich ihm auch helfen. Ich erinnere mich nicht.«

»Das heißt, Sie befanden sich in einer Art Bewußtlosigkeit?«

»O nein, durchaus nicht, ich erinnere mich an alles. An die geringste Kleinigkeit. Ich bin hinuntergesprungen, um ihn mir anzusehen, und habe ihm mit dem Taschentuch das Blut abgewischt.«

»Wir haben Ihr Taschentuch gesehen. Hofften Sie, den zu Boden Geschlagenen wieder ins Leben zurückzurufen?«

»Ich weiß nicht, ob ich das hoffte. Ich wollte mich einfach davon überzeugen, ob er lebte oder nicht.«

»Ah, also davon wollten Sie sich überzeugen? Nun, und?«

»Ich bin kein Arzt, ich konnte mir nicht klarwerden. Ich lief davon und glaubte, ich hätte ihn totgeschlagen – dabei ist er ja wieder zu sich gekommen.«

»Sehr schön«, schloß der Staatsanwalt. »Ich danke Ihnen. Weiter wollte ich nichts wissen. Haben Sie nun die Güte fortzufahren!«

Leider hatte Mitja, obgleich er sich auch daran erinnerte, keine Lust zu erzählen, daß er aus Mitleid hinuntergesprungen war. Der Staatsanwalt jedoch zog aus der Darstellung nur den Schluß, daß dieser Mensch »in so einem Augenblick und in solcher Erregung« nur hinabgesprungen sei, um sich davon zu überzeugen, ob der einzige Zeuge seines Verbrechens noch am Leben war oder nicht. Wie groß mußte also die geistige Kraft, die Entschlossenheit, die Kaltblütigkeit und Kombinationsfähigkeit dieses Menschen sogar in einem solchen Augenblick gewesen sein ... und so weiter und so fort.

Der Staatsanwalt war sehr zufrieden; er sagte sich: Ich habe einen nervösen Menschen durch Fragen nach Kleinigkeiten gereizt, und er hat sich verplappert.

Mitja fuhr unter Qualen fort zu erzählen. Doch er wurde gleich wieder unterbrochen, und zwar jetzt von Nikolai Parfjonowitsch:

»Wie konnten Sie zu dem Dienstmädchen Fedossja Markowna laufen, wo Sie doch blutige Hände und, wie sich später herausstellte, auch ein blutiges Gesicht hatten?«

»Ich hatte damals überhaupt nicht bemerkt, daß ich blutig war«, antwortete Mitja.

»Das hat etwas für sich, dergleichen kommt oft vor«, bemerkte der Staatsanwalt, wobei er mit Nikolai Parfjonowitsch einen Blick wechselte.

»Ich hatte es nicht bemerkt, das war eine sehr richtige Äußerung von Ihnen, Herr Staatsanwalt«, stimmte ihm plötzlich Mitja zu. Und dann folgte die Geschichte von Mitjas plötzlichem Entschluß, »beiseite zu treten« und »die Glücklichen vorbeizulassen«. Allerdings konnte er sich jetzt nicht mehr überwinden, sein Herz wieder aufzudecken und von der »Königin seiner Seele« zu erzählen, wie er es doch vor kurzem getan hatte. Ihn ekelten diese kalten Menschen an, die sich »wie Wanzen an ihm festsogen«. Daher antwortete er auf wiederholte Fragen kurz und in scharfem Ton: »Nun, ich faßte den Entschluß, mich zu töten. Wozu sollte ich leben bleiben? Diese Frage trat mir ganz von selbst entgegen. Ihr Früherer war erschienen; er hatte sie einst verführt, war aber nun voller Liebe zurückgekommen, um nach fünf Jahren durch eine gesetzliche Ehe wiedergutzumachen, was er ihr angetan hatte. Ich sah ein, daß für mich alles verloren war ... Hinter mir lag eine schmähliche Tat, dieses Blut, das Blut Grigoris ... Wozu sollte ich da noch leben bleiben? Also ging ich und löste meine versetzten Pistolen ein, um mir bei Tagesanbruch eine Kugel in den Kopf zu jagen ...«

»In der Nacht aber wollten Sie noch ein üppiges Gelage veranstalten?«

»In der Nacht noch ein üppiges Gelage. Ach, zum Teufel, meine Herren, bringen Sie die Sache doch schneller zum Ende! Erschießen wollte ich mich bestimmt, nicht weit von hier, hinter einer Hecke, gegen fünf Uhr morgens, und in meiner Tasche hatte ich vorsorglich einen Zettel, den ich bei Perchotin geschrieben hatte, als ich die Pistolen lud ... Da ist der Zettel, lesen Sie ihn! Für Sie erzählen möchte ich es nicht!« fügte er auf einmal geringschätzig hinzu. Er zog den Zettel aus der Westentasche und warf ihn auf den Tisch; der Staatsanwalt und der Untersuchungsrichter lasen ihn mit Interesse durch und nahmen ihn, wie es sich gehört, zu den Akten.

»Aber sich die Hände zu waschen, daran dachten Sie immer noch nicht, nicht einmal, als Sie bei Herrn Perchotin eintraten? Sie fürchteten also nicht, Verdacht zu erregen?«

»Was kümmerte mich der Verdacht? Mochte man mich in Verdacht haben oder nicht, ganz egal! Ich wäre doch hierhergefahren und hätte mich um fünf Uhr erschossen, und Sie hätten es nicht verhindern können. Wäre nicht der Fall mit dem Vater hinzugekommen, hätten Sie ja nichts erfahren und wären nicht hierhergekommen. Oh, das war der Teufel, der Teufel hat den Vater ermordet, durch den Teufel haben Sie es so schnell erfahren! Wie geht es nur zu, daß Sie so schnell hierhergekommen sind? Seltsam, unbegreiflich!«

»Herr Perchotin teilte uns mit, Sie hätten, als Sie zu ihm kamen, Ihr Geld in den Händen, in den blutigen Händen gehalten ... Eine Menge Geld ... Ein ganzes Päckchen Hundertrubelscheine ... Und das habe auch sein Bursche gesehen.«

»Das ist richtig, meine Herren. Ich erinnere mich, daß das richtig ist.«

»Jetzt tritt uns eine kleine Frage entgegen. Könnten Sie uns mitteilen«, begann Nikolai Parfjonowitsch außerordentlich sanft, »woher Sie auf einmal so viel Geld hatten, während doch aus den Tatsachen und aus dem zeitlichen Ablauf hervorgeht, daß Sie nicht in Ihrer Wohnung vorbeigegangen sind?«

Der Staatsanwalt runzelte über diese allzu direkt gestellte Frage ein wenig die Stirn, unterbrach aber Nikolai Parfjonowitsch nicht.

»Nein, in meiner Wohnung bin ich nicht vorbeigegangen«, antwortete Mitja äußerlich sehr ruhig, aber er blickte dabei zur Erde.

»Gestatten Sie mir dann, die Frage zu wiederholen«, fuhr Nikolai Parfjonowitsch, sich gewissermaßen anschleichend, fort. »Woher konnten Sie auf einmal diese Summe erhalten, während Sie nach Ihrem eigenen Geständnis noch um fünf Uhr dieses Tages ...«

»Während ich um fünf Uhr zehn Rubel brauchte und meine Pistolen bei Perchotin versetzte und dann zu Frau Chochlakowa ging und sie um dreitausend Rubel bat, die sie mir aber nicht gab, und so weiter der ganze Kram«, unterbrach ihn Mitja in scharfem Ton. »Ja, sehen Sie, meine Herren, eben war ich noch in Not, und auf einmal kamen bei mir Tausende zum Vorschein – wie ist das wohl zugegangen? Wissen Sie, meine Herren, Sie haben jetzt beide Angst: Wenn er uns nun nicht sagt, wo er das Geld herhatte, was dann? Und so ist es auch: Ich werde es Ihnen nicht sagen, meine Herren! Sie haben es erraten! Sie werden es nicht erfahren«, sagte Mitja klar und deutlich, und man hörte aus seinen Worten die feste Entschlossenheit heraus.

Der Staatsanwalt und der Untersuchungsrichter schwiegen eine Weile.

»Sehen Sie doch ein, Herr Karamasow, daß es für uns unbedingt notwendig ist, das zu wissen«, sagte Nikolai Parfjonowitsch ruhig und sanft.

»Das sehe ich ein, aber ich sage es nicht.«

Nun mischte sich auch der Staatsanwalt ein und erinnerte abermals daran, daß der Verhörte natürlich die Antwort auf die Fragen verweigern könne, wenn er meine, daß das für ihn vorteilhafter sei, und so weiter, doch in Anbetracht des Schadens, den der Verdächtigte sich selbst durch sein Schweigen zuziehen könne, und besonders bei Fragen von solcher Wichtigkeit, die …

»Und so weiter, meine Herren, und so weiter. Genug! Ich habe diese erbauliche Predigt schon einmal gehört!« unterbrach ihn Mitja wieder. »Ich verstehe selbst, von welcher Wichtigkeit diese Sache ist, daß dies der Kardinalpunkt ist. Trotzdem sage ich es nicht.«

»Wir selbst haben ja nichts davon! Es ist schließlich nicht unsere Angelegenheit, sondern Ihre; Sie werden sich selber schaden«, bemerkte Nikolai Parfjonowitsch nervös.

»Sehen Sie, meine Herren, Scherz beiseite«, sagte Mitja, wobei er beide fest ansah. »Ich habe von Anfang an geahnt, daß wir an diesem Punkt mit den Stirnen zusammenstoßen werden. Aber am Anfang, als ich vorhin mit meinen Aussagen begann, lag das alles noch ganz verschwommen wie in einem fernen Nebel, und ich war sogar so naiv, Ihnen den Vorschlag gegenseitigen Vertrauens zu machen. Jetzt sehe ich selbst, daß dieses Vertrauen ein Ding der Unmöglichkeit war, da wir ja einmal an diesen verdammten Zaun kommen mußten! Es geht nicht, und damit basta! Übrigens mache ich Ihnen gar keinen Vorwurf; es ist auch Ihnen unmöglich, mir aufs Wort zu glauben, das sehe ich ein!«

Er versank in düsteres Schweigen.

»Aber könnten Sie nicht, ohne Ihrem Entschluß, über diesen hochwichtigen Punkt zu schweigen, irgendwie untreu zu werden, könnten Sie uns nicht wenigstens eine kleine Andeutung machen, welche starken Beweggründe Sie veranlassen, an einer für Sie so gefährlichen Stelle Ihrer Aussage zu schweigen?«

Mitja lächelte trüb und melancholisch.

»Ich bin viel gutmütiger, als Sie denken, meine Herren! Ich werde Ihnen den Grund meiner Weigerung mitteilen und Ihnen die gewünschte Andeutung machen, obgleich Sie das nicht wert sind. Ich schweige, meine Herren, weil hier, in der Antwort auf die Frage, wo ich dieses Geld herhatte, für mich eine solche Schmach liegt, daß sich mit ihr nicht einmal die Ermordung und Beraubung meines Vaters, wenn ich ihn ermordet und beraubt hätte, vergleichen ließe. Das ist der Grund, weswegen ich nicht reden kann. Aus Scham wegen der Schmach kann ich es nicht. Na, meine Herren? Wollen Sie das etwa auch festhalten?«

»Ja, das wollen wir festhalten«, sagte Nikolai Parfjonowitsch sanft.

»Das dürften Sie eigentlich nicht festhalten, das von der Schmach. Das habe ich Ihnen nur aus Gutmütigkeit mitgeteilt, ich hätte es auch verschweigen können. Ich habe Ihnen damit sozusagen ein Geschenk gemacht, aber Sie behandeln das gleich amtlich. Na, schreiben Sie es auf, schreiben Sie auf, was Sie wollen!« schloß er verächtlich. »Ich fürchte Sie nicht und bin Ihnen gegenüber viel zu stolz!«

»Wollen Sie uns nicht sagen, von welcher Art diese Schmach ist?« begann Nikolai Parfjonowitsch wieder.

Der Staatsanwalt runzelte heftig die Stirn.

»Nein, nein, c'est fini,* geben Sie sich keine Mühe! Und ich möchte mich auch nicht beschmutzen. Ich habe mich ohnehin schon an Ihnen beschmutzt, Sie sind es nicht wert, Sie nicht und niemand … Genug, meine Herren, ich breche das Thema ab.«

Er sagte das in sehr entschiedenem Ton. Nikolai Parfjonowitsch setzte ihm nicht weiter zu, doch aus Ippolit Kirillowitschs Blikken merkte er sofort, daß dieser noch auf einen späteren Zeitpunkt hoffte.

»Können Sie uns nicht wenigstens angeben, welche Summe Sie in der Hand hatten, als Sie zu Herrn Perchotin kamen? Ich meine, wieviel Rubel?«

»Das kann ich nicht angeben.«

»Herrn Perchotin gegenüber haben Sie ja wohl von dreitausend Rubeln gesprochen, die Sie von Frau Chochlakowa erhalten hätten?«

* frz. Jetzt ist Schluß.

»Vielleicht habe ich das getan. Hören Sie auf, meine Herren, ich sage nicht, wieviel.«

»Haben Sie dann die Güte, uns zu schildern, wie Sie hierhergefahren sind, was Sie nach Ihrer Ankunft hier getan haben?«

»Ach, fragen Sie danach doch die Leute von hier! Aber meinetwegen, ich kann es auch erzählen.«

Er erzählte; wir werden seinen Bericht jedoch nicht wiedergeben. Er erzählte trocken und flüchtig. Von den Wonnen seiner Liebe sagte er gar nichts. Er erwähnte allerdings, wie er seinen Entschluß, sich zu erschießen, »in Anbetracht neuer Tatsachen« aufgegeben habe; er berichtete das, ohne seine Motive anzugeben oder auf Einzelheiten einzugehen.

Und der Staatsanwalt und der Untersuchungsrichter störten ihn diesmal auch nicht sonderlich; es war klar, daß auch sie darin nicht das Wesentliche sahen.

»Wir werden das alles nachprüfen und darauf bei der Vernehmung der Zeugen noch einmal zurückkommen, die wird natürlich in Ihrer Gegenwart stattfinden«, schloß Nikolai Parfjonowitsch das Verhör. »Jetzt gestatten Sie, daß wir uns an Sie mit der Bitte wenden, alle Ihre Sachen, die Sie bei sich haben, hier auf den Tisch zu legen, besonders alles Geld, das Sie jetzt besitzen.«

»Das Geld, meine Herren? Nun, ich verstehe, daß das nötig ist. Ich wundere mich sogar, daß Sie sich nicht schon früher dafür interessiert haben. Allerdings konnte ich ja wohl kaum von hier weggehen; ich sitze schließlich vor Ihren Augen da. Nun also, da ist es, mein Geld! Hier, zählen Sie nach; ich glaube, es ist alles.«

Er nahm alles aus den Taschen heraus, sogar das Kleingeld, zwei Zwanzigkopekenstücke zog er noch aus der Westentasche. Das Geld wurde zusammengezählt; es stellte sich heraus, daß es achthundertsechsunddreißig Rubel und vierzig Kopeken waren.

»Ist das alles?« fragte der Untersuchungsrichter.

»Ja.«

»Sie sagten soeben in Ihren Aussagen, Sie hätten in dem Laden von Plotnikow dreihundert Rubel gelassen. Herrn Perchotin haben Sie zehn Rubel gegeben, dem Kutscher zwanzig, hier haben Sie zweihundert verspielt, ferner …«

Nikolai Parfjonowitsch stellte alle Posten zusammen. Mitja half ihm bereitwillig. Keine Kopeke wurde vergessen, auch der kleinste Betrag in die Rechnung aufgenommen. Nikolai Parfjonowitsch rechnete rasch zusammen.

»Mit diesen achthundert besaßen Sie also ursprünglich im ganzen etwa fünfzehnhundert Rubel?«

»So wird es sein«, antwortete Mitja kurz.

»Wie kommt es dann, daß alle behaupten, es sei weit mehr gewesen?«

»Sollen sie es behaupten!«

»Sie selbst haben es auch behauptet.«

»Allerdings.«

»Wir werden das alles noch durch weitere Zeugenaussagen nachprüfen. Wegen Ihres Geldes seien Sie ohne Sorge, es wird vorschriftsmäßig aufbewahrt und steht nach Beendigung des ganzen Verfahrens zu Ihrer Verfügung – sofern sich herausgestellt hat oder sozusagen bewiesen ist, daß Sie ein unbestreitbares Recht darauf haben. Jetzt aber …«

Nikolai Parfjonowitsch stand plötzlich auf und erklärte Mitja mit fester Stimme, er sei »genötigt und verpflichtet«, eine sehr eingehende, genaue Visitation »sowohl Ihrer Kleider als auch alles übrigen« vorzunehmen …

»Schön, meine Herren, ich werde alle Taschen umdrehen, wenn Sie wollen.«

Und er machte sich wirklich daran, die Taschen umzudrehen.

»Es ist unumgänglich, daß Sie auch die Kleider ablegen.«

»Wie? Ich soll mich ausziehen? Pfui Teufel! Visitieren Sie mich doch so! Geht es nicht so?«

»Keineswegs, Dmitri Fjodorowitsch. Sie müssen die Kleider ablegen.«

»Wie Sie wollen«, antwortete Mitja und fügte sich mit finsterer Miene. »Nur bitte nicht hier, sondern hinter dem Vorhang. Wer wird die Visitation ausführen?«

»Natürlich hinter dem Vorhang«, sagte Nikolai Parfjonowitsch und neigte zum Zeichen des Einverständnisses seinen Kopf; sein Gesicht drückte sogar eine besondere Würde aus.

6. Der Staatsanwalt fängt Mitja

Es begann ein Vorgang, der für Mitja gänzlich unerwartet und erstaunlich war. Er hätte auch nur eine Minute vorher nicht geglaubt, daß jemand mit ihm, Mitja Karamasow, so umgehen könnte! Vor allem lag darin für ihn etwas Demütigendes, während auf ihrer Seite »ein gewisser Hochmut und eine Verachtung seiner Person« zutage trat. Es wäre noch zu ertragen gewesen, hätte er nur den Rock ausziehen brauchen; aber man bat ihn, sich noch weiter zu entkleiden. Oder eigentlich bat man ihn gar nicht, sondern befahl es ihm geradezu, er merkte das sehr wohl. Aus Stolz und Verachtung fügte er sich, ohne ein Wort dagegen zu sagen. Hinter den Vorhang trat außer Nikolai Parfjonowitsch auch der Staatsanwalt; auch einige Bauern waren anwesend. ›Natürlich um mich notfalls zwingen zu können‹, dachte Mitja. ›Vielleicht auch zu irgendeinem anderen Zweck.‹

»Wie ist es? Soll ich auch das Hemd ausziehen?« fragte er in scharfem Ton. Nikolai Parfjonowitsch gab jedoch keine Antwort; er hatte sich zusammen mit dem Staatsanwalt in Rock, Hose, Weste und Mütze vertieft, und es war offenbar, daß sich beide sehr für die Visitation interessierten. ›Diese Menschen machen nicht die geringsten Umstände!‹ ging es Mitja durch den Kopf. ›Sie beachten nicht einmal die notwendigen Höflichkeitsregeln.‹

»Ich frage Sie zum zweiten Mal, ob ich auch das Hemd ausziehen soll«, sagte er noch schärfer und gereizter.

»Seien Sie unbesorgt, wir werden es Ihnen schon sagen!« antwortete Nikolai Parfjonowitsch in dienstlichem Ton; zumindest schien es Mitja so.

Unterdessen fand zwischen dem Untersuchungsrichter und dem Staatsanwalt halblaut eine eifrige Beratung statt. Am Rock, besonders am linken Schoß, hinten, zeigten sich gewaltige Blutflecken, die getrocknet, verhärtet und noch nicht wieder biegsam geworden waren. Dasselbe traf für die Hose zu, Nikolai Parfjonowitsch fuhr außerdem eigenhändig in Gegenwart der Zeugen mit den Fingern über den Kragen und die Aufschläge des Rocks sowie über alle Nähte des Rocks und der Hose; er schien etwas zu suchen, höchstwahrscheinlich Geld. Was das Schlimmste war: sie machten vor Mitja kein Hehl aus dem Verdacht, daß er fähig gewesen wäre, Geld in seine Kleider einzunähen. »Die behandeln mich ja geradezu wie einen Dieb und nicht wie einen Offizier!« murmelte er vor sich hin. Sie teilten sich gegenseitig ihre Gedanken vor seinen Ohren mit seltsamer Offenheit mit. So lenkte zum Beispiel der Protokollführer, der sich ebenfalls geschäftig machte und zuhörte, Nikolai Parfjonowitschs Aufmerksamkeit auf die Mütze, die dann ebenfalls befühlt wurde. »Denken Sie an den Schreiber Gridenko!« bemerkte der Protokollführer. »Der war im Sommer zur Kasse gefahren, um das Gehalt für die ganze Kanzlei in Empfang zu nehmen, und als er zurückkam, erklärte er, er hätte es in betrunkenem Zustand verloren – und wo fand man es? In der Mütze! Die Hundertrubelscheine waren zu kleinen Röhrchen zusammengerollt und in den Mützenrand eingenäht.« An die Geschichte mit Gridenko erinnerten sich auch der Untersuchungsrichter und der Staatsanwalt sehr genau, und deshalb legten sie Mitjas Mütze beiseite und beschlossen, sie später gründlich zu visitieren, ebenso den ganzen Anzug.

»Erlauben Sie«, rief Nikolai Parfjonowitsch auf einmal, als er die blutbefleckte Manschette an Mitjas rechtem Hemdsärmel bemerkte. »Erlauben Sie, was ist denn das? Ist das Blut?«

»Ja, Blut«, antwortete Mitja kurz.

»Wie kommt denn das? Und warum ist die Manschette nach innen umgeschlagen?«

Mitja erzählte, daß die Manschette blutig geworden war, als er sich mit Grigori abgegeben hatte, und daß er sie schon bei Perchotin beim Waschen nach innen umgeschlagen hatte.

»Ihr Hemd müssen wir ebenfalls nehmen. Das ist sehr wichtig, als sachliches Beweisstück.« Mitja errötete und wurde wütend.

»Soll ich etwa nackt bleiben?« rief er.

»Seien Sie unbesorgt, wir werden das schon irgendwie in Ordnung bringen. Zunächst aber haben Sie die Güte, auch die Strümpfe auszuziehen.«

»Machen, Sie Witze? Ist das wirklich notwendig?« rief Mitja mit zornfunkelnden Augen.

»Wir sind nicht zu Witzen aufgelegt!« erwiderte Nikolai Parfjonowitsch streng.

»Na gut, wenn es nötig ist, dann...«, murmelte Mitja, setzte sich aufs Bett und begann sich die Strümpfe auszuziehen. Er war in unerträglicher Verlegenheit. Alle waren angekleidet, nur er nicht, und seltsam: Jetzt, wo er entkleidet war, fühlte er sich gewissermaßen selbst vor allen schuldig und gestand sich vor allem beinahe selbst ein, daß er auf einmal wirklich geringer war als die anderen und daß diese jetzt das volle Recht hatten, ihn zu verachten. ›Wenn alle nackt sind, braucht man sich nicht zu schämen, doch wenn man als einziger nackt ist und alle einen anstarren, ist das eine Schande!‹ ging es ihm immer wieder durch den Kopf. ›Es ist so wie im Traum; ich habe im Traum manchmal solche Schande durchgemacht!‹ Aber jetzt die Strümpfe auszuziehen, das war ihm geradezu peinlich. Sie waren sehr unsauber, und sein Unterzeug ebenso, und nun sahen das alle. Die Hauptsache aber war, er mochte selbst seine Füße nicht leiden. Er hatte sein Leben lang seine beiden großen Zehen unförmig gefunden, besonders den plumpen, platten, nach unten gekrümmten Nagel am rechten Fuß – und nun sahen das alle! Vor unerträglicher Scham wurde er noch gröber als vorher und kehrte dies absichtlich heraus. Er riß sich selbst das Hemd ab.

»Wollen Sie nicht noch wo nachsuchen, wenn Sie sich nicht schämen?«

»Nein, vorläufig ist es nicht erforderlich.«

»Soll ich denn nackt bleiben?« fügte er wütend hinzu.

»Ja, das ist vorläufig notwendig ... Haben Sie die Güte, sich einstweilen hier hinzusetzen. Sie können ja die Bettdecke nehmen und sich darin einhüllen. Ich werde dies alles zunächst mitnehmen.«

Alle Gegenstände wurden den Zeugen gezeigt, und es wurde ein Protokoll über die Visitation aufgenommen. Schließlich ging Nikolai Parfjonowitsch hinaus; die Kleider wurden ihm nachgetragen. Ippolit Kirillowitsch ging ebenfalls hinaus. Bei Mitja blieben nur die Bauern zurück; sie standen schweigend da, ohne die Augen von ihm zu lassen.

Mitja hüllte sich in die Bettdecke, er fror. Seine nackten Beine ragten heraus, er konnte die Decke beim besten Willen nicht so um sich schlagen, daß sie bedeckt wurden. Nikolai Parfjonowitsch blieb lange fort. ›Eine wahre Folter, dieses lange Warten, er behandelt mich wie einen Hund!‹ dachte Mitja zähneknirschend. ›Dieser Jammerkerl von Staatsanwalt ist auch weggegangen, sicher aus Verachtung; es wird ihm widerwärtig geworden sein, einen nackten Menschen zu sehen.‹ Mitja vermutete freilich, daß seine Kleider nur irgendwo visitiert würden und daß man sie ihm dann zurückbringen würde. Aber wie groß war seine Entrüstung, als Nikolai Parfjonowitsch auf einmal mit ganz anderen Sachen zurückkehrte, die ihm ein Bauer hinterhertrug.

»So, da haben Sie etwas zum Anziehen!« sagte er ungeniert; er schien mit dem Erfolg der Aktion sehr zufrieden. »Diese Kleider opfert Herr Kalganow für diesen interessanten Fall, dazu auch ein reines Hemd. Er hatte das zum Glück alles in seinem Koffer mit. Ihr Unterzeug und Ihre Strümpfe können Sie behalten.«

Mitja brauste auf.

»Ich will keine fremden Kleider!« schrie er drohend. »Geben Sie mir meine!«

»Das ist unmöglich!«

»Geben Sie mir meine! Hol' der Teufel Kalganow mitsamt seinen Kleidern!«

Man redete ihm lange zu, und schließlich beruhigte er sich ein wenig. Man erklärte ihm, daß seine blutbefleckten Kleider in die

Sammlung der Beweisstücke aufgenommen werden müßten; man sei nicht berechtigt, sie ihm zu belassen – in Anbetracht des möglichen Ausgangs, den die Sache nehmen könnte. Mitja begriff einigermaßen. Er verstummte und begann, sich mit finsterer Miene anzukleiden. Er äußerte dabei nur, dieser Anzug sei wertvoller als sein alter, und er habe keine Lust zu »profitieren«; außerdem sei er entsetzlich eng. »Soll ich darin etwa zu Ihrem Vergnügen den Hanswurst spielen?« Man setzte ihm erneut auseinander, daß er wiederum übertreibe. Herr Kalganow sei nur wenig größer als er, höchstens die Beinkleider seien ein bißchen lang. Der Rock war allerdings tatsächlich etwas eng in den Schultern.

»Zum Teufel, er läßt sich ja kaum zuknöpfen«, brummte Mitja. »Tun Sie mir den Gefallen und bestellen Sie Herrn Kalganow von mir, daß nicht etwa ich um seinen Anzug gebeten habe, sondern daß ich wider meinen Willen als Hanswurst kostümiert worden bin.«

»Er sieht das durchaus ein, mit Bedauern … Das heißt, das Bedauern bezieht sich nicht auf seinen Anzug, sondern mehr auf diese ganze Lage«, erwiderte Nikolai Parfjonowitsch mit eigenartigen Kaubewegungen.

»Ich spucke auf sein Bedauern! Na und, wo soll ich jetzt hingehen? Oder soll ich hier ewig sitzen?«

Man ersuchte ihn, wieder in ›jenes Zimmer‹ zu gehen. Mitja trat hinter dem Vorhang hervor, grau vor Wut und bemüht, niemand anzusehen. In dem fremden Anzug fühlte er sich entehrt, sogar diesen Bauern und Trifon Borissowitsch gegenüber, dessen Gesicht plötzlich aus irgendeinem Grund in der Tür auftauchte und wieder verschwand. ›Er hat mich in meinem neuen Kostüm beglotzen wollen!‹ dachte Mitja. Er setzte sich auf seinen früheren Stuhl; dabei hatte er das Gefühl, als bedrücke ihn ein sinnloser Traum: Er glaubte, seinen Verstand verloren zu haben.

»Na, was haben Sie nun vor? Wollen Sie mich auspeitschen lassen, wie? Weiter bleibt ja wohl nichts mehr«, sagte er zähneknirschend, zum Staatsanwalt gewandt.

An Nikolai Parfjonowitsch mochte er sich gar nicht mehr wenden, so als hielte er ihn nicht mehr für wert, daß er mit ihm sprach. ›Pedantisch genau hat er meine Strümpfe betrachtet, er hat sie sogar umdrehen lassen, der Schuft! Das hat er absichtlich getan, damit alle sehen, was ich für schmutzige Wäsche trage!‹

»So, und jetzt werden wir zur Vernehmung der Zeugen übergehen müssen«, sagte Nikolai Parfjonowitsch gewissermaßen als Antwort auf Dmitri Fjodorowitschs Frage.

»Ja«, erwiderte der Staatsanwalt nachdenklich.

»Wir haben alles getan, was wir in Ihrem Interesse tun konnten, Dmitri Fjodorowitsch«, fuhr Nikolai Parfjonowitsch fort. »Aber da Sie sich so entschieden geweigert haben, uns die Herkunft der bei Ihnen vorgefundenen Geldsumme zu erklären, können wir in diesem Augenblick ...«

»Was haben Sie da für einen Stein im Ring?« unterbrach ihn Mitja, als tauchte er aus tiefer Nachdenklichkeit empor, und zeigte mit dem Finger auf einen der drei großen Ringe, die Nikolai Parfjonowitschs rechte Hand schmückten.

»Was das für ein Stein ist?« fragte Nikolai Parfjonowitsch erstaunt zurück.

»Ja, der da ... Am Mittelfinger, der mit den Äderchen, was ist das für ein Stein?« fragte Mitja hartnäckig und gereizt wie ein eigensinniges Kind.

»Das ist ein Rauchtopas«, erwiderte Nikolai Parfjonowitsch lächelnd. »Wenn Sie ihn ansehen wollen, kann ich ihn vom Finger ziehen ...«

»Nein, nein, ziehen Sie ihn nicht vom Finger!« schrie Mitja wütend, der sich auf einmal wieder besann und über sich selbst ärgerte. »Ziehen Sie ihn nicht vom Finger, nicht nötig, zum Teufel ... Meine Herren, Sie haben meine Seele besudelt! Glauben Sie wirklich, ich würde es Ihnen verheimlichen, wenn ich meinen Vater tatsächlich totgeschlagen hätte. Ich würde Winkelzüge machen, lügen, mich verstecken? O nein, das liegt nicht in Dmitri Karamasows Wesen, das würde er nicht fertigbringen. Und wenn ich schuldig wäre, dann hätte ich, das schwöre ich Ihnen, nicht bis zu Ihrer Ankunft und nicht bis zum Sonnenaufgang gewartet, wie ich das ursprünglich beabsichtigt hatte, sondern hätte schon früher ein Ende gemacht, ohne den Tagesanbruch abzuwarten! Das sagt mir mein innerstes Gefühl. Ich hätte in zwanzig Jahren meines Lebens nicht so viel lernen können wie in dieser einen verfluchten Nacht! Und wäre ich in dieser Nacht so ein Mensch gewesen, würde ich jetzt, da ich mit Ihnen zusammensitze, so ein Mensch sein, würde ich so reden und mich so benehmen, wenn ich wirklich ein Vatermörder wäre – wo mir doch schon der unbeabsichtigte Totschlag Grigoris die ganze Nacht keine Ruhe gelassen hat, nicht aus Angst, o nein, nicht aus Furcht vor Ihrer Strafe! Nein, die Schandtat an sich hat mich so erregt! Und da wollen Sie, daß ich solchen Spöttern wie Ihnen, solchen blinden Maulwürfen und Spöttern, die nichts sehen und nichts glauben, noch eine neue Gemeinheit von mir erzählen soll, noch eine neue schmähliche Tat? Nein, und selbst wenn mich das vor Ihrer Anklage retten würde! Lieber will ich zur Zwangsarbeit! Derjenige, der diese Tür aufgemacht hat und durch sie hineingegangen ist, der hat ihn auch ermordet und beraubt. Wer es ist? Da stehe ich vor einem quälenden Rätsel – aber Dmitri Karamasow ist es nicht gewesen, das sollen Sie wissen! Das ist alles, was ich Ihnen sagen kann! Und nun lassen Sie es genug sein, setzen Sie mir nicht länger zu! Schicken Sie mich nach Sibirien, richten Sie mich hin, bloß reizen Sie mich nicht länger! Ich werde nichts mehr sagen. Rufen Sie Ihre Zeugen!«

Mitja hatte seinen überraschenden Monolog so vorgetragen, als sei er schon fest entschlossen, von nun an konsequent zu schweigen. Der Staatsanwalt hatte ihn die ganze Zeit beobachtet und sagte dann mit der kühlsten und ruhigsten Miene, als handelte es sich um die gewöhnlichste Sache der Welt: »Apropos, hinsichtlich dieser offenstehenden Tür, die Sie soeben erwähnten, können wir Ihnen jetzt von einer interessanten, für Sie wie für uns höchst wichtigen Aussage des alten Grigori Wassiljewitsch berichten. Nachdem er wieder zur Besinnung gekommen war, hat er uns auf unsere Fragen mit aller

Bestimmtheit erwidert, daß er zu der Zeit, als er vor die Haustür trat und im Garten ein Geräusch hörte, weshalb er sich entschloß, in den Garten zu gehen, daß er beim Eintritt in den Garten, noch bevor er Sie in der Dunkelheit laufen sah, einen Blick nach links geworfen und tatsächlich das geöffnete Fenster bemerkt habe, zugleich aber auch in weit geringerer Entfernung die offenstehende Tür. Jene Tür, von der Sie erklärt haben, sie sei die ganze Zeit, während Sie im Garten waren, geschlossen gewesen! Ich will Ihnen nicht verhehlen, daß Grigori Wassiljewitsch selbst mit Bestimmtheit den Schluß zieht, Sie müßten durch die Tür gelaufen sein, obgleich er das natürlich nicht mit eigenen Augen gesehen hat, da Sie sich ja schon in einiger Entfernung befanden und auf den Zaun zuliefen, als er sie zuerst bemerkte.«

Mitja war schon während dieser Rede vom Stuhl aufgesprungen. »Unsinn!« brüllte er plötzlich empört. »Eine freche Lüge! Er konnte die Tür gar nicht offen sehen, weil sie geschlossen war! Er lügt!«

»Ich halte es für meine Pflicht, Ihnen zu wiederholen, daß seine Aussage sehr bestimmt war. Er schwankte nicht. Er blieb dabei, wir haben ihn mehrere Male gefragt.«

»Gewiß, ich habe ihn mehrere Male gefragt!« bestätigte auch Nikolai Parfjonowitsch eifrig.

»Eine Lüge, eine Lüge! Das ist entweder eine Verleumdung oder die Halluzination eines Irren!« schrie Mitja weiter. »Es ist ihm einfach im Fieber, infolge des Blutverlustes, so vorgekommen! Und da redet er nun diesen Unsinn!«

»Ja, aber er hat doch die offenstehende Tür nicht erst bemerkt, als er wieder zu sich kam, sondern schon vorher, als er aus dem Seitengebäude in den Garten ging.«

»Das ist eine Lüge, das ist unmöglich! Er verleumdet mich, weil er wütend auf mich ist … Er konnte es nicht sehen … Ich bin nicht durch die Tür gelaufen«, sagte Mitja und rang mühsam nach Atem.

Der Staatsanwalt wandte sich an Nikolai Parfjonowitsch und sagte mit besonderem Nachdruck zu ihm: »Zeigen Sie es!«

»Kennen Sie diesen Gegenstand?« fragte Nikolai Parfjonowitsch, wobei er ein großes Kuvert auf den Tisch legte; aus dickem Papier im Kanzleiformat, mit drei noch wohlerhaltenen Siegeln. Das Kuvert selbst war leer und auf der einen Seite aufgerissen; Mitja starrte es mit weitgeöffneten Augen an.

»Das ... muß das Kuvert des Vaters sein«, murmelte er. »Das, in dem die dreitausend Rubel lagen ... Und dann die Aufschrift, erlauben Sie: ›Für mein liebes Küken‹ ... Und da: ›Dreitausend‹!« rief er. »›Dreitausend‹, sehen Sie?«

»Gewiß, wir sehen es, das Geld aber haben wir nicht mehr darin gefunden, das Kuvert war leer und lag auf dem Fußboden am Bett, hinter dem Wandschirm.«

Einige Sekunden stand Mitja wie betäubt da.

»Meine Herren, das ist Smerdjakow gewesen!« schrie er auf einmal aus voller Kehle. »Der hat ihn ermordet, der hat ihn beraubt! Er allein wußte, wo der Alte das Kuvert versteckt hatte ... Er ist es gewesen, jetzt ist es klar!«

»Aber Sie wußten ja auch, daß das Kuvert unter dem Kopfkissen lag.«

»Niemals habe ich das gewußt, ich habe es überhaupt nie gesehen, ich erblicke es jetzt zum erstenmal, vorher habe ich nur von Smerdjakow etwas darüber gehört ... Er allein wußte, wo der Alte es versteckt hatte, ich wußte es nicht ...

Mitja war ganz außer Atem gekommen.

»Und doch haben Sie selbst uns vorhin gesagt, das Kuvert hätte bei Ihrem verstorbenen Vater unter dem Kopfkissen gelegen. Sie sagten ausdrücklich: ›unter dem Kopfkissen‹ – also wußten Sie doch, wo es lag.«

»Wir haben es so auch festgehalten«, fügte Nikolai Parfjonowitsch bestätigend hinzu.

»Unsinn, reiner Unsinn! Ich wußte absolut nicht, daß es unter dem Kopfkissen lag. Und vielleicht hat es überhaupt nicht unter dem Kopfkissen gelegen ... Ich habe aufs Geratewohl gesagt, es hätte unter dem Kopfkissen gelegen ... Was sagt denn Smerdjakow? Haben

Sie ihn gefragt, wo es gelegen hat? Was sagt Smerdjakow? Das ist die Hauptsache … Ich habe absichtlich gelogen, zu meinem Schaden … Ich habe Ihnen, ohne viel nachzudenken, vorgelogen, es hätte unter dem Kopfkissen gelegen, und das glauben Sie jetzt … Na, wissen Sie, da kommt einem so ein Wort auf die Zunge, man lügt. Aber gewußt hat es nur Smerdjakow, sonst niemand! Er hat auch mir nicht gesagt, wo es lag! Er ist es gewesen, er muß ihn totgeschlagen haben, hundertprozentig, das ist mir jetzt sonnenklar!« rief Mitja. Er geriet mehr und mehr außer sich, wiederholte sich, redete unzusammenhängend und hastig. »Begreifen Sie das doch, und verhaften Sie ihn so schnell wie möglich! Er hat ihn ermordet, als ich weglief und Grigori bewußtlos dalag, das ist jetzt klar … Er hat das Signal gegeben, und der Vater hat ihm aufgemacht … Denn er war auch der einzige, der die Signale kannte, und ohne die Signale hätte der Vater niemandem geöffnet …«

»Aber Sie vergessen wieder den Umstand«, bemerkte der Staatsanwalt, noch immer in der gleichen gemessenen Weise, nun jedoch schon fast triumphierend, »daß es nicht nötig war, Signale zu geben, wenn die Tür offenstand, schon als Sie sich im Garten befanden …«

»Die Tür, die Tür!« murmelte Mitja und starrte den Staatsanwalt schweigend an; dann sank er kraftlos auf den Stuhl zurück.

Alle schwiegen.

»Ja, die Tür! Das ist ein Phantom! Gott ist gegen mich!« rief er und blickte geistesabwesend vor sich hin.

»Sehen Sie und urteilen Sie selbst, Dmitri Fjodorowitsch«, sagte der Staatsanwalt in gewichtigem Ton. »Auf der einen Seite diese Aussage von der offenstehenden Tür, durch die Sie angeblich herausgelaufen sein sollen – eine Aussage, die Sie wie uns befremdet. Auf der anderen Seite Ihr unbegreifliches, hartnäckiges und beinahe erbittertes Schweigen über die Herkunft des Geldes, das plötzlich in Ihren Händen war, während Sie nach Ihrer eigenen Aussage noch drei Stunden vorher Ihre Pistolen versetzten, um nur zehn Rubel zu bekommen! Entscheiden Sie in Anbetracht aller dieser Umstände bitte selbst: Was sollen wir glauben, worauf sollen wir uns verlassen?

Und machen Sie uns bitte keine Vorwürfe, wir seien kalte Zyniker und Spötter, außerstande, Ihren edelsten Herzensregungen zu glauben ... Versetzen Sie sich vielmehr auch in unsere Lage ...«

Mitja befand sich in unbeschreiblicher Erregung; er war ganz blaß geworden.

»Nun gut!« rief er plötzlich. »Ich werde Ihnen mein Geheimnis enthüllen! Ich werde Ihnen gestehen, wo ich das Geld herhatte, damit ich später weder Ihnen noch mir einen Vorwurf zu machen brauche.«

»Und Sie dürfen glauben, Dmitri Fjodorowitsch«, fiel Nikolai Parfjonowitsch mit gerührter und erfreuter Stimme ein, »daß Ihnen jedes aufrichtige, umfassende Geständnis, das Sie jetzt machen, Ihr Schicksal später außerordentlich erleichtern kann und daß außerdem ...«

Doch da stieß ihn der Staatsanwalt leise unter dem Tisch an und konnte ihn noch rechtzeitig unterbrechen; Mitja allerdings hatte überhaupt nicht gehört, was eben gesagt worden war.

7. Mitjas großes Geheimnis wird nicht ernst genommen

»Meine Herren!« begann er, noch immer äußerst erregt. »Dieses Geld ... Ich will ein vollständiges Geständnis ablegen ... Dieses Geld gehörte mir!«

Der Staatsanwalt und der Untersuchungsrichter machten lange Gesichter: sie hatten etwas ganz anderes erwartet.

»Wie kann es denn Ihnen gehört haben«, wandte Nikolai Parfjonowitsch ein, »wenn Sie noch um fünf Uhr desselben Tages nach Ihrem eigenen Geständnis ...«

»Ach, zum Teufel mit diesem ›fünf Uhr desselben Tages‹ und mit meinem eigenen Geständnis – darum handelt es sich jetzt nicht! Dieses Geld war mein Geld, das heißt, mein gestohlenes Geld ... Das heißt nicht mein Geld, sondern gestohlen, von mir gestohlen, und es waren fünfzehnhundert Rubel, und ich trug sie bei mir, trug sie die ganze Zeit bei mir ...«

»Wo hatten Sie sie denn hergenommen?«

»Von meinem Hals hatte ich sie genommen, meine Herren, von meinem Hals, von diesem meinen Hals ... Hier waren sie, an meinem Hals, in einen Lappen eingenäht! Schon lange, schon einen Monat lang hatte ich sie zu meiner Schmach und Schande am Hals getragen!«

»Und von wem haben Sie sich dieses Geld ... angeeignet?«

»Sie wollten sagen ›gestohlen‹? Sprechen Sie dieses Wort jetzt nur getrost aus! Ja, ich bin der Ansicht, daß ich dieses Geld so gut wie gestohlen hatte; aber wenn Sie wollen, hatte ich es mir in Wirklichkeit nur ›angeeignet‹. Meiner Ansicht nach hatte ich es in der Tat bereits gestohlen. Und gestern, gestern abend, habe ich es nun endgültig gestohlen.«

»Gestern abend? Aber Sie sagten doch soeben, es sei schon einen Monat her, daß Sie es ... sich angeeignet hätten!«

»Ja, aber nicht von meinem Vater, nicht von meinem Vater, seien Sie unbesorgt! Nicht meinem Vater hatte ich es gestohlen, sondern ihr. Lassen Sie mich erzählen, und unterbrechen Sie mich nicht! Es fällt mir ja ohnehin schon schwer! Sehen Sie: Vor einem Monat ließ mich Katerina Iwanowna Werchowzewa, meine frühere Braut, zu sich rufen ... Kennen Sie sie?«

»Gewiß, ich bitte Sie.«

»Ich weiß, daß Sie sie kennen. Sie ist die edelste Seele, die es gibt; doch sie haßt mich schon lange, oh, schon lange ... Und verdientermaßen, verdientermaßen haßt sie mich!«

»Katerina Iwanowna?« fragte der Untersuchungsrichter erstaunt. Auch der Staatsanwalt machte große Augen.

»Oh, sprechen Sie ihren Namen nicht unnütz aus! Ich bin ein Schuft, daß ich sie hier hineinbringe. Ja, ich merkte, daß sie mich haßte ... Schon längst, schon vom erstenmal an, gleich seit jener ersten Begegnung in meiner Wohnung. Aber genug davon, Sie sind es gar nicht wert, das zu wissen, das ist durchaus nicht nötig ... Gesagt werden muß nur, daß sie mich vor einem Monat rufen ließ und mir dreitausend Rubel übergab, die ich an ihre Schwester und noch eine Verwandte in Moskau abschicken sollte – als ob sie das nicht selbst hätte besorgen können! Es war gerade in der verhängnisvollen Zeit meines Lebens, als ich … Nun kurz, als ich mich in eine andere verliebt hatte, in sie, die jetzt auf Ihre Anordnung da unten sitzt, Gruschenka … Ich nahm sie damals mit nach Mokroje und brachte hier in zwei Tagen die Hälfte dieser verfluchten dreitausend Rubel durch, das heißt fünfzehnhundert; die andere Hälfte behielt ich zurück. Und diese fünfzehnhundert, die ich zurückbehalten hatte, die trug ich eingenäht wie ein Amulett am Hals; gestern nun machte ich das Säckchen auf und verjubelte einen Teil des Geldes. Den Rest, achthundert Rubel, haben Sie jetzt in Händen, Nikolai Parfjonowitsch – das ist der Rest der fünfzehnhundert von gestern.«

»Erlauben Sie, wie denn, Sie haben doch vor einem Monat hier dreitausend Rubel durchgebracht und nicht fünfzehnhundert? Das wissen ja alle Leute.«

»Wer weiß es? Wer hat es gezählt? Wen habe ich es nachzählen lassen?«

»Aber ich bitte Sie, Sie haben doch selbst allen Leuten gesagt, Sie hätten damals genau dreitausend Rubel durchgebracht.«

»Das ist richtig, gesagt habe ich es, der ganzen Stadt habe ich es gesagt, und die ganze Stadt hat es gesagt, und alle Leute haben geglaubt, daß es dreitausend gewesen sind, auch hier in Mokroje haben es alle geglaubt. Aber trotzdem habe ich nicht dreitausend durchgebracht, sondern nur fünfzehnhundert; die anderen fünfzehnhundert habe ich in ein Säckchen eingenäht. Sehen Sie, so war das, meine Herren. Nun wissen Sie, wo ich gestern das Geld herhatte …«

»Das klingt geradezu phantastisch …«, bemerkte Nikolai Parfjonowitsch.

»Gestatten Sie eine Frage«, sagte schließlich der Staatsanwalt. »Haben Sie nicht wenigstens irgendwem von diesem Umstand vorher Mitteilung gemacht … Ich meine davon, daß Sie diese fünfzehnhundert Rubel vor einem Monat übrigbehalten hätten?«

»Nein, ich habe es niemandem gesagt.«

»Das ist sonderbar. Wirklich keinem einzigen Menschen?«

»Nein, keinem einzigen Menschen. Absolut niemandem.«

»Aber welchen Zweck sollte denn dieses Stillschweigen haben? Was veranlaßte Sie, daraus ein solches Geheimnis zu machen? Ich will mich deutlicher ausdrücken: Sie haben uns endlich Ihr Geheimnis enthüllt, das nach Ihrer Ansicht so schmählich ist, obgleich diese Tat, das heißt die zweifellos nur zeitweilige Aneignung der fremden dreitausend Rubel in Wirklichkeit, das heißt natürlich nur relativ gesprochen, wenigstens meiner Ansicht nach nur höchst leichtsinnig ist, aber nicht eigentlich schmählich, besonders wenn man Ihren Charakter in Betracht zieht ... Nun, allerdings, sie ist höchst tadelnswert, das gebe ich zu, aber doch nur tadelnswert, nicht eigentlich schmählich ... Ich möchte nämlich speziell auf folgendes hinweisen: Daß diese von Ihnen so verschwenderisch ausgegebenen dreitausend Rubel Fräulein Werchowzewas Eigentum waren, haben in diesem Monat auch ohne Ihr Geständnis schon viele Leute vermutet, ich selbst habe auch dieses Gerücht gehört ... Michail Makarowitsch zum Beispiel hat es ebenfalls gehört. So daß es schließlich kaum noch ein Gerücht, sondern allgemeines Stadtgespräch war. Außerdem sind Anzeichen vorhanden, daß auch Sie selbst, wenn ich nicht irre, dies jemandem gestanden haben, nämlich daß dieses Geld Fräulein Werchowzewa gehörte. Und daher wundere ich mich, daß Sie bis zu diesem jetzigen Augenblick aus diesen angeblich beiseite gelegten fünfzehnhundert Rubeln so ein außerordentliches Geheimnis gemacht und ihm sogar einen schrecklichen Nimbus verliehen haben ... Es ist unwahrscheinlich, daß Ihnen das Eingestehen eines solchen Geheimnisses so viel Qual bereiten konnte – haben Sie doch eben erst ausgerufen, Sie wollten sich lieber zur Zwangsarbeit schikken lassen, als das zugeben!«

Der Staatsanwalt schwieg. Er war in Feuer geraten und verbarg nicht, daß er ärgerlich, beinahe wütend war; er sprudelte alles heraus, was sich in ihm angesammelt hatte, sogar ohne sich um den Stil zu kümmern, sondern unzusammenhängend und fast konfus.

»Die Schande bestand nicht in den fünfzehnhundert Rubeln, sondern darin, daß ich diese fünfzehnhundert von den dreitausend weggenommen hatte«, antwortete Mitja in festem Ton.

»Aber sagen Sie doch bloß«, entgegnete der Staatsanwalt und lächelte gereizt, »was ist daran eigentlich schmählich, daß Sie von den dreitausend Rubeln, die Sie sich in tadelnswerter oder, wenn Sie es selbst so wünschen, in schmählicher Weise angeeignet hatten, die Hälfte zwecks Verwendung nach eigenem Ermessen abgezweigt haben? Die Hauptsache ist doch, daß Sie sich die dreitausend angeeignet und nicht, wie Sie darüber verfügt haben. Apropos, warum verfügten Sie eigentlich so, das heißt, warum zweigten Sie die Hälfte ab? In welcher Absicht, zu welchem Zweck taten Sie das? Können Sie uns das erklären?«

»Oh, meine Herren, gerade in der Absicht liegt ja die Wurzel!« rief Mitja. »Ich zweigte die Hälfte aus Gemeinheit ab, das heißt aus Berechnung, denn Berechnung ist in diesem Fall eben Gemeinheit ... Und einen ganzen Monat dauerte sie, diese Gemeinheit!«

»Das ist unverständlich.«

»Ich wundere mich über Sie. Aber vielleicht drücke ich mich wirklich unverständlich aus? Passen Sie auf. Ich eigne mir dreitausend Rubel an, die mir im Vertrauen auf meine Ehrenhaftigkeit übergeben worden sind, verjuble sie völlig und gehe am Morgen zu ihr und sage: ›Katja, verzeih, ich habe deine dreitausend Rubel verjubelt!‹ Ist das schön? Nein, das ist nicht schön, das ist ehrlos und unwürdig, ich habe da gehandelt wie ein Mensch, der sich wie ein Tier nicht zu beherrschen weiß, nicht wahr? Aber trotzdem bin ich kein Dieb, nicht direkt ein Dieb, das werden Sie zugeben müssen! Ich habe das Geld verjubelt, aber nicht gestohlen! Jetzt der zweite, noch günstigere Fall. Hören Sie genau zu, sonst komme ich womöglich wieder aus dem Konzept, mir ist nämlich sehr schwindlig. Also der zweite Fall: Ich verjuble hier nur fünfzehnhundert Rubel von den dreitausend, das heißt die Hälfte. Am anderen Tag gehe ich zu ihr und bringe ihr die andere Hälfte. ›Katja‹, sage ich, ›nimm von mir Schurken und leichtsinnigem Patron diese Hälfte wieder zurück, denn die andere Hälfte habe ich durchgebracht. Ich fürchte, daß ich auch diese durchbringen werde; also nimm sie wieder, damit mir diese Sünde erspart bleibt!‹ Nun, was wäre ich in diesem Fall? Alles, was Sie wollen, ein unvernünftiges Tier, ein Schuft – doch kein Dieb, keineswegs ein Dieb. Denn wäre ich ein Dieb, hätte ich sicherlich die übriggebliebene Hälfte nicht zurückgebracht, sondern sie mir ebenfalls angeeignet. So aber sieht sie ein: Wenn ich so schnell die eine Hälfte zurückgebracht habe, werde ich auch den Rest, die verjubelte Summe, zurückbringen, werde mein Leben lang nach einer Möglichkeit suchen, arbeiten, sie schließlich finden und ihr das Geld zurückgeben. Unter diesen Umständen bin ich zwar ein Schuft, aber jedenfalls kein Dieb!«

»Ich will zugeben, daß da ein gewisser Unterschied vorhanden ist«, sagte der Staatsanwalt, kühl lächelnd. »Aber seltsam ist trotzdem, daß Sie diesen Unterschied für so verhängnisvoll halten.«

»Ja, ich halte ihn für verhängnisvoll. Ein Schuft kann jeder sein und ist vielleicht jeder; ein Dieb aber kann nicht jeder sein, sondern nur ein Erzschuft. Nun, ich verstehe mich nicht auf diese Feinheiten. Nur so viel kann ich sagen: Ein Dieb ist gemeiner als ein Schuft, das ist meine Überzeugung. Hören Sie, ich trage das Geld einen ganzen Monat mit mir herum; tagtäglich kann ich es zurückgeben und bin dann kein Dieb mehr. Aber ich kann mich nicht dazu entschließen, obgleich ich jeden Tag ansetze und mich selbst antreibe: ›Entschließ dich, entschließ dich, du Schuft!‹ Und sehen Sie, so kann ich mich den ganzen Monat nicht dazu entschließen, das ist es. Nun, ist das schön, ist das Ihrer Ansicht nach schön?«

»Das ist allerdings nicht gerade schön, das sehe ich ein und streite nicht«, erwiderte der Staatsanwalt mit Zurückhaltung. »Aber wir wollen den Disput über diese feinen Unterschiede lieber beiseite lassen und wieder zur Sache kommen, wenn es Ihnen gefällig ist. Es handelt sich darum, daß Sie trotz unserer wiederholten Fragen noch nicht bereit waren, zu erklären, zu welchem Zweck Sie eine solche Teilung der dreitausend Rubel ursprünglich vornahmen, nämlich, die eine Hälfte durchbrachten und die andere versteckten. Zu welchem Zweck versteckten Sie sie eigentlich? Welche Absicht hatten Sie eigentlich mit diesen abgezweigten fünfzehnhundert Rubeln? Ich möchte auf dieser Frage bestehen, Dmitri Fjodorowitsch.«

»Ja wahrhaftig!« rief Mitja und schlug sich mit der Hand vor die Stirn. »Verzeihen Sie, ich quäle Sie und erkläre die Hauptsache nicht; sonst hätten Sie sofort verstanden, daß eben in der Absicht, in dieser Absicht die Schmach besteht! Sehen Sie, dieser alte Mann, der Verstorbene, belästigte Agrafena Alexandrowna immer, und ich war eifersüchtig und dachte damals, sie schwanke zwischen mir und ihm, und da dachte ich jeden Tag: Wie nun, wenn sie plötzlich ihre Wahl trifft? Wie nun, wenn sie es plötzlich satt hat, mich zu quälen, und auf einmal zu mir sagt: ›Dich liebe ich, nicht ihn! Bring mich fort bis ans Ende der Welt!‹ Und ich besitze nur zwei Zwanzigkopekenstükke – womit soll ich sie dann fortbringen, was soll ich dann machen? Dann bin ich verloren … Ich kannte ja damals ihren Charakter noch nicht und dachte, ihre Wünsche gingen aufs Geld und sie würde mir meine Armut nicht verzeihen. Also zählte ich heimtückisch die Hälfte von den dreitausend Rubeln ab und nähte sie ein, kaltblütig, mit berechneter Absicht, noch ehe ich betrunken war, und erst dann fuhr ich weg, um die andere Hälfte zu verjubeln! Nein, das war eine Gemeinheit! Haben Sie nun verstanden?«

Der Staatsanwalt lachte laut auf, der Untersuchungsrichter ebenfalls.

»Meiner Meinung nach war es sogar vernünftig und moralisch, daß Sie sich gemäßigt und nicht das ganze Geld durchgebracht haben«, kicherte Nikolai Parfjonowitsch. »Was ist denn eigentlich dabei?«

»Daß ich gestohlen habe, das ist dabei! O mein Gott, ich bin entsetzt über Ihre Verständnislosigkeit! Während ich diese fünfzehnhundert Rubel eingenäht auf der Brust trug, sagte ich mir immerzu: ›Du bist ein Dieb, du bist ein Dieb!‹ Und deshalb war ich diesen Monat über auch so wütend, deshalb prügelte ich mich im Restaurant, deshalb schlug ich meinen Vater – weil ich mich als Dieb fühlte! Nicht einmal meinem Bruder Aljoscha gegenüber hatte ich den Mut, etwas von diesen fünfzehnhundert Rubeln anzudeuten, so sehr fühlte ich, daß ich ein Schuft und Gauner war! Sie müssen wissen, daß ich jeden Tag und jede Stunde, solange ich dieses Geld bei mir trug, zu mir sagte: ›Nein, Dmitri Fjodorowitsch, du bist vielleicht noch kein Dieb! Warum nicht? Weil du morgen hingehen und Katja diese fünfzehnhundert Rubel zurückgeben kannst!‹ Und erst gestern, als ich von Fenja zu Perchotin ging, entschloß ich mich, mir das Säckchen vom Hals zu reißen; bis zu jenem Augenblick hatte ich mich nicht dazu entschließen können. Und als ich es abriß, in diesem Moment wurde ich endgültig und unstreitig ein Dieb, ein Dieb und ein ehrloser Mensch fürs ganze Leben. Warum? Weil ich damit gleichzeitig auch meinen Plan zerstört hatte, zu Katja zu gehen und zu ihr zu sagen: ›Ich bin ein Schuft, aber kein Dieb!‹ Verstehen Sie es jetzt?«

»Und warum haben Sie sich nun gestern abend dazu entschlossen?« unterbrach ihn Nikolai Parfjonowitsch.

»Warum? Das ist eine lächerliche Frage! Weil ich mich zum Tod verurteilt hatte, um fünf Uhr morgens, hier, bei Tagesanbruch. Es ist ja ganz gleich, dachte ich, ob ich als Dieb sterbe oder als anständiger Mensch! Aber so ist es nicht, es hat sich herausgestellt, daß das nicht ganz gleich ist! Können Sie es glauben, meine Herren: Nicht das hat mich in dieser Nacht am meisten gequält, daß ich den alten Diener totgeschlagen hatte, wie ich glaubte, und mir Sibirien drohte, und das ausgerechnet zu der Zeit, wo meine Liebe gekrönt wurde und der Himmel sich von neuem vor mir auftat! Oh, das hat mich gequält, ja, aber nicht so wie dieses verfluchte Bewußtsein, daß ich mir dieses verfluchte Geld von der Brust gerissen und verjubelt hatte und also jetzt endgültig zum Dieb geworden war! O meine Herren, ich wiederhole es Ihnen in tiefstem Schmerz: Vieles habe ich in dieser Nacht gelernt! Ich habe gelernt, daß es nicht nur unmöglich ist, als Dieb zu leben, sondern auch, als Dieb zu sterben … Nein, meine Herren, man muß als Ehrenmann sterben!«

Mitja war blaß. Sein Gesicht hatte einen erschöpften, zerquälten Ausdruck, obgleich er höchst erregt war.

»Ich fange an, Sie zu verstehen, Dmitri Fjodorowitsch«, sagte der Staatsanwalt gedehnt in sanftem, sogar teilnahmsvoll klingendem Ton. »Aber all das, nehmen Sie es mir nicht übel, sind meiner Ansicht nach nur Ihre kranken Nerven. Warum haben Sie zum Beispiel nicht, um sich von diesen, fast einen Monat andauernden Qualen zu befreien, diese fünfzehnhundert Rubel der Person zurückgegeben, die sie Ihnen anvertraut hatte? Warum haben Sie sich nicht zunächst mit ihr ausgesprochen und dann in Anbetracht Ihrer damaligen Lage den Versuch gemacht, der sich ganz natürlich anbietet, ich meine, warum haben Sie die Betreffende nach einem anständigen Geständnis nicht um die benötigte Summe gebeten, die sie Ihnen, hochherzig wie sie ist, angesichts der Zerrüttung Ihres ganzen Wesens gewiß nicht abgeschlagen hätte, zumal wenn Sie ihr etwas Schriftliches darüber ausgestellt oder ihr jene Sicherheit gegeben hätten, die Sie dem Kaufmann Samsonow und Frau Chochlakowa angeboten haben? Sie betrachten ja diese Sicherheit auch jetzt noch als wertvoll?«

Mitja errötete plötzlich. »Halten Sie mich wirklich für einen Schuft allerhöchsten Grades? Es ist doch nicht möglich, daß Sie das im Ernst gesagt haben?« rief er empört und blickte den Staatsanwalt an, als traute er seinen Ohren nicht.

»Ich versichere Ihnen, daß ich es im Ernst gesagt habe ... Warum meinen Sie, daß das nicht der Fall wäre?« fragte der Staatsanwalt seinerseits erstaunt.

»Oh, wie gemein wäre das gewesen! Meine Herren, wissen Sie auch, daß Sie mich quälen? Nun gut, ich werde Ihnen alles sagen, meinetwegen! Ich werde Ihnen meine ganze teuflische Gesinnung bekennen, doch nur, um Sie zu beschämen! Und Sie werden sich wundern, bis zu welcher Gemeinheit sich die Gefühle eines Menschen versteigen können. Sie sollen wissen, daß ich diesen Plan schon selbst hatte, denselben Plan, den Sie soeben dargelegt haben, Herr Staatsanwalt! Jawohl, meine Herren, auch ich habe in diesem verfluchten Monat diesen Gedanken gehabt und war schon beinahe entschlossen, zu Katja zu gehen – so gemein war ich! Aber zu ihr zu gehen, ihr meine Untreue einzugestehen, für die aus dieser Untreue erwachsenden Ausgaben sie selbst, Katja, um Geld zu bitten und anschließend mit der anderen wegzulaufen, mit ihrer Nebenbuhlerin – ich bitte Sie, Sie haben wohl den Verstand verloren, Herr Staatsanwalt!«

»Das letztere mag dahingestellt bleiben; doch habe ich im Eifer wirklich nicht an die weibliche Eifersucht gedacht … Und am Ende liegt hier wirklich etwas Derartiges vor«, bemerkte der Staatsanwalt lächelnd.

»Das wäre so eine Gemeinheit«, rief Mitja und schlug wütend mit der Faust auf den Tisch. »Das würde so zum Himmel stinken, daß ich keine Worte dafür finde! Wissen Sie, daß sie es fertiggebracht hätte, mir dieses Geld zu geben, und es mir bestimmt gegeben hätte, aus Rachsucht, um des Genusses der Rache willen, aus Verachtung gegen mich? Denn sie ist ebenfalls eine teuflische Natur, ein Weib, das fähig ist zu gewaltigem Zorn! Ich aber hätte das Geld genommen, oh, ich hätte es genommen, und dann mein Leben lang … o Gott! Verzeihen Sie, meine Herren, ich schreie so, weil ich diesen Gedanken noch vor kurzem hatte, vorgestern, als ich mich in der Nacht mit Ljagawy abplagte, und dann gestern, ja, auch gestern, gestern den ganzen Tag, ich erinnere mich, bis zu diesem Vorfall …«

»Bis zu welchem Vorfall?« warf Nikolai Parfjonowitsch neugierig ein, aber Mitja hörte die Frage nicht.

»Ich habe Ihnen ein furchtbares Geständnis gemacht«, schloß er mit finsterer Miene. »Beachten Sie das, meine Herren! Doch das genügt nicht. Es genügt nicht, dieses Geständnis nur zu beachten, achten Sie es auch! Wenn Sie das nicht tun, ersehe ich daraus, daß Sie mich schon völlig verachten, und ich werde mich zu Tode schämen, weil ich solchen Menschen wie Ihnen gestanden habe! Oh, ich werde mich erschießen! Ja, ich sehe schon, daß Sie mir nicht glauben! Wie, wollen Sie auch das niederschreiben?« rief er ganz entsetzt.

»Ja, das, was Sie soeben gesagt haben«, erwiderte Nikolai Parfjonowitsch, ihn erstaunt ansehend. »Nämlich, daß Sie bis zuletzt immer noch die Absicht hatten, zu Fräulein Werchowzewa zu gehen und sie um diese Summe zu bitten … Ich versichere Ihnen, daß dies eine für uns sehr wichtige Aussage ist, Dmitri Fjodorowitsch, das heißt, in bezug auf diesen ganzen Fall … Und daß sie besonders für Sie wichtig ist.«

»Haben Sie Erbarmen, meine Herren!« rief Mitja und schlug die Hände zusammen. »Schreiben Sie wenigstens das nicht nieder, schämen Sie sich! Ich habe sozusagen meine Seele vor Ihren Augen in zwei Teile zerrissen, und Sie benutzen das nun und wühlen an der aufgerißnen Stelle mit den Fingern in den Hälften herum … O Gott!« Er bedeckte in seiner Verzweiflung das Gesicht mit den Händen.

»Regen Sie sich nicht so auf, Dmitri Fjodorowitsch«, sagte der Staatsanwalt. »Alles, was jetzt niedergeschrieben wird, werden Sie nachher selbst zu hören bekommen, und womit Sie nicht einverstanden sind, das werden wir nach Ihren Angaben ändern. Jetzt jedoch wiederhole ich eine kleine Frage zum drittenmal: Hat denn wirklich niemand aus Ihrem Mund etwas von dem Geld gehört, das Sie in das Säckchen eingenäht hatten? Das kann man sich, offen gesagt, kaum vorstellen.«

»Niemand, ich habe es schon gesagt. Sonst haben Sie ja nichts von allem begriffen! Lassen Sie mich in Ruhe!«

»Erlauben Sie, dieser Punkt muß aufgeklärt werden, und wir haben dafür viel Zeit zur Verfügung. Vorläufig aber überlegen Sie bitte selbst: Wir haben vielleicht ein paar Dutzend Zeugenaussagen dazu, daß Sie selbst überall herumerzählt haben, Sie hätten dreitausend Rubel ausgegeben, nicht fünfzehnhundert. Und auch gestern, als Sie das Geld sehen ließen, haben Sie vielen mitgeteilt, Sie hätten wieder dreitausend Rubel mitgebracht …«

»Nicht Dutzende, sondern Hunderte von Zeugenaussagen stehen Ihnen zu Gebote, ein paar hundert Zeugenaussagen! Ein paar hundert Leute haben es gehört, tausend Leute haben es gehört!« rief Mitja.

»Nun, da sehen Sie es. Alle könnten es bezeugen. Das Wort ›alle‹ fällt doch sehr ins Gewicht.«

»Gar nichts fällt ins Gewicht. Ich habe geschwindelt, und alle haben es nachgeschwatzt.«

»Und wozu hatten Sie nötig zu ›schwindeln‹, wie Sie sich ausdrücken?«

»Das mag der Teufel wissen. Vielleicht bloß so aus Prahlerei ... Um mit der Menge des verjubelten Geldes zu renommieren ... Vielleicht um dieses eingenähte Geld zu vergessen ... ja, genau das war der Grund ... Zum Teufel, wie oft legen Sie mir diese Frage vor? Na, ich habe eben geschwindelt, und damit gut. Und nachdem ich einmal geschwindelt hatte, wollte ich es nicht wieder korrigieren. Warum schwindelt der Mensch manchmal?«

»Das ist schwer zu entscheiden, Dmitri Fjodorowitsch, warum ein Mensch schwindelt«, erwiderte der Staatsanwalt nachdrücklich. »Sagen Sie, war dieses Säckchen, wie Sie das nennen, was Sie am Hals trugen, groß?«

»Nein, es war nicht groß.«

»Von welcher Größe ungefähr?«

»Wenn man einen Hundertrubelschein einmal zusammenkniflt, so groß.«

»Das beste wäre, wenn Sie uns die Lappen zeigen würden. Sie werden sie doch irgendwo haben.«

»Ach, zum Teufel ... Was sind das für Dummheiten ... Ich weiß nicht, wo sie sind.«

»Erlauben Sie noch eine Frage. Wo und wann haben Sie das Säckchen von Ihrem Hals genommen? Sie sind ja, wie Sie selbst angeben, nicht in Ihrer Wohnung vorbeigegangen?«

»Als ich von Fenja kam und zu Perchotin ging, da habe ich es mir unterwegs vom Hals gerissen und das Geld herausgenommen.«

»Im Dunkeln?«

»Wozu braucht man dabei Licht? Ich habe das in einem Augenblick mit dem Finger gemacht.«

»Ohne Schere? Auf der Straße?«

»Auf dem Marktplatz, glaube ich. Und wozu brauchte ich eine Schere? Es war ein alter Lappen, er ließ sich sofort zerreißen.«

»Wo haben Sie ihn gelassen?«

»Ich habe ihn weggeworfen.«

»Wo denn genauer?«

»Auf dem Marktplatz. Mag der Teufel wissen, wo auf dem Marktplatz. Wozu wollen Sie das wissen?«

»Das ist außerordentlich wichtig, Dmitri Fjodorowitsch. Das sind sachliche Beweisstücke zu ihren Gunsten. Daß Sie das nicht einsehen wollen! Wer hat Ihnen denn vor einem Monat beim Einnähen geholfen?«

»Niemand hat mir geholfen, ich habe es selbst eingenäht.«

»Können Sie nähen?«

»Ein Soldat muß nähen können, das ist kein Kunststück.«

»Wo haben Sie das Material hergenommen? Ich meine, den Lappen, in den Sie das Geld eingenäht haben?«

»Machen Sie sich auch nicht über mich lustig?«

»Durchaus nicht. Wir sind gar nicht in der Stimmung dazu, Dmitri Fjodorowitsch.«

»Ich erinnere mich nicht, wo ich den Lappen hergenommen habe. Irgendwoher werde ich ihn schon genommen haben.«

»Man sollte doch meinen, daran müßte man sich erinnern.«

»Weiß Gott, ich erinnere mich nicht. Vielleicht habe ich ein Stück von meiner Wäsche zerrissen?«

»Das ist sehr interessant, man könnte morgen in Ihrer Wohnung dieses Wäschestück suchen. Vielleicht findet sich ein Hemd, von dem Sie ein Stück abgerissen haben. Woraus war denn dieser Lappen, aus Baumwolle oder aus Leinwand?«

»Weiß der Teufel woraus. Warten Sie mal … Ich glaube, ich habe ihn von nichts abgerissen. Er war aus Kaliko … Ich glaube, ich habe das Geld in eine Haube meiner Wirtin eingenäht.«

»In eine Haube Ihrer Wirtin?«

»Ja, ich hatte sie ihr weggenommen.«

»Was heißt das, weggenommen?«

»Sehen Sie, jetzt fällt es mir ein. Ich hatte ihr tatsächlich einmal eine Haube weggenommen, als Wischlappen oder vielleicht um die Feder damit abzuwischen. Ich hatte sie, ohne ein Wort darüber zu sagen, an mich genommen, weil es ein ganz unbrauchbarer Fetzen war, der in meiner Stube herumlag. Und da hatte ich nun diese fünfzehnhundert Rubel, nahm das Ding und nähte sie darin ein ... Ja, ich glaube, in diesen Fetzen habe ich sie eingenäht. Es war ein alter Kalikolumpen, schon tausendmal gewaschen.«

»Und Sie erinnern sich jetzt mit Sicherheit daran?«

»Ich weiß nicht, ob mit Sicherheit. Ich glaube, ich habe das Geld in die Haube eingenäht. Ach, ich spucke drauf.«

»Dann könnte sich wenigstens Ihre Wirtin erinnern, daß ihr dieser Gegenstand abhanden gekommen ist?«

»Gewiß nicht. Sie hat das Ding gar nicht vermißt. Es war ein alter Lappen, sage ich Ihnen, ein alter Lappen, der keinen Groschen wert war.«

»Und wo nahmen Sie Nadel und Faden her?«

»Ich höre auf, ich will nicht mehr antworten. Jetzt ist es genug!« rief Mitja zornig.

»Und wiederum ist es seltsam, daß Sie so völlig vergessen haben, an welcher Stelle auf dem Marktplatz Sie dieses Säckchen weggeworfen haben.«

»Lassen Sie doch morgen den Platz fegen, vielleicht finden Sie es«, versetzte Mitja lächelnd. »Genug, meine Herren, genug!« fuhr er mit matter Stimme fort. »Ich sehe deutlich, daß Sie mir nicht glauben! Gar nichts, nicht für einen Groschen! Daran bin ich selber schuld, nicht Sie. Ich hätte Ihnen nicht damit kommen sollen. Warum habe ich mich bloß durch die Enthüllung meines Geheimnisses entehrt? Ihnen erscheint es lächerlich, das sehe ich Ihnen an den Augen an. Sie, Herr Staatsanwalt, haben mich dazu verleitet ... Stimmen Sie ein Triumphlied an, wenn Sie können ... Seid verflucht, ihr Folterknechte!«

Er senkte den Kopf und bedeckte das Gesicht mit den Händen; Staatsanwalt und Untersuchungsrichter schwiegen. Nach einer Minute hob er den Kopf wieder und blickte sie gedankenlos an. Auf seinem Gesicht zeigte sich jetzt totale Verzweiflung; er saß still und stumm und wie geistesabwesend da.

Die Sache mußte jedoch zu Ende gebracht werden; man mußte unverzüglich zur Vernehmung der Zeugen übergehen. Es war bereits acht Uhr morgens, die Kerzen waren längst gelöscht. Michail Makarowitsch und Kalganow, die während des Verhörs ständig herein- und hinausgelaufen waren, hatten gerade wieder einmal das Zimmer verlassen. Der Staatsanwalt und der Untersuchungsrichter sahen ebenfalls sehr ermüdet aus. Der anbrechende Morgen hatte feuchte Witterung gebracht; der ganze Himmel war mit Wolken bedeckt, und der Regen goß wie aus Eimern herunter. Mitja starrte gedankenlos zu den Fenstern.

»Darf ich wohl einmal durchs Fenster sehen?« fragte er plötzlich Nikolai Parfjonowitsch.

»Oh, soviel Ihnen beliebt«, antwortete dieser.

Mitja stand auf und trat ans Fenster. Der Regen schlug heftig gegen die kleinen grünlichen Scheiben. Unter dem Fenster war die schmutzige Landstraße zu sehen und weiter hinten, durch den Regenschleier hindurch, schwarze, ärmliche, unansehnliche Reihen von Bauernhäusern, die von dem Regen noch schwärzer und ärmlicher auszusehen schienen. Mitja dachte an den »goldlockigen Phöbus«, bei dessen erstem Strahl er sich hatte erschießen wollen. ›Vielleicht wäre es an einem solchen Morgen noch besser gegangen‹, dachte er lächelnd; dann warf er mit einer Handbewegung gleichsam diese Gedanken von sich und kehrte zu den »Folterknechten« zurück.

»Meine Herren!« rief er. »Ich sehe ja ein, daß ich verloren bin. Aber sie? Ich flehe Sie an, sagen Sie mir, ob wirklich auch sie mit mir zugrunde gehen soll! Sie ist unschuldig! Sie war nicht bei Sinnen, als sie gestern schrie, sie sei an allem schuld. An nichts ist sie schuld, an nichts! Die ganze Nacht, während ich hier mit Ihnen saß, habe ich mir darüber Sorgen gemacht. Dürfen Sie mir nicht sagen, können Sie mir nicht sagen, was Sie jetzt mit ihr machen werden?«

»Sie können in dieser Hinsicht ganz beruhigt sein, Dmitri Fjodorowitsch«, antwortete der Staatsanwalt mit sichtlicher Eilfertigkeit. »Wir haben vorläufig keinerlei Veranlassung, die Person, für die Sie sich so interessieren, irgendwie zu beunruhigen. Und das wird im weiteren Verlauf des Prozesses auch so bleiben, hoffe ich. Wir tun in dieser Hinsicht alles, was von unserer Seite nur irgend möglich ist. Seien Sie ganz beruhigt!«

»Meine Herren, ich danke Ihnen! Ich wußte ja, daß Sie trotz allem doch ehrenhafte, rechtlich denkende Männer sind. Sie haben mir eine schwere Last vom Herzen genommen ... Nun, was werden wir jetzt tun? Ich bin bereit.«

»Ja, sehen Sie, wir müssen uns beeilen. Wir müssen ohne Verzug zur Vernehmung der Zeugen schreiten. Das muß unbedingt in Ihrer Gegenwart geschehen, und daher ...«

»Sollten wir nicht vorher ein bißchen Tee trinken?« unterbrach ihn Nikolai Parfjonowitsch. »Ich glaube, wir haben uns das redlich verdient.«

Sie beschlossen, falls der Tee unten fertig sein sollte – was sie annahmen, da Michail Makarowitsch wohl zu eben diesem Zweck gegangen war –, zuerst ein Gläschen Tee zu trinken und dann mit aller Energie fortzufahren. Der Tee war wirklich fertig, und es wurde schleunigst welcher heraufgebracht.

Mitja lehnte anfangs das Glas ab, das ihm Nikolai Parfjonowitsch liebenswürdig anbot; dann jedoch bat er selbst darum und trank es gierig aus. Überhaupt zeugte sein Aussehen von großer Erschöpfung. Bei seiner Körperkraft hätte man gemeint, eine durchschwärmte Nacht und selbst die stärksten Aufregungen würden ihm nicht allzuviel anhaben. Aber er fühlte selbst, daß er kaum noch sitzen konnte, und zeitweilig war es ihm, als fingen alle Gegenstände an, sich zu bewegen und vor seinen Augen zu tanzen. ›Noch ein bißchen, und ich rede am Ende noch irre!‹ mußte er denken.

8. Die Zeugenaussagen und der Traum vom »Kindelein«

Die Vernehmung der Zeugen begann, was wir allerdings nicht mit der bisherigen Ausführlichkeit schildern werden. Wir werden beispielsweise weglassen, wie Nikolai Parfjonowitsch jeden aufgerufenen Zeugen darauf hinwies, daß er wahrheitsgemäß und nach seinem

Gewissen aussagen und seine Aussage später unter Eid wiederholen müsse. Ebenso werden wir weglassen, wie von jedem Zeugen verlangt wurde, daß er das Protokoll seiner Aussagen unterschrieb, und so weiter und so fort. Wir vermerken nur das eine: Die Aufmerksamkeit der vernommenen Zeugen wurde vorzugsweise immer auf die dreitausend Rubel gerichtet, das heißt, ob es bei Dmitri Fjodorowitschs erstem Gelage hier in Mokroje vor einem Monat dreitausend oder fünfzehnhundert waren und ebenso, ob bei seinem zweiten Gelage dreitausend oder fünfzehnhundert. Leider fielen ausnahmslos alle Zeugenaussagen zu Mitjas Ungunsten aus, und einige Zeugen brachten sogar neue, geradezu verblüffende, seine Angaben widerlegende Tatsachen vor. Der erste, der vernommen wurde, war Trifon Borissowitsch. Er stand ohne die geringste Furcht, mit der Miene ernsten, strengen Unwillens über den Angeklagten, vor den beiden Beamten und verlieh sich dadurch zweifellos den Anschein außerordentlicher Gerechtigkeitsliebe und persönlicher Würde. Er sprach wenig und zurückhaltend, wartete die Fragen ab und antwortete präzis und überlegt. Bestimmt und ohne Umschweife sagte er aus, daß die vor einem Monat ausgegebene Summe nicht weniger als dreitausend Rubel betragen haben konnte; alle Bauern des Dorfes würden aussagen, sie hätten aus Dmitri Fjodorowitschs eigenem Mund von dreitausend Rubeln gehört. »Wieviel Geld hat er schon allein den Zigeunerinnen hingeworfen! Denen sind allein sicherlich mehr als tausend Rubel zugefallen!«

»Ich habe ihnen vielleicht nicht einmal fünfhundert gegeben«, bemerkte Mitja finster. »Ich habe es damals nur nicht gezählt! Ich war betrunken, das ist das Malheur …«

Mitja saß diesmal seitwärts, mit dem Rücken zum Vorhang, hörte mürrisch zu und hatte eine traurige, müde Miene, als wollte er sagen: ›Ach, sagt doch aus, was ihr wollt – jetzt ist schon alles egal!‹

»Mehr als tausend haben die bekommen, Dmitri Fjodorowitsch«, widersprach Trifon Borissowitsch entschieden. »Sie warfen ja das Geld nur so hin, und die Weiber hoben es auf. Das ist ein diebisches, gaunerisches Volk, Pferdediebe sind sie, man hat sie von hier verjagt, sonst würden sie vielleicht selber aussagen, wieviel sie von Ihnen profitiert haben. Ich selbst habe damals in Ihren Händen eine Summe gesehen – gezählt habe ich sie freilich nicht, zum Zählen haben Sie sie mir nicht gegeben, das ist richtig … Aber nach dem Augenmaß waren es, wie ich mich erinnere, weit mehr als fünfzehnhundert … Wie sollten es denn bloß fünfzehnhundert … gewesen sein! Auch unsereiner hat ja Geld gesehen und kann das beurteilen …«

Über die gestrige Summe sagte Trifon Borissowitsch aus, Dmitri Fjodorowitsch hätte ihm, gleich nachdem er aus dem Wagen gestiegen sei, erklärt, er habe dreitausend Rubel mitgebracht.

»Nicht doch, Trifon Borissowitsch!« wandte Mitja ein. »Sollte ich wirklich so bestimmt erklärt haben, daß ich dreitausend mitbringe?«

»Ja, das haben Sie gesagt, Dmitri Fjodorowitsch. In Andrejs Gegenwart haben Sie es gesagt. Andrej ist ja noch da, er ist nicht weggefahren, lassen Sie ihn doch rufen! Und im Saal haben Sie geradezu geschrien, Sie ließen jetzt das sechste Tausend hier mit den früheren nämlich, so muß man das verstehen. Stepan und Semjon haben es gehört, und Pjotr Fomitsch Kalganow stand damals neben Ihnen, vielleicht erinnert der sich auch?«

Die Aussage von dem sechsten Tausend machte auf die beiden Beamten einen besonders starken Eindruck. Ihnen gefiel die neue Fassung: drei und drei, das sind sechs, also dreitausend damals und dreitausend jetzt – das macht sechstausend, die Sache war klar.

Sie befragten alle, auf die sich Trifon Borissowitsch berufen hatte, die Bauern Stepan und Semjon, den Kutscher Andrej und Pjotr Fomitsch Kalganow. Die Bauern und der Kutscher bestätigten ohne weiteres Trifon Borissowitschs Aussage. Außerdem wurde aufgrund von Andrejs Angabe ins Protokoll aufgenommen, daß Mitja mit ihm unterwegs darüber gesprochen habe, wohin er, Dmitri Fjodorowitsch, wohl kommen würde, in den Himmel oder in die Hölle, und ob ihm in jener Welt vergeben würde oder nicht. Der »Psychologe« Ippolit Kirillowitsch hörte das mit einem feinen Lächeln und ordnete schließlich an, die Aussage, wohin Dmitri Fjodorowitsch kommen würde, solle in die Akten aufgenommen werden.

Kalganow erschien mit angewiderter Miene und benahm sich mürrisch und launisch; mit dem Staatsanwalt und mit Nikolai Parfjonowitsch redete er so, als sähe er sie zum erstenmal im Leben, während er doch schon seit langer Zeit mit ihnen bekannt und täglich mit ihnen zusammengekommen war. Er begann mit der Erklärung, er wisse gar nichts und wolle auch gar nichts wissen. Aber das von dem sechsten Tausend hatte er gehört, wie sich herausstellte, und er gab zu, daß er in jenem Augenblick neben Mitja gestanden hatte. Nach seiner Ansicht hatte Mitja »ich weiß nicht wieviel« Geld bei sich gehabt. Die Frage, ob die Polen beim Kartenspiel betrogen hätten, bejahte er. Auch erklärte er auf wiederholte Fragen, nachdem die Polen hinausgejagt worden waren, habe sich das Verhältnis zwischen Mitja und Agrafena Alexandrowna tatsächlich gebessert, und sie habe selbst gesagt, daß sie ihn liebe. Über Agrafena Alexandrowna äußerte er sich zurückhaltend und respektvoll, wie über eine Dame aus der besten Gesellschaft; er erlaubte sich sogar kein einziges Mal, sie Gruschenka zu nennen. Obgleich der junge Mann seine Aussagen nur mit sichtlichem Widerwillen machte, verhörte Ippolit Kirillowitsch ihn lange und erfuhr erst von ihm viele Einzelheiten über den »Roman« Mitjas in dieser Nacht; Mitja unterbrach die Aussage nicht ein einziges Mal. Endlich entließ man den jungen Mann, und er entfernte sich mit unverhohlenem Unwillen.

Auch die Polen wurden vernommen. Sie hatten sich in ihrem Zimmer zwar hingelegt, waren aber die ganze Nacht nicht zum Schlafen gekommen und hatten sich nach der Ankunft der Amtspersonen schnell wieder angezogen und zurechtgemacht, da sie sich selbst sagten, daß man sie unweigerlich vorladen würde. Sie erschienen mit großer Würde, wiewohl nicht ohne einige Furcht. Der Höherstehende von ihnen, der kleine Herr, erwies sich als Beamter zwölfter Klasse außer Dienst; er war in Sibirien als Tierarzt angestellt gewesen und hieß Mussialowicz. Pan Wróblewski, stellte sich heraus, war privat praktizierender Dentist. Obwohl Nikolai Parfjonowitsch die Fragen an sie richtete, wandten sie sich beide mit ihren Antworten an Michail Makarowitsch, den sie wegen seiner Uniform aus Unkenntnis für die Hauptperson des Ganzen hielten; sie nannten ihn dauernd »Pan Oberst«. Und erst nach mehreren Fragen und nachdem Michail Makarowitsch selbst sie belehrt hatte, merkten sie, daß sie sich mit ihren Antworten ausschließlich an Nikolai Parfjonowitsch zu wenden hatten. Es zeigte sich, daß sie recht gut russisch konnten, abgesehen höchstens von der Aussprache einiger Wörter. Über seine früheren und jetzigen Beziehungen zu Gruschenka ließ sich Pan Mussialowicz so stolz aus, daß Mitja sofort außer sich geriet und schrie, er erlaube diesem Schuft nicht, in seiner Gegenwart so zu sprechen! Pan Mussialowicz lenkte die Aufmerksamkeit des Untersuchungsrichters sofort auf das Wort »Schuft« und bat ihn, dies in das Protokoll aufzunehmen. Mitja schäumte vor Wut.

»Und er ist doch ein Schuft! Schreiben Sie es nur hin! Und schreiben Sie auch, daß ich trotz des Protokolls laut schreie, daß er ein Schuft ist!« schrie er.

Obgleich Nikolai Parfjonowitsch dies ins Protokoll aufnehmen ließ, bewies er bei diesem unangenehmen Vorfall dennoch viel Sachkenntnis und große Geschicklichkeit im Verfahren. Nachdem er Mitja streng ermahnt hatte, brach er sogleich alle weiteren Fragen über die »romantische« Seite der Sache ab und ging schnellstens zu den sachlich wichtigen Dingen über. Als sachlich wichtig aber erschien den beiden Beamten die Aussage der Polen, daß Mitja in jenem Nebenzimmer versucht habe, Herrn Mussialowicz mit dreitausend Rubeln Abstandsgeld zu kaufen, und zwar mit siebenhundert Rubeln sofort in bar, während er die restlichen zweitausenddreihundert »morgen früh in der Stadt« erhalten sollte, wobei er sein Ehrenwort gegeben und erklärt habe, er habe hier in Mokroje zur Zeit nicht so viel Geld bei sich. Mitja bemerkte zuerst hitzig, er habe nicht gesagt, daß er das Geld bestimmt am nächsten Tag in der Stadt auszahlen werde. Pan Wróblewski aber bestätigte diese Aussage, und Mitja gab nach kurzem Überlegen schließlich mit finsterer Miene zu, daß es wahrscheinlich so war, wie die Polen sagten. Er sei damals sehr aufgeregt gewesen, und es sei daher tatsächlich möglich, daß er das gesagt habe. Der Staatsanwalt sog sich an dieser Aussage fest: Jetzt war es ihnen klar – und diese Folgerung sprachen sie später auch unumwunden aus –, daß die Hälfte oder ein Teil der dreitausend Rubel, die Mitja in die Hände gefallen waren, tatsächlich irgendwo in der Stadt oder vielleicht sogar irgendwo in Mokroje versteckt sein konnte; auf diese Art erklärte sich auch der für die Anklage mißliche Umstand, daß man bei Mitja nur achthundert Rubel gefunden hatte – ein Umstand, der bisher zwar ziemlich unerheblich gewesen war, aber doch einigermaßen zu Mitjas Gunsten gesprochen hatte. Jetzt aber brach auch dieses einzige für ihn günstige Zeugnis zusammen. Auf die Frage des Staatsanwalts, wo er denn die übrigen zweitausenddreihundert Rubel habe hernehmen wollen, um sie am nächsten Tag dem Polen »auf Ehrenwort« auszuzahlen, wo er doch nach seiner eigenen Versicherung nur fünfzehnhundert Rubel gehabt habe – auf diese Frage antwortete Mitja mit fester Stimme, er habe dem Polen kein Geld anbieten wollen, sondern eine formelle Urkunde über die Abtretung seiner Rechte auf das Gut Tschermaschnja, derselben Rechte, die er auch dem Kaufmann Samsonow und Frau Chochlakowa angeboten habe. Der Staatsanwalt lächelte über die »Naivität dieser Ausrede«.

»Und Sie glauben, daß er eingewilligt hätte, diese Abtretungsurkunde statt der zweitausenddreihundert Rubel in bar anzunehmen?«

»Zweifellos hätte er eingewilligt«, erwiderte Mitja hitzig. »Ich bitte Sie, dabei hätte er nicht nur zwei-, sondern vier- oder sechstausend Rubel herausschlagen können! Er hätte sogleich seine polnischen Advokaten zusammengetrommelt und dem Alten nicht bloß dreitausend Rubel, sondern das ganze Tschermaschnja abgenommen.«

Selbstverständlich wurde die Aussage von Pan Mussialowicz mit allen Einzelheiten ins Protokoll aufgenommen, dann wurden die beiden Polen entlassen. Der Betrug beim Kartenspiel wurde fast gar nicht erwähnt. Nikolai Parfjonowitsch war ihnen viel zu dankbar und wollte sie nicht noch mit Kleinigkeiten belästigen, zumal das alles nur ein unbedeutender Streit in betrunkenem Zustand beim Kartenspiel gewesen sein mochte und weiter nichts – was für Ausschweifungen und Ungehörigkeiten waren nicht vorgekommen in dieser Nacht! So behielten denn die Polen die zweihundert Rubel in der Tasche.

Dann wurde der alte Maximow hereingerufen. Er erschien in ängstlicher Haltung, trat mit kleinen Schritten näher und sah strubbelig und sehr traurig aus. Die ganze Zeit hatte er sich unten bei Gruschenka aufgehalten, schweigend und ab und zu aufschluchzend neben ihr gesessen und sich mit seinem blaukarierten Taschentuch die Augen gewischt, so daß sie ihm, wie Michail Makarowitsch später erzählte, schon beruhigend und tröstend zugeredet hatte. Der Alte gestand sofort unter Tränen, er sei schuldig. Er habe sich von Dmitri Fjodorowitsch zehn Rubel geborgt, »wegen meiner Armut«; er sei jedoch bereit, sie ihm zurückzugeben. Auf Nikolai Parfjonowitschs direkte Frage, ob er nicht bemerkt habe, wieviel Geld Dmitri Fjodorowitsch eigentlich in der Hand hatte, da er ihm doch bei Empfang des Darlehens näher gewesen sei als alle anderen, antwortete Maximow in entschiedenstem Ton, es seien zwanzigtausend Rubel gewesen.

»Haben Sie denn schon jemals früher zwanzigtausend Rubel gesehen?« fragte Nikolai Parfjonowitsch lächelnd.

»Gewiß, das habe ich, nur nicht gerade zwanzigtausend, sondern siebentausend, als meine Frau mein Gut verpfändete. Sie ließ mich das Geld nur von weitem sehen und prahlte damit, es war ein sehr dickes Päckchen, lauter regenbogenfarbene Scheine. Und auch Dmitri Fjodorowitsch hatte lauter solche ...«

Man entließ ihn sehr bald wieder. Endlich kam die Reihe auch an Gruschenka. Die beiden Beamten waren offenbar besorgt wegen des Eindrucks, den ihr Erscheinen möglicherweise auf Dmitri Fjodorowitsch machen würde, und Nikolai Parfjonowitsch murmelte ihm sogar ein paar ermahnende Worte zu; doch Mitja neigte als Antwort nur schweigend den Kopf und gab dadurch zu verstehen, es werde nichts Ungehöriges geschehen.

Michail Makarowitsch persönlich führte Gruschenka herein. Sie trat mit ernstem, äußerlich fast ruhigem Gesicht ein und setzte sich still auf den ihr angewiesenen Stuhl, dem Untersuchungsrichter gegenüber. Sie war sehr blaß, schien zu frieren und hatte sich fest in ihren schönen schwarzen Schal gewickelt. Tatsächlich hatte sich bei ihr ein leichter Fieberschauer eingestellt, der Anfang einer langen Krankheit, die sie von dieser Nacht an durchmachte. Ihre strenge Miene, ihr offener, ernster Blick und ihr ruhiges Benehmen machten auf alle Anwesenden einen angenehmen Eindruck. Nikolai Parfjonowitsch war von ihr sogar auf Anhieb ein bißchen »enthusiasmiert«. Als er später von dieser Begegnung erzählte, gab er selber zu, er habe erst damals begriffen, daß dieses Weib »eine wirkliche Schönheit« sei; zwar habe er sie auch vorher des öfteren gesehen, doch habe er sie immer für eine Art »kleinstädtischer Hetäre« gehalten. »Sie hat Manieren wie eine Dame der höchsten Gesellschaft«, erklärte er entzückt in einem Kreis von Damen. Aber diese hörten das mit größter Entrüstung und nannten ihn dafür »Schwerenöter«, was er sich gern gefallen ließ. Als Gruschenka ins Zimmer trat, warf sie nur einen kurzen Blick auf Mitja, der sie seinerseits voller Unruhe ansah; ihre Miene beruhigte ihn jedoch im selben Augenblick. Nach den ersten notwendigen Fragen und Ermahnungen fragte Nikolai Parfjonowitsch etwas stockend, aber doch mit der höflichsten Miene, in welchen Beziehungen sie zu dem Leutnant außer Dienst Dmitri Fjodorowitsch Karamasow gestanden habe. Hierauf antwortete Gruschenka leise und fest: »Er war ein Bekannter von mir, und als Bekannten habe ich ihn im letzten Monat empfangen.«

Auf weitere neugierige Fragen erklärte sie offen, er habe ihr zwar zeitweilig gefallen, doch sie habe ihn nicht geliebt, sondern »aus schändlicher Bosheit« ihr Spiel mit ihm getrieben, genauso wie mit diesem alten Mann; sie habe gesehen, daß Mitja ihretwegen auf Fjodor Pawlowitsch und alle anderen Menschen sehr eifersüchtig war, habe sich aber darüber nur amüsiert. Zu Fjodor Pawlowitsch habe sie überhaupt niemals gehen wollen, sie habe sich über ihn nur lustig gemacht. »In diesem ganzen Monat stand mein Sinn gar nicht nach den beiden. Ich wartete auf einen anderen, der sich früher an mir vergangen hatte ... Aber ich glaube«, schloß sie, »daß Sie keinen Anlaß haben, danach zu fragen, und daß ich keinen Anlaß habe, Ihnen darüber Auskunft zu geben, da das meine reine Privatangelegenheit ist.«

So verfuhr Nikolai Parfjonowitsch denn auch unverzüglich; er hielt sich nicht weiter bei den »romantischen« Punkten auf, sondern ging sofort zu etwas Ernstem über, das heißt, er kam wieder auf die Hauptfrage nach den dreitausend Rubeln zurück. Gruschenka bestätigte, daß in Mokroje vor einem Monat tatsächlich dreitausend Rubel ausgegeben worden waren; zwar habe sie das Geld nicht gezählt, doch habe sie von Dmitri Fjodorowitsch selbst gehört, daß es dreitausend Rubel gewesen seien.

»Hat er Ihnen das unter vier Augen gesagt oder in Gegenwart eines anderen Menschen, oder haben Sie nur gehört, wie er in Ihrer Gegenwart mit anderen darüber sprach?« erkundigte sich der Staatsanwalt.

Auf diese Frage erklärte Gruschenka, sie habe es von ihm in Gegenwart anderer gehört, und sie habe gehört, wie er mit anderen darüber sprach, und sie habe es von ihm selbst unter vier Augen gehört.

»Haben Sie es nur ein einziges Mal von ihm unter vier Augen gehört oder mehrmals?« fragte der Staatsanwalt wieder und erfuhr, daß Gruschenka es mehrmals gehört habe.

Ippolit Kirillowitsch war mit dieser Aussage sehr zufrieden. Bei weiteren Fragen stellte sich heraus, daß Gruschenka auch wußte, woher dieses Geld stammte, nämlich daß Dmitri Fjodorowitsch es Katerina Iwanowna weggenommen hatte.

»Und haben Sie vielleicht wenigstens einmal gehört, daß vor einem Monat nicht dreitausend Rubel ausgegeben worden sind, sondern weniger, und daß Dmitri Fjodorowitsch die andere Hälfte für sich aufbewahrte?«

»Nein, das habe ich nie gehört«, erklärte Gruschenka.

Im Gegenteil stellte sich ferner sogar heraus, daß Mitja im Lauf dieses Monats häufig zu ihr gesagt hatte, er habe kein Geld, nicht eine Kopeke. »Er erwartete immer, von seinem Vater welches zu bekommen«, schloß Gruschenka.

»Aber hat er nicht irgendwann einmal in Ihrer Gegenwart gesagt, und sei es auch nur beiläufig oder in der Erregung«, mischte sich plötzlich Nikolai Parfjonowitsch ein, »daß er einen Anschlag auf das Leben seines Vaters plante?«

»O ja, das hat er gesagt«, erwiderte Gruschenka seufzend.

»Einmal oder mehrmals?«

»Er hat mehrmals davon gesprochen und immer im Zorn.«

»Und haben Sie geglaubt, daß er es auch ausführt?«

»Nein, das habe ich nie geglaubt«, antwortete sie mit fester Stimme. »Ich verließ mich auf seine edle Gesinnung.«

»Meine Herren!« rief Mitja plötzlich. »Erlauben Sie, daß ich in Ihrer Gegenwart zu Agrafena Alexandrowna nur ein Wort sage?«

»Sprechen Sie«, entschied Nikolai Parfjonowitsch.

»Agrafena Alexandrowna!« sagte Mitja und stand von seinem Stuhl auf. »Glaube mir, was ich dir bei Gott sage: Am Blut meines ermordeten Vaters bin ich unschuldig!«

Nachdem er das gesagt hatte, setzte er sich wieder. Gruschenka erhob sich und bekreuzte sich andächtig, zu dem Heiligenbild gewandt.

»Gelobt seist du, mein Herrgott!« sagte sie warm und innig, und ehe sie sich wieder auf ihren Platz setzte, sagte sie noch zu Nikolai Parfjonowitsch: »Glauben Sie, daß es so ist, wie er es jetzt gesagt hat! Ich kenne ihn, er schwatzt vieles zusammen, sei es zum Spaß, sei es aus Trotz. Doch wenn es gegen das Gewissen geht, wird er nie lügen. Dann wird er immer die Wahrheit sagen, das können Sie glauben!«

»Ich danke dir, Agrafena Alexandrowna! Du hast mich wieder innerlich aufgerichtet!« sagte Mitja mit zitternder Stimme.

Auf die Fragen, die das Geld betrafen, erklärte sie, sie wisse nicht, wieviel es war, habe ihn aber gestern mehrmals zu den Leuten sagen hören, er habe dreitausend Rubel mitgebracht. Über die Herkunft des Geldes habe er ihr allein gesagt, er habe es Katerina Iwanowna gestohlen; und sie selbst habe ihm geantwortet, gestohlen habe er es nicht und er müsse das Geld nur gleich morgen zurückgeben. Auf die beharrliche Frage des Staatsanwalts, welches Geld er angeblich Katerina Iwanowna gestohlen habe, das gestrige oder die dreitausend Rubel, die hier vor einem Monat ausgegeben wurden, erklärte sie, er habe von dem letzteren gesprochen, und sie habe es so verstanden.

Endlich wurde Gruschenka entlassen, wobei ihr Nikolai Parfjonowitsch beflissen auseinandersetzte, sie könne jetzt in die Stadt zurückkehren, und wenn er ihr irgendwie behilflich sein könne, zum Beispiel mit einem Fuhrwerk oder mit einem Begleiter, so würde er seinerseits …

»Ich danke Ihnen verbindlich«, erwiderte Gruschenka mit einer Verbeugung, »aber ich werde mit dem alten Gutsbesitzer zurückkehren, das heißt, ich werde ihn hinbringen. Doch zunächst werde ich, wenn Sie erlauben, unten abwarten, wie Sie hier über Dmitri Fjodorowitsch entscheiden.«

Sie ging hinaus. Mitja war ruhig und schien sogar allen Mut wiedergewonnen zu haben, aber das dauerte nur einen Augenblick. Eine seltsame körperliche Schwäche überkam ihn mehr und mehr, die Augen fielen ihm vor Müdigkeit zu. Endlich war die Vernehmung der Zeugen abgeschlossen, und man schritt zur endgültigen Redaktion des Protokolls. Mitja stand auf und ging in die Ecke am Vorhang, legte sich auf eine große, mit einem Teppich bedeckte Truhe und war im nächsten Moment eingeschlafen. Da hatte er einen seltsamen Traum, der gar nicht zu dem Ort und der Zeit zu passen schien. Es war ihm, als fahre er irgendwo durch die Steppe, in der Gegend, wo er früher beim Militär gedient hatte, und ihn fahre auf einem zweispännigen Wagen bei einem Hundewetter ein Bauer. Mitja friert; es ist Anfang November, der Schnee fällt in dicken, feuchten Flocken und taut, sowie er auf die Erde kommt. Der Bauer fährt flott drauflos und schwingt munter die Peitsche; er hat einen langen, blonden Bart und ist ungefähr fünfzig Jahre alt, er trägt einen grauen Bauernkittel. Da taucht nicht weit entfernt ein Dorf auf. Mitja erblickt schwarze, ganz schwarze Hütten; die Hälfte der Hütten ist verbrannt, und nur die verkohlten Balken ragen in die Luft. An der Dorfeinfahrt haben sich an der Landstraße Frauen aufgestellt, viele Frauen, eine ganze Reihe, alle mager und abgezehrt; ihre Gesichter sehen ganz braun aus. Da ist besonders eine Frau am Ende der Reihe, eine knochige, hohe Gestalt: Sie scheint etwa vierzig Jahre alt zu sein, vielleicht aber auch erst zwanzig; sie hat ein langes, mageres Gesicht, und auf dem Arm trägt sie ein weinendes, kleines Kind, und ihre Brust ist wohl ganz ausgetrocknet, kein Tropfen Milch ist darin. Und das Kind weint und weint und streckt die nackten Ärmchen mit den kleinen Fäustchen aus, und die Ärmchen sind vor Kälte ganz blau.

»Warum weinen sie?« fragte Mitja, während er an ihnen vorüberfliegt.

»Das Kindelein«, antwortet ihm der Kutscher, »das Kindelein weint.«

Und es fällt Mitja auf, daß er »das Kindelein« gesagt hat. Und es gefällt ihm, daß der Bauer das gesagt hat: es klingt mitleidiger.

»Und weshalb weint es?« fragt Mitja wie dumm weiter. Warum sind seine Ärmchen nackt? Warum wickelt man sie ihm nicht ein?«

»Das Kindelein friert. Sein Kleidchen läßt die Kälte durch und wärmt nicht.«

»Aber warum ist das so? Warum?« Der dumme Mitja hört noch immer nicht auf zu fragen.

»Die Leute sind arm und abgebrannt, sie haben kein Brot. Sie bitten um milde Gaben für ihr abgebranntes Dorf.«

»Nein, nein«, sagt Mitja, als verstünde er immer noch nicht. »Sag mir doch, warum stehen da die Mütter, warum sind die Leute arm, warum ist das Kindelein arm, warum ist die Steppe kahl, warum umarmen und küssen sie sich nicht, warum singen sie nicht frohe Lieder, warum sind die Frauen so schwarz geworden von Not und Elend, warum ernähren sie das Kindelein nicht?«

Und er fühlt innerlich, daß seine Fragen zwar sinnlos und unvernünftig sind, daß er aber trotzdem unbedingt so fragen will – und daß so und nicht anders gefragt werden muß. Und er fühlt auch, daß in seinem Herzen eine Rührung aufkommt, wie er sie noch nie empfunden hat, daß er weinen möchte, daß es ihn verlangt, allen etwas Gutes zu tun, damit das Kindelein und die schwarze, vertrocknete Mutter des Kindes nicht mehr weinen, damit von diesem Augenblick an überhaupt niemand mehr zu weinen braucht; und er möchte das sofort tun, ohne Aufschub und trotz aller Hindernisse, mit allem Karamasowschen Ungestüm.

»Aber ich bin doch bei dir, ich werde dich nicht verlassen, mein ganzes Leben lang werde ich mit dir gehen«, ertönt neben ihm Gruschenkas liebe Stimme. Und da entbrennt sein Herz und strebt zu einem Licht, und ihn verlangt zu leben und den Weg zu dem neuen Licht, das ihn ruft, zu gehen, nur schnell, gleich jetzt, sofort …

»Was denn, wohin denn?« rief er, die Augen öffnend, und setzte sich auf seiner Truhe aufrecht. Ihm war zumute, als käme er aus einer Ohnmacht wieder zu sich, und ein helles Lächeln lag auf seinem Gesicht.

Neben ihm stand Nikolai Parfjonowitsch und forderte ihn auf, das Protokoll anzuhören und zu unterschreiben. Mitja ahnte, daß er eine Stunde oder länger geschlafen haben mußte, und er hörte kaum, was Nikolai Parfjonowitsch sagte. Es fiel ihm plötzlich auf, daß er ein Kissen unter dem Kopf hatte, das noch nicht dagewesen war, als er sich in seiner Schwäche auf die Truhe gelegt hatte.

»Wer hat mir das Kissen unter den Kopf gelegt? Wer war dieser gute Mensch?« rief er mit einem Gefühl grenzenloser Dankbarkeit und mit so gerührter Stimme, als ob man ihm Gott weiß was für eine Wohltat erwiesen hätte.

Dieser gute Mensch blieb auch später unbekannt; irgendeiner von den Zeugen, vielleicht auch Nikolai Parfjonowitschs Schreiber hatte ihm aus Mitleid das Kissen untergelegt. Mitja trat an den Tisch und erklärte, er wolle alles unterschreiben, was man von ihm verlange.

»Ich habe einen schönen Traum gehabt, meine Herren!« sagte er in seltsamem Ton und mit einem ganz neuen Gesicht, das von Freude verklärt schien.

9. Mitja wird abtransportiert

Nachdem das Protokoll unterschrieben war, wandte sich Nikolai Parfjonowitsch feierlich an den Angeklagten und las ihm eine »Verfügung« vor, welche besagte, daß im Jahr soundso, an dem und dem Tag, an dem und dem Ort, der Untersuchungsrichter des und des

Distriktgerichts, nachdem er den und den (das heißt Mitja) als der und der Straftaten Beschuldigten (sorgfältige Aufzählung aller Beschuldigungen) verhört habe, in Anbetracht dessen, daß der Beschuldigte, der sich der ihm zur Last gelegten Verbrechen nicht schuldig bekenne, nichts zu seiner Entlastung vorgebracht habe, jedoch durch die Aussagen der Zeugen (Namen der Zeugen) und durch die Umstände (Angabe derselben) seine Schuld klar erwiesen sei, gestützt auf die und die Paragraphen des Strafgesetzbuches und so weiter, verfügt habe: Um dem und dem (Mitja) die Möglichkeit zu nehmen, sich der Untersuchung und dem Gericht zu entziehen, ihn in das und das Gefängnis zu setzen, dieses dem Angeschuldigten zu eröffnen und eine Abschrift dieser Verfügung dem Gehilfen des Staatsanwalts zuzustellen, und so weiter und so fort. Kurz, es wurde Mitja eröffnet, daß er von diesem Augenblick an verhaftet sei und sofort in die Stadt abtransportiert werde, wo er an einem sehr unangenehmen Ort eingesperrt werden solle. Mitja hörte aufmerksam zu, zuckte dann aber nur mit den Achseln.

»Nun gut, meine Herren, ich mache Ihnen keinen Vorwurf. Ich bin bereit … Ich sehe ein, daß Ihnen nichts weiter übrigbleibt.«

Nikolai Parfjonowitsch teilte ihm in sanftem Ton mit, daß ihn der Landkommissar Mawriki Mawrikijewitsch, der gerade zufällig anwesend sei, sogleich wegbringen würde.

»Halt!«, unterbrach ihn Mitja plötzlich, dann wandte er sich, außerstande, seine Gefühle länger zu beherrschen, an alle Anwesenden und sagte: »Meine Herren, wir sind alle grausam, wir sind alle Unmenschen, wir alle bringen andere Menschen, Mütter und Säuglinge, zum Weinen – aber von allen bin ich das gemeinste Scheusal, dieses Urteil soll schon jetzt gefällt werden! Das sage ich selbst! An jedem Tag meines Lebens habe ich mir an die Brust geschlagen und mir vorgenommen, mich zu bessern, und an jedem Tag habe ich wieder dieselben Schändlichkeiten begangen. Ich sehe jetzt ein, daß für solche Menschen wie mich ein schwerer Schicksalsschlag vonnöten ist! Sie müssen wie mit einer Wurfschlinge gefangen und durch äußere Gewalt geknebelt werden. Niemals, niemals hätte ich mich aus eigener Kraft erhoben! Doch nun ist das Unwetter mit Blitz und Donner über mich niedergegangen. Ich nehme die Qual der Beschuldigung und der öffentlichen Schande auf mich, ich will leiden und durch das Leiden geläutert werden! Vielleicht kann ich doch noch geläutert werden, meine Herren, nicht wahr? Aber hören Sie zum letztenmal: An dem Blut meines Vaters bin ich unschuldig! Ich nehme die Strafe hin, nicht weil ich ihn getötet habe, sondern dafür, daß ich ihn töten wollte und es vielleicht auch wirklich getan hätte ... Trotzdem beabsichtige ich mit Ihnen zu kämpfen und kündige Ihnen das an. Ich werde mit Ihnen kämpfen bis zum letzten Augenblick, und dann mag Gott entscheiden! Leben Sie wohl, meine Herren! Seien Sie mir nicht böse, daß ich Sie beim Verhör angeschrien habe, oh, ich war vorhin noch so dumm! Im nächsten Moment werde ich Gefangener sein, und jetzt reicht Ihnen Dmitri Karamasow zum letztenmal als freier Mensch seine Hand. Indem ich von Ihnen Abschied nehme, nehme ich von den Menschen Abschied!«

Die Stimme begann ihm zu zittern, und er streckte ihnen wirklich die Hand hin, doch Nikolai Parfjonowitsch, der ihm am nächsten stand, zog plötzlich seine Hände beinahe krampfhaft zurück und versteckte sie. Mitja bemerkte dies sofort und zuckte zusammen; er ließ seine ausgestreckte Hand sofort sinken.

»Die Untersuchung ist noch nicht abgeschlossen«, sagte Nikolai Parfjonowitsch etwas verlegen. »Wir werden sie in der Stadt fortsetzen, und ich meinerseits wünsche Ihnen natürlich allen Erfolg bei Ihrer Rechtfertigung ... Eigentlich bin ich immer geneigt gewesen, Dmitri Fjodorowitsch, Sie sozusagen mehr für einen unglücklichen als für einen schuldbeladenen Menschen zu halten ... Wir alle hier – wenn ich wagen darf, im Namen aller zu sprechen –, wir alle sind bereit anzuerkennen, daß Sie im Grunde ein edeldenkender junger Mensch sind, der sich aber leider durch gewisse Leidenschaften allzusehr hinreißen läßt ...«

Nikolai Parfjonowitschs kleines Figürchen nahm bei den letzten Worten den Ausdruck größter amtlicher Würde an, dabei huschte Mitja auf einmal ein seltsamer Gedanke durch den Kopf: Dieser »Knabe« würde ihn im nächsten Augenblick unter den Arm fassen, ihn in eine andere Ecke führen und dort mit ihm das Gespräch von neulich fortsetzen, über Mädchen. Aber was für nebensächliche, abwegige Gedanken gehen manchmal sogar einem Verbrecher, der zum Richtplatz geführt wird, durch den Kopf!

»Meine Herren, Sie sind ja gut und human … Kann ich sie noch einmal sehen und ihr zum letztenmal Lebwohl sagen?« fragte Mitja.

»Gewiß, doch in Anbetracht … Kurz, es geht jetzt nur in unserer Gegenwart …«

»Meinetwegen, bleiben Sie da!«

Gruschenka wurde hereingeführt, aber der Abschied gestaltete sich kurz und wortkarg und stellte Nikolai Parfjonowitsch ganz und gar nicht zufrieden. Gruschenka verbeugte sich tief vor Mitja.

»Ich habe dir gesagt, daß ich dir gehöre, und so wird es bleiben. Ich werde mein Leben lang mit dir gehen, wohin man dich auch bringen mag. Lebe wohl, du armer Mensch, der sich unschuldig zugrunde gerichtet hat!«

Ihre Lippen zitterten, Tränen traten ihr in die Augen.

»Lebe wohl, Gruscha! Verzeih mir, daß ich durch meine Liebe auch dich zugrunde gerichtet habe!«

Mitja wollte noch etwas sagen, brach jedoch plötzlich von selbst ab und ging hinaus. Um ihn herum erschienen sogleich Männer, die ihn nicht mehr aus den Augen ließen. Unten vor der Haustür, wo er am vorigen Tag lärmend auf Andrejs Troika vorgefahren war, standen schon zwei Bauernwagen bereit. Mawriki Mawrikijewitsch, ein untersetzter, stämmiger Mensch mit aufgedunsenem Gesicht, durch irgendeine plötzlich eingetretene Störung gereizt, ärgerte sich und schrie. In recht barschem Ton forderte er Mitja auf, einzusteigen. ›Früher, wenn ich ihn im Restaurant mit Getränken freihielt, machte dieser Mensch ein anderes Gesicht‹, dachte Mitja, während er einstieg. Auch Trifon Borissowitsch kam die Stufen vor der Haustür herunter. Am Tor drängte sich allerlei Volk, Bauern, Frauen, Fuhrleute; alle starrten Mitja an.

»Lebt wohl, liebe Leute!« rief ihnen Mitja vom Wagen aus zu.

»Verzeih auch du uns!« ließen sich zwei oder drei Stimmen vernehmen.

»Leb auch du wohl, Trifon Borissowitsch!«

Doch Trifon Borissowitsch drehte sich nicht einmal um, vielleicht hatte er zu viel zu tun. Er schrie ebenfalls etwas und war in geschäftiger Eile. An dem zweiten Wagen, auf dem zwei Dorfpolizisten Mawriki Mawrikijewitsch begleiten sollten, war nämlich noch nicht alles in Ordnung. Der Bauer, der für die zweite Troika als Kutscher beordert war, zog erst langsam seinen Kittel an und schimpfte heftig, er sei nicht an der Reihe zu fahren, sondern Akim. Aber Akim war nicht da; jemand war gelaufen, ihn zu holen, und der Bauer sträubte sich hartnäckig und bat, man möchte noch ein bißchen warten.

»Das Volk bei uns ist zu unverschämt, Mawriki Mawrikijewitsch!« rief Trifon Borissowitsch. »Akim hat dir vorgestern einen Viertelrubel gegeben, den hast du vertrunken, und nun machst du Geschrei! Ich staune nur über Ihre Geduld, Mawriki Mawrikijewitsch, weiter sage ich nichts!«

»Wozu brauchen wir denn überhaupt eine zweite Troika?« mischte sich Mitja ein. »Laß uns doch mit einer fahren, Mawriki Mawrikijewitsch. Sei unbesorgt, ich werde mich nicht widersetzen und dir nicht weglaufen. Wozu brauchst du einen ganzen Begleitschutz?«

»Lernen Sie gefälligst, wie Sie mit mir zu reden haben, mein Herr, wenn Sie das noch nicht wissen sollten. Ich bin nicht Ihr Du! Erlauben Sie sich nicht, mich zu duzen. Und auch Ihre Ratschläge können Sie für sich behalten ...«, schnitt ihm Mawriki Mawrikijewitsch wütend das Wort ab, als ob er sich freute, seinen Ärger an ihm auslassen zu können.

Mitja schwieg. Er war ganz rot geworden. Einen Augenblick darauf wurde ihm auf einmal sehr kalt. Der Regen hatte aufgehört, aber der trübe Himmel war ganz mit Wolken bedeckt, und ein scharfer Wind blies Mitja ins Gesicht. ›Ich habe wohl einen Fieberanfall‹, dachte er und schüttelte die Schultern. Endlich stieg auch Mawriki

Mawrikijewitsch ein. Er setzte sich schwerfällig und breit hin und schien gar nicht zu beachten, daß er Mitja durch seinen Körper stark bedrängte. Er war schlechter Laune, denn der ihm erteilte Auftrag mißfiel ihm sehr.

»Lebe wohl, Trifon Borissowitsch!« rief Mitja noch einmal und fühlte, daß er es jetzt nicht aus Gutmütigkeit getan hatte, sondern unwillkürlich, aus Bosheit.

Doch Trifon Borissowitsch stand stolz da, beide Hände auf dem Rücken, und starrte Mitja mitten ins Gesicht. Er machte eine strenge, ärgerliche Miene und antwortete nicht.

»Leben Sie wohl, Dmitri Fjodorowitsch, leben Sie wohl!« erscholl plötzlich die Stimme Kalganows, der von irgendwo hervorsprang.

Er lief zum Wagen und reichte Mitja die Hand; er hatte keine Mütze auf dem Kopf. Mitja konnte noch seine Hand ergreifen und sie ihm drücken.

»Lebe wohl, du lieber Mensch! Ich werde deine Hochherzigkeit nicht vergessen!« rief er bewegt. Doch der Wagen fuhr an, und ihre Hände wurden auseinandergerissen. Das Glöckchen des Mittelpferdes klingelte – Mitja wurde abtransportiert.

Kalganow aber lief in den Hausflur, setzte sich in eine Ecke, ließ den Kopf sinken, bedeckte das Gesicht mit den Händen und weinte los. Lange saß er so da und weinte, als sei er noch ein kleiner Junge und kein Mann von zwanzig Jahren. Er war von Mitjas Schuld fast vollkommen überzeugt. ›Aber was sind das für Menschen, was soll man da von der Menschheit denken!‹ fragte er sich zutiefst betrübt und beinahe verzweifelt. Er mochte in diesem Augenblick überhaupt nicht mehr auf dieser Welt leben. »Lohnt es sich denn, lohnt es sich?« rief der junge Mann in seinem Kummer.

Vierter Teil

Zehntes Buch

Die Jungen

1. Kolja Krassotkin

Es war Anfang November. Wir hatten elf Grad Kälte und damit auch Glatteis. Auf die gefrorene Erde war in der Nacht etwas trockener Schnee gefallen, und der trockene, scharfe Wind hob ihn auf und fegte ihn durch die langweiligen Straßen unseres Städtchens und besonders über den Marktplatz. Der Morgen war trüb, aber der Schneefall hatte aufgehört. Nicht weit vom Marktplatz, nahe bei Plotnikows Laden, stand das kleine, außen wie innen sehr saubere Häuschen der Beamtenwitwe Krassotkina. Der Gouvernementssekretär Krassotkin selbst war schon vor langer Zeit gestorben, vor fast vierzehn Jahren; seine Witwe, eine zweiunddreißigjährige, immer noch recht hübsche Frau, lebte in dem sauberen Häuschen von ihren Renten. Sie lebte ehrbar und zurückgezogen und besaß einen sanften, ziemlich heiteren Charakter. Im Alter von achtzehn Jahren hatte sie ihren Mann verloren, nachdem sie mit ihm nur ein Jahr lang zusammengelebt und ihm eben erst einen Sohn geboren hatte. Seitdem widmete sie sich ganz der Erziehung ihres Sohnes Kolja, ihres größten Schatzes, und die ganzen vierzehn Jahre hatte sie in ihrer maßlosen Liebe zu ihm unvergleichlich mehr Leid als Freude erlebt, da sie fast täglich vor Angst zitterte, er könnte sich erkälten, krank werden, Dummheiten machen, auf einen Stuhl steigen und herunterfallen, und so weiter und so fort. Als Kolja die Vorschule und dann unser Progymnasium besuchte, begann die Mutter mit ihm zusammen eifrig zu lernen, um ihm bei seinen Aufgaben helfen und sie ihm abfragen zu können. Sie bemühte sich, mit den Lehrern und ihren Frauen bekannt zu werden, und suchte sogar durch Freundlichkeit und Schmeicheleien die Gunst von Koljas Schulkameraden zu gewinnen, damit ihr Kolja nicht verspottet und nicht geschlagen wurde. Sie brachte es dahin, daß sich die Jungen ihretwegen wirklich über ihn lustig machten und ihn neckten, er sei ein Muttersöhnchen. Doch Kolja verstand sich zu wehren. Er war ein mutiger Junge, »furchtbar stark«, wie es von ihm in der Klasse hieß und bald bestätigt wurde; er war gewandt, frech, dreist und unternehmungslustig und besaß einen energischen Charakter. Er lernte gut, und es hieß sogar, daß er im Rechnen und in Weltgeschichte mehr leistete als der Lehrer Dardanelow selbst. Obgleich er auf alle herabsah und das Näschen hoch trug, war er doch ein guter Kamerad und nicht überheblich. Den Respekt seiner Mitschüler nahm er als etwas Gebührendes hin, verkehrte mit ihnen jedoch freundschaftlich. Die Hauptsache war, er wußte maßzuhalten, verstand sich zur rechten Zeit zu beherrschen und überschritt in seinen Beziehungen zu den Lehrern niemals jene äußerste, gerade noch erkennbare Grenze, hinter der das Benehmen ungehörig und ungesetzlich wird und nicht geduldet werden kann.

Dennoch war er ganz und gar nicht abgeneigt, bei jeder geeigneten Gelegenheit Streiche zu verüben, und zwar nicht bloß dabei mitzutun, sondern selbst etwas zu erfinden und auszuklügeln, etwas besonders »Feines«, Großartiges einzufädeln, womit er paradieren konnte. Vor allem war er sehr ehrgeizig. Er hatte es sogar verstanden, sich seine Mama untertan zu machen, er behandelte sie beinahe despotisch. Sie ordnete sich ihm auch wirklich unter, schon seit langer Zeit, und konnte nur einen Gedanken absolut nicht ertragen: daß der Knabe sie »zuwenig lieben« könnte. Es schien ihr immer, Kolja sei ihr gegenüber »gefühllos«, und manchmal machte sie ihm, krampfhaft schluchzend, Vorwürfe wegen seiner Kälte. Der Junge konnte das nicht leiden, und je mehr Herzensergüsse die Mutter von ihm verlangte, desto zurückhaltender wurde er, anscheinend absichtlich. Und doch geschah das von seiner Seite nicht absichtlich, sondern unwillkürlich; das lag nun einmal in seinem Charakter. Die Mutter irrte sich: er liebte sie sehr; was er nur nicht liebte, waren diese »kalbrigen Zärtlichkeiten«, wie er sich in seinem Schülerjargon ausdrückte. Der Vater hatte einen Schrank mit einer Anzahl von Büchern hinterlassen; Kolja liebte diese Bücher und hatte schon mehrere von ihnen still für sich gelesen. Die Mutter beunruhigte sich darüber nicht, wunderte sich nur manchmal, daß er, statt spielen zu gehen, stundenlang mit einem Buch am Schrank stand. Auf diese Weise las Kolja manches, was man ihm in seinem Alter noch nicht hätte zum Lesen geben dürfen. Obgleich er es vermied, mit seinen Streichen eine gewisse Grenze zu überschreiten, hatte er in letzter Zeit doch einzelne Streiche verübt, die die Mutter nicht wenig erschreckten, freilich keine unmoralischen, wohl aber tollkühne, halsbrecherische. Es hatte sich in diesem Sommer in den Ferien, im Juli, ergeben, daß die Mama mit ihrem Sohn für eine Woche siebzig Werst weit in einen anderen Kreis gefahren war auf Besuch zu einer entfernten Verwandten, deren Mann auf einer Eisenbahnstation angestellt war; es war dies von unserer Stadt aus die nächste Station, dieselbe, von der Iwan Fjodorowitsch Karamasow einen Monat später nach Moskau reiste. Dort besah sich Kolja gleich von vornherein die Eisenbahn aufs genaueste und studierte alle ihre Einrichtungen; denn er sagte sich, daß er zu Hause vor seinen Kameraden auf dem Progymnasium mit seinen neuen Kenntnissen würde glänzen können. Es traf sich, daß er dort einige andere Jungen kennenlernte, manche von ihnen wohnten auf der Station, andere in der Nachbarschaft: lauter junges Volk von zwölf bis fünfzehn Jahren, sechs oder sieben an der Zahl, darunter zufällig auch zwei aus unserem Städtchen. Die Jungen spielten zusammen und trieben allerhand Unfug, bis es dann nach vier oder fünf Tagen unter ihnen zu einer unerhörten Wette um zwei Rubel kam, nämlich: Kolja, der beinahe der jüngste von allen war und darum von den älteren ein bißchen verachtet wurde, vermaß sich aus Ehrgeiz oder unverzeihlicher Tollkühnheit, er wolle sich nachts, wenn der Elfuhrzug komme, mit dem Gesicht nach unten zwischen die Schienen legen und regungslos liegenbleiben, bis der Zug mit Volldampf über ihn hinweggefahren war. Allerdings waren vorher Versuche angestellt worden, aus denen sich ergeben hatte, daß es tatsächlich möglich war, sich zwischen den Schienen so platt hinzulegen, daß der Zug über den Liegenden hinwegfuhr, ohne ihn zu streifen – trotzdem, welche Leistung, so dazuliegen! Kolja behauptete mit aller Bestimmtheit, er werde liegenbleiben. Zuerst lachten die anderen über ihn und nannten ihn einen Aufschneider und Prahlhans, doch dadurch wurde er nur noch mehr angereizt; diese Fünfzehnjährigen waren ihm gegenüber gar zu hochmütig und wollten ihn, den »Kleinen«, zuerst nicht einmal als ihren Kameraden gelten lassen, was denn doch in unerträglichem Grad beleidigend war. So wurde also beschlossen, sich am Abend eine Werst weit von der Station wegzubegeben, damit der Zug nach dem Verlassen der Station schon seine volle Geschwindigkeit erreicht hatte. Die Jungen versammelten sich. Es war eine mondlose, dunkle, fast schwarze Nacht. Zur richtigen Zeit legte sich Kolja zwischen die Schienen. Die fünf übrigen Jungen, die mit ihm gewettet hatten, warteten mit Herzklopfen und zuletzt mit Angst und Reue unten am Bahndamm im Gebüsch. Endlich war von fern der Zug zu hören, der die Station verlassen hatte. In der Dunkelheit blitzten zwei rote Laternen auf; das Ungeheuer nahte lärmend. »Schnell weg von den Schienen!« schrien die Jungen aus dem Gebüsch, halbtot vor Furcht, aber es war schon zu spät. Der Zug jagte heran und sauste vorüber. Die Knaben stürzten zu Kolja: Er lag da und rührte sich nicht. Sie schüttelten ihn und bemühten sich, ihn aufzuheben. Da stand er plötzlich auf und ging schweigend den Bahndamm hinunter. Unten erklärte er, er habe absichtlich wie besinnungslos dagelegen, um ihnen einen Schrecken einzujagen. Die Wahrheit war jedoch, daß er wirklich das Bewußtsein verloren hatte, wie er später, erst lange danach, seiner Mutter auch gestand. Auf diese Weise hatte er den Ruhm der Tollkühnheit als festen Besitz für immer erworben. Leichenblaß kehrte er zur Station zurück. Am anderen Tag erkrankte er an einem leichten Nervenfieber, war aber seelisch sehr heiter, froh und zufrieden. Die Kunde von dem Vorfall verbreitete sich nicht sogleich, sondern erst nach der Rückkehr in unsere Stadt, wo sie auch dem Direktor zu Ohren kam. Koljas Mama eilte schleunigst zu ihm, um für ihren Sohn zu bitten, und erreichte schließlich, daß der allgemein geachtete, einflußreiche Lehrer Dardanelow für ihn eintrat und Fürbitte einlegte; so ließ man denn die Sache auf sich beruhen, als ob nichts geschehen wäre. Dieser Dardanelow übrigens, ein noch nicht alter Junggeselle, war schon seit vielen Jahren leidenschaftlich in Frau Krassotkina verliebt und hatte schon einmal, vor einem Jahr, in der respektvollsten Weise und fast vergehend vor Angst und Zartgefühl gewagt, ihr seine Hand anzubieten; doch sie hatte seinen Antrag rundweg abgelehnt, obwohl Dardanelow, nach einigen geheimen Anzeichen zu schließen, vielleicht sogar ein gewisses Recht hatte zu glauben, daß er der reizenden, aber infolge ihrer Mutterzärtlichkeit allzu ehescheuen Witwe durchaus nicht zuwider sei. Koljas Streich schien nun das Eis gebrochen zu haben, und Dardanelow wurde zum Dank für sein Eintreten mit einem Hoffnungsschimmer belohnt, allerdings nur mit einem sehr entfernten; doch auch Dardanelow war ein Muster an Reinheit und Zartgefühl, und daher genügte dieser Schimmer vorläufig, um ihn vollkommen glücklich zu machen. Den Jungen mochte er sehr gern, jedoch hätte er es für unwürdig gehalten, sich um seine Gunst zu bemühen. Er behandelte ihn in der Klasse streng und stellte an ihn hohe Anforderungen. Kolja selbst hielt sich auch in respektvoller Entfernung, lernte seine Aufgaben vorzüglich, war in der Klasse der zweitbeste Schüler und verkehrte mit Dardanelow in einem trockenen Ton. Und die ganze Klasse glaubte fest, in Weltgeschichte könne Kolja sogar Dardanelow »schlagen«. Und in der Tat hatte Kolja ihm einmal die Frage vorgelegt, wer Troja gegründet habe. In seiner Antwort hatte Dardanelow nur allgemein von den Bewegungen und Wanderungen der Völker gesprochen; das liege im Dunkel der Vorzeit und gehöre ins Reich der Sage. Wer aber nun eigentlich Troja gegründet hatte, das heißt, welche Personen, das hatte er nicht sagen können; daher hatte er die Frage als müßig und gegenstandslos bezeichnet. Und die Jungen blieben bei der Überzeugung, Dardanelow wüßte nicht, wer Troja gegründet hatte. Kolja aber hatte von den Gründern Trojas in Smaragdows Weltgeschichte gelesen, die sich im Schrank unter den von seinem Vater hinterlassenen Büchern befand. Die Sache endete damit, daß sich schließlich alle Schüler dafür zu interessieren begannen, wer eigentlich Troja gegründet habe; Krassotkin enthüllte sein Geheimnis jedoch nicht, und der Ruhm seines Wissens blieb unerschüttert.

Nach dem Vorfall mit der Eisenbahn trat in Koljas Verhältnis zu seiner Mutter eine gewisse Veränderung ein. Als Frau Anna Fjodorowna von der Tat ihres Sohnes hörte, verlor sie vor Schreck beinahe den Verstand. Sie bekam so furchtbare hysterische Anfälle, die mit Unterbrechungen mehrere Tage dauerten, daß der ernstlich erschrockene Kolja ihr sein Ehrenwort gab, solche Streiche nie wieder zu begehen. Er schwor es auf den Knien vor dem Heiligenbild und beim Andenken an seinen Vater, so wie es Frau Krassotkina selbst verlangt hatte, wobei der »mannhafte« Kolja selbst wie ein sechsjähriger Knabe vor Rührung in Tränen zerfloß; diesen ganzen Tag über umarmten sich Mutter und Sohn immer wieder und weinten erschüttert. Als Kolja am anderen Tag erwachte, war er wieder wie früher »gefühllos«, nur wurde er von nun an schweigsamer, bescheidener, ernster, nachdenklicher. Allerdings wurde er anderthalb Monate später wieder bei einem Streich erwischt, und sein Name wurde sogar unserem Friedensrichter bekannt. Aber dieser Streich war doch schon von ganz anderer Art, sogar lächerlich und ein bißchen dumm; auch hatte er ihn, wie sich herausstellte, nicht selbst ausgeführt, sondern war nur beteiligt gewesen. Aber davon später einmal. Die Mutter ängstigte und quälte sich weiter, und Dardanelow schöpfte immer mehr Hoffnung, je mehr sie sich beunruhigte. Es muß vermerkt werden, daß Kolja Dardanelows diesbezügliche Absichten erriet und ihn selbstverständlich wegen seiner »Gefühle« tief verachtete. Früher war er sogar so unzart gewesen, diese Verachtung seiner Mutter gegenüber zum Ausdruck zu bringen, indem er andeutete, er wisse sehr wohl, was Dardanelow im Schilde führe. Aber nach dem Vorfall mit der Eisenbahn änderte er auch in dieser Hinsicht sein Benehmen; solche Andeutungen erlaubte er sich nicht mehr, auch nicht die entferntesten. Von Dardanelow sprach er in Gegenwart der Mutter jetzt respektvoller, was die feinfühlige Anna Fjodorowna sofort mit grenzenloser Dankbarkeit in ihrem Herzen empfand. Dafür wurde sie bei der unbedeutendsten, zufälligsten Bemerkung über Dardanelow, sogar von seiten irgendeines fernen Besuchers, vor Scham plötzlich rot wie eine Rose, wenn Kolja dabei war. Und Kolja sah in solchen Augenblicken entweder mit finsterer Miene aus dem Fenster oder betrachtete angelegentlich seine Stiefelspitzen oder rief zornig Pereswon, einen struppigen, ziemlich großen, räudigen Hund, den er vor einem Monat irgendwie erworben und mit nach Hause gebracht hatte und nun aus irgendeinem Grund in der Wohnung verborgen hielt und keinem seiner Kameraden zeigte. Er tyrannisierte den Hund furchtbar, indem er ihm alle möglichen Späße und Kunststücke beibrachte; doch der arme Köter liebte seinen Herrn unsäglich: Er heulte, wenn Kolja nicht zu Hause, sondern in der Schule war, er winselte vor Freude, wenn Kolja wiederkam, sprang wie toll umher, machte Männchen, wälzte sich auf der Erde, stellte sich tot und so weiter – kurz, er produzierte alle Kunststücke, die ihm beigebracht worden waren, und zwar nicht auf Verlangen, sondern einzig und allein aus Freude und aus dankbarem Herzen.

Apropos, ich habe vergessen, daran zu erinnern, daß Kolja Krassotkin jener Junge war, den der dem Leser bereits bekannte Iljuscha, der Sohn des Stabskapitäns a. D. Snegirjow, mit dem Messer in die Hüfte gestochen hatte, weil die Schüler seinen Vater mit dem Spitznamen »Bastwisch« verspottet hatten.

2. Kinder

Also an jenem kalten, windigen Novembermorgen saß Kolja Krassotkin zu Hause. Es war Sonntag und somit keine Schule. Aber es hatte schon elf geschlagen, und er mußte »in einer sehr wichtigen Angelegenheit« dringend von zu Hause weggehen. Nun war er jedoch ganz allein zu Hause, und zwar ausdrücklich, um es zu hüten, da alle älteren Hausgenossen das Haus infolge eines ungewöhnlichen Vorfalls verlassen hatten. Im Haus der Witwe Krassotkina befand sich außer der Wohnung der Hausbesitzerin nur noch eine aus zwei kleinen Zimmern bestehende Wohnung, die an eine Arztfrau mit zwei kleinen Kindern vermietet war. Diese Arztfrau war gleichaltrig mit Anna Fjodorowna und ihre beste Freundin. Der Doktor selbst war seit etwa einem Jahr abwesend; zuerst war er nach Orenburg gefahren und dann nach Taschkent, und schon ein halbes Jahr war von ihm keinerlei Nachricht gekommen. Und wäre nicht durch die Freundschaft mit Frau Krassotkina der Kummer der verlassenen Frau einigermaßen gelindert worden, wäre diese wohl in Tränen zerflossen. Um die Schicksalsschläge vollzählig zu machen, mußte Katerina, die einzige Dienerin der Arztfrau, ausgerechnet in dieser Nacht vom Sonnabend zum Sonntag plötzlich und ganz unerwartet ihrer Herrin erklären, sie werde am Morgen ein Kind gebären. Wie es zugegangen war, daß davon vorher niemand etwas gemerkt hatte, war für alle beinahe ein Wunder. Die überraschte Frau beschloß, Katerina, solange es noch Zeit war, in eine Anstalt zu bringen, die eine Hebamme in unserer Stadt für solche Fälle unterhielt. Da sie der Dienerin sehr zugetan war, führte sie ihre Absicht unverzüglich aus, brachte sie dorthin und blieb außerdem bei ihr. Dann wurde am Morgen noch die freundschaftliche Beihilfe von Frau Krassotkina erforderlich, die in diesem Fall irgend jemand um irgend etwas bitten und so die Magd irgendwie unterstützen konnte. Auf diese Weise waren die beiden Damen abwesend; Frau Krassotkinas eigene Dienerin, die alte Agafja, war währenddessen auf den Markt gegangen, und Kolja war somit für eine gewisse Zeit der Hüter und Wächter der »Knirpse«, des Knaben und des Töchterchens der Arztfrau, die sonst mutterseelenallein geblieben wären. Das Haus zu bewachen, davor fürchtete sich Kolja nicht; außerdem war ja noch Pereswon bei ihm, dem er befohlen hatte, im Vorzimmer unter einer Bank »ohne Bewegung« auf dem Bauch zu liegen und der gerade deswegen jedesmal, wenn Kolja bei seinen Rundgängen ins Vorzimmer kam, mit dem Kopf zuckte und zwei kräftige, bittende Schläge mit dem Schwanz vollführte – doch leider ertönte der rufende Pfiff nicht. Kolja warf dem unglücklichen Hund einen drohenden Blick zu, und dieser erstarrte wieder zu gehorsamem Scheintod. Wenn etwas Kolja in Verlegenheit brachte, so waren es einzig und allein die »Knirpse«. Für das unerwartete Ereignis mit Katerina hatte er selbstverständlich nur tiefste Verachtung, aber die verwaisten »Knirpse« mochte er sehr gern, er hatte ihnen bereits ein Kinderbuch gebracht. Nastja, die ältere, die schon acht Jahre alt war, konnte lesen; und der jüngere »Knirps«, der siebenjährige Kostja, hörte gern zu, wenn Nastja ihm etwas vorlas. Selbstverständlich hätte Kolja sie auf interessantere Weise beschäftigen können, er hätte sie zum Beispiel beide nebeneinanderstellen und mit ihnen Soldaten spielen oder mit ihnen im ganzen Haus Versteck spielen können. Das hatte er früher schon wiederholt getan, und das war durchaus nicht unter seiner Würde, so daß sich in seiner Klasse sogar einmal das Gerücht verbreitet hatte, Krassotkin spiele bei sich zu Hause mit seinen kleinen Hausgenossen Pferdchen. Kolja hatte diese Beschuldigung jedoch stolz widerlegt, indem er darlegte, mit Gleichaltrigen, Dreizehnjährigen Pferdchen zu spielen, das wäre »in unserem Jahrhundert« allerdings wirklich eine Schande; er aber tue das für die »Knirpse«, weil er sie gern habe, und im übrigen habe niemand das Recht, ihn über seine Gefühle zur Rechenschaft zu ziehen! Dafür vergötterten ihn denn auch die beiden »Knirpse«. Diesmal stand sein Sinn nicht nach solchen Spielen. Er hatte eine sehr wichtige eigene Angelegenheit vor sich, an der sogar etwas Geheimnisvolles zu sein schien; inzwischen aber verstrich die Zeit, und Agafja, der er die Kinder hätte übergeben können, wollte noch immer nicht vom Markt zurückkehren. Er war schon mehrere Male über den Flur gegangen, hatte die Tür zur Wohnung der Arztfrau geöffnet und sorgenvoll nach den »Knirpsen« gesehen, die nach seiner Weisung über einem Buch saßen und ihn jedesmal, wenn er die Tür aufmachte, schweigend anlächelten, in der Erwartung, daß er nun hereinkäme und etwas Hübsches und Amüsantes mit ihnen unternähme. Doch Kolja war innerlich unruhig und ging nicht hinein. Da schlug es elf, und er beschloß fest und endgültig, das Haus zu verlassen, wenn die »verfluchte« Agafja nicht in zehn Minuten zurück sein würde, und nicht länger auf sie zu warten; selbstverständlich wollte er sich vorher von den »Knirpsen« versprechen lassen, daß sie in seiner Abwesenheit keine Dummheiten machen und nicht aus Angst weinen würden. Mit diesem Gedanken zog er seinen wattierten Winterüberzieher mit dem Kragen aus Seehundsfell an und hängte sich seine Büchertasche über die Schulter. Seine Mutter hatte ihn zwar früher oft gebeten, er möchte immer die Überschuhe anziehen, wenn er »bei solcher Kälte« von Hause wegging; doch als er durchs Vorzimmer kam, warf er nur einen verächtlichen Blick auf sie und ging in bloßen Stiefeln hinaus. Als Pereswon ihn ausgehbereit sah, begann er angestrengt mit dem Schwanz auf den Fußboden zu schlagen, zuckte nervös mit dem ganzen Körper und schickte sich sogar an, ein klägliches Geheul auszustoßen; aber Kolja war der Ansicht, daß ein sofortiges Nachgeben der Disziplin schaden würde, und ließ ihn wenigstens noch ein Weilchen unter der Bank liegen. Erst als er die Tür zum Flur öffnete, pfiff er ihm plötzlich. Der Hund sprang wie verrückt auf und sprang wild vor Freude umher. Kolja durchschritt den Flur und öffnete die Tür zu den »Knirpsen«. Beide saßen wie vorher an ihrem Tischchen; sie lasen jedoch nicht mehr, sondern stritten hitzig über irgend etwas. Sie stritten sich oft über verschiedene sich aufdrängende Lebensfragen, wobei Nastja als die ältere immer die Oberhand behielt; Kostja hingegen wandte sich, wenn er ihr nicht zustimmen mochte, fast immer hilfesuchend an Kolja, und wie dieser entschied, dabei blieb es dann auch: Das war für beide Teile ein unanfechtbarer Urteilsspruch. Diesmal erweckte der Streit der »Knirpse« bei Kolja ein gewisses Interesse, und er blieb in der Tür stehen, um zuzuhören.

Als die Kinder sahen, daß er zuhörte, fuhren sie um so eifriger in ihrem Streitgespräch fort.

»Niemals werde ich glauben«, sagte Nastja hitzig, »daß die Hebammen die kleinen Kinder in den Gemüsegärten auf den Kohlbeeten finden. Jetzt ist es Winter, und es gibt gar keine Kohlbeete, und die Hebamme konnte unserer Katerina das Töchterchen nicht von da bringen!«

Kolja stieß einen Pfiff aus.

»Oder es ist so. Sie holen die Kinder irgendwo, bringen sie aber nur zu solchen Frauen, die verheiratet sind.«

Kostja blickte seine Schwester unverwandt an, hörte tiefsinnig zu und dachte nach.

»Nastja, wie dumm du doch bist«, sagte er endlich ruhig und entschieden. »Dann könnte doch Katerina gar kein Kindchen haben. Sie ist ja nicht verheiratet.«

Nastja geriet furchtbar in Eifer.

»Du verstehst aber auch gar nichts«, fiel sie gereizt ein. »Vielleicht hat sie einen Mann gehabt, und er sitzt bloß im Gefängnis, und sie hat nun ein Kindchen bekommen.«

»Hat sie wirklich einen Mann, der im Gefängnis sitzt?« erkundigte sich der gründliche Kostja mit wichtiger Miene.

»Oder es ist so«, unterbrach ihn Nastja eifrig, wobei sie ihre erste Hypothese völlig fallenließ und vergaß. »Sie hat keinen Mann, darin hast du recht. Aber sie will heiraten, und da hat sie nun nachgedacht, wie sie das machen soll, und hat immer nachgedacht und nachgedacht, und so lange nachgedacht, daß sie nun keinen Mann, sondern ein Kindchen bekommen hat.«

»Ja, das könnte sein«, stimmte Kostja völlig überzeugt zu. »Aber das hast du vorhin nicht gesagt, daher konnte ich es auch nicht wissen.«

»Na, Kinder«, sagte Kolja und trat zu ihnen ins Zimmer. »Ich sehe, ihr seid ein gefährliches Völkchen!«

»Dafür haben Sie ja auch Pereswon«, sagte Kostja lächelnd und begann mit den Fingern zu schnipsen und Pereswon zu rufen.

»Ihr Knirpse, ich bin in Verlegenheit«, begann Kolja würdevoll. »Und ihr müßt mir helfen. Agafja hat sich wohl ein Bein gebrochen, weil sie noch immer nicht zurück ist, das steht bombenfest. Ich muß aber dringend weg. Werdet ihr mich weglassen?«

Die Kinder sahen sich ängstlich an, ihre Gesichter drückten nun Unruhe aus. Sie begriffen allerdings noch nicht recht, was Kolja von ihnen verlangte.

»Werdet ihr auch keine Dummheiten machen, wenn ich weg hin? Nicht auf die Kommode steigen, euch nicht die Beine brechen? Werdet ihr auch nicht aus Angst weinen, wenn ihr allein seid?«

Auf den Gesichtern der Kinder malte sich eine schreckliche Angst.

»Ich könnte euch zum Lohn dafür ein hübsches Spielzeug zeigen, eine kleine Bronzekanone, aus der man mit richtigem Pulver schießen kann.«

Die Gesichter der Kinder wurden im Nu wieder hell.

»Zeigen Sie doch mal die kleine Kanone!« sagte Kostja, der übers ganze Gesicht strahlte.

Krassotkin holte aus seiner Büchertasche eine kleine Bronzekanone heraus und stellte sie auf den Tisch.

»Na schön, zeigen wir doch mal! Sieh nur, sie hat Räder ...« Er rollte das Spielzeug über den Tisch. »Und schießen kann man damit. Man kann sie mit Schrot laden und damit schießen.«

»Kann man damit auch einen totschießen?«

»Alle kann man damit totschießen, man braucht bloß ordentlich zu zielen.«

Und er erklärte ihnen, wohin man das Pulver tun und wie man das Schrotkorn hineinstecken muß, zeigte ihnen ein kleines Loch in Gestalt eines Zündlochs und erzählte ihnen, daß die Kanone nach dem Schuß zurückläuft. Die Kinder hörten mit gewaltigem Interesse zu. Besonders beeindruckte sie, daß die Kanone zurückläuft.

»Haben Sie auch Pulver?« erkundigte sich Nastja.

»Ja.«

»Zeigen Sie uns doch auch das Pulver!« sagte sie mit einem bittenden Lächeln.

Kolja griff noch einmal in die Büchertasche und holte ein kleines Fläschchen heraus, in dem tatsächlich noch etwas Pulver war, in einem zusammengewickelten Stück Papier fanden sich außerdem mehrere Schrotkörner. Er öffnete sogar das Fläschchen und schüttete sich ein bißchen Pulver auf die flache Hand.

»Da! Es darf nur kein Feuer daran kommen, sonst explodiert das Pulver, und wir sind alle tot«, sagte er warnend; er übertrieb um des Effektes willen.

Die Kinder betrachteten das Pulver mit einer andächtigen Furcht, durch die der Genuß noch gesteigert wurde. Dem kleinen Kostja gefiel am meisten das Schrot.

»Und das Schrot brennt nicht?« fragte er.

»Nein, das Schrot brennt nicht.«

»Schenken Sie mir ein paar Schrotkörner!« bettelte er.

»Ein bißchen Schrot werde ich dir schenken. Da, nimm. Aber zeig es deiner Mama nicht, bevor ich wieder hier bin. Sonst denkt sie, es ist Pulver, und stirbt vor Angst und haut euch mit der Rute.«

»Mama haut uns nie mit der Rute!« bemerkte Nastja sofort.

»Das weiß ich. Ich habe es auch nur gesagt, weil es gut klingt. Und eurer Mama dürft ihr nie etwas verheimlichen – bloß diesmal, bis ich wieder da bin … Also, ihr Knirpse, darf ich weggehen? Werdet ihr auch nicht vor Angst weinen, wenn ich weg bin?«

»Doch, wir wer-den wei-nen«, sagte Kostja gedehnt und wollte schon in Tränen ausbrechen.

»Wir werden weinen, wir werden bestimmt weinen!« fiel Nastja ängstlich ein.

»Ach, Kinder, Kinder, ihr seid ja in einem gefährlichen Alter. Na, dann ist nichts zu machen, ihr Würmer, dann muß ich eben Gott weiß wie lange bei euch sitzen. Aber wie sollen wir uns bloß die Zeit vertreiben?«

»Lassen Sie doch Pereswon sich tot stellen«, bat Kostja.

»Ja, da ist nichts zu machen, da müssen wir wohl unsere Zuflucht zu Pereswon nehmen. Ici,* Pereswon!«

Kolja kommandierte, und der Hund machte alles vor, was er konnte. Er war ein struppiger Hund, von der Größe eines gewöhnlichen Hofhundes, mit grau-lila Fell. Das rechte Auge war ihm ausgelaufen, und das linke Ohr wies einen tiefen Riß auf. Er winselte und

* frz. Hierher.

sprang, machte Männchen, ging auf den Hinterbeinen, warf sich auf den Rücken mit allen vier Pfoten nach oben und lag wie tot da. Während des letzten Kunststücks öffnete sich die Tür, und Agafja, die dicke Dienerin von Frau Krassotkina, eine pockennarbige Frau von ungefähr vierzig Jahren, erschien auf der Schwelle; sie kehrte mit einem Beutel voll Lebensmittel vom Markt zurück. Sie blieb stehen und sah dem Hund zu, ohne den Beutel aus der Hand zu legen. So sehnsüchtig Kolja auch auf Agafja gewartet hatte – er brach die Vorstellung dennoch nicht ab; er ließ Pereswon sich noch eine bestimmte Zeitlang tot stellen und pfiff ihm dann endlich. Der Hund sprang auf und tollte vor Freude, daß er seine Pflicht erfüllt hatte, ausgelassen umher.

»Nun sieh mal einer den Hund an!« sagte Agafja anerkennend.

»Warum bist du denn so spät zurückgekommen, du Weibsbild?« fragte Krassotkin ärgerlich.

»Weibsbild! Nun hör sich das einer an! Dieser Stift!«

»Stift?«

»Jawohl, Stift. Was geht es dich an, daß ich so spät zurückgekommen bin? Wenn ich erst so spät gekommen bin, wird es wohl nötig gewesen sein«, brummte Agafja und machte sich daran, den Ofen zu besorgen. Sie sagte das alles keineswegs unzufrieden oder ärgerlich, sondern vielmehr in sehr zufriedenem Ton, als ob sie sich über die Gelegenheit freute, sich mit dem lustigen jungen Herrn ein bißchen herumzubeißen.

»Hör mal, du leichtfertiges altes Weib«, sagte Kolja und stand vom Sofa auf. »Kannst du mir bei allem, was dir auf dieser Welt heilig ist, und bei sonst noch etwas schwören, daß du in meiner Abwesenheit ständig auf die Knirpse aufpassen wirst? Ich will nämlich weggehen.«

»Wozu soll ich dir das erst noch schwören?« erwiderte Agafja lachend. »Ich werde auch so auf sie aufpassen.«

»Nein, du mußt mir bei deiner ewigen Seligkeit schwören. Sonst gehe ich nicht.«

»Na, dann geh nicht! Was stört es mich? Draußen ist es kalt, bleib zu Hause!«

»Ihr Knirpse«, wandte sich Kolja an die Kinder. »Diese Frau wird bei euch bleiben, bis ich wiederkomme oder bis eure Mama wiederkommt, denn auch die müßte eigentlich längst zurück sein. Sie wird euch ein Frühstück geben. Oder gibst du ihnen etwas, Agafja?«

»Das kann ich schon machen.«

»Auf Wiedersehen, ihr Kleinen! Nun kann ich beruhigt gehen … Und du, Großmutter«, sagte er halblaut und würdevoll, als er an Agafja vorbeiging, »wirst ihnen hoffentlich nicht eure üblichen Weiberdummheiten über Katerina auftischen? Hab Respekt vor ihrem Alter! Ici, Pereswon!«

»Mach, daß du 'rauskommst«, knurrte Agafja, die sich jetzt wirklich ärgerte. »Lächerlicher Patron! Müßtest selber die Rute bekommen für solche Reden!«

3. Schüler

Doch Kolja hörte schon nicht mehr. Endlich konnte er gehen. Als er aus dem Tor trat, blickte er sich um, schüttelte die Schultern und sagte: »Kalt!« Dann ging er die Straße hinunter und danach rechts durch eine Seitengasse auf den Marktplatz zu. Am Torweg des letzten Hauses blieb er vor dem Platz stehen, zog eine kleine Pfeife aus der Tasche und pfiff darauf aus Leibeskräften, als gäbe er ein verabredetes Signal. Er brauchte nicht länger als eine Minute zu warten; dann kam plötzlich ein rotbackiger Junge herausgerannt. Er mochte etwa elf Jahre alt sein und trug ebenfalls einen warmen, sauberen und sogar eleganten kleinen Überzieher. Es war der kleine Smurow, der die Vorbereitungsklasse besuchte (während Kolja Krassotkin schon zwei Klassen höher saß), der Sohn eines wohlhabenden Beamten. Seine Eltern hatten ihm offenbar den Umgang mit Krassotkin verboten, da der allgemein als verwegener Unfugtreiber bekannt war; Smurow hatte daher das Haus offenbar heimlich verlassen. Dieser Smurow war, vielleicht erinnert sich der Leser, einer von den Jungen, die vor zwei Monaten mit Steinen nach Iljuscha geworfen hatten; er war es gewesen, der Aljoscha Karamasow damals etwas über Iljuscha erzählt hatte.

»Ich warte schon eine ganze Stunde auf dich, Krassotkin«, sagte Smurow streng, dann gingen sie zum Marktplatz.

»Ja, ich habe mich verspätet«, antwortete Krassotkin. »Aber das hat seine Gründe. Kriegst du nicht Prügel, wenn du mit mir gehst?«

»Was redest du da? Als ob ich überhaupt Prügel bekomme! Du hast Pereswon bei dir?«

»Ja.«

»Willst du ihn auch mitnehmen?«

»Ja.«

»Ach, wenn es doch Shutschka wäre!«

»Das ist unmöglich. Shutschka existiert nicht mehr, Shutschka ist verschwunden. Wo er geblieben ist, das ist ein dunkles Rätsel.«

»Könnten wir es nicht so machen«, sagte Smurow und blieb plötzlich stehen. »Iljuscha sagt ja, Shutschka ist auch so struppig gewesen und so dunkelgrau wie Pereswon. Könnten wir da nicht sagen, daß es jener Shutschka ist? Vielleicht wird er es glauben.«

»Schüler, verabscheue die Lüge! Numero eins. Sogar zu einem guten Zweck; Numero zwei. Aber was die Hauptsache ist: ich hoffe, du hast dort nichts von meinem Besuch erwähnt?«

»Gott behüte, ich weiß doch, worum es sich handelt. Mit Pereswon wirst du ihn aber nicht trösten«, sagte Smurow seufzend. »Weißt du was? Sein Vater, der Bastwisch, hat gesagt, er will ihm heute einen jungen Hund bringen, einen echten Bullenbeißer mit schwarzer Nase. Er meint, daß er Iljuscha damit trösten wird, aber das wird ihm wohl kaum gelingen.«

»Wie geht es denn ihm selbst, ich meine Iljuscha?«

»Ach, schlecht! Ich glaube, er hat die Schwindsucht. Er ist bei vollem Bewußtsein, aber wie er atmet, wie er atmet! Neulich bat er, sie möchten ihn ein bißchen im Zimmer herumführen. Sie zogen ihm seine Stiefel an, und er versuchte zu gehen, aber er fiel hin. ›Ach, Papa‹, sagte er, ›ich habe dir ja gesagt, daß die Stiefel, die ich früher hatte, nichts taugen! In denen war es auch früher unbequem zu gehen.‹ Er dachte, die Stiefel seien daran schuld, daß er umgefallen war. Dabei ist es einfach aus Schwäche geschehen. Er wird keine Woche mehr leben. Doktor Herzenstube besucht ihn. Sie sind jetzt wieder reich, sie haben viel Geld.«

»Schwindler sind sie.«

»Wen meinst du?«

»Die Ärzte und das ganze medizinische Gesindel. Ich bin gegen die Medizin. Sie ist eine nutzlose Einrichtung. Ich werde das übrigens alles noch näher untersuchen. Was ist denn jetzt für ein gefühlvolles Treiben bei euch? Ich glaube, eure ganze Klasse geht da immer hin?«

»Die ganze Klasse nicht, sondern etwa zehn von uns gehen hin. Immer, jeden Tag. Weiter nichts.«

»Ich wundere mich nur über die Rolle, die Alexej Karamasow dabei spielt. Morgen oder übermorgen findet die Gerichtsverhandlung gegen seinen Bruder wegen dieses großen Verbrechens statt, und er hat noch Zeit zu rührenden Szenen mit Jungen?«

»Rührende Szenen gibt es da überhaupt nicht. Du gehst ja jetzt selber hin, um dich mit Iljuscha zu versöhnen.«

»Um mich mit ihm zu versöhnen? Lächerlich! Ich erlaube übrigens niemandem, meine Handlungen zu kritisieren.«

»Aber wie sich Iljuscha freuen wird! Er hat keine Ahnung, daß du kommst. Warum hast du denn so lange nicht kommen wollen? Warum nicht?« rief Smurow.

»Lieber Junge, das ist meine Sache und nicht deine. Ich gehe aus eigenem Antrieb hin, weil das so mein Wille ist. Aber euch hat alle Alexej Karamasow hingeschleppt, das ist der Unterschied. Und woher weißt du das? Vielleicht gehe ich überhaupt nicht hin, um mich mit ihm zu versöhnen? Ein dummer Ausdruck!«

»Karamasow hat uns überhaupt nicht hingeschleppt, ganz und gar nicht. Die von uns gingen einfach von selbst hin, allerdings zuerst mit Karamasow. Erst ging einer hin, dann ein anderer. Der Vater freute sich schrecklich darüber. Weißt du, er wird glattweg den Verstand verlieren, wenn Iljuscha stirbt. Aber wie er sich freut, daß wir uns mit

Iljuscha versöhnt haben! Iljuscha hat nach dir gefragt, aber dann kein Wort weiter gesagt. Er fragte nur und schwieg dann. Aber sein Vater wird den Verstand verlieren oder sich aufhängen. Er hat sich ja auch früher schon wie ein Geistesgestörter benommen. Weißt du, er ist ein anständiger Mensch, und das damals war ein Fehler. An allem ist dieser Vatermörder schuld, der ihn damals geschlagen hat.«

»Trotzdem ist Karamasow für mich ein Rätsel. Ich hätte schon längst mit ihm bekannt sein können, aber ich bin in manchen Fällen gern stolz. Außerdem habe ich mir über ihn eine gewisse Meinung gebildet, die ich erst noch überprüfen und klären muß.«

Kolja schwieg würdevoll, Smurow ebenfalls. Smurow empfand Kolja Krassotkin gegenüber die größte Ehrfurcht und wagte nicht im entferntesten sich mit ihm zu vergleichen. Jetzt aber war sein Interesse lebhaft geworden, weil Kolja erklärt hatte, er gehe aus eigenem Antrieb hin, es steckte gewissermaßen ein Rätsel darin, daß Kolja gerade heute auf den Gedanken gekommen war hinzugehen. Sie gingen über den Marktplatz, wo diesmal viele Fuhren von auswärts standen und viel Geflügel angeboten wurde. Die Marktweiber handelten unter ihren Zeltdächern mit Kringeln, Zwirn und so weiter. Solche Sonntagsmärkte wurden bei uns naiverweise Jahrmärkte genannt, und solche »Jahrmärkte« gab es viele im Jahr. Pereswon lief in der vergnügtesten Stimmung mit, bog jedoch unaufhörlich nach rechts und links ab, um irgendwo an etwas zu riechen. Begegnete er anderen Hunden, beschnüffelte er sich mit ihnen nach allen Regeln der Hunde-Etikette.

»Ich beobachte gern das wirkliche Leben, Smurow«, begann Kolja plötzlich. »Hast du bemerkt, wie die Hunde sich beriechen, wenn sie einander begegnen? Dem liegt ein allgemeines Naturgesetz zugrunde.«

»Ja, ein lächerliches.«

»Lächerlich ist es eigentlich nicht, da hast du unrecht. In der Natur gibt es nichts Lächerliches, wenn es dem Menschen mit seinen Vorurteilen auch so scheinen mag. Könnten die Hunde philosophieren und kritisieren, dann würden sie in den gegenseitigen sozialen Beziehungen ihrer Gebieter, der Menschen, sicher ebensoviel finden, was ihnen lächerlich erscheint, wenn nicht weit mehr. Wenn nicht weit mehr, ich wiederhole das, weil ich fest überzeugt bin, daß die Dummheiten bei uns weit zahlreicher sind. Das ist ein Gedanke von Rakitin, ein beachtenswerter Gedanke. Ich bin Sozialist, Smurow.«

»Was ist das, Sozialist;« fragte Smurow.

»Das ist, wenn alle gleich sind und alle dieselbe Meinung haben, wenn es keine Ehre gibt und die Religion und alle Gesetze so sind, wie es jedem beliebt – na und anderes mehr. Du bist noch nicht alt genug, für dich ist das noch zu früh ... Oh, es ist aber kalt!«

»Ja, zwölf Grad. Mein Vater hat vorhin nach dem Thermometer gesehen.«

»Hast du schon bemerkt, Smurow, daß es einem mitten im Winter, bei fünfzehn oder gar achtzehn Grad, nicht so kalt vorkommt wie zum Beispiel jetzt zu Anfang des Winters, wenn plötzlich die Kälte einsetzt wie jetzt mit zwölf Grad und wenn noch wenig Schnee gefallen ist? Das kommt daher, daß sich die Menschen noch nicht daran gewöhnt haben. Bei den Menschen ist alles Gewohnheitssache, in jeder Hinsicht, sogar in ihren staatlichen und politischen Beziehungen. Die Gewohnheit ist die wichtigste Triebkraft ... Was ist denn das für ein komischer Bauer?«

Kolja zeigte auf einen hochgewachsenen Bauern mit gutmütigem Gesicht, der in einem Schafpelz neben seiner Fuhre stand und seine in Fausthandschuhen steckenden Hände aneinanderschlug, um sich zu erwärmen. Sein langer blonder Bart war von der Kälte ganz bereift.

»Dem Bauern ist der Bart gefroren!« sagte Kolja tiefsinnig mit lauter Stimme, als sie an ihm vorbeigingen.

»Das ist heute vielen passiert«, antwortete der Bauer ruhig und bedächtig.

»Zieh ihn bloß nicht auf!« bemerkte Smurow.

»Das tut nichts, er wird es nicht übelnehmen, er ist ein guter Mensch. Lebe wohl, Matwej!«

»Lebe wohl!«

»Heißt du denn Matwej?«

»Ja. Hast du das nicht gewußt?«

»Nein, ich hab es aufs Geratewohl gesagt.«

»Na, sieh mal an! Du bist wohl Schüler?«

»Ja.«

»Kriegst du auch Prügel?«

»Nicht allzuviel, nur manchmal.«

»Tut das weh?«

»Ohne das geht es nicht!«

»Ja, ja, so ist es im Leben!« seufzte der Bauer aus tiefstem Herzen.

»Lebe wohl, Matwej!«

»Lebe wohl! Du bist ein liebes Kerlchen, jawohl.« Die Jungen gingen weiter.

»Der war freundlich«, sagte Kolja zu Smurow. »Ich rede gern mit einfachen Leuten, und es macht mir immer Freude, ihnen Gerechtigkeit widerfahren zu lassen.«

»Warum hast du ihm vorgelogen, daß bei uns geschlagen wird?« fragte Smurow.

»Ich mußte ihm doch ein Vergnügen machen.«

»Inwiefern denn?«

»Siehst du, Smurow, ich kann es nicht leiden, wenn mich jemand nicht gleich versteht und Fragen stellt. Manches kann man einfach nicht klarmachen. Nach Meinung des Bauern bekommt ein Schüler Schläge und muß Schläge bekommen. Was wäre das für ein Schüler, der keine Schläge bekommt, denkt er. Und wenn ich ihm nun auf einmal sage, daß bei uns nicht geschlagen wird, würde ihn das betrüben. Aber du hast dafür kein Verständnis. Man muß es verstehen, mit den einfachen Leuten zu reden.«

»Fang bloß keinen Streit an, sonst kommt am Ende wieder so eine Geschichte heraus wie damals mit der Gans.«

»Hast du Angst?«

»Lach mich nicht aus, Kolja, aber ich habe wirklich Angst. Mein Vater wäre furchtbar böse. Er hat mir streng verboten, mit dir zu gehen.«

»Keine Sorge, diesmal wird nichts passieren … Guten Tag, Natascha«, rief er einer Händlerin zu, die unter ihrer Markise saß.

»Wie kannst du mich denn Natascha nennen? Ich heiße Marja!« schrie die Händlerin, eine ziemlich junge Frau, ärgerlich zurück.

»Das ist schön, daß du Marja heißt. Lebe wohl!«

»Ach, du Taugenichts! So ein Dreikäsehoch, und schon so unverschämt!«

»Ich habe keine Zeit für dich. Nächsten Sonntag kannst du es mir erzählen«, sagte Kolja und winkte ab, als ob sie mit ihm angebunden hätte und nicht er mit ihr.

»Was soll ich dir denn Sonntag erzählen? Du hast selber angefangen, nicht ich, du Rotznase!« kreischte Marja. »Durchprügeln müßte man dich, daß du es weißt! Ein stadtbekannter Frechdachs bist du, daß du es weißt!«

Die anderen Händlerinnen, die mit ihren Waren neben Marja saßen, fingen an zu lachen. Doch plötzlich stürzte aus dem Bogengang, an dem die Läden lagen, ein aufgeregter Mensch mit einem langschößigen, blauen Kaftan und Schirmmütze, jung, mit blondem, lockigem Haar und einem langen, blassen, pockennarbigen Gesicht, wohl eine Art Ladendiener, aber kein einheimischer, sondern einer von auswärts. Er schien ebenso dumm wie aufgeregt zu sein und drohte Kolja sofort mit der Faust.

»Ich kenne dich!« schrie er wütend. »Ich kenne dich!«

Kolja musterte ihn. Er konnte sich nicht erinnern, wann er mit diesem Menschen Streit gehabt haben sollte. Er hatte freilich unzählige Streitereien auf der Straße gehabt; die alle im Gedächtnis zu behalten war unmöglich.

»Du kennst mich?« fragte er ihn ironisch.

»Ja, ich kenne dich! Ich kenne dich!« wiederholte der Ladendiener wie ein Verrückter.

»Na, dann kannst du dich freuen. Aber ich habe keine Zeit, lebe wohl!«

»Was treibst du für Unfug?« rief der Ladendiener. »Willst du wieder Unfug treiben? Ich kenne dich! Willst du wieder Unfug treiben?«

»Das geht dich gar nichts an, lieber Freund, ob ich Unfug treibe«, erwiderte Kolja, blieb stehen und musterte ihn wieder.

»Wieso soll mich das nichts angehen?«

»Ganz einfach, es geht dich nichts an.«

»Aber wen geht es denn an? Wen geht es an? Na, wen geht es an?«

»Das geht Trifon Nikititsch etwas an, aber nicht dich.«

»Was für einen Trifon Nikititsch?« fragte der Bursche und glotzte Kolja mit dummer Verwunderung und immer noch wütend an. Kolja maß ihn mit seinem würdevollen Blick.

»Bist du zur Himmelfahrt gegangen?« fragte er ihn auf einmal in strengem, nachdrücklichem Ton.

»Zu was für einer Himmelfahrt? Warum? Nein, dahin bin ich nicht gegangen«, erwiderte der Bursche etwas verdutzt.

»Kennst du Trifon Nikititsch Sabanejew?« fuhr Kolja noch nachdrücklicher und strenger fort.

»Was für einen Sabanejew? Nein, den kenne ich nicht.«

»Na, dann hol' dich der Teufel!« schnitt Kolja das Gespräch ab, drehte sich kurz um und ging davon, als wäre es unter seiner Würde, mit so einem Tölpel, der nicht einmal Sabanejew kannte, auch nur zu reden.

»Halt mal, he! Was für einen Sabanejew?« rief der Bursche, als ob er zu sich käme; er war wieder ganz aufgeregt. »Wen hat er eigentlich gemeint?« wandte er sich an die Händlerinnen und sah sie dumm an.

Die Weiber lachten.

»Ein pfiffiger Patron!« sagte eine.

»Von was für einem Sabanejew hat er denn bloß gesprochen?« wiederholte der Bursche; er war immer noch wütend und fuchtelte mit dem rechten Arm.

»Das ist sicher der Sabanejew, der bei Kusmitschews im Dienst stand, der muß wohl gemeint sein«, vermutete eine Frau.

Der Bursche sah sie verblüfft an.

»Bei Kus-mi-tschews?« mischte sich eine andere Frau ein. »Was soll da für ein Trifon gewesen sein? Der da im Dienst stand, hieß Kusma und nicht Trifon, und der Bengel redete von einem Trifon Nikititsch. Also ist der nicht gemeint.«

»Nun seht mal an, der hieß nicht Trifon und nicht Sabanejew; der hieß Tschishow«, fiel auf einmal eine dritte Frau ein, die bisher geschwiegen und mit ernster Miene zugehört hatte. »Der hieß Alexej Iwanowitsch, mit seinem vollen Namen Alexej Iwanowitsch Tschishow.«

»Das ist richtig, er hieß Tschishow«, bestätigte eine vierte energisch.

Der verdutzte Bursche blickte von einer zur anderen.

»Aber warum hat er denn gefragt, liebe Leute: ›Kennst du Sabanejew?‹?« rief er beinahe schon verzweifelt. »Weiß der Teufel, was das für ein Sabanejew ist!«

»Du bist ein Dummkopf! Du hörst, daß es nicht Sabanejew ist, sondern Tschishow. Alexej Iwanowitsch Tschishow, nun weißt du es!« schrie ihm eine Händlerin belehrend zu.

»Was denn für ein Tschishow? Na, was für einer? Sprich, wenn du es weißt!«

»So ein langer, rotznasiger Bursche. Er hat im Sommer hier auf dem Markt gesessen.«

»Was geht mich euer Tschishow an, ihr lieben Leute?«

»Woher soll ich wissen, was dich Tschishow angeht?«

»Wer kann denn wissen, was er dich angeht!« fiel eine andere ein. »Das mußt du selber wissen, was er dich angeht, wenn du hier so ein Geschrei machst. Er hat es doch zu dir gesagt und nicht zu uns, du dummer Mensch! Oder kennst du ihn wirklich nicht?«

»Wen?«

»Den Tschishow.«

»Der Teufel hole deinen Tschishow und dich dazu! Verprügeln werde ich ihn, nun weißt du es! Er hat sich über mich lustig gemacht!«

»Du willst Tschishow verprügeln? Oder er dich! Ein Dummkopf bist du, nun weißt du es!«

»Nicht Tschishow will ich verprügeln, du boshaftes Weib, sondern den Bengel, nun weißt du es! Gebt ihn nur her! Er hat sich über mich lustig gemacht!«

Die Frauen lachten. Kolja aber lief schon in weiter Entfernung mit der Miene des Siegers. Smurow ging neben ihm und sah sich mehrmals nach der schreienden Gruppe um. Auch er war sehr fröhlich, obwohl er noch immer fürchtete, mit Kolja in irgendeinen Skandal hineinzugeraten.

»Was ist denn das für ein Sabanejew, nach dem du ihn gefragt hast?« fragte er Kolja, dessen Antwort er im voraus ahnte.

»Woher soll ich wissen, was das für einer ist? Jetzt werden sie sich bis zum Abend anschreien. Ich bringe die Dummköpfe in allen Schichten der Gesellschaft in Bewegung. Da steht noch so ein Tölpel, dieser Bauer da. Ach übrigens, man sagt: ›Es gibt nichts Dümmeres als einen dummen Franzosen.‹ Aber auch die russische Physiognomie ist ein Spiegel der Seele. Na, steht es diesem Kerl nicht im Gesicht geschrieben, daß er ein Dummkopf ist?«

»Laß ihn in Ruhe, Kolja! Wir wollen weitergehen.«

»Auf keinen Fall werde ich ihn in Ruhe lassen, ich bin jetzt in Fahrt gekommen. Heda! Guten Tag, Bauer!«

Der kräftige Bauer, der langsam an ihnen vorbeiging und wohl schon etwas getrunken hatte, mit rundem, schlichtem Gesicht und graumeliertem Bart, hob den Kopf und blickte das Bürschchen an.

»Na, guten Tag, wenn du nicht bloß Spaß machst«, antwortete er langsam.

»Und wenn ich nun bloß Spaß mache?« erwiderte Kolja lachend.

»Na, wenn du bloß Spaß machst, auch gut, in Gottes Namen. Da ist nichts dabei, das darf man. Ein Späßchen darf man schon mal machen.«

»Entschuldige, lieber Freund, ich habe wirklich bloß Spaß gemacht.«

»Nun, Gott wird es dir verzeihen.«

»Und du selber, verzeihst du mir?«

»Von Herzen! Geh nur weiter!«

»Sieh mal an, du bist ja am Ende ein ganz verständiger Bauer.«

»Verständiger als du«, lautete die überraschende Antwort, die wie alle bisherigen mit ruhigem Ernst gegeben wurde.

»Das doch wohl kaum«, versetzte Kolja etwas betroffen.

»Es ist bestimmt so, wie ich sage.«

»Na, am Ende ist es wirklich so.«

»Gewiß, mein Lieber!«

»Lebe wohl, Bauer!«

»Lebe wohl!«

»Die Bauern sind doch recht verschieden«, bemerkte Kolja nach einigem Schweigen. »Woher sollte ich aber auch wissen, daß ich da auf einen klugen Menschen stoße? Ich bin immer gern bereit, Klugheit beim einfachen Volk anzuerkennen.«

In der Ferne schlug die Domuhr halb zwölf. Die Jungen beeilten sich und legten den noch ziemlich langen Rest des Weges zur Wohnung des Stabskapitäns Snegirjow schnell und fast schweigend zurück. Zwanzig Schritte vor dem Haus blieb Kolja stehen und forderte Smurow auf, vorauszugehen und Karamasow herauszuschicken.

»Wir müssen uns erst einmal beriechen«, bemerkte er.

»Wozu willst du ihn erst herausrufen lassen?« wandte Smurow ein. »Komm doch einfach mit hinein, sie werden sich sehr freuen. Warum willst du seine Bekanntschaft hier in der Kälte machen?«

»Ich weiß, warum ich ihn hier in der Kälte sprechen will«, schnitt Kolja despotisch jede Widerrede ab (diesem »Kleinen« gegenüber tat er das außerordentlich gern), und Smurow ging hinein, den Auftrag zu erfüllen.

4. Shutschka

Kolja lehnte sich mit würdevoller Miene an einen Zaun und wartete auf Aljoscha. Er hatte schon seit längerer Zeit gewünscht, mit ihm zusammenzukommen. Von den anderen hatte er viel über ihn gehört, sich jedoch bisher immer geringschätzig und gleichgültig gegeben, wenn die Rede auf Aljoscha kam; ja, er hatte ihn sogar oft »kritisiert«, sobald von ihm berichtet wurde. Aber im stillen trug er ein großes Verlangen, seine Bekanntschaft zu machen: In allen Erzählungen über Aljoscha war etwas gewesen, was ihn sympathisch berührt und angezogen hatte. So war denn der jetzige Augenblick für ihn von großer Bedeutung. Vor allem durfte er sich nicht blamieren, sondern mußte seine geistige Selbständigkeit an den Tag legen. ›Sonst sagt er sich, daß ich erst dreizehn Jahre alt bin, und behandelt mich als kleinen Jungen wie die anderen. Was hat er an diesen kleinen Jungen? Danach will ich ihn fragen, wenn ich mit ihm in Kontakt treten sollte. Unangenehm ist nur, daß ich so klein gewachsen bin. Tusikow ist jünger als ich, aber einen halben Kopf größer. Dafür habe ich ein kluges Gesicht. Ich bin nicht hübsch, ich weiß, daß ich ein häßliches Gesicht habe, aber das Gesicht ist klug. Ich darf mich bloß nicht zu sehr aufknöpfen, sonst kommen gleich Umarmungen, und er könnte denken ... Pfui Teufel, das wäre ja schrecklich, wenn er so etwas denkt ...‹

So regte sich Kolja auf, während er sich nach Kräften bemühte, eine recht selbstbewußte Miene zu machen. Am meisten ärgerte ihn seine kleine Statur, weniger sein »häßliches« Gesicht als vielmehr seine Größe. Zu Hause hatte er schon im vorigen Jahr in einer Ecke an der Wand einen Bleistiftstrich gemacht, der seine Größe angab, und seitdem war er alle zwei Monate in großer Erregung herangetreten, um wieder zu messen, wieviel er gewachsen war. Doch leider wuchs er nur sehr wenig, und das brachte ihn manchmal geradezu zur Verzweiflung. Und sein Gesicht war überhaupt nicht »häßlich«, sondern ziemlich hübsch, weiß, etwas blaß, sommersprossig. Die kleinen, aber lebhaften grauen Augen blickten keck in die Welt und spiegelten oft klar und leuchtend seine innersten Gefühle. Seine Backenknochen waren etwas breit, die Lippen klein, nicht dick, aber sehr rot, die Nase klein und erheblich nach oben gebogen. »Die reinste Stupsnase, die reinste Stupsnase!« murmelte Kolja vor sich hin, wenn er in den Spiegel sah, und ging immer mit einem Gefühl der Entrüstung vom Spiegel weg. ›Ist denn mein Gesicht auch wirklich klug?‹ dachte er manchmal sogar zweifelnd. Man braucht jedoch nicht zu glauben, daß die Sorge um sein Gesicht und um seine Größe ihn ganz ausgefüllt hätte. Nein, so peinlich auch die Augenblicke vor dem Spiegel waren, er vergaß sie schnell wieder, und dann sogar für lange Zeit, da er sich ganz »den Ideen und dem wirklichen Leben« hingab, wie er selbst seine Tätigkeit charakterisierte.

Aljoscha erschien bald und ging rasch auf Kolja zu, der schon aus einiger Entfernung sah, daß Aljoscha ein freudiges Gesicht machte. ›Freut er sich wirklich so über mein Kommen?‹ dachte Kolja froh. Wir bemerken bei dieser Gelegenheit, daß sich Aljoscha seit der Zeit, da wir ihn verließen, sehr verändert hatte. Er hatte die Kutte abgelegt und trug jetzt einen gutgearbeiteten Rock, einen weichen, runden Hut und kurzgeschnittenes Haar. Alles dies stand ihm sehr gut, und er sah jetzt geradezu hübsch aus. Sein freundliches Gesicht hatte immer einen heiteren Ausdruck; es war eine stille, ruhige Heiterkeit. Zu Koljas Erstaunen kam Aljoscha zu ihm heraus, wie er im Zimmer gesessen hatte, ohne Überzieher; er hatte sich offensichtlich beeilt. Er reichte Kolja ohne Umstände die Hand.

»Da sind Sie ja endlich, wir haben Sie alle schon sehnsüchtig erwartet.«

»Mein Ausbleiben hatte seine Gründe, die Sie gleich erfahren werden. Jedenfalls freue ich mich, ihre Bekanntschaft zu machen. Ich habe schon längst auf eine Gelegenheit gewartet und viel von ihnen gehört«, murmelte Kolja etwas mühsam.

»Wir hätten uns ja ohnedies kennengelernt. Ich habe auch viel von ihnen gehört. Aber hierher hätten Sie viel früher kommen sollen.«

»Sagen Sie, wie steht es hier?«

»Iljuscha geht es sehr schlecht, er wird bestimmt sterben.«

»Was sagen Sie! Da müssen Sie doch zugeben, Karamasow, daß die ärztliche Wissenschaft ein Humbug ist!« rief Kolja erregt.

»Iljuscha hat Sie oft, sehr oft erwähnt, wissen Sie, sogar im Schlaf, beim Phantasieren. Offenbar hat er Sie früher sehr, sehr gemocht … Vor dieser Geschichte mit dem Messer. Aber da ist auch noch ein anderer Grund … Sagen Sie, ist das ihr Hund?«

»Ja, er heißt Pereswon.«

»Nicht Shutschka?« Aljoscha sah Kolja bedauernd an. »Der ist wohl ganz und gar verschwunden?«

»Ich weiß, daß Sie alle gern Shutschka wiederhaben möchten, ich habe alles gehört«, erwiderte Kolja mit rätselhaftem Lächeln.

»Hören Sie, Karamasow, ich werde ihnen die ganze Sache auseinandersetzen. Ich bin hauptsächlich zu diesem Zweck gekommen und habe Sie deswegen herausrufen lassen, um ihnen die ganze Geschichte zu erklären, bevor wir hineingehen«, begann er lebhaft. »Sehen Sie, Karamasow, im Frühjahr trat Iljuscha in die Vorbereitungsklasse ein. Na, man weiß ja, wie unsere Vorbereitungsklasse beschaffen ist – da sitzen kleine Jungen drin, Kindervolk. Sie fingen sofort an, Iljuscha zu necken. Ich sitze zwei Klassen höher und erlebte das alles nur so aus der Ferne mit, wie etwas, das mich nichts anging. Ich sah, er war ein kleiner, schwächlicher Junge; aber er ließ sich nichts gefallen und prügelte sich sogar mit ihnen, er hatte seinen Stolz, die Augen funkelten ihm nur so. Ich liebe solche Charaktere. Sie trieben es immer schlimmer. Der Hauptgrund war, er trug damals so schlechte Sachen, seine Hosen waren zu klein und die Stiefel zerrissen. Deswegen hänselten sie ihn, es war geradezu entwürdigend. Nein, so etwas kann ich nicht leiden! Ich griff also ein und verabreichte ihnen das Nötige. Ich verprügele sie, und sie vergöttern mich trotzdem, wissen Sie das, Karamasow?« prahlte Kolja mitteilsam. »Und ich mag Kindervolk eigentlich gern leiden. Bei mir zu Hause habe ich jetzt auch zwei solche Knirpse auf dem Hals, die haben mich sogar heute aufgehalten ... Sie hörten also endlich auf, Iljuscha zu schlagen, und ich nahm ihn unter meinen Schutz. Ich sah, daß er stolz war, ich kann ihnen sagen: wie stolz! Schließlich aber unterwarf er sich mir sklavisch, erfüllte alle meine Befehle, gehorchte mir, als ob ich sein Gott wäre, und bemühte sich, mir alles nachzutun. In den Pausen zwischen den Unterrichtsstunden kam er immer sofort zu mir, und wir gingen dann zusammen. Ebenso sonntags. Bei uns auf dem Gymnasium spotten sie, wenn ein älterer Schüler so mit einem jüngeren verkehrt, aber das sind veraltete Anschauungen. Ich will es eben so – und damit basta, nicht wahr? Ich belehrte und bildete ihn – sagen Sie selbst, warum soll ich ihn nicht bilden, wenn es mir gefällt? Sie selber, Karamasow, sind ja auch mit diesen Knirpsen in Kontakt getreten, offenbar weil auch Sie auf die junge Generation einwirken, sie bilden und ihr nutzen möchten. Und ich muß gestehen, gerade dieser Zug ihres Charakters, von dem ich erfahren habe, interessiert mich am allermeisten. Zur Sache: ich bemerkte, daß der Junge empfindsam und sentimental wurde – doch ich bin ein Feind aller kalbrigen Zärtlichkeiten, wissen Sie, schon von meiner Geburt an. Und dann diese Widersprüche! Er war stolz und mir trotzdem sklavisch ergeben. Er war mir sklavisch ergeben, und trotzdem funkelten manchmal plötzlich seine Augen, und er wollte mir nicht zustimmen und stritt hartnäckig. Wenn ich ihm manchmal irgendwelche Ideen auseinandersetzte, so sah ich, daß er nicht eigentlich die Ideen bekämpfte, sondern sich geradezu gegen mich persönlich auflehnte, weil ich auf seine Zärtlichkeiten nur kühl antwortete. Um ihn nun zu erziehen, benahm ich mich um so kühler, je zärtlicher er wurde. Ich tat das absichtlich, nach meiner Überzeugung war das richtig. Ich wollte seinen Charakter bilden und festigen, einen Menschen aus ihm machen … Na, Sie verstehen mich ja auch in Andeutungen. Da bemerkte ich, daß er an einem Tag und auch am folgenden und am dritten ganz verstört war und sich grämte, aber nicht wegen der Zärtlichkeiten, sondern aus irgendeinem anderen, stärkeren Grund. Ich dachte: ›Na, was für eine Tragödie steckt da wohl dahinter?‹ Ich drang in ihn und erfuhr dann auch die Geschichte. Er war irgendwie mit Smerdjakow, dem Diener ihres verstorbenen Vaters, zusammengekommen, und der hatte dem dummen kleinen Kerl einen dummen Streich beigebracht, das heißt einen bestialischen Streich, einen gemeinen Streich: ein Stück Brot zu nehmen, eine Stecknadel hineinzustecken und diesen Bissen einem Hofhund hinzuwerfen, einem jener Hunde, die vor Hunger alles verschlingen, was ihnen hingeworfen wird, und dann aufzupassen, was daraus wird. Sie fabrizierten also einen solchen Bissen und warfen ihn dem struppigen Shutschka hin, um den jetzt so viel Wesens gemacht wird, einem Hofhund, der auf seinem Hof nicht das geringste zu fressen bekam und den ganzen Tag bellte … Mögen Sie dieses dumme Gebell leiden, Karamasow? Ich kann es nicht ausstehen. Der Hund stürzte sich gierig auf den Bissen, verschlang ihn, winselte, drehte sich ein paarmal um sich selbst und rannte dann davon, er lief und lief und verschwand – so hat es mir Iljuscha selbst geschildert. Er gestand mir die Sache, weinte, umarmte mich und war tief erschüttert. ›Er lief und winselte, er lief und winselte‹, wiederholte er immer wieder. Dieses Bild hatte einen sehr starken Eindruck auf ihn gemacht! Na, ich sah, daß er Gewissensbisse hatte. Ich nahm die Sache ernst. Hauptsächlich wollte ich ihn auch für das Frühere bestrafen, und daher verstellte ich mich, wie ich gestehen muß, und heuchelte so eine starke Entrüstung, wie ich sie vielleicht gar nicht empfand. ›Du hast eine unwürdige Handlung begangen!‹ sagte ich. ›Du bist ein Schuft, ich werde es natürlich nicht weitersagen, aber bis auf weiteres breche ich den Verkehr mit dir ab. Ich werde über die Sache nachdenken und dich durch Smurow wissen lassen, ob ich in Zukunft die Beziehungen zu dir beibehalte oder dich als Schuft für immer links liegenlasse!‹ Das machte einen furchtbaren Eindruck auf ihn. Ich fühlte gleich damals, daß ich vielleicht zu streng war; zugegeben – doch was sollte ich machen? Mein damaliger Plan verlangte das eben. Am nächsten Tag schickte ich Smurow zu ihm und ließ ihm sagen, daß es zwischen uns ›gespannt‹ sei – so drücken wir uns nämlich aus, wenn zwei Kameraden den Verkehr miteinander abbrechen. Meine geheime Absicht war, ihn nur ein paar Tage lang in dieser peinlichen Lage zu lassen und ihm wieder die Hand zu reichen, wenn ich seine Reue sah. Das war mein fester Vorsatz. Aber was meinen Sie: Als er diese Botschaft vernommen hatte, begannen seine Augen auf einmal zu funkeln: ›Bestell Krassotkin von mir‹, rief er, ›daß ich jetzt allen Hunden Bissen mit Stecknadeln hinwerfen werde, allen!‹ Aha, dachte ich, er ist eigensinnig geworden, den Eigensinn müssen wir ihm austreiben! Und ich fing an, ihm meine vollständige Verachtung zu zeigen; bei jeder Begegnung wandte ich mich von ihm ab oder lächelte ironisch. Und da passierte auf einmal die Sache mit seinem Vater, Sie erinnern sich, die Geschichte mit dem Bastwisch. Sie können sich denken, daß er schon vorher furchtbar nervös geworden war. Als die Kameraden sahen, daß ich mich von ihm abgewandt hatte, fielen sie über ihn her und verhöhnten ihn: ›Bastwisch! Bastwisch!‹ Und dann begannen zwischen ihnen die Kämpfe, die ich schrecklich bedaure, weil sie ihn wohl sehr schmerzhaft verprügelt haben. Einmal stürzte er sich auf dem Hof auf sie, als sie aus den Klassen kamen; ich stand zufällig zehn Schritte entfernt und beobachtete ihn. Und ich schwöre, ich kann mich nicht erinnern, daß ich damals gelacht hätte! Im Gegenteil, er tat mir damals sehr, sehr leid; noch eine Sekunde, und ich wäre hingestürzt, um ihn zu schützen. Doch plötzlich trafen sich unsere Blicke. Was er in meinem zu sehen glaubte, weiß ich nicht – jedenfalls nahm er sein Federmesser heraus, warf sich auf mich und stieß es mir in die Hüfte, hier am rechten Bein. Ich rührte mich nicht; ich bin nämlich manchmal tapfer, Karamasow. Ich sah ihn nur verächtlich an, als wollte ich sagen: Wenn du das zum Dank für meine Freundschaft noch einmal tun willst, stehe ich zu deinen Diensten! Aber er stach nicht zum zweitenmal zu, er konnte es wohl nicht. Er hatte selbst einen Schreck bekommen, warf das Messer hin, fing laut an zu heulen und lief weg. Ich habe selbstverständlich nicht gepetzt und befahl auch allen anderen, darüber zu schweigen, damit es den Lehrern nicht zu Ohren kam; sogar meiner Mutter habe ich es erst gesagt, als alles wieder geheilt war. Außerdem war die Wunde unbedeutend, eine Schramme. Noch am selben Tag hat er dann, wie ich hörte, mit anderen Schülern ein Steinbombardement gehabt und Sie in den Finger gebissen – aber Sie können sich ja selber denken, in welchem Gemütszustand er sich befand! Na, was ist da zu machen? Ich habe mich dumm benommen! Als er krank wurde, ging ich nicht zu ihm, um ihm zu verzeihen, ich wollte sagen, um mich mit ihm zu versöhnen – jetzt bereue ich das. Und inzwischen hatte ich auch schon ganz bestimmte Absichten. So, das ist also die ganze Geschichte … Ich glaube, ich habe mich wirklich dumm benommen!«

»Wie schade«, rief Aljoscha erregt, »daß ich von ihren Beziehungen zu ihm nicht schon früher gewußt habe! Sonst wäre ich schon längst von selbst zu Ihnen gekommen und hätte Sie gebeten, mit mir zusammen zu ihm zu gehen. Ob Sie es glauben oder nicht: in seiner Krankheit, im Fieber, hat er von ihnen phantasiert! Ich wußte nicht, wieviel Sie ihm bedeuten! Und Sie haben diesen Shutschka wirklich nicht gefunden? Sein Vater und alle Kameraden haben in der ganzen Stadt nach ihm gesucht. Wissen Sie, daß er auf seinem Krankenbett in meiner Gegenwart schon dreimal unter Tränen gesagt hat: ›Meine Krankheit kommt daher, Papa, daß ich damals Shutschka getötet habe! Dafür hat Gott mich gestraft.‹ Von diesem Gedanken läßt er sich einfach nicht abbringen! Wenn man jetzt nur diesen Shutschka auftreiben und ihm zeigen könnte, daß er nicht tot ist – so würde er, ich glaube, er würde vor Freude wie neubelebt sein! Wir haben alle auf Sie gehofft!«

»Sagen Sie, warum haben Sie eigentlich gehofft, daß ich Shutschka finden würde? Ich meine, daß gerade ich ihn finden würde?« fragte Kolja neugierig. »Warum haben Sie gerade auf mich gerechnet und nicht auf einen anderen?«

»Es gab ein Gerücht, daß Sie ihn suchen und, sollten Sie ihn finden, zu ihm bringen. Smurow hat so etwas gesagt. Wir geben uns alle Mühe, den Kranken zu überzeugen, daß Shutschka lebt und irgendwo gesehen worden ist. Die Jungen hatten schon ein lebendiges Häschen beschafft; er aber lächelte nur matt und bat, sie möchten es wieder aufs Feld bringen. Das haben wir denn auch getan. Eben ist sein Vater nach Hause gekommen und hat ihm einen jungen Bullenbeißer mitgebracht, den er ebenfalls irgendwo beschafft hat. Er dachte, ihn damit zu trösten, aber sein seelischer Zustand scheint dadurch nur noch schlimmer geworden zu sein.«

»Noch eins, Karamasow. Was für ein Mensch ist sein Vater? Ich kenne ihn, aber was ist er nach ihrem Urteil: ein Possenreißer, ein Hanswurst?«

»O nein. Es gibt tiefempfindende Menschen, die jedoch vom Schicksal niedergedrückt worden sind. Ihre Possenreißerei ist eine Art boshafter Ironie denen gegenüber, denen sie aus einer langjährigen, erniedrigenden Furcht die Wahrheit nicht ins Gesicht zu sagen wagen. Glauben Sie, Krassotkin, so eine Possenreißerei ist manchmal höchst tragisch. Für ihn konzentrieren sich jetzt alle Interessen, die er auf der Welt hat, in der Person Iljuschas, und wenn Iljuscha stirbt, wird er entweder den Verstand verlieren oder sich das Leben nehmen. Davon bin ich beinahe überzeugt, wenn ich ihn mir jetzt ansehe!«

»Ich verstehe Sie, Karamasow. Ich sehe, Sie sind ein Menschenkenner«, sagte Kolja nicht ohne Ergriffenheit.

»Als ich Sie eben mit dem Hund sah, dachte ich, Sie bringen diesen Shutschka.

»Warten Sie nur, Karamasow, vielleicht werden wir ihn noch finden. Das hier ist Pereswon. Ich werde ihn jetzt ins Zimmer lassen und Iljuscha durch ihn vielleicht mehr erfreuen als durch den kleinen Bullenbeißer. Warten Sie, Karamasow, Sie sollen gleich noch etwas erfahren ... Ach, mein Gott, wie kann ich Sie nur so aufhalten!« rief Kolja plötzlich eifrig. »Sie sind ja nur im Rock bei dieser Kälte, und ich halte Sie auf! Da sehen Sie, was ich für ein Egoist bin! Oh, wir alle sind Egoisten, Karamasow!«

»Beunruhigen Sie sich nicht. Allerdings ist es kalt, doch ich erkälte mich nicht so leicht. Aber wollen wir nicht hineingehen. Übrigens, wie ist ihr Name? Ich weiß, daß Sie Kolja heißen, aber wie weiter?«

»Nikolai Iwanowitsch Krassotkin oder wie es offiziell auf dem Gymnasium lautet: Schüler Krassotkin«, erwiderte Kolja lachend, und dann fügte er plötzlich hinzu: »Ich hasse den Namen Nikolai.«

»Warum denn?«

»Er ist so trivial, so allgemein üblich.«

»Sie sind dreizehn Jahre alt?« fragte Aljoscha.

»Das heißt vierzehn, in zwei Wochen werde ich vierzehn, also sehr bald. Ich will ihnen gleich von vornherein eine Schwäche gestehen, Karamasow – das soll der Anfang unserer Bekanntschaft sein, damit Sie gleich mit einemmal mein ganzes Wesen kennenlernen. Ich kann es nicht leiden, wenn mich jemand nach meinem Alter fragt; und der Ausdruck ›nicht leiden können‹ ist dabei eigentlich noch viel zu schwach ... Und ferner ... Da wird zum Beispiel über mich die Verleumdung verbreitet, ich hätte in der vorigen Woche mit den Vorschülern ›Räuber‹ gespielt. Daß ich gespielt habe, ist eine Tatsache; doch daß ich um meinetwillen gespielt hätte, um mir selbst dadurch ein Vergnügen zu bereiten, ist eine Verleumdung. Ich habe Grund zu glauben, daß dies auch Ihnen zu Ohren gekommen ist. Ich habe aber nicht um meinetwillen gespielt, sondern um der Kinder willen, weil sie ohne meine Hilfe keine Einfälle hatten. Bei uns werden immer solche albernen Gerüchte ausgesprengt. Unsere Stadt ist ein richtiges Klatschnest, glauben Sie mir.«

»Und selbst wenn Sie zu ihrem eigenen Vergnügen gespielt hätten – was wäre denn dabei?«

»Na, zu meinem eigenen Vergnügen ... Sie werden doch nicht Pferdchen spielen wollen?«

»Betrachten Sie doch die Sache einmal so«, erwiderte Aljoscha lächelnd. »Die Erwachsenen gehen ins Theater. Im Theater werden ebenfalls die Abenteuer aller möglichen Helden dargestellt, und manchmal kommen dabei auch Räuber und Krieg vor, ist das in seiner Art nicht dasselbe? Und wenn die jungen Leute in den Unterrichtspausen Krieg oder Räuber spielen, dann ist das auch in der Entwicklung begriffene Kunst, ein erwachendes Kunstbedürfnis. Und diese Spiele sind manchmal sogar besser arrangiert als die Vorstellung im Theater. Der Unterschied besteht nur darin, daß man ins Theater geht, um Schauspieler zu sehen, während hier die jungen Leute selbst die Schauspieler sind. Aber das macht die Sache erst recht natürlich.«

»Denken Sie so darüber? Ist das ihre Überzeugung?« sagte Kolja und sah ihn unverwandt an. »Wissen Sie, Sie haben da einen sehr interessanten Gedanken ausgesprochen. Wenn ich jetzt nach Hause komme, werde ich ihn durchdenken. Ich muß gestehen, ich hatte auch erwartet, daß ich von ihnen manches lernen kann ... Ich bin gekommen, um von ihnen zu lernen, Karamasow«, schloß Kolja aufrichtig und offenherzig.

»Und ich von ihnen«, erwiderte Aljoscha lächelnd und drückte ihm die Hand.

Kolja war mit Aljoscha höchst zufrieden. Es gefiel ihm sehr, daß dieser mit ihm auf gleichem Fuß verkehrte und mit ihm wie mit einem Erwachsenen sprach.

»Ich werde Ihnen gleich ein Kunststück zeigen, Karamasow! Auch eine Theatervorstellung«, sagte er nervös lachend. »Zu diesem Zweck bin ich hergekommen.«

»Wir wollen zuerst zu den Wirtsleuten gehen, dort haben ihre Kameraden ihre Mäntel gelassen, weil es in der anderen Stube eng und heiß ist.«

»Oh, ich bin nur für einen Augenblick gekommen, ich werde den Mantel anbehalten und so dasitzen. Pereswon wird hier auf dem Flur bleiben und sterben. Ici, Pereswon, leg dich und stirb! – Sehen Sie, nun ist er gestorben … Ich will erst einmal hineingehen und mir die Situation ansehen, und dann, wenn der richtige Moment da ist, werde ich pfeifen, und Sie werden sehen, Pereswon wird sofort wie toll hereingestürmt kommen. Nur darf Smurow nicht vergessen, rechtzeitig die Tür aufzumachen. Nun, ich werde schon alles arrangieren, und Sie werden ein famoses Kunststück sehen …«

5. An Iljuschas Bett

In der uns bereits bekannten Stube, in der die Familie des Stabskapitäns a. D. Snegirjow wohnte, war es in diesem Augenblick infolge des zahlreichen Besuchs schwül und eng. Eine ganze Anzahl Jungen saßen diesmal bei Iljuscha, und obgleich sie alle sowie Smurow bestritten hätten, daß Aljoscha sie hergebracht und mit Iljuscha versöhnt habe, war es doch so. Seine ganze Kunst hatte in diesem Fall darin bestanden, daß er sie nacheinander zu Iljuscha geführt hatte, ohne »kalbrige Zärtlichkeiten« und anscheinend ganz unabsichtlich und zufällig. Dem Kranken hatte dies eine große Erleichterung gebracht. Er war gerührt, als er die beinahe zärtliche Teilnahme und Freundschaft aller dieser seiner früheren »Feinde« sah. Nur Krassotkin fehlte noch, und das lag ihm wie eine schwere Last auf dem Herzen. Wenn in Iljuschetschkas Erinnerungen etwas besonders Bitteres war, so dieser Vorfall mit Krassotkin, seinem früheren einzigen Freund und Beschützer, auf den er sich mit dem Messer gestürzt hatte. So dachte auch der kluge Knabe Smurow; er war als erster zu Iljuscha gekommen, um sich mit ihm zu versöhnen. Krassotkin selbst hatte allerdings, als Smurow ihm andeutete, Aljoscha wolle »in einer gewissen Angelegenheit« zu ihm kommen, sogleich kurz abgebrochen und den Plan zunichte gemacht, indem er Karamasow bestellen ließ, er, Krassotkin, wisse selber, was er zu tun habe; er bitte niemanden um Rat und werde schon selber den richtigen Zeitpunkt wählen, wenn er zu dem Kranken gehen wolle: er habe »seinen eigenen Plan«. Das war etwa zwei Wochen vor diesem Sonntag. Hierin war auch der Grund zu suchen, weshalb Aljoscha nicht selbst zu ihm gegangen war, wie er anfänglich beabsichtigt hatte. Statt dessen hatte er den kleinen Smurow noch einmal und dann noch einmal zu Krassotkin geschickt. Aber diese beiden Male hatte Krassotkin schon mit einer sehr schroffen Absage geantwortet und Aljoscha bestellen lassen, sollte er ihn persönlich abholen kommen, würde das bewirken, daß er dann überhaupt nie zu Iljuscha gehen würde; man möge ihn also nicht weiter belästigen. Sogar kurz vorher hatte Smurow noch nicht gewußt, daß Kolja sich entschlossen hatte, an diesem Vormittag zu Iljuscha zu gehen. Erst am Abend zuvor hatte Kolja, als er sich von Smurow verabschiedete, auf einmal in barschem Ton gesagt, er solle am nächsten Vormittag zu Hause auf ihn warten, da er mit ihm zusammen zu Snegirjows gehen wolle; er solle sich aber nicht unterstehen, jemand von seinem bevorstehenden Besuch zu benachrichtigen; denn er wolle überraschend kommen. Smurow hatte gehorcht. Die Hoffnung, daß Kolja den verschollenen Shutschka mitbringen würde, hegte Smurow aufgrund einiger flüchtig hingeworfener Bemerkungen Koljas: »Sie sind sämtlich Esel, wenn sie einen Hund nicht auffinden können, falls er überhaupt noch am Leben ist!« Als jedoch Smurow bei einer passenden Gelegenheit seine Vermutung wegen des Hundes Krassotkin gegenüber schüchtern angedeutet hätte, war dieser plötzlich furchtbar ärgerlich geworden: »Wie werde ich denn so ein Esel sein, fremde Hunde in der ganzen Stadt zu suchen, wenn ich meinen Pereswon habe? Kann man denn überhaupt glauben, daß ein Hund, der eine Stecknadel verschluckt hat, am Leben geblieben ist? Eine rührselige Idee, weiter nichts!«

Iljuscha hatte inzwischen sein Bett in der Ecke bei den Heiligenbildern schon zwei Wochen fast nicht mehr verlassen. Zur Schule war er seit jenem Tag nicht mehr gegangen, da er Aljoscha in den Finger gebissen hatte. Von da an hatte er gekränkelt, wenn er auch noch etwa einen Monat lang ab und zu aufstehen und ein wenig in der Stube und auf dem Flur umhergehen konnte. Zuletzt war er ganz kraftlos geworden, so daß er sich ohne Hilfe des Vaters nicht mehr bewegen konnte. Der Vater zitterte um ihn, hatte sogar aufgehört zu trinken und war beinahe wahnsinnig vor Angst, daß sein Sohn sterben könnte. Wenn er ihn manchmal am Arm in der Stube umhergeführt und dann wieder aufs Bett gelegt hatte, lief er plötzlich auf den Flur hinaus, stellte sich in eine dunkle Ecke, lehnte sich mit der Stirn gegen die Wand, weinte und schluchzte in eigentümlich hohen Tönen, wobei er sich jedoch Mühe gab, seine Stimme zu unterdrücken, damit Iljuschetschka sein Schluchzen nicht hörte.

Wenn er dann in die Stube zurückkehrte, versuchte er gewöhnlich, seinen lieben Jungen irgendwie zu zerstreuen und zu trösten, er erzählte ihm Märchen und komische Anekdoten oder stellte allerlei lächerliche Menschen dar, mit denen er einmal zusammengetroffen war, ja er ahmte sogar Tiere nach, wie sie heulten oder schrien. Aber Iljuscha hatte es nicht gern, wenn sein Vater Grimassen schnitt und sich zum Hanswurst machte. Der Junge suchte zwar zu verbergen, daß ihm das unangenehm war; aber er war sich schmerzlich dessen bewußt, daß sein Vater in der Gesellschaft degradiert war, und mußte immer unwillkürlich an den »Bastwisch« und jenen schrecklichen Tag denken. Ninotschka, Iljuschetschkas gelähmte, sanfte Schwester, mochte es ebenfalls nicht, wenn der Vater Possen trieb; Warwara Nikolajewna war schon längst wieder nach Petersburg zurückgekehrt, um weiterzustudieren; die schwachsinnige Mama dagegen amüsierte sich sehr und lachte von ganzem Herzen, wenn ihr Mann anfing, irgend etwas vorzuspielen oder irgendwelche komischen Gebärden zu machen. Das war das einzige, wodurch sie sich aufheitern ließ; die ganze übrige Zeit weinte und klagte sie, alle Menschen hätten sie jetzt vergessen, niemand achte sie, man beleidige sie, und so weiter und so fort. Doch in den allerletzten Tagen schien auch mit ihr plötzlich eine Veränderung vorgegangen zu sein. Sie schaute häufig in die Ecke nach Iljuscha und war nachdenklich geworden. Sie war jetzt viel stiller, und wenn sie weinte, dann leise, um nicht gehört zu werden. Der Stabskapitän hatte traurig und verwundert diese Veränderung wahrgenommen. Die Besuche der Kameraden hatten ihr anfangs mißfallen und sie nur geärgert; aber dann zerstreuten sie das lustige Geschrei und die Erzählungen der Kinder und gefielen ihr jetzt so sehr, daß sie sich schrecklich gegrämt hätte, wären die Jungen nicht mehr gekommen. Wenn die Kinder etwas erzählten oder spielten, lachte sie und klatschte in die Hände. Manche von ihnen rief sie zu sich heran und küßte sie. Den kleinen Smurow hatte sie besonders liebgewonnen. Den Stabskapitän hatten die Besuche der Kinder gleich von Anfang an froh und glücklich gestimmt, er hatte sogar Hoffnung geschöpft, Iljuscha könnte nun aufhören, traurig zu sein, und infolgedessen vielleicht schneller wieder gesund werden. Trotz aller Angst um Iljuscha hatte er bis zuletzt keinen Augenblick daran gezweifelt, daß sein Sohn plötzlich genesen würde. Er empfing die kleinen Besucher ehrerbietig, war ihnen gegenüber betulich und diensteifrig und ließ sie auf seinem Rücken reiten; Iljuscha gefielen diese Spiele jedoch nicht, und so wurden sie wieder aufgegeben. Er kaufte für sie allerlei Leckereien wie Pfefferkuchen und Nüsse, bewirtete sie mit Tee und strich ihnen Butterbrote. Er litt in dieser Zeit übrigens keinen Mangel an Geld. Die zweihundert Rubel von Katerina Iwanowna hatte er angenommen, wie es Aljoscha vorausgesagt hatte. Und als Katerina Iwanowna schließlich Näheres über die Lage der Familie und über Iljuschas Krankheit erfahren hatte, war sie selbst zu einem Besuch in die Wohnung gekommen, hatte sich mit der ganzen Familie bekannt gemacht und sogar die schwachsinnige Mutter zu bezaubern vermocht. Seitdem hatte sie mit Unterstützungen nicht gegeizt, und der Stabskapitän selbst, bedrückt durch den schrecklichen Gedanken, sein Sohn könnte sterben, hatte seine früheren Bedenken über eine mögliche Verletzung seiner Ehre vergessen und nahm die Gaben willig an. Die ganze Zeit hatte Doktor Herzenstube auf Katerina Iwanownas Veranlassung den Kranken ständig besucht, und zwar pünktlich jeden Tag. Nutzen brachten seine Besuche allerdings nur wenig, obgleich er den Patienten mit Arzneien vollstopfte. Dafür wurde an diesem Sonntagvormittag beim Stabskapitän ein neuer Arzt erwartet, der aus Moskau gekommen war, wo er als Kapazität galt. Katerina Iwanowna hatte ihn für eine große Summe extra aus Moskau kommen lassen – nicht um Iljuschas willen, sondern zu einem anderen Zweck, von dem später noch die Rede sein wird; da er aber nun einmal da war, hatte sie ihn gebeten, auch Iljuschetschka zu besuchen, und den Stabskapitän im voraus davon benachrichtigt. Von Kolja Krassotkins Kommen hingegen hatte der Stabskapitän nicht die geringste Ahnung, obgleich er schon lange wünschte, daß dieser Junge, der eine Ursache für Iljuschetschkas Kummer war, endlich kam. In dem Augenblick, als Krassotkin die Tür öffnete und in der Stube erschien, standen alle dicht gedrängt um das Bett des Kranken und betrachteten einen winzig kleinen jungen Bullenbeißer, den der Vater soeben mitgebracht hatte; er war erst am vorigen Tag geboren, doch der Stabskapitän hatte ihn schon vor einer Woche bestellt, um Iljuschetschka zu zerstreuen und zu trösten, der dauernd dem verschwundenen und sicherlich schon toten Shutschka nachtrauerte. Iljuscha, der schon vor drei Tagen gehört hatte, daß er ein kleines Hündchen geschenkt bekommen würde, und zwar kein gewöhnliches, sondern einen echten Bullenbeißer, zeigte zwar aus Zartgefühl, daß er sich über das Geschenk freute, aber alle spürten deutlich, daß das neue Hündchen vielleicht nur noch stärker die Erinnerung an den unglücklichen Shutschka wachrief. Das Hündchen lag neben ihm auf dem Bett und krabbelte herum, und er streichelte es, schmerzlich lächelnd, mit seinen blassen, abgemagerten Händchen; man konnte sogar sehen, daß ihm das Hündchen gefiel, aber … Shutschka war es doch nicht, es war doch nicht Shutschka! Ja, wenn Shutschka und das Hündchen zusammen … Dann wäre das Glück vollkommen gewesen.«

»Krassotkin!« rief plötzlich einer, der den eintretenden Kolja zuerst erblickt hatte. Es entstand eine merkliche Erregung; die Jungen traten auseinander und stellten sich an beide Seiten des Bettes, so daß Iljuschetschka auf einmal frei zu sehen war.

Der Stabskapitän stürzte dem Ankömmling eifrig entgegen.

»Treten Sie näher, treten Sie näher … teurer Gast!« stammelte er. »Iljuschetschka, Herr Krassotkin ist zu dir gekommen …«

Doch Krassotkin bewies, nachdem er dem Stabskapitän rasch die Hand gegeben hatte, unverzüglich seine Kenntnis der Umgangsformen. Er wandte sich mit einer korrekten Verbeugung zuerst an die Gattin des Stabskapitäns, die auf ihrem Lehnstuhl saß und gerade in diesem Augenblick sehr unzufrieden war und darüber murrte, daß die Jungen Iljuschas Bett umlagerten und sie hinderten, das neue Hündchen zu sehen. Dann verbeugte er sich auch vor Ninotschka wie vor einer Dame. Dieses höfliche Benehmen machte auf die kranke Dame einen außerordentlich angenehmen Eindruck.

»Da sieht man doch gleich, daß es ein gut erzogener junger Mann ist«, sagte sie laut. »Aber unsere übrigen Gäste, die kommen einer auf dem anderen herein.«

»Wieso denn einer auf dem anderen, Mamachen, wie meinst du das?« fragte der Stabskapitän zwar freundlich, aber doch ein bißchen besorgt um »Mamachen«.

»Ja, so kommen sie hereingeritten. Auf dem Flur setzt sich einer dem anderen auf die Schulter und reitet so zu einer anständigen Familie herein. Wie kann ein Gast sich so benehmen?«

»Wer ist denn so hereingeritten, Mamachen?«

»Dieser hier ist heute auf diesem hereingeritten und jener auf jenem …«

Aber Kolja stand schon an Iljuschas Bett. Der Kranke war sichtlich blaß geworden. Er richtete sich auf und blickte starr und unverwandt Kolja an. Dieser hatte seinen früheren kleinen Freund etwa zwei Monate nicht gesehen und stand nun ganz bestürzt vor ihm; er hatte nicht geahnt, daß er so ein abgemagertes, gelb gewordenes Gesicht, so fieberhaft brennende und schrecklich groß scheinende Augen, so ausgemergelte Hände zu sehen bekommen würde. Mit traurigem Staunen bemerkte er, daß Iljuscha tief und hastig atmete und ganz trockene Lippen hatte. Er reichte ihm die Hand und sagte beinahe fassungslos: »Nun, Alter … Wie geht es dir?«

Die Stimme versagte ihm, er vermochte den ungezwungenen Ton nicht beizubehalten, sein Gesicht verzog sich plötzlich, und um seine Lippen zuckte es. Iljuscha lächelte ihm schmerzlich zu; er war noch immer nicht imstande, ein Wort zu sagen. Kolja hob plötzlich die Hand und strich mit der Handfläche über Iljuschas Haar.

»Na, das … macht … nichts!« flüsterte er ihm zu, teils, um ihn zu ermutigen, teils, ohne selbst recht zu wissen, warum er das sagte. Ein Weilchen schwiegen beide.

»Was ist denn das? Du hast ja einen neuen kleinen Hund?« fragte Kolja plötzlich in völlig teilnahmslosem Ton.

»Ja-a-a!« antwortete Iljuscha gedehnt und flüsternd; er konnte kaum atmen.

»Er hat eine schwarze Nase, also gehört er zu den bösen Hunden, zu den Kettenhunden«, bemerkte Kolja wichtig mit fester Stimme, als ginge es jetzt um nichts anderes als um den kleinen Hund und seine schwarze Nase. Aber die Hauptsache war, daß er sich immer noch bemühte, seine Rührung zu unterdrücken, um nicht wie ein »kleiner Junge« loszuweinen, ihrer aber immer noch nicht Herr werden konnte. »Wenn er heranwächst, wird er an die Kette müssen, ich verstehe mich darauf.«

»Er wird riesengroß!« rief einer aus dem Schwarm.

»Das ist bekannt. Ein Bullenbeißer, das ist ein riesiges Tier, so groß wie ein Kalb!« riefen mehrere durcheinander.

»So groß wie ein Kalb, wie ein richtiges Kalb!« fiel der Stabskapitän ein, der schnell hinzugesprungen war. »Ich habe absichtlich so einen ausgesucht, einen recht bösen, und auch seine Eltern sind riesige, böse Tiere, so hoch vom Fußboden … Aber setzen Sie sich doch bitte. Hier, auf das Bett zu Iljuscha oder auch hier auf die Bank! Bitte schön, Sie teurer, lang erwarteter Gast … Sind Sie mit Alexej Fjodorowitsch zusammen gekommen?«

Krassotkin setzte sich auf Iljuschas Bett, an das Fußende. Obgleich er sich unterwegs gewiß überlegt hatte, wie er das Gespräch ungezwungen beginnen könnte, hatte er jetzt gänzlich den Faden verloren.

»Nein ... Ich bin mit Pereswon gekommen ... Ich habe jetzt so einen Hund, Pereswon. Das ist ein altslawischer Name. Er wartet draußen ... Wenn ich pfeife, kommt er hereingelaufen ... Ich bin auch mit einem Hund gekommen«, wandte er sich auf einmal an Iljuscha, »denkst du noch an Shutschka, Alter?« Die Frage wirkte auf Iljuscha wie ein Schlag auf den Kopf. Sein Gesicht verzerrte sich; er blickte mit einem Ausdruck tiefen Schmerzes Kolja an. Aljoscha, der an der Tür stand, machte ein finsteres Gesicht und winkte Kolja verstohlen, er möchte nicht von Shutschka reden, doch der bemerkte es nicht oder wollte es nicht bemerken.

»Wo ist denn ... Shutschka?« fragte Iljuscha mit versagender Stimme.

»Na, Bruder, dein Shutschka ist flötengegangen! Dein Shutschka ist krepiert!«

Iljuscha schwieg, sah aber Kolja noch einmal eindringlich an.

Aljoscha fing einen Blick Koljas auf und winkte ihm wieder aus Leibeskräften, der aber tat, als ob er es nicht bemerkt hätte.

»Der ist weggelaufen und krepiert. Wie sollte er auch nach so einem Bissen nicht krepieren«, fuhr Kolja erbarmungslos fort, atmete jedoch dabei selbst aus irgendeinem Grund mühsam. »Ich habe dafür Pereswon ... Das ist ein altslawischer Name ... Ich habe ihn dir mitgebracht ...«

»Ich möchte ihn nicht sehen«, sagte Iljuschetschka plötzlich.

»Doch, doch, du sollst ihn sehen, du mußt ihn unbedingt sehen ... Er wird dir Freude machen. Ich habe ihn absichtlich mitgebracht ... Er ist genauso struppig wie der andere ... Erlauben Sie, gnädige Frau, daß ich meinen Hund rufe?« wandte er sich an Frau Snegirjowa; er befand sich jetzt in unbegreiflicher Erregung.

»Ich möchte ihn nicht sehen, ich möchte ihn nicht sehen!« rief Iljuscha schmerzerfüllt. Seine brennenden Augen blickten vorwurfsvoll.

»Möchten Sie nicht ...«, rief plötzlich der Stabskapitän und sprang auf, »möchten Sie nicht ... zu anderer Zeit ...«

Aber Kolja bestand hartnäckig auf seinem Willen, rief eilig Smurow zu: »Smurow, mach die Tür auf!« und pfiff dann laut auf seiner Pfeife. Pereswon stürmte hastig herein.

»Spring, Pereswon! Steh!« schrie Kolja, und der Hund stellte sich auf die Hinterfüße und machte vor Iljuschas Bett Männchen. Da geschah etwas, was niemand erwartet hatte; Iljuscha fuhr zusammen, beugte plötzlich heftig den ganzen Oberkörper nach vorn zu Pereswon und blickte ihn, starr vor Staunen, an.

»Das … ist Shutschka!« schrie er auf einmal; und die Stimme zitterte ihm vor Schmerz und Glückseligkeit.

»Wer soll es denn sonst sein?« schrie Krassotkin aus voller Kehle mit heller Stimme; dann bückte er sich zu dem Hund hinunter, packte ihn und hob ihn zu Iljuscha hinauf.

»Sieh nur, Alter, sieh her! Das eine Auge ist ausgelaufen, und das linke Ohr ist eingerissen! Genau die Merkmale, die du mir angegeben hast. Nach diesen Merkmalen habe ich ihn auch gefunden. Ich habe ihn gleich damals gefunden, sehr bald. Er gehörte ja niemandem!« fügte er zur Erläuterung hinzu, wobei er sich schnell zu dem Stabskapitän, zu dessen Gattin, zu Aljoscha und dann wieder zu Iljuscha wandte. »Er lebte bei Fedotows auf dem Hinterhof, wollte sich da heimisch machen. Aber die gaben ihm nichts zu fressen, er war ja aus irgendeinem Dorf weggelaufen … So machte ich ihn also ausfindig… Siehst du, Alter, er hat deinen Bissen damals offenbar gar nicht hintergeschlungen. Hätte er ihn hintergeschlungen, wäre er natürlich gestorben, das ist sicher. Da er jetzt noch lebt, hat er ihn offenbar noch rechtzeitig ausgespuckt. Du hast es bloß nicht bemerkt, daß er ihn ausgespuckt hat. Er hat ihn ausgespuckt und sich dabei in die Zunge gestochen, darum hat er damals gewinselt. Er lief davon und winselte, und du dachtest, er hätte den Bissen verschluckt. Er mußte so sehr winseln, denn ein Hund hat eine zarte Haut im Mund … zarter als der Mensch, viel zarter!« rief Kolja in höchster Erregung, und sein Gesicht glühte und strahlte nur so.

Iljuscha konnte gar nicht reden. Mit großen Augen und offenem Mund sah er Kolja an; er war bleich wie Leinen. Wenn der ahnungslose Krassotkin gewußt hätte, welche Qual dieser Augenblick dem kranken Kameraden bereitete, ja daß er ihm tödlich werden konnte, hätte er sich um keinen Preis entschlossen, ein Stückchen wie dieses auszuführen. Doch von den Anwesenden war Aljoscha vielleicht der einzige, der das begriff. Der Stabskapitän schien sich förmlich in einen kleinen Jungen verwandelt zu haben.

»Shutschka! Also das ist Shutschka!« schrie er ganz selig. »Iljuschetschka, das ist Shutschka, dein Shutschka! Mamachen, das ist Shutschka!«

Er fing beinahe zu weinen an.

»Und ich bin nicht darauf gekommen!« rief Smurow betrübt. »Nein, dieser Krassotkin! Ich habe es gleich gesagt, daß er Shutschka findet – und er hat ihn auch wirklich gefunden!«

»Er hat ihn wirklich gefunden!« wiederholte einer der Jungen fröhlich.

»Ein Prachtkerl, der Krassotkin!« rief ein dritter.

»Ein Prachtkerl, ein Prachtkerl!« riefen alle und klatschten Beifall.

»Wartet mal, wartet mal!« bemühte sich Krassotkin alle zu überschreien. »Ich will euch erzählen, wie es zugegangen ist – nur darin liegt ja der Witz, wie es zugegangen ist! Also als ich ihn gefunden hatte, schleppte ich ihn zu mir nach Hause, versteckte ihn hinter Schloß und Riegel und zeigte ihn bis zum letzten Tag niemandem. Nur Smurow erfuhr vor zwei Wochen von ihm; aber ich redete ihm ein, es sei Pereswon, und er erriet die Wahrheit nicht. Und in der Zwischenzeit hatte ich dem Hund allerlei Kunststücke beigebracht, seht nur, was er alles kann! Meine Absicht war, Alter, ihn dir wohldressiert und gut genährt zu bringen und zu sagen: ›Sieh mal, Alter, wie sich dein Shutschka jetzt macht!‹ Habt ihr hier nicht ein Stückchen Fleisch? Dann wird er euch gleich ein Kunststück vormachen, daß ihr vor Lachen umfallt … Ein Stückchen Fleisch! Na, ist denn keins da?«

Der Stabskapitän lief eilfertig über den Flur in die Stube der Wirtsleute, wo auch für seine Familie das Essen gekocht wurde. Kolja aber rief, um keine kostbare Zeit zu verlieren, inzwischen dem Hund in aller Eile zu: »Stirb!« Und dieser drehte sich plötzlich um, legte sich auf den Rücken und lag wie tot da, alle vier Pfoten nach oben. Die Jungen lachten; Iljuscha sah mit seinem schmerzlichen Lächeln zu, und am meisten amüsierte sich »Mamachen«, daß Pereswon gestorben war. Sie lachte laut und rief: »Pereswon, Pereswon!«

»Um keinen Preis wird er aufstehen, um keinen Preis!« rief Kolja triumphierend. »Die ganze Welt könnte ihn rufen! Nur wenn ich ihn rufe, springt er auf! Ici, Pereswon!«

Der Hund sprang auf und vollführte, vor Freude winselnd, die tollsten Sprünge. Der Stabskapitän kam mit einem Stück Fleisch herein.

»Ist es auch nicht zu heiß?« fragte Kolja, als er den gekochten Bissen in Empfang nahm. »Nein, es ist nicht zu heiß. Die Hunde mögen nämlich nichts Heißes. Jetzt seht alle her! Iljuschetschka, so sieh doch her, sieh her, Alter! Warum siehst du denn nicht her? Nun habe ich ihm den Hund mitgebracht, und er sieht nicht her!«

Das neue Kunststück bestand darin, daß dem Hund das appetitliche Stückchen Fleisch auf die Nase gelegt wurde. Der unglückliche Köter mußte so lange bewegungslos mit dem Bissen auf der Nase dastehen, wie sein Herr befahl; er durfte sich nicht rühren, selbst wenn es eine halbe Stunde dauerte. Aber Pereswon brauchte diesmal nur eine knappe Minute auszuhalten.

»Faß!« rief Kolja, und sofort flog der Bissen von der Nase in Pereswons Schnauze.

Das Publikum drückte selbstverständlich sein begeistertes Staunen aus.

»Und Sie sind wirklich die ganze Zeit nicht hergekommen, nur um den Hund abzurichten?« rief Aljoscha mit unwillkürlichem Vorwurf.

»Genau deswegen!« rief Kolja harmlos. »Ich wollte ihn in seinem ganzen Glanz präsentieren.«

»Pereswon! Pereswon!« lockte Iljuscha und schnipste dabei mit seinen mageren Fingern.

»Du brauchst ihn nicht erst zu locken. Er soll von selbst zu dir aufs Bett springen. Ici, Pereswon!« rief Kolja und klopfte mit der flachen Hand auf das Bett.

Und Pereswon flog wie ein Pfeil zu Iljuscha hinauf. Dieser umschlang hastig seinen Kopf, und Pereswon leckte ihm zum Dank die Backe. Iljuschetschka schmiegte sich an ihn, streckte sich wieder auf seinem Bett aus und verbarg sein Gesicht in dem struppigen Fell des Tieres.

»O Gott, o Gott!« rief der Stabskapitän.

Kolja setzte sich wieder zu Iljuscha aufs Bett.

»Iljuscha, ich kann dir noch ein Kunststück zeigen. Ich habe dir eine kleine Kanone mitgebracht. Erinnerst du dich, ich habe dir schon damals von ihr erzählt, und du hast gesagt: ›Ach, die möchte ich gern mal sehen!‹ Na, da habe ich sie eben mitgebracht!«

Und Kolja holte die kleine Bronzekanone aus seiner Büchertasche. Er beeilte sich, weil er selbst schon sehr glücklich war; zu anderer Zeit hätte er gewartet, bis der erste Eindruck über Pereswon vorüber war, doch jetzt verschmähte er jeden Aufschub und sagte sich: ›Wenn ihr schon durch das Bisherige so glücklich seid, sollt ihr noch glücklicher werden!‹ Er selbst war schon geradezu berauscht.

»Ich hatte dieses Ding schon vor längerer Zeit bei dem Beamten Morosow gesehen und für dich in Aussicht genommen, Alter. Bei ihm stand es nutzlos herum, er hatte es von seinem Bruder geerbt. Ich erwarb es durch Tausch, indem ich ihm dafür ein Buch aus Papas Bücherschrank gab: ›Der Verwandte Mahomeds‹ oder ›Die heilsame Dummheit‹. Die Schwarte ist hundert Jahre alt und taugt nichts, sie ist in Moskau erschienen, als es noch keine Zensur gab, Morosow ist ein Liebhaber solcher Dinge. Er bedankte sich noch dafür ...«

Kolja hielt die kleine Kanone so in der Hand, daß alle sie sehen und sich daran erfreuen konnten. Iljuscha, den rechten Arm noch immer um Pereswon, richtete sich auf und betrachtete voll Entzükken das kleine Spielzeug. Der Effekt erreichte den Höhepunkt, als Kolja erklärte, er habe auch Pulver und man könne sogleich aus der Kanone einen Schuß abfeuern, »falls das die Damen nicht beunruhigt«. »Mamachen« bat sogleich, ihr das Spielzeug aus der Nähe zu zeigen, was ihr auch sofort erfüllt wurde. Die kleine Kanone mit ihren Rädern gefiel ihr ausnehmend, und sie begann sie auf ihren Knien hin und her zu rollen. Der Bitte, damit schießen zu dürfen, stimmte sie bereitwilligst zu, allerdings ohne zu verstehen, um was sie gebeten worden war. Kolja zeigte das Pulver und das Schrot. Der Stabskapitän übernahm selbst das Laden, indem er eine ganze kleine Portion Pulver hineinschüttete; das Schießen mit Schrot bat er auf ein andermal zu verschieben. Die Kanone wurde auf den Fußboden gestellt, mit der Mündung nach einer Seite, wo niemand stand; in das Zündloch wurden drei Pulverkörnchen gesteckt und mit einem Streichholz angezündet. Es erfolgte ein glänzender Schuß. »Mamachen« fuhr zwar zusammen lachte jedoch sogleich vor Freude auf. Die Jungen hatten mit schweigsamem Triumphgefühl zugesehen, am glücklichsten war – mit Blick auf Iljuscha – der Stabskapitän. Kolja hob die kleine Kanone auf ... und schenkte sie Iljuscha mitsamt Schrot und Pulver.

»Die ist für dich! Das hatte ich mir schon lange vorgenommen!« wiederholte er noch einmal ganz glückselig.

»Ach, schenkt sie mir! Nein, schenkt die kleine Kanone lieber mir!« begann »Mamachen« auf einmal wie ein kleines Kind zu bitten. Auf ihrem Gesicht malte sich die ängstliche Besorgnis, man könnte ihr das Geschenk verweigern; Kolja wurde verlegen. Der Stabskapitän geriet in Unruhe und sprang zu ihr hin.

»Mamachen, Mamachen«, rief er, »die Kanone gehört dir. Erlaube jedoch, daß sie bei Iljuscha bleibt, weil er sie geschenkt bekommen hat. Aber sie gehört trotzdem dir, Iljuschetschka wird sie dir immer zum Spielen geben; ihr sollt sie beide gemeinsam besitzen, gemeinsam ...«

»Nein, ich will nicht, daß wir sie gemeinsam besitzen! Nein, sie soll ganz mir gehören und nicht Iljuscha«, fuhr »Mamachen« fort und machte Anstalten loszuweinen.

»Mama, nimm sie für dich, da, nimm sie für dich«, rief Iljuscha. »Krassotkin, darf ich sie meiner Mama schenken?« wandte er sich bittend an Krassotkin, als fürchtete er, dieser könnte sich gekränkt fühlen, wenn er sein Geschenk einem anderen gab.

»Natürlich darfst du das«, erwiderte Krassotkin sogleich. Er nahm die kleine Kanone aus Iljuschas Händen und überreichte sie mit einer höflichen Verbeugung dem »Mamachen«.

Diese brach vor Rührung in Tränen aus.

»Lieber Iljuschetschka, da sieht man, wer sein Mamachen liebhat!« rief sie gerührt und rollte die kleine Kanone sofort wieder auf ihren Knien hin und her.

»Mamachen, erlaube, daß ich dir die Hand küsse«, sagte ihr Gatte, eilte zu ihr und führte seine Absicht sogleich aus.

»Und auch noch der liebenswürdigste junge Mensch ist dieser nette Junge hier!« sagte die dankbare Frau, auf Krassotkin deutend.

»Und Pulver werde ich dir bringen, Iljuscha, soviel wie du nur haben willst. Wir fabrizieren jetzt selber welches. Borowikow hat die Zusammensetzung erfahren: vierundzwanzig Teile Salpeter, zehn Teile Schwefel und sechs Teile Birkenkohle. Das muß man alles zusammenreiben, dann Wasser zugießen, es zu einem Brei mischen und ihn durch ein Trommelfell reiben – dann ist das Pulver fertig.«

»Mir hat schon Smurow von eurem Pulver erzählt. Nur sagt Papa, daß das kein richtiges Pulver ist«, versetzte Iljuscha.

»Wieso kein richtiges Pulver?« erwiderte Kolja; er war ganz rot geworden. »Es brennt bei uns. Ich weiß übrigens nicht …«

»Nein, ich sage nichts dagegen«, fiel der Stabskapitän mit einem entschuldigenden Gesicht ein. »Ich habe allerdings gesagt, daß das richtige Pulver anders hergestellt wird. Aber das widerspricht dem nicht, man kann es auch so machen.«

»Ich verstehe davon nichts, Sie wissen das besser. Wir haben es in einer Steingutkruke angezündet, und es hat prächtig gebrannt, ganz verbrannt ist es, nur ein ganz klein wenig Ruß ist übriggeblieben. Aber das war nur der Pulverbrei, und wenn man den noch durch ein Fell reibt … Aber Sie wissen das besser, ich verstehe davon ja nichts … Bulkin hat jedenfalls von seinem Vater wegen unseres Pulvers Prügel bekommen, hast du das gehört?« wandte er sich auf einmal an Iljuscha.

»Ja, ich habe es gehört«, antwortete Iljuscha. Er hörte seinem Freund mit grenzenlosem Interesse und Genuß zu.

»Wir hatten eine ganze Flasche Pulver hergestellt, und er bewahrte sie unter seinem Bett auf. Der Vater bekam sie zu sehen. Er sagte, das könnte explodieren. Und dann hat er ihn auch gleich durchgehauen. Er wollte sich im Gymnasium über mich beschweren. Seinem Sohn hat er den Umgang mit mir verboten; und das haben jetzt alle Eltern mit ihren Söhnen gemacht … Auch dem kleinen Smurow haben es die Eltern verboten. Sie sagen, ich sei allgemein als tollkühner Bursche berüchtigt«, fügte Kolja mit einem verächtlichen Lächeln hinzu. »Das kommt alles von der Geschichte mit der Eisenbahn.«

»Ja, wir haben auch von diesem Abenteuer gehört!« rief der Stabskapitän. »Wie haben Sie es nur fertiggebracht, so still zu liegen? Haben Sie sich wirklich gar nicht gefürchtet, als Sie unter dem Zug lagen? War ihnen nicht bange?«

»Nicht sonderlich!« erwiderte Kolja lässig. »Am meisten hat meinen Ruf die Geschichte mit der verfluchten Gans verdorben«, sagte er, wieder an Iljuscha gewandt. Und obgleich er sich beim Erzählen Mühe gab, ein gleichgültiges Gesicht zu machen, hatte er sich doch nicht in der Gewalt und fiel fortwährend aus dem Ton.

»Ach ja, von der Gans habe ich auch gehört!« sagte Iljuscha, über das ganze Gesicht strahlend. »Die Geschichte ist mir erzählt worden, aber ich habe sie nicht ganz verstanden. Hast du wirklich vor den Friedensrichter gemußt?«

»Es ist eine ganz sinnlose Geschichte, eine Bagatelle! Man hat wie gewöhnlich aus einer Mücke einen Elefanten gemacht«, begann Kolja ungezwungen. »Ich ging einmal über den Marktplatz, als gerade Gänse aufgetrieben wurden. Ich blieb stehen und besah mir die Gänse. Plötzlich musterte mich ein Kerl aus unserer Stadt, Wischnjakow, ein Laufbursche im Laden von Plotnikow, und sagte zu mir: ›Was siehst du dir die Gänse an?‹ ich blickte ihn an: eine dumme, runde Fratze, ein Bursche von zwanzig Jahren. Wissen Sie, ich verschmähe eigentlich nie den Verkehr mit dem einfachen Volk, ich mag den

Umgang mit ihm ... Wir sind nämlich in einen Abstand vom Volk geraten, das ist eine Tatsache ... Sie lachen, Karamasow?«

»Nicht doch, Gott bewahre! Ich höre ihnen aufmerksam zu«, antwortete Aljoscha mit der harmlosesten Miene, und der mißtrauische Kolja beruhigte sich sofort wieder.

»Meine Theorie, Karamasow, ist klar und einfach«, beeilte er sich fortzufahren. »Ich glaube an das einfache Volk und freue mich immer, ihm Gerechtigkeit widerfahren zu lassen. Aber ich verwöhne es nicht, das ist die Conditio sine qua non* ... Ach so, ich wollte ja von der Gans erzählen. Ich drehte mich also zu diesem Dummkopf um und antwortete ihm: ›Ich denke eben darüber nach, woran wohl so eine Gans denkt.‹ Er sah mich blöde an. ›Woran denkt denn so eine Gans?‹ fragte er. ›Siehst du‹, sagte ich, ›da steht ein Wagen mit Hafer. Aus dem einen Sack läuft Hafer heraus, und eine Gans hat den Hals direkt unterm Rad vorgestreckt und pickt die Körner auf, siehst du das?‹ – ›Das sehe ich sehr gut‹, antwortete er. ›Na also‹, sagte ich, ›wenn man diesen Wagen jetzt ein bißchen nach vorn schiebt, wird er dann der Gans mit dem Rad den Hals durchschneiden oder nicht?‹ – ›Ganz sicher‹, sagte er und schmunzelte schon breit und war ganz entzückt. ›Na, dann komm, Bursche‹, sagte ich. ›Los!‹ – ›Los‹, sagte er. Wir brauchten uns nicht lange zu bemühen. Er trat unauffällig an den Zaum des Pferdes, und ich stellte mich seitwärts, um die Gans zu dirigieren. Der Bauer hielt gerade Maulaffen feil und redete mit jemandem, so daß ich überhaupt nichts zu arrangieren hatte. Die Gans streckte ganz von selbst den Hals nach dem Hafer unter dem Wagen aus. Ich blinzelte dem Burschen zu, er zog am Zaum, und k-krach! schnitt das Rad der Gans den Hals quer durch! Und ausgerechnet in diesem Augenblick mußten alle Bauern zu uns herübersehen, und nun brüllten sie alle: ›Das hast du mit Absicht getan.‹ – ›Nein, nicht mit Absicht!‹ – ›Doch, mit Absicht! Zum Friedensrichter!‹ Auch mich packten sie. Du bist auch dabeigewesen‹, schrien sie, ›du bist ein Helfershelfer, dich kennt ja der ganze Markt!‹

* lat. eine unerläßliche Voraussetzung.

Und wirklich kennt mich merkwürdigerweise der ganze Markt«, füge Kolja stolz hinzu. »Wir zogen nun alle zum Friedensrichter, auch die Gans wurde hingetragen. Ich sah, der Bursche hatte Angst bekommen und fing an zu heulen wie ein altes Weib. Und der Gänsehändler schrie: ›Auf die Art kann man ja wer weiß wie viele Gänse zu Tode bringen!‹ Selbstverständlich wurden die Zeugen vernommen. Der Friedensrichter erledigte die Sache im Handumdrehen. Für die Gans mußte der Bursche dem Gemüsehändler einen Rubel zahlen und konnte dann die Gans behalten; künftig sollte er sich solche Streiche jedoch nicht wieder erlauben. Der Bursche heulte wie ein altes Weib: ›Ich habe es nicht von selber getan!‹ sagte er. ›Der hier hat mich angestiftet!‹ Und dabei zeigte er auf mich. Ich antwortete kaltblütig, ich hätte ihn durchaus nicht angestiftet, sondern nur die Grundidee zum Ausdruck gebracht und von einem bloßen Projekt gesprochen. Der Friedensrichter Nefedow lächelte und ärgerte sich dann gleich, daß er gelächelt hatte. ›Ich werde Sie‹, sagte er, ›sogleich bei ihrem Direktor anzeigen, damit Sie sich künftig nicht auf solche Projekte einlassen, statt bei den Büchern zu sitzen und ihre Aufgaben zu lernen!‹ Na, beim Direktor hat er mich nicht angezeigt, das war nur Scherz von ihm; doch die Geschichte sprach sich tatsächlich herum und kam auch den Lehrern und dem Direktor zu Ohren – diese Herren haben ja lange Ohren! Besonders entrüstet war der Altsprachler Kolbasnikow, aber Dardanelow trat wieder für mich ein. Kolbasnikow ist sowieso auf uns alle wütend wie ein grüner Esel. Hast du das gehört, Iljuscha, er hat geheiratet! Er hat von den Michailows tausend Rubel Mitgift erhalten, und die junge Frau hat dafür einen Rüssel erster Güte, prima Qualität! Die aus seiner Klasse haben gleich ein Gedicht verfaßt:

Die Heirat des Ekels Kolbasnikow
gibt der Klasse zum Lachen Stoff …

Na und so weiter, es ist sehr komisch, ich werde es dir später einmal mitbringen. Über Dardanelow sage ich nichts, er ist ein Mann, der Kenntnisse besitzt, gediegene Kenntnisse. Solche Männer schätze ich, und nicht etwa, weil er für mich eingetreten ist …«

»Trotzdem hast du ihn mit der Frage, wer Troja gegründet hat, in Verlegenheit gebracht!« mischte sich Smurow ein, der in diesem Augenblick sehr stolz auf Krassotkin war. Die Geschichte von der Gans hatte ihm außerordentlich gefallen.

»Haben Sie ihn damit wirklich in Verlegenheit gebracht?« fiel der Stabskapitän schmeichlerisch ein. »Mit der Frage, wer Troja gegründet hat? Ja, davon haben wir schon gehört. Iljuschetschka hat es mir damals gleich erzählt ...«

»Er weiß alles, Papa! Er weiß bei uns alles am besten!« ergriff Iljuschetschka, hingerissen das Wort. »Er tut nur so, als ob er nichts Besonderes wäre. In Wirklichkeit ist er bei uns der beste Schüler, in allen Fächern ...«

Iljuscha blickte seinen Freund grenzenlos glücklich an.

»Na, das von Troja ist dummes Zeug, eine Lappalie. Ich selbst halte diese Frage für ganz unerheblich«, erwiderte Kolja mit stolzer Bescheidenheit.

Es war ihm jetzt gelungen, in den beabsichtigten Tonfall hineinzukommen. Dennoch befand er sich in einer gewissen Unruhe: Er fühlte, daß er sehr erregt war und zum Beispiel die Geschichte von der Gans zu hingerissen erzählt hatte. Aljoscha hatte während der ganzen Erzählung geschwiegen und seine ernste Miene beibehalten, und den ehrgeizigen Jungen quälte nun schon allmählich der Gedanke: ›Schweigt er etwa, weil er mich verachtet und meint, ich wäre scharf auf sein Lob? Wenn er wagen sollte, so etwas zu denken, dann würde ich ...‹

»Ich halte diese Frage entschieden für unerheblich«, bemerkte er noch einmal kurz und stolz.

»Aber ich weiß, wer Troja gegründet hat«, sagte auf einmal ganz unerwartet ein Junge, der bis dahin kaum ein Wort gesprochen hatte. Es war Kartaschew, ein schweigsames und offenbar schüchternes Bürschchen, ziemlich hübsch und etwa elf Jahre alt; er saß dicht an der Tür.

Kolja sah ihn erstaunt und würdevoll an. Die Frage: »Wer hat eigentlich Troja gegründet?« war nämlich in allen Klassen geradezu eine Preisfrage geworden, zu deren Lösung man in Smaragdows Weltgeschichte nachlesen mußte. Diese Weltgeschichte besaß aber niemand außer Kolja. Und nun hatte der kleine Kartaschew einmal, als Kolja nicht hinsah, flink und verstohlen zwischen dessen Büchern den Smaragdow aufgeschlagen und sofort die Stelle von den Gründern Trojas gefunden. Das war schon vor ziemlich langer Zeit geschehen; doch er war immer ängstlich gewesen und hatte nicht gewagt, öffentlich auszusprechen, daß auch er wisse, wer Troja gegründet hatte; er hatte gefürchtet, das könnte für ihn unangenehme Folgen haben, Kolja könnte ihn zur Strafe irgendwie in Verlegenheit bringen. Jetzt konnte er es aber auf einmal nicht mehr aushalten und sagte es: Er hatte es schon längst gewollt.

»Na, wer hat es denn gegründet?« fragte Kolja von oben herab; er hatte schon am Gesicht des anderen erkannt, daß der es tatsächlich wußte, und sich selbstverständlich sofort auf alle Folgen vorbereitet. In der allgemeinen Stimmung trat, wie man das so nennt, eine Dissonanz ein.

»Troja gründeten Teukros, Dardannos, Ilus und Tros«, sagte der Junge klar und deutlich und wurde dann plötzlich so rot, daß er einem leid tun konnte. Die anderen blickten ihn lange starr an, dann wandten sich alle zu Kolja um. Kolja maß den Kleinen noch immer mit seinem geringschätzigen Blick.

»Und wie haben sie es denn gegründet?« ließ er sich endlich herab zu fragen. »Und was bedeutet das überhaupt: eine Stadt oder einen Staat gründen? Was haben sie denn gemacht? Sind sie hingekommen und haben jeder einen Ziegelstein hingelegt, ja?«

Es erscholl Gelächter. Die Röte des Jungen steigerte sich zu dunklem Purpur; er schwieg und war nahe daran loszuweinen.

Kolja ließ ihn noch ungefähr eine Minute lang in dieser unangenehmen Situation.

»Wenn man von solchen historischen Ereignissen sprechen will, wie es die Gründung von Nationen ist, muß man vor allen Dingen verstehen, was das bedeutet«, sagte er streng und gemessen in belehrendem Ton. »Ich messe übrigens allen diesen Altweibergeschichten keinen Wert bei und schätze überhaupt die Weltgeschichte nicht sehr hoch ein«, fügte er dann, an alle gewandt, lässig hinzu.

»Die Weltgeschichte, sagten Sie?« fragte der Stabskapitän, der einen richtigen Schreck bekommen hatte.

»Jawohl, die Weltgeschichte. Sie ist die wissenschaftliche Erforschung einer Reihe menschlicher Dummheiten, weiter nichts. Ich schätze nur die Mathematik und die Naturwissenschaften«, verkündete Kolja und warf einen flüchtigen Blick auf Aljoscha; der war hier der einzige, dessen Urteil er fürchtete.

Doch Aljoscha blieb ernst und stumm wie vorher. Hätte Aljoscha jetzt gleich etwas gesagt, hätte die Sache damit ihren Abschluß finden können; aber Aljoscha schwieg, und sein Schweigen konnte geringschätzig sein. So wurde denn Kolja ganz nervös.

»Und dann diese klassischen Sprachen! Der reine Blödsinn, weiter nichts ... Sie scheinen wieder nicht meiner Meinung zu sein, Karamasow?«

»Nein, ich bin nicht ihrer Meinung«, erwiderte Aljoscha zurückhaltend und lächelte.

»Wenn Sie meine ganze Meinung über die klassischen Sprachen hören wollen, so muß ich sagen: Sie sind eine Polizeimaßregel. Das ist der einzige Zweck, zu dem sie eingeführt worden sind!« sagte Kolja, dem allmählich wieder das Atmen schwer wurde. »Sie sind eingeführt worden, weil sie langweilig sind und die Fähigkeiten abstumpfen. Es war ohnehin schon langweilig, und da überlegten die Regierenden: Was sollen wir tun, damit es noch langweiliger wird? Es war schon sinnlos, und da überlegten sie: Was sollen wir tun, damit es noch sinnloser wird? So verfielen sie auf die klassischen Sprachen. Das ist meine ganze Meinung darüber, und ich hoffe, daß ich sie nie ändern werde«, schloß Kolja scharf.

Auf seinen Backen waren rote Flecken erschienen.

»Das ist wahr«, stimmte ihm Smurow, der eifrig zugehört hatte, mit seiner hellen Stimme überzeugt zu.

»Und dabei ist er selber der beste in Latein!« rief einer aus der Gruppe.

»Ja, Papa, das sagt er so. Aber er ist in seiner Klasse der beste in Latein«, fiel auch Iljuscha ein.

»Was hat das damit zu tun?« erwiderte Kolja, der es für nötig hielt, sich zu verteidigen, obgleich ihm auch dieses Lob sehr angenehm war. »Ich ochse Latein, weil es notwendig ist und weil ich meiner Mutter versprochen habe, das Gymnasium zu absolvieren, und meiner Ansicht nach muß man das, was man sich einmal vorgenommen hat, auch gut machen. Aber im Grunde meines Herzens verachte ich das klassische Altertum und diese ganze Gemeinheit ... Sie sind nicht meiner Meinung, Karamasow?«

»Nun, warum soll das eine Gemeinheit sein?« fragte Aljoscha und lächelte wieder.

»Ich bitte Sie, die Klassiker sind sämtlich in alle Sprachen übersetzt, also brauchten die Regierenden das Latein gar nicht zum Studium der Klassiker, sondern einzig und allein als Polizeimaßregel und zur Abstumpfung der Fähigkeiten. Unter diesen Umständen verdient es doch wohl eindeutig den Namen ›Gemeinheit‹?«

»Wer hat Sie das alles bloß gelehrt?« rief Aljoscha erstaunt.

»Erstens bin ich selbst imstande, das zu begreifen, ohne daß es mich jemand lehrt, und zweitens hat das, was ich eben über die übersetzten Klassiker sagte, der Lehrer Kolbasnikow selber laut vor der ganzen Klasse gesagt ...«

»Der Doktor ist gekommen!« rief auf einmal Ninotschka, welche die ganze Zeit geschwiegen hatte.

In der Tat war Frau Chochlakowas Equipage vorgefahren. Der Stabskapitän, der den ganzen Vormittag auf den Doktor gewartet hatte, lief Hals über Kopf zum Tor, um ihn zu empfangen. »Mamachen« machte sich zurecht und nahm eine würdevolle Miene an. Aljoscha trat zu Iljuscha und brachte ihm sein Kopfkissen in Ordnung. Ninotschka verfolgte es von ihrem Lehnstuhl aus mit unruhigem Blick. Die Jungen verabschiedeten sich eilig; einige von ihnen versprachen, am Abend wiederzukommen. Kolja rief Pereswon, und der sprang vom Bett herunter.

»Ich gehe nicht weg«, sagte Kolja hastig zu Iljuscha. »Ich werde auf dem Flur warten und wieder hereinkommen, sobald der Doktor weg ist. Ich werde auch Pereswon wieder mitbringen.«

Aber schon trat der Arzt ein – eine würdevolle Gestalt in einem Bärenpelz, mit langem, dunklem Backenbart und glänzend ausrasiertem Kinn. Als er über die Schwelle getreten war, blieb er auf einmal verdutzt stehen. »Was ist das? Wo bin ich?« murmelte er, ohne den Bärenpelz von den Schultern zu werfen und ohne die Schirmmütze aus Seehundsfell vom Kopf zu nehmen. Die vielen Menschen, die Ärmlichkeit der Stube, die an einem Strick aufgehängte Wäsche verblüfften ihn. Der Stabskapitän konnte sich an tiefen Verbeugungen vor ihm gar nicht genugtun.

»Sie sind gekommen«, murmelte er in knechtischer Untertänigkeit. »Sie sind zu mir gekommen, Sie haben die Güte, zu mir ...«

»Herr Sne-gi-rjow?« fragte der Doktor würdevoll. »Sind Sie das?«

»Ich bin es.«

»Ah!«

Der Doktor blickte sich noch einmal geringschätzig im Zimmer um und warf den Pelz ab. Allen blitzte der hohe Orden entgegen, den er um den Hals trug. Der Stabskapitän fing den Pelz im Fallen auf, und der Doktor nahm die Mütze ab. »Wo ist denn der Patient?« fragte er laut und energisch.

6. Frühreife

»Was meinen Sie, was wird der Doktor ihm sagen?« fragte Kolja hastig Aljoscha, als sie auf dem Flur waren. »Was hat der Mensch aber auch für eine widerwärtige Fratze, nicht wahr? Ich kann die Medizin nicht leiden!«

»Iljuscha wird sterben. Das ist, glaube ich, bereits sicher«, antwortete Aljoscha traurig.

»Diese Gauner! Die Medizin ist eine Gaunerei! Ich freue mich aber, daß ich Sie kennengelernt habe, Karamasow. Ich habe schon längst gewünscht, Sie kennenzulernen. Schade nur, daß wir uns bei so einem traurigen Anlaß begegnet sind …«

Kolja hätte gern noch etwas Wärmeres, Herzlicheres gesagt, doch es war, als ob ihm ein Krampf die Zunge lähmte. Aljoscha bemerkte das, lächelte und drückte ihm die Hand.

»Ich habe Sie schon lange als eine seltene Persönlichkeit schätzengelernt«, murmelte Kolja wieder verlegen. »Ich habe gehört, Sie sind Mystiker und waren im Kloster, aber dadurch habe ich mich nicht abhalten lassen. Die Berührung mit dem wirklichen Leben wird Sie kurieren … Bei Naturen wie Ihnen kann das nicht anders sein.«

»Was meinen Sie mit dem Ausdruck ›Mystiker‹? Und wovon soll ich kuriert werden?« fragte Aljoscha einigermaßen verwundert.

»Nun, ich meine Gott und das übrige.«

»Glauben Sie etwa nicht an Gott?«

»O doch, ich habe nichts gegen Gott. Zwar ist Gott nur eine Hypothese, aber ich gestehe, daß er notwendig ist, für die Ordnung … Für die Weltordnung und so weiter … Und wenn er nicht existierte, müßte man ihn erfinden«, fügte Kolja errötend hinzu. Ihm war plötzlich der Gedanke gekommen, Aljoscha könnte glauben, er wolle nur seine Kenntnisse zur Schau stellen und zeigen, daß er schon erwachsen war. ›Ich habe durchaus nicht die Absicht, meine Kenntnisse zur Schau zu stellen!‹ dachte Kolja empört. Und er ärgerte sich auf einmal gewaltig.

»Zugegeben, es widerstrebt mir, auf alle diese Streitigkeiten einzugehen«, sagte er abbrechend. »Man kann ja, auch ohne an Gott zu glauben, die Menschheit lieben, meinen Sie nicht auch? Voltaire zum Beispiel hat nicht an Gott geglaubt und trotzdem die Menschheit geliebt!« ›Schon wieder, schon wieder‹, dachte er bei sich.

»Voltaire hat an Gott geglaubt, aber, wie es scheint, nur wenig. Und wie es scheint, hat er auch die Menschheit nur wenig geliebt«, versetzte Aljoscha leise, ruhig und in ganz natürlichem Ton, als spräche er mit einem Gleichaltrigen oder gar einem Älteren.

Kolja beeindruckte besonders Aljoschas scheinbare Unsicherheit in seinem Urteil über Voltaire und der Umstand, daß er ihm, Kolja, gewissermaßen die Entscheidung dieser Frage anheimgab.

»Haben Sie denn Voltaire gelesen?« schloß Aljoscha.

»Nein, eigentlich nicht … Das heißt, ›Candide‹ habe ich gelesen, in einer russischen Übersetzung … In einer alten, gräßlichen Übersetzung …« ›Schon wieder, schon wieder!‹

»Und haben Sie alles verstanden?«

»O ja, alles … Das heißt … Warum sollte ich es nicht verstanden haben? Es sind zwar viele Unsauberkeiten enthalten … Doch ich bin natürlich imstande zu begreifen, daß es ein philosophischer Roman ist, der geschrieben wurde um einer Idee willen …« Kolja war bereits vollständig verwirrt. »Ich bin Sozialist, Karamasow! Ich bin ein unverbesserlicher Sozialist«, fügte er plötzlich ohne verständlichen Grund übergangslos hinzu.

»Sozialist?« erwiderte lachend Aljoscha. »Wann haben Sie denn das geschafft? Sie sind doch erst dreizehn, glaube ich?«

Kolja wand sich innerlich geradezu.

»Erstens nicht dreizehn, sondern vierzehn, in zwei Wochen vierzehn«, erwiderte er mit feuerrotem Kopf. »Und zweitens verstehe ich absolut nicht, was mein Alter damit zu tun hat. Es handelt sich darum, welche Ansichten ich habe – und nicht, wie alt ich bin, nicht wahr?«

»Wenn Sie älter sind, werden Sie selbst einsehen, welche Bedeutung das Alter für die Ansichten hat. Mir schien sogar, Sie gäben die Worte anderer wieder«, antwortete Aljoscha bescheiden und ruhig; doch Kolja unterbrach ihn hitzig.

»Ich bitte Sie, Sie verlangen Gehorsam und Mystizismus! Sie müssen doch selbst zugeben, daß zum Beispiel das Christentum den Reichen und Vornehmen nur dazu gedient hat, die niedere Klasse in Sklaverei zu halten, nicht wahr?«

»Ach, ich weiß, wo Sie das gelesen haben! Oder jemand hat ihnen diese Lehren vorgetragen!« rief Aljoscha.

»Ich bitte Sie, warum soll ich das unbedingt gelesen haben? Auch hat mir niemand diese Lehren vorgetragen. Ich kann doch auch selbst … Und meinetwegen – ich bin nicht gegen Christus. Er war eine durchaus humane Persönlichkeit, und wenn er zu unserer Zeit lebte, würde er sich geradewegs den Revolutionären anschließen und vielleicht eine bedeutende Rolle spielen … Das ist sogar sicher.«

»Na, wo haben Sie denn das aufgeschnappt? Mit welchem Dummkopf haben Sie sich denn abgegeben?« rief Aljoscha.

»Ich bitte Sie, die Wahrheit kann man nicht verbergen. Ich rede allerdings aus bestimmten Gründen häufig mit Herrn Rakitin, aber, … Das soll auch schon Belinski gesagt haben.«

»Belinski, ich erinnere mich nicht. Das hat er nirgends geschrieben.«

»Wenn er es nicht geschrieben hat, war es vielleicht ein mündlicher Ausspruch von ihm. Ich habe es von jemandem gehört … Ach, weiß der Teufel …«

»Belinski haben Sie jedenfalls gelesen?«

»Sehen Sie, nein … Ich habe ihn nicht ganz gelesen … Aber die Stelle über Tatjana, warum sie nicht mit Onegin in intimen Verkehr trat, die habe ich gelesen.«

»Sie sagen: ›Warum sie nicht mit Onegin in intimen Verkehr trat!‹ Verstehen Sie das etwa schon?«

»Ich bitte Sie! Sie scheinen mich für den kleinen Smurow zu halten!« lächelte Kolja gereizt. »Glauben Sie übrigens bitte nicht, daß ich ein allzu schlimmer Revolutionär wäre. Ich bin sehr oft anderer Meinung als Herr Rakitin. Wenn ich das über Tatjana sage, so bin ich durchaus nicht für die Emanzipation der Frau. Ich gebe zu, daß die Frau ein untergeordnetes Wesen ist und gehorchen muß. Les femmes tricotent,* wie Napoleon sagte … Zumindest in diesem Punkt teile ich vollkommen die Anschauung dieses pseudogroßen Mannes. Ich glaube zum Beispiel auch, daß es eine Gemeinheit ist, aus dem Vaterland nach Amerika zu gehen, oder schlimmer als eine Gemeinheit, eine Dummheit. Warum nach Amerika gehen, wo man auch bei uns der Menschheit viel Nutzen bringen kann? Besonders jetzt. Es bietet sich einem doch eine Masse fruchtbringender Tätigkeit an. In diesem Sinne habe ich auch geantwortet.«

* frz. Die Frauen stricken.

»Geantwortet? Wem? Hat Sie schon jemand aufgefordert, nach Amerika zu gehen?«

»Ich muß gestehen, daß man mich dazu veranlassen wollte, doch ich habe abgelehnt. Dies natürlich nur unter uns, Karamasow, hören Sie! Davon zu niemandem ein Wort! Das sage ich nur Ihnen. Ich habe kein Verlangen, in die Klauen der Dritten Abteilung zu fallen und Lektionen an der Kettenbrücke zu nehmen.

Das Bauwerk an der Kettenbrücke
vergißt, wer drinnen war, nicht leicht!

Erinnern Sie sich an die Stelle? Großartig gesagt! Worüber lachen Sie? Sie denken doch wohl nicht, daß ich Ihnen das alles vorgeschwindelt habe?« ›Wie, wenn er erfährt, daß im Bücherschrank meines Vaters nur diese eine Nummer des »Kolokol« vorhanden ist und ich weiter nichts davon gelesen habe?‹ ging es Kolja flüchtig durch den Kopf; und er zuckte bei diesem Gedanken zusammen.

»O nein, ich lache nicht und glaube durchaus nicht, daß Sie mir etwas vorgeschwindelt haben. Und zwar deshalb nicht, weil das alles leider tatsächlich wahr ist! Aber sagen Sie mal, Puschkin haben Sie doch gelesen, den Onegin? Sie sprachen ja soeben von Tatjana?«

»Nein, ich habe ihn noch nicht gelesen, ich will ihn lesen. Ich bin frei von vorgefaßten Meinungen, Karamasow. Ich will die eine wie die andere Partei hören. Warum haben Sie danach gefragt?«

»Ich fragte nur so.«

»Sagen Sie, Karamasow, Sie verachten mich wohl sehr?« sagte Kolja unvermittelt und richtete sich vor Aljoscha auf, als wollte er sich in Kampfpositur stellen. »Tun Sie mir den Gefallen und antworten Sie ohne Umschweife?«

»Ich soll Sie verachten?« fragte Aljoscha verwundert. »Warum sollte ich das tun? Es tut mir nur leid, daß eine prächtige Natur wie Sie schon von diesem groben Unsinn verdorben ist, ehe sie richtig angefangen hat zu leben.«

»Wegen meiner Natur machen Sie sich bitte keine Sorgen!« unterbrach ihn Kolja nicht ohne Selbstgefälligkeit. »Und daß ich mißtrauisch bin, das ist nun einmal so. Das ist eine Dummheit von mir, eine Grobheit. Sie lächelten eben, und da schien es mir, als ob Sie …«

»Ach, ich lächelte über etwas ganz anderes. Ich will ihnen sagen, worüber. Ich las kürzlich einen Ausspruch, den ein in Rußland lebender Deutscher über unsere heutige Schuljugend getan hat. ›Zeigen Sie‹, schreibt er, ›einem russischen Schüler eine Karte des Sternenhimmels, von der er bisher nicht die geringste Kenntnis gehabt hat, und er wird ihnen morgen diese Karte korrigiert zurückgeben.‹ Keine Kenntnisse und ein grenzenloses Selbstbewußtsein – das ist es, was dieser Deutsche über den russischen Schüler aussagen wollte.

»Aber das ist ja vollkommen richtig!« rief Kolja lachend. »Bravo, Deutscher! Nur hat der Deutsche die gute Seite übersehen, meinen Sie nicht auch? Selbstbewußtsein, das mag sein, das kommt von dem jugendlichen Alter, das bessert sich, wenn eine Besserung überhaupt erforderlich ist. Aber dafür haben wir die Unabhängigkeit des Denkens gleich von Kindheit an, dafür haben wir die Kühnheit der Ideen und der Anschauungen, und nicht den deutschen Geist sklavischer Kriecherei vor Autoritäten … Trotzdem hat der Deutsche das gut gesagt! Bravo, Deutscher! Allerdings muß man die Deutschen trotzdem erwürgen. Mögen sie auch in der Wissenschaft stark sein, erwürgen muß man sie trotzdem …«

»Wofür muß man sie denn erwürgen?« fragte Aljoscha lächelnd.

»Na, ich habe vielleicht Unsinn geschwatzt, ich gebe es zu. Ich bin manchmal ein schrecklicher Kindskopf, und wenn ich mich über etwas freue, kann ich mich nicht beherrschen und fange an, Unsinn zu schwatzen … Hören Sie mal, wir schwatzen hier beide dummes Zeug, aber dieser Doktor hält sich schon ziemlich lange auf. Womöglich untersucht er noch das ›Mamachen‹ und die gelähmte Ninotschka. Wissen Sie, diese Ninotschka hat mir gefallen. Als ich hereinkam, flüsterte sie mir zu: ›Warum sind Sie nicht früher gekommen?‹ Und so vorwurfsvoll! Ich glaube, sie hat ein sehr gutes Herz und verdient das größte Mitleid.«

»Ja, ja! Und wenn Sie nun öfter kommen, werden Sie sehen, was für ein herrliches Wesen sie ist! Es wird für Sie sehr nützlich sein, solche Wesen kennenzulernen, damit Sie auch vieles andere schätzenlernen, was Sie aus dem Umgang mit ihnen erfahren«, sagte Aljoscha warm. »Das wird am meisten zu ihrer Wandlung beitragen.«

»Oh, wie sehr ich es bedauere und mit mir schimpfe, daß ich nicht früher gekommen bin!« rief Kolja aufrichtig betrübt.

»Ja, das ist sehr schade. Sie haben selbst gesehen, wie sehr sich der arme Kleine über ihr Kommen freute. Wie hat er sich gequält, als er auf Sie wartete!«

»Sprechen Sie nicht weiter! Sie zerreißen mir das Herz. Aber es geschieht mir ganz recht! Ich blieb fern aus egoistischem Ehrgeiz und gemeiner Herrschsucht, von der ich mich einfach nicht frei machen kann, obgleich ich mich mein Leben lang bemühe. Ich sehe jetzt ein, daß ich in vieler Hinsicht ein Schuft bin, Karamasow!«

»Nein, Sie sind eine prächtige Natur, allerdings verdorben, und ich begreife durchaus, warum Sie einen solchen Einfluß auf diesen empfindsamen Jungen gewinnen konnten!« antwortete Aljoscha eifrig.

»Und das sagen Sie mir, Sie!« rief Kolja. »Stellen Sie sich vor, ich habe gedacht, gerade jetzt mehrere Male gedacht, Sie verachten mich! Wenn Sie wüßten, welchen großen Wert ich auf Ihr Urteil lege!«

»Sind Sie wirklich so mißtrauisch? In Ihrem Alter? Denken Sie: Als ich Sie dort im Zimmer ansah, habe ich gedacht, Sie müßten wohl sehr mißtrauisch sein.«

»Sie haben das schon gedacht? Was haben Sie für gute Augen, sehen Sie mal! Ich möchte wetten, daß es an der Stelle war, wo ich von der Gans erzählte. An dieser Stelle schien es mir, als ob Sie mich tief verachteten, weil ich mich als forschen Kerl hinzustellen suchte! Ich hatte sogar plötzlich einen Haß auf Sie und begann Unsinn zu reden. Später, als wir schon hier draußen waren, an der Stelle, wo ich sagte: ›Wenn Gott nicht existierte, müßte man ihn erfinden‹, da schien es mir, als sei ich zu sehr bemüht, meine Bildung herauszukehren, zumal ich diese Phrase in einem Buch gelesen habe! Aber ich versichere Ihnen, ich versuchte nicht aus Eitelkeit meine Bildung herauszukehren, sondern nur so, ich weiß nicht weshalb, vor Freude, weiß Gott, sozusagen vor Freude … Obgleich das auch wieder ein beschämender Charakterzug ist, wenn sich jemand allen Leuten vor Freude an den Hals wirft. Ich weiß das. Dafür bin ich nun aber überzeugt, daß Sie mich nicht verachten und ich mir das alles nur eingebildet habe … Oh, Karamasow, ich bin sehr unglücklich! Ich stelle mir manchmal Gott weiß was vor: daß alle Leute über mich lachen, daß die ganze Welt über mich lacht, und dann möchte ich am liebsten die ganze Weltordnung vernichten!«

»Und dann quälen Sie die Menschen ihrer Umgebung«, bemerkte Aljoscha lächelnd.

»Und dann quäle ich die Menschen meiner Umgebung, besonders meine Mutter … Sagen Sie mal, Karamasow, bin ich jetzt sehr lächerlich?«

»Denken Sie doch nicht so etwas!« rief Aljoscha. »Und was hat es denn auf sich, wenn man lächerlich ist? Als ob es so selten vorkäme, daß ein Mensch lächerlich ist oder lächerlich scheint! Heutzutage haben fast alle befähigten Menschen eine große Furcht, lächerlich zu erscheinen, und werden dadurch unglücklich. Ich wundere mich nur, daß Sie so früh dahin gekommen sind, so zu fühlen; allerdings bemerke ich das schon länger an jungen Leuten, nicht an Ihnen allein. Heutzutage leiden sogar viele, die fast noch Kinder sind, unter dieser Furcht. Das ist beinahe eine Manie … In diesem Ehrgeiz hat sich der Teufel verkörpert und in die ganze Generation eingeschlichen, jawohl der Teufel!« fügte Aljoscha hinzu, ohne das geringste Lächeln, das Kolja eigentlich erwartet hatte. »Sie sind eben wie alle«, schloß Aljoscha. »Das heißt wie sehr viele. Man muß aber nicht so sein wie alle: darum geht es!«

»Obwohl alle so sind?«

»Ja, obwohl alle so sind. Seien Sie doch der einzige, der nicht so ist! Sie sind doch in der Tat anders als alle: Sie haben sich nicht geschämt zu bekennen, daß Sie schlecht und sogar lächerlich sind. Wer gesteht denn heutzutage so etwas ein? Niemand, die Menschen fühlen nicht einmal mehr das Bedürfnis nach Selbstkritik. Seien Sie anders als alle! Und wenn Sie der einzige sind, der anders ist – seien Sie anders!«

»Großartig! Ich habe mich in Ihnen nicht getäuscht! Sie sind imstande, einen zu trösten. Oh, wie es mich zu ihnen hingezogen hat, Karamasow! Wie lange habe ich mir schon eine Begegnung mit Ihnen gewünscht! Hatten Sie auch schon an mich gedacht? Vorhin sagten Sie, Sie hätten auch schon an mich gedacht.«

»Ja, ich hatte von ihnen gehört und habe ebenfalls an Sie gedacht ... Wenn es auch zum Teil Ehrgeiz ist, was Sie jetzt zu dieser Frage veranlaßt, das macht nichts.«

»Wissen Sie, Karamasow, unsere Aussprache hat Ähnlichkeit mit einer Liebeserklärung«, sagte Kolja verschämt. »Ist das auch nicht lächerlich, nein?«

»Das ist ganz und gar nicht lächerlich. Und selbst wenn es lächerlich wäre, würde das nichts schaden, weil es gut ist und schön«, erwiderte Aljoscha heiter.

»Wissen Sie, Karamasow, geben Sie doch zu, daß Sie sich jetzt auch ein bißchen schämen ... Ich sehe ihnen das an den Augen an«, sagte Kolja mit einem schlauen, aber beinahe glückseligen Lächeln.

»Weswegen sollte ich mich denn schämen?«

»Warum sind Sie denn rot geworden?«

»Daran sind Sie schuld, daß ich rot geworden bin!« erwiderte Aljoscha lachend und errötete wirklich über das ganze Gesicht. »Nun ja, ein bißchen schäme ich mich, Gott weiß weswegen, ich weiß es nicht ...«, murmelte er, auch ein wenig verlegen.

»Oh, wie ich Sie in diesem Moment mag und verehre – eben dafür, daß Sie sich auch ein bißchen schämen! Denn Sie sind von derselben Art wie ich!« rief Kolja in heller Begeisterung.

Seine Backen glühten, und seine Augen leuchteten.

»Hören Sie, Kolja, Sie werden allerdings im Leben ein sehr unglücklicher Mensch sein«, sagte Aljoscha auf einmal ohne ersichtlichen Zusammenhang.

»Das weiß ich, das weiß ich. Wie Sie das alles im voraus wissen!« stimmte ihm Kolja sogleich zu.

»Aber im ganzen werden Sie das Leben doch als einen Segen empfinden.«

»Gewiß! Hurra! Sie sind ein Prophet! Oh, wir werden uns näherkommen, Karamasow. Wissen Sie, am meisten begeistert mich, daß Sie mit mir wie mit ihresgleichen verkehren. Und doch sind wir einander nicht gleich, nein, wir sind einander nicht gleich, Sie stehen über mir! Aber wir werden uns näherkommen. Wissen Sie, ich habe mir den ganzen letzten Monat gesagt: Entweder werden wir gleich Freunde fürs Leben – oder gleich von der ersten Begegnung an Feinde bis zum Grab!«

»Und als Sie sich das sagten, da mochten Sie mich natürlich schon!« sagte Aljoscha und lachte fröhlich.

»Ja, ich mochte Sie, ich mochte Sie sehr und malte mir unsere Freundschaft aus! Wie können Sie bloß alles vorher wissen? … Ah, da ist ja der Doktor! Herrgott, was wird er sagen? Sehen Sie doch, was er für ein Gesicht macht!«

7. Iljuscha

Der Doktor, bereits wieder in seinen Pelz gehüllt und mit der Mütze auf dem Kopf, trat aus der Stube. Sein Gesicht drückte einen beinahe zornigen Ekel aus, als befürchtete er immerzu, sich an etwas zu beschmutzen. Er erfaßte mit einem schnellen, flüchtigen Blick den Flur und sah dabei Aljoscha und Kolja streng an. Aljoscha gab dem Kutscher einen Wink, und die Equipage, die den Doktor hergebracht hatte, fuhr vor. Der Stabskapitän kam nach dem Arzt aus der Stube und versuchte ihn unter tiefen, entschuldigenden Verbeugungen zurückzuhalten und noch ein letztes Wort von ihm zu hören. Sein Gesicht wirkte sehr niedergeschlagen, sein Blick war voller Angst.

»Exzellenz, Exzellenz … Ist es denn wirklich …«, begann er; doch er sprach nicht aus, sondern rang nur verzweifelt die Hände und richtete einen letzten flehenden Blick auf den Doktor, als könnte das Todesurteil über den Sohn tatsächlich durch ein Wort des Doktors noch umgeändert werden.

»Was ist da zu machen? Ich bin nicht Gott«, antwortete der Doktor lässig und zugleich gewohnheitsgemäß energisch. »Doktor! Exzellenz! Und wird er bald, sehr bald …?«

»Sei-en Sie auf al-les ge-faßt!« erwiderte der Doktor bestimmt und mit überdeutlicher Aussprache und schickte sich an, zum Wagen zu gehen.

»Exzellenz, um Christi willen!« hielt ihn der Stabskapitän noch einmal in seiner Angst zurück. »Exzellenz, kann ihn denn nichts mehr retten, wirklich nichts, gar nichts? …«

»Das hängt jetzt nicht von mir ab«, sagte der Doktor ungeduldig. »Indes, hm …?« überlegte er plötzlich. »Wenn Sie Ihren Patienten zum Beispiel sofort und ohne die geringste Verzögerung nach Sy-ra-kus bringen könnten, dann wäre es … Infolge der neuen gün-sti-gen kli-ma-ti-schen Ver-hält-nis-se … vielleicht möglich, daß …« Die Worte »sofort« und »ohne die geringste Verzögerung« sprach der Doktor nicht nur streng, sondern fast zornig aus.

»Nach Syrakus!« rief der Stabskapitän, als ob er gar nichts verstanden hätte.

»Syrakus, das liegt in Sizilien«, warf Kolja erklärend dazwischen.

Der Doktor sah ihn an.

»Nach Sizilien! Väterchen, Exzellenz!« rief der Stabskapitän ganz fassungslos. »Aber Sie haben ja doch gesehen!« Und er deutete heftig gestikulierend auf alles, was ihn umgab. »Und die Mama, und die Tochter?«

»N-nein, ihre Familie gehört nicht nach Sizilien, sondern in den Kaukasus. Zu Beginn des Frühjahrs muß ihre Tochter in den Kaukasus. Ihre Gattin muß zuerst ebenfalls im Kaukasus eine Badekur gegen ihren Rheumatismus durchstehen und dann unverzüglich nach Paris in die Heilanstalt des Psychiaters Lepelletier gebracht werden. Ich könnte Ihnen einen Brief an ihn mitgeben, und dann … Möglicherweise …«

»Doktor, Doktor! Aber Sie sehen ja doch!« rief der Stabskapitän, fuchtelte wieder mit den Armen umher und deutete auf die kahlen Balkenwände des Flurs.

»Ja, das ist nun nicht meine Sache«, versetzte der Doktor lächelnd. »Ich habe nur gesagt, was die Wis-sen-schaft auf Ihre Frage nach den letzten möglichen Mitteln antworten kann. Das übrige jedoch … Zu meinem Bedauern …«

»Seien Sie unbesorgt, Arzt! Mein Hund wird Sie nicht beißen«, unterbrach ihn Kolja laut, da er bemerkte, wie der Doktor beunruhigt nach Pereswon schielte. Er sagte, wie er später erklärte, absichtlich »Arzt« statt »Doktor«, um »den Betreffenden zu ärgern«.

»Was soll das heißen?« fragte der Doktor, warf den Kopf zurück und sah Kolja erstaunt an. »Wer ist das?« wandte er sich dann auf einmal an Aljoscha, als wollte er diesen zur Rechenschaft ziehen.

»Das ist der Herr des Hundes Pereswon, Arzt. Beunruhigen Sie sich nicht um meine Persönlichkeit!« sagte Kolja wieder dreist. »Leben Sie wohl, Arzt! In Syrakus sehen wir uns wieder!« fügte er hinzu.

»Wer ist das? Wer ist das?« fragte der Doktor aufbrausend.

»Ein Schüler von hier, Doktor. Er ist ungezogen, beachten Sie ihn nicht weiter!« sagte Aljoscha eilig mit finsterer Miene. »Schweigen Sie, Kolja!« rief er diesem zu. »Sie sollten ihn wirklich nicht weiter beachten, Doktor!« sagte er noch einmal, in etwas heftigerem Ton.

»Durchprügeln müßte man ihn, durchprügeln!« rief der Doktor und stampfte wütend mit den Füßen.

»Wissen Sie, Arzt, mein Pereswon beißt am Ende doch!« sagte Kolja mit bebender Stimme; er war ganz blaß geworden, und seine Augen funkelten. »Ici, Pereswon!«

»Kolja, wenn Sie noch ein einziges Wort sagen, sind wir für immer geschiedene Leute!« rief Aljoscha gebieterisch.

»Arzt, es gibt nur ein Wesen auf der ganzen Welt, von dem sich Nikolai Krassotkin etwas befehlen läßt!« Kolja wies auf Aljoscha. »Dieser Mensch hier. Ihm gehorche ich. Leben Sie wohl!«

Er ging schnell zurück ins Zimmer, Pereswon stürzte ihm hinterher. Der Doktor stand noch etwa fünf Sekunden wie erstarrt da und blickte Aljoscha an; dann spuckte er aus und eilte zum Wagen, wobei er laut vor sich hin sagte: »Das, ich verstehe nicht, was das …«

Der Stabskapitän lief ihm nach, um ihm beim Einsteigen behilflich zu sein. Aljoscha folgte Kolja ins Zimmer. Kolja stand schon an Iljuschas Bett. Iljuscha hielt seine Hand und rief nach dem Vater. Kurz darauf kehrte auch der Stabskapitän zurück.

»Papa, Papa, komm ... Wir...«, stammelte Iljuscha in höchster Erregung; da er aber offenbar nicht imstande war fortzufahren, streckte er plötzlich seine mageren Ärmchen aus und umschlang Kolja und seinen Vater, so fest er nur konnte, und schmiegte sich an sie.

Der Stabskapitän bebte plötzlich von stummem Schluchzen, und auch Koljas Lippen und Kinn zuckten.

»Papa, Papa! Wie leid du mir tust, Papa!« stöhnte Iljuscha traurig.

»Iljuschetschka ... Täubchen ... Der Doktor hat gesagt, du wirst gesund ... Wir werden glücklich sein ... Der Doktor ... stammelte der Stabskapitän.

»Ach, Papa! Ich weiß doch, was der neue Doktor über mich gesagt hat ... Ich habe es ja gesehen!« rief Iljuscha, drückte sie wieder beide an sich und verbarg das Gesicht an der Schulter seines Vaters. »Papa, weine nicht ... Und wenn ich gestorben bin, nimm dir einen guten Jungen, einen anderen ... Such dir selbst einen aus, nenn ihn Iljuscha und hab ihn an meiner Statt lieb ...«

»Sei still, Alter! Du wirst wieder gesund!« rief Krassotkin und tat, als ob er böse würde.

»Aber du darfst mich nicht vergessen, Papa, niemals!« fuhr Iljuscha fort. »Komm an mein Grab! Weißt du was, Papa? Begrabt mich an unserem großen Stein, zu dem wir beide so oft spazierengegangen sind, und komm dann mit Krassotkin zu mir, am Abend ... Auch mit Pereswon ... Ich werde euch erwarten ... Papa, Papa!«

Die Stimme versagte ihm; alle drei hielten sich umarmt und schwiegen. Auch Ninotschka weinte still in ihrem Lehnstuhl, und auch die Mama brach plötzlich in Tränen aus, als sie alle weinen sah.

»Iljuschetschka Iljuschetschka!« rief sie.

Krassotkin machte sich auf einmal aus Iljuschas Armen los.

»Lebe wohl, Alter! Meine Mutter erwartet mich zum Mittagessen«, sagte er hastig. »Schade, daß ich sie nicht vorher benachrichtigt habe!

Sie wird sich sehr beunruhigen … Aber nach dem Mittagessen komme ich gleich wieder zu dir, den ganzen Tag! Ich werde dir so viel erzählen! Auch Pereswon werde ich mitbringen, aber jetzt muß ich ihn mitnehmen, denn er würde in meiner Abwesenheit zu heulen anfangen und dich stören! Auf Wiedersehen!«

Er lief auf den Flur hinaus. Er hatte nicht weinen wollen, aber auf dem Flur brach er doch in Tränen aus. In diesem Zustand fand ihn Aljoscha.

»Kolja, Sie müssen unbedingt Wort halten und wiederkommen, sonst wird er furchtbar traurig sein«, sagte Aljoscha eindringlich.

»Unbedingt! Oh, wie ich mich selbst verfluche, daß ich nicht früher gekommen bin!« murmelte Kolja, ohne sich seiner Tränen zu schämen.

In diesem Augenblick kam der Stabskapitän aus dem Zimmer gestürzt und machte die Tür hinter sich zu. Sein Gesicht war verzerrt, die Lippen zuckten. Er blieb vor den beiden stehen und warf die Arme in die Höhe. »Ich will keinen anderen guten Jungen!« flüsterte er gepreßt. »Vergesse ich dein, Jerusalem, so werde …«

Er sprach nicht zu Ende und sank kraftlos vor einer hölzernen Bank auf die Knie. Mit beiden Fäusten seinen Kopf pressend, begann er zu schluchzen und absonderlich zu kreischen, versuchte sich jedoch mit aller Gewalt zu beherrschen, damit sein Kreischen in der Stube nicht zu hören war. Kolja lief auf die Straße hinaus.

»Leben Sie wohl, Karamasow! Kommen Sie auch wieder?« rief er Aljoscha in scharfem Ton zu.

»Am Abend bin ich unter allen Umständen wieder hier.«

»Was hat er da von Jerusalem gesagt? Was bedeutet das?«

»Das ist aus der Bibel. ›Vergesse ich dein, Jerusalem‹ – das bedeutet: Wenn ich vergesse, was mir das Allerteuerste ist, es für etwas anderes hingebe, dann soll mich der Blitz treffen.«

»Ich verstehe … Daß Sie aber auch wiederkommen! Ici, Pereswon!« schrie er dem Hund beinahe wütend zu und ging mit großen, schnellen Schritten nach Hause.

Elftes Buch

Der Bruder Iwan Fjodorowitsch

1. Bei Gruschenka

Aljoscha machte sich auf den Weg nach dem Kirchplatz, zum Haus der Kaufmannswitwe Morosowa, zu Gruschenka. Sie hatte Fenja am Morgen mit der dringenden Bitte zu ihm geschickt, er möchte doch bei ihr vorbeikommen. Aljoscha hatte von Fenja erfahren, daß das gnädige Fräulein schon seit dem vorigen Tag besonders erregt war.

In den zwei Monaten seit Mitjas Festnahme war Aljoscha häufig bei ihr gewesen, und zwar aus eigenem Antrieb wie auch in Mitjas Auftrag. Drei Tage nach Mitjas Verhaftung war Gruschenka heftig erkrankt und hatte fast fünf Wochen lang krank gelegen, davon eine Woche ohne Bewußtsein. Sie hatte sich im Gesicht stark verändert, war mager und gelb geworden, doch konnte sie schon seit zwei Wochen wieder ausgehen. Nach Aljoschas Ansicht war ihr Gesicht noch anziehender geworden als vorher, und wenn er zu ihr kam, machte es ihm Freude, ihrem Blick zu begegnen. Es schien, als habe ihr Blick an Festigkeit gewonnen und etwas Durchgeistigtes bekommen; in ihm äußerte sich ein seelischer Wandel zu demütiger Freundlichkeit und zugleich unerschütterlicher Entschlossenheit. Zwischen ihren Brauen hatte sich eine kleine, senkrechte Falte gebildet, die ihrem lieben Gesicht den Ausdruck in sich gekehrter, auf den ersten Blick sogar etwas mürrischer Nachdenklichkeit verlieh. Von der früheren Launenhaftigkeit war nicht die Spur zurückgeblieben. Eigenartig berührte Aljoscha auch, daß sie trotz allen Unglücks, das sie heimgesucht hatte, als man Mitja gerade in dem Augenblick unter dem Verdacht eines furchtbaren Verbrechens festnahm, da sie seine Braut geworden war, und trotz der anschließenden Krankheit ihre frühere jugendliche Heiterkeit dennoch nicht verloren hatte. In ihren einstmals stolzen Augen schimmerte jetzt eine gewisse Sanftmut, obwohl manchmal schon wieder ein boshaftes Feuer in ihnen aufflammte, wenn nämlich eine frühere Sorge sie überkam, eine Sorge, die in ihrem Innern nicht erstorben, sondern noch gewachsen war. Der Gegenstand dieser Sorge war immer derselbe: Katerina Iwanowna, an die sich Gruschenka sogar in ihren Fieberträumen erinnert hatte. Aljoscha ahnte, daß Gruschenka wegen Mitja auf sie eifersüchtig war, obgleich Katerina Iwanowna ihn in seiner Haft nicht ein einziges Mal besucht hatte, was sie nach Belieben hätte tun können. Durch alles dies wurde Aljoscha vor eine schwierige Aufgabe gestellt, denn Gruschenka gewährte nur ihm Einblick in ihr Innerstes und fragte ständig um Rat; er aber war bisweilen einfach nicht imstande, ihr etwas Zweckdienliches zu sagen.

Sorgenvoll betrat er ihre Wohnung; sie war vor einer halben Stunde von Mitja zurückgekehrt. Schon an der schnellen Bewegung, mit der sie von ihrem Lehnsessel am Tisch aufsprang und ihm entgegeneilte, erkannte er, daß sie ihn mit großer Ungeduld erwartet hatte. Auf dem Tisch lagen Spielkarten, es war gerade gegeben worden. Auf dem Ledersofa an der anderen Seite des Tisches war ein Bett zurechtgemacht, auf dem im Schlafrock und baumwollener Nachtmütze, offenbar krank und matt, obwohl auch jetzt süßlich lächelnd, Maximow halb lag und halb saß. Dieser heimatlose alte Mann war, als er vor einem Monat mit Gruschenka aus Mokroje gekommen war, einfach bei ihr geblieben. Als er damals mit ihr in Regen und Schmutz angekommen war, setzte er sich, durchnäßt und ängstlich, auf das Sofa und blickte sie schweigend mit einem schüchternen, bittenden Lächeln an. Gruschenka, die großen Kummer hatte und bei der sich schon das Fieber ankündigte, vergaß ihn in der ersten halben Stunde nach der Ankunft fast gänzlich; dann sah sie ihn sich an; und er kicherte ihr kläglich und fassungslos ins Gesicht. Sie rief Fenja und befahl ihr, ihm etwas zu essen zu geben. Den ganzen Tag saß er auf seinem Platz, ohne sich zu rühren; als es dunkel wurde und die Fensterläden zugemacht wurden, fragte

Fenja ihre Herrin: »Wie ist es, gnädiges Fräulein, wird er auch die Nacht hierbleiben?«

»Ja, mach ihm ein Bett auf dem Sofa zurecht!« antwortete Gruschenka.

Auf genauere Fragen erfuhr Gruschenka von ihm, daß er tatsächlich nicht wußte, wo er jetzt bleiben sollte. »Mein Wohltäter, Herr Kalganow«, sagte er, »hat mir geradeheraus erklärt, er wolle mich nicht mehr aufnehmen, und hat mir fünf Rubel geschenkt.«

»Na, dann bleib in Gottes Namen hier!« entschied Gruschenka und lächelte ihm mitleidig zu. Der Alte bekam davon ein Zucken im Körper, seine Lippen bebten, und er fing vor Dankbarkeit an zu weinen. So blieb also der vagabundierende Schmarotzer bei ihr. Selbst während ihrer Krankheit verließ er das Haus nicht. Fenja und ihre Mutter, Gruschenkas Köchin, jagten ihn nicht weg, sondern gaben ihm weiter zu essen und machten ihm weiterhin ein Bett auf dem Sofa zurecht. Allmählich gewöhnte sich Gruschenka sogar an ihn, und wenn sie von Mitja zurückkam (den sie, kaum genesen, ja noch ehe sie ordentlich gesund war, sofort besuchen ging), setzte sie sich hin und begann mit »Maximuschka« über allerlei Nichtigkeiten zu reden, nur um ihren Schmerz zu betäuben. Es stellte sich heraus, daß der Alte manchmal auch leidlich zu erzählen wußte, so daß er ihr schließlich unentbehrlich wurde. Außer Aljoscha, der jedoch nicht täglich und immer nur auf kurze Zeit kam, empfing Gruschenka fast niemand. Ihr alter Kaufmann lag zu dieser Zeit schon schwerkrank danieder; er »war im Abgehen«, wie man in der Stadt sagte, und starb tatsächlich eine Woche nach der Gerichtsverhandlung über Mitja. Drei Wochen vor seinem Tod, als er fühlte, daß sein Ende nahe war, rief er endlich seine Söhne mit ihren Frauen und Kindern zu sich nach oben und befahl ihnen, nicht mehr von ihm wegzugehen. Ferner gab er den Dienern strengen Befehl, Gruschenka von nun an nicht mehr vorzulassen und ihr zu sagen: »Der Herr läßt Ihnen ein langes, fröhliches Leben wünschen, und Sie möchten ihn ganz und gar vergessen.« Doch Gruschenka schickte fast täglich hin, um sich nach seinem Befinden zu erkundigen.

»Endlich ist er da!« rief sie, warf die Karten hin und begrüßte Aljoscha freudig. »Und Maximuschka hatte mir schon einen Schreck eingejagt, du würdest am Ende gar nicht kommen. Ach, ich brauche dich so! Setz dich an den Tisch. Was möchtest du, Kaffee?«

»Meinetwegen«, erwiderte Aljoscha, während er am Tisch Platz nahm. »Ich bin sehr hungrig.«

»Das ist ja schön. Fenja, Fenja, den Kaffee!« rief Gruschenka. »Er kocht schon lange und wartet auf dich ... Und bringt auch die Pasteten herein, du mußt sie aber vorher heiß machen! Weißt du, Aljoscha, mit diesen Pasteten habe ich heute einen großen Krach erlebt. Ich brachte sie ihm ins Gefängnis, aber er schob sie zurück und hat keine davon gegessen. Eine Pastete warf er sogar auf den Fußboden und trat mit den Füßen darauf. Ich sagte zu ihm: ›Ich werde sie beim Wächter lassen. Wenn du sie bis zum Abend nicht ißt, bedeutet das, du nährst dich von deiner giftigen Bosheit.‹ Und mit diesen Worten ging ich weg. Wir haben uns wieder gezankt, kannst du dir das vorstellen? Sooft ich zu ihm komme, zanken wir uns!«

Gruschenka sprudelte das alles in ihrer Erregung nur so heraus. Maximow lächelte sofort ängstlich und schlug die Augen nieder.

»Weswegen habt ihr euch diesmal gezankt?« fragte Aljoscha.

»Aus einem ganz unerwarteten Grund! Stell dir vor, er ist auf meinen ›Früheren‹ eifersüchtig geworden. Er sagt: ›Warum unterstützt du ihn? Du hast angefangen, ihn zu unterstützen?‹ Immer ist er eifersüchtig, immerzu meinetwegen eifersüchtig! Selbst wenn er schläft und ißt, ist er eifersüchtig. Sogar auf Kusma war er vorige Woche einmal eifersüchtig.«

»Aber er hat doch über den ›Früheren‹ Bescheid gewußt?«

»Na, natürlich! Von Anfang an bis zum heutigen Tag hat er alles gewußt, aber heute kam es ihm auf einmal in den Sinn, darüber zu schimpfen. Ich schäme mich zu wiederholen, was er alles sagte. Der Dummkopf! Rakitka kam gerade zu ihm, als ich ging ... Vielleicht hetzt der ihn auf, wie? Was meinst du?« fügte sie zerstreut hinzu.

»Er liebt dich, das ist es. Er liebt dich sehr. Und jetzt ist er ganz besonders aufgeregt.«

»Wie sollte er nicht aufgeregt sein, wo morgen die Gerichtsverhandlung über ihn stattfindet? Ich war extra mit der Absicht zu ihm gegangen, ihm für morgen ein ermunterndes Wort zu sagen; denn es ist schrecklich, auch nur daran zu denken, was morgen geschehen wird, Aljoscha! Du sagst, er ist aufgeregt. Aber wie aufgeregt bin ich selbst! Und da redet er von dem Polen! So ein Dummkopf! Auf Maximuschka hier wird er ja wohl nicht eifersüchtig sein?«

»Meine Frau war meinetwegen auch sehr eifersüchtig«, schaltete sich Maximow bescheiden ein.

»Na, dazu bist du gerade der Richtige!« rief Gruschenka, die unwillkürlich lachen mußte. »Auf wen war sie denn eifersüchtig?«

»Auf die Stubenmädchen.«

»Ach, sei still, Maximuschka, mir ist jetzt nicht nach Lachen zumute, ich bin wütend. Und wirf keine begehrlichen Blicke auf die Pasteten. Ich werde dir keine geben, sie bekommen dir nicht. Und den geliebten Lebensbalsam werde ich dir auch nicht geben … Da muß ich mich nun auch noch mit ihm abplagen als ob hier bei mir ein Armenhaus wäre«, fügte sie lachend hinzu.

»Ich verdiene Ihre Wohltaten nicht, ich bin auf der Welt zu nichts nutze«, sagte Maximow weinerlich. »Sie sollten Ihre Wohltaten besser denen zuwenden, die nützlicher sind als ich.«

»Ach was, jeder ist nützlich, Maximuschka, und woher soll man wissen, wer nützlicher ist als ein anderer? Wenn doch dieser Pole überhaupt nicht auf der Welt wäre, Aljoscha! Heute ist er nun ebenfalls auf den Einfall gekommen, krank zu werden. Ich bin bei ihm gewesen. Nun werde ich zum Trotz auch ihm Pasteten schicken. Ich hatte ihm keine geschickt, aber Mitja beschuldigte mich, ich hätte es getan. Nun werde ich ihm welche schicken, zum Trotz! Ach, da ist ja Fenja mit einem Brief! Na natürlich, wieder von den Polen, sie bitten wieder um Geld!«

Pan Mussialowicz hatte tatsächlich einen außerordentlich langen und wie immer schwülstigen Brief geschickt, in dem er bat, ihm drei Rubel zu leihen. Dem Brief war eine Quittung mit der Verpflichtung beigelegt, das Darlehen innerhalb von drei Monaten zurückzuzahlen; diese Quittung hatte auch Pan Wróblewski unterschrieben.

Solche Briefe, und immer mit Quittungen, hatte Gruschenka von ihrem »Früheren« schon viele erhalten. Angefangen hatte es gleich nach Gruschenkas Genesung, etwa vor zwei Wochen. Sie wußte jedoch, daß die beiden Polen auch während ihrer Krankheit häufig gekommen waren, um sich nach ihrem Befinden zu erkundigen. Der erste Brief, auf einen Briefbogen größten Formats geschrieben und mit einem großen Familiensiegel verschlossen, war sehr lang, furchtbar dunkel und hochtrabend gewesen, so daß Gruschenka nur die Hälfte gelesen und ihn dann weggeworfen hatte, da sie absolut nichts begriff. Auch hatte sie damals andere Gedanken im Kopf gehabt. Auf diesen ersten Brief war am nächsten Tag ein zweiter gefolgt, in dem Pan Mussialowicz bat, ihm für ganz kurze Zeit zweitausend Rubel zu leihen. Gruschenka hatte auch diesen Brief unbeantwortet gelassen. Dann war eine ganze Reihe von Briefen gefolgt, täglich einer, alle gleichermaßen hochtrabend und schwülstig; die als Darlehen erbetene Summe war jedoch allmählich kleiner geworden und auf zweihundert, dann fünfundzwanzig, dann zehn Rubel gesunken – zuletzt hatte Gruschenka einen Brief erhalten, in welchem die beiden Polen sie um einen einzigen Rubel baten und eine von ihnen beiden unterschriebene Quittung beilegten. Da hatte Gruschenka plötzlich Mitleid verspürt und war in der Dämmerung selbst zu Pan Mussialowicz gelaufen. Sie hatte die beiden Polen in äußerster Armut, in einer wahren Bettlerarmut, angetroffen, ohne Essen, ohne Feuerung, ohne Zigaretten und bei der Wirtin tief in Schulden. Die zweihundert Rubel, die sie Mitja in Mokroje abgewonnen hatten, waren schnell draufgegangen. Gruschenka hatte sich jedoch besonders darüber gewundert, daß die beiden Polen sie mit hochmütiger Grandezza, stolzem Selbstbewußtsein, größter Etikette und aufgeblasenen Phrasen empfingen. Gruschenka hatte darüber nur gelacht und ihrem »Früheren« zehn Rubel gegeben. Sie hatte diese Geschichte sofort lachend Mitja erzählt, und er war nicht im geringsten eifersüchtig geworden. Seitdem nun hatten sich die Polen an Gruschenka geklammert und sie tagtäglich mit Bettelbriefen bombardiert, und sie hatte ihnen jedesmal eine Kleinigkeit geschickt. Und heute war es Mitja plötzlich eingefallen, eifersüchtig zu werden.

»Ich Idiotin war auch wirklich bei ihm, nur für ein Augenblickchen, bevor ich zu Mitja ging; denn er, mein Früherer, war ebenfalls krank geworden«, begann Gruschenka wieder hastig. »Und ich erzählte Mitja das lachend. ›Stell dir vor‹, sagte ich, ›mein Pole hat mir zur Gitarre die Lieder von früher vorgesungen! Er denkt wohl, ich werde gerührt und heirate ihn?‹ Da sprang Mitja wütend auf und fing an zu schimpfen ... Nun werde ich zum Trotz den Polen Pasteten schicken! Fenja, haben sie wieder das kleine Mädchen hergeschickt? Hier, gib ihr diese drei Rubel, wickle zehn Pasteten in Papier und sag ihr, sie soll sie ihnen bringen. Und du, Aljoscha, mußt Mitja auf alle Fälle erzählen, daß ich ihnen Pasteten geschickt habe!«

»Das werde ich ihm auf keinen Fall erzählen!« erwiderte Aljoscha lächelnd.

»Ach, glaubst du etwa, daß er sich quält? Er stellt sich nur absichtlich eifersüchtig, in Wirklichkeit ist ihm alles ganz gleichgültig«, sagte Gruschenka bitter.

»Er stellt sich nur so?« fragte Aljoscha.

»Du bist dumm, Aljoschenka. Weißt du, bei all deinem Verstand verstehst du hiervon nichts. Mich kränkt es nicht, daß er meinetwegen eifersüchtig ist, kränken würde es mich vielmehr, wenn er überhaupt nicht eifersüchtig wäre. Das liegt so in meinem Charakter. Durch Eifersucht fühle ich mich nicht gekränkt; ich habe selber ein wildes Herz und bin selber eifersüchtig. Kränkend ist nur, daß er mich überhaupt nicht liebt und sich absichtlich eifersüchtig stellt! Bin ich etwa blind? Sehe ich nicht, was vorgeht? Er fängt jetzt auf einmal an, mir von diesem Fräulein, von Katka, zu erzählen, was sie für ein gutes Wesen ist. ›Einen Arzt hat sie für mich aus Moskau geholt, um mich zu retten, und auch den berühmtesten, geschicktesten Rechtsanwalt hat sie kommen lassen.‹ Also liebt er sie, wenn er sie vor mir so schamlos lobt! Er selber ist mir untreu geworden, und nun sucht er Streit mit mir, um die Sache so darzustellen, als wäre ich ihm schon vorher untreu geworden, und um mir allein die Schuld zuzuschreiben! ›Du hast es schon vorher mit dem Polen getrieben, also ist es mir jetzt auch mit Katka erlaubt!‹ So steht die Sache! Er will die ganze Schuld auf mich abwälzen. Absichtlich sucht er Streit, absichtlich, sage ich dir! Aber ich werde …«

Gruschenka sprach nicht zu Ende, was sie tun würde. Sie bedeckte die Augen mit dem Taschentuch und schluchzte heftig.

»Er liebt Katerina Iwanowna nicht«, sagte Aljoscha mit Bestimmtheit.

»Ob er sie liebt oder nicht, werde ich bald selbst erfahren«, antwortete Gruschenka in einem leicht drohenden Ton und nahm das Tuch von den Augen.

Ihr Gesicht sah ganz entstellt aus; Aljoscha sah betrübt, wie sich ihr Gesicht aus einem sanften, ruhig-heiteren plötzlich in ein finsteres und böses verwandelt hatte.

»Nun genug von diesen Dummheiten!« brach sie kurz ab. »Ich habe dich aus einem ganz anderen Grund hergebeten. Aljoscha, Täubchen, morgen, was wird morgen geschehen? Das ist es, was mich quält! Und ich bin die einzige, die das quält! Ich sehe sie alle an: Kein Mensch denkt daran, keinen scheint es etwas anzugehen. Denkst du wenigstens daran? Morgen wird das Urteil über ihn gefällt! Erkläre du mir, wie sie über ihn zu Gericht sitzen können! Den Mord hat doch der Diener begangen, der Diener! O Gott! Werden sie wirklich ihn an Stelle des Dieners verurteilen? Und wird ihn niemand verteidigen? Sie haben ja wohl den Diener überhaupt nicht behelligt, wie?«

»Man hat ihn streng verhört«, sagte Aljoscha trüb. »Aber alle kamen zu der Überzeugung, daß er es nicht gewesen ist. Jetzt liegt er schwerkrank danieder. Er ist seit damals krank, seit dem epileptischen Anfall. Er ist tatsächlich krank«, fügte Aljoscha hinzu.

»O Gott, du solltest doch selber zu diesem Rechtsanwalt gehen und ihm alles persönlich erzählen. Er soll doch für dreitausend Rubel extra aus Petersburg geholt worden sein …«

»Die dreitausend Rubel haben wir zu dritt gegeben: ich, mein Bruder Iwan und Katerina Iwanowna; den Moskauer Arzt hat sie allein für zweitausend Rubel engagiert. Der Rechtsanwalt Fetjukowitsch hätte eigentlich mehr verlangt; doch dieser Prozeß hat in ganz Rußland Berühmtheit erlangt und wird in allen Zeitungen und Journalen besprochen, da hat Fetjukowitsch mehr um des Ruhmes und des Aufsehens willen eingewilligt zu kommen. Ich habe ihn gestern gesehen.«

»Nun, und? Hast du mit ihm gesprochen?« rief Gruschenka hastig.

»Er hörte mich an und sagte nichts. Er sagte, er habe sich schon eine bestimmte Meinung gebildet. Aber er versprach, meine Worte in Erwägung zu ziehen.«

»In Erwägung zu ziehen! Diese Gauner! Sie werden ihn zugrunde richten! Na und den Arzt, warum hat sie den hergeholt?«

»Als Sachverständigen. Sie wollen beweisen, daß mein Bruder verrückt ist und den Mord in geistiger Umnachtung begangen hat«, sagte Aljoscha mit einem leisen Lächeln. »Aber mein Bruder ist damit nicht einverstanden.«

»Aber das wäre doch die Wahrheit – wenn er überhaupt den Mord begangen hätte!« rief Gruschenka. »Er war damals geistesgestört, völlig geistesgestört, und ich war daran schuld! Aber er hat den Mord ja gar nicht begangen! Und alle sagen sie gegen ihn aus, daß er ihn begangen hat, die ganze Stadt. Sogar Fenja, die hat auch so ausgesagt, daß es herauskommt, als ob er den Mord begangen hätte. Und die in dem Kaufladen und dieser Beamte! Und schon vorher im Restaurant haben es alle gehört! Alle, alle sind sie gegen ihn, sie lärmen und toben nur so!«

»Ja, die belastenden Aussagen haben sich schrecklich vermehrt«, bemerkte Aljoscha finster.

»Und Grigori Wassiljewitsch, der bleibt auch dabei, daß die Tür offengestanden habe! Er behauptet steif und fest, das gesehen zu haben, und läßt sich davon nicht abbringen. Ich bin zu ihm gelaufen und habe selber mit ihm geredet. Er beschimpft einen sogar!«

»Ja, das ist vielleicht die belastendste Aussage gegen den Bruder«, sagte Aljoscha.

»Und was Mitjas Geistesgestörtheit betrifft – er ist ja jetzt noch genauso«, begann Gruschenka auf einmal mit besonders sorgenvoller und geheimnisvoller Miene. »Weißt du, Aljoschenka, ich wollte mit dir schon längst darüber sprechen. Ich gehe alle Tage zu ihm und bin geradezu starr vor Staunen. Was meinst du, wovon er jetzt immerzu redet? Er redet und redet – ich kann nichts verstehen! Ich habe schon gedacht, er redet womöglich etwas Gescheites, und ich kann es in meiner Dummheit nicht verstehen! Er sprach auf einmal von einem ›Kindelein‹, von einem kleinen Kind. ›Warum‹, sagte er, ›ist das Kindelein arm? Für dieses Kindelein werde ich jetzt nach Sibirien gehen. Ich habe nicht gemordet, aber ich muß nach Sibirien gehen!‹ Was das bedeuten soll, was das für ein ›Kindelein‹ sein soll, das ist mir völlig unverständlich. Ich brach in Tränen aus, als er das sagte, weil er es so schön sagte! Er selber weinte, und ich weinte auch. Was bedeutet das, Aljoscha? Erkläre mir das, was ist das für ein ›Kindelein‹?«

»Rakitin hat jetzt, ich weiß nicht warum, angefangen, ihn zu besuchen«, erwiderte Aljoscha lächelnd. »Aber das hat doch wohl nichts mit Rakitin zu tun … Ich bin gestern nicht bei ihm gewesen, heute will ich wieder zu ihm gehen.«

»Nein, das hat nichts mit Rakitin zu tun; das setzt ihm sein Bruder Iwan Fjodorowitsch in den Kopf, der besucht ihn, das ist es …«, sagte Gruschenka, verstummte dann jedoch plötzlich. Aljoscha starrte sie erstaunt an.

»Er besucht ihn? Tut er das wirklich? Mitja hat mir gesagt, Iwan wäre noch kein einziges Mal zu ihm gekommen.«

»Na ja, da sieht man, was ich für eine bin! Ich habe mich verschnappt!« rief Gruschenka verlegen; sie war auf einmal ganz rot geworden. »Wart mal, Aljoscha, wo ich mich nun doch verschnappt habe, will ich auch die ganze Wahrheit sagen. Er ist zweimal bei ihm gewesen. Das erstemal, gleich nachdem er damals aus Moskau gekommen war, ich war da noch nicht bettlägerig; und das zweitemal besuchte er ihn eine Woche später. Er verbot Mitja aber, dir etwas davon zu sagen, das verbot er ihm ausdrücklich. Er sollte es überhaupt niemandem sagen. Er wollte, daß seine Besuche ein Geheimnis bleiben.«

Aljoscha saß gedankenversunken da und überlegte. Diese Nachricht hatte auf ihn offenbar starken Eindruck gemacht.

»Iwan spricht mit mir nicht über Mitjas Angelegenheit«, sagte er langsam. »Und überhaupt hat er mit mir in diesen ganzen zwei Monaten nur sehr wenig gesprochen. Wenn ich zu ihm kam, war er über mein Kommen immer so mißvergnügt, daß ich seit drei Wochen gar nicht mehr zu ihm gehe. Hm ... Wenn er vor einer Woche da war, dann ... In dieser Woche ist mit Mitja tatsächlich eine Veränderung vorgegangen ...«

»Jawohl eine Veränderung!« fiel Gruschenka schnell ein. »Sie haben ein Geheimnis! Mitja hat mir selbst gesagt, daß es da ein Geheimnis gibt. Weißt du, es ist so ein Geheimnis, daß er sich gar nicht mehr beruhigen kann. Aber er war doch früher heiter, und er ist es eigentlich auch jetzt noch – nur, weißt du, wenn er anfängt, den Kopf zu schütteln, und dann im Zimmer auf und ab geht und sich mit dem rechten Zeigefinger und dem Daumen hier an der Schläfe am Haar zupft, dann weiß ich schon, daß eine Unruhe ihn gepackt hat, das weiß ich dann schon! Er war doch sonst heiter, und auch jetzt ist er es noch!«

»Aber du sagtest doch, er sei aufgeregt?«

»Er ist sehr aufgeregt, aber auch heiter. Er ist vorwiegend aufgeregt, aber für Augenblicke wird er heiter, und dann gerät er auf einmal wieder in Aufregung. Und weißt du, Aljoscha, ich muß mich immer über ihn wundern: Ihm steht etwas Furchtbares bevor, und trotzdem lacht er manchmal über nichtige Dinge wie ein kleines Kind!«

»Und es ist wahr, daß er dir verboten hat, mir etwas von Iwans Besuchen zu sagen? Hat er ausdrücklich gesagt: ›Sag ihm nichts davon‹?«

»Ja, so hat er gesagt: ›Sag ihm nichts davon!‹ Vor dir hat Mitja ganz besonders Angst. Denn ein Geheimnis gibt es, das hat er selber gesagt ... Aljoscha, Täubchen, geh hin und bring es heraus, was sie für ein Geheimnis miteinander haben, und dann komm und sag es mir!« fuhr Gruschenka plötzlich flehend auf Aljoscha los. »Klär mich auf, damit ich mein Schicksal erfahre! Deswegen habe ich dich rufen lassen!«

»Du meinst, daß sich dieses Geheimnis irgendwie auf dich bezieht? Wenn dem so wäre, hätte er dir doch überhaupt nichts von einem Geheimnis gesagt.«

»Ich weiß es nicht. Vielleicht möchte er es gerade mir sagen und wagt es nur nicht. Er bereitet mich vor. Er sagt: ›Es gibt da ein Geheimnis.‹ Nur was für ein Geheimnis, das sagt er nicht.«

»Was denkst du selbst davon?«

»Was ich davon denke? Daß mein Ende gekommen ist, das denke ich. Alle drei sind eifrig bemüht gewesen, mir mein Ende zu bereiten; denn Katka steckt auch dahinter. Katka ist dabei die Hauptperson, von ihr geht alles aus. ›Was ist sie für ein gutes Wesen‹ – das bedeutet, daß ich keins bin. Das sagt er, um mich vorzubereiten. Er will sich von mir lossagen, das ist das ganze Geheimnis! Das haben sich alle drei zusammen ausgedacht: Mitka, Katka und Iwan Fjodorowitsch. Aljoscha, ich wollte dich schon längst fragen: Vor einer Woche hat er mir auf einmal auch eröffnet, Iwan müsse in Katka verliebt sein, weil er so oft zu ihr gehe. Hat er mir da die Wahrheit gesagt oder nicht? Sag es mir bei deinem Gewissen, schenk mir reinen Wein ein!«

»Ich werde dich nicht belügen. Iwan ist nicht in Katerina Iwanowna verliebt, das ist meine Überzeugung.«

»Na, das habe ich mir gleich gedacht! Er lügt mir etwas vor, der Schamlose, so steht die Sache! Und er tut jetzt meinetwegen eifersüchtig, um mir nachher die Schuld zuzuschieben. Er ist ja ein Dummkopf und kann nichts verheimlichen, so offenherzig ist er … Aber ich werde es ihm zeigen. Er sagt: ›Du glaubst, daß ich den Mord begangen habe.‹ Das sagt er zu mir, mir macht er so einen Vorwurf! Gott möge es ihm verzeihen! Na warte, das werde ich Katka vor Gericht heimzahlen! Ich werde da etwas sagen, was ihr nicht gefallen wird … Ich werde alles sagen!«

Und sie fing wieder bitterlich an zu weinen.

»Hör zu, zweierlei kann ich dir mit aller Bestimmtheit versichern, Gruschenka«, sagte Aljoscha und stand auf. »Erstens, daß er dich liebt, mehr als alles auf der Welt, und nur dich, das kannst du mir glauben. Ich weiß es. Ich weiß es genau. Zweitens will ich dir sagen, daß ich ihm sein Geheimnis nicht entlocken werde; sollte er es mir von selber sagen, werde ich ihm geradeheraus erklären, daß ich versprochen habe, es dir mitzuteilen. Dann werde ich zu dir kommen und es dir sagen. Nur scheint mir, von Katerina Iwanowna ist dabei gar nicht die Rede, das Geheimnis wird sich auf etwas ganz anderes beziehen. Es sieht nicht danach aus, daß es Katerina Iwanowna betrifft – das ist meine Ansicht. Einstweilen lebe wohl!«

Aljoscha drückte ihr die Hand, Gruschenka weinte immer noch. Er sah, daß sie seinen Tröstungen wenig Glauben schenkte, sich aber schon dadurch erleichtert fühlte, daß sie wenigstens jemandem ihr Leid geklagt und sich ausgesprochen hatte. Es tat ihm weh, sie in diesem Zustand verlassen zu müssen, aber er hatte es eilig. Er hatte noch vieles zu erledigen.

2. Das kranke Füßchen

Zuerst eilte er in das Haus von Frau Chochlakowa; er wollte dort möglichst schnell fertig werden und nicht zu spät zu Mitja kommen. Frau Chochlakowa kränkelte seit drei Wochen, ein Fuß war ihr, Gott weiß woher, geschwollen; sie lag zwar nicht gerade im Bett, verbrachte jedoch den Tag in einem reizenden, aber anständigen Negligé auf einer Chaiselongue in ihrem Boudoir. Aljoscha hatte bereits im stillen darüber gelächelt, daß Frau Chochlakowa trotz ihrer Krankheit angefangen hatte, sich ein bißchen zu putzen. Da waren allerlei Coiffüren, Schleifen und Morgenröcke zum Vorschein gekommen, und er durchschaute die Absicht, obwohl er diesen Gedanken als müßig verscheuchte. In den letzten zwei Monaten war, unter den anderen Besuchern, auch der junge Perchotin oft zu Frau Chochlakowa gekommen.

Aljoscha war schon seit vier Tagen nicht dagewesen und wollte schnell geradewegs zu Lisa gehen; denn sie hatte am vorigen Tag das Dienstmädchen mit der dringenden Bitte zu ihm geschickt, er möchte »in einer sehr wichtigen Angelegenheit« unverzüglich zu ihr kommen, was aus gewissen Gründen Aljoschas Interesse erregt hatte. Doch während das Mädchen zu Lisa ging, um ihn anzumelden, hatte Frau Chochlakowa bereits irgendwie von seiner Ankunft erfahren und ließ ihn »nur auf ein Augenblickchen« zu sich bitten. Nach kurzer Überlegung sagte sich Aljoscha, daß es das beste wäre, zunächst den Wunsch der Mutter zu erfüllen; sonst würde sie, solange er bei Lisa saß, alle Augenblicke zu ihnen schicken. Frau Chochlakowa lag, besonders festlich gekleidet, auf der Chaiselongue und befand sich augenscheinlich in einer außerordentlich nervösen Erregung. Sie empfing Aljoscha mit Ausrufen des Entzückens.

»Eine Ewigkeit, eine ganze Ewigkeit habe ich Sie nicht gesehen! Eine ganze Woche nicht, ich bitte Sie! Ach, übrigens waren Sie erst vor vier Tagen hier, am Mittwoch. Sie wollen zu Lise? Ich bin überzeugt, daß Sie direkt zu ihr gehen wollten, auf den Zehen, damit ich es nicht merke. Lieber Alexej Fjodorowitsch, wenn Sie wüßten, wie sie mich beunruhigt! Aber davon nachher! Das ist zwar das Allerwichtigste, aber davon nachher! Lieber Alexej Fjodorowitsch, ich vertraue Ihnen meine Lise vollständig an. Nach dem Tod des Starez Sossima – Gott schenke seiner Seele die ewige Ruhe! – betrachte ich Sie gewissermaßen als seinen Nachfolger im strengen Mönchtum, obwohl Ihr neuer Anzug Sie vorzüglich kleidet. Wo haben Sie hier nur so einen guten Schneider aufgetrieben? Aber nein, das ist nicht die Hauptsache, davon nachher! Verzeihen Sie, daß ich Sie manchmal Aljoscha nenne, ich bin eine alte Frau, mir ist alles erlaubt«, sagte sie, kokett lächelnd. »Aber davon nachher! Die Hauptsache ist, daß ich nicht die Hauptsache vergesse. Bitte, erinnern Sie mich, sobald ich ins Plaudern gerate! Sie brauchen nur zu sagen: ›Und die Hauptsache?‹ Ach, woher soll ich denn wissen, was jetzt die Hauptsache ist? Seit Lise das Versprechen wieder zurückgenommen hat, ihr kindisches Versprechen, Alexej Fjodorowitsch, Sie zu heiraten, haben Sie natürlich eingesehen, daß das alles nur die kindische Laune eines kranken, gar zu lange an den Rollstuhl gefesselten Mädchens war – Gott sei Dank, jetzt kann sie ja wieder gehen. Dieser neue Arzt, den Katja aus Moskau hat kommen lassen, für Ihren unglücklichen Bruder, der morgen ... Nun, wozu sollen wir über morgen sprechen! Ich sterbe schon von dem bloßen Gedanken an morgen! Hauptsächlich vor Neugierde ... Kurz, dieser Arzt ist gestern bei uns gewesen und hat Lise gesehen ... Ich habe ihm fünfzig Rubel für den Besuch bezahlt. Aber das ist alles nicht das, was ich eigentlich sagen wollte. Sehen Sie, ich bin jetzt schon ganz aus dem Konzept gekommen. Ich habe es zu eilig. Warum habe ich es eigentlich so eilig? Das verstehe ich gar nicht. Überhaupt läßt mein Verständnis für dies und das jetzt erschreckend nach. Alles wirrt sich für mich zu einem unauflöslichen Knäuel. Ich fürchte, daß Sie vor Langeweile einfach aufspringen und gehen. Ach mein Gott, was sitzen wir denn so, ich müßte doch erst mal Kaffee ... Julija, Glafira, Kaffee!«

Aljoscha dankte und erklärte rasch, er habe soeben erst Kaffee getrunken.

»Bei wem denn?«

»Bei Agrafena Alexandrowna.«

»Ach ... Bei dieser Frauensperson! Sie ist es, die alle zugrunde gerichtet hat, aber ich weiß nicht, es heißt ja, sie sei jetzt eine Heilige geworden, obgleich wohl etwas spät. Das hätte sie lieber früher tun sollen, als es nötig war! Aber jetzt, was hat es jetzt für einen Nutzen? Seien Sie still, seien Sie still, Alexej Fjodorowitsch, ich habe Ihnen so viel zu sagen, daß ich, wie es scheint, überhaupt nicht dazu komme, Ihnen irgend etwas zu sagen. Dieser schreckliche Prozeß! Ich werde unbedingt hinfahren, ich bereite mich darauf vor, ich werde mich im Lehnsessel in den Saal tragen lassen, dort kann ich ja sitzen, ich werde meine Leute mitnehmen. Sie wissen ja, ich gehöre zu den Zeugen. Wie werde ich nur reden, wie werde ich nur reden! Ich weiß nicht, was ich da sagen soll. Man muß ja wohl einen Eid schwören, nicht wahr?«

»Ja, aber ich glaube nicht, daß es Ihnen möglich sein wird, dort zu erscheinen.«

»Ich kann ja sitzen! Ach, Sie bringen mich aus dem Konzept! Dieser Prozeß, diese Tat, und dann gehen alle nach Sibirien, und andere verheiraten sich, und alles geht so schnell, und alles ändert sich, und zuletzt ist nichts mehr übrig, und alle sind alt geworden und blicken in ihr Grab. Na, in Gottes Namen, ich bin müde ... Diese Katja, cette charmante personne,* hat alle meine Hoffnungen zunichte gemacht! Jetzt wird sie einem Ihrer Brüder nach Sibirien folgen, und Ihr anderer Bruder wiederum wird ihr folgen und in einer benachbarten Stadt leben, und alle werden sich gegenseitig quälen. Mich macht das alles ganz verrückt, besonders aber diese Publizität! In allen Petersburger und Moskauer Zeitungen sind eine Million Artikel darüber gedruckt worden. Ach ja, stellen Sie sich das vor, auch von mir haben sie geschrieben, ich sei eine liebe Freundin Ihres Bruders gewesen! Ich will ja keinen häßlichen Ausdruck gebrauchen, aber stellen Sie sich das vor, stellen Sie sich das vor!«

»Das ist nicht möglich! Wo ist denn das gedruckt worden?«

»Ich werde es Ihnen zeigen. Gestern habe ich es bekommen und gleich gelesen. Sehen Sie, hier in der Zeitung ›Gerüchte‹, sie kommt in Petersburg heraus. Diese ›Gerüchte‹ erscheinen erst seit diesem Jahr. Ich bin eine große Freundin von Gerüchten und habe sie abonniert, zu meinem eigenen Unglück! Sehen Sie nur, als was sich diese ›Gerüchte‹ entpuppt haben! Sehen Sie, hier, an dieser Stelle. Lesen Sie.«

Sie reichte Aljoscha ein Zeitungsblatt, das sie unter ihrem Kopfkissen liegen hatte.

Sie war nicht etwa nur verstimmt, sondern in ihrem Kopf hatte sich vielleicht wirklich alles zu einem wirren Knäuel zusammengeballt. Die Zeitungsmeldung war sehr treffend und mußte auf sie tatsächlich einen recht peinlichen Eindruck machen; doch sie war vielleicht zu ihrem Glück nicht imstande, in diesem Augenblick ihre Gedanken auf einen Punkt zu konzentrieren, und brachte es daher schon eine Minute später fertig, die Zeitung sogar zu vergessen und auf etwas ganz anderes überzugehen. Daß sich die Kunde von dem Prozeß schon überall in Rußland verbreitet hatte, wußte Aljoscha längst – was für tolle Nachrichten und Korrespondenzen hatte er unter ande-

* frz. diese charmante Person.

ren, wahren Nachrichten in diesen zwei Monaten schon über seinen Bruder, über die Karamasows im allgemeinen und sogar über sich selbst gelesen! In einer Zeitung war sogar geschrieben worden, er sei nach dem Verbrechen seines Bruders vor Entsetzen Einsiedler geworden und habe sich von der Welt abgeschlossen; in einer anderen Zeitung war diese Meldung als falsch bezeichnet und statt dessen behauptet worden, er habe zusammen mit seinem Starez Sossima die Klosterkasse erbrochen und sei dann mit ihm geflohen. Die Nachricht in der Zeitung »Gerüchte« nun hatte die Überschrift: »Zum Karamasow-Prozeß. Neues aus Skotoprigonewsk« – leider heißt unser Städtchen so, ich habe seinen Namen lange verschwiegen. Der Artikel war nur kurz, und über Frau Chochlakowa war darin nichts direkt gesagt, wie überhaupt alle Namen weggelassen waren. Es wurde nur mitgeteilt, der Verbrecher, zu dessen Aburteilung jetzt dieser aufsehenerregende Prozeß anberaumt sei, ein Hauptmann a. D., ein frecher Wüstling, Müßiggänger und Verteidiger der Leibeigenschaft, habe sich ständig mit Liebschaften abgegeben und einen besonderen Einfluß auf einige »einsame Damen« ausgeübt. Eine derartige Dame, »eine sich langweilende Witwe«, die gern die Jugendliche spiele, obwohl sie schon eine erwachsene Tochter habe, sei so in ihn verliebt gewesen, daß sie ihm zwei Stunden vor dem Verbrechen dreitausend Rubel angeboten habe, unter der Bedingung, daß er sogleich mit ihr in die Goldbergwerke ginge. In der Hoffnung, ungestraft zu bleiben, habe es der Bösewicht jedoch vorgezogen, lieber seinen Vater totzuschlagen und ihm dreitausend Rubel zu rauben, als mit den vierzigjährigen Reizen einer sich langweilenden Dame nach Sibirien zu gehen. Diese humoristische Korrespondenz schloß, wie es sich gehört, mit dem Ausdruck edler Entrüstung über die Unsittlichkeit des Vatermordes und der früheren Leibeigenschaft.

Nachdem Aljoscha den Artikel gelesen hatte, faltete er das Blatt zusammen und gab es Frau Chochlakowa zurück.

»Nun, bin ich das etwa nicht?« schwatzte sie weiter. »Das bin ich, denn ich habe ihn ja eine Stunde vorher auf die Goldbergwerke hingewiesen, und nun heißt es da auf einmal ›vierzigjährige Reize‹!

Habe ich etwa in diesem Sinn davon gesprochen? Das hat er aus Bosheit getan! Möge ihm der Ewige Richter die vierzigjährigen Reize verzeihen, so wie ich sie ihm verzeihe! Aber wissen Sie, wer es war, wer das geschrieben hat? Ihr Freund Rakitin!«

»Das kann schon sein«, erwiderte Aljoscha, »Obgleich ich nichts davon gehört habe.«

»Er ist es, er ist es! Von ›kann schon sein‹ ist nicht die Rede! Ich habe ihn ja hinausgeworfen ... Sie kennen doch wohl diese ganze Geschichte?«

»Ich weiß, daß Sie ihn ersucht haben, Sie künftig nicht mehr zu besuchen, aber weswegen eigentlich, das habe ich, wenigstens von Ihnen, nicht gehört.«

»Also haben Sie es von ihm gehört! Nun, wie ist es? Schimpft er auf mich? Schimpft er sehr?«

»Ja, er schimpft. Aber er schimpft ja auf alle Menschen. Doch aus welchem Grund Sie ihm Ihr Haus verboten haben, habe ich auch von ihm nicht gehört. Überhaupt komme ich jetzt nur selten mit ihm zusammen. Wir sind keine Freunde.«

»Nun, dann will ich Ihnen das alles erzählen, und ich muß es leider so nennen, reuevoll beichten, denn es ist da ein Punkt, in dem ich vielleicht selbst schuldig bin. Nur ein kleines, kleines Pünktchen, ein ganz kleines, so daß es vielleicht überhaupt nicht existiert. Sehen Sie, mein Täubchen ...« Frau Chochlakowa setzte plötzlich eine eigentümlich schalkhafte Miene auf, und um ihre Lippen spielte ein liebenswürdiges und etwas rätselhaftes Lächeln. »Sehen Sie, ich vermutete ... Sie verzeihen mir, Aljoscha, ich rede zu Ihnen wie eine Mutter, o nein, im Gegenteil, ich rede zu Ihnen jetzt wie zu meinem Vater, denn der Ausdruck Mutter paßt hier überhaupt nicht her ... Nun, ich rede zu Ihnen wie zum Starez Sossima in der Beichte, und das paßt durchaus, ich habe Sie ja auch vorhin einen Einsiedler genannt ... Nun also, dieser arme junge Mensch, Ihr Freund Rakitin, o Gott, ich kann ihm einfach nicht böse sein, das heißt, ich bin auf ihn böse, aber nicht sehr, kurz, dieser leichtsinnige junge Mann kam auf einmal, denken Sie sich nur, auf den Einfall, sich in mich zu verlieben. Ich merkte es erst später; zuerst, das heißt ungefähr vor einem Monat, begann er mich häufiger zu besuchen, fast täglich, obwohl wir auch schon früher miteinander bekannt waren. Ich ahnte nichts, dann kam es plötzlich wie eine Erleuchtung über mich, und ich wunderte mich sehr. Sie wissen, daß ich schon vor zwei Monaten angefangen hatte, den hiesigen Beamten Pjotr Iljitsch Perchotin, diesen bescheidenen, liebenswürdigen, soliden jungen Mann, bei mir zu empfangen. Sie sind ja oftmals selbst mit ihm zusammengetroffen. Und nicht wahr, er ist so solide und gesetzt. Er kommt alle drei Tage, nicht täglich, obwohl ich auch dagegen nichts hätte, und ist immer so gut gekleidet, und überhaupt habe ich die jungen Leute gern, solche talentvollen, bescheidenen jungen Leute wie Sie zum Beispiel. Und er hat ja beinahe einen staatsmännischen Verstand, er spricht so allerliebst, und ich werde mich unbedingt, unbedingt für ihn verwenden, das ist ein künftiger Diplomat! Er hat mich an jenem furchtbaren Tag gewissermaßen vom Tod errettet, indem er in der Nacht zu mir kam. Aber Ihr Freund Rakitin kommt immer mit so häßlichen Stiefeln und streckt sie auf dem Teppich aus … Kurz, er begann mir Andeutungen zu machen und drückte mir einmal beim Gehen auffallend fest die Hand. Und kaum hatte er mir die Hand gedrückt, wurde auf einmal mein Fuß schlimm! Rakitin hatte schon früher manchmal Pjotr Iljitsch bei mir getroffen, und immer stichelte und stichelte er gegen ihn und brummte ihn wegen irgend etwas an. Ich sah mir die beiden an, wenn sie aneinandergerieten, und lachte innerlich. Wie ich nun einmal allein dasaß, das heißt nein, ich lag damals schon, wie ich nun einmal allein dalag, da kam Michail Iwanowitsch, und denken Sie sich, er brachte ein eigenes Gedicht mit, nur ganz kurz, auf meinen kranken Fuß, das heißt, er hatte meinen kranken Fuß in Versen besungen. Warten Sie einmal, wie war es doch?

Ach, geschwollen ist das liebe Füßchen,
und die Ärzte suchen es zu heilen…

Oder so ähnlich, ich kann mir Verse absolut nicht merken. Ich habe das Gedicht dort liegen, na, ich werde es Ihnen nachher zeigen, aber es ist reizend, ganz reizend, und wissen Sie, es handelt nicht nur von dem Füßchen, es hat auch einen tieferen Inhalt, mit einer reizenden Idee, nur habe ich sie vergessen, kurz, man hätte es ohne weiteres in ein Album schreiben können. Na, ich lobte es natürlich, und er fühlte sich offenbar durch mein Lob geschmeichelt. Ich war mit dem Loben noch nicht fertig, da trat Pjotr Iljitsch ins Zimmer. Michail Iwanowitschs Gesicht wurde urplötzlich finster wie die Nacht. Ich merkte gleich, daß Pjotr Iljitsch ihm irgendwie in die Quere gekommen war, denn Michail Iwanowitsch hatte wohl gleich im Anschluß an die Verse etwas sagen wollen, das hatte ich schon geahnt, und nun war ihm also Pjotr Iljitsch dazwischengekommen. Ich zeigte das Gedicht sogleich Pjotr Iljitsch, ohne jedoch den Verfasser zu nennen. Aber ich bin überzeugt, daß er ihn sofort erriet, obgleich er es bis auf den heutigen Tag nicht zugibt, aber das tut er absichtlich. Pjotr Iljitsch fing an zu lachen und das Gedicht zu kritisieren. ›Ganz jämmerliche Verse!‹ sagte er. ›Die wird wohl irgendein Seminarist verbrochen haben.‹ Und wissen Sie, das sagte er so zornig! Und Ihr Freund, statt darüber zu lachen, wurde auf einmal ganz wütend … O Gott, ich dachte sie würden sich prügeln! ›Ich‹, sagte er, ›bin der Verfasser des Gedichts. Ich habe es nur zum Scherz geschrieben, denn ich halte es für unwürdig, Verse zu schreiben. Aber meine Verse sind gut. Ihrem Puschkin will man für sein Lob der Frauenfüßchen ein Denkmal setzen, bei mir ist mit diesem Lob jedoch eine bestimmte Tendenz verbunden. Sie hingegen‹, sagte er, ›sind ein Verteidiger der Leibeigenschaft. Sie besitzen keine Humanität, Sie haben keinerlei aufgeklärte Gefühle, Sie sind von der neuzeitlichen Entwicklung unberührt geblieben, Sie sind Beamter und nehmen Bestechungen an!‹ Da fing ich an zu schreien und flehte die beiden an. Doch Pjotr Iljitsch, wissen Sie, ist durchaus nicht auf den Mund gefallen, er schlug sofort einen feinen Ton an, sah ihn spöttisch an, hörte zu und entschuldigte sich. ›Ich habe nicht gewußt‹, sagte er, ›daß Sie der Verfasser sind. Hätte ich es gewußt, dann hätte ich nicht so geredet, sondern das Gedicht gelobt. Die Dichter sind alle so reizbar …‹ Kurz, lauter solche Spöttereien, unter dem feinsten Tonfall versteckt. Er hat mir nachher selbst gestanden, daß alles nur Spott war, und ich hatte gedacht, er hätte im Ernst gesprochen! So lag ich nun da, wie ich jetzt vor Ihren Augen daliege, und dachte: ›Schickt es sich oder schickt es sich nicht, daß ich Michail Iwanowitsch zur Strafe dafür die Tür weise, daß er in meinem Haus meinen Gast unanständig angeschrien hat?‹ So lag ich da, hielt die Augen geschlossen und dachte: ›Schickt es sich, oder schickt es sich nicht?‹ Ich konnte zu keiner Entscheidung kommen und quälte mich und quälte mich, und das Herz klopfte mir: Soll ich schreien oder nicht? Eine Stimme in mir sagte: ›Schrei!‹ Und eine andere sagte: ›Schrei nicht!‹ Aber kaum hatte diese andere Stimme das gesagt, da schrie ich auf und fiel in Ohnmacht. Na, natürlich war große Aufregung. Ich erhob mich und sagte zu Michail Iwanowitsch: ›Es tut mir leid, Ihnen sagen zu müssen, daß ich Sie nicht mehr in meinem Haus zu empfangen wünsche.‹ Ja, so habe ich ihn vor die Tür gesetzt … Ach, Alexej Fjodorowitsch! Ich weiß selbst, daß ich häßlich gehandelt habe, es war alles nur Verstellung, ich war gar nicht böse auf ihn, mir kam bloß auf einmal in den Kopf, das könnte eine hübsche Szene werden. Aber diese Szene war doch echt und natürlich, denn ich brach sogar in Tränen aus, noch mehrere Tage danach habe ich geweint, aber dann nach dem Mittagessen hatte ich auf einmal alles vergessen. Nun hat er mich schon seit zwei Wochen nicht mehr besucht, und ich dachte: ›Wird er wirklich gar nicht mehr kommen?‹ Das dachte ich noch gestern, und dann, am Abend, bekam ich diese ›Gerüchte‹. Ich las sie und stöhnte auf. Wer hat das wohl geschrieben? Das ist er gewesen, er ist damals nach Hause gekommen, hat sich hingesetzt, diesen Artikel geschrieben, ihn eingesandt – und nun ist er gedruckt worden! Unser Zerwürfnis war ja vor zwei Wochen. Aber es ist schrecklich, was ich da alles rede, Aljoscha, und ausgerechnet von dem Wichtigsten rede ich nicht. Ach, man kommt ganz von selbst ins Reden!«

»Es liegt mir heute außerordentlich viel daran, rechtzeitig zu meinem Bruder zu kommen«, bemerkte Aljoscha.

»Richtig, das war es! Sie haben mich an alles erinnert! Hören Sie, was ist das: ein Affekt?«

»Was für ein Affekt?« fragte Aljoscha erstaunt.

»Ein gerichtlicher Affekt. Einer, dessentwegen einem alles verziehen wird. Man mag getan haben, was man will, es wird einem verziehen.«

»Was meinen Sie denn eigentlich?«

»Das will ich Ihnen sagen. Diese Katja … Ach, sie ist so ein liebes Wesen, ich weiß nur nicht, in wen sie eigentlich verliebt ist. Neulich saß sie bei mir, und ich konnte es absolut nicht herausbekommen. Um so weniger, da sie jetzt immer von so nebensächlichen Dingen redet, kurz, sie spricht immer nur von meiner Gesundheit und von weiter nichts, und sie hat sogar einen eigentümlichen Tonfall angenommen, aber ich habe mir gedacht: ›Na, laß sie, Gott verzeihe ihr!‹ … Ach ja, nun also dieser Affekt. Sie wissen, daß jener Arzt angekommen ist, der Arzt, der sich auf die Irrsinnigen versteht? Nun, wie sollten Sie das nicht wissen, Sie haben ihn ja selbst hergerufen, das heißt, nicht Sie, sondern Katja! Immer Katja! Also, da ist ein Mensch, der ganz und gar nicht irrsinnig ist, doch auf einmal hat er einen Affekt. Er ist bei vollem Bewußtsein und weiß, was er tut, aber dabei befindet er sich in einem Affekt. Na, wahrscheinlich ist auch Ihrem Bruder Dmitri Fjodorowitsch so ein Affekt passiert. Als die neuen Gerichte eingeführt wurden, hat man auch gleich das mit dem Affekt entdeckt, der ist eine Wohltat der neuen Gerichte. Jener Arzt war also bei mir und fragte mich über den Abend aus, über die Goldbergwerke und so und was er auf mich für einen Eindruck gemacht hat. Natürlich muß er in einem Affekt gewesen sein, er kam und schrie: ›Geld, Geld, dreitausend Rubel, geben Sie mir dreitausend Rubel!‹ Und dann ging er und verübte den Mord. Ich will nicht morden sagte er sich. Ich will nicht morden! Und auf einmal mordete er doch. Und deswegen wird man ihm die Tat auch verzeihen weil er sich selbst dagegen gesträubt und sie doch begangen hat.«

»Aber er hat den Mord doch gar nicht begangen«, unterbrach Aljoscha sie in etwas scharfem Ton. Unruhe und Ungeduld bemächtigten sich seiner mehr und mehr.

»Ich weiß, den Mord hat dieser alte Grigori begangen …«

»Was? Grigori?« rief Aljoscha.

»Ja der. Grigori ist es gewesen. Als Dmitri Fjodorowitsch ihn niedergeschlagen hatte, lag er zunächst da, dann stand er auf, sah die Tür offen, ging hinein und ermordete Fjodor Pawlowitsch.«

»Aber warum denn?«

»Er hat einen Affekt bekommen. Nachdem er von Dmitri Fjodorowitsch den Schlag über den Kopf erhalten und das Bewußtsein verloren hatte, kam er wieder zu sich, bekam einen Affekt, ging hin und verübte den Mord. Und wenn er selbst sagt, er hätte ihn nicht begangen, so erinnert er sich vielleicht bloß nicht. Aber sehen Sie, weit besser wird es sein, wenn Dmitri Fjodorowitsch den Mord begangen hat! Und so ist es auch gewesen. Ich sage zwar, daß es Grigori war, doch es ist bestimmt Dmitri Fjodorowitsch gewesen, und das ist auch viel, viel besser! Nicht deswegen, weil der Sohn den Vater ermordet hat, so etwas lobe ich nicht, die Kinder sollen ihre Eltern ehren, trotzdem ist es besser, wenn er es gewesen ist, weil Sie dann keinen Grund zu weinen haben, da er den Mord im Unterbewußtsein begangen hat, oder richtiger gesagt, mit Bewußtsein, aber ohne zu wissen, was in ihm vorging … Nein, mögen sie ihm verzeihen, das ist so human, dann wird man auch sehen, welche Wohltat die neuen Gerichte mit sich bringen. Ich hatte das ja gar nicht gewußt, dabei heißt es, diese Einrichtung bestehe schon lange! Als ich es gestern erfuhr, machte das auf mich einen solchen Eindruck, daß ich Sie sogleich rufen lassen wollte. Und später, wenn er freigesprochen ist, dann bringen Sie ihn bitte direkt vom Gericht zu mir zum Mittagessen, ich werde meine Bekannten einladen, und wir werden auf die neuen Gerichte trinken. Ich glaube nicht, daß er gefährlich wird, außerdem werde ich so viele Gäste einladen, daß man ihn gleich hinausführen kann, falls er irgend etwas anrichten sollte. Und später kann er irgendwo in einer anderen Stadt Friedensrichter oder so etwas werden, denn wer selbst Unglück erlebt hat, ist für das Richteramt am besten geeignet.

Vor allem, wer befindet sich jetzt nicht in einem Affekt? Sie, ich, wir alle befinden uns in einem Affekt, dafür gibt es unzählige Beispiele! Da war ein Mensch, der sang gerade ein Liebeslied, auf einmal mißfiel ihm irgend etwas, er nahm eine Pistole und schoß den ersten besten nieder, dann wurde er aber einstimmig freigesprochen. Ich habe das kürzlich gelesen, alle Ärzte haben es bescheinigt. Die Ärzte bescheinigen jetzt so etwas, alle bescheinigen es. Ich bitte Sie, meine Lise befindet sich ebenfalls in einem Affekt, ich habe noch gestern über sie geweint, und auch vorgestern habe ich geweint, und heute bin ich darauf gekommen, daß das bei ihr einfach ein Affekt ist ... Ach, Lise macht mir so viel Sorge! Ich glaube, sie ist geistesgestört. Warum hat sie Sie rufen lassen? Hat sie Sie rufen lassen, oder sind Sie von selber gekommen?«

»Sie hat mich rufen lassen, und ich werde jetzt zu ihr gehen«, antwortete Aljoscha und stand entschlossen auf.

»Ach, lieber, lieber Alexej Fjodorowitsch, da ist ja noch das Allerwichtigste!« rief Frau Chochlakowa und brach in Tränen aus. »Gott weiß, daß ich Ihnen Lise von ganzem Herzen anvertraue, und es ist weiter nichts dabei, daß sie Sie ohne Wissen ihrer Mutter hat rufen lassen. Aber Ihrem Bruder Iwan Fjodorowitsch, nehmen Sie mir das nicht übel, kann ich meine Tochter nicht mit so leichtem Herzen anvertrauen, obgleich ich ihn nach wie vor für einen ehrenhaften jungen Mann halte. Aber denken Sie, er ist bei Lise gewesen und ich habe nichts davon gewußt.«

»Wie? Was? Wann?« fragte Aljoscha erstaunt; er hatte sich nicht wieder gesetzt, sondern hörte stehend zu.

»Ich werde es Ihnen erzählen, gerade deswegen habe ich Sie vielleicht rufen lassen, ach, ich weiß selbst nicht mehr, warum ich Sie eigentlich rufen ließ. Also hören Sie! Iwan Fjodorowitsch ist nach seiner Rückkehr aus Moskau nur zweimal bei mir gewesen, das erstemal, um als Bekannter eine Visite zu machen, das zweitemal, das ist noch nicht lange her, saß Katja bei mir, und da kam er vorbei, weil er das erfahren hatte. Ich verlangte selbstverständlich keine häufigen Besuche von ihm, da ich weiß, wieviel Mühe und Sorge er ohnedies schon hat, vous comprenez, cette affaire et la mort terrible de votre papa,* plötzlich erfuhr ich, daß er wieder hier war, aber

* frz. Sie verstehen, die ganze Angelegenheit und der schreckliche Tod Ihres Vaters.

nicht bei mir, sondern bei Lise, vor nun schon sechs Tagen. Er war gekommen, hatte fünf Minuten gesessen und war wieder weggegangen! Ich erfuhr es erst volle drei Tage danach von Glafira und es frappierte mich nicht wenig! Ich ließ Lise sogleich rufen, aber die fing an zu lachen. ›Er dachte‹, sagte sie, ›Sie schliefen, und kam zu mir, um sich nach Ihrem Befinden zu erkundigen.‹ Natürlich war es auch so gewesen. Aber Lise, o Gott, was macht sie mir für Sorgen! Denken Sie sich, einmal, vor vier Tagen, gleich nachdem Sie zum letztenmal hiergewesen und wieder gegangen waren, da bekam sie in der Nacht einen Anfall, sie schrie und kreischte, ganz hysterisch! Warum bekomme ich denn niemals hysterische Anfälle? Dann am folgenden Tag wieder ein Anfall, und dann auch am dritten Tag – und gestern, gestern stellte sich dann dieser Affekt ein. Sie schrie mich auf einmal an: ›Ich hasse Iwan Fjodorowitsch! Ich verlange, daß Sie ihn nicht mehr empfangen, daß Sie ihm das Haus verbieten!‹ Ich war vor Überraschung ganz starr und erwiderte ihr: ›Mit welchem Recht könnte ich so einem vortrefflichen jungen Mann das Haus verbieten, noch dazu, wo er so viele Kenntnisse besitzt und solches Unglück hat?‹ Denn alle diese Geschichten, das ist doch ein Unglück und kein Glück, nicht wahr? Sie lachte laut über meine Worte, und zwar so kränkend, wissen Sie. Na, ich freute mich, ich dachte, ich hätte sie zum Lachen gebracht, und die Anfälle würden jetzt vorübergehen, zumal ich selbst beabsichtigte, Iwan Fjodorowitsch wegen seiner sonderbaren heimlichen Besuche das Haus zu verbieten und eine Erklärung von ihm zu verlangen. Aber heute morgen hat sich Lise nach dem Aufwachen über Julija geärgert und sie mit der Hand ins Gesicht geschlagen, denken Sie! Das ist ja ein monströses Verhalten, ich rede meine Dienstmädchen mit ›Sie‹ an! Und eine Stunde danach hat sie Julija wieder umarmt und ihr die Füße geküßt. Mir ließ sie sagen, sie würde überhaupt nicht mehr zu mir kommen, jetzt nicht und in Zukunft nicht, und als ich mich selbst zu ihr hinschleppte, stürzte sie auf mich zu, küßte mich, weinte und drängte mich unter Küssen, ohne ein Wort zu sagen, geradezu hinaus, so daß ich absolut nichts erfahren habe. Jetzt, lieber

Alexej Fjodorowitsch, ruhen alle meine Hoffnungen auf Ihnen, und das Schicksal meines ganzen Lebens liegt in Ihren Händen. Ich bitte Sie, zu Lise zu gehen, von ihr alles herauszubringen, wie nur Sie das verstehen, und dann wieder herzukommen und es mir, der Mutter, zu erzählen. Sie werden das begreifen, ich werde einfach sterben, wenn das so weitergeht, oder ich werde aus dem Haus laufen. Ich kann nicht mehr, ich habe Geduld, aber ich kann sie verlieren, und dann … Dann wird etwas Schreckliches geschehen. Ach, mein Gott, Pjotr Iljitsch, endlich!« rief Frau Chochlakowa, als sie den eintretenden Pjotr Iljitsch Perchotin erblickte, und Ihr ganzes Gesicht erstrahlte plötzlich.

»Sie kommen so spät! Nun, setzen Sie sich, reden Sie, entscheiden Sie über mein Schicksal! Nun, wie steht es mit diesem Rechtsanwalt? Wohin wollen Sie denn, Alexej Fjodorowitsch?«

»Ich will zu Lisa.«

»Ach ja! Also vergessen Sie nicht, worum ich Sie gebeten habe! Davon hängt mein Schicksal ab, mein Schicksal!«

»Gewiß, ich werde es nicht vergessen, wenn es irgend möglich ist … Ich habe mich so schon verspätet«, murmelte Aljoscha, sich schnell zurückziehend.

»Nein, kommen Sie bestimmt wieder zu mir! Bestimmt, nicht ›wenn es möglich ist‹, sonst ist das mein Tod!« rief ihm Frau Chochlakowa nach. Aljoscha aber hatte das Zimmer bereits verlassen.

3. Ein Teufelchen

Als er bei Lisa eintrat, fand er sie halb liegend auf ihrem Rollstuhl, in dem sie früher gefahren war, als sie noch nicht laufen konnte. Sie machte keine Bewegung, ihn zu begrüßen, sondern sah ihn nur scharf und durchdringend an. Ihr Blick war etwas fieberhaft, ihr Gesicht gelblich. Aljoscha war erstaunt, wie sie sich in den drei Tagen verändert hatte; sie war sogar magerer geworden. Sie reichte ihm nicht die Hand. Er berührte selbst ihre feinen, schlanken Finger, die regungslos auf ihrem Kleid lagen, und setzte sich dann schweigend ihr gegenüber.

»Ich weiß, daß Sie es eilig haben, ins Gefängnis zu kommen«, sagte Lisa in scharfem Ton. »Aber Mama hat Sie zwei Stunden lang aufgehalten und Ihnen auch gleich die Geschichte von mir und Julija erzählt.«

»Woher wissen Sie das?« fragte Aljoscha.

»Ich habe an der Tür gehorcht. Warum sehen Sie mich so an? Ich will horchen, und ich horche, da ist nichts Böses dabei. Ich bitte nicht um Verzeihung.«

»Hat Sie irgend etwas verstimmt?«

»Im Gegenteil, ich bin sehr vergnügt. Eben habe ich mir zum dreißigstenmal überlegt: Wie gut, daß ich Ihnen eine Absage erteilt habe und nicht Ihre Frau werde. Sie taugen nicht zum Ehemann. Wenn ich Ihre Frau würde und Ihnen ein Briefchen für meinen Geliebten übergäbe, würden Sie es nehmen und peinlich genau bestellen und mir sogar noch eine Antwort bringen. Und noch mit vierzig würden Sie derartige Briefchen von mir überbringen.«

Sie lachte plötzlich auf.

»In Ihnen steckt etwas Boshaftes und zugleich etwas Treuherziges«, sagte Aljoscha lächelnd.

»Die Treuherzigkeit besteht darin, daß ich mich vor Ihnen nicht schäme. Und ich will mich auch gar nicht schämen, besonders vor Ihnen nicht! Aljoscha, warum achte ich Sie nicht? Ich liebe Sie sehr, aber ich achte Sie nicht. Würde ich Sie achten, würde ich doch nicht so sprechen, ohne mich zu schämen, nicht wahr?«

»Ja.«

»Glauben Sie auch, daß ich mich vor Ihnen nicht schäme?«

»Nein, das glaube ich nicht.«

Lisa lachte wieder nervös auf, dann sprach sie schnell und hastig weiter. »Ich habe Ihrem Bruder Dmitri Fjodorowitsch Konfekt ins Gefängnis geschickt … Aljoscha, wissen Sie, Sie sind doch ein netter Mensch! Ich liebe Sie schrecklich zum Dank dafür, daß Sie mir so schnell erlaubt haben, Sie nicht zu lieben.«

»Wozu haben Sie mich heute rufen lassen, Lisa?«

»Ich wollte Ihnen einen Wunsch mitteilen. Ich möchte, daß mich jemand quält. Mich heiratet und dann quält. Daß er mich betrügt, verläßt und davongeht. Ich will nicht glücklich sein!«

»Lieben Sie jetzt die Abweichung von der Ordnung?«

»O ja, ich liebe die Abweichung von der Ordnung. Ich möchte immerzu das Haus anzünden. Ich male mir aus, wie ich es heimlich anzünde, es muß unbedingt heimlich sein. Die Leute versuchen zu löschen, doch es brennt weiter. Ich aber weiß es und schweige. Ach, Dummheiten! Und wie langweilig alles ist!«

Sie winkte angewidert ab.

»Sie leben im Reichtum«, sagte Aljoscha leise.

»Wäre es besser, wenn ich arm wäre?«

»Ja.«

»Das hat Ihnen Ihr verstorbener Mönch gesagt. Es ist aber nicht wahr. Und wenn ich reich bin und alle anderen arm, dann werde ich Konfekt essen und Sahne trinken und den anderen nichts abgeben ... Ach, sagen Sie nichts. Sie haben mir das alles schon früher gesagt, ich weiß das alles auswendig. Es ist langweilig. Wenn ich arm wäre, würde ich jemand totschlagen, und auch wenn ich reich sein werde, schlage ich vielleicht jemand tot – wozu so still dasitzen! Wissen Sie, ich will mähen, Roggen mähen. Ich werde Sie heiraten, und Sie werden Bauer, ein richtiger Bauer, wir werden ein Füllen haben, wollen Sie? Kennen Sie Kalganow?«

»Ja.«

»Er geht und träumt. Er sagt: ›Wozu soll man in der Wirklichkeit leben? Es ist schöner zu träumen. Wenn man träumt, kann man sich das Lustigste ausdenken, doch das Leben ist langweilig.‹ Aber er wird ja bald heiraten, er hat mir auch schon eine Liebeserklärung gemacht. Können Sie Kreisel spielen?«

»Ja.«

»Na, sehen Sie, er ist wie ein Kreisel. Man muß ihn in Drehung versetzen und loslassen und mit der Peitsche schlagen, immerzu mit der Peitsche schlagen. Wenn ich ihn heirate, werde ich ihn sein Leben lang wie einen Kreisel behandeln. Sie schämen sich nicht, hier bei mir zu sitzen?«

»Nein.«

»Sie sind sehr verärgert, daß ich nicht von frommen Dingen rede. Aber ich will nicht fromm sein. Was passiert einem denn in der anderen Welt für die größte Sünde? Das müßten Sie doch genau wissen?«

»Gott wird richten«, antwortete Aljoscha und blickte sie unverwandt an.

»Das wäre mir gerade recht. Ich würde hinkommen, und man würde mich richten, und ich würde ihnen allen mitten ins Gesicht lachen. Ich habe schreckliche Lust, ein Haus anzuzünden, Aljoscha, unser Haus, glauben Sie mir das?«

»Warum sollte ich Ihnen das nicht glauben? Es gibt sogar Kinder, zwölfjährige Kinder, die etwas anzünden möchten, und sie tun es auch. Das ist eine Art Krankheit.«

»Das ist nicht wahr! Es mag solche Kinder geben, aber davon spreche ich nicht.«

»Sie halten das Böse für gut, das ist eine vorübergehende Krisis, daran ist vielleicht Ihre frühere Krankheit schuld.«

»Sie verachten mich ja! Ich will einfach nichts Gutes tun, ich will Schlechtes tun! Von Krankheit ist dabei keine Rede.«

»Warum wollen Sie Schlechtes tun?«

»Damit nirgendwo etwas übrigbleibt. Ach, wie schön wäre das! Wissen Sie, Aljoscha, ich nehme mir manchmal vor, furchtbar viel Schlechtes zu tun, lauter häßliche Sachen. Ich werde es lange, ganz lange im stillen tun, und auf einmal werden es alle erfahren. Sie werden mich umringen und mit Fingern auf mich zeigen, und ich werde sie ansehen. Das ist sehr angenehm. Warum ist das so angenehm, Aljoscha?«

»Das ist nun einmal so. Das Bedürfnis, etwas Gutes zu zerstören oder, wie Sie sagten, etwas anzuzünden. Das kommt vor.«

»Ich habe es nicht nur gesagt, ich werde es auch tun.«

»Das glaube ich.«

»Ach, wie ich Sie dafür liebe, daß Sie sagen: ›Ich glaube es.‹! Und Sie lügen ja nie. Aber vielleicht denken Sie, daß ich Ihnen das alles absichtlich sage, um Sie zu ärgern?«

»Nein, das denke ich nicht … Obgleich vielleicht auch dieses Bedürfnis ein wenig mitwirkt.«

»Ein wenig wohl … ich sage Ihnen nie die Unwahrheit«, sagte sie, und dabei funkelte in ihren Augen ein eigentümliches Feuer. Was auf Aljoscha den größten Eindruck machte, war ihr Ernst. Keine Spur von Spott und Scherz war jetzt in ihrem Gesicht zu sehen, obgleich Heiterkeit und Spottlust sie früher auch in ihren »ernstesten« Augenblicken nicht verlassen hatten.

»Es gibt Augenblicke, in denen die Menschen das Verbrechen lieben«, sagte Aljoscha nachdenklich.

»Ja, ja! Da haben Sie meinen eigenen Gedanken ausgesprochen! Man liebt das Verbrechen, alle lieben es, und zwar immer, nicht nur in gewissen Augenblicken. Wissen Sie, es ist, als wären alle einmal übereingekommen, in diesem Punkt zu lügen, und nun lügen sie auch wirklich allesamt. Alle sagen, daß sie das Schlechte hassen, aber im stillen lieben sie es.«

»Lesen Sie immer noch schlechte Bücher?«

»Ja. Mama liest sie und versteckt sie unter ihrem Kopfkissen, und da stehle ich sie.«

»Schämen Sie sich denn nicht, sich selber zu zerstören?«

»Ich will mich zerstören, ich will es. Hier gibt es einen Jungen, der hat zwischen den Schienen gelegen, während die Waggons über ihn hinwegfuhren. Der Glückliche! Hören Sie, jetzt wird man über Ihren Bruder Gericht halten, weil er seinen Vater totgeschlagen hat – und doch finden es alle gut, daß er es getan hat.«

»Alle finden es gut, daß er seinen Vater totgeschlagen hat?«

»Ja, sie finden es gut, alle finden es gut! Alle sagen, das sei schrecklich, aber im stillen finden sie es gut. Ich bin die erste, die es gut findet.«

»An dem, was Sie da sagen, ist etwas Wahres«, sagte Aljoscha leise.

»Ach, was haben Sie für Gedanken!« kreischte Lisa entzückt. »Und dabei sind Sie ein Mönch! Sie glauben gar nicht, Aljoscha, wie sehr ich Sie dafür achte, daß Sie niemals lügen. Ich werde Ihnen einen lächerlichen Traum erzählen: Ich träume manchmal von Teufeln. Ich träume, daß es Nacht ist und ich bei einem brennenden Licht in meinem Zimmer sitze, und auf einmal sind überall Teufel, in allen Ecken und unter dem Tisch, sie öffnen die Tür, und hinter der Tür steht ein ganzer Haufen, sie wollen hereinkommen und mich packen. Und sie nähern sich schon und packen mich. Ich aber schlage auf einmal ein Kreuz, da weichen sie zurück, sie fürchten sich. Sie gehen jedoch nicht ganz hinaus, sondern bleiben an der Tür stehen und warten in den Ecken. Und plötzlich bekomme ich gewaltige Lust, laut Gott zu lästern, und tue das auch wirklich. Da dringen sie auf einmal wieder in dichten Scharen auf mich ein, sie freuen sich gewaltig. Und da packen sie mich schon wieder, ich aber schlage ganz schnell noch ein Kreuz – und sie fliehen alle wieder. Das ist sehr lustig; der Atem stockt einem dabei.«

»Ich habe manchmal denselben Traum gehabt«, sagte Aljoscha plötzlich.

»Wirklich?« schrie Lisa erstaunt auf. »Hören Sie, Aljoscha, lachen Sie nicht, das ist außerordentlich wichtig! Ist denn das möglich, daß zwei verschiedene Personen ein und denselben Traum haben?«

»Gewiß ist das möglich.«

»Aljoscha, ich sage Ihnen, das ist außerordentlich wichtig«, fuhr Lisa maßlos erstaunt fort. »Nicht der Traum ist wichtig, sondern der Umstand, daß Sie dasselbe träumen konnten wie ich. Sie lügen mir nie etwas vor, lügen Sie bitte auch jetzt nicht! Ist das wahr? Machen Sie sich auch nicht über mich lustig?«

»Es ist wahr.«

Lisa war ganz ergriffen und schwieg lange.

»Aljoscha, besuchen Sie mich! Besuchen Sie mich oft!« sagte sie auf einmal flehend.

»Ich werde immer zu Ihnen kommen, mein ganzes Leben lang!« antwortete Aljoscha mit Festigkeit.

»Ich sage das alles nur Ihnen«, begann Lisa von neuem. »Ich sage es nur mir selbst und dann noch Ihnen, Ihnen allein in der ganzen Welt.

Und ich sage es lieber Ihnen als mir selbst. Ich schäme mich gar nicht vor Ihnen, gar nicht. Aljoscha, warum schäme ich mich gar nicht vor Ihnen? Aljoscha, ist es wahr, daß die Juden zu Ostern Kinder stehlen und schlachten?«

»Ich weiß es nicht.«

»Ich habe da ein Buch, darin habe ich von einer Gerichtsverhandlung irgendwo gelesen. Ein Jude hatte einem vierjährigen Jungen erst alle Finger abgeschnitten und ihn dann mit gespreizten Armen an die Wand genagelt. Vor Gericht erklärte er, der Knabe sei bald gestorben, schon nach vier Stunden. ›Bald!‹ Er sagte, das Kind hätte gestöhnt, immerzu gestöhnt, und er hätte dagestanden und sich an dem Anblick geweidet ... Das war schön!«

»Schön?«

»Ja, schön. Ich stelle mir manchmal vor, daß ich selbst den Knaben angenagelt habe. Er hängt da und stöhnt, und ich sitze ihm gegenüber und esse Ananaskompott ... Ich esse nämlich Ananaskompott sehr gern. Sie auch?«

Aljoscha schwieg und blickte sie an. Ihr gelbliches Gesicht verzerrte sich plötzlich, die Augen glühten auf.

»Wissen Sie, als ich das von den Juden gelesen hatte, habe ich die ganze Nacht so geweint, daß mein ganzer Körper zitterte. Ich stellte mir vor, wie das Kind geschrien und gestöhnt haben mag, so ein vierjähriges Kind begreift ja schon, was man ihm antut – trotzdem konnte ich den Gedanken an das Kompott nicht loswerden. Am Morgen schickte ich einem gewissen Menschen einen Brief und bat ihn, unter allen Umständen zu mir zu kommen. Er kam, und ich erzählte ihm sogleich von dem Jungen und dem Kompott, alles erzählte ich ihm, alles, auch, daß das schön sei. Er lachte und sagte, das sei in der Tat schön. Dann stand er auf und ging. Er hatte nur fünf Minuten bei mir gesessen. Ob er mich verachtet, wie? Sagen Sie mir, Aljoscha, sagen Sie mir! Hat er mich verachtet oder nicht?« Sie richtete sich auf dem Rollstuhl auf, ihre Augen funkelten.

»Sagen Sie«, erwiderte Aljoscha erregt. »Haben Sie ihn selbst rufen lassen, diesen Menschen?«

»Ja.«

»Haben Sie ihm einen Brief geschrieben?«

»Ja.«

»Speziell, um ihn wegen des Kindes zu fragen?«

»Nein, nicht deswegen, durchaus nicht. Aber als er eintrat, fragte ich ihn gleich danach. Er antwortete, lachte, stand auf und ging.«

»Dieser Mensch hat sich ehrenhaft Ihnen gegenüber benommen«, sagte Aljoscha leise.

»Und hat er mich verachtet? Hat er sich über mich lustig gemacht?«

»Nein, denn er glaubt vielleicht selbst an das Ananaskompott. Auch er ist jetzt sehr krank, Lisa.«

»Ja, er glaubt daran!« rief Lisa mit funkelnden Augen.

»Er verachtet niemanden«, fuhr Aljoscha fort. »Er traut nur niemandem. Wenn er aber nicht traut, so verachtet er natürlich.«

»Also auch mich?«

»Auch Sie.«

»Das ist schön«, sagte Lisa und schien dabei mit den Zähnen zu knirschen. »Als er so gelacht hatte und gegangen war, fühlte ich, daß es schön ist, verachtet zu werden. Der Junge mit den abgeschnittenen Fingern ist etwas Schönes und verachtet werden ist auch etwas Schönes …«

Sie lachte boshaft und erregt Aljoscha ins Gesicht.

»Wissen Sie, Aljoscha, ich möchte … Aljoscha, retten Sie mich!« rief sie, sprang plötzlich von ihrem Rollstuhl auf, stürzte zu ihm und umschlang ihn fest mit den Armen. Retten Sie mich!« stöhnte sie. »Niemandem in der Welt sage ich das, was ich Ihnen gesagt habe! Ich habe die Wahrheit gesagt, die Wahrheit! Ich werde mich töten, mich ekelt alles an! Ich will nicht weiterleben, denn mich ekelt alles an. Alles, alles! Aljoscha, warum lieben Sie mich so ganz und gar nicht?« schloß sie verzweifelt.

»Doch, ich liebe Sie!« erwiderte Aljoscha feurig.

»Und werden Sie über mich weinen, ja?«

»Ja, das werde ich.«

»Nicht deswegen, weil ich nicht Ihre Frau werden wollte, sondern ganz einfach, werden Sie mich ganz einfach beweinen?«

»Ja, das werde ich.«

»Ich danke Ihnen. Weiter verlange ich nichts. Sollen alle übrigen mich verurteilen und mit Füßen treten, alle, niemand ausgenommen! Denn ich liebe niemanden. Hören Sie, nie-man-den! Im Gegenteil, ich hasse alle! Gehen Sie jetzt, Aljoscha! Es ist Zeit, daß Sie zu Ihrem Bruder gehen!« rief sie und riß sich plötzlich von ihm los.

»Wie kann ich Sie denn in diesem Zustand zurücklassen?« fragte Aljoscha beunruhigt.

»Gehen Sie zu Ihrem Bruder, sonst wird das Gefängnis zugeschlossen. Hier ist Ihr Hut! Küssen Sie Mitja, gehen Sie, gehen Sie!«

Und sie drängte Aljoscha fast mit Gewalt zur Tür. Er sah sie betrübt und ratlos an, da fühlte er plötzlich in seiner rechten Hand einen Brief, ein kleines Briefchen, fest zusammengefaltet und versiegelt. Er warf einen Blick darauf und las in aller Eile: »An Iwan Fjodorowitsch Karamasow.« Rasch sah er Lisa an, ihr Gesicht bekam einen fast drohenden Ausdruck.

»Geben Sie ihn ab, geben Sie ihn bestimmt ab!« befahl sie außer sich. Sie zitterte am ganzen Körper. »Heute noch, gleich! Sonst vergifte ich mich! Nur deswegen habe ich Sie rufen lassen!«

Sie schlug die Tür zu. Klappernd fiel der Sperrhaken in die Öse. Aljoscha steckte den Brief ein und ging, ohne noch einmal bei Frau Chochlakowa vorbeizugehen: Er hatte sie völlig vergessen. Doch kaum hatte sich Aljoscha entfernt, schob Lisa sogleich den Sperrhaken wieder auf, öffnete die Tür ein wenig, steckte ihren Finger in den Spalt und klemmte ihn, die Tür zuschlagend, mit aller Kraft ein. Nach etwa zehn Sekunden befreite sie ihre Hand, ging langsam zurück zu ihrem Rollstuhl, setzte sich, richtete sich gerade auf und starrte unverwandt auf ihren schwarz gewordenen Finger und das unter dem Nagel hervorgepreßte Blut. Mit zitternden Lippen flüsterte sie hastig vor sich hin: »Ein gemeines Wesen bin ich, ein gemeines Wesen, ein gemeines Wesen!«

4. Eine Hymne und ein Geheimnis

Es war schon recht spät – ein Novembertag ist ja nicht lang – als Aljoscha am Gefängnistor läutete; es begann sogar schon zu dämmern. Aber Aljoscha wußte, daß man ihn ungehindert zu Mitja lassen würde. Es war in unserem Städtchen so wie überall. Nach Abschluß der Voruntersuchung war der Zutritt für Mitjas Verwandte und andere Personen, die ihn zu sehen wünschten, anfangs allerdings mit gewissen, notwendigen Formalitäten verknüpft; später wurden diese Formalitäten zwar im großen und ganzen nicht abgeschwächt, aber für einige Personen, die zu Mitja kamen, bildeten sich doch wie von selbst gewisse Ausnahmen heraus, so daß die Zusammenkünfte mit dem Gefangenen in dem dazu bestimmten Zimmer manchmal sogar fast unter vier Augen stattfanden. Der Kreis dieser Personen war übrigens sehr klein: Gruschenka, Aljoscha und Rakitin. Gruschenka erfreute sich des besonderen Wohlwollens des Bezirkshauptmanns Michail Makarowitsch. Dieser alte Mann hatte Gewissensbisse, weil er sie in Mokroje so angeschrien hatte. Als er später erkannt hatte, wie die Sache lag, hatte er seine Meinung über sie vollständig geändert. Und seltsam: Obgleich er von Mitjas Schuld fest überzeugt war, wurde sein Urteil über ihn seit der Inhaftierung immer milder. ›Dieser Mensch hat vielleicht eine gute Seele gehabt‹, dachte er, ›ist aber durch Trunk und Ausschweifungen zugrunde gegangen!‹ An die Stelle des früheren Entsetzens war in seinem Herzen eine Art Mitleid getreten. Aljoscha wiederum mochte der Bezirkshauptmann sehr; er war schon lange mit ihm bekannt. Rakitin schließlich, der später sehr oft zu dem Gefangenen kam, war ein naher Bekannter der »jungen Damen des Herrn Bezirkshauptmanns«, wie er sie nannte; er verkehrte alle Tage in ihrem Haus. Außerdem gab er bei dem Gefängnisinspektor, einem gutmütigen, im Dienst allerdings strengen alten Mann, zu Haus Privatstunden. Aljoscha war ein besonders guter alter Bekannter des Gefängnisinspektors, der gern mit ihm allgemein über die Weisheit Gottes plauderte. Vor Iwan Fjodorowitsch hatte der Gefängnisinspektor großen Respekt und sogar eine gewisse Furcht; er fürchtete besonders dessen Urteile über die Weltordnung, obgleich er selbst ein großer Philosoph war – natürlich einer, der »durch seinen eigenen Verstand dahin gelangt war«. Zu Aljoscha jedenfalls fühlte er sich unwiderstehlich hingezogen. Im letzten Jahr hatte sich der alte Mann intensiv mit den apokryphen Evangelien befaßt und berichtete seinem jungen Freund nun alle Augenblicke von seinen Eindrücken. Früher war er sogar zu ihm ins Kloster gekommen und hatte mit ihm und den Priestermönchen stundenlange Gespräche geführt. Selbst wenn er zu spät zum Gefängnis kam, brauchte Aljoscha nur zum Inspektor zu gehen, und die Sache wurde dann sofort arrangiert. Außerdem hatten sich im Gefängnis alle bis hinab zum untersten Wächter an Aljoscha gewöhnt. Die Schildwache machte natürlich keine Schwierigkeiten, sobald er Erlaubnis von den Beamten hatte. Mitja kam gewöhnlich aus seiner Zelle herunter, in das für Besuche bestimme Zimmer, sobald er gerufen wurde.

Als Aljoscha in dieses Zimmer trat, stieß er auf Rakitin, der gerade von Mitja fortging. Beide redeten noch laut miteinander. Mitja, der ihn zur Tür begleitete, lachte über etwas, und Rakitin schien vor sich hin zu brummen. Rakitin traf vor allem in letzter Zeit nicht allzugern mit Aljoscha zusammen; er sprach fast nicht mit ihm und grüßte ihn nur widerwillig. Als er jetzt Aljoscha eintreten sah, machte er ein besonders finsteres Gesicht und blickte zur Seite, als sei er ganz mit dem Zuknöpfen seines großen, warmen, mit einem Pelzkragen versehenen Überziehers beschäftigt. Dann suchte er nach seinem Schirm.

»Daß ich nur nichts von meinen Sachen vergesse!« murmelte er, lediglich um etwas zu sagen.

»Vergiß nur nichts von den Sachen anderer Leute!« witzelte Mitja und lachte selber über seinen Witz.

Rakitin brauste auf.

»Empfiehl das deinen Karamasows, die ihr so eine Familie von Verteidigern der Leibeigenschaft seid, aber nicht einem Mann wie mir!« schrie er außer sich vor Wut.

»Was hast du denn? Ich habe ja nur einen Scherz gemacht!« rief Mitja. »Pfui Teufel! Aber so sind sie alle«, wandte er sich an Aljoscha und deutete mit dem Kopf auf den sich entfernenden Rakitin. »Die ganze Zeit hat er hier gesessen, hat gelacht und ist vergnügt gewesen, und nun auf einmal braust er so auf! Dir hat er nicht einmal zugenickt, seid ihr denn ganz auseinandergekommen? Warum kommst du so spät? Ich habe dich nicht bloß erwartet, sondern mich den ganzen Vormittag richtig nach dir gesehnt. Na, macht nichts! Wir bringen es schon wieder ein.«

»Warum kommt er denn so oft zu dir? Hast du dich mit ihm angefreundet, ja?« fragte Aljoscha, wobei er ebenfalls mit dem Kopf nach der Tür deutete, durch die Rakitin verschwunden war.

»Mit Michail soll ich mich angefreundet haben? Nein, das ist nicht der Fall ... Wie werde ich, er ist ein gemeiner Kerl! Er hält mich für einen Schuft. Spaß versteht er auch nicht, das ist bei solchen Leuten eine besonders hervorstechende Eigenschaft. Sie verstehen nie Spaß. Und ihre Seelen sind so kahl und öde; sie erregen in mir jene Empfindung von damals, als ich hier beim Gefängnis vorfuhr und die Gefängnismauern sah. Aber ein gescheiter Mensch ist er, das muß man ihm lassen. Na, Alexej, jetzt ist mein Kopf verloren!«

Er setzte sich auf eine Bank und ließ Aljoscha sich daneben setzen.

»Ja, morgen ist die Gerichtsverhandlung. Hast du denn gar keine Hoffnung mehr, Bruder?« fragte Aljoscha schüchtern und teilnahmsvoll.

»Wovon sprichst du?« fragte Mitja und sah ihn verständnislos an. »Ach, du sprichst von der Gerichtsverhandlung! Na, hol' sie der Teufel! Ich habe mit dir bisher immer nur über Kleinigkeiten gesprochen, über dieses Gerichtsverfahren und so weiter, doch, über das Wichtigste habe ich dir nichts gesagt. Ja, morgen ist die Gerichtsverhandlung, aber die meine ich nicht, wenn ich sage, daß mein Kopf verloren ist. Mein Kopf selbst ist auch nicht verloren – das, was in meinem Kopf drin war, das ist verloren. Warum siehst du mich so prüfend an?«

»Wovon redest du eigentlich, Mitja?«

»Von den Ideen, die Ideen, darauf kommt es an. Die Ethik. Was ist das: Ethik?«

»Ethik?« fragte Aljoscha erstaunt.

»Ja, es ist wohl eine Wissenschaft, aber was für eine?«

»Ja, so eine Wissenschaft gibt es … Nur … Ich muß gestehen, ich kann dir nicht sagen, was es für eine Wissenschaft ist.«

»Rakitin weiß es. Der weiß vieles, hol' ihn der Teufel! Mönch wird der nicht. Er hat vor, nach Petersburg zu gehen. Dort will er die Kritik zu seinem Beruf machen, wie er sagt, aber mit einer edlen Tendenz. Na, vielleicht wird er etwas Nützliches leisten und Karriere machen. O ja, auf das Karrieremachen verstehen sie sich! Hol' der Teufel die Ethik! Ich für meine Person bin verloren, Alexej, du Gottesmann! Du bist mir der liebste Mensch auf der Welt. Mein Herz zieht mich zu dir, so ist das. Wer war denn Karl Bernard?«

»Welcher Karl Bernard?« fragte Aljoscha wieder erstaunt.

»Nein, nicht Karl, warte, ich habe Unsinn geredet. Claude Bernard. In welche Richtung gehört der? Chemie, nicht wahr?«

»Ja, er muß ein Gelehrter sein«, antwortete Aljoscha. »Aber ich muß dir gestehen, daß ich über ihn nicht viel zu sagen weiß. Ich habe nur gehört, daß er Gelehrter ist, was für einer, weiß ich nicht.«

»Na, hol' ihn der Teufel, ich weiß es auch nicht«, schimpfte Mitja. »Höchstwahrscheinlich ein Schuft, denn Schufte sind sie alle. Rakitin jedoch wird sich durchschlängeln. Rakitin kriecht durch ein Schlüsselloch, der ist auch so ein Bernard. Ja, ja, diese Bernards! Die haben sich jetzt gewaltig vermehrt!«

»Was hast du bloß?« fragte Aljoscha eindringlich.

»Er will über mich und meinen Prozeß einen Artikel schreiben und damit seine Rolle in der Schriftstellerei beginnen; in dieser Absicht kommt er auch zu mir, er hat es mir selbst auseinandergesetzt. Er will mit einer bestimmten Tendenz schreiben. ›Die Umgebung, in der er lebte, hat ihn so verdorben, daß er nichts anderes konnte, als einen Mord begehen‹, und so weiter, er hat es mir genau erklärt. ›Es wird eine Nuance von Sozialismus bekommen‹, sagt er. Na, hol' ihn der Teufel mitsamt seiner Nuance! Also meinetwegen mit einer Nuance, ist mir ganz gleich. Unseren Bruder Iwan kann er nicht leiden, er haßt ihn. Und dir ist er auch nicht sehr zugetan. Na, ich jage ihn aber nicht weg, weil er ein gescheiter Mensch ist. Allerdings trägt er die Nase sehr hoch. Ich habe ihm eben gesagt: ›Die Karamasows sind keine Schufte, sondern Philosophen, weil alle echten Russen Philosophen sind. Du aber bist, wenn du auch etwas gelernt hast, trotzdem kein Philosoph, sondern ein Ekel!‹ Er lachte ziemlich boshaft. Da sagte ich zu ihm: ›De Gedankibus non est disputandum.‹ Ein guter Witz, nicht wahr? Wenigstens hatte auch ich mich klassisch ausgedrückt«, schloß Mitja lachend.

»Warum bist du denn verloren? Du sagtest vorhin so etwas?« unterbrach ihn Aljoscha.

»Warum ich verloren bin? Hm! Eigentlich ... Genaugenommen, Gott tut mir leid, das ist der Grund!«

»Was soll das heißen, Gott tut dir leid?«

»Stell dir das mal vor: In den Nerven, im Kopf, das heißt da im Gehirn, gibt es so eine Art Schwänzchen, die Nerven haben solche Schwänzchen ... Und sobald die zu zittern anfangen ... Das heißt, ich sehe etwas mit meinen Augen, siehst du, so! Da fangen sie an zu zittern, die Schwänzchen ... Und wenn sie anfangen zu zittern, erscheint ein Bild, es erscheint nicht gleich, da ist noch ein Augenblick dazwischen, etwa eine Sekunde, dann erscheint sozusagen ein gewisses Moment, das heißt nicht ein Moment, sondern ein Bild, das heißt ein Gegenstand oder ein Ereignis, na, hol' es der Teufel! Und das ist der Grund, weshalb ich eine Anschauung habe und dann denke! Weil da so ein Schwänzchen ist – und gar nicht deswegen, weil ich eine Seele habe, und ein Ebenbild Gottes bin, das sind alles Dummheiten! Das hat mir Michail schon gestern auseinandergesetzt, Bruder, und mir war, als würde ich mit heißem Wasser übergossen. Es ist etwas Großartiges um diese Wissenschaft, Aljoscha! Ein neuer Mensch wird daraus hervorgehen, das verstehe ich ... Trotzdem tut es mir leid um Gott!«

»Nun, auch das ist gut!« sagte Aljoscha.

»Daß es mir um Gott leid tut? Die Chemie, Bruder, die Chemie! Es hilft nichts, Euer Ehrwürden, rücken Sie ein bißchen zur Seite: die Chemie kommt! Rakitin hingegen liebt den lieben Gott nicht, nein, er liebt ihn nicht! Das ist bei diesen Leuten der wundeste Punkt! Aber sie verheimlichen das. Sie lügen. Sie verstellen sich. ›Sag mal‹, fragte ich ihn, ›wirst du das bei deiner schriftstellerischen Tätigkeit so vortragen?‹ – ›Na, so offen wird man das wohl nicht dürfen‹, antwortete er und lachte. – ›Aber‹, fragte ich weiter, ›wie steht es unter solchen Umständen mit dem Menschen? Ohne Gott und ohne ein zukünftiges Leben? Dann ist jetzt also alles erlaubt, und man kann alles tun, was man will?‹ – ›Hast du das noch nicht gewußt?‹ sagte er und lachte wieder. ›Ein kluger Mensch‹, sagte er, ›kann alles tun, ein kluger Mensch versteht, seine Krebse zu fangen. Du dagegen hast einen Mord begangen und bist dabei hereingefallen und wirst im Gefängnis verfaulen!‹ Das gab er mir zur Antwort. Ein grundgemeiner Kerl! Früher habe ich solche Subjekte hinausgeschmissen, und jetzt höre ich ihnen zu. Er sagt auch viel Brauchbares. Er schreibt auch klug. Vor einer Woche hat er mir einen Artikel vorgelesen, ich habe mir damals drei Zeilen aufgeschrieben. Warte mal, da sind sie.«

Mitja zog eilig ein Zettelchen aus der Westentasche und las: »›Um diese Streitfrage zu entscheiden, muß man vor allem seine Persönlichkeit in Gegensatz zu seiner Realität stellen.‹ Verstehst du das?«

»Nein, das verstehe ich nicht«, erwiderte Aljoscha.

Mit lebhaftem Interesse betrachtete er Mitja und hörte ihm zu.

»Ich auch nicht. Es ist dunkel und unklar, aber klug. ›Alle schreiben jetzt so‹, sagt er, ›weil die Mitwelt das verlangt.‹ Sie fürchten sich vor der Mitwelt. Auch Verse schreibt er, der Schuft. Er hat Frau Chochlakowas Füßchen besungen, hahaha!«

»Davon habe ich gehört«, sagte Aljoscha.

»Hast du davon gehört? Aber hast du auch die Verse gehört?«

»Nein.«

»Ich habe sie, da sind sie, ich werde sie dir vorlesen. Du weißt noch nicht alles, ich habe es dir noch nicht erzählt, es ist eine ganze Geschichte. Der Gauner! Vor drei Wochen wollte er mich verspotten. ›Du bist wegen dieser dreitausend Rubel wie ein Dummkopf hereingefallen!‹ sagte er. ›Ich werde hundertfünfzigtausend Rubel einheimsen. Ich werde eine Witwe heiraten und mir in Petersburg ein Steinhaus kaufen!‹ Und er erzählte mir, daß er der verwitweten Frau Chochlakowa den Hof mache. Sie sei von jung auf nicht sehr klug gewesen, habe jedoch nun mit vierzig völlig den Verstand verloren. ›Sie ist sehr gefühlvoll‹, sagte er, ›unter Ausnutzung dieser Schwäche werde ich sie herumkriegen. Ich werde sie heiraten, mit ihr nach Petersburg ziehen und dort eine Zeitung herausgeben.‹ Und dabei trat ihm vor widerwärtiger Begehrlichkeit der Speichel auf die Lippen, vor Begehrlichkeit nicht nach Frau Chochlakowa, sondern nach den hundertfünfzigtausend Rubeln. Und er versicherte mir täglich, denn er kommt täglich zu mir, sie werde sich ergeben. Er strahlte nur so vor Freude. Und nun hat sie ihm auf einmal das Haus verboten! Perchotin, Pjotr Iljitsch Perchotin hat den Sieg errungen, ein famoser Bursche! Küssen möchte ich diese Närrin dafür, daß sie diesen Rakitin rausgeschmissen hat! Vorher also war er einmal bei mir und hatte dieses Gedicht verfaßt. ›Zum erstenmal‹, sagte er, ›beschmutze ich meine Hände mit dem Schreiben von Versen; aber ich tue es, um eine Dame zu bezaubern – also zu einem nützlichen Zweck. Wenn ich der Närrin ihr Kapital abgenommen habe, kann ich damit ja dem Gemeinwohl nützen! Das Gemeinwohl dient diesen Leuten zur Rechtfertigung jeder Schändlichkeit!‹ ›Und trotzdem habe ich etwas Besseres geschrieben als dein Puschkin, denn ich habe es verstanden, auch in ein scherzhaftes Gedicht einen weltlichen Schmerz einzuflechten.‹ Was er da von Puschkin sagt, verstehe ich; aber was schadet es, wenn der tatsächlich ein befähigter Dichter war und doch nur Füßchen besungen hat? Wie stolz war Rakitin auf seine Verschen! Eine Eitelkeit besitzen diese Leute! ›Auf die Heilung des kranken Füßchens einer von mir hochverehrten Dame‹, das ist die Überschrift, die er sich ausgedacht hat, der dreiste Kerl!

Ach, das liebe Füßchen ist geschwollen,
und die dienstbeflißnen Ärzte wollen
nun mit Binden und dergleichen Dingen
diesem lieben Füßchen Heilung bringen.

Puschkin pries die Füße holder Schönen
einst begeistert in erhabnen Tönen,
doch wenngleich das Füßchen ich bedaure,
mehr ich dennoch um das Köpfchen traure.

Schon begann das Köpfchen zu begreifen,
welche Wünsche mir im Busen reifen.
Und verständnisvoll zu lächeln schienen
– oh, nicht Täuschung war's! – die teuren Mienen.

Ach, des Köpfchens einziger Gedanke
ist das Füßchen jetzt, das liebe, kranke!
Möge Heilung ihm der Himmel schenken,
und das Köpfchen möge mein gedenken.

Ein gemeiner Kerl ist er, ein grundgemeiner Kerl, aber es ist bei ihm doch ziemlich humoristisch herausgekommen! Und er hat wirklich etwas Weltschmerz eingeflochten. Doch wie wütend er war, als sie ihn 'rausschmiß! Er knirschte geradezu mit den Zähnen!«

»Er hat sich bereits gerächt«, sagte Aljoscha. »Er hat über Frau Chochlakowa einen Zeitungsartikel geschrieben.«

Und Aljoscha erzählte ihm kurz von dem Artikel in der Zeitung »Gerüchte«.

»Das ist er gewesen, das ist er gewesen!« stimmte ihm Mitja, mit finsterer Miene zu. »Diese Artikel kenne ich … Das heißt, ich weiß, wie viele Gemeinheiten schon geschrieben worden sind, über Gruscha zum Beispiel. Und auch über die andere, über Katja … Hm!«

Er ging sorgenvoll im Zimmer auf und ab.

»Bruder, ich kann nicht mehr lange hierbleiben«, sagte Aljoscha nach kurzem Schweigen. »Morgen ist für dich ein schrecklicher, ein wichtiger Tag. Gottes Gericht wird sich an dir vollziehen … Und da wundere ich mich, daß du statt von dem Wichtigsten von wer weiß was redest …«

»Nein, wundere dich darüber nicht!« unterbrach ihn Mitja hitzig. »Wozu sollen wir von diesem stinkenden Hund, dem Mörder, reden?

Davon haben wir beide schon genug gesprochen. Ich will von dem stinkenden Sohn der Stinkenden nichts mehr hören! Gott wird ihn töten, das wirst du sehen! Kein Wort mehr über ihn!«

Er trat in großer Erregung zu Aljoscha und küßte ihn plötzlich. Seine Augen brannten.

»Rakitin würde das nicht begreifen«, fuhr er fort, dabei schien er ganz erfüllt von einer eigenartigen Begeisterung. »Aber du, du wirst alles begreifen. Deswegen habe ich mich so nach dir gesehnt. Siehst du, ich wollte dir hier in diesen kahlen Mauern schon längst vieles mitteilen, doch das Wichtigste habe ich dir verschwiegen. Immerzu schien mir die rechte Zeit dafür noch nicht gekommen. So ist jetzt, vor lauter Warten, der letzte Augenblick da, wo ich dir mein Herz ausschütten kann ... Bruder, ich habe in diesen letzten zwei Monaten einen neuen Menschen in mir gespürt, ein neuer Mensch ist in mir auferstanden! Er war in mir eingeschlossen, und er wäre nie zutage getreten, wäre nicht dieses Unwetter über mich niedergegangen. Es ist furchtbar! Was liegt mir daran, daß ich in den Bergwerken zwanzig Jahre lang Erz klopfen werde – davor fürchte ich mich nicht! Etwas anderes ist es, was mich ängstigt: Dieser auferstandene Mensch könnte aus mir entweichen! Man kann auch dort, in den Bergwerken, unter der Erde, neben sich, in einem Sträfling und Mörder ein menschliches Herz finden und ihm nähertreten, auch dort kann man leben und lieben und leiden! Man kann in diesem Sträfling das erstarrte Herz auferwecken und wiederbeleben, man kann ihn jahrelang liebevoll pflegen und endlich eine hohe Seele und einen Geist aus der dunklen Höhle zum Licht emporheben, der sich seines Märtyrertums bewußt ist, man kann einen Engel aus dem Grab erwecken und einen Helden auferstehen lassen! Und ihrer sind viele, ihrer sind Hunderte – und wir alle sind an ihren Sünden schuld! Warum habe ich damals, in einem solchen Augenblick, von dem ›Kindelein‹ geträumt? Warum ist das ›Kindelein‹ arm? Das war seinerzeit für mich eine Prophezeiung! Für das ›Kindelein‹ werde ich nach Sibirien gehen. Denn alle sind wir für alle schuldig. Für alle ›Kindelein‹: es gibt kleine Kinder und große Kinder. Alle sind ›Kindelein‹. Für alle werde ich nach Sibirien gehen, denn einer muß doch für alle hingehen. Ich habe den Vater nicht getötet, trotzdem muß ich hingehen. Ich nehme es auf mich! Mir ist hier diese Erkenntnis aufgegangen … Hier in diesen kahlen Mauern. Aber es sind ihrer ja viele, es sind ihrer Hunderte dort unter der Erde, mit Hämmern in den Händen. O ja, wir werden in Ketten und ohne Freiheit sein, doch wir werden in unserem großen Leid von neuem zur Freude auferstehen, ohne die der Mensch nicht leben, ja ohne die selbst Gott nicht sein kann, denn Gott spendet Freude: Das ist sein großes Vorrecht … O Gott, der Mensch muß weich werden im Gebet! Wie könnte ich dort unter der Erde ohne Gott sein? Rakitin lügt: Wenn sie Gott von der Erde vertreiben, werden wir Ihn unter der Erde finden! Für einen Sträfling ist es unmöglich, ohne Gott zu leben, noch unmöglicher als für jemand, der kein Sträfling ist. Und dann werden wir dort unter der Erde unserem Gott aus den Eingeweiden der Erde eine tragische Hymne anstimmen, Ihm, unserem Gott, bei dem die Freude ist! Es lebe Gott und seine Freude! Ich liebe Ihn!«

Während dieser erregten Worte war Mitja ganz außer Atem gekommen. Er war blaß geworden, seine Lippen zitterten, und Tränen traten ihm in die Augen.

»Nein, das Leben hat einen reichen Inhalt, es gibt ein Leben auch unter der Erde!« begann er von neuem. »Du glaubst gar nicht, Alexej, wie mich jetzt verlangt zu leben, was für Durst nach Dasein und Erkenntnis ich gerade innerhalb dieser kahlen Mauern bekommen habe! Rakitin hat dafür kein Verständnis, der will weiter nichts, als sich ein Haus bauen und Mieter hineinnehmen! Was ist schon das Leiden? Ich fürchte es nicht mehr, früher habe ich es gefürchtet. Weißt du, vielleicht werde ich vor Gericht überhaupt keine Antwort geben … Ich glaube, ich besitze jetzt so viel von dieser Kraft, daß ich alles überwinden werde, alles Leid, nur um mir fortwährend sagen zu können: ich bin! In tausend Qualen bin ich doch! Ich krümme mich unter der Folter, aber ich bin! Ich sitze im Gefängnis, aber ich lebe und sehe die Sonne! Und selbst wenn ich die Sonne nicht sehe, weiß ich doch, daß sie da ist. Und zu wissen, daß die Sonne da ist – das ist schon Leben. Aljoscha, die verschiedenen Philosophien bringen mich um, hol' sie alle der Teufel! Bruder Iwan dagegen ...«

»Was ist mit Iwan?« unterbrach ihn Aljoscha, doch Mitja hörte nicht auf ihn.

»Siehst du, früher habe ich von allen diesen Zweifeln nichts gewußt, aber, da lag alles in mir verborgen. Vielleicht gerade weil diese unbestimmten Ideen in mir tobten, trank ich und randalierte und wütete. Um sie in mir zur Ruhe zu bringen, randalierte ich, um sie zu beschwichtigen, zu unterdrücken. Iwan ist anders als Rakitin, er verbirgt seine Ideen. Iwan ist eine Sphinx und schweigt, immerzu schweigt er. Aber mich quält der Gedanke an Gott. Das ist das einzige, was mich quält. Was ist, wenn Er nicht existiert? Wenn Rakitin recht hat, daß das bei der Menschheit nur eine künstliche Idee ist? Wenn Er nicht existiert, ist der Mensch der Herr der Erde und des Weltgebäudes. Ausgezeichnet! Nur: wie will er tugendhaft sein ohne Gott? Das ist die Frage! Daran muß ich immerzu denken. Wen wird er dann lieben, der Mensch? Wem wird er dankbar sein, wem wird er Loblieder singen? Rakitin lacht. Rakitin sagt, man kann die Menschheit auch ohne Gott lieben. Dieser rotzige Schwächling mag das zwar behaupten, doch ich verstehe es nicht. Für Rakitin ist das Leben eine leichte Sache, er sagte heute zu mir: ›Arbeite lieber an der Erweiterung der sozialen Rechte der Menschheit mit oder wirke wenigstens darauf hin, daß der Fleischpreis nicht steigt! Dadurch kannst du auf einfachere, näherliegende Weise der Menschheit deine Liebe beweisen als durch Philosophien.‹ Ich habe ihm darauf gehörig geantwortet: ›Und du, der du keinen Gott hast, wirst selber noch den Fleischpreis in die Höhe treiben, wenn dir das vorteilhaft ist, und einen Rubel auf die Kopeke aufschlagen!‹ Da wurde er ärgerlich. Denn was ist Tugend? Beantworte du mir diese Frage, Alexej! Ich habe eine Tugend, und der Chinese eine andere – also ist sie etwas Relatives. Oder nicht? Ist sie nicht relativ? Das ist eine heikle Frage! Du wirst mich nicht auslachen, wenn ich sage, daß ich deswegen zwei Nächte nicht geschlafen habe. Ich wundere mich jetzt nur darüber, daß die Leute so dahinleben, ohne daran zu denken. Das kommt von ihrer

Geschäftigkeit. Iwan hat keinen Gott. Er hat nur seine Idee. Das geht über mein Fassungsvermögen. Aber er schweigt. Ich glaube, er ist Freimaurer. Ich habe ihn gefragt, er schweigt. Ich wollte an seinem Brunnen einen Schluck Wasser trinken, er schweigt. Nur ein einziges Mal hat er ein Wörtchen gesagt.«

»Was hat er gesagt?« fragte Aljoscha eilig.

»Ich sagte zu ihm: ›Dann ist also alles erlaubt, wenn das so ist?‹ Er machte ein finsteres Gesicht. ›Fjodor Pawlowitsch, unser Papa‹, sagte er, ›war ein Schwein, doch geurteilt hat er richtig.‹ Das ist alles, was er mir erwiderte. Weiter sagte er nichts. Das ist hinterhältiger als Rakitins Reden.«

»Ja«, stimmte ihm Aljoscha bitter zu. »Wann ist er bei dir gewesen?«

»Davon später. Jetzt noch etwas anderes. Ich habe bisher mit dir fast gar nicht über Iwan gesprochen. Ich schob es bis zum Schluß auf. Sobald diese meine Geschichte hier zu Ende ist und sie das Urteil gefällt haben, werde ich dir etwas erzählen, alles werde ich dir erzählen. Da ist eine seltsame Sache. Und in der sollst du mein Richter sein. Jetzt aber fang nicht davon an, jetzt schweig! Du redest von morgen, von der Gerichtsverhandlung. Doch ob du es glaubst oder nicht – von der weiß ich gar nichts.«

»Hast du mit diesem Rechtsanwalt gesprochen?«

»Was kann mir der helfen? Ich habe ihm alles mitgeteilt. Ein Spitzbube, ein Großstädter, ein Bernard! Er glaubt nicht das geringste von dem, was ich sage. Er glaubt, ich hätte den Mord begangen, stell dir das vor! ›Warum sind Sie dann hergekommen, um mich zu verteidigen?‹ habe ich ihn gefragt. Ich spucke auf diese Kerle! Auch einen Arzt hat man gerufen, der soll mich für verrückt erklären. Aber ich dulde das nicht! Katerina Iwanowna will ›ihre Pflicht‹ bis zum Schluß erfüllen. Sie zwingt sich dazu!« Mitja lächelte bitter. »Eine Katze ist sie! Ein grausames Herz hat sie! Sie weiß, daß ich damals in Mokroje über sie gesagt habe, sie sei eine Frau, die eines gewaltigen Zornes fähig ist! Das ist ihr wiedergesagt worden. Ja, die belastenden Aussagen sind zahlreich geworden wie der Sand am Meer! Grigori bleibt bei seiner Aussage. Grigori ist ein ehrenhafter Mann, aber ein Dummkopf. Viele Menschen sind nur deswegen ehrenhaft, weil sie Dummköpfe sind. Das ist ein Gedanke von Rakitin. Grigori ist mir feindlich gesinnt. Manch einen hat man mit größerem Nutzen zum Feind als zum Freund: Das sage ich mit Bezug auf Katerina Iwanowna. Ich fürchte, sie wird vor Gericht von ihrer tiefen Verbeugung nach Empfang der viertausendfünfhundert Rubel erzählen. Restlos wird sie es mir zurückzahlen, bis auf den letzten Heller. Ich will ihr Opfer nicht! Sie wird mich vor Gericht beschämen! Wie soll ich das aushalten! Geh zu ihr, Aljoscha, und bitte sie, sie möchte das vor Gericht nicht sagen. Oder ist das nicht zulässig? Na, zum Teufel, egal, ich werde es schon aushalten! Sie selbst tut mir nicht leid. Sie will es selber so. Wer sich nach eigenem Willen zu Schaden bringt, hat keinen Anspruch auf Mitleid! Ich werde meine Rede halten, Alexej!« Er lächelte wieder bitter. »Nur ... Nur Gruscha, Gruscha, o Gott! Warum nimmt sie jetzt so eine Qual auf sich?« rief er plötzlich unter Tränen. »Der Gedanke an Gruscha tötet mich geradezu! Sie war heute bei mir ...«

»Sie hat es mir erzählt. Du hast sie heute sehr gekränkt.«

»Ich weiß. Hol' der Teufel meinen verdammten Charakter! Ich war eifersüchtig. Als sie wegging, bereute ich es und küßte sie. Aber ich bat sie nicht um Verzeihung.«

»Warum hast du das nicht getan?« rief Aljoscha.

Mitja schlug ein beinahe vergnügtes Gelächter an.

»Gott bewahre dich lieben Jungen davor, jemals eine geliebte Frau wegen eines Verschuldens um Verzeihung zu bitten. Und besonders eine heißgeliebte Frau, ganz besonders so eine darfst du nicht um Verzeihung bitten, sosehr du dich auch gegen sie vergangen hast! Eine Frau, lieber Bruder, ist ein eigentümliches Wesen; wenigstens darüber weiß ich Bescheid! Versuch nur einmal, dich vor einer schuldig zu bekennen, und sag: ›Ich habe mich vergangen, entschuldige, verzeih!‹ Schon wirst du sehen, was für ein Hagel von Vorwürfen auf dich niedergeht! Um keinen Preis wird sie dir einfach und ohne weiteres verzeihen, sondern sie wird dich hundsgemein herunterputzen, wird dir Dinge vorhalten, die niemals geschehen sind, wird alles hervorholen, ohne etwas zu vergessen, sondern eher noch Erfundenes hinzufügen – erst dann wird sie dir verzeihen. Und die es so machen, sind noch die besten von ihnen, die besten! Den letzten Fetzen Haut wird dir so ein Weib abkratzen, eine solche Lust zur Schinderei steckt in ihnen, kann ich dir sagen, in allen ohne Ausnahme, in diesen Engeln, ohne die wir nicht leben können! Siehst du, mein Täubchen, ich will frei und offen reden: Jeder ordentliche Mann muß unter dem Pantoffel wenigstens einer Frau stehen. Das ist meine Überzeugung oder mehr noch: mein Gefühl. Der Mann muß sich großmütig fügen, und das gereicht ihm nicht zur Schande, nicht einmal einem Helden, nicht einmal einem Cäsar! Aber um Verzeihung darfst du trotzdem nicht bitten, niemals und um keinen Preis! Vergiß diese Regel nicht, sie hat dich dein Bruder Mitja gelehrt, der durch die Weiber zugrunde gegangen ist. Nein, ich will Gruscha lieber auf irgendeine andere Weise wieder besänftigen, ohne um Verzeihung zu betteln. Ich verehre sie in Demut, Alexej, ja, das tue ich! Sie sieht das nur nicht; sie meint immer, meine Liebe zu ihr wäre nicht groß genug. Und so quält sie mich, durch ihre Liebe quält sie mich. Früher war das anders. Früher quälten mich nur ihre teuflisch schönen Formen, doch jetzt habe ich ihre ganze Seele in mich aufgenommen und bin selber erst durch sie ein Mensch geworden! Ob es zugelassen wird, daß wir uns heiraten? Sonst werde ich vor Eifersucht sterben. So etwas träume ich alle Tage … Was hat sie über mich gesagt?«

Aljoscha wiederholte alles, was er von Gruschenka gehört hatte. Mitja hörte aufmerksam zu, stellte viele Fragen und war schließlich zufrieden.

»Also ist sie mir nicht böse, daß ich eifersüchtig bin?« rief er aus. »Eine echte Frau! ›Ich habe selber ein wildes Herz‹ hat sie gesagt. Oh, ich liebe solche Frauen mit wilden Herzen, obwohl ich es nicht leiden kann, wenn sie meinetwegen eifersüchtig sind. Nein, das kann ich gar nicht leiden! Wir werden uns gegenseitig prügeln, aber lieben, lieben werde ich sie grenzenlos! Wird es gestattet, daß wir uns heiraten? Dürfen Sträflinge heiraten? Das ist die Frage. Aber ohne sie kann ich nicht leben ...«

Mitja ging mit finsterer Miene auf und ab. Es war fast dunkel im Zimmer geworden. Auf einmal wurde er sehr sorgenvoll.

»Also ein Geheimnis, sagt sie? Sie meint, wir hätten zu dritt eine Verschwörung gegen sie geplant, und Katka sei daran beteiligt? Nein, Bruder! Nein, Gruschenka! Das ist nicht so. Da hast du einen Fehler gemacht, einen typisch weiblichen dummen Fehler! Aljoscha, Täubchen, ach was – mag daraus werden, was will! Ich werde dir unser Geheimnis enthüllen!«

Er sah sich nach allen Seiten um, trat dann hastig dicht an Aljoscha heran und flüsterte mit geheimnisvoller Miene auf ihn ein, obwohl sie in Wirklichkeit niemand belauschen konnte, denn der alte Wächter schlummerte in der Ecke auf einer Bank, und bis zu den wachestehenden Soldaten konnte kein verständliches Wort gelangen.

»Ich werde dir unser ganzes Geheimnis enthüllen!« flüsterte Mitja eilig. »Ich wollte es dir später ja sowieso enthüllen; ohne dich kann ich doch keinen Entschluß fassen. Du bist für mich die höchste Autorität. Wenn ich auch sage, daß Iwan höher steht als wir, ist doch nur deine Entscheidung maßgebend. Und vielleicht stehst du doch am höchsten, und nicht Iwan ... Siehst du, es handelt sich um eine Gewissenssache, im höchsten Sinn um eine Gewissenssache! Es ist so ein wichtiges Geheimnis, daß ich selbst nicht damit zurechtkommen kann und die Entscheidung aufgehoben habe, bis ich dich befragt habe. Trotzdem ist es jetzt noch zu früh, eine Entscheidung zu treffen, denn wir müssen erst den Urteilsspruch abwarten. Sobald das Urteil verkündet ist, sollst du mein Schicksal entscheiden. Fäll jetzt noch keine Entscheidung. Ich werde dir sogleich sagen, worum es sich handelt; du wirst zuhören, aber fäll noch keine Entscheidung. Steh da und schweig! Ich werde dir nicht alles enthüllen, sondern nur den Hauptgedanken, ohne auf Einzelheiten einzugehen, du aber schweig! Keine Frage, keine Bewegung – einverstanden? Doch o Gott, was soll ich mit deinen Augen anfangen? Ich fürchte, in deinen Augen wird deine Entscheidung zu lesen sein, auch wenn du schweigst. O weh, das fürchte ich! Aljoscha, höre. Iwan hat mir vorgeschlagen zu fliehen. Die Einzelheiten lasse ich weg; es ist alles vorbereitet, es wird sich alles machen lassen. Schweig, entscheide noch nichts! Nach Amerika soll ich gehen, mit Gruscha. Ohne Gruscha kann ich ja nicht leben. Und wenn man sie in Sibirien nicht zu mir läßt? Dürfen Sträflinge heiraten? Iwan sagt, nein. Aber ohne Gruscha, was soll ich da unter der Erde mit dem Hammer? Ich werde mir mit diesem Hammer nur den Kopf zerschmettern! Und auf der anderen Seite das Gewissen! Ich bin ja dann vor dem Leiden geflohen! Es war ein Fingerzeig Gottes, den ich in dem Fall verschmähte! Mir war ein Weg zur Läuterung gezeigt, ich aber wandte mich von ihm weg nach links. Iwan sagt, man könnte in Amerika ›mit guten Vorsätzen‹ mehr Nutzen bringen als in Sibirien unter der Erde. Aber unsere unterirdische Hymne, was wird aus der? Was ist Amerika? Amerika, das bedeutet wieder hastige Geschäftigkeit! Und auch Gaunerei gibt es in Amerika viel, glaube ich. Ich bin dann vor der Kreuzigung geflohen! Dir, Alexej, sage ich das, weil du allein das verstehen kannst, sonst niemand! Für andere ist das, was ich dir über die Hymne gesagt habe, alles nur Dummheit und Fieberwahn. Sie würden sagen, ich bin verrückt oder ein Dummkopf. Aber ich bin nicht verrückt geworden, und ich bin kein Dummkopf! Auch Iwan versteht das von der Hymne, o ja, er versteht es! Doch er antwortet nicht darauf, er schweigt! Er glaubt nicht an die Hymne. Sprich nicht, ich sehe ja, was du für ein Gesicht machst! Du hast deine Entscheidung schon getroffen! Triff sie noch nicht, schone mich, ich kann ohne Gruscha nicht leben, warte bis zum gerichtlichen Urteil!«

Mitja verstummte; er war wie von Sinnen. Er packte Aljoscha mit beiden Händen an den Schultern und bohrte seinen dürstenden, brennenden Blick gleichsam in dessen Augen hinein.

»Darf ein Sträfling heiraten?« fragte er zum drittenmal flehentlich.

Aljoscha hatte verwundert zugehört und war tief erschüttert. »Sag mir nur das eine«, antwortete er. »Dringt Iwan sehr auf die Ausführung dieses Plans? Und wer hat ihn sich ausgedacht?«

»Er, er hat ihn sich ausgedacht, und er dringt sehr darauf! Er war die ganze Zeit nicht zu mir gekommen; auf einmal, vor einer Woche, kam er und fing unvermittelt damit an. Er dringt gewaltig auf die Ausführung. Er bittet nicht, er befiehlt. Er zweifelt nicht daran, daß ich ihm gehorchen werde, obgleich ich ihm ebenso wie dir mein ganzes Herz ausgeschüttet und ihm auch von der Hymne erzählt habe. Er hat mir auch auseinandergesetzt, wie die Sache organisiert werden muß; er hat sich nach allem aufs genaueste erkundigt, doch davon später! Er wünscht es mit geradezu krankhaftem Eifer. Die Hauptsache ist das Geld. ›Zehntausend Rubel‹, sagt er, ›bekommst du zur Bewerkstelligung der Flucht und zwanzigtausend für Amerika. Für die zehntausend Rubel werden wir eine großartige Flucht zuwege bringen.‹«

»Und er hat dir ausdrücklich verboten, es mir mitzuteilen?« fragte Aljoscha von neuem.

»Er sagte, ich soll es niemandem mitteilen, am wenigsten dir. Dir unter keinen Umständen! Er fürchtet offenbar, du würdest als mein Gewissen vor mir stehen. Sag ihm nichts davon, daß ich es dir berichtet habe! Sag es ihm ja nicht!«

»Du hast recht«, erwiderte Aljoscha. »Vor dem Urteilsspruch des Gerichts kann man keine Entscheidung treffen. Nach dem Urteilsspruch wirst du selber entscheiden. Dann wirst du selbst in dir einen neuen Menschen vorfinden: Der wird die Entscheidung treffen.«

»Einen neuen Menschen! Oder einen Bernard, und der wird dann à la Bernard entscheiden! Denn ich glaube, ich bin selbst so ein verächtlicher Bernard!« sagte Mitja mit bitterem Lächeln.

»Aber Bruder, hoffst du wirklich gar nicht mehr auf einen Freispruch?«

Mitja hob krampfhaft die Schultern und schüttelte verneinend den Kopf.

»Aljoscha, Täubchen, es ist Zeit, daß du gehst!« sagte er plötzlich eilig. »Der Inspektor hat auf dem Hof gerufen, er wird gleich herkommen. Wir haben die Zeit schon überschritten, das ist ein Verstoß gegen die Ordnung. Umarme mich schnell, küsse mich und bekreuzige mich, Täubchen! Bekreuzige mich für mein morgiges Leiden!«

Sie umarmten und küßten sich.

Dann sagte Mitja auf einmal: »Iwan rät mir zu fliehen und glaubt dabei selber, daß ich den Mord begangen habe!«

Ein trauriges Lächeln erschien auf seinen Lippen.

»Hast du ihn gefragt, ob er es glaubt?« fragte Aljoscha.

»Nein, gefragt habe ich ihn nicht. Ich wollte ihn fragen, bekam es aber nicht fertig; ich fand nicht die Kraft dazu. Doch ich sehe es ihm schon an den Augen an. Nun, lebe wohl!«

Sie küßten sich noch einmal eilig, und Aljoscha wollte schon hinausgehen, als Mitja ihn plötzlich wieder zurückrief:

»Stell dich vor mich, so!«

Und er faßte Aljoscha wieder mit beiden Händen fest an den Schultern. Sein Gesicht wurde auf einmal so blaß, daß es selbst in der Dunkelheit zu bemerken war. Seine Lippen verzerrten sich, sein Blick haftete starr auf Aljoscha.

»Aljoscha, sag mir die volle Wahrheit, wie vor Gott dem Herrn: Glaubst du, daß ich den Mord begangen habe, oder glaubst du es nicht? Du, du selbst: Glaubst du es oder nicht? Sag die volle Wahrheit, lüg nicht!« schrie er außer sich.

Aljoscha hatte das Gefühl, als ob alles um ihn herum schwankte und ihm ein Stich durchs Herz ging.

»Hör auf, was hast du…«, stammelte er fassungslos.

»Die ganze Wahrheit, die ganze Wahrheit! Lüg nicht!« wiederholte Mitja.

»Nicht eine Sekunde habe ich geglaubt, daß du der Mörder bist!« kam es plötzlich mit zitternder Stimme aus Aljoschas Brust, und er hob die rechte Hand, als wollte er Gott zum Zeugen seiner Worte anrufen.

Mitjas Gesicht leuchtete augenblicklich vor Glückseligkeit auf. »Ich danke dir«, sagte er gedehnt, und es klang wie ein Seufzer nach einer Ohnmacht. »Du hast mir ein neues Leben geschenkt … Ob du es glaubst oder nicht – bis jetzt habe ich mich davor gefürchtet, dich zu fragen! So, nun geh, geh! Du hast mich für morgen gestärkt, Gott segne dich dafür! Nun geh und hab Iwan lieb!« Das war das letzte Wort, das aus seiner Brust kam.

Aljoscha ging tränenüberströmt hinaus. So viel Argwohn von seiten Mitjas, so viel Mißtrauen sogar ihm, Aljoscha, gegenüber, das zeugte von hoffnungslosem Kummer und so tiefer Verzweiflung in der Seele seines unglücklichen Bruders, wie er es nicht geahnt hatte. Unendliches Mitleid packte ihn und quälte ihn plötzlich sehr; sein zerrissenes Herz schmerzte unerträglich.

Er mußte an die Worte denken, die Mitja eben gesprochen hatte: »Hab Iwan lieb!« Und nun ging er zu diesem Iwan. Er hatte ihn schon am Vormittag dringend sprechen wollen. Nicht weniger Sorge als Mitja bereitete ihm Iwan, erst recht jetzt, nach der Begegnung mit dem ältesten Bruder.

5. Nicht du, nicht du!

Auf dem Weg zu Iwan mußte er an dem Haus vorbei, wo Katerina Iwanowna wohnte. Die Fenster waren hell. Er blieb plötzlich stehen und beschloß hineinzugehen. Katerina Iwanowna hatte er schon über eine Woche nicht gesehen. Doch ihm ging vor allem der Gedanke durch den Kopf, Iwan könnte vielleicht bei ihr sein, gerade jetzt, am Vorabend eines solchen Tages. Er klingelte, und als er die von einer chinesischen Laterne matt erleuchtete Treppe hinaufstieg, sah er jemand von oben herunterkommen. Als sie einander näher gekommen waren, erkannte er seinen Bruder. Der kam also bereits von Katerina Iwanowna.

»Ach, du bist es nur«, sagte Iwan Fjodorowitsch trocken.

»Na, lebe wohl. Du willst zu ihr?«

»Ja.«

»Ich rate dir nicht dazu. Sie ist erregt, und du machst das nur noch schlimmer.«

»Nein, nein!« rief plötzlich eine Stimme von oben aus einer Tür, die schnell geöffnet wurde. »Alexej Fjodorowitsch, kommen Sie von ihm?«

»Ja, ich war bei ihm.«

»Läßt er mir etwas sagen? Kommen Sie herein, Aljoscha. Und auch Sie, Iwan Fjodorowitsch, kommen Sie noch einmal zurück, ich bitte dringend darum, hören Sie?«

Katjas Stimme klang so gebieterisch, daß sich Iwan Fjodorowitsch nach kurzem Zögern dennoch entschloß, zusammen mit Aljoscha wieder hinaufzugehen.

»Sie hat gelauscht!« flüsterte er gereizt vor sich hin; Aljoscha hörte es.

»Gestatten Sie mir, den Überzieher anzubehalten«, sagte Iwan Fjodorowitsch, als er in den Salon trat. »Ich möchte mich auch nicht setzen. Ich werde nur eine Minute bleiben.«

»Setzen Sie sich, Alexej Fjodorowitsch«, sagte Katerina Iwanowna, blieb jedoch selbst stehen.

Sie hatte sich in der Zwischenzeit wenig verändert, nur in ihren dunklen Augen funkelte jetzt ein böses Feuer. Aljoscha erinnerte sich später, daß sie ihm in diesem Augenblick sehr schön erschienen war.

»Was läßt er mir sagen?«

»Nur eines«, antwortete Aljoscha und blickte ihr offen ins Gesicht. »Sie möchten Rücksicht auf sich selber nehmen und vor Gericht nichts darüber aussagen ... Was zwischen Ihnen ... Bei Ihrer ersten Bekanntschaft ... vorgegangen ist ...«

»Ah, er meint die Verbeugung, die ich vor ihm aus Dankbarkeit für das Geld machte!« unterbrach sie ihn und lachte stolz auf. »Wie ist das, hat er da Angst um sich oder um mich? Er hat gesagt, ich möchte Rücksicht nehmen – auf wen soll ich Rücksicht nehmen? Auf ihn oder auf mich? Reden Sie, Alexej Fjodorowitsch!«

Aljoscha, bemüht, sie zu verstehen, blickte sie unverwandt an.

»Auf sich und auch auf ihn«, sagte er leise.

»Soso!« sagte sie scharf und zornig und errötete plötzlich. »Sie kennen mich noch nicht, Alexej Fjodorowitsch«, fuhr sie in drohendem Ton fort. »Und auch ich selbst kenne mich noch nicht. Vielleicht werden Sie mich morgen nach der Zeugenvernehmung mit den Füßen zerstampfen wollen.«

»Sie werden ehrlich aussagen«, erwiderte Aljoscha. »Weiter ist gar nichts nötig.«

»Eine Frau ist oft unehrlich«, antwortete sie. »Noch vor einer Stunde dachte ich, es müßte schrecklich sein, mit diesem Unmenschen in Berührung zu kommen … wie mit einem häßlichen Reptil … Aber nein, er ist für mich doch noch ein Mensch! Hat er nun den Mord begangen? Hat er es getan?« rief sie kreischend, wobei sie sich schnell zu Iwan Fjodorowitsch umwandte.

Aljoscha begriff sofort, daß sie Iwan diese Frage schon vorher gestellt hatte, vielleicht erst kurz bevor er selbst gekommen war, und zwar nicht zum ersten-, sondern wohl zum hundertstenmal, und daß dieses Gespräch mit einem Streit geendet hatte.

»Ich bin bei Smerdjakow gewesen«, fuhr sie fort, noch immer an Iwan Fjodorowitsch gewandt. »Du bist es gewesen, der mich zu der Überzeugung gebracht hat, daß er ein Vatermörder ist. Nur dir habe ich geglaubt!«

Iwan lächelte gezwungen. Aljoscha zuckte zusammen, als er dieses Du hörte; ein solches Verhältnis zwischen den beiden hatte er nicht ahnen können.

»Nun aber genug«, schnitt Iwan das Gespräch ab. »Ich gehe. Morgen werde ich wiederkommen.« Nach diesen Worten drehte er sich um, verließ das Zimmer und ging hinaus auf die Treppe.

Katerina Iwanowna ergriff plötzlich mit einer herrischen Gebärde Aljoschas Hand.

»Gehen Sie ihm nach! Verlassen Sie ihn keinen Augenblick!« flüsterte sie ihm zu. »Er ist wahnsinnig. Wissen Sie nicht, daß er wahnsinnig ist? Er hat Fieber, ein Nervenfieber! Der Arzt hat es mir gesagt. Gehen Sie, laufen Sie ihm nach …«

Aljoscha sprang auf und stürzte Iwan Fjodorowitsch hinterher. Dieser war noch nicht fünfzig Schritte entfernt.

»Was willst du?« fragte er, als er merkte, daß Aljoscha ihm folgte. »Sie hat dir befohlen, mir nachzulaufen, weil ich verrückt sein soll. Ich weiß es, ohne daß mir das jemand sagt«, fügte er gereizt hinzu.

»Sie irrt sich selbstverständlich. Aber daß du krank bist, darin hat sie recht«, sagte Aljoscha. »Ich habe eben dein Gesicht gesehen, du siehst sehr krank aus, Iwan!«

Iwan blieb nicht stehen. Aljoscha lief neben ihm.

»Weißt du, Alexej Fjodorowitsch, wie man den Verstand verliert?« fragte Iwan ganz plötzlich mit leiser, gar nicht mehr gereizter Stimme, aus der nur harmlose Neugier herauszuhören war.

»Nein, das weiß ich nicht. Ich denke mir, daß es viele verschiedene Arten von Verrücktheit gibt.«

»Und kann man an sich selbst beobachten, wie man den Verstand verliert?«

»Ich glaube, es ist nicht möglich, das an sich selbst deutlich zu verfolgen«, antwortete Aljoscha.

Iwan schwieg lange.

»Wenn du mit mir über etwas reden willst, dann wechsle bitte das Thema«, sagte er plötzlich.

»Ehe ich es vergesse; da ist ein Brief an dich«, sagte Aljoscha schüchtern, zog Lisas Brief aus der Tasche und gab ihn Iwan. Sie waren gerade an einer Laterne. Iwan erkannte die Handschrift sofort.

»Ah, das ist von diesem Teufelchen«, sagte er mit boshaftem Lachen, dann zerriß er, ohne das Kuvert zu öffnen, den ganzen Brief in mehrere Stücke und warf sie in den Wind. Die Fetzen flogen auseinander.

»Noch keine sechzehn Jahre alt, glaube ich, und bietet sich schon an!« sagte er verächtlich und lief weiter.

»Was heißt das, sie bietet sich an?« fragte Aljoscha.

»Das ist doch bekannt, wie sich liederliche Weiber anbieten!«

»Was redest du da, Iwan, was redest du da?« sagte Aljoscha betrübt, aber entschieden. »Sie ist ein Kind, du beleidigst ein Kind! Sie ist krank, sie ist selbst sehr krank, auch sie wird vielleicht den Verstand verlieren ... Ich mußte dir doch ihren Brief übergeben ... Ich hätte vielmehr gern etwas von dir erfahren, um sie zu retten.«

»Du wirst nichts von mir erfahren. Wenn sie ein Kind ist, bin ich nicht ihre Wärterin. Schweig, Alexej! Sprich nicht mehr davon! Ich denke überhaupt nicht mehr an diese Geschichte.«

Sie schwiegen wieder eine längere Zeit.

»Jetzt wird sie die ganze Nacht zur Muttergottes beten, damit diese ihr kundtut, wie sie morgen vor Gericht auftreten soll«, sagte er wieder in scharfem, boshaftem Ton.

»Du sprichst von Katerina Iwanowna?«

»Ja. Ob sie Mitja retten oder vernichten soll! Sie wird die Muttergottes bitten, ihrer Seele darüber eine Erleuchtung zukommen zu lassen. Sie selbst weiß es noch nicht, sie ist sich darüber noch nicht klargeworden. Auch sie möchte mich zur Kinderfrau haben, damit ich sie einlulle.«

»Katerina Iwanowna liebt dich, Bruder«, sagte Aljoscha bekümmert.

»Kann sein. Aber ich mag sie nicht.«

»Sie leidet. Warum sagst du ihr manchmal Worte, derentwegen sie sich Hoffnungen macht?« fuhr Aljoscha mit schüchternem Vorwurf fort. »Ich weiß, daß du Hoffnungen bei ihr erweckt hast ... Verzeih, daß ich so rede«, fügte er hinzu.

»Ich kann bei ihr nicht so verfahren, wie ich eigentlich müßte, das heißt, mit ihr brechen und es ihr geradeheraus sagen!« erwiderte Iwan gereizt. »Ich muß warten, bis das Gericht das Urteil über den Mörder gefällt hat. Wenn ich jetzt mit ihr breche, wird sie diesen Unmenschen morgen vor Gericht vernichten, um sich an mir zu rächen, denn sie haßt ihn und ist sich ihres Hasses bewußt. Hier ist alles Unwahrhaftigkeit und Lüge! Jetzt aber, solange ich noch nicht mit ihr gebrochen habe, hofft sie immer noch und wird diesen Unmenschen nicht zugrunde richten, weil sie weiß, wie sehr ich ihm aus der Patsche helfen möchte. Wann wird nur endlich dieses verfluchte Urteil gefällt!«

Die Wörter »Mörder« und »Unmensch« ließen Aljoschas Herz schmerzlich zusammenzucken.

»Wodurch könnte sie denn den Bruder zugrunde richten?« fragte er und dachte über Iwans Worte nach. »Was kann sie denn so Belastendes aussagen, daß er dadurch ohne weiteres vernichtet werden kann?«

»Du weißt das noch nicht. Sie hat ein Schriftstück von Mitja in Händen, welches mit mathematischer Sicherheit beweist, daß er Fjodor Pawlowitsch totgeschlagen hat.«

»Das ist nicht möglich!« rief Aljoscha.

»Wieso nicht möglich? Ich habe es selbst gelesen.«

»Ein solches Schriftstück kann es nicht geben!« wiederholte Aljoscha mit Wärme. »Das ist unmöglich, weil er nicht der Mörder ist. Er hat den Vater nicht ermordet, er nicht!«

Iwan Fjodorowitsch blieb plötzlich stehen.

»Wer ist denn deiner Ansicht nach der Mörder?« fragte er äußerlich kalt; in der Frage lag sogar ein gewisser Hochmut.

»Du weißt selbst, wer es gewesen ist«, antwortete Aljoscha leise und nachdrücklich.

»Wer es gewesen ist? Meinst du das Märchen von diesem verrückten Idioten, dem Epileptiker? Von Smerdjakow?«

Aljoscha fühlte auf einmal, wie er am ganzen Körper zitterte. »Du weißt selbst, wer es gewesen ist!« entfuhr es ihm matt und kraftlos.

Er rang mühsam nach Atem.

»Wer denn nun, wer denn?« schrie Iwan nun schon sehr wütend. Seine ganze Selbstbeherrschung war auf einmal verschwunden.

»Ich weiß nur das eine«, sagte Aljoscha noch immer leise, beinahe flüsternd. »Nicht du hast den Vater ermordet.«

»Nicht du! Was soll das heißen, nicht du?« fragte Iwan und blieb wie erstarrt stehen.

»Nicht du hast den Vater ermordet, nicht du!« wiederholte Aljoscha mit fester Stimme.

Das Schweigen dauerte fast eine halbe Minute.

»Das weiß ich selber, daß ich es nicht getan habe! Redest du im Fieber?« sagte Iwan; sein Gesicht war blaß und hatte ein verkrampftes Lächeln. Er starrte Aljoscha unverwandt an.

Sie standen wieder an einer Laterne.

»Nein, Iwan! Du hast dir selbst mehrere Male gesagt, daß du der Mörder bist.«

»Wann habe ich das gesagt? Ich bin in Moskau gewesen … Wann soll ich das gesagt haben?« stammelte Iwan fassungslos.

»Du hast dir das oft gesagt, wenn du in diesen schrecklichen zwei Monaten allein warst«, fuhr Aljoscha leise und bestimmt fort. Er sprach jetzt wie in einer Art Verzückung, gewissermaßen nicht nach seinem eigenen Willen, sondern einem unwiderstehlichen Befehl gehorchend. »Du hast dich beschuldigt und vor dir bekannt, daß kein anderer der Mörder ist als du. Aber nicht du hast ihn ermordet, da irrst du dich. Nicht du bist der Mörder, hörst du, was ich sage? Nicht du! Mich hat Gott geschickt, dir das zu sagen.«

Beide schwiegen wieder. Eine ganze lange Minute dauerte dieses Schweigen. Beide standen da, blaß, Auge in Auge. Auf einmal ging eine heftige Erschütterung durch Iwans Körper, und er packte Aljoscha an der Schulter.

»Du bist bei mir gewesen!« flüsterte er zähneknirschend. »Du bist in der Nacht bei mir gewesen, als er kam … Gib es zu! Du hast ihn gesehen, ja?«

»Von wem redest du? Von Mitja?« fragte Aljoscha erstaunt.

»Von dem rede ich nicht, hol' der Teufel diesen Unmenschen!« schrie Iwan wütend. »Du weißt also, daß er immer zu mir kommt? Wie hast du es erfahren? Sprich!«

»Wer denn? Ich weiß nicht, von wem du sprichst«, stotterte Aljoscha, der jetzt ganz ängstlich wurde.

»Nein, du weißt es! Wie könntest du sonst … Unmöglich, daß du es nicht wissen solltest …«

Doch auf einmal schien er seine Selbstbeherrschung zurückzugewinnen. Er stand da und überlegte. Ein seltsames Lächeln verzog seine Lippen.

»Bruder!« begann Aljoscha mit zitternder Stimme von neuem. »Ich habe dir das gesagt, weil du meinen Worten glauben wirst, das weiß ich. Ich habe dir das für dein ganzes Leben gesagt: ›Nicht du!‹ Hörst du, für dein ganzes Leben! Gott hat es mir auf die Seele gelegt, dir das zu sagen, selbst wenn du mich von dieser Stunde an für immer hassen solltest …«

Iwan Fjodorowitsch schien sich aber schon wieder ganz in der Gewalt zu haben.

»Alexej Fjodorowitsch!« sagte er mit einem kalten Lächeln. »Ich kann Propheten und Epileptiker nicht ausstehen, und am allerwenigsten Abgesandte Gottes, das wissen Sie sehr wohl. Von diesem Augenblick an breche ich mit Ihnen, und ich glaube, für immer. Ich bitte Sie, mich sofort, gleich an dieser Straßenkreuzung, zu verlassen. Der Weg zu Ihrer Wohnung führt sowieso durch diese Quergasse! Und hüten Sie sich besonders, heute zu mir zu kommen! Hören Sie?«

Er wandte sich von ihm ab und ging mit festen Schritten davon, ohne sich umzusehen.

»Bruder!« rief ihm Aljoscha nach. »Wenn heute irgend etwas mit dir geschieht, dann denk vor allen Dingen an mich!«

Aber Iwan antwortete nicht mehr. Aljoscha blieb so lange unter der Laterne an der Straßenkreuzung stehen, bis Iwan ganz in der Dunkelheit verschwunden war. Dann drehte er sich um und ging durch die Seitengasse langsam zu seiner Wohnung. Er und Iwan Fjodorowitsch wohnten für sich, in verschiedenen Wohnungen; keiner von ihnen hatte in dem leeren Haus von Fjodor Pawlowitsch bleiben mögen. Aljoscha hatte ein möbliertes Zimmer bei einer Kleinbürgerfamilie gemietet, und Iwan Fjodorowitsch wohnte, ziemlich weit von ihm, in einer geräumigen, recht komfortablen Wohnung im Seitenflügel eines schönen Hauses, das einer wohlhabenden Beamtenwitwe gehörte. Zu seiner Bedienung hatte er in dem ganzen Seitenflügel nur eine völlig taube alte Frau, die stark an Rheuma litt und sich um sechs Uhr abends hinlegte und um sechs Uhr morgens aufstand. Er war in diesen zwei Monaten erstaunlich anspruchslos geworden und war am liebsten ganz allein. Er räumte sogar das Zimmer, das er benutzte, selbst auf; in die übrigen Zimmer seiner Wohnung kam er überhaupt nur selten. Als Iwan am Tor seines Hauses angelangt war und schon den Klingelgriff berührte, hielt er auf einmal inne. Er fühlte, daß er vor Wut noch immer am ganzen Körper zitterte. Plötzlich ließ er die Klingel wieder los, spuckte aus, drehte sich um und ging schnell zum entgegengesetzten Ende der Stadt, etwa zwei Werst von seiner Wohnung entfernt, zu einem winzigen, schiefen Häuschen aus unverschalten Balken, in dem Marja Kondratjewna wohnte, die ehemalige Nachbarin Fjodor Pawlowitschs, die früher oft in dessen Küche gekommen war, um Suppe zu holen, und der damals Smerdjakow seine Lieder zur Gitarre vorgesungen hatte. Ihr früheres Häuschen hatte sie verkauft, und sie wohnte jetzt mit ihrer Mutter in dieser Hütte; der sterbenskranke Smerdjakow war gleich nach Fjodor Pawlowitschs Tod zu ihnen gezogen. Smerdjakow war es, zu dem sich Iwan Fjodorowitsch jetzt begab, getrieben von einem unvermittelten, unabweisbaren Gedanken.

6. Erster Besuch bei Smerdjakow

Eigentlich war es seit seiner Rückkehr aus Moskau schon das drittemal, daß Iwan Fjodorowitsch zu Smerdjakow ging, um mit ihm zu sprechen. Zum erstenmal nach der Katastrophe hatte er ihn gleich am Tag seiner Ankunft gesehen und gesprochen; dann hatte er ihn noch einmal, zwei Wochen später, besucht. Doch nach diesem zweiten Treffen stellte er seine Besuche bei Smerdjakow ein; er hatte ihn jetzt schon über einen Monat nicht mehr gesehen und fast nichts von ihm gehört. Aus Moskau war Iwan Fjodorowitsch damals erst am fünften Tag nach dem Tod seines Vaters zurückgekehrt, so daß er dessen Sarg nicht mehr vorfand. Die Beerdigung hatte einen Tag vor seiner Ankunft stattgefunden. Iwan Fjodorowitschs Verspätung entstand dadurch, daß Aljoscha seine Moskauer Adresse nicht genau wußte und erst Katerina Iwanowna befragen mußte, um ein Telegramm absenden zu können, diese nun, ebenfalls in Unkenntnis der richtigen Adresse, telegrafierte an ihre Schwester und ihre Tante, da sie annahm, Iwan Fjodorowitsch hätte ihnen gleich nach seiner Ankunft in Moskau einen Besuch gemacht. Aber er war erst am vierten Tag nach seiner Ankunft zu ihnen gekommen und dann, nachdem er das Telegramm gelesen hatte, natürlich sogleich in unsere Stadt geeilt. Hier war er zuerst mit Aljoscha zusammengetroffen. Nach dem Gespräch mit ihm hatte er sich sehr darüber gewundert, daß Aljoscha nicht einmal einen Verdacht auf Mitja werfen wollte, sondern Smerdjakow als den Mörder bezeichnete, was im schroffen Gegensatz zur Meinung aller anderen Leute in unserer Stadt stand. Nachdem er dann vom Bezirkshauptmann und vom Staatsanwalt nähere Einzelheiten über die Beschuldigung und die Verhaftung gehört hatte, hatte er über Aljoscha noch mehr gestaunt und seine Ansicht nur auf Brudergefühl und Mitleid für Mitja zurückgeführt, denn daß Aljoscha diesen sehr liebte, wußte Iwan. Bei dieser Gelegenheit gleich ein paar Worte über Iwans Gefühle für seinen Bruder Dmitri Fjodorowitsch. Er liebte ihn ganz und gar nicht und hatte höchstens manchmal mit ihm Mitleid; aber auch dieses Mitleid war mit starker Verachtung gemischt, die bis zum Ekel reichte. Mitja war ihm höchst unsympathisch, schon durch sein Äußeres. Für Katerina Iwanownas Liebe zu ihm hatte Iwan nur Entrüstung übrig. Dennoch hatte er den in Untersuchungshaft befindlichen Mitja ebenfalls gleich am Tag seiner Ankunft besucht, und dieses Zusammensein hatte bei ihm die Überzeugung von dessen Schuld nicht verringert, sondern eher noch verstärkt. Er hatte seinen Bruder damals in Unruhe und krankhafter Erregung vorgefunden. Mitja redete viel, aber zerstreut, unzusammenhängend und in scharfem Ton; er beschuldigte Smerdjakow und war überhaupt sehr konfus. Am meisten sprach er von den dreitausend Rubeln, die ihm der Verstorbene angeblich »gestohlen« hatte. »Es war mein Geld, es gehörte mir!« behauptete Mitja. »Selbst wenn ich es gestohlen hätte, wäre ich im Recht gewesen.« Alle gegen ihn sprechenden Beweise bestritt er so gut wie nicht, und wenn er Tatsachen zu seinen Gunsten auslegte, so auch wieder in konfuser, törichter Weise, als wollte er sich vor Iwan oder sonst jemandem gar nicht rechtfertigen; er wurde vielmehr zornig, reagierte auf die Anschuldigungen nur geringschätzig und stolz und schimpfte. Über Grigoris Aussage von der offenen Tür lachte er nur verächtlich und sagte, »der Teufel muß sie aufgemacht haben!« Irgendeine vernünftige Erklärung für diese Tatsache konnte er jedoch nicht vorbringen. Er brachte es sogar fertig, Iwan Fjodorowitsch bei diesem ersten Besuch zu beleidigen, indem er in rüdem Ton bemerkte, er lasse sich nicht von Personen verdächtigen und verhören, die selber behaupten, daß »alles erlaubt sei«. Überhaupt hatte er sich Iwan Fjodorowitsch gegenüber äußerst unfreundlich benommen. Gleich nach diesem Besuch bei Mitja also hatte sich Iwan Fjodorowitsch damals zu Smerdjakow begeben.

Schon bei der Heimfahrt aus Moskau hatte er immerzu an Smerdjakow und das letzte Gespräch denken müssen, das er mit ihm am Abend vor seiner Abreise gehabt hatte. Vieles hatte ihn stutzig gemacht, vieles war ihm verdächtig erschienen. Doch als er vor dem Untersuchungsrichter seine Aussagen machte, hatte Iwan Fjodorowitsch von diesem Gespräch vorläufig geschwiegen; er wollte erst ein Wiedersehen mit Smerdjakow abwarten. Dieser befand sich damals im städtischen Krankenhaus. Doktor Herzenstube und der Arzt Warwinski, den Iwan Fjodorowitsch im Krankenhaus traf, antworteten auf Iwan Fjodorowitschs diesbezügliche Fragen mit aller Bestimmtheit, Smerdjakows epileptischer Anfall sei zweifellos echt; sie wunderten sich sogar über seine Frage, ob er am Tag der Katastrophe nicht simuliert habe. Sie gaben ihm zu verstehen, daß es ein ungewöhnlicher Anfall gewesen sei, der sehr lange gedauert und sich mehrere Tage wiederholt habe, so daß das Leben des Patienten in großer Gefahr gewesen sei und man erst jetzt, nach Ergreifung der erforderlichen Maßnahmen, positiv sagen könne, der Kranke werde am Leben bleiben, obgleich sein Geist möglicherweise, fügte Doktor Herzenstube hinzu, zum Teil gestört bleiben werde, »wenn nicht für das ganze Leben, so doch längere Zeit«. Auf Iwan Fjodorowitschs ungeduldige Frage, ob er also jetzt verrückt sei, wurde ihm geantwortet, im vollen Sinn des Wortes noch nicht, doch seien gewisse abnorme Erscheinungen wahrnehmbar. Iwan Fjodorowitsch nahm sich vor, selbst festzustellen, was das für abnorme Erscheinungen sein mochten. Im Krankenhaus wurde ihm ein Besuch bei dem Kranken sogleich gestattet. Smerdjakow lag im Bett. In dem Raum stand noch ein Bett, das ein gelähmter einheimischer Kleinbürger innehatte; er war von Wassersucht ganz geschwollen, und sein Ableben war offenbar für den nächsten oder übernächsten Tag zu erwarten; stören konnte er bei dem Gespräch nicht. Smerdjakow lächelte mißtrauisch, als er Iwan Fjodorowitsch erblickte, und schien im ersten Augenblick sogar ängstlich zu sein. Wenigstens hatte Iwan Fjodorowitsch kurz diesen Eindruck. Aber das dauerte nur einen Moment. Die ganze übrige Zeit versetzte ihn Smerdjakow durch seine Ruhe geradezu in Erstaunen. Gleich beim ersten Blick gewann Iwan Fjodorowitsch die unzweifelhafte Überzeugung, daß er wirklich schwerkrank war. Er war sehr schwach, sah mager und gelb aus, redete langsam und schien die Zunge nur mit Mühe zu bewegen. Während der zwanzig Minuten, die der Besuch dauerte, klagte er ständig über Kopfschmerzen und über Reißen in allen Gliedern. Sein trockenes, kastratenhaftes Gesicht schien ganz klein geworden zu sein, die Schläfenhaare waren wirr und unordentlich, statt der früheren Tolle ragte nur ein dünner Haarbüschel in die Höhe. Aber das zusammengekniffene linke Auge, das so aussah, als wolle es jemandem zuzwinkern, verriet noch den ehemaligen Smerdjakow. »Auch ein kurzes Gespräch mit einem klugen Menschen ist von Vorteil!« Diese Bemerkung kam Iwan Fjodorowitsch sofort ins Gedächtnis. Er setzte sich am Fußende des Bettes auf einen Schemel.

Smerdjakow drehte sich unter Schmerzen mit dem ganzen Körper auf dem Bett herum, begann jedoch nicht als erster zu reden, sondern schwieg und machte ein Gesicht, als sei er nicht sonderlich neugierig.

»Bist du imstande, mit mir zu reden?« fragte Iwan Fjodorowitsch. »Ich werde dich nicht sehr anstrengen.«

»Dazu bin ich sehr wohl imstande«, stammelte Smerdjakow mit schwacher Stimme. »Sind Sie schon vor längerer Zeit angekommen?« fügte er in freundlichem Ton hinzu, als gelte es, einen verlegenen Besucher aufzumuntern.

»Ich bin erst heute eingetroffen … Um die Suppe auszulöffeln, die ihr eingerührt habt.«

Smerdjakow seufzte.

»Warum seufzst du? Du hast es gewußt!« polterte Iwan Fjodorowitsch los.

Smerdjakow schwieg in aller Ruhe eine Weile.

»Wie hätte ich das auch nicht wissen sollen? Das war ja im voraus klar. Nur, wie konnte man wissen, daß es eben diesen Verlauf nehmen werde?«

»Was für einen Verlauf? Mach keine Winkelzüge! Du hast doch selber vorausgesagt, du würdest einen epileptischen Anfall bekommen, sowie du in den Keller hinabsteigst. Gerade auf den Keller hast du hingewiesen.«

»Haben Sie das schon bei der Vernehmung ausgesagt?« erkundigte sich Smerdjakow ruhig.

Iwan Fjodorowitsch wurde auf einmal ärgerlich.

»Nein, noch nicht, aber ich werde es bestimmt tun. Du wirst mir jetzt vieles erklären müssen, Freundchen. Und das eine sollst du wissen, mein Lieber: Ich lasse mich nicht zum besten haben!«

»Wozu sollte ich Sie denn zum besten haben, wo ich doch auf Sie allein meine ganze Hoffnung setze, wie auf Gott den Herrn?« erwiderte Smerdjakow mit derselben Ruhe, nur daß er einen Augenblick lang die Augen geschlossen hatte.

»Erstens«, rückte ihm Iwan Fjodorowitsch zu Leibe, »weiß ich, daß man einen epileptischen Anfall nicht vorhersagen kann. Ich habe mich danach erkundigt, versuch nicht erst Ausflüchte! Tag und Stunde kann man nicht vorhersagen. Wie kam es also, daß du mir damals Tag und Stunde vorhergesagt hast, und noch dazu das von dem Keller? Wie konntest du im voraus wissen daß du bei einem Anfall ausgerechnet in diesen Keller fallen würdest – wenn du den Anfall nicht absichtlich simuliert hast?«

»In den Keller mußte ich sowieso gehen, mehrmals an jedem Tag«, antwortete Smerdjakow gedehnt und ohne jede Eile. »Genauso bin ich vor einem Jahr vom Dachboden heruntergefallen. Sicherlich kann man einen epileptischen Anfall nicht auf Tag und Stunde voraussagen, doch ein Vorgefühl kann man immer haben.«

»Aber du hast Tag und Stunde vorausgesagt!«

»Über meine Epilepsie, ob sie echt war oder nicht, werden Sie sich am besten bei den Ärzten erkundigen, gnädiger Herr. Daß ich mit Ihnen weiter über dieses Thema rede, ist zwecklos.«

»Und der Keller? Wie hast du das mit dem Keller vorhergewußt?«

»Immer kommen Sie mit diesem Keller! Als ich damals in den Keller hinunterstieg, hatte ich Angst und Sorgen, Angst besonders deshalb, weil ich Sie nicht mehr in meiner Nähe hatte und mir von niemand mehr Schutz und Hilfe versprechen konnte. Ich stieg also damals in den Keller hinab und dachte: ›Jetzt wird es gleich kommen, jetzt wird es gleich passieren! Werde ich hinunterstürzen oder nicht?‹ Und eben infolge dieser Unruhe packte mich der unvermeidliche Krampf in der Kehle – na, und da fiel ich hinunter. Das alles und mein ganzes Gespräch mit Ihnen am Tag vor dem Verbrechen, als ich Ihnen meine Befürchtungen und auch das von dem Keller mitteilte – das habe ich mit allen Einzelheiten dem Doktor Herzenstube und dem Untersuchungsrichter Nikolai Parfjonowitsch mitgeteilt, und es ist alles zu Protokoll genommen worden. Und der hiesige Arzt, Herr Warwinski, hat im Beisein aller besonders darauf aufmerksam gemacht, daß es eben von diesem Gedanken so gekommen sein muß, das heißt von dieser Besorgnis: Werde ich fallen oder nicht! Deswegen hat mich denn auch der Krampf gepackt. So haben sie es auch niedergeschrieben, daß es so vorgegangen sein müsse, das heißt infolge meiner Besorgnis.«

Nachdem Smerdjakow das gesagt hatte, stieß er einen tiefen Seufzer aus, als sei er von der Anstrengung erschöpft.

»Also das hast du schon bei der Vernehmung ausgesagt?« fragte Iwan Fjodorowitsch etwas verblüfft. Er hatte beabsichtigt, ihn damit zu schrecken, daß er über ihr damaliges Gespräch aussagen wollte, und nun stellte sich heraus, daß der andere es schon selbst getan hatte!

»Was habe ich denn zu fürchten? Sollen sie doch die ganze reine Wahrheit aufschreiben!« sagte Smerdjakow entschieden.

»Und du hast ihnen unser Gespräch am Tor erzählt, ohne etwas wegzulassen?«

»Nein, ganz ohne Auslassungen nicht.«

»Daß du einen epileptischen Anfall simulieren kannst, wie du dich damals mir gegenüber rühmtest, hast du das auch gesagt?«

»Nein, das habe ich nicht gesagt.«

»Sag mir jetzt, warum hast du mir damals zugeredet, nach Tschermaschnja zu fahren?«

»Ich fürchtete, Sie würden nach Moskau fahren. Tschermaschnja war immerhin näher.«

»Du lügst! Du selbst hast mich aufgefordert wegzufahren! Du hast gesagt: ›Fahren Sie weg! Weg von der Sünde!‹«

»Das habe ich damals einzig und allein aus Freundschaft für Sie und aus herzlicher Ergebenheit getan, weil ich ein Unglück im Haus ahnte und Sie mir leid taten. Nur tat ich mir selber noch mehr leid. Darum sagte ich: ›Fahren Sie weg von der Sünde!‹ Denn Sie sollten verstehen, daß zu Hause Unheil drohte, und dableiben, um den Vater zu beschützen.«

»Da hättest du deutlicher sprechen sollen, du Dummkopf!« rief Iwan Fjodorowitsch mit plötzlicher Heftigkeit.

»Wie hätte ich denn damals deutlicher sprechen können? Aus mir sprach ja nur die Angst, und Sie hätten auch wütend werden können. Ich konnte zwar befürchten, daß Dmitri Fjodorowitsch etwas Böses verüben und das Geld stehlen würde, da er es als sein Eigentum betrachtete – aber wer konnte wissen, daß die Sache mit einem Mord endet? Ich dachte, er würde einfach die dreitausend Rubel entwenden, die der Herr in einem Kuvert unter der Matratze liegen hatte, und nun hat er ihn totgeschlagen! Auch Sie hätten das nicht ahnen können, gnädiger Herr!«

»Wenn du also selbst sagst, daß es unmöglich war, das zu ahnen, wie konnte ich es dann ahnen und deswegen hierbleiben? Was redest du für konfuses Zeug?« sagte Iwan Fjodorowitsch nach einigem Nachdenken.

»Sie hätten es schon daraus schließen können, daß ich Ihnen riet, nicht nach Moskau, sondern nur nach Tschermaschnja zu fahren.«

»Wie kann man daraus etwas schließen!«

Smerdjakow schien sehr ermüdet zu sein und schwieg wieder lange.

»Das war aber doch wohl möglich. Wenn ich Sie veranlassen wollte, statt nach Moskau nach Tschermaschnja zu reisen, so war daraus zu ersehen, welchen Wert ich auf Ihre nähere Anwesenheit legte, weil Moskau fern ist und zu erwarten war, daß Dmitri Fjodorowitsch nicht so dreist sein wird, wenn er Sie in der Nähe weiß. Und auch zu meinem eigenen Schutz konnten Sie notfalls schneller dasein, denn ich selbst habe Sie zu diesem Zweck auf Grigori Wassiljewitschs Krankheit hingewiesen und von meiner Angst vor einem epileptischen Anfall gesprochen. Und wenn ich Ihnen von diesen Klopfsignalen erzählt habe, durch die man sich zu dem Verstorbenen Einlaß verschaffen konnte und die Ihr Bruder Dmitri Fjodorowitsch sämtlich von mir erfahren hatte, so habe ich mir gedacht, Sie würden schon selbst auf den Gedanken kommen, daß er sicherlich etwas vorhatte, und würden nicht einmal nach Tschermaschnja fahren, sondern ganz hierbleiben.«

›Er redet durchaus logisch, obwohl er stammelt!‹ dachte Iwan Fjodorowitsch. ›Wie kann Herzenstube da von einer Zerrüttung der geistigen Fähigkeiten sprechen?‹ »Du willst mich überlisten, hol' dich der Teufel!« schrie er dann wütend.

»Offen gestanden, ich dachte damals, Sie hätten es schon begriffen«, erwiderte Smerdjakow mit der harmlosesten Miene.

»Wenn ich es begriffen hätte, wäre ich doch hiergeblieben!« rief Iwan Fjodorowitsch, von neuem auffahrend.

»Na, ich glaubte, Sie hätten es begriffen und reisten so schnell wie möglich ab, um von der Sünde wegzukommen. Um nur irgendwohin zu fliehen und sich vor der Angst zu retten.«

»Du dachtest wohl, alle Menschen wären solche Feiglinge wie du?«

»Verzeihen Sie, ich dachte, Sie wären genauso wie ich.«

»Allerdings hätte ich es ahnen müssen«, sagte Iwan erregt. »Und ich vermutete auch, daß irgendeine Schweinerei von deiner Seite dahintersteckte ... Aber du lügst, du lügst wieder!« rief er, weil ihm plötzlich etwas einfiel. »Erinnerst du dich, daß du damals an meinen Reisewagen tratest und zu mir sagtest: ›Auch ein kurzes Gespräch mit einem klugen Menschen ist von Vorteil‹? Also hast du dich doch darüber gefreut, daß ich wegfuhr.«

Smerdjakow seufzte einmal und noch einmal. In seinem Gesicht schien sich eine leichte Röte zu zeigen.

»Wenn ich mich freute«, sagte er, etwas mühsam atmend, »so nur deswegen, weil Sie eingewilligt hatten, nicht nach Moskau, sondern nach Tschermaschnja zu fahren. Denn das war immerhin näher. Außerdem sagte ich Ihnen diese Worte nicht als Lob, sondern als Vorwurf. Das haben Sie nicht richtig aufgefaßt.«

»Wieso als Vorwurf?«

»Weil Sie Ihren eigenen Vater verließen und uns nicht schützen wollten, obwohl Sie ein solches Unglück ahnten! Man konnte nämlich auch mich wegen dieser dreitausend Rubel belangen, als ob ich sie gestohlen hätte.«

»Hol' dich der Teufel!« schimpfte Iwan wieder. »Sag mal, hast du dem Untersuchungsrichter und dem Staatsanwalt von den Klopfsignalen erzählt?«

»Ich habe alles wahrheitsgemäß angegeben.«

Iwan Fjodorowitsch wunderte sich wieder im stillen.

»Wenn ich damals an etwas dachte«, begann er wieder, »so doch nur an irgendeine Abscheulichkeit von deiner Seite. Dmitri war imstande, einen Totschlag zu begehen; daß er eines Diebstahls fähig wäre, habe ich damals nicht geglaubt. Von deiner Seite aber erwartete ich jede Niedertracht. Du selber hast mir gesagt, du könntest einen epileptischen Anfall simulieren; warum hast du das gesagt?«

»Lediglich aus Offenherzigkeit. Ich habe nie im Leben einen epileptischen Anfall absichtlich simuliert; ich habe nur so gesprochen, um mich vor Ihnen zu rühmen. Aus purer Dummheit. Ich mochte Sie damals sehr und redete zu Ihnen in aller Harmlosigkeit.«

»Mein Bruder beschuldigt dich geradezu, den Mord und den Diebstahl begangen zu haben.«

»Was bleibt ihm auch anderes übrig?« versetzte Smerdjakow bitter lächelnd. »Aber wer wird ihm bei all den belastenden Momenten glauben? Grigori Wassiljewitsch hat die Tür offen gesehen: Was gibt es dagegen für eine Verteidigung? Na, Gott möge ihm verzeihen, er sucht sich in seiner Angst zu retten …«

Er schwieg eine Weile mit ruhiger Miene und fügte dann, als hätte er es sich überlegt, hinzu: »Das ist wieder dieselbe Geschichte. Er will es auf mich abwälzen, so daß es als meine Tat erscheint, das habe ich schon gehört. Aber nehmen Sie schon allein den Umstand, daß ich einen epileptischen Anfall simulieren kann. Hätte ich Ihnen vorher gesagt, daß ich das kann, wenn ich wirklich etwas Böses gegen Ihren Vater im Schilde geführt hätte? Wenn ich einen Mord plante, konnte ich dann so dumm sein, vorher eine mich selbst belastende Aussage zu machen, und noch dazu dem leiblichen Sohn gegenüber? Ich bitte Sie! Hat das die geringste Wahrscheinlichkeit? Das ist, im Gegenteil, vollkommen undenkbar! Sehen Sie, dieses Gespräch jetzt mit Ihnen hört niemand außer der Vorsehung; doch wenn Sie es dem Staatsanwalt und Nikolai Parfjonowitsch mitteilen wollten, könnten Sie mich dadurch entscheidend verteidigen, denn welcher Verbrecher ist vorher so offenherzig? Das alles werden die Herren sehr wohl verstehen können.«

»Hör mal«, sagte Iwan Fjodorowitsch, stand auf und brach das Gespräch ab; Smerdjakows letzte Schlußfolgerung hatte auf ihn einen starken Eindruck gemacht. »Ich habe dich überhaupt nicht im Verdacht und halte es sogar für lächerlich, dich zu beschuldigen … Ich bin dir sogar dankbar, daß du mich beruhigt hast. Jetzt gehe ich, aber ich werde wieder einmal vorbeikommen. Bis dahin lebe wohl, und werde wieder gesund! Brauchst du irgend etwas?«

»Ich bin Ihnen sehr dankbar, aber ich habe alles. Marfa Kondratjewna vergißt mich nicht und versorgt mich mit allem, wenn ich etwas brauche. Sie ist zu mir so gütig wie früher. Es kommen täglich gute Menschen zu mir.«

»Auf Wiedersehen! Ich werde übrigens nichts davon sagen, daß du simulieren kannst. Und auch dir möchte ich raten, nichts darüber auszusagen«, bemerkte Iwan plötzlich aus irgendeinem Grund.

»Ich verstehe. Wenn Sie das nicht angeben, werde auch ich nicht von meinem ganzen Gespräch mit Ihnen damals am Tor berichten.«

Es ergab sich, daß Iwan Fjodorowitsch schnell hinausging und es ihm erst draußen auf dem Korridor zu Bewußtsein kam, daß in Smerdjakows letztem Satz ein beleidigender Sinn enthalten war. Er wollte schon wieder umkehren, doch der Gedanke war nur flüchtig. »Dummheiten«, sagte er vor sich hin, dann verließ er eilig das Krankenhaus. Die Hauptsache war, daß er sich tatsächlich beruhigt fühlte, und zwar gerade durch den Umstand, daß nicht Smerdjakow der Schuldige war, sondern sein Bruder Mitja, obwohl doch das Gegenteil hätte der Fall sein müssen. Warum es so war, das zu überlegen hatte er keine Lust; er empfand sogar einen Widerwillen gegen ein solches Wühlen in seinen Empfindungen. Lieber hätte er dies und jenes so bald wie möglich vergessen. Jedenfalls war er nach einigen Tagen, nachdem er sich näher und gründlicher mit allen Mitja belastenden Momenten bekannt gemacht hatte, vollständig von dessen Schuld überzeugt. Es waren darunter Aussagen ganz einfacher Leute, aber sie wirkten beinahe niederschmetternd, vor allem die Aussagen Fenjas und ihrer Mutter, gar nicht zu reden von Perchotin, von dem Restaurant, von Plotnikows Laden, von den Zeugen in Mokroje. Besonders belasteten ihn auch gewisse Einzelheiten. Die Mitteilung über die geheimen Klopfsignale hatten auf den Untersuchungsrichter und den Staatsanwalt einen fast ebenso starken Eindruck gemacht wie Grigoris Angabe über die offenstehende Tür. Grigoris Frau, Marfa Ignatjewna, erklärte auf Iwan Fjodorowitschs Frage mit aller Bestimmtheit, Smerdjakow habe bei ihnen die ganze Nacht über auf der anderen Seite der Bretterwand gelegen, »keine drei Schritte von unserem Bett entfernt«; sie habe zwar fest geschlafen, sei aber oft aufgewacht und habe gehört, wie er da stöhnte. »Die ganze Zeit stöhnte er, unaufhörlich stöhnte er.« Er hatte eine Unterredung mit Herzenstube und äußerte ihm gegenüber, Smerdjakow komme ihm überhaupt nicht geistig gestört vor, sondern nur körperlich schwach; doch er rief dadurch bei dem alten Mann nur ein feines Lächeln hervor. »Wissen Sie, womit er sich jetzt besonders beschäftigt?« fragte er Iwan Fjodorowitsch. »Er lernt französische Vokabeln auswendig. Unter dem Kopfkissen hat er ein Heft liegen, in das ihm jemand französische

Worte mit russischen Buchstaben hineingeschrieben hat, hehehe!« Iwan Fjodorowitsch ließ schließlich alle Zweifel fallen; er konnte an seinen Bruder Dmitri nur noch voller Ekel denken. Nur eines war seltsam: daß Aljoscha immer noch hartnäckig dabei blieb, nicht Dmitri habe den Mord begangen, sondern »mit aller Wahrscheinlichkeit« Smerdjakow. Iwan war sich immer dessen bewußt gewesen, daß Aljoschas Urteil ihm sehr viel galt, daher war er jetzt sehr erstaunt über ihn. Seltsam war auch, daß Aljoscha keine Gelegenheit suchte, mit ihm über Mitja zu sprechen, und selbst nie davon anfing, sondern nur auf seine, Iwans, Fragen antwortete. Übrigens wurde er in dieser Zeit durch etwas ganz anderes abgelenkt. Nach seiner Ankunft aus Moskau hatte er sich in den ersten Tagen rückhaltlos seiner glühenden, sinnlosen Leidenschaft für Katerina Iwanowna hingegeben. Es ist hier nicht der Ort, von dieser neuen Leidenschaft Iwan Fjodorowitschs anzufangen, die für sein ganzes späteres Leben bedeutsam werden sollte; das könnte als Stoff für einen zweiten Roman dienen, von dem ich noch nicht weiß, ob ich ihn jemals in Angriff nehmen werde. Aber eines kann ich auch jetzt nicht verschweigen: Als Iwan Fjodorowitsch mit Aljoscha in der Nacht von Katerina Iwanowna wegging und zu ihm sagte: »Ich mag sie nicht«, log er gewaltig. Er liebte sie unsinnig, obgleich er sie zeitweilig auch dermaßen haßte, daß er sie hätte ermorden können. Es kamen hier viele Ursachen zusammen. Tief erschüttert durch das Ereignis mit Mitja hatte sie sich auf den wieder zu ihr zurückgekehrten Iwan Fjodorowitsch wie auf einen Retter gestürzt. Sie war beleidigt, gekränkt, in ihren Gefühlen gedemütigt. Und da erschien nun wieder der Mensch, der sie früher so geliebt hatte, oh, sie wußte das, und dessen Verstand und Herz sie immer so hoch über sich selbst gestellt hatte. Aber das strengdenkende Mädchen gab sich ihm nicht völlig zum Opfer hin, trotz seines Karamasowschen Ungestüms und des starken Zaubers, den er auf sie ausübte. Sie quälte unaufhörlich die Reue darüber, daß sie Mitja untreu geworden war, und in bösen Augenblicken, wenn sie sich mit Iwan stritt, und solche Augenblicke gab es viele, sagte sie ihm das auch. Das war es, was er in dem Gespräch mit Aljoscha »Unwahrhaftigkeit und

Lüge« genannt hatte. Es war allerdings tatsächlich auch viel Unwahrhaftigkeit mit im Spiel, und das war es, was Iwan Fjodorowitsch am meisten aufregte ... Doch von alledem später! Kurz, zeitweilig vergaß er Smerdjakow beinahe. Und dennoch begannen ihn zwei Wochen nach seinem ersten Besuch bei Smerdjakow wieder alle jene sonderbaren Gedanken zu peinigen wie früher. Es genügt, wenn ich sage, daß er sich unaufhörlich fragte, warum er damals, in der letzten Nacht, die er vor seiner Abreise in Fjodor Pawlowitschs Haus zubrachte, leise wie ein Dieb auf die Treppe hinausgegangen war und gelauscht hatte, was sein Vater unten tat. Warum hatte er sich später nur angewidert daran erinnert? Warum hatte ihn am anderen Morgen unterwegs eine solche Niedergeschlagenheit überkommen? Und warum hatte er, als er in Moskau ankam, zu sich gesagt: »Ich bin ein Schurke«? Und er stellte sich vor, daß er um dieser quälenden Gedanken willen am Ende sogar Katerina Iwanowna vergessen könnte, mit solcher Stärke hatten sie ihn auf einmal wieder gepackt! Gerade als er darüber nachdachte, begegnete er auf der Straße Aljoscha. Er hielt ihn sofort an und legte ihm ohne weiteren Umstand die Frage vor: »Erinnerst du dich? Als damals nach dem Mittagessen Dmitri ins Haus stürzte und den Vater schlug, damals sagte ich dir auf dem Hof, ich behielte mir das Recht, etwas zu wünschen, vor. Sag mal, hast du damals gedacht, daß ich den Tod des Vaters wünschte, oder hast du es nicht gedacht?«

»Ja, ich habe es gedacht«, antwortete Aljoscha leise.

»Es war übrigens auch so, und war nicht schwer zu erraten. Aber ist dir damals nicht auch *der* Gedanke gekommen, daß mein Wunsch speziell dahin ging, es sollte ›ein Reptil das andere auffressen‹, das heißt, kein anderer als Dmitri sollte den Vater totschlagen, und zwar so bald wie möglich – wobei ich selbst nicht abgeneigt wäre, dabei Vorschub zu leisten?«

Aljoscha wurde ein wenig blaß und blickte dem Bruder stumm in die Augen.

»Sprich doch!« rief Iwan. »Ich will ganz genau wissen, was du damals gedacht hast. Die Wahrheit will ich hören, die Wahrheit!« Er atmete schwer und starrte Aljoscha schon im voraus böse an.

»Verzeih mir, auch das habe ich damals gedacht«, flüsterte Aljoscha und verstummte, ohne ein milderndes Wort hinzuzufügen.

»Ich danke dir!« antwortete Iwan kurz, ließ Aljoscha stehen und ging mit raschen Schritten davon.

Seitdem bemerkte Aljoscha, daß sich Iwan in schroffer Weise von ihm fernhielt und ihn so gar nicht mehr mochte, so daß er kurz darauf von sich aus die Besuche bei Iwan einstellte. Unmittelbar nach dieser Begegnung mit Aljoscha begab sich Iwan Fjodorowitsch, ohne erst nach Hause zu gehen, plötzlich abermals zu Smerdjakow.

7. Zweiter Besuch bei Smerdjakow

Smerdjakow war damals schon aus dem Krankenhaus entlassen. Iwan Fjodorowitsch kannte seine neue Wohnung in jenem schiefen kleinen Häuschen aus unverschalten Balken, das nur zwei durch einen Flur getrennte Stuben enthielt. In der einen Stube wohnte Marja Kondratjewna mit ihrer Mutter, in der anderen für sich allein Smerdjakow. Gott weiß, unter welchen Bedingungen er bei ihnen wohnte, ob umsonst oder zur Miete. Später hieß es, er hätte sich als Marja Kondratjewnas Bräutigam bei ihnen niedergelassen und einstweilen gratis gelebt. Mutter wie Tochter schätzten ihn sehr und betrachteten ihn als ein weit über ihnen stehendes Wesen.

Nachdem Iwan Fjodorowitsch geklopft hatte und ihm geöffnet worden war, begab er sich auf Marja Kondratjewnas Weisung direkt in die links gelegene »gute Stube«, die Smerdjakow bewohnte. In dieser Stube stand ein Kachelofen, der jetzt stark geheizt war. Die Wände waren mit himmelblauen, allerdings völlig zerfetzten Tapeten geschmückt, und darunter in den Holzritzen wimmelte es von Schaben in solcher Menge, daß ein unaufhörliches Rascheln zu hören war. Das Mobiliar war nur spärlich: zwei Bänke an den beiden Wänden und zwei Stühle am Tisch. Der Tisch, obwohl nur ein einfacher Holztisch, war mit einer rotgemusterten Decke bedeckt. An den beiden kleinen Fenstern stand ein Blumentopf mit Geranien. In der Ecke war ein Schrein mit Heiligenbildern angebracht. Auf dem Tisch stand ein kleiner, stark verbeulter Samowar aus Messing und ein Präsentierteller mit zwei Tassen. Seinen Tee hatte Smerdjakow jedoch bereits getrunken, und der Samowar war erloschen. Er selbst saß am Tisch auf einer Bank, blickte in ein Heft und schrieb etwas mit der Feder. Ein Fläschchen mit Tinte stand neben ihm, ebenso ein niedriger eiserner Leuchter, letzterer sogar mit Stearinkerze. Iwan Fjodorowitsch sah sofort an Smerdjakows Gesicht, daß er sich von seiner Krankheit wieder völlig erholt hatte. Sein Gesicht war frischer und voller geworden, die Tolle sorgsam in die Höhe gekämmt, die Schläfenhaare pomadisiert. Er saß in einem bunten, wattierten Schlafrock da, der recht schmutzig und abgetragen war. Er trug eine Brille, die Iwan Fjodorowitsch früher an ihm noch nicht gesehen hatte. Dieser unbedeutende Umstand schien Iwan Fjodorowitsch ganz besonders zu ärgern: So eine Kreatur, und trägt eine Brille! – Smerdjakow hob langsam den Kopf und blickte den Eintretenden durch die Brille unverwandt an; dann nahm er sie ruhig ab und erhob sich von der Bank, aber durchaus nicht sehr respektvoll, sondern ziemlich lässig, nur um die allernotwendigste Höflichkeit zu wahren, ohne die es nun einmal nicht geht. Alles das bemerkte Iwan Fjodorowitsch augenblicklich und verstand es sofort. Doch die Hauptsache war Smerdjakows Blick, der zu sagen schien: ›Warum belästigst du mich schon wieder? Wir haben uns doch damals über alles ausgesprochen, warum bist du noch einmal zu mir gekommen?‹ Iwan Fjodorowitsch beherrschte sich nur mit Mühe.

»Es ist heiß bei dir«, sagte er noch im Stehen und knöpfte sich den Überzieher auf.

»Legen Sie doch ab!« sagte Smerdjakow, als erteilte er eine Erlaubnis.

Iwan Fjodorowitsch zog den Überzieher aus und warf ihn auf eine Bank, griff mit zitternden Händen nach einem Stuhl, rückte ihn hastig an den Tisch und setzte sich. Smerdjakow hatte sich schon vorher wieder auf seiner Bank niedergelassen.

»Erstens – sind wir allein?« fragte Iwan Fjodorowitsch streng und nachdrücklich. »Kann uns niemand hören?«

»Niemand. Sie haben ja selbst gesehen: der Flur ist dazwischen.«

»Hör mal zu, Freundchen. Was hast du für einen Unsinn geredet, als ich aus dem Krankenhaus wegging von dir? Daß auch du dem Untersuchungsrichter nicht unser ganzes Gespräch am Tor mitteilst, wenn ich deine Fähigkeit, einen epileptischen Anfall zu simulieren, verschweige? Was sollte das heißen: nicht das ganze Gespräch? Was hast du damit gemeint? War das etwa eine Drohung, wie? Als ob ich mit dir eine Art Bündnis geschlossen hätte und mich vor dir fürchtete, wie?«

Iwan Fjodorowitsch sagte das in voller Wut, wobei er klar und absichtlich zu verstehen gab, daß er alle Winkelzüge und listigen Manöver verachte und offenes Spiel spielen wolle. Smerdjakows Augen funkelten boshaft, und sein linkes Auge zwinkerte; auf diese Weise gab er, obwohl seiner Gewohnheit gemäß ruhig und gemessen, gleich die wortlose Antwort: ›Du willst ein offenes Verfahren? Nun gut, das kannst du haben!‹

»Was ich damals gemeint habe und weswegen ich das gesagt habe, ist folgendes: Daß Sie ihren Vater, obwohl Sie seine Ermordung ahnten, damals als Opfer im Stich ließen und wegreisten, damit die Leute nicht zu üblen Schlußfolgerungen über Ihre Gefühle und vielleicht auch noch über etwas anderes gelangten. Das ist es, wovon ich Ihnen damals versprach, daß ich es den Behörden nicht mitteilen würde.«

Smerdjakow sagte das zwar langsam und offenbar auch mit Selbstbeherrschung; trotzdem war seiner Stimme schon eine gewisse Hartnäckigkeit, etwas Boshaftes und Herausforderndes anzuhören. Dreist starrte er Iwan Fjodorowitsch an, diesem flimmerte es im ersten Moment vor Erstaunen vor den Augen.

»Wie?« rief er. »Was? Bist du verrückt geworden?«

»Ich bin durchaus bei vollem Verstand.«

»Habe ich damals etwa von dem Mord gewußt?« schrie Iwan Fjodorowitsch endlich und schlug mit der Faust heftig auf den Tisch. »Was heißt das: ›Noch über etwas anderes‹? Rede, du Schurke!«

Smerdjakow schwieg und starrte Iwan Fjodorowitsch weiterhin frech an.

»Rede, du stinkende Kanaille! Was meinst du damit, ›Noch über etwas anderes‹?« brüllte er.

»Damit meinte ich, daß Sie am Ende auch selber den Tod Ihres Vaters wünschten.«

Iwan Fjodorowitsch sprang auf und schlug ihn so heftig mit der Faust auf die Schulter, daß er gegen die Wand taumelte. Im nächsten Augenblick war Smerdjakows Gesicht tränenübergossen und schien auszudrücken: ›Schämen Sie sich, mein Herr, einen schwachen Menschen zu schlagen!‹ Er bedeckte die Augen mit seinem blaukarierten, vollgeschneuzten Baumwolltaschentuch und weinte still vor sich hin. So verging etwa eine Minute.

»Nun genug! Hör auf!« sagte Iwan Fjodorowitsch endlich gebieterisch und setzte sich wieder auf seinen Stuhl. »Bring mich nicht um den letzten Rest meiner Geduld!«

Smerdjakow nahm seinen Lappen von den Augen. Jeder Zug seines runzligen Gesichts drückte Kränkung aus.

»Also du Schuft dachtest, ich wollte gemeinsam mit Dmitri den Vater ermorden?«

»Ihre damaligen Gedanken kannte ich nicht«, sagte Smerdjakow mit beleidigter Miene. »Darum hielt ich Sie damals am Tor auf, um Sie über diesen Punkt auszuforschen.«

»Was wolltest du erforschen? Was?«

»Eben diesen Punkt. Ob Sie die Ermordung Ihres Vaters wünschten oder nicht wünschten.«

Was Iwan Fjodorowitsch am meisten empörte, war der freche Ton, den Smerdjakow hartnäckig beibehielt.

»Du hast ihn ermordet!« rief er plötzlich.

Smerdjakow lächelte geringschätzig.

»Daß ich ihn nicht ermordet habe, wissen Sie selber ganz genau. Ich hatte geglaubt, ein kluger Mensch würde es für überflüssig halten, darüber auch nur ein Wort zu verlieren.«

»Aber warum, warum ist dir damals so ein Verdacht gegen mich in den Sinn gekommen?«

»Wie Ihnen schon bekannt ist, einzig und allein aus Angst. Ich befand mich damals in einer solchen Lage, daß ich, vor Angst zitternd, alle Menschen verdächtigte. Auch Sie beschloß ich auszuforschen; denn ich dachte, falls Sie denselben Wunsch haben sollten wie Ihr Bruder, dann wäre ohnehin alles entschieden, und ich selbst würde mit umkommen wie eine Fliege.«

»Hör mal, vor zwei Wochen hast du das nicht gesagt!«

»Genau dasselbe habe ich auch im Krankenhaus in dem Gespräch mit Ihnen gemeint; nur nahm ich an, daß Sie mich auch ohne überflüssige Worte verstehen würden, und als ein kluger Mensch kein offenes Gespräch wünschten!«

»Nun sieh mal einer an! Aber antworte, antworte, ich will alles wissen! Wodurch habe ich eigentlich in deiner Schurkenseele diesen meiner so unwürdigen Verdacht erwecken können?«

»Selbst den Mord zu begehen – das hätten Sie um keinen Preis fertiggebracht, und das wollten Sie auch nicht. Aber daß ein anderer den Mord beging, das wollten Sie.«

»Und mit welcher Ruhe er das sagt! Warum hätte ich das wünschen sollen? Welchen Anlaß hatte ich, das zu wünschen?«

»Welche Frage! Die Erbschaft!« erwiderte Smerdjakow giftig, ja rachsüchtig. »Sie erbten ja dann zu dritt die Hinterlassenschaft Ihres Vaters, so daß jedem beinahe vierzigtausend Rubel zufielen, vielleicht sogar noch mehr. Hätte aber Fjodor Pawlowitsch damals diese Dame, Agrafena Alexandrowna, geheiratet, hätte die gleich nach der Trauung das ganze Kapital auf sich übertragen lassen, denn sie ist ja eine kluge Person, so daß die drei Brüder zusammen nicht einmal zwei Rubel von der Erbschaft bekommen hätten. Und wieviel fehlte denn damals an der Eheschließung? Nur ein Haarbreit. Diese Dame brauchte nur mit dem kleinen Finger so zu machen, dann wäre er sofort mit heraushängender Zunge hinter ihr her zur Kirche gelaufen.«

Iwan Fjodorowitsch beherrschte sich mit mühsamer Anstrengung. »Nun gut«, sagte er endlich, »du siehst, ich bin nicht aufgesprungen, habe dich nicht verprügelt und nicht totgeschlagen ... Rede weiter. Ich habe also deiner Ansicht nach meinen Bruder Dmitri dazu ausersehen und auf ihn gerechnet?«

»Wie hätten Sie denn nicht auf ihn rechnen sollen? Wenn er den Mord verübte, verlor er ja alle Adelsrechte, seinen Rang und sein Vermögen und wurde nach Sibirien verschickt. Dann fiel sein Teil der Erbschaft Ihnen und Ihrem Bruder Alexej Fjodorowitsch zu gleichen Teilen zu; jeder von ihnen bekam also nicht vierzigtausend, sondern sechzigtausend Rubel. Also haben Sie sicherlich auf Dmitri Fjodorowitsch gerechnet!«

»Na, ich lasse mir viel von dir gefallen! Hör zu, du Taugenichts: Wenn ich damals auf jemand gerechnet hätte, so natürlich auf dich und nicht auf Dmitri! Ich muß schon sagen, ich traute dir damals durchaus irgendwelche Schurkereien zu ... Ich erinnere mich, welchen Eindruck du auf mich gemacht hast!«

»Auch ich habe damals einen Augenblick lang gedacht, daß Sie auch auf mich rechneten«, erwiderte Smerdjakow mit spöttischem Lächeln. »Und eben dadurch haben Sie sich damals noch mehr vor mir enthüllt! Denn wenn Sie mir so etwas zutrauten und trotzdem wegfuhren, so sagten Sie mir ja dadurch gewissermaßen: Du kannst den Vater totschlagen, ich bin dir nicht hinderlich.«

»Schurke! So hast du das aufgefaßt?«

»Und alles wegen dieses Tschermaschnja. Ich bitte Sie! Sie beabsichtigen, nach Moskau zu reisen, und schlagen alle Bitten Ihres Vaters ab, doch lieber nach Tschermaschnja zu fahren. Und auf ein einziges dummes Wort von mir erklären Sie sich auf einmal einverstanden! Wozu brauchten Sie denn damals in die Fahrt nach Tschermaschnja einzuwilligen? Wenn Sie nämlich nicht nach Moskau, sondern ohne Grund nach Tschermaschnja fuhren, nur infolge eines Wortes, das ich gesagt hatte, so erwarteten Sie doch offenbar etwas von mir!«

»Nein, ich schwöre es, nein!« schrie Iwan zähneknirschend.

»Wie können Sie da nein sagen! Es wäre doch vielmehr in der Ordnung gewesen, wenn Sie als der Sohn Ihres Vaters mich für meine Worte zuallererst auf die Polizei gebracht hätten und mich hätten auspeitschen lassen … Oder wenn Sie mir wenigstens gleich auf der Stelle ein paar in die Schnauze gehauen hätten. Aber ich bitte Sie – im Gegenteil, Sie wurden nicht im geringsten zornig, sondern handelten sofort ganz genau nach meinen sehr dummen Worten und fuhren dorthin, was doch ganz ungereimt war! Es hätte sich nämlich gehört, daß Sie hiergeblieben wären, um das Leben Ihres Vaters zu schützen … Wie hätte ich daraus nicht meine Schlüsse ziehen sollen?«

Iwan saß mit finsterem Gesicht da und stützte krampfhaft beide Fäuste auf die Knie.

»Ja, schade, daß ich dir nicht ein paar in die Schnauze gegeben habe«, sagte er, bitter lächelnd. »Dich damals auf die Polizei zu schleppen war nicht ratsam, wer hätte mir geglaubt, und worauf hätte ich mich berufen können? Na, aber ein paar in die Schnauze … Leider habe ich nicht daran gedacht, das ist zwar verboten, aber ich hätte dir doch deine Fratze zu Brei schlagen sollen!«

Smerdjakow betrachtete ihn mit wahrem Genuß.

»Unter gewöhnlichen Umständen«, sagte er in jenem selbstzufriedenen, lehrhaften Ton, in dem er ehemals an Fjodor Pawlowitschs Tisch mit Grigori Wassiljewitsch über den Glauben disputiert und ihn gehänselt hatte, »unter gewöhnlichen Umständen ist es heutzutage allerdings gesetzlich verboten, jemanden in die Schnauze zu schlagen, und niemand tut das mehr. Na, aber unter außerordentlichen Umständen wird nicht nur bei uns, sondern auf der ganzen Welt, selbst wo die vollste französische republikanische Freiheit herrscht, immer noch geschlagen wie zu Adams und Evas Zeiten, und das wird auch nie aufhören. Sie jedoch haben es damals auch unter so außerordentlichen Umständen nicht gewagt.«

»Wozu lernst du denn französische Vokabeln?« fragte Iwan und deutete mit dem Kopf auf die Hefte auf dem Tisch.

»Warum sollte ich sie nicht lernen, um meine Bildung zu vervollständigen? Ich denke, daß es vielleicht auch mir noch einmal beschieden sein wird, in jenen glücklichen Gegenden Europas zu leben.«

»Paß auf, du Scheusal!« sagte Iwan; seine Augen funkelten, und er zitterte am ganzen Körper. »Ich fürchte deine Beschuldigungen nicht. Sag gegen mich aus, was du willst! Und wenn ich dich nicht gleich jetzt totgeprügelt habe, so nur deswegen nicht, weil ich dich im Verdacht habe, das Verbrechen begangen zu haben, und dich vor Gericht ziehen werde. Ich werde dich schon entlarven.«

»Aber meiner Ansicht nach werden Sie besser schweigen. Denn was können Sie gegen mich bei meiner völligen Unschuld vorbringen? Und wer wird Ihnen glauben? Sollten Sie jedoch damit anfangen, werde auch ich alles erzählen, denn warum sollte ich mich nicht verteidigen?«

»Meinst du, daß ich dich jetzt fürchte?«

»Mag man auch bei Gericht allem, was ich Ihnen jetzt gesagt habe, keinen Glauben schenken – das Publikum wird es doch tun, und Sie werden sich schämen müssen.«

»Das bedeutet wohl wieder: ›Auch ein kurzes Gespräch mit einem klugen Menschen ist von Vorteil‹, wie?« fragte Iwan zähneknirschend.

»Da haben Sie es ganz genau getroffen. Also, seien Sie denn auch klug!«

Zitternd vor Empörung stand Iwan Fjodorowitsch auf, zog seinen Überzieher an und verließ schnell die Stube und das Haus, ohne Smerdjakow noch weiter zu antworten oder ihn auch nur anzusehen. Die kühle Abendluft erfrischte ihn. Am Himmel schien hell der Mond. Ein beängstigendes Chaos von Gedanken und Gefühlen brodelte in seiner Seele. ›Soll ich gleich hingehen und Smerdjakow anzeigen? Aber was soll ich gegen ihn vorbringen? Er ist ja unschuldig. Er wird im Gegenteil mich anklagen. In der Tat, warum bin ich damals nach Tschermaschnja gefahren? Warum, ja warum?‹ fragte sich Iwan Fjodorowitsch. ›Ja, allerdings, ich erwartete etwas, da hat er recht …‹ Und er erinnerte sich zum hundertstenmal, wie er in der letzten Nacht beim Vater von der Treppe aus gehorcht hatte; und diese Erinnerung war jetzt mit einer solchen Qual für ihn verbunden, daß er wie von einem Dolchstoß getroffen stehenblieb. ›Ja, ich habe das damals erwartet, das ist wahr! Ich wollte den Mord, wollte ihn geradezu! Wollte ich den Mord, wollte ich ihn wirklich? Ich muß Smerdjakow totschlagen! Wenn ich es jetzt nicht wage, Smerdjakow totzuschlagen, hat das Leben für mich keinen Wert mehr!‹ Ohne in seiner Wohnung vorbeizugehen, begab sich Iwan Fjodorowitsch dann geradewegs zu Katerina Iwanowna und erschreckte sie durch sein Benehmen; er war wie von Sinnen. Er berichtete ihr sein ganzes Gespräch mit Smerdjakow, vollständig, bis in die geringste Einzelheit, und konnte sich gar nicht beruhigen, wie sehr sie ihn auch zu beschwichtigen suchte; immerzu lief er im Zimmer auf und ab und führte seltsame, zusammenhanglose Reden.

Zuletzt setzte er sich hin, stützte die Ellenbogen auf den Tisch, legte den Kopf in die Hände und sprach folgende seltsamen Sätze aus: »Wenn nicht Dmitri den Mord begangen hat, sondern Smerdjakow, bin ich natürlich mit ihm solidarisch, denn ich habe ihn angestiftet. Ob ich ihn angestiftet habe, weiß ich noch nicht. Doch wenn er den Mord begangen hat und nicht Dmitri, dann bin natürlich auch ich ein Mörder.«

Als Katerina Iwanowna das hörte, stand sie schweigend von ihrem Platz auf, ging zu ihrem Schreibtisch, öffnete eine daraufstehende Schatulle, nahm ein Blatt Papier heraus und legte es vor Iwan hin. Dieses Blatt Papier war jenes Schriftstück, von dem Iwan Fjodorowitsch später zu Aljoscha sagte, es beweise mit mathematischer Sicherheit, daß ihr Bruder Dmitri den Vater ermordet habe. Es war ein Brief, den Mitja in betrunkenem Zustand Katerina Iwanowna an jenem Abend geschrieben hatte, als er Aljoscha, der nach der Szene zwischen Katerina Iwanowna und Gruschenka ins Kloster zurückkehrte, auf dem Feld begegnet war. Als Mitja sich damals von Aljoscha getrennt hatte, war er zu Gruschenka geeilt. Ob er sie gesprochen hat, ist unbekannt; spätabends, war er jedenfalls im Restaurant

»Zur Residenz« erschienen und hatte sich dort gehörig betrunken. In diesem Zustand hatte er sich Feder und Papier geben lassen und ein wichtiges Beweisstück gegen sich selbst niedergeschrieben. Es war ein rasender, redseliger, unzusammenhängender Brief, eben das, was man einen »betrunkenen« Brief nennt: ähnlich, wie wenn ein Betrunkener bei der Rückkehr nach Hause seiner Frau oder einem Hausgenossen sehr hitzig erzählt, daß man ihn soeben beleidigt habe und was für ein Schuft der Beleidiger und was für ein prächtiger Mensch demgegenüber er selbst sei und daß er es diesem Schuft heimzahlen werde – und das alles in nicht abreißender Rede, zusammenhanglos und aufgeregt, untermalt von Faustschlägen auf den Tisch und vielen Tränen der Betrunkenheit. Das Papier zu diesem Brief, das man ihm im Restaurant gegeben hatte, war ein schmutziges Stück gewöhnlichen, minderwertigen Schreibpapiers; auf der Rückseite stand irgendeine Rechnung. Für die Redseligkeit des Betrunkenen hatte der Raum offenbar nicht ausgereicht, und Mitja hatte nicht nur alle Ränder vollgeschrieben, sondern die letzten Zeilen waren sogar quer über das bereits Geschriebene geschmiert. Der Brief hatte folgenden Wortlaut:

»Verhängnisvolle Katja! Morgen werde ich mir Geld beschaffen und Dir Deine dreitausend Rubel wiedergeben, und dann leb wohl, Du, die Du eines so gewaltigen Zornes fähig bist, aber auch meiner Liebe sage ich dann Lebewohl! Machen wir ein Ende! Morgen werde ich mir bei allen möglichen Leuten das Geld zu beschaffen versuchen, falls mir das jedoch nicht gelingt, dann, darauf gebe ich Dir mein Ehrenwort, werde ich zu meinem Vater gehen und ihm den Schädel einschlagen und ihm das Geld unter seinem Kopfkissen wegnehmen, sobald Iwan abgereist ist. Und wenn ich zur Zwangsarbeit nach Sibirien muß – die dreitausend Rubel werde ich Dir zurückgeben! Du selbst aber lebe wohl! Ich verbeuge mich vor Dir bis zur Erde, denn ich habe mich Dir gegenüber wie ein Schuft benommen. Verzeih mir! Nein, verzeih mir lieber nicht, dann wird mir und Dir leichter zumute sein! Lieber die Zwangsarbeit als Deine Liebe, denn ich liebe eine andere! Du aber hast sie heute allzusehr kennengelernt, wie kannst Du verzeihen! Ich werde den totschlagen, der mich bestohlen hat. Ich werde von euch allen nach dem Osten weggehen, um niemand mehr zu kennen. Auch sie will ich nicht mehr kennen, denn nicht allein Du quälst mich, sondern auch sie. Lebe wohl!

P. S. Ich schreibe einen Fluch, doch ich bete Dich an! Das fühle ich in meiner Brust. Da ist noch eine Saite übriggeblieben, und die tönt. Am besten schneide ich mein Herz mittendurch. Ich werde mich töten, vorher aber jenen Hund. Ich werde ihm die dreitausend Rubel entreißen und sie Dir hinwerfen. Ich habe mich Dir gegenüber zwar wie ein Schuft benommen, trotzdem bin ich kein Dieb! Erwarte die dreitausend Rubel! Sie liegen bei dem Hund unter der Matratze, mit einem rosa Bändchen umwickelt. Ich bin kein Dieb, sondern ich töte den, der mich bestohlen hat. Katja, mach kein verächtliches Gesicht: Dmitri ist kein Dieb, sondern ein Mörder! Er hat seinen Vater totgeschlagen und sich zugrunde gerichtet, um aufrecht stehen zu können und Deinen Stolz nicht ertragen zu müssen. Und um Dich nicht lieben zu müssen.

PP. S. Ich küsse Deine Füße, lebe wohl!

PP. SS. Katja, bete zu Gott, daß mir diese Leute das Geld geben. Dann werde ich kein Blut vergießen. Geben Sie es mir aber nicht, dann vergieße ich Blut. Töte mich!

Dein Sklave und Feind D. Karamasow.«

Als Iwan dieses Schriftstück gelesen hatte, stand er überzeugt auf. Also hatte sein Bruder den Mord begangen und nicht Smerdjakow. Und wenn Smerdjakow nicht, dann auch er, Iwan nicht. Dieser Brief erlangte in seinen Augen sofort die Bedeutung eines unwiderleglichen Beweises. An Mitjas Schuld konnte für ihn nun kein Zweifel mehr bestehen. Beiläufig gesagt: daß Mitja den Mord gemeinsam mit Smerdjakow begangen haben könnte, diesen Verdacht hatte Iwan niemals gehegt; das paßte auch nicht zu den Tatsachen. Iwan war vollständig beruhigt. Am anderen Morgen erinnerte er sich nur mit Geringschätzung an Smerdjakow und dessen Spottreden. Ein paar Tage darauf wunderte er sich sogar darüber, daß er dessen Verdächtigungen so qualvoll als beleidigend empfunden hatte. Er nahm sich vor, ihn zu verachten und zu vergessen. So verging ein Monat. Nach Smerdjakow erkundigte er sich bei niemand mehr; er hörte nur ein paarmal flüchtig, daß dieser sehr krank und nicht mehr voll bei Verstand sei. »Er wird im Wahnsinn enden«, hatte der junge Arzt Warwinski einmal gesagt, und Iwan entsann sich dieses Ausspruchs. In der letzten Woche dieses Monats fing Iwan selbst an, sich unwohl zu fühlen. Er war auch schon zu einer Konsultation zu dem Moskauer Arzt gegangen, den Katerina Iwanowna hatte kommen lassen und der kurz vor der Gerichtsverhandlung eingetroffen war. Gerade in dieser Zeit hatten sich seine Beziehungen zu Katerina Iwanowna zugespitzt. Die beiden waren sozusagen zwei ineinander verliebte Feinde. Katerina Iwanownas Rückfälle in ihre Liebe zu Mitja, die zwar immer nur von kurzer Dauer, aber sehr stark waren, hatten Iwan bereits in Raserei versetzt. Merkwürdig, bis zu jener letzten Szene bei Katerina Iwanowna, als Aljoscha in Mitjas Auftrag zu ihr gekommen war, hatte er, Iwan, in dem ganzen Monat von ihr kein einziges Mal einen Zweifel an Mitjas Schuld gehört, trotz ihrer ihm so verhaßten »Rückfälle«. Und noch eines war bemerkenswert: Er fühlte, daß er Mitja mit jedem Tag mehr haßte, und erkannte gleichzeitig, daß es nicht wegen der »Rückfälle« Katjas war, sondern weil er den Vater totgeschlagen hatte! Das fühlte er und war sich dessen vollständig bewußt. Und dennoch ging er zehn Tage vor der Gerichtsverhandlung zu Mitja und legte ihm einen Fluchtplan vor, den er offenbar schon lange überdacht hatte. Außer der Hauptursache, die ihn zu diesem Schritt veranlaßte, war noch eine nicht vernarbte Wunde in seinem Herzen mit im Spiel, eine Wunde, die von der Bemerkung Smerdjakows herrührte, es sei für ihn, Iwan, vorteilhaft, wenn sein Bruder verurteilt würde: dann erhöhe sich sein und Aljoschas Anteil an der Hinterlassenschaft des Vaters von je vierzigtausend auf je sechzigtausend Rubel. Er beschloß daher, seinerseits dreißigtausend Rubel zu opfern, um seinem Bruder Mitja die Flucht zu ermöglichen. Nach seiner Rückkehr von ihm war er sehr traurig und verstört; es war ihm auf einmal zu Bewußtsein gekommen, daß er die Flucht nicht nur deswegen wünschte, um dafür dreißigtausend Rubel zu opfern und so seine Wunde zu heilen, sondern auch noch aus einem anderen Grund. ›Wünsche ich sie deswegen, weil ich im Grunde meiner Seele ein ebensolcher Mörder bin?‹ fragte er sich selbst. Etwas Fernliegendes, Brennendes quälte seine Seele. Vor allen Dingen aber hatte in diesem Monat sein Stolz furchtbar gelitten – doch davon später. Als Iwan Fjodorowitsch nach seinem Gespräch mit Aljoscha schon den Klingelgriff an seiner Wohnung berührt und sich dann doch entschlossen hatte, zu Smerdjakow zu gehen, hatte er einem plötzlich aufsteigendem Gefühl des Unwillens gehorcht. Er hatte sich auf einmal erinnert, wie Katerina Iwanowna ihm soeben in Aljoschas Gegenwart zugerufen hatte: »Nur du allein hast mich zu der Überzeugung gebracht, daß Mitja der Mörder ist!« Bei diesem Gedanken erstarrte Iwan: Nie in seinem Leben hatte er sie zu überzeugen versucht, daß Mitja der Mörder sei; vielmehr hatte er sich damals, von Smerdjakow zurückgekehrt, sogar selbst vor ihr verdächtigt. Im Gegenteil, sie war es gewesen, die ihm damals das Schriftstück vorgelegt und dadurch die Schuld des Bruders bewiesen hatte! Und nun hatte sie auf einmal ausgerufen: »Ich bin selber bei Smerdjakow gewesen!« Wann war sie dagewesen? Iwan wußte nichts davon. Also war sie gar nicht so fest von Mitjas Schuld überzeugt! Und was hatte Smerdjakow ihr sagen können? Und was hatte er ihr wirklich gesagt? Ein schrecklicher Zorn überkam ihn. Er begriff nicht, wie er vor einer halben Stunde diese Worte hatte anhören können, ohne sofort dagegen zu protestieren. Er ließ den Klingelgriff los und machte sich auf den Weg zu Smerdjakow. ›Vielleicht werde ich ihn diesmal totschlagen!‹ dachte er unterwegs.

8. Dritter und letzter Besuch bei Smerdjakow

Er hatte erst die Hälfte des Weges zurückgelegt, als sich ein scharfer, trockener Wind erhob, ein Wind wie am Morgen des Tages, und feinen, dichten, trockenen Schnee herabschüttete. Der Schnee fiel auf die Erde, ohne an ihr zu haften; der Wind wirbelte ihn wieder in die Höhe, und bald bildete sich ein richtiger Schneesturm heraus. In dem Stadtteil, wo Smerdjakow wohnte, gibt es bei uns fast keine Laternen. Iwan Fjodorowitsch lief durch die Dunkelheit, ohne den Schneesturm zu beachten, instinktiv seinen Weg suchend. Der Kopf tat ihm weh, und das Blut hämmerte ihm schmerzhaft in den Schläfen, in den Händen fühlte er einen Krampf. Er hatte Marja Kondratjewnas Häuschen noch nicht ganz erreicht, als er vor sich einen einsamen Betrunkenen bemerkte, einen nicht sehr großen Bauern in einem zerlumpten Kittel. Der Bauer ging im Zickzack, brummte vor sich hin und schimpfte; doch auf einmal hörte er auf zu schimpfen und begann mit heiserer, trunkener Stimme zu singen:

»Ach, mein Wanka ging nach Piter,
und er kommt so bald nicht wieder ...«

Nach dieser zweiten Zeile brach er immer ab und begann wieder über irgend etwas zu schimpfen; darauf stimmte er dann wieder dasselbe Lied an. Iwan Fjodorowitsch war schon seit einer Weile wütend auf ihn, ohne daß er eigentlich richtig an den armen Kerl gedacht hätte; plötzlich aber wurde er bewußt auf ihn aufmerksam, und sogleich packte ihn ein unwiderstehliches Verlangen, den Bauern durch einen Faustschlag zu Boden zu schmettern. Als er ihn eingeholt hatte, prallte der Bauer, der stark schwankte, mit voller Kraft gegen Iwan. Der stieß ihn wütend zurück. Der Bauer taumelte ein paar Schritte und fiel wie ein Klotz auf die hartgefrorene Erde; er stöhnte nur einmal schmerzlich auf und war dann still. Iwan trat zu ihm. Er lag mit dem Gesicht nach unten da, regungslos und ohne Bewußtsein. ›Sicher wird er erfrieren‹, dachte Iwan und setzte seinen Weg zu Smerdjakow fort.

Marja Kondratjewna, die mit einem Licht in der Hand herauskam, um zu öffnen, flüsterte ihm schon auf dem Flur zu, Pawel Fjodorowitsch, also Smerdjakow, sei sehr krank; er liege zwar nicht im Bett, scheine aber nicht ganz bei Verstand zu sein; auch seinen

Tee habe er nicht trinken wollen, sondern ihn wieder hinaustragen lassen.

»Und tobt er etwa auch?« fragte Iwan Fjodorowitsch barsch.

»Nicht doch, im Gegenteil, er ist ganz still. Aber reden Sie mit ihm nur nicht allzu lange!« bat Marja Kondratjewna.

Iwan Fjodorowitsch öffnete die Tür und ging in die Stube.

Geheizt war dort ebenso stark wie das erstemal; in der Stube waren jedoch mehrere Veränderungen eingetreten. Eine der Seitenbänke war hinausgetragen worden, und an ihrer Stelle stand ein großes, altes Ledersofa mit imitiertem Mahagoni. Darauf war ein Bett zurechtgemacht, dessen weiße Kissen ziemlich sauber waren. Auf dem Bett saß Smerdjakow, wieder in demselben Schlafrock. Der Tisch war vor das Sofa gerückt, so daß es in der Stube sehr eng geworden war. Auf dem Tisch lag ein dickes Buch mit gelbem Umschlag. Smerdjakow las aber nicht darin; er schien untätig dazusitzen. Er empfing Iwan Fjodorowitsch mit einem langen, stummen Blick und wunderte sich offenbar gar nicht über dessen Kommen. Im Gesicht hatte er sich sehr verändert; er war mager und gelb geworden, und seine Augen waren eingesunken und hatten blaue Ränder.

»Bist du ernstlich krank?« fragte Iwan Fjodorowitsch. »Ich werde dich nicht lange aufhalten und nicht einmal den Überzieher ablegen. Wo kann man sich denn bei dir setzen?«

Er ging zum anderen Ende des Tisches, rückte einen Stuhl an den Tisch und setzte sich.

»Warum siehst du mich so stumm an? Ich bin nur mit einer Frage hergekommen, und ich schwöre dir, ich werde dich nicht verlassen, bevor ich eine Antwort erhalten habe! Ist Fräulein Katerina Iwanowna bei dir gewesen?«

Smerdjakow schwieg lange und starrte Iwan weiterhin still an; doch machte er auf einmal eine wegwerfende Handbewegung und wandte das Gesicht ab.

»Was hast du?« rief Iwan.

»Nichts.«

»Was ist das für eine Antwort?«

»Na ja, sie ist hiergewesen. Aber das kann Ihnen doch ganz gleichgültig sein. Lassen Sie mich in Ruhe!«

»Nein, ich werde dich nicht in Ruhe lassen! Rede, wann ist sie hiergewesen?«

»Ich kann mich gar nicht mehr an sie erinnern«, sagte Smerdjakow mit einem verächtlichen Lächeln, wandte plötzlich sein Gesicht wieder Iwan zu und warf einen wütenden und haßerfüllten Blick auf ihn, genauso wie bei Iwans Besuch vor einem Monat.

»Sie scheinen ja selber krank zu sein. Was sind Sie mager geworden! Ihr Gesicht sieht ganz entstellt aus!« sagte er zu Iwan.

»Laß mein Befinden beiseite und antworte auf das, wonach du gefragt wirst.«

»Woher sind bloß Ihre Augen so gelb geworden? Die Augäpfel sehen ja ganz gelb aus. Sie quälen sich wohl sehr mit bösen Gedanken?«

Er lächelte herablassend und lachte dann auf einmal laut los.

»Hör mal, ich habe dir gesagt, daß ich dich ohne eine Antwort nicht verlassen werde!« rief Iwan überaus erregt.

»Warum setzen Sie mir so zu? Warum quälen Sie mich?« sagte Smerdjakow mit schmerzerfüllter Miene.

»Hol' dich der Teufel! Deine Person ist mir ganz gleichgültig. Antworte auf meine Frage, und ich werde sofort gehen.«

»Ich habe Ihnen nichts zu antworten!« erwiderte Smerdjakow und schlug die Augen wieder zu Boden.

»Ich versichere dir, daß ich dich zwingen werde, zu antworten!«

»Warum beunruhigen Sie sich denn immerzu?« antwortete Smerdjakow und sah ihn wieder an, jetzt aber nicht nur verächtlich, sondern beinahe schon angeekelt. »Etwa weil morgen die Gerichtsverhandlung stattfindet? Es wird Ihnen ja nichts passieren, glauben Sie das doch endlich! Gehen Sie nach Hause, legen Sie sich ruhig schlafen, und haben Sie keine Angst!«

»Ich verstehe dich nicht ... Was sollte ich denn morgen zu fürchten haben?« fragte Iwan erstaunt, und auf einmal wehte ihn wirklich ein kalter Schauder an.

Smerdjakow musterte ihn lange.

»Sie ver-ste-hen nicht?« erwiderte er gedehnt in vorwurfsvollem Ton. »Wie kann es nur einem klugen Menschen Spaß machen, so eine Komödie aufzuführen?«

Iwan blickte ihn schweigend an. Schon der überraschende, unerhört hochmütige Ton, in dem sein früherer Diener jetzt mit ihm verkehrte, war ungewöhnlich. Dieses Tones hatte er sich sogar das vorige Mal nicht bedient.

»Ich sage Ihnen, Sie haben nichts zu fürchten. Ich werde nichts gegen Sie aussagen, also wird gegen Sie nichts Belastendes vorliegen. Nun sehen Sie bloß, wie Ihnen die Hände zittern! Warum fahren denn Ihre Finger so hin und her? Gehen Sie nach Hause – Sie haben den Mord nicht begangen.«

Iwan zuckte zusammen, ihm fielen Aljoschas Worte ein.

»Ich weiß, daß ich ihn nicht …«, begann er.

»Das wis-sen Sie?« unterbrach ihn Smerdjakow.

Iwan sprang auf und packte ihn an der Schulter. »Sag alles, du ekelhaftes Subjekt! Sag alles!«

Smerdjakow war nicht im mindesten erschrocken. Er blickte ihn nur mit wildem Haß unverwandt an.

»Na, wenn ich alles sagen soll: Sie haben den Mord begangen, Sie!« flüsterte er ihm böse zu.

Iwan ließ sich auf den Stuhl zurücksinken und tat, als überlegte er etwas; dabei lächelte er boshaft.

»Du redest immer noch von dem, worüber wir das vorige Mal sprachen?«

»Als Sie das vorige Mal vor mir standen, verstanden Sie alles, und jetzt verstehen Sie es auch.«

»Ich verstehe nur, daß du verrückt bist.«

»Daß Ihnen das nicht zum Hals heraushängt! Wir reden hier unter vier Augen; man möchte meinen, wozu sollten wir uns gegenseitig etwas vormachen und Komödie spielen? Oder wollen Sie immer noch die ganze Schuld auf mich wälzen, und das mir mitten ins Gesicht! Sie haben den Mord begangen, Sie sind der Hauptmörder! Ich bin nur Ihr Handlanger gewesen, Ihr treuer Diener. Ich habe nur die Tat nach Ihrer Anweisung ausgeführt.«

»Ausgeführt? Hast du etwa den Mord begangen?« fragte Iwan. Es überlief ihn kalt.

Es war ihm, als ob in seinem Gehirn eine Erschütterung stattfände, und ein leises, kaltes Zittern ergriff seinen ganzen Körper. Nun staunte selbst Smerdjakow, wahrscheinlich überraschte ihn Iwans Schrecken schließlich durch seine ungeheuchelte Echtheit.

»Aber haben Sie denn wirklich nichts gewußt?« fragte er mißtrauisch, wobei er ihm mit einem schiefen Lächeln in die Augen blickte. Iwan sah ihn immer noch an; er schien die Sprache verloren zu haben.

»Ach, mein Wanka ging nach Piter,
und er kommt so bald nicht wieder …«

tönte es auf einmal in seinem Kopf.

»Weißt du was? Ich fürchte, daß du ein Traum bist, daß du als Gespenst vor mir sitzt«, stammelte er.

»Hier ist kein Gespenst. Hier sind nur wir beide und noch ein gewisser Dritter. Ohne Zweifel ist er jetzt hier, dieser Dritte. Er befindet sich zwischen uns beiden.«

»Wer ist es? Wer befindet sich hier? Wer ist der Dritte?« fragte Iwan Fjodorowitsch erschrocken, wobei er sich nach allen Seiten umsah und hastig jemanden suchte.

»Dieser Dritte ist Gott; die Vorsehung selbst. Sie ist jetzt hier neben uns, aber suchen Sie sie nicht, Sie werden sie nicht finden.«

»Du lügst, wenn du behauptest, daß du den Mord begangen hast!« schrie Iwan wütend. »Du bist entweder verrückt, oder du hast mich zum besten wie das vorige Mal!«

Smerdjakow erschrak wieder nicht im geringsten; er sah den anderen weiterhin prüfend an. Er konnte sein Mißtrauen noch immer nicht überwinden; noch immer schien ihm, daß Iwan »alles wußte« und sich nur verstellte, um »die ganze Schuld auf ihn zu wälzen, und das ihm mitten ins Gesicht«.

»Warten Sie mal«, sagte er endlich mit schwacher Stimme, zog sein linkes Bein unter dem Tisch hervor und begann die Hose aufzukrempeln. Das Bein steckte in einem langen, weißen Strumpf; am Fuß saß ein Pantoffel. Ohne jede Eile band Smerdjakow das Strumpfband ab und fuhr mit den Fingern tief in den Strumpf hinein. Iwan Fjodorowitsch sah ihm zu und begann auf einmal vor panischer Angst zu zittern.

»Du Verrückter!« schrie er und sprang von seinem Platz auf. Er taumelte jedoch zurück, so daß er mit dem Rücken gegen die Wand stieß, und blieb nun sozusagen an der Wand kleben, an der er sich in seiner ganzen Länge aufrichtete. Entsetzt starrte er Smerdjakow an.

Dieser wühlte, ohne sich durch Iwan Fjodorowitschs Schreck stören zu lassen, immer noch in seinem Strumpf herum, als bemühte er sich, darin etwas mit den Fingern zu fassen und herauszuziehen. Endlich hatte er es gefaßt und zog es heraus. Iwan Fjodorowitsch sah, daß es irgendwelche Papiere waren oder vielmehr ein Päckchen Papiere. Smerdjakow zog es heraus und legte es auf den Tisch.

»Da ist es!« sagte er leise.

»Was?« fragte Iwan zitternd.

»Sehen Sie doch selber nach!« sagte Smerdjakow ebenso leise.

Iwan trat an den Tisch, nahm das Päckchen und begann es auseinanderzufalten. Auf einmal zog er jedoch die Finger zurück, als hätte er ein ekelhaftes Reptil berührt.

»Die Finger zittern Ihnen ja immer noch krampfhaft«, bemerkte Smerdjakow und faltete selbst den Umschlag auseinander. Es kamen drei Päckchen regenbogenfarbener Hundertrubelscheine zum Vorschein.

»Hier sind sie alle, die ganzen dreitausend Rubel; Sie brauchen nicht nachzuzählen. Nehmen, Sie sie!« forderte er Iwan auf. Dieser ließ sich auf den Stuhl sinken; er war bleich wie Leinwand.

»Du hast mich erschreckt mit diesem Strumpf …«, sagte er mit einem sonderbaren Lächeln.

»Haben Sie es wirklich bis jetzt nicht gewußt, wirklich nicht?« fragte Smerdjakow noch einmal.

»Nein, ich habe es nicht gewußt. Ich habe immer an Dmitri gedacht. Bruder! Bruder!« Er faßte sich mit beiden Händen an den

Kopf. »Sag, hast du den Mord allein begangen? Ohne meinen Bruder oder mit meinem Bruder zusammen?«

»Nur mit Ihnen zusammen. Mit Ihnen zusammen habe ich den Mord begangen! Dmitri Fjodorowitsch ist ganz unschuldig.«

»Gut, gut … Zu mir später! Warum zittere ich nur am ganzen Körper? Ich kann kein Wort herausbringen.«

»Damals waren Sie wer weiß wie kühn und sagten: ›Alles ist erlaubt!‹ Und was haben Sie jetzt für einen Schreck bekommen!« sagte Smerdjakow verwundert. »Wollen Sie nicht ein Glas Limonade? Ich werde sofort welche bestellen. Die erfrischt sehr. Nur müssen wir das hier vorher zudecken.«

Er deutete wieder mit dem Kopf auf die Päckchen. Er wollte aufstehen, um aus der Tür Marja Kondratjewna zu rufen, damit sie Limonade brächte, suchte jedoch vorher etwas, womit er das Geld zudecken konnte.

Er zog zuerst sein Taschentuch heraus; aber das war wieder ganz vollgeschneuzt. Deshalb nahm er das dicke, gelbe Buch vom Tisch, das Iwan beim Eintritt bemerkt hatte, und deckte damit das Geld zu. Der Titel des Buches lautete: »Reden unseres heiligen Vaters Isaak Sirin«; Iwan Fjodorowitsch las ihn mechanisch.

»Ich will keine Limonade«, sagte er. »Zu mir später! Setz dich hin und erzähle! Wie hast du das alles ausgeführt? Sag mir alles …«

»Sie sollten wenigstens den Überzieher ausziehen, sonst werden Sie noch ganz in Schweiß geraten.«

Iwan Fjodorowitsch riß sich, als käme ihm dieser Gedanke erst jetzt, den Überzieher vom Körper und warf ihn auf die Bank.

»So rede doch, bitte! Rede!«

Er schien ganz ruhig geworden zu sein. Er erwartete mit Bestimmtheit, daß Smerdjakow jetzt »alles« sagte.

»Wie ich das alles ausgeführt habe?« begann Smerdjakow mit einem Seufzer. »Auf die allernatürlichste Weise habe ich es ausgeführt, ganz nach Ihren Worten von damals …«

»Zu meinen Worten später!« unterbrach ihn Iwan wieder, aber er schrie nicht mehr wie vorher, sondern sprach die Worte fest und bestimmt aus und schien sich wieder ganz in der Gewalt zu haben. »Erzähle ganz genau, wie du es ausgeführt hast. Alles der Reihe nach! Laß nichts aus! Die Einzelheiten sind das Wichtigste, die Einzelheiten. Ich bitte dich darum.«

»Als Sie weggefahren waren, da fiel ich in den Keller ...«

»In einem richtigen Anfall, oder hast du simuliert?«

»Selbstverständlich habe ich simuliert. Ich simulierte alles. Ich stieg ruhig die Treppe hinab, bis ganz unten, und legte mich hin; dann erst schrie ich los. Und während sie mich hinaustrugen, schlug ich um mich.«

»Moment! Hast du die ganze Zeit über simuliert, auch nachher im Krankenhaus?«

»Keineswegs. Am anderen Tag bekam ich morgens, noch bevor sie mich ins Krankenhaus brachten, einen echten Anfall, und zwar so stark, wie schon seit vielen Jahren nicht mehr. Zwei Tage war ich völlig bewußtlos.«

»Gut, gut. Weiter!«

»Sie legten mich auf das Bett hinter der Bretterwand. Das wußte ich schon vorher, daß sie mich dahin legen würden, weil Marfa Ignatjewna mich jedesmal, wenn ich krank war, dort bei sich bettete. Sie ist immer sehr zärtlich zu mir gewesen, von meiner Geburt an ... In der Nacht stöhnte ich, aber nur leise. Ich wartete immer auf Dmitri Fjodorowitsch.«

»Wie meinst du das? Hast du erwartet, daß er zu dir kam?«

»Warum zu mir? Ich erwartete, daß er zum Haus kam; ich zweifelte nicht im geringsten daran, daß er in dieser Nacht erscheinen würde. Denn da er nun meiner Beihilfe beraubt und ohne Nachrichten war, mußte er unbedingt selber zum Haus kommen, über den Zaun, den er überklettern konnte, und mußte irgend etwas verüben.«

»Und wenn er nun nicht gekommen wäre?«

»Dann wäre auch nichts passiert. Ohne ihn hätte ich mich nicht dazu entschlossen.«

»Gut, gut ... Erzähle verständlicher, übereile dich nicht! Und was die Hauptsache ist, laß nichts aus.«

»Ich erwartete, daß er Fjodor Pawlowitsch totschlagen würde, das hielt ich für sicher. Denn ich hatte schon die letzten Tage in diesem Sinn auf ihn eingewirkt – und ihm vor allen Dingen die bewußten Signale mitgeteilt. Bei seinem Mißtrauen und bei der Wut, die sich bei ihm in diesen Tagen angesammelt hatte, war mit Bestimmtheit zu erwarten, daß er mittels der Signale in das Haus eindringen würde. Da war ich mir sicher. Und darum habe ich ihn auch erwartet.«

»Halt«, unterbrach ihn Iwan. »Hätte er ihn nun totgeschlagen, so hätte er sich ja des Geldes bemächtigt und es mitgenommen, das mußtest du doch annehmen? Was hättest du dann von der Tat gehabt? Das sehe ich nicht ein.«

»Er hätte ja das Geld niemals gefunden. Daß das Geld unter der Matratze lag, hatte ich ihm ja nur eingeredet. Aber das stimmte nicht. Ursprünglich hatte es in der Schatulle gelegen, sehen Sie, so war das. Aber dann hatte ich, der einzige Mensch auf der Welt, dem er traute, Fjodor Pawlowitsch dazu überredet, dieses Päckchen mit dem Geld lieber in der Ecke hinter den Heiligenbildern zu verstecken, weil es dort niemand finden würde, vor allem, wenn es einer eilig hatte. So steckte also dieses Päckchen in der Ecke hinter den Heiligenbildern. Es unter der Matratze aufzubewahren, wäre sowieso lächerlich gewesen, eher schon in der Schatulle, die wenigstens verschlossen war. Hier glauben aber jetzt alle, es hätte unter der Matratze gelegen. Eine ganz dumme Annahme … Nach diesem Mord wäre also Dmitri Fjodorowitsch, da er nichts gefunden hätte, entweder eilig davongelaufen, aus Furcht vor jedem Geräusch, wie das immer so bei Mördern ist – oder er wäre festgenommen worden. Dann hätte ich immer noch am nächsten Tag oder vielleicht sogar noch in derselben Nacht hinter die Heiligenbilder greifen und das Geld wegnehmen können – und alles wäre Dmitri Fjodorowitsch zur Last gefallen. Darauf konnte ich immer hoffen.«

»Und, wenn er ihn nun nicht totgeschlagen, sondern nur verprügelt hätte?«

»Dann hätte ich natürlich nicht wagen können, das Geld zu nehmen, und alles wäre vergebens gewesen. Aber ich hatte auch noch darauf spekuliert, daß er ihn bewußtlos schlagen würde; dann hätte ich unterdessen das Geld nehmen und später zu Fjodor Pawlowitsch sagen können, daß Dmitri Fjodorowitsch, nachdem er ihn so geprügelt habe, auch das Geld gestohlen haben müsse.«

»Warte, ich verstehe nicht recht. Also hat doch Dmitri den Mord begangen, und du hast nur das Geld genommen?«

»Nein, er hat den Mord nicht begangen. Nun ja, ich könnte Ihnen auch jetzt noch sagen, daß er der Mörder war, doch ich will Ihnen jetzt nichts vorlügen. Denn wenn Sie auch, wie ich sehe, bisher wirklich nichts verstanden hatten und sich nicht vor mir verstellt haben, um Ihre eindeutige Schuld auf mich abzuwälzen, so sind Sie doch an allem schuld, weil Sie von dem Mord wußten und ihn mir auftrugen, selbst aber wegfuhren, obwohl Sie alles wußten. Darum will ich heute abend Ihnen mitten ins Gesicht beweisen, daß der Hauptmörder hier in jeder Hinsicht einzig und allein Sie sind, ich dagegen nur eine Nebenperson, obwohl ich den Mord begangen habe. Und Sie sind auch im Sinn des Gesetzes der wahre Mörder!«

»Warum, warum bin ich der Mörder? O Gott!« rief Iwan, der sich schließlich nicht mehr beherrschen konnte und vergaß, daß er alles, was ihn betraf, auf das Ende des Gespräches verschoben hatte. »Alles wegen dieses verdammten Tschermaschnja? Sag mal, wozu brauchtest du denn mein Einverständnis in Form meiner Bereitschaft, nach Tschermaschnja zu fahren, falls du das überhaupt als mein Einverständnis aufgefaßt hast? Wie erklärst du das jetzt?«

»Wenn ich Ihrer Zustimmung sicher gewesen wäre, hätte ich gewußt, daß Sie nach Ihrer Rückkehr über diese verlorenen dreitausend Rubel kein Geschrei erhoben hätten, falls die Obrigkeit auf den Verdacht gekommen wäre, nicht Dmitri Fjodorowitsch – im Gegenteil, Sie hätten mich dann gegen andere verteidigt … Und nach Empfang der Erbschaft konnten Sie mich auch später, Ihr ganzes Leben lang, belohnen. Denn Sie verdankten dann doch die Erbschaft mir; hätte er dagegen Agrafena Alexandrowna geheiratet, wären sie mit langer Nase abgezogen.«

»Ah! Also du wolltest mich später noch erpressen, mein ganzes Leben lang!« rief Iwan zähneknirschend. »Und wenn ich damals nicht weggefahren wäre, sondern eine Anzeige gegen dich eingereicht hätte?«

»Aber was konnten Sie denn in so einer Anzeige angeben? Daß ich Ihnen zugeredet hatte, nach Tschermaschnja zu fahren? Das sind ja Dummheiten! Außerdem wären Sie nach unserem Gespräch entweder weggefahren oder hiergeblieben. Wären Sie hiergeblieben, so wäre eben nichts geschehen; ich hätte dann ohne weiteres gewußt, daß Sie die Sache nicht wünschten, und hätte nichts unternommen. Wenn Sie aber wegfuhren, lag darin für mich Ihre Versicherung, daß Sie gegen mich keine Anzeige erstatten und mir diese dreitausend Rubel verzeihen würden. Und Sie konnten mich auch später nicht verfolgen, weil ich dann alles vor Gericht erzählt hätte, das heißt, nicht daß ich gestohlen und gemordet habe, das hätte ich nicht gesagt sondern daß Sie mich dazu angestiftet hätten, zu stehlen und zu morden, ich aber nicht eingewilligt hätte. Darum brauchte ich damals Ihre Zustimmung, damit Sie mich nicht in die Enge treiben konnten, denn wo hatten Sie einen Beweis? Ich dagegen konnte Sie immer in die Enge treiben, indem ich verriet, wie Sie den Tod Ihres Vaters herbeisehnten. Und ich gebe Ihnen mein Wort: im Publikum hätten es alle geglaubt, und Sie hätten sich Ihr Leben lang schämen müssen.«

»Also sehnte ich ihn herbei?« sagte Iwan wieder zähneknirschend.

»Das taten Sie zweifellos. Und durch Ihre Zustimmung erlaubten Sie mir stillschweigend diese Tat«, erwiderte Smerdjakow, wobei er Iwan fest anblickte. Er war sehr schwach und sprach leise und müde; aber etwas tief in seinem Innern stachelte ihn an; er verfolgte offensichtlich eine bestimmte Absicht. Iwan spürte das.

»Fahre fort!« sagte er, zu ihm. »Erzähle weiter von jener Nacht.«

»Was ist da weiter zu erzählen? Ich lag also da und glaubte zu hören, daß der Herr einen Schrei ausstieß. Grigori Wassiljewitsch war schon vorher aufgestanden und hinausgegangen, und auf einmal brüllte er los, dann war alles still und dunkel. Ich lag da und wartete, das Herz klopfte mir stark, ich konnte es schließlich nicht länger aushalten. Ich stand auf und ging hinaus, und da sah ich, daß links das Fenster zum Garten offenstand; ich ging hin, um zu horchen, und hörte, wie er im Zimmer hin und her ging und stöhnte; also lebte er. ›Ach was!‹ dachte ich. Ich trat ans Fenster und rief dem Herrn zu: ›Ich bin es.‹ Er antwortete mir: ›Er ist dagewesen! Dagewesen und fortgelaufen!‹ Das sollte heißen, Dmitri Fjodorowitsch war dagewesen. ›Er hat Grigori totgeschlagen!‹ – ›Wo?‹ flüsterte ich. – ›Dort in der Ecke‹, antwortete er ebenfalls flüsternd und zeigte mit der Hand hin. ›Warten Sie!‹ sagte ich. Ich ging suchen und stieß am Zaun auf Grigori Wassiljewitsch; er lag da, ganz von Blut überströmt und ohne Bewußtsein. ›Also ist es richtig, daß Dmitri Fjodorowitsch dagewesen ist!‹ schoß es mir durch den Kopf, und ich beschloß, alles sofort mit einemmal zu Ende zu bringen, da Grigori Wassiljewitsch, selbst wenn er noch lebte, in seiner Bewußtlosigkeit einstweilen doch nichts sehen würde. Es war nur eine Gefahr dabei, nämlich daß Marfa Ignatjewna plötzlich aufwachen konnte. Ich fühlte das in diesem Augenblick, aber der Eifer hatte mich so gepackt, daß mir der Atem stockte. Ich ging wieder unter das Fenster zum Herrn und sagte: ›Sie ist hier! Sie ist gekommen! Agrafena Alexandrowna ist gekommen, sie bittet um Einlaß!‹ Er zuckte zusammen wie ein kleines Kind. ›Wo ist sie, wo?‹ fragte er und stöhnte nur vor Aufregung; er glaubte es noch nicht. ›Dort steht sie‹, sagte ich. ›Machen Sie auf!‹ Er schaute mich durchs Fenster an; halb glaubte er mir, und halb nicht, doch er hatte Angst zu öffnen. ›Nun fürchtet er sich sogar vor mir!‹ dachte ich. Und es ist lächerlich: auf einmal kam mir in den Sinn, das Signal ans Fenster zu klopfen, daß Gruschenka gekommen sei; vor seinen Augen klopfte ich es! Meinen Worten hatte er offenbar nicht geglaubt; als ich jedoch das Signal klopfte, lief er sofort hin, um die Tür zu öffnen. Ich wollte eintreten, aber er stand in der Tür und versperrte mir mit seinem Körper den Weg. ›Wo ist sie? Wo ist sie?‹ fragte er, wobei er mich zitternd ansah. ›Na‹, dachte ich, ›wenn er vor mir solche Angst hat, das ist schlimm!‹ Und da wurden sogar mir die Beine schwach vor Angst, er könnte mich nicht in die Wohnung hineinlassen oder schreien oder Marfa Ignatjewna könnte angelaufen kommen oder es könnte sonst etwas passieren; ich glaube, ich stand damals selber ganz blaß vor ihm. Ich flüsterte ihm zu: ›Dort ist sie, dort unter dem Fenster! Haben Sie sie denn nicht gesehen?‹ – ›So führ sie doch her, führ sie doch her!‹ – ›Sie fürchtet sich‹, sagte ich. ›Sie hat von dem Schrei einen Schrecken bekommen und sich im Gebüsch versteckt. Gehen Sie in Ihr Zimmer und rufen Sie sie selbst vom Fenster aus!‹ Er trat ans Fenster und stellte das Licht auf das Fensterbrett. ›Gruschenka‹, rief er. ›Gruschenka, wo bist du?‹ So rief er; aber sich aus dem Fenster hinausbeugen, das wollte er nicht. Er wollte mich nicht aus den Augen lassen, eben, weil er vor mir so große Angst bekommen hatte; deshalb wagte er nicht, mich aus den Augen zu lassen. ›Da ist sie ja‹, sagte ich; ich war ans Fenster getreten und beugte mich selber ganz weit hinaus. ›Da im Gebüsch ist sie und lacht Ihnen zu, sehen Sie nicht?‹ Auf einmal glaubte er mir, begann am ganzen Körper zu zittern, er war ja so verliebt in sie, und beugte sich auch ganz weit aus dem Fenster hinaus. Da nahm ich den eisernen Briefbeschwerer von seinem Tisch, Sie erinnern sich, er mag vielleicht drei Pfund schwer sein, und schlug ihn von hinten mit der Kante genau auf den Scheitel. Er stieß nicht einmal einen Schrei aus, sondern sank nur plötzlich nach unten. Ich schlug ein zweites und ein drittes Mal zu. Beim dritten Mal fühlte ich, daß ich ihm den Schädel eingeschlagen hatte. Er fiel plötzlich lang hin, mit dem Gesicht nach oben, und war ganz von Blut überströmt. Ich besah mich selbst: Kein Blut war an mir, es hatte nicht gespritzt. Ich wischte den Briefbeschwerer ab, legte ihn wieder hin, ging zu den Heiligenbildern und nahm das Geld aus dem Kuvert; das Kuvert warf ich auf den Fußboden und das rosa Bändchen daneben. Dann ging ich in den Garten, ich zitterte am ganzen Körper. Ich ging schnurstracks zu dem Apfelbaum mit der Höhlung im Stamm. Sie kennen diese Höhlung, ich hatte sie mir schon längst ausersehen. In ihr lag bereits ein Lappen und ein Blatt Papier, diese Vorbereitungen hatte ich schon lange getroffen. Ich wickelte die Geldscheine in das Papier und dann in den Lappen und schob das Ganze tief in den Baumstamm. Da hat das Geld über zwei Wochen gelegen, nachdem ich aus dem Krankenhaus entlassen war, habe ich es herausgenommen ... Ich kehrte in mein Kämmerchen zurück, legte mich wieder ins Bett und dachte voller Angst: Wenn Grigori Wassiljewitsch ganz tot ist, kann die Sache einen recht üblen Verlauf nehmen; wenn er aber nicht tot ist und wieder zu sich kommt, kann alles gut ablaufen, weil er dann bezeugen wird, daß Dmitri Fjodorowitsch dagewesen ist und somit auch den Mord begangen und das Geld weggenommen hat ... Da begann ich in meiner Angst und Ungeduld zu stöhnen, damit Marfa Ignatjewna möglichst schnell aufwachte. Endlich stand sie auf und wollte zu mir herumkommen, doch als sie auf einmal sah, daß Grigori Wassiljewitsch nicht da war, lief sie hinaus, und ich hörte, wie sie im Garten losjammerte. Na, und so nahm denn die Sache ihren Lauf, und ich war inzwischen schon vollkommen beruhigt.«

Smerdjakow verstummte. Iwan hatte ihm die ganze Zeit schweigend zugehört, ohne sich zu rühren und die Augen von ihm abzuwenden. Smerdjakow hatte Iwan beim Erzählen nur ab und zu angesehen, meist jedoch schräg zur Seite geblickt. Als er seinen Bericht beendet hatte, befand er sich offenbar in starker Erregung und atmete schwer. Sein Gesicht war schweißbedeckt, man konnte aber unmöglich erkennen, ob er Reue oder etwas anderes empfand.

»Sag mal«, sagte Iwan nach einigem Nachdenken, »was war mit der Tür? Wenn er sie erst dir geöffnet hat, wie konnte sie dann Grigori schon offen sehen, bevor du kamst? Denn das ist doch wohl der Fall gewesen?« Interessant war, daß Iwan diese Frage ganz friedlich stellte, so daß ein unbefangener Beobachter hätte glauben können, sie säßen da friedlich zusammen und redeten über irgendein gewöhnliches, wenn auch interessantes Thema.

»Was diese Tür anbelangt und Grigoris Aussage, er hätte sie offen gesehen, so ist ihm das nur so vorgekommen«, erwiderte Smerdjakow mit einem schiefen Lächeln. »Der ist ja kein Mensch, sage ich Ihnen, sondern eher ein störrischer Gaul! Er hat es nicht gesehen, aber es ist ihm so vorgekommen – und da läßt er sich nun nicht davon abbringen. Daß er sich das ausgedacht hat, ist Ihnen und mir als besonderer

Glückstreffer zugefallen, denn ohne Zweifel wird Dmitri Fjodorowitsch daraufhin schließlich verurteilt!«

»Hör mal!« sagte Iwan Fjodorowitsch, der den Eindruck machte, als ob ihm seine Gedanken wieder durcheinandergerieten und er sich gewaltsam Mühe gäbe, sie zu sammeln. »Hör mal ... Ich wollte dich noch vieles fragen, aber ich habe es vergessen ... Ich vergesse alles und werde konfus ... Ja! Sag mir wenigstens das eine: Warum hast du das Kuvert erbrochen und dort auf dem Fußboden zurückgelassen? Warum hast du das Geld nicht einfach im Kuvert mitgenommen? Als du das erzähltest, schien es mir, als ob du die Sache mit dem Kuvert für notwendig hieltest – doch warum das notwendig gewesen sein soll, kann ich nicht begreifen ...«

»Das habe ich aus einem ganz bestimmten Grund gemacht. Denn ein Mensch, der wie ich mit allen Vorgängen im Haus vertraut ist, der dieses Geld vorher gesehen und vielleicht selbst in dieses Kuvert gesteckt und mit eigenen Augen gesehen hat, wie es versiegelt und adressiert wurde – weshalb sollte so einer nach dem Mord das Kuvert erbrechen, noch dazu wenn er in Eile ist, obwohl er doch sowieso weiß, daß das Geld bestimmt drinsteckt? Wäre zum Beispiel jemand von meiner Position der Dieb gewesen, hätte er vielmehr einfach das Kuvert in die Tasche gesteckt, ohne es zu öffnen, und sich damit möglichst schnell davongemacht. Ganz anders lag die Sache bei Dmitri Fjodorowitsch. Er wußte von dem Kuvert nur vom Hörensagen, gesehen hatte er es nicht. Wenn er es also in die Hände bekam, es zum Beispiel unter der Matratze hervorzog, so war natürlich, daß er so schnell wie möglich das Kuvert gleich an Ort und Stelle erbrach, um festzustellen, ob das Geld auch wirklich drin ist. Und daß er das Kuvert dann wegwarf, weil er sich nicht die Zeit nahm, zu überlegen, daß er dadurch ein Indiz gegen sich zurückließ. Er ist eben kein Gewohnheitsdieb und hat vorher noch nie etwas direkt gestohlen, weil er von adliger Herkunft ist. Wenn er sich jetzt zum Stehlen entschloß, so hielt er das eigentlich gar nicht für Diebstahl, sondern glaubte nur, sein Eigentum wieder an sich zu nehmen, weshalb er ja auch die ganze Stadt vorher davon benachrichtigt und sich sogar lauthals gerühmt hatte, daß er hingehen und sich von Fjodor Pawlowitsch sein Eigentum zurückholen werde. Diesen Gedanken habe ich bei meiner Vernehmung dem Staatsanwalt gegenüber nicht gerade deutlich ausgesprochen, sondern nur leise angedeutet, so als ob ich es selber nicht verstünde und er das selber herausgefunden hätte. Dem Herrn Staatsanwalt lief bei diesem meinem Hinweis vor Vergnügen richtig das Wasser im Mund zusammen …«

»Hast du das wirklich alles gleich an Ort und Stelle überlegt, wirklich?« rief Iwan Fjodorowitsch, der vor Erstaunen ganz außer sich war und Smerdjakow wieder entsetzt anstarrte.

»Ich bitte Sie, ist es menschenmöglich, das alles in solcher Eile zu überlegen? Das hatte ich mit alles vorher überlegt.«

»Nun … dann hat dir der Teufel selbst geholfen!« rief Iwan Fjodorowitsch wieder. »Nein, du bist nicht dumm! Du bist viel klüger, als ich dachte …«

Er stand auf, wohl in der Absicht, ein paar Schritte im Zimmer zu tun, denn er war in schrecklicher Erregung. Aber da der Tisch den Weg versperrte und man sich zwischen Tisch und Wand nur eben hindurchdrängen konnte, drehte er sich nur auf dem Fleck um und setzte sich wieder hin. Vielleicht machte ihn dieser Umstand plötzlich so gereizt, daß er wieder mit der früheren Wut losschrie: »Hör zu, du unglücklicher, verächtlicher Mensch! Begreifst du denn wirklich nicht, daß ich dich bis jetzt nur deshalb noch nicht totgeschlagen habe, weil ich dich für die morgige Befragung vor Gericht schone? Gott sieht mein Herz …« Iwan hob die Hand. »Vielleicht bin auch ich schuldig gewesen, vielleicht habe auch ich tatsächlich den geheimen Wunsch gehabt, daß mein Vater sterben möchte, aber ich schwöre dir, ich war nicht so schuldig, wie du denkst! Und vielleicht habe ich dich überhaupt nicht zu der Tat angetrieben. Nein, nein, ich habe dich nicht dazu angetrieben! Aber ganz gleich, ich werde gegen mich selber Anzeige erstatten, gleich morgen vor Gericht, dazu bin ich entschlossen! Ich werde alles sagen, alles. Doch ich werde mit dir zusammen erscheinen! Und was du auch vor Gericht gegen mich aussagen magst, ich werde es gelten lassen und dich nicht fürchten!

Ich werde alles sogar noch bestätigen! Aber auch du sollst vor Gericht ein Geständnis ablegen! Du mußt es, wir werden zusammen hingehen. So soll es sein!« Iwan sagte das feierlich und energisch, und schon an seinem Blick war zu sehen, daß es ihm Ernst war.

»Sie sind krank, das sehe ich. Krank. Ihre Augen sehen ganz gelb aus«, sagte Smerdjakow ohne jeden Spott, es klang sogar mitleidig.

»Wir werden zusammen hingehen!« wiederholte Iwan. »Wenn du nicht mitkommst – egal, dann werde ich allein alles gestehen.«

Smerdjakow schwieg, als überlegte er.

»Nichts von alledem wird geschehen, und Sie werden auch gar nicht erst hingehen«, sagte er endlich in einem entschiedenen Ton, als sei kein Widerspruch möglich.

»Du verstehst mich nicht!« rief Iwan vorwurfsvoll.

»Sie würden sich viel zu sehr schämen, wenn Sie alles zu Ihren Ungunsten bekennen wollten. Und noch mehr fällt ins Gewicht, daß es nutzlos wäre, völlig nutzlos, denn ich würde geradeheraus erklären, daß ich Ihnen nie etwas Ähnliches gesagt habe, sondern daß Sie entweder krank sind, Sie sehen ja ganz danach aus, oder Ihren Bruder so bemitleiden, daß Sie sich selbst aufopfern und sich diese Anschuldigung gegen mich ausgedacht haben, so wie Sie mich Ihr ganzes Leben lang als eine Mücke angesehen haben und nicht als einen Menschen. Na, und wer würde Ihnen Glauben schenken? Und was haben Sie für Beweise, und wenn es ein einziger wäre?«

»Hör mal, dieses Geld hast du mir jetzt natürlich gezeigt, um mich zu überzeugen.«

Smerdjakow nahm den Isaak Sirin von dem Päckchen herunter und legte ihn beiseite.

»Nehmen Sie dieses Geld an sich! Nehmen Sie es mit!« sagte Smerdjakow mit einem Seufzer.

»Gewiß, ich werde es mitnehmen! Doch warum lieferst du es mir ab, wenn du seinetwegen den Mord begangen hast?« fragte Iwan höchst erstaunt.

»Ich brauche es jetzt nicht mehr«, erwiderte Smerdjakow mit zitternder Stimme und mit einer resignierten Handbewegung. »Ich hatte früher mal so einen Gedanken, daß ich mit einer Summe wie dieser ein neues Leben anfangen könnte, in Moskau oder noch besser im Ausland. Dieser Träumerei überließ ich mich ganz besonders deswegen, weil alles erlaubt ist. Das haben Sie mich gelehrt und mir damals oft auseinandergesetzt: Wenn es keinen ewigen Gott gibt, so gibt es auch keine Tugend, und die ist dann auch gar nicht nötig. Das haben Sie wirklich gesagt. Und das war auch meine Ansicht.«

»Bist du durch deinen eigenen Verstand dahin gelangt?« fragte Iwan mit einem schiefen Lächeln.

»Unter Ihrer Anleitung.«

»Und jetzt hast du also angefangen, an Gott zu glauben, wenn du das Geld zurückgibst?«

»Nein, nicht zu glauben«, flüsterte Smerdjakow.

»Warum gibst du es also zurück?«

»Lassen Sie es gut sein ... Es ist egal!« erwiderte Smerdjakow, wieder mit einer müden Handbewegung. »Sie haben doch selber immer gesagt, alles sei erlaubt – warum sind Sie denn jetzt so aufgeregt? Sie wollen sogar hingehen und sich selber denunzieren ... Aber nichts dergleichen wird geschehen! Sie werden nicht hingehen und sich nicht denunzieren!« erklärte Smerdjakow wieder im Ton fester Überzeugung.

»Du wirst es sehen!« antwortete Iwan.

»Das ist unmöglich. Sie sind ein sehr kluger Mensch. Sie lieben das Geld, das weiß ich. Sie lieben auch eine angesehene, geachtete Stellung, denn Sie sind stolz. Weibliche Reize lieben Sie maßlos. Und am allermeisten lieben Sie, in ruhigem Behagen zu leben und sich vor niemand zu verbeugen – das am allermeisten. Sie werden sich Ihr Leben doch nicht dadurch für immer ruinieren wollen, daß Sie vor Gericht so eine Schande auf sich nehmen. Sie sind ein Mensch wie Fjodor Pawlowitsch, von allen seinen Kindern sind Sie am meisten nach ihm geartet: Sie haben dieselbe Seele wie er.«

»Du bist nicht dumm«, sagte Iwan, von diesem Urteil offenbar betroffen; das Blut war ihm ins Gesicht gestiegen. »Ich habe dich früher für dumm gehalten. Du bist ein Mensch, den man ernst nehmen muß!« bemerkte er, indem er Smerdjakow gleichsam mit neuen Augen ansah.

»Infolge Ihres Stolzes haben Sie mich für dumm gehalten … Nehmen Sie doch das Geld!«

Iwan nahm alle drei Päckchen und steckte sie in die Tasche, ohne sie irgendwie einzuwickeln.

»Morgen werde ich sie vor Gericht vorzeigen«, sagte er.

»Niemand wird Ihnen glauben. Sie und die Ihrigen haben jetzt eine Menge Geld – man wird meinen, Sie hätten es aus der Schatulle genommen.«

Iwan erhob sich von seinem Platz.

»Ich wiederhole: Wenn ich dich nicht totgeschlagen habe, so einzig und allein deshalb, weil ich dich morgen brauche! Denk daran, vergiß es nicht!«

»Nun gut, schlagen Sie mich tot! Schlagen Sie mich jetzt tot!« sagte Smerdjakow auf einmal mit seltsamer Betonung und seltsamem Blick. »Auch das werden Sie nicht wagen«, fügte er bitter lächelnd hinzu. »Nichts wagen Sie, und dabei waren Sie doch früher ein frischer, kecker Mensch!«

»Bis morgen!« rief Iwan und wollte gehen.

»Warten Sie … Zeigen Sie mir das Geld noch einmal!«

Iwan nahm die Banknoten heraus und zeigte sie ihm. Smerdjakow betrachtete sie etwa zehn Sekunden lang.

»So, nun gehen Sie!« sagte er, wieder mit einer abwinkenden Handbewegung. »Iwan Fjodorowitsch!« rief er ihm dann plötzlich wieder nach.

»Was willst du?« fragte Iwan und drehte sich nochmals um.

»Leben Sie wohl!«

»Bis morgen!« rief Iwan wieder und verließ die Stube und das Haus. Der Schneesturm dauerte immer noch an. Die ersten Schritte ging er energisch und rüstig; dann fing er auf einmal an zu taumeln. ›Das ist etwas Physisches!‹ dachte er lächelnd. Eine Art Freude überkam jetzt seine Seele. Er fühlte eine grenzenlose Festigkeit in sich: Zu Ende war das Schwanken, das ihn die ganze letzte Zeit so furchtbar gequält hatte! Sein Entschluß war gefaßt – ›und er wird sich nicht mehr ändern!‹ dachte er beglückt. In diesem Augenblick strauchelte er plötzlich und wäre beinahe hingefallen. Stehenbleibend erkannte er zu seinen Füßen den Bauern, den er vorhin umgestoßen hatte und der immer noch ohne Besinnung regungslos auf demselben Fleck lag. Der Schneesturm hatte ihm schon fast das ganze Gesicht zugeschüttet. Iwan faßte ihn und schleppte ihn ein Ende mit sich. Da er auf der rechten Seite in einem Häuschen Licht sah, ging er hin und klopfte an den Fensterladen; dann bat er den Kleinbürger, dem das Häuschen gehörte, er möchte ihm behilflich sein, den Bauern zur Polizeiwache zu schleppen, wobei er ihm sogleich versprach, ihm dafür drei Rubel zu geben. Der Kleinbürger machte sich fertig und kam heraus. Ich werde nicht eingehend erzählen, wie es Iwan Fjodorowitsch gelang, sein Ziel zu erreichen und den Bauern auf der Polizeiwache unterzubringen, mit der Abmachung, daß er sogleich ärztlich untersucht werden sollte; auch hier spendete er wieder großzügig Geld »für die entstehenden Unkosten«. Ich will nur sagen, daß die Sache beinahe eine ganze Stunde in Anspruch nahm. Doch Iwan Fjodorowitsch war sehr zufrieden. Seine Gedanken waren in Bewegung gekommen und arbeiteten. ›Wenn mein Entschluß für morgen nicht so fest wäre‹, dachte er plötzlich und hatte ein angenehmes Gefühl dabei, ›hätte ich nicht eine ganze Stunde darauf verwandt, den Bauern unterzubringen, sondern wäre an ihm vorbeigegangen und hätte mich nicht darum gekümmert, daß er erfror ... Oh, ich bin sehr wohl imstande, mich selbst zu beobachten!‹ dachte er in demselben Moment mit noch größerer Freude. ›Und die glaubten schon, ich verliere den Verstand!‹ Als er an seinem Haus angelangt war, blieb er auf einmal stehen und fragte sich: ›Muß ich nicht jetzt gleich zum Staatsanwalt gehen und Anzeige erstatten?‹ Er beantwortete die Frage, indem er sich wieder zum Haus umdrehte und vor sich hin flüsterte: »Morgen werde ich alles zusammen erledigen.« Doch seltsam: fast die ganze Freude, die ganze Selbstzufriedenheit waren augenblicklich verschwunden. Als er dann in sein Zimmer trat, berührte plötzlich etwas Eiskaltes sein Herz, als wär's eine Erinnerung – oder besser, eine Mahnung an etwas Qualvolles, Widerwärtiges, das sich jetzt, gleich in diesem Zimmer befinden würde, ja und das auch früher hier war. Er ließ sich müde auf sein Sofa sinken. Die alte Frau brachte ihm den Samowar; er kochte sich Tee, rührte ihn aber nicht an. Die alte Frau schickte er bis morgen weg. Er saß auf dem Sofa und hatte ein Schwindelgefühl im Kopf. Er fühlte sich krank und matt. Er war nahe daran einzuschlafen; aber in seiner Unruhe stand er auf und ging im Zimmer auf und ab, um die Müdigkeit zu verscheuchen. Zeitweilig kam es ihm vor, als phantasiere er im Fieber. Was ihn jedoch am meisten beschäftigte, war nicht seine Krankheit. Nachdem er sich wieder gesetzt hatte, begann er sich von Zeit zu Zeit umzublicken, als hielte er heimlich nach etwas Ausschau. So machte er es mehrere Male. Schließlich konzentrierte sich sein Blick auf einen Punkt. Iwan lächelte, doch Zornesröte überflog sein Gesicht. Er saß lange auf seinem Platz, stützte den Kopf fest in die Hände, schielte aber doch nach dem früheren Punkt, nach dem Sofa an der gegenüberliegenden Wand. Offensichtlich befand sich dort etwas, was ihn in gereizte Stimmung versetzte: irgendein Gegenstand, der ihn beunruhigte und quälte.

9. Der Teufel – Iwan Fjodorowitschs Alptraum

Ich bin kein Arzt; trotzdem fühle ich, daß der Augenblick gekommen ist, wo ich dem Leser etwas über die Krankheit Iwan Fjodorowitschs sagen muß. Ich will vorgreifend nur das eine sagen: Er befand sich jetzt, an diesem Abend, im Vorstadium eines Nervenfiebers, das seinen schon lange zerrütteten, aber der Krankheit hartnäckig widerstehenden Organismus schließlich endgültig überwältigte. Obwohl ich von Medizin nichts verstehe, wage ich doch die Vermutung auszusprechen, daß er es vielleicht tatsächlich durch eine gewaltige Anstrengung seines Willens fertiggebracht hatte, die Krankheit eine Zeitlang aufzuhalten, natürlich in der Hoffnung, ihrer ganz Herr zu werden. Er hatte gewußt, daß er krank war, aber er hatte sich heftig dagegen gesträubt, in dieser Zeit krank zu sein, in den bevorstehenden verhängnisvollen Augenblicken seines Lebens, in denen er persönlich erscheinen, seine Erklärungen kühn und entschieden abgeben und »sich vor sich selbst rechtfertigen« mußte. Er war übrigens einmal zu dem aus Moskau eingetroffenen Arzt gegangen, den Katerina Iwanowna einem bereits erwähnten überraschenden Einfall zufolge hatte kommen lassen. Nachdem dieser ihn angehört und untersucht hatte, war er zu der Ansicht gelangt, daß bei Iwan sogar eine Art Zerrüttung des Gehirns vorlag, und hatte sich gar nicht über ein gewisses Geständnis gewundert, das jener ihm, wenn auch widerstrebend, gemacht hatte. »Halluzinationen sind bei Ihrem Zustand sehr wohl möglich«, hatte der Arzt gesagt. »Man müßte sie allerdings erst genau konstatieren … Überhaupt ist jedoch unbedingt notwendig, daß Sie sich sofort einer ernsthaften Kur unterziehen, sonst könnte die Sache schlimm werden.« Aber Iwan Fjodorowitsch hatte diesen vernünftigen Rat nicht befolgt und verschmäht, sich ins Bett zu legen und sich auszukurieren. »Ich kann ja noch gehen, vorläufig habe ich noch Kraft. Wenn ich zusammenbreche, dann ist es etwas anderes; dann mag mich kurieren, wer da will!« hatte er gesagt und sich über alle Bedenken hinweggesetzt. Und so saß er jetzt da, selbst beinahe schon überzeugt, daß er im Fieber phantasierte, und starrte, wie bereits erwähnt, hartnäckig auf einen gewissen Gegenstand auf dem Sofa an der gegenüberliegenden Wand. Dort sah er jemand sitzen. Derjenige mußte auf eine unerklärliche Weise hereingekommen sein, denn er war noch nicht im Zimmer gewesen, als es Iwan Fjodorowitsch, von Smerdjakow zurückkehrend, betreten hatte. Es war ein Herr, oder besser gesagt, ein russischer Gentleman, nicht mehr jung, »qui frisait la cinquantaine«,* wie die Franzosen sagen, mit nicht allzu viel Grau in dem dunklen, ziemlich langen und noch dichten Haar und dem keilförmig geschnittenen Bärtchen. Er trug ein braunes Jackett, das offensichtlich von dem besten Schneider gearbeitet, aber bereits abgetragen war; es mochte vor ungefähr drei

* frz. so an die fünfzig.

Jahren angefertigt sein, war inzwischen jedoch völlig aus der Mode gekommen: Schon seit zwei Jahren trug von den wohlhabenden Herren der besseren Gesellschaft niemand mehr so ein Kleidungsstück. Die Wäsche und die lange, schalartige Krawatte waren wie bei allen eleganten Gentlemen; aber die Wäsche war, wenn man genauer hinsah, etwas unsauber und die breite Krawatte etwas abgewetzt. Die karierten Beinkleider des Gastes saßen vorzüglich, waren allerdings wieder zu hell und zu eng, wie man sie nicht mehr trug; ebenso entsprach auch der weiche weiße Hut, den er mitgebracht hatte, nicht der Jahreszeit. Kurz, der Herr machte den Eindruck einer ziemlich unbemittelten Anständigkeit. Er schien zu der Gattung der einstmals im Müßiggang dahinlebenden Gutsbesitzer zu gehören, wie sie zur Zeit der Leibeigenschaft herrlich und in Freuden lebten. So einer hat die vornehme Welt und die gute Gesellschaft kennengelernt, hat dort früher einmal Beziehungen gehabt und sie vielleicht sogar bis jetzt aufrechterhalten, ist aber infolge eines fidelen Lebens in der Jugend und infolge der Aufhebung der Leibeigenschaft allmählich verarmt und hat sich in einen vagabundierenden besseren Schmarotzer verwandelt, der bei seinen guten alten Bekannten gnädig aufgenommen wird wegen seines verträglichen Charakters und weil er immerhin doch ein anständiger Mensch ist, dem man sogar in Gesellschaft vornehmer Gäste einen Platz am Tisch anweisen kann, wenn auch nur einen bescheidenen Platz. Solche verträglichen Schmarotzer können meist gut erzählen und beim Kartenspiel ihren Mann stehen, lassen sich jedoch höchst ungern mit irgendwelchen Aufträgen behelligen. Sie sind gewöhnlich alleinstehende Leute, Junggesellen oder Witwer, haben vielleicht auch Kinder; aber ihre Kinder werden immer irgendwo in der Ferne erzogen, bei irgendwelchen Tanten, von denen der Gentleman in anständiger Gesellschaft kaum spricht, als ob er sich einer solchen Verwandtschaft ein bißchen schäme. Von seinen Kindern entwöhnt er sich allmählich ganz; er erhält von ihnen nur ab und zu zum Namenstag und zu Weihnachten Gratulationsbriefe, die er manchmal sogar beantwortet. Der Gesichtsausdruck des unerwarteten Gastes war nicht eigentlich gutmütig, doch verträglich und zeigte die Bereitwilligkeit zu einem entsprechend den Umständen liebenswürdigen Benehmen. Eine Uhr trug er nicht, wohl aber eine Schildpattlorgnette an schwarzem Band. Am Mittelfinger der rechten Hand prangte ein schwerer goldener Ring mit einem billigen Opal. Iwan Fjodorowitsch schwieg ärgerlich und wollte kein Gespräch beginnen. Der Gast wartete und saß wirklich da wie ein Schmarotzer, der soeben von oben, aus dem ihm angewiesenen Zimmer, zum Tee heruntergekommen ist, um dem Hausherrn Gesellschaft zu leisten, aber demütig schweigt, weil er sieht, daß der Hausherr mit seinen Gedanken beschäftigt ist und mit finsterem Gesicht etwas überlegt; doch ist er zu jedem liebenswürdigen Gespräch bereit, sobald nur der Hausherr ein solches beginnen will. Auf einmal schien sein Gesicht eine plötzliche Unruhe auszudrücken.

»Hör mal …«, sagte er zu Iwan Fjodorowitsch. »Entschuldige, ich möchte dich nur an etwas erinnern. Du warst mit der Absicht zu Smerdjakow gegangen, etwas über Katerina Iwanowna zu erfahren, bist aber weggegangen, ohne etwas über sie gehört zu haben. Du hast es gewiß vergessen …«

»Ach ja!« rief Iwan unwillkürlich, und sein Gesicht nahm einen finsteren, besorgten Ausdruck an. »Ja, ich habe es vergessen … Übrigens ist das jetzt ganz egal, ich habe alles auf morgen verschoben«, murmelte er vor sich hin. »Aber du brauchtest das nicht zu sagen«, wandte er sich gereizt an den Gast. »Es wäre mir sicherlich gleich selber eingefallen, weil ich mich ohnehin gerade darüber geärgert habe. Warum drängst du dich vor? Ich soll dir wohl glauben, daß du mich erst darauf gebracht hast und es mir nicht von selber eingefallen ist?«

»Bitte, glaube es nicht!« erwiderte der Gentleman freundlich lächelnd. »Was ist denn das für ein Glaube, zu dem man gezwungen wird? Außerdem helfen zum Glauben keine Beweise, und materielle am wenigsten. Thomas glaubte nicht deswegen, weil er den auferstandenen Christus gesehen hatte, sondern weil er schon vorher den Wunsch gehabt hatte zu glauben. Da sind zum Beispiel die Spiritisten, ich habe sie sehr gern … Stell dir vor, sie meinen, sie seien dem Glauben förderlich, weil ihnen die Teufel aus dem Jenseits die Hörner zeigen. ›Das ist‹, sagen sie, ›sozusagen schon ein materieller Beweis für das Vorhandensein jener Welt.‹ Das Jenseits und materielle Beweise, o weh! Und schließlich, selbst wenn die Existenz des Teufels bewiesen ist, so bleibt doch unbekannt, ob auch die Existenz Gottes bewiesen ist. Ich will in eine idealistische Gesellschaft eintreten und ihnen Opposition machen. ›Ich bin Realist‹, werde ich sagen. ›Und nicht Materialist, hehe!‹«

»Hör mal!« sagte Iwan Fjodorowitsch und stand plötzlich vom Tisch auf, »ich bin jetzt wie im Fieber … Und ich habe auch wirklich Fieber … Schwatz du, was du willst, mir ist es gleich! Du wirst mich nicht in Harnisch bringen wie das vorige Mal. Ich schämte mich nur wegen einer Sache … Ich will im Zimmer auf und ab gehen … Ich sehe dich manchmal nicht und höre nicht einmal deine Stimme, wie das vorige Mal, doch ich errate immer, was du schwatzt – denn ich selbst bin es, der da spricht, und nicht du! Ich weiß nur nicht, habe ich das vorige Mal geschlafen, oder habe ich dich in wachem Zustand gesehen? Jetzt werde ich ein Handtuch mit kaltem Wasser befeuchten und mir auf den Kopf legen, vielleicht wirst du dann verschwinden.«

Iwan Fjodorowitsch ging in die Ecke, nahm ein Handtuch, tat, wie er gesagt hatte, und begann mit dem feuchten Handtuch auf dem Kopf im Zimmer auf und ab zu gehen.

»Es gefällt mir, daß wir uns beide so ohne weiteres gleich duzen«, hob der Gast an.

»Dummkopf!« versetzte Iwan lachend. »Wie werde ich denn Sie zu dir sagen! Ich bin jetzt vergnügt, nur in den Schläfen fühle ich einen Schmerz … Und am Scheitel … Bitte, philosophiere bloß nicht wie das vorige Mal! Wenn du dich nicht fortscheren kannst, plaudere über etwas Lustiges! Erzähl Klatschgeschichten! Du bist ein Schmarotzer, also erzähle auch Klatschgeschichten! So ein Aufdringling ist doch nicht loszuwerden! Aber ich fürchte mich nicht vor dir. Ich werde deiner Herr werden. Man wird mich nicht ins Irrenhaus bringen!«

»C'est charmant: ein Schmarotzer! Da bin ich ja gerade in meiner richtigen Gestalt! Was bin ich denn auf der Erde anderes als ein Schmarotzer? Apropos, ich höre dich an und wundere mich ein bißchen. Wahrhaftig, du fängst offenbar allmählich an, mich tatsächlich für ein wirkliches Wesen zu halten und nicht nur für ein Gebilde deiner Phantasie, wozu du mich das vorige Mal hartnäckig erklärt hast.«

»In keinem Augenblick halte ich dich für die reale Wahrheit!« rief Iwan zornig. »Du bist eine Lüge, du bist meine Krankheit, du bist ein Gespenst. Ich weiß nur nicht, wodurch ich dich vernichten könnte, und sehe, daß ich dich eine Weile werde dulden müssen. Du bist meine Halluzination. Du bist eine Verkörperung meines Ichs, doch nur einer Seite desselben ... Eine Verkörperung meiner Gedanken und Gefühle, aber der bösesten und dümmsten. In dieser Hinsicht könntest du sogar interessant für mich sein, wenn ich nur Zeit hätte, mich mit dir abzugeben ...«

»Erlaube, daß ich dich widerlege! Denk einmal an vorhin unter der Laterne, als du Aljoscha angeschrien hast: ›Du hast es von *ihm* erfahren! Woher hast du erfahren, daß er zu mir kommt?‹ Damit hast du mich gemeint. Also ein kleines, ganz kleines Augenblickchen hast du doch geglaubt, daß ich tatsächlich existiere«, sagte der Gentleman mit einem sanften Lachen.

»Ja, das war eine physische Schwäche ... Doch ich konnte nicht an dich glauben. Ich weiß nicht, habe ich das vorige Mal geschlafen oder bin ich umhergelaufen? Ich habe dich damals vielleicht nur im Traum gesehen und gar nicht in wachem Zustand ...«

»Aber warum warst du vorhin so heftig zu ihm, ich meine, zu Aljoscha? Er ist ein liebenswürdiger Mensch!«

»Schweig von Aljoscha! Wie kannst du es wagen, du Knechtsseele!« erwiderte Iwan, lachte jedoch bereits wieder.

»Du schimpfst, lachst aber dabei, das ist ein gutes Zeichen. Du bist übrigens heute viel liebenswürdiger zu mir als das vorige Mal. Und ich verstehe warum: dieser große Entschluß ...«

»Schweig von dem Entschluß!« schrie Iwan wütend.

»Ich verstehe, ich verstehe, c'est noble, c'est charmant! Du gehst morgen hin, um deinen Bruder zu verteidigen und dich selbst zu opfern … c'est chevaleresque …«*

»Schweig, sonst werd' ich dir Fußtritte versetzen!«

»Darüber werde ich mich zum Teil freuen, dann habe ich meine Absicht nämlich erreicht. Wenn du mir Fußtritte versetzt, glaubst du an meine Realität, denn einer Vision versetzt man keine Fußtritte. Scherz beiseite – mir ist es ja egal: schimpf, wenn du Lust dazu hast! Aber besser wäre es doch, wenn du ein bißchen höflicher wärst, selbst mir gegenüber. ›Dummkopf, Knechtsseele‹ – na, was sind das für Ausdrücke!«

»Wenn ich dich beschimpfe, beschimpfe ich mich selbst!« antwortete Iwan wieder lachend. »Du bist ich, ich selber, nur mit einer anderen Visage. Du sagst genau das, was auch ich schon denke, und bist nicht imstande, mir etwas Neues zu sagen!«

»Wenn ich mit dir in den Gedanken übereinstimme, macht mir das nur Ehre«, entgegnete der Besucher; dieses Kompliment brachte er in würdiger Form heraus.

»Aber du wählst immer meine häßlichen und vor allem meine dummen Gedanken. Du bist dumm und gemein. Du bist furchtbar dumm. Nein, ich kann dich nicht ertragen! Was soll ich machen, was soll ich machen!« rief Iwan zähneknirschend.

»Mein Freund, ich möchte trotzdem ein Gentleman sein und als solcher behandelt werden«, begann der Gast in einem Anfall von schmarotzerhaftem und von vornherein zur Nachgiebigkeit bereitem gutmütigem Ehrgefühl. »Ich bin arm, aber … Ich will nicht sagen, daß ich sehr ehrenhaft wäre, doch gilt es in der Gesellschaft gewöhnlich als feststehend, daß ich ein gefallener Engel bin. Weiß Gott, ich kann mir nicht vorstellen, wie ich jemals ein Engel sein konnte. Wenn ich es aber wirklich einmal gewesen sein konnte, so ist das schon so lange her, daß es keine Sünde ist, das vergessen zu haben. Jetzt lege ich nur Wert auf den Ruf eines anständigen Menschen und lebe, wie es sich gerade trifft, indem ich mich bemühe, den Leuten

* frz. das ist edel, das ist reizend. – das ist ritterlich.

angenehm zu sein. Ich liebe die Menschen aufrichtig – oh, man hat mich in vieler Hinsicht verleumdet! Wenn ich zeitweilig zu euch übersiedle, dann fließt hier mein Leben wie etwas Wirkliches dahin, und das gefällt mir am allermeisten. Auch ich selbst leide ja, ebenso wie du, an einer Vorliebe für das Phantastische, und darum liebe ich euren irdischen Realismus. Hier bei euch ist alles klar abgegrenzt, hier gibt es Formeln und eine Mathematik, während bei uns alles Ähnlichkeit mit unbestimmten Gleichungen hat! Ich gehe hier umher und überlasse mich meinen Träumereien. Ich liebe es, mich meinen Träumereien zu überlassen. Außerdem werde ich auf der Erde abergläubisch – bitte, lach nicht: daß ich abergläubisch werde, gefällt mir ja gerade. Ich nehme hier alle eure Gewohnheiten an. Ich habe Geschmack daran gefunden, in die öffentliche Badestube zu gehen und mich in Gesellschaft von Kaufleuten und Popen mit heißem Dampf abzubrühen. Mein Traum ist, mich zu verkörpern in einer siebenpudschweren Kaufmannsfrau, aber endgültig, unwiderruflich, und alles zu glauben, woran sie glaubt. Mein Ideal ist, in die Kirche zu gehen und eine Kerze aufzustellen, reinen Herzens, wahrhaftig. Dann würden meine Leiden ein Ende haben. Auch habe ich bei euch Geschmack daran gefunden, allerlei Kuren auf mich zu nehmen. Im Frühling kamen die Pocken; ich ging hin und ließ mich im Armenhaus impfen – wenn du wüßtest, wie zufrieden ich an jenem Tag war: Ich spendete zehn Rubel für die slawischen Brüder! Aber du hörst ja gar nicht zu! Weißt du, du bist heute wohl nicht recht bei Laune?« Der Gentleman schwieg ein Weilchen. »Ich weiß, du bist gestern zu diesem Arzt gegangen … Nun, wie steht es mit deiner Gesundheit? Was hat dir der Arzt gesagt?«

»Dummkopf!« erwiderte Iwan schroff.

»Dafür bist du um so klüger. Du schimpfst schon wieder? Ich frage ja nicht aus Teilnahme, sondern bloß so. Meinetwegen, antworte nicht! Jetzt gibt es wieder viel Rheumatismus …«

»Dummkopf!« sagte Iwan noch einmal.

»Das ist wohl dein Lieblingswort? Ja, ich hatte im vorigen Jahr so einen Rheumatismus aufgefangen, daß ich noch heute daran denke.«

»Der Teufel hat Rheumatismus?«

»Warum denn nicht, wenn ich mich doch manchmal in jemand verkörpere. Wenn ich mich verkörpere, dann nehme ich auch die Folgen auf mich. Der Satan sum et nihil humanum a ine alienum puto.«

»Wie war das, wie? Der Satan sum et nihil humanum – das ist nicht dumm für den Teufel!«

»Freut mich, daß ich endlich einmal deinen Geschmack getroffen habe.«

»Aber das hast du ja nicht von mir übernommen«, sagte Iwan und blieb plötzlich wie überrascht stehen. »Das ist mir nie in den Kopf gekommen: Sonderbar ...«

»C'est du nouveau, n'est-ce pas?* Diesmal will ich ehrlich verfahren und es dir erklären. Paß auf. Im Schlaf – und besonders bei Alpdrücken, zum Beispiel infolge einer Magenverstimmung oder aus sonst einem Grund – träumt der Mensch manchmal so kunstvolle Dinge, so eine komplizierte, reale Wirklichkeit, Ereignisse oder sogar eine listig zusammengeknüpfte Welt von Ereignissen, mit unerwarteten Details, angefangen von euren höchsten Offenbarungen bis hinab zum letzten Knopf am Vorhemd, daß selbst ein Leo Tolstoi es nicht so genau schildern könnte und dabei träumen das manchmal Leute, die gar nicht mit großer Phantasie begabt, sondern ganz gewöhnliche Leute sind, Beamte, Feuilletonschreiber, Popen ... Manches ist geradezu ein Rätsel. So hat mir sogar ein Minister gestanden, daß ihm seine besten Ideen immer im Schlaf kommen. Na, und so ist es auch jetzt. Ich bin zwar nur deine Halluzination, aber ich rede, wie das auch im Traum der Fall ist, originelle Dinge, die dir bisher nicht in den Kopf gekommen sind, so daß ich nicht mehr bloß deine Gedanken wiederhole. Und dabei bin ich doch nur dein Traumgebilde, weiter nichts.«

»Du lügst. Deine Absicht ist gerade, mir einzureden, daß du ein selbständiges Wesen bist und nicht mein Traumgebilde – und da behauptest du jetzt selber, du wärst das letztere.«

* frz. Das ist neu, nicht wahr?

»Mein Freund, heute habe ich eine besondere Methode angewandt, ich werde dir das nachher erläutern ... Warte mal, wo war ich stehengeblieben? Ja, wie ich mich damals erkältet hatte, aber nicht bei euch, sondern noch dort ...«

»Wo dort? Sag mal, wirst du noch lange bei mir bleiben? Kannst du denn gar nicht verschwinden?« rief Iwan fast verzweifelt. Er hörte auf umherzugehen, setzte sich auf das Sofa, stützte wieder die Ellenbogen auf den Tisch und preßte den Kopf mit den Händen zusammen. Er riß sich das nasse Handtuch ab und warf es ärgerlich von sich; es hatte offenbar nicht geholfen.

»Dein Nervensystem ist zerrüttet«, bemerkte der Gentleman ungeniert und lässig, doch durchaus liebenswürdig. »Du ärgerst dich über mich, weil ich mich habe erkälten können, und dabei hat es sich doch auf die natürlichste Weise von der Welt zugetragen. Ich wollte mich damals eilig zu einer diplomatischen Soiree bei einer hochgestellten Petersburger Dame begeben, die den Ehrgeiz hatte, Frau Minister zu werden. Na, ich hatte schon Frack, weiße Halsbinde und Handschuhe an, befand mich aber noch Gott weiß wo und mußte, um zu euch auf die Erde zu kommen, noch den Weltraum durchfliegen. Gewiß, das dauert nur einen Augenblick, obwohl auch ein Lichtstrahl von der Sonne ganze acht Minuten braucht – aber stell dir das vor: Ich in Frack und ausgeschnittener Weste! Geister erfrieren zwar nicht, doch da ich mich bereits verkörpert hatte ... Kurz, ich war leichtsinnig und machte mich auf den Weg. Aber dort im Weltraum, im Äther, in diesem ›Wasser über der Feste‹, da ist so eine Kälte, was sage ich, Kälte! Kälte kann man das schon nicht mehr nennen. Kannst du dir das vorstellen – hundertfünfzig Grad unter Null! Es gibt da ein bekanntes Späßchen der Bauernmädchen: Bei dreißig Grad Kälte fordern sie einen Unerfahrenen auf, an einem Beil zu lecken, die Zunge friert sofort an, und der Dumme reißt sich dann unter starkem Bluten die Haut ab. So ist das schon, wenn nur dreißig Grad sind; bei hundertfünfzig Grad braucht man, glaube ich, nur einen Finger an das Beil zu legen, und er ist wie weggeblasen ... Falls es dort ein Beil geben sollte ...«

»Kann es denn dort ein Beil geben?« unterbrach ihn Iwan Fjodorowitsch zerstreut und angewidert.

Er sträubte sich mit aller Kraft dagegen, seinen Fiebertraum für Wahrheit zu halten und endgültig ins Delirium zu geraten.

»Ein Beil?« fragte der Gast erstaunt zurück.

»Na ja, was wird da aus dem Beil?« schrie Iwan Fjodorowitsch in wütendem, hartnäckigem Eigensinn.

»Was im Weltraum aus einem Beil wird? Quelle idée!* Wenn es weiter von der Erde weggerät, wird es, glaube ich, um die Erde herumfliegen, ohne selber zu wissen, weshalb, nach Art eines Trabanten. Die Astronomen werden Aufgang und Untergang des Beils berechnen, und Gatzuk wird es in seinen Taufkalender eintragen. Das ist alles.«

»Du bist dumm, du bist schrecklich dumm!« sagte Iwan störrisch. »Lüg bitte etwas klüger, sonst werde ich nicht mehr zuhören. Du willst mich durch Realismus überrumpeln und mir einreden, daß du existierst. Ich will aber nicht glauben, daß du existierst! Und ich werde es nicht glauben!«

»Aber ich lüge ja nicht, es ist alles Wahrheit. Leider ist die Wahrheit meist nicht gerade geistreich. Du erwartest, wie ich sehe, von mir etwas Großes und vielleicht auch etwas Schönes. Das ist sehr schade, denn ich gebe nur, was ich kann …«

»Philosophier nicht, du Esel!«

»Was ist daran schon Philosophie, wenn meine ganze rechte Seite gelähmt war, so daß ich ächzte und stöhnte? Ich war bei der ganzen medizinischen Fakultät. Diagnosen stellen können die Herren vortrefflich; alle Momente der Krankheit zählen sie einem an den Fingern auf – bloß zu heilen verstehen sie sie nicht. Da war auch so ein begeisterter junger Student, der sagte: ›Wenn Sie nun auch sterben, so werden Sie doch wenigstens genau wissen, an welcher Krankheit Sie gestorben sind!‹ Und dann ihre Manier, die Kranken zu Spezialisten zu schicken! ›Wir‹, sagen sie, ›stellen nur die Diagno-

* frz. Was für eine Idee!

se. Dann müssen Sie zu dem und dem Spezialisten fahren, der wird Sie kurieren.‹ Der Arzt von früher, der alle Krankheiten kurierte, ist heutzutage total verschwunden, sage ich dir; jetzt gibt es nur Spezialisten, und die zeigen sich immer in den Zeitungen an. Wenn dir die Nase weh tut, schicken dich die Ärzte nach Paris. ›Dort‹, sagen sie, ›ist ein europäischer Spezialist, der Nasen kuriert.‹ Du kommst nach Paris, und er untersucht die Nase. ›Ich kann Ihnen‹, sagt er, nur das rechte Nasenloch heilen, linke Nasenlöcher behandle ich nicht, das ist nicht meine Spezialität. Fahren Sie, sobald ich Ihr rechtes Nasenloch geheilt habe, nach Wien, dort wird ein besonderer Spezialist Ihr linkes Nasenloch heilen.‹ Was soll man da machen? Ich nahm meine Zuflucht zu volkstümlichen Mitteln! Ein deutscher Arzt riet mir, mich in der Badestube auf der Schwitzbank mit Honig und Salz einzureiben. Ich ging auch hin, bloß um noch einmal ins Bad zu kommen, und schmierte mich von oben bis unten voll, aber ohne irgendwelchen Nutzen. In meiner Verzweiflung schrieb ich an den Grafen Mattei, einen bekannten Homöopathen in Mailand; der schickte mir ein Buch und Tropfen – wollte Gott, daß sie mir genützt hätten. Und denke dir: Hoffsches Malzextrakt hat mir geholfen! Ich kaufte mir zufällig welches, trank anderthalb Flaschen aus und hätte tanzen können, der Schmerz war weg! Ich beschloß, unter allen Umständen eine Danksagung in den Zeitungen drucken zu lassen, denn das Gefühl der Dankbarkeit war in mir rege geworden. Doch stell dir vor, da passierte eine neue wunderliche Geschichte – bei keiner Redaktion nahm man meine Danksagung an! ›Es wird sich zu reaktionär ausnehmen‹, sagten sie. ›Kein Mensch glaubt mehr daran, le diable n'existe point.* Lassen Sie doch die Danksagung anonym drucken.‹ Na, was ist das für eine Danksagung, wenn kein Name daruntersteht! Ich scherzte noch mit den Kontoristen. ›An Gott zu glauben‹, sagte ich, ›das ist in unserem Jahrhundert allerdings reaktionär. Aber ich bin ja der Teufel, an mich darf man glauben.‹ – ›Wir verstehen‹, erwiderten sie. ›Wer glaubt denn nicht an den Teufel? Aber es geht

* frz. der Teufel existiert nicht.

trotzdem nicht. Es könnte unserem Blatt schaden, weil es nicht seiner Richtung entspricht … Oder sollen wir es als Scherz bringen?‹ Na, als Scherz, dachte ich, wäre es nicht sonderlich geistreich. So wurde es eben nicht gedruckt. Und ob du es glaubst oder nicht – das ist mir ein dauernder Schmerz geblieben. Meine besten Gefühle, wie zum Beispiel die Dankbarkeit, sind mir einzig und allein durch meine soziale Stellung verboten.«

»Bist du schon wieder ins Philosophieren geraten?« knirschte Iwan haßerfüllt.

»Gott behüte mich davor! Doch es ist manchmal einfach unmöglich, sich nicht zu beklagen. Ich bin ein arg verleumdeter Mensch. Da sagst du mir alle Augenblicke, ich sei dumm. Daran sieht man, daß du noch jung bist. Mein Freund, der Verstand ist nicht das einzige, worauf es ankommt! Ich habe von Natur ein gutes, fröhliches Herz, ich habe sogar verschiedene kleine Lustspiele verfaßt. Du scheinst mich wohl für einen alt gewordenen Chlestakow zu halten, und doch ist mein Schicksal viel ernster. Durch irgendeine urewige Bestimmung, die ich nie habe begreifen können, ist es zu meinem Beruf gemacht worden, zu ›verneinen‹, während ich doch von Herzen gut und zum Verneinen gänzlich unfähig bin. ›Nein‹, heißt es, ›geh hin und verneine! Ohne Verneinung ist keine Kritik möglich, und was wäre ein Journal ohne eine Abteilung Kritik? Ohne die Kritik gäbe es ja in der Welt nichts weiter als Hosiannarufe. Aber für das Leben reicht das bloße Hosiannarufen nicht aus; das Hosianna muß erst durch den Schmelzofen der anzweifelnden Prüfung hindurchgegangen sein‹ – na, und in dieser Art weiter. Ich mische mich übrigens in diese ganze Geschichte nicht ein; ich habe die Welt nicht geschaffen, ich trage nicht die Verantwortung dafür. Na, und da hat man irgendeinen Sündenbock herausgesucht, ihn gezwungen, in der ›Abteilung Kritik‹ zu schreiben – und so hat man Leben erzielt. Wir durchschauen diese Komödie. Ich zum Beispiel verlange ganz einfach und direkt meine Vernichtung. ›Nein‹, heißt es, ›lebe weiter, denn ohne dich würde alles aufhören. Wenn alles auf der Erde vernünftig wäre, würde sich nichts ereignen. Ohne dich würde es keine Ereignisse geben, es ist aber notwendig, daß es Ereignisse gibt!‹ So unterdrücke ich denn meinen Verdruß und tue meinen Dienst, damit es Ereignisse gibt, und schaffe auf Befehl Unvernünftiges. Die Menschen halten diese ganze Komödie für etwas Ernstes, trotz ihres unbestreitbaren Verstandes. Darin besteht halt ihre Tragödie. Sie leiden nun zwar, doch dafür leben sie ja auch. Sie haben ein wirkliches Leben, nicht nur ein eingebildetes – denn gerade im Leiden besteht das Leben. Ohne Leiden wäre das Leben ohne jeden Genuß; alles würde sich in ein einziges endloses Gebet verwandeln – das wäre gewiß fromm, aber auch ein bißchen langweilig. Na und ich? Ich leide, trotzdem lebe ich nicht. Ich bin das x in einer unbestimmten Gleichung. Ich bin ein Phantom des Lebens, ein Phantom, das alle Enden und Anfänge verloren und schließlich selbst vergessen hat, wie es sich nennen soll. Du lachst … Nein, du lachst nicht, du ärgerst dich wieder. Du ärgerst dich in einem fort, du möchtest, daß alles nur Verstand ist. Doch ich wiederhole, ich würde dieses ganze überirdische Leben und alle Titel und Ehren dafür hingeben, wenn ich mich in einer siebenpudschweren Kaufmannsfrau verkörpern und dem lieben Gott Kerzen in der Kirche aufstellen könnte!«

»Also glaubst auch du nicht mehr an Gott?« sagte Iwan, gehässig lächelnd.

»Wie soll ich dir darauf antworten – falls du überhaupt im Ernst fragst …«

»Gibt es einen Gott oder nicht?« schrie Iwan wieder hartnäckig.

»Ah, also du fragst im Ernst? Mein Täubchen, bei Gott, ich weiß es nicht. Da habe ich ein großes Wort ausgesprochen.«

»Du weißt es nicht, und doch siehst du Gott? Nein, du bist kein selbständiges Wesen, du bist ich! Du bist ich und weiter nichts! Du bist ein Dreck, du bist meine Phantasie!«

»Wenn es dir recht ist, wollen wir sagen: Ich gehöre derselben philosophischen Richtung an wie du – das wäre eine gerechte Ausdrucksweise. Je pense, donc je suis,* das weiß ich bestimmt. Alles

* frz. Ich denke, also bin ich.

übrige jedoch, was um mich ist, alle diese Welten, Gott und sogar der Satan selbst – von alledem ist für mich nicht bewiesen, ob es selbständig existiert oder nur eine Emanation von mir ist, eine folgerichtige Entwicklung meines urewig und persönlich existierenden Ichs ... Ich breche lieber ab, weil du wahrscheinlich gleich aufspringen wirst, um mich zu prügeln.«

»Du solltest lieber irgendeine Anekdote erzählen!« sagte Iwan gequält.

»Eine Anekdote hätte ich schon, und sogar eine, die zu unserem Thema paßt, das heißt, es ist eigentlich keine Anekdote, sondern mehr so eine Legende. Du wirfst mir Unglauben vor, wenn du sagst: ›Du siehst, und dennoch glaubst du nicht.‹ Aber, mein Freund, es geht nicht nur mir so, bei uns sind jetzt alle ganz konfus geworden, und das infolge eurer Wissenschaften. Solange es noch die Atome gab und die fünf Sinne und die vier Elemente, na, da hielt alles so leidlich zusammen. Atome gab es ja auch schon im Altertum. Doch als man bei uns erfuhr, daß ihr das ›chemische Molekül‹ entdeckt hättet und das ›Protoplasma‹ und Gott weiß was noch, da kniffen sie bei uns die Schwänze zwischen die Beine. Es begann ein wüstes Treiben, besonders Aberglaube, Klatscherei, Klatscherei gibt es ja auch bei uns, soviel wie bei euch, sogar noch ein bißchen mehr und dann noch Denunziation – bei uns gibt es ja auch eine Abteilung, wo gewisse Mitteilungen entgegengenommen werden ... Also nun diese absonderliche Legende. Sie stammt noch aus unserem Mittelalter, nicht aus eurem Mittelalter, sondern aus unserem, und selbst bei uns glaubt an sie niemand außer den siebenpudschweren Kaufmannsfrauen, das heißt wieder nicht euren, sondern unseren Kaufmannsfrauen. Alles was es bei euch gibt, gibt es auch bei uns! Ich enthülle dir damit aus Freundschaft eines unserer Geheimnisse, obwohl das verboten ist. Diese Legende handelt vom Paradies. Es war einmal, wird erzählt, bei euch hier auf Erden so ein Denker und Philosoph, der ›alles verneinte. Gesetze, Gewissen und Glauben‹, vor allem aber das zukünftige Leben. Er starb und dachte, nun ginge es geradewegs in Finsternis und Tod hinein, doch da stand vor ihm –

das zukünftige Leben. Er war darüber sehr erstaunt und ungehalten. ›Das widerspricht‹, sagte er, ›meinen Überzeugungen.‹ Dafür wurde er nun auch verurteilt ... Das heißt, entschuldige bitte, ich gebe ja nur wieder, was ich gehört habe, es ist eben nur eine Legende ... Siehst du, er wurde also dazu verurteilt, in der Finsternis eine Quadrillion Kilometer zu gehen, bei uns rechnet man ja jetzt auch nach Kilometern; und wenn er mit dieser Quadrillion fertig war, sollten ihm die Pforten des Paradieses geöffnet und ihm sollte alles verziehen werden ...«

»Was gibt es denn in eurer Welt sonst noch für Qualen außer dieser Quadrillion?« unterbrach ihn Iwan mit einer seltsamen Lebhaftigkeit.

»Was es sonst für Qualen gibt? Ach, frag lieber nicht danach! Früher war es damit noch einigermaßen leidlich bestellt, aber jetzt sind immer mehr die seelischen Qualen aufgekommen, die ›Gewissensbisse‹ und all dieser Quatsch. Das ist auch so eine Neuerung von euch, eine Folge der ›Milderung eurer Sitten‹. Na, und wer hat dabei profitiert? Profitiert haben nur die Gewissenlosen, denn was hat so einer für Gewissensbisse, wenn er überhaupt kein Gewissen hat? Gelitten haben dafür die anständigen Leute, bei denen sich noch Gewissen und Ehrgefühl erhalten haben ... Ja, so ist das mit Reformen auf unvorbereiteter Grundlage, zumal wenn sie eine Kopie fremder Einrichtungen sind: Es kommt weiter nichts als Schaden dabei heraus! Wir hätten lieber das gute alte Höllenfeuer behalten sollen ... Nun, dieser zu einer Quadrillion Kilometer Verurteilte stand ein Weilchen da, blickte vor sich hin und legte sich dann quer über den Weg. ›Ich werde nicht gehen‹, sagte er; ›aus Prinzip werde ich nicht gehen!‹ Nimm die Seele eines gebildeten russischen Atheisten und mische sie mit der Seele des Propheten Jonas, der drei Tage und drei Nächte im Bauch des Walfisches schmollte – da hast du den Charakter dieses Denkers, der sich quer über den Weg gelegt hatte.«

»Worauf hatte er sich denn da gelegt?«

»Na, es wird schon etwas dagewesen sein, worauf er liegen konnte. Machst du dich auch nicht darüber lustig?«

»Ein famoser Kerl!« rief Iwan, noch immer mit derselben seltsamen Lebhaftigkeit. Er hörte jetzt mit überraschendem Interesse zu. »Nun weiter! Liegt er noch da?«

»Das ist es ja eben, daß er nicht mehr daliegt. Er hat fast tausend Jahre dagelegen, dann stand er auf und fing an zu gehen.«

»So ein Esel!« rief Iwan. Er lachte nervös, doch es machte den Eindruck, als dachte er angestrengt über etwas nach. »Ist es nicht ganz egal, ob er ewig daliegt oder eine Quadrillion Werst geht? Daran hat er ja wohl eine Billion Jahre zu gehen?«

»Sogar viel mehr. Ich habe keinen Bleistift und kein Papier zur Hand, sonst ließe sich das ausrechnen. Aber er ist ja schon längst mit seiner Wanderung fertig, und eben da beginnt die Anekdote.«

»Was? Mit seiner Wanderung fertig? Wo hat er denn die Billion Jahre hergenommen?«

»Du denkst immer nur an unsere heutige Erde! Die heutige Erde hat sich ja selbst vielleicht billionenmal wiederholt; sie wurde altersschwach, vereiste, barst, fiel auseinander, zersetzte sich in ihre Elementarbestandteile, dann war sie wieder Wasser unter und über der Feste, dann wieder ein Komet, dann eine Sonne, dann wurde sie aus einer Sonne wieder eine Erde – diese Entwicklung hat sich vielleicht schon unzählige Male wiederholt, und immer auf dieselbe Weise, bis aufs Tüpfelchen. Eine geradezu unanständig langweilige Geschichte ...«

»Nun, und was ist dann geschehen, als er mit seiner Wanderung fertig war?«

»Sobald man ihm die Pforten des Paradieses geöffnet hatte und er eingetreten und noch nicht zwei Sekunden drin war, und zwar nach der Uhr, obgleich sich seine Uhr meiner Ansicht nach unterwegs längst in ihre Bestandteile hätte auflösen müssen, kurz, er war also noch nicht zwei Sekunden drin, da rief er, für diese zwei Sekunden könne man nicht nur eine Quadrillion, sondern eine Quadrillion Quadrillionen Kilometer gehen, ja selbst wenn diese Zahl noch zur quadrillionsten Potenz erhoben würde! Kurz, er sang Hosianna und übertrieb das dermaßen, daß von den dort Anwesenden einige mit etwas vornehmerer Denkweise ihm anfangs nicht einmal die Hand geben mochten: Er war allzu eifrig zu den Konservativen übergegangen. Ein echt russischer Charakter! Ich wiederhole, es ist eine Legende; ich gebe sie so wieder, wie ich sie gehört habe. Du siehst also, was für Begriffe dort bei uns über diese Dinge gang und gäbe sind.«

»Jetzt habe ich dich ertappt!« rief Iwan mit einer fast kindlichen Freude, als hätte er sich nun mit Sicherheit an etwas erinnert. Diese Anekdote über die Quadrillion Werst habe ich selbst erfunden! Ich war damals siebzehn Jahre alt und besuchte das Gymnasium. Ich habe diese Anekdote damals erfunden und einem Mitschüler namens Korowkin erzählt; es war in Moskau. Diese Anekdote ist so charakteristisch, daß ich sie von nirgendwoher nehmen konnte. Ich hatte sie beinahe vergessen, doch jetzt ist sie mir unwillkürlich wieder ins Gedächtnis gekommen – mir selbst, hörst du, nicht du hast sie mir erzählt! Wie einem eben tausend Dinge manchmal unwillkürlich ins Gedächtnis kommen, sogar wenn man zum Schafott geführt wird … Im Traum ist sie mir eingefallen. Und du, du bist dieser Traum! Du bist ein Traum und existierst nicht!«

»Nach der Heftigkeit zu urteilen, mit der du mich verneinst«, erwiderte der Gentleman lachend, »bin ich überzeugt, daß du an mich glaubst.«

»Durchaus nicht! Nicht wie eins zu hundert glaube ich!«

»Aber wie eins zu tausend glaubst du. Die homöopathischen Bruchteile sind vielleicht gerade besonders kräftig. Gestehe, daß du glaubst, na, dann eben wie eins zu zehntausend …«

»Nicht eine Sekunde!« rief Iwan hitzig. »Übrigens würde ich ganz gern an dich glauben!« fügte er auf einmal seltsam hinzu.

»Aha! Das ist ja doch ein Geständnis! Aber ich bin gut, ich werde dir auch hier behilflich sein. Weißt du was? Ich habe dich ertappt, nicht du mich! Ich habe dir absichtlich deine eigene Anekdote erzählt, die du schon vergessen hattest, damit du den Glauben an mich endgültig verlierst.«

»Du lügst! Der Zweck deines Erscheinens ist, mich davon zu überzeugen, daß du existierst.«

»Ganz richtig. Aber das Schwanken, die Unruhe, der Kampf zwischen Glauben und Unglauben, das ist ja manchmal für einen gewissenhaften Menschen wie dich so eine Qual, daß er sich am liebsten aufhängen möchte. Gerade weil ich weiß, daß du ein Tröpfchen Glauben an mich besitzt, goß ich dir ein Quantum Unglauben hinzu, indem ich dir diese Anekdote erzählte. Ich führe dich zwischen Glauben und Unglauben unaufhörlich hin und her und habe dabei meine bestimmte Absicht. Das ist meine neue Methode. Sobald du allen Glauben an mich verloren hast, wirst du mir sofort ins Gesicht versichern, daß ich kein Traum bin, sondern wirklich existiere – ich kenne dich doch schon! Dann werde ich mein Ziel erreichen, und mein Ziel ist ein edles. Ich werde in dich nur ein winzig kleines Samenkorn des Glaubens legen; daraus wird eine Eiche wachsen, und zwar eine Eiche von solcher Stärke, daß du wünschen wirst, dich zu ›den frommen Einsiedlern und den makellosen Frauen‹ zu gesellen; denn im geheimen trägst du danach ein großes Verlangen. Du wirst Heuschrecken essen und in die Wüste ziehen, um deine Seele zu retten!«

»Also du Taugenichts bist auf die Rettung meiner Seele bedacht?«

»Man muß doch wenigstens mal ein gutes Werk tun. Du ärgerst dich, wie ich sehe?«

»Witzbold! Hast du denn schon einmal solche Leute in Versuchung geführt, die Heuschrecken essen und siebzehn Jahre lang in einer öden Wüste beten, so daß richtiges Moos auf ihnen wächst?«

»Mein Täubchen, das ist ja meine Hauptbeschäftigung. Die ganze Welt und alle Welten vergißt man und heftet sich an einen einzigen solchen Menschen, denn das ist ein höchst wertvoller Brillant! Eine einzige solche Seele ist manchmal so viel wert wie ein ganzes Sternbild – wir haben ja unsere eigene Arithmetik. Ein solcher Sieg ist wertvoll! Und manche von ihnen stehen dir weiß Gott an Bildung nicht nach, wenn du es auch vielleicht nicht glaubst. Sie können solche Abgründe des Glaubens und des Unglaubens in einem einzigen Augenblick im Geist schauen, daß manchmal wirklich nur ein Haarbreit zu fehlen scheint, und der Mensch stürzt ›mit den Beinen nach oben‹ hinab, wie sich der Schauspieler Gorbunow ausdrückt.«

»Na, und der Erfolg? Bist du mit langer Nase abgezogen?«

»Mein Freund«, antwortete der Gast bedachtsam, »mit langer Nase abziehen ist manchmal besser als ganz ohne Nase, wie erst kürzlich ein kranker Marquis (gewiß hatte ihn ein Spezialist behandelt) zu seinem Beichtvater, einem Jesuiten, sagte. Ich war zugegen – es war geradezu entzückend. ›Geben Sie mir meine Nase wieder!‹ sagte er und schlug sich an die Brust. ›Mein Sohn‹, erwiderte der schlaue Pater, ›alles vollzieht sich nach den unerforschlichen Ratschlüssen der Vorsehung, und ein großes Unglück zieht bisweilen einen außerordentlichen, wenn auch unsichtbaren Vorteil nach sich. Wenn ein strenges Schicksal Sie der Nase beraubt hat, so besteht Ihr Vorteil darin, daß nun niemand in Ihrem ganzen Leben mehr zu Ihnen sagen kann, Sie seien mit langer Nase abgezogen.‹ – ›Frommer Vater, das ist kein Trost!‹ rief der andere verzweifelt. Ich würde im Gegenteil voll Entzücken mein Leben lang täglich mit langer Nase abziehen, wenn sie bei mir nur am richtigen Fleck säße.‹ – ›Mein Sohn‹, antwortete der Pater seufzend, ›alle Güter zugleich darf man nicht verlangen, das wäre Aufmucken wider die Vorsehung, die Sie auch hierbei nicht vergessen hat! Denn wenn Sie wie soeben ausrufen, Sie seien mit Freuden bereit, Ihr Leben lang mit langer Nase abzuziehen, so ist auch dieser Ihr Wunsch schon indirekt erfüllt: indem Sie Ihre Nase verloren, sind Sie nämlich gewissermaßen schon mit langer Nase abgezogen ...‹«

»Pfui, wie dumm!« rief Iwan.

»Mein Freund, ich wollte dich nur zum Lachen bringen, aber ich schwöre, das ist echte jesuitische Kasuistik! Und ich schwöre dir weiter, alles dies hat sich buchstäblich so begeben, wie ich es dir erzählt habe. Dieser Fall ist erst kürzlich passiert und hat mir viel Mühe und Arbeit gemacht. Der unglückliche junge Mensch kehrte nach Hause zurück und erschoß sich noch in derselben Nacht; ich blieb bis zum letzten Augenblick ununterbrochen bei ihm ... Diese Beichtstühle der Jesuiten bilden aber tatsächlich meine liebste Zerstreuung in traurigen Momenten meines Lebens. Ich will dir noch einen Fall erzählen, ganz neuen Datums. Kommt da zu einem alten Pater eine Blondine aus der Normandie, um die zwanzig. Ein schönes Gesicht, ein Prachtkörper, ein nettes Wesen – man leckt sich unwillkürlich die Lippen. Sie kniet nieder und flüstert durch die Öffnung dem Pater ihre Sünde zu. ›Aber, meine Tochter, sind Sie wirklich schon wieder gefallen?‹ ruft der Pater. ›O sancta Maria, was höre ich, nun mit einem anderen! Wie lange soll denn das noch dauern, schämen Sie sich gar nicht?‹ – ›Ah, mon père‹, antwortet die Sünderin, in Reuetränen zerfließend, ›ça lui fait tant de plaisir et à moi si peu de peine!‹* Na, stelle dir mal diese Antwort vor! Als ich das hörte, nahm ich einfach Abstand von ihr. Das war ein echter Schrei der Natur, das war, könnte man sagen, besser als die Unschuld selbst! Ich erließ ihr auf der Stelle die Sünde und wollte schon gehen, sah mich jedoch genötigt, wieder umzukehren. Ich hörte, wie der Pater durch die Öffnung hindurch sie auf den Abend zu einem Rendezvous bestellte! Ein alter Mann, ein Kieselstein – und war in einem Augenblick gefallen: Das Recht der Natur hatte gesiegt! Nun? Rümpfst du wieder die Nase, ärgerst du dich wieder? Ich weiß schon nicht mehr, wie ich es dir recht machen kann …«

»Laß mich in Ruhe! Du hämmerst in meinem Gehirn wie ein schwerer Traum, der sich nicht abschütteln läßt«, stöhnte Iwan, gequält von dem Bewußtsein, daß er seiner Vision gegenüber machtlos war. »Du langweilst und quälst mich, du bist mir unerträglich! Ich würde viel darum geben, wenn ich dich wegjagen könnte!«

»Ich wiederhole, mäßige deine Ansprüche! Verlange von mir nicht ›alles Große und Schöne‹, und du wirst sehen, wie freundschaftlich wir uns miteinander einleben werden«, sagte der Besucher nachdrücklich. »In Wahrheit ärgerst du dich nur deshalb, weil ich nicht in rotem Licht, unter Donner und Blitz und mit versengten Flügeln erschienen bin, sondern in so bescheidener Gestalt. Du fühlst dich gekränkt, erstens in deinen ästhetischen Empfindungen und zweitens in deinem Stolz. ›Wie konnte nur zu so einem bedeutenden Mann

* frz. Ach mein Vater, das macht ihm Vergnügen und mir wenig Mühe!

so ein gemeiner Teufel kommen?‹ denkst du. Nein, auch du hast diese romantische Ader, über die schon Belinski so gespottet hat. Was ist da zu machen, junger Mann? Vorhin, als ich mich auf den Weg zu dir machte, eigentlich hatte ich die Absicht, mich zum Scherz in der Gestalt eines Wirklichen Staatsrates a. D. zu präsentieren, der im Kaukasus angestellt war und den Stern des persischen Löwen- und Sonnenordens auf dem Frack hat, aber ich fürchtete mich geradezu, es zu tun – du hättest mich dafür höchstens verprügelt, daß ich mich erdreistete, nur den Löwen- und Sonnenorden an den Frack zu hängen und nicht wenigstens den Polarstern oder den Sirius ... Und immerzu sagst du, ich sei dumm. Doch ich erhebe ja auch gar keinen Anspruch darauf, dir an Verstand gleichzukommen. Als Mephistopheles zu Faust kam, da erklärte er von sich, er wolle das Böse, schaffe aber nur das Gute. Nun, mag das sein, wie es ihm beliebt – bei mir ist das genaue Gegenteil der Fall. Ich bin vielleicht der einzige Mensch in der ganzen Natur, der die Wahrheit liebt und aufrichtig das Gute wünscht. Ich war zugegen, als das am Kreuz gestorbene Wort zum Himmel emporstieg und die Seele des zu seiner Rechten gekreuzigten Schächers an seiner Brust hielt; ich hörte das freudige Jauchzen der Hosianna singenden Cherubim und den donnernden Jubelruf der Seraphim, von dem der Himmel und das ganze Weltgebäude erzitterte. Und ich schwöre bei allem, was heilig ist, ich wollte schon in den Chor einstimmen und mit allen Hosianna rufen. Schon stieg der Ruf aus meiner Brust und wollte sich von meinen Lippen losreißen ... Ich bin ja, wie du weißt, sehr empfindsam und für künstlerische Dinge sehr empfänglich. Doch die gesunde Vernunft, diese unglücklichste Eigenschaft meines Wesens, hielt mich auch damals in den gebührenden Schranken, und ich ließ den Augenblick vorübergehen! ›Denn was wäre die Folge meines Hosianna?‹ dachte ich in diesem Moment. Sofort würde alles in der Welt erlöschen, und keine Ereignisse würden mehr eintreten ... Und so sah ich mich einzig und allein wegen meiner Amtspflicht und meiner sozialen Stellung genötigt, die gute Regung des Augenblicks in mir zu unterdrücken und bei den Gemeinheiten zu bleiben. Die Ehre, Gutes zu tun, nimmt ein anderer total für sich in Anspruch, und als mein Anteil bleiben nur die Gemeinheiten. Aber ich beneide ihn nicht um die Ehre, auf anderer Leute Kosten zu leben, ich bin nicht ehrgeizig. Warum bin von allen Wesen auf der Welt nur ich allein dazu verurteilt, von allen anständigen Leuten verflucht und sogar mit Fußtritten bedacht zu werden? Denn wenn ich mich verkörpere, muß ich manchmal auch solche Konsequenzen mit in Kauf nehmen. Ich weiß wohl, daß ein Geheimnis dahintersteckt, doch dieses Geheimnis will man mir um keinen Preis enthüllen; ich könnte nämlich, wenn ich gemerkt hätte, um was es sich handelt, womöglich ›Hosianna!‹ schreien, und dann würde sogleich das unentbehrliche Minus verschwinden und in der ganzen Welt die Vernunft anheben, damit hätte jedoch selbstverständlich alles ein Ende, sogar die Zeitungen und Journale, denn wer würde sie dann noch abonnieren? Ich weiß, am Ende werde auch ich mich aussöhnen und meine Quadrillion Kilometer ablaufen und das Geheimnis erfahren. Aber bis es dahin kommt, schmolle ich und erfülle, meinen Ärger verbeißend, meine Bestimmung: Tausende zugrunde zu richten, damit ein einziger gerettet wird. Wieviel Seelen mußten zum Beispiel zugrunde gerichtet und wieviel ehrenhafte Reputationen verdorben werden, um nur den einen gerechten Hiob zustande zu bringen, mit dem ich seinerzeit so schändlich angeführt wurde! Nein, solange mir das Geheimnis nicht enthüllt ist, existieren für mich zwei Wahrheiten: erstens ihre dort, die mir vorläufig ganz unbekannt ist, und zweitens meine. Und es steht noch dahin, welche die reinere Wahrheit sein wird … Du bist eingeschlafen?«

»Gott bewahre!« stöhnte Iwan wütend. »Alles, was es in meinem Wesen Dummes gibt, längst Abgetanes, in meinem Verstand Wiedergekäutes, wie Aas Weggeworfenes – alles das setzt du mir wieder vor als etwas ganz Neues!«

»Also habe ich es wieder nicht getroffen! Und ich hatte schon gehofft, durch die belletristische Darstellungsweise dein Interesse zu erregen. Dieses Hosianna im Himmel kam doch wirklich nicht übel heraus? Und dann eben dieser sarkastische Ton à la Heine, nicht wahr?«

»Nein, ich bin nie so eine Knechtsseele gewesen. Wie hat meine Seele nur eine Bedientenseele wie dich hervorbringen können?«

»Mein Freund, ich kenne einen ganz reizenden, allerliebsten jungen russischen Herrn, einen jungen Denker und großen Liebhaber von Literatur und geschmackvollen Dingen, den Verfasser eines vielversprechenden Werkes mit der Überschrift: ›Der Großinquisitor …‹ Allein den hatte ich dabei ins Auge gefaßt!«

»Ich verbiete dir, von dem ›Großinquisitor‹ zu reden!« schrie Iwan, vor Scham rot geworden.

»Na, und die ›Geologische Umwälzung‹? Erinnerst du dich? Das ist doch wirklich eine hübsche kleine Dichtung!«

»Schweig, oder ich schlag dich tot!«

»Nun willst du mich gar totschlagen? Nein, entschuldige, ich möchte mich doch aussprechen. Deswegen bin ich ja hergekommen, um dieses Vergnügen auszukosten. Oh, ich liebe die Schwärmereien meiner feurigen, vor Lebensdurst zitternden jungen Freunde! Dort gibt es neue Menschen, sagtest du dir noch im vorigen Frühjahr, als du im Begriff warst, hierherzufahren. Sie beabsichtigen, alles zu zerstören und wieder mit der Menschenfresserei zu beginnen. Die Dummköpfe! Warum haben sie mich nicht um Rat gefragt? Meiner Ansicht nach ist gar kein großes Zerstörungswerk erforderlich: Man braucht bei der Menschheit nur die Gottesidee zu zerstören – das ist der Punkt, an dem man das Werk in Angriff nehmen muß! Damit muß man anfangen – o die armen Blinden, die nichts begreifen! Wenn sich die Menschheit erst Mann für Mann von Gott losgesagt hat, und ich glaube, daß diese Periode ebenso wie die geologischen Perioden eintreten wird, dann wird die ganze frühere Weltanschauung und die ganze frühere Moral von selbst, ohne Menschenfresserei, zusammenstürzen, und etwas ganz Neues wird auf den Plan treten. Die Menschen werden sich zusammentun, um aus dem Leben alles herauszuholen, was das Leben geben kann, aber ausschließlich, um sich auf dieser Welt zu freuen und glücklich zu sein. Der Mensch wird höher und größer werden durch den Geist eines götterhaften, titanischen Stolzes, und der Mensch-Gott wird in Erscheinung treten. Indem der Mensch durch seinen Willen und die Wissenschaft stündlich und in unbegrenztem Maß die Natur besiegt, wird er eben dadurch stündlich einen so hohen Genuß empfinden, daß dieser ihm alle früheren Hoffnungen auf himmlische Genüsse ersetzen wird. Jeder wird erkennen, daß er ganz und gar sterblich ist, ohne Auferstehung, und wird den Tod stolz und ruhig hinnehmen wie ein Gott. Er wird aus Stolz einsehen, daß er keinen Grund hat zu murren, weil das Leben so schnell vergeht, und er wird seinen Bruder nun lieben, ohne Lohn dafür zu erwarten. Er wird seine Liebe auf das kurze Leben beschränken müssen; doch schon allein durch das Bewußtsein, daß sie nur so kurze Zeit dauern kann, wird sie um so viel feuriger sein, als sie früher durch die Hoffnung auf eine ewig währende Fortsetzung im Jenseits abgeschwächt wurde ... Na und so weiter und so fort in dieser Art. Allerliebst!«

Iwan saß da, hielt sich mit den Händen die Ohren zu und blickte zu Boden; er begann am ganzen Körper zu zittern. Die Stimme fuhr fort:

»Die Frage ist jetzt die: Hielt mein junger Denker es für möglich, daß eine solche Periode jemals eintritt oder nicht? Wenn sie eintritt, ist alles entschieden, und die Menschheit wird sich endgültig danach einrichten. Da dies jedoch angesichts der eingewurzelten menschlichen Dummheit vielleicht in tausend Jahren noch nicht geschehen wird, darf sich jeder, der jetzt schon die Wahrheit erkennt, auf den neuen Grundlagen ganz nach seinem Belieben einrichten. In diesem Sinn ist ihm ›alles erlaubt‹. Ja noch mehr: Selbst wenn diese Periode niemals eintreten sollte, wird der neue Mensch, da es Gott und Unsterblichkeit ja nicht gibt, trotzdem ein Mensch-Gott werden dürfen, selbst wenn dies nur ein einziger in der ganzen Welt erreichen sollte – und der wird dann bei seinem neuen Rang jede frühere sittliche Schranke des früheren Knecht-Menschen mit leichtem Herzen überspringen, falls das nötig wird. Für einen Gott existiert kein Gesetz! Wo sich ein Gott hinstellt, da gehört der Platz ihm! Wo ich mich hinstelle, da wird der erste Platz sein ... ›Alles ist erlaubt‹, und damit basta! Das ist ja alles sehr hübsch, doch wenn der junge Denker nun einmal betrügen wollte, wozu brauchte er da noch die Sanktion der Wahrheit, sollte man meinen? Aber so ist unser moderner Russe nun einmal: Ohne Sanktion entschließt er sich nicht einmal zum Betrügen, so sehr hat er die Wahrheit liebgewonnen …«

Während der Gast sprach, hatte er offenbar seine Freude an der eigenen Redekunst; er hob die Stimme immer mehr und musterte Iwan spöttisch, aber er konnte nicht zu Ende sprechen: Iwan ergriff plötzlich ein auf dem Tisch stehendes Glas und warf es mit starkem Schwung nach dem Redner.

»Ah, mais c'est bête enfin!«* rief der Besucher, sprang vom Sofa auf und klopfte sich mit den Fingern die angespritzten Teetropfen ab. »Luthers Tintenfaß ist dir eingefallen. Hält der Mensch mich für einen Traum und wirft nach dem Traum mit Gläsern! Das ist Weibermanier! Ich hatte mir schon gedacht, daß du nur so tatest, als hieltest du dir die Ohren zu. Du hast aber doch gehört …«

Auf einmal ließ sich von draußen ein energisches, anhaltendes Klopfen gegen den Fensterrahmen vernehmen. Iwan Fjodorowitsch fuhr auf.

»Weißt du, öffne lieber!« rief der Gast. »Das ist dein Bruder Aljoscha mit einer sehr interessanten, unerwarteten Nachricht, dafür bürge ich dir!«

»Schweig, du Betrüger! Ich habe früher als du gewußt, daß es Aljoscha ist. Ich habe sein Kommen geahnt; und natürlich kommt er nicht ohne Grund; natürlich bringt er eine Nachricht!« rief Iwan außer sich.

»So mach ihm doch auf! Draußen tobt ein Schneesturm, und er ist dein Bruder. Monsieur sait-il le temps qu'il fait? C'est à ne pas mettre un chien dehors!«**

Das Klopfen dauerte an. Iwan wollte zum Fenster stürzen, aber ihm war, als seien ihm Beine und Arme gefesselt. Er strengte sich aus

* frz. Aber das ist doch dumm!

** frz. Mein Herr, wissen Sie welches Wetter draußen ist? Da jagt man keinen Hund vor die Tür.

aller Kraft an, um seine Fesseln zu zerreißen – vergebens. Das Klopfen am Fenster wurde immer stärker und lauter. Endlich zerrissen plötzlich die Fesseln, und Iwan Fjodorowitsch sprang vom Sofa auf. Er blickte verstört um sich. Die beiden Lichter waren fast völlig heruntergebrannt, das Glas, mit dem er eben nach seinem Gast geworfen hatte, stand vor ihm auf dem Tisch, und auf dem Sofa gegenüber saß niemand! Das Klopfen am Fenster dauerte zwar beharrlich fort, doch durchaus nicht so laut, wie es ihm soeben im Traum vorgekommen war, sondern vielmehr sehr maßvoll.

»Das war kein Traum! Nein, ich schwöre es, das war kein Traum – das war Wirklichkeit!« rief Iwan Fjodorowitsch, stürzte zum Fenster und öffnete die Luftklappe. »Aljoscha? Ich habe dir doch verboten herzukommen!« schrie er seinen Bruder zornig an. »Sag in zwei Worten, was willst du? In zwei Worten, hörst du?«

»Vor einer Stunde hat sich Smerdjakow erhängt«, antwortete Aljoscha von draußen.

»Komm an die Haustür, ich mache dir sofort auf!« sagte Iwan und ging, Aljoscha hereinzulassen.

10. »Das hat er gesagt!«

Als Aljoscha hereingekommen war, teilte er seinem Bruder mit, vor einer guten Stunde sei Marja Kondratjewna zu ihm in die Wohnung gekommen mit der Nachricht, daß Smerdjakow sich das Leben genommen habe. »Ich ging zu ihm hinein, den Samowar holen, da hing er an der Wand an einem Nagel.« Auf Aljoschas Frage, ob sie das schon an der entsprechenden Stelle angezeigt habe, hatte sie geantwortet, sie habe es nicht angezeigt. »Ich bin gleich zu Ihnen gestürzt und den ganzen Weg gerannt!« Aljoscha berichtete, sie sei wie irrsinnig gewesen und habe am ganzen Körper gezittert. Als er mit ihr zusammen zu ihrem Häuschen gelaufen war, hatte er Smerdjakow noch immer hängend gefunden. Auf dem Tisch lag ein Zettel: »Ich vernichte mein Leben nach meinem eigenen Wunsch und Willen, um niemand zu beschuldigen.« Aljoscha hatte den Zettel auf dem Tisch liegengelassen, war direkt zum Bezirkshauptmann gegangen und hatte ihm Anzeige erstattet. »Und von dort bin ich geradewegs zu dir gekommen«, schloß Aljoscha und sah seinen Bruder unverwandt an. Auch die ganze Zeit, während er erzählte, hatte er die Augen nicht von ihm abgewandt, als ob ihm etwas an Iwans Gesicht stark auffiel.

»Bruder«, rief er plötzlich, »du bist sicher sehr krank! Du siehst mich an und scheinst nicht zu verstehen, was ich sage.«

»Das ist gut, daß du gekommen bist«, sagte Iwan gedankenverloren, als hätte er Aljoschas Ausruf gar nicht gehört. »Ich habe es gewußt, daß er sich erhängt hat.«

»Von wem denn?«

»Ich weiß nicht, von wem. Aber ich habe es gewußt. Habe ich es gewußt? Ja, er hat es mir gesagt. Er hat es mir soeben schon gesagt ...«

Iwan stand mitten im Zimmer und sprach noch immer genauso in Gedanken versunken, den Blick gesenkt.

»Wer ist das – er?« fragte Aljoscha und schaute sich unwillkürlich um.

»Er hat sich davongemacht.«

Iwan hob den Kopf und lächelte leise.

»Er hat vor dir Angst bekommen, vor dir, du Taube. Du bist ein ›reiner Cherub‹, Dmitri nennt dich einen Cherub. Die Cherubim ... Der donnernde Jubelruf der Seraphim! Was ist das, ein Seraph? Vielleicht ein ganzes Sternbild? Aber vielleicht ist ein ganzes Sternbild nur ein chemisches Molekül ... Gibt es ein Sternbild des Löwen und der Sonne, weißt du das nicht?«

»Bruder, setz dich hin!« sagte Aljoscha erschrocken. »Um Gottes willen, setz dich aufs Sofa! Du fieberst, leg dich auf das Kissen, siehst du, so! Willst du ein nasses Handtuch auf den Kopf? Vielleicht wird dir dann besser?«

»Ja, gib mir das Handtuch! Dort auf dem Stuhl, da habe ich es vorhin hingeworfen.«

»Da ist es nicht. Aber beunruhige dich nicht, ich weiß, wo es liegt. Da ist es«, sagte Aljoscha, der in einer anderen Ecke des Zimmers auf Iwans Waschtisch ein noch sauberes, zusammengefaltetes, ungebrauchtes Handtuch gefunden hatte.

Iwan sah das Handtuch sonderbar an. Für einen Augenblick schien ihm die Besinnung zurückzukehren.

»Warte mal …«, sagte er und stand vom Sofa auf. »Ich habe vor einer Stunde dieses Handtuch von derselben Stelle genommen und mit Wasser befeuchtet. Ich legte es mir auf den Kopf und warf es dann hin … Wie kann es denn jetzt trocken sein? Ein anderes ist nicht dagewesen.«

»Du hattest dieses Handtuch auf dem Kopf?« fragte Aljoscha.

»Ja, und ich bin im Zimmer auf und ab gegangen, vor einer Stunde … Wie kommt es, daß die Lichter so weit heruntergebrannt sind? Wie spät ist es?«

»Bald zwölf.«

»Nein, nein, nein!« schrie Iwan plötzlich. »Das war kein Traum! Er ist dagewesen, er hat hier gesessen, da, auf dem Sofa. Als du ans Fenster klopftest, hatte ich gerade mit dem Glas nach ihm geworfen … Mit diesem Glas hier … Warte mal, ich habe auch früher geschlafen und geträumt, aber dieser Traum war kein Traum. Es ist auch schon früher vorgekommen. Ich habe jetzt manchmal Träume, Aljoscha … Nein, es sind ja keine Träume, ich bin wach! Ich gehe, rede und gehe … Aber ich schlafe. Er hat hier gesessen, er ist hiergewesen. Da, auf diesem Sofa hat er gesessen … Er ist furchtbar dumm, Aljoscha, furchtbar dumm!« Iwan lachte plötzlich auf und begann im Zimmer auf und ab zu gehen.

»Wer ist dumm? Von wem sprichst du, Bruder?« fragte Aljoscha wieder besorgt.

»Der Teufel. Er kommt jetzt oft zu mir. Zweimal ist er schon dagewesen, sogar fast dreimal. Er zog mich auf, ich sei verärgert darüber, daß er nur als einfacher Teufel zu mir kommt und nicht als Satan mit versengten Flügeln, unter Donner und Blitz. Aber er ist nicht der Satan, da lügt er. Er maßt sich einen fremden Namen an. Er ist ein einfacher Teufel, ein jämmerlicher, unbedeutender Teufel. Er geht in die Badestube. Wenn man ihn auskleidet, findet man sicherlich einen Schwanz, einen langen, glatten Schwanz wie bei einer dänischen Dogge, eine Elle lang, dunkelbraun … Aljoscha, du bist wohl ganz durchgefroren, du bist im Schneegestöber gewesen, willst du Tee? Was? Er ist kalt? Soll ich den Samowar aufstellen lassen? C'est à ne pas mettre un chien dehors …«

Aljoscha lief schnell zum Waschtisch, befeuchtete ein Handtuch, überredete Iwan, sich wieder hinzusetzen, und legte ihm das feuchte Handtuch auf den Kopf. Er selbst setzte sich neben ihn.

»Was hast du mir vorhin über Lisa gesagt?« begann Iwan wieder; er war sehr redselig geworden. »Lisa gefällt mir. Ich habe über sie etwas Häßliches gesagt. Ich habe gelogen, sie gefällt mir … Ich fürchte morgen für Katja, für sie am allermeisten. Wegen der Zukunft. Sie wird mich morgen fallenlassen und mit Füßen treten. Sie glaubt, ich würde Mitja zugrunderichten, weil ich ihretwegen auf ihn eifersüchtig sei! Ja, das glaubt sie! Aber es ist nicht so! Morgen kommt das Kreuz, aber nicht der Galgen. Nein, ich werde mich nicht erhängen. Weißt du, ich werde niemals fertigbringen, mir das Leben zu nehmen, Aljoscha! Aus Gemeinheit, nicht wahr? Aber ich bin nicht feige. Vielleicht aus Gier zu leben! Woher wußte ich, daß Smerdjakow sich erhängt hat? Ja, er hatte es mir gesagt …«

»Bist du fest davon überzeugt, daß jemand hier gesessen hat?« fragte Aljoscha.

»Dort auf dem Sofa in der Ecke. Du hättest ihn vertrieben, wenn du früher gekommen wärst. Aber du hast ihn auch wirklich vertrieben; als du erschienst, verschwand er. Ich liebe dein Gesicht, Aljoscha. Hast du das gewußt, daß ich dein Gesicht liebe? Er, das bin ich, Aljoscha, ich selbst. Alles, was an mir niedrig, gemein und verächtlich ist! Ja, ich bin ein Romantiker, das hat er heimlich beobachtet … Obwohl es eine Verleumdung ist. Er ist furchtbar dumm, doch dadurch gewinnt er die Oberhand. Er ist schlau, tierisch schlau; er hat gewußt, wodurch er mich in Wut bringen konnte. Er hat mich immer geneckt, als glaubte ich an ihn, und mich dadurch gezwungen, ihn anzuhören. Wie einen kleinen Jungen hat er mich angeführt. Er hat über mich übrigens viel Wahres gesagt. Ich hätte mir das selber nie gesagt. Weißt du, Aljoscha, weißt du …«, fügte Iwan sehr ernst und gewissermaßen vertraulich hinzu. »Ich würde sehr wünschen, daß er wirklich er wäre und nicht ich!«

»Er hat dich gequält!« sagte Aljoscha und blickte seinen Bruder mitleidig an.

»Er hat mich geneckt! Und weißt du, geschickt, sehr geschickt. ›Das Gewissen! Was ist das Gewissen? Ich mache das Gewissen selbst. Warum quäle ich mich aber? Aus Gewohnheit. Weil sich die gesamte Menschheit seit sieben Jahrtausenden daran gewöhnt hat. Wir wollen es uns also abgewöhnen, und wir werden Götter sein.‹ Das hat er gesagt!«

»Und nicht du, nicht du?« rief Aljoscha zutiefst bewegt und sah den Bruder mit hellen Augen an. »Nun, dann laß ihn, kümmere dich nicht um ihn, vergiß ihn! Soll er alles, was du jetzt verfluchst, mit sich fortnehmen und nie wiederkommen!«

»Ja, aber er ist boshaft. Er hat sich über mich lustig gemacht. Er war dreist, Aljoscha«, sagte Iwan, zitternd ob der erlittenen Kränkung. »Aber er hat mich verleumdet, in vielem hat er mich verleumdet. Er hat mir ins Gesicht Unwahrheiten über mich gesagt. ›Oh, du wirst hingehen, um eine Heldentat der Tugend zu vollbringen, indem du erklärst, du seist der Mörder deines Vaters und der Diener habe nur auf deine Veranlassung deinen Vater ermordet …‹«

»Bruder«, unterbrach ihn Aljoscha, »hör auf! Nicht du hast den Mord begangen. Das ist eine Unwahrheit!«

»Er ist es, der das sagt, er, und er weiß es. ›Du wirst hingehen, um eine Heldentat der Tugend zu vollbringen, aber du glaubst ja gar nicht an die Tugend – das ist es, was dich ärgert und quält, und das ist auch der Grund, weshalb du so rachsüchtig bist!‹ Das hat er über mich gesagt, und er weiß, was er sagt …«

»Das sagst du, nicht er!« rief Aljoscha traurig. »Und du sagst es, weil du dich in deiner Krankheit, im Fieber, selber quälst!«

»Nein, er weiß, was er sagt. ›Du wirst aus Stolz hingehen‹, sagt er, ›wirst dich hinstellen und sagen: Ich bin es, der den Mord begangen hat! Warum windet ihr euch vor Entsetzen? Ihr lügt! Ich verachte eure Meinung, ich verachte euer Entsetzen!‹ Das sagt er von mir, und dann fügt er noch hinzu: ›Aber weißt du, du möchtest, daß sie dich loben. Er ist ein Verbrecher! sollen sie sagen. Ein Mörder, doch was hat er für hochherzige Gefühle! Er hat seinen Bruder retten wollen und darum seine Tat gestanden!‹ Aber das ist wieder eine Lüge, Aljoscha!« rief Iwan plötzlich mit funkelnden Augen. »Ich will gar nicht, daß mich dieses Gesindel lobt! Das ist eine Lüge von ihm, Aljoscha, eine Lüge, das schwöre ich dir! Ich habe deshalb mit dem Glas nach ihm geworfen, und es ist an seiner Fratze zerbrochen.«

»Bruder, beruhige dich! Hör auf!« bat Aljoscha.

»Nein, er versteht es, einen zu quälen, er ist grausam«, fuhr Iwan fort, ohne auf ihn zu hören. »Ich habe immer geahnt, weshalb er kommt. ›Wenn es auch der Stolz war‹, sagt er, ›der dich trieb, so hattest du dabei doch immer die Hoffnung, sie würden Smerdjakow für schuldig erkennen und zur Zwangsarbeit nach Sibirien schikken, würden Mitja freisprechen und dich nur moralisch verurteilen, und die anderen würden dich uneingeschränkt loben. Doch nun ist Smerdjakow tot, hat sich erhängt – na, wer wird dir vor Gericht jetzt Glauben schenken? Aber du wirst ja trotzdem hingehen, du hast beschlossen hinzugehen. Zu welchem Zweck wirst du unter diesen Umständen hingehen?‹ Das ist furchtbar, Aljoscha! Ich kann solche Fragen nicht ertragen. Wer wagt es, mir solche Fragen vorzulegen?«

»Bruder«, unterbrach ihn Aljoscha, der noch immer zu hoffen schien, er könnte Iwan zur Vernunft zurückbringen. »Wie konnte er dir denn vor meinem Kommen von Smerdjakows Tod erzählen, als noch niemand etwas davon wußte und niemand bei der Kürze der Zeit etwas davon hatte erfahren können?«

»Er hat davon gesprochen«, erwiderte Iwan in entschlossenem Ton, als wollte er jeden Zweifel zurückweisen. »Ja, eigentlich hat er nur davon gesprochen. ›Und wenn du wenigstens noch an die Tugend glaubtest‹, sagt er. ›Dann könntest du dir sagen: Mögen sie mir auch nicht glauben, ich werde aus Prinzip hingehen! Aber du bist ja genauso ein Ferkel wie Fjodor Pawlowitsch, und was bedeutet dir schon die Tugend? Wozu dorthin laufen, wenn dein Opfer doch nichts nutzt? Nur weil du selbst nicht weißt, wozu du hingehst! Oh, du würdest viel darum geben, wenn du erfahren könntest, wozu du hingehst. Und hast du dich denn wirklich entschlossen? Du hast dich noch nicht entschlossen. Du wirst die ganze Nacht sitzen und überlegen: Soll ich hingehen oder nicht? Aber du wirst trotzdem hingehen, und du weißt, daß du hingehen wirst. Du weißt selbst, daß die Entscheidung nicht mehr von dir abhängt, wofür du dich auch entscheiden magst. Du wirst hingehen, weil du nicht wagst wegzubleiben. Warum du es nicht wagst – das errate selbst! Das ist ein Rätsel, das ich dir aufgebe!‹ Er stand auf und ging. Du kamst, und er ging. Er hat mich einen Feigling genannt, Aljoscha! Le mot de l'énigme* ist, daß ich ein Feigling bin … ›Nicht solchen ist's vergönnt, sich adlergleich ins hohe Reich des Äthers zu erheben!‹, das fügte er noch hinzu! Und Smerdjakow hat dasselbe gesagt. Totschlagen müßte man ihn! Katja verachtet mich, das sehe ich schon seit einem Monat, und auch Lisa beginnt mich zu verachten! ›Du wirst hingehen, damit sie dich loben!‹ Das ist eine bestialische Lüge! Und auch du verachtest mich, Aljoscha! Jetzt fange ich dich wieder an zu hassen! Auch den Unmenschen hasse ich! Ich will den Unmenschen nicht retten, soll er bei der Zwangsarbeit verfaulen! Eine Hymne hat er angestimmt! Oh, ich werde morgen hingehen! Ich werde vor sie hintreten und ihnen allen ins Gesicht spucken!«

Außer sich sprang er auf, warf das Handtuch von sich und begann erneut im Zimmer auf und ab zu gehen. Aljoscha mußte an die Worte denken, die er kurz vorher gesprochen hatte: »Ich schlafe sozusagen im Wachen. Ich gehe, rede und sehe, aber ich schlafe.« Genau diesen Eindruck machte er jetzt. Aljoscha verließ ihn nicht. Flüchtig ging ihm der Gedanke durch den Kopf, zum Arzt zu laufen und ihn herzuholen, doch er fürchtete sich, den Bruder allein zu lassen; es war niemand da, dem er ihn hätte anvertrauen können. Schließlich verlor Iwan die Besinnung allmählich ganz. Er redete immer noch

* frz. des Rätsels Lösung.

weiter, ohne Pause, aber schon ganz verworren. Er sprach sogar die Worte mangelhaft aus und begann auf einmal stark zu schwanken. Aljoscha konnte ihn gerade noch rechtzeitig stützen. Iwan ließ sich zu seinem Bett führen; Aljoscha kleidete ihn mit einiger Mühe aus und legte ihn hin. Er selbst saß noch ungefähr zwei Stunden bei ihm. Der Kranke schlief fest, ohne sich zu rühren; er atmete still und gleichmäßig.

Aljoscha nahm ein Kissen und legte sich angekleidet auf ein Sofa. Vor dem Einschlafen betete er für Mitja und Iwan. Iwans Krankheit war ihm nun verständlich geworden: ›Das sind die Qualen eines stolzen Entschlusses, das ist ein tiefgründiges Gewissen! Gott, an den er nicht geglaubt hatte, und seine Wahrheit hatten dieses Herz überwunden, das sich noch immer nicht hatte ergeben wollen. Ja‹, ging es Aljoscha durch den Kopf, als er schon auf dem Kissen lag, ›jetzt, da Smerdjakow tot ist, wird Iwans Aussage bei niemand mehr Glauben finden, aber er wird dennoch hingehen und aussagen!‹ Aljoscha lächelte leise: ›Gott wird siegen!‹ dachte er. Entweder wird er auferstehen im Licht der Wahrheit – oder er wird zugrunde gehen im Haß, indem er sich an sich selbst und an allen dafür rächt, daß er einer Sache gedient hat, an die er selbst nicht glaubt!‹ fügte er in Gedanken mit einem bitteren Gefühl hinzu, und er betete wieder für Iwan.

Zwölftes Buch

Ein Justizirrtum

1. Der verhängnisvolle Tag

Einen Tag nach diesen Ereignissen wurde um zehn Uhr vormittags die Sitzung unseres Bezirksgerichts eröffnet, und es begann die Verhandlung über Dmitri Karamasow.

Ich sage im voraus, und zwar mit allem Nachdruck: Ich bin, wie ich glaube, bei weitem nicht imstande, alles, was vor Gericht vorging, in der gebührenden Vollständigkeit und in der richtigen Reihenfolge wiederzugeben. Wenn alles vorgetragen und gehörig erläutert werden sollte, würde dazu meines Erachtens ein ganzes Buch, und sogar ein recht umfängliches, erforderlich sein. Darum möge niemand ungehalten sein, wenn ich nur das wiedergebe, was auf mich persönlich einen starken Eindruck gemacht hat und in meinem Gedächtnis besonders haftengeblieben ist. Möglich, daß ich zweitrangige Dinge für wichtig gehalten und gerade das Markanteste, Unentbehrlichste weggelassen habe … Allerdings sehe ich ein, daß es das beste ist, wenn ich mich gar nicht erst entschuldige. Ich werde es machen, so gut ich kann, und die Leser werden selbst erkennen, daß ich es nur so gut gemacht habe, wie ich konnte.

Bevor wir den Gerichtssaal betreten, möchte ich etwas erwähnen, was mich an diesem Tag ganz besonders erstaunt hat, übrigens nicht nur mich. Alle wußten zwar, daß dieser Prozeß viele Leute interessierte, daß alle vor Ungeduld brannten, wann denn endlich die Verhandlung stattfinden werde, und daß man in unserer Gesellschaft diese zwei Monate hindurch viel geredet, eine Menge von Vermutungen aufgestellt und sich in übertriebenen Ausrufen und seltsamen Phantasien ergangen hatte; alle wußten auch, daß dieser

Prozeß in ganz Rußland eine gewisse Berühmtheit erlangt hatte – und doch hatte niemand eine Ahnung davon, bis zu welchem Grad er die Gemüter erhitzt, aufgeregt, erschüttert hat, und dies nicht nur in unserer Stadt, sondern überall, wie sich am Tag der Gerichtsverhandlung erwies. Zu diesem Tag hatten sich nicht nur aus der Hauptstadt unseres Gouvernements, sondern auch aus mehreren anderen Städten Rußlands, ja sogar aus Moskau und Petersburg Gäste bei uns eingefunden. Es waren Juristen gekommen, es waren sogar einige vornehme Persönlichkeiten eingetroffen, und nicht minder auch Damen. Alle Eintrittskarten waren vergriffen. Für besonders angesehene Persönlichkeiten unter den männlichen Besuchern waren sogar ganz ungewöhnliche Plätze hinter dem Tisch eingerichtet worden, an welchem die Richter saßen; man sah dort eine Reihe von Lehnstühlen mit verschiedenen Personen, was bei uns früher nie zugelassen worden war. Besonders zahlreich waren die Damen erschienen, einheimische wie auswärtige; ich glaube, sie bildeten nicht weniger als die Hälfte des gesamten Publikums. Schon allein die Zahl der zugereisten Juristen war so groß, daß man nicht wußte, wo man sie plazieren sollte, da alle Eintrittskarten längst anderweitig vergeben waren. Ich habe selbst gesehen, wie am Ende des Saales, hinten auf der Estrade, in aller Eile ein provisorischer Verschlag errichtet wurde, in dem man alle diese fremden Juristen unterbrachte; und sie schätzten sich sogar glücklich, daß sie dort wenigstens stehen konnten, da die Stühle, um Raum zu gewinnen, aus diesem Verschlag entfernt worden waren; die dort versammelte Menge stand während der ganzen Verhandlung dicht gedrängt Schulter an Schulter. Einige Damen, vor allem auswärtige, waren auf den Galerien des Saales überaus geputzt erschienen; doch die Mehrzahl der Damen hatte vor Aufregung nicht einmal daran gedacht, besondere Toilette zu machen. Von ihren Gesichtern konnte man gespannte, hochgradige, fast krankhafte Neugier ablesen. Eine der charakteristischsten Besonderheiten dieser im Saal versammelten Gesellschaft, eine Besonderheit, die unbedingt hervorgehoben werden muß, bestand darin, daß fast alle Damen, zumindest eine große Mehrheit von ihnen, auf Mitjas Seite standen und seinen Freispruch wünschten – vielleicht hauptsächlich deswegen, weil sie sich über ihn die Meinung gebildet hatten, er sei ein Bezwinger weiblicher Herzen. Sie wußten, daß zwei Rivalinnen auftreten würden. Die eine von ihnen, Katerina Iwanowna, erregte besonders das Interesse der Damen. Über sie wurde sehr viel Ungewöhnliches erzählt; über die Leidenschaft, die sie angeblich trotz seines Verbrechens für Mitja empfand, waren erstaunliche Anekdoten im Umlauf. Besonders sprach man von ihrem Stolz – sie hatte fast bei niemandem in unserer Stadt einen Besuch gemacht – und von ihren »aristokratischen Verbindungen«. Es hieß, sie wolle die Regierung bitten, den Verbrecher zur Zwangsarbeit begleiten und sich mit ihm irgendwo in den Bergwerken unter der Erde trauen lassen zu dürfen. Mit nicht geringerer Aufregung erwarteten die Damen das Erscheinen von Katerina Iwanownas Nebenbuhlerin Gruschenka. Mit einer geradezu peinlichen Neugier sahen sie dem Zusammentreffen der beiden Nebenbuhlerinnen vor Gericht entgegen: des stolzen aristokratischen Mädchens und der »Hetäre«. Gruschenka war unseren Damen übrigens besser bekannt als Katerina Iwanowna. Sie, »die Verderberin Fjodor Pawlowitschs und seines unglücklichen Sohnes«, hatten unsere Damen auch früher schon gesehen, und alle, fast ohne Ausnahme, hatten sich darüber gewundert, wie sich Vater und Sohn in so eine »höchst gewöhnliche, überhaupt nicht einmal schöne Russin« dermaßen hatten verlieben können. Kurz, es gab viel Gerede. Es ist mir zuverlässig bekannt, daß es in unserer Stadt speziell um Mitja in mehreren Familien sogar zu ernstlichen Konflikten kam. Viele Damen stritten mit ihren Männern über diesen schrecklichen Prozeß, und es war unter diesen Umständen nur natürlich, daß die Männer dieser Damen den Gerichtssaal in einer Stimmung betraten, die dem Angeklagten kaum wohlgeneigt, sondern geradezu feindlich war. Und überhaupt konnte man mit aller Entschiedenheit feststellen, daß im Gegensatz zu den Damen das ganze männliche Element gegen den Angeklagten eingenommen war. Man sah strenge, finstere Gesichter; andere, und zwar weitaus die meisten, waren geradezu zornig. Allerdings hatte es Mitja während seines Aufenthalts hier auch verstanden, viele von den Männern persönlich zu beleidigen. Natürlich waren auch manche Besucher in beinahe fröhlicher Stimmung; sie standen dem Schicksal Mitjas teilnahmslos gegenüber, interessierten sich jedoch lebhaft für die vorliegende Prozeßsache. Alle beschäftigten sich mit dem mutmaßlichen Ausgang des Prozesses, und die Mehrzahl der Männer wünschte eine Bestrafung des Verbrechers, ausgenommen höchstens die Juristen, die ihr Interesse nicht der moralischen, sondern der formaljuristischen Seite des Prozesses zuwandten. Die Ankunft des berühmten Fetjukowitsch rief gewaltige Aufregung hervor. Sein Talent war überall bekannt, und es war nicht das erstemal, daß er in der Provinz als Verteidiger in aufsehenerregenden Kriminalprozessen auftrat. Nach seiner Verteidigung wurden solche Prozesse stets in ganz Rußland berühmt und blieben lange im Gedächtnis. Auch über unseren Staatsanwalt und den Gerichtspräsidenten waren Anekdoten im Umlauf. Es wurde erzählt, unser Staatsanwalt zittere vor der Konfrontation mit Fetjukowitsch; sie seien schon von Petersburg her alte Feinde, seit dem Beginn ihrer Karriere; unser ehrgeiziger Ippolit Kirillowitsch, der sich schon seit seiner Petersburger Zeit ständig dadurch beleidigt fühle, daß seine Talente nicht gebührend geschätzt würden, habe bei dem Karamasow-Prozeß von neuem Mut gefaßt und hoffe sogar, durch diesen Prozeß seine ins Stocken gekommene Karriere wieder in Gang zu bringen, doch da habe ihm Fetjukowitschs Eingreifen einen Schreck eingejagt. Allerdings waren diese Urteile nicht ganz gerecht. Unser Staatsanwalt gehörte nicht zu denjenigen Charakteren, die angesichts einer Gefahr mutlos werden, sondern im Gegenteil zu denen, deren Ehrgeiz wächst und sozusagen Schwingen bekommt, je größer die Gefahr wird. Überhaupt muß man wissen, daß unser Staatsanwalt ein sehr hitziges Temperament hatte und krankhaft empfindlich war. In manchen Prozeß legte er seine ganze Seele hinein und führte ihn so, als ob von dessen Ausgang sein Schicksal und sein Vermögen abhinge. In der juristischen Welt wurde viel darüber gelacht; denn unser Staatsanwalt hatte durch diese seine Eigenschaft einen gewissen Ruf erlangt, der erheblich größer war, als man in Anbetracht seiner bescheidenen Stellung an unserem Gericht annehmen konnte. Besonders lachte man über seine Leidenschaft für die Psychologie. Meiner Ansicht nach befanden sie sich alle im Irrtum. Ich meine, unser Staatsanwalt verdiente, als Mensch und als Charakter weit ernster genommen zu werden, als viele glaubten. Doch dieser kränkliche Mensch hatte es schon zu Beginn seiner Laufbahn nicht verstanden, sich eine Stellung zu schaffen, und es auch in seinem ganzen späteren Leben nicht gelernt.

Was schließlich den Präsidenten unseres Gerichts betrifft, so kann man von ihm nur sagen, daß er ein gebildeter, humaner Mensch war, der in seinem Fach solide praktische Kenntnisse besaß und Verständnis für die modernsten Ideen hatte. Er war ziemlich ehrgeizig, machte sich aber um seine Karriere nicht viel Sorgen. Das Hauptziel seines Lebens bestand darin, ein Vorkämpfer des Fortschritts zu sein. Außerdem hatte er Beziehungen und Vermögen. Dem Karamasow-Prozeß brachte er, wie sich nachher herausstellte, warmes Interesse entgegen, dies aber nur im allgemeinen Sinn. Was ihn interessierte, war die Möglichkeit einer solchen Tat; es machte ihm Freude, sie zu klassifizieren, zu untersuchen, inwiefern sie ein Produkt unserer sozialen Zustände und für Rußland charakteristisch war und so weiter und so weiter. Zu der persönlichen Seite der Sache, der ihr innewohnenden Tragödie und zu den Charakteren der Beteiligten verhielt er sich ziemlich gleichgültig; er betrachtete alles von einem abstrakten Standpunkt aus, was übrigens vielleicht auch ganz in der Ordnung war.

Schon lange vor dem Erscheinen des Gerichts war der Saal gedrängt voll. Dieser Gerichtssaal war der beste Saal in unserer Stadt, geräumig, hoch und mit guter Akustik. Rechts von den Mitgliedern des Gerichtshofs, die ihre Plätze auf einer Erhöhung hatten, waren ein Tisch und zwei Reihen Stühle für die Geschworenen bereitgestellt. Links war der Platz des Angeklagten und seines Verteidigers. In der Mitte des Saales, nicht weit von den Plätzen des Gerichtshofs, stand ein Tisch mit den »sachlichen Beweisstücken«. Auf ihm lagen Fjodor Pawlowitschs blutiger weißseidener Schlafrock, der Messingstößel, mit dem der Annahme nach der Mord ausgeführt worden war, Mitjas Hemd mit dem blutbefleckten Ärmel, sein Rock mit dem großen Blutflecken hinten an der Tasche, in die er damals sein von Blut durchnäßtes Taschentuch gesteckt hatte, ferner das Taschentuch selbst, das von dem Blut hart und steif und bereits ganz gelb geworden war, die Pistole, die Mitja bei Perchotin für den Selbstmord geladen und die ihm Trifon Borissowitsch in Mokroje heimlich weggenommen hatte, das Kuvert mit der Aufschrift, in dem sich die dreitausend Rubel für Gruschenka befunden hatten, das schmale rosa Bändchen, mit dem es umbunden gewesen war, und noch viele andere Gegenstände, die ich nicht mehr im Gedächtnis habe. Weiter hinten, in der Tiefe des Saales, begannen die Plätze für das Publikum; noch vor der Balustrade standen einige Lehnstühle für diejenigen Zeugen, die man nach ihren Aussagen noch im Saal behalten wollte. Um zehn Uhr erschien der Gerichtshof, bestehend aus dem Präsidenten, einem Beisitzer und einem Ehrenfriedensrichter; selbstverständlich erschien auch der Staatsanwalt sofort. Der Präsident war ein stämmiger, breitschultriger, knapp mittelgroßer Mann mit hämorrhoidalem Gesicht, ungefähr fünfzig Jahre alt, mit dunklem, graumeliertem, kurzgeschorenem Haar und mit dem roten Band irgendeines Ordens. Der Staatsanwalt hingegen kam mir – und nicht nur mir – sehr bleich vor, ja beinahe grün im Gesicht; er schien plötzlich magerer geworden zu sein, vielleicht in einer einzigen Nacht, denn als ich ihm zwei Tage vorher begegnet war, hatte er noch unverändert ausgesehen. Der Präsident begann mit der Frage an den Gerichtsinspektor, ob die Geschworenen sämtlich erschienen seien ... Ich sehe jedoch, daß ich so nicht fortfahren kann, schon deswegen nicht, weil ich vieles nicht deutlich gehört, anderes nicht immer richtig verstanden, wieder anderes vergessen habe, hauptsächlich aber weil ich weder Zeit noch Raum genug habe, um alles, was gesagt wurde und was vorging, lückenlos anführen zu können. Ich weiß nur, daß von der einen und von der anderen Partei, das heißt vom Verteidiger und vom Staatsanwalt, nicht sehr viele Geschworene abgelehnt wurden. Die Zusammensetzung der Geschworenenbank habe ich im

Gedächtnis behalten: vier von unseren Beamten, zwei Kaufleute und sechs Bauern und Kleinbürger aus unserer Stadt. Ich erinnere mich, schon lange vor der Gerichtsverhandlung hatten bei uns viele Leute und besonders die Damen mit einiger Verwunderung gefragt: »Wird in so einer subtilen, komplizierten, psychologisch schwierigen Sache die verhängnisvolle Entscheidung wirklich irgendwelchen Beamten und Bauern überlassen? Was versteht denn ein Beamter oder gar ein Bauer davon?« Tatsächlich waren diese vier Beamten, die da unter die Geschworenen geraten waren, sämtlich kleine Leute von niedrigem Rang. Sie waren schon grauhaarig, nur einer von ihnen war etwas jünger; in unserer Stadt kannte man sie nur wenig: Sie vegetierten bei geringem Gehalt so dahin und hatten gewiß alte Frauen, die sie nirgends präsentieren konnten, und dazu einen Haufen barfüßiger Kinder. In ihrer Freizeit vergnügten sie sich wohl höchstens irgendwo beim Kartenspiel und lasen natürlich niemals ein Buch. Die beiden Kaufleute machten zwar einen soliden Eindruck, waren jedoch eigenartig schweigsam und regungslos; der eine von ihnen hatte ein glattrasiertes Gesicht und trug einen Anzug nach deutscher Fasson; der andere, mit leicht ergrautem Bärtchen, hatte am Hals irgendeine Medaille an einem roten Band hängen. Über die Kleinbürger und die Bauern ist überhaupt nichts zu sagen. Die Kleinbürger in unserem Skotoprigonewsk sind ja beinahe selber Bauern, sie pflügen sogar. Zwei von ihnen trugen ebenfalls deutsche Tracht und sahen infolgedessen womöglich schmutziger und unansehnlicher aus als die übrigen vier. So konnte einem wirklich der Gedanke kommen, der zum Beispiel mir bei ihrem Anblick sofort kam: Was können diese Menschen von einer solchen Sache verstehen? Trotzdem zeigten ihre Gesichter einen eigentümlich gespannten, beinahe drohenden Ausdruck; sie sahen streng und finster aus.

Endlich kündigte der Präsident an, nunmehr komme zur Verhandlung die Sache betreffend die Ermordung des Titularrates a. D. Fjodor Pawlowitsch Karamasow – ich erinnere mich nicht genau, wie er sich damals ausdrückte. Der Gerichtsinspektor erhielt den Befehl, den Angeklagten hereinzuführen. Mitja erschien. Im Saal wurde es ganz still, man hätte eine Fliege hören können. Ich weiß nicht, wie es den anderen ging; aber auf mich machte Mitjas Äußeres einen höchst unangenehmen Eindruck. Die Hauptsache war, daß er wie ein Geck auftrat, in einem nagelneuen Rock. Ich erfuhr später, daß er sich den Rock extra für diesen Tag in Moskau hatte machen lassen bei seinem früheren Schneider, der noch seine Maße hatte. Er trug neue schwarze Glacéhandschuhe und elegante Wäsche. Er kam mit seinen langen Schritten herein, gerade und starr vor sich hin blikkend, und setzte sich mit furchtloser Miene auf seinen Platz. Dann erschien sogleich auch der Verteidiger, der berühmte Fetjukowitsch, und ein unterdrücktes Murmeln schien durch den Saal zu gehen. Er war ein langer, hagerer Mensch, mit langen, dünnen Beinen und außerordentlich langen, blassen, schlanken Fingern, mit glattrasiertem Gesicht, schlicht gekämmtem, ziemlich kurzem Haar und schmalen Lippen, die sich bisweilen spöttisch lächelnd verzogen. Dem Äußeren nach zu urteilen, mochte er etwa vierzig Jahre alt sein. Sein Gesicht wäre ganz angenehm gewesen, wenn nicht die ziemlich kleinen, ausdruckslosen Augen auffällig nahe beieinander gestanden hätten, nur durch das schmale Knöchelchen der länglichen Nase getrennt. Kurz, seine Physiognomie hatte eine geradezu frappierende Ähnlichkeit mit einem Vogelkopf. Er trug einen Frack und eine weiße Halsbinde. Ich erinnere mich an die erste Frage, die der Präsident an Mitja richtete, nämlich nach Namen, Stand und so weiter. Mitja antwortete kurz und bündig, aber mit unerwartet lauter Stimme, so daß der Präsident den Kopf schüttelte und ihn verwundert ansah. Darauf wurde das Verzeichnis der Personen verlesen, die zur Verhandlung als Zeugen und Sachverständige vorgeladen waren. Das Verzeichnis war lang; vier von den Zeugen waren nicht erschienen: Miussow, der sich zur Zeit in Paris befand, seine Aussage aber schon bei der Voruntersuchung gemacht hatte, Frau Chochlakowa und der Gutsbesitzer Maximow wegen Krankheit und Smerdjakow wegen plötzlichen Todes, worüber eine polizeiliche Bescheinigung vorlag. Die Mitteilung über Smerdjakow rief im Saal starke Bewegung und erregtes Geflüster hervor. Natürlich hatten im Publikum viele von diesem plötzlichen Selbstmord noch nichts gewußt. Ganz besonders überraschte jedoch das Benehmen Mitjas: Kaum war die Meldung über Smerdjakow gemacht worden, als er plötzlich von seinem Platz aus durch den ganzen Saal schrie: »Dem Hund gebührt ein Hundetod!«

Ich erinnere mich, wie sein Verteidiger zu ihm hinstürzte und der Präsident sich mit der Drohung an ihn wandte, er werde strenge Maßregeln ergreifen, wenn sich etwas Ähnliches wiederholen sollte. Mitja sagte abgehackt und kopfnickend, doch offenbar ohne irgendwelches Bedauern, mehrere Male halblaut zu seinem Verteidiger: »Ich werde es nicht wieder tun, ich werde es nicht wieder tun! Es ist mir so entfahren! Ich werde es nicht wieder tun!«

Natürlich beeinflußte dieser Zwischenfall die Meinung der Geschworenen und des Publikums nicht zu seinen Gunsten. Sein Charakter war mit einem Schlag zutage getreten. Unter diesem Eindruck wurde nun vom Gerichtssekretär die Anklageschrift verlesen.

Sie war ziemlich kurz, aber inhaltsreich. Es wurden nur die Hauptgründe dargelegt, warum der Soundso beschuldigt worden sei und vor Gericht gestellt werden müsse – und so weiter. Dennoch machte sie auf mich einen starken Eindruck. Der Sekretär las klar und deutlich und mit volltönender Stimme. Die ganze Tragödie erschien jetzt gewissermaßen auf neue Weise vor aller Augen: plastischer, in konzentrierter Fassung, beleuchtet von einem verhängnisvollen, unerbittlichen Licht. Ich erinnere mich, wie der Präsident unmittelbar nach der Verlesung laut und nachdrücklich die Frage an Mitja richtete: »Angeklagter, bekennen Sie sich schuldig?«

Mitja erhob sich schnell von seinem Platz.

»Ich bekenne mich schuldig der Trunksucht und Ausschweifung, des Müßigganges und der Völlerei!« rief er wieder unerwartet laut und etwas unbeherrscht. »Ich wollte gerade in dem Augenblick auf Lebenszeit ein ehrenhafter Mensch werden, als das Schicksal mich beim Schopf packte! Doch am Tod des alten Mannes, meines Feindes und Vaters, bin ich unschuldig! Auch an dem Raub bin ich unschuldig! Dmitri Karamasow ist ein Schuft, aber kein Dieb!«

Nachdem er das laut gesagt hatte, setzte er sich wieder auf seinen Platz; er schien am ganzen Körper zu zittern. Der Präsident wandte sich an ihn mit der kurzen, doch nachdrücklichen Ermahnung, nur auf Fragen zu antworten, sich aber nicht zu leidenschaftlichen, mit den Fragen nicht zusammenhängenden Ausrufen hinreißen zu lassen. Darauf ordnete er an, zur gerichtlichen Verhandlung zu schreiten. Alle Zeugen wurden zur Vereidigung hereingeführt, und ich sah zum erstenmal alle zusammen. Die Brüder des Angeklagten wurden jedoch zur Aussage ohne Vereidigung zugelassen. Nach einer Ermahnung von seiten des Geistlichen und des Präsidenten wurden die Zeugen wieder hinausgeführt und dort nach Möglichkeit getrennt voneinander gehalten. Darauf begann man sie einzeln wieder hereinzurufen.

2. Gefährliche Zeugen

Ich weiß nicht, ob der Präsident die Zeugen des Staatsanwalts und der Verteidigung irgendwie in Gruppen eingeteilt hatte und in welcher Reihenfolge er sie eigentlich aufzurufen wünschte. Wahrscheinlich war das alles genau geregelt. Ich weiß nur, daß zuerst die Zeugen des Staatsanwalts aufgerufen wurden. Ich wiederhole, es liegt nicht in meiner Absicht, alle Vernehmungen Schritt für Schritt zu schildern. Außerdem würde sich meine Schilderung zum Teil als überflüssig herausstellen, da in den Plädoyers des Staatsanwalts und des Verteidigers Gang und Sinn aller abgegebenen Aussagen gleichsam unter einem Gesichtspunkt zusammengefaßt und neu beleuchtet wurden; ich habe wenigstens einzelne Partien dieser beachtenswerten Reden vollständig nachgeschrieben und werde sie zu gegebener Zeit wiedergeben – ebenso einen ungewöhnlichen und ganz unerwarteten Zwischenfall, der sich noch vor den Plädoyers abspielte und unzweifelhaft zu dem furchtbaren, verhängnisvollen Ausgang des Prozesses beitrug. Ich vermerke nur, daß gleich von den ersten Momenten der Verhandlung an eine charakteristische Eigenschaft dieses Prozesses deutlich hervortrat, nämlich die außerordentliche Wucht der Anklage im Vergleich zu den Mitteln, über die die Verteidigung verfügte. Das begriffen alle im ersten Augenblick, als man in diesem Gerichtssaal anfing, die Tatsachen zusammenzustellen und zu gruppieren, und diese ganze schreckliche Bluttat allmählich deutlicher hervortrat. Vielleicht kamen alle schon in den ersten Stadien der Verhandlung zu der Überzeugung, daß hier überhaupt kein Streit möglich war, daß die Sache keinem Zweifel unterlag und gar keine Plädoyers nötig waren, daß sie nur der Form halber gehalten werden mußten: daß der Angeklagte mit Sicherheit schuldig war. Ich glaube sogar, daß auch alle Damen ausnahmslos von seiner Schuld überzeugt waren, obwohl sie so leidenschaftlich die Freisprechung des interessanten Angeklagten wünschten. Ja noch mehr: Mir scheint, sie wären sogar betrübt gewesen, wenn sich seine Schuld nicht bestätigt hätte, weil dann sein Freispruch keine so effektvolle Lösung des Knotens gewesen wäre. Daß er jedoch freigesprochen werden würde, dessen waren sich merkwürdigerweise alle Damen fast bis zum letzten Augenblick sicher. »Er ist schuldig«, meinten sie, »aber man wird ihn freisprechen aus Humanität, aufgrund der neuen Ideen, die jetzt aufgekommen sind« – und so weiter und so fort. Eben deshalb waren sie ja mit solchem Eifer zur Verhandlung gelaufen. Die Männer dagegen interessierten sich besonders für den Kampf zwischen dem Staatsanwalt und dem berühmten Fetjukowitsch. Alle fragten sich verwundert: Was kann selbst ein Talent wie Fetjukowitsch aus so einer verlorenen Sache, aus so einem ausgegessenen Ei machen? Und darum verfolgten sie sein Vorgehen Schritt für Schritt mit gespannter Aufmerksamkeit. Fetjukowitsch aber blieb bis zuletzt, bis zu seiner Rede, für alle ein Rätsel. Erfahrene Leute vermuteten, daß er eine bestimmte Methode befolgte, daß er sich schon einen Plan zurechtgelegt hatte und auf ein Ziel zusteuerte – doch was das für ein Ziel war, blieb dunkel. Seine Zuversichtlichkeit aber und sein Selbstvertrauen fielen jedem auf. Außerdem nahmen alle mit Vergnügen wahr, daß er während seines kurzen, etwa dreitägigen Aufenthalts bei uns auf erstaunliche Weise bis in die feinsten Feinheiten der Prozeßsache eingedrungen war.

Mit Genuß erzählte man zum Beispiel später, wie er es verstanden hatte, alle Zeugen des Staatsanwalts zur rechten Zeit »hineinzulegen«, sie nach Möglichkeit zu verwirren, vor allem aber ihren moralischen Ruf zu beflecken und dadurch auch den Wert ihrer Aussage herabzumindern. Man nahm übrigens an, daß er das in der Hauptsache nur so zum Spiel tat, sozusagen um des juristischen Glanzes willen, damit nichts von den üblichen Advokatenkniffen vergessen wurde; denn alle waren davon überzeugt, daß er einen entscheidenden Nutzen durch alle diese »Befleckungen« nicht erzielen konnte und daß er das wahrscheinlich selbst am allerbesten einsah, daß er aber eine eigene Idee in Reserve hatte, irgendeine vorläufig noch verborgene Verteidigungswaffe, die er zum rechten Zeitpunkt plötzlich hervorholen würde. Einstweilen schien er jedoch im Bewußtsein seiner Kraft zu spielen und Mutwillen zu treiben. Als zum Beispiel Fjodor Pawlowitschs ehemaliger Diener Grigori Wassiljewitsch vernommen wurde, der die besonders belastende Aussage über die offene Tür machte, da krallte sich der Verteidiger geradezu an ihm fest, als er mit seinen Fragen an die Reihe kam. Grigori Wassiljewitsch war mit ruhiger und beinahe stolzer Miene in den Saal getreten, ohne sich im geringsten verwirren zu lassen, weder durch die Feierlichkeit des Gerichts noch durch die Anwesenheit des gewaltigen zuhörenden Publikums. Er machte seine Aussagen in so sicherem Ton, als ob er unter vier Augen mit seiner Marfa Ignatjewna spräche, nur sprach er respektvoller. Ihn verwirren zu wollen war ein Ding der Unmöglichkeit. Zuerst befragte ihn der Staatsanwalt lange über alle möglichen Einzelheiten, die sich auf die Familie Karamasow bezogen. Das Bild dieses Familienlebens wurde sehr deutlich sichtbar, und man hörte und sah, daß der Zeuge aufrichtig und unparteiisch war. Bei allem tiefen Respekt vor dem Andenken seines ehemaligen Herrn erklärte er zum Beispiel doch, dieser sei zu Mitja ungerecht gewesen und habe »für das Aufwachsen seiner Kinder nicht so gesorgt, wie es sich gehörte«. – »Als der noch ein kleiner Junge war, hätten ihn ohne mich die Läuse aufgefressen«, fügte er, über Mitjas Kinderjahre berichtend, hinzu. »Auch gehörte es sich nicht, wie der Vater den

Sohn übers Ohr haute, was das Gut betraf, das dieser von seiner Mutter geerbt hatte.« Auf die Frage des Staatsanwalts, worauf er sich bei der Behauptung stütze, daß Fjodor Pawlowitsch hinsichtlich des Erbteils seinen Sohn benachteiligt habe, brachte er zur allgemeinen Verwunderung keinerlei begründende Tatsachen vor, sondern blieb nur dabei, die Abrechnung mit dem Sohn über das Erbteil sei »ungerecht« gewesen: Ihm hätten noch einige tausend Rubel ausgezahlt werden müssen. Ich vermerke bei dieser Gelegenheit, daß der Staatsanwalt die Frage, ob Fjodor Pawlowitsch seinem Sohn Mitja noch etwas schuldete, mit besonderer Hartnäckigkeit später auch allen anderen Zeugen vorlegte, Aljoscha und Iwan Fjodorowitsch nicht ausgenommen. Allerdings erhielt er von keinem Zeugen eine genaue Auskunft; alle behaupteten die Tatsache, ohne daß einer von ihnen einen Beweis hätte anführen können. Als Grigori die Szene bei Tisch beschrieb, da Dmitri Fjodorowitsch hereingestürmt war, seinen Vater geschlagen und gedroht hatte, er werde wiederkommen und ihn totschlagen, machte das im Saal einen tiefen Eindruck, zumal der alte Diener ruhig und ohne überflüssige Worte in seiner eigenartigen Sprache erzählte, was stärker wirkte als die größte Redekunst. Zu der Mißhandlung, die ihm Mitja zugefügt hatte, indem er ihn ins Gesicht schlug und zu Boden warf, bemerkte er, er trage ihm das nicht nach und habe es ihm längst verziehen. Über den verstorbenen Smerdjakow äußerte er, der Bursche habe gute Fähigkeiten besessen, sei aber dumm und durch seine Krankheit beeinträchtigt gewesen, vor allem aber gottlos: Die Gottlosigkeit hätten ihn Fjodor Pawlowitsch und dessen Sohn Iwan gelehrt. Doch für Smerdjakows Ehrlichkeit trat er mit großer Wärme ein; er erzählte sogleich, wie Smerdjakow einmal eine Summe Geldes gefunden, sie aber nicht etwa heimlich behalten, sondern dem Herrn gebracht habe. Dieser habe ihm dafür ein Goldstück als Belohnung gegeben und ihm seitdem das größte Vertrauen geschenkt. Daß die Tür zum Garten offengestanden habe, versicherte er hartnäckig und beharrlich. Übrigens wurden ihm so viele Fragen vorgelegt, daß ich nicht alle habe behalten können. Endlich kam die Reihe an den Verteidiger. Er erkundigte sich zunächst nach dem Kuvert, in dem Fjodor Pawlowitsch »angeblich« dreitausend Rubel für »eine gewisse Person« versteckt hatte. »Haben Sie es selbst gesehen, Sie, der Sie Ihrem Herrn so viele Jahre nahegestanden haben?« Grigori antwortete, er habe es nicht gesehen und habe überhaupt von niemandem etwas über dieses Geld gehört »bis auf diese letzte Zeit, wo alle davon reden«. Die Frage nach dem Kuvert legte Fetjukowitsch seinerseits ebenfalls allen Zeugen mit derselben Hartnäckigkeit vor wie vorher der Staatsanwalt seine Frage nach der Erbschaft; er bekam von allen ebenfalls nur die eine Antwort, daß niemand das Kuvert gesehen habe, obgleich viele davon gehört hatten. Die Hartnäckigkeit, mit der der Verteidiger diese Frage wiederholte, fiel gleich am Anfang auf.

»Darf ich mich jetzt, wenn Sie erlauben, an Sie mit der Frage wenden«, fragte Fetjukowitsch plötzlich und ganz unerwartet, »woraus der Balsam oder, besser, der Aufguß bestand, mit dem Sie, wie aus der Voruntersuchung bekannt ist, an jenem Abend vor dem Schlafengehen Ihr schmerzendes Kreuz einrieben, in der Hoffnung, sich dadurch zu kurieren?«

Grigori blickte den Verteidiger verständnislos an und murmelte nach kurzem Stillschweigen. »Da war Salbei drin.«

»Nur Salbei? Erinnern Sie sich nicht an noch etwas?«

»Wegerich war auch drin.«

»Vielleicht auch Pfeffer?« erkundigte sich Fetjukowitsch interessiert.

»Ja, auch Pfeffer.«

»Und so weiter. Und das alles in Branntwein?«

»In Spiritus.«

Im Saal wurde ein klein wenig gelacht.

»Sehen Sie mal, sogar in Spiritus. Und nachdem Sie sich den Rükken eingerieben hatten, haben Sie zu einem gewissen frommen Gebet, das nur Ihrer Gattin bekannt ist, den Rest ausgetrunken, – nicht wahr?«

»Ja.«

»War es noch viel? Wieviel ungefähr? Ein Schnapsgläschen oder zwei?«

»Es mag etwa ein Wasserglas voll gewesen sein.«

»Sogar ein Wasserglas voll! Vielleicht auch anderthalb Wassergläser?«

Grigori schwieg; er schien etwas zu ahnen.

»Anderthalb Wassergläser reiner Spiritus – das ist nicht übel, meinen Sie nicht auch? Da kann man sogar die Pforten des Paradieses offen sehen – nicht nur eine Tür zum Garten.«

Grigori schwieg immer noch. Wieder ertönte leises Lachen im Saal; der Präsident wurde etwas unruhig.

»Wissen Sie genau«, setzte ihm Fetjukowitsch weiter zu, »ob Sie in dem Augenblick, als Sie die Tür zum Garten offenstehen sahen, schliefen oder nicht?«

»Ich stand ja doch auf meinen Füßen.«

»Das ist noch kein Beweis dafür, daß Sie nicht schliefen.« Wieder leises Lachen im Saal. »Hätten Sie zum Beispiel in dem Moment antworten können, wenn jemand Sie etwas gefragt hätte – zum Beispiel, welches Jahr wir jetzt haben?«

»Das weiß ich nicht.«

»Was haben wir denn jetzt für ein Jahr unserer Zeitrechnung, nach Christi Geburt? Wissen Sie das nicht?«

Grigori stand fassungslos da und starrte den Verteidiger an. Merkwürdigerweise machte es den Eindruck, als wüßte er wirklich nicht, was wir für ein Jahr haben.

»Vielleicht wissen Sie aber, wieviel Finger Sie an den Händen haben?«

»Ich bin ein unfreier Mensch«, sagte Grigori plötzlich laut und deutlich. »Wenn es der Obrigkeit beliebt, sich über mich lustig zu machen, muß ich das ertragen.«

Fetjukowitsch schien diese Antwort ein wenig stutzig zu machen; doch auch der Präsident griff ein und machte den Verteidiger belehrend darauf aufmerksam, er möchte mehr Fragen zur Sache stellen. Fetjukowitsch hörte das an, verbeugte sich mit Würde und erklärte, daß er mit seinen Fragen fertig sei. Natürlich konnte beim Publikum wie auch bei den Geschworenen ein kleines Würmchen des Zweifels an der Aussage eines Menschen zurückgeblieben sein, der in einem allbekannten Zustand seiner Kur die Möglichkeit gehabt hatte, »die Pforten des Paradieses zu sehen«, und der außerdem nicht einmal wußte, welches Jahr nach Christi Geburt wir jetzt haben. Bevor Grigori abtrat, gab es noch einen Zwischenfall. An den Angeklagten gewandt, fragte der Präsident, ob er zu den Aussagen etwas zu bemerken habe.

»Bis auf das mit der Tür hat er in allem die Wahrheit gesagt«, rief Mitja laut. »Daß er mir die Läuse ausgekämmt hat, dafür danke ich ihm. Daß er mir die Mißhandlung verziehen hat, dafür danke ich ihm. Der alte Mann war sein Leben lang ehrenhaft und meinem Vater treu wie siebenhundert Pudel.«

»Angeklagter, wählen Sie Ihre Worte besser!« sagte der Präsident streng.

»Ich bin kein Pudel«, brummte auch Grigori.

»Na, dann will ich der Pudel sein, ich selber!« rief Mitja. »Wenn das beleidigend ist, so beziehe ich es auf mich und bitte ihn um Verzeihung. Ich war eine Bestie und habe ihn roh behandelt! Auch den alten Satyr habe ich roh behandelt.«

»Welchen alten Satyr?« fragte der Präsident wieder.

»Na, den Clown ... Meinen Vater, Fjodor Pawlowitsch.«

Der Präsident schärfte Mitja wieder und wieder aufs nachdrücklichste und strengste ein, seine Ausdrücke doch vorsichtiger zu wählen.

»Sie schaden sich selbst in der Meinung Ihrer Richter.«

Ebenso geschickt verfuhr der Verteidiger auch bei der Vernehmung des Zeugen Rakitin. Rakitin war einer der wichtigsten Zeugen, und der Staatsanwalt legte auf ihn zweifellos hohen Wert. Es stellte sich heraus, daß er alles wußte, erstaunlich viel wußte, überall dabeigewesen war, alles gesehen und mit allen gesprochen hatte und auf das genaueste die Biographie Fjodor Pawlowitschs und überhaupt aller Karamasows kannte. Über das Kuvert mit den dreitausend Rubeln hatte allerdings auch er nur von Mitja etwas gehört. Dafür schilderte er eingehend Mitjas Streiche in dem Restaurant »Zur Residenz«, alle Worte und Gebärden, mit denen dieser sich kompromittiert hatte, und erzählte auch die Geschichte von dem »Bastwisch«, dem Bärtchen es Stabskapitäns Snegirjow. Über den wichtigen Punkt, ob Fjodor Pawlowitsch bei der Abrechnung über das Gut seinem Sohn Mitja etwas schuldig geblieben war, konnte aber selbst Rakitin nichts aussagen und behalf sich mit geringschätzigen Redensarten allgemeiner Art. »Welcher Mensch«, sagte er, »hätte herausfinden können, wer von ihnen die Schuld trug, und nachrechnen, wer wem etwas schuldig geblieben war bei der sinnlosen Karamasowerei dort, wo keiner eine Spur von Selbsterkenntnis hatte.« Die ganze Tragödie des Verbrechens stellte er dar als ein Produkt der veralteten Sitten des Leibeigenschaftssystems und als eine Folge der Unordnung und des Mangels an zweckentsprechenden Einrichtungen, worunter Rußland so leide. Kurz, er durfte sich frei aussprechen. Herr Rakitin trat bei diesem Prozeß zum erstenmal in der Öffentlichkeit auf und begann sofort die Aufmerksamkeit auf sich zu ziehen; der Staatsanwalt wußte, daß der Zeuge einen Aufsatz über das vorliegende Verbrechen für ein Journal in Arbeit hatte, und zitierte später in seiner Rede, wie wir sehen werden, einige Gedanken aus diesem ihm also bereits bekannten Aufsatz. Das Bild, das der Zeuge entwarf, war düster und unterstützte die Anklage stark. Darüber hinaus aber fesselten Rakitins Darlegungen das Publikum durch die Selbständigkeit der Gedanken und die außerordentliche Vornehmheit der Gesinnung. Zwei- oder dreimal ließ sich sogar spontaner Applaus vernehmen, besonders an den Stellen, wo Rakitin von der Leibeigenschaft und von dem unter der Unordnung leidenden Rußland sprach. Dennoch beging Rakitin – ein junger Mensch – einen kleinen Fehler, den der Verteidiger sogleich vorzüglich ausnutzte. Als er nämlich auf gewisse Fragen über Gruschenka antwortete, ließ er sich von seinem Erfolg, dessen er sich natürlich schon bewußt war, und von der Höhe der Vornehmheit, zu der er sich emporgeschwungen hatte, hinreißen und erlaubte sich, von Agrafena Alexandrowna etwas verächtlich als von der »Mätresse des Kaufmanns Samsonow« zu sprechen. Er hätte später viel darum gegeben, dieses Wort ungesprochen zu machen; denn, wegen dieses

Wortes packte ihn Fetjukowitsch sogleich beim Kragen. Und alles nur, weil Rakitin nicht damit gerechnet hatte, daß sich jener in so kurzer Zeit mit der Prozeßsache bis in die intimen Einzelheiten hatte vertraut machen können.

»Gestatten Sie eine Frage«, begann der Verteidiger mit höchst liebenswürdigem und sogar respektvollem Lächeln, als die Reihe, Fragen zu stellen, an ihn kam. »Sie sind gewiß eben jener Herr Rakitin, dessen von der bischöflichen Behörde herausgegebene Broschüre ›Das Leben des in Gott entschlafenen Starez Sossima‹ ein Büchlein voll tiefer religiöser Gedanken mitsamt der ausgezeichneten frommen Widmung an Seine Eminenz, ich unlängst mit solchem Genuß gelesen habe?«

»Ich hatte es nicht für den Druck geschrieben ... Es ist dann nachher gedruckt worden«, murmelte Rakitin; er schien auf einmal etwas verblüfft zu sein und sich beinahe zu schämen.

»Oh, das ist ja schön! Ein Denker wie Sie kann und muß zu jeder Erscheinung des sozialen Lebens vorurteilsfrei Stellung nehmen. Durch die Protektion Seiner Eminenz hat Ihre höchst nützliche Broschüre starken Absatz gehabt und entsprechenden Nutzen gebracht ... Aber was ich fragen wollte: Sie sagten soeben, Sie seien mit Fräulein Swetlowa sehr nahe bekannt?« Nebenbei: ich erfuhr an diesem Tag während der Verhandlung zum erstenmal, daß Gruschenkas Familienname Swetlowa war.

»Ich kann nicht für alle meine Bekanntschaften eine Verantwortung übernehmen ... Ich bin ein junger Mann ... Und wer kann schon für alle Leute einstehen, mit denen er in Berührung kommt?« erwiderte Rakitin einigermaßen aufgebracht.

»Ich verstehe, verstehe vollkommen!« rief Fetjukowitsch, als wäre er selbst verlegen und beeile sich, eine Entschuldigung vorzubringen. »Sie durften wie jeder andere durchaus ein eigenes Interesse daran haben, mit einer jungen schönen Frau bekannt zu werden, die gern die Blüte der hiesigen Jugend bei sich empfing, aber ... Ich wollte nur fragen: Es ist uns bekannt, daß Fräulein Swetlowa vor zwei Monaten dringend mit dem jüngsten Karamasow, Alexej Fjodorowitsch, bekannt zu werden wünschte und Ihnen nur dafür, daß Sie ihn zu ihr brachten, und zwar in seinem damaligen Mönchsgewand, fünfundzwanzig Rubel versprach, wenn Ihnen das wirklich gelingen sollte. Das kam, wie ebenfalls bekannt ist, am Abend jenes tragischen Tages zustande, der den Anlaß des jetzigen Prozesses bildet. Sie brachten Alexej Karamasow zu Fräulein Swetlowa – bekamen Sie nun diese fünfundzwanzig Rubel Belohnung von Fräulein Swetlowa? Das ist es, was ich gern von Ihnen hören möchte.«

»Das war ein Scherz … Ich sehe nicht ein, wieso Sie das interessieren kann. Ich habe sie aus Spaß genommen … Um sie später zurückzugeben …«

»Also Sie haben sie genommen. Und bis jetzt haben Sie sie ja wohl nicht zurückgegeben … Oder haben Sie es doch getan?«

»Das ist doch ganz belanglos …«, murmelte Rakitin. »Ich kann auf solche Fragen nicht antworten … Ich werde sie natürlich zurückgeben …«

Der Präsident schritt ein, doch der Verteidiger erklärte, er sei mit Herrn Rakitins Befragung fertig. Rakitin trat etwas begossen von der Bühne ab. Der Eindruck der hohen Vornehmheit seiner Rede war verdorben, und Fetjukowitsch begleitete ihn mit den Augen, auf diese Weise das Publikum auf ihn hinweisend: Da seht ihr, von welcher Sorte eure vornehmen Belastungszeugen sind!‹ Ich erinnere mich, daß es auch dabei nicht ohne Zwischenfall von seiten Mitjas abging. Wütend über den Ton, in dem Rakitin über Gruschenka sprach, schrie er plötzlich von seinem Platz aus: »Bernard!« Und als sich der Präsident nach Beendigung der Vernehmung Rakitins mit der Frage an den Angeklagten wandte, ob er seinerseits etwas bemerken wolle, schrie Mitja mit schallender Stimme: »Er hat sich von mir Geld gepumpt, als ich schon unter Anklage stand! Er ist ein verächtlicher Bernard und Streber und glaubt nicht an Gott, und den Bischof hat er hinters Licht geführt!«

Mitja wurde wegen seiner maßlosen Ausdrücke natürlich wieder zur Ordnung gerufen, Herr Rakitin aber war abgetan. Auch die Vernehmung des Stabskapitäns Snegirjow ging nicht ganz nach Wunsch vonstatten, aber aus einem völlig anderen Grund. Er trat ganz abgerissen auf, in schmutziger Kleidung und mit schmutzigen Stiefeln; außerdem stellte es sich heraus, daß er trotz aller Vorsichtsmaßregeln und einer vorhergehenden Untersuchung seines Zustandes durch Sachverständige total betrunken war. Auf die Fragen nach der ihm von Mitja zugefügten Beleidigung weigerte er sich zu antworten.

»Gott verzeihe ihm! Iljuschetschka hat es mir verboten. Gott wird es mir vergelten!«

»Wer hat Ihnen verboten auszusagen? Von wem reden Sie da?«

»Iljuschetschka, mein Söhnchen, hat gesagt: ›Papachen, Papachen, wie hat er dich erniedrigt!‹ Bei dem Stein hat er es gesagt. Jetzt liegt er im Sterben …«

Der Stabskapitän fing auf einmal an zu schluchzen und warf sich mit einem Schwung dem Präsidenten zu Füßen. Er wurde unter dem Gelächter des Publikums schleunigst hinausgeführt. Der vom Staatsanwalt beabsichtigte Effekt kam nicht zustande.

Der Verteidiger aber fuhr fort, alle möglichen Mittel anzuwenden, und beeindruckte mehr und mehr durch seine bis in die geringsten Einzelheiten reichende Kenntnis der Prozeßsache. So erzielte zum Beispiel die Aussage Trifon Borissowitschs schon ihre erste starke Wirkung, und sie war natürlich für Mitja äußerst ungünstig. Er rechnete nämlich fast an den Fingern aus, daß Mitja bei seinem ersten Besuch in Mokroje, etwa einen Monat vor der Katastrophe, nicht weniger als dreitausend Rubel ausgegeben haben müßte oder »höchstens eine ganze Kleinigkeit weniger … Allein schon für diese Zigeunerinnen, wieviel Geld hat er da rausgeschmissen! Und unseren Bauern, unseren verlausten Bauern hat er nicht etwa jedem einen halben Rubel hingeworfen, sondern jedem mindestens einen Fünfundzwanzigrubelschein, weniger hat er keinem gegeben. Und wieviel ist ihm damals einfach gestohlen worden! Wer stahl, der ließ ja seine Hand nicht da, wie sollte man da so einen Dieb fassen, wenn der Herr selbst das Geld achtlos umherstreute! Die Bauern sind ja die reinste Räuberbande und scheuen sich vor keiner Sünde! Und die Mädchen, unsere Dorfmädchen, was haben die nicht alles gekriegt!

Die Leute bei uns sind seitdem reich, so ist es, und früher war da nur Armut …« Kurz, er zählte jede einzelne Ausgabe auf und rechnete alles zusammen wie an der Rechenmaschine. Die Annahme, daß Mitja nur fünfzehnhundert Rubel ausgegeben, die anderen fünfzehnhundert aber in dem Säckchen aufgehoben hätte, wurde auf diese Weise undenkbar. »Ich habe die dreitausend Rubel selber gesehen, in seinen Händen habe ich sie gesehen! So deutlich wie ein Kopekenstück habe ich sie mit meinen Augen betrachtet, wie sollte denn unsereiner nicht verstehen, Geld zu beurteilen!« rief Trifon Borissowitsch aus, mit aller Gewalt bemüht, es »der Obrigkeit« recht zu machen. Als nun das Fragenstellen auf den Verteidiger überging, machte dieser fast gar keinen Versuch, die Aussage zu widerlegen, sondern brachte auf einmal die Rede darauf, daß der Kutscher Timofej und der Bauer Akim bei dem ersten Gelage in Mokroje auf dem Flur hundert Rubel, die Mitja in betrunkenem Zustand verloren hatte, vom Fußboden aufgehoben und Trifon Borissowitsch gegeben hatten, wofür dieser jedem von ihnen einen Rubel geschenkt hatte. »Nun, haben Sie damals diese hundert Rubel Herrn Karamasow zurückgegeben oder nicht?« Wie sehr sich Trifon Borissowitsch auch drehte und wendete, nach der Vernehmung des Kutschers und des Bauern mußte er sich doch zu dem gefundenen Hundertrubelschein bekennen, wobei er nur hinzufügte, er habe Herrn Karamasow sofort alles gewissenhaft und mit der größten Ehrlichkeit zurückgegeben; dieser werde sich allerdings kaum daran erinnern können, da er zu jener Zeit ganz betrunken gewesen sei. Da er jedoch den Fund der hundert Rubel geleugnet hatte, bevor Timofej und Akim als Zeugen aufgerufen worden waren, rief auch seine Aussage über die Rückgabe dieser Summe an Mitja naturgemäß starke Zweifel hervor. Auf diese Weise mußte wieder einer der gefährlichsten Zeugen der Staatsanwaltschaft verdächtigt und mit beflecktem Ruf abtreten. Dasselbe widerfuhr den Polen. Sie traten sehr stolz und selbstbewußt auf und bezeugten laut, daß sie erstens beide »dem Staat gedient« hätten und daß zweitens »Pan Mitja« ihnen dreitausend Rubel angeboten habe, um ihnen dafür ihre Ehre abzukaufen, und daß sie drittens große

Geldsummen in seinen Händen gesehen hätten. Pan Mussialowicz spickte seine Sätze mit vielen polnischen Wörtern, und da er sah, daß dies sein Ansehen in den Augen des Präsidenten und des Staatsanwalts erhöhte, wurde er schließlich so keck, daß er nur noch polnisch sprach. Doch Fetjukowitsch fing auch diese beiden in seinen Netzen. Trotz aller Winkelzüge, die der zum zweitenmal aufgerufene Trifon Borissowitsch machte, mußte er doch einräumen, daß Pan Wróblewski die von ihm, Trifon, gebrachten Spielkarten mit seinen eigenen vertauscht und daß Pan Mussialowicz als Bankhalter betrogen hatte. Das bestätigte auch Kalganow, als er mit seinen Aussagen an die Reihe kam; und die beiden Polen entfernten sich, mit einiger Schande bedeckt und sogar unter dem Gelächter des Publikums.

Darauf erging es fast allen gefährlichen Zeugen ebenso. Jedem von ihnen konnte Fetjukowitsch einen moralischen Schmutzfleck anhängen, und den Betreffenden ein bißchen blamiert entlassen. Die Juristen und sonstigen Liebhaber von Kriminalprozessen verfolgten das mit Vergnügen, begriffen nur nicht, zu welchem großen entscheidenden Schlag das alles dienen sollte. Denn alle fühlten die Unwiderlegbarkeit der immer mehr und immer tragischer sich steigernden Beschuldigung. Aber sie sahen an dem Selbstvertrauen des »großen Magiers«, daß er ganz ruhig war. So warteten sie ab – ein solcher Mann konnte doch nicht umsonst aus Petersburg hierhergekommen sein: Er war doch wohl nicht der Mann, der unverrichteter Sache zurückkehren würde.

3. Die medizinischen Gutachten und ein Pfund Nüsse

Die Gutachten der ärztlichen Sachverständigen hatten ebenfalls nicht die Auswirkung, die Sache des Angeklagten günstig zu gestalten. Auch Fetjukowitsch schien, wie sich später herausstellte, auf diese Gutachten nicht sehr gebaut zu haben. Daß sie abgegeben wurden, geschah im Grunde nur auf Katerina Iwanownas Drängen, die speziell jenen berühmten Arzt aus Moskau hatte kommen lassen. Die Verteidigung konnte dadurch natürlich nichts verlieren, günstigenfalls wohl eher etwas gewinnen. Übrigens gestaltete sich die Sache wegen der Meinungsverschiedenheit der Ärzte zum Teil ein wenig komisch. Als Sachverständige waren erschienen: der berühmte Arzt aus Moskau, dann unser Doktor Herzenstube und endlich der junge Arzt Warwinski. Die beiden letzteren figurierten auch einfach als vom Staatsanwalt vorgeladene Zeugen. Als erster wurde in seiner Eigenschaft als Sachverständiger Doktor Herzenstube befragt. Er war ein alter Mann von siebzig Jahren, grauhaarig und kahlköpfig, von mittlerer Größe und kräftigem Körperbau. Bei uns in der Stadt schätzte und achtete man ihn sehr. Er war ein gewissenhafter Arzt und ein prächtiger, gottesfürchtiger Mensch, so etwas wie ein Herrnhuter oder Mährischer Bruder – genau weiß ich das nicht mehr. Er lebte schon sehr lange bei uns und führte einen anständigen Lebenswandel. Er war gut und menschenfreundlich, behandelte die armen Patienten und die Bauern umsonst, ging selbst in ihre elenden Kämmerchen und Hütten und ließ ihnen Geld für Arznei zurück; dabei war er jedoch eigensinnig wie ein Maultier. Ihn von einer Idee abzubringen, wenn sie sich einmal in seinem Kopf festgesetzt hatte, war ein Ding der Unmöglichkeit. Übrigens war es schon weithin in der Stadt bekannt geworden, daß sich der zugereiste berühmte Arzt in den zwei, drei Tagen seines Aufenthalts bei uns mehrere höchst beleidigende Äußerungen über die Befähigung von Doktor Herzenstube erlaubt hatte. Die Sache war die: Der Moskauer Arzt nahm zwar für einen Besuch nicht weniger als fünfundzwanzig Rubel, dennoch freuten sich manche Leute in unserer Stadt über den Zufall, der ihn zu uns geführt hatte, ließen sich das Geld nicht leid tun und bestürmten ihn mit Bitten um seinen Rat. Alle diese Kranken hatte vor ihm natürlich Doktor Herzenstube behandelt, und nun kritisierte der berühmte Arzt überall dessen Heilmethode mit großer Schärfe. Zuletzt fragte er sogar, sobald er zu einem Kranken kam, geradezu: »Nun, wer hat denn an Ihnen herumgepfuscht? Herzenstube? Hehe!« Natürlich erfuhr Doktor Herzenstube das alles wieder. Und nun erschienen also alle drei Ärzte, um einer nach dem anderen vernommen zu werden. Doktor Herzenstube erklärte unumwunden, »die Abnormität der geistigen Fähigkeiten« des Angeklagten liege »auf der Hand«. Nachdem er seine Erwägungen vorgetragen hatte, die ich hier weglasse, fügte er hinzu, diese Abnormität äußere sich nicht nur in vielen früheren Handlungen des Angeklagten, sondern auch jetzt, sogar in diesem Augenblick; und als man ihn ersuchte zu erklären, worin sie sich jetzt, in diesem Augenblick äußere, verwies der alte Arzt mit seiner ganzen Geradheit und Offenherzigkeit auf das ungewöhnliche und in Anbetracht der Umstände verwunderliche Benehmen des Angeklagten, als er in den Saal getreten war. »Er schritt vorwärts wie ein Soldat und starrte vor sich hin, während es doch für ihn natürlicher gewesen wäre, nach links zu sehen, wo die Damen sitzen, denn er ist ein großer Liebhaber des schönen Geschlechts gewesen und mußte sehr viel daran denken, was wohl jetzt die Damen von ihm sagen möchten«, schloß der Alte in seiner eigentümlichen Redeweise. Ich muß hinzufügen, daß er viel und gern russisch sprach; doch jeder Satz kam bei ihm auf deutsche Manier heraus, was ihn übrigens nie verlegen machte. Er hatte sein Leben lang die Schwäche, sein Russisch für musterhaft zu halten, »sogar für besser, als es die Russen selber sprechen«, und er zitierte sogar sehr gern russische Sprichwörter, wobei er jedesmal versicherte, die russischen Sprichwörter seien die besten und treffendsten der Welt. Ich erwähne noch, daß er im Gespräch infolge einer gewissen Zerstreutheit oft die gewöhnlichsten Wörter vergaß, die er gut kannte, die ihm aber plötzlich aus irgendeinem Grund entfallen waren. Dasselbe passierte ihm übrigens auch, wenn er deutsch sprach; dabei fuhr er immer mit der Hand vor seinem Gesicht herum, als versuchte er das verlorene Wort zu erhaschen, und niemand hätte ihn dazu bringen können, mit dem Satz fortzufahren, bevor er das ihm entfallene Wort gefunden hatte. Seine Bemerkung, daß der Angeklagte beim Eintritt nach den Damen hätte sehen müssen, rief beim Publikum ein heiteres Geflüster hervor. Der alte Herr war bei unseren Damen sehr beliebt; sie wußten auch, daß er, der nie verheiratet gewesen war und ein frommes, keusches Leben führte, die Frauen als höhere, ideale Wesen betrachtete. Daher kam seine unerwartete Bemerkung allen sehr seltsam vor.

Der Moskauer Arzt erklärte, als er an die Reihe kam, in scharfem, entschiedenem Ton, daß er den geistigen Zustand des Angeklagten für abnorm erachte, »sogar im höchsten Grad«. Er sprach viel und klug über »Affekt« und »Manie« und kam zu dem Schluß, daß sich der Angeklagte nach allen bekannt gewordenen Tatsachen schon einige Tage vor seiner Festnahme zweifellos in einem krankhaften Affekt befand und, sofern er das Verbrechen überhaupt begangen haben sollte, dies zwar mit Bewußtsein, doch eher unfreiwillig tat, indem er schlechterdings nicht die Kraft hatte, gegen den krankhaften seelischen Drang, der ihn überkam, anzukämpfen. Außer dem Affekt hatte der Doktor auch noch Manie wahrgenommen, was nach seinen Worten geradezu auf eine sich herausbildende totale geistige Störung hindeutete. Wohlgemerkt, ich gebe das mit meinen eigenen Worten wieder; der Doktor drückte sich sehr gelehrt und fachmännisch aus. »Alle seine Handlungen stehen im Widerspruch zur gesunden Vernunft und zur Logik«, fuhr er fort. »Ich will nicht von dem reden, was ich nicht gesehen habe, das heißt von dem eigentlichen Verbrechen und von dieser ganzen Katastrophe. Doch selbst vorgestern hatte er im Gespräch mit mir einen unerklärlich starren Blick. Er lachte plötzlich los, wozu nicht der geringste Anlaß bestand. Er legte dauernd eine unverständliche Gereiztheit an den Tag und gebrauchte sonderbare Worte, ›Bernard‹ ›Ethik‹ und andere, die gar nicht in das Gespräch hineinpaßten.« Als Manie wertete der Doktor besonders den Umstand, daß der Angeklagte von den dreitausend Rubeln, um die er sich betrogen glaubte, nicht reden könne, ohne gereizt zu sein, während er von allen anderen Mißgeschicken und Kränkungen ziemlich unbeeindruckt spreche. Nach seinen Erkundigungen sei er auch früher jedesmal, wenn diese dreitausend Rubel erwähnt wurden, in eine Art von Raserei verfallen, während er doch im allgemeinen als uneigennützig und selbstlos galt. »Was nun die Meinung meines gelehrten Kollegen betrifft«, fügte der Moskauer Arzt am Schluß seiner Rede ironisch hinzu, »daß der Angeklagte beim Eintritt in den Saal zu den Damen hätte schauen müssen und nicht geradeaus, so kann ich nur sagen: Ganz abgesehen von der Anstößigkeit einer derartigen Schlußfolgerung ist diese Meinung vollkommen irrig. Wenn ich auch zugebe, daß der Angeklagte beim Eintritt in den Gerichtssaal, in dem sein Schicksal entschieden wird, nicht derart starr hätte vor sich hin blicken sollen und daß dies tatsächlich als ein Symptom seines abnormen Geisteszustandes in dem betreffenden Augenblick betrachtet werden kann, so behaupte ich doch gleichzeitig, daß er nicht nach links zu den Damen, sondern nach rechts hätte blicken und mit den Augen seinen Verteidiger suchen müssen, auf dessen Hilfe seine ganze Hoffnung beruht und von dessen Verteidigung jetzt sein ganzes Schicksal abhängt.« Diese seine Meinung sprach der Doktor sehr entschieden und nachdrücklich aus. Eine besondere Komik erhielt die Meinungsverschiedenheit der beiden gelehrten Sachverständigen durch die unerwartete Schlußfolgerung des Arztes Warwinski, der als dritter befragt wurde. Nach seiner Ansicht befand sich der Angeklagte jetzt wie auch früher in völlig normalem Zustand; und wenn er vor seiner Festnahme tatsächlich sehr nervös und aufgeregt gewesen sei, so könne das von vielen sehr einleuchtenden Ursachen herrühren: Eifersucht, Zorn, Trunkenheit und so weiter. Aber dieser nervöse Zustand habe keinerlei besonderen »Affekt« auslösen können, wie das soeben gesagt worden sei. Was schließlich die Frage beträfe, ob der Angeklagte beim Eintritt in den Saal nach links oder nach rechts hätte sehen müssen, so habe er »nach seiner bescheidenen Meinung« vielmehr gerade vor sich hin blicken müssen, wie er es in Wirklichkeit auch getan hatte, denn vor ihm saßen der Präsident und die Mitglieder des Gerichts, von denen jetzt sein ganzes Schicksal abhing. »Somit hat er, eben indem er vor sich hin sah, seinen vollkommen normalen Geisteszustand in dem betreffenden Moment bewiesen«, schloß der junge Arzt mit einer gewissen Wärme.

»Bravo, Arzt!« rief Mitja von seinem Platz aus. »Genauso ist es!«

Mitja wurde natürlich zur Ordnung gerufen, aber die Meinung des jungen Arztes übte eine entscheidende Wirkung auf Gericht und Publikum aus; wie sich später herausstellte, waren alle mit ihm einverstanden. Als Doktor Herzenstube noch einmal, nunmehr in seiner Eigenschaft als Zeuge, vernommen wurde, machte er eine Aussage, die dem Angeklagten zum Vorteil gereichte. Als alter Einwohner der Stadt, der die Familie Karamasow schon lange kannte, lieferte er zunächst einiges für die »Anklage« sehr interessante Material und fügte dann wie nach einigem Nachdenken überraschend hinzu: »Und doch hätte der arme junge Mensch ein unvergleichlich besseres Schicksal haben können, denn er hatte immer ein gutes Herz, das weiß ich. Aber ein russisches Sprichwort sagt: ›Wenn jemand *einen* Verstand hat, so ist das gut. Doch wenn noch ein kluger Mensch zu ihm zu Besuch kommt, ist es noch besser. Dann sind zwei Verstande, und nicht bloß einer ...«

»*Ein* Verstand ist gut, zwei sind besser«, korrigierte der Staatsanwalt ungeduldig, der die Gewohnheit des Alten kannte, langsam und weitschweifig zu sprechen, unbekümmert darum, welchen Eindruck das auf die Zuhörer machte und wie lange andere warten mußten, bis er fertig war; er selbst hielt seinen steifen, immer fröhlich-selbstzufriedenen deutschen Humor für etwas sehr Schönes.

»O ja, das sage ich ja auch«, redete er hartnäckig weiter. »Ein Verstand ist etwas Gutes, doch zwei sind weit besser. Aber zu ihm kam kein anderer, der Verstand gehabt hätte, und da ließ er denn seinen eigenen ... Wie heißt das doch, was ließ er ihn gehen? Dieses Wort, was er seinen Verstand gehen ließ, das habe ich vergessen, im Deutschen nennen wir es ›spazierengehen‹.«

»Im Russischen drückt man sich so ähnlich aus.«

»Nun ja, spazierengehen, das sage ich ja. Da ging also nun sein Verstand spazieren und geriet an eine tiefe Stelle, in der er dann umkam. Dabei war er ein empfänglicher, dankbarer junger Mensch. Oh, ich erinnere mich noch, wie er ein ganz kleiner Junge war. Sein Vater hatte ihn auf den Hof verbannt, und da lief er ohne Schuhchen umher und mit Höschen, die nur an einem Knopf hingen ...«

In der Stimme des alten Mannes lag ein warmes Mitgefühl und eine gewisse Rührung. Fetjukowitsch zuckte zusammen, als ob er etwas ahnte, und horchte mit größter Spannung.

»O ja, ich selbst war damals noch ein junger Mensch ... Ich war damals fünfundvierzig Jahre alt, war eben erst hierhergekommen. Das Jüngelchen tat mir damals so leid, und ich fragte mich: Warum soll ich ihm nicht etwas kaufen? Das beste ist, ich kaufe ihm ein Pfund ... Nun ja, ein Pfund was? Ich habe vergessen, wie man das nennt ... Ein Pfund von dem, was die Kinder so gern essen, wie heißt das nur ... Na, wie heißt das nur ... Es wächst auf dem Baum, man sammelt es und schenkt es allen Leuten ...«

»Apfel?«

»O nein! Ein Pfund, ein Pfund! Äpfel werden nach Stück verkauft, nicht pfundweise ... Nein, es sind viele, und sie sind ganz klein. Man steckt sie in den Mund, und kr-r-rach ...«

»Nüsse?«

»Na ja, Nüsse das sage ich doch!« stimmte der Doktor in der ruhigsten Art und Weise zu, als hätte er kein bißchen nach dem Wort gesucht. »Ich brachte ihm also ein Pfund Nüsse, denn dem Knaben hatte noch nie jemand ein Pfund Nüsse gebracht. Ich hob meinen Finger und sagte zu ihm: ›Junge, paß mal auf!‹ Und dann auf deutsch: ›Gott der Vater.‹ Er lachte wieder und stammelte: ›Gott der Sohn.‹ – ›Gott der Heilige Geist.‹ Dann ging ich weg. Zwei Tage später kam ich wieder vorbei, und er schrie mir von selbst zu: ›Onkel! Gott der Vater, Gott der Sohn!‹ Nur ›Gott der Heilige Geist‹ hatte er vergessen. Ich erinnerte ihn daran, und er tat mir wieder leid. Dann wurde er von hier fortgebracht, und ich bekam ihn nicht mehr zu sehen. Und nun waren dreiundzwanzig Jahre vergangen, und ich sitze eines Morgens in meinem Zimmer, schon mit weißem Kopf, da kommt auf einmal, ein blühender junger Mensch herein, den ich gar nicht kenne, hebt den Finger und sagt lachend: ›Gott der Vater, Gott der Sohn, Gott der Heilige Geist. Ich bin eben angekommen und eile zu Ihnen, um mich für das Pfund Nüsse zu bedanken! Mir hatte damals noch nie jemand ein Pfund Nüsse gekauft. Sie sind der einzige Mensch gewesen, der mir ein Pfund Nüsse gekauft hat!‹ Da erinnerte ich mich an meine glückliche Jugend und an den armen Knaben ohne Schuhchen auf dem Hof, und das Herz drehte sich mir um, und ich sagte: ›Du bist ein dankbarer junger Mensch! Dein ganzes Leben hindurch hast du an das Pfund Nüsse gedacht, das ich dir in deiner Kindheit geschenkt habe?‹ Und ich umarmte ihn und segnete ihn und mußte weinen. Er lachte, weinte aber auch ... Denn der Russe lacht sehr oft gerade dann, wenn er weinen muß. Aber er weinte auch, das sah ich. Und jetzt, o weh, o weh!«

»Auch jetzt weine ich, Deutscher, auch jetzt weine ich!« rief Mitja von seinem Platz aus.

Dieses Geschichtchen machte auf das Publikum jedenfalls einen angenehmen Eindruck. Die größte Wirkung zu Mitjas Gunsten aber hatte Katerina Iwanownas Aussage, von der ich gleich sprechen werde. Und überhaupt, als die vom Verteidiger geladenen Zeugen begannen, da schien das Glück dem Angeklagten auf einmal wirklich zu lächeln, und was das merkwürdigste war, das kam sogar für den Verteidiger überraschend. Doch noch vor Katerina Iwanowna wurde Aljoscha vernommen; er erinnerte sich einer Tatsache, die wie ein eindeutiges Zeugnis gegen einen wichtigen Punkt der Anklage aussah.

4. Das Glück lächelt Mitja

Aljoscha wurde unvereidigt aufgerufen, und ich erinnere mich, daß ihn beide Parteien von den ersten Worten des Verhörs an außerordentlich sanft und freundlich behandelten. Man sah, daß ihm ein guter Ruf voranging. Aljoscha machte seine Aussagen in bescheidener, ruhiger Weise; trotzdem brach dabei seine warme Teilnahme für den unglücklichen Bruder durch. Er zeichnete den Charakter seines Bruders als den eines Menschen, der vielleicht zum Jähzorn neige und sich von seinen Leidenschaften hinreißen lasse, doch zugleich edel, stolz, hochherzig und sogar zu Opfern bereit sei, wenn solche von ihm gefordert würden. Er gab zu, daß sich sein Bruder in den letzten Tagen infolge seiner Leidenschaft für Gruschenka und der Rivalität mit seinem Vater in einer unerträglichen Lage befunden hatte. Aber mit Entrüstung wies er auch nur die Vermutung zurück, daß sein Bruder zu einem Raubmord fähig wäre, wenn er auch einräumte, daß diese dreitausend Rubel in Mitjas Geist beinah zu einer Art Manie geworden seien, daß er sie für sein Erbteil erachtet habe, das ihm von seinem Vater betrügerisch vorenthalten wurde, und daß er, obgleich durchaus nicht eigennützig, doch von diesen dreitausend Rubeln nicht habe reden können, ohne in Wut und Raserei zu geraten. Auf eine Frage über die Nebenbuhlerschaft der beiden »Personen«, wie sich der Staatsanwalt ausdrückte, das heißt Gruschenkas und Katjas, antwortete er ausweichend; auf eine oder zwei Fragen lehnte er die Antwort sogar ab.

»Hat Ihnen Ihr Bruder wenigstens gesagt, daß er seinen Vater töten wollte?« fragte der Staatsanwalt. »Sie können die Antwort verweigern, wenn Sie das für nötig halten«, fügte er hinzu.

»Direkt hat er es nicht gesagt«, antwortete Aljoscha.

»Wie denn? Indirekt?«

»Er hat mir gegenüber einmal von seinem persönlichen Haß auf den Vater gesprochen und gesagt, er fürchte, in einem besonders schlimmen Augenblick, in einem Augenblick des Ekels wäre er vielleicht imstande, ihn zu töten.«

»Und als Sie das hörten, haben Sie es geglaubt?«

»Ich muß zu meinem Schmerz sagen, daß ich es glaubte. Aber ich bin stets davon überzeugt gewesen, ein höheres Gefühl würde ihn in einem solchen verhängnisvollen Augenblick retten, wie es ihn ja auch tatsächlich gerettet hat – denn nicht er hat meinen Vater ermordet«, schloß Aljoscha mit fester, durch den ganzen Saal vernehmlicher Stimme.

Der Staatsanwalt zuckte zusammen wie ein Schlachtpferd, das ein Trompetensignal hört.

»Seien Sie versichert, daß ich durchaus an die Aufrichtigkeit Ihrer Überzeugung glaube und daß ich diese Ihre Überzeugung keineswegs nur als ein Produkt oder einen Ausfluß Ihrer Liebe zu ihrem unglücklichen Bruder betrachte. Ihre eigenartige Auffassung von dem ganzen tragischen Vorgang, der sich in Ihrer Familie abgespielt hat, ist uns schon aus der Voruntersuchung bekannt. Ich verhehle Ihnen nicht, daß diese Anschauung vereinzelt dasteht und allen übrigen Angaben, die der Staatsanwaltschaft gemacht worden sind, widerspricht. Und darum halte ich es für notwendig, Sie nunmehr mit allem Nachdruck zu fragen, durch welche Tatsachen Sie zu der endgültigen Überzeugung von der Unschuld Ihres Bruders und der Schuld einer anderen Person kamen, auf die Sie bei der Voruntersuchung hingewiesen haben.«

»Bei der Voruntersuchung habe ich nur auf die mir vorgelegten Fragen geantwortet«, sagte Aljoscha leise und ruhig. »Aber ich habe nicht selbst eine Beschuldigung gegen Smerdjakow ausgesprochen.«

»Aber Sie haben doch auf ihn hingewiesen?«

»Ich wies auf ihn hin aufgrund der Worte meines Bruders Dmitri. Es war mir schon vor meiner Vernehmung erzählt worden, was bei seiner Verhaftung geschehen war und wie er damals selbst auf Smerdjakow hingewiesen hatte. Ich glaube mit aller Bestimmtheit, daß mein Bruder unschuldig ist. Und wenn nicht er den Mord begangen hat ...«

»So muß es Smerdjakow getan haben? Warum denn gerade Smerdjakow? Und warum sind Sie so fest von der Unschuld Ihres Bruders überzeugt?«

»Ich mußte meinem Bruder aus innerer Notwendigkeit glauben. Ich weiß, daß er mich nicht belügt. Ich habe an seinem Gesicht gesehen, daß er mich nicht belog.«

»Nur am Gesicht? Darin bestehen Ihre ganzen Beweise?«

»Andere Beweise habe ich nicht.«

»Und hinsichtlich der Schuld Smerdjakows stützen Sie sich ebenfalls auf keinen anderen Beweis als auf die Worte Ihres Bruders und den Ausdruck seines Gesichts?«

»Einen anderen Beweis habe ich in der Tat nicht.«

Damit brach der Staatsanwalt die Befragung ab. Aljoschas Antworten hatten beim Publikum große Enttäuschung hervorgerufen. Über Smerdjakow war bei uns schon vor der Gerichtsverhandlung viel geredet worden; irgend jemand hatte irgend etwas gehört, irgend jemand wies auf irgend etwas hin; von Aljoscha hieß es, er habe überaus starke Beweise zugunsten seines Bruders und für die Schuld des Dieners vorzulegen – und da brachte er nun rein gar nichts vor, keinerlei Beweise außer moralischen Überzeugungen, die bei ihm als dem Bruder des Angeklagten nur allzu natürlich waren.

Doch nun schaltete sich auch Fetjukowitsch ein. Bei der Antwort auf die Frage, wann der Angeklagte mit ihm, Aljoscha, über seinen Haß auf den Vater gesprochen und angedeutet habe, daß er ihn vielleicht einmal totschlagen würde, und was er von ihm bei ihrem letzten Zusammensein vor der Katastrophe gehört habe, fuhr Aljoscha plötzlich zusammen, als ob er sich erst jetzt an etwas erinnerte.

»Ich erinnere mich jetzt an einen Umstand, den ich beinahe ganz vergessen hatte; damals war er mir ganz unverständlich, doch jetzt …«

Und Aljoscha erzählte mit größtem Eifer, an dem man sah, daß er wirklich eben erst auf diesen Gedanken gekommen war, wie sich Mitja bei ihrem letzten Zusammensein am Abend, auf dem Weg zum Kloster, an die Brust, »an den oberen Teil der Brust«, geschlagen und mehrmals wiederholt habe, er besitze ein Mittel, um seine Ehre wiederherzustellen; dieses Mittel befinde sich hier, hier auf seiner Brust … »Ich dachte damals, er spräche von seinem Herzen«, fuhr Aljoscha fort. »Daß er in seinem Herzen die Kraft finden könnte, einer schrecklichen Schmach zu entgehen, die er nicht einmal mir zu bekennen wagte. Ich muß gestehen, ich dachte damals, er rede vom Vater und zittere wie vor einer Schmach bei dem Gedanken, zu ihm zu gehen und ihm Gewalt anzutun; und doch schien er damals auf etwas auf seiner Brust hinzuweisen, so daß mir, wie ich mich erinnere, gleich der Gedanke durch den Kopf ging, daß ja das Herz gar nicht an jener Stelle der Brust sitzt, sondern niedriger, während er sich viel höher, hier, gleich unter dem Hals an die Brust schlug und immer auf diesen Fleck deutete. Mein Gedanke kam mir damals dumm vor – aber er hat vielleicht gerade auf das Säckchen gezeigt, in dem diese fünfzehnhundert Rubel eingenäht waren?«

»Ganz richtig!« rief Mitja auf einmal. »So war es, Aljoscha! So war es! Ich schlug damals mit der Faust an das Säckchen.«

Fetjukowitsch stürzte eilig zu ihm hin, flehte ihn an, sich zu beruhigen, und krallte sich im Nu mit seinen Fragen an Aljoscha fest. Aljoscha, durch seine Erinnerung selbst ganz hingerissen, sprach mit Feuereifer seine Vermutung aus, die Schmach habe höchstwahrscheinlich darin bestanden, daß er, obgleich er die fünfzehnhundert Rubel bei sich trug und sie Katerina Iwanowna hätte zurückgeben können, sich dennoch entschlossen hatte, ihr diese Hälfte nicht zurückzugeben, sondern zu einem anderen Zweck zu verwenden, das heißt zur Entführung Gruschenkas, wenn diese damit einverstanden war …

»So war es, genauso war es!« rief Aljoscha in lebhafter Erregung. »Genau das rief mir mein Bruder damals zu! Er könne die Hälfte, die Hälfte der Schmach, er wiederholte mehrmals: *die Hälfte*, sofort loswerden, sei aber durch die Schwäche seines Charakters so unglücklich, daß er es nicht tun werde … Er wisse im voraus, daß er es nicht könne und nicht die Kraft habe, es zu tun!«

»Und Sie erinnern sich bestimmt, daß er sich gerade auf diese Stelle der Brust schlug?« fragte Fetjukowitsch eifrig.

»Ja, daran erinnere ich mich bestimmt. Gerade weil mir damals der Gedanke kam: Warum schlägt er denn so hoch, das Herz sitzt doch tiefer! Und weil mir dieser Gedanke damals dumm erschien … Ich erinnere mich genau, daß er mir dumm erschien … Das ist auch der Grund, weshalb ich mich erst jetzt eben daran erinnert habe! Wie habe ich das nur bisher vergessen können! Eben auf dieses Säckchen wies er hin, als wollte er sagen, er besitze zwar die Mittel, werde die fünfzehnhundert Rubel jedoch nicht zurückgeben! Und ich weiß auch, es ist mir berichtet worden: Auch bei seiner Verhaftung in Mokroje hat er ausgerufen, er halte es für die schmählichste Tat seines Lebens, daß er, obgleich er die Mittel gehabt habe, die Hälfte seiner Schuld – jawohl, die Hälfte! – an Katerina Iwanowna zurückzugeben und nicht mehr als Dieb vor ihr dazustehen, sich trotzdem nicht zur Rückgabe entschlossen und in ihren Augen lieber habe ein Dieb bleiben wollen, als sich von dem Geld trennen! Aber wie hat er sich gequält, wie hat er sich gequält wegen dieser Schuld!« rief Aljoscha am Schluß seiner Aussage.

Selbstverständlich mischte sich auch der Staatsanwalt ein. Er ersuchte Aljoscha, noch einmal zu schildern, wie sich das alles zugetragen hatte, und fragte dann mehrmals beharrlich, ob es ihm wirklich so vorgekommen sei, als ob der Angeklagte auf etwas hinwies. Vielleicht habe er sich einfach mit der Faust an die Brust geschlagen?

»Er schlug gar nicht mit der Faust«, rief Aljoscha. »Er zeigte mit den Fingern, und zwar sehr weit oben ... Wie konnte ich das nur bis jetzt so völlig vergessen!«

Der Präsident wandte sich an Mitja mit der Frage, was er zu der soeben abgegebenen Aussage zu bemerken habe. Mitja bestätigte, daß alles genauso gewesen sei: Er habe wirklich auf seine fünfzehnhundert Rubel hingewiesen, die er auf der Brust getragen habe, gleich unter dem Hals. Das sei allerdings eine Schmach gewesen. »Eine Schmach, die ich nicht ableugne! Die schmählichste Handlung meines ganzen Lebens!« rief Mitja aus. »Ich hatte die Wahl, es zurückzugeben oder nicht. Ich zog es vor, in ihren Augen ein Dieb zu bleiben, und gab es nicht zurück. Die größte Schmach aber bestand darin, daß ich vorher wußte, ich würde es nicht zurückgeben! Aljoscha hat recht! Ich danke dir, Aljoscha!«

Damit war Aljoschas Vernehmung beendet. Wichtig war der Umstand, daß sich wenigstens eine Tatsache gefunden hatte, die – wenn auch nur als ganz schwacher Beweis, fast nur als Andeutung eines Beweises – doch immerhin ein wenig bezeugte, daß dieses Säckchen mit den fünfzehnhundert Rubeln darin tatsächlich existiert und daß der Angeklagte bei der Voruntersuchung in Mokroje nicht gelogen hatte. Aljoscha war froh; vor Erregung ganz rot im Gesicht, setzte er sich auf den ihm angewiesenen Platz. Noch lange sagte er sich immer wieder im stillen: ›Daß ich das vergessen hatte! Wie habe ich das nur vergessen können? Und daß es mir so plötzlich erst jetzt eingefallen ist!‹

Es begann die Vernehmung Katerina Iwanownas. Bei ihrem Erscheinen ging im Saal etwas Ungewöhnliches vor. Die Damen griffen zu ihren Lorgnetten und Operngläsern; die Männer gerieten in Bewegung, und manche standen von ihren Plätzen auf, um besser sehen zu können. Alle versicherten später, Mitja sei, als sie eintrat, auf einmal »bleich wie Leinwand« geworden. Ganz in Schwarz gekleidet, ging sie bescheiden und beinahe schüchtern zu dem ihr angewiesenen Platz. Ihrer Miene war nicht anzusehen, daß sie erregt war; doch in ihrem dunklen, finsteren Blick lag eine feste Entschlossenheit. Es muß vermerkt werden, daß später viele versicherten, sie sei in diesem Augenblick wunderschön gewesen. Sie sprach leise, aber dennoch so deutlich, daß man sie im ganzen Saal verstehen konnte. Sie drückte sich außerordentlich ruhig aus oder bemühte sich wenigstens, ruhig zu sein. Der Präsident stellte seine Fragen vorsichtig und außerordentlich respektvoll, als scheute er sich, »gewisse Saiten« zu berühren. Doch Katerina Iwanowna erklärte gleich auf eine der ersten ihr vorgelegten Fragen selbst mit aller Entschiedenheit, sie sei die verlobte Braut des Angeklagten gewesen, »so lange, bis er selbst mich verlassen hat …«. Nach den dreitausend Rubeln befragt, die sie Mitja zur Übersendung an ihre Verwandten anvertraut hatte, antwortete sie mit fester Stimme: »Ich habe sie ihm nicht direkt für die Post gegeben. Ich ahnte damals, daß er dringend Geld brauchte … Ich gab ihm diese dreitausend Rubel, damit er sie, wenn er wollte, etwa innerhalb eines Monats absandte … Ohne Grund hat er sich später wegen dieses Geldes so gequält.«

Ich werde nicht alle Fragen und Antworten genau wiedergeben, sondern nur den wesentlichen Sinn ihrer Aussagen.

»Ich war fest davon überzeugt, daß er immer noch Zeit finden würde, die dreitausend Rubel abzusenden«, fuhr sie auf die ihr vorgelegten Fragen fort, »sobald er von seinem Vater Geld erhalten hätte. Ich war immer von seiner Uneigennützigkeit und Ehrenhaftigkeit überzeugt … Er war sich dessen sicher, daß er von seinem Vater dreitausend Rubel erhalten würde; er hat mir gegenüber mehrmals davon gesprochen. Ich wußte, daß er mit seinem Vater Streit hatte, und glaubte und glaube auch heute noch, daß er von seinem Vater übervorteilt worden war. Ich erinnere mich nicht an irgendwelche Drohungen gegen seinen Vater. In meiner Gegenwart wenigstens hat er niemals solche Drohungen ausgestoßen. Wäre er damals zu mir gekommen, hätte ich seine Unruhe wegen dieser unseligen dreitausend Rubel sofort beschwichtigt, aber er kam nicht mehr zu mir ... Ich selbst aber ... Ich war in so eine Lage gekommen, daß es mir nicht möglich war, ihn zu mir zu bitten ... Und ich hatte auch gar kein Recht, die Rückzahlung dieser Schuld ungeduldig von ihm zu verlangen!« fügte sie plötzlich hinzu, und ihrer Stimme war eine feste Entschlossenheit anzuhören. »Denn er hat mir selbst einmal eine weit höhere finanzielle Gefälligkeit erwiesen, und ich habe sie angenommen, obwohl ich damals noch nicht absehen konnte, ob ich jemals imstande sein würde, ihm meine Schuld zurückzuzahlen ...«

Im Tonfall ihrer Stimme schien etwas Herausforderndes zu liegen. In diesem Augenblick ging die Aufgabe, Fragen zu stellen, an Fetjukowitsch über.

»Das war wohl schon zu Beginn Ihrer Bekanntschaft, noch ehe Sie hierherzogen?« nahm Fetjukowitsch vorsichtig tastend das Wort; er ahnte sofort etwas Günstiges. Ich muß an dieser Stelle eine Zwischenbemerkung einfügen. Obgleich er von Katerina Iwanowna selbst aus Petersburg hergebeten worden war, wußte er dennoch nichts von dem Vorgang mit den fünftausend Rubeln, die Mitja ihr einst gegeben hatte – also auch nichts von der tiefen Verbeugung. Sie hatte es vor ihm geheimgehalten; das war erstaunlich. Man kann mit Sicherheit annehmen, daß sie selbst bis zum letzten Augenblick nicht gewußt hatte, ob sie davon vor Gericht erzählen würde oder nicht.

Ich werde diese Augenblicke niemals vergessen! Sie erzählte alles, diesen ganzen Vorgang, den Mitja seinem Bruder Aljoscha berichtet hatte, auch von der tiefen Verbeugung, auch von den Ursachen, auch von der Notlage ihres Vaters, auch von ihrem Besuch bei Mitja – doch mit keinem Wort, mit keiner Andeutung erwähnte sie, daß Mitja durch ihre Schwester selbst den Vorschlag gemacht hatte, sie möchten Katerina Iwanowna zu ihm schicken, um das Geld abzuholen. Das verheimlichte sie großmütig, und sie schämte sich nicht, es so darzustellen, als sei sie damals aus eigenem Antrieb zu dem jungen Offizier gegangen, um ihn in der Hoffnung auf Hilfe um Geld zu bitten. Diese Erzählung hatte etwas Erschütterndes. Ein kaltes Zittern überlief mich beim Zuhören; der Saal war totenstill und fing jedes Wort auf. Was man da hörte, war ohne Beispiel. Selbst von einem selbstbewußten und hochmütig-stolzen Mädchen wie ihr hatte man so eine erstaunliche offenherzige Aussage, ein solches Opfer, eine solche Selbstvernichtung unmöglich erwarten können. Und wozu? Für wen? Um den zu retten, der ihr treulos geworden war und sie tief gekränkt hatte, um wenigstens eine Kleinigkeit zu seiner Rettung beizutragen, indem sie eine Tat von ihm erzählte, die einen guten Eindruck machte! Und wirklich: das Bild eines Offiziers, der alles, was ihm im Leben geblieben ist, seine letzten fünftausend Rubel, hingibt und sich ehrerbietig vor einem unschuldigen Mädchen verneigt, dieses Bild wirkte sehr sympathisch und anziehend, aber ... Mein Herz zog sich schmerzlich zusammen. Ich hatte das Gefühl, daß daraus später eine arge Verleumdung entstehen würde – und die ist dann auch entstanden. Mit boshaftem Lachen erzählte man später in der ganzen Stadt, die Erzählung sei vielleicht nicht ganz genau, nämlich an der Stelle, wo der Offizier das junge Mädchen angeblich nur mit einer respektvollen Verbeugung entlassen habe. Man deutete an, hier sei womöglich etwas ausgelassen. »Doch auch wenn nichts ausgelassen wäre, wenn sich alles wirklich so zugetragen hätte«, sagten sogar unsere geachtetsten Damen, »bliebe dahingestellt, ob das für ein junges Mädchen eine anständige Handlungsweise war, selbst wenn es sich um die Rettung des Vaters handelte.« Hatte Katerina Iwanowna bei ihrem Verstand, bei ihrem ungewöhnlichen Scharfblick etwa wirklich nicht vorhergesehen, daß die Leute so reden würden? Unzweifelhaft hatte sie es vorhergesehen und sich trotzdem entschlossen, alles zu sagen ... Selbstverständlich tauchten alle diese unsauberen Zweifel an der Wahrheit ihrer Erzählung erst später auf; im ersten Augenblick waren alle erschüttert. Die Mitglieder des Gerichtes hörten Katerina Iwanowna mit ehrerbietigem, ja fast verschämtem Schweigen zu. Der Staatsanwalt erlaubte sich keine einzige weitere Frage über diesen Gegenstand. Fetjukowitsch machte ihr eine tiefe Verbeugung. Oh, er triumphierte beinahe. Viel war gewonnen: Ein Mensch, der in einem edlen Gefühl seine letzten fünftausend Rubel hingibt und dann derselbe Mensch, der seinen Vater bei Nacht ermordet, um ihm dreitausend Rubel zu rauben: das war denn doch unvereinbar. Wenigstens die Anklage wegen Raubes konnte Fetjukowitsch jetzt als erledigt betrachten. Ein ganz neues Licht hatte sich auf einmal über den »Fall« ergossen; eine gewisse Sympathie für Mitja regte sich. Er jedoch ... Von ihm erzählte man, er sei während Katerina Iwanownas Aussage ein- oder zweimal von seinem Platz aufgesprungen, habe sich dann wieder auf die Bank zurücksinken lassen und das Gesicht mit beiden Händen bedeckt. Als sie geendet hatte, rief er plötzlich, die Arme nach ihr ausstreckend: »Katja, warum hast du mich zugrunde gerichtet?«

Er schluchzte so laut, daß es durch den ganzen Saal zu hören war. Allerdings gewann er sehr schnell die Herrschaft über sich zurück und rief wieder: »Jetzt bin ich verurteilt!«

Dann aber biß er die Zähne zusammen, kreuzte die Arme über der Brust und schien in dieser Stellung auf seinem Platz zu erstarren. Katerina Iwanowna blieb im Saal und setzte sich auf den ihr angewiesenen Stuhl; sie war blaß und saß mit gesenktem Kopf da. Diejenigen, die sich in ihrer Nähe befanden, erzählten später, sie habe noch lange Zeit wie im Fieber gezittert.

Nach ihr erschien Gruschenka, um vernommen zu werden.

Ich nähere mich jetzt der Katastrophe, die plötzlich hereinbrach und Mitja vielleicht tatsächlich zugrunde richtete. Denn ich bin überzeugt, und das sagten nachher auch alle anderen, auch alle Juristen. Wäre dieser Vorfall nicht eingetreten, hätte man dem Verbrecher mindestens mildernde Umstände zugebilligt. Aber davon gleich; zuvor nur noch einige Worte über Gruschenka. Sie erschien im Saal ebenfalls ganz in Schwarz, mit ihrem schönen schwarzen Schal um die Schultern. Mit ihrem leichten, unhörbaren Gang, sich ein wenig hin und her wiegend, wie etwas volle Frauen manchmal gehen, näherte sie sich der Balustrade, wobei sie unverwandt zum Präsidenten und nicht einen Moment nach rechts oder links schaute. Meiner Ansicht nach war sie in diesem Augenblick sehr schön und durchaus nicht blaß, wie später die Damen behaupteten. Sie behaupteten auch, sie habe ein verschlossenes, böses Gesicht gemacht. Ich glaube nur, daß sie in gereizter Stimmung war und die auf sie gerichteten verächtlichen, neugierigen Blicke unseres skandalsüchtigen Publikums als peinlich empfand. Sie war ein stolzer Charakter, der keine Verachtung ertrug und sogleich in Zorn und Rachsucht verfiel, sobald er nur von irgendeiner Seite Verachtung argwöhnte. Mit diesen Gefühlen vereinigte sich allerdings auch Schüchternheit und eine innere Scham über diese Schüchternheit, so daß es nicht zu verwundern war, wenn sich ihre Redeweise verschieden ausnahm: Bald war sie zornig, bald verächtlich und absichtlich grob, bald schwang wieder ein aufrichtiger, herzlicher Ton der Selbstanklage mit. Manchmal redete sie so, als ob sie sich in einen Abgrund stürzte und dabei dachte: ›Einerlei, mag kommen, was da will – ich werde es trotzdem sagen!‹ Über ihre Bekanntschaft mit Fjodor Pawlowitsch bemerkte sie in scharfem Ton: »Das ist alles nur dummes Zeug! Was kann ich denn dafür, daß er sich in mich vernarrt hatte!« Doch einen Augenblick darauf fügte sie hinzu: »Ich bin an allem schuld. Ich habe mich über sie beide lustig gemacht, über den Alten und über den da, und habe sie beide ins Unglück gebracht. Um meinetwillen ist alles geschehen.« Irgendwie kam die Rede auch auf Samsonow. »Wen geht das etwas an?« sagte sie sogleich bissig und herausfordernd. »Er war mein Wohltäter, er hat sich meiner angenommen, als meine Angehörigen mich ohne Strümpfe und Schuhe aus dem Haus trieben!« Der Präsident machte sie, übrigens in sehr höflicher Form, darauf aufmerksam, sie möchte nur auf die Fragen antworten, ohne sich in überflüssigen Einzelheiten zu ergehen. Gruschenka errötete, und ihre Augen funkelten.

Das Kuvert mit dem Geld hatte sie nicht gesehen; sie hatte nur von dem »Missetäter« gehört, daß bei Fjodor Pawlowitsch ein Kuvert mit dreitausend Rubeln bereitliege. »Aber das sind alles Dummheiten. Ich habe darüber gelacht und wäre um keinen Preis hingegangen.«

»Wen meinten Sie eben, als Sie von dem ›Missetäter‹ sprachen?« erkundigte sich der Staatsanwalt.

»Den Diener. Diesen Smerdjakow, der seinen Herrn ermordet und sich gestern aufgehängt hat.«

Natürlich fragte man sie sofort, welche Gründe sie für eine so entschiedene Beschuldigung habe; es stellte sich jedoch heraus, daß auch sie keine anzuführen wußte.

»Das hat mir Dmitri Fjodorowitsch gesagt, und ihm können Sie glauben. Eine Person, die es darauf anlegte, Zwietracht zu stiften, hat ihn zugrunde gerichtet. So steht die Sache ... Sie allein ist an allem schuld!« fügte sie, am ganzen Körper vor Haß zitternd, hinzu, und ihre Stimme hatte einen boshaften Klang.

Man erkundigte sich, wer nun wieder damit gemeint sei.

»Das Fräulein da, diese Katerina Iwanowna! Sie lud mich damals zu sich ein, setzte mir Schokolade vor und wollte mich durch Liebenswürdigkeit gewinnen. Sie besitzt kein wahres Schamgefühl, so steht die Sache ...«

Hier unterbrach sie der Präsident, und zwar nunmehr in strengem Ton, und ersuchte sie, sich in ihren Ausdrücken zu mäßigen. Aber ihr eifersüchtiges Herz stand schon in Flammen; sie war bereit, sich in den Abgrund zu stürzen.

»Bei der Verhaftung in dem Dorf Mokroje«, erinnerte sie der Staatsanwalt, um dann eine Frage daran anzuknüpfen, »haben alle gesehen und gehört, wie Sie aus dem anderen Zimmer hereinkamen und riefen: ›Ich bin an allem schuld, ich will mit zur Zwangsarbeit gehen!‹ Also waren auch Sie bereits in jenem Augenblick überzeugt, daß er der Mörder seines Vaters war?«

»Ich erinnere mich nicht an meine damaligen Gefühle«, antwortete Gruschenka. »Alle schrien damals, er habe seinen Vater totgeschlagen, und da sagte ich mir, daß ich schuld sei und er ihn um meinetwillen totgeschlagen habe. Doch als er erklärte, daß er unschuldig sei, habe ich es ihm sofort geglaubt. Und ich glaube es auch jetzt und werde es immer glauben! Lügen widerspricht seinem ganzen Wesen.«

Nun war Fetjukowitsch an der Reihe, sie zu fragen. Er fragte sie, wie ich mich erinnere, unter anderem nach Rakitin und den fünfundzwanzig Rubeln Belohnung, falls er Alexej Fjodorowitsch Karamasow zu ihr brachte.

»Was ist denn erstaunlich daran, daß er das Geld nahm?« antwortete Gruschenka mit einem verächtlichen, boshaften Lächeln. »Er ist ja ständig zu mir gekommen und hat um Geld gebettelt. Manchen Monat hat er dreißig Rubel ergattert, die er meist für unnütze Dinge ausgab. Zu essen und zu trinken hatte er auch ohne meine Beihilfe.«

»Aus welchem Grund waren Sie denn so freigiebig gegen Herrn Rakitin?« fragte Fetjukowitsch weiter, obwohl sich der Präsident auf seinem Sitz unruhig hin und her bewegte.

»Er ist doch mein Vetter. Meine Mutter und seine Mutter sind Schwestern. Er hat mich nur immer dringend gebeten, niemandem etwas davon zu sagen. Er schämte sich meiner wohl zu sehr.«

Diese neue Tatsache war für alle eine Überraschung; bis dahin hatte in der ganzen Stadt, selbst im Kloster, niemand etwas davon gewußt, nicht einmal Mitja. Es wurde erzählt, Rakitin sei auf seinem Stuhl dunkelrot geworden. Gruschenka hatte noch vor ihrem Eintritt in den Saal irgendwie erfahren, daß er gegen Mitja ausgesagt hatte, und war daher wütend auf ihn geworden. Rakitins vorangegangene Rede mit all ihrer edlen Gesinnung und all ihren Tiraden über die Leibeigenschaft und die soziale Unordnung Rußlands war in der allgemeinen Meinung vorerst endgültig abgetan und erledigt. Fetjukowitsch war zufrieden; wieder hatte ihm Gott eine unerwartete Gabe gesandt. Gruschenka wurde nicht sehr lange vernommen; allerdings konnte sie auch nichts besonders Neues mitteilen. Im Publikum hinterließ sie einen sehr ungünstigen Eindruck. Hunderte von verächtlichen Blicken richteten sich auf sie, als sie nach ihrer Aussage ziemlich weit von Katerina Iwanowna entfernt im Saal Platz nahm. Die ganze Zeit, während sie befragt wurde, hatte Mitja stumm und wie versteinert dagesessen und auf den Boden gestarrt.

Nun erschien als Zeuge Iwan Fjodorowitsch.

5. Die plötzliche Katastrophe

Er sollte eigentlich schon vor Aljoscha aufgerufen werden. Aber der Gerichtsinspektor hatte dem Präsidenten gemeldet, der Zeuge könne infolge eines plötzlichen Anfalls von Unwohlsein im Augenblick nicht erscheinen; sobald er sich erholt habe, werde er seine Aussagen machen, wann es dem Gericht beliebe. Das hatte merkwürdigerweise niemand gehört, und man erfuhr es erst später. Sein Erscheinen wurde im ersten Moment kaum bemerkt; die Hauptzeugen, besonders die beiden Nebenbuhlerinnen, waren schon vernommen worden, und die Neugier war vorläufig befriedigt. Beim Publikum machte sich sogar eine gewisse Ermüdung bemerkbar. Es waren noch einige Zeugen anzuhören, die in Anbetracht dessen, was bereits bekannt war, wahrscheinlich nichts Besonderes mehr mitteilen konnten, und die Zeit war schon stark vorgerückt. Iwan Fjodorowitsch trat mit einer seltsamen Langsamkeit näher, ohne jemanden anzusehen; er hielt sogar den Kopf gesenkt, als sei er in finsterem Nachdenken über etwas begriffen. Gekleidet war er tadellos, doch sein Gesicht machte einen kranken Eindruck, wenigstens auf mich; es war, als ob ihm schon der Tod sein Zeichen aufgedrückt hätte: Es erinnerte an das Gesicht eines Sterbenden. Seine Augen waren trübe; als er sie aufhob und langsam durch den Saal wandern ließ, sprang Aljoscha plötzlich laut stöhnend von seinem Stuhl auf. Auch dies bemerkte so gut wie niemand, aber ich erinnere mich daran.

Der Präsident begann mit dem Hinweis darauf, daß er ein unvereidigter Zeuge sei. Er könne also aussagen oder schweigen, doch müsse er in allem, was er aussage, natürlich gewissenhaft bei der Wahrheit bleiben, und so weiter und so fort. Iwan Fjodorowitsch hörte zu und sah ihn mit trübem Blick an. Auf einmal verzog sich sein Gesicht langsam zu einem Lächeln, und kaum hatte der Präsident aufgehört zu reden, als er plötzlich loslachte.

»Nun, und was noch?« fragte er laut.

Alles im Saal wurde still, man schien etwas zu ahnen. Der Präsident wurde unruhig.

»Sie ... Sie sind vielleicht noch nicht ganz gesund?« sagte er und suchte mit den Augen nach dem Gerichtsinspektor.

»Beunruhigen Sie sich nicht, Exzellenz. Ich bin hinreichend gesund und kann Ihnen etwas Interessantes erzählen«, antwortete Iwan Fjodorowitsch auf einmal ganz ruhig und respektvoll.

»Haben Sie uns irgendeine besondere Mitteilung zu machen?« fuhr der Präsident, noch immer mißtrauisch, fort.

Iwan ließ den Kopf sinken, zögerte einige Sekunden und antwortete dann, indem er den Kopf wieder hob, stockend und stotternd: »Nein, das nicht ... Ich habe nichts Besonderes.«

Man legte ihm Fragen vor. Er antwortete offensichtlich ungern, absichtlich kurz, mit einem gewissen Widerwillen, der mehr und mehr wuchs, obwohl seine Antworten doch vernünftig klangen. Auf viele Fragen erwiderte er, er wisse nichts davon. Von den Abrechnungen des Vaters mit Dmitri Fjodorowitsch wußte er nichts. »Ich habe mich darum nicht gekümmert«, sagte er. Drohungen, den Vater totzuschlagen, hatte er von dem Angeklagten gehört. Von dem Geld in dem Kuvert hatte er durch Smerdjakow erfahren ...

»Immer ein und dasselbe«, unterbrach er sich plötzlich mit müde aussehender Miene. »Ich kann dem Gericht nichts Besonderes mitteilen.«

»Ich sehe, daß Sie sich nicht wohl fühlen, und verstehe ihre Gefühle ...«, sagte der Präsident und wandte sich dann mit der Aufforderung an den Staatsanwalt und den Verteidiger, dem Zeugen Fragen vorzulegen, wenn sie es für nötig hielten. Plötzlich bat Iwan Fjodorowitsch mit ganz erschöpfter Stimme: »Entlassen Sie mich, Exzellenz. Ich fühle mich sehr unwohl.«

Nach diesen Worten drehte er sich um, ohne eine Erlaubnis abzuwarten, und schickte sich an, den Saal zu verlassen. Doch als er vier Schritte gegangen war, blieb er stehen, als hätte er sich plötzlich etwas überlegt, lächelte leise und kehrte wieder auf seinen Platz zurück.

»Exzellenz, ich bin wie das bewußte Bauernmädchen ... Sie kennen wohl die Geschichte ... Man hält ihr das Brautkleid hin, damit sie es anzieht und zur Trauung fährt, sie aber sagt: ›Wenn ich will, ziehe ich es nicht an.‹ Das ist wohl ein besonderer Zug unseres Volkscharakters …«

»Was wollen Sie damit sagen?« fragte der Präsident streng.

»Sehen Sie«, sagte Iwan Fjodorowitsch und zog ein Päckchen Banknoten hervor. »Hier ist das Geld … Dasselbe Geld, das in jenem Kuvert da steckte …« Er deutete mit dem Kopf nach dem Tisch mit den Beweisstücken. »Das Geld, dessentwegen mein Vater ermordet worden ist. Wohin soll ich es legen? Herr Gerichtsinspektor, übergeben Sie es!«

Der Gerichtsinspektor nahm das Päckchen in Empfang und übergab es dem Präsidenten.

»Auf welche Weise ist dieses Geld in Ihre Hände gelangt – wenn es wirklich dasselbe Geld ist?« fragte der Präsident erstaunt.

»Ich habe es von Smerdjakow erhalten, von dem Mörder, gestern … Ich war bei ihm, bevor er sich erhängte. Er ist es gewesen, der meinen Vater ermordet hat, nicht mein Bruder. Er hat ihn ermordet, und ich habe ihn zu dem Mord angestiftet … Wer wünscht nicht den Tod seines Vaters? …«

»Sind Sie bei Verstand oder nicht?« entfuhr es dem Präsidenten unwillkürlich.

»Das ist es ja eben, daß ich bei Verstand bin … und zwar bei hundsgemeinem Verstand, genauso einem, wie Sie ihn haben und alle diese Menschen mit den ekligen Fratzen!« Bei den letzten Worten wandte er sich auf einmal ans Publikum. »Da haben sie nun ihren Vater getötet, stellen sich aber, als ob sie darüber entsetzt wären«, rief er mit zorniger Verachtung. »Sie spielen voreinander Komödie. Die Lügner! Alle wünschen den Tod ihres Vaters. Ein Reptil frißt das andere auf … Wenn es keinen Vatermord gäbe, würden sie alle in Zorn geraten und ärgerlich auseinandergehen … Ist das ein Schauspiel! ›Brot und Spiele!‹ Übrigens bin ich ja auch ein netter Kerl! Wenn Sie hier Wasser haben, geben Sie mir um Christi willen etwas zu trinken!« Er faßte sich an den Kopf.

Der Gerichtsinspektor trat sofort zu ihm. Aljoscha sprang plötzlich auf und rief: »Er ist krank, glauben Sie ihm nicht! Er hat Nervenfieber!« Katerina Iwanowna hatte sich hastig von ihrem Stuhl erhoben und blickte Iwan Fjodorowitsch starr vor Schreck an. Auch Mitja war aufgestanden, sah seinen Bruder mit einem verzerrten Lächeln an und hörte gespannt zu, was er sagte.

»Beruhigen Sie sich. Ich bin nicht verrückt, ich bin nur ein Mörder!« begann Iwan von neuem. »Von einem Mörder kann man keine kunstvolle Ausdrucksweise verlangen …«, fügte er hinzu und lächelte mit schiefem Mund.

Der Staatsanwalt beugte sich sichtlich erregt zu dem Präsidenten hinüber. Die Mitglieder des Gerichtes flüsterten geschäftig untereinander. Fetjukowitsch hatte die Ohren gespitzt und horchte auf jedes Wort des Zeugen. Im Saal herrschte erwartungsvolle Totenstille. Der Präsident schien seine Fassung auf einmal wiedergewonnen zu haben.

»Zeuge, Ihre Worte sind unverständlich und in dieser Form nicht statthaft. Beruhigen Sie sich, wenn Sie es können, und erzählen Sie, sofern Sie wirklich etwas mitzuteilen haben. Wodurch können Sie dieses Geständnis glaubhaft machen … Wenn Sie nicht überhaupt im Fieber reden?«

»Das ist es ja eben, daß ich keine Zeugen habe. Der Hund Smerdjakow wird Ihnen aus dem Jenseits kaum eine Aussage schicken – in einem Kuvert. Sie wollen immer Kuverts haben, aber eins reicht ja wohl … Ich habe keine Zeugen … Außer … Höchstens einen«, fügte er nachdenklich lächelnd hinzu.

»Wer ist dieser Zeuge?«

»Er hat einen Schwanz, Exzellenz. Sein Äußeres ist nicht sehr salonfähig! Le diable n'existe point!* Beachten Sie ihn nicht weiter, er ist ein jämmerlicher, unbedeutender Teufel«, fügte er gewissermaßen vertraulich hinzu und hörte auf zu lachen. »Er ist sicher hier irgendwie anwesend, vielleicht da unter dem Tisch mit den Beweisstücken, wo anders sollte er denn auch sitzen? Sehen Sie, ich habe zu ihm gesagt: ›Ich will nicht schweigen!‹ Aber er redet von der geologischen

* frz. Der Teufel existiert nicht!

Umwälzung … Dummheiten! Na, dann lassen Sie den Unmenschen frei … Er hat eine Hymne angestimmt, das hat er deswegen getan, weil ihm leicht ums Herz ist! Es ist ganz egal, daß die betrunkene Kanaille grölt: ›Ach, mein Wanka ging nach Piter …‹ Ich würde für zwei Sekunden Freude eine Quadrillion Quadrillionen hingeben … Sie kennen mich nicht! Oh, wie dumm das alles bei Ihnen ist! Na, nehmen Sie mich doch fest an seiner Stelle! Ich muß doch zu irgendeinem Zweck hier hergekommen sein … Warum ist bloß alles, was es gibt, so dumm?«

Er sah sich wieder langsam und offenbar nachdenklich im Saal um. Alles war in Aufregung geraten. Aljoscha wollte zu ihm stürzen, doch der Gerichtsinspektor hatte Iwan Fjodorowitsch schon am Arm gefaßt.

»Was soll denn das wieder bedeuten?« schrie dieser, packte ihn plötzlich bei den Schultern und schlug ihn wütend zu Boden.

Schon eilte die Wache herbei und ergriff ihn; er stieß ein wütendes Gebrüll aus. Und die ganze Zeit, während er hinausgetragen wurde, brüllte und schrie er unzusammenhängende Worte.

Ein wildes Durcheinander trat ein. Ich erinnere mich nicht an alles der Reihe nach; ich war selbst aufgeregt und nicht imstande, alle Vorgänge zu verfolgen. Ich weiß nur, daß der Gerichtsinspektor später, als sich schon alles beruhigt hatte und alle wußten, worum es sich handelte, einen Verweis erhielt, obgleich er seinem Vorgesetzten mit triftiger Begründung seine Schuldlosigkeit darlegte: Der Zeuge sei die ganze Zeit gesund gewesen, der Arzt habe zwar seinen leichten Schwindelanfall vor einer Stunde gesehen, doch habe er bis zum Eintritt in den Saal ganz vernünftig gesprochen, so daß nichts Ungehöriges vorherzusehen war – im Gegenteil, er selbst habe unter allen Umständen seine Aussage machen wollen und darauf bestanden. Bevor man sich auch nur einigermaßen beruhigt hatte, spielte sich gleich nach dieser Szene noch eine andere ab: Katerina Iwanowna bekam einen hysterischen Anfall. Sie kreischte und schluchzte laut, wollte aber nicht hinausgehen, sie riß sich von allen los, die sich um sie bemühten, und schrie auf einmal dem Präsidenten zu: »Ich muß noch eine Mitteilung machen, sofort! Hier ist ein Schriftstück, ein Brief … Nehmen Sie ihn, lesen Sie ihn, schnell! Es ist ein Brief von diesem Unmenschen hier!« Sie zeigte auf Mitja. »Er, er hat seinen Vater ermordet, Sie werden es gleich sehen! Er schreibt mir, wie er seinen Vater ermorden will … Der andere ist krank, er hat Nervenfieber! Ich habe schon seit drei Tagen gesehen, daß er Nervenfieber hat!«

So schrie sie ganz außer sich. Der Gerichtsinspektor nahm das Schriftstück, das sie dem Präsidenten hinhielt. Sie sank auf ihren Stuhl, bedeckte das Gesicht mit den Händen und begann krampfhaft und lautlos zu schluchzen; ihr ganzer Körper wurde erschüttert, sie unterdrückte jedoch auch das leiseste Stöhnen aus Furcht, daß man sie aus dem Saal entfernen könnte. Das Schriftstück, das sie übergeben hatte, war Mitjas Brief aus dem Restaurant »Zur Residenz«, den Iwan Fjodorowitsch ein Dokument von mathematischer Beweiskraft genannt hatte. Leider erkannte man ihm diese mathematische Beweiskraft dann auch zu; hätte es diesen Brief nicht gegeben, wäre Mitja vielleicht nicht zugrunde gegangen – oder wenigstens nicht auf so furchtbare Weise! Ich wiederhole, es war schwer, die Einzelheiten zu verfolgen. Auch jetzt in der Erinnerung erscheint mir alles als ein schrecklicher Wirrwarr. Höchstwahrscheinlich gab der Präsident das neue Beweisstück sogleich dem Gerichtshof, dem Staatsanwalt, dem Verteidiger und den Geschworenen zur Kenntnis.

Ich erinnere mich nur, wie man die Zeugin zu befragen begann. Auf die in mildem Ton gestellte Frage des Präsidenten, ob sie sich beruhigt habe, antwortete Katerina Iwanowna eifrig: »Ich bin bereit, ich bin bereit! Ich bin vollständig imstande, Ihnen zu antworten«, fügte sie hinzu; sie fürchtete offenbar noch immer, man würde sie aus irgendwelchen Gründen nicht anhören.

Man ersuchte sie, eingehender zu erläutern, was das für ein Brief sei und unter welchen Umständen sie ihn empfangen habe.

»Ich erhielt ihn einen Tag vor dem Verbrechen. Im Restaurant hat er ihn aber noch einen Tag früher geschrieben, also zwei Tage vor dem Verbrechen – sehen Sie, hier, auf einer Rechnung!« rief sie, mühsam atmend. »Er haßte mich damals, weil er selbst gemein handelte und dieser Kreatur nachlief … Und dann auch noch, weil er mir diese dreitausend Rubel schuldete … Oh, diese dreitausend Rubel waren ihm peinlich, weil sich damit der Gedanke an sein unwürdiges Benehmen verband. Mit diesen dreitausend Rubeln verhielt es sich so – ich bitte Sie, ich flehe Sie an, mich anzuhören! Vier Wochen, bevor er seinen Vater ermordete, kam er eines Morgens zu mir. Ich wußte, daß er Geld brauchte, und wußte auch, wozu – nämlich um diese Kreatur zu gewinnen und sie mit sich zu nehmen. Ich wußte damals schon, daß er mir untreu geworden war und sich von mir losmachen wollte, und ich selbst bot ihm damals dieses Geld an, angeblich, damit er es meiner Schwester nach Moskau schickte – ich sah ihm ins Gesicht und sagte, er könne es abschicken, wann er wolle, meinetwegen erst in einem Monat. Nun, wie hätte er nicht begreifen sollen, daß ich ihm damit geradezu ins Gesicht sagte: ›Du brauchst Geld, um mich mit deiner Kreatur zu betrügen – bitte, da hast du Geld! Ich selbst gebe es dir. Nimm es, wenn du so ehrlos bist, das fertigzubringen!‹ Ich wollte ihn überführen, und was geschah? Er nahm das Geld, nahm es mit und vergeudete es mit dieser Kreatur in einer einzigen Nacht … Aber er hatte gemerkt, daß ich alles durchschaute. Ich versichere Ihnen, er hatte auch gemerkt, daß ich ihn durch die Überreichung des Geldes nur auf die Probe stellen wollte, ob er so ehrlos sein würde, es von mir anzunehmen oder nicht. Ich hatte ihm in die Augen gesehen und er mir, und er hatte alles begriffen – und er nahm mein Geld trotzdem!«

»Das ist die Wahrheit, Katja!« rief Mitja plötzlich. »Ich sah dir in die Augen, begriff, daß du mich entehrst, und nahm dein Geld dennoch! Verachtet mich Schuft, verachtet mich alle, ich habe es verdient!«

»Angeklagter!« rief der Präsident. »Noch ein Wort, und ich lasse Sie hinausbringen.«

»Dieses Geld quälte ihn«, fuhr Katja in krampfhafter Eile fort, »er wollte es mir zurückgeben, das ist wahr. Aber er brauchte eben auch Geld für diese Kreatur. Und daher hat er seinen Vater ermordet. Das Geld hat er mir aber trotzdem nicht zurückgegeben, sondern ist mit ihr in jenes Dorf gefahren, wo er festgenommen wurde. Da hat er das Geld wieder verjubelt, das er seinem Vater gestohlen hatte. Und zwei Tage bevor er seinen Vater ermordete, schrieb er mir diesen Brief. Er schrieb ihn in der Trunkenheit, das sah ich gleich, er schrieb ihn aus Wut, und er wußte bestimmt, daß ich diesen Brief niemandem zeigen würde, selbst wenn er den Mord beging. Sonst hätte er ihn nicht geschrieben! Er wußte, daß ich nicht den Wunsch hatte, mich an ihm zu rächen und ihn zugrunde zu richten … Lesen Sie den Brief, lesen Sie ihn aufmerksam, bitte, und Sie werden sehen, daß er alles im voraus beschrieben hat: wie er den Vater ermorden wollte und wo dieser das Geld liegen hatte. Sehen Sie bitte, da ist ein Satz: ›Ich werde ihn totschlagen, sobald Iwan abgereist ist.‹ Also hatte er schon im voraus überlegt, wie er den Mord begehen würde«, sagte Katerina Iwanowna schadenfroh und boshaft, um dem Gericht das Verständnis zu erleichtern. Oh, es war klar, daß sie sich bis in alle Einzelheiten in diesen verhängnisvollen Brief hineingelesen und jeden kleinen Zug in ihm studiert hatte. »Wäre er nicht betrunken gewesen, hätte er mir den Brief nicht geschrieben. Sehen Sie nur, da ist alles im voraus geschildert, ganz genau, so wie er den Mord nachher ausgeführt hat, das ganze Programm!«

So rief sie ganz außer sich; offenbar kümmerte es sie jetzt gar nicht mehr, welche Folgen das für sie haben konnte, obgleich sie diese wohl schon vor einem Monat vorhergesehen hatte, denn schon damals hatte sie überlegt, ob sie den Brief vor Gericht vorlesen solle. Ich erinnere mich, daß der Brief sofort vom Sekretär laut verlesen wurde und einen erschütternden Eindruck machte. Man wandte sich an Mitja mit der Frage, ob er diesen Brief anerkenne.

»Ja, er stammt von mit, er stammt von mir!« rief Mitja. »Wäre ich nicht betrunken gewesen, hätte ich ihn nicht geschrieben … Wir haben uns aus vielen Gründen gehaßt, Katja, doch das eine schwöre ich dir: Ich habe dich geliebt, auch wenn ich dich haßte – aber du mich nicht!«

Er fiel auf seinen Platz zurück und rang verzweifelt die Hände. Der Staatsanwalt und der Verteidiger veranstalteten mit Katerina

Iwanowna ein Kreuzverhör, besonders in dieser Richtung: »Was hat Sie vorhin veranlaßt, dieses Beweisstück zu verheimlichen und in ganz anderem Sinn auszusagen?«

»Ja, ich habe vorhin gelogen, gegen Ehre und Gewissen, aber ich wollte ihn retten, weil er mich so haßte und so verachtete!« rief Katja wie außer sich. »Oh, er hat mich immer verachtet, wissen Sie, von dem Augenblick an, als ich ihm seinerzeit zum Dank für dieses Geld zu Füßen fiel. Ich habe das eingesehen … Ich fühlte es damals gleich, doch lange Zeit wollte ich mir selbst nicht glauben. Wie oft habe ich in seinen Augen gelesen: ›Du bist doch damals selbst zu mir gekommen!‹ Oh, er begriff ganz und gar nicht, warum ich zu ihm gelaufen war, er sucht hinter allem nur Gemeinheiten! Er mißt alles nach sich selbst, er denkt, alle Menschen sind von derselben Art wie er! Und heiraten wollte er mich nur deshalb, weil ich eine Erbschaft gemacht hatte. Ich habe immer den Verdacht gehabt, daß er es nur deshalb wollte! Oh, dieses Tier! Er war überzeugt, daß ich mein Leben lang vor ihm zittern würde, aus Scham darüber, daß ich damals zu ihm gekommen war. Und er meinte, er könnte mich deswegen für immer verachten und beherrschen – das ist der Grund, weswegen er mich heiraten wollte! So ist das alles! Ich versuchte, ihn durch meine Liebe zu besiegen, durch meine grenzenlose Liebe, sogar seine Untreue wollte ich ertragen, aber er begriff das gar nicht. Und kann er denn überhaupt etwas begreifen? Er ist ja ein Unmensch! Diesen Brief erhielt ich erst am anderen Tag abends, er wurde mir aus dem Restaurant gebracht – und noch am Morgen dieses Tages hatte ich ihm alles verzeihen wollen, alles, sogar seine Untreue!«

Natürlich versuchten der Präsident und der Staatsanwalt sie zu beruhigen. Ich bin überzeugt, daß sie sich vielleicht selber schämten, die maßlose Aufregung der Zeugin auszunutzen und solche Bekenntnisse anzuhören. Ich erinnere mich gehört zu haben, wie sie zu ihr sagten: »Wir verstehen, wie peinlich Ihnen das ist. Glauben Sie, wir sind imstande das nachzufühlen«, und so weiter und so fort. Trotzdem holten sie aus dieser Frau, die in ihrem hysterischen Anfall wie von Sinnen war, noch weitere Aussagen heraus. Mit außerordentlicher Klarheit, die, wenn auch nur für kurze Zeit, in Momenten solcher hochgradigen geistigen Anspannung häufig auftritt, schilderte sie, wie Iwan Fjodorowitsch in diesen zwei Monaten vor lauter Nachdenken, auf welche Weise er seinen Bruder, »diesen Unmenschen und Mörder«, retten könnte, fast den Verstand verloren habe.

»Er quälte sich!« rief sie. »Immer wollte er die Schuld seines Bruders geringer erscheinen lassen; indem er mir gestand, daß auch er seinen Vater nicht geliebt und vielleicht sogar dessen Tod gewünscht habe. Oh, er hat ein empfindsames Gewissen! Er quälte sich mit seinem Gewissen! Er hat mir alles gestanden, alles! Er kam alle Tage zu mir und sprach mit mir wie mit seinem einzigen Freund. Ich habe die Ehre, sein einziger Freund zu sein!« rief sie plötzlich herausfordernd, und ihre Augen blitzten. »Er ist zweimal zu Smerdjakow gegangen. Das eine Mal kam er danach zu mir und sagte: ›Wenn nicht mein Bruder, sondern Smerdjakow den Mord begangen hat, dann bin ich vielleicht auch schuldig, weil Smerdjakow wußte, daß ich meinen Vater nicht liebte, und möglicherweise glaubte, daß ich seinen Tod wünschte.‹ Damals zeigte ich ihm diesen Brief, und er kam vollständig zu der Überzeugung, daß sein Bruder den Mord begangen hatte – und das warf ihn ganz zu Boden. Er konnte nicht ertragen, daß sein Bruder ein Vatermörder war! Schon nach einer Woche sah ich, daß ihn das krank gemacht hatte. In den letzten Tagen redete er irre, wenn er bei mir saß. Ich sah, daß sich eine Geistesstörung herausbildete. Er phantasierte im Gehen; in diesem Zustand haben ihn viele auf der Straße gesehen. Der auswärtige Arzt untersuchte ihn vorgestern auf meine Bitte und sagte mir, er stehe dicht vor dem Ausbruch eines Nervenfiebers – und an allem ist der da schuld, dieser Unmensch! Gestern erfuhr Iwan nun, daß Smerdjakow tot ist, und das hat ihn so erschüttert, daß er den Verstand verloren hat … Und an allem ist dieser Unmensch schuld! Alles ist so gekommen, weil er diesen Unmenschen retten wollte!«

Oh, so reden und solche Geständnisse machen, das kann man wohl nur ein einziges Mal im Leben, etwa in der Todesstunde, wenn man das Schafott besteigt. Für Katja war ein solcher Augenblick gekommen, und sie handelte ihrem Charakter gemäß. Das war dieselbe ungestüme Katja, die damals zu dem jungen Lebemann geeilt war, um ihren Vater zu retten; dieselbe Katja, die sich kurz vorher vor diesem Publikum stolz und keusch geopfert hatte, indem sie von »Mitjas edler Tat« erzählte, um das Schicksal, das ihn erwartete, wenigstens etwas zu mildern. Und jetzt brachte sie sich ebenso zum Opfer, nunmehr für einen anderen – und vielleicht hatte sie erst in diesem Augenblick zum erstenmal mit vollem Bewußtsein empfunden, wie teuer ihr dieser andere Mensch war! In Angst um ihn opferte sie sich auf, da sie plötzlich glaubte, er habe sich durch seine Aussage, er und nicht sein Bruder habe den Mord begangen, zugrunde gerichtet; sie opferte sich auf, um ihn, seine geachtete Stellung, seinen guten Ruf zu retten! Und dennoch ging ihr ein furchtbarer Gedanke durch den Kopf: Hatte sie auch nicht etwas Unwahres über Mitja gesagt, als sie ihre früheren Beziehungen zu ihm geschildert hatte – das war die Frage. Nein, nein, sie hatte ihn nicht absichtlich verleumdet, wenn sie geäußert hatte, Mitja habe sie wegen ihrer tiefen Verbeugung verachtet! Sie hielt das selbst für wahr; sie war vielleicht schon seit jeher fest davon überzeugt, daß Mitja, dieser offenherzige Mensch, der sie damals noch vergötterte, sich über sie lustig machte und sie verachtete. Und nur aus verletztem Stolz hatte sie sich damals mit ihrer krampfhaft überspannten Liebe an ihn gehängt, und diese Liebe hatte mehr Ähnlichkeit mit Rachsucht gehabt als mit Liebe. Oh, vielleicht hätte sich diese überspannte Liebe in wahre Liebe verwandelt, vielleicht wünschte Katja weiter nichts als dies; doch Mitja kränkte sie durch seine Untreue in tiefster Seele, und ihre Seele verzieh ihm das nicht. Der Augenblick der Rache kam ihr ganz unerwartet, und alles, was sich so lange und schmerzhaft in der Brust der gekränkten Frau angesammelt hatte, brach sich nun mit einemmal und wiederum unerwartet nach außen Bahn. Sie beging einen Verrat an Mitja, zugleich aber auch an sich selbst! Und kaum hatte sie sich ausgesprochen, löste sich die krampfhafte Spannung, und die Scham überwältigte sie. Es folgte wieder ein hysterischer Anfall; sie fiel schluchzend und kreischend hin. Man trug sie hinaus. In dem Moment, als sie hinausgetragen wurde, stürzte Gruschenka von ihrem Platz so schnell zu Mitja, daß man sie nicht mehr zurückhalten konnte.

»Mitja!« schrie sie. »Sie hat dich zugrunde gerichtet, deine Schlange! Jetzt hat sie Ihnen ihre wahre Natur gezeigt!« rief sie zornbebend dem Gerichtshof zu.

Auf einen Wink des Präsidenten wurde sie ergriffen; man versuchte, sie aus dem Saal zu bringen. Aber sie sträubte sich, schlug um sich und wollte sich losreißen, um zu Mitja zurückzukehren.

Mitja schrie auf und wollte ebenfalls zu ihr stürzen. Er wurde überwältigt ...

Ja, ich glaube, unsere schaulustigen Damen konnten befriedigt sein: Es war ein reichhaltiges Schauspiel. Dann erschien, wenn ich mich recht erinnere, der Arzt aus Moskau. Der Präsident hatte wohl schon vorher den Gerichtsinspektor beauftragt, dafür zu sorgen, daß Iwan Fjodorowitsch ärztliche Hilfe zuteil wurde. Der Arzt berichtete dem Gerichtshof, daß der Kranke einen höchst gefährlichen Anfall von Nervenfieber erlitten habe und unverzüglich fortgeschafft werden müsse. Auf die Fragen des Staatsanwalts und des Verteidigers bestätigte er, daß der Patient vor zwei Tagen selbst zu ihm gekommen war und er ihm schon damals den baldigen Ausbruch eines solchen Fiebers vorhergesagt habe; allerdings habe sich der Patient nicht in ärztliche Behandlung geben wollen. »Er war keinesfalls in gesunder Geistesverfassung. Er gestand mir, daß er in wachem Zustand Visionen habe, auf der Straße allerlei toten Personen begegne und daß ihn allabendlich der Satan besuche!« schloß der berühmte Arzt und entfernte sich. Der Brief, den Katerina Iwanowna vorgelegt hatte, wurde den Beweisstücken hinzugefügt. Nach einer Beratung beschloß der Gerichtshof, in der Verhandlung fortzufahren, und die beiden unerwarteten Aussagen, das heißt die Angaben Katerina Iwanownas und Iwan Fjodorowitschs, zu Protokoll zu nehmen.

Ich werde die weitere Gerichtsverhandlung nun nicht mehr schildern. Waren doch die Aussagen der übrigen Zeugen nur eine Wiederholung und Bestätigung der früheren, obgleich jede von ihnen ihre charakteristischen Besonderheiten hatte. In der Rede des Staatsanwalts, zu der ich jetzt übergehe, wird ohnehin nochmals alles unter einem einheitlichen Gesichtspunkt zusammengefaßt. Alle waren in Erregung, alle waren durch die letzten Ereignisse wie elektrisiert und warteten mit brennender Ungeduld auf eine baldige Lösung, das heißt auf die Reden der Parteien und das Urteil. Fetjukowitsch war über Katerina Iwanownas Aussagen offenbar sehr betroffen, während der Staatsanwalt triumphierte. Als die gerichtliche Untersuchung beendet war, wurde die Sitzung unterbrochen; die Pause dauerte fast eine Stunde. Endlich verkündete der Präsident den Beginn der Plädoyers. Ich glaube, es war genau acht Uhr abends, als unser Staatsanwalt Ippolit Kirillowitsch seine Anklagerede begann.

6. Die Rede des Staatsanwalts: Personencharakteristik

Ippolit Kirillowitsch begann seine Anklagerede in mißlichem physischem Zustand: Seine Glieder wurden von einem nervösen Zittern geschüttelt, ein kalter, krankhafter Schweiß bedeckte seine Stirn und seine Schläfen, und er fühlte, wie ihm Frostschauer und Hitze abwechselnd über den Körper liefen. Das hat er selber später erzählt. Er hielt diese Rede für sein chef d'œuvre,* für das chef d'œuvre seines ganzen Lebens, und er hätte sie auch für sein Schwanenlied halten können. Denn wirklich starb er neun Monate danach an schwerer Schwindsucht, so daß er tatsächlich das Recht gehabt hätte, sich mit einem Schwan zu vergleichen, der sein letztes Lied singt – wenn er sein Ende vorausgeahnt hätte. In diese Rede legte er sein ganzes Herz und alles, was er an Verstand besaß, und er bewies ganz unerwartet, daß in ihm auch soziales Empfinden und Interesse für die »verdammten« modernen Fragen steckte, soweit unser armer Ippolit Kirillowitsch sie zu fassen vermochte. Vor allem wirkte seine Rede durch ihre Aufrichtigkeit. Er glaubte aufrichtig an die Schuld des

* frz. Hauptwerk.

Angeklagten und klagte ihn nicht im Auftrag, nicht allein in Erfüllung seiner Amtspflicht an. Und wenn er zur »Sühne des Verbrechens« aufrief, so glühte er wirklich von dem heißen Verlangen, »die Gesellschaft zu retten«. Sogar unser Damenpublikum, das dem guten Ippolit Kirillowitsch eigentlich feindselig gesinnt war, gab zu, von der Rede ganz außerordentlich beeindruckt gewesen zu sein. Er begann mit unsicherer, häufig stockender Stimme, dann gewann seine Stimme jedoch sehr bald Kraft und tönte durch den ganzen Saal, und so blieb es bis zum Ende der Rede. Aber als er sie dann beendet hatte, wäre er fast in Ohnmacht gefallen.

»Meine Herren Geschworenen«, begann der Ankläger, »von dem hier anliegenden Prozeß ist ein Donnergrollen durch ganz Rußland ausgegangen. Aber man möchte fragen: Was haben wir für Anlaß zu staunen, was haben wir für Anlaß, so besonders entsetzt zu sein? Gerade wir, wir besonders? Sind wir doch schon so gewöhnt an alles! Gerade das ist das Entsetzliche, daß solche schrecklichen Taten beinahe aufgehört haben, für uns entsetzlich zu sein! Das ist es, worüber wir entsetzt sein müssen: Über unsere Gewöhnung, und nicht über eine einzelne Missetat des einen oder anderen Individuums. Wo aber liegen die Ursachen unserer Gleichgültigkeit, unseres lauen Verhaltens gegenüber solchen Taten, gegenüber solchen Zeichen der Zeit, die uns eine nicht beneidenswerte Zukunft prophezeien? In unserem Zynismus, in der frühzeitigen Erschöpfung des Verstandes und der Phantasie unserer noch jungen, aber vorzeitig hinfällig gewordenen Gesellschaft? In der Erschütterung der Fundamente unserer sittlichen Grundsätze oder gar darin, daß wir solche sittlichen Grundsätze vielleicht überhaupt nicht haben? Ich will diese Fragen nicht beantworten; aber trotzdem sind sie qualvoll, und jeder Bürger muß sie sich mit Schmerz stellen, ja, er ist dazu sogar verpflichtet! Unsere in den Anfängen steckende, noch schüchterne Presse hat dennoch der Gesellschaft schon anerkennenswerte Dienste geleistet; denn ohne sie hätten wir niemals einigermaßen vollständige Kenntnis von jenen entsetzlichen Taten eines zügellosen Willens und einer moralischen Verkommenheit erlangt, die sie ununterbrochen in ihren Spalten allen mitteilt, nicht nur denjenigen, die die Säle des neuen öffentlichen Gerichtswesens besuchen, das uns von der jetzigen kaiserlichen Regierung geschenkt worden ist. Und was lesen wir fast täglich? Oh, fortwährend lesen wir von solchen Dingen, vor denen sogar der uns beschäftigende Fall verblaßt und beinahe als etwas Gewöhnliches erscheint. Aber das allerwichtigste ist, daß eine Menge unserer russischen Kriminalfälle eben von einem allgemeinen Zustand zeugt, von einem gemeinsamen Übel, das bei uns heimisch geworden und wegen seiner weiten Verbreitung nur schwer zu bekämpfen ist. Da ist ein junger, glänzender Offizier, der den höchsten Gesellschaftskreisen angehört und sein Leben und seine Laufbahn eben erst beginnt: Auf gemeine Weise ermordet er heimlich ohne alle Gewissensbisse einen kleinen Beamten, der in gewisser Hinsicht sein Wohltäter gewesen ist, sowie dessen Dienstmagd, um seinen Schuldschein und zugleich auch das übrige bißchen Geld des Beamten zu stehlen! Das werde ich für meine Vergnügungen als Lebemann und für meine künftige Karriere gut gebrauchen können, sagt er sich. Nachdem er die beiden ermordet und den Leichen Kissen unter die Köpfe gelegt hat, geht er davon ... Da bringt ein junger Held, der mit Orden für bewiesene Tapferkeit dekoriert worden ist, in Räubermanier auf der Landstraße die Mutter seines Vorgesetzten und Wohltäters um und versichert zuvor, als er seine Kameraden zur Teilnahme an dem Verbrechen auffordert, sie liebe ihn wie ihren Sohn und befolge daher alle seine Ratschläge und werde keine Vorsichtsmaßregeln treffen. Mag man ihn einen Unmenschen nennen, aber ich wage jetzt, in unserer Zeit, nicht mehr zu sagen, daß er der einzige Unmensch ist. Ein anderer begeht zwar keinen Mord, denkt und fühlt aber genauso wie jener und ist innerlich genauso ehrlos wie er. Im stillen, wenn er mit seinem Gewissen allein ist, fragt er sich vielleicht: Was ist denn eigentlich Ehre? Ist die Scheu vor Blutvergießen nicht eine veraltete Anschauung? Vielleicht wird man mir widersprechen und sagen, ich sei ein kränklicher, hysterischer Mensch, ich brächte ungeheuerliche Verleumdungen vor, ich phantasierte und übertriebe. Wenn dem so wäre, o Gott, ich wäre der erste, der sich darüber freute! Oh, glauben Sie mir nicht, halten Sie mich für krank, aber vergessen Sie trotzdem nicht meine Worte! Wenn auch nur ein Zehntel, nur ein Zwanzigstel von meinen Worten Wahrheit ist, so ist ja auch das schon entsetzlich! Sehen Sie nur, meine Herren, wie sich bei uns die jungen Leute erschießen! Oh, ohne im geringsten mit Hamlet zu fragen: ›Was wird dort sein?‹ Ohne eine Spur einer solchen Frage, als wäre dieses ganze Kapitel über unsere Seele und über alles, was uns jenseits des Grabes erwartet, längst in ihrem Kopf gestrichen, begraben und mit Sand zugeschüttet ... Und werfen Sie schließlich einen Blick auf unsere Unsittlichkeit, auf unsere Wüstlinge! Fjodor Pawlowitsch, das unglückliche Opfer des vorliegenden Prozesses, ist im Vergleich mit manchen von ihnen beinahe ein unschuldiges Kind; aber wir haben ihn ja alle gekannt, er lebte unter uns ... Ja, mit der Psychologie des russischen Verbrechens werden sich vielleicht einmal die hervorragendsten Geister hier und in Westeuropa beschäftigen, denn der Gegenstand verdient das. Doch dieses Studium wird erst später erfolgen können, wenn Muße dazu vorhanden und uns die ganze tragische Absurdität des gegenwärtigen Augenblicks ferner gerückt ist, so daß man sie verständnisvoller und leidenschaftsloser wird betrachten können, als zum Beispiel Leute wie ich das vermögen. Jetzt aber entsetzen wir uns oder tun so, als ob wir uns entsetzen, während wir in Wirklichkeit als Liebhaber starker, exzentrischer Empfindungen, die uns aus unserem zynisch-trägen Müßiggang aufrütteln, das sich uns darbietende Schauspiel mit Genuß auskosten. Oder aber wir wehren wie kleine Kinder die furchtbaren Gespenster mit den Händen von uns ab und stecken den Kopf unter das Kissen, bis die schreckliche Erscheinung vorübergegangen ist, um sie dann sogleich in Heiterkeit und Spielen zu vergessen. Doch irgendwann müssen auch wir unser Leben mit nüchterner Überlegung beginnen, müssen auch wir einen Blick auf uns selbst als auf Mitglieder der Gesellschaft werfen, müssen auch wir wenigstens etwas von unserem gesellschaftlichen Leben begreifen oder wenigstens zu begreifen beginnen. Unser großer Schriftsteller Gogol personifiziert im Finale seines größten Werkes ganz Rußland in dem Bild einer mutigen russischen Troika, die einem unbekannten Ziel zujagt, und ruft aus: ›O du Troika, du beflügelte Troika, wer hat dich erfunden?‹ Und in stolzem Entzücken fügt er hinzu, daß vor dem dahinsausenden Dreigespann alle Völker respektvoll zur Seite treten. Nun gut, meine Herren, mögen sie zur Seite treten, respektvoll oder nicht; aber nach meiner bescheidenen Ansicht hat der geniale Autor diesen Schluß entweder in einem Anfall von kindlich harmlosem Optimismus geschrieben oder einfach aus Furcht vor der damaligen Zensur. Denn wenn man an seinen Wagen nur seine eigenen Helden spannte, Leute wie Sobakewitsch, Nosdrjow und Tschitschikow, so könnte man als Kutscher daraufsetzen, wen man wollte, man würde mit solchen Pferden doch nichts Vernünftiges leisten! Und das waren noch Pferde der früheren Art, die sich von den jetzigen sehr unterschieden – bei uns steht es noch weit schlimmer ...«

Hier wurde Ippolit Kirillowitschs Rede von Beifallklatschen unterbrochen. Das fortschrittliche Bild von dem russischen Dreigespann hatte gefallen. Allerdings erscholl nur ein zwei- oder dreimaliges Zusammenschlagen der Hände, so daß es der Präsident nicht einmal für nötig hielt, sich mit der Drohung, den Saal räumen zu lassen, an das Publikum zu wenden, und nur streng zu den Klatschenden hinblickte. Ippolit Kirillowitsch fühlte sich dadurch jedoch ermutigt; ihm war bisher noch niemals applaudiert worden! Da hatte man ihn so viele Jahre nicht anhören wollen, und plötzlich hatte er die Möglichkeit, zu ganz Rußland zu sprechen!

»In der Tat«, fuhr er fort, »wie ist diese Familie Karamasow beschaffen, die auf einmal so eine traurige Berühmtheit in ganz Rußland erlangt hat? Vielleicht übertreibe ich stark, aber mir scheint, in dem Bild dieser kleinen Familie sind gewisse allgemeine Grundelemente unserer modernen intelligenten Gesellschaft feststellbar – oh, nicht alle Elemente, und auch nur in mikroskopischer Gestalt wie die Sonne in einem Wassertröpfchen; trotzdem spiegelt sich da etwas wider, und es kommt da etwas zum Ausdruck. Betrachten Sie diesen unglücklichen, zügellosen, liederlichen alten Mann, diesen

›Familienvater‹, der sein Dasein in so trauriger Weise beendet hat. Von Geburt Adliger, beginnt er seine Laufbahn als ein armseliger Schmarotzer. Durch eine zufällige, unverhoffte Heirat bekommt er als Mitgift seiner Frau ein kleines Kapital in die Hände. Er zeigt sich zunächst als Betrüger im kleinen und als schmeichlerischer Possenreißer mit einem Keim geistiger, übrigens nicht gerade schwacher Fähigkeiten; vor allem betätigt er sich als Wucherer. Mit den Jahren, das heißt mit dem Anwachsen seines Kapitals, wird er mutiger. Seine Selbsterniedrigung und Gunstbuhlerei verschwinden, und übrig bleibt der spöttische, boshafte Zyniker und Wüstling. Die geistige Seite ist vollständig getilgt; dagegen erfüllt ihn eine gewaltige Gier, das Leben zu genießen. Es läuft darauf hinaus, daß nur die sinnlichen Genüsse einen Wert für ihn haben: Das lehrt er auch seine Kinder. Von irgendwelchen geistigen Vaterpflichten weiß er nichts. Er lacht über sie, läßt seine kleinen Kinder auf dem Hof hinter dem Haus aufwachsen und ist froh, daß jemand sie ihm abnimmt. Er vergißt sie sogar. Die ganze Moral des alten Mannes besteht in dem Satz: Après moi le déluge!* Er ist das reine Gegenteil dessen, was man unter einem Staatsbürger versteht, und sondert sich von der Gesellschaft völlig, ja sogar in feindlicher Weise ab: Mag die ganze Welt abbrennen, wenn es mir nur gut geht! Und es geht ihm gut, er ist vollkommen zufrieden, er möchte in dieser Art noch zwanzig, dreißig Jahre weiterleben. Er übervorteilt seinen leiblichen Sohn, und zwar um dessen eigenes Geld, die Hinterlassenschaft seiner Mutter, indem er ihm dieses Geld nicht herausgeben will. Er sucht ihm, seinem Sohn, die Geliebte abspenstig zu machen. O nein, ich will die Verteidigung des Angeklagten nicht ganz dem hochbegabten Verteidiger überlassen, der aus Petersburg hergekommen ist. Ich werde auch meinerseits die Wahrheit sagen; auch ich habe Verständnis dafür, welche Entrüstung über den Vater sich in dem Herzen des Sohnes angesammelt haben mußte. Doch genug von diesem unglücklichen alten Mann: Er hat seinen Lohn empfangen! Erinnern wir uns aber daran, daß das

* frz. Nach mir die Sintflut!

ein moderner Vater war. Tue ich der Gesellschaft Unrecht, wenn ich sage, daß er einer von vielen modernen Vätern war? Ach, die meisten Väter reden heutzutage nur nicht so zynisch wie dieser, weil sie besser erzogen und besser gebildet sind, während sie im Grunde fast dieselbe Philosophie haben wie er. Mag man mich einen Pessimisten nennen, meinetwegen! Wir sind schon übereingekommen, daß Sie mir verzeihen werden. Treffen wir im voraus folgende Verabredung: Sie brauchen mir nicht zu glauben! Ich werde reden, und Sie brauchen mir nicht zu glauben. Aber gestatten Sie dennoch, daß ich mich ausspreche; behalten Sie dennoch einiges von meinen Worten im Gedächtnis … Da haben wir nun die Söhne dieses alten Mannes, dieses Familienvaters: Einer sitzt vor uns auf der Anklagebank; von ihm werde ich in meiner ganzen Rede zu sprechen haben; von den anderen will ich nur im Vorübergehen ein Wort sagen. Von diesen anderen ist der ältere ein moderner junger Mann mit glänzender Bildung und starkem Verstand. Aber er glaubt an nichts mehr: Vieles, sehr vieles im Leben hat er negiert und von sich gewiesen, fast wie sein Vater. Wir alle haben ihn reden hören, denn er hatte in unserer Gesellschaft freundliche Aufnahme gefunden. Er machte aus seinen Anschauungen kein Hehl, ganz im Gegenteil – und das gibt mir den Mut jetzt über ihn etwas offenherziger zu reden, natürlich nicht über ihn als Privatperson, sondern über ihn als Mitglied der Familie Karamasow. Hier, am äußersten Rand der Stadt, starb gestern durch Selbstmord ein kränklicher Idiot, der zu dem vorliegenden Prozeß in naher Beziehung stand: der frühere Diener Fjodor Pawlowitschs und vielleicht sein unehelicher Sohn, Smerdjakow. Er hat mir bei der Voruntersuchung unter Tränen erzählt, wie ihn dieser junge Karamasow, Iwan Fjodorowitsch, durch die Negierung aller moralischen Schranken entsetzt hatte. ›Alles auf der Welt‹, sagte Smerdjakow, ›ist nach seiner Meinung erlaubt, und in Zukunft darf nichts mehr verboten sein, das hat er mich immer gelehrt.‹ Wie es scheint, hat der Idiot über dieser These, die ihm vorgetragen wurde, völlig den Verstand verloren, obwohl natürlich auch seine Epilepsie und die ganze furchtbare Katastrophe, die über dieses Haus hereingebrochen ist, zu seiner Geisteszerrüttung beigetragen haben dürften. Doch in den Reden dieses Idioten kam nebenbei eine sehr interessante Bemerkung vor, die sogar einem klügeren Beobachter als ihm Ehre gemacht hätte – und das ist eigentlich der Grund, warum ich von ihm spreche. ›Wenn einer der Söhne‹, sagte er zu mir, ›seinem Vater Fjodor Pawlowitsch im Charakter besonders ähnlich ist, so ist er es, Iwan Fjodorowitsch.‹ Mit dieser Bemerkung breche ich die begonnene Charakteristik ab, da ich es nicht für schicklich halte, sie weiter fortzusetzen. Oh, ich will keine weiteren Schlüsse ziehen und will nicht wie ein krächzender Unglücksrabe dem jungen Mann nur Verderben prophezeien. Wir haben ja heute hier in diesem Saal gesehen, daß die natürliche Kraft der Wahrheit noch in seinem jungen Herzen lebt, daß das Gefühl der Familienzusammengehörigkeit bei ihm nicht erstickt ist durch Unglauben und sittlichen Zynismus, wozu er mehr durch Vererbung als durch die Qual des Gedankens gelangt ist … Dann der andere Sohn. Oh, das ist noch ein Jüngling, gottesfürchtig und bescheiden: im Gegensatz zu der finsteren, zersetzenden Weltanschauung seines Bruders sucht er sich sozusagen an die ›Volkselemente‹ zu halten oder an das, was man bei uns in manchen theoretischen Winkeln unserer denkenden Intelligenz mit diesem rätselhaften Wörtchen bezeichnet. Sehen Sie, er hatte sich einem Kloster angeschlossen und wäre beinahe selbst Mönch geworden. Bei ihm ist, wie mir scheint, gewissermaßen unbewußt und schon früh jene schüchterne Verzweiflung zum Ausdruck gekommen, an der jetzt so viele in unserer armen Gesellschaft leiden. Da sie den Zynismus und die Lasterhaftigkeit der Gesellschaft fürchten und irrtümlich alles Übel auf die westeuropäische Aufklärung zurückführen, so werfen sie sich, wie sie sich ausdrücken, ›auf den heimischen Boden‹, in die Mutterarme der heimischen Erde wie Kinder, die sich vor Gespenstern fürchten; sie möchten an der vertrockneten Brust der geschwächten Mutter nur ruhig einschlafen und sogar ihr ganzes Leben verschlafen, wenn sie nur nicht diese Schrecknisse zu sehen brauchen. Persönlich wünsche ich dem braven und begabten Jüngling alles Gute. Ich wünsche ihm, daß sich seine jugendliche Schwärmerei und sein Streben nach den ›Volkselementen‹ später nicht wie so oft auf der moralischen Seite in finsteren Mystizismus und auf der sozialen Seite in stumpfen Chauvinismus verwandeln mögen – zwei Richtungen, die der Nation vielleicht noch größeres Unheil androhen als selbst die frühe Verderbnis durch die falsch verstandene, ohne eigene Anstrengung erlangte westeuropäische Aufklärung, an der sein älterer Bruder leidet.«

Wegen der Bemerkung über den Chauvinismus und den Mystizismus klatschten wieder zwei oder drei Zuhörer Beifall. Ippolit Kirillowitsch hatte sich allerdings hinreißen lassen: All das hatte nur wenig mit der anliegenden Prozeßsache zu tun, ganz zu schweigen davon, daß es ziemlich unklar herauskam; aber gar zu sehr verlangte den schwindsüchtigen, verbitterten Menschen, sich wenigstens einmal in seinem Leben auszusprechen! Bei uns hieß es später, er habe sich bei der Schilderung von Iwan Fjodorowitschs Charakter sogar von einem unfeinen Gefühl leiten lassen, denn dieser habe ihn ein- oder zweimal öffentlich bei Debatten auf den Sand gesetzt, und der nachtragende Ippolit Kirillowitsch habe sich jetzt rächen wollen. Doch ich weiß nicht, ob man so schlußfolgern durfte. Jedenfalls war das alles nur die Einleitung; die Rede ging im folgenden mehr geradeaus und blieb näher bei der Sache.

»Aber nun ist da der dritte Sohn des modernen Familienvaters«, fuhr Ippolit Kirillowitsch fort. »Er sitzt vor uns auf der Anklagebank. Vor uns liegen auch seine Taten, sein Leben und seine Werke; der Augenblick ist gekommen, wo sich alles enthüllt hat und zutage gekommen ist. Im Gegensatz zu der ›europäischen Bildung‹ und den ›Volkselementen‹ seiner Brüder repräsentiert er in seiner Person gewissermaßen das ungebrochene Rußland – oh, nicht das ganze, nicht das ganze! Gott behüte uns davor, daß es das ganze wäre! Und doch ist da unser Rußland, unser Mütterchen, man riecht und schmeckt es geradezu. Oh, wir sind ungebrochen, wir sind böse und gut in wunderlichster Mischung; wir lieben die Aufklärung und Schiller, und gleichzeitig randalieren wir in den Wirtshäusern und reißen unseren betrunkenen Zechgenossen die Bärte aus. Oh, wir sind auch manchmal gut und edel, aber nur dann, wenn es uns selbst gut geht. Wir begeistern uns sogar für die edelsten Ideale, aber nur unter der Bedingung, daß sie sich von selbst erreichen lassen, uns vom Himmel auf den Tisch fallen, und vor allen Dingen umsonst, umsonst, so daß wir ja nichts für sie zu bezahlen brauchen. Das Bezahlen lieben wir ganz und gar nicht! Dagegen lieben wir das Bekommen, und zwar auf allen Gebieten. Oh, man gebe uns alle denkbaren Güter des Lebens – es müssen unbedingt alle denkbaren sein, mit weniger geben wir uns nicht zufrieden –, und vor allem bereite man unserer Individualität keinerlei Hindernisse: Dann werden auch wir beweisen, daß wir gut und edel sein können. Wir sind nicht habgierig, nein; aber man gebe uns dennoch Geld, mehr, immer mehr, soviel wie möglich, und man wird sehen, wie großmütig, mit welcher Geringschätzung des verächtlichen Metalls wir es in einer einzigen Nacht bei einem ausschweifenden Gelage ausgeben. Gibt man uns jedoch kein Geld, dann werden wir zeigen, daß wir uns welches zu verschaffen verstehen, wenn uns ein großes Verlangen danach ankommt. Aber davon später, wir wollen die richtige Reihenfolge einhalten. Ganz zuerst sehen wir einen armen, verlassenen Knaben vor uns, ›auf dem Hof hinter dem Haus ohne Schuhchen‹, wie sich vorhin unser verehrter Mitbürger ausdrückte, der leider ausländischer Herkunft ist! Ich wiederhole noch einmal: Ich trete niemandem die Verteidigung des Angeklagten ab! Ich bin Ankläger, aber ich bin auch Verteidiger. Ja, auch wir sind Menschen, die ein Herz haben, auch wir verstehen abzuwägen, wie die ersten Eindrücke der Kindheit und des Vaterhauses auf den Charakter einwirken können. Da ist aus dem Knaben schon ein Jüngling geworden, ein junger Mann, ein Offizier; zur Strafe für tolle Streiche und für eine Herausforderung zum Duell wird er in eines der entlegensten Grenzstädtchen unseres gesegneten russischen Vaterlandes versetzt. Dort tut er seinen Dienst, dort führt er ein flottes Leben – natürlich: Ein großes Schiff braucht ein großes Fahrwasser. Wir brauchen die Mittel, vor allen Dingen die Mittel, und da kommt nach langen Streitigkeiten zwischen ihm und seinem Vater eine Einigung über eine letzte Zahlung von sechstausend Rubeln zustande, und diese Summe wird ihm übersandt. Beachten Sie bitte – er hat eine Quittung darüber ausgestellt, und es existiert ein Brief von ihm, in dem er auf alles übrige sozusagen verzichtet und erklärt, daß durch diese sechstausend Rubel sein Erbschaftsstreit mit dem Vater beendet sei. Nun erfolgt seine Begegnung mit einem jungen Mädchen von edler Gesinnung und hoher Bildung. Oh, ich wage nicht, die Einzelheiten zu wiederholen. Sie haben sie soeben gehört; da handelt es sich um Ehre, um Selbstaufopferung, und ich verstumme. Das Bild des jungen Mannes, der sich bei all seinem Leichtsinn und all seiner Lasterhaftigkeit doch vor wahrem Edelmut, vor der höchsten Idee beugt, ist vor unsere Augen getreten und hat uns einen höchst sympathischen Eindruck gemacht. Doch wenig später mußten wir in diesem selben Gerichtssaal ganz unerwartet auch die Kehrseite der Medaille erblicken. Wiederum wage ich nicht, mich auf Vermutungen einzulassen, und enthalte mich einer psychologischen Untersuchung über die Gründe dieses Vorgangs. Diese selbe Person erklärt uns unter den Tränen einer lange verheimlichten Entrüstung, daß er, er als erster, sie wegen ihres unvorsichtigen und vielleicht übereilten, aber doch edlen, hochherzigen Schrittes verachtet habe. Ausgerechnet bei ihm, dem Bräutigam dieses jungen Mädchens, ist früher als bei allen anderen jenes spöttische Lächeln aufgetaucht, das sie nur von ihm nicht ertragen konnte. Obgleich sie weiß, daß er ihr bereits untreu geworden ist (er war ihr untreu geworden in der Überzeugung, daß sie künftig alles von ihm ertragen müßte, sogar seine Untreue), obgleich sie das weiß, bietet sie ihm absichtlich dreitausend Rubel an und gibt ihm dabei deutlich, sehr deutlich zu verstehen, daß sie ihm das Geld anbietet, damit er treulos an ihr handeln kann. ›Wie ist es, wirst du es nehmen oder nicht, wirst du so zynisch sein?‹ sagt sie gleichsam zu ihm, wobei sie ihn schweigend mit forschendem, prüfendem Blick ansieht. Er sieht sie an, er versteht ihre Gedanken vollkommen – er hat ja selbst hier vor Ihren Ohren eingestanden, daß er alles begriffen hat –, eignet sich ohne Widerspruch diese dreitausend Rubel an und verjubelt sie in zwei Tagen mit seiner neuen Geliebten! Woran soll man da glauben? An die erste

Erzählung von der impulsiven Tat eines hohen Edelmuts, der die letzten Mittel zum Leben dahingibt und sich vor der Tugend verbeugt, oder an die abstoßende Kehrseite der Medaille? Gewöhnlich liegt es im Leben so, daß man bei zwei einander widersprechenden Auffassungen die Wahrheit in der Mitte suchen muß; im vorliegenden Fall trifft das jedoch nicht buchstäblich zu. Das wahrscheinlichste ist, daß er bei der ersten Handlung in aller Aufrichtigkeit edelmütig und bei der zweiten ebenso in aller Aufrichtigkeit gemein war. Warum? Nun, eben darum, weil wir eine weitherzige Natur sind, eine Karamasowsche Natur, die imstande ist, alle möglichen Widersprüche zu vereinigen und zugleich beide Unendlichkeiten zu schauen, die Unendlichkeit über uns, die erhabene Region der höchsten Ideale, und die Unendlichkeit unter uns, den Abgrund der gemeinsten, schändlichsten Verderbtheit. Erinnern Sie sich an den glänzenden Gedanken, den vorhin Herr Rakitin aussprach, ein junger Beobachter, der die ganze Familie Karamasow aus nächster Nähe gründlich kennengelernt hat: ›Die Empfindung ihrer tiefen Verderbtheit ist diesen zügellosen, ungestümen Naturen ebenso ein Bedürfnis wie die Empfindung des höchsten Edelmutes!‹ Und das ist die Wahrheit: Sie bedürfen dieser unnatürlichen Mischung ständig und ununterbrochen. Zwei Unendlichkeiten, meine Herren, in ein und demselben Augenblick – ohne das fühlen wir uns unglücklich und unbefriedigt, und unser Dasein ist nicht erfüllt. Wir haben ein weites Herz, ein weites Herz, weit wie unser Mütterchen Rußland; darin können wir alles unterbringen, und wir vertragen uns mit allem! Beiläufig, meine Herren Geschworenen, wir berührten soeben diese dreitausend Rubel, und ich erlaube mir, ein wenig vorzugreifen. Bitte, stellen Sie sich vor, daß er, ein Mensch mit diesem Charakter, nachdem er dieses Geld empfangen hatte, und noch dazu in der beschämendsten, schmählichsten, unwürdigsten Weise – stellen Sie sich bitte vor, daß er es nach seiner eigenen Angabe gleich am selben Tag fertigbrachte, die Hälfte davon abzuzählen und in ein Säckchen zu nähen, und dann die Energie besaß, es einen ganzen Monat lang am Hals zu tragen, trotz aller Verlockungen und trotz seiner Geldnot!

Nicht wenn er in den Wirtshäusern zechte, nicht als er eilig aus der Stadt wegfahren mußte, um bei Gott weiß wem Geld aufzutreiben, das er dringend benötigte, um seine Geliebte wegzuschaffen und so vor der Verlockung durch den Nebenbuhler, seinen Vater, zu bewahren – selbst da hat er nicht gewagt, dieses Säckchen anzurühren. Schon um seine Geliebte nicht länger den Versuchungen von seiten des alten Mannes auszusetzen, auf den er so eifersüchtig war, hätte er sein Säckchen öffnen und als beharrlicher Wächter seiner Geliebten zu Hause bleiben müssen, in Erwartung des Augenblicks, in dem sie endlich zu ihm sagen würde: ›Ich bin die deine‹, um sich dann schleunigst mit ihr davonzumachen, irgendwohin, möglichst weit weg von der jetzigen gefährlichen Umgebung. Aber nein, er rührt seinen Talisman nicht an, und aus welchem Grund? Der ursprüngliche Grund war, wie wir ausgeführt haben: Wenn sie zu ihm sagen würde: ›Ich bin die deine, führe mich, wohin du willst!‹, da wollte er die Mittel haben, sie fortzubringen. Aber dieser erste Grund verblaßte nach den eigenen Worten des Angeklagten vor einem zweiten. ›Solange ich dieses Geld bei mir trage‹, sagte er sich, ›bin ich zwar ein Schuft, aber kein Dieb, denn ich kann jederzeit zu meiner von mir beleidigten Braut gehen, diese Hälfte der von mir unterschlagenen Summe vor sie hinlegen und zu ihr sagen: ›Siehst du, ich habe die Hälfte deines Geldes verpraßt und dadurch gezeigt, daß ich ein schwacher, sittenloser Mensch und, wenn du willst, ein Schuft bin!‹ Ich drücke mich in der eigenen Sprache des Angeklagten aus. Aber obwohl ich ein Schuft bin, bin ich dennoch kein Dieb, denn wenn ich ein Dieb wäre, würde ich dir diese Hälfte des Geldes nicht zurückbringen, sondern mir auch sie aneignen wie die erste Hälfte!‹ Eine erstaunliche Erklärung der Tatsache! Dieser rasende, aber schwache Mensch, der der Versuchung nicht hatte widerstehen können, die dreitausend Rubel unter so schmählichen Umständen anzunehmen, dieser selbe Mensch fühlt plötzlich in sich eine so stoische Festigkeit und trägt Tausende von Rubeln an seinem Hals, ohne daß er sie zu berühren wagt! Stimmt das auch nur einigermaßen mit dem von uns geschilderten Charakter überein? Nein, und ich möchte mir erlauben, Ihnen zu erzählen, wie sich in einem solchen Fall der wahre Dmitri Karamasow benommen hätte, wenn er sich tatsächlich irgendwann einmal dazu entschlossen hätte, sein Geld in ein Säckchen zu nähen. Gleich bei der ersten Versuchung, zum Beispiel, um der neuen Geliebten, mit der er schon die erste Hälfte dieses Geldes verpraßt hatte, wieder irgendein Amüsement zu bereiten, hätte er sein Säckchen aufgetrennt und von dem Inhalt, nun sagen wir einmal, das erstemal nur hundert Rubel genommen; denn was hatte es für einen Zweck, genau die Hälfte zurückzugeben, das heißt fünfzehnhundert Rubel; es genügten ja auch vierzehnhundert, das Resultat war ja immer das gleiche. ›Ich bin ein Schuft‹, konnte er sich sagen, ›aber kein Dieb, denn ich habe doch wenigstens vierzehnhundert Rubel zurückgebracht, ein Dieb dagegen würde alles behalten und nichts zurückbringen!‹ Darauf hätte er nach einiger Zeit das Säckchen von neuem aufgetrennt und ein zweites Hundert herausgenommen, dann ein drittes, dann ein viertes, und ehe noch der Monat zu Ende gewesen wäre, hätte er schließlich das vorletzte Hundert herausgenommen, in der Erwägung: ›Wenn ich auch nur einhundert Rubel zurückbringe, kommt es ja doch auf dasselbe hinaus: Ich bin ein Schuft, aber kein Dieb. Zweitausendneunhundert Rubel habe ich verjubelt, trotzdem jedoch einhundert zurückgegeben – ein Dieb hätte auch die nicht zurückgegeben!‹ Und endlich, nachdem auch dieses vorletzte Hundert durchgebracht war, hätte er das letzte Hundert angesehen und sich gesagt: ›Ach was, es ist nicht der Mühe wert, das eine Hundert zurückzugeben! Ich will auch das noch verjubeln!‹ Sehen Sie, so hätte der wahre Dmitri Karamasow, der, den wir kennen, gehandelt! Die Erzählung von dem Säckchen steht in einem solchen Widerspruch zur Wirklichkeit, wie man ihn sich gar nicht größer vorstellen kann. Alles kann man annehmen, aber das nicht. Doch wir werden darauf noch zurückkommen.«

Hierauf führte Ippolit Kirillowitsch geordnet und exakt alles an, was bei der Voruntersuchung über die Vermögensstreitigkeiten und das Familienverhältnis zwischen Vater und Sohn bekannt geworden war, und gelangte wieder zu dem Schluß, daß nach den zur Kenntnis gelangten Tatsachen nicht die geringste Möglichkeit bestehe, in der Frage über die Erbteilung festzustellen, wer von beiden mehr oder weniger erhalten habe, als ihm zukam. Und ausgehend von den dreitausend Rubeln, die bei Mitja zu einer fixen Idee geworden seien, kam er auf das Urteil der Sachverständigen zu sprechen.

7. Historischer Überblick

»Die medizinischen Sachverständigen haben sich bemüht, uns zu beweisen, daß der Angeklagte nicht voll bei Verstand ist und an einer Manie leidet. Ich behaupte, daß er durchaus voll bei Verstand ist und daß dies gerade das allerschlimmste ist: Wäre er nicht voll bei Verstand, hätte er sich vielleicht weit klüger gezeigt! Was nun die angebliche Manie betrifft, so würde ich damit einverstanden sein, aber nur in dem einen Punkt, auf den auch die Ärzte hingewiesen haben: Ich meine die Ansicht des Angeklagten über die dreitausend Rubel, die ihm sein Vater noch schuldig sei. Trotzdem läßt sich vielleicht ein unvergleichlich viel näherliegender Anhaltspunkt als seine Neigung zur Geistesgestörtheit finden, um die ständige Raserei des Angeklagten wegen dieses Geldes zu erklären. Ich schließe mich völlig der Meinung des jungen Arztes an, daß der Angeklagte über volle und normale geistige Fähigkeiten verfügt und verfügt hat und nur reizbar und erbittert ist. Und eben das ist der Kernpunkt: Nicht die dreitausend Rubel, nicht diese Summe bildete den eigentlichen Grund der ständigen rasenden Erbitterung des Angeklagten, sondern es gab einen besonderen Grund: die Eifersucht.«

Hier zeichnete Ippolit Kirillowitsch in aller Ausführlichkeit das Bild der verhängnisvollen Leidenschaft des Angeklagten für Gruschenka. Er begann mit dem Augenblick, als der Angeklagte sich zu der »jungen Person« begab, um »sie zu verprügeln«. »Ich drücke mich mit seinen eigenen Worten aus«, fügte Ippolit Kirillowitsch zur Erklärung hinzu und fuhr dann fort: »Aber statt sie zu verprügeln, blieb er zu ihren Füßen liegen – das war der Beginn dieser Liebe. Gleichzeitig warf auch der alte Mann, der Vater des Angeklagten, seine Augen auf diese Person! Ein sonderbares, verhängnisvolles Zusammentreffen, denn die Herzen beider entbrannten plötzlich gleichzeitig, obwohl der eine wie der andere die Person schon vorher gekannt hatte und mit ihr zusammengetroffen war; sie entbrannten mit unbändiger echt Karamasowscher Leidenschaft. Hier das Bekenntnis dieser jungen Person: ›Ich habe mich über den einen und den anderen lustig gemacht!‹ Ja, es wandelte sie auf einmal die Laune an, sich über den einen und den anderen lustig zu machen; vorher hatte sie einen solchen Wunsch nicht gehabt, nun auf einmal kam sie dieses Verlangen an – und es endete damit, daß beide besiegt vor ihr niederfielen. Der Alte, der das Geld wie einen Gott anbetete, legte dreitausend Rubel zurecht, die sie bekommen sollte, wenn sie ihn in seinem Haus besuchte. Doch bald kam er so weit, daß er es für ein Glück gehalten hätte, ihr seinen Namen und sein ganzes Vermögen zu Füßen zu legen, wenn sie nur einwilligte, seine rechtmäßige Gattin zu werden. Dafür haben wir zuverlässige Zeugnisse. Was den Angeklagten betrifft, so steht uns eine Tragödie klar vor Augen. Aber das war nun eben das ›Spiel‹, das die junge Person trieb. Dem unglücklichen jungen Mann machte die Verführerin damals nicht einmal Hoffnung; Hoffnung, wirkliche Hoffnung wurde ihm erst im allerletzten Augenblick gegeben, als er, vor ihr auf den Knien liegend, ihr seine vom Blut des Vaters und Nebenbuhlers geröteten Hände entgegenstreckte – da wurde er allerdings auch schon verhaftet. ›Schickt mich mit ihm zusammen zur Zwangsarbeit nach Sibirien! Ich habe ihn soweit gebracht! Ich bin die Schuldige!‹ rief sie in jenem Moment, von aufrichtiger Reue erfüllt. Der talentierte junge Mann, der es sich zur Aufgabe gemacht hat, den vorliegenden Prozeß zu schildern, derselbe Herr Rakitin, den ich früher bereits erwähnt habe, skizziert in einigen knappen charakteristischen Sätzen den Charakter dieser Heldin so: ›Frühe Enttäuschung durch erlittenen Betrug, früher Fall, Untreue des Verführers, der sie im Stich läßt; dann Armut, der Fluch der ehrenhaften Familie und endlich die Gönnerschaft eines reichen alten Mannes, den sie auch jetzt noch für ihren Wohltäter hält. In dem jungen Herzen, das viel Gutes in sich haben mag, sammelte sich seit früher Zeit ein geheimer Zorn. Ein berechnender, auf Anhäufung von Kapital bedachter Charakter bildete sich heraus. Es entwikkelten sich Spottlust und Rachsucht gegen die Gesellschaft.‹ Nach dieser Charakteristik ist es verständlich, daß sie sich über den einen und den anderen lustig machen konnte und mit ihnen nur ihr boshaftes Spiel trieb. Und in diesem Monat der hoffnungslosen Liebe, der moralischen Vergehen, der Untreue gegen seine Braut, der Aneignung fremden Geldes, das ihm anvertraut war – in diesem Monat wird der Angeklagte außerdem noch durch die stete Eifersucht in Raserei und Wut versetzt, und zwar Eifersucht auf wen? Auf seinen Vater! Und was die Hauptsache ist: Der alte Mann sucht das Objekt der Leidenschaft seines Sohnes durch dieselben dreitausend Rubel zu gewinnen, die der Sohn für sein Eigentum hält, für das ihm von seiner Mutter zugefallene und angeblich durch seinen Vater vorenthaltene Erbteil! Ja, ich gebe zu, daß das schwer zu ertragen war! Da konnte auch eine Manie entstehen. Nicht um das Geld handelte es sich, sondern darum, daß mittels dieses Geldes sein Glück auf so ekelhaft zynische Weise zerstört wurde!«

Dann kam Ippolit Kirillowitsch darauf zu sprechen, wie in dem Angeklagten der Gedanke des Vatermordes allmählich herangereift war, und verfolgte dies an Hand der Tatsachen.

»Anfänglich schreien wir nur in den Wirtshäusern; den ganzen Monat über schreien wir. Oh, wir leben gern unter Menschen und teilen diesen Menschen gern sogleich alle unsere Gedanken mit, selbst die teuflischsten und gefährlichsten; wir lassen die Menschen an allem, was uns bewegt, teilnehmen und fordern noch dazu, daß diese Menschen unsere Offenherzigkeit mit Sympathie erwidern, auf alle unsere Sorgen und Bekümmernisse eingehen, uns zustimmen und unseren Wünschen keine Hindernisse bereiten. Sonst werden wir wütend und bringen das ganze Restaurant in Aufruhr.« (Es folgte die Geschichte von dem Stabskapitän Snegirjow.) »Diejenigen, die den Angeklagten in diesem Monat sahen und hörten, hatten schließlich das Gefühl, daß diese Drohungen gegen den Vater möglicherweise nicht mehr leeres Geschrei waren, sondern am Ende zur Tat werden würden.« (An dieser Stelle beschrieb der Staatsanwalt die Familienzusammenkunft im Kloster, die Gespräche mit Aljoscha und die Mißhandlungsszene im Haus des Vaters, als der Angeklagte nach dem Mittagessen bei ihm eingedrungen war.) »Ich denke nicht daran, eigensinnig zu behaupten«, fuhr Ippolit Kirillowitsch fort, »daß der Angeklagte schon vor dieser Szene mit Vorbedacht den Plan gefaßt hatte, seine Streitigkeiten mit dem Vater durch dessen Ermordung zu beenden. Trotzdem war dieser Gedanke schon einige Male vor ihm aufgetaucht, und er hatte ihn überlegt von allen Seiten betrachtet, dafür haben wir Tatsachen, Zeugen und sein eigenes Geständnis. Ich bekenne, meine Herren Geschworenen, ich habe sogar bis heute geschwankt, ob ich dem Angeklagten bei dem sich ihm aufdrängenden Verbrechen einen bewußten Vorbedacht unterstellen sollte. Ich war fest überzeugt, daß seine Seele schon mehrmals im voraus an den verhängnisvollen Augenblick gedacht, jedoch eben nur an ihn gedacht, ihn sich als Möglichkeit vorgestellt, aber noch nicht den Zeitpunkt der Ausführung und die näheren Umstände festgelegt hatte. Doch ich habe nur bis heute geschwankt, bis zu diesem verhängnisvollen Schriftstück, das Fräulein Werchowzewa heute dem Gericht vorgelegt hat. Sie haben selbst ihren Ausruf gehört, meine Herren! ›Das ist ein vollständiger Plan, ein Programm des Mordes!‹ So hat sie den unglücklichen Brief des unglücklichen Angeklagten genannt. Und in der Tat, dieser Brief hat durchaus die Bedeutung eines Programms und ist der Beweis für einen Vorbedacht. Er wurde zwei Tage vor dem Verbrechen geschrieben, und durch ihn ist uns jetzt mit Sicherheit bekannt, daß der Angeklagte zwei Tage vor der Ausführung seines furchtbaren Plans geschworen hat, wenn er sich am nächsten Tag kein Geld beschaffen könne, werde er seinen Vater ermorden, um ihm das Geld wegzunehmen, das bei ihm unter dem Kopfkissen lag, ›in dem Kuvert mit dem roten Bändchen, sobald Iwan abgereist ist‹. Hören Sie: ›sobald Iwan abgereist ist‹. Hier ist also schon alles bedacht, die Umstände sind erwogen – später hat er dann alles so ausgeführt, wie er es geschrieben hatte! Vorbedacht und

Überlegung stehen außer Zweifel; das Verbrechen sollte zum Zweck des Raubes ausgeführt werden: Das hat er unumwunden erklärt, niedergeschrieben und unterschrieben. Der Angeklagte leugnet seine Unterschrift nicht ab. Man wird sagen: Er hat das in der Trunkenheit geschrieben. Aber dadurch wird die Beweiskraft nicht abgeschwächt, sondern das Schriftstück wird nur um so bedeutungsvoller. Er hat in betrunkenem Zustand niedergeschrieben, was er nüchtern überlegt hatte. Hätte er das nicht in nüchternem Zustand überlegt, hätte er es nicht in betrunkenem niedergeschrieben. Man wird vielleicht fragen: Warum hat er denn in den Wirtshäusern so ein Geschrei von seiner Absicht gemacht? Wer sich zu einer solchen Tat mit Vorbedacht entschließt, der schweigt darüber und hält es geheim. Das ist richtig; aber Geschrei machte er nur, solange er noch keine Pläne und keine vorbedachte Absicht hatte, solange bloß der Wunsch vorhanden war und das Verlangen heranreifte, später schon viel weniger. An jenem Abend, als er sich im Restaurant ›Zur Residenz‹ betrank und diesen Brief schrieb, war er gegen seine Gewohnheit schweigsam, spielte nicht Billard, saß abseits, redete nicht und zwang nur einen Gehilfen, von seinem Platz aufzustehen; doch das tat er beinahe unbewußt, in seiner Gewohnheit, Streit zu suchen: Wenn er nämlich in ein Wirtshaus kam, konnte er gar nicht mehr anders, als Streit anfangen. Zwar mußte dem Angeklagten gleichzeitig mit dem endgültigen Entschluß auch der Gedanke kommen, daß die Sache gefährlich war, da er in der Stadt zu viel Geschrei davon gemacht hatte und das sehr leicht den Verdacht auf ihn lenken und ihn überführen könnte, wenn er nun seine Absicht ausführte. Aber geredet hatte er nun einmal davon, das ließ sich nicht ungeschehen machen; und schließlich war er bisher immer mit heiler Haut davongekommen, es würde also auch jetzt glücken. Wir hofften auf unseren Stern, meine Herren! Ich muß außerdem einräumen, daß er viel tat, um ohne die verhängnisvolle Tat auszukommen, daß er alle möglichen Anstrengungen machte, um einen blutigen Ausgang zu vermeiden: ›Morgen werde ich alle möglichen Leute um dreitausend Rubel bitten‹, wie er in der ihm eigenen Sprache schreibt. ›Wenn sie mir jedoch nichts geben, wird Blut fließen.‹ Das hat er wiederum in betrunkenem Zustand niedergeschrieben und wiederum nüchtern so ausgeführt, wie er es geschrieben hatte!«

Jetzt widmete sich Ippolit Kirillowitsch einer eingehenden Schilderung aller Bemühungen Mitjas, sich Geld zu beschaffen, um das Verbrechen zu vermeiden. Er beschrieb seine Gänge zu Samsonow, seine Reise zu Ljagawy, alles an Hand der Akten. »Erschöpft, verspottet, hungrig, seiner Uhr verlustig, die er verkauft hatte, um reisen zu können, obwohl er angeblich doch fünfzehnhundert Rubel bei sich trug, von Eifersucht gequält, weil er die Geliebte in der Stadt zurückgelassen hatte und fürchtete, sie könnte in seiner Abwesenheit zu Fjodor Pawlowitsch gehen – so kehrt er schließlich in die Stadt zurück. Gott sei Dank, sie ist nicht bei Fjodor Pawlowitsch gewesen! Er selbst begleitet sie zu ihrem Gönner Samsonow; merkwürdig: auf Samsonow sind wir nicht eifersüchtig, und das ist eine sehr charakteristische Besonderheit im vorliegenden Fall! Dann eilt er auf seinen Beobachterposten in der Hintergasse, und dort erfährt er, daß Smerdjakow einen epileptischen Anfall hat und der andere Diener krank ist. Also ist die Luft rein, die Signale sind ihm bekannt – welche Versuchung! Trotzdem kämpft er noch dagegen an; er geht zu der von uns allen hochverehrten Frau Chochlakowa. Diese Dame, die schon lange mit ihm Mitleid fühlte, gibt ihm den vernünftigsten Rat, den man sich denken kann: dieser ganzen Zecherei, dieser sinnlosen Liebschaft, diesem Herumtreiben in den Wirtshäusern, dieser nutzlosen Verschwendung seiner jungen Kräfte ein Ende zu machen und sich in die sibirischen Goldbergwerke zu begeben. ›Dort‹, sagt sie, ›finden Sie ein geeignetes Arbeitsfeld für ihre Kräfte und für Ihren romantischen, nach Abenteuern dürstenden Charakter.‹«

Ippolit Kirillowitsch beschrieb dann den Ausgang des Gesprächs und jenen Augenblick, als der Angeklagte auf einmal erfuhr, daß Gruschenka nur ganz kurze Zeit bei Samsonow gewesen war. – Er beschrieb ferner den Zorn, der den unglücklichen, nervlich überreizten, eifersüchtigen Menschen sofort bei dem Gedanken gepackt hatte, daß sie ihn betrogen hatte und jetzt bei seinem Nebenbuhler Fjodor Pawlowitsch war; er schloß damit, daß er die Aufmerksamkeit auf die verhängnisvolle Macht des Zufalls lenkte: »Hätte ihm die Magd gesagt, daß sich seine Geliebte mit ihrem ›Früheren‹ in Mokroje befand, so wäre nichts geschehen. Aber sie war vor Angst ganz benommen und schwor hoch und heilig, sie wisse nichts. Und wenn der Angeklagte sie damals nicht gleich totschlug, so nur deshalb nicht, weil er Hals über Kopf der nachstürzte, die ihn betrogen hatte. Aber beachten Sie bitte: Obwohl er so außer sich war, griff er sich doch den Messingstößel und nahm ihn mit. Warum gerade den Stößel, warum nicht irgendeinen anderen Gegenstand, der als Waffe dienen konnte? Wenn wir uns dieses Bild schon einen Monat lang ausgemalt und uns darin eingelebt haben und uns dann auf einmal irgendein waffenähnliches Ding vor Augen kommt, so ergreifen wir es, um es als Waffe zu benutzen. Daß aber irgendein derartiger Gegenstand als Waffe dienen kann, das haben wir uns schon einen ganzen Monat überlegt. Eben deshalb haben wir ihn denn auch sofort und ohne zu zweifeln als brauchbare Waffe erachtet! Und daher kann man das Ergreifen dieses Stößels nicht als unbewußte Handlung bezeichnen. Und nun ist er in dem väterlichen Garten: Die Luft ist rein, Zeugen gibt es nicht, es gibt nur tiefe Nacht und Finsternis und Eifersucht! Der Verdacht, daß sie dort ist, bei seinem Nebenbuhler, in seinen Armen, und vielleicht in diesem Augenblick über ihn lacht – dieser Verdacht verschlägt ihm den Atem. Und es ist kein bloßer Verdacht mehr – wie kann man da noch von Verdacht reden? Der Betrug ist offensichtlich: Sie ist da in diesem Zimmer, aus dem das Licht kommt, sie ist bei ihm dort hinter dem Wandschirm – und da schleicht der Unglückliche zum Fenster, blickt respektvoll hinein, fügt sich wohlgesittet, geht vernünftig davon und entfernt sich so schnell wie möglich von der Sünde, damit ja nichts Unrechtes und Gefährliches geschehe? Das will man uns einreden, uns, die wir den Charakter des Angeklagten kennen, die wir verstehen, in welchem Gemütszustand er sich befinden mußte, einem Gemütszustand, der uns aus den Tatsachen bekannt ist? Und vor allem: so soll er sich benommen haben, obgleich er die Signale kannte, mit deren Hilfe er sofort in das Haus eindringen konnte!« Bei der Erwähnung der Signale unterbrach Ippolit Kirillowitsch die Anklagerede für einige Zeit und hielt für nötig, sich über Smerdjakow zu verbreiten, um den sich episodenhaft aufdrängenden Verdacht, Smerdjakow könnte den Mord begangen haben, gründlich zu behandeln und ein für allemal zu erledigen. Er tat das sehr umständlich, und alle begriffen, daß er trotz aller Geringschätzigkeit, die er gegen diese Annahme an den Tag legte, sie dennoch für wichtig hielt.

8. Der Traktat über Smerdjakow

»Zunächst: Wie hat ein solcher Verdacht überhaupt entstehen können?« Mit dieser Frage begann Ippolit Kirillowitsch. »Der erste, welcher rief, Smerdjakow habe den Mord begangen, war der Angeklagte selbst, und zwar im Augenblick seiner Verhaftung; dennoch hat er bis jetzt nicht eine einzige Tatsache als Beweis für seine Anschuldigung vorgebracht, ja nicht einmal eine halbwegs vernünftige Andeutung einer Tatsache. Außerdem haben nur noch drei Personen diese Beschuldigung erhoben – die beiden Brüder des Angeklagten und Fräulein Swetlowa. Aber der ältere der beiden Brüder hat seinen Verdacht erst heute im Nervenfieber, in einem Anfall eindeutiger Geistesstörung ausgesprochen, während er früher, wie uns positiv bekannt ist, die Überzeugung von der Schuld seines Bruders vollständig geteilt und nichts gegen diesen Gedanken einzuwenden versucht hat. Doch damit werden wir uns später noch besonders beschäftigen. Ferner hat uns der jüngste Bruder des Angeklagten vorhin selbst erklärt, daß er zur Unterstützung seiner Ansicht von der Schuld Smerdjakows keine Tatsachen anführen könne, nicht die geringsten; er schließe das nur aus den Worten des Angeklagten selbst und ›aus dessen Gesichtsausdruck‹ – und diesen kolossalen Beweis brachte er sogar zweimal vor. Fräulein Swetlowa drückte sich vielleicht sogar noch kolossaler aus: ›Was der Angeklagte Ihnen sagt, das können Sie glauben! Lügen widerspricht seinem ganzen Wesen.‹ Das sind alle faktischen Beweise gegen Smerdjakow, vorgebracht von drei Personen, die am Schicksal des Angeklagten ein großes Interesse haben. Und trotzdem ist die mögliche Schuld Smerdjakows ins Gespräch gekommen; diese Ansicht hat sich gehalten und hält sich noch – sollte man das glauben, kann man sich das überhaupt vorstellen?«

Hier hielt es Ippolit Kirillowitsch für angebracht, den Charakter des verstorbenen Smerdjakow zu skizzieren, »der seinem Leben in einem Anfall krankhafter Geisteszerrüttung ein Ende gemacht hat«. Er stellte ihn dar als einen schwachbegabten Menschen mit einem gewissen Anflug von unklarer Bildung, verwirrt durch philosophische Ideen, denen sein Verstand nicht gewachsen war, entsetzt über gewisse moderne Lehren von der »Pflicht« des Menschen, die ihm von zwei Seiten entgegentraten: praktisch durch das aller Verantwortung spottende Leben seines verstorbenen Herrn und möglichen Vaters Fjodor Pawlowitsch und theoretisch durch etliche seltsame philosophische Gespräche mit dem zweiten Sohn des Herrn, Iwan Fjodorowitsch, der sich gern dieses Vergnügen gegönnt haben soll, wahrscheinlich aus Langeweile oder weil er keine bessere Gelegenheit zur Befriedigung seiner Spottsucht fand. »Er hat mir selbst von seinem Seelenzustand in den letzten Tagen seines Aufenthalts im Haus seines Herrn erzählt«, bemerkte Ippolit Kirillowitsch. »Aber auch andere bezeugen dies: der Angeklagte selbst, sein Bruder und sogar der Diener Grigori, das heißt alle, die ihn näher kennen mußten. Außerdem war Smerdjakow, den seine epileptische Krankheit sehr bedrückte, ›feige wie ein Huhn. Er fiel mir zu Füßen und küßte meine Stiefel‹, teilte uns der Angeklagte selbst mit, als er in so einer Mitteilung noch keinen Nachteil für sich erkannte. ›Er ist ein Huhn, das von Epilepsie befallen ist!‹, so drückte er sich in seiner charakteristischen Sprache aus. Und eben diesen Menschen wählt sich der Angeklagte, wie er selbst bezeugt, zu seinem Vertrauten, und schüchtert ihn dermaßen ein, daß dieser schließlich einwilligt, ihm als Spion und Zuträger zu dienen. In dieser Eigenschaft verrät er seinen Herrn und informiert den Angeklagten über die Existenz des Kuverts mit dem Geld und die Signale, mit deren Hilfe man bei dem Herrn eindringen kann – wie hätte er es auch fertigbringen sollen, können, ihm diese Mitteilungen vorzuenthalten! ›Er wollte mich totschlagen! Ich sah deutlich, daß er mich totschlagen wollte!‹ sagte er bei der Voruntersuchung, und er zitterte, während er vor uns stand, obwohl jener, der ihn in Angst versetzt hatte, damals schon selbst in Haft war und ihn nicht mehr strafen konnte. ›Er hegte ständig Mißtrauen gegen mich und da habe ich ihm aus Angst schleunigst das Geheimnis mitgeteilt, damit er daraus meine Schuldlosigkeit ihm gegenüber ersah und mich am Leben ließ.‹ Das sind seine eigenen Worte, ich habe sie aufgeschrieben und im Gedächtnis behalten. ›Wenn er mich manchmal so anschrie, fiel ich gleich vor ihm auf die Knie.‹ Da er von Natur ein grundehrlicher junger Mensch war und dadurch das Vertrauen seines Herrn gewonnen hatte – zum Beispiel hatte er ihm einmal Geld zurückgegeben, das ihm verlorengegangen war –, quälte den unglücklichen Smerdjakow, wie man sich leicht denken kann, die Reue über den Verrat an seinem Herrn, den er als seinen Wohltäter liebte. Menschen, die an starker Epilepsie leiden, neigen nach dem Urteil der bedeutendsten Psychiater stets zu natürlich krankhaften Selbstbeschuldigungen. Sie quälen sich mit ihrer ›Schuld‹ an irgend etwas und irgend jemandem gegenüber; sie quälen sich mit Gewissensbissen, oft sogar ohne jeden Grund; sie übertreiben und bilden sich sogar allerlei Verbrechen ein, die sie begangen zu haben glauben. Und nun, infolge der Einschüchterungen, wird ein solches Subjekt aus Furcht tatsächlich schuldig. Außerdem hatte er eine starke Vorahnung, daß sich aus den Umständen, die er vor Augen hatte, etwas Schlimmes ergeben könnte. Als Fjodor Pawlowitschs zweiter Sohn Iwan Fjodorowitsch unmittelbar vor der Katastrophe nach Moskau fuhr, flehte ihn Smerdjakow an zu bleiben, wagte jedoch in seiner Feigheit nicht, alle seine Befürchtungen klar und bestimmt auszusprechen. Er begnügte sich mit Andeutungen, diese wurden jedoch nicht verstanden. Es muß berücksichtigt werden, daß er in Iwan Fjodorowitsch gewissermaßen seinen Schutz sah, gewissermaßen eine Bürgschaft dafür, daß sich kein Unglück ereignen würde, solange dieser im Haus war. Erinnern Sie sich an eine Wendung in dem Brief Dmitri Karamasows: ›Ich werde den Alten totschlagen, sobald Iwan abgereist ist.‹ Die Anwesenheit Iwan Fjodorowitschs erschien demnach allen als eine Garantie für Ruhe und Ordnung im Haus. Da reist er nun plötzlich ab – und Smerdjakow bekommt auch prompt, etwa eine Stunde nach der Abreise, seinen epileptischen Anfall. Das ist vollkommen begreiflich. Es sei hier erwähnt, daß Smerdjakow, bedrückt von seinen Befürchtungen und von einer eigenartigen Verzweiflung, in den letzten Tagen besonders stark das Gefühl hatte, daß möglicherweise ein epileptischer Anfall bevorstand, ein Gefühl, das bei ihm auch früher in Momenten moralischer Anspannung und Erschütterung aufgetreten war. Tag und Stunde dieser Anfälle vorherzuwissen ist zwar unmöglich, doch ob eine Disposition zu einem Anfall vorhanden ist, kann jeder Epileptiker an seinem Befinden spüren. So sagt die medizinische Wissenschaft. Und was geschieht? Kaum hat Iwan Fjodorowitsch das Haus verlassen, geht Smerdjakow, noch ganz unter dem Eindruck seiner, nun sagen wir, Verwaistheit und Schutzlosigkeit, im Rahmen seines Dienstes in den Keller, steigt die Treppe hinunter und denkt: ›Werde ich einen Anfall bekommen oder nicht? Und was, wenn er sich gleich einstellt?‹ Und eben infolge dieser Stimmung, infolge dieser Befürchtung, infolge dieser Fragen packt ihn wirklich der Kehlkrampf, der einem epileptischen Anfall immer vorausgeht, und er stürzt kopfüber bewußtlos auf den Boden des Kellers. Und in diesem höchst natürlichen Zufall sehen nun besonders schlaue Menschen etwas Verdächtiges, eine Art Fingerzeig, einen Hinweis darauf, daß er sich absichtlich krank gestellt hat! Und wenn er es absichtlich tat, so erhebt sich sogleich die Frage: Zu welchem Zweck? Mit welcher Absicht? Ich will nicht einmal von der medizinischen Wissenschaft reden: Die Wissenschaft lügt, könnte man sagen; die Wissenschaft irrt sich; die Ärzte können nicht die Wahrheit von der Simulation unterscheiden – nun gut, aber antworten Sie mir doch auf die eine Frage: Welchen Zweck hatte es für ihn, zu simulieren? Wollte er etwa, wenn er den Mord plante, durch den Anfall schon im voraus die Aufmerksamkeit im Haus auf sich lenken?

Sehen Sie, meine Herren Geschworenen, in Fjodor Pawlowitschs Haus befanden sich in der Nacht, in der das Verbrechen stattfand, insgesamt fünf Menschen. Erstens Fjodor Pawlowitsch selbst: er hat sich nicht selbst ermordet, das ist wohl klar. Zweitens sein Diener Grigori: der ist selbst beinahe ermordet worden. Drittens Grigoris Frau, die Dienerin Marfa Ignatjewna: wer sie für die Mörderin ihres Herrn ausgeben wollte, müßte sich einfach schämen. Es bleiben also nur zwei Personen übrig: der Angeklagte und Smerdjakow. Da der Angeklagte versichert, er habe den Mord nicht begangen, muß es also Smerdjakow gewesen sein, eine andere Möglichkeit gibt es nicht; denn ein anderer Mörder ist nicht aufzutreiben. Daher also stammt diese schlaue, kolossale Beschuldigung des unglücklichen Idioten, der gestern seinem Leben ein Ende gemacht hat! Man beschuldigt ihn nur deswegen, weil man keinen anderen finden kann! Fiele auch nur ein Schatten von Verdacht auf jemand anders, auf irgendeine sechste Person, so bin ich überzeugt, daß sogar der Angeklagte sich schämen würde, auf Smerdjakow hinzuweisen; er würde vielmehr auf diese sechste Person verweisen! Smerdjakow dieses Mordes zu beschuldigen ist ein vollständiger Nonsens. Meine Herren, lassen wir die Psychologie, lassen wir die medizinische Wissenschaft, ja, lassen wir sogar die Logik, und wenden wir uns nur den Tatsachen zu, einzig und allein den Tatsachen, und sehen wir, was sie uns sagen ... Also Smerdjakow hat den Mord begangen. Aber wie? Allein oder gemeinsam mit dem Angeklagten? Untersuchen wir zuerst die Möglichkeit, daß Smerdjakow den Mord allein begangen hat. Natürlich muß er, wenn er den Mord beging, doch irgendeinen Zweck verfolgt, irgendeinen Vorteil gesucht haben. Da bei ihm auch nicht ein Schatten von solchen Motiven wie bei dem Angeklagten vorhanden war, Haß, Eifersucht und so weiter und so fort, konnte Smerdjakow den Mord zweifellos nur um des Geldes willen begehen, um sich die bewußten dreitausend Rubel anzueignen, die er selbst gesehen hatte, als sein Herr sie in das Kuvert steckte. Und siehe da: Nachdem er sich zu dem Mord entschlossen hat, teilt er einer anderen Person (und noch dazu einer Person, die an dem ganzen Vorgang höchstes Interesse hatte, nämlich dem Angeklagten) alle Einzelheiten über das Geld und die Signale vorher mit: wo das Kuvert liegt, wie seine Aufschrift lautet, womit es umwickelt ist. Vor allen Dingen aber verrät er ihm die Signale, mit deren Hilfe man zu dem Herrn gelangen kann. Wie ist das zu erklären? Tut er das, um sich zu verraten? Oder um sich einen Konkurrenten zu schaffen, der vielleicht selbst Lust bekommt, hineinzugehen und sich das Kuvert anzueignen? Ja, wird man einwenden, er hat ihm das aus Furcht mitgeteilt. Aber wie steht es damit? Ein Mensch, der furchtlos und ohne mit der Wimper zu zucken so eine bestialische Tat geplant und dann auch wirklich ausgeführt hat, der teilt einem anderen Dinge mit, die nur er weiß und von denen nie jemand etwas erraten, wenn er geschwiegen hätte? Nein, mochte der Mensch auch noch so feige sein – wenn er so eine Tat beabsichtigte, hätte er um keinen Preis jemandem etwas gesagt zumindest nichts von dem Kuvert und den Signalen, denn damit hätte er sich selbst im voraus verraten. Eher hätte er irgend etwas erfunden, wenn man durchaus Mitteilungen verlangte – darüber jedenfalls hätte er geschwiegen! Im Gegenteil, ich wiederhole es: Wenn er von dem Geld geschwiegen, dann aber den Mord begangen und sich dieses Geld angeeignet hätte, so hätte ihn wenigstens niemand des Raubmordes beschuldigen können; dieses Geld hatte ja außer ihm niemand gesehen, und niemand wußte, daß es im Haus vorhanden war. Und selbst wenn man ihn des Mordes beschuldigt hätte, so hätte man sicherlich gemeint, er habe den Mord aus irgendeinem anderen Motiv begangen. Da aber solche Motive niemand vorher an ihm bemerkt hatte, sondern im Gegenteil alle gesehen hatten, daß der Herr ihn liebte und mit seinem Vertrauen beehrte, so wäre er natürlich der letzte gewesen, den man verdächtigte. Man hätte zuerst einen Menschen verdächtigt, der solche Motive hatte, der selber ausposaunte, daß er solche Motive habe, der sie nicht verheimlichte, sondern vor aller Ohren kundtat – mit einem Wort, man hätte den Sohn des Ermordeten, Dmitri Fjodorowitsch, verdächtigt. Smerdjakow hätte den Mord und den Raub begangen, und den Sohn hätte man beschuldigt – für Smerdjakow wäre das doch sehr vorteilhaft gewesen. Nun, und da erzählt Smerdjakow, während er den Mord plant, ausgerechnet diesem Sohn Dmitri vorher von dem Geld, dem Kuvert und den Signalen – wie logisch, wie klar ist das! Der Tag des von Smerdjakow geplanten Mordes naht, und da stürzt er, einen epileptischen Anfall ›simulierend‹. Wozu? Natürlich erstens, damit der Diener Grigori, der eigentlich eine Kur vornehmen wollte, vielleicht seine Kur aufschöbe und aufbliebe, um Wache zu halten, wenn er sähe, daß niemand da war, das Haus zu bewachen. Zweitens natürlich, damit der Herr selbst, wenn er sah, daß ihn niemand bewachte, in seiner schrecklichen Angst vor dem Kommen seines Sohnes das Mißtrauen und die Vorsicht verdoppelte. Endlich aber, und das war der Hauptzweck, damit man ihn, Smerdjakow, wegen seines epileptischen Anfalls sogleich aus der Küche, wo er sonst immer von allen abgesondert schlief und seinen besonderen Eingang und Ausgang hatte, umquartierte, in das andere Ende des Seitengebäudes, in Grigoris Zimmer, zu ihnen beiden hinter den Bretterverschlag, drei Schritt von dem Bett des Ehepaares entfernt, wie das Marfa Ignatjewna auf Anordnung des Herrn und aus eigenem Mitleid immer tat, sobald ihm ein Anfall zustieß. Dort hinter dem Bretterverschlag liegend, wollte er dann, höchstwahrscheinlich, um recht glaubhaft den Kranken zu spielen, natürlich zu stöhnen anfangen, das heißt, er wollte die beiden aufwecken, wie es nach der Aussage Grigoris und seiner Frau auch wirklich geschehen ist – und das alles, um ungestört plötzlich aufstehen und dann den Herrn ermorden zu können! Aber, wird man vielleicht sagen, er hat ja eben deswegen simuliert, damit man ihn als einen Kranken nicht verdächtigen konnte. Und er hat dem Angeklagten von dem Geld und den Signalen eben deshalb berichtet, damit dieser sich verführen ließ, selbst den Mord auszuführen. Und wenn der dann nach dem Mord weggehen und das Geld mitnehmen und dabei vielleicht Geräusch und Lärm machen und Zeugen aufwecken würde, dann wollte auch Smerdjakow aufstehen und hingehen – nun, zu welchem Zweck wollte er dann hingehen? Doch wohl, um den Herrn zum zweitenmal totzuschlagen und das bereits weggenommene Geld zum zweitenmal wegzunehmen. Meine Herren, Sie lachen? Ich schäme mich selbst, solche Vermutungen aufzustellen; doch ist es gerade dies, was der Angeklagte behauptet: ›Nach mir‹, sagt er, ›als ich Grigori niedergeschlagen und Alarm verursacht und das Grundstück verlassen hatte, ist er aufgestanden und hingegangen und hat den Mord und den Raub verübt!‹ Ich will nicht einmal davon reden, wie Smerdjakow das alles hätte vorherwissen und gleichsam alles im voraus an den Fingern berechnen sollen: daß nämlich der gereizte, unberechenbare Sohn einzig und allein zu dem Zweck kommen würde, um respektvoll durchs Fenster zu sehen, sich trotz der Kenntnis der Signale zurückzuziehen und ihm, Smerdjakow, seine Beute zu überlassen! Meine Herren, ich stelle allen Ernstes die Frage: Wo ist der Augenblick, da Smerdjakow sein Verbrechen begangen hat? Zeigen Sie mir diesen Augenblick; ohne dies fällt die Beschuldigung in sich zusammen. Doch vielleicht war der epileptische Anfall echt? Der Kranke kam plötzlich zu sich, hörte einen Schrei, ging hinaus – nun, und was weiter? Er sah sich um und sagte sich: ›So, jetzt werde ich hingehen und den Herrn totschlagen!‹ Aber woher wußte er, was sich da ereignet hatte, er hatte ja bis dahin bewußtlos dagelegen? Indessen, meine Herren, auch das Phantasieren hat seine Grenze. ›Gut‹, werden scharfsinnige Leute sagen, ›aber wenn sie nun beide zusammen den Mord begingen und das Geld teilten? Was dann?‹ Ja, das ist tatsächlich ein schwerwiegender Verdacht – uns fallen sofort bedeutsame Indizien auf, die ihn bestätigen: Der eine mordet und nimmt alle Mühen auf sich, der andere Helfershelfer aber liegt ruhig im Bett und heuchelt einen epileptischen Anfall, um im voraus bei allen Verdacht zu erwecken und den Herrn und Grigori in Unruhe zu versetzen. Es wäre interessant zu erfahren, aus welchen Motiven sich die beiden so einen verrückten Plan hätten ausdenken können. Doch vielleicht gab es überhaupt keine aktive Beteiligung von seiten Smerdjakows, sondern sozusagen eine passive? Vielleicht hatte der eingeschüchterte Smerdjakow nur eingewilligt, sich dem Mord nicht zu widersetzen, und sich in der Voraussicht, daß man ihn beschuldigen würde, die Ermordung des Herrn zugelassen und sich nicht widersetzt zu haben, von Dmitri Karamasow die Erlaubnis ausbedungen, zu der betreffenden Zeit anscheinend in einem epileptischen Anfall dazuliegen: ›Morde du dann nach Belieben – was ich nicht weiß, macht mich nicht heiß!‹ Aber selbst wenn es sich so verhielte, hätte Dmitri Karamasow auf keinen Fall auf eine solche Bedingung eingehen können, da dieser epileptische Anfall im Haus Unruhe hervorrufen mußte. Ich will jedoch einräumen: Mag er darauf eingegangen sein; dann wäre es allerdings darauf hinausgelaufen, daß Dmitri Karamasow der Mörder und Anstifter war, Smerdjakow dagegen nur ein passiver Teilnehmer, ja eigentlich nicht einmal ein Teilnehmer: Seine Schuld bestände nur darin, aus Furcht und wider seinen Willen das Verbrechen zugelassen zu haben – das Gericht hätte das sicherlich unterscheiden können. Aber was sehen wir? Kaum ist der Angeklagte verhaftet, als er sofort alles auf Smerdjakow abwälzt und diesen allein beschuldigt. Er beschuldigt ihn nicht, gemeinsam mit ihm das Verbrechen begangen zu haben, sondern allein. ›Allein‹, sagt er, ›hat er es getan! Er hat den Mord und den Raub begangen, das ist sein Werk!‹ Nun, was sind das für Spießgesellen, die sich sofort gegenseitig beschuldigen, das gibt es doch gar nicht! Und beachten Sie noch dies: Was wäre das für ein Risiko für Karamasow gewesen! Er wäre der Hauptmörder gewesen, während der andere die Tat nur zugelassen und hinter dem Bretterverschlag gelegen hätte; und dennoch würde er die Schuld auf den anderen schieben. Da könnte doch derjenige, der nur dagelegen hat, ärgerlich werden und nur um der Selbsterhaltung willen schleunigst die reine Wahrheit sagen: ›Wir haben es beide gemeinsam getan! Nur habe ich nicht gemordet, sondern lediglich aus Furcht die Tat geduldet und zugelassen!‹ Smerdjakow hätte ja begreifen können, daß das Gericht sofort den Gradunterschied der Schuld erkennen würde, und hätte darauf rechnen können, daß seine Strafe unvergleichlich viel milder ausfallen würde als die des Hauptmörders, der alles auf ihn abzuwälzen suchte. Also hätte er unwillkürlich ein Geständnis abgelegt. Wir haben aber nicht erlebt, daß das geschehen wäre. Smerdjakow hat kein Wort von einer gemeinsamen Täterschaft gesagt, obwohl der Mörder ihn eindeutig beschuldigt und die ganze Zeit ihn als den einzigen

Mörder hingestellt hat. Und noch mehr: Smerdjakow hat vor der Untersuchungsbehörde ausgesagt, daß er selbst dem Angeklagten von dem Kuvert mit dem Geld und von den Signalen erzählt hat und daß dieser ohne ihn nichts davon erfahren hätte. Wäre er nun wirklich ein Mittäter und Mitschuldiger gewesen, hätte er dann so ohne weiteres der Untersuchungsbehörde gesagt, daß er selbst dem Angeklagten alles mitgeteilt hat? Vielmehr hätte er geleugnet und die Tatsachen zu entstellen und abzuschwächen versucht. Aber er hat nichts entstellt und abgeschwächt. So kann nur ein Unschuldiger handeln, der nicht fürchtet, daß er der Mittäterschaft bezichtigt wird. Und nun hat er sich gestern in einem Anfall krankhafter Schwermut infolge seiner Epilepsie und dieser ganzen plötzlich hereingebrochenen Katastrophe erhängt und nur einen Zettel hinterlassen, auf den er in eigenartiger Ausdrucksweise geschrieben hat: ›Ich vernichte mein Leben nach meinem eigenen Willen, um niemanden zu beschuldigen.‹ Was hätte es ihm ausgemacht, auf dem Zettel hinzuzufügen: ›Der Mörder bin ich und nicht Karamasow?‹ Er hat das jedoch nicht hinzugefügt – hat sein Gewissen zu dem einen Schritt ausgereicht, zu dem anderen aber nicht? Und wie steht es mit folgendem: Vorhin hat uns ein Zeuge hier in die Gerichtsverhandlung Geld gebracht, dreitausend Rubel. ›Das Geld aus dem Kuvert‹, sagt er, ›das da auf dem Tisch mit den Beweisstücken liegt. Ich habe es gestern von Smerdjakow erhalten.‹ Aber bitte, meine Herren Geschworenen, erinnern Sie sich selbst an das traurige Bild von vorhin! Ich will Ihnen die Einzelheiten nicht nochmals vorführen, sondern möchte mir nur erlauben, zwei oder drei Erwägungen anzustellen, wobei ich die unbedeutendsten auswähle, gerade weil sie unbedeutend sind und somit nicht jedem in den Sinn kommen und leicht übersehen werden können. Erstens: also aus Gewissensbissen hat Smerdjakow gestern das Geld zurückgegeben und sich selbst erhängt; denn ohne Gewissensbisse hätte er das Geld nicht zurückgegeben. Und natürlich hat er erst gestern abend zum erstenmal Iwan Karamasow sein Verbrechen gestanden, wie das Iwan Karamasow selbst gesagt hat; denn warum hätte dieser sonst bis jetzt geschwiegen? Er hat also gestanden, doch warum hat er, frage ich wieder, auf dem Zettel, den er vor seinem Tod geschrieben hat, uns nicht die volle Wahrheit mitgeteilt, obwohl er doch wußte, daß schon am nächsten Tag die Gerichtsverhandlung gegen den unschuldigen Angeklagten stattfinden würde? Das Geld allein ist ja noch kein Beweis. So ist zum Beispiel mir und noch zwei in diesem Saal anwesenden Personen schon vor einer Woche ganz zufällig bekannt geworden, daß Iwan Fjodorowitsch Karamasow zwei fünfprozentige Staatsschuldscheine zu je fünftausend Rubeln, also im Gesamtbetrag von zehntausend Rubeln, zum Einwechseln in die Gouvernementsstadt geschickt hat. Ich sage das nur, um darauf hinzuweisen, daß alle Leute zu einer bestimmten Zeit im Besitz von Geld sein können und daß, wenn jemand dreitausend Rubel bringt, dadurch noch nicht unbedingt bewiesen ist, daß dieses Geld aus einem bestimmten Schubfach oder Kuvert stammt. Ferner: nachdem Iwan Karamasow gestern eine so wichtige Mitteilung von dem wirklichen Mörder erhalten hat, verhält er sich vollkommen ruhig. Warum hat er nicht sofort Anzeige erstattet? Warum hat er alles bis zum anderen Morgen verschoben? Ich glaube, daß ich berechtigt bin, eine Vermutung über den Grund auszusprechen. Schon seit einer Woche war seine Gesundheit schwer erschüttert; er selbst hatte dem Arzt und denen, die ihm nahestanden, bekannt, daß er an Visionen litt, daß er Leuten, die schon verstorben waren, begegnete; er stand vor einem Nervenfieber, das heute auch wirklich zum Ausbruch gekommen ist. In diesem Zustand erfuhr er plötzlich von Smerdjakows Ende und stellte bei sich folgende Erwägung an: Der Mensch ist tot, da kann ich gegen ihn aussagen und meinen Bruder retten. Geld habe ich, ich werde ein Päckchen nehmen und sagen, Smerdjakow habe es mir vor seinem Tod gegeben … Sie werden sagen, das sei unehrenhaft, auch einem Toten gegenüber; doch ist es auch dann unehrenhaft, die Unwahrheit zu sagen, wenn es zur Rettung des Bruders geschieht? Nun, soll es unehrenhaft sein; aber wie, wenn er unbewußt die Unwahrheit gesagt hat? Wenn er sich selbst einbildete, daß es so war, weil seine Denkkraft durch die Nachricht von diesem plötzlichen Tod des Dieners endgültig in Unordnung geraten war? Sie haben ja die Szene von vorhin gesehen, Sie haben gesehen, in welchem Zustand sich dieser Mensch befand. Er stand auf seinen Beinen und redete – aber wo war sein Verstand? Auf diese Aussage des Fieberkranken von vorhin folgte ein Schriftstück, ein Brief des Angeklagten an Fräulein Werchowzewa, den er zwei Tage vor dem Verbrechen geschrieben hat und worin er im voraus ein Programm des Verbrechens mit allen Einzelheiten entwirft. Nun, warum suchen wir da noch ein anderes Programm und andere Verfasser eines solchen? Ganz genau nach diesem Programm ist das Verbrechen begangen worden! Begangen von keinem anderen als dem Verfasser des Programms! Ja meine Herren Geschworenen, es ist so ausgeführt worden, wie es geschrieben stand! Und wir sind überhaupt nicht respektvoll und ängstlich vom Fenster des Vaters fortgelaufen, trotz der festen Überzeugung, daß in jenem Augenblick unsere Geliebte bei ihm war. Nein, das ist absurd und unglaublich. Er ist hineingegangen und hat die Sache zu Ende gebracht. Wahrscheinlich hat er den Totschlag in der Erregung begangen, vor Wut glühend, sobald er seinen Feind und Nebenbuhler erblickte; doch nachdem er ihn totgeschlagen hatte – was er vielleicht mit einem einzigen Schlag, mit einem einzigen Ausholen seines mit dem Messingstößel bewaffneten Arms vollbrachte – und nachdem er sich dann durch eingehende Untersuchung überzeugt hatte, daß sie nicht da war, da hat er allerdings nicht vergessen, die Hand unter das Kopfkissen zu schieben und das Kuvert mit den Banknoten hervorzuholen, das jetzt hier zerrissen auf dem Tisch mit den Beweisstükken liegt. Ich sage das, damit Sie auf einen meiner Ansicht nach sehr charakteristischen Umstand achten. Wäre es ein routinierter Mörder gewesen und besonders ein Mörder, mit der Absicht zu rauben, hätte er dann wohl das zerrissene Kuvert auf dem Fußboden liegenlassen, so wie wir es neben der Leiche gefunden haben? Wäre es zum Beispiel Smerdjakow gewesen, der den Mord um des Raubes willen begangen hätte, so hätte er doch einfach das Kuvert mitgenommen, ohne sich die Mühe zu machen, es neben der Leiche zu öffnen, da er genau wußte, daß in dem Kuvert Geld war: Es war ja vor seinen eigenen Augen hineingetan und versiegelt worden. Hätte er jedoch das

Kuvert ganz mitgenommen, so hätte kein Mensch gewußt, ob ein Raub stattgefunden hatte. Ich frage Sie, meine Herren Geschworenen, wäre Smerdjakow wohl so verfahren? Hätte er das Kuvert auf dem Fußboden liegenlassen? Nein, so mußte ein Mörder verfahren, der außer sich war und nicht richtig zu überlegen vermochte, ein Mörder, der kein Dieb war und bisher noch nie etwas gestohlen hatte und auch jetzt nicht wie ein Dieb das Geld unter dem Kopfkissen hervorholte, sondern so, als nähme er sein Eigentum dem Dieb, der es ihm gestohlen hat, wieder weg. Gerade das war ja Dmitri Karamasows Auffassung von diesen dreitausend Rubeln, eine Auffassung, die bei ihm zur Manie geworden war. Und nachdem er sich des Kuverts bemächtigt hat, das er vorher nie gesehen hatte, reißt er es auf, um sich zu überzeugen, ob auch das Geld darin ist; dann läuft er mit dem Geld in der Tasche davon, ohne auch nur daran zu denken, daß er mit dem zerrissenen Kuvert ein außerordentlich starkes Beweisstück gegen sich auf dem Fußboden zurückläßt. Alles deswegen, weil es eben Karamasow war und nicht Smerdjakow, weil er nicht überlegte – und wie hätte er das auch gekonnt! Er läuft davon, er hört das Geschrei des Dieners, der Diener faßt ihn, hält ihn fest und stürzt, von dem Stößel getroffen, zu Boden. Der Angeklagte springt aus Mitleid zu ihm hinunter. Stellen Sie sich das vor: Er versichert uns auf einmal, er sei damals aus Bedauern, aus Mitleid hinuntergesprungen, um zu sehen, ob er ihm nicht irgendwie helfen konnte. Nun, war dieser Augenblick etwa dazu angetan, ein derartiges Mitleid zum Ausdruck zu bringen? Nein, er sprang vielmehr hinunter, um sich zu überzeugen, ob der einzige Zeuge seiner Untat noch am Leben war. Jedes andere Gefühl, jedes andere Motiv wäre unnatürlich gewesen! Beachten Sie auch dies: Er müht sich um Grigori ab, wischt ihm mit dem Taschentuch das Blut vom Kopf, und als er sicher zu sein glaubt, daß der andere tot ist, läuft er wie ein Unsinniger ganz blutbeschmiert wieder in das Haus seiner Geliebten – wie konnte er nicht daran denken, daß er ganz voll Blut war und ihn das sofort verraten mußte? Doch der Angeklagte versichert uns selbst, er habe gar nicht darauf geachtet, daß er voll Blut war. Das kann man ihm glauben, das ist sehr wohl möglich, das ist in solchen Momenten bei Verbrechern oft der Fall. Einerseits sind sie fähig zu einer teuflisch schlauen Berechnung, andererseits jedoch reicht ihre Denkkraft nicht aus. Aber er dachte in diesem Augenblick nur daran, wo *sie* war. Er wollte so schnell wie möglich erfahren, wo sie war, und so eilte er in ihre Wohnung und hörte die unerwartete, schreckliche Nachricht, daß sie mit ihrem ›Früheren‹ nach Mokroje gefahren sei.«

9. Psychologie auf Hochtouren. Die dahinjagende Troika. Schluß der Rede des Staatsanwalts

Als Ippolit Kirillowitsch bis zu diesem Punkt seiner Rede gelangt war (er hatte offenbar eine streng historische Methode der Darstellung gewählt, eine Methode, zu welcher alle nervösen Redner mit besonderer Vorliebe Zuflucht nehmen, indem sie absichtlich einen strengen Rahmen suchen, um ihren eigenen ungeduldigen Eifer zu hemmen), da verbreitete er sich besonders über den ›Früheren‹ und trug zu diesem Thema einige in ihrer Art interessante Gedanken vor. Karamasow, bisher auf alle eifersüchtig bis zur Raserei, falle auf einmal gleichsam zusammen und verschwinde vor dem ›Früheren‹. Und dies sei um so seltsamer, da er früher diese neue Gefahr in der Person des unerwarteten Nebenbuhlers fast gar nicht beachtet habe. Aber er habe wohl immer die Vorstellung gehabt, das sei noch in weiter Ferne; ein Karamasow lebe jedoch immer nur im gegenwärtigen Augenblick. Wahrscheinlich habe er den anderen sogar für eine Fiktion gehalten. Doch nachdem er dann urplötzlich begriffen habe, daß diese Frau ihm den neuen Nebenbuhler vielleicht gerade darum verheimlichte, weil er für sie ganz und gar keine Phantasie und Fiktion, sondern ihre ganze Lebenshoffnung bildete – nachdem er das begriffen habe, habe er sich dreingefunden. »Nun, meine Herren Geschworenen, ich kann diesen in der Seele des Angeklagten plötzlich hervorgetretenen Zug nicht mit Stillschweigen übergehen. Es könnte scheinen, der Angeklagte sei zu einem solchen Verhalten schlechterdings nicht fähig gewesen; aber es zeigte sich bei ihm auf einmal ein unwiderstehliches Bedürfnis nach Gerechtigkeit, ein Drang, dieses weibliche Wesen zu achten, die Rechte ihres Herzens zu respektieren, und zwar gerade in dem Augenblick, als er sich um ihretwillen die Hände mit dem Blut seines Vaters befleckt hatte! Allerdings schrie auch das vergossene Blut schon zu diesem Zeitpunkt nach Rache; denn nachdem er seine Seele und sein ganzes irdisches Schicksal zerstört hatte, mußte er das in jenem Augenblick unwillkürlich fühlen und sich fragen, was er jetzt noch für sie bedeuten konnte, für dieses Wesen, das er mehr als seine Seele liebte – er neben diesem ›Früheren‹, der reuig zu der einst von ihm zugrunde gerichteten Frau mit neuer Liebe, mit ehrenhaften Anträgen und mit dem Gelöbnis eines neuen, glücklichen Lebens zurückkehrte. Was konnte er, der Unglückliche, ihr jetzt geben, was konnte er ihr bieten? Karamasow begriff das alles; er begriff, daß ihm sein Verbrechen alle Wege verschloß, daß er nur ein zum Tod verurteilter Verbrecher war – kein Mensch, dem weiterzuleben vergönnt war! Dieser Gedanke drückte ihn nieder und vernichtete ihn. Und so faßte er augenblicklich einen verzweifelten Plan, der ihm bei seinem Charakter als der einzige, vom Schicksal gewiesene Ausweg aus seiner furchtbaren Lage erscheinen mußte. Dieser Ausweg war der Selbstmord. Er läuft seine Pistole holen, die er bei dem Beamten Perchotin versetzt hat; er nimmt unterwegs im Laufen aus der Tasche das Geld, um dessentwillen er soeben seine Hände mit dem Blut seines Vaters befleckt hat. Oh, Geld braucht er jetzt ganz besonders nötig: Karamasow wird sterben, Karamasow wird sich erschießen – doch an die Art, wie er das getan hat, wird man lange denken! Nicht umsonst sind wir ein Dichter, nicht umsonst haben wir unser Leben aufgebraucht wie eine an beiden Enden angezündete Kerze. ›Zu ihr, zu ihr! Dort werde ich ein Gelage für die ganze Welt veranstalten, ein Gelage, wie es noch nicht dagewesen ist, damit die Menschen sich lange daran erinnern und davon erzählen. Inmitten des Geschreis, der wilden Lieder und Tänze der

Zigeuner werde ich den Becher erheben, der vergötterten Frau zu ihrem neuen Glück gratulieren und mir dann gleich dort zu ihren Füßen und vor ihren Augen den Schädel zerschmettern!‹ Sie wird sich später manchmal an Mitja Karamasow erinnern, wird verstehen, wie heiß Mitja sie geliebt hat, und sie wird Mitja bedauern! Ja, hier ist viel Hang zur großartigen Pose mit im Spiel, viel romantische Schwärmerei, viel echt Karamasowsche Zügellosigkeit und Sentimentalität – nun, und noch etwas anderes, meine Herren Geschworenen, etwas, das da unermüdlich in der Seele schreit, im Verstand pocht und das Herz vergiftet. Dieses Etwas ist das Gewissen, meine Herren Geschworenen, das Gewissen, das ihn unerbittlich richtet und entsetzlich quält. Aber die Pistole wird alles zur Ruhe bringen, die Pistole ist die einzige Rettung, eine andere gibt es nicht. Dort im Jenseits jedoch … Ich weiß nicht, ob Karamasow in jenem Augenblick daran gedacht hat, was im Jenseits sein wird, ob Karamasow überhaupt imstande ist, daran zu denken, wie es Hamlet tut. Nein, meine Herren Geschworenen, woanders gibt es Hamlets, doch bei uns vorläufig nur Karamasows!«

Nun entrollte Ippolit Kirillowitsch ein Bild von Mitjas Vorbereitungen mit allen Einzelheiten: die Szenen bei Perchotin, im Laden, mit dem Kutscher. Er führte eine Menge von Worten, Aussprüchen und Gesten an, die sämtlich durch Zeugen bestätigt waren – und das Bild übte eine gewaltige Wirkung auf die Zuhörer aus. Vor allem beeindruckte dabei das Zusammentreffen der Tatsachen. Die Schuld dieses bis zum Wahnsinn erregten und sich nicht mehr beherrschenden Menschen trat unwiderleglich zutage.

»Es lag ihm nichts mehr daran, sich in acht zu nehmen«, sagte Ippolit Kirillowitsch. »Zwei- oder dreimal war er schon nahe daran, ein volles Geständnis abzulegen; er machte Andeutungen und sprach nur nicht ganz zu Ende …« Hier folgten die Aussagen von Zeugen. »Selbst dem Kutscher rief er unterwegs zu: ›Weißt du, daß du einen Mörder fährst?‹ Aber zu Ende zu sprechen war ihm doch nicht möglich: Er mußte erst noch in das Dorf Mokroje gelangen und dort eine poetische Szene veranstalten. Doch was erwartete ihn dort? Die

Sache war nämlich die, daß er in Mokroje gleich von Anfang an begriff, daß sein ›privilegierter‹ Nebenbuhler offenbar überhaupt nicht mehr so privilegiert war und daß seine Geliebte von ihm gar keine Gratulation zu dem neuen Glück wünschte. Aber Sie kennen die Tatsachen schon aus der gerichtlichen Untersuchung, meine Herren Geschworenen. Karamasows Triumph über den Nebenbuhler war unbestritten, und nun – oh, nun begann in seiner Seele schon eine neue Phase, sogar die schrecklichste Phase, die diese Seele jemals erlebt hatte und noch erleben wird! Man kann es mit aller Bestimmtheit aussprechen, meine Herren Geschworenen, daß sich die beschimpfte Natur und das verbrecherische Herz stärker gerächt haben, als es jedes irdische Gericht vermocht hätte! Ja noch mehr: Das Gericht und die irdische Strafe erleichtern sogar die von der Natur vollzogene Strafe; sie sind der Seele des Verbrechers in diesen Augenblicken geradezu unentbehrlich, weil sie sie vor der Verzweiflung retten. Ich bin nicht imstande, mir das Entsetzen und die seelischen Leiden Karamasows vorzustellen, als er erfuhr, daß sie ihn liebt, daß sie um seinetwillen ihren ›Früheren‹ zurückweist, daß sie mit ihm, Mitja, ein neues Leben führen will und das, als für ihn schon alles zu Ende ist. Bei dieser Gelegenheit möchte ich eine für uns sehr wichtige Bemerkung machen, um die damalige Lage des Angeklagten ins rechte Licht zu rücken: Diese Frau, die er bis zum letzten Augenblick, bis zu dem Moment seiner Verhaftung liebte, war für ihn ein unerreichbares Wesen, ein leidenschaftlich begehrtes, aber unerreichbares Wesen. Doch warum erschoß er sich nicht gleich damals, warum nahm er von dem bereits gefaßten Entschluß Abstand und vergaß sogar, wo seine Pistole lag? Die leidenschaftliche Gier nach Liebe und die Hoffnung, sie gleich dort zu stillen, waren es, die ihn zurückhielten. In dem wüsten Treiben des Gelages hing er an seiner Geliebten, die mit ihm zusammen das Fest genoß und für ihn reizender und verführerischer war als je zuvor; er weicht nicht von ihrer Seite, er kann sich an ihr nicht satt sehen, er vergeht vor Entzücken über sie. Diese leidenschaftliche Gier konnte für einen Moment sogar die Furcht vor der Verhaftung und auch die Gewissensbisse übertäuben! Für einen Moment, oh, nur für einen Moment! Ich stelle mir vor, daß sich die Seele des Verbrechers damals in einer eindeutigen sklavischen Abhängigkeit von drei Elementen befand. Da war erstens die Trunkenheit, der Dunst und der Lärm, das Gestampfe des Tanzes, das Gekreisch der Lieder – und sie, vom Wein erhitzt, singend und tanzend und ihn anlächelnd! Zweitens die Ermutigung durch den Gedanken, daß die verhängnisvolle Lösung noch fern oder doch wenigstens nicht nahe war, daß man frühestens am Morgen des folgenden Tages kommen und ihn festnehmen würde. Folglich hatte er noch mehrere Stunden vor sich: das ist viel, sehr viel! Man kann sich vieles ausdenken, wenn man mehrere Stunden zur Verfügung hat. Ich stelle mir vor, daß er ähnlich empfand wie ein Verbrecher, der zum Galgen gefahren wird: Es muß noch eine lange, lange Straße durchfahren werden; und noch dazu im Schritt, an einer tausendköpfigen Volksmenge vorbei, dann wird der Zug in eine andere Straße einbiegen, und erst am Ende dieser anderen Straße liegt der furchtbare Platz! Ich glaube, zu Beginn der Fahrt muß der Verurteilte das Gefühl haben, noch liege ein endloses Leben vor ihm. Aber siehe da, die Häuser weichen zurück, der Wagen bewegt sich immer weiter vorwärts – oh, das tut nichts, bis zum Einbiegen in die zweite Straße ist es noch so weit, also blickt er immer noch mutig nach rechts und links und in diese tausendköpfige Menge teilnahmslos neugieriger Menschen, die ihre Blicke auf ihn heften, und immer noch will ihm scheinen, er sei kein anderer Mensch als sie. Aber da ist schon die Ecke, die Stelle, wo in die nächste Straße eingebogen wird – oh, das tut auch nichts, es ist ja noch eine ganze Straße! Und wie viele Häuser auch hinter ihm zurückweichen, er wird immer denken: Es sind noch viele Häuser übrig! Und so bis zum Ende, bis zum Platz selbst. So, stelle ich mir vor, war es damals auch mit Karamasow. ›Sie haben noch nicht genug Zeit gehabt, die Verfolgung einzuleiten!‹ denkt er. Ich kann mir noch irgend etwas einfallen lassen. Ich habe noch Zeit, einen Verteidigungsplan zu entwerfen, mir eine Abwehr zurechtzulegen. Und jetzt … Ach, sie ist so reizend!‹ Trüb sieht es in seiner Seele aus, aber er bringt es doch fertig, von seinem

Geld die Hälfte abzuteilen und irgendwo zu verstecken – sonst kann ich mir nicht erklären, wo die eine Hälfte der dreitausend Rubel, die er kurz vorher bei seinem Vater unter dem Kopfkissen hervorgeholt hatte, geblieben sein könnte. Er war nicht zum erstenmal in Mokroje; er hatte dort schon früher einmal zwei Tage lang geschlemmt. Das große alte Holzhaus war ihm mit all seinen Vorratsräumen und Galerien bekannt. Ich nehme an, daß er einen Teil des Geldes kurz vor seiner Festnahme dort versteckt hat, jawohl, in diesem Haus, in irgendeiner Ritze, unter einer Diele, irgendwo in einem Winkel, unter dem Dach. Wozu? Diese Frage ist leicht zu beantworten. Die Katastrophe kann im nächsten Augenblick hereinbrechen; zwar haben wir noch nicht überlegt, wie wir ihr entgegentreten können, und wir haben auch noch keine Zeit dazu gehabt, und es hämmert uns im Kopf, und es zieht uns zu ihr, doch das Geld – Geld ist in jeder Lebenslage unentbehrlich! Ein Mensch, der Geld hat, ist überall ein Mensch. Vielleicht scheint Ihnen eine solche Fähigkeit zum Überlegen in so einem Moment unnatürlich? Aber er versichert uns ja selbst, er habe schon einen Monat vorher in einem gleichfalls sehr aufregenden, verhängnisvollen Augenblick die eine Hälfte von dreitausend Rubeln abgeteilt und in ein Säckchen eingenäht. Und wenn das auch unwahr ist, wie wir sogleich zeigen werden, so war ihm doch dieser Gedanke offenbar nicht fremd: Er hatte ihn schon erwogen. Ja noch mehr. Als er später dem Untersuchungsrichter versicherte, er habe fünfzehnhundert Rubel in ein Säckchen getan, welches nie existiert hat, da hat er sich dieses Säckchen vielleicht gerade deshalb ausgedacht, weil er zwei Stunden vorher in einer jähen Eingebung die Hälfte des Geldes abgeteilt und in Mokroje für jeden Fall bis zum Morgen versteckt hatte, um sie nicht an seinem Körper aufzubewahren. Zwei Unendlichkeiten gibt es, die eine hoch oben, die andere tief unten: Sie erinnern sich, meine Herren Geschworenen, daß Karamasow beide Unendlichkeiten zu schauen vermag, und beide zugleich! Wir haben in diesem Haus gesucht, aber nichts gefunden. Vielleicht ist das Geld auch jetzt noch dort; vielleicht ist es aber auch am nächsten Tag verschwunden und jetzt im Besitz des Angeklagten. Jedenfalls wurde er neben ihr verhaftet, vor ihr kniend. Sie lag auf dem Bett; er streckte die Arme nach ihr aus und hatte alles völlig vergessen, daß er niemanden kommen hörte, nicht einmal jene, die ihn verhaften kamen. Er hatte noch keine Zeit gehabt, eine Antwort in seinem Kopf vorzubereiten. Er und sein Verstand waren überrumpelt worden ... Und da sitzt er nun vor seinen Richtern, die über sein Schicksal zu entscheiden haben. Meine Herren Geschworenen, es gibt Augenblicke, wo selbst wir bei der Erfüllung unserer Amtspflicht von Grauen und Mitleid mit dem Verbrecher gepackt werden! Das geschieht angesichts des tierischen Entsetzens, wenn der Verbrecher bereits merkt, daß alles verloren ist, aber trotzdem noch mit uns zu kämpfen beabsichtigt. Das geschieht, wenn sich bei ihm alle Instinkte der Selbsterhaltung zugleich regen und er, um seine Rettung besorgt, uns mit durchdringendem Blick fragend und leidvoll ansieht, wenn er uns und unser Gesicht belauert und unsere Gedanken zu erraten sucht, wenn er wartet, von welcher Seite wir den Schlag gegen ihn führen werden, und in seinem schwer erschütterten Geist sofort tausend Pläne entwirft und dennoch Angst hat zu reden, weil er fürchtet, unversehens ein Wort zuviel zu sagen! Das sind erniedrigende Augenblicke für eine Menschenseele, das ist ihr Leidensweg, das ist das tierische Verlangen, sich zu retten – diese Augenblicke sind entsetzlich und rufen bisweilen sogar bei den Beamten, die die Untersuchung führen, ein aufrichtiges Mitleid mit dem Verbrecher hervor. Und alles das haben wir damals mitangesehen. Anfangs war er wie betäubt, und vor Schrecken entfuhren ihm einige Worte, die ihn stark kompromittierten: ›Blut! Ich habe es verdient!‹ Aber er gewann bald die Herrschaft über sich zurück. Was er sagen und antworten sollte, hatte er vorläufig noch nicht parat; parat hatte er nur ein glattes Leugnen: ›Am Tod meines Vaters bin ich unschuldig!‹ Er dachte wohl: ›Das ist vorläufig mein Zaun; und hinter dem Zaun werde ich vielleicht noch etwas aufrichten, irgendeine Barrikade ...‹ Er beeilt sich, unseren Fragen zuvorkommend, seine ersten kompromittierenden Ausrufe so zu deuten, als meinte er nur, an der Tötung des Dieners Grigori schuld zu sein: ›An diesem Blut trage ich die Schuld. Aber wer hat meinen Vater ermordet, meine Herren, wer hat ihn ermordet? Wer anders konnte ihn ermorden als ich?‹ Beachten Sie das: Er fragt uns, uns, die wir mit dieser Frage zu ihm gekommen sind! Beachten Sie diese vorauseilenden Worte: ›Wer anders als ich?‹ Diese tierische Schlauheit, diese Naivität und Karamasowsche Ungeduld! ›Nicht ich habe den Mord begangen! Untersteht euch nicht zu denken, daß ich es war!‹ sagt er gewissermaßen. ›Ich wollte ihn töten, meine Herren, ich wollte ihn töten‹, bekennt er schleunigst. ›Trotzdem bin ich unschuldig, ich habe ihn nicht getötet!‹ Er gibt zu, daß er ihn hatte töten wollen – das soll heißen: ›Seht, wie aufrichtig ich bin! Da müßt ihr doch um so eher glauben, daß ich ihn nicht getötet habe?‹ Oh, in solchen Fällen wird ein Verbrecher manchmal unglaublich leichtsinnig. Und da stellte ihm einer der verhörenden Beamten, wohl ganz zufällig, auf einmal die höchst harmlose Frage: ›Hat vielleicht Smerdjakow den Mord begangen?‹ Und es geschah, was wir erwartet hatten: Er wurde furchtbar wütend, daß wir ihm zuvorgekommen waren und ihn überrascht hatten, bevor er sich hatte vorbereiten und den richtigen Augenblick herausfinden können, wo es am natürlichsten gewirkt hätte, Smerdjakow ins Spiel zu bringen. Seinem Charakter gemäß stürzte er sich sofort ins entgegengesetzte Extrem und suchte uns von sich aus nach Kräften zu überzeugen, daß Smerdjakow den Mord nicht begangen haben konnte und nicht fähig war, einen Mord zu begehen. Doch wir trauten ihm nicht, sondern sagten uns, das ist nur Schlauheit von seiner Seite; er verzichtet durchaus noch nicht darauf, Smerdjakow ins Spiel zu bringen, im Gegenteil, er wird ihn schon noch hervorholen: Wen sollte er sonst als den Schuldigen hinstellen? Er wird es zu einem anderen Zeitpunkt tun, denn jetzt ist diese Sache einstweilen verdorben. Er wird ihn vielleicht erst morgen hervorholen oder gar erst nach einigen Tagen, wenn er einen geeigneten Moment gefunden hat, um uns zuzurufen: ›Sehen Sie, ich selber bestritt Smerdjakows Schuld mehr als Sie, sicher werden Sie sich daran erinnern? Jetzt aber bin ich zu der Überzeugung gelangt: Er hat den Mord begangen – anders ist es nicht möglich!‹ Einstweilen aber verlegte er sich uns gegenüber auf ein finsteres, gereiztes Leugnen; seine Ungeduld und sein Zorn ließen ihn jedoch die ungeschickteste und unwahrscheinlichste Erklärung vorbringen, daß er bei seinem Vater ins Fenster hineingesehen habe und respektvoll vom Fenster weggegangen sei. Die Hauptsache war, er kannte die näheren Umstände noch nicht und wußte nicht, wie belastend für ihn die Aussagen des wieder zur Besinnung gelangten Grigori waren. Wir schritten zur Leibesvisitation. Die Visitation brachte ihn furchtbar auf, ermutigte ihn aber auch wieder: Es wurden nicht die ganzen dreitausend Rubel gefunden, sondern nur die Hälfte. Und nun, erst in diesem Stadium des zornigen Schweigens und Leugnens, schoß ihm zum erstenmal der Gedanke von dem Säckchen durch den Kopf. Ohne Zweifel fühlte er selbst die ganze Unglaubhaftigkeit dieser Erfindung und quälte sich furchtbar in dem Bestreben, sie glaubhafter zu machen, sie so zurechtzubasteln, daß ein wahrscheinlich klingender Roman herauskam. In solchen Fällen ist es die erste Pflicht und die wichtigste Aufgabe des Verhörenden, dem Verbrecher keine Zeit zur Vorbereitung zu lassen, ihn unerwartet zu überfallen, damit er seine geheimen Verteidigungspläne in aller verräterischen Offenherzigkeit mit all ihren Unwahrscheinlichkeiten und Widersprüchen ausspricht. Zum Sprechen kann man einen Verbrecher aber nur dadurch bringen, daß man ihm plötzlich und wie zufällig irgendeine neue Tatsache mitteilt, irgendeinen bedeutsamen Umstand, den er bisher nicht geahnt hat und in keiner Weise hat wissen können. Eine solche Tatsache hatten wir schon lange in Bereitschaft. Es war die Aussage des Dieners Grigori über die offenstehende Tür, aus der der Angeklagte herausgelaufen war. Diese Tür hatte er ganz vergessen, und der Gedanke, daß Grigori sie gesehen haben könnte, war ihm überhaupt nicht gekommen. Die Wirkung war kolossal. Er sprang auf und schrie: ›Dann hat Smerdjakow den Mord begangen! Smerdjakow ist es gewesen!‹ Und so verriet er seinen wichtigsten geheimen Verteidigungsplan in der unglaubhaftesten Form: Smerdjakow konnte den Mord nämlich erst begangen haben, nachdem der Angeklagte den Diener Grigori niedergeschlagen hatte und davongelaufen war. Als wir ihm nun mitteilten, daß Grigori die Tür schon vor dem Schlag offen gesehen und beim Verlassen seines Schlafzimmers gehört hatte, wie Smerdjakow hinter dem Bretterverschlag stöhnte, da war Karamasow wahrhaft niedergeschmettert. Mein Kollege, unser verehrter scharfsinniger Nikolai Parfjonowitsch, hat mir hinterher gesagt, der Angeklagte habe ihm in diesem Moment so leid getan, daß er hätte weinen mögen … In diesem Augenblick faßte er, um seine Sache wieder zu verbessern, schnell den Entschluß, uns von diesem hochberühmten Säckchen zu erzählen. ›Sei es drum!‹ sagt er gewissermaßen. Hören Sie also dieses Geschichtchen! Meine Herren Geschworenen, ich habe Ihnen bereits meine Gedanken darüber dargelegt, warum ich die Geschichte von dem Geld, das einen Monat vorher in ein Säckchen eingenäht worden sein soll, nicht nur für eine Torheit, sondern auch für die unwahrscheinlichste Erfindung halte, auf die man unter den vorliegenden Umständen nur verfallen konnte. Ja, wenn es sich bei einer Wette darum handeln würde, das Unwahrscheinlichste zu finden, was sich hier sagen und vorbringen ließe, würde man sich nichts Tolleres ausdenken können. In so einem Fall kann man den triumphierenden Erfinder vor allem durch Einzelheiten konfus machen, durch jene Einzelheiten, an denen die Wirklichkeit so reich ist, die jedoch von diesen unglücklichen, unfreiwilligen Autoren stets vernachlässigt werden, als wären es ganz unbedeutende, nutzlose Kleinigkeiten. Oh, darum ist ihnen in dem Augenblick nicht zu tun, ihr Geist schafft nur ein großartiges Ganzes – und da wagt man, ihnen mit solchen Kleinigkeiten zu kommen! Aber gerade, dadurch werden sie gefangen! Dem Angeklagten wurde die Frage vorgelegt: ›Nun, wo haben Sie denn das Material für Ihr Säckchen her, und wer hat es Ihnen genäht?‹ – ›Ich habe es selbst genäht.‹ – ›Wo haben Sie die Leinwand hergenommen?‹ Der Angeklagte fühlte sich dadurch schon beleidigt; er hielt das für beleidigende Kleinigkeitskrämerei, und er meinte das wirklich so, wirklich! Doch so machen sie es alle … ›Ich habe einen Fetzen von einem meiner Hemden abgerissen.‹ – ›Sehr wohl, dann werden wir morgen in Ihrer Wäsche dieses beschädigte Hemd ausfindig machen.‹ Und sagen Sie selbst, meine Herren Geschworenen: Wenn wir dieses Hemd wirklich gefunden hätten – und wie hätten wir es nicht in seinem Koffer oder in seiner Kommode finden sollen, wenn ein solches Hemd tatsächlich existiert hätte? –, so wäre das doch wenigstens eine greifbare Tatsache zu seinem Gunsten gewesen! Doch das vermochte er nicht zu überlegen. ›Ich erinnere mich nicht. Vielleicht war es auch nicht von einem Hemd? Ja, ich habe das Geld in eine Haube meiner Wirtin eingenäht.‹ – ›In was für eine Haube?‹ – ›Ich nahm sie ihr weg, sie lag bei ihr herum, es war ein altes, wertloses Ding aus Kaliko.‹ – ›Und Sie erinnern sich daran mit Bestimmtheit?‹ – ›Nein, mit Bestimmtheit nicht ...‹ Er wurde böse, ernstlich böse; aber bedenken Sie bitte: Wie hätte er sich daran nicht erinnern sollen? In den furchtbarsten Augenblicken des Lebens, zum Beispiel wenn jemand zur Hinrichtung gefahren wird, bleiben gerade die Kleinigkeiten im Gedächtnis haften. Er wird alles vergessen, aber an ein grünes Dach, das ihm unterwegs aufgefallen ist, oder an eine Dohle auf einem Kreuz – daran wird er sich erinnern ... Er hat sich, als er sein Säckchen nähte, vor seinen Hausleuten versteckt: Also mußte er sich erinnern, wie demütigend er mit der Nadel in der Hand unter der Furcht litt, es könnte jemand hereinkommen und ihn überraschen, wie er beim ersten Klopfen aufsprang und hinter den Bretterverschlag lief! Aber, meine Herren Geschworenen, wozu teile ich Ihnen das alles, alle diese Einzelheiten und Kleinigkeiten, mit? Weil der Angeklagte bis zu diesem Augenblick hartnäckig bei dieser Torheit bleibt! In diesen ganzen zwei Monaten seit jener verhängnisvollen Nacht hat er nichts erklärt und keinen einzigen erklärenden realen Umstand zu seinen früheren phantastischen Aussagen hinzugefügt. ›Das sind alles Kleinigkeiten, aber glauben Sie mir auf mein Ehrenwort!‹ sagt er. Oh, wir glauben mit Freuden, wir dürsten danach zu glauben, und sei es sogar auf sein Ehrenwort! Sind wir etwa Schakale, die nach Menschenblut dürsten? Bitte, man zeige uns auch nur eine einzige Tatsache zugunsten des Angeklagten, und wir werden uns freuen! Aber es muß eine greifbare, reale Tatsache sein – und kein Schluß, den der Bruder des Angeklagten aus dessen Gesichtsausdruck zieht, oder der vage Hinweis, er habe wohl sicher auf das Säckchen gedeutet, als er sich an die Brust schlug, und das noch dazu in der Dunkelheit! Wir werden uns über eine neue Tatsache freuen, wir werden als erste auf unsere Beschuldigung verzichten, wir werden uns beeilen, sie fallenzulassen. Jetzt aber schreit die Gerechtigkeit, und wir bestehen auf unserer Anklage – es ist uns nicht möglich, etwas zurückzunehmen!« Ippolit Kirillowitsch kam nun zum Schluß seiner Rede. Er war wie im Fieber; er schrie nach Sühne des Vaterblutes, das der Sohn »mit der niedrigen Absicht zu rauben« vergossen habe. Er wies mit allem Nachdruck auf das tragische, zum Himmel schreiende Zusammentreffen der Tatsache hin. »Und was Sie auch von dem durch sein Talent berühmten Verteidiger des Angeklagten hören mögen«, konnte sich Ippolit Kirillowitsch nicht enthalten zu bemerken, »was auch für beredte, rührende, an Ihr empfindsames Gemüt appellierende Worte ertönen mögen – denken Sie immer daran, daß Sie sich in diesem Augenblick im Heiligtum unserer Rechtsprechung befinden! Denken Sie daran, daß Sie die Verteidiger unserer Gerechtigkeit sind, die Verteidiger unseres heiligen Rußlands, seiner Grundlagen, seiner Familie und alles Heiligen in ihm! Ja, Sie sind jetzt die Repräsentanten Rußlands, und Ihr Urteilsspruch wird nicht nur in diesem Saal erschallen, sondern in ganz Rußland! Und ganz Rußland wird auf Sie als auf seine Verteidiger und Richter hören und wird durch Ihren Spruch ermutigt oder niedergedrückt werden. Bereiten Sie dem erwartungsvoll gespannten Rußland keine schmerzliche Enttäuschung. Unsere verhängnisvolle Troika jagt Hals über Kopf dahin, vielleicht ins Verderben. Und schon lange strecken die Einsichtigen in ganz Rußland die Arme aus und rufen, man möge mit diesem rasenden, unerbittlichen Dahinjagen aufhören. Und wenn die anderen Völker vor der wild dahinstürmenden Troika bis jetzt noch zur Seite treten, so vielleicht gar nicht aus Achtung vor ihr, wie der Dichter meinte, sondern einfach aus Entsetzen, möglicherweise auch aus Abscheu. Aber es ist ja noch gut, daß sie überhaupt zur Seite treten; vielleicht werden sie sich einmal wie eine feste Wand dem einherstürmenden Gespenst entgegenstellen und selbst unserem unsinnigen, zügellosen Dahinjagen Halt gebieten, um sich und ihre Bildung und ihre Zivilisation zu retten! Solche Alarmrufe aus Westeuropa haben wir bereits gehört. Sie ertönen schon. Reizen Sie die anderen Völker nicht! Steigern Sie nicht ihren wachsenden Haß durch einen Urteilsspruch, der die Ermordung eines Vaters durch den eigenen Sohn rechtfertigt!«

Kurz, wenn sich Ippolit Kirillowitsch auch hatte hinreißen lassen, so schloß er doch pathetisch, und der Eindruck, den er hervorbrachte, war tatsächlich außerordentlich groß. Er selbst ging nach seiner Rede eilig hinaus und fiel in einem anderen Zimmer beinahe in Ohnmacht. Der Saal applaudierte nicht, doch die Ernsteren unter den Zuhörern waren zufrieden. Nicht so zufrieden waren die Damen, allerdings hatte auch ihnen seine schöne Beredsamkeit gefallen, zumal sie sich um die Folgen keinerlei Sorgen machten und alles von Fetjukowitsch erwarteten: »Nun wird der endlich das Wort ergreifen und natürlich über alle den Sieg davontragen!« Alle blickten Mitja an; während der ganzen Rede des Staatsanwaltes hatte er schweigend dagesessen, mit zusammengedrückten Händen, aufeinandergepreßten Zähnen und gesenktem Kopf. Nur manchmal hatte er den Kopf gehoben und zugehört, besonders als der Redner auf Gruschenka zu sprechen kam. Als Rakitins Ansicht über Gruschenka vorgetragen wurde, zeigte sich auf Mitjas Gesicht ein verächtliches, wütendes Lächeln, und er sagte ziemlich laut: »Diese Bernards!« Als dann Ippolit Kirillowitsch erzählte, wie er ihn in Mokroje verhört und gepeinigt hatte, hob Mitja den Kopf und hörte mit großem Interesse zu. An einer Stelle der Rede schien es, als wollte er sogar aufspringen und etwas rufen, doch er beherrschte sich und zuckte nur geringschätzig die Achseln. Über den letzten Teil der Rede, nämlich über das angeblich so kluge Verfahren des Staatsanwalts bei dem Verhör in Mokroje, wurde später bei uns viel geredet, und man machte sich über Ippolit Kirillowitsch lustig. »Dieser Mensch konnte es doch nicht unterlassen«, sagte man, »seine Fähigkeiten zu rühmen.« Die Sitzung wurde unterbrochen, aber nur für kurze Zeit, für eine Viertelstunde oder höchstens zwanzig Minuten. Im Publikum wurden Gespräche und Ausrufe laut. Einiges davon habe ich im Gedächtnis behalten.

»Eine bedeutende Rede!« bemerkte in einer Gruppe ein Herr mit gerunzelter Stirn.

»Ein bißchen viel Psychologie hat er verzapft«, sagte eine andere Stimme.

»Aber es war doch alles richtig, unwiderleglich wahr!«

»Ja, darin ist er Meister.«

»Er hat die Bilanz gezogen.«

»Auch über uns, auch über uns hat er Bilanz gezogen«, mischte sich ein dritter ein. »Erinnern Sie sich, wie er am Anfang seiner Rede sagte, wir seien alle solche Menschen wie Fjodor Pawlowitsch?«

»Und am Schluß ebenfalls. Aber da sagt er die Unwahrheit.«

»Es gab auch einige Unklarheiten.«

»Er ließ sich ein bißchen hinreißen.«

»Das war ungerecht, das war ungerecht.«

»Na, nein, geschickt war es doch. Der Mann hat lange warten müssen. Nun hat er sich endlich einmal ausreden können, hehe!«

»Was wird der Verteidiger sagen?«

In einer anderen Gruppe:

»Seine Stichelei gegen den Petersburger zum Schluß hätte er unterlassen können. ›An Ihr empfindsames Gemüt appellierende Worte‹, Sie erinnern sich?«

»Ja, das war ungeschickt.«

»Er hatte es ein bißchen zu eilig.«

»Ein nervöser Mensch.«

»Wir lachen hier, aber wie mag dem Angeklagten zumute sein?«

»Ja. Wie mag diesem Mitenka wohl zumute sein?«

»Was wird der Verteidiger sagen?«

In einer dritten Gruppe:

»Was ist das da für eine Dame, die mit der Lorgnette, die dicke ganz am Rande?«

»Das ist die Frau von einem General. Geschieden. Ich kenne sie.«

»So so, darum diese Lorgnette.«

»Ein abgetakeltes Frauenzimmer.«

»Aber doch ganz pikant.«

»Nicht weit von ihr, zwei Plätze weiter sitzt eine kleine Blondine, die macht einen besseren Eindruck.«

»Auf geschickte Weise haben sie ihn damals in Mokroje überrumpelt, was?«

»Ja, das muß man sagen. Darum hat es der Staatsanwalt ja auch noch mal erzählt. Er hat darüber schon in jedem Haus wer weiß wieviel Gerede gemacht.«

»Auch jetzt hat er es sich nicht verkneifen können. Die liebe Eitelkeit!«

»Er ist ein zurückgesetzter Beamter, hehe!«

»Und empfindlich! Viel Rhetorik hat er aufgewandt, lange Phrasen gedrechselt.«

»Und er möchte einem Angst machen, merken Sie? Immer möchte er einem Angst machen. Erinnern Sie sich, was er von der Troika gesagt hat? Und dann: ›Woanders gibt es Hamlets, doch bei uns vorläufig nur Karamasows.‹ Das war geschickt gesagt.«

»Das war eine Verbeugung vor dem Liberalismus. Er fürchtet sich.«

»Auch vor dem Rechtsanwalt hat er Angst.«

»Ja, was wird nun wohl Herr Fetjukowitsch sagen?«

»Na, mag er sagen, was er will – unsere Bauern wird er nicht herumkriegen.«

»Meinen Sie?«

In einer vierten Gruppe:

»Aber was er da von der Troika sagte, war doch schön, ich meine, wo er von den anderen Völkern sprach.«

»Und das war die Wahrheit! Du entsinnst dich gewiß, wie er sagte, daß die anderen Völker nicht warten würden?«

»Wieso?«

»Im englischen Parlament hat sich erst vorige Woche wegen unserer Nihilisten ein Mitglied erhoben und gefragt, ob es nicht an der Zeit sei, bei so einer barbarischen Nation wie uns einzugreifen und uns Bildung beizubringen. Den hat Ippolit mit seinen Worten gemeint! Ich weiß, daß er den gemeint hat. Er hat in der vorigen Woche davon gesprochen.«

»Du machst umsonst die Pferde scheu!«

»Wieso umsonst? Warum?«

»Wir sperren ihnen den Hafen von Kronstadt und geben ihnen kein Getreide mehr. Wo sollen sie es dann hernehmen?«

»Nun, aus Amerika. Heutzutage kommt alles aus Amerika.«

»Unsinn!«

Doch da läutete die Glocke, und alle stürzten zu ihren Plätzen. Fetjukowitsch trat ans Rednerpult.

10. Die Rede des Verteidigers. Der Stab mit zwei Enden

Alles wurde still, als die ersten Worte des berühmten Redners ertönten. Die Blicke aller Anwesenden hingen seitdem unverwandt an ihm. Er begann ohne weitere Vorrede, außerordentlich schlicht und in sehr überzeugtem Ton, doch ohne eine Spur von Anmaßung. Er machte nicht den geringsten Versuch, formvollendet zu sprechen, pathetische Töne anzuschlagen, durch gefühlvoll klingende Wendungen zu wirken. Er war einfach ein Mensch, der in einem intimen Kreis von Gesinnungsgenossen sprach. Er hatte eine schöne, laute, sympathische Stimme, und schon aus dieser Stimme glaubte man seine Aufrichtigkeit und Treuherzigkeit herauszuhören. Aber allen wurde sofort klar, daß der Redner imstande war, sich plötzlich zu wahrhaft pathetischer Diktion zu erheben und »mit unerhörter Kraft an die Herzen zu schlagen«. Er sprach vielleicht weniger regelgerecht als Ippolit Kirillowitsch, doch dafür ohne lange Sätze und klarer. Eines jedoch mißfiel unseren Damen etwas – er krümmte immerzu eigentümlich den Rücken, besonders am Anfang seiner Rede, nicht als ob er sich verbeugen wollte, sondern als ob es ihn zu seinen Zuhörern hinzog und er sich anschickte, zu ihnen zu fliegen; dabei schien er sich mit der Hälfte seines langen Rückens nach vorn zu beugen, als hätte er in der Mitte desselben ein Scharnier, als ließe sich der Rücken gewissermaßen in einem rechten Winkel knicken. Zu Beginn seiner Rede sprach er scheinbar unzusammenhängend, als griffe er ohne Methode hier und da einzelne Tatsachen heraus; schließlich ergab das aber doch ein abgeschlossenes Ganzes. Man konnte seine Rede in zwei Teile teilen. Der erste Teil enthielt die Kritik: eine zuweilen boshafte und sarkastische Widerlegung der Anklage. Im zweiten Teil änderte er auf einmal seinen Ton, ja sogar sein ganzes Wesen und schwang sich plötzlich zu Pathos auf. Die Zuhörer schienen das erwartet zu haben und zitterten nur so vor Entzükken. Er kam sogleich zur Sache und begann damit, sein Arbeitsfeld sei zwar eigentlich Petersburg, doch habe er schon wiederholt auch andere Städte Rußlands aufgesucht, um Angeklagte zu verteidigen – aber nur solche, deren Unschuld er entweder mit Sicherheit erkannt hatte oder doch vorausfühlte. »Ebenso erging es mir in vorliegendem Fall«, fuhr er fort. »Schon aus den ersten Zeitungsnachrichten schimmerte mir etwas entgegen, was mich außerordentlich zugunsten des Angeklagten beeindruckte. Kurz, mich interessierte vor allem eine gewisse juristische Tatsache, die sich in der Gerichtspraxis zwar häufig wiederholt, aber, wie mir scheint, nicht leicht in solcher Vollkommenheit und mit so charakteristischen Besonderheiten wie in dem vorliegenden Prozeß. Diese Tatsache müßte ich eigentlich erst am Schluß meiner Rede formulieren; dennoch werde ich meinen Gedanken jetzt gleich am Anfang aussprechen. Es ist eine Schwäche von mir, sofort zur Sache zu kommen, ohne mir die Effekte aufzusparen und ohne mit den beabsichtigten Eindrücken ökonomisch zu verfahren. Damit erweise ich mich vielleicht als schlechter Redner, dafür jedoch als offenherziger Mensch … Mein Gedanke ist, in knapper Form, folgender: Es besteht ein erdrückendes Zusammentreffen von Tatsachen zuungunsten des Angeklagten – und gleichzeitig existiert keine einzige Tatsache, die einer Kritik standhält, wenn man sie allein für sich betrachtet! Während ich die Sache an Hand von Gerüchten und Zeitungsberichten weiterverfolgte, wurde ich in meiner Ansicht mehr und mehr bestärkt, und dann auf einmal wurde ich von den Angehörigen des Angeklagten gebeten, ihn zu verteidigen. Ich eilte sogleich hierher, und hier wurde meine Überzeugung endgültig. Und um dieses furchtbare Zusammentreffen von Tatsachen zu entkräften und den Nachweis zu liefern, daß jede scheinbar belastende Tatsache – einzeln genommen – unbewiesen und phantastisch ist, deshalb habe ich die Verteidigung in diesem Prozeß übernommen.«

So begann der Verteidiger und rief dann plötzlich aus:

»Meine Herren Geschworenen, ich bin hier ein Fremder. Alle Eindrücke habe ich ohne Voreingenommenheit in mich aufgenommen. Der Angeklagte, ein Mensch, von ungestümem, zügellosem Charakter, hat mich vorher nicht beleidigt, wie er vielleicht Dutzende von Personen in dieser Stadt beleidigt hat, weswegen auch viele im voraus gegen ihn eingenommen sein mögen. Allerdings muß auch ich zugeben, daß sich das sittliche Empfinden der hiesigen Gesellschaft zu Recht empört hat. Der Angeklagte ist wirklich ungestüm und zügellos. Dennoch hat er in der hiesigen Gesellschaft Aufnahme gefunden; selbst in der Familie des hochbegabten Anklägers war er ein willkommener Gast ...« Bei diesen Worten hörte man zwei oder drei der Anwesenden lachen; sie unterdrückten ihr Lachen zwar schnell, aber es war von allen bemerkt worden. Jedermann bei uns wußte, daß der Staatsanwalt Mitjas Besuche in seinem Haus nur ungern gestattet hatte, einzig und allein, weil ihn die Frau Staatsanwalt interessant fand, eine tugendhafte, ehrenwerte Dame, die jedoch über ziemlich viel Phantasie und Eigensinn verfügte und manchmal, besonders bei Kleinigkeiten, gern gegen ihren Mann opponierte. Im übrigen hatte Mitja das Haus dieses Ehepaares nur recht selten besucht. »Dennoch wage ich die Vermutung«, fuhr der Verteidiger fort, »daß sich sogar bei einem Mann von so selbständig denkendem Verstand und so gerechtem Charakter, wie mein Opponent es ist, eine gewisse irrige Voreingenommenheit gegenüber meinem Klienten herausbilden konnte. Oh, das ist durchaus natürlich: Der Unglückliche hat es nur zu sehr verdient, daß man ihm mit Voreingenommenheit entgegentritt. Das beleidigte sittliche Gefühl ist bisweilen unerbittlich, und in noch höherem Maß gilt das für das beleidigte ästhetische Gefühl. Zwar haben wir alle in der von hohem Talent zeugenden Anklagerede eine strenge Analyse des Charakters und der Handlungen des Angeklagten gehört, ein streng kritisches Verhältnis zur Sache beobachten können, und um uns über den Kern der Sache aufzuklären, stieg die Untersuchung in solche psychologischen Tiefen hinab, daß das Eindringen in diese Tiefen bei absichtlicher und böswilliger Voreingenommenheit gegen die Person des Angeklagten unmöglich gewesen wäre. Aber es gibt ja Dinge, die in solchen Fällen noch schlimmer und verderblicher sind als die böswilligste, vorurteilsvollste Stellungnahme zur Sache. So zum Beispiel, wenn wir künstlerische Neigungen besitzen, wenn wir das Bedürfnis fühlen, etwas Künstlerisches zu schaffen, sozusagen einen Roman zu verfassen, besonders wenn uns Gott mit reichen psychologischen Gaben ausgestattet hat. Schon in Petersburg, schon als ich mich anschickte, hierherzufahren, machte man mich darauf aufmerksam – und ich wußte es auch selbst, ohne jeden Hinweis von anderer Seite –, daß ich hier als Opponenten einen tiefen, überaus feinen Psychologen vorfinden würde, der sich durch diese seine Eigenschaft schon längst eine gewisse Berühmtheit in unserer noch jungen juristischen Welt erworben hat. Aber, meine Herren, die Psychologie ist zwar eine tiefsinnige Sache, gleicht jedoch einem Stab mit zwei Enden.« Lachen im Publikum. »Oh, Sie werden mir gewiß meinen trivialen Vergleich verzeihen, ich beherrsche nicht die Kunst der schönen Rede. Hier ein Beispiel, ich nehme das erste beste, was mir aus der Rede des Anklägers einfällt. Der Angeklagte klettert nachts im Garten auf der Flucht über einen Zaun und schlägt den Diener, der sich an sein Bein klammert, mit einem Messingstößel nieder. Darauf springt er sofort wieder in den Garten hinunter und beschäftigt sich ganze fünf Minuten lang mit dem Opfer, wobei er sich darüber klarzuwerden versucht, ob er ihn totgeschlagen hat oder nicht. Und der Ankläger will nun um keinen Preis an die Wahrheit der Aussage des Angeklagten glauben, daß er aus Mitleid zu dem alten Grigori hinabgesprungen sei. ›Nein‹, sagt er, ›ist in einem solchen Augenblick etwa so eine Empfindsamkeit möglich? Das ist unnatürlich! Er ist hinabgesprungen, um sich zu überzeugen, ob der einzige Zeuge seiner Freveltat am Leben war oder nicht; folglich hat er damit auch bezeugt, daß er diese Freveltat begangen hat, da er aus keinem anderen Grund, keinem anderen Drang oder Gefühl in den Garten springen konnte.‹ Das ist reine Psychologie! Nehmen wir aber einmal diese selbe Psychologie und legen wir sie an die Sache an, nur vom anderen Ende her, und es wird etwas herauskommen, was keineswegs weniger wahrscheinlich ist. Der Mörder springt also aus Vorsicht hinunter, um sich zu überzeugen, ob der Zeuge lebt oder nicht, dabei hat er soeben im Zimmer des von ihm ermordeten Vaters nach dem Zeugnis des Anklägers ein höchst wichtiges Indiz gegen sich zurückgelassen: das zerrissene Kuvert, auf dem geschrieben stand, es enthalte dreitausend Rubel. ›Hätte er dieses Kuvert mitgenommen, so hätte niemand erfahren, daß ein Kuvert mit Geld vorhanden war, und folglich hätte auch niemand erfahren, daß der Angeklagte das Geld geraubt hatte.‹ Das ist ein Ausspruch des Anklägers selbst. Nun, zu dem einen hat seine Vorsicht also nicht ausgereicht; er hatte den Kopf verloren, es mit der Angst bekommen und war weggelaufen, wobei er ein Indiz gegen sich auf dem Fußboden zurückließ. Doch als er ungefähr zwei Minuten später einen anderen Menschen niedergeschlagen hat, da erscheint sogleich die herzloseste, berechnendste Vorsicht zu unseren Diensten. Aber mag es auch so gewesen sein: Die Feinheit der Psychologie besteht ja eben darin, daß ich unter solchen Umständen jetzt blutrünstig und scharfsinnig bin wie ein kaukasischer Adler und im nächsten Augenblick blind und ängstlich wie ein kläglicher Maulwurf. Doch wenn ich nun schon so blutdürstig und grausam berechnend bin, daß ich nach dem Mord nur zu dem Zweck hinunterspringe, um zu sehen, ob der gefährliche Zeuge lebt oder nicht – wozu gebe ich mich dann ganze fünf Minuten lang mit diesem neuen Opfer ab, auf die Gefahr hin, mir womöglich neue Zeugen auf den Hals zu laden? Wozu mache ich mein Taschentuch blutig, indem ich ihm das Blut vom Kopf wische, obwohl doch dieses Tuch später als Indiz gegen mich dienen kann? Nein, wenn wir schon so berechnend und hartherzig sind, wäre es dann nicht besser gewesen, dem Diener mit demselben Stößel einfach noch einen Schlag oder ein paar Schläge auf den Kopf zu versetzen, um ihn ganz zu töten und durch Vernichtung dieses Zeugen das Herz von jeder Sorge zu befreien? Und weiter. Ich springe hinab, um festzustellen, ob der Zeuge meiner Tat noch lebt oder nicht, und lasse ebendort auf dem Weg einen anderen Zeugen zurück, jenen Stößel, den ich mir bei zwei Frauen angeeignet habe, die beide jederzeit diesen Stößel als den ihrigen rekognoszieren und bezeugen können, daß ich ihn bei ihnen weggenommen habe. Und nicht etwa, daß ich ihn im Garten vergessen, ihn aus Zerstreutheit und Fassungslosigkeit hätte fallen lassen – nein, wir haben unsere Waffe geradezu weggeworfen; denn sie ist ungefähr fünfzehn Schritte entfernt von der Stelle, wo Grigori zu Boden geschlagen wurde, gefunden worden. Es entsteht also die Frage, warum wir so gehandelt haben. Und die Antwort wird lauten: Eben deshalb, weil es uns bitter leid tat, einen Menschen, einen alten Diener totgeschlagen zu haben; und dann haben wir im Ärger den Stößel als die Mordwaffe mit einem Fluch fortgeschleudert. Anders kann es nicht gewesen sein, was wäre sonst für ein Grund gewesen, sie mit solchem Schwung wegzuwerfen? Wenn wir aber imstande waren, Schmerz und Bedauern darüber zu empfinden, daß wir einen Menschen getötet hatten, so war das natürlich deshalb der Fall, weil wir den Vater nicht getötet hatten. Hätten wir den Vater getötet, wären wir nicht aus Mitleid zu einem anderen hinabgesprungen, den wir nur zu Boden geschlagen hatten! Dann wäre bei uns schon ein anderes Gefühl vorhanden gewesen, dann hätten wir nicht an Mitleid gedacht, sondern an unsere eigene Rettung! So wäre das sicherlich gewesen. Wir hätten ihm vielmehr, ich wiederhole es, den Schädel gänzlich eingeschlagen und uns nicht fünf Minuten mit ihm abgegeben. Für das gute Gefühl des Mitleids fand sich in unserem Herzen deswegen Raum, weil unser Gewissen vorher rein war. Da haben Sie eine andere Psychologie! Absichtlich, meine Herren Geschworenen, habe ich selber jetzt meine Zuflucht zur Psychologie genommen, um anschaulich zu zeigen, daß man aus ihr jeden Schluß ziehen kann, der einem beliebt. Es kommt nur darauf an, wer sie handhabt. Die Psychologie verführt sogar die solidesten Männer zum Verfassen von Romanen, und zwar, ohne daß sie es wollen. Ich rede von der unangebrachten Psychologie, meine Herren Geschworenen, von einem gewissen Mißbrauch, der mit ihr getrieben wird.«

Hier hörte man abermals im Publikum beifälliges Lachen, das wieder auf Kosten des Staatsanwalts ging. Ich werde nicht die ganze Rede des Verteidigers mit allen Einzelheiten wiedergeben; ich wähle nur einige Stellen aus ihr aus, einige besonders wichtige Punkte.

11. Kein Geld – also auch kein Raub

Es gab in der Rede des Verteidigers einen Punkt, der alle überraschte – nämlich, daß er die Existenz dieser verhängnisvollen dreitausend Rubel und somit auch die Möglichkeit ihres Raubes vollkommen bestritt.

»Meine Herren Geschworenen!« begann der Verteidiger. »In dem vorliegenden Prozeß frappiert jeden, der als Fremder an ihn herantritt und von Voreingenommenheit frei ist, eine charakteristische Besonderheit: nämlich die Anklage wegen Raubes und gleichzeitig die völlige Unmöglichkeit, faktisch nachzuweisen, was denn nun eigentlich geraubt worden ist. ›Es wurde Geld geraubt‹, heißt es. ›Und zwar dreitausend Rubel.‹ Ob aber dieses Geld tatsächlich existiert hat, das weiß kein Mensch. Überlegen Sie bitte: Erstens, wie haben wir erfahren, daß dreitausend Rubel da waren? Und zweitens, wer hat sie gesehen? Der Diener Smerdjakow war der einzige, der sie gesehen und angegeben hat, sie hätten in einem mit einer Aufschrift versehenen Kuvert gesteckt. Er war es denn auch, der schon vor der Katastrophe davon berichtete, und zwar dem Angeklagten und seinem Bruder Iwan Fjodorowitsch. Auch Fräulein Swetlowa wurde davon in Kenntnis gesetzt. Dennoch haben diese drei Personen das Geld nicht selbst gesehen; gesehen hat es wieder nur Smerdjakow – und da erhebt sich ganz von selbst die Frage: Wenn es auch wahr ist, daß

Geld da war und daß Smerdjakow es gesehen hat, wann hat er es zum letztenmal gesehen? Wie, wenn der Herr das Geld aus dem Bett geholt und wieder in die Schatulle gelegt hat, ohne es ihm zu sagen? Beachten Sie, daß nach Smerdjakows Angabe das Geld im Bett unter der Matratze lag. Der Angeklagte mußte es also unter der Matratze hervorziehen – und doch war das Bett in keiner Weise in Unordnung gebracht, wie das im Protokoll ausdrücklich vermerkt worden ist. Wie hat es der Angeklagte fertiggebracht, das Bett gar nicht in Unordnung zu bringen und überdies mit seinen blutigen Händen die ganze frische, feine Bettwäsche nicht zu beflecken, mit der das Bett extra für diesmal versehen worden war? Man wird einwenden: Aber das Kuvert auf dem Fußboden? Über dieses Kuvert lohnt es sich in der Tat etwas zu sagen. Ich bin vorhin einigermaßen erstaunt gewesen: Als der hochbegabte Ankläger auf dieses Kuvert zu sprechen kam, äußerte er selbst, hören Sie, meine Herren, er selbst, und zwar an der Stelle, wo er auf das Törichte der Annahme hinwies, Smerdjakow könnte den Mord begangen haben. ›Wäre dieses Kuvert nicht vorhanden gewesen, wäre es nicht als Indiz auf dem Fußboden liegengeblieben, hätte es der Dieb mitgenommen, so würde es überhaupt niemand wissen, daß ein Kuvert dagewesen war, daß Geld darin gesteckt hatte und daß es somit von dem Angeklagten geraubt worden ist.‹ Also hat nach dem eigenen Bekenntnis des Anklägers einzig und allein dieser zerrissene Fetzen Papier mit der Aufschrift dazu geführt, daß der Angeklagte des Raubes beschuldigt wird: ›Sonst hätte niemand erfahren, daß ein Raub stattgefunden hat, vielleicht auch nicht, daß Geld dagewesen ist.‹ Aber ist etwa allein der Umstand, daß dieser Fetzen Papier am Boden lag, wirklich ein Beweis dafür, daß Geld darin gewesen war und daß dieses Geld geraubt wurde? ›Aber‹, antwortete man mir, ›Smerdjakow hat ja das Geld in dem Kuvert gesehen!‹ Doch wann, wann hat er es zum letztenmal gesehen? Das ist es, wonach ich frage. Ich habe mit Smerdjakow gesprochen, und er hat mir gesagt, er habe es zwei Tage vor der Katastrophe gesehen. Warum jedoch darf ich nicht zum Beispiel annehmen, daß der alte Fjodor Pawlowitsch, der sich in seinem Haus eingeschlossen hatte und in krampfhafter Ungeduld seine Geliebte erwartete, auf einmal in müßiger Weile auf den Einfall kam, das Kuvert hervorzuholen und aufzumachen? ›Wozu das Kuvert?‹ mochte er denken. ›Sie wird mir am Ende gar nicht glauben? Aber wenn ich ihr die dreißig regenbogenfarbenen Scheine als ein offenes Päckchen zeige, wird das stärker wirken und ihr den Mund wäßrig machen!‹ Und so reißt er das Kuvert auf, nimmt das Geld heraus und wirft das Kuvert mit der Ungeniertheit des Hausherrn – und natürlich ohne ein Indiz zu fürchten – auf den Fußboden. Hören Sie, meine Herren Geschworenen, gibt es etwas, was leichter möglich wäre als ein solcher Hergang, wie ich ihn soeben skizziert habe? Warum soll das unmöglich sein? Wenn etwas Derartiges aber auch nur im Bereich des Möglichen liegt, wird die Anklage wegen Raubes ganz von selbst gegenstandslos: Es war kein Geld da – also hat auch kein Raub stattgefunden. Wenn das Kuvert auf dem Fußboden ein Indiz dafür sein soll, daß sich Geld in ihm befunden hatte, warum kann ich dann nicht das Gegenteil behaupten, nämlich daß das Kuvert eben deswegen auf dem Fußboden lag, weil der Hausherr selbst vorher das Geld herausgenommen hatte und somit nun keines mehr darin war? ›Ja, aber wo ist das Geld geblieben, wenn es Fjodor Pawlowitsch selbst aus dem Kuvert herausgenommen hat? In seinem Haus ist es bei der Haussuchung nicht gefunden worden!‹ Erstens hat man in seiner Schatulle einen Teil des Geldes gefunden; und zweitens kann er es schon am Vormittag, sogar am Vortag herausgenommen, darüber anders verfügt, es ausgegeben, weggeschickt, seine Absicht völlig geändert haben, ohne daß er es für nötig hielt, Smerdjakow davon in Kenntnis zu setzen. Wenn aber auch nur eine Möglichkeit für so eine Annahme vorhanden ist, wie kann man dann mit solcher Hartnäckigkeit und Bestimmtheit den Angeklagten beschuldigen, er habe zum Zweck eines Raubes gemordet und der Raub habe tatsächlich stattgefunden? Auf diese Weise betreten wir ja das Gebiet des Romans. Wenn man behauptet, die und die Sache sei geraubt worden, so muß man diese Sache im Besitz des Diebes nachweisen oder zumindest unwiderlegbar beweisen, daß sie vorhanden gewesen ist. Doch hier hat sie überhaupt niemand gesehen. Unlängst betrat in Petersburg ein junger Mensch, er war erst achtzehn Jahre alt, ein gewöhnlicher Hausierer, am hellichten Tag mit einem Beil eine Wechselstube, erschlug mit besonderer Dreistigkeit den Ladeninhaber und nahm fünfzehnhundert Rubel mit. Fünf Stunden darauf wurde er verhaftet; bis auf die fünfzehn Rubel, die er schon ausgegeben hatte, wurden bei ihm die ganzen fünfzehnhundert Rubel vorgefunden. Außerdem teilte der Ladengehilfe, der nach dem Mord in den Laden zurückgekehrt war, der Polizei nicht nur die Höhe der gestohlenen Summe mit, sondern er gab auch an, aus was für Geld sie bestanden hatte, das heißt, wieviel Hundertrubelscheine dabei waren, wieviel Zehnrubelscheine, wieviel Fünfrubelscheine, wieviel Goldstücke und was für welche – und siehe da, bei dem verhafteten Mörder wurden genau solche Scheine und Münzen gefunden. Und zu alledem legte der Mörder noch ein vollständiges, offenes Geständnis ab. Das, meine Herren Geschworenen, das nenne ich einen Beweis! Denn da kenne ich das geraubte Geld, ich sehe es, ich befühle es und kann nicht sagen, es sei nicht da oder nicht dagewesen. Steht es so im vorliegenden Fall? Und dabei geht es hier um Leben und Tod, um das ganze Schicksal eines Menschen. ›Ja‹, wird man sagen, ›aber er hat doch in jener Nacht gepraßt und mit dem Geld nur so um sich geworfen! Es wurde festgestellt, daß er fünfzehnhundert Rubel gehabt haben muß – wo hatte er die denn her?‹ Gerade dadurch, daß im ganzen nur fünfzehnhundert Rubel festgestellt wurden und die andere Hälfte der Summe schlechterdings nicht aufzufinden und nachzuweisen war, gerade dadurch wird ja bewiesen, daß dieses Geld wohl ganz anderes Geld war und überhaupt nie in einem Kuvert gesteckt hat. Durch Berechnung der Zeit, und zwar durch die allergenaueste, ist in der Voruntersuchung ermittelt und bewiesen worden, daß der Angeklagte, als er von den Dienerinnen zu dem Beamten Perchotin lief, nicht in seiner Wohnung und überhaupt nirgends vorbeigegangen ist; und danach ist er die ganze Zeit mit Menschen zusammen gewesen: Er konnte also gar nicht von den dreitausend Rubeln die Hälfte abteilen und irgendwo in der Stadt verstecken. Dieser Schluß bildet auch den Grund für die Vermutung des Anklägers, daß der Angeklagte das Geld irgendwo im Dorf Mokroje in einer Ritze versteckt habe. Vielleicht in den Kellern des Udolfschen Schlosses, meine Herren? Nun, ist diese Vermutung etwa nicht phantastisch und romanhaft? Und wenn auch nur diese eine Vermutung widerlegt wird, daß nämlich das Geld in Mokroje versteckt wurde, so verflüchtigt sich damit die ganze Beschuldigung wegen Raubes: Denn wo, wo sind dann diese fünfzehnhundert Rubel geblieben? Durch welches Wunder konnten sie verschwinden, wo doch bewiesen ist, daß der Angeklagte nirgends vorbeigegangen ist? Und wir sollen es über uns bringen, mit solchen Romanen ein Menschenleben zugrunde zu richten! Man wird einwenden: ›Aber er hat doch nicht erklären können, wo er diese fünfzehnhundert Rubel hergenommen hat, die bei ihm gefunden wurden! Außerdem wußten alle Leute, daß er bis zu jener Nacht kein Geld besaß.‹ Wer hat das gewußt? Der Angeklagte aber hat eine klare, bestimmte Aussage darüber gemacht, wo er das Geld herhatte, und mit Ihrer Erlaubnis, meine Herren Geschworenen: Nie konnte etwas glaubhafter und zugleich dem Charakter und der seelischen Beschaffenheit des Angeklagten gemäßer sein als diese Aussage! Die Anklage aber hat sich nun einmal in ihren eigenen Roman verliebt: Wenn ein willensschwacher Mensch sich entschlossen habe, dreitausend Rubel anzunehmen, die ihm von seiner Braut in so schmachvoller Weise angeboten wurden, dann sei er nicht imstande gewesen, die Hälfte davon abzuteilen und sie in ein Säckchen einzunähen; vielmehr hätte er, selbst wenn er sie eingenäht hätte, das Säckchen alle zwei Tage wieder aufgetrennt und jedesmal einen Hunderter herausgenommen und so die ganze Summe in einem Monat aufgebraucht. Erinnern Sie sich: Das alles wurde in einem Ton vorgebracht, der keinen Widerspruch duldete. Wie nun, wenn die Sache ganz anders zuging und der Ankläger eben nur einen Roman verfaßt hat, in dem er eine ganz andere Person auftreten läßt? Das ist es eben, daß er eine andere Person geschaffen hat! Vielleicht wendet man ein: ›Es sind Zeugen dafür vorhanden, daß er im Dorf Mokroje die ganzen dreitausend Rubel, die er von Fräulein Werchowzewa einen Monat vor der Katastrophe erhalten hatte, mit einemmal verpraßt hat – also kann er nicht die Hälfte davon abgeteilt haben.‹ Aber wer sind diese Zeugen? Der Grad der Glaubwürdigkeit dieser Zeugen ist während der Gerichtsverhandlung hinreichend klargeworden. Außerdem sieht eine Schnitte Brot in fremder Hand immer größer aus. Und endlich hat keiner dieser Zeugen dieses Geld selbst gezählt, jeder hat nur nach dem Augenmaß geurteilt. Der Zeuge Maximow hat sogar ausgesagt, der Angeklagte habe zwanzigtausend Rubel in der Hand gehabt! Sehen Sie, meine Herren Geschworenen, da die Psychologie ein Stab mit zwei Enden ist, müssen Sie mir schon erlauben, mich des anderen Endes zu bedienen! Wollen wir sehen, was dabei herauskommt … Einen Monat vor der Katastrophe wurden dem Angeklagten von Fräulein Werchowzewa dreitausend Rubel zur Absendung durch die Post anvertraut; fraglich ist aber, ob sie ihm in so schmählicher, demütigender Weise anvertraut wurden, wie das vorhin laut verkündet worden ist. Als Fräulein Werchowzewa ihre erste Aussage machte, kam das anders heraus, ganz anders; bei der zweiten Aussage jedoch hörten wir nur den Aufschrei der Erbitterung und Rachsucht, den Aufschrei eines lange verborgen gehaltenen Hasses. Schon allein der Umstand, daß die Zeugin einmal, bei ihrer ersten Aussage, unrichtig ausgesagt hat, berechtigt uns zu dem Schluß, daß auch die zweite Aussage unrichtig sein kann. Der Ankläger ›erlaubt sich nicht, wagt nicht‹, dieses Liebesverhältnis zu berühren. Nun gut, ich werde es ebenfalls nicht berühren; dennoch möchte ich mir eine Bemerkung erlauben. Wenn sich eine sittlich hochstehende Person wie das hochverehrte Fräulein Werchowzewa plötzlich vor Gericht erlaubt, ihre erste Aussage zu widerrufen, und zwar in der offenkundigen Absicht, den Angeklagten zugrunde zu richten, so ist eindeutig klar, daß sie ihre zweite Aussage nicht leidenschaftslos, nicht kaltblütig gemacht hat. Will man uns das Recht nehmen zu glauben, daß eine Frau, die sich rächen will, vieles übertreiben kann? Ja, vor allem mag sie die Schande übertrieben haben, unter der sie ihm das Geld anbot. Das Geld wird ihm vielmehr gerade so angeboten worden sein, daß es eben noch möglich war, es anzunehmen, besonders für so einen leichtsinnigen Menschen wie unseren Angeklagten. Die Hauptsache war: Er hoffte damals, in Kürze von seinem Vater die dreitausend Rubel zu erhalten, die dieser ihm aufgrund der Abrechnung noch schuldete. Das war leichtsinnig; doch gerade infolge seines Leichtsinns war er fest davon überzeugt, daß er sie bekommen und somit jederzeit imstande sein würde, das ihm von Fräulein Werchowzewa anvertraute Geld abzuschicken und seine Schuld zu begleichen. Aber der Ankläger will um keinen Preis glauben, daß er am gleichen Tag die Hälfte von dem erhaltenen Geld abteilen und in ein Säckchen einnähen konnte. ›Das entspricht nicht seinem Charakter‹, sagt er. ›Solche Gefühle konnte er nicht haben.‹ Doch Sie haben ja selbst ausgerufen, Karamasow habe ein weites Herz. Sie haben selbst von den beiden Unendlichkeiten gesprochen, die Karamasow schauen könne. Karamasow ist eben so eine Natur mit zwei Seiten, mit zwei Unendlichkeiten, daß er trotz des unbändigen Verlangens nach Zechgelagen dennoch standzuhalten vermag, wenn überraschend von anderer Seite etwas auf ihn einwirkt. Diese andere Seite war die Liebe, diese neue, wie Schießpulver aufflammende Liebe! Für diese Liebe nur brauchte er Geld, und zwar viel nötiger als zu einem Gelage mit dieser Geliebten. Wenn sie zu ihm sagen würde: ›Ich bin dein, ich will Fjodor Pawlowitsch nicht!‹ und wenn er sie nehmen und fortbringen wollte, so brauchte er Geld, um sie fortzubringen. Das war wichtiger als ein Gelage. Sollte Karamasow das nicht begriffen haben? Gerade das war es ja, was ihn krank machte, diese Sorge: Was ist daran unglaublich, daß er dieses Geld abteilte und für jeden Fall aufhob? Aber die Zeit vergeht, und Fjodor Pawlowitsch zahlt dem Angeklagten die dreitausend Rubel nicht aus; es verlautet vielmehr, daß er sie ausgerechnet dafür bestimmt hat, ihm seine Geliebte abspenstig zu machen. ›Wenn mir Fjodor Pawlowitsch das Geld nicht gibt‹, denkt er, ›werde ich vor Katerina Iwanowna als Dieb dastehen!‹ Und so reift in ihm der Plan, zu Fräulein Werchowzewa zu gehen, diese fünfzehnhundert Rubel, die er noch immer in diesem Säckchen herumträgt, vor sie hinzulegen und zu ihr zu sagen: ›Ich bin ein Schuft, aber kein Dieb!‹ Und damit hatte er bereits einen doppelten Grund, diese fünfzehnhundert Rubel wie seinen Augapfel zu hüten, das Säckchen unter keinen Umständen aufzutrennen und nacheinander die Hundertrubelscheine herauszunehmen. Warum sprechen Sie dem Angeklagten Ehrgefühl ab? Nein, Ehrgefühl besitzt er: kein normales, zugegeben, eines, das ihn oft irreführt – aber lebendig ist es in ihm bis zur Leidenschaft, das hat er bewiesen. Doch nun kompliziert sich die Sache; die Eifersucht erreicht den Höhepunkt, und mehr und mehr quälen ihn die beiden früheren Fragen, die sein erhitztes Hirn immer bohrender stellt: ›Soll ich Katerina Iwanowna das Geld zurückgeben? Wo nehme ich dann die Mittel her, um Gruschenka fortzubringen?‹ Wenn er sich diesen ganzen Monat so unvernünftig benahm, sich betrank und in den Wirtshäusern randalierte, so vielleicht gerade, weil ihm selbst schrecklich zumute war und er diesen Zustand nicht ertragen konnte. Diese beiden Fragen spitzten sich schließlich dermaßen zu, daß sie ihn zuletzt zur Verzweiflung trieben. Er wollte seinen jüngeren Bruder zum Vater schicken und ihn ein letztes Mal um diese dreitausend Rubel bitten lassen; doch ohne eine Antwort abzuwarten, drang er selbst bei ihm ein, und die Sache endete damit, daß er den alten Mann in Gegenwart von Zeugen schlug. Nach diesem Vorfall konnte er von ihm natürlich kein Geld erwarten; daß der geprügelte Vater ihm welches geben würde, war ausgeschlossen. Am Abend desselben Tages schlägt er sich an die Brust, an den oberen Teil der Brust, wo sich dieses Säckchen befindet, und schwört seinem Bruder, er besitze ein Mittel, kein Schuft zu sein, aber er werde dennoch ein Schuft bleiben, denn er sehe voraus, daß er das Mittel nicht anwenden werde; seine seelische Stärke, seine Charakterfestigkeit reiche dazu nicht aus. Warum, ja warum schenkt die Anklage der Aussage Alexej Karamasows keinen Glauben, einer Aussage, die aus so reinem Herzen kam und mit solcher Aufrichtigkeit und ohne jede Vorbereitung gemacht wurde und so viel innere Wahrscheinlichkeit besitzt? Warum will mich die Anklage vielmehr zwingen zu glauben, daß das Geld in irgendeiner Ritze steckt oder in den Kellern des Udolfschen Schlosses liegt? Am selben Abend, nach dem Gespräch mit seinem Bruder, schreibt der Angeklagte diesen verhängnisvollen

Brief, und der ist das wichtigste, am schwersten wiegende Indiz dafür, daß der Angeklagte einen Raub begangen hat! ›Ich werde mir bei allen möglichen Leuten das Geld zu beschaffen versuchen; falls sie mir jedoch nichts geben, werde ich meinen Vater totschlagen und ihm das Geld unter der Matratze fortnehmen, sobald Iwan abgereist ist!‹ Ein vollständiges Programm für den Mord – wie sollte er da nicht der Täter sein? ›Es ist so ausgeführt worden, wie es geschrieben stand!‹ sagt die Anklage. Aber erstens ist dieser Brief in der Trunkenheit und in furchtbarer Erregung geschrieben worden; zweitens schreibt er von dem Kuvert wieder nur aufgrund der Mitteilungen Smerdjakows, da er selbst das Kuvert nicht gesehen hat; drittens wurde das zwar so niedergeschrieben; ob es aber auch so ausgeführt wurde – wodurch will man das beweisen? Hat der Angeklagte das Geld unter dem Kopfkissen hervorgeholt? Hat er das Geld gefunden? Existierte das Geld überhaupt? Und war der Angeklagte etwa des Geldes wegen hingelaufen? Erinnern Sie sich bitte: Er lief Hals über Kopf hin, aber nur um zu erfahren, wo sie war, diese Frau, die auch ihn zugrunde gerichtet hatte! Also nicht nach einem Programm, nicht in Übereinstimmung mit dem, was er geschrieben hatte, nicht zum Zweck eines vorbedachten Raubes, sondern plötzlich, ohne Überlegung, in eifersüchtiger Raserei! ›Ja‹, wird man sagen, ›trotzdem hat er sich auch des Geldes bemächtigt, nachdem er den Mord begangen hatte!‹ Aber hat er den Mord überhaupt begangen oder nicht? Die Beschuldigung des Raubes weise ich mit Entrüstung zurück – man kann niemanden eines Raubes beschuldigen, wenn man nicht genau angeben kann, was eigentlich geraubt worden ist – das ist ein feststehender Grundsatz! Aber hat er nun gemordet, hat er gemordet, ohne zu rauben? Ist das bewiesen? Ist nicht auch das am Ende ein Roman?«

12. Und auch kein Mord

»Erlauben Sie, meine Herren Geschworenen, es handelt sich hier um ein Menschenleben, da muß man sehr vorsichtig sein. Wir haben gehört, wie der Ankläger selbst bezeugte, daß er bis heute, bis zum Tag der Gerichtsverhandlung, geschwankt hat, ob er den Angeklagten des vorbedachten Mordes beschuldigen solle, daß er geschwankt hat bis zu diesem verhängnisvollen Brief, der heute dem Gericht vorgelegt worden ist. ›Es ist ausgeführt worden, wie es geschrieben stand!‹ Aber ich wiederhole noch einmal: Er lief zu ihr, einzig und allein ihretwegen, um zu erfahren, wo sie war. Das ist eine feststehende Tatsache. Hätte er sie zu Hause angetroffen, wäre er weiter nirgends hingelaufen, sondern er wäre bei ihr geblieben und hätte nicht gehalten, was er in dem Brief versprochen hatte. Er lief plötzlich und ohne Überlegung hin und dachte dabei vielleicht überhaupt nicht an seinen Brief. ›Er griff sich einen Stößel‹, heißt es – und erinnern Sie sich bitte, wie an diesen Stößel eine ganze Reihe von psychologischen Erörterungen angeknüpft wurde: warum er diesen Stößel als Waffe ansehen und als Waffe ergreifen mußte und so weiter. Hier kommt mir ein ganz einfacher Gedanke in den Kopf: Wenn nun dieser Stößel nicht sichtbar auf dem Küchenbrett gelegen hätte, wo ihn der Angeklagte wegnahm, sondern ordentlich in den Schrank geräumt worden wäre, dann wäre er dem Angeklagten nicht vor Augen gekommen, und er wäre mit leeren Händen, ohne Waffe davongelaufen und hätte vielleicht niemand totgeschlagen. Inwiefern kann ich den Stößel als Beweis dafür anführen, daß er sich absichtlich bewaffnet und mit Vorbedacht gemordet hat? ›Ja, aber er hat doch in den Wirtshäusern ein großes Geschrei vollführt, er werde seinen Vater totschlagen! An jenem Abend jedoch, da er seinen Brief schrieb, war er still und zankte sich im Wirtshaus nur mit einem Gehilfen, weil es ganz ohne Streit bei einem Karamasow nun einmal nicht abgeht.‹ Aber darauf antworte ich: Wenn er einen solchen Mord beabsichtigte, und noch dazu nach einem schriftlich abgefaßten Plan, hätte er sich wohl auch nicht mit einem Gehilfen gestritten; er wäre vielleicht überhaupt nicht ins Wirtshaus gegangen, weil eine Seele, die eine solche Tat vorhat, Stille und Verborgenheit sucht und am liebsten ganz verschwinden möchte, damit niemand sie sieht und hört – und zwar handelt sie so nicht mit Berechnung, sondern instinktiv! Meine Herren Geschworenen, die Psychologie ist ein Stab mit zwei Enden, und wir verstehen uns ebenfalls auf diese Wissenschaft. Was nun das Geschrei betrifft, das er während dieses Monats in den Wirtshäusern veranstaltet hat, so möchte ich bemerken: Wie oft schreien betrunkene Zechbrüder, die aus den Schenken kommen, oder Kinder, die sich miteinander zanken: ›Ich schlage dich tot!‹ Aber sie schlagen keinen tot. Und auch dieser verhängnisvolle Brief – nun, ist der nicht ebenfalls der Ausfluß der gereizten Stimmung eines Betrunkenen? Steht er nicht auf gleicher Stufe mit dem Geschrei eines Menschen, der aus der Schenke herauskommt: ›Ich schlage euch alle tot!‹ Warum muß er anders aufgefaßt werden? Warum konnte es nicht so sein? Warum ist dieser Brief verhängnisvoll und nicht vielmehr lächerlich? Der Grund ist der, daß die Leiche des ermordeten Vaters gefunden worden ist und daß ein Zeuge den Angeklagten mit einer Waffe im Garten auf der Flucht gesehen hat und selbst von ihm zu Boden geschlagen wurde; also ist alles so ausgeführt worden, wie es geschrieben stand, und darum ist auch der Brief nicht lächerlich, sondern verhängnisvoll. Gott sei Dank, wir sind an den Kernpunkt gelangt: ›Wenn er im Garten war so bedeutet das, er hat auch den Mord begangen.‹ In diesen beiden Sätzchen erschöpft sich alles, die ganze Anklage: ›Er war, also bedeutet das zweifellos ...‹ Doch wenn das nun nichts ›bedeutet‹, obgleich er ›war‹? Oh, ich gebe zu, daß dieses Zusammentreffen der Tatsachen wirklich eine gewisse Überzeugungskraft hat. Aber betrachten Sie doch alle diese Tatsachen einzeln, ohne sich durch ihr Zusammentreffen einschüchtern zu lassen: Warum will die Anklage zum Beispiel um keinen Preis die Wahrheit der Aussage des Angeklagten anerkennen, daß er vom Fenster seines Vaters weggelaufen ist? Erinnern Sie sich bitte, in welchen Sarkasmen sich die Anklage sogar über die respektvollen und ›frommen‹ Gefühle ergeht, die den Mörder auf einmal überkommen hätten. Wie, wenn es dort in der Tat etwas Ähnliches gab, das heißt zwar nicht gerade respektvolle, aber doch fromme Gefühle? ›Meine Mutter muß wohl in diesem Augenblick für mich gebetet haben‹, sagte der Angeklagte bei der Voruntersuchung. Und er lief davon, sowie er sich davon überzeugt hatte, daß Fräulein Swetlowa nicht im Haus seines Vaters war. ›Aber davon konnte er sich nicht durchs Fenster überzeugen‹, erwidert uns die Anklage. Warum soll er das nicht gekonnt haben? Das Fenster war ja auf das Klopfsignal des Angeklagten hin geöffnet worden. Fjodor Pawlowitsch konnte irgendein Wort sagen, ihm konnte irgendein Ausruf entfahren – und der Angeklagte konnte dadurch plötzlich zu der Sicherheit gelangen, daß Fräulein Swetlowa nicht dort war. Warum muß man denn unbedingt annehmen, daß es sich genauso abgespielt hat, wie wir es uns vorstellen, wie wir nun einmal beschlossen haben, es uns vorzustellen? In Wirklichkeit können tausend Dinge mitspielen, die der Kombination des scharfsinnigsten Romanschriftstellers entgehen. ›Ja, aber Grigori hat die Tür offen gesehen. Somit ist der Angeklagte mit Sicherheit im Haus gewesen; folglich hat er auch den Mord begangen.‹ Also diese Tür, meine Herren Geschworenen … Sehen Sie, daß diese Tür offenstand, bezeugt nur eine einzige Person, die sich zu jener Zeit jedoch in einem Zustand befand, daß … Aber meinetwegen, mag die Tür meinetwegen offengestanden haben, mag es der Angeklagte in dem Bestreben, sich zu verteidigen, geleugnet haben, was in seiner Lage so verständlich ist; mag er meinetwegen in das Haus eingedrungen sein, – na und, was weiter? Warum muß er, wenn er drinnen war, notwendigerweise auch den Mord begangen haben? Er konnte eindringen, durch die Zimmer laufen, den Vater beiseite stoßen, ihn sogar schlagen; doch nachdem er festgestellt hatte, daß Fräulein Swetlowa nicht bei ihm war, konnte er davongelaufen sein, erfreut darüber, daß sie nicht da war. Und vielleicht sprang er auch eine Minute später deshalb zu Grigori hinunter, den er im Jähzorn zu Boden geschlagen hatte, weil er jetzt eines reinen Gefühls fähig war, des Gefühls der Teilnahme und des Mitleids, weil er der Versuchung, seinen Vater totzuschlagen, entflohen war, weil er in sich ein reines Herz fühlte und sich freute, daß er den Vater nicht totgeschlagen hatte. Mit einer geradezu Entsetzen erregenden Beredsamkeit beschreibt uns der Ankläger den furchtbaren Zustand des Angeklagten im Dorf Mokroje, als die Liebe sich ihm von neuem erschloß und ihn zu einem neuen Leben rief, während es ihm bereits unmöglich war zu lieben, da hinter ihm der blutige Leichnam seines Vaters lag und sich hinter diesem drohend die Strafe erhob. Und doch gab der Ankläger die Möglichkeit der Liebe zu; freilich erklärte er sie seiner Psychologie gemäß so: ›Es war ein Zustand der Trunkenheit. Ein Verbrecher wird zur Richtstätte gefahren, es scheint ihm noch weit zu sein …‹ und so weiter und so fort. Aber ich frage wieder, haben Sie da nicht eine ganz andere Person geschaffen, Herr Ankläger? Ist der Angeklagte wirklich so roh und herzlos, daß er in jenem Augenblick noch an Liebe und an Ausflüchte vor Gericht denken konnte, wenn tatsächlich das Blut seines Vaters an seinen Händen geklebt hätte? Nein, nein und nochmals nein! Sowie ihm klargeworden war, daß sie ihn liebte, ihn zu sich rief, ihm ein neues Glück verhieß – oh, ich schwöre es, da hätte er zweifach, dreifach das Bedürfnis empfinden müssen sich zu töten! Und hätte sich auch unweigerlich getötet wenn der Leichnam seines Vaters hinter ihm gelegen hätte! O nein, er hätte nicht vergessen, wo seine Pistolen lagen! Ich kenne den Angeklagten: Die wilde, stumpfe Herzlosigkeit, die der Ankläger ihm zuschreibt, ist mit seinem Charakter unvereinbar. Er hätte sich getötet, das ist sicher! Und er tötete sich eben deshalb nicht, ›weil seine Mutter für ihn gebetet hatte‹ und sein Herz am Blut seines Vaters unschuldig war. Er quälte sich in jener Nacht in Mokroje nur um den alten Grigori, den er zu Boden geschlagen hatte, und betete zu Gott, der alte Mann möge wieder zu sich kommen und aufstehen, der Schlag, den er ihm versetzt hatte, möge nicht tödlich sein, und diese Prüfung möge an ihm vorübergehen. Warum sollte man eine solche Deutung der Ereignisse nicht akzeptieren? Welchen sicheren Beweis haben wir dafür, daß der Angeklagte uns belügt? ›Aber da ist der Leichnam des Vaters!‹, wendet man sofort wieder ein. ›Wenn er davongelaufen ist, ohne den Mord begangen zu haben – wer hat denn dann den alten Mann ermordet?‹ Ich wiederhole, die ganze Logik der Anklage ist folgende: ›Wer hat den Mord begangen, wenn nicht er? Es ist niemand vorhanden, den man an seine Stelle setzen könnte!‹ Meine Herren Geschworenen, ist dem wirklich so? Kann man tatsächlich niemand an seine Stelle setzen? Wir haben gehört, wie die Anklage uns an den Fingern alle Personen vorzählte, die in jener Nacht in diesem Haus gewesen sind. Es kamen fünf Personen heraus. Drei von ihnen, da stimme, ich zu, dürften kaum für die Tat in Betracht kommen: nämlich der Ermordete selbst, der alte Grigori und seine Frau. Es bleiben somit der Angeklagte und Smerdjakow, und da erklärt nun der Ankläger voller Pathos, der Angeklagte verweise deswegen auf Smerdjakow, weil er auf sonst niemand verweisen könne; wäre noch irgendein sechster da oder auch nur der Schatten eines sechsten, so würde der Angeklagte aus Scham sofort von selbst aufhören, Smerdjakow zu beschuldigen, und auf diesen sechsten verweisen. Meine Herren Geschworenen, warum sollte ich nicht völlig entgegengesetzt schließen können? Es stehen zwei Menschen vor uns: der Angeklagte und Smerdjakow – warum sollte ich nicht sagen können, daß Sie meinen Klienten nur deswegen beschuldigen, weil Sie keinen anderen haben, den Sie beschuldigen könnten? Und Sie haben nur deswegen keinen anderen, weil Sie Smerdjakow in totaler Voreingenommenheit von vornherein von jeder Beschuldigung ausgeschlossen haben. Ja, es ist wahr, auf Smerdjakow verweisen mit Bestimmtheit nur der Angeklagte, seine beiden Brüder und Fräulein Swetlowa, weiter niemand. Dabei gibt es auch sonst noch diesen und jenen, der auf ihn verweist. Es herrscht in der Gesellschaft eine gewisse, wenn auch unklare Gärung; man wirft eine Frage auf, man äußert einen Verdacht, man hört ein undeutliches Gerücht, man spürt, daß eine bestimmte Erwartung in der Luft liegt. Schließlich legt auch ein gewisses Zusammentreffen von Tatsachen ein Zeugnis ab, das sehr charakteristisch, obgleich, wie ich gestehe, ziemlich unbestimmt ist. Erstens dieser epileptische Anfall ausgerechnet am Tag der Katastrophe, den der Ankläger aus irgendwelchen Gründen so eifrig in Schutz zu nehmen und zu verteidigen für nötig hielt. Dann dieser plötzliche Selbstmord Smerdjakows einen Tag vor der Gerichtsverhandlung. Dann die nicht minder überraschende Aussage des älteren Bruders des Angeklagten heute vor Gericht, der bisher an die Schuld seines Bruders geglaubt hat, auf einmal Geld ausliefert und ebenfalls Smerdjakow namentlich als den Mörder angibt. Oh, ich bin mit dem Gerichtshof und der Staatsanwaltschaft völlig darin einig, daß Iwan Karamasow krank ist, daß er ein Nervenfieber hat und daß seine Aussage vielleicht wirklich nur ein verzweifelter, noch dazu vom Fieber diktierter Versuch ist, den Bruder durch Abwälzung der Schuld auf einen Toten zu retten. Dennoch ist wieder der Name Smerdjakow gefallen, hört man wieder etwas Rätselhaftes. Es ist, als wäre hier noch nicht alles ausgesprochen, meine Herren Geschworenen, als wäre die Sache noch nicht beendet. Und vielleicht wird das Fehlende noch ausgesprochen werden. Aber lassen wir das vorläufig – die Zukunft wird wohl Licht in die Angelegenheit bringen. Das Gericht hat vorhin beschlossen, die Sitzung fortzusetzen; einstweilen jedoch, während wir auf neue Aufklärung warten, könnte ich die eine oder andere Bemerkung machen, zum Beispiel zu der Charakteristik des verstorbenen Smerdjakow, die uns der Ankläger in so feiner, talentvoller Weise vorgetragen hat. Doch bei aller Bewunderung seines Talents kann ich mich mit dem Inhalt dieser Charakteristik nicht völlig einverstanden erklären. Ich bin bei Smerdjakow gewesen, ich habe ihn gesehen und mit ihm gesprochen; er hat auf mich einen ganz anderen Eindruck gemacht. Gesundheitlich stand es schlecht mit ihm, das ist richtig; was aber seinen Charakter und sein Herz betraf – o nein, da war er durchaus kein so schwacher Mensch, wie die Anklage angenommen hat. Vor allem fand ich bei ihm keineswegs jene Schüchternheit vor, die uns der Ankläger in so markanter Weise beschrieben hat. Auch Offenherzigkeit war bei ihm nicht vorhanden, im Gegenteil, ich stieß auf ein furchtbares Mißtrauen, das sich hinter Naivität versteckte, und auf einen Verstand, der sehr vieles zu begreifen vermochte. Oh, wenn die Anklage ihn für schwachsinnig erachtet, so verfährt sie allzu harmlos. Auf mich machte er folgenden Eindruck: Ich verließ ihn mit der Überzeugung, daß er ein durch und durch boshaftes, maßlos ehrgeiziges, rachsüchtiges und neidisches Geschöpf ist. Ich habe, soweit ich konnte, Erkundungen über ihn eingezogen. Er haßte seine Herkunft, schämte sich ihrer und erinnerte sich nur zähneknirschend daran, daß er von der Stinkenden abstammte. Dem Diener Grigori und dessen Frau, den Wohltätern seiner Kindheit, gegenüber benahm er sich respektlos. Rußland verfluchte er und spottete über dieses sein Vaterland. Das Ziel seiner Sehnsucht war, nach Frankreich zu gehen, um dort ein Franzose zu werden. Er hat schon früher viel und oft darüber gesprochen, daß es ihm dafür an den nötigen Mitteln fehlte. Ich glaube, er hat niemand geliebt außer sich selbst, und sich selbst hat er in verblüffendem Maß geschätzt. Bildung bestand für ihn in guter Kleidung, sauberen Vorhemdchen und blankgeputzten Stiefeln. Da er sich für einen unehelichen Sohn von Fjodor Pawlowitsch hielt – und daß er das tat, dafür gibt es Beweise –, konnte er seine Lage mit Hinblick auf die der legitimen Kinder seines Herrn durchaus hassen: Ihnen gehörte alles und ihm nichts, mochte er denken; sie hatten alle Rechte, ihnen fiel die Erbschaft zu, er aber war nur Koch. Er teilte mir mit, er selbst habe zusammen mit Fjodor Pawlowitsch das Geld in das Kuvert getan. Die Bestimmung dieser Summe, die ihm seine beabsichtigte Karriere hätte ermöglichen können, war ihm natürlich verhaßt. Außerdem sah er die dreitausend Rubel in reinlichen regenbogenfarbenen Banknoten; ich habe ihn danach ausdrücklich gefragt. Oh, zeigen Sie nie einem neidischen, selbstsüchtigen Menschen eine große Geldsumme auf einmal! Er erblickte damals zum erstenmal eine solche Summe in einer Hand. Der Anblick des regenbogenfarbenen Päckchens konnte in krankhafter Weise auf seine Einbildungskraft wirken, zunächst noch ohne weitere Folgen. Der hochbegabte Ankläger hat uns mit außerordentlichem Scharfsinn alle Gründe vorgetragen, die für und gegen die Möglichkeit sprechen, Smerdjakow des Mordes zu beschuldigen, und er hat besonders gefragt: ›Welchen Zweck hatte es für ihn, einen epileptischen Anfall zu simulieren?‹ Ja, aber vielleicht simulierte er gar nicht? Der Anfall konnte sich auf ganz natürliche Weise einstellen, konnte jedoch auch auf ganz natürliche Weise wieder vorübergehen, und der Kranke konnte das Bewußtsein wiedererlangen. Eine völlige Genesung war zwar so schnell nicht möglich, wohl aber konnte er einmal wieder zu sich kommen und das Bewußtsein erlangen, wie das bei der Epilepsie vorkommt.

Die Anklage fragt: ›Wo ist der Augenblick, da Smerdjakow den Mord begangen haben könnte?‹ Einen solchen Augenblick nachzuweisen ist außerordentlich leicht. Er konnte das Bewußtsein wiedererlangen und aus tiefem Schlaf erwachen – denn er schlief doch nur, nach einem epileptischen Anfall versinkt der Betreffende immer in einen tiefen Schlaf – genau in dem Augenblick, als der alte Grigori den flüchtenden Angeklagten am Bein packte und weithin vernehmbar ›Vatermörder!‹ schrie. Dieser ungewöhnliche Schrei in der Stille und Dunkelheit konnte Smerdjakow aufwecken, dessen Schlaf vielleicht nicht mehr sehr fest war: Er konnte auf ganz natürliche Weise schon seit einer Stunde langsam erwacht sein. Nachdem er sich vom Bett erhoben hat, begibt er sich noch fast bewußtlos hinaus ohne besondere Absicht, nur um wegen des Schreis zu sehen, was denn los sei. In seinem Kopf herrscht eine krankhafte Benommenheit, seine Denkkraft schlummert noch; doch nun ist er im Garten, tritt an die erleuchteten Fenster und hört von seinem Herrn, der natürlich über sein Kommen erfreut ist, die schreckliche Nachricht. Die Denkkraft in seinem Kopf erwacht urplötzlich wieder. Von dem erschrockenen Herrn erfährt er alle Einzelheiten. Und da entsteht in seinem zerrütteten kranken Gehirn allmählich ein furchtbarer, aber verführerischer und unwiderleglich logischer Gedanke: seinen Herrn totzuschlagen, die dreitausend Rubel zu nehmen und dann alle Schuld auf den Sohn des Herrn zu schieben – auf wen anders würde jetzt Verdacht fallen als auf ihn? Auf ihn treffen alle Anzeichen zu, er ist dagewesen! Eine schreckliche Gier nach Geld, nach Beute im Verein mit der Vorstellung, daß ihn keine Strafe treffen würde, nimmt ihm fast den Atem. Oh, ein derartiger plötzlicher, unwiderstehlicher Drang stellt sich ja so häufig bei sich bietender Gelegenheit ein und überfällt plötzlich gerade solche Mörder, die noch eine Minute vorher nicht gewußt haben, daß sie einen Mord begehen wollen! Und so konnte denn Smerdjakow zu seinem Herrn hineingehen und seinen Plan ausführen. Womit, mit was für einer Waffe? Nun, mit dem ersten besten Stein, den er im Garten aufgehoben hatte. Und wozu? Zu welchem Zweck? Nun, mit dreitausend Rubeln konnte er sich schon weiterhelfen. Oh, ich widerspreche mir nicht: es ist auch möglich, daß das Geld gar nicht vorhanden war. Vielleicht war auch Smerdjakow der einzige, der wußte, wo es zu finden war, wo der Herr es in Wirklichkeit liegen hatte. Nun, und das zerrissene Kuvert auf dem Fußboden? Als vorhin der Ankläger von diesem Kuvert sprach und uns eine außerordentlich feine Erörterung darüber vortrug, daß es eigentlich nur ein ungeübter Dieb wie Karamasow auf dem Fußboden liegenlassen konnte, bestimmt nicht Smerdjakow, der auf keinen Fall ein solches Indiz gegen sich zurückgelassen hätte – als ich das hörte, meine Herren Geschworenen, hatte ich auf einmal die Empfindung, längst Bekanntes zu hören. Und stellen Sie sich vor: Diese selbe Überlegung, wie Karamasow mit dem Kuvert habe verfahren können, hatte ich schon zwei Tage zuvor von Smerdjakow selbst gehört! Und etwas hat mich dabei sehr frappiert. Es schien mir nämlich, als fingiere er Naivität, als käme er mir absichtlich entgegen, als souffliere er mir diesen Gedanken, damit ich selbst diese Schlußfolgerung zöge. Hat er ihn vielleicht auch der Untersuchungsbehörde souffliert? Hat er ihn vielleicht auch dem hochbegabten Ankläger aufgedrängt? Man wird sagen: Aber die alte Frau Grigoris? Sie hat doch gehört, wie der Kranke neben ihr die ganze Nacht stöhnte. Richtig, sie hat es gehört; so eine Wahrnehmung ist jedoch außerordentlich unzuverlässig. Ich kannte eine Dame, die sich bitter darüber beklagte, daß ein kleiner Hund auf dem Hof sie die ganze Nacht nicht habe schlafen lassen. Und dabei hatte das arme Hündchen, wie festgestellt wurde, überhaupt nur zwei- oder dreimal in der ganzen Nacht gebellt. Und das ist ganz natürlich: Jemand schläft und hört auf einmal ein Stöhnen; er wacht ärgerlich auf, schläft aber augenblicklich wieder ein. Nach zwei Stunden wieder Stöhnen, er wacht wieder auf und schläft wieder ein; endlich nochmals Stöhnen, und zwar wieder nach zwei Stunden, im ganzen dreimal in der Nacht. Am Morgen steht der Schläfer auf und beklagt sich, daß jemand die ganze Nacht gestöhnt und ihn fortwährend geweckt habe. Und es muß ihm auch so vorkommen: In den Zwischenzeiten hat er geschlafen, jedesmal zwei Stunden lang, und er erinnert sich ihrer nicht; er erinnert sich nur an die Minuten seines Wachens, und da scheint es ihm, als sei er die ganze Nacht über geweckt worden. ›Aber warum‹, ruft die Anklage, ›hat Smerdjakow auf dem hinterlassenen Zettel kein Geständnis abgelegt? Zu dem einen reichte sein Gewissen aus, aber zu dem anderen nicht.‹ Bitte erlauben Sie: Gewissen, das ist schon Reue. Und Reue fühlte dieser Selbstmörder wohl gar nicht, sondern nur Verzweiflung. Verzweiflung und Reue, das sind zwei ganz verschiedene Dinge. Die Verzweiflung kann boshaft und unversöhnlich sein, und der Selbstmörder konnte in dem Augenblick, als er Hand an sich legte, doppelt diejenigen hassen, die er sein Leben lang beneidet hatte. Meine Herren Geschworenen, hüten Sie sich vor einem Justizirrtum! Inwiefern ist alles das, was ich Ihnen soeben dargelegt habe, unwahrscheinlich? Finden Sie in meiner Auseinandersetzung einen Fehler, eine Unmöglichkeit, eine Sinnlosigkeit? Falls aber an meinen Annahmen auch nur ein Schatten von Möglichkeit, auch nur ein Schatten von Wahrscheinlichkeit ist, so sollten Sie sich einer Verurteilung enthalten. Und ist hier etwa nur ein Schatten vorhanden? Ich schwöre bei allem, was heilig ist: Ich glaube vollkommen an meine Auffassung des Mordes, die ich Ihnen soeben vorgetragen habe. Was mich jedoch ganz besonders aufregt und aus der Fassung bringt, ist immer ein und derselbe Gedanke: daß es in der ganzen Masse von Tatsachen, die die Anklage auf den Angeklagten gehäuft hat, auch nicht eine einzige gibt, die irgendwie zwingend und unwiderleglich wäre, sondern daß der Unglückliche lediglich durch das Zusammentreffen dieser Tatsachen zugrunde geht! Ja, dieses Zusammentreffen ist furchtbar: das von den Fingern herabfließende Blut, die blutige Wäsche, die dunkle, von dem Schrei ›Vatermörder!‹ durchhallte Nacht und der Schreiende, der mit eingeschlagenem Schädel niederstürzt, dann diese Masse von Äußerungen, Aussagen, Gebärden, Ausrufen – oh, das übt eine so gewaltige Wirkung aus und kann so leicht die Überzeugung bestechen. Aber sollte es etwa auch Ihre Überzeugung bestechen können, meine Herren Geschworenen? Denken Sie daran, daß Ihnen eine unbegrenzte Macht zu binden und zu lösen gegeben ist. Und je größer diese Macht ist, desto furchtbarer ist ihr

Gebrauch! Ich nehme nicht ein Jota von dem zurück, was ich soeben gesagt habe; aber sei es drum, meinetwegen, ich will mich für einen Augenblick auf den Standpunkt der Anklage stellen und annehmen, daß mein unglücklicher Klient seine Hände mit dem Blut seines Vaters befleckt hat. Das ist nur eine Annahme, ich wiederhole es! Ich zweifle keinen Augenblick an seiner Unschuld; aber mag es sein, ich will annehmen, daß mein Angeklagter des Vatermordes schuldig ist. Selbst wenn ich eine solche Annahme für zulässig hielte, hören Sie bitte dennoch, was ich Ihnen sagen möchte. Es ist mir ein Herzensbedürfnis, Ihnen noch etwas zu sagen; denn ich sehe voraus, daß auch ein jeder von Ihnen in seinem Herzen und seinem Geist einen großen Kampf auszufechten haben wird … Verzeihen Sie mir dieses Wort von Ihrem Herzen und Ihrem Geist, meine Herren Geschworenen! Aber ich will wahrhaft und aufrichtig sein bis zum Schluß. Lassen Sie uns bitte alle aufrichtig sein!

An dieser Stelle unterbrach den Verteidiger ein ziemlich lautes Beifallklatschen. In der Tat hatte er seine letzten Worte mit dem Unterton einer solchen Aufrichtigkeit gesprochen, daß alle das Gefühl hatten, er habe vielleicht wirklich etwas Besonderes zu sagen, und zwar das Wichtigste. Als jedoch der Präsident das Beifallklatschen hörte, drohte er laut, den Gerichtssaal »räumen« zu lassen, falls sich »etwas Derartiges« wiederholen sollte. Alles wurde still, und Fetjukowitsch sprach ganz anders weiter, als er bisher gesprochen hatte: mit einer neuen Stimme, der man die Ergriffenheit anmerkte.

13. Und selbst wenn …

»Nicht nur das Zusammentreffen der Tatsachen richtet meinen Klienten zugrunde, meine Herren Geschworenen!« rief er aus. »Nein, was meinen Klienten zugrunde richtet, ist in Wirklichkeit nur eine einzige Tatsache: nämlich der Leichnam seines alten Vaters! Handelte es sich um einen gewöhnlichen Mord, so würden auch Sie bei der Nichtigkeit, der Zweifelhaftigkeit und dem phantastischen Charakter jeder einzelnen Tatsache die Beschuldigung zurückweisen oder wenigstens Bedenken haben, das Schicksal eines Menschen lediglich aufgrund eines gegen ihn bestehenden Vorurteils zu zerstören, das er leider verdient hat! Aber es handelt sich hier nicht um gewöhnlichen Mord, sondern um Vatermord! Das macht Eindruck, und zwar in einem solchen Grad, daß sogar die Nichtigkeit und Unbewiesenheit der von der Anklage vorgebrachten Tatsachen nicht mehr so nichtig und unbewiesen erscheint – und das gilt selbst für den vorurteilsfreiesten Geist. Wie soll man einen solchen Angeklagten freisprechen? Wenn er nun den Mord wirklich begangen hat und straflos davonkommt? Das ist es, was jeder unwillkürlich und instinktiv in seinem Herzen fühlt. Ja, es ist etwas Furchtbares, das Blut des Vaters zu vergießen – das Blut dessen, der mich erzeugt, mich geliebt, sein Leben für mich nicht geschont hat, der seit meinen Kinderjahren meine Krankheiten wie die eigenen empfunden, sich die ganze Zeit um mein Glück gemüht und nur von meinen Freuden, von meinen Erfolgen gelebt hat! Oh, einen solchen Vater zu töten – unmöglich, das auch nur auszudenken! Meine Herren Geschworenen, was ist ein Vater, ein wirklicher Vater? Was ist das für ein großes Wort, welche gewaltige Idee liegt in dieser Bezeichnung? Wir haben soeben andeutungsweise gesagt, was und wie ein wahrer Vater sein muß. In dem vorliegenden Prozeß aber, der unser aller Interesse in Anspruch nimmt und unsere Seelen mit Schmerz erfüllt – in dem vorliegenden Prozeß hatte der Vater, der verstorbene Fjodor Pawlowitsch Karamasow, nicht die geringste Ähnlichkeit mit jener Vorstellung, die sich unser Herz von einem Vater macht. Das ist ein Unglück. In der Tat, mancher Vater hat Ähnlichkeit mit einem Unglück. Doch lassen Sie uns dieses Unglück näher betrachten – wir dürfen uns im Hinblick auf die Wichtigkeit der bevorstehenden Entscheidung vor nichts fürchten, meine Herren Geschworenen. Gerade jetzt dürfen wir uns nicht fürchten und gewisse Gedanken sozusagen mit den Händen abwehren, wie es nach dem glücklichen Ausdruck des hochbegabten Anklägers Kinder oder ängstliche Frauen tun. Aber in seiner feurigen Rede hat mein verehrter Gegner –

und mein Gegner war er, bevor ich mein erstes Wort gesprochen hatte – mehrmals ausgerufen: ›Nein, ich überlasse es niemandem, den Angeklagten zu verteidigen! Ich trete seine Verteidigung dem Verteidiger aus Petersburg nicht ab – ich bin Ankläger, aber auch Verteidiger!‹ Das hat er mehrmals ausgerufen, und doch hat er eines vergessen zu erwähnen: Wenn der Angeklagte ganze dreiundzwanzig Jahre lang für ein einziges Pfund Nüsse dankbar war, das er von dem einzigen Menschen bekommen hatte, der ihm als kleinem Kind im Vaterhaus eine Freundlichkeit erwies, dann mußte umgekehrt ein solcher Mensch es auch dreiundzwanzig Jahre im Gedächtnis behalten, wie er bei seinem Vater barfuß ›auf dem Hof hinter dem Haus herumlief, ohne Schuhchen und mit Höschen, die nur an einem Knopf hingen‹, wie sich der menschenfreundliche Doktor Herzenstube ausdrückte. Oh, meine Herren Geschworenen, wozu sollen wir dieses Unglück noch näher betrachten und wiederholen, was alle bereits wissen? Was fand mein Klient vor, als er hier bei seinem Vater ankam? Und warum stellt man sich meinen Klienten gefühllos, egoistisch, unmenschlich vor? Er ist ungestüm, wild und gewalttätig, daher müssen wir jetzt über ihn Gericht halten; doch wer ist schuld am Schicksal dieses Menschen, wer ist schuld daran, daß er bei guten Charakteranlagen und einem dankbaren Herzen so eine verkehrte Erziehung empfing? Hat ihn jemand etwas Vernünftiges gelehrt, ihn in den Wissenschaften unterwiesen? Hat ihn jemand in seiner Kindheit auch nur ein klein wenig geliebt? Mein Klient ist unter Gottes Schutz aufgewachsen, das heißt wie ein wildes Tier. Er hat sich vielleicht danach gesehnt, seinen Vater nach der langjährigen Trennung wiederzusehen; er hat vorher, wenn er sich wie durch einen Schleier an seine Kindheit erinnerte, vielleicht schon tausendmal die häßlichen Gespenster verjagt, von denen er in seiner Kindheit geträumt hatte; vielleicht wünschte er von ganzer Seele, seinen Vater gerechtfertigt zu finden und in seine Arme zu schließen! Und was geschieht? Dieser Vater empfängt ihn nur mit zynischen Spottreden, mit Mißtrauen und mit Winkelzügen wegen des strittigen Geldes; er hört täglich ›beim Kognak‹ nur Gespräche und Grundsätze, bei denen sich ihm das Herz im Leib umkehrt; und zuletzt sieht er, wie der Vater ihm, dem Sohn, mit dem Geld, das ihm, dem Sohn, gehört, die Geliebte abspenstig machen will – o meine Herren Geschworenen, das ist ekelhaft und entsetzlich! Und dieser selbe alte Mann beklagt sich noch bei allen über die Respektlosigkeit und Roheit seines Sohnes, macht ihn in der Gesellschaft schlecht, schadet ihm, verleumdet ihn und kauft seine Schuldscheine auf, um ihn ins Gefängnis setzen zu lassen! Meine Herren Geschworenen, diese Seelen, scheinbar harte, gewalttätige, zügellose Menschen wie mein Klient haben oft ein sehr zartfühlendes Herz, nur bringen sie das nicht zum Ausdruck. Lachen Sie nicht, lachen Sie nicht über meinen Gedanken! Der talentvolle Ankläger machte sich vorhin über meinen Klienten erbarmungslos lustig, indem er bemerkte, dieser liebe den Dichter Schiller und ›das Schöne und Hohe‹. Ich hätte mich an seiner Stelle, an Stelle des Anklägers, darüber nicht lustig gemacht! Oh, lassen Sie mich diese Herzen verteidigen, die so selten richtig verstanden und so oft ungerecht beurteilt werden. Diese Herzen dürsten oft nach dem Zarten, Schönen, Gerechten, und zwar, wie es scheint, in schroffem Gegensatz zu sich selbst und ihrer eigenen Gewalttätigkeit und Wildheit; sie dürsten unbewußt danach, aber sie dürsten tatsächlich. Äußerlich leidenschaftlich und wild, sind sie doch fähig, bis zur Qual zu lieben, zum Beispiel eine Frau, und zwar mit einer Liebe von höchster seelischer Art. Ich bitte Sie wiederum, mich nicht auszulachen: Das kommt gerade bei solchen Naturen sehr häufig vor. Sie sind nur nicht imstande, ihre mitunter sehr urwüchsige Leidenschaft zu verbergen – und das ist es, was auffällt und bemerkt wird, während das Innere des Menschen keiner sieht. Alle ihre Leidenschaften beruhigen sich schnell, doch an der Seite eines edlen, schönen Wesens sucht dieser scheinbar rohe, harte Mensch die Erneuerung seiner selbst, er sucht die Möglichkeit, sich zu bessern, edel und ehrenhaft zu werden, ›hoch und schön‹ – sosehr auch über diese Worte gespottet worden ist! Ich habe vorhin gesagt, ich würde mir nicht erlauben, das Liebesverhältnis zwischen meinem Klienten und Fräulein Werchowzewa zu berühren. Ein halbes

Wörtchen darf ich aber doch wohl darüber sagen. Wir haben vorhin keine Aussage gehört, sondern lediglich den Aufschrei einer wütenden, rachsüchtigen Frau. Doch nicht ihr steht es zu, den Vorwurf der Untreue zu erheben, denn sie hat selbst die Treue gebrochen. Hätte sie sich auch nur ein wenig Zeit zum Überlegen genommen, so hätte sie ein solches Zeugnis nicht abgelegt! Oh, glauben Sie ihr nicht! Nein, mein Klient ist kein ›Unmensch‹, wie sie ihn nannte! Als der gekreuzigte Menschenfreund sich schon zu seinem Leidensweg anschickte, sagte er: ›Ich bin der gute Hirte. Der gute Hirte aber läßt sein Leben für die Schafe, und es wird keines verlorengehen.‹ So wollen auch wir nicht eine Menschenseele zugrunde richten! Ich fragte vorhin, was ein Vater ist, und rief aus, das sei ein hohes Wort, eine kostbare Bezeichnung. Aber mit einem Namen, meine Herren Geschworenen, muß man ehrlich umgehen, und ich nehme mir das Recht, eine Sache mit ihrem eigenen Namen, mit ihrer eigenen Benennung zu bezeichnen. Ein solcher Vater wie der verstorbene alte Karamasow kann nicht Vater genannt werden, er ist dessen nicht würdig. Liebe zu einem Vater, die der Vater nicht verdient hat, ist etwas Sinnloses, ist ein Ding der Unmöglichkeit. Man kann nicht Liebe aus nichts schaffen; aus nichts schafft nur Gott. ›Ihr Väter, reizt eure Kinder nicht zum Zorn!‹ schreibt der Apostel aus seinem in Liebe glühenden Herzen. Nicht um meines Klienten willen führe ich diese heiligen Worte an – ich erwähne sie für alle Väter. Wer hat mir die Befugnis gegeben, die Väter zu belehren? Niemand. Aber als Mensch und Bürger rufe ich alle Väter auf – vivos voco! Wir sind nicht lange auf der Erde, wir tun viele üble Taten und reden viele üble Worte. Aber gerade darum sollten wir einen geeigneten Augenblick, da wir zusammen sind, nutzen, um einander ein gutes Wort zu sagen. So will auch ich es tun! Solange ich an diesem Platz stehe, will ich den mir zur Verfügung stehenden Augenblick nutzen. Nicht ohne Absicht ist uns diese Tribüne durch den höchsten Willen verliehen worden – von ihr hört uns ganz Rußland. Ich rede nicht nur zu den hiesigen Vätern, ich rufe allen Vätern zu: ›Ihr Väter, reizt eure Kinder nicht zum Zorn!‹ Ja, laßt uns zuerst selbst das Gebot Christi erfüllen und erst dann dasselbe auch von unseren Kindern verlangen! Sonst sind wir nicht Väter, sondern Feinde unserer Kinder, und sie sind nicht unsere Kinder, sondern unsere Feinde, und wir selbst haben sie zu unseren Feinden gemacht! ›Mit welcherlei Maß ihr meßt, wird euch gemessen werden!‹ Das sage nicht ich, das schreibt das Evangelium vor. Wir sollen mit dem Maß messen, mit dem auch uns gemessen wird. Wie kann man den Kindern einen Vorwurf machen, wenn sie uns mit unserem Maß messen? Vor kurzem kam in Finnland ein Mädchen, eine Dienstmagd, in den Verdacht, heimlich ein Kind geboren zu haben. Man ging der Sache nach und fand auf dem Dachboden in einer Ecke unter den Ziegeln ihren Koffer, von dem niemand etwas gewußt hatte; man öffnete ihn und zog den Leichnam eines neugeborenen Kindes heraus, das sie getötet hatte. In demselben Koffer fand man auch die Skelette zweier anderer Kinder, die sie schon früher geboren und ebenfalls gleich bei der Geburt getötet hatte, was sie auch gestand. Meine Herren Geschworenen, war das eine Mutter ihrer Kinder? Ja, sie hat sie geboren – aber ist sie auch ihre Mutter? Wagt jemand von uns, auf sie den heiligen Namen Mutter anzuwenden? Lassen Sie uns mutig sein, meine Herren Geschworenen, lassen Sie uns sogar dreist sein; es ist unsere Pflicht, uns im gegenwärtigen Augenblick nicht vor gewissen Worten und Gedanken zu fürchten, wie bei unserem großen Dramatiker Ostrowski jene Moskauer Kaufmannsfrauen, die sich vor den Worten ›Metall‹ und ›Schwefel‹ fürchten. Nein, beweisen wir vielmehr, daß der Fortschritt der letzten Jahre auch auf unsere geistige Entwicklung fördernd eingewirkt hat, und sagen wir es geradeheraus: Wer ein Kind gezeugt hat, ist noch nicht dessen Vater! Vater ist, wer ein Kind gezeugt hat und sich darum verdient gemacht hat! Oh, es gibt freilich auch eine andere Bedeutung, eine andere Erklärung des Wortes Vater, die verlangt, daß mein Vater, auch wenn er ein Unmensch ist und seinen Kindern Böses angetan hat, dennoch mein Vater bleibt – nur deswegen, weil er mich gezeugt hat. Doch diese Bedeutung ist sozusagen schon mystisch; ich begreife sie nicht mit dem Verstand, sondern nehme sie nur durch den

Glauben hin, oder richtiger gesagt, auf Treu und Glauben, so wie vieles andere, was ich zwar nicht begreife, was mir aber dennoch die Religion zu glauben befiehlt. Doch das mag dann außerhalb des praktischen Lebensbereichs bleiben. Innerhalb des praktischen Lebensbereichs dagegen, der nicht nur seine Rechte hat, sondern uns auch große Verpflichtungen auferlegt, innerhalb dieses Bereichs ist es, sofern wir humane Menschen und Christen sein wollen, unsere Pflicht und Schuldigkeit, nur solchen Anschauungen zu huldigen, die durch Vernunft und Erfahrung bestätigt und durch den Schmelzofen der Kritik hindurchgegangen sind – kurz, vernünftig wie im Schlaf oder im Fieberwahn, damit wir keinem Mitmenschen Schaden zufügen und keinen Mitmenschen quälen und zugrunde richten. Sehen Sie, dann wird das auch eine echt christliche Handlungsweise sein, keine mystische, sondern eine vernünftige und wahrhaft menschenfreundliche Handlungsweise …«

An dieser Stelle wollte aus vielen Enden des Saales Beifall losbrechen, doch Fetjukowitsch machte eine abwehrende Handbewegung, als wollte er inständig bitten, ihn nicht zu unterbrechen, sondern ihn zu Ende reden zu lassen. Alle verstummten sogleich. Der Redner fuhr fort:

»Glauben Sie etwa, meine Herren Geschworenen, daß solche Fragen unseren Kindern fremd bleiben können, sagen wir, im Jünglingsalter, wenn sie nachzudenken beginnen? Nein, das ist ausgeschlossen, und wir wollen keine unmögliche Zurückhaltung von ihnen verlangen! Der Anblick eines unwürdigen Vaters, besonders im Vergleich mit den würdigen Vätern anderer, gleichaltriger Kinder, drängt einem jungen Menschen unwillkürlich peinliche Fragen auf. Man antwortet ihm herkömmlich auf diese Fragen: ›Er hat dich gezeugt, und du bist sein Blut. Darum mußt du ihn lieben.‹ Der Sohn wird unwillkürlich nachdenklich. ›Aber hat er mich etwa geliebt, als er mich zeugte?‹ fragt er in immer größerer Verwunderung. ›Hat er mich etwa um meinetwillen gezeugt? Er kannte ja weder mich noch mein Geschlecht in jenem Augenblick einer vielleicht durch Weingenuß entzündeten Leidenschaft, und er hat höchstens die Neigung zum Trinken auf mich vererbt – das sind alle seine Wohltaten. Warum soll ich ihn nur dafür lieben, daß er mich gezeugt, während des ganzen weiteren Lebens jedoch nicht geliebt hat?‹ Oh, Ihnen erscheinen diese Fragen vielleicht grob und roh; verlangen Sie aber von einem jugendlichen Geist keine unmögliche Zurückhaltung! ›Wenn man die Natur zur Tür hinausjagt, wird sie durchs Fenster wieder hereinfliegen.‹ Und vor allen Dingen wollen wir uns nicht vor dem ›Metall‹ und dem ›Schwefel‹ fürchten und wollen die Frage so entscheiden, wie es Vernunft und Menschenliebe, nicht wie es mystische Begriffe vorschreiben. Wie sollen wir sie denn nun entscheiden? Das will ich Ihnen sagen: Mag der Sohn vor seinen Vater hintreten und ihn ruhig und bedachtsam fragen: ›Vater, sag mir, warum bin ich verpflichtet, dich zu lieben? Vater, beweise mir, daß ich verpflichtet bin, dich zu lieben!‹ Und wenn dann dieser Vater imstande ist, ihm zu antworten und es ihm zu beweisen, so ist das eine richtige, normale Familie, die sich nicht auf eine veraltete mystische Anschauung stützt, sondern auf vernünftigen, bewußten, streng humanen Grundlagen ruht. Im entgegengesetzten Fall, wenn der Vater es nicht beweisen kann, ist es mit dieser Familie zu Ende! Er ist nicht der Vater des Sohnes, und der Sohn erhält die Freiheit und das Recht, seinen Vater in Zukunft für einen ihm fremden Menschen, ja für seinen Feind zu halten! Unsere Tribüne, meine Herren Geschworenen, muß eine Schule der Wahrheit und der gesunden Vernunft sein!«

Hier wurde der Redner durch unbändiges, beinahe frenetisches Beifallklatschen unterbrochen. Natürlich applaudierte nicht der ganze Saal, aber doch etwa die Hälfte. Die Väter und die Mütter applaudierten. Von oben, wo die Damen saßen, hörte man helle Beifallsrufe. Taschentücher wurden geschwenkt. Der Präsident schwang aus Leibeskräften seine Glocke. Er war sichtlich gereizt durch das Benehmen des Publikums; doch den Saal räumen zu lassen, wie er kurz zuvor angedroht hatte, das wagte er nicht. Zu denen, die dem Redner applaudierten und Taschentücher schwenkten, gehörten nämlich auch vornehme Persönlichkeiten, die hinten auf gesonderten Stühlen saßen, alte Herren mit Ordenssternen auf dem Frack. Also begnügte sich der Präsident, als sich der Lärm gelegt hatte, mit einer abermaligen strengen Drohung, den Saal räumen zu lassen. Und Fetjukowitsch, triumphierend und erregt, setzte seine Rede fort.

»Meine Herren Geschworenen, Sie erinnern sich an jene furchtbare Nacht, von der heute so viel gesprochen worden ist: als der Sohn den Zaun überstiegen hatte, in das Haus seines Vaters eingedrungen war und nun endlich Auge in Auge dem gegenüberstand, der sein Feind war und ihm Unrecht zugefügt hatte, ihm, seinem Erzeuger. Mit allem Nachdruck bleibe ich bei der Behauptung, daß er nicht des Geldes wegen gekommen war; die Anschuldigung wegen Raubes ist eine Torheit, wie ich schon vorhin dargelegt habe. Auch nicht um zu morden, war er bei ihm eingedrungen, o nein! Hätte er das vorsätzlich geplant gehabt, so hätte er sich zumindest vorher eine Waffe besorgt; den Messingstößel hatte er sich nur instinktiv gegriffen, ohne selber zu wissen wozu. Mag er den Vater durch das Signal getäuscht haben, mag er bei ihm eingedrungen sein – ich sagte schon, daß ich keine Sekunde an diese Fabel glaube –, aber mag es meinetwegen so gewesen sein, nehmen wir das für einen Augenblick als wahr an! Meine Herren Geschworenen, ich schwöre Ihnen bei allem, was heilig ist: Wäre das nicht sein Vater gewesen, sondern ein fremder Beleidiger, so wäre er, nachdem er durch die Zimmer gelaufen war und festgestellt hatte, daß diese Frau nicht da war, Hals über Kopf wieder weggelaufen, ohne seinem Nebenbuhler Schaden zugefügt zu haben; er hätte ihm vielleicht einen Schlag oder einen Stoß versetzt, weiter aber auch nichts, denn darauf war sein Sinn nicht gerichtet, dazu hatte er keine Zeit: Er mußte in Erfahrung bringen, wo sie war. Doch der Vater – oh, alles bewirkte nur der Anblick des Vaters, der ihn von seiner Kindheit an gehaßt, sich als sein Feind erwiesen, ihn benachteiligt hatte und jetzt sein gräßlicher Nebenbuhler war! Ein Gefühl des Hasses ergriff ihn unwillkürlich und unwiderstehlich, zum Überlegen war keine Zeit: alles wurde augenblicklich in ihm lebendig! Das war ein Affekt von Irrsinn und Geistesstörung, aber auch ein Affekt der Natur, welche die Verletzung ihrer ewigen Rechte stets unaufhaltbar und unbewußt zu rächen pflegt. Doch der Mörder hat auch da nicht gemordet – das behaupte ich mit lauter Stimme! Nein, er hat nur voller Ekel und Empörung eine ausholende Bewegung mit dem Stößel gemacht, ohne die Absicht, einen Mord zu begehen, und ohne zu wissen, daß er einen Mord beging. Hätte er diesen verhängnisvollen Stößel nicht in der Hand gehabt, so hätte er den Vater zwar vielleicht geprügelt, aber nicht erschlagen. Als er weglief, wußte er nicht, ob der alte Mann, den er zu Boden geschlagen hatte, tot war. Ein solcher Mord ist auch kein Vatermord. Nein, die Ermordung eines solchen Vaters kann man nicht Vatermord nennen. Ein solcher Mord kann nur aufgrund einer veralteten Ansicht als Vatermord gelten. Aber hat denn mein Klient diesen Mord überhaupt begangen? Das frage ich Sie immer wieder aus tiefster Seele. Meine Herren Geschworenen, wenn wir ihn jetzt verurteilen, so wird er sagen: ›Diese Menschen haben für mein Schicksal, für meine Erziehung, für meine Bildung nichts getan. Nichts, um mich zu bessern, um mich zu einem Menschen zu machen. Diese Menschen haben mich nicht gespeist und mich nicht getränkt und mich, den Nackten, im Gefängnis nicht besucht. Statt dessen haben sie mich zur Zwangsarbeit geschickt. Ich bin mit ihnen quitt, bin ihnen nichts mehr schuldig, bin überhaupt bis in alle Ewigkeit niemand mehr etwas schuldig. Sie sind böse, und ich werde auch böse sein! Sie sind grausam, und ich werde auch grausam sein!‹ Das ist es, was er sagen wird, meine Herren Geschworenen! Und ich schwöre Ihnen, durch Ihren Schuldspruch werden Sie ihm seine Last nur erleichtern! Sie werden ihm sein Gewissen erleichtern; er wird das von ihm vergossene Blut verfluchen, aber er wird nicht bedauern, es vergossen zu haben! Und gleichzeitig werden Sie in ihm den noch potentiell vorhandenen Menschen vernichten, denn er wird böse und blind bleiben sein Leben lang. Wollen Sie ihn jedoch schwer und hart bestrafen, mit der schrecklichsten Strafe, die man sich denken kann, aber so, daß Sie seine Seele retten und für alle Zeit erneuern? Wenn

Sie das wollen, dann erdrücken Sie ihn durch Ihr Mitleid! Sie werden sehen, Sie werden hören, wie seine Seele zusammenfahren und erschrecken wird. ›Daß mir diese Gnade erwiesen wird, daß mir so viel Liebe zuteil wird! Bin ich denn dessen würdig?‹ wird er ausrufen. Oh, ich kenne dieses Herz, dieses wilde, aber edle Herz, meine Herren Geschworenen! Es wird sich dankbar vor Ihrer schönen Tat neigen, es wird nach einer großen Tat der Liebe dürsten, es wird entbrennen und wiederauferstehen für immer. Es gibt Seelen, die in ihrer Beschränktheit die ganze Welt beschuldigen. Aber erdrücken Sie diese Seele durch Ihr Mitleid, erweisen Sie ihr Liebe, und sie wird ihre Tat verfluchen, denn es sind viele gute Keime in ihr. Die Seele wird sich weiten und erkennen, wie barmherzig Gott ist und wie gut und gerecht die Menschen sind. Die Reue und die unermeßliche Dankesschuld, die von nun an auf ihm lastet, wird ihn erschrecken und niederdrücken. Und er wird dann nicht sagen können: ›Ich bin quitt mit ihnen‹, sondern: ›Ich bin vor allen Menschen schuldig und aller Menschen unwürdig!‹ Unter Tränen der Reue und brennender qualvoller Rührung wird er ausrufen: ›Die Menschen sind besser als ich! Sie wollen mich nicht zugrunde richten, sondern retten!‹ Oh, es ist für Sie so leicht, diese Handlung der Barmherzigkeit auszuüben, denn angesichts des Fehlens aller auch nur einigermaßen triftigen Beweise wird es Ihnen sehr schwerfallen zu verkünden: ›Jawohl – schuldig!‹ Es ist besser, zehn Schuldige ungestraft zu lassen, als einen Unschuldigen zu bestrafen – hören Sie nicht diese erhabene Stimme aus dem vorigen Jahrhundert unserer ruhmvollen Geschichte? Mir unbedeutendem Menschen steht es nicht zu, Sie daran zu erinnern, daß sich die russische Justiz nicht darauf beschränkt zu strafen, sondern auch den verlorenen Menschen zu retten sucht! Mögen bei anderen Völkern Paragraphen und Strafen herrschen – bei uns herrsche Geist und Sinn, und das Ziel sei die Rettung und Wiedergeburt der Verlorenen! Und wenn dem so ist, wenn Rußland und seine Justiz wirklich so beschaffen sind, dann steht Rußland an der Spitze, und keiner schrecke uns mit jener rasenden Troika, vor der alle Völker voll Abscheu zur Seite treten! Nicht wie eine rasende Troika, sondern wie ein majestätischer Triumphwagen wird Rußland feierlich und ruhig ans Ziel gelangen! In Ihren Händen liegt das Schicksal meines Klienten – in Ihren Händen liegt aber auch das Schicksal unserer russischen Gerechtigkeit. Sie werden sie retten. Sie werden sie verteidigen, Sie werden beweisen, daß es Männer gibt, sie zu behüten, und daß sie in guten Händen liegt!«

14. Die Bauern haben ihren Kopf für sich

So schloß Fetjukowitsch, und die Begeisterung der Zuhörer war diesmal unaufhaltsam wie ein Sturm. Die Frauen weinten, es weinten auch viele Männer, selbst zwei der vornehmen Würdenträger vergossen Tränen. Der Präsident fügte sich und zögerte sogar, seine Glocke zu schwingen. »Gegen einen solchen Enthusiasmus einzuschreiten, das wäre gleichbedeutend gewesen mit Frevel gegen ein Heiligtum!« So drückten sich später unsere Damen aus. Auch der Redner selbst war aufrichtig gerührt. Und in diesem Augenblick erhob sich noch einmal unser Ippolit Kirillowitsch, um »Entgegnungen zu machen«. Haßerfüllte Blicke richteten sich auf ihn. »Wie? Was soll das heißen? Er wagt es, danach noch etwas zu entgegnen?« flüsterten die Damen. Doch sogar wenn die Damen der ganzen Welt geflüstert hätten und an ihrer Spitze Ippolit Kirillowitschs Gattin, die Frau Staatsanwalt persönlich, auch dann wäre es nicht möglich gewesen, ihn in diesem Moment zurückzuhalten. Er war blaß und zitterte vor Erregung; die ersten Worte, die ersten Sätze, die er sprach, waren geradezu unverständlich. Er atmete nur mühsam, versprach und verwirrte sich. Allerdings hatte er sich bald wieder in der Gewalt. Aus dieser zweiten Rede des Staatsanwalts werde ich nur einige Sätze anführen.

»Uns wird der Vorwurf gemacht, wir hätten Romane erdichtet. Aber was der Verteidiger vorgebracht hat, ist das nicht die reinste Dichtung? Es fehlten nur noch die Verse. Fjodor Pawlowitsch, der auf seine Geliebte wartet, zerreißt das Kuvert und wirft es auf den

Fußboden. Es wird sogar angeführt, was er bei diesem seltsamen Tun geredet hat. Ist das etwa keine Dichtung? Wo ist ein Beweis dafür, daß er das Geld herausgenommen hat? Und wer hat gehört, was er dabei sagte? Der schwachsinnige Idiot Smerdjakow verwandelt sich in einen Byronschen Helden, der sich wegen seiner illegitimen Geburt an der Gesellschaft rächt – ist das etwa keine Dichtung im Stil eines Byron? Und dann der Sohn, der zu seinem Vater eingedrungen ist und ihn ermordet hat, gleichzeitig aber auch nicht ermordet hat – das ist nun schon kein Roman und keine Dichtung mehr, das ist eine Sphinx, die Rätsel aufgibt, Rätsel freilich, die sie selbst natürlich auch nicht löst. Wenn er gemordet hat, so hat er gemordet. Doch was heißt das: Wenn er auch gemordet hat, so hat er auch wieder nicht gemordet? Wer soll das verstehen? Ferner wird uns verkündet, unsere Tribüne sei eine Tribüne der Wahrheit und der gesunden Vernunft, und plötzlich ertönt von dieser ›Tribüne der gesunden Vernunft‹, von einem Schwur begleitet, der Grundsatz, es sei eine veraltete Anschauung, die Ermordung eines Vaters Vatermord zu nennen! Wenn der Vatermord eine veraltete Anschauung ist und wenn jedes Kind seinen Vater fragen soll: ›Vater, warum bin ich verpflichtet, dich zu lieben?‹, was soll dann aus uns werden, was aus den Grundlagen der Gesellschaft, aus der Familie? Vatermord, sehen Sie, das ist also nur so etwas wie der ›Schwefel‹ jener Ostrowskischen Kaufmannsfrau. Die teuersten, heiligsten Satzungen für die Bestimmung und die zukünftige Entwicklung der russischen Justiz werden in leichtfertig entstellter Art vorgeführt, nur um das Ziel zu erreichen, nämlich eine Rechtfertigung dessen, was sich nicht rechtfertigen läßt. ›Oh, erdrükken Sie ihn mit Ihrem Mitleid!‹ ruft der Verteidiger aus. Weiter will ja der Verbrecher auch gar nichts! Gleich morgen würde man sehen können, wie erdrückt er ist! Ist der Verteidiger auch nicht zu bescheiden, wenn er nur den Freispruch des Angeklagten verlangt? Warum verlangt er nicht die Stiftung eines Stipendiums auf den Namen des Vatermörders, damit seine Tat für die Nachwelt und die junge Generation verewigt wird? Das Evangelium und die Religion werden korrigiert; das ist alles Mystik, heißt es. Nur bei uns, da ist das echte

Christentum, das bereits von der gesunden Vernunft und Denkkraft kritisch überprüft wurde. Und dann führt man uns ein Trugbild Christi vor Augen! ›Mit welcherlei Maß ihr meßt, wird euch gemessen werden‹, ruft der Verteidiger und behauptet im selben Augenblick, Christus habe befohlen, wir sollten mit dem Maß messen, mit welchem uns gemessen wird – und das behauptet er von der Tribüne der Wahrheit und der gesunden Vernunft! Wir werfen rasch einen Tag vor unseren Reden einen Blick in das Evangelium, um durch unsere Kenntnis dieses immerhin recht originellen Schriftwerkes zu glänzen, das je nach Bedarf zur Erzielung eines bestimmten Effektes taugen und dienen kann, immer je nach Bedarf! Doch Christus befiehlt ja gerade, wir sollen es nicht so machen, wir sollen uns hüten, es so zu machen, weil die böse Welt es so macht! Wir dagegen sollen verzeihen und unsere Backe darbieten, aber nicht mit demselben Maß messen, mit dem uns unsere Beleidiger messen. Das ist es, was uns unser Gott gelehrt hat, und nicht, daß es veraltet ist, wenn man den Kindern verbietet, ihre Väter zu ermorden. Wir werden es jedenfalls nicht unternehmen, von der Tribüne der Wahrheit und der gesunden Vernunft herab das Evangelium unseres Gottes zu korrigieren, den der Verteidiger nur der Bezeichnung ›gekreuzigter Menschenfreund‹ würdigt – im Gegensatz zum ganzen rechtgläubigen Rußland, das Ihm zuruft: ›Denn du bist unser Gott!‹«

Da griff der Präsident ein und unterbrach den allzu hitzig gewordenen Redner, indem er ihn ersuchte, nicht zu übertreiben, innerhalb der gebührenden Grenzen zu bleiben, und so weiter und so fort, wie Präsidenten in solchen Fällen gewöhnlich sprechen. Auch der Saal war unruhig geworden; das Publikum war in Bewegung geraten und ließ sogar Ausrufe des Unwillens vernehmen. Fetjukowitsch ließ sich auf eine eigentliche Erwiderung gar nicht ein; er bestieg nur die Tribüne, um, die Hand auf dem Herzen, mit gekränkter Stimme einige würdevolle Worte zu sagen. Nur nebenbei und in spöttischem Ton berührte er noch einmal die »Dichtungen« und die »Psychologie« und schob an einer Stelle geschickt die Wendung ein: »Jupiter, du bist zornig, also hast du unrecht!« Dadurch rief er beifälliges Gelächter beim Publikum hervor, denn Ippolit Kirillowitsch hatte mit Jupiter nun gar keine Ähnlichkeit. Auf die Beschuldigung schließlich, er erlaube der jungen Generation, ihre Väter totzuschlagen, bemerkte Fetjukowitsch mit zutiefst verletzter Würde, darauf wolle er nichts erwidern. Zu dem »Trugbild Christi« und der Behauptung, er würdige Christus nicht der Bezeichnung »Gott«, sondern nur »gekreuzigter Menschenfreund«, was »im Widerspruch zur Rechtgläubigkeit« stehe und von der »Tribüne der Wahrheit und der gesunden Vernunft nicht proklamiert« werden dürfe, beschränkte sich Fetjukowitsch auf die kurze Bemerkung, das sei eine »Insinuation«; als er hierhergereist sei, habe er wenigstens damit gerechnet, daß die hiesige Tribüne gegen Anschuldigungen geschützt wäre, »die meiner Persönlichkeit als Bürger und loyalem Untertan gefährlich werden könnten ...« Doch bei diesen Worten unterbrach der Präsident auch ihn, und Fetjukowitsch schloß seine Antwort mit einer Verbeugung, worauf ein allgemeines Gemurmel des Beifalls im Saal eintrat. Ippolit Kirillowitsch aber war nach der Meinung unserer Damen »für alle Zeit erledigt«.

Danach wurde das Wort dem Angeklagten selbst erteilt. Mitja erhob sich, sagte aber nur wenig. Er war furchtbar ermüdet, körperlich wie geistig. Das selbstbewußte, kraftvolle Aussehen vom Morgen hatte ihn fast ganz verlassen. Es war, als habe er an diesem Tag etwas erlebt, wodurch ihm sehr wichtige und bislang nicht begriffene Dinge für sein ganzes Leben klar und begreiflich geworden waren. Seine Stimme wirkte schwächer; er schrie nicht mehr wie vorher. Seine Worte hatten einen neuartigen Klang, so als ob er sich unterworfen habe, sich für besiegt erkläre und sich beuge.

»Was soll ich sagen, meine Herren Geschworenen? Mein Gericht ist gekommen, ich fühle die Hand Gottes über mir. Für mich wüsten Menschen ist das Ende da! Aber als ob ich vor Gott beichtete, sage ich Ihnen: Am Blut meines Vaters – nein, daran bin ich unschuldig! Zum letztenmal wiederhole ich, es: Nicht ich habe den Mord begangen! Ich habe ein wüstes Leben geführt, aber ich habe das Gute geliebt. Jeden Augenblick bin ich bemüht gewesen, mich zu bessern, aber ich habe gelebt wie ein wildes Tier. Ich danke dem Staatsanwalt: Er hat vieles über mich gesagt, was ich nicht wußte. Aber es ist nicht wahr, daß ich meinen Vater getötet habe – darin hat sich der Staatsanwalt geirrt! Ich danke auch dem Verteidiger. Ich habe geweint, während ich ihm zuhörte. Aber es ist nicht wahr, daß ich meinen Vater getötet habe – diese Annahme war völlig überflüssig! Den Ärzten glauben Sie bitte nicht: Ich bin bei vollem Verstand, mir ist nur schwer ums Herz. Wenn Sie mit mir Mitleid haben, wenn Sie mich freisprechen, werde ich für Sie beten. Ich werde mich bessern, darauf gebe ich Ihnen mein Wort, vor Gott gebe ich Ihnen darauf mein Wort. Wenn Sie mich jedoch verurteilen, werde ich meinen Degen mit eigener Hand über meinem Kopf zerbrechen und die zerbrochenen Stücke küssen! Aber haben Sie Mitleid mit mir, nehmen Sie mir nicht meinen Gott! Ich kenne mich: Ich werde gegen ihn murren! Mir ist so schwer ums Herz, meine Herren … Haben Sie Mitleid!«

Er fiel fast auf seinen Platz zurück, die Stimme versagte ihm, den letzten Satz hatte er kaum noch herausbringen können. Anschließend schritt das Gericht zur Formulierung der Fragen und befragte die beiden Parteien nach ihren Schlußmeinungen; aber ich will hier nicht alle Einzelheiten wiedergeben. Endlich standen die Geschworenen auf, um sich zur Beratung zurückzuziehen. Der Präsident war sehr erschöpft und gab ihnen daher nur ein sehr schwaches Geleitwort mit: »Seien Sie unparteiisch, lassen Sie sich nicht durch die beredten Worte der Verteidigung beeinflussen, sondern wägen Sie selbst alles ab! Und vergessen Sie nicht, daß eine große Verantwortung auf Ihnen ruht«, und so weiter und so fort. Die Geschworenen entfernten sich, und es trat eine Unterbrechung der Sitzung ein. Man konnte aufstehen, umhergehen, die Eindrücke, die sich angesammelt hatten, miteinander austauschen und am Büfett etwas essen. Es war sehr spät, schon gegen ein Uhr nachts, doch niemand ging weg. Alle waren so erregt und gespannt, daß sie an Ruhe gar nicht dachten; alle warteten mit Herzklopfen auf den Ausgang der Sache, obwohl übrigens nicht alle Herzklopfen hatten. Die Damen waren nur krankhaft ungeduldig, fühlten sich aber im Innersten beruhigt: »Der Freispruch ist sicher!« Sie bereiteten sich alle auf den effektvollen Augenblick des allgemeinen Enthusiasmus vor. Ich muß gestehen, daß auch vom männlichen Teil des Publikums viele von dem sicheren Freispruch überzeugt waren. Manche freuten sich, andere sahen verdrießlich aus, wieder andere ließen geradezu die Köpfe hängen: Sie wünschten keinen Freispruch! Fetjukowitsch selbst war von seinem Erfolg fest überzeugt. Er wurde umringt, nahm Glückwünsche und Komplimente entgegen.

»Es gibt«, sagte er in einer Gruppe, wie später wiedererzählt wurde, »unsichtbare Fäden, die den Verteidiger mit den Geschworenen verbinden. Schon während des Plädoyers knüpfen sie sich und werden spürbar. Ich habe sie gefühlt, sie sind vorhanden. Der Sieg ist unser, seien Sie ganz beruhigt!«

»Was werden bloß unsere Bauern jetzt sagen?« bemerkte ein düster blickender, dicker, pockennarbiger Herr, ein Gutsbesitzer aus der Umgegend, während er sich einer Gruppe von Herren anschloß, die sich über den Fall unterhielten.

»Aber es sind ja nicht nur Bauern. Vier Beamte gehören auch dazu.«

»Ja gewiß, auch Beamte«, sagte ein Mitglied der Kreisverwaltung und trat näher.

»Kennen Sie Prochor Iwanowitsch Nasarjew, diesen Kaufmann mit der Medaille? Er ist einer von den Geschworenen.«

»Was ist mit dem?«

»Ein kluges Haus.«

»Der schweigt doch immer.«

»Schweigen tut er freilich, aber das ist ja um so besser. Der wird sich von dem Petersburger nicht belehren lassen, der könnte selbst ganz Petersburg belehren. Kinder hat er zwölf Stück, denken Sie mal an!«

»Aber ich bitte Sie, sie werden ihn doch nicht verurteilen?« rief in einer anderen Gruppe einer unserer jungen Beamten.

»Sie werden ihn sicherlich freisprechen«, erwiderte eine entschiedene Stimme.

»Es wäre eine Schmach und Schande, wenn sie ihn nicht freisprechen würden!« rief der Beamte. »Meinetwegen mag er ihn totgeschlagen haben – aber Vater und Vater, das ist doch ein großer Unterschied. Und dann, er war ja doch ganz außer sich ... Vielleicht hat er wirklich nur so eine Bewegung mit dem Stößel gemacht, und da ist der andere umgefallen. Schlecht war von dem Verteidiger nur, daß er den Diener mit hineingezogen hat. Das war einfach eine lächerliche Episode. Ich an seiner Stelle hätte geradeheraus gesagt: Er hat ihn totgeschlagen, aber er ist nicht schuldig, hol' euch der Teufel!«

»So hat er es ja auch gemacht, nur daß er nicht gesagt hat: Hol' euch der Teufel!«

»Nein, Michail Semjonowitsch, ein bißchen hat er es doch gesagt«, fiel ein dritter ein.

»Ich bitte Sie, meine Herren, in den Großen Fasten wurde doch bei uns eine Schauspielerin freigesprochen, die der Ehefrau ihres Liebhabers den Hals durchgeschnitten hatte.«

»Aber sie hatte ihn ihr nicht ganz durchgeschnitten.«

»Einerlei, sie hatte angefangen.«

»Aber wie er von den Kindern sprach! Großartig!«

»Jawohl, großartig!«

»Na, und dann von der Mystik, von der Mystik, he?«

»Ach, hören Sie doch mit der Mystik auf!« rief noch jemand. »Versetzen Sie sich mal in die Lage des guten Ippolit, wie es dem von nun an ergehen wird. Morgen wird ihm die Frau Staatsanwalt wegen seiner Angriffe auf Mitenka die Augen auskratzen.«

»Ist sie etwa hier?«

»Wie kann sie denn hier sein? Wenn sie hier wäre, hätte sie ihm die Augen gleich hier ausgekratzt. Sie sitzt zu Hause und hat Zahnschmerzen. Hehehe!«

»Hehehe!«

In einer dritten Gruppe:

»Am Ende werden sie diesen Mitenka noch freisprechen.«

»Dann wird er morgen womöglich das ganze Restaurant ›Zur Residenz‹ in Aufruhr bringen und zehn Tage lang betrunken sein.«

»Ja, weiß der Teufel.«

»Ja, der Teufel ist schon im Spiel, ohne den geht es nicht ab. Wo sollte er auch sein, wenn nicht hier?«

»Meine Herren, es war zwar wirklich eine kunstvolle Rede, aber daß die Kinder ihren Vätern mit schweren Metallstücken die Köpfe einschlagen, das ist wohl doch nicht zulässig. Wo kämen wir sonst hin?«

»Der Triumphwagen, der Triumphwagen, erinnern Sie sich?«

»Ja, aus einem Bauernwagen hat er einen Triumphwagen gemacht.«

»Und morgen wird er aus einem Triumphwagen einen Bauernwagen machen. Je nach Bedarf, immer nach Bedarf.«

»Ja, geschickte Menschen gibt es jetzt. Herrscht bei uns in Rußland noch Gerechtigkeit, meine Herren, oder ist es damit ganz und gar vorbei?«

Doch da ertönte die Glocke. Die Geschworenen hatten genau eine Stunde lang beraten, nicht mehr und nicht weniger. Tiefes Schweigen herrschte, als das Publikum wieder Platz genommen hatte. Ich erinnere mich, wie die Geschworenen in den Saal traten. Endlich! Ich werde die Fragen nicht Punkt für Punkt anführen; ich habe sie auch vergessen. Ich erinnere mich nur – wenn auch nicht im Wortlaut – an die erste und wichtigste Frage des Präsidenten, nämlich: »Hat er vorsätzlich gemordet, mit der Absicht zu rauben?« Alles war stumm. Der Obmann der Geschworenen, jener jüngste Beamte von allen, verkündete in die Stille des Saales laut und deutlich: »Jawohl, er ist schuldig!«

Und dann folgte zu allen Punkten immer dieselbe Antwort: »Schuldig«, und »Schuldig« – und zwar ohne alle mildernden Umstände! Das hatte niemand erwartet; daß zumindest mildernde Umstände zugebilligt würden, davon waren fast alle überzeugt gewesen. Die Totenstille im Saal hielt längere Zeit an; alle schienen buchstäblich zu Stein erstarrt: diejenigen, die eine Verurteilung, ebenso wie diejenigen, die einen Freispruch gewünscht hatten. Dann entstand ein furchtbares Durcheinander. Vom männlichen Publikum zeigten sich viele sehr zufrieden. Manche rieben sich sogar die Hände, ohne ihre Freude zu verbergen. Die Unzufriedenen waren wie niedergeschmettert, zuckten die Achseln, flüsterten untereinander, schienen sich noch immer nicht dreinfinden zu können. Aber mein Gott, was wurde aus unseren Damen! Ich dachte schon, sie würden eine Revolution veranstalten. Zuerst wollten sie ihren Ohren nicht trauen. Und auf einmal hörte man laute Ausrufe durch den ganzen Saal schallen: »Was soll denn das heißen? Was soll das heißen?« Sie sprangen von ihren Plätzen auf; vielleicht bildeten sie sich ein, das alles könnte sofort wiederaufgehoben und abgeändert werden. Plötzlich erhob sich Mitja und schrie herzzerreißend, wobei er die Hände ausstreckte. »Ich schwöre bei Gott und seinem Jüngsten Gericht, an dem Blut meines Vaters bin ich unschuldig! Katja, ich verzeihe dir! Brüder, Freunde, nehmt euch der anderen an!«

Er sprach nicht zu Ende, sondern brach in so lautes Schluchzen aus, daß man es im ganzen Saal hörte; seine Stimme hatte einen eigentümlich fremden, neuen, unerwarteten Klang – Gott weiß woher. Oben auf der Galerie, im hintersten Winkel, ertönte der durchdringende Schrei einer Frau: Es war Gruschenka. Sie hatte durch ihre flehentlichen Bitten jemand erweichen können und war noch vor dem Beginn der Plädoyers wieder in den Saal gelassen worden. Mitja wurde abgeführt. Die Urteilsverkündung wurde auf den nächsten Tag verschoben, das Publikum erhob sich in wildem Chaos. Ich wartete jedoch nicht länger und hörte auch nicht mehr zu. Ich habe nur einige Äußerungen behalten, die ich schon auf den Stufen vor dem Ausgang vernahm.

»Zwanzig Jahre Bergwerk dürften ihm sicher sein.«

»Mindestens.«

»Ja, unsere Bauern haben ihren Kopf für sich.«

»Und haben unseren Mitenka erledigt.«

Epilog

1. Pläne zu Mitjas Rettung

»Am fünften Tag nach der Gerichtsverhandlung, morgens, noch vor neun Uhr, kam Aljoscha zu Katerina Iwanowna, um mit ihr endgültig eine für sie beide wichtige Angelegenheit zu besprechen; außerdem hatte er noch einen Auftrag an sie. Sie saß und sprach mit ihm in demselben Zimmer, wo sie einstmals Gruschenka empfangen hatte; nebenan, in einem anderen Zimmer, lag Iwan Fjodorowitsch krank an Nervenfieber und besinnungslos. Daß Iwan Fjodorowitsch, der das Bewußtsein verloren hatte, zu ihr nach Hause gebracht werden sollte, hatte Katerina Iwanowna gleich nach der Szene vor Gericht angeordnet, ohne sich um das mit Sicherheit zu erwartende abfällige Gerede der Gesellschaft zu kümmern. Eine der beiden Verwandten, die bei ihr wohnten, war gleich nach der Szene vor Gericht nach Moskau gefahren; die andere war dageblieben. Aber auch wenn sie beide weggefahren wären, hätte Katerina Iwanowna ihren Entschluß nicht geändert und nicht aufgehört, den Kranken zu pflegen und Tag und Nacht bei ihm zu sitzen. Warwinski und Herzenstube behandelten ihn; der Moskauer Arzt war zurückgefahren, nachdem er abgelehnt hatte, eine Prognose über den möglichen Ausgang der Krankheit zu stellen. Die beiden Ärzte versuchten zwar, Katerina Iwanowna und Aljoscha Mut zu machen, doch es war klar, daß sie ihnen noch keine bestimmte Hoffnung geben konnten. Aljoscha besuchte seinen kranken Bruder zweimal am Tag. Diesmal aber hatte er eine besondere, unangenehme Sache vorzubringen, und er spürte im voraus, wie peinlich es ihm sein würde, davon zu reden. Außerdem war er sehr in Eile, denn er hatte diesen Morgen noch eine andere unaufschiebbare Sache an anderer Stelle vor sich. Sie hatten schon ungefähr eine Viertelstunde miteinander gesprochen. Katerina Iwanowna war blaß und sehr ermüdet, befand sich gleichzeitig jedoch in einer ungewöhnlichen, krankhaften Erregung; sie ahnte, warum Aljoscha, von allem übrigen abgesehen, jetzt zu ihr gekommen war.

»Daß er sich dazu entschließen wird, darüber brauchen Sie sich keine Sorge zu machen«, sagte sie in festem, energischem Ton zu Aljoscha. »So oder so, er wird doch zu diesem Hilfsmittel greifen müssen! Er muß fliehen! Dieser Unglückliche, dieser Held der Ehre und des Gewissens, nicht Dmitri Fjodorowitsch, sondern der hinter dieser Tür, der sich für seinen Bruder aufgeopfert hat, hat mir diesen ganzen Fluchtplan schon längst mitgeteilt. Wissen Sie, er hat sogar schon die erforderlichen Verbindungen angeknüpft ... Ich habe Ihnen bereits einiges darüber gesagt ... Sehen Sie, es wird aller Wahrscheinlichkeit nach auf der dritten Etappe von hier vor sich gehen, wenn der betreffende Sträflingstrupp nach Sibirien geführt wird. Oh, bis dahin wird noch viel Zeit vergehen. Iwan Fjodorowitsch ist schon bei dem Kommandanten der dritten Etappe gewesen. Wir wissen nur noch nicht, welcher Offizier den Trupp führen wird, und es ist auch nicht möglich, das im voraus zu erfahren. Morgen werde ich Ihnen vielleicht den ganzen Plan mit allen Einzelheiten zeigen, den mir Iwan Fjodorowitsch einen Tag vor der Gerichtsverhandlung für alle Fälle hiergelassen hat. Es war damals, als Sie uns am Abend im Streit antrafen. Er stieg schon die Treppe hinab, und als ich Sie sah, veranlaßte ich ihn, wieder umzukehren, erinnern Sie sich? Wissen Sie, weswegen wir uns damals gestritten haben?«

»Nein, ich weiß es nicht«, erwiderte Aljoscha.

»Er hat es vor Ihnen natürlich geheimgehalten. Es ging um eben diesen Fluchtplan. Er hatte ihn mir schon drei Tage vorher in den Hauptzügen enthüllt – und gleich da begannen wir uns zu streiten, und wir stritten uns dann die ganzen drei Tage. Die Ursache unseres Streits war folgende: Als er mir eröffnete, daß im Fall einer Verurteilung Dmitri Fjodorowitsch mit jener Kreatur zusammen ins Ausland fliehen sollte, da wurde ich plötzlich zornig – ich kann Ihnen nicht sagen, warum, ich weiß es selbst nicht ... Oh, natürlich wurde ich ihretwegen so zornig, und weil sie mit Dmitri Fjodorowitsch zusammen ins Ausland fliehen sollte!« rief Katerina Iwanowna plötzlich, und ihre Lippen zitterten vor Wut. »Als Iwan Fjodorowitsch sah, daß ich ihretwegen so zornig wurde, dachte er sofort, ich wäre auf sie eifersüchtig, weil ich Dmitri noch immer liebte. Daraus entstand damals unser erster Streit. Erklärungen mochte ich ihm nicht geben, ihn um Verzeihung bitten konnte ich nicht; es tat mir zu weh, daß ein Mann wie er den Verdacht haben konnte, meine frühere Liebe zu dem anderen wäre noch nicht erloschen. Und daß er das noch glauben konnte, obwohl ich ihm schon längst selber gesagt hatte, meine Liebe gehöre nicht Dmitri, sondern einzig und allein ihm! Drei Tage danach, an jenem Abend, als Sie kamen, brachte er mir ein versiegeltes Kuvert, das ich öffnen sollte, falls ihm etwas zustieße. Oh, er ahnte seine Krankheit voraus! Er sagte mir, das Kuvert enthalte die näheren Einzelheiten über die Flucht; falls er stürbe oder gefährlich erkrankte, sollte ich allein Mitja retten. Gleichzeitig ließ er mir Geld hier, fast zehntausend Rubel – dieselbe Summe, die der Staatsanwalt in seiner Rede erwähnte, als er sagte, er hätte erfahren, daß Iwan Fjodorowitsch Wertpapiere zum Umwechseln weggeschickt hat. Es machte auf mich einen gewaltigen Eindruck, daß Iwan Fjodorowitsch den Gedanken, seinen Bruder zu retten, nicht aufgab und mir, mir selbst dieses Rettungswerk anvertraute, obwohl er noch immer meinetwegen eifersüchtig und davon überzeugt war, daß ich Mitja liebte! Oh, das war ein Opfer! Nein, Sie werden diese Selbstverleugnung in ihrem ganzen Umfang gar nicht verstehen, Alexej Fjodorowitsch! Ich wollte ihm schon zu Füßen fallen; doch da fiel mir auf einmal ein, er könnte ein solches Benehmen nur für den Ausdruck meiner Freude über die beabsichtigte Rettung Mitjas halten, und die Möglichkeit einer so ungerechten Deutung von seiner Seite brachte mich dermaßen auf, daß ich wieder ganz zornig wurde und ihm, statt ihm die Füße zu küssen, wieder eine Szene machte! Oh, ich bin zu unglücklich! Mein Charakter ist nun einmal so – es ist ein furchtbarer, unglücklicher Charakter! Sie werden es erleben: Ich bringe es noch dahin, daß auch er sich von mir abwendet um einer anderen willen, mit der sich leichter leben läßt, so wie Dmitri, aber dann ... Nein, das werde ich dann nicht ertragen, dann werde ich mir das Leben nehmen! Als Sie damals hier erschienen und ich ihn aufforderte zurückzukommen und er dann mit Ihnen eintrat, da packte mich ein solcher Zorn über den haßerfüllten, verächtlichen Blick, mit dem er mich plötzlich ansah, daß ich Ihnen zurief, er, er allein habe mich zu der Überzeugung gebracht, daß sein Bruder Dmitri der Mörder sei! Ich log absichtlich, um ihn noch einmal zu verletzen; denn niemals, niemals hat er mich zu überzeugen gesucht, daß sein Bruder der Mörder sei – vielmehr habe ich selbst ihn davon überzeugt! Oh, an allem ist meine Tollheit schuld! Ich, ich habe diese entsetzliche Szene vor Gericht veranstaltet! Er wollte mir beweisen, daß er edel dachte, daß er trotz meiner Liebe zu seinem Bruder ihn nicht aus Rachsucht und Eifersucht zugrunde richten wollte. Deshalb trat er vor Gericht auf ... Ich bin an allem schuld, ich allein bin schuld!«

Noch niemals hatte Katja Aljoscha solche Geständnisse gemacht, und er fühlte, daß sie sich jetzt auf jener Stufe unerträglichen Leidens befand, wo auch das stolzeste Herz schmerzerfüllt seinen Stolz fahrenläßt und von Kummer überwältigt zu Boden sinkt. Aljoscha kannte noch eine furchtbare Ursache ihrer jetzigen Qualen, sosehr sie diese vor ihm auch seit Mitjas Verurteilung verborgen hatte. Es wäre ihm jedoch zu schmerzlich gewesen, wenn sie sich entschlossen hätte, so tief zu sinken, daß sie zu ihm auch von dieser Ursache selbst sprach. Sie litt wegen ihres »Verrats« vor Gericht, und Aljoscha fühlte, daß ihr Gewissen sie trieb, sich gerade vor ihm, Aljoscha, anzuklagen, weinend, krampfhaft kreischend, auf dem Boden liegend und um sich schlagend. Aber er fürchtete sich vor diesem Augenblick und wünschte die Leidende zu schonen. Um so schwieriger wurde der Auftrag, mit dem er gekommen war. Er begann wieder von Mitja zu reden.

»Das hat nichts zu sagen, seien Sie seinetwegen ganz unbesorgt!« begann Katja wieder hartnäckig und in scharfem Ton. »Das dauert bei ihm alles immer nur einen Augenblick, ich kenne ihn, ich kenne dieses Herz nur zu gut. Seien Sie überzeugt, daß er einwilligen wird, zu fliehen. Und die Hauptsache ist, daß es nicht in allernächster Zukunft geschehen soll; er wird noch genug Zeit haben, seinen Entschluß zu fassen. Iwan Fjodorowitsch wird dann wieder gesund sein und alles selber leiten, so daß ich dabei nichts zu tun haben werde. Seien Sie unbesorgt, er wird einwilligen. Und er ist auch jetzt schon damit einverstanden: Kann er sich etwa von dieser Kreatur trennen? An seinen Strafort wird man sie nicht lassen – wie sollte er also unter diesen Umständen nicht fliehen wollen? Die Hauptsache ist nur, er hat Angst vor Ihnen. Er fürchtet, Sie könnten vom moralischen Standpunkt aus die Flucht nicht billigen. Aber Sie müssen sie ihm großmütig erlauben, wenn Ihr Ja nun einmal unumgänglich ist«, fügte Katja giftig hinzu.

Sie schwieg ein Weilchen und lächelte.

»Er redet da von irgendwelchen Hymnen, von einem Kreuz, das er tragen muß, von einer Schuld. Ich erinnere mich, daß mir Iwan Fjodorowitsch seinerzeit viel davon erzählt hat – wenn Sie wüßten, wie er das erzählte!« rief Katja plötzlich in einem unaufhaltsamen Gefühlsausbruch. »Wenn Sie wüßten, wie er diesen Unglücklichen liebte, als er mir das von ihm erzählte, und wie er ihn vielleicht im gleichen Moment haßte! Ich aber, ich lächelte damals stolz, als ich seine Erzählung hörte und seine Tränen sah! Oh, so eine Kreatur! Die Kreatur bin ich! Ich bin daran schuld, daß er Nervenfieber bekommen hat! Und der andere, der Verurteilte, ist der etwa bereit zu leiden?« schloß Katja gereizt. »Kann so ein Mensch denn überhaupt leiden? Solche Menschen wie er leiden niemals!«

Ein Gefühl wie Haß, Verachtung, ja Ekel war aus dem Klang dieser Worte herauszuhören. Und dabei war sie es doch gewesen, die ihn verraten hatte. ›Vielleicht haßt sie ihn in manchen Augenblicken gerade deshalb, weil sie sich ihm gegenüber schuldig fühlt?‹ dachte Aljoscha im stillen. Er wünschte sehr, daß das nur »in manchen Augenblicken« der Fall sein möchte. Aus Katjas letzten Worten hörte er eine Herausforderung heraus, doch er nahm sie nicht an.

»Ich habe Sie heute zu mir bitten lassen, damit Sie mir versprechen, ihn selbst zu überreden. Oder wäre es Ihrer Ansicht nach unehrenhaft zu fliehen, nicht heldenmütig – oder wie drückt man sich da aus? Nicht christlich, wie?« fügte Katja noch herausfordernder hinzu.

»Nein, das ist nicht der Fall. Ich werde ihm alles sagen …«, murmelte Aljoscha. »Er läßt Sie bitten, heute zu ihm zu kommen«, fügte er plötzlich unvermittelt hinzu, wobei er ihr fest in die Augen sah. Sie zuckte zusammen und wich auf dem Sofa jäh vor ihm zurück.

»Mich … Ist denn das möglich?« stammelte sie und wurde blaß.

»Das ist möglich, und das ist Ihre Pflicht!« sagte Aljoscha energisch und plötzlich ganz lebhaft. »Er braucht Sie sehr, gerade jetzt. Ich würde nicht davon anfangen und Sie nicht vor der Zeit quälen, wenn es nicht notwendig wäre. Er ist krank, er ist wie geistesgestört, er verlangt immerzu nach Ihnen. Er bittet Sie nicht zur Versöhnung zu sich. Es genügt, wenn Sie nur hinkommen und sich auf der Schwelle zeigen. Mit ihm ist seit jenem Tag vieles vorgegangen. Er sieht ein, wie sehr er sich gegen Sie vergangen hat. Nicht Ihre Verzeihung ist das, was er möchte. ›Mir kann nicht verziehen werden‹, sagt er selbst. Er bittet Sie nur, sich auf der Schwelle zu zeigen.

»Sie haben mich so plötzlich …«, stammelte Katja. »Ich habe alle diese Tage geahnt, daß Sie mit diesem Wunsch kommen würden … Ich habe es geradezu gewußt, daß er mich würde rufen lassen! Doch es ist unmöglich!«

»Mag es unmöglich sein – aber tun Sie es! Bedenken Sie, daß er sich zum erstenmal tief ergriffen fühlt durch die Erkenntnis, wie sehr er Sie gekränkt hat, zum erstenmal in seinem Leben! Früher hat er das nie in diesem Umfang gesehen. Er sagt: ›Wenn sie sich weigert zu kommen, werde ich mein Leben lang unglücklich sein!‹ Hören Sie, einer, der zu zwanzig Jahren Zwangsarbeit verurteilt ist, möchte noch glücklich sein – ist das nicht bemitleidenswert? Bedenken Sie, Sie werden einen unschuldig Leidenden besuchen!« sagte Aljoscha heftig und herausfordernd. »Seine Hände sind rein, es klebt kein Blut daran! Besuchen Sie ihn um seines unermeßlichen künftigen Leidens willen! Kommen Sie zu ihm, geben Sie ihm das Geleit in die Finsternis, treten Sie auf die Schwelle, weiter nichts … Es ist Ihre Pflicht, Ihre Pflicht, das zu tun!« schloß Aljoscha, das Wort »Pflicht« besonders stark betonend.

»Meine Pflicht schon … Aber … Ich kann nicht«, stöhnte Katja. »Er wird mich ansehen … Ich kann nicht.«

»Ihre Augen müssen seinen begegnen. Wie wollen Sie Ihr ganzes Leben überleben, wenn Sie sich jetzt nicht dazu entschließen?«

»Lieber will ich mein Leben lang leiden.«

»Es ist Ihre Pflicht hinzugehen!« wiederholte Aljoscha mit unerbittlichem Nachdruck.

»Aber warum heute, warum jetzt gleich … Ich kann doch den Kranken nicht allein lassen …«

»Für einen Moment können Sie es, und es handelt sich ja nur um einen Moment. Wenn Sie nicht kommen, wird sich bei ihm heftiges Fieber zur Nacht einstellen. Ich sage doch nicht die Unwahrheit. Haben Sie Mitleid!«

»Haben Sie mit mir Mitleid!« erwiderte Katja mit bitterem Vorwurf und fing an zu weinen.

»Also Sie werden kommen!« sagte Aljoscha in festem Ton, als er ihre Tränen sah. »Ich werde hingehen und ihm sagen, daß Sie gleich kommen werden.«

»Nein, sagen Sie ihm das um keinen Preis!« rief Katja erschrocken. »Ich werde kommen, aber sagen Sie es ihm nicht vorher! Ich werde kommen, vielleicht aber nicht hineingehen … Ich weiß es noch nicht …«

Die Stimme versagte ihr, sie atmete nur mit Mühe. Aljoscha stand auf, um zu gehen.

»Und wenn ich dort jemandem begegne?« sagte sie auf einmal leise; sie war wieder ganz blaß geworden.

»Eben deshalb müssen Sie jetzt gleich gehen, damit Sie dort niemandem begegnen. Es wird niemand dasein, das sage ich Ihnen zuverlässig. Wir werden Sie erwarten«, schloß er nachdrücklich und verließ das Zimmer.

2. Für einen Augenblick wird die Lüge zur Wahrheit

Er eilte in das Krankenhaus, wo Mitja jetzt lag. Am zweiten Tag nach der Verurteilung war er an einem Nervenfieber erkrankt, und man hatte ihn in die Gefangenenabteilung unseres städtischen Krankenhauses gebracht. Der Arzt Warwinski hatte dem kranken Mitja auf Bitten Aljoschas und vieler anderer (Frau Chochlakowa, Lisa u. a.) seinen Platz nicht bei den Gefangenen, sondern gesondert angewiesen, in demselben Kämmerchen, wo einstmals Smerdjakow gelegen hatte. Allerdings stand am Ende des Korridors eine Wache, und das Fenster war vergittert; Warwinski konnte also wegen seiner nicht ganz gesetzlichen Nachsicht beruhigt sein. Er war ein guter, mitfühlender junger Mann, der Verständnis dafür hatte, wie peinlich es einem Menschen wie Mitja sein mußte, so unvermittelt in die Gesellschaft von Mördern und Gaunern zu kommen; er sah ein, daß man sich daran erst allmählich gewöhnen mußte. Besuche von Verwandten und Bekannten waren erlaubt worden, sowohl vom Arzt als auch vom Gefängnisinspektor, sogar vom Bezirkshauptmann – alles natürlich unterderhand. Aber in diesen Tagen hatten Mitja immer nur Aljoscha und Gruschenka besucht. Zweimal hatte auch Rakitin den Versuch gemacht, doch Mitja hatte den Arzt Warwinski dringend gebeten, ihn nicht hereinzulassen.

Aljoscha fand ihn auf dem Bett sitzend, im Krankenschlafrock; er fieberte ein wenig und hatte um den Kopf ein Handtuch, das mit verdünntem Essig angefeuchtet war. Er sah Aljoscha mit einem unbestimmten Blick an; dennoch schien in diesem Blick ein leiser Schimmer von Angst zu liegen.

Überhaupt war er seit der Gerichtsverhandlung sehr nachdenklich geworden. Manchmal saß er stundenlang da, schien angestrengt über etwas nachzudenken und anwesende Besucher ganz zu vergessen. Wenn er aber aus seiner Versonnenheit erwachte und zu reden begann, so immer ganz plötzlich, und zwar stets von etwas anderem, als zu erwarten gewesen wäre. Manchmal sah er seinen Bruder mit einem Ausdruck tiefen Schmerzes an. Bei Gruschenkas Besuchen schien ihm leichter ums Herz zu sein. Zwar redete er mit ihr fast gar nicht; doch sowie sie eintrat, strahlte sein ganzes Gesicht vor Freude. Aljoscha setzte sich schweigend neben ihn aufs Bett. Diesmal hatte Mitja ihn voller Unruhe erwartet, wagte aber nicht, ihn nach etwas zu fragen. Er hielt es für undenkbar, daß Katja einwilligen würde, zu ihm zu kommen, und fühlte gleichzeitig, daß etwas Besonderes, Schreckliches geschehen würde, falls sie nicht käme. Aljoscha verstand seine Gefühle.

»Trifon Borissowitsch«, begann Mitja hastig, »hat sein ganzes Gasthaus ruiniert, heißt es. Dielen und Bretter soll er herausgerissen und die ganze Galerie in kleine Späne zerschlagen haben. Er sucht immerzu nach einem Schatz, nach dem Geld, den fünfzehnhundert Rubeln, von denen der Staatsanwalt sagte, ich hätte sie dort versteckt. Sowie er nach Hause gekommen ist, soll er gleich damit begonnen haben. Das geschieht dem Gauner ganz recht! Der Wächter hat es mir gestern erzählt, er stammt von dort.«

»Hör mal«, sagte Aljoscha, »sie wird kommen! Aber ich weiß nicht wann. Vielleicht heute, vielleicht in den nächsten Tagen, das weiß ich nicht. Aber sie wird kommen, das ist sicher.«

Mitja fuhr zusammen; er schien etwas sagen zu wollen, schwieg jedoch. Diese Nachricht hatte auf ihn eine furchtbare Wirkung. Es war ihm anzusehen, daß er dringend Näheres über Aljoschas Gespräch mit Katja zu erfahren wünschte, daß er sich gleichzeitig aber fürchtete, sofort danach zu fragen: Von irgendeiner hartherzigen oder verächtlichen Äußerung Katjas zu hören, das wäre für ihn in diesem Augenblick wie ein Messerstich gewesen.

»Unter anderem sagte sie, ich soll dein Gewissen wegen der Flucht beruhigen. Sollte Iwan bis zu der Zeit nicht wieder gesund sein, wird sie die Sache selber in die Hand nehmen.«

»Das hast du mir schon gesagt«, bemerkte Mitja nachdenklich.

»Und du hast es sicher Gruscha wiedererzählt«, erwiderte Aljoscha.

»Ja«, gestand Mitja. »Sie wird heute vormittag nicht kommen«, fuhr er fort, seinen Bruder schüchtern anblickend. »Sie wird erst am Abend kommen. Als ich ihr gestern sagte, Katja würde sich der Sache annehmen, da schwieg sie und zog ihre Lippen schief. Sie flüsterte nur: ›Meinetwegen!‹ Sie begriff, daß es wichtig ist. Ich wagte nicht, weiter nach ihren Gefühlen zu forschen. Sie scheint ja jetzt einzusehen, daß jene nicht mich, sondern Iwan liebt.«

»Wirklich?« rief Aljoscha unwillkürlich.

»Vielleicht auch nicht. Jedenfalls wird sie jetzt am Vormittag nicht herkommen«, beeilte sich Mitja noch einmal mitzuteilen. »Ich habe ihr einen Auftrag gegeben ... Hör mal, Bruder, Iwan ist uns allen überlegen. Ihm ist beschieden zu leben, uns nicht. Er wird wieder gesund.«

»Stell dir vor, Katja zittert zwar um ihn, zweifelt aber eigentlich gar nicht daran, daß er wieder gesund wird«, sagte Aljoscha.

»Das heißt, sie ist davon überzeugt, daß er stirbt. Nur aus Angst versucht sie sich einzureden, daß er gesund wird.«

»Der Bruder hat eine kräftige Konstitution. Auch ich hoffe ganz bestimmt, daß er wieder gesund wird«, bemerkte Aljoscha beunruhigt.

»Ja, er wird wieder gesund. Aber Katja glaubt, daß er stirbt. Sie hat viel Kummer ...«

Es trat Stillschweigen ein. Mitja quälte sich mit etwas sehr Wichtigem.

»Aljoscha, ich liebe Gruscha furchtbar«, sagte er auf einmal mit zitternder Stimme, der die verhaltenen Tränen anzuhören waren.

»Man wird sie nicht zu dir lassen, ›dorthin‹«, fiel Aljoscha sogleich ein.

»Und da ist noch etwas, was ich dir sagen wollte«, fuhr Mitja fort, und seine Stimme klang auf einmal wieder kräftig. »Wenn mich jemand unterwegs oder dort schlagen sollte, werde ich mir das nicht gefallen lassen, sondern ihn totschlagen, und man wird mich erschießen. Und das zwanzig Jahre lang! Hier fängt man schon an, mich zu duzen. Die Wächter duzen mich. Ich habe heute die ganze Nacht wach gelegen und mich geprüft: Ich bin nicht bereit! Ich bin nicht imstande, es auf mich zu nehmen! Ich wollte eine Hymne anstimmen ... Aber von den Wächtern geduzt zu werden, darüber komme ich nicht hinweg. Für Gruscha würde ich alles ertragen, alles … Nur keine Schläge … Aber man wird sie ›dorthin‹ nicht lassen.« Aljoscha lächelte leise.

»Hör zu, Bruder, ein für allemal«, sagte er. »Ich will dir meine Gedanken über dieses Thema sagen. Und du weißt, daß ich dich nicht belüge. Also hör zu. Du bist nicht bereit, und ein solches Kreuz taugt nicht für dich. Ja noch mehr, ein solches Märtyrerkreuz ist für dich, der du nicht dazu bereit bist, auch gar nicht nötig. Wenn du den Vater getötet hättest, würde ich es bedauern, daß du dein Kreuz ablehnst. Aber du bist unschuldig, und ein solches Kreuz ist zuviel für dich. Du wolltest durch die Qual einen anderen Menschen in dir entstehen lassen. Meiner Ansicht nach solltest du nur dein Leben lang, wohin du auch fliehen magst, immer an diesen anderen, neuen Menschen denken – auch das wird genug für dich sein. Der Umstand, daß du die große Kreuzesqual nicht auf dich genommen hast, wird nur dazu dienen, daß du in dir eine noch größere Verpflichtung empfindest und durch dieses stete Gefühl künftig deine Wiedergeburt beförderst – vielleicht mehr, als wenn du ›dorthin‹ gehen würdest. Denn dort wirst du das Leben nicht ertragen können und wirst murren und vielleicht schließlich geradeheraus sagen: ›Ich bin mit allem quitt.‹ Hierin hat der Rechtsanwalt die Wahrheit gesagt. Solche Lasten sind nicht für alle Menschen, für manche sind sie zu schwer … Das sind meine Gedanken – falls du sie brauchen kannst. Wenn für deine Flucht andere zur Verantwortung gezogen würden, Offiziere oder Soldaten, so würde ich dir ›nicht erlauben‹ zu fliehen«, sagte Aljoscha lächelnd. »Aber es wird gesagt und versichert, und dieser Etappenkommandant hat es selbst zu Iwan gesagt, daß die Sache wohl ohne schärfere Strafe abgehen wird und die Betreffenden mit einem leichten Verweis davonkommen, sofern man es geschickt anstellt. Zwar ist es unehrenhaft, jemand zu bestechen, sogar in diesem Fall; aber mir steht es nicht zu, dies zu verurteilen. Denn sollten mich zum Beispiel Iwan und Katja beauftragen, in dieser Angelegenheit für dich tätig zu sein, so würde ich es selbst ohne weiteres mit Bestechung versuchen – das muß ich dir wahrheitsgemäß sagen. Und deshalb kann ich nicht Richter über deine eigene Handlungsweise sein. Du sollst jedoch wissen, daß ich dich niemals verurteilen werde. Es wäre ja auch seltsam: Wie könnte ich in dieser Sache dein Richter sein? Nun, jetzt habe ich alles dargelegt, glaube ich.«

»Aber dafür verurteile ich mich selbst!« rief Mitja aus. »Ich werde fliehen – dazu war ich auch schon ohne deinen Rat entschlossen! Kann ein Mitja Karamasow etwa anders handeln? Aber dafür verurteile ich mich selbst und werde lebenslänglich Gott bitten, mir meine Sünde zu vergeben! So reden ja wohl die Juristen, nicht wahr? So wie du und ich jetzt, ja?«

»So ist es«, erwiderte Aljoscha, leise lächelnd.

»Ich liebe dich, weil du immer die volle Wahrheit sagst und nichts verheimlichst!« rief Mitja, fröhlich lachend. »Also da habe ich meinen Aljoscha als Jesuiten ertappt! Abküssen müßte man dich dafür, abküssen! Na, dann höre jetzt auch das übrige, ich will auch die andere Hälfte meiner Seele vor dir aufdecken. Was ich mir ausgedacht und beschlossen habe, ist dies: Wenn ich nun fliehe, sogar mit Geld und mit einem Paß, und sogar nach Amerika, so ermutigt mich dazu noch der Gedanke, daß ich nicht in ein frohes, glückliches Leben fliehe, sondern in Wirklichkeit zu einer anderen Strafe, die vielleicht nicht geringer ist als die vorgesehene! Nicht geringer, Alexej, ich rede im Ernst, nicht geringer! Ich hasse dieses Amerika schon jetzt, hol's der Teufel! Und wenn auch Gruscha bei mir ist – schau sie doch an: Na, ist sie etwa eine Amerikanerin? Sie ist eine Russin, Russin mit Leib und Seele! Sie wird sich nach der heimatlichen Erde zurücksehnen, und ich werde in jeder Stunde sehen, daß sie meinetwegen leidet, meinetwegen dieses Kreuz auf sich genommen hat, denn sie selbst trägt ja keine Schuld. Und ich, werde ich die Kerle dort ertragen können, wenn sie auch vielleicht alle besser sind als ich? Ich hasse dieses Amerika schon jetzt! Und mögen sie da auch vorzügliche Techniker oder sonst etwas sein – hol' sie der Teufel, sie sind keine Menschen von meiner Art, sie haben andere Seelen! Ich liebe Rußland, Alexej, ich liebe den russischen Gott, wenn ich auch selbst ein Schuft bin! Ich werde da krepieren!« rief er, und seine Augen funkelten und seine Stimme zitterte von unterdrückten Tränen.

»Also dann höre, was ich beschlossen habe, Alexej!« begann er von neuem, nachdem er seiner Erregung Herr geworden war. »Sobald ich mit Gruscha dort angekommen bin, fangen wir gleich an zu pflügen und zu arbeiten, bei den wilden Bären, in der Einsamkeit, irgendwo ganz weit weg. Es wird sich ja auch dort ein ganz entlegener Ort finden lassen! Dort gibt es, wie man sagt, noch Rothäute, irgendwo am Rand des Horizonts. Na, also an diesen Rand werden wir ziehen, zu den letzten Mohikanern. Na, und dann machen wir uns sofort an die Grammatik, ich und Gruscha. Arbeit und Grammatik, und das drei Jahre lang! In diesen drei Jahren lernen wir die englische Sprache so, daß wir sie ebensogut können wie jeder beliebige Engländer. Und sobald wir sie gelernt haben – Schluß mit Amerika! Wir kommen schleunigst wieder hierher nach Rußland – aber als amerikanische Bürger. Sei unbesorgt, hier in diesem Städtchen werden wir uns nicht blicken lassen. Wir werden uns irgendwo weit weg von hier verbergen, im Norden oder im Süden. Ich werde mich bis dahin äußerlich verändert haben und sie ebenfalls. Dort in Amerika wird mir ein Arzt eine falsche Warze machen, auf so etwas müssen sie sich als Mechaniker ja verstehen. Oder ich steche mir ein Auge aus und lasse mir den Bart eine Elle lang wachsen, er wird ganz grau aussehen, denn vor Sehnsucht nach Rußland werde ich ergrauen – und dann wird mich wohl niemand erkennen. Wenn sie mich aber doch erkennen, dann sollen sie mich nach Sibirien schicken, ganz egal, dann ist das eben mein Schicksal! Hier werden wir ebenfalls irgendwo in einer abgelegenen Gegend die Erde pflügen, und ich werde mein ganzes Leben lang als Amerikaner auftreten. So werden wir wenigstens auf heimischer Erde sterben. Das ist mein Plan, und der ist unabänderlich. Billigst du ihn?«

»Ja, ich billige ihn«, antwortete Aljoscha, der ihm nicht widersprechen wollte.

Mitja schwieg einen Augenblick und sagte dann plötzlich: »Aber wie kunstvoll sie das alles bei der Gerichtsverhandlung arrangiert hatten! Ganz erstaunlich!«

»Auch wenn sie das nicht getan hätten, wärst du doch verurteilt worden«, sagte Aljoscha mit einem Seufzer.

»Ja, ich war dem hiesigen Publikum zuwider geworden! Gott verzeihe es ihnen – aber es ist schwer zu ertragen«, sagte Mitja gequält.

Sie schwiegen wieder eine Weile.

»Aljoscha, töte mich lieber gleich!« rief Mitja plötzlich. »Wird sie kommen oder nicht? Sprich! Was hat sie gesagt? Wie hat sie es gesagt?«

»Sie sagte, sie würde kommen. Ich weiß aber nicht, ob heute. Es fällt ihr schwer!« antwortete Aljoscha und blickte den Bruder schüchtern an.

»Na, wie sollte es ihr auch nicht schwerfallen! Aljoscha, ich werde darüber den Verstand verlieren ... Gruscha sieht mich immer so an. Sie begreift etwas. Du mein Gott und Herr, gib mir Ruhe! Wonach verlangt es mich? Nach Katja verlangt es mich! Verstehe ich auch, wonach mich verlangt? Das ist das verfluchte Karamasowsche Ungestüm! Nein, zum Leiden bin ich nicht fähig! Ein Schuft bin ich: Damit ist alles gesagt!«

»Da ist sie!« rief Aljoscha.

Katja war auf der Schwelle erschienen. Einen Augenblick blieb sie stehen und sah Mitja fassungslos an. Mitja sprang eilig auf, sein Gesicht drückte Schrecken aus, er wurde blaß. Doch sogleich trat ein schüchternes, flehendes Lächeln auf seine Lippen, und er streckte plötzlich Katja beide Hände entgegen. Als Katja das sah, stürzte sie schnell zu ihm. Sie ergriff seine Hände, zwang ihn fast, sich auf das Bett zu setzen, setzte sich selbst neben ihn und drückte ihm fest und krampfhaft die Hände, die sie noch immer festhielt. Mehrere Male versuchten beide, etwas zu sagen, aber jedesmal hielten sie inne und blickten sich wieder schweigend und regungslos mit einem seltsamen Lächeln an. So vergingen mehrere Minuten.

»Hast du mir verziehen?« stammelte Mitja endlich, wandte sich im gleichen Moment an Aljoscha und rief ihm mit vor Freude ganz entstelltem Gesicht zu: »Hörst du, was ich frage? Hörst du?«

»Deswegen habe ich dich ja auch geliebt, weil du ein großmütiges Herz hast!« sagte Katja; diese Worte entfuhren ihr offenbar unwillkürlich. »Du brauchst aber nicht meine Verzeihung, sondern ich deine. Magst du mir nun verzeihen oder nicht – du wirst für das ganze Leben eine schmerzende Wunde in meiner Seele bleiben und ich in deiner. Anders kann es nicht sein ...«

Sie schwieg, um Atem zu schöpfen.

»Wozu bin ich hergekommen?« begann sie von neuem, jetzt hastig und hingerissen. »Um deine Füße zu umarmen, um dir die Hände zu drücken, siehst du, so, bis es weh tut, erinnerst du dich, wie ich sie dir in Moskau gedrückt habe? Um dir wieder zu sagen, daß du mein Gott bist, meine Freude, um dir zu sagen, daß ich dich sinnlos liebe!« stöhnte sie qualvoll und preßte auf einmal leidenschaftlich ihre Lippen auf seine Hand. Tränen traten ihr in die Augen.

Aljoscha stand schweigend und verwirrt da; was er jetzt sah, hatte er in keiner Weise erwartet.

»Die Liebe ist vergangen, Mitja«, begann Katja wieder. »Aber teuer, schmerzlich teuer ist mir das Vergangene! Das sollst du wissen fürs ganze Leben! Aber jetzt, für einen kurzen Augenblick, mag das sein, was hätte sein können«, stammelte sie mit schmerzerfülltem Lächeln und sah ihm wieder froh in die Augen. »Du liebst jetzt eine andere, und ich liebe einen anderen. Trotzdem werde ich dich mein Leben lang lieben – und du mich, hast du das gewußt? Hörst du, liebe mich, liebe mich dein ganzes Leben lang!« rief sie, und ihre Stimme zitterte dabei fast drohend.

»Ich werde dich lieben und ... Weißt du, Katja«, sagte Mitja, mußte jedoch nach jedem Wort Atem holen. »Weißt du, ich habe dich auch vor fünf Tagen, an jenem Abend geliebt ... Als du hingefallen warst und hinausgetragen wurdest ... Mein ganzes Leben lang! Und so wird es bleiben, so wird es immer bleiben ...«

Sie stammelten einander Worte zu, fast sinnlose, verzückte Worte, die vielleicht nicht einmal wahr waren. In diesem Augenblick aber war alles Wahrheit, und jeder von ihnen glaubte fest an die Wahrheit dessen, was er sagte.

»Katja«, rief Mitja plötzlich, »glaubst du, daß ich den Mord begangen habe? Ich weiß, daß du es jetzt nicht glaubst, aber damals, als du deine Aussage machtest ... Hast du es wirklich, wirklich geglaubt?«

»Auch damals habe ich es nicht geglaubt! Niemals habe ich es geglaubt! Ich haßte dich und redete es mir ein, nur für den einen Augenblick ... Als ich die Aussage machte, da redete ich es mir ein und glaubte es ... Doch als ich mit der Aussage fertig war, hörte ich sogleich wieder auf, es zu glauben. Das sollst du alles wissen. Ich vergaß, daß ich hingekommen war, um mich selbst zu demütigen!« sagte sie plötzlich in völlig verändertem Ton, der mit dem vorhergehenden Liebesgestammel keinerlei Ähnlichkeit hatte.

»Du hast schwer zu leiden, Katja!« sagte Mitja. Die Worte kamen ihm von selbst auf die Lippen, ohne daß er sie hätte zurückhalten können.

»Laß mich jetzt gehen!« flüsterte sie. »Ich werde noch einmal wiederkommen, aber jetzt ist mir zu schwer ums Herz ...«

Sie erhob sich von ihrem Platz, doch auf einmal schrie sie laut auf und taumelte zurück. Gruschenka war ganz leise ins Zimmer getreten. Niemand hatte sie erwartet. Katja schritt hastig zur Tür; als sie sich Gruschenka genähert hatte, blieb sie plötzlich stehen, wurde kreideweiß und flüsterte ihr leise, fast stöhnend, zu: »Verzeihen Sie mir!«

Gruschenka starrte ihr ins Gesicht und antwortete, nachdem sie eine Weile gewartet hatte, boshaft und giftig: »Wir sind beide schlecht, du und ich! Wir sind beide schlecht! Wie könnten wir verzeihen? Du kannst es nicht, und ich kann es nicht. Aber rette ihn, und ich werde mein Leben lang für dich beten.«

»Aber verzeihen willst du ihr nicht!« rief Mitja ihr mit zornigem Vorwurf zu.

»Du kannst beruhigt sein, ich werde ihn dir retten!« flüsterte Katja schnell und verließ eilig das Zimmer.

»Und du konntest ihr deine Verzeihung verweigern, nachdem sie selbst zu dir gesagt hatte: ›Verzeih‹?« rief Mitja wieder in bitterem Ton.

»Mitja, wag es nicht, ihr einen Vorwurf zu machen! Dazu hast du kein Recht!« rief Aljoscha seinem Bruder heftig zu.

»Ihre stolzen Lippen haben es gesagt, nicht ihr Herz«, sagte Gruschenka beinahe angeekelt. »Wenn sie dich rettet, will ich ihr alles verzeihen …«

Sie brach ab, als ob sie etwas in ihrem Herzen unterdrückte. Sie konnte noch immer ihre Fassung nicht wiedergewinnen. Gekommen war sie, wie sich nachher herausstellte, ganz zufällig, ohne etwas zu argwöhnen.

»Aljoscha, lauf ihr nach!« wandte sich Mitja hastig an seinen Bruder. »Sag ihr … Ich weiß nicht was … Laß sie nicht so weggehen!«

»Ich werde noch vor Abend wieder zu dir kommen!« rief Aljoscha und lief Katja nach.

Er holte sie erst außerhalb der Krankenhausmauer ein. Sie ging schnell und hastig, und als Aljoscha sie eingeholt hatte, sagte sie zu ihm: »Nein, vor ihr kann ich mich nicht demütigen! Ich habe zu ihr gesagt: ›Verzeih mir!‹, weil ich in der Selbstdemütigung bis an die äußerste Grenze gehen wollte. Sie hat mir nicht verziehen … Ich liebe sie dafür!« fügte Katja mit unnatürlich klingender Stimme hinzu, und ihre Augen funkelten vor Zorn.

»Mein Bruder hatte sie überhaupt nicht erwartet«, murmelte Aljoscha. »Er glaubte bestimmt, daß sie nicht kommen würde …«

»Ohne Zweifel. Lassen wir das!« erwiderte sie kurz. »Hören Sie, ich kann jetzt nicht mit zu dem Begräbnis kommen. Ich habe ihnen Blumen für den kleinen Sarg geschickt. Geld haben sie wohl noch. Wenn sie welches brauchen, sagen Sie ihnen bitte, daß ich sie auch in Zukunft nicht verlassen werde … Jetzt aber verlassen Sie mich, bitte, verlassen Sie mich! Sie werden ohnehin zu spät kommen, es wird schon zur Spätmesse geläutet … Verlassen Sie mich, bitte!«

3. Iljuschetschkas Begräbnis und die Rede am Stein

Er kam in der Tat zu spät. Man hatte auf ihn gewartet und sich bereits entschlossen, auch ohne seine Anwesenheit den hübschen, mit Blumen geschmückten kleinen Sarg in die Kirche zu tragen. Es war der Sarg des armen Iljuschetschka. Er war zwei Tage nach Mitjas Verurteilung gestorben. Aljoscha wurde schon am Tor des Hauses von Iljuschas Kameraden mit lauten Rufen empfangen. Sie hatten ungeduldig auf ihn gewartet und freuten sich, daß er endlich gekommen war. Es hatten sich im ganzen zwölf Jungen versammelt; alle waren mit ihren Ranzen auf dem Rücken und mit ihren Büchertaschen über der Schulter gekommen. »Papa wird weinen, kommt her und tröstet ihn!« hatte Iljuscha sie auf dem Sterbebett gebeten, und die Jungen hatten diesen Wunsch befolgt. An ihrer Spitze befand sich Kolja Krassotkin.

»Wie freue ich mich, daß Sie gekommen sind, Karamasow!« rief er und streckte Aljoscha die Hand entgegen. »Hier ist es schrecklich. Wirklich, es wird einem schwer, das mitanzusehen. Snegirjow ist nicht betrunken, wir wissen bestimmt, daß er heute noch nichts getrunken hat, aber er ist wie betrunken ... Ich bin sonst ziemlich hart, doch das hier ist schrecklich ... Karamasow, wenn ich Sie nicht aufhalte, darf ich Sie noch etwas fragen, bevor Sie hineingehen?«

»Was ist es denn, Kolja?« erwiderte Aljoscha und blieb stehen.

»Ist Ihr Bruder unschuldig oder schuldig? Hat er seinen Vater ermordet, oder hat es der Diener getan? Was Sie sagen, ist für mich Tatsache. Ich habe vier Nächte wegen dieser Frage nicht geschlafen.«

»Der Diener hat den Mord begangen. Mein Bruder ist unschuldig«, antwortete Aljoscha.

»Das sage ich auch!« schrie plötzlich der kleine Smurow.

»Dann geht er also als unschuldiges Opfer für die Wahrheit zugrunde?« rief Kolja. »Aber wenn er auch zugrunde geht, er ist doch glücklich! Ich könnte ihn beneiden!«

»Was reden Sie da? Wie ist das möglich und warum?« rief Aljoscha verwundert.

»Oh, wenn ich mich doch auch einmal für die Wahrheit opfern könnte!« sagte Kolja enthusiastisch.

»Aber nicht in so einer Sache, nicht mit solcher Schande, nicht in so entsetzlicher Weise!« entgegnete Aljoscha.

»Gewiß … Ich möchte gern für die ganze Menschheit sterben! Und was die Schande betrifft, so ist das einerlei – mögen unsere Namen untergehen! Ich habe alle Hochachtung vor Ihrem Bruder!«

»Ich auch!« rief ganz unerwartet aus dem Haufen jener andere Junge, der früher einmal erklärt hatte, er wisse, wer Troja gegründet hat. Nachdem er das gerufen hatte, errötete er wie damals über das ganze Gesicht bis an die Ohren.

Aljoscha ging hinein. In einem himmelblauen, mit einer weißen Rüsche geschmückten Sarg lag mit zusammengelegten Händen und geschlossenen Augen Iljuscha. Die Züge seines abgemagerten Gesichts hatten sich kaum verändert, und seltsam, es ging von der Leiche fast gar kein Geruch aus. Der Ausdruck des Gesichts war ernst und gleichsam nachdenklich. Besonders schön waren die über der Brust verschränkten Hände, die wie aus Marmor gemeißelt aussahen. Man hatte ihm Blumen in die Hände gesteckt, und auch der Sarg war bereits außen und innen mit Blumen geschmückt, die Lisa Chochlakowa schon bei Tagesanbruch geschickt hatte. Es waren aber auch noch Blumen von Katerina Iwanowna gekommen, und als Aljoscha die Tür öffnete, hatte der Stabskapitän eine Menge Blumen in seinen zitternden Händen und bestreute mit ihnen erneut seinen lieben Jungen. Er blickte den eintretenden Aljoscha kaum an und mochte überhaupt niemanden ansehen, nicht einmal seine weinende Frau, sein »Mamachen«, die fortwährend Versuche machte, sich auf ihren kranken Beinen zu erheben, um ihren toten Sohn aus größerer Nähe betrachten zu können. Ninotschka hatten die Jungen mit ihrem Stuhl ganz dicht an den Sarg herangerückt. Sie saß da, den Kopf an den Sarg gedrückt, und weinte ebenfalls still vor sich hin. Snegirjows Gesicht hatte einen lebhaften, doch gewissermaßen verstörten und zugleich verbitterten Ausdruck. Seine Gebärden und die Worte, die ihm entfuhren, machten den Eindruck, als sei er nur halb bei Verstand. »Väterchen, liebes Väterchen!« rief er alle Augenblicke, indem er Iljuscha ansah. Er hatte, schon als Iljuscha noch lebte, die Gewohnheit gehabt, zu ihm liebkosend »Väterchen, liebes Väterchen!« zu sagen.

»Papachen, gib auch mir ein Blümchen! Nimm es ihm aus der Hand, dieses weiße da, und gib es mir!« bat das »Mamachen« schluchzend. Ob ihr nun die kleine weiße Rose, die Iljuscha in der Hand hielt, so gefiel oder ob sie gern eine Blume aus seinen Händen zur Erinnerung haben wollte, jedenfalls geriet sie mit dem ganzen Körper in unruhige Bewegung und streckte die Hände nach der Blume aus.

»Ich werde sie niemandem geben! Niemandem werde ich etwas geben!« rief Snegirjow schroff. »Es sind seine Blumen, und nicht deine. Alles gehört ihm, nichts gehört dir!«

»Papa, geben Sie doch Mama die Blume!« bat Ninotschka, die auf einmal ihr tränennasses Gesicht hob.

»Niemandem werde ich etwas geben, und ihr am wenigsten! Sie hat ihn nicht geliebt. Sie hat ihm damals die kleine Kanone weggenommen, und er hat sie ihr geschenkt!« rief der Stabskapitän und schluchzte plötzlich laut auf in Erinnerung daran, wie Iljuscha damals seine kleine Kanone der Mama überlassen hatte. Die arme Frau bedeckte das Gesicht mit den Händen und weinte stille Tränen.

Da die Jungen sahen, daß der Vater den Sarg nicht freigab, und es inzwischen Zeit geworden war, ihn hinauszutragen, umringten sie endlich in einem dichten Haufen den Sarg und wollten ihn hochheben.

»Ich will ihn nicht auf dem Kirchhof begraben!« schrie Snegirjow. »Er soll an dem Stein begraben werden, an unserem lieben Stein! So hat es Iljuscha gewollt. Ich lasse ihn nicht auf den Kirchhof tragen!«

Er hatte auch früher, die ganzen drei Tage, immerzu davon geredet, daß der Tote an dem Stein begraben werden sollte, doch hatten viele dagegen Einspruch erhoben: Aljoscha, Krassotkin, die Hauswirtin, deren Schwester und alle Kameraden.

»Was ist das für ein Einfall! An dem ungeweihten Stein soll er begraben werden wie ein Selbstmörder!« hatte die alte Wirtin in strengem Ton gescholten. »Dort auf dem Kirchhof ist die Erde geweiht. Dort wird man für ihn beten. Der Gesang aus der Kirche wird bis zu seinem Grab zu hören sein, und der Diakon liest so laut und deutlich, daß es immer bis zu dem Jungen dringen wird, als ob die Gebete über seinem Grabhügel gelesen würden.«

Der Stabskapitän machte schließlich eine resignierte Handbewegung, welche etwa besagte. ›Tragt ihn, wohin ihr wollt!‹ Die Jungen hoben den Sarg hoch. Als sie ihn an der Mutter vorbeitrugen, machten sie einen Augenblick halt und stellten ihn hin, damit sie von Iljuscha Abschied nehmen konnte. Als sie jedoch nun das teure Gesichtchen in der Nähe erblickte, das sie die ganzen drei Tage lang nur aus einer gewissen Entfernung hatte sehen können, ging eine Erschütterung durch ihren ganzen Körper, und sie begann ihren grauen Kopf krampfhaft über dem Sarg hin und her zu bewegen, nach vorn und nach hinten.

»Mama, segne ihn, küsse ihn!« rief ihr Ninotschka zu. Die Mama aber zuckte wie ein Automat immer nur mit dem Kopf und schlug sich plötzlich, ohne ein Wort zu sagen, mit schmerzverzerrtem Gesicht mit der Faust gegen die Brust. Der Sarg wurde weitergetragen. Ninotschka berührte den Mund des toten Bruders zum letztenmal mit ihren Lippen, als er bei ihr vorbeigetragen wurde. Aljoscha wandte sich, als er das Haus verließ, mit der Bitte an die Hauswirtin, sie möchte nach den Zurückbleibenden sehen; sie ließ ihn jedoch nicht ausreden: »Selbstverständlich! Ich werde bei ihnen bleiben, wir sind ja doch auch Christen.« Bei diesen Worten fing die alte Frau an zu weinen. Die Träger des Sarges hatten es bis zur Kirche nicht weit, kaum mehr als dreihundert Schritte. Es war ein klarer, windstiller Tag; es fror, aber nur wenig. Die Glocke läutete immer noch. Snegirjow in seinem alten, kurzen Sommerüberzieher, mit bloßem Kopf, in der Hand seinen alten breitkrempigen, weichen Hut, lief geschäftig und fassungslos hinter dem Sarg her. Er war in ständiger Sorge: Bald streckte er die Hand aus, um das Kopfende des Sarges zu stützen, und störte dadurch nur die Träger, bald lief er nebenher und suchte eine Möglichkeit, wie er behilflich sein könnte. Wenn eine Blume in den Schnee fiel, stürzte er sofort hin, um sie aufzuheben, als ob vom Verlust dieser Blume Gott weiß was abhing.

»Die Brotrinde! Die Brotrinde haben wir vergessen!« rief er auf einmal erschrocken. Doch die Knaben erinnerten ihn sogleich, daß er schon vorhin eine Brotrinde in die Hand genommen hatte und daß sie in seiner Tasche steckte. Er holte sie heraus, und erst nachdem er sich von ihrem Vorhandensein überzeugt hatte, beruhigte er sich.

»Iljuschetschka hat es so befohlen!« sagte er erklärend zu Aljoscha. »Er lag einmal in der Nacht da, und ich saß neben ihm, da sagte er auf einmal: ›Papachen, wenn mein Grabhügel aufgeschüttet ist, dann zerkrümele bitte auf ihm eine Brotrinde, damit die Spatzen herbeifliegen. Ich werde hören, wie sie geflogen kommen, und es wird mir eine Freude sein, daß ich nicht so allein daliege.‹«

»Das ist sehr hübsch«, sagte Aljoscha. »Da muß man öfter Brot hinbringen.«

»Alle Tage, alle Tage!« erwiderte der Stabskapitän eifrig; dieser Gedanke schien ihn richtig zu beleben.

Endlich waren sie in der Kirche angelangt, und der Sarg wurde in der Mitte niedergesetzt. Alle Jungen stellten sich um ihn herum und blieben so während des ganzen Gottesdienstes artig stehen. Es war eine alte, ziemlich arme Kirche, viele der Heiligenbilder hatten gar keine Einfassungen; aber gerade in solchen Kirchen betet es sich am besten. Während der Messe schien Snegirjow etwas stiller zu werden, obgleich von Zeit zu Zeit immer wieder die unbewußte und zwecklose Geschäftigkeit bei ihm durchbrach: Bald trat er an den Sarg, um die Leichendecke zurechtzuziehen oder das Stirnband des Toten in Ordnung zu bringen; wenn eine Kerze aus dem Leuchter gefallen war, stürzte er hin, um sie wieder aufzustellen, und machte sich damit sehr lange zu schaffen. Darauf beruhigte er sich wieder und stand demütig mit sorgenvollem und fast verständnislosem Gesicht am Kopfende des Sarges. Nach der Verlesung der Epistel flüstere er dem neben ihm stehenden Aljoscha zu, die Epistel sei nicht richtig vorgelesen worden, ohne allerdings zu erklären, was er eigentlich meinte. Bei dem Cherubimlied fing er an mitzusingen, aber nicht bis zu Ende; er ließ sich vielmehr auf die Knie nieder, drückte die Stirn auf den steinernen Fußboden der Kirche und lag so ziemlich lange. Endlich kam das Totenamt an die Reihe, und die Kerzen wurden verteilt. Der kaum noch zurechnungsfähige Vater wollte schon wieder in seine sinnlose Geschäftigkeit verfallen, doch das ergreifende Totenlied erweckte und erschütterte seine Seele. Er krümmte sich auf einmal mit dem ganzen Körper zusammen und begann in häufigen, kurzen Stößen zu schluchzen; anfangs suchte er dabei seine Stimme zu unterdrücken, zuletzt aber heulte er laut. Als dann die Teilnehmer der Beerdigung von dem Toten Abschied nehmen und der Sarg geschlossen werden sollte, umfaßte er diesen mit den Armen, als wollte er den Deckel nicht auf Iljuschetschka legen lassen, und bedeckte die Lippen seines toten Kindes mit heißen Küssen, er konnte sich nicht losreißen. Endlich ließ er sich überreden aufzuhören. Er wurde schon die Stufe hinabgeführt, wo der Sarg stand, als er plötzlich hastig die Hände ausstreckte und ein paar Blumen nahm, die im Sarg lagen. Er sah sie an, und eine neue Idee schien in ihm zu reifen, so daß er die Hauptsache offenbar für einen Moment vergaß. Allmählich versank er in Gedanken und widersetzte sich nicht mehr, als der Sarg hochgehoben und zur Grabstelle getragen wurde. Diese war nicht weit; sie lag innerhalb der Einfriedung, dicht an der Kirche. Sie war teuer, Katerina Iwanowna hatte sie bezahlt. Nach der üblichen Zeremonie ließen die Totengräber den Sarg in die Gruft hinab. Snegirjow beugte sich mit seinen Blumen in der Hand so weit über das offene Grab, daß die Jungen ihn erschrocken am Überzieher packten und zurückzuziehen versuchten. Er schien jedoch nicht mehr recht zu verstehen, was vorging. Als man den Hügel aufzuschütten begann, wies er mit sorgenvoller Miene auf die aufgeworfene Erde, sagte auch etwas, doch niemand konnte es verstehen, und er verstummte sofort wieder. Da erinnerte man ihn daran, die Brotrinde zu zerkrümeln. Er geriet in furchtbare Aufregung, holte die Rinde hervor, zerbrach sie und streute die Krümchen auf den Grabhügel. »Nun kommt herbeigeflogen, ihr Vögelchen, kommt herbei, ihr kleinen Spatzen!« murmelte er eifrig. Einer der Jungen machte ihn darauf aufmerksam, daß es ihm sicher recht unbequem sei, mit den Blumen in der Hand das Brot zu zerbrechen; er möchte sie doch solange jemand zum Halten geben. Aber er tat das nicht und wurde sogar ängstlich, als ob man ihm seine Blumen wegnehmen wollte. Nachdem er das Grab lange betrachtet und sich davon überzeugt hatte, daß nun alles getan und die Brotkrümel gestreut waren, drehte er sich auf einmal unerwartet und ganz ruhig um und machte sich auf den Weg nach Hause. Sein Schritt wurde immer schneller und eiliger; er lief beinahe. Aber die Jungen und Aljoscha wichen nicht von seiner Seite.

»Ich will Mamachen die Blumen bringen! Ich will Mamachen die Blumen bringen! Mamachen hat sich gekränkt gefühlt«, sagte er auf einmal. Jemand rief ihm zu, er möchte doch den Hut aufsetzen, da es jetzt kalt sei. Als er das hörte, schleuderte er seinen Hut wie im Zorn in den Schnee und sagte: »Ich will keinen Hut, ich will keinen Hut!« Der kleine Smurow hob den Hut auf und trug ihn ihm nach. Alle Jungen ohne Ausnahme weinten, am meisten Kolja und der, der Troja entdeckt hatte. Obgleich Smurow, den Hut des Stabskapitäns in der Hand, ebenfalls schrecklich weinte, fand er doch noch Zeit, nahezu im Laufen ein Stück Ziegelstein, das auf dem Weg im Schnee lag, aufzuheben und damit nach einem vorüberfliegenden Schwarm Spatzen zu werfen. Er traf allerdings keinen und lief weiter und weinte weiter. Auf halbem Weg machte Snegirjow plötzlich halt, blieb etwa eine halbe Minute lang stehen, als ob ihm etwas eingefallen wäre, drehte sich dann zur Kirche um und lief zu dem Grab zurück. Doch rasch hatten ihn die Jungen eingeholt und hängten sich von allen Seiten an ihn. Da ließ er sich kraftlos, wie vom Leid niedergedrückt, in den Schnee sinken und begann, um sich schlagend, weinend und schluchzend zu schreien: »Väterchen, Iljuschetschka, liebes Väterchen!« Aljoscha und Kolja hoben ihn auf und versuchten, ihn durch Bitten und Zureden zu beruhigen.

»Hören Sie auf, Kapitän! Ein Mann hat die Pflicht, auch das zu ertragen«, murmelte Kolja.

»Sie zerdrücken ja die Blumen«, fügte Aljoscha hinzu. »Mamachen wartet darauf, sie sitzt da und weint, weil Sie ihr vorhin keine Blumen von Iljuschetschka gegeben haben. Da steht auch noch Iljuschas Bettchen ...«

»Ja, schnell zu Mamachen!« sagte Snegirjow, sich plötzlich wieder erinnernd. »Sie werden sonst das Bettchen wegräumen!« fügte er hinzu, als fürchte er wirklich, man könnte es wegräumen, sprang auf und lief wieder seiner Wohnung zu.

Es war nicht mehr weit, und alle kamen gleichzeitig dort an. Snegirjow machte hastig die Tür auf und rief seiner Frau, zu der er kurz vorher so grob gewesen war, laut zu: »Mamachen, liebes Mamachen, Iljuschetschka schickt dir Blumen, deine Füße sind doch krank!« Er hielt ihr seine Handvoll Blumen hin, die unter der Kälte gelitten hatten und arg zerdrückt worden waren, als er sich soeben im Schnee gewälzt hatte.

Doch im selben Augenblick erblickte er vor Iljuschas Bett in der Ecke Iljuschas Stiefelchen, die beide nebeneinanderstanden; die Hauswirtin hatte sie eben erst beim Aufräumen dorthin gestellt. Es waren alte, steif gewordene Stiefelchen mit zahlreichen Flicken. Bei ihrem Anblick warf er die Arme in die Höhe, stürzte in dieser Haltung auf sie zu, warf sich auf die Knie, nahm das eine Stiefelchen, preßte seine Lippen darauf, küßte es leidenschaftlich und rief – »Väterchen, Iljuschetschka, liebes Väterchen, wo sind deine Füßchen?«

»Wo hast du ihn hingetragen? Wo hast du ihn hingetragen?« heulte das »Mamachen« mit herzzerreißender Stimme; dann schluchzte auch Ninotschka los. Kolja lief aus dem Zimmer, ihm folgten die anderen Jungen und schließlich auch Aljoscha.

»Sollen sie sich ausweinen!« sagte er zu Kolja. »Trösten kann man da natürlich nicht. Wir wollen ein Weilchen weggehen und dann wiederkommen.«

»Ja, trösten kann man da nicht, das ist furchtbar«, stimmte ihm Kolja zu. »Wissen Sie, Karamasow ...«, fügte er plötzlich leiser hinzu, damit es niemand hörte. »Mir ist sehr traurig zumute, und ich würde alles in der Welt darum geben, wenn man ihn wieder ins Leben zurückrufen könnte.«

»Oh, ich auch!« erwiderte Aljoscha.

»Wie denken Sie darüber, Karamasow: Sollen wir heute abend hingehen? Er wird sich betrinken.«

»Das wird er vielleicht tun. Wir beide wollen allein hingehen und ein Stündchen bei ihnen sitzen, bei der Mutter und Ninotschka, das genügt. Wenn wir alle zusammen hingehen, rufen wir ihnen alles wieder ins Gedächtnis zurück«, riet Aljoscha.

»Die Hauswirtin deckt jetzt den Tisch bei ihnen, es wird wohl ein Totenmahl geben, und der Pope wird kommen. Sollen wir gleich wieder umkehren, Karamasow?«

»Unbedingt«, antwortete Aljoscha.

»Sonderbar ist das alles, Karamasow! So ein Leid – und dann auf einmal Pfannkuchen! Wie unnatürlich ist das alles in unserer Religion!«

»Es wird auch Lachs geben«, bemerkte laut der Junge, der Troja entdeckt hatte.

»Ich möchte Sie ernstlich ersuchen, Kartaschow, sich nicht mehr mit Ihren Dummheiten einzumischen! Besonders wenn man gar nicht mit Ihnen spricht und überhaupt nicht wissen will, ob Sie auf der Welt sind«, erwiderte ihm Kolja schroff und gereizt.

Der Junge wurde dunkelrot, wagte jedoch nichts zu entgegnen. Inzwischen hatten sie alle leise den uns schon bekannten Fußweg eingeschlagen, da rief Smurow plötzlich: »Dort ist Iljuschas Stein, unter dem er begraben werden sollte!«

Alle blieben schweigend an dem großen Stein stehen. Aljoscha betrachtete ihn, und alles, was ihm Snegirjow über Iljuschetschka erzählt hatte, wie dieser, weinend und den Vater umarmend, gerufen hatte: »Papachen, Papachen, wie hat er dich erniedrigt!« dieses ganze Bild wurde in ihm auf einmal wieder lebendig, und es war ihm, als ob in seinem Innern eine heftige Erschütterung vorginge. Mit ernster, nachdenklicher Miene ließ er seine Blicke über die lieben, hellen Gesichter dieser Jungen, der Schulkameraden des verstorbenen Iljuscha, wandern, dann sagte er plötzlich zu ihnen: »Meine Herren, ich möchte an dieser Stelle gern ein Wort zu Ihnen sagen.«

Die Jungen umringten ihn und richteten ihre erwartungsvollen und gespannten Blicke auf ihn.

»Meine Freunde, wir werden uns bald trennen. Ich werde jetzt noch eine Zeitlang bei meinen beiden Brüdern bleiben, von denen der eine nach Sibirien verbannt wird und der andere auf den Tod krank liegt. Doch bald werde ich diese Stadt verlassen, vielleicht für sehr lange Zeit. Wir werden uns also trennen müssen, meine Freunde. Lassen Sie uns aber hier an Iljuschas Stein verabreden, daß wir zweierlei niemals vergessen wollen: erstens Iljuschetschka und zweitens uns nicht! Was uns auch später im Leben begegnen mag, und sollten wir uns auch zwanzig Jahre nicht wiedersehen – wir wollen doch für immer im Gedächtnis behalten, wie wir den armen Jungen begraben haben, den wir früher mit Steinen beworfen hatten – erinnern Sie sich, dort an der kleinen Brücke? – und den wir dann alle so liebgewannen. Er war ein prächtiger Kerl, ein lieber, tapferer Junge. Er hatte Gefühl für die Ehre seines Vaters und für dessen bittere Kränkung, gegen die er sich empörte. Und deshalb wollen wir erstens seiner gedenken, meine Herren, unser ganzes Leben lang. Und zweitens: Mögen wir auch mit den wichtigsten Dingen beschäftigt sein, mögen wir hohe Ehren erreicht haben oder in ein großes Unglück geraten sein – gleichviel, vergessen Sie niemals, wie wohl wir uns hier alle zusammen einmal gefühlt haben, vereint durch eine gute, edle Empfindung, die uns für die Zeit unserer Liebe zu dem armen Jungen vielleicht besser gemacht hat, als wir in Wirklichkeit sind. Meine Tauben – gestatten Sie, daß ich Sie Tauben nenne, denn Sie haben große Ähnlichkeit mit diesen hübschen, graublauen Tierchen, gerade jetzt in diesem Augenblick, wo ich Ihre guten, lieben Gesichter ansehe –, meine lieben Kinder, vielleicht verstehen Sie nicht, was ich Ihnen sage, denn ich rede oft sehr unverständlich; aber Sie werden es doch im Gedächtnis behalten und später einmal meinen Worten zustimmen. Wissen Sie also, daß es nichts gibt, was höher, stärker, gesünder und für das bevorstehende Leben nützlicher wäre als irgendeine gute Erinnerung, und besonders eine, die noch aus der Kindheit, aus dem Elternhaus herrührt. Man erzählt Ihnen viel von Ihrer Erziehung, aber eine schöne, heilige Erinnerung, die man sich aus der Kindheit bewahrt hat, ist vielleicht die allerbeste Erziehung. Wer viele solche Erinnerungen mit ins Leben nimmt, ist fürs ganze Leben gerettet. Und selbst wenn sich nur eine einzige gute Erinnerung in unserem Herzen erhält, so kann auch die uns einmal zur Rettung dienen. Leicht möglich, daß wir später einmal schlecht werden, daß wir nicht imstande sind, der Verlockung zu einer bösen Tat zu widerstehen, daß wir uns über Menschentränen boshaft lustig machen und über Menschen, die so denken, wie es Kolja vorhin ausdrückte: ›Ich möchte für alle Menschen leiden!‹ Doch wie schlecht wir auch vielleicht werden, was Gott verhüten möge – wir werden uns doch daran erinnern, wie wir Iljuscha begruben und wie wir ihn in den letzten Tagen liebten und wie wir jetzt an diesem Stein so freundschaftlich miteinander gesprochen haben, und bei dieser Erinnerung wird selbst der Hartherzigste und Spottlustigste von uns, falls wir solche Menschen werden sollten, nicht wagen, sich innerlich darüber lustig zu machen, wie edel und gut er in diesem Augenblick gewesen ist! Ja noch mehr: Vielleicht wird ihn gerade diese eine Erinnerung von einer großen Übeltat zurückhalten, und er wird anderen Sinnes werden und sich sagen: ›Ich war doch damals gut und mutig und ehrenhaft!‹ Mag er auch vor sich hin lächeln, das schadet nichts. Der Mensch lacht häufig über das Schöne und Gute, das geschieht nur aus Leichtsinn; aber ich versichere Ihnen, meine Freunde, sobald er lächelt, wird er sich sogleich in seinem Inneren sagen: ›Nein, es war unrecht von mir zu lächeln, darüber darf man sich nicht lustig machen!‹«

»So wird es ganz bestimmt sein, Karamasow! Ich verstehe Sie, Karamasow!« rief Kolja mit blitzenden Augen.

Die anderen waren in starker Erregung und wollten ebenfalls etwas sagen, beherrschten sich jedoch und sahen Aljoscha nur unverwandt und gerührt an.

»Das sage ich für den möglichen schlimmen Fall, daß wir schlechte Menschen werden«, fuhr Aljoscha fort. »Aber warum sollen wir denn schlechte Menschen werden, nicht wahr, meine Freunde? Wir werden erstens und vor allen Dingen gute Menschen sein, zweitens ehrenhafte Menschen, und drittens werden wir einander niemals vergessen. Das wiederhole ich immer wieder. Ich meinerseits gebe Ihnen mein Wort darauf, meine Freunde, daß ich keinen von Ihnen vergessen werde! An jedes Gesicht, das mich in diesem Moment ansieht, werde ich mich erinnern, selbst nach dreißig Jahren noch. Vorhin hat Kolja zu Kartaschow gesagt, uns liege nichts daran zu wissen, ob er auf der Welt sei oder nicht. Aber könnte ich etwa vergessen, daß Kartaschow auf der Welt ist, daß er auch jetzt noch so rot wird wie damals, als er Troja entdeckte, und daß er mich mit seinen prächtigen, guten, heiteren Augen ansieht? Meine Herren, meine lieben Freunde, lassen Sie uns alle hochherzig und mutig werden wie Iljuschetschka, klug, mutig und hochherzig wie Kolja, der mit zunehmendem Alter jedoch noch weit klüger werden wird, und ebenso verschämt, aber vernünftig und liebenswürdig wie Kartaschow. Doch weshalb rede ich nur von diesen beiden? Sie alle, meine Freunde, sind mir von nun an lieb, Sie alle schließe ich in mein Herz! Und ich bitte Sie, mich ebenfalls in Ihr Herz zu schließen! Wer aber hat uns in diesem guten, schönen Gefühl vereinigt, an das wir uns jetzt unser Leben lang erinnern wollen und erinnern werden? Wer anders als Iljuschetschka, dieser gute, liebe Junge, der uns für alle Zeit teuer ist! Wir werden ihn nie vergessen, sondern ihm ein gutes, ein ewiges Andenken in unseren Herzen bewahren, von nun an bis in Ewigkeit!«

»Ja, ja, ein ewiges Andenken, ein ewiges Andenken!« riefen alle Jungen mit ihren hellen Stimmen, und man sah ihren Gesichtern die Rührung an.

»Wir wollen uns auch an sein Gesicht erinnern und an seinen Anzug und an seine ärmlichen Stiefelchen und an seinen kleinen Sarg und an seinen unglücklichen, sündigen Vater und daran, wie er gegen die ganze Klasse mutig für ihn eintrat!«

»Ja, daran wollen wir uns erinnern!« riefen die Jungen wieder. »Er war mutig und gut!«

»Ich habe ihn liebgehabt!« rief Kolja.

»Kinderchen, meine lieben Freunde, fürchten Sie sich nicht vor dem Leben! Wie schön ist das Leben, wenn man etwas Gutes und Gerechtes tut!«

»Ja, ja!« stimmten die anderen begeistert zu.

»Karamasow, wir lieben Sie!« rief spontan eine Stimme, offenbar die von Kartaschow.

»Wir lieben Sie, wir lieben Sie!« fielen die anderen ein. Vielen standen Tränen in den Augen.

»Ein Hurra für Karamasow!« rief Kolja begeistert.

»Und ewiges Andenken dem toten Iljuscha!« fügte wieder Aljoscha mit Wärme hinzu.

»Ewiges Andenken!« fielen erneut die Jungen ein.

»Karamasow!« rief Kolja. »Ist es wirklich wahr, was die Religion lehrt, daß wir alle von den Toten auferstehen und einander wiedersehen werden, auch unseren Iljuschetschka?«

»Sicherlich werden wir auferstehen, sicherlich werden wir uns wiedersehen und uns froh und heiter alles erzählen, was uns im Leben begegnet ist«, antwortete Aljoscha, halb lachend, halb begeistert.

»Ach, das wird schön!« rief Kolja unwillkürlich.

»So, und jetzt wollen wir unsere Reden beenden und zu seinem Totenmahl gehen. Lassen Sie sich nicht dadurch beirren, daß es Pfannkuchen zu essen gibt. Das ist ein althergebrachter Brauch, der auch sein Gutes hat«, sagte Aljoscha lachend. »Nun, dann kommen Sie! Wir wollen jetzt Arm in Arm gehen!«

»Ja, und das immer, das ganze Leben hindurch. Arm in Arm! Ein Hurra für Karamasow!« schrie Kolja noch einmal begeistert, und noch einmal stimmten alle Jungen in seinen Ruf ein.